DAVID MORRELL

SCHWUR DES FEUERS

DER MANN MIT DEN HUNDERT NAMEN

WILHELM HEYNE VERLAG
MÜNCHEN

HEYNE ALLGEMEINE REIHE
Nr. 01/10881

Besuchen Sie uns im Internet:
http://www.heyne.de

Umwelthinweis:
Dieses Buch wurde auf
chlor- und säurefreiem Papier gedruckt.

Printed in Germany 1998
Umschlagillustration: Bavaria Bildagentur/Picture Finders,
Gauting
Umschlaggestaltung: Atelier Ingrid Schütz, München
Druck und Bindung: Elsnerdruck, Berlin

ISBN: 3-453-14427-9

Schwur des Feuers

Für Barbara und Richard Montross,
in Erinnerung an Matthew,
Samstagabende und ein Schloß in Spanien.

Wer nicht in mir bleibt,
wird wie die Rebe weggeworfen,
und er verdorrt.
Man sammelt die Reben, wirft sie ins Feuer,
und sie verbrennen.

Evangelium nach Johannes

Inhalt

Prolog

DIE FLAMME DES ZORNS

Aschermittwoch

Spanien, 1391

Archidiakon Ferran Martínez, von seinem inbrünstigen Glauben an die katholische Religion zur Maßlosigkeit getrieben, schleuderte seinem Kirchenvolk von der Kanzel immer aufrührerische Predigten gegen jegliche Form der Ketzerei entgegen. Am 15. März, dem Aschermittwoch, trieb sein charismatischer, haßerfüllter Wortschwall seine Gemeinde in eine solche Ekstase, daß die Leute direkt aus der Kirche in das Judenviertel von Sevilla stürmten. Wären die besonnen reagierenden weltlichen Behörden der Stadt nicht eingeschritten, hätte es zu einem Massaker kommen können. Statt dessen wurden zwei Anführer des Mobs ergriffen und hingerichtet. Diese Bestrafung war jedoch alles andere als geeignet, die bigotten Horden abzuschrecken. Man machte die beiden Anführer zu Märtyrern und goß auf diese Weise Öl in das Feuer des Zorns ihrer Anhänger. Der Haß auf Ketzertum und Ungläubigkeit breitete sich von Sevilla über die benachbarten Städte und schließlich über ganz Spanien aus, mit der schrecklichen Konsequenz, daß allein im Sommer 1391 schätzungsweise zehntausend Ungläubige hingerichtet wurden, die meisten von ihnen zu Tode geprügelt oder gesteinigt.

Es gab aber auch einige, die man auf den Scheiterhaufen warf.

Wächter des Glaubens

Frankreich

Der religiöse Wahn beschränkte sich nicht auf Spanien. Seit Beginn des Mittelalters hatte eine Form der Ketzerei, die sich aus alten orientalischen Lehren ableitete, so viele Anhänger gewonnen, daß die Kirche sich bedroht fühlte.

Diese Lehre, deren Anhänger als Albigenser bekannt wurden, ging davon aus, daß Gut und Böse ausgewogene Kräfte sind, daß zwei Götter – und nicht nur einer – das Universum kontrollieren und daß Satan in der Auseinandersetzung mit Gott gleichberechtigt und nicht weniger klug ist.

Der Körper – das Fleisch – ist die Domäne des Satans. Der Geist – die *Seele* – gilt als der Pfad, der zur Erlösung führt.

Der Gedanke an zwei Gottheiten entsetzte die Kirche. Christus, die körperliche Inkarnation des Heiligen Vaters, konnte für sie nicht böse sein. Als fleischliche Gegenwart Gottes konnte Er nicht Teil des Teufelswerks sein. Als Er gekreuzigt wurde, opferte Er sich für seine dekadenten Kinder. Die ketzerische Lehre mußte ausgemerzt werden.

Der folgende Kreuzzug gegen die Albigenser war gnadenlos. Zehntausende mußten sterben. Aber die Lehre lebte weiter. Weitere Tausende ließen ihr Leben, bis schließlich im Jahre 1244 die Bergfestung von Montségur in den Pyrenäen, der letzte Stützpunkt der Albigenser, eingeschlossen, überfallen und niedergebrannt wurde.

Aber es hielten sich Gerüchte, daß die Lehre – trotz der Brutalität des Kreuzzugs – nicht ausgelöscht worden war, daß eine kleine Gruppe von Ketzern sich in der Nacht vor dem Massaker mit Seilen von dem Felsen in Sicherheit bringen konnte, daß sie einen mysteriösen Schatz mit sich nahmen und daß dieser harte Kern der Ketzer das Unmögliche schaffte, sich zu verstecken, die schreckliche Irrlehre in irgendeinem tiefen Versteck zu vergraben, um sie weiter gären zu lassen.

Der Scheiterhaufen

Spanien, 1478

Die Massaker in Sevilla und Montségur waren nur zwei Beispiele religiöser Hysterie im Mittelalter. Juden, Mauren, Albigenser und Protestanten wurden zum allgemeinen Ziel der vom Heiligen Stuhl gebilligten Säuberungsaktionen, die unter der offiziellen Bezeichnung Inquisition durchgeführt wurden. Die nordeuropäischen Länder widersetzten sich der Inquisition. Aber in Italien, England und Frankreich wurden in ihrem Namen die scheußlichsten Greueltaten verübt.

Nirgendwo jedoch war die religiöse Intoleranz so ausgeprägt wie in Spanien. Dort wurden Zehntausende Opfer der Folterungen und Exekutionen der Inquisition, die von Tomás de Torquemada angeführt wurde, dem Dominikanerpriester mit den tief in den Höhlen liegenden Augen. Die Absicht bestand darin, Ketzer zu belehren und sie auf den Weg des richtigen Glaubens zu bringen.

Den Opfern fesselte man die Hände auf den Rücken, zog von dort ein Seil in die Höhe, um den Druck auf die Schultern des Delinquenten ins Unerträgliche zu steigern.

»Bekenne!« lautete der Befehl.

»*Bekennen?*« stöhnten die Opfer.

»Deine Ketzerei!«

»*Ketzerei?*« jammerten die Opfer.

»Zieht an dem Seil«, befahl der Inquisitor.

Arme wurden überdehnt. Schultern sprangen aus den Gelenken.

Wenn die Opfer überlebten, wurden sie auf die Streckbank geschnallt, und sollten sie auch das noch überlebt und ihren religiösen Irrglauben nicht eingestanden haben, dann stopften ihnen die Inquisitoren einen Schlauch aus Wollstoff in den Hals und gossen Wasser hinterher. Wenn die Opfer kurz vor dem Ertrinken waren, kam aus dem inzwischen stark aufgequollenen Schlauch neben Wasser auch Blut.

Diese Opfer hatten nicht nur ihr gesamtes Eigentum verloren, sondern auch das Recht, ihren Denunzianten Fragen zu stellen. In ihrer Hilflosigkeit blieben ihnen nur zwei Möglichkeiten: Sie konnten gestehen und um Gnade betteln und, was noch viel wichtiger war, Gesinnungsgenossen anzeigen, oder sie behaupteten weiterhin, sie seien unschuldig und mißgünstige Nachbarn hätten Lügen über sie verbreitet. Auch wenn man kein Ketzer war, bot nur das Geständnis die Chance auf Freiheit. Beharrte man jedoch weiterhin darauf, das Opfer eines Irrtums zu sein, und weigerte man sich obendrein noch, andere anzuzeigen, dann war einem die Höchststrafe sicher.

Die Angeklagten wurden direkt aus dem Gefängnis zu ihrem Autodafé, ihrem Akt des Glaubens, auf dem *Quemadero,* den Scheiterplatz gezerrt. Alle trugen sie gelbe Kittel und spitze Kapuzen. Denjenigen, die zum Tode verurteilt waren, hatte man schwarze Flammen, deren Spitzen nach unten zeigten, auf die Kleider genäht. Aber auch die anderen konnten nicht sicher sein, daß sie überleben würden. Erst wenn sie auf das Schafott geführt wurden, hatten sie endgültige Sicherheit über das Urteil des Inquisitors. Einige wenige nur wurden freigelassen. Ihnen hatte man das Geständnis geglaubt, auch wenn ihnen noch Buße abverlangt wurde. Andere erhielten Kerkerstrafen, was nichts anderes als ein langsames Dahinsiechen bis zum Tode bedeutete.

Wieder andere wurden erdrosselt.

Aber die schlimmsten Verbrecher wurden bei lebendigem Leib auf dem Scheiterhaufen verbrannt. Ihre Asche wurde in alle Winde zerstreut, zusammen mit den Überresten jener der Ketzerei Verdächtigten, die gestorben waren, bevor die Inquisitoren sie verhören konnten. Selbst der Tod schützte diese Verdächtigen nicht vor dem Feuer. Ihre Körper wurden exhumiert und der reinigenden Kraft der Flammen überlassen.

Diese Periode der fanatischen Verteidigung des Glaubens dauerte länger, als gemeinhin angenommen wird. Über Jahrhunderte hinweg, vom Ende des Mittelalters durch die Renaissance bis hinein in das sogenannte Zeitalter der Aufklärung, verschaffte die Inquisition ihren Überzeugungen Nachdruck. Erst 1834 wurde diese Institution endgültig aufgelöst.

Jedenfalls offiziell. Aber immer noch hielten sich Gerüchte.

Erster Teil

URSACHEN UND WIRKUNGEN

Der Herr ist mein Zeuge

1

Im Senat droht Schlacht um saubere Luft

WASHINGTON, D.C., 10. Juni (AP) – Im Senat beginnt heute zwischen Demokraten und Republikanern die härteste Auseinandersetzung des Jahres, die Debatte über den Barker-Hudson-Gesetzentwurf, der vorsieht, daß die ganze Nation die stringente Politik der Reinerhaltung der Atmosphäre, die kürzlich in Kalifornien Gesetz wurde, nicht nur übernimmt, sondern noch ausbaut.

»Unsere Luft ist so dreckig wie der Qualm über einem Feld brennender Autoreifen«, verkündete Senator Barker (Demokraten, New York) gestern auf einer Smog-Pressekonferenz auf den Stufen des Kapitols. »Atmen Sie tief durch, das heißt, wenn Sie den Mut dazu finden. Und versuchen Sie mal, dabei nicht zu husten. Eigentlich müßten wir alle Gasmasken tragen.«

»Und bleiben Sie lieber in Ihren Wohnungen«, fügte einer der Befürworter des Gesetzentwurfs, Senator Hudson (Demokraten, New Hampshire), hinzu. »Meine Frau und ich haben uns gestern auf einen kleinen Abendspaziergang gewagt. Aber länger als fünf Minuten haben wir nicht durchgehalten. Wir sind nach Hause zurückgelaufen und haben nachgeschaut, ob auch alle Fenster geschlossen waren. Ich habe vor einem Dutzend Jahren das Rauchen aufgegeben. Eigentlich hätte ich mir die Mühe sparen können. Nach den mir zur Verfügung stehenden Statistiken ist die Atmosphäre so verschmutzt, daß wir täglich das Äquivalent von zwei Päckchen Zigaretten einatmen. Wenn Ihnen an Ihrer Gesundheit schon nichts gelegen ist, dann sorgen Sie wenigstens für Ihre Kinder. Wir müssen endlich damit aufhören, ihren Lungen Schaden zuzufügen.«

Der Barker-Hudson-Gesetzentwurf fordert Rauchverbot an allen öffentlichen Plätzen, astronomische Bußgelder für alle Hersteller von Automobilen und Lastwagen, die nicht inner-

halb von zwei Jahren die Schadstoffausstöße ihrer Produkte entscheidend reduzieren, ebenso hohe Bußgelder für jene Industriebetriebe, denen es nicht gelingt, in derselben Zeitspanne ihre Emissionen zu reduzieren, einen kräftigen Zuschlag zur Kraftfahrzeugsteuer für alle Besitzer von mehr als einem Auto, ein obligatorisches Luftfiltersystem in allen Restaurants, chemischen Reinigungen und . . .

2

Georgetown, Washington

Wie es seine Gewohnheit war, erwachte der republikanische Senior-Senator von Michigan, Roland Davis, um sechs Uhr am Morgen. Leise, um seine Frau nicht zu stören, ging er nach unten, machte sich Kaffee, fütterte seine Katze, beugte sich zur Eingangstür hinaus, um die *Washington Post* von der Matte zu nehmen, und trug die zusammengefaltete Zeitung in die Küche. Die aufgehende Junisonne schien matt durch ein dunstverhangenes Erkerfenster auf den Küchentisch. Davis nahm einen Schluck vom heißen Kaffee, setzte seine Brille auf, breitete die Zeitung auf dem Tisch aus und überflog die erste Seite nach einer Erwähnung seines Namens.

Er mußte nicht lange suchen. Die Schlagzeile bezog sich auf das Barker-Hudson-Gesetz, und in dem folgenden, zweispaltigen Artikel wurde Davis mehr als einmal zitiert als der Wortführer der republikanischen Opposition gegen eine ›extreme, repressive, radikale und ökonomisch selbstmörderische Annäherung an ein vorübergehendes, wenn auch zugegebenermaßen ernstes Problem, dessen Lösung vor allem Zeit und Sorgfalt erfordert‹.

Davis nickte. Er war sowohl mit seiner Rhetorik einverstanden als auch mit der Genauigkeit des Journalisten bei der Wiedergabe der Zitate. Er war achtundfünfzig Jahre alt, hochgewachsen, hatte dichtes, distinguiert wirkendes graues Haar, das Gesicht eines Patriziers und einen eindrucksvoll schlanken Körper, den er täglich eine halbe Stunde lang auf einem Heimfahrrad in Form hielt. Ich sollte nicht so lange herumtrödeln, dachte er. Es wird ein arbeitsreicher Tag. Außerdem konnte er die Frühnachrichten im Fernsehen kaum erwarten.

Aber zuerst wollte er den Artikel in der *Post* zu Ende lesen. Barker und Hudson hatten noch weitere apokalyptische Aussagen über eine ›verderbliche Luftverschmutzung‹ von sich gegeben, die ›zum Treibhauseffekt und der Zerstörung der Ozonschicht beiträgt ... zu einer Erhöhung der Krebsrate ... zur Gefahr von Dürreperioden ... zum Abschmelzen der Pole ... zu einem Ansteigen des Meeresspiegels ... zu einem weltweiten Notstand.‹ Hörte sich an wie das Exposé zu einem Science-fiction-Film.

Davis schnaubte. Diese Demokraten würden keine Chance haben, ihr Gesetz im Senat durchzubringen, obwohl er Barker und Hudson Anerkennung zollen mußte – sie verstanden es, die Aufmerksamkeit der Medien auf sich zu ziehen, und das würde ihnen bei den nächsten Wahlen nicht schaden, zumindest was die Liberalen in ihren Wahlbezirken betraf. Vielleicht würde sich ihre Taktik aber auch als Schuß nach hinten erweisen. Niemand wählt gerne einen Verlierer, und Barker und Hudson würden heute eine Niederlage einzustecken haben. Saubere Luft? Großartige Idee. Einziges Problem: Der Amerikaner bringt nicht gerne Opfer. Er zieht es vor, seinen Nachbarn das Opfer bringen zu lassen. Jeder Raucher, Zweit- oder Drittwagenbesitzer, Fabrikarbeiter machte sich Sorgen um seinen Job, und *jeder*, dessen Lebensstil oder Brieftasche das Gesetz gefährdete, würde seinen Senator dazu drängen, gegen den Entwurf zu stimmen.

Hatten Barker und Hudson noch nie etwas von einem Kompromiß gehört? Gehörte das Wort *Mäßigung* nicht zu ihrem Vokabular? War ihnen denn nicht klar, daß man sich einem Problem Schritt für Schritt nähern mußte, anstatt es mit einem Schlag lösen zu wollen?

Davis las den Artikel fertig, befriedigt darüber, daß er

gegen Ende noch einmal als die Stimme der Vernunft zitiert wurde: ›Ich denke, wir sind uns alle darüber einig, daß die Luft nicht so sauber ist, wie sie sein könnte. Ja, wir haben ein Problem, zumindest in ein paar großen Städten während der Monate Juni bis September. Aber die Bedingungen werden wieder besser werden, wenn die Temperaturen sinken. Das soll kein Plädoyer dafür sein, die Hände in den Schoß zu legen, aber wir können nicht über Nacht unsere ganze Gesellschaft umkrempeln. Und genau das scheinen meine verehrten Kollegen tun zu wollen. Was wir statt dessen brauchen und was ich vorschlagen werde, sobald alle Statistiken ausgewertet sind, ist eine ausgewogene, behutsam durchgeführte, nicht alles zertrümmernde Lösung. Zeit. Die Luftverschmutzung brauchte Zeit, um sich zu entwickeln, also braucht es auch Zeit, sie wieder zu reduzieren.‹

Ausgezeichnet, dachte Davis. Die *Post* hat mir reichlich Platz eingeräumt, und ich bin sicher, daß ich in Michigan eine noch bessere Presse bekommen werde. Die Raucher in meinem Wahlbezirk werden sich nicht betrogen fühlen müssen. Und ebensowenig Familien mit zwei Autos, denen ein Aufschlag auf die Kraftfahrzeugsteuer droht. Aber, was das Wichtigste ist, die Automobilhersteller werden mir dankbar sein, wenn sie sich keine Sorgen mehr über neue finanzielle Belastungen wegen der Schadstoffemissionen aus ihren Produkten und ihren Produktionsstätten machen müssen.

Ausgesprochen dankbar werden sie sein.

Und äußerst großzügig. Ganz sicher.

Es klingelte an der Tür. Mit gerunzelter Stirn warf Davis einen Blick auf die Leuchtziffern der Digitaluhr am Mikrowellenherd ihm gegenüber. Vierzehn Minuten nach sechs. Wer konnte das sein, so früh am Morgen? Im selben Moment fiel ihm die naheliegende Antwort ein. Ein übereifriger Reporter. In diesem Fall sollte ich besser schauen, daß ich einen respektablen Eindruck mache. Davis strich sich mit der Hand die Haare zurecht, band sich den Hausmantel ordentlich zu, verließ die Küche und tat sein Bestes, um beim Öffnen der Haustür möglichst gutgelaunt zu wirken.

Doch dann zog er plötzlich die Augenbrauen zusammen, denn es stand niemand vor der Tür. Er warf finstere Blicke nach rechts und links die diesige Straße entlang, die von eleganten Reihenhäusern gesäumt war, aber außer einem Auto, das gerade hinter der nächsten Ecke verschwand, konnte er nichts entdecken.

Wer zum . . .?

Warum . . .?

Und dann bemerkte er den Gegenstand auf der Türstufe. Ein großer brauner Briefumschlag. Davis legte seine Stirn in noch tiefere Falten, als er sich bückte und ihn aufhob. Nach einem weiteren Blick die Straße entlang ging er zurück ins Haus und schloß die Tür ab.

Meine Assistentin kann das nicht gewesen sein, dachte Davis. Susan hätte vorher angerufen, wenn sie so früh am Morgen etwas Wichtiges für mich gehabt hätte. Und selbst wenn ihr dazu keine Zeit geblieben wäre, nie und nimmer hätte sie einfach den Umschlag auf die Stufe gelegt und wäre ohne Erklärung wieder davongefahren.

Besorgt riß Davis das Siegel vom Umschlag, und mehrere Schriftstücke kamen zum Vorschein. Er war viel zu neugierig, um erst wieder in die Küche zurückzukehren und die Dokumente in aller Ruhe am Tisch durchzulesen, also überflog er in aller Eile die erste Seite, aber er war noch nicht einmal bei der Hälfte angelangt, als sich ihm ein schwerer Seufzer entrang.

Um Gottes willen!

Er las die Seite in höchster Erregung zu Ende und blätterte hastig die anderen durch.

Verdammte Scheiße . . .!

Die Schriftstücke enthielten Daten, Orte, Namen und Geldsummen, Informationen über jeden Cent Schmiergeld, den er jemals in Empfang genommen hatte, über jede unerlaubte Wahlkampfunterstützung, jeden fremdfinanzierten Urlaub, jede . . .!

Und hinter den Schriftstücken steckten Fotografien, die

Davis veranlaßten, sich an der Wand abzustützen, aus Angst, der plötzliche Schmerz in der Brust könnte ein erster Hinweis auf einen bevorstehenden Herzanfall sein.

Die Fotografien – gestochen scharfe, hochglänzende, absolut professionell wirkende Schwarzweißabzüge – zeigten Davis und seine wunderschöne, junge Assistentin splitternackt auf dem Deck einer Motorjacht, und dort hatten sie nicht etwa nur miteinander geschlafen, nein, sie hatten den abartigsten Formen der Sexualität gefrönt und dabei weder den Cunnilingus noch die Sodomie ausgelassen.

Davis konnte sich an diesen außergewöhnlichen Sommernachmittag noch lebhaft erinnern. Er und seine Assistentin waren allein gewesen. Aus Gründen der Vorsicht waren sie separat auf die kleine private Insel in der Karibik gereist, die einem seiner mächtigsten Wähler gehörte. Man hatte ihnen versichert, daß die Insel absolut verlassen wäre, aber dann, um auch wirklich kein Risiko einzugehen, war Davis mit dem Mädchen aufs Meer hinausgefahren, wo niemand ihnen zusehen könnte. So dämlich wie Gary Hart wollte er sich nicht anstellen.

Und trotzdem hatte ihnen jemand zugesehen.

Aus dem Aufnahmewinkel schloß Davis, daß die Fotos mit einem extremen Teleobjektiv aus einem Flugzeug geschossen worden waren. Und dabei waren die Aufnahmen so scharf, daß man beinahe glauben konnte, Davis und seine Assistentin hätten dafür posiert. Ganz ohne Zweifel würde man ihre Gesichter erkennen, einmal abgesehen von dem Foto, auf dem Davis der Kamera nur den Hinterkopf zuwandte, weil er sein Gesicht zwischen den Schenkeln seiner Assistentin vergraben hatte.

Und hol's der Teufel, das war immer noch nicht alles!

Hinter diesen Fotografien – Davis' Brust hob und senkte sich inzwischen mehr vor Wut darüber als vor schamvoller Besorgnis – fand er eine maschinengeschriebene Nachricht, die ihn erschauern ließ. Die in ihr enthaltene Drohung klang ebenso eisig, wie sie symmetrisch gestaltet war.

WIR SCHLAGEN VOR,
SIE DENKEN NOCH EINMAL DARÜBER NACH,
WIE SIE ÜBER DEN BARKER-HUDSON-ENTWURF
ABSTIMMEN WERDEN . . .

Davis zerriß die Schriftstücke, die Fotografien und die Dokumente in Hälften, in Viertel, schließlich in Achtel. Die Haufen wurden so dick, daß er sie während des Zerreißens noch einmal unterteilen mußte. Während der ganzen Zeit fluchte er mit leiser Wut vor sich hin, um seine Frau nicht zu wecken.

Schwanzlutscher, dachte er, sich der Ironie undeutlich bewußt, daß es sich dabei um eine Schwanzlutscherin handelte, um seine Assistentin nämlich, deren Konterfei er geradeso wütend zerfledderte. Gleichzeitig war er sich im klaren darüber, daß er diese verdammten Beweise in noch so viele Schnipsel zerkleinern konnte; seine erregte Reaktion würde ihn kein Stück weiterbringen, denn wer auch immer ihm dieses Päckchen zugesandt hatte, wäre mit Sicherheit schlau genug gewesen, Kopien der Unterlagen zu behalten.

Ja! Wer auch immer! Dabei gab es nicht den geringsten Zweifel darüber, wer die Kerle waren.

Barker und Hudson!

Davis zitterte vor Empörung. Da wagten es ein paar junge Flegel von demokratischen Senatoren, einem altgedienten republikanischen Senator zu drohen! Hatten sie denn gar keine Vorstellung von der Macht, die ein bejahrter Politiker, wie Davis einer war, in seinen Händen hielt? Ich werde sie . . .!

Ja? Du wirst sie . . .?

Was? Was wirst du gegen sie unternehmen? Ihnen gegenübertreten? Und damit dem Aussagewert ihrer Beschuldigungen nur noch größeren Wert verleihen? Egal, was du ihnen auch antust, es ist nichts, verglichen mit dem, was sie dir antun können, wenn sie sich entschließen zu enthüllen, was in diesem Umschlag steckte. Deine Karriere wäre beendet, du wärst ruiniert, eine Witzfigur! *Also? Was wirst du jetzt tun?*

»Liebling?«

Davis zuckte zusammen, als er seine Frau die Treppe herunterkommen hörte. Hastig stopfte er das zerfetzte Beweismaterial in den Umschlag zurück.

»Habe ich eben die Türglocke gehört?« Davis' Frau erschien auf dem unteren Treppenabsatz. Unter den von Falten eingerahmten Augen hatte sie schwere Tränensäcke. Wangen und Bauch hingen schlaff herab. Das weiße Haar war in Lockenwickler gedreht.

»Ja, meine Liebe«, antwortete Davis. »Es war nichts. Nur ein Bote, der mir die letzten Informationen über das Gesetz zur Reinerhaltung der Luft gebracht hat.«

»Mein Gott, wie langweilig. Ich wünschte, man würde uns nicht so früh mit so etwas belästigen.«

»Ich weiß, Schatz«, sagte Davis. »Aber es war wirklich wichtig. Ich habe noch einmal über meine Stimme nachgedacht. Ich fange langsam an, mit Barker und Hudson zu sympathisieren. Die Kinder, meine Liebe. Wir haben eine Verantwortung gegenüber den Kindern dieses Landes. Wir müssen ihnen saubere Luft zur Verfügung stellen, damit sie gesunde Lungen behalten.«

»Aber was ist mit ...?«

»Mit meinen großzügigen Förderern in Detroit? Ich denke, ich muß es ihnen klarmachen, Schatz.« Davis dachte an die Schnappschüsse, und gleichzeitig dachte er an den erregenden Duft seiner Assistentin. »Ja, so ist es. Ich glaube, ich muß dafür sorgen, daß meine großzügigen Förderer lernen, es zu verstehen.«

3

Amazonasbecken, Brasilien

Ein Dunstschleier verhängte den Himmel. Juanita Gomez, die ein langes, schwarzes Kleid trug, versuchte alle ihre Kräfte zu sammeln, während sie durch den Schleier aus Tränen und den schwarzen Witwenschleier vor ihrem Gesicht auf den provisorischen Sarg ihres Gatten blinzelte. Ja, du mußt stark sein, dachte sie, und ihre Seele schmerzte bei diesem Gedanken. Für Pedro. Er hätte es von dir erwartet. Sie wußte, daß die Trauergäste um sie herum sie mindestens so aufmerksam beobachteten wie den Sarg. Wenn sie jetzt die Kontrolle über sich verlieren würde, wenn sie ihnen auch nur den geringsten Anlaß zu der Vermutung liefern würde, daß die Trauer ihre Entschlossenheit geschwächt haben könnte, die Arbeit ihres Mannes fortzusetzen, dann hätten seine Feinde tatsächlich erreicht, was sie mit seiner Ermordung beabsichtigten. Für Pedro, dachte sie. Sei stark!

Juanita war fünfundzwanzig Jahre alt, kleingewachsen und mager. Sie hatte ein schmales Gesicht und eine gelbliche Haut. Sie mußte freimütig bekennen, daß sie nicht schön war, und sie hatte nie verstanden, warum Pedro ausgerechnet sie ausgewählt hatte. Das einzig Attraktive an ihr war das schulterlange, dunkle Haar, das trotz ihrer kärglichen Ernährung einen herrlichen Glanz besaß. Wie gerne hatte Pedro es gestreichelt. Und wie stolz war er gewesen, daß ihre beiden Kinder das wunderschöne Haar seiner Frau geerbt hatten. Was werde ich ohne dich tun, dachte Juanita, und sie war kaum in der Lage, das Zittern ihrer Knie zu kontrollieren. Aber die Antwort – es schien ihr, als hörte sie Pedros leidenschaftliche Stimme in ihrem Kopf sprechen – ließ sie augenblicklich einen festeren Stand gewinnen.

Habe Mut, Juanita. Gib nicht auf. Sorge dafür, daß ich nicht umsonst gestorben bin. Nimm meinen Platz ein. Entfache die Flamme in meinen entmutigten Anhängern. Sprich die Worte! Halte deine Rede!

Ja, dachte Juanita und hob den Blick dem dichter werdenden Dunst entgegen, der den Himmel verdunkelte. Die Rede. Seitdem ihr Mann vor zwei Tagen erschossen worden war, hatte Juanita einen Druck der Worte in sich verspürt. Obwohl sie nicht diese erstaunliche, unverbildete Fähigkeit ihres Mannes besaß, in der Öffentlichkeit reden und die Aufmerksamkeit der Menge fesseln zu können, hatte sie auf einmal gewußt, daß sie noch an seinem Grab eine Erklärung würde abgeben müssen. Es war beinahe so, als hätte man ihr den Befehl dazu gegeben. Während der Vorbereitungen für Pedros Begräbnis, als der von Kugeln zerfetzte Leichnam noch auf kostbares, weil schwer zu beschaffendes Eis gebettet war, hatte Juanita im Geiste geprobt, was ihr von einem unwiderstehlichen Drang diktiert wurde. Und in der vergangenen Nacht, als der Schmerz sie keinen Schlaf finden ließ, hatte sie an ihren Worten gefeilt. Bald würde der alte Priester seine sonore Rede am Sarg beendet haben, und dann wäre *sie* an der Reihe. Sie würde *ihre* Rede halten. Pedro, ihr geliebter Gatte, würde *in* ihr sprechen, *mit* ihr, *durch* sie – und wenn sie stark bleiben würde, dann könnten auch die Anhänger ihres Mannes ihre Mutlosigkeit überwinden, ihre Furcht besiegen und durchhalten im Kampf um die Rettung des Landes.

Sei stark!

Es war ein altehrwürdiger Friedhof, die Mehrheit der Holzkreuze neigte sich bereits vor Altersschwäche. Er lag auf einem kahlen Hügel, von dem aus man die Holzhütten des Dorfes Córdoba und einen verschlickten, schlammfarbigen Nebenarm des einst so herrlichen Amazonas überblicken konnte. Der Schlick, soviel wußte Juanita, wurde durch Erosion verursacht, wenn der Regen die Erde in das Flußbecken spülte, die nicht länger von den Wurzeln des einst mächtigen Urwalds zurückgehalten wurde.

Wegen der Brände.

Wegen des Kahlschlags und der verbrannten Erde, die die Feinde ihres Ehemanns angeordnet hatten.

Diese Feinde hatten die Dorfbewohner dazu genötigt, die Bäume zu schlagen, sie in Brand zu setzen und das auf diese Weise gerodete Land dazu zu nutzen, noch mehr Getreide anzubauen. Und deshalb wurde die Dunstschicht, die den Himmel verdunkelte, immer dichter. Der Zorn wallte so heftig in Juanita auf, daß sie wieder zu zittern anfing. Wegen der Brände weit hinten, am Rand der dahinschwindenden Wälder. Die Erde war extrem dünn, trotz der Asche der verbrannten Bäume, und nach ein paar Jahren intensiven Anbaus würde sie ganz aufgehört haben, fruchtbar zu sein. Und als Konsequenz würde man noch mehr Bäume verbrennen, noch mehr Land roden, noch mehr Getreide anbauen, bis auch dieses neue Land unfruchtbar wäre – ein schreckliches System fortschreitender Zerstörung.

Aber Juanita wußte, daß es eine noch viel schrecklichere Zerstörung gab. Die Feinde ihres Mannes, denen das Land gehörte, hatten die Dorfbewohner vertrieben und schweres Gerät hergebracht, um im Tagebau an die Mineralien unter der baumlosen Erde heranzukommen. Am Ende war nichts mehr geblieben. Wohin auch immer Juanita den Blick wandte, sie sah nichts als kahle Wüstenei um sich herum.

Der Priester war mit seinen Gebeten beinahe fertig. Juanita spürte, wie ihr eine Hitze in die Seele fuhr, ein wildes Bedürfnis, sich an die Anhänger ihres Mannes zu wenden und ihre Rede zu halten, sie dazu aufzufordern, nicht nachzulassen in ihrem Kampf. Pedro hatte diese Dörfler aufgewiegelt, hatte sie davon überzeugt, daß man den reichen, geldgierigen, *bösen* Männern aus der Hauptstadt nicht erlauben dürfe, weiterhin Gottes Schöpfung zu zerstören. Pedro hatte von fremden Besuchern – wie hatten sie sich noch genannt? Ökologen? – erfahren, daß der dichte Qualm der sich immer weiter ausbreitenden Brände die Luft der gesamten Erde zu vergiften drohte. Diese Fremden hatten ihm auch erklärt, daß ihre Wälder, die größten Wälder der Erde, etwas Schlechtes (sie erinnerte sich an das für sie bedeutungslose Wort ›Kohlendioxyd‹) aus der Luft herausnähmen und dafür etwas Gutes (was war das noch? Sauerstoff?) hinzufügten. Und wenn diese Wälder jetzt ganz verschwänden, was bei der Zerstörung von Millionen Hektar pro Jahr nur noch eine Frage der Zeit wäre, dann könnte sich das Kohlendioxyd in der Luft so lange ansammeln, bis das Wetter sich ändern, die Temperaturen steigen und es keinen Regen mehr geben würde.

Die Welt sei auf diese Wälder angewiesen, hatten die fremden Besucher behauptet. Das Verbrennen müsse sofort gestoppt werden!

Pedro hatte verstanden, was diese Fremden ihm sagen wollten, aber er wußte auch, daß die Bauern den Kampf um die Rettung des Waldes nicht nur wegen der Behauptungen der fremden Besucher aufnehmen würden. Gleichzeitig hatte er begriffen, daß die Bauern kämpfen würden, um ihre Heimat zu verteidigen, um ihre Kautschukbäume zu retten, die ihnen gleichzeitig Schutz gaben und einen Ertrag zum Unterhalt ihres Lebens, um ihren Fluß vor der schlammigen Erosion zu schützen, von der die Fische erstickt wurden, die ihnen lebenswichtige Nahrung waren. Dafür würden sie kämpfen. Wenn ihnen jemand zeigte, *wie* sie zu kämpfen hatten. Wenn jemand es verstand, sie zu einigen. Wenn jemand sie lehrte, auf ihre gemeinsame Stärke zu vertrauen.

Also hatte Pedro die Herausforderung angenommen, und es war ihm und seinen Anhängern sogar gelungen, den Feind für eine Weile von ihrem Land zu vertreiben. Da sie dabei aber offensichtlich zu erfolgreich waren, hatten die bösen Männer aus der Hauptstadt Mörder mit Maschinenpistolen geschickt, und die hatten Pedros Körper durchlöchert, während er in einem Nachbardorf eine Rede hielt, und jetzt lag der dichte Qualm wieder in der Luft und verdunkelte den Himmel. Die unheilvollen Feuer brannten wieder.

Du darfst nicht aufgeben, hörte Juanita Pedros Stimme in ihrem Kopf. Du *mußt* den Kampf fortsetzen!

Als der Priester vom Sarg zurücktrat, drehte sie sich um

zu den Anhängern ihres Mannes und wollte gerade den Schleier vor ihrem Gesicht lüften, um sie während ihrer Rede die glühende Entschlossenheit in ihren Augen sehen zu lassen.

Aber es kam etwas dazwischen. Die Anhänger ihres Mannes wurden abgelenkt von einer langen schwarzen Limousine, die unerwartet den staubigen Feldweg heruntergeholpert kam und vor der Einfriedung des Friedhofs hielt.

Die Dorfbewohner schauten verwirrt zu, wie ein Fremder aus dem Wagen kletterte. Es war ein hochgewachsener, vornehm aussehender Mann, dessen Anzug genauso schwarz war wie sein teurer Wagen. Auch seine Krawatte war schwarz und bildete einen scharfen Kontrast zu dem makellosen, leuchtenden Weiß seines Oberhemds, und so mancher der Dorfbewohner dürfte ein solches Hemd zum erstenmal in seinem Leben gesehen haben. Würdevoll gemessenen Schrittes ging der Mann zum hinteren Ende der Limousine und öffnete den Kofferraum. Er nahm einen Pappkarton heraus und trug ihn feierlich durch den rauchigen Dunst, den Hügel hinauf, den Trauergästen des trostlosen Begräbnisses entgegen.

»Bitte, verzeihen Sie mir, Señora Gomez«, flüsterte der Mann und verbeugte sich respektvoll. Die akzentfreie Aussprache seiner sorgfältig gewählten Worte verriet, daß er aus der Stadt kam. »Es tut mir furchtbar leid, daß ich ausgerechnet in diesem schmerzvollen, für Sie so schweren Augenblick hier eindringen muß. Darf ich Sie meines aufrichtigen Mitgefühls versichern und für die Seele Ihres tapferen dahingegangenen Gatten beten? Ich hätte Sie nicht belästigt, wenn ein Mann mir nicht den Auftrag gegeben und geradezu darauf bestanden hätte, daß ich ihn ausführe.«

»Ein Mann?« In steifer, aufrechter Haltung musterte Juanita mißtrauisch die Gesichtszüge des Fremdlings. *»Welcher Mann?«*

»Ach, wenn ich es nur wüßte. Mein Klient hat mir

nicht einmal seinen Namen mitgeteilt. Gestern ist er ganz unerwartet in meinem Büro aufgetaucht – ich besitze eine Autovermietung in der Stadt. Er hat mir eine großzügige Summe dafür bezahlt, daß ich in Ihr Dorf fahre und Ihnen dieses Päckchen . . . dieses Geschenk, wie er es nannte . . . genau in diesem Moment ausliefere.«

Mit noch größerem Mißtrauen starrte Juanita den Pappkarton an. *»Geschenk? Was ist das?«* Ihr erster Gedanke war, daß die bösen Männer in der Stadt ihr eine Bombe geschickt haben könnten, um sie auf eine so spektakuläre Weise während der Beisetzung ihres Mannes zu beseitigen, daß Pedros Anhänger mit Sicherheit jeglichen Kampfeswillen verlieren würden.

»Mein Klient wollte mir nicht verraten, was die Schachtel enthält. Er hat mich sogar bei Androhung einer empfindlichen Bestrafung davor gewarnt, sie vor der Zeit zu öffnen, aber gleichzeitig versicherte er mir und wies mich an, Ihnen zu versichern, daß dieses Geschenk keine Gefahr für Sie ist, sondern daß Sie es im Gegenteil sogar als Trost empfinden werden.«

Juanita blickte noch argwöhnischer als zuvor. »Den langen Weg zu fahren . . . und das in einer so geheimnisvollen Mission . . . man muß Sie gut bezahlt haben.«

»Das ist wahr, Señora. Wie ich bereits sagte, war das Honorar äußerst großzügig.« Der Mann wirkte etwas verlegen, als hätte er gerade eben seinen vornehmen Aufzug mit der Armut um ihn herum verglichen. »Mit den besten Empfehlungen des Fremden, Señora.«

Widerwillig nahm Juanita den Karton entgegen. Seine Größe erinnerte sie an eine Hutschachtel. Aber sein Inhalt, der ein polterndes Geräusch machte, war wesentlich schwerer als ein Hut.

Besorgt bückte sich Juanita, um die Schachtel neben dem bescheidenen Sarg ihres Mannes auf den Boden zu stellen. Sie versuchte, das Siegel zu öffnen, aber als ihre zitternden Finger es nicht vermochten, trat einer der Dorfbewohner heran und schnitt die Kordel mit seinem Taschenmesser durch.

Widerwillig klappte Juanita den Deckel auf, um dann einen vorsichtigen Blick hineinzuwerfen.

Augenblicklich stockte ihr der Atem. Dem Dorfbewohner, der das Siegel mit seinem Messer geöffnet hatte, ging es nicht anders. Und dann fing Juanita ebenso plötzlich an zu stöhnen, aber nicht etwa vor Schreck, nein, es war ein triumphierendes Stöhnen, das sich ihrer Brust entrang. Schnell zwängte sie ihre Hände in die Schachtel und hob den Inhalt heraus.

Der Kopf eines Menschen. Der abgetrennte Schädel eines der bösen Männer aus der Stadt, auf deren Befehl hin ihr Mann ermordet worden war. Das Gesicht – seine Züge waren auf groteske Weise verzerrt – berichtete anschaulich von den grauenhaften Schmerzen, die der Mann im Augenblick seiner Enthauptung erlitten hatte. Der Schädel war in einer Plastiktüte verstaut, die offensichtlich den Zweck gehabt hatte, das Blut daran zu hindern, die Pappe des Kartons zu durchweichen.

Mit einem Triumphschrei zerrte Juanita den Kopf aus der Plastiktüte, packte ihn am Haarschopf und hielt ihn so weit in die Höhe, wie ihr Arm es erlaubte, damit auch der letzte der Anhänger ihres Mannes das wundersame Geschenk bestaunen konnte, das der unbekannte Wohltäter ihr zugeschickt hatte.

Der Bote taumelte vor Entsetzen ein paar Schritte zurück, eine Hand schlug er vor den Mund, als befürchte er, sich im nächsten Moment übergeben zu müssen. Die Dorfbewohner, die nach vorne drängten, um besser sehen zu können, hätten ihn beinahe umgestoßen.

»Kämpft!« schrie sie. »Für Pedro! Für euch selbst! Für unser Land!«

Die Dorfbewohner brüllten ihre Entschlossenheit heraus.

Juanita hielt den Kopf direkt vor Pedros Sarg. »Mein geliebter Mann, kannst du deinen Todfeind sehen? Lieber Vater unserer Kinder, du bist nicht umsonst gestorben! Sie können uns nicht besiegen! Wir werden kämpfen! Wir werden weiterkämpfen! Wir werden *niemals* aufhören zu kämpfen! Niemals! Bis wir gesiegt haben! Bis zu dem Tag, an dem das Brennen aufhört!«

4

Das Korallenmeer, Südpazifik

Die *Argonaut*, ein Supertanker, der Rohöl aus dem Persischen Golf zu einer Raffinerie in Brisbane an der Ostküste Australiens brachte, war ihrem Zeitplan um drei Stunden voraus. Klares Wetter und ruhige See auf der ganzen Fahrt. Besser hätte es nicht kommen können, dachte der Kapitän. Sein Name war Victor Malone, bereits ein Veteran, der seit zwanzig Jahren über die Weltmeere fuhr. Die meiste Zeit davon hatte er in den Diensten der Pacific-Rim Petroleum Company gestanden. Er war achtundvierzig Jahre alt, von mittlerer Größe, mit bereits etwas lichtem, braunem Haar und einem stämmig gebauten Körper. Obwohl er an Bord nur selten die Aufbauten seines Schiffs verließ, hatte sein ein wenig aufgedunsenes Gesicht eine rötliche Farbe. Auf der Brücke seines Supertankers, wo Malone in letzter Zeit trotz der riesigen Fenster immer häufiger klaustrophobische Anfälle bekommen hatte, überprüfte er Wetter, Sonar, Radar und die Navigationsinstrumente. Nichts Ungewöhnliches. Noch zehn Stunden und wir sind im Hafen, dachte er. Spätestens morgen früh. Darauf vertrauend, daß ein ruhiger Abend bevorstand, teilte Malone dem wachhabenden Offizier mit, daß er die Brücke verlassen würde. »Wenn Sie mich brauchen, ich bin in meiner Kajüte.«

Fünf Minuten später, nachdem er die Kajütentür sorgfältig hinter sich *zu*geschlossen hatte, schloß er eine der Schubladen seines Schreibtisches *auf* und nahm eine halbleere Flasche Wodka heraus. Eine der Klauseln in Malones Anstellungsvertrag besagte, daß er absolut abstinent zu bleiben hatte, während er das Kommando eines Pac-Rim-Tankers führte, und während der längsten Zeit seiner

Karriere hatte er sich daran gehalten. Sich seiner Schuld bewußt, rätselte er, wann und weshalb er schließlich doch begonnen hatte, diese eiserne Regel zunächst ein wenig zu beugen, um sie dann endgültig zu brechen.

Vielleicht war es das Trauma der Scheidung gewesen, die seine Frau vor drei Jahren eingereicht hatte, nachdem sie sich in einen der Vertreter der Immobilienfirma, bei der sie in Boston angestellt war, verliebt hatte, einen Mann, der sie – wie sie ihm ärgerlich erklärt hatte – nicht monatelang allein lassen würde.

Es mögen aber auch die vielen einsamen Nächte in fremden Häfen gewesen sein, die schon lange ihren Zauber für ihn verloren hatten.

Aus welchem Grund auch immer, jedenfalls war aus dem einen oder anderen Schluck vor dem Schlafengehen nach und nach die Gewohnheit geworden, die Langeweile der endlosen Reisen regelmäßig in Alkohol zu ertränken. Weil er sich darüber im klaren war, daß sein Laster ihm außer Kontrolle zu geraten drohte, hatte er versucht, auf dieser Reise Disziplin zu üben und hatte seinem Bedürfnis nach Alkohol nur dann nachgegeben, wenn er absolut verzweifelt war.

Aber auch so war es ihm gelungen, beinahe alle acht Flaschen leerzutrinken, die er mit an Bord geschmuggelt hatte. Erstaunlich, wie schnell das ging, dachte er, während er sich drei Fingerbreit Wodka in das Glas schüttete und sich in den Sessel hinter seinem Schreibtisch zurücklehnte.

Er wünschte sich, er hätte jetzt Wermut mit Eis vor sich stehen, aber spätestens morgen vormittag, nachdem sie vor der Raffinerie angelegt hätten und alle Formalitäten erledigt wären, würde er an Land gehen, sich eine abgelegene Bar suchen, wo kein Mensch ihn kannte, und endlich wieder einen seiner geliebten Martinis genießen.

Mehrere Martinis.

Dann würde er sich irgendwo ein Zimmer nehmen, seinen Rausch ausschlafen und am nächsten Tag wieder zur Arbeit kommen, ohne den geringsten Verdacht erregt zu haben.

Aber das Schöne am Wodka war, daß man davon keine Alkoholfahne bekam.

Malone stellte erstaunt fest, daß das Glas schon wieder leer war, obwohl er nur ein paarmal genippt zu haben glaubte. Verwirrt blinzelte er aus trüben Augen, taxierte die Situation und dachte sich: Hol's der Teufel, wir sind ja sowieso bald im Hafen. Reine Routine. Weit und breit kein Problem in Sicht. Warum also sollte er den Rest der Flasche verkommen lassen? Malone schüttete sich noch ein paar Fingerbreit ins Glas, und als er eine halbe Stunde später einschlief, hatte er die Flasche leergetrunken.

Plötzlich weckte ihn die rauhe Stimme eines seiner Offiziere. »Captain?«

Mit Mühe schaffte Malone es, einen Augendeckel aufzuklappen.

»Captain?«

Durch das halbgeöffnete rechte Auge suchte er nach dem Ursprung der Stimme, und langsam dämmerte ihm, daß sie aus dem Wandlautsprecher der Gegensprechanlage krächzte.

»Captain, wir haben ein Problem mit dem Empfang des Sonars.«

Unter äußersten Schwierigkeiten hob Malone den Kopf. Er schüttelte ihn, versuchte, einen klaren Gedanken zu fassen, öffnete *beide* Augen und zwinkerte mit den Augendeckeln. Der Blick blieb trübe. Das Glas rollte aus seinem Schoß auf den Fußboden, als Malone sich schwankend erhob, um nach dem Knopf der Gegensprechanlage zu tasten. »Äh, ja? Was? Äh, was war das ...? Wiederholen Sie.«

»Captain, ich habe gesagt, es gibt Probleme mit dem Sonar.«

Malone rieb sich über die pochende Stirn. »Probleme? Was für Probleme ...?«

»Intermittierende Ausfälle.«

Malones Zunge fühlte sich dick an. Er mußte sich anstrengen, die Worte nicht zu lallen. »Hört sich an wie ... ein ...« Das Wort war schwer auszusprechen. Seine Lippen waren wie Gummi. »Ein Kurzschluß.«

»So kommt's mir auch vor, Captain. Ich habe die Techniker-Crew beauftragt, sich das Ding einmal anzusehen.«

»Gut. Jawohl, sehr gut. Die Techniker-Crew. Gut. Lassen Sie mich wissen, was die Jungs zu berichten haben.«

»Captain, ich glaube, Sie sollten besser auf die Brücke kommen.«

»Zweifellos. Ich hab' 'n Nickerchen gehalten. Ich werde gleich da sein. So schnell wie möglich.« Zu viele S-Laute, stellte Malone trotz seiner Benommenheit fest. Er hob das Glas vom Boden auf, spülte es im Waschbecken seiner Kajüte aus und stellte es auf eine Ablage. Danach legte er die leere Wodkaflasche in den Schreibtisch und verschloß sorgfältig die Schublade.

Ich sollte mir die Zähne putzen.

Ich sollte 'n bißchen gurgeln und mir das Gesicht waschen.

Aber als Malone einen Blick in den Spiegel über dem Waschbecken warf, war er entsetzt über den stumpfen Blick seiner blutunterlaufenen Augen. Komm jetzt! dachte er. Wach endlich auf!

Er wusch sich das Gesicht zuerst mit heißem, dann mit kaltem Wasser und schluckte zwei Aspirin. Besorgt stellte er fest, daß sein Hemd zerknittert war. Zieh besser ein frisches an, dachte er. Du mußt wach aussehen!

Aus der Gegensprechanlage schnarrte die rauhe Stimme des Wachoffiziers: »Captain, das Sonar ist ausgefallen. Es ist ...« – Stimmengewirr im Hintergrund – »... absolut tot.«

Irgendwie schaffte Malone es, nicht zu torkeln, als er seine Kajüte durchquerte, die Gegensprechanlage erreichte und auf den Sprechknopf drückte. *»Vollständig?«*

»Der Schirm ist leer.«

»Schaltet das Ersatzsystem ein.«

»Hab' ich schon gemacht. Es arbeitet ebenfalls nicht, Captain.«

»Nicht . . .?« Malone atmete tief durch. Um Gottes willen! »Ich komme sofort.« Mit zitternden Fingern fummelte er die Knöpfe auf, um das Hemd zu wechseln. Im letzten Augenblick spritzte er sich noch etwas After-shave ins Gesicht, nur für den unwahrscheinlichen Fall, daß irgend jemand von der Mannschaft doch den eigentlich geruchlosen Wodka riechen könnte.

Der liebe Gott ließ Gnade walten. Niemand schaute zu, wie Malone aus seiner Kajüte stolperte, am Schott Halt suchte, sich wieder aufrichtete und auf unsicheren Beinen weiterschwankte.

»Zustandsbericht!« befahl Malone, als er den Kontrollraum betrat. Er hoffte, dabei ausreichend Autorität auszustrahlen.

»Unverändert«, antwortete der Wachoffizier. »Sowohl das Haupt- als auch das Ersatz-Sonarsystem arbeiten nicht.«

»Geben Sie mir die Navigationskarte.«

»Ich habe sie für Sie bereitgelegt, Captain. Soll ich die Maschinen stoppen?«

»Nein! Noch nicht! Erst wenn es unbedingt sein muß!« Malone starrte seine Offiziere an. Was zum Henker glaubten die denn? Wußten sie denn nicht, wie lange es dauern würde, die riesige *Argonaut* leerlaufen zu lassen und sie, nachdem das Sonar repariert wäre, wieder auf volle Fahrt zu bringen? »Drei Stunden! Wir sind unserem Fahrplan um drei Stunden voraus! Die Raffinerie wartet auf uns. Möglicherweise bekommen wir einen Bonus, weil wir so pünktlich sind. Aber wenn wir jetzt wegen einem kleinen Problem mit dem Sonar anhalten und weiß der Teufel wie spät in Brisbane ankommen, dann kriegen wir einen Dreck in die hohle Hand!«

Die nachklingende Wirkung des Wodkas ließ ihn überreagieren. Malone merkte es, aber er konnte nichts dagegen machen. Er zählte darauf, daß sie morgen früh die Raffinerie erreicht haben würden. Er konnte es nicht mehr erwarten, diesen Job loszuwerden, diesem Riesendampfer endlich zu entkommen, dessen Wände ihm während der letzten Tage ein wenig zu dicht auf den Pelz gerückt waren.

Aber vor allem anderen zählte er auf seine Belohnung. Die *Martinis*.

Er konnte ihren Geschmack beinahe schon auf der Zunge spüren.

»Aber Captain, ohne das Sonar . . .«

»Es ist nichts weiter als ein elektrisches Problem«, beharrte Malone. »Die Techniker werden den Fehler finden und ihn beheben.« Er breitete die Navigationskarte auf dem Tisch aus und studierte sie, dabei achtete er besonders auf die verschiedenen Meerestiefen und die Position der Riffs.

Ja! Er hatte diese Gewässer ganz richtig im Gedächtnis gehabt! Um die Riffs in der Torresstraße zu umgehen, hatte er die *Argonaut* um Neuguinea herum und dann nach Süden durch die Salomonsee ins Korallenmeer geführt, und dabei war er vorsichtig am Great-Barrier-Riff vor der australischen Nordostküste entlanggefahren.

Und wenn man am Great Barrier erst einmal vorbei war, dann hatte man bis Brisbane freies Meer vor sich.

»Wie lautete unsere letzte Position, bevor das Sonar ausfiel?«

»Wir befanden uns hier, Captain«, antwortete der Wachoffizier, nannte einen Längen- und einen Breitengrad und zeigte auf einen Punkt auf der Karte.

»Perfekt.« Malones Kopf fühlte sich an, als hätte ihm jemand einen Dorn durch die Schädeldecke gejagt. »Kein Problem. Dann müssen wir nur noch aufpassen, daß wir diese beiden Riffs umfahren.« Nur mit Mühe hielt er die Balance, als er sich von der Karte abwandte. »Zwanzig Grad Steuerbord.«

»Aye, aye, Captain«, sagte der Wachoffizier. Er wiederholte die Kurskorrektur dem Steuermann, der sie zur Kenntnis nahm, indem er sie ebenfalls wiederholte. »Zwanzig Grad Steuerbord.«

Malones Hand zitterte, als er sich eine Zigarette anzündete. »Und jetzt lassen Sie das elektrische Problem beheben.« Er war über sich selber erstaunt, daß er trotz des Katers so klar denken konnte. »Und lassen Sie Kaffee heraufbringen. Es wird eine lange Nacht werden.«

Anderthalb Stunden später verlangte Malone Angaben über die Geschwindigkeit der *Argonaut*, bestimmte die Position des Tankers auf der Karte, war zufrieden darüber, daß sie das erste Riff bereits passiert hatten, und drehte sich um, um eine weitere Kurskorrektur durchzugeben. Dabei stieß er gegen seinen Kaffeebecher und kippte den Inhalt auf den Boden. »Scheiße! Jemand soll das hier aufwischen! Zehn Grad Steuerbord!«

»Aye, aye, Captain. Zehn Grad Steuerbord.«

Im Kontrollraum herrschte gespannte Stille.

Der Bildschirm des Sonars leuchtete auf.

»Captain, die Techniker-Crew hat den Fehler lokalisieren können. Wir sind wieder bereit, die ... Da. Das Sonar funktioniert.«

»Ich hab's doch gesagt. Nur ein technisches Problem. Keine Notwendigkeit, die Maschinen zu stoppen.«

Malone und seine Offiziere beugten sich vor, um einen Blick auf die plötzlich wieder erleuchtete Konsole zu werfen.

»Mein Gott!« sagte jemand.

Malone schlug eine Hand vor den Mund.

Vor ihnen leuchteten die Umrisse eines Riffs auf. Im selben Augenblick rüttelte ein nervenzerfetzendes, ohrenbetäubendes Knirschen den Riesenleib des Supertankers durch. Als Malone die Balance verlor und auf die Knie sackte, sogen seine Hosen sich mit dem Kaffee voll, den er vorher verschüttet hatte. Wie erstarrt glotzte er mit offenem Mund auf die nassen Knie, als ein zweites Knirschen den Tanker durchschüttelte. Der Kaffee. So dunkel. Beinahe so dunkel wie ...

5

»Guten Abend. Hier spricht Dan Rather, CBS News. Das schlimmste Ölunglück aller Zeiten nimmt immer katastrophalere Formen an. Nachdem sie gestern mit einem Riff vor der australischen Ostküste kollidierte, befindet sich die *Argonaut* – ein Supertanker der Pacific-Rim Petroleum Company – immer noch in der Gefahr zu sinken, während alle Anstrengungen, seine Ladung unter Kontrolle zu halten, sich als wirkungslos erwiesen haben. Eine geschätzte Menge von dreißig Millionen Gallonen Rohöl verseucht jetzt das bis dahin unberührte Korallenmeer. Die vorherrschenden Strömungen treiben den Ölteppich auf eines der außerordentlichsten Naturwunder dieser Erde zu, das eintausend Meilen lange Great-Barrier-Riff. Ökologen sagen voraus, daß – sofern nicht ein Wunder geschieht – die empfindlichen Mikroorganismen, welche die Basis des Riffs bilden, durch das Öl zerstört werden und daß zusammen mit diesen Organismen das Riff selbst der Zerstörung anheimfallen wird. Wie uns unser Korrespondent in Brisbane erklärt, wird damit ein weiteres großartiges und durch nichts zu ersetzendes Wunder dieses Planeten bald zu existieren aufgehört haben.«

6

Australien

Ein zitternder und ausgezehrter Captain Malone verließ das Gerichtsgebäude in Brisbane, wo man ihn den ganzen Tag lang wegen der mißverständlichen Befehle verhört hatte, die er seinem Wachoffizier gab, um dem Riff auszuweichen, mit dem die *Argonaut* letztendlich kollidiert war. Er beharrte weiterhin darauf, daß er an seine Untergebenen den Befehl ›Zehn Grad *Backbord*‹ weitergegeben habe.

Aber der Wachoffizier und der Steuermann behaupteten, sie hätten ›Zehn Grad *Steuerbord*‹ gehört. Idioten! Nein, *Feiglinge*! Das waren sie! Verdammte, illoyale Feiglinge. Sie hatten nicht den Mut, zu ihrem Captain zu stehen! Ein paar von ihnen behaupteten sogar, sie hätten bereits den Verdacht gehabt, daß er heimlich trinke!

Gut, daß erst zwölf Stunden nach dem Unfall jemand auf die Idee gekommen ist, ihm eine Blutprobe abzunehmen. Die chemische Analyse würde zu keinen schlüssigen Aussagen mehr kommen. Und wenn sich noch geringe Spuren von Alkohol in seinem Blut befunden haben sollten, dann konnte Malone immer behaupten, er habe sich mit einem Drink stärken müssen, nachdem der Hubschrauber ihn an Land geflogen hatte.

Als Malone das Gerichtsgebäude verließ und die Fotografen Bilder von ihm schossen, hob er den Arm, um sein Gesicht zu verdecken, stolperte verärgert die Stufen herunter und zwängte sich durch die Menge hindurch zu dem Wagen, den er herbestellt hatte, um sich von hier wegbringen zu lassen. Seine Muskeln zitterten. Einen großen Wodka mit Martini, versprach er sich immer wieder.

Alles, was ich brauche, ist . . .

Wenn es mir endlich gelingt, diesen Scheißreportern zu entkommen . . .

Ein Martini!

Der wird mir den Kopf wieder klarmachen!

Malone stieß einem der Reporter seinen Ellenbogen gegen die Brust, und als der Mann zusammenklappte, stieß er ihn zur Seite, und ohne auf dessen gequältes Stöhnen zu achten, erreichte er seinen Wagen. Aber die dunkle Limousine war leer. Wo zum Teufel steckte der Fahrer? Klar, dachte Malone. Dieses Arschloch! Verduftet ist er. Die Hosen voll gehabt hat er vor den vielen Leuten. Auch so ein Feigling, genau wie meine Offiziere.

Malone kletterte hinters Lenkrad, schlug die Tür zu, drehte den Schlüssel in der Zündung, trat das Gaspedal durch und donnerte vom Gerichtsgebäude davon.

Während er mit kreischenden Reifen um die nächste Ecke schlitterte, breitete sich ein Grinsen über seinem Gesicht aus. Er war frei. Er konnte es kaum noch erwarten, den ersten Martini auf der Zunge zu schmecken, sein Körper zerplatzte beinahe, so wie sein Auto.

Die Explosion – die er gar nicht mehr hörte – verteilte Blut, Knochen, Haar und Metallteile über fünfzig Meter weit in jede Richtung.

Der Ort des großen Knalls war ausgezeichnet gewählt. Wie Dan Rather seinen Zuschauern am Abend erklärte, »erweckte es beinahe den Anschein, als seien die Täter sorgfältig und methodisch vorgegangen. Niemand sonst wurde verletzt. Nur der Kapitän der *Argonaut* fiel dem Anschlag zum Opfer.«

7

Hongkong

Chandler Thompson, geschäftsführender Manager der Pacific-Rim Petroleum Company, bemühte sich, angesichts des hellen Lichts der Scheinwerfer nicht zu sehr zu blinzeln. Er stand gebieterisch aufrecht hinter seinem Pult auf dem Podium im Konferenzraum des Pac-Rim-Hauptquartiers, einer dichtgedrängten Menge von Journalisten zugewandt. Der Achtundvierzigjährige mit den strengen, scharfgeschnittenen Gesichtszügen hatte dieser Pressekonferenz nur äußerst widerwillig zugestimmt, aber letztlich hatte die immer stärker werdende öffentliche Empörung ihm keine Wahl mehr gelassen. Er mußte versuchen, die Kontroverse beizulegen und etwas für Pac-Rims Ruf zu tun, der enormen Schaden erlitten hatte. Sein Tausend-Dollar-Anzug war tadellos gebügelt. Er hatte sich noch einmal versichert, daß die Jacke auch zugeknöpft war, bevor er in militärischer Haltung den Raum betreten hatte und auf das Podest geklettert war.

»Ob wir wußten, daß Captain Malone ein Alkoholproblem hatte? . . . Nein. Es gehört zur strengen Politik unseres Unternehmens, daß die Mitglieder unserer Mannschaften, während des Dienstes und sogar vierundzwanzig Stunden bevor sie den Fuß auf einen Tanker der Pacific-Rim setzen, absolut abstinent zu sein haben ... Ob wir Blutproben nehmen, um zu überprüfen, ob diese Regeln eingehalten werden? Das schien uns bisher nicht nötig zu sein. Unsere Offiziere werden rigoros getestet, bevor wir sie einstellen. Wir haben äußerstes Vertrauen in unser Personal. Kapitän Malones Regelverstoß war eine einmalige Ausnahme. Es gibt keinerlei Grund dafür, die Professionalität unserer anderen Offiziere in Zweifel zu ziehen, aber, ja, von jetzt an beabsichtigen wir, stichprobenweise Blutuntersuchungen auf Alkohol und Drogen durchzuführen ... Ob wir eine Ahnung haben, wer für die Ermordung Kapitän Malones verantwortlich sein könnte? Die Polizei ermittelt weiter. Es wäre voreilig, wenn wir jetzt ungerechtfertigte Anschuldigungen aussprechen würden ... Unsere Verspätung bei der Reaktion auf das Austreten des Öls? Was für eine Verspätung? Das Eindämmungsteam ist in dem Moment an die Arbeit gegangen, in dem wir von dem Unfall informiert wurden ... Unzureichendes Personal? Mangelhafte Ausbildung und Vorbereitung? Minimale Ausrüstung? Unsinn. Wir waren auf jeden Notfall vorbereitet ... Immer nur einer zur Zeit, wenn ich bitten darf. Ich habe die Frage nicht verstanden ... Das ist richtig. Mehrere Mitglieder des Eindämmungsteams lagen zur Zeit des Unfalls schlafend in ihren Betten, aber der Leiter der Nachtschicht hat sie unverzüglich alarmiert. Ich kann Ihnen versichern, daß unsere Nachtschicht von jetzt an ebenso stark sein wird wie die Tagschicht ... Nein, unglücklicherweise waren wir nicht in der Lage, die *Argonaut* davor zu bewahren, noch mehr von ihrer Ladung zu verlieren ... Dreißig Millionen Gallonen bis zur Stunde? Ich muß leider eingestehen, daß diese Zahl richtig ist. Alle Anstrengungen, ein Ausbreiten des Ölteppichs zu verhindern, waren bis jetzt vergeblich. Teile des Great-Barrier-Riffs sind, zu meinem großen Leidwesen, tatsächlich verunreinigt worden ... Würden Sie die Frage bitte wiederholen? ... Ja, Teile der Ausrüstung der Eindämmungsmannschaften haben nicht richtig funktioniert. Gerüchte wegen mangelhafter Organisation? Durcheinander? Vierundzwanzigstündige Verspätung? Warum die *Argonaut* keinen verstärkten Doppelrumpf besaß, der ein Aufreißen der inneren Wandung verhindert hätte? Bevor ich weitere Fragen beantworte, möchte ich Ihnen versichern, daß die Pacific-Rim Petroleum Company ein verantwortungsbewußtes, öffentlichkeitsfreundliches Unternehmen . . .«

Hektische Bewegung auf Thompsons linker Seite lenkte ihn ab. Ein nervöser leitender Angestellter der Pacific-Rim erklomm das Podest und hastete mit einem zusammengefalteten Zettel zu ihm herüber. Das Gesicht des Angestellten war aschfahl. Du Idiot, dachte Thompson. Du vermasselst mir . . .! Um Gottes willen, mußt du mich jetzt gerade unterbrechen? Wir müssen hier Vertrauen ausstrahlen. Ich war gerade soweit . . .!

Es gelang ihm nur mit Mühe, einen wütenden Gesichtsausdruck zurückzuhalten. Thompson nahm die Notiz entgegen und schwor sich insgeheim, den Angestellten rauszuschmeißen, sobald diese Pressekonferenz beendet wäre.

»Entschuldigen Sie bitte, Ladys und Gentlemen«, bat Thompson die Journalisten. Er bemühte sich um ein würdevolles Aussehen, als er den Zettel auseinanderfaltete. Nachdem er den Text überflogen hatte, vergaß er augenblicklich seinen Zorn. Sein Herz schlug so schnell, daß ihm schwindlig wurde. Er mußte sich an der Kante seines Pults festhalten. Die Buchstaben verschwammen ihm vor den Augen.

> Soeben teilt unser Büro in Brisbane uns mit, daß Kevin Stark, der Leiter des Eindämmungskommandos,

Stark! Noch ein Angestellter, den Thompson feuern wollte. Die Vorbereitungen, die dieser Idiot zu einer Begrenzung des Schadens getroffen hatte, waren hoffnungslos unzureichend gewesen. Es war *Starks* Fehler, daß die

Eindämmungsmaßnahmen so lange verzögert werden mußten, weil weder ausreichendes Personal noch eine einsatzbereite Ausrüstung zur Verfügung gestanden hatten. Es war *Starks* Fehler, daß das Öl das Great-Barrier-Riff erreicht hatte und dabei war, es zu töten.

vor etwa einer Stunde ertrunken aufgefunden wurde. Sein Körper steckte kopfüber in einem gefüllten Ölfaß.

Die Reporter reagierten schnell auf Thompsons offensichtlichen Schock und versammelten sich um ihn herum. Fragen schwirrten durch den Raum. Immer noch leicht schwindlig, vor allem aber durstig, langte er nach dem Glas Wasser auf seinem Pult. Nachdem Thompson das Wasser in sich hineingeschüttet hatte, schmeckte er sofort den bitteren Nachgeschmack und fing auf der Stelle an zu würgen. Ihm war, als bohrten sich Flammen durch seine Magenwände. Seine Beine versagten ihm den Dienst. Die Fotografen hörten gar nicht wieder auf zu blitzen, Videokameras surrten, als Thompson das Glas fallen ließ und langsam auf die Knie sackte. Er preßte beide Hände in die Magengrube, fing wieder an zu würgen und kippte nach vorne. Er war tot, bevor er auf dem Podium aufschlug, aber nicht bevor ihm das Blut aus dem Mund schoß und den Journalisten in der ersten Reihe über Hosen und Schuhe spritzte.

8

Houston, Texas

Virgil Krause, der neuernannte geschäftsführende Präsident der Pacific-Rim Petroleum Company, stopfte hastig seine Papiere in eine Aktentasche, bereit, in aller Eile sein Büro im obersten Stockwerk des amerikanischen Hauptquartiers der Pac-Rim zu verlassen. In einer Stunde mußte er am Houston Intercontinental Airport sein, wo ein Jet der Gesellschaft bereitstand, um ihn so schnell wie möglich nach Hongkong zu fliegen. Krause war vierzig Jahre alt und bei ausgezeichneter Gesundheit. Er war bekannt für seine Energie und seine Spannkraft, aber der Schock dieser plötzlichen Beförderung hatte ihm doch ein bißchen den Atem geraubt. Nur mit Mühe hatte er sich fünf Minuten abzweigen können, um seine Frau anzurufen und sie von der neuen Verantwortung in Kenntnis zu setzen, die er übernommen hatte. Sie würde so bald wie möglich nach Hongkong nachkommen. Inzwischen machte Krause sich auf einen arbeitsreichen, mehr oder weniger schlaflosen Flug gefaßt, denn er würde nicht bloß die Fehler noch einmal rekapitulieren müssen, die zur Katastrophe der *Argonaut* geführt hatten, sondern er würde auch mit Vorschlägen kommen müssen, wie er gegen die durch das ausgelaufene Öl hervorgerufene Verschmutzung vorzugehen gedachte und wie ein solches Unglück in Zukunft vermieden werden könnte.

Aber, und das traf den Sachverhalt wohl etwas genauer, er würde auch deshalb auf diesem Flug nicht viel Schlaf bekommen, weil er befürchtete, daß diese Beförderung, für die er so oft gebetet hatte, sich als Verdammung erweisen könnte.

Malone, Stark und Thompson. Die brutale Ermordung dieser drei Männer war mindestens so beängstigend wie die Katastrophe der *Argonaut*.

Werde ich der nächste sein? fragte sich Krause, und seine Hände zitterten, als er den Verschluß des Aktenkoffers zuklappte.

Eine Sekretärin fing Krause ab, als er gerade aus seinem Büro hastete. »Dieses Telegramm ist eben für Sie gekommen, Sir.«

Krause stopfte es sich in die Seitentasche seines Jacketts. »Ich hab's eilig. Ich werde es im Flieger lesen.«

»Aber der Bote hat gesagt, es sei dringend. Er hat darauf bestanden, daß Sie es bald wie möglich lesen.«

Krause zögerte, dann zerrte er den Umschlag wieder aus seiner Tasche und riß ihn auf.

Die drei Sätze machten ihn noch atemloser.

Fehler verlangen nach Sühne. Sorgen Sie dafür,
daß die *Argonaut* sich nicht wiederholt.
Der Herr ist Ihr Zeuge.

»Gott schütze Sie«

1

Manhattan

In ihrem Büro im fünfzehnten Stock eines rußgeschwärzten Geschäftshauses am Broadway nahe der Dreiunddreißigsten Straße legte Tess Drake die Reproduktion eines Gemäldes auf ihren Schreibtisch. Bei dem Gemälde, das von einem Maler des frühen neunzehnten Jahrhunderts stammte, handelte es sich um die farbenfrohe Abbildung eines waldigen Hangs in den Adirondack Mountains im Norden des Staates New York. Es war typisch für seine Zeit, daß der Künstler der Wildnis so idealisiert, sie so sinnlich-romantisch und idyllisch dargestellt hatte wie einen Garten, wie ein amerikanisches Eden, als sei das Ganze der Entwurf zu einem Plakat, mit dem Siedler angelockt werden sollten.

Neben die Reproduktion legte Tess eine Fotografie aus dem Jahre 1938, die eine ähnliche Landschaft in den Adirondack Mountains darstellte. Wegen der beschränkten Möglichkeiten der Farbfotografie zu dieser Zeit leuchteten die Farben nicht so prächtig wie auf dem Gemälde. Ein zweiter Unterschied bestand darin, daß die Fotografie die Landschaft nicht idealisieren, sondern die bewaldeten Hügel darstellen wollte, wie sie tatsächlich waren, und gerade deshalb wirkten die wilden, unberührten Wälder noch eindrucksvoller als auf dem Gemälde.

Schließlich legte Tess noch eine zweite Fotografie daneben, die erst vor einer Woche aufgenommen worden war und die denselben bewaldeten Hang abbildete, der dem Fotografen von 1938 bereits als Motiv gedient hatte. Der Kontrast war frappierend, und zwar nicht etwa deshalb, weil die Fortschritte der Fotografie die Farbtöne lebendiger gestaltet hätten. Ganz im Gegenteil. Das Foto wirkte alarmierend trostlos, beunruhigend trübe. Abgesehen von dem matten Blau des dunstverhangenen Himmels fehlte beinahe jegliche Farbe. Kein sattes, grünes Laub. Nur ein morastiges Braun, als sei beim Entwickeln des Films etwas schiefgelaufen. Und es war auch tatsächlich etwas schiefgelaufen, nur nicht mit dem Film im Fotolabor, sondern mit der Luft, den Wolken, dem Regen. Dieser Abschnitt des Waldes war von der Säure in eben jenem Regenwasser getötet worden, das ihn eigentlich hätte nähren sollen. Die Bäume, ihrer Blätter entkleidet, sahen auf eine beinahe obszöne Weise kahl aus, als hätte ihr Schöpfer einen Fluch über diesen Hang gelegt.

Tess lehnte sich voller Empörung zurück, um die Bildfolge noch einmal zu studieren. Ihre deprimierende Aussage war so eindeutig, daß der Artikel, den sie dazu schreiben wollte, kaum eindrucksvoller werden könnte, auch wenn er natürlich geschrieben werden mußte wie zahllose andere Artikel über vergleichbare Umweltkatastrophen, die sie in der Hoffnung verfaßt hatte, die Menschen mögen endlich auf die globale Krise reagieren. Ihr Engagement war auch die Erklärung dafür, daß sie sich trotz des lukrativen Angebotes von auflagenstarken Illustrierten wie *Cosmopolitan* oder *Vanity Fair* dazu entschlossen hatte, für das *Earth Mother Magazine* zu schreiben. Sie fühlte sich diesem Planeten verpflichtet.

Dabei mußte sie allerdings zugeben, daß ihr Idealismus kein allzu großes Opfer für sie bedeutete. Sie war achtundzwanzig Jahre alt, und während die meisten ihrer Altersgenossinnen wie besessen hinter dem Geld her waren, genoß sie die Vorzüge eines Treuhandvermögens, das ihr verstorbener Großvater ihr hinterlassen hatte und das ihr die Freiheit gab, der Verlockung hochbezahlter Jobs mit Gleichgültigkeit begegnen zu können. Ironischerweise machte dieses Vermögen sie nicht nur unabhängig, sondern es versorgte sie gleichzeitig mit der Motivation für ihr umweltpolitisches Engagement, denn seine beträchtliche Höhe resultierte aus den sehr erfolgreichen chemischen Fabriken ihres Großvaters, deren unzulänglich entsorgte Abwässer Flüsse abgetötet und in verschiedenen

Gegenden New Jerseys und Pennsylvaniens das Trinkwasser verseucht hatten. Es verschaffte Tess eine gewisse Befriedigung, sich mit aller Kraft für Wiedergutmachung einzusetzen.

Sie sah aus wie eine Statue. Tess war fast eins fünfundsiebzig groß, hatte kurzgeschnittenes, blondes Haar, attraktive, strahlende Gesichtszüge und eine kräftige, sinnliche Figur, die sie mit täglichem Training in einem Fitnessclub in der Nähe ihrer Wohnung in Soho in Form hielt. Ihre Augen leuchteten kristallblau, und als Make-up legte sie nur einen Hauch von Lippenstift auf. Jeans, Turnschuhe und ein Baumwollpullover waren ihre liebsten Kleidungsstücke. Sie langte nach einem Apfel in der gutgefüllten Schale auf ihrem Schreibtisch, genoß den Geschmack der Frucht, und als sie jemanden hinter sich spürte, drehte sie sich zu dem Mann um, der in der offenen Tür zu ihrem Büro stand.

»Machen Sie schon wieder Überstunden?« In seinen Augenwinkeln bildeten sich Lachfalten. »Man schämt sich ja beinahe, nach Hause zu gehen.« Sein Name war Walter Trask. Er war der Herausgeber des *Earth Mother Magazine*. Seine Anzugjacke hatte er über den Ärmel seines verknitterten weißen Hemds geworfen. Der Kragenknopf stand offen, den Schlipsknoten hatte er aufgezogen. Mit seinen fünfundfünfzig Jahren hatte er bereits graues, schütteres Haar und bleiche, herunterhängende Wangen.

»Schon so spät?« Tess warf einen Blick auf ihre Armbanduhr. »Mein Gott, schon wieder sieben Uhr. Ich habe an meinem Artikel über den sauren Regen gebastelt. Es ist mir wieder so an die Nieren gegangen, daß . . .«

»Morgen, Tess. Gönnen Sie sich 'ne Pause, und machen Sie morgen weiter. Bis dahin wird der Planet schon noch überleben. Aber *Sie* machen das nicht mehr lange mit, wenn Sie nicht kürzertreten.«

Tess zuckte selbstbewußt mit den Schultern. »Ich denke, ein bißchen Schwimmen würde mir jetzt guttun.«

Trask schüttelte den Kopf. »Wenn ich doch nur 'n bißchen von Ihrer Energie hätte.«

»Vitamine und Training.«

»Was ich bräuchte, sind dreißig Jahre weniger. Haben Sie die Zeitung schon gelesen? Die Morde bei der Pacific-Rim nach der großen Katastrophe? Was halten Sie davon?«

Tess hob die Schultern. »Ist doch sonnenklar.«

»Ach?«

»Die Schweinerei hat jemanden stinksauer gemacht.«

»Sicher«, seufzte Trask. »Das meinte ich nicht. Meinen Sie nicht, daß wir eine Story darüber machen sollten?«

»Das *Earth Mother Magazine* ist doch kein Revolverblatt. Der Ölteppich ist die Story. Nicht die Morde. Das ist nur ein Nebenaspekt. Ein kleiner. Fanatiker schaden unserer Sache doch nur. Zu viele Menschen halten uns schon für Fanatiker und meinen, wir würden die Bedrohung hochspielen . . .«

»Sicher«, wiederholte Trask. »Aber immerhin schreiben wir rote Zahlen. Wenn wir . . . Nun . . . Nicht so wichtig. Schließen Sie ab, wenn Sie gehen, Tess. Und machen Sie nicht mehr so lange, okay?«

»Ehrenwort.«

»Gut. Bis morgen, Kindchen.« Den Kopf zwischen die Schultern gezogen, stapfte Trask den Korridor entlang und verschwand.

Eine halbe Minute später hörte Tess, wie der Fahrstuhl abwärts fuhr. Sie aß ihren Apfel auf, maß die Grafiken für ihren Artikel aus und entschied dann, daß Trask recht hatte. Sie mußte sich eine Pause gönnen. Das Problem war nur, daß sie genau wußte, daß sie sich nach ein paar Bahnen im Schwimmbecken und einer Dusche, nach dem Heimweg zu Fuß, einem Salat, einer fleischlosen Tomatensoße auf italienischen Nudeln (mit jeder Menge Pilzen, Zwiebeln und grünen Paprika) wieder dazu verurteilt fühlen würde, an ihrem Artikel weiterzuarbeiten. Deshalb legte sie sich entgegen Trasks Ratschlag die Grafiken und zwei Schachteln mit Recherchen zurecht, hängte sich ihre Tasche über die Schulter, nahm beide Schachteln und ein Klemmbrett mit gelbem Notizpapier hoch, schaltete mit dem Ellenbogen das Licht in ihrem Büro aus und ging den Korridor entlang, wobei sie auf gleiche Weise weitere Lichtschalter umlegte.

Zum Schluß schaltete sie mit einem erneuten Ellenbogenstoß die Alarmanlage auf Bereitschaft. Sie trat aus dem infraroten Lichtschein heraus und stieß die Glastür auf, die sich hinter ihr automatisch verriegelte. In dem kleinen Vorraum drückte sie mit dem Handrücken auf den Fahrstuhlknopf, lehnte sich gegen die Wand, hörte den Fahrstuhl heraufkommen und gestand sich endlich ein, daß sie hundemüde war.

Müdigkeit oder auch Schicksal, was immer der Grund gewesen sein mochte, jedenfalls rutschte Tess das Klemmbrett aus der Hand, nachdem die Fahrstuhltüren aufgeglitten waren und sie die Kabine betreten hatte. Es polterte auf den Boden, und der goldene Cross-Füllfederhalter, der daran befestigt war, rollte in eine Ecke. Der Füllfederhalter, ein Geschenk ihres Vaters zum ersten Tag auf dem College, war für sie mit bittersüßen Erinnerungen verbunden – ihr Vater hatte ihren Studienabschluß nicht mehr erleben dürfen.

Mit einem Stöhnen drückte sie auf den Knopf für das Erdgeschoß und spürte, wie die Kabine nach unten sackte, während sie sich mit Handtasche und Schachteln bückte, um das Klemmbrett und den Füllfederhalter wieder aufzuheben. Vorgebeugt, die Hüften schräg nach oben in die Luft gereckt, erstarrte sie, als der Fahrstuhl plötzlich und unerwartet anhielt. Als die Türen aufglitten, spähte sie nach hinten, vorbei an einem Knie, und langsam tauchte ein Mann in ihrem Blickfeld auf und warf einen langen Schatten über sie. In dieser unbeholfenen, würdelosen Position kam sie sich verwundbar vor, zumindest aber war sie ihr äußerst peinlich. Nicht gerade meine vorteilhafteste Seite, dachte sie bei sich.

Aber das wohlwollende Lächeln des Mannes beruhigte sie augenblicklich. Nach einem mitfühlenden Achselzucken bückte er sich und hob Klemmbrett und Füllfederhalter für sie auf, und auch wenn Tess es erst viel später klar wurde: Dieser Akt der Höflichkeit sollte ihr gesamtes Leben verändern. Während der alptraumhaften Tage und Wochen, die jetzt folgen sollten, würde Tess beinahe zwanghaft immer wieder diese Augenblicke rekapitulieren, sie würde sich fragen, ob sie überhaupt miteinander gesprochen hätten, wenn ihr das Klemmbrett mit dem Füllfederhalter nicht aus der Hand gerutscht wäre. Vielleicht wären ihr dann all dieser Schmerz, diese Trauer und dieses Entsetzen erspart geblieben.

Aber sie kam auch immer wieder zu demselben Schluß: Die Ereignisse hatten ihr Verhalten bestimmt. Wie grauenhaft die Folgen auch immer gewesen sein mochten, sie hätte nichts anderes machen können, und ebensowenig war sie in der Lage, sich gegen die Anziehungskraft zu wehren, die dieser Mann auf sie ausübte. Absurd? Unlogisch? Ja. Chemie oder Schwingungen? Konfluenz der Planeten oder auch einfach nur eine Vereinigung zweier Sterne? Wie auch immer man es nennen wollte, sie bekam jedenfalls weiche Knie, in der Leistengegend stellte sich ein warmes Gefühl ein, und für einen Moment mußte sie gar befürchten, ohnmächtig zu werden. Aber anstatt zusammenzusinken, gelang es ihr, sich aufzurichten, dem Mann in die Augen zu schauen und ihre Hände ruhig zu halten.

Der Mann war groß, mindestens eins fünfundachtzig, und Tess, die ebenfalls hochgewachsen war, mochte Männer, deren Schultern sich nicht auf gleicher Höhe mit ihren befanden. Er hatte einen gesunden, leuchtenden, sonnengebräunten Teint, markante Kieferknochen und schroffe, klassisch schöne Gesichtszüge. Sein Körper war perfekt geformt, muskulös und trotzdem schlank. Seine Kleidung unterschied sich nicht wesentlich von ihrer: Jeans, Turnschuhe und ein blaues Baumwollhemd, dessen Kragen aus einem burgunderfarbenen Baumwollpullover herausschaute. Aber seine Augen. *Sie* waren es, die Tess vor allem anderen auffielen. In ihnen schimmerte ein Glanz, der direkt aus der Seele zu kommen schien, und ihre Farbe war ungewöhnlich, Grau, ein Farbton, der

Tess bis dahin nur bei den Helden jener erregenden Liebesromane begegnet war, die sie während ihrer Teenagerjahre mit großem Vergnügen und schlechtem Gewissen verschlungen hatte.

Obwohl sie jetzt versuchte, ein besonders würdevolles Gesicht zu machen, beharrte der Fremde auf seinem Lächeln. »Schwerer Tag?« fragte er.

»Nicht so schlimm. Nur ein bißchen lang«, antwortete Tess.

Der Fremde deutete auf die Schachteln, die unter ihrem Arm klemmten. »Offensichtlich soll er noch länger werden.«

Tess wurde rot. »Ich fürchte, ich versuche mal wieder, zuviel zu tun.«

»Immer noch besser als zuwenig.« Der Fremde drückte auf den Knopf für das Erdgeschoß, kniff die Augen zusammen und musterte den Füllfederhalter in seiner Hand. »Gold Cross«, sagte er und betonte dabei den Namen des Herstellers, als habe dieser eine besondere Bedeutung für ihn. Er befestigte das Schreibgerät wieder an dem Klemmbrett und reichte es ihr.

Kurz berührten sich ihre Hände. Dabei mußte wohl statische Aufladung übergesprungen sein, denn in Tess' Fingern begann es zu kribbeln.

»Sie arbeiten für das *Earth Mother Magazine*?« fragte der Fremde.

»Woher wissen Sie . . .?«

»Die Aufkleber auf Ihren Schachteln.«

»Oh, natürlich.« Tess wurde schon wieder rot. »Und Sie? Sie sind im Stockwerk unter meinem zugestiegen. Dort gibt es nur eine Firma. Eine Fernseh-Produktionsfirma. *Truth Video.*«

»Richtig. Übrigens, ich habe Ihr Magazin gelesen. Es ist ausgezeichnet. Ich bastle gerade an einer Dokumentation, die mit Ihrer Arbeit in Beziehung steht – es ist ein Video über mangelnde Sicherheitsvorkehrungen in einer Atommülldeponie. Ich kann mir nichts Wichtigeres vorstellen als Ihre und meine Arbeit.«

»Dann versuchen Sie also auch, diesen Planeten zu retten?« Tess nickte etwas verzagt. »Wenn doch bloß mehr Menschen so denken würden wie wir.«

»Nun, das ist genau das Problem, oder?«

»Ach.« Tess legte die Stirn in Falten. »Ich sehe so *viele* Probleme. Welches ist für Sie das . . .?«

»Die Natur des Menschen. Ich bin nicht sicher, ob der Planet überhaupt noch gerettet werden kann.«

Diese Antwort erstaunte Tess.

Der Fahrstuhl blieb stehen.

»Brauchen Sie Hilfe mit Ihren Schachteln?« fragte der Fremde.

»Nein, ich werde schon damit fertig.«

»Dann lassen Sie sich wenigstens von mir die Tür aufhalten.«

Sie traten hinaus auf den Bürgersteig, zu den gehetzten Fußgängern, dem lärmenden Verkehr, den stinkenden Autoabgasen und dem dunstverhangenen Sonnenuntergang.

»Das ist es, was ich meine.« Der Fremde schüttelte den Kopf. Seine Worte klangen traurig. »Ich bin nicht sicher, ob dieser Planet noch gerettet werden kann.« Er half Tess dabei, ein Taxi anzuhalten, dann sah er sich um, als halte er nach jemandem Ausschau. »Gott schütze Sie«, sagte er, drehte sich auf dem Absatz um, mischte sich unter die Passanten und verschwand auf beinahe magische Weise zwischen ihnen.

Tess spürte immer noch das Prickeln in ihren Fingern.

2

Als Tess am nächsten Morgen in der Eingangshalle auf den Fahrstuhl wartete und einmal kurz nach rechts schaute, erblickte sie den Fremden, der gerade das Gebäude betrat. Sie spürte, wie ihre Wangen sich röteten.

»Hallo«, sagte er.

Verwirrt durch die Tatsache, daß sie sich so stark zu ihm hingezogen fühlte, andererseits bemüht, es sich nicht anmerken zu lassen, brachte sie ein halbwegs freundliches Lächeln zustande. »Ein schöner Morgen.«

»Ja, trotz allem. Als ich zu laufen anfing, kam gerade eine frische Brise. Und der Smog hält sich noch in Grenzen.«

»Sie joggen?«

»Jeden Tag.«

»He, genau wie ich«, antwortete Tess.

»Man sieht es.«

Tess spürte, wie ihre Wangen sich noch mehr röteten.

»Es ist gut für den Körper«, sagte der Fremde, »und gut für die Seele.«

»Ich tue mein Bestes.«

Sie verfielen in Schweigen.

Das Schweigen zog sich in die Länge.

»Dieser Fahrstuhl«, seufzte Tess.

»Ja, er ist schrecklich langsam. Aber ich versuche immer, alles so zu nehmen, wie es kommt.«

»So nach der Devise: ›Geduld ist eine Tugend‹?«

Der Mann überlegte kurz. »Nennen wir es doch lieber Disziplin.«

Die Türen glitten auf.

»Da. Sehen Sie?« Der Fremde deutete auf den Fahrstuhl. »Schließlich kommt alles zur rechten Zeit.«

Sie betraten die Kabine.

»Ich verspreche, daß ich heute nichts fallen lasse«, sagte Tess.

»Es war mir ein Vergnügen, Ihnen zu helfen.«

»Aber ich hatte noch nicht die Gelegenheit, Ihnen zu danken.«

»Nicht nötig«, erwiderte der Fremde. »Sie hätten dasselbe für mich getan.«

Tess schaute ihm zu, wie er zuerst den Knopf für sein Stockwerk drückte, dann für ihres, und mit einer gewissen Befriedigung stellte sie fest, daß er keinen Ehering trug.

Der Fremde drehte sich um. »Ich finde, wenn wir uns schon ständig über den Weg laufen, dann sollten wir uns auch vorstellen.«

Tess mochte das Funkeln seiner grauen Augen. Sie sagte ihm ihren Namen, oder zumindest ihren *Vor*namen. Aus reiner Gewohnheit verschwieg sie, daß ihr Nachname Drake lautete, denn gelegentlich stellten die Leute dann die Frage nach ihrem berühmten Vater, und es regte sie immer so auf, wenn sie über die schreckliche Weise reden mußte, wie er zu Tode gekommen war.

»Tess?« Der Fremde legte seinen Kopf auf die Seite und nickte. »Sehr schön. Das ist die Kurzform für ...«

»Theresa.« Wieder sagte sie dem Fremden nur die halbe Wahrheit. Auch wenn ›Tess‹ tatsächlich manchmal als Kurzform für Theresa gebraucht wurde, so war ihr Spitzname doch in Wirklichkeit ein Resultat der Angewohnheit ihres Vaters, sie ›Contessa Theresa‹ zu nennen, als sie noch ein Kind war. Und das hatte er schließlich liebevoll zu ›Tess‹ abgekürzt.

»Natürlich«, sagte der dunkelhaarige, umwerfend gut aussehende Mann. »Theresa. Die spanische Mystikerin, die Organisatorin des Ordens der Karmeliterinnen.«

Tess blickte erstaunt drein. »Das wußte ich gar nicht. Das heißt ... es war mir nicht klar ...«

»Ist doch nicht so wichtig. Es gehört zu meinen Marotten, alle möglichen nutzlosen Informationen zu speichern.«

»Und *Ihr* Name?« wollte Tess wissen.

»Joseph.«

Kein Nachname, registrierte Tess, ebensowenig, wie sie *ihren* preisgegeben hatte.

Der Fahrstuhl ruckelte zum Halt.

»Ich denke, es wird wieder Zeit für die tägliche Tretmühle«, meinte Joseph.

»So schlimm wird's doch nicht sein. Gestern abend hatte ich den Eindruck, als würden Sie Ihre Arbeit gerne tun.«

»Den Verfall des Planeten dokumentieren? Das kann

wohl kaum ein Vergnügen sein. Aber trotzdem, es macht mich zufrieden, daß ich wenigstens versuche, etwas zu erreichen.« Joseph verließ die Fahrstuhlkabine und drehte sich noch einmal zu ihr um. Sein Gesicht strahlte. »Gott schütze Sie.«

Als die Türen sich wieder geschlossen hatten und Joseph verschwunden war, war es Tess, als wollte ihr der Magen in die Kniekehlen sacken, und das lag nicht nur an der Aufwärtsfahrt des Fahrstuhls.

3

Am nächsten Tag, einem Freitag, war Tess von ihrem Artikel so sehr in Anspruch genommen, daß sie die Mittagspause durcharbeitete. Um Viertel nach zwei machte sich das Knurren im Magen so stark bemerkbar, daß sie zu dem Schluß kam, ihre Konzentration könnte leiden, wenn sie sich nicht bald etwas zum Essen besorgte.

Als sie den Fahrstuhl betrat, dachte sie an Joseph. Ein Stockwerk tiefer blieb die Kabine stehen. Wieder spürte sie dieses Kribbeln. Nein, dachte sie. Es ist nichts weiter als ein Zufall.

Aber als die Türen sich öffneten und Joseph vor ihr stand, wurden ihr die Knie weich.

Er grinste. Offensichtlich war er nicht überrascht, sie zu sehen. »Scheint so, als seien wir dazu verurteilt, uns über den Weg zu laufen.« Er drückte auf den Knopf für das Erdgeschoß. »Was macht Ihre Tretmühle?«

Jetzt, wo er so dicht neben ihr stand und sie seinen Arm auf ihrem spürte, hatte Tess Mühe, ruhig und gleichmäßig zu atmen. »Tretmühle?« Plötzlich fiel ihr ein, daß er gestern dieses Wort gebraucht hatte. »Oh, Sie meinen meine Arbeit. Ich schreibe einen Artikel über den sauren Regen. Es läuft ganz gut.«

»Mehr kann man doch nicht verlangen.«

»Ich . . .«

»Ja?«

»Finden Sie es nicht seltsam, um es mal ganz vorsichtig auszudrücken, daß Sie und ich den Fahrstuhl . . .«

»Immer im selben Moment benutzen?« Joseph zuckte mit den Achseln. »Die Welt ist ein seltsamer Ort. Schon vor langer Zeit habe ich mich entschlossen, die Vorsehung zu akzeptieren und keine Fragen zu stellen. Einige Dinge müssen ganz einfach passieren.«

»So etwas wie Kismet oder Karma?«

»Vorsehung.« Josephs graue Augen leuchteten. »Spätes Mittagessen heute?«

Tess stieg der Duft seines After-shave in die Nase. Sie konnte ein leichtes Zittern in ihrer Stimme nicht vermeiden. »Ich habe die Zeit vergessen.«

»Ich auch. Jedenfalls die Zeit auf der Uhr. Da gibt es einen Feinkostimbiß auf der anderen Straßenseite. Wollen Sie mich begleiten?«

Tess lief eine Gänsehaut über die Arme. »Nur, wenn ich mein Essen selber bezahlen darf.«

Joseph machte eine einladende Handbewegung. »Ganz, wie Sie wünschen.«

Draußen, auf dem lärmigen Gehsteig, warteten sie auf eine Lücke im Verkehr, um dann blitzschnell über die Straße zu laufen und in das Feinkostlokal zu stürzen. Der Nachmittag war schwül, die Auspuffgase machten es dem trüben Sonnenlicht schwer. Als Tess den gegenüberliegenden Gehsteig erreicht hatte, schaute sie Joseph an, und ohne es zu wollen bemerkte sie, daß er sich nach jemandem umzuschauen schien, wie bei ihrem ersten Zusammentreffen. Warum? Sie unterdrückte ein Stirnrunzeln und fragte sich – beeinflußt von den Gewohnheiten ihres Vaters –, ob er sich vielleicht beobachtet fühlte. Schluß jetzt, sagte sie zu sich selbst. Das hier ist kein Geheimtreffen. Komm zurück in die Wirklichkeit.

Das hellerleuchtete Lokal war nur zu einem Viertel gefüllt.

»Unser Pastrami ist heute sehr gut«, sagte der Kellner.

»Danke. Kein Fleisch«, erwiderte Joseph. »Ich hätte gerne ein Sandwich mit Tomaten und Gärtnergurke.«

»Und etwas Krautsalat? Wie wär's mit ein paar eingelegten Gurken?«

»Nicht schlecht. Und eine Flasche Mineralwasser.«

»Hört sich gut an«, sagte Tess. »Dasselbe für mich.« Als der Kellner wieder gegangen war, studierte sie Josephs Gesicht. »Kein Fleisch? Sind Sie Vegetarier?«

»Das ist keine große Sache. Fleisch bekommt mir nicht besonders gut. Und außerdem ist heute Freitag.«

Tess – die selber römisch-katholisch war – glaubte, die Anspielung verstanden zu haben. Früher wäre es Katholiken nicht erlaubt gewesen, am Freitag Fleisch zu essen. Aber heute hielten sich nur noch ältere, strenggläubige Katholiken an diese altmodische Regel, und Joseph war, wie sie selbst, noch jung genug, um nicht aus Angst vor einer Sünde freitags kein Fleisch mehr zu essen.

»Ich frage deshalb« – Tess unterdrückte ihr Erstaunen –, »weil ich selber auch meistens vegetarisch lebe.«

»Nun, dann haben wir ja etwas gemeinsam.«

»Wie die Tatsache, daß wir beide katholisch sind?«

Joseph legte die Stirn in Falten. »Weshalb glauben Sie, daß ich katholisch bin?«

»Kein Fleisch am Freitag.«

»Ach«, sagte Joseph, »ich verstehe. Nein, ich gehöre nicht dieser Religion an.«

»Da muß ich Sie um Entschuldigung bitten. Ich glaube, ich frage zuviel.«

»Keine Sorge, ich fühlte mich nicht auf den Schlips getreten.«

»Darf ich Sie noch etwas fragen?«

»Ich warte.«

»Warum waren Sie so nervös, als Sie die Straße überquerten?«

Joseph lachte. »In New York? Bei den vielen Junkies und verrückten Autofahrern? Wer wäre da nicht nervös?«

»Noch eine Frage?«

»Sicher.«

»Würden Sie mich morgen gerne wiedersehen?« Ihre eigene Kühnheit erstaunte Tess. Das Herz hüpfte ihr in der Brust.

»Ob ich . . .?« Joseph konzentrierte sich, starrte auf die Tischplatte, spielte mit Messer und Gabel herum, dann richtete er den durchdringenden Blick seiner grauen Augen wieder auf sie. »Natürlich. Ich bin sehr gerne mit Ihnen zusammen.«

Tess stieß die angehaltene Luft aus.

»Aber ich sollte Ihnen gegenüber aufrichtig sein.«

Verdammt, dachte sie. Jetzt kommt es. Genau das hatte ich befürchtet. Dieser umwerfende Mann wird mir jetzt erzählen, daß er fest mit jemandem zusammen ist.

»Unbedingt.« Sie richtete sich auf und preßte ihre Handflächen auf die Tischplatte. Sie war auf alles vorbereitet. »Ich weiß Aufrichtigkeit zu schätzen.«

»Wir können nicht mehr als gute Freunde sein.«

»Ich weiß nicht, was Sie . . .«

»Ich meine, daß wir niemals ein Liebespaar werden können.«

Seine Offenheit verwirrte sie. »He«, sagte Tess, »ich wollte Ihnen keinen Antrag machen. Das sollte nicht etwa heißen, daß ich mit Ihnen ins Bett gehen will.«

»Das weiß ich. Nein, nein, Ihr Verhalten ist tadellos.« Joseph langte über den Tisch und berührte ganz sanft ihre Hand. Ihr fiel auf, daß er eine gezackte Narbe auf der Unterseite des Handgelenks hatte. »Ich wollte Sie wirklich nicht in Verlegenheit bringen. Es ist nur . . . es gibt da im Zusammenhang mit mir ein paar Dinge, die Sie nicht verstehen würden.«

»Ich glaube, ich verstehe ganz genau.«

»Ach?«

»Sie sind schwul. Ist es das?«

Joseph lachte. »Absolut nicht.«

»Ich meine, es würde mir nicht das geringste ausmachen, wenn Sie schwul wären. Ich möchte es nur wissen. Ich möchte mich nicht noch mehr zum Idioten machen, als ich es ohnehin schon getan habe.«

»Glauben Sie mir, Tess, ich bin nicht schwul, und Sie haben sich auch nicht zum Idioten gemacht.«

»Dann hatten Sie vielleicht so eine Art Unfall und sind jetzt . . .«

»Sie meinen, daß ich dabei entmannt wurde? Wohl kaum. Um die Wahrheit zu sagen, es schmeichelt mir ungeheuer, daß Sie Ihre Zeit mit mir verbringen wollen. Aber ich habe gewisse . . . nun, nennen wir es Verpflichtungen. Ich kann Ihnen nicht erklären, *was* das ist oder *warum* ich ihnen nachkommen muß. Sie müssen mir einfach vertrauen und es akzeptieren. Um ehrlich zu sein, ich würde mich sehr über Ihre Freundschaft freuen.«

»Freundschaft?« Tess wollte es nicht akzeptieren. »Auf der High-School habe ich mich mal eines aufdringlichen Verehrers entledigt, indem ich ihm meine Freundschaft anbot.«

»Aber wir sind nicht mehr auf der High-School«, sagte Joseph. »Wenn Sie auf meine Kameradschaft Wert legen . . . und ich würde mich sehr über Ihre freuen . . . ich finde es schrecklich, so förmlich zu reden, aber das sind meine Bedingungen.«

»Hören Sie.« Tess biß sich auf die Unterlippe. »Vielleicht sollten wir das Ganze vergessen.«

»Aber warum? Weil Sie sich keine Beziehung zwischen Mann und Frau vorstellen können, die nicht im Bett endet?« wollte Joseph von ihr wissen.

»Mein Gott, ich komme mir vor wie ein Idiot.«

»Das müssen Sie nicht«, sagte Joseph. »Sie sind eine gesunde, intelligente, attraktive Frau mit ganz normalen Bedürfnissen. Aber ich«, Josephs Blick wurde noch durchdringender, »ich bin ganz anders.«

»Sie lassen sich keinen Streit aufzwingen. Vielleicht möchte ich gerade deshalb . . .« Sie konnte selber kaum glauben, daß sie das sagte. »Möchte ich mit Ihnen zusammensein.«

»Platonisch«, fügte Joseph hinzu.

»Okay. Sicher. Jetzt im Moment. Aber wer weiß . . .?«

»Nein, Tess. Nicht bloß jetzt im Moment, sondern für immer. Glauben Sie mir, es ist besser so.«

»Warum?«

»Weil es ewig währt.«

»Sie sind der seltsamste Mensch, dem ich je begegnet bin«, sagte Tess.

»Ich nehme das als Kompliment.«

»Okay.« Tess packte um so entschlossener zu. »Um welche Uhrzeit morgen?«

»Um zehn Uhr vormittags?« schlug Joseph vor. »Upper East Side. Carl-Schurz-Park. An der Achtundachtzigsten Straße. Gleich neben dem Rathaus.«

»Kenne ich.«

»Dort gibt es einen Joggingpfad am Fluß entlang. Da wir ohnehin jeden Tag laufen, könnten wir es auch gemeinsam tun.«

»Na prima«, sagte Tess. »Wir gehen zusammen joggen, und dabei kann ich dann gleich meine Schwäche für Sie abarbeiten.«

»Training wirkt oft Wunder, liebe platonische Freundin.«

»Vielleicht bei Ihnen.«

Joseph grinste gutmütig. »Es wirkt genauso wie die kalte Dusche.«

»Ich muß Sie warnen«, erwiderte Tess. »Ich werde mein Bestes tun, um Sie in Versuchung zu führen.«

»Wird Ihnen nichts nützen. Wirklich, mich kann man nicht in Versuchung führen.«

»Ich nehme es als Herausforderung.«

4

Schon um zehn Uhr am Morgen war auf dem Joggingpfad neben dem East River eine Menge los. Das Fehlen des Berufsverkehrs hatte die Luft vom Smog befreit, und so zeigte sich den New Yorkern ein ungewöhnlich strahlender Himmel. Ältere Leute hatten es sich auf den Bänken bequem gemacht und genossen den Frieden des Wochenendes. Zur Linken, auf einem Platz hinter einem hüfthohen, schmiedeeisernen Zaun spielten ein paar Jungen Basketball. Sonnenanbeter hatten ihre Decken auf der Rasenfläche ausgebreitet und erfreuten sich an der ungewöhnlich warmen Junisonne. Zwischen den Bäumen führten die Leute ihre Hunde spazieren. Was für ein Geschenk, dachte Tess. Wie selten diese wunderschönen Tage geworden sind.

Sie trug einen blauen Jogginganzug, der sich ausgezeichnet mit dem Türkis ihrer Augen ergänzte. Auch wenn er ziemlich locker saß, konnte er die geschmeidige Schlankheit ihres Körpers und die festen, frech nach oben gerichteten Brüste nicht ganz verbergen. Ein rotes Schweißband umschloß ihre Stirn und betonte das kurze, blonde Haar. Sie lehnte ihre festen Hüften gegen das Geländer, das den Joggingpfad vom Fluß trennte, und beobachtete die Läufer. Viele von ihnen hatten Kopfhörer aufgesetzt, die mit winzigen, an den Hosenbünden befestigten Radiogeräten verbunden waren. Sie selbst zog es vor, sich nicht von Musik ablenken zu lassen und sich ausschließlich dem Hochgefühl hinzugeben, das ein ausgedehntes Training ihr verschaffte. Als sie die beinahe meditative Freude auf den verschwitzten Gesichtern der Läufer sah, konnte sie es kaum noch erwarten, sich ihnen anzuschließen. Gleich, dachte sie. Joseph muß jeden Augenblick hier sein.

Während sie wartete, dachte sie erstaunt über die unwiderstehliche Anziehungskraft nach, die er auf sie ausübte. Sicher, er war ein gutaussehender Typ, aber Tess war schon mit vielen gutaussehenden Männern ausgegangen, ohne sich gleich so intensiv zu ihnen hingezogen zu fühlen. Die meisten von ihnen waren sich ihres Aussehens durchaus bewußt gewesen, und sie hatte ihre Egozentrik nicht ausstehen können. Einer von ihnen war noch mit drei anderen Frauen gegangen, während er behauptet hatte, außer Tess gäbe es niemanden für ihn auf dieser

Welt. Ein anderer war ein aufstrebender Mann beim Fernsehen gewesen, und er hatte Tess vor allem als Publikum für Geschichten darüber gebraucht, wie großartig er war und wieviel Einfluß er hatte.

Während der letzten sechs Monate war sie mit niemandem mehr ausgegangen. Vielleicht erklärt das meine Hingezogenheit zu Joseph, dachte Tess. Eine Kombination aus Überarbeitung und Einsamkeit. Aber sie verwarf diese Erklärung immer mehr, je länger sie darüber nachdachte. Es war etwas an ihm, für das sie nicht die richtigen Worte fand. Ein gutaussehender Mann, der nicht in sein Aussehen verliebt war, der sie mit Achtung behandelte, mit dem sie gut reden konnte, der sich auf sie als ein menschliches Wesen bezog und nicht als eine potentielle sexuelle Herausforderung. Alles das zählte sicherlich. Und trotzdem, noch nie war sie gegenüber einem Mann, der sie interessierte, so hartnäckig und so offen zu Werke gegangen. Warum? Es war noch etwas anderes an ihm. Was mochte das sein? Dieses ungekannte Gefühl erstaunte sie nicht nur, es verwirrte sie auch.

Sie wußte nicht, aus welcher Richtung Joseph kommen würde, von rechts oder von links oder direkt von vorne zwischen den Bäumen des Parks hindurch, also ließ sie den Blick schweifen, um nach ihm Ausschau zu halten. Wir hätten einen genauen Treffpunkt ausmachen sollen, dachte sie, und versuchte weiter, ihn unter den vielen Menschen zu entdecken. Aber immerhin steht niemand ganz in meiner Nähe. Er sollte also keine Schwierigkeiten haben, mich zu finden.

Weil sie sich auf das Zusammensein mit ihm freute, war Tess bereits so früh gekommen, um Viertel vor zehn, aber jetzt, als sie auf ihre Uhr schaute, stellte sie besorgt fest, daß es bereits Viertel *nach* zehn war.

Hatten sie sich verfehlt?

Sie hielt zwischen den vielen Leuten noch aufmerksamer nach ihm Ausschau.

Dann zeigte ihre Uhr halb elf, und mit frustrierender

Langsamkeit rückte der Zeiger auf elf Uhr vor. Etwas Wichtiges mußte ihn aufgehalten haben.

Aber als es dann schließlich halb zwölf wurde und dann Mittag, da glaubte sie auf einmal verärgert, den Grund für sein Ausbleiben kapiert zu haben.

Das war ihr bis jetzt erst einmal passiert, während des ersten Semesters auf dem College. Ihr Rendezvouspartner hatte sich auf einer Studentenparty am Samstagnachmittag so schrecklich betrunken, daß er zu krank war, um sie abends noch ins Kino auszuführen, und er hatte sich nicht einmal die Mühe gemacht, ihr telefonisch abzusagen. Das war damals das Ende *dieser* Beziehung gewesen.

Und jetzt hatte auch Joseph sie sitzenlassen. Sie konnte es kaum glauben. Enttäuschung und Wut kämpften miteinander.

Die Wut trug den Sieg davon.

Dieses Arschl . . .! Zu schön, um wahr zu sein. Genauso war es. Tess, wir können nicht mehr als Freunde sein. Nun, Kumpel, das kannst du vergessen! Wir sind keine Freunde.

Schäumend vor Wut reihte sie sich in den Strom der anderen Jogger ein. Sie war viel zu aufgebracht, um sich mit den einleitenden Ritualen des Aufwärmens und Gliederstreckens abzugeben, ihr Zorn trieb ihre langen, ausgreifenden Schritte so nachhaltig an, daß sie sogar noch die Schnellsten unter den Läufern hinter sich ließ.

Arschloch.

5

Der Sonntag war trübselig. Ein trostloser Regen trug noch zu Tess' Niedergeschlagenheit bei. Barfuß und immer noch in den Shorts und dem zerknitterten T-Shirt, in denen sie geschlafen hatte, schlürfte sie einen Becher starken, schwarzen Kaffees und schaute mit finsterer Miene aus dem Fenster ihrer Dachwohnung in Soho. Drei Stockwerke unter ihr, auf der anderen Straßenseite, hatte eine durchweichte, armselige Katze Zuflucht unter einer Schaukel auf dem kleinen Spielplatz gefunden.

Hinter Tess lief der Fernseher. Eine Moderatorin des Cable News Network schilderte gerade in düsteren Farben die Auswirkungen der neuesten Umweltkatastrophe. In Tennessee war ein Zug mit zwanzig Waggons voll anhydrischem Ammoniak, einem hochgiftigen Gas, das in flüssiger Form transportiert und für die Herstellung von Kunstdünger gebraucht wird, auf eine abgelegene Strecke mit schlecht gewarteten Gleisen geraten, entgleist und eine Böschung heruntergerollt. Die Tanks waren geplatzt, und die Ladung hatte sich wieder in Gas verwandelt. Der gewaltigen Giftwolke waren bis dahin die gesamte Besatzung des Zuges, sechzehn Bewohner benachbarter Farmen, Dutzende Stück Vieh, Hunderte von wilden Tieren und Tausende von Vögeln zum Opfer gefallen. Ein nordöstlicher Wind trieb die dichte, weiße Wolke auf eine nahe gelegene Stadt mit fünfzehntausend Einwohnern zu, die jetzt in heller Panik die Flucht ergriffen. Die Helfer, die pausenlos im Einsatz waren, konnten weder die Wolke aufhalten, noch waren sie in der Lage, eine Evakuierung von solchen Ausmaßen in geordnete Bahnen zu lenken. Nach der letzten Zählung waren acht Autofahrer getötet und sechzehn weitere bei Autounfällen schwer verletzt worden, die auf das allgemeine Chaos bei den verzweifelten Versuchen der Einwohner zurückzuführen sind, rechtzeitig aus der Stadt zu fliehen. Das schwere Gas, so berichtete die Fernsehjournalistin, würde schließlich auf den Boden sinken, aber paradoxerweise würde es dort nichts Gutes anrichten, auch wenn man anhydrisches Ammoniak zur Herstellung von Dünger benützte. Jedenfalls nicht im unaufgelösten Zustand. Im Gegenteil, auf seinem gegenwärtigen, extrem hoch konzentrierten (82 %) Stickstoffniveau würde es Hunderte Hektar Wald und Ackerland verdorren lassen, es würde in Flüsse, Brunnen, Teiche und Wasserreservoire einsickern und somit den gesamten Trinkwassernachschub der Stadt vergiften.

Tess ließ die Schultern hängen. Sie stellte den Fernseher ab und warf einen finsteren Blick hinauf zu ihrer Glasdecke, auf die mit nervenzerreibender Monotonie der Regen prasselte. Sie erschauerte bei dem Gedanken, wieviel katastrophaler noch, wie unvorstellbar schrecklich solch ein Unfall erst wäre, wenn er in der Nähe eines der großen Ballungsgebiete passieren würde. Und eines Tages wird es auch so kommen, da war sie sich sicher. Bei all der Sorglosigkeit, der schlechten Planung, der schlecht gewarteten Ausrüstung, der Lethargie der Regierung, der Überbevölkerung, der Gier und der Dummheit der Menschen ... Tess schüttelte den Kopf. So viele Gründe. Zu viele. Stück für Stück starb die Erde, und es tat sich nicht die geringste Möglichkeit auf, diesem Sterben Einhalt zu gebieten.

Eine Zeile aus Yeats Gedichten fiel ihr ein: ›Was die Mitte nicht hält, fällt auseinander.‹ Sie fühlte sich erschöpft. Sie ließ ihren Plan fallen, heute morgen in das Fitnesscenter zu gehen. Statt dessen wollte sie ein langes, heißes Bad nehmen. Ich habe mich in letzter Zeit überfordert, dachte sie. Ich sollte mir die *Sunday Times* nehmen und mich im Bett verkriechen.

Aber sie wußte, daß die Neuigkeiten sie nur niedergeschlagener machen würden.

Vielleicht ein paar alte Filme, dachte sie. Ich könnte mir ein paar Screwball-Komödien mit Cary Grant aus der Videothek holen.

Aber sie bezweifelte, daß sie darüber lachen könnte. Wie konnte sie lachen, wenn ...? Ohne die deprimierende Wirkung der Meldungen aus Tennessee verharmlosen zu wollen, mußte sie sich widerwillig eingestehen, daß ihre Niedergeschlagenheit auch eine Folge der bitteren Enttäuschung war, die Joseph ihr am Tag zuvor bereitet hatte.

Der Zorn schwelte noch immer in ihr. Warum hat er ...?

Joseph schien ihr nicht der Typ für solche Unhöflichkeiten zu sein. Okay, ich muß zugeben, daß ich ihm ganz schön zugesetzt habe. Ich wollte ihn mit aller Macht zu dem Eingeständnis bringen, daß wir mehr als nur gute Freunde sein könnten. Ich hab's übertrieben. Wahrscheinlich habe ich ihn dadurch verscheucht.

Aber trotzdem, in dem Fall hätte er dich wenigstens anrufen und dir erklären können, daß er es sich anders überlegt habe und dich nicht sehen wolle. Ihre Entrüstung loderte wieder auf. Er hätte dich nicht warten lassen müssen.

Dich anrufen, dachte Tess plötzlich. Deine Nummer steht nicht im Telefonbuch! Und selbst wenn sie dort stünde, du hast ihm ja nicht einmal deinen Nachnamen genannt! Woher willst du wissen, daß er nicht einen guten Grund hatte, nicht in den Park zu kommen. Und es gab keine Möglichkeit für ihn, dich zu benachrichtigen.

Ob ich meinen gekränkten Stolz einfach mal vergesse und ihn anrufe?

Du dummes Huhn, du kennst doch seinen Nachnamen genauso wenig, wie er deinen kennt.

6

Am Montag rechnete eine selbstbewußte Tess beinahe damit, Joseph in der Eingangshalle zu begegnen, als sie auf den Fahrstuhl wartete, aber diesmal blieb der Zufall aus. In ihrem Büro versuchte sie, sich auf ihren Artikel zu konzentrieren, aber immer häufiger schaute sie vom Display ihres Computers hinüber zum Telefon.

Immer wenn es klingelte, zuckte sie zusammen und hoffte, es wäre Joseph, und jedesmal war sie enttäuscht, wenn er es nicht war. Gegen halb zwölf war sie so frustriert, daß sie aus dem Branchenverzeichnis die Nummer von *Truth Video* heraussuchte. Sie nahm den Hörer von der Gabel, nur um ihn wieder draufzuknallen.

Was ist mit mir los? Ich bin diejenige, die sitzengelassen wurde. Warum sollte ich *ihn* anrufen? Habe ich meinen ganzen Stolz verloren? Habe ich es etwa nötig, um eine Entschuldigung zu *betteln*?

Als sie um zwei zum Mittagessen ging, wartete sie wieder darauf, ihm im Fahrstuhl zu begegnen, aber die Kabine schwebte an der Etage von *Truth Video* vorbei, ohne anzuhalten. Spontan entschloß sie sich, in dem Feinkostimbiß auf der anderen Straßenseite zu essen. Keine Spur von Joseph.

Sie dachte an ihn, als sie dasselbe bestellte, was sie beide am Freitag gegessen hatten: ein Sandwich mit Tomaten und Gärtnergurke.

Sie traf ihn auch auf dem Rückweg nicht am Fahrstuhl, bekam im Büro keinen Anruf von ihm, und er lief ihr auch nicht über den Weg, als sie kurz nach sieben das Gebäude verließ.

Hol ihn der Teufel! Er hatte seine Chance!

Aber am Dienstag, als sie immer noch kein Lebenszeichen von ihm hatte, knallte sie den goldenen Cross-Füllfederhalter, mit dem sie den Computerausdruck ihres Artikels korrigiert hatte, auf den Tisch und beschloß, sich wenigstens die Entschuldigung von ihm zu holen.

Ja, darauf wollte sie bestehen!

Aber nicht am Telefon. Nein. Sie wollte ihn dabei ansehen, wie er versuchte, sich aus der Sache herauszuwinden.

Sie wollte, daß er...

Das Arschloch sollte sich höchstpersönlich bei ihr entschuldigen.

7

Truth Video hatte einen engen Empfangsraum, der von den Büros durch eine dicke Glaswand und eine Tür abgetrennt war. Eine Sekretärin schaute von ihrem Schreibtisch hoch und sprach durch einen Schlitz in einem Fenster mit Tess. Ihre Hand schwebte über einem Knopf, mit dem man die elektronische Verriegelung der Tür öffnen konnte. »Kann ich Ihnen helfen?«

Tess' Entschlossenheit geriet ins Wanken.

Sei nicht albern! Er wird denken, du wärst eine ...

Was wird er von mir denken?

Daß ich hinter ihm herjage? Darüber sollte er gottfroh sein!

Tess holte Luft und versuchte, einen möglichst geschäftsmäßigen Eindruck zu machen und sich die Wut nicht anmerken zu lassen.

Innerlich mußte sie sogar lächeln. Wenn ich mir den widerlichen Kerl gleich vornehme und die Sekretärin hört alles mit ... Gibt das einen Büroklatsch!

»Ja, das können Sie allerdings. Ich suche einen Mann, der hier arbeitet. Ich kenne seinen Nachnamen nicht, aber sein Vorname lautet Joseph.«

Die Empfangsdame nickte, auch wenn sie etwas verwundert aus den Augen schaute. »Hier arbeitet nur ein Joseph. Sie müssen Joseph Martin meinen.«

»Martin?« Tess wiederholte im Geiste diesen Namen. »Anfang Dreißig? Groß? Schlank? Dunkles Haar? Graue Augen?«

»Ja, das ist er.«

»Nun, wenn er noch nicht zum Mittagessen gegangen ist, dann seien Sie bitte so freundlich und teilen ihm mit, daß ich ihn sprechen möchte.«

»Tut mir leid.« Die Sekretärin legte die Stirn in Falten. »Ich weiß nicht, ob er gerade beim Mittagessen ist, aber hier ist er ganz sicher nicht.«

»Na großartig. Dann werde ich es später noch einmal versuchen. Haben Sie eine Ahnung, wann er zurück sein wird?«

»Nun, das ist die Frage, nicht wahr?«

»Ich verstehe nicht ganz.«

»Joseph hat sich noch nicht wieder zur Arbeit gemeldet, seit er am Freitag das Büro verlassen hat.«

»Wie bitte?«

»Wir haben ihn weder gestern noch heute zu Gesicht bekommen«, antwortete die Empfangsdame. »Er hat uns nicht angerufen, um uns mitzuteilen, daß er krank ist oder daß eine familiäre Angelegenheit ihn am Kommen gehindert hat. Er ist einfach nicht aufgetaucht.«

Tess fühlte sich aus dem Gleichgewicht gebracht.

»Die im Schneideraum sind ganz verzweifelt, weil sie nicht wissen, wie sie ohne ihn den Termin einhalten sollen und ...«

Tess' Zorn spielte jetzt keine Rolle mehr. Sie drückte ihre Fingerspitzen gegen die Scheibe. »Warum haben Sie ihn nicht angerufen?«

»Damit wären wir beim nächsten Problem. Sollte er ein Telefon haben, dann hat er vergessen, die Nummer auf seinem Personalbogen einzutragen.« Die Empfangsdame musterte Tess jetzt etwas aufmerksamer. »Sind Sie eine Freundin von ihm?«

»Auf eine etwas merkwürdige Weise ...«

Die Frau zuckte mit den Achseln. »Das paßt. Joseph selber ist schon merkwürdig genug. Hören Sie, wenn Sie ihm über den Weg laufen sollten, dann tun Sie uns bitte den Gefallen und sagen Sie ihm, er möge uns anrufen. Wir können seine Notizen zu dem Projekt, an dem wir gerade arbeiten, nirgends finden. Aber im Schneideraum brauchen sie diese Notizen unbedingt, wenn der Termin noch eingehalten werden soll.«

»Aber ist denn niemand zu Joseph nach Hause gegangen?«

Die Empfangsdame gab sich alle Mühe, geduldig zu bleiben. »Ich habe Ihnen doch gesagt, wir können seine Notizen nicht finden. Und der Bote, den wir zu ihm geschickt haben, kam zurück und teilte uns mit, daß niemand unter der Adresse wohnt, die Joseph uns gab.«

»Wie lautet die Adresse?«

»Das spielt doch keine Rolle. Glauben Sie mir, sie wird Ihnen nichts nützen.«

Tess sprach jetzt wieder etwas lauter. »Ich habe Sie gefragt, *wie lautet diese Adresse*?«

Die Empfangsdame klopfte sich mit dem Kugelschreiber gegen das Kinn. »Sie verschwenden Ihre Zeit, aber wenn es für Sie so wichtig ist . . .«

»Es ist so wichtig für mich.«

»Sie müssen tatsächlich eine Freundin von ihm sein.« Die Frau seufzte, blätterte ihre Adressenkartei durch und nannte Tess schließlich eine Adresse am Broadway.

Tess kritzelte sie sich auf einen Zettel.

»Aber ich sage Ihnen, es ist . . .«

»Ich weiß schon. Die pure Zeitverschwendung.«

8

Aber als Tess aus dem Taxi kletterte und sich mit den plärrenden Autohupen und den giftigen Abgasen des gestauten Verkehrs Ecke Broadway und Fünfter Straße konfrontiert sah, fing sie doch an, sich zu wundern. Sie verglich die Nummer auf dem heruntergekommenen Gebäude, vor dem sie stand, noch einmal mit der Adresse auf ihrem Zettel, und jetzt verstand sie – und dabei leistete sie der Empfangsdame gegenüber verspätete Abbitte – warum man ihr gesagt hatte, sie verschwende nur ihre Zeit.

Das Gebäude beherbergte im Erdgeschoß eine Touristenfalle, einen völlig überteuerten Foto- und Elektronikladen. Die verstaubten Fenster des ersten Stocks trugen die Aufschrift: SEXUALTHERAPIE. Und die Fenster im dritten Stock waren ganz einfach schwarz gestrichen. Mochte der liebe Gott wissen, was sich hinter ihnen verbarg. Aber Tess nahm ihren ganzen Mut zusammen. Sie war entschlossen, es herauszufinden. Denn die Adresse, die man ihr gegeben hatte, trug hinter der Hausnummer den Zusatz ›2. Stock‹.

Sie stieg über einen Betrunkenen hinweg oder eher einen Junkie, der vor der Tür zusammengebrochen war, kam in einen Flur, in dem es nach Urin stank, kletterte Treppenstufen hinauf, auf denen ein ähnlich unangenehmer Geruch herrschte, brachte das Selbstvertrauen auf, das beklemmende Dämmerlicht zu ignorieren und erreichte schließlich den schummrigen zweiten Stock. Die Namen von Firmen auf den verschiedenen Türen trugen noch zu der Gewißheit bei, daß es sich bei diesem Gebäude um ein reines Geschäftshaus handelte und daß weder Joseph noch sonst jemand hier eine Wohnung hätte.

Aber warum, fragte sie sich, hatte Joseph seinem Arbeitgeber diese Anschrift gegeben? Irgend etwas stimmte hier nicht.

Sie fand eine offene Tür mit einer Nummer auf der Milchglasscheibe, die zu der Nummer auf ihrem Notizzettel paßte.

Drinnen fand sie eine Frau mit gekräuseltem Haar und zu stark geschminkten Lippen, die hinter einem Schreibtisch saß. Die Frau las Kaugummi kauend in einem Taschenbuch. An jeder Wand, vom Boden bis zur Decke, befanden sich 20 x 20 cm große numerierte, verschließbare Fächer mit Stahltüren.

Zögernd näherte Tess sich dem Schreibtisch.

Die Frau las ungerührt weiter.

»Entschuldigen Sie«, sagte Tess.

Die Frau blätterte eine Seite um.

Tess räusperte sich. »Dürfte ich Sie einen Moment ...«

Die Frau legte das Buch aufgeschlagen auf den Tisch und schaute mit gerunzelter Stirn hoch.

»Ich suche ...« Tess schüttelte den Kopf. »Da ist kein Schild an der Tür. Was ist das hier für ein Unternehmen?«

Die Frau traktierte den Kaugummi in ihrem Mund. »Ein Postdienst.«

»Ich verstehe nicht ...«

»Noch nie was von Postfächern gehört? Der Bote bringt das Zeug. Ich sortiere es, lege es in die Fächer, und der Kunde holt es sich ab.«

»Haben Sie jemals den Namen ...? Ich suche einen Mann mit dem Namen Joseph Martin.«

»Tut mir leid. Da klingelt's bei mir nicht.«

»Und wenn ich ihn beschreibe?«

»Schätzchen ...« – die Frau hob abwehrend eine pummelige Hand –, ». . . bevor Sie loslegen: Ich bin nur zur Aushilfe hier. Das festangestellte Mädchen ist krank geworden. Blinddarm oder so was Ähnliches. Ich kenne keinen Joseph Martin.«

»Aber er hat seinem Arbeitgeber dieses Büro als Wohnadresse angegeben.«

Die Frau gluckste vor Vergnügen. »Sicher. Vielleicht schleicht er sich nachts hier rein und klappt seine Campingliege auf. Kommen Sie, ich hab' doch gesagt, es ist ein privater Postdienst. Der gute Martin wollte wahrscheinlich, daß sie ihm den Gehaltsscheck an diese Adresse schicken.«

Tess' Puls schlug schneller. »Wenn er einer Ihrer Kunden ist . . .«

»Vielleicht ja, vielleicht auch nicht. Ich hab' heute morgen erst hier angefangen. Und seitdem ist hier kein Joseph Martin aufgetaucht.«

»Aber mal angenommen, er wäre tatsächlich Kunde hier, könnten Sie dann herausfinden, ob er am Sonntag oder Montag seine Post abgeholt hat?«

Die Frau kniff die Augen zusammen. »Nein.«

»Warum nicht?«

»Weil das eine vertrauliche Information wäre, Schätzchen. Als ich heute morgen anfing, hat der Kerl, der mich angestellt hat, mir zwei Dinge eingetrichtert: Erstens, ich muß mir von jedem Kunden den Personalausweis zeigen lassen, bevor ich das Fach aufschließe, zweitens, ich bin nicht befugt, irgendwelche Informationen über die Kunden herauszugeben. Es laufen zu viele Gerichtsvollzieher frei herum.« Die Frau beäugte Tess mit zunehmendem Mißtrauen.

»Ich bin kein Gerichtsvollzieher.«

»Das sagen *Sie.*«

»Hören Sie, ich mache mir einfach nur Sorgen um einen Freund. Er ist seit Freitag verschwunden, und . . .«

»Das behaupten *Sie.* Und ich? Ich muß mein Schäfchen auch ins trockene bringen. Wenn dieses Mädchen krank genug für den vorzeitigen Ruhestand ist oder gar stirbt, dann wird für mich vielleicht eine feste Anstellung aus der Sache. Also, warum sollte ich diese Chance aufs Spiel setzen? Was weiß ich, vielleicht arbeiten Sie für meinen Boß, und er hat Sie nur hergeschickt, um mir auf die Finger zu gucken. Nein, suchen Sie woanders nach Ihrem Freund.«

9

Im Taxi, mit dem sie zurück zur Arbeit fuhr, zitterte Tess vor Enttäuschung. Sie versuchte sich damit zu trösten, daß sie ihr Bestes versucht hatte. Wenn Joseph beschlossen haben sollte, seinen Job hinzuschmeißen und unterzutauchen, dann ging sie das schließlich nichts an.

Aber trotz allen Bemühens, sie konnte das komische Gefühl im Magen nicht ignorieren. Mal angenommen, Josephs plötzliches Verschwinden hatte etwas mit *ihr* zu tun.

Sei nicht albern, dachte sie. Kein Mensch wirft seinen Job hin, nur um einer Frau zu entkommen, die vielleicht etwas zu heftig versucht hat, eine Liebesgeschichte vom Zaun zu brechen.

Trotzdem, Joseph hatte seinen Job nicht gekündigt. Die Empfangsdame bei *Truth Video* sagte, er habe nicht einmal angerufen, um sein Fehlen zu entschuldigen.

Na und? Das bewies gar nichts. Viele Leute schmeißen ihren Job hin, ohne ihrem Arbeitgeber zu kündigen. Sie lassen sich einfach nicht mehr dort blicken.

Aber einen solchen verantwortungslosen Eindruck hat Joseph nicht gemacht, dachte Tess.

Sicher, genausowenig wie er der Typ war, der eine Frau so mir nichts, dir nichts versetzt. Sei nicht so naiv. Du hast ihn insgesamt dreimal gesehen. Was weißt du schon über ihn? Du mußt zugeben – und das hast du ihm ja auch auf die Nase gebunden –, daß er der seltsamste Mann ist, der dir je begegnete. Selbst die Empfangsdame bei *Truth Video* fand ihn merkwürdig. Und vielleicht hast du dich gerade deshalb so sehr von ihm angezogen gefühlt.

Tess biß sich auf die Unterlippe. Gib zu, daß du dir Sorgen machst, weil du befürchtest, es könnte ihm etwas zugestoßen sein. Womöglich liegt er krank in seiner Wohnung und ist zu schwach, um ans Telefon zu gehen und Hilfe zu holen. Diese Erklärung wäre zugleich Balsam für deinen verletzten Stolz.

Tess sackte auf dem Rücksitz des Taxis in sich zusammen.

Was ist bloß los mit mir? Wünsche ich mir tatsächlich, daß er zu krank ist, um zu telefonieren?

Im Radio des Taxifahrers erklang die Stimme eines Sprechers, der die neuesten Meldungen über die Giftkatastrophe in Tennessee verlas. Dreihundert Tote. Achthundert schwer Erkrankte. Die Äcker übersät mit Tausenden von toten Tieren und Vögeln. Die Wälder und die Ernte auf den Feldern begannen wegen der ätzenden Wirkung des hochkonzentrierten Stickstoffs bereits braun zu werden. Neben anderen Behörden hatte die Umweltschutzbehörde in aller Eile Untersuchungsbeamte an den Ort des alptraumhaften Geschehens geschickt, mit dem Auftrag, die Gründe für das Entgleisen des Zugs herauszufinden. Wie aus gut informierten Quellen verlautete, wiesen die ersten Ermittlungen darauf hin, daß Etatkürzungen bei der unter finanziellem Druck stehenden Tennessee Railway verantwortlich für die personelle Unterbesetzung der Wartungsmannschaften waren. Der Eigner der Eisenbahn war noch nicht zu erreichen gewesen, auch wenn das Gerücht ging, daß seine kürzliche Scheidung – kostspielig und verursacht durch eine Affäre mit einer seiner Sekretärinnen – ihn davon abgehalten hätte, wichtige geschäftliche Entscheidungen zu treffen. Außerdem stand der Vorarbeiter der Wartungsmannschaft in dem Verdacht, kokainabhängig zu sein.

Mein Gott, dachte Tess. Während ich mir hier Gedanken um einen fremden Mann mache, der mich wahrscheinlich nur schnöde versetzt hat, geht da draußen die Erde zum Teufel.

Eine barsche Stimme unterbrach ihre Gedanken.

»Was?« Tess richtete sich auf. »Tut mir leid. Ich habe ...«

»Lady«, sagte der Taxifahrer ungeduldig, »wir sind da. Sie schulden mir vier Bucks.«

10

Erstaunt darüber, daß sie ihren Schreibtisch beinahe zwei Stunden verlassen hatte, versuchte Tess sich auf die Korrekturen zu konzentrieren, die sie an ihrem Artikel vorgenommen hatte, aber noch während sie Notizen für einen möglicherweise etwas aussagekräftigeren letzten Absatz auf einen Schreibblock kritzelte, ertappte sie sich dabei, wie sie geistesabwesend auf den goldenen Cross-Füllfederhalter starrte. Sie erinnerte sich an den Tag, als ihr Vater ihn ihr geschenkt hatte, und auch daran, daß sie Joseph vielleicht gar nicht kennengelernt hätte, wenn er ihr nicht aus der Hand gefallen wäre.

Ganz plötzlich stand sie auf, verließ ihr Büro, ging an einer langen Reihe anderer Büros entlang und blieb erst am Ende des Korridors vor der offenstehenden Tür zum letzten Büro stehen. Ebenso plötzlich, wie sie gekommen war, schien ihre Entschlossenheit wieder dahinzuschwinden. Denn was sie hinter dieser Tür erblickte, war Walter Trask, ein wohlbeleibter, etwas onkelhafter Mittfünfziger, Herausgeber des *Earth Mother Magazine*, der dort über seinen Schreibtisch gebeugt saß, sich die Schläfen rieb und angesichts eines Papiers den Kopf schüttelte, das wie eine Geschäftsbilanz aussah.

Tess wollte sich schon umdrehen und wieder gehen.

Aber Trask mußte ihre Anwesenheit wohl gespürt haben. Er ließ den besorgten Blick zur Tür schweifen, und sogleich hellte seine Miene sich auf, und er lächelte: »He, Kindchen, wie geht es Ihnen?«

Tess antwortete nicht.

»Kommen Sie, was ist los?« Trask lehnte sich zurück und warf die Hände in die Luft. »Sie sind doch sonst immer so fröhlich. So schlimm wird's schon nicht sein. Kommen Sie herein, strecken Sie die Beine unter meinen Tisch, und erzählen Sie mir, was Sie bedrückt.«

Tess runzelte die Stirn und betrat das Büro.

»Was ist?« Er zog die Augenbrauen hoch. »Ärger mit dem Artikel?«

»Ärger ja.« Sie versank in seinem Besuchersessel. »Aber nicht mit dem Artikel.«

»Das heißt, es ist . . .?« Trask zog die Augenbrauen noch etwas höher.

»Persönlich.« Tess fühlte die Hemmungen stärker werden. »Es ist mir unangenehm. Vielleicht hätte ich nicht . . .«

»Unsinn. Deshalb steht meine Tür immer offen. Persönliche Probleme führen immer auch zu *beruflichen* Problemen. Wenn mein Personal unglücklich ist, leidet das Magazin darunter. Erzählen Sie's mir. Sie wissen doch, wie sehr ich Sie mag. Nehmen Sie mich als Ihren Beichtvater. Und – ich hoffe, ich muß das nicht betonen – alles, was in diesem Raum gesprochen wird, bleibt unter uns.«

Tess bemühte sich stillzusitzen. Ihr war klar, daß man von der Tochter eines solchen Mannes, wie ihr verstorbener Vater einer war, mehr Souveränität gewissen Problemen gegenüber erwarten konnte. »Was ich Sie fragen wollte . . . Sie kennen doch diese Firmen, von denen manche Leute ihre Post aufbewahren lassen?«

Trasks Blick verengte sich, wodurch die Falten um die Augen herum noch deutlicher hervortraten. »Wo Leute ihre Post aufbewahren?«

»So wie die Schließfächer im Postamt, nur daß sie sich eben nicht im Postamt befinden.«

»Ah, jetzt verstehe ich . . . private Postdienste. Sicher. Was ist damit?«

Tess' Magen zog sich zusammen. »Wer benützt so etwas? Und warum?«

Trask lehnte sich vor und dachte über ihre Frage nach. »Das kommt darauf an. Zum einen Versandhäuser, die mal eben den schnellen Dollar machen wollen. Die Sorte, die auf den letzten Seiten der Revolverblätter und Sexmagazine inseriert. Echte Nazi-Bajonetts aus dem Zweiten Weltkrieg oder aufblasbare, anatomisch vollständige weibliche Gummipuppen in Lebensgröße. Solche Leute geben ein Postfach als Adresse an. Alles, was der Kunde tun muß, ist, seinen Scheck an solch eine Adresse schikken. Und der Gauner, der die Anzeige aufgegeben hat, holt sich die Post bei einem von diesen Diensten ab, drei oder vier Monate lang, bis er das Gefühl hat, seine Kunden könnten ungeduldig werden und sich an die Polizei wenden. Dann nimmt er sein Geld und macht, daß er aus der Stadt kommt. Natürlich ohne ein Bajonett oder eine aufblasbare Puppe geliefert zu haben.«

»Aber ...« Tess umklammerte ihre Oberschenkel. »Warum so kompliziert? Warum benutzen diese Leute nicht einfach ein normales Postschließfach?«

»Weil ...« Trask zuckte mit den Achseln. »Ich weiß, man kann es sich nur schwer vorstellen, aber manche von den Leuten, die in Revolverblättern und einschlägigen Magazinen nach solchen Anzeigen Ausschau halten, sind klug genug, den Braten zu riechen, wenn die Firma, an die sie ihren Scheck schicken sollen, nichts vorzuweisen hat, das wie eine feste Adresse aussieht. Außerdem riskieren diese Betrugskünstler, daß sie mit falscher Post überhäuft werden, und so ziemlich der letzte Ort, wo solch ein Typ sich blicken lassen wird, ist ein ordentliches Postamt, wo einer der Angestellten sich darüber wundern könnte, daß Hunderte von Briefen mit eindeutig zweideutigen Anschriften angekommen sind. Sammlerdienst Zweiter Weltkrieg oder Fernlehrinstitut für weibliche Anatomie oder so ähnlich.«

»Okay.« Tess legte die Stirn in Falten. »Auf eine ekelhafte Weise macht das Sinn. Aber es gibt doch sicher noch andere Gründe, einen solchen Dienst in Anspruch zu nehmen.« Auf einmal erinnerte sie sich daran, was die kraushaarige Frau zu ihr gesagt hatte. »Zum Beispiel, um Gerichtsvollziehern aus dem Weg zu gehen?«

»Und ob«, antwortete Trask. »Ein Bursche, der eine Vorladung vor Gericht befürchten muß, der eine Klage am Hals hat oder der seine Alimente nicht zahlen kann und nicht will, daß seine Exfrau seine richtige Adresse erfährt, der ist mit so einer Einrichtung gut bedient.«

Tess dachte darüber nach, dann schüttelte sie den Kopf. »Ich verstehe trotzdem nicht ... Würde ein Gerichtsvollzieher nicht einfach abwarten, bis sein Opfer kommt, um sich seine Post abzuholen?«

»Gerichtsvollzieher werden nur für das Ergebnis ihrer Arbeit bezahlt«, erwiderte Trask. »Und sie wissen genau, daß diese Schließfachdienste nichts als Ärger bedeuten. Es könnte immerhin passieren, daß sie tagelang, vielleicht sogar wochenlang dort warten müßten, und das auch noch umsonst. Und wenn jemand absolut vermeiden will, aufgespürt zu werden, dann muß er den Schließfachdienst ja nur dafür bezahlen, daß sie seine Post an eine andere Adresse weiterleiten. Und außerdem gibt es ja auch ganz legitime Gründe, einen privaten Postservice anstelle der regulären Schließfächer zu benützen.«

Per Handzeichen forderte Tess ihren Chef auf fortzufahren.

»Warum ist das alles so interessant für Sie, Tess?« wollte Trask wissen.

»Bitte, reden Sie weiter.«

»Also, wenn man zum Beispiel einen Job hat, wegen dem man lange Zeit außer Landes sein muß, und man nicht darauf angewiesen sein will, daß das Postamt einem die Post nachsendet. Oder jemand wohnt in einem anderen Staat, braucht aber aus rechtlichen Gründen eine Geschäftsadresse in New York. Oder man ist Inhaber eines seriösen Versandhauses und ist sich trotzdem des Mißtrauens bewußt, das eine provisorisch wirkende Postfachadresse bei den Kunden hervorrufen kann. Legitime

Gründe gibt es viele. Aber ich bin davon überzeugt, daß in sieben von zehn Fällen die Leute einen privaten Schließfachdienst benützen, weil ...«

»Sie ihre wirkliche Adresse nicht preisgeben wollen.«

»Sie haben es erfaßt«, sagte Trask.

Tess starrte auf ihren goldenen Füllfederhalter. »Danke.«

»Was auch immer Sie für ein Problem haben ... Hören Sie, Kindchen, ich will nicht bohren, aber ich mag es gar nicht gerne, wenn Sie so mutlos in die Welt schauen. Und da ich Ihnen jetzt *Ihre* Frage beantwortet habe, tun Sie mir einen Gefallen und beantworten Sie *meine*. Vielleicht kann ich Ihnen helfen. Warum ist das mit den Schließfächern so wichtig für Sie?«

Tess sackte wieder in sich zusammen und schüttelte den Kopf. »Ich ... Es ist einfach so ... Nun, ich habe herausgefunden, daß jemand, den ich kenne ... einen solchen Dienst in Anspruch nimmt.«

»Bei diesem Jemand handelt es sich um einen Mann?« wollte Trask wissen.

Tess nickte betrübt.

»Ach so.« Trasks Stimme hatte leiser geklungen.

»Ich wollte mich am Samstag mit ihm treffen, aber er ließ sich nicht blicken, und diese Woche ist er nicht zur Arbeit gekommen.«

»Ach.« Trasks Stimme war noch leiser geworden.

»Und jetzt versuche ich herauszufinden, warum das so ist.«

»Seien Sie vorsichtig, Tess.«

»Ich muß es tun. Meine Selbstachtung steht auf dem Spiel. Ich muß wissen, was mit ihm passiert ist.«

»Nun, vielleicht ...« Trask seufzte.

»Was?«

»Es ist nur eine Vermutung. Könnte sein, daß Sie sie gar nicht hören wollen.«

»Erzählen Sie.«

»Nun, vielleicht wollte er tatsächlich nicht gefunden werden, und nun ist ihm jemand zu dicht auf die Pelle gerückt, eine Exfrau, die ihre Alimente nicht bekommen hat oder wer auch immer. Vielleicht wurde Ihr Freund gezwungen, sich aus dem Staub zu machen.«

Tess steckte den Füllfederhalter in ihre Handtasche. »Es tut mir leid, daß ich Sie von der Arbeit abgehalten habe. Vielen Dank, Walter. Ich habe schon zuviel von Ihrer Zeit in Anspruch genommen.« Sie erhob sich aus ihrem Sessel.

»Nein, Tess, bitte warten Sie noch einen Moment. Ich habe doch gesagt, daß ich Ihnen vielleicht helfen kann. Vielleicht wissen Sie es nicht, aber bevor ich das *Earth Mother Magazine* gründete, habe ich für die *Times* gearbeitet, und dort war ich Experte für das Aufspüren widerwilliger Informanten.«

»Also, wie kann ich ihn finden?«

»Zuerst mal die Kernfrage. Bei all dem, was ich Ihnen über private Schließfachdienste erzählt habe: Sind Sie absolut sicher, daß Sie ihn finden wollen? Denken Sie noch mal darüber nach.«

»Ja, ich bin sicher.«

»Darf ich das so verstehen, daß Sie verliebt in ihn sind?«

Tess zögerte. »Ja. Nein. Vielleicht.« Sie schluckte gegen den Kloß in ihrem Hals an. »Ich bin so durcheinander. Ich weiß nur, daß ich mir Sorgen um ihn mache und daß ich ihn wiedersehen will.«

»Die Antwort ist eindeutig genug. Okay, meine Liebe, ich könnte Ihnen jetzt eine lange Liste mit Leuten aufschreiben, die Ihnen vielleicht weiterhelfen würden. Aber es wäre strapaziös und würde zuviel Zeit in Anspruch nehmen, sie alle abzuklappern. Außerdem sind Sie eine viel zu gute Journalistin, als daß Sie an die meisten von Ihnen nicht schon selbst gedacht hätten. Also ersparen wir uns die Laufarbeit und kommen wir zur Hauptsache. Ich werde Sie jetzt in ein Geheimnis einweihen. Weil Sie mir vertraut haben, vertraue ich Ihnen. Aber so wie ich Ihr Geständnis für mich behalten werde, müssen Sie mein Geheimnis für sich behalten. Ehrenwort?«

»Ehrenwort.«

»Ich weiß, daß ich mich auf Sie verlassen kann. Und

dies ist der Grund, weshalb ich bei der *Times* diesen legendären Ruf hatte.« Trask schrieb zwei Worte auf einen Zettel.

Tess las sie mit gerunzelter Stirn. »Lieutenant Craig?«

»Er arbeitet in der Vermißtenstelle. Abteilung Mitte. Police Plaza Nr. 1. Sie brauchen nur meinen Namen zu erwähnen. Und sollte er dann noch nicht zur Zusammenarbeit bereit sein, dann sagen Sie, ich hätte Sie gebeten, ihn an neunzehnsechsundachtzig zu erinnern.«

»Neunzehnsechsund . . .«

»Achtzig. Ich bezweifle allerdings, daß Sie ihn erst daran erinnern müssen. Er steht noch in meiner Schuld, und er weiß ganz genau, daß er sie niemals ganz wird begleichen können. Und falls er sich nicht gerade einer Lobotomie unterziehen mußte, wird er alles stehen- und liegenlassen und Ihnen seine ganze Aufmerksamkeit schenken. Aber sollte er das wider Erwarten nicht tun, dann lassen Sie es mich wissen. In dem Fall schicke ich ihm die Abschrift eines Briefes – zusammen mit ein paar Tonkassetten. Das wird seinem Gedächtnis gehörig auf die Sprünge helfen, ich garantiere es Ihnen.«

11

Lieutenant Craig war ein großer, vierschrötiger Enddreißiger mit zerzaustem Haar und einem auf eine etwas kantige Weise gutaussehenden Gesicht mit scharfgeschnittenen Wangenknochen, die seinen Mund etwas zusammengequetscht erscheinen ließen.

Als er Trasks Namen hörte, verfinsterte sich seine ohnehin mürrische Miene noch ein bißchen mehr. »Großartig. Wirklich großartig. Das I-Tüpfelchen auf einem vermurksten Tag.« Craig trug einen zerknitterten Anzug, der zu seinem sauertöpfischen Gesicht paßte. »Dieser Vampir ist doch . . . Lassen wir das. Sie sind sicher nicht wegen meiner Meinung über ihn gekommen. Meine lose Sprache könnte *Ihnen* den Tag auch noch versauen. Also, was will dieser Blutsauger diesmal von mir?« Craig blinzelte Tess argwöhnisch zu und bot ihr einen massiven Holzstuhl vor seinem unaufgeräumten Schreibtisch an.

Tess setzte sich und versuchte, die Telefone zu ignorieren, die pausenlos auf den anderen Schreibtischen hinter ihr klingelten. Detectives nahmen die Gespräche entgegen, während sie weiter auf Schreibmaschinen und Computertastaturen herumhackten. »Nun, eigentlich« – sie war schlecht gelaunt und gereizt – »will Walter, ich meine Mr. Trask, gar nichts von Ihnen.«

Craig schloß ein Auge und blinzelte mit dem anderen um so argwöhnischer. »Und warum hat er Ihnen dann gesagt, daß Sie seinen Namen erwähnen sollen?«

»Ich nehme an, weil« – Tess umklammerte die Stuhllehne, sie brauchte einen festen Halt für ihre Finger – »er glaubte, daß Sie mir dann besonders bereitwillig helfen würden.«

Craig lachte, es war ein rauhes Lachen, das sich eher wie ein Husten anhörte. »He, ich sitze hier, um der Öffentlichkeit zu dienen. Ganz im Ernst. Ich bin ein aufopfernder Diener dieses Staates. Ob reich oder arm, Männchen oder Weibchen, weiß, schwarz, Chicano, Christ, Jude, Muslim – habe ich alle zusammen? –, egal, welcher Rasse oder Religion, jedem, der hier in meinem Büro auftaucht, wird meine rückhaltlose, ungeteilte Aufmerksamkeit zuteil. Und wenn es sich um enge Angehörige von Politikern handelt, dann erhebe ich meinen Hintern sogar aus diesem Sessel.« Der Lieutenant hustete wieder sein rauhes Lachen heraus. »Also gut, Sie brauchen meine Hilfe, und Walter hat Sie geschickt. Was kann ich für Sie tun?«

Tess schaute zur Decke.

»Hören Sie, was auch immer es sein mag, es muß Ihnen nicht peinlich sein. Ich habe hier schon alles zu Ohren bekommen, und sogar noch mehr. Glauben Sie mir.«

»Es ist mir nicht unbedingt peinlich«, sagte Tess.

»Also . . .?«

»Es ist nur . . . Jetzt, wo ich hier sitze, bin ich mir nicht mehr sicher . . . ich meine . . .«

»He, es ist gleich sechs. Ich hätte eigentlich längst Feierabend. *Warum wollten Sie mit mir sprechen?*«

»Vor ein paar Stunden kam es mir noch unheimlich wichtig vor, aber deswegen die Polizei einzuschalten . . .«

»Sicher, ich verstehe. Wichtig und wichtig ist nicht immer dasselbe«, sagte Craig. »Aber glauben Sie mir, es ist mein Job, den Unterschied herauszufinden. Wo Sie nun schon mal hier sind, können Sie mir auch erklären, warum Sie Ihre Stuhllehne so fest umklammert halten. He, meine Dame, nun verlangen Sie doch mal was für die Steuern, die Sie zahlen. Reden Sie es sich von der Seele. Was kann Ihnen schon passieren?«

»Sie könnten mir das Gefühl geben, daß ich Ihre Zeit verschwende.«

»Das ist ziemlich unwahrscheinlich«, erwiderte Craig. »Um die Wahrheit zu sagen, ich liebe es, wenn Leute meine Zeit verschwenden. Es verschafft mir eine ungeheure Befriedigung, den Steuerzahlern mitteilen zu dürfen, daß sie sich wegen nichts und wieder nichts Sorgen machen. Denken Sie mal unter diesem Gesichtspunkt darüber nach. Nachdem Sie mir alles erzählt haben, könnte ich Sie vielleicht sogar so weit beruhigen, daß Sie heute nacht gut schlafen.«

Tess spürte, wie ihr Magen sich verhärtete. »Aber nehmen wir mal an, das, was ich Ihnen erzähle, bringt einen Freund von mir in Schwierigkeiten mit dem . . .«

»Gesetz? Hören Sie mal, wir werden das jetzt folgendermaßen machen: Zuerst einmal diskutieren wir unser Problem. Und dann erst entscheiden wir, wie wir weiter vorgehen. Aber wenn ich den Grund, aus dem Walter Sie hergeschickt hat, richtig verstehe, dann geht's doch wohl eher darum, die Wellen zu glätten und nicht welche zu machen. Also sollten wir das Gesetz nach Möglichkeit aus der Sache rauslassen. Das ist keine Garantie. Ich sagte, ›nach Möglichkeit‹.«

Tess nickte und war selber überrascht darüber, daß sie anfing, diesen Mann zu mögen. »Okay, machen wir den Versuch.« Sie nahm die Hände von den Stuhllehnen. »Ich kenne da einen Mann . . .«

Sie brauchte eine ganze Weile.

»Unterbrechen Sie nicht. Reden Sie weiter«, sagte Craig.

Unter sanftem Druck und mit der Hilfe einer höchst willkommenen Tasse Kaffee schaffte Tess es schließlich, ihre Geschichte zu Ende zu erzählen.

»Gut.« Craig legte seinen Kugelschreiber hin. »Sogar noch besser als gut. Eindrucksvoll. Eine ausgezeichnete Beschreibung. Aber immerhin arbeiten Sie für Walter, also gehe ich davon aus, daß Sie eine erfahrene Journalistin mit einem ausgezeichneten Gedächtnis sind.« Der Lieutenant studierte seine Notizen. »Ja. Graue Augen. Höchst ungewöhnlich . . . Und am Freitag haben Sie ihn zum letztenmal gesehen? Er benützt einen privaten Schließfachdienst? Sein Arbeitgeber hat nicht einmal seine Telefonnummer? Und dann hat er auch noch die Angewohnheit, nervös um sich zu blicken?«

»Ja.«

»Wenn's Ihnen nichts ausmacht, hätte ich noch eine, nein, zwei zusätzliche Fragen.«

Tess fühlte sich erschöpft. »Was sind das für Fragen?«

»Ihre Wohn- und Ihre Büroadresse. Und von beiden bitte die Telefonnummer.«

Tess schrieb sie ihm auf.

»Ein bis zwei Tage, und ich werde Verbindung haben?«

»Wie sieht das aus? Verbindung haben?«

Craig hustete wieder. »Was glauben Sie? Daß ich eine Kristallkugel verwende? Oder eine Alphabettafel? Zuerst einmal muß ich die Krankenhäuser anrufen. Und das Leichenschauhaus.«

»Leichenschauhaus?«

»Soll das heißen, Sie haben an diese Möglichkeit noch nicht . . .?«

»Ich habe versucht, nicht daran zu denken.«

»Nun, mit der Möglichkeit muß man immer rechnen.

Und damit werden wir anfangen. Natürlich gibt es noch viele andere Möglichkeiten, andere Gründe, warum ein Mann verschwunden sein könnte. Sie bringen mich da in eine unangenehme ... He, es gibt immer ...«

»Was?«

»Es gibt immer Hoffnung.« Craig schob die Papiere auf seinem Schreibtisch zurecht. »Aber trotzdem muß ich Sie warnen ...«

»Vor was?«

»Ein Mann, der sich ständig umschaut?« Craig erhob sich aus seinem Sessel. »Egal. Wir reden wieder miteinander.«

»Ganz plötzlich« – Tess erhob sich ebenfalls – »mag ich nicht mehr.«

»Ja, das hat meine geschiedene Frau auch immer gesagt. Aber wir beide, wir werden miteinander reden. Bald. Und bis dahin sollten Sie sich vielleicht einen Film anschauen, sich betrinken oder was auch immer Ihnen helfen mag, heute nacht ein bißchen Schlaf zu finden.«

12

Tess trank selten Alkohol, und das schien ihr nun wirklich nicht der rechte Augenblick, damit anzufangen, sich auf seine Wirkung zu verlassen. Aber ausgiebiges Schwimmen und eine Viertelstunde Sauna entspannten sie, lösten die Verspannung ihrer Muskulatur. Gegen neun, als sie in ihre Dachwohnung zurückkehrte, fühlte sie sich erschöpft genug, um ins Bett zu gehen, nachdem sie noch einen Salat gegessen hatte. Aber ihr Geist wollte noch keine Ruhe geben. Immer wieder gingen ihr die besorgniserregenden Ereignisse des Tages durch den Kopf. Joseph? Was mochte ihm zugestoßen sein?

Warum hatte er seine Privatsphäre so sehr verteidigt?

Wen würde Lieutenant Craig anrufen?

Wieder angespannt, versuchte sie den neuen Ann-Beattie-Roman weiterzulesen, aber sie konnte sich nicht darauf konzentrieren. Sie knipste den Fernseher an und schaltete zwischen den einzelnen Sendern hin und her, aber sie geriet dabei von einer Talk-Show in die nächste, und die gezwungen lockeren Gespräche machten sie ungeduldig. Es war bereits nach zwei, als sie endlich ein bißchen Schlaf fand, aber ihre Träume ließen sie nicht wirklich zur Ruhe kommen.

Am Mittwoch hatte sie bei der Arbeit Kopfschmerzen, die nicht einmal mit Aspirin zu lindern waren. Ohne darauf Rücksicht zu nehmen, bemühte sie sich, ihre Gedanken auf ihre neue Aufgabe zu konzentrieren, einen Artikel über den übermäßigen Gebrauch von Herbiziden und Pestiziden auf den Farmen des Mittelwestens und die jüngste Entdeckung, daß diese Gifte durch den Boden gesikkert sind und sich bereits in alarmierenden Konzentrationen in den Trinkwasserreservoirs mehrerer größerer Städte befanden. Jedesmal wenn das Telefon klingelte, stürzte sie sich darauf, nahm den Hörer ab und hoffte, endlich Josephs Stimme zu hören, während sie gleichzeitig voller Sorge über das war, was sie eventuell zu hören bekommen würde, wenn die Stimme nicht Joseph gehörte, sondern ...

»Miß Drake?«

»Am Apparat.« Tess zuckte zusammen, denn sie hatte die rauhe Stimme erkannt.

»Hier spricht Lieutenant Craig.«

»Ja?« Sie umklammerte mit einer Hand den Hörer, während sie mit der anderen ihre pochende Stirn massierte.

»Ich hatte versprochen, so schnell wie möglich anzurufen«, sagte der Lieutenant. »Könnten Sie Ihre Arbeit für 'ne Weile liegenlassen und mit mir eine kleine Spazierfahrt machen?«

Tess fühlte sich schwindlig und schloß die Augen.

»Miß Drake?«

»Nennen Sie mich doch bitte Tess.« Gestern hatte Craig keinen Kommentar zu ihrem Nachnamen abgegeben. Offensichtlich hatte er ihn nicht mit ihrem Vater in Verbindung gebracht. Um die Dinge zu vereinfachen, wollte sie ihn auch nicht mit der Nase darauf stoßen, und genau das wäre womöglich passiert, wenn er nur oft genug den Namen ›Drake‹ wiederholt hätte. »Haben Sie etwas herausgefunden?«

»Lassen Sie uns doch im Auto darüber reden? In einer Viertelstunde? Ich hole Sie vor Ihrem Bürohaus ab.«

»Gut.« Tess zog sich der Hals zusammen. »Sicher. In einer Viertelstunde ist okay.«

»Und halten Sie nicht nach einem Streifenwagen Ausschau. Damit Sie nicht zu selbstbewußt werden, nehme ich ein Zivilfahrzeug. Warten Sie einfach am Straßenrand.«

Tess legte den Hörer auf die Gabel. Ein Schauder schüttelte sie.

Draußen, auf dem belebten, lärmigen, schmutzigen Gehsteig ging sie auf und ab. Zehn Minuten später, genau zur vereinbarten Zeit, hielt eine braune Chrysler-Limousine vor ihr. Der Lieutenant winkte sie herein.

Noch während sie sich den Sicherheitsgurt anlegte, lenkte Craig den Wagen fachmännisch zurück in den Verkehr.

Tess musterte sein Gesicht. Sie versuchte, seine Gedanken zu lesen. »Nun?«

Der heisere Lieutenant hustete. »Mein Hals ist völlig verrottet. Der Doktor sagt, es könnte Asthma sein. Kein Wunder bei der verpesteten Luft.«

»Sie weichen meiner Frage aus.«

»Ich mache einfach 'n bißchen Konversation. Kann doch nie schaden, freundlich zu sein. Okay, dann kommen wir zur Sache. Ich habe gute und vielleicht auch schlechte Neuigkeiten.«

»Ich glaube«, antwortete Tess, »daß ich zuerst die guten Neuigkeiten hören möchte.«

»Richtig. Das kann auf keinen Fall schaden.« Craig bog vom Broadway ab und fuhr in östlicher Richtung die Dreizehnte Straße entlang. »Ich habe mich in allen Krankenhäusern erkundigt. Man kann ja nie wissen. Ihr Freund könnte einen Unfall gehabt haben, von einem Auto angefahren worden sein, einen Schlaganfall oder einen Herzschlag erlitten haben und vielleicht im Koma liegen. Und wenn er seine Brieftasche nicht bei sich hatte, dann wäre das Krankenhauspersonal nicht in der Lage gewesen, ihn zu identifizieren.«

»Und weil das ja die gute Neuigkeit sein soll«, sagte Tess, »nehme ich an, daß Sie ihn in keinem Krankenhaus gefunden haben.«

»Jede Menge Komapatienten, aber auf keinen paßt Ihre Beschreibung.«

»Nun, das bedeutet doch immerhin eine gewisse Beruhigung.«

Craig hob eine Hand vom Lenkrad. »Nicht unbedingt. Ich habe nur die Krankenhäuser im Stadtgebiet überprüft. Sollte ihr Freund letztes Wochenende einen Ausflug gemacht haben, sagen wir mal nach New Jersey oder Pennsylvania oder rauf nach Connecticut, und wenn er dort einen Unfall hatte und ins Koma gefallen wäre, dann wüßte ich noch nicht darüber Bescheid. Heutzutage wandert ja alles gleich in den Computer, aber es braucht immer noch seine Zeit, Zugang zu den Akten von Krankenhäusern in anderen Staaten zu erhalten. Ich habe jemanden darauf angesetzt, aber ich habe so eine Ahnung, daß wir auch da negativen Bescheid erhalten werden. Das soll kein Versprechen sein. Nur so eine ...«

»Ahnung. Ich nehme es zur Kenntnis und vertraue auf Ihre Erfahrung.«

»Ich bin nur vorsichtig«, erwiderte Craig. »Vor langer Zeit schon hab ich's auf die harte Tour gelernt: wenig bestätigen, wenig dementieren. Oft achten die Leute gar nicht auf das, was ich ihnen erzähle. Sie hören nur das, was sie auch hören wollen, und später behaupten sie dann, ich hätte mich optimistischer angehört, als ...«

»Die Journalistin versteht die vorsichtigen Äußerungen. Bitte, machen Sie weiter damit«, forderte Tess ihn auf. »Ich warte auf die andere Hälfte Ihrer Ankündigung. Die möglicherweise schlechte Nachricht.«

»Ja, nun ...« Craig ließ die Limousine hinter einer gestauten Spur in der engen Dreizehnten Straße ausrollen. Weiter vorne, auf der belebten Kreuzung mit der Lexington Avenue, dirigierte ein Polizist den Verkehr um einen liegengebliebenen Pizza-Lieferwagen herum. »Mein nächstes Angebot wäre das Leichenschauhaus.«

»Fahren wir deshalb in Richtung First Avenue?«

Craig zog in offensichtlichem Erstaunen die Stirn in Falten.

»Wenn wir in dieser Richtung weiterfahren, kommen wir zu den Kliniken der New York University, und gleich daneben, auf der anderen Seite der Dreißigsten Straße, ist die Dienststelle des städtischen Leichenbeschauers.«

»Also. Und dabei wollte ich Sie schonend vorbereiten. Ja, dorthin fahren wir. Übers Wochenende sowie am Montag und Dienstag sind dort mehrere bisher nicht identifizierte Gäste eingetroffen.« Craig schaute nach vorne und fuhr langsam weiter, während der Verkehrspolizist auf der Lexington Avenue das Abschleppen des liegengebliebenen Pizza-Lieferwagens überwachte. »Die meisten Leichen passen nicht zur Beschreibung von Ihrem Freund. Aber bei ein paar von ihnen ...«

»Was ist damit?«

»Eine Wasserleiche aus dem Hudson River. Dieselbe Größe. Soweit zu erkennen, dasselbe Alter. Ähnliche Statur, wenn man den aufgedunsenen Zustand mit einkalkuliert. Anschauliche Einzelheiten möchte ich uns ersparen.«

»Ich bin nicht so leicht zu schockieren, Lieutenant. Während der letzten Hungersnot war ich in Äthiopien. Bei der Gelegenheit habe ich ... viel zu viele Leichen gesehen.«

»Sicher. Ich will auch gar nicht bezweifeln, daß es entsetzlich war. Aber es könnte sein, daß Sie dabei keine solchen Leichen gesehen haben. Das Problem bei Wasserleichen ist, daß die Augen vom Wasser getrübt werden, und zwar so sehr, daß man nicht mehr erkennen kann, ob sie nun blau oder grün oder – wie in unserem Fall – grau waren. Außerdem wurde in einem Hinterhof ein Junkie gefunden. Überdosis Heroin.«

»Joseph ist kein Drogenabhängiger.« Um ihre Hoffnung zu unterstützen, benützte Tess die Gegenwartsform.

»Das kann ja sein, aber man kann das nicht immer so genau wissen. Sie haben mir schließlich selber erzählt, daß ihr Freund so seine kleinen Geheimnisse hatte. Die Beschreibung Ihres Freundes würde auf den Junkie passen. Einmal abgesehen von den Augen. Da ist nichts mehr zu machen. Sie sind von Ratten aufgefressen worden.«

Tess krümmte sich innerlich zusammen. »Langsam bekomme ich eine Ahnung.«

»Wenn Sie wirklich so entschlossen sind, wie Sie gestern behauptet haben . . .«

»Das *bin* ich.«

»Ich könnte Ihnen auch Fotografien zeigen. Das wäre die normale Vorgehensweise, und es wäre weit weniger traumatisch. Das Problem ist nur, Fotos mögen noch so deutlich sein, sie geben niemals dieselbe Perspektive wie . . . In Fällen, in denen das Gesicht zerstört wurde, ist es oft schwer, eine gesicherte Identifizierung durchzuführen, wenn man nicht . . . Sind Sie . . .? Ich weiß, es ist eine schreckliche Frage. Sind Sie bereit, einen Blick auf die . . .?«

»Leichen zu werfen? Ja.« Tess schauderte es. »Für meinen Freund bin ich dazu bereit.«

13

Trotz ihrer vielfältigen Erfahrungen als Journalistin war Tess noch nie im Leichenschauhaus von New York City gewesen. Voller Unbehagen erwartete sie das, was man im Kino immer zu sehen bekam, eine Wand voller stählerner Tiefkühlfächer, eine glänzende Klappe, die aufgezogen wird, und eine Leiche unter einem schneeweißen Laken, die auf einer rollenden Bahre herausgezogen wird. Statt dessen eskortierte Craig sie einen langen Gang entlang zu einem kleinen Raum. Sie sah sich einer großen Glasscheibe gegenüber, hinter der man in einen tiefen, dunklen Aufzugsschacht starrte.

Craig gab seine Anweisungen über Telefon, legte den Hörer auf und erklärte ihr: »Um Zeit zu sparen, habe ich vorher bereits alles arrangieren lassen. Das Personal hat alles bereit. Tess, wenn Sie Ihre Meinung ändern wollen, es ist noch nicht zu spät.«

»Nein. Ich muß es tun.« Sie zitterte, wußte nicht, was als nächstes passieren würde, machte sich auf alles gefaßt.

Eine halbe Minute später zuckte sie zusammen, als sie das Dröhnen eines Motors hörte. Widerwillig schaute sie zu, wie eine Plattform an Drahtseilen heraufgezogen wurde. Als sie direkt hinter der Glasscheibe zum Halt kam, starrte Tess in die trüben Augen eines Toten. Die aufgedunsene, bleifarbene Haut schien von den Wangenknochen abfallen zu wollen, und obwohl sie grau war, erinnerte sie Tess an die aufgeplatzte, sich schälende Haut einer gekochten Tomate. Ihr wurde übel, und sie mußte sich abwenden.

Craig berührte sanft ihre Schulter. »Ja, ich weiß. Falls es Ihnen hilft, auch mir wird jedesmal wieder mulmig, wenn ich hier bin.«

Tess kämpfte gegen die beharrlichen Krämpfe in ihrem Magen an. »Danke. Ich glaube . . .« Sie atmete schwer. »Es geht schon wieder. Ich bin wohl doch nicht so abgebrüht, wie ich dachte.«

»Niemand ist das. An dem Tag, an dem ich mich an den Anblick von Leichen in einem solchen Zustand gewöhnt habe, schmeiße ich meinen Job hin.«

»Hat man ihm das Laken bis zum Hals gezogen, um die Naht von der Autopsie zu verdecken?«

»Ja. Es ist so schon schlimm genug . . .« Craig zögerte. »Ist er es? Ihr Freund?«

Tess schüttelte den Kopf.

»Sind Sie ganz sicher? Die lange Zeit im Wasser hat das Gesicht verformt. Es könnte also sein . . .«

»So verformt kann ein Gesicht gar nicht sein. Das ist nicht Joseph.«

Es klang ein wenig unbeholfen, als Craig sagte: »Es muß eine Erleichterung für Sie sein.«

Tess spürte den kalten Schweiß auf ihrer Haut. »Bis jetzt.«

»Bis jetzt. Das ist das Problem. Es kommen noch andere. Meinen Sie, Sie können . . .«

»Schnell. Wir wollen es hinter uns bringen.«

Craig nahm den Telefonhörer zur Hand und gab neue Anweisungen.

Wieder hörte Tess dieses Dröhnen. Auch wenn sie das Gesicht noch von der Glasscheibe abgewandt hatte, stellte sie sich vor, wie die Plattform langsam nach unten rumpelte und die Leiche verschwand. »Kann ich . . .«

»Ja. Sie ist weg. Sie können sich wieder umdrehen.«

Langsam, auf unsicheren Beinen, drehte sie sich um. Ihre Atemfrequenz erhöhte sich. Und noch einmal zuckte sie beim Dröhnen der aufsteigenden Plattform zusammen. Sie fühlte sich benommen und mußte ihre ganze Disziplin aufbringen, um sich zu einem Blick auf die zweite Leiche zu zwingen, die hinter der Glasscheibe auftauchte.

Craig hatte sie gewarnt, daß Ratten ihm die Augen ausgefressen hatten, aber sie war nicht auf den weiteren Schaden vorbereitet, den die Ratten angerichtet hatten. Die Lippen des Toten waren vollständig abgenagt, und die Zähne waren wie zu einem Grinsen entblößt. Die Nase war nicht mehr da, nur zwei groteske Schlitze erinnerten noch an sie. Seine Wangen wiesen ausgefranste, klaffende Öffnungen auf, ein ovales Loch unterhalb des Kinns sah aus wie ein obszöner, zweiter Mund, und . . .

Tess wandte sich ab. »Schaffen Sie ihn weg!«

Trotz des hämmernden Pochens in ihren Ohren hörte Tess, wie Craig etwas in den Telefonhörer sagte, und einen Augenblick später erklang das Dröhnen der abwärts fahrenden Plattform beinahe wie eine Gnade.

Craig berührte sie vorsichtig am Arm. Tess spürte sein Zögern, das Unbehagen, mit dem er nach einer mitfühlenden Bemerkung suchte, bevor er in der Lage wäre, sie zu fragen ...

»Nein. Das war nicht Joseph.« Tess zitterte. »Seine Stirn war viel zu flach.« Sie holte Luft. »Das Haar hatte dieselbe Länge, aber der Scheitel war rechts statt links. Gott sei Dank, es war nicht Joseph.«

»Kommen Sie hier herüber, und setzen Sie sich.«

»Es geht schon wieder.«

»Sicher. Aber trotzdem sehen Sie blaß aus.« Craig führte sie. »Kommen Sie, ruhen Sie sich ein bißchen aus.«

Tess gehorchte, lehnte sich zurück, schloß die Augen und spürte den kalten Schweiß auf ihrer Augenbraue. »Ist es jetzt vorbei?« Ihre Stimme war nur ein Flüstern. »Im Auto sprachen Sie von zwei Leichen. Ich will über meinen Freund Bescheid wissen, aber ich bete zu Gott, daß Sie nicht noch welche auf Lager haben.«

Craig antwortete nicht.

Nervös öffnete Tess die Augen.

Craig blickte auf den Boden.

»Was ist?« Die Frage kostete Tess Anstrengung.

Craig schürzte die Lippen.

»Sagen Sie es mir?« Tess' Stimme klang wieder kräftiger. »Sind da noch andere? Sie ... Was verbergen Sie vor mir?«

»... Da ist noch ein einziger.«

Tess atmete aus.

»Aber ich glaube nicht, daß man das Opfer noch identifizieren kann. Jedenfalls nicht auf diese Weise. Nicht visuell. Wahrscheinlich nur durch Röntgenaufnahmen des Skeletts, zahnärztliche Befunde und ...« Craig machte eine unbeholfene Handbewegung. »Er ist verbrannt. Der größte Teil seines Körpers, vor allem das Gesicht. Ich wüßte nicht, was es für einen Sinn haben sollte ... Ich frage mich wirklich, warum Sie ihn noch anschauen sollten.«

»Ist es so aussichtslos?«

»Ganz sicher schlimmer als das, was Sie bis jetzt gesehen haben. Ich bezweifle, daß die Besichtigung der Leiche einen Sinn hätte. Ihnen würde nur übel davon werden.«

»Sie meinen, noch übler, als mir jetzt schon ist?«

Craig verzog das Gesicht. »Ich fürchte, genau das meine ich.«

Tess dachte kurz darüber nach, dann kam sie erleichtert zu dem Schluß: »Ich möchte zwar alles tun, um herauszufinden, was mit Joseph passiert ist, aber wenn das Ihre Meinung ist, dann ...«

»Der einzige Grund, weshalb ich diesen Toten überhaupt erwähnt habe, ist ...« Craig schaute wieder auf den Boden.

»Sie verbergen immer noch etwas vor mir.«

»... ist der Ort, an dem er gestorben ist.«

Tess spürte, wie die Schlange der Angst sich in ihrem Bauch zu regen begann. »*Der Ort, an dem er gestorben ist?* Was wollen Sie damit sagen, Lieutenant?«

»Sie sagten, Sie wären am Samstagmorgen mit Joseph verabredet gewesen.«

»Ja. Und?«

»Um mit ihm zu joggen.«

»Richtig.« Tess richtete sich auf.

»Auf der Upper East Side. Im Carl-Schurz-Park.«

»Verdammt, ich will wissen, was Sie damit sagen wollen, Lieutenant.«

»Dort hat man den Toten gefunden. Im Carl-Schurz-Park.«

Tess sprang auf die Füße. »Mein Gott. Wie ist er ...?«

»Verbrannt? Das wissen wir noch nicht genau. Das Opfer könnte ein Trinker gewesen sein, der im Park geschlafen hat. Die Tore werden nachts um eins geschlossen, und eigentlich macht vorher noch ein Wachmann die Runde, aber manchmal gelingt es ein paar Stadtstreichern, sich zu verstecken. Das Opfer wurde mit Benzin übergossen und angezündet. Die Autopsie hat ergeben, daß er an den Verbrennungen starb und nicht an einem Messerstich oder einer Schußwunde, die die Flammen manchmal kaschieren sollen. Das Feuer hat seine Kleider verbrannt, also können wir nicht mit Sicherheit sagen, daß es sich um einen Saufbruder handelte, aber wir wissen, daß manche Jugendbanden sich einen Spaß daraus machen, schlafende Stadtstreicher aufzuspüren und sie anzuzünden. Allerdings kommt so etwas in diesem Teil der Stadt selten vor, so nahe am Amtssitz des Bürgermeisters. Die Banden bleiben weiter im Norden und im Westen. Und trotzdem, das Szenario, das ich gerade beschrieben habe, paßt zu dem, was im Park passiert ist.«

»Aber glauben Sie tatsächlich an ein solches Szenario? Sie hätten dieses Opfer doch überhaupt nicht erwähnt, wenn Sie nicht an die Möglichkeit gedacht hätten« – Tess brachte die Worte nur mühsam hervor –, »es könnte Joseph sein.«

»Ich habe doch nur auf einen gemeinsamen Nenner hingewiesen.«

»Den Carl-Schurz-Park?«

Craig nickte. »Aber wahrscheinlich ist es nur ein Zufall. Ihr Freund war doch kein Stadtstreicher. Was hätte er um drei Uhr morgens im Park zu suchen gehabt? Vor allem in solch einer Nacht.«

»Was war so außergewöhnlich an der Samstagnacht?«

»Am Sonntag hat es geregnet. Erinnern Sie sich?«

»Ja.«

»Nun, das Gewitter begann gegen zwei Uhr früh. Selbst wenn Ihr Freund nicht einschlafen konnte und einen Spaziergang machen wollte, ist doch unwahrscheinlich, daß er trotz des Regens hinausgegangen ist. Und sollte er es trotzdem getan haben, dann wäre er wohl kaum über den Zaun eines Parks geklettert, der in der Nacht geschlossen ist.« Craig zuckte mit den Achseln. »Ein Szenario, das keine Fragen offen läßt, ist das, welches ich Ihnen vorhin beschrieben habe. Ein Stadtstreicher verkriecht sich im Park, um Schutz zu suchen. Eine Bande Jugendlicher folgt ihm und steckt ihn in Brand.«

Tess biß sich auf die Unterlippe. »Egal, jetzt bleibt mir keine Wahl mehr.«

»Wie meinen Sie das?«

»Ich muß einen Blick auf die Leiche werfen, um mich zu vergewissern, daß es nicht Joseph ist. Sonst werde ich nie mehr aufhören, mir Fragen zu stellen.«

»Ich habe gemeint, was ich gesagt hab'. Es ist wesentlich schlimmer als bei den beiden anderen.«

»*Bitte*, Lieutenant!«

Craig studierte aufmerksam ihr Gesicht. »Warum machen wir nicht einen Kompromiß?«

»Ich verstehe nicht.« Tess schluckte.

»Ich bewundere Ihre Loyalität diesem Freund gegenüber. Aber warum tun Sie sich selbst nicht einen kleinen Gefallen? Begnügen Sie sich diesmal mit Fotografien. Weil die visuelle Identifizierung sowieso ziemlich aussichtslos ist, spielt es doch keine große Rolle, und Ihre Seele können Sie vielleicht auch so beruhigen.«

Sie dachte kurz darüber nach, dann nickte sie düster.

»Ich bin gleich zurück«, sagte Craig.

Tess blieb allein in dem Raum zurück, ein nervöser Blick durch das Fenster rief ihr das Entsetzliche ins Gedächtnis, das sie dahinter gesehen hatte. Sie fragte sich, welch noch größerem Schrecken sie gleich ausgesetzt würde.

Lieutenant Craig kam mit einem Aktenordner zurück. Er klappte ihn auf, dann zögerte er. »Denken Sie daran, das Feuer hat den größten Teil des Körpers zerstört, vor allem das Gesicht. Eigentlich wäre der gesamte Körper entstellt worden, aber offensichtlich hatte das Opfer noch genug Kraft, durch den Regen zu einem Teich zu laufen und die Flammen zu löschen, bevor er starb.«

Tess langte nach dem Ordner. Langsam nahm sie die sechs Fotos heraus. Sie entdeckte, daß sie sie mit der Vorderseite nach unten in der Hand hielt. Ein kurzes Atemholen, und dann drehte sie das erste Foto um.

Sie würgte.

Was einmal der Kopf des Mannes gewesen war, das sah jetzt aus wie ein Braten, den man verbrannt, versengt, in Kohle verwandelt hatte.

»O mein Gott!« Tess riß den Kopf zur Seite, aber das Bild der grotesken Entstellung blieb ihr vor Augen. Der verbrannte Schädel hatte weder Haare noch Gesichtszüge noch irgend etwas, das an Josephs schönes Gesicht erinnerte. Rußgeschwärzte Knochenenden ragten aus den dunklen Windungen mürber ...

Ihre Stimme zitterte. »Lieutenant, entschuldigen Sie, daß ich Ihnen nicht geglaubt habe.«

»Geben Sie her ... Es besteht kein Grund, daß Sie sich noch weiter quälen.« Craig streckte seine Hand nach den Fotos aus.

Tess schüttelte entschieden den Kopf. »Ich habe damit angefangen, jetzt ...«

Sie drehte das nächste Foto um. Noch eine Aufnahme vom Kopf, genauso ekelhaft wie die erste. Hastig schob sie es unter den Stapel. Jetzt nur noch vier. Mach schnell, dachte sie.

Auf das nächste Foto war sie nicht vorbereitet. Die Leichen auf der Plattform hinter der Glasscheibe waren beide bis zum Hals mit einem Laken bedeckt gewesen. Aber jetzt zuckte sie vor der Gesamtansicht eines nackten, beinahe vollständig verkohlten Körpers zurück. Nur die Beine bis hinauf zu den Knien und der linke Arm vom Ellenbogen abwärts waren verschont geblieben. Was Tess jedoch am meisten ins Auge stach und was ihr beinahe den Magen umdrehte, war die grobe Naht, die in der Form eines Ypsilons vom Becken hinauf zum Brustkorb verlief, wo der Pathologe bei der Autopsie den Körper geöffnet hatte.

Viel mehr halte ich nicht aus, stöhnte Tess innerlich, und ihre Hand zitterte, als sie die nächste Fotografie vom Stapel nahm und umdrehte. Sie hatte sich auf einen noch größeren Schrecken vorbereitet, und nun war sie um so erleichterter, als sie auf eine Aufnahme vom unverbrannten linken Unterschenkel und Fuß der Leiche starrte. Ich danke dir, lieber Gott. Wenn jetzt nur noch ... Sie drehte das vorletzte Foto um und atmete wieder erleichtert aus, denn ihr Blick fiel auf den ebenfalls nicht verbrannten rechten Unterschenkel des Toten.

Nur noch eins.

Ein letztes Foto.

Und wenn ich Glück habe ..., dachte Tess.

Sie hatte Glück.

Und doch wieder nicht, denn obwohl das letzte Foto nicht bedrohlich war (innerhalb der logischen Folge war vorhersehbar gewesen, daß es sich um den unverbrannten Unterarm der Leiche handelte), gab es darauf etwas, das ihrer Aufmerksamkeit einen Schock versetzte.

Abrupt blendete ihr Gedächtnis zu der Situation, als sie letzten Freitag mit Joseph zusammen in dem Feinkostimbiß saß.

»Wir können nicht mehr als gute Freunde sein«, hatte er gesagt.

»Ich weiß nicht, was Sie ...«

»Ich meine, daß wir niemals ein Liebespaar werden können.«

Seine Offenheit hatte sie verwirrt. *»He«*, hatte sie geantwortet, *»das sollte kein Antrag sein. Das sollte nicht heißen, daß ich mit Ihnen ins Bett gehen will.«*

»Das weiß ich. Nein, nein, Ihr Verhalten ist tadellos.« Joseph hatte über den Tisch gelangt und zärtlich ihre Hand berührt. *»Ich wollte Sie wirklich nicht in Verlegenheit bringen. Es ist nur ... es gibt da im Zusammenhang mit mir ein paar Dinge, die Sie nicht verstehen würden.«*

Und während er das sagte, hatte Tess auf die Innenseite seiner Hand geschaut, seiner *linken* Hand, die Joseph auf ihre gelegt hatte.

Und jetzt, in diesem Moment, schaute Tess – nein, sie starrte – auf eben diese Unterseite der linken Hand auf dem Foto.

Es war ein Gefühl, als hätte sie Eiswürfel verschluckt, als sei ihr Magen vollgestopft mit gefrorenen Brocken ...!

Ein erstickter Laut kam aus ihrem Mund. Sie sackte

rückwärts auf den Stuhl, zwang sich nicht mehr, auf das Foto zu schauen, und nur mit größter Mühe brachte sie die Worte hervor: »Er ist es.«

»Was?« Craig war überrascht. »Aber wie können Sie ...? Die Leiche ist doch völlig ...«

»Letzten Freitag, als wir zusammen zu Mittag aßen, hat Joseph meine Hand berührt. Ich erinnere mich, daß ich nach unten geschaut habe, und dabei bemerkte ich, daß er eine Narbe hat, eine auffällige, gezackte Narbe, auf der Unterseite seines linken Handgelenks.« Müde, das Herz schwer von Kummer, zeigte Tess auf das Foto. »Wie diese Narbe auf seinem linken Handgelenk. Er ist tot. Mein Gott, Joseph ist ...«

»Lassen Sie mich sehen.« Craig langte nach dem Foto. Sie wollte es nicht loslassen, als könnte sie Joseph auf diese Weise festhalten. Der Lieutenant nahm es ihr mit sanftem Druck aus der Hand.

Er warf einen finsteren Blick darauf, zog die Stirn in Falten und nickte. »Ja. Eine alte Narbe. Ihrer Dicke nach zu urteilen, muß die Wunde ziemlich tief gewesen sein. Hat mich niemand drauf aufmerksam gemacht. Sonst hätte ich Ihnen längst davon erzählt, und wir hätten uns die Prozedur mit den anderen Fotos sparen können.« Er hielt sich die Fotografie dichter vor die Augen. »Kein Messerschnitt. Dazu ist sie zu ausgefranst. Eher von einer zerbrochenen Flasche oder von Stacheldraht oder ... Tess, sind Sie ganz sicher?«

»In der Erinnerung habe ich diese Hand auf meiner genauso deutlich vor Augen wie das Foto. Es gibt keine Möglichkeit mehr, die Länge auszumessen. Aber, ja ... ich gäbe alles darum, wenn ich es nicht wäre ... aber ich bin sicher. Die Narben sind identisch. Das ist Joseph. Joseph ist ...« Tess fühlte einen Druck hinter den Augen, in ihrem Magen, aber vor allem ums Herz herum.

Ihre Stimme klang ganz leise. Sie fühlte sich auf einmal wie betäubt. »Tot. Joseph ist ...«

»Tess, es tut mir so leid.«

»Tot.«

14

In der Tiefgarage unter dem Leichenschauhaus wurde Tess' Schritt immer unsicherer. Sie registrierte es kaum, daß Craig ihr in den Wagen half und dann um ihn herumging, um hinter das Lenkrad zu rutschen. Sie fummelte am Verschluß für den Sicherheitsgurt herum, und wieder war sie sich kaum bewußt, daß Craig ihn für sie einklinkte. Ohne den Blick auf irgend etwas scharfzustellen, starrte sie auf die verschwommenen Umrisse der anderen Autos in der schwach beleuchteten Garage.

Schließlich hustete Craig und brach das Schweigen. »Wohin soll ich Sie bringen? Nach Hause? Nach dem, was Sie durchgemacht haben ... Sie zittern ja. Ich würde Ihnen nicht empfehlen, gleich wieder an die Arbeit zu gehen.«

Tess drehte sich zu ihm um, blinzelte ihn an und schien sich seiner Gegenwart erst jetzt ganz bewußt zu werden. »Nach Hause? Arbeit?« Sie verschränkte ihre unruhigen Hände und preßte sie fest gegen die Brust, um das Zittern unter Kontrolle zu bringen. »Würden Sie ... mir einen Gefallen tun?«

»Ich hab' Ihnen doch gesagt, daß ich Ihnen helfe, soweit es in meinen Kräften steht.«

»Bringen Sie mich zu der Stelle, wo er gestorben ist.«

Craig runzelte die Stirn. »In den Park?«

»Ja.«

»Aber warum wollen Sie ...?«

Tess preßte die verschränkten Arme fester gegen die Brust. *»Bitte!«*

Craig schien etwas sagen zu wollen. Statt dessen hustete er noch einmal, drehte den Zündschlüssel herum, fuhr aus der Garage heraus, bog auf die First Avenue und folgte dem Einbahnstraßenverkehr in Richtung Norden.

»Ich danke Ihnen«, sagte Tess.

Craig zuckte mit den Achseln.

»Morgen früh werde ich Walter als erstes erzählen, wie hilfsbereit Sie gewesen sind«, sagte sie.

»Walter? He, da sind Sie aber auf'm falschen Dampfer. Ich tue das nicht für *Walter*. Ich tue meinen *Job*. Oder ich habe zumindest meinen Job getan. Und jetzt tue ich es für *Sie*.«

»Tut mir leid.« Tess berührte beinahe seinen Arm. »Ich wollte Sie nicht verletzen. Ich weiß, daß Sie nicht bloß eine Schuld abzahlen oder . . .«

»Sie haben mich nicht verletzt. Da brauchen Sie sich keine Sorgen zu machen. Aber damit wir uns richtig verstehen: Ich glaube nicht, daß viele Menschen das auf sich genommen hätten, was Sie eben hinter sich gebracht haben, für einen Mann, den Sie ein paarmal getroffen haben und der trotzdem ein Freund für Sie war. Loyalität ist eine seltene Eigenschaft geworden. Sie würden sich wundern, wie viele Menschen sich nicht drum kümmern, wenn jemand vermißt wird. Ich bewundere Ihre Beharrlichkeit, Ihr Verantwortungsbewußtsein. Also, wenn Sie zu mir sagen, Sie möchten gerne in den Park gefahren werden, dann fahren wir dorthin. Die Dienststelle wird bis heute nachmittag ohne mich auskommen müssen. Joseph Martin muß ja ein ganz besonderer Mann gewesen sein.«

Tess dachte einen Augenblick darüber nach. »Er war anders.«

»Ich verstehe nicht.«

»Es ist schwer zu erklären. Er hatte eine Art . . . Natürlich sah er gut aus. Aber noch wichtiger war: Er besaß so eine Art . . . Anziehungskraft. Er schien zu . . . es ist das einzige Wort, das mir dazu einfällt . . . er schien zu leuchten.« Tess hob ihr Kinn. »Und nur für den Fall, daß Sie sich darüber Gedanken gemacht haben sollten – es war nichts Sexuelles zwischen uns.«

»Das hatte ich auch nicht angenommen.«

»Im Gegenteil. Joseph hat darauf bestanden, daß wir nichts als Freunde sein könnten, daß wir niemals Sex miteinander haben könnten.«

Craig runzelte die Stirn und drehte sich zu ihr um.

»Ich weiß, was Sie jetzt denken. Ich habe das auch gedacht. Falsch. Er hat das nicht gesagt, weil er schwul war oder so, sondern weil er ... Wie hat er es ausgedrückt? Er sagte, eine platonische Beziehung sei *besser*, weil sie *ewig* währe. So hat er geredet. Beinahe poetisch. Ja.« Der Schmerz wollte Tess die Kehle zuschnüren. Trauer griff nach ihrem Herzen. »Joseph war ein ganz besonderer Mann.«

Craig konzentrierte sich wieder auf das Fahren, aber die Stirn hatte er immer noch in Falten gelegt. Sie überquerten die Kreuzung mit der Fünfundvierzigsten Straße, ließen zur Rechten das Gebäude der Vereinten Nationen liegen und fuhren weiter in nördlicher Richtung.

»Und?« Tess zitterte, als sie sich streckte. »Was passiert als nächstes?«

»Nachdem wir im Park waren? Ich werde mich mit der Mordkommission in Verbindung setzen und ihnen mitteilen, daß wir eine vorläufige Identifizierung der Leiche haben.«

»Vorläufig? Die Narbe ist ...«

»Sie müssen das verstehen. Die Mordkommission muß mehr als sicher sein. Sie haben die Fingerabdrücke, die man von seiner linken Hand nehmen konnte, an das FBI geschickt. Aber selbst mit Computern kann es mehrere Tage dauern, bis das FBI alle Karteien durchgesucht und die Abdrücke verglichen hat. Vor allem angesichts des Überhangs an Fällen. Aber jetzt, wo wir möglicherweise einen Namen für das Opfer haben, können sie das Verfahren beschleunigen. Sie können direkt in Joseph Martins Kartei gehen, die Fingerabdrücke vergleichen und ... wer weiß, vielleicht ist das mit der Narbe bloß Zufall. Sie könnten sich ja auch getäuscht haben.«

»Wie sehr würde ich mir das wünschen. Aber ich habe mich nicht getäuscht.« Tess fühlte sich schwindlig.

»Ich versuche doch bloß, Ihnen ein bißchen Hoffnung zu machen.«

»Und ich befürchte, daß Hoffnung ebenso selten ist wie Loyalität.«

Tess' Atem ging schwerer, je näher sie der Achtundachtzigsten Straße kamen. Gespannt schaute sie dem

Lieutenant zu, wie er den Wagen nach rechts lenkte und noch zwei Avenues überquerte, bis er kurz vor der dritten einen Parkplatz fand. Noch größer wurde ihre Qual, als sie mit ihm zusammen aus dem Wagen kletterte und in dem dunstigen Sonnenlicht der anderen Seite der East End Avenue gegenüberstand.

Zur Linken, zum Teil von Bäumen verdeckt, sah man die palisadenartige, hölzerne Einfriedung der Gracie-Villa. Als eines der ersten Stadthäuser New Yorks war sie 1798 von Archibald Gracie erbaut worden. Das gewaltige Gebäude mit seinen vielen Schornsteinen und beinahe ebenso vielen Balkonen war einst städtisches Museum gewesen, aber jetzt diente es als schwerbewachte Residenz des Bürgermeisters.

Direkt gegenüber jedoch fesselte das schmiedeeiserne Gitter Tess' Aufmerksamkeit, das die Grünanlagen und die Wege des Carl-Schurz-Parks einzäunte.

»Und Sie sind ganz sicher, daß Sie . . .«

Bevor der Lieutenant aussprechen konnte, umklammerte Tess seinen Arm und überquerte die Fahrbahn der Avenue. Sie passierten ein offenes Tor (ein Schild wies darauf hin, daß zwischen 22 Uhr und 8 Uhr das Abspielen von Radios, Kassettengeräten und Musikinstrumenten verboten war) und gingen auf einem mit roten Klinkern ausgelegten Weg weiter, der auf beiden Seiten von dichtem Gebüsch gesäumt war. Die überhängenden Zweige hoher, belaubter Bäume spendeten ihnen Schatten.

»Wo?« Tess' Stimme klang heiser.

»Die Wachen vor der Gracie-Villa haben die Flammen um drei Uhr am frühen Sonntagmorgen gesehen. Ungefähr . . .« Craig schaute sich um. »Dort.« Er deutete auf die höhlenartigen Umrisse eines granitenen Beckens hinter den Büschen zu seiner Rechten. »Die Wachmänner des Bürgermeisters sind absolute Profis. Sie wissen, daß sie ihren Posten nicht verlassen dürfen, egal, was passiert. Schließlich hätten die Flammen ja auch ein Ablenkungsmanöver sein können, ein Trick, mit dem Zweck, sie wegzulocken und ihren Boß ungeschützt zu lassen. Also haben sie das örtliche Polizeirevier angerufen. Inzwischen konnten die Wachposten des Bürgermeisters erkennen, wie sich Flammen von *hier*« – Craig zeigte zuerst auf die höhlenartigen Umrisse, dann an ein paar Büschen vorbei auf ein Miniatur-Amphitheater mit Galerie weiter vorne – »nach *dort* bewegten, auf diese Statue zu.«

Tess schwankte, als sie sich der lebensgroßen Statue näherte. Die Gestalt trat deutlicher hervor, es wurde ein bronzenes Kind daraus, das mit angezogenem Knie dastand und zur Seite schaute, hinunter auf die mit Backsteinen ausgelegte Grundfläche der kreisförmigen Anlage.

Die Statue sollte wohl eine Nymphe darstellen. Erstaunlicherweise erinnerte sie Tess an Peter Pan.

»Und?« In dem mit Steinen ausgelegten Becken konnte Tess deutlich hören, wie ihre Stimme sich überschlug. Sie drehte sich zu Craig um.

»Vergessen Sie nicht, daß Sie hierherkommen wollten.«

»Ich hab's nicht vergessen. *Und?*«

»Die Beamten vom örtlichen Revier fanden ... Der Regen hatte eine tiefe Pfütze auf den Backsteinen gebildet ... Das Opfer ...«

»Ja, das sagten Sie bereits. Er hat versucht, sich ins Wasser zu rollen, um die Flammen zu löschen. *Wo?*«

»Hinter der Statue, Tess.« Craig hob beide Hände und kam näher. »Ich würde Ihnen nicht empfehlen ...«

»Ich muß.« Langsam ging Tess um die Statue herum.

Und dann sackte sie auf einem Sims zu Füßen der Statue zusammen.

Die Umrisse eines Mannes, auf der Seite liegend, die Knie bis zur Brust hochgezogen, hatten sich wie ein Schatten aus Ruß in die Steine gebrannt.

»Nein.«

»Tut mir leid, Tess. Ich wollte Sie nicht hierherbringen, aber Sie haben darauf bestanden.«

Mit einem tiefen Schluchzen beugte sich Tess über die unheilvolle, dunkle Form. Sie berührte die Stelle, wo Josephs Herz gewesen wäre. »Tun Sie mir noch einen Gefallen?« Die Stimme drohte ihr zu versagen. »Bitte! Nur noch einen einzigen Gefallen.«

»Sie von hier wegzubringen?«

»Nein.« Tränen strömten Tess aus den brennenden Augen. Durch ihren Schleier hindurch flehte sie ihn schweigend an.

Craig verstand. Er öffnete seine Arme. Ihr Schluchzen wurde heftiger, aber seine Umarmung tat ihr gut.

15

Memphis, Tennessee

Billy Joe Bennett konnte gegen das Schwitzen nichts machen. Schweiß bildete sich auf seiner Kopfhaut, auf der Stirn, der Brust, dem Rücken, an den Beinen. Er lief ihm in den Nacken, durchtränkte sein Hemd. Während er gegen ein Uhr nervös durch den nächtlichen Verkehr des Vergnügungsviertels der Stadt fuhr, kam er sich vor wie im Dampfbad. Das Problem war, daß er nicht etwa wegen der heißen, schwülen Nacht so schrecklich schwitzte. Nein, er hatte die Fenster seines Chevy Blazer fest geschlossen, und die Klimaanlage lief auf vollen Touren. Aber so kühl der Luftzug auch sein mochte, der ihm entgegenblies, die Schweißausbrüche konnte er nicht verhindern, denn Billy Joe Bennett zitterte wegen etwas anderem, und das war auch der Grund für die Schweißausbrüche. Es waren zwei Gründe, um genau zu sein. Der erste war die nervöse Anspannung. Schließlich würde er morgen früh vor einem Scheißhaufen von Ermittlern aussagen müssen, die von der Regierung eingesetzt waren. Und der zweite Grund war sein verzweifeltes Verlangen nach etwas Koks.

Mein Gott, dachte er. Wie kann es angehen, daß dieselbe Sache einen den Himmel auf Erden erleben läßt, wenn man es schnupft, und einen durch die schrecklichste Hölle jagt, wenn man es nicht hat. Billy Joes Inneres schmerzte, als würde jedes einzelne Organ gegen ein anderes scheuern. Seine Muskeln waren so schmerzhaft angespannt, daß seine Hand sich um das Lenkrad krampfte, als wollte sie es zerbrechen. Allmächtiger Gott. Das grelle Licht der entgegenkommenden Autos stach ihm erbarmungslos in die Augen, und manchmal reichte das grelle Flackern der Neonreklame über dem Eingang einer Bar aus, ihn zusammenzucken zu lassen. Wenn ich nicht bald etwas Puderzucker in die Nase bekomme ...

Immer wieder warf er verstohlene Blicke in den Rückspiegel, um sich zu vergewissern, daß er nicht verfolgt wurde. Die verdammten Regierungsleute waren schlimmer als Bluthunde. Seit Sonntag folgten sie ihm auf Schritt und Tritt. Wenn er zu Hause war, wartete ein Auto in seiner Straße. Seitdem dieser beschissene Zug entgleist war, forderten sie jeden Tag eine Urinprobe von ihm, und bis jetzt hatte er den Test nur deshalb immer wieder bestanden, weil Billy Joe ja schließlich kein Dummkopf war. No, Sir! Er las schließlich Zeitung und schaute die Nachrichten im Fernsehen, und deshalb hatte er schon vor Monaten mitgekriegt, daß für jeden, der im öffentlichen Transportwesen arbeitete, demnächst stichprobenweise Drogentests eingeführt würden. Also hatte er sich auf den Tag vorbereitet, an dem die Reihe an *ihm* wäre. Er hatte seinem Bruder, der kein Kokain anrührte, dafür Geld gegeben, daß er für ihn in einen sterilen Krug pinkelte. Er hatte den Krug dann mit nach Hause genommen und den Inhalt auf mehrere Plastikphiolen gefüllt verteilt, die er hinter dem Spülkasten der Toilette versteckte. In dem Augenblick, als er von der Entgleisung des Zuges hörte, war er in sein Badezimmer gegangen, hatte eine der Phiolen mit Vaseline eingeschmiert und sie sich – mein lieber Mann, hatte das weh getan! – ins Rektum geschoben. Natürlich hatte schon am Sonntag ein Regierungsbeamter bei ihm angeklopft, hatte ihm eine gerichtliche Anordnung unter die Nase gehalten, ihm einen Glasbehälter in die Hand gedrückt und eine Urinprobe verlangt.

»Selbstverständlich«, hatte Billy Joe darauf geantwortet. »Ich habe nichts zu verbergen.« Er war in sein Badezimmer gegangen, hatte die Tür verriegelt und sich anschließend die Plastikphiole mit dem Urin aus dem Rektum gezogen. Die körperwarme Flüssigkeit hatte er in den Glasbehälter geschüttet, und dann war er aus dem Badezimmer gekommen und hatte zu dem Beamten gesagt: »Tut mir leid, aber auf Befehl kann ich nicht so gut. Das ist alles, was ich meiner Blase abringen konnte.«

Der Beamte hatte ihm einen eisigen Blick geschenkt und erwidert: »Das genügt uns vollkommen, glauben Sie mir.«

»Sie verschwenden Ihre Zeit.«

»Sicher tun wir das.« Danach war Billy Joe nie mehr ohne eine mit Vaseline geschmierte Phiole im Hintern aus dem Haus gegangen. Von Krämpfen und Schmerzen konnte er ein Lied singen. O Mann. Aber er war ein Eisenbahner, seine breiten Schultern und der mächtige Brustkasten waren das Resultat von zwanzig Jahren Gleiseheben, Schwellenwechseln, Vorschlaghammerschwingen. Ich bin ein harter Bursche, sagte er sich immer wieder, da gibt es keinen Zweifel. Und wenn diese Regierungsheinis, diese Weichlinge in ihren billigen Anzügen, wenn die glaubten, sie könnten ihm Angst einjagen, dann würde er sie eines Besseren belehren.

In diesem Augenblick aber hatte Billy Joe Angst. Am Montag hatte er seinen gutversteckten Vorrat aufgebraucht. Der erste Tag ohne das Zeug war gar nicht so schlimm gewesen. Ein bißchen Händezittern, das war alles gewesen. Am nächsten Tag aber hatte sich ihm bereits der Magen umgedreht, am Tag darauf hatte er nichts mehr bei sich behalten können, und er hatte zu schwitzen angefangen. Und jetzt, am Donnerstagmorgen um ein Uhr in der Früh, saß er schweißnaß in seinem Wagen, tat sein Bestes, um einigermaßen geradeaus zu fahren, und hatte Angst, seinen verfluchten Verstand zu verlieren, wenn er nicht bald eine Ladung Koks bekäme.

Lieber Gott im Himmel, er würde am Vormittag unmöglich vor dieser Regierungskommission aussagen können, wenn er dann auch noch so zitterte und schwitzte. Er war nicht in der Lage, einen klaren Gedanken zu fassen. Und er würde sich nicht auf ihre Fragen konzentrieren können. Ins Stottern würde er kommen, oder noch schlimmer, womöglich würde er sogar zu lallen anfangen, und dann wüßten sie gleich, daß es nicht bloß Lampenfieber war, sondern daß er unter Entzugserscheinungen litt. Er wußte nicht genau, was ihm blühte, wenn den Ermittlungsbeamten der Nachweis gelänge, daß er drogenabhängig war, aber eines wußte er ganz genau: Es würde ihm ganz und gar nicht gefallen. Dreihundert Menschen mußten sterben, weil dieses verfluchte Stück Schiene nachgegeben hatte und der Zug umgekippt war. Zwanzig Waggons mit anhydrischem Ammoniak waren aufgeplatzt, und seit Sonntag war in den Zeitungen von nichts anderem mehr die Rede als von krimineller Fahrlässigkeit, ja sogar fahrlässiger Tötung. Scheiße, Mann, die brachten es fertig, einen für so etwas in den Knast zu stecken.

Sicher, als Vorarbeiter der Wartungstruppe hatte er die Gleise überprüft, und sie hatten ausgesehen, als seien sie in Ordnung. Vielleicht war die Überprüfung nicht so gründlich ausgefallen, wie sie hätte ausfallen können, aber es war schon spät am Nachmittag gewesen, und er hatte es eilig gehabt, nach Hause zu kommen und etwas Koks zu schnupfen. Es war schließlich nicht seine Schuld, daß dieser Trottel, dem die Eisenbahn gehörte, sie heruntergewirtschaftet hatte, weil er zu sehr damit beschäftigt war, seinen Schwanz in seine Sekretärin zu stecken. Dabei hatte der Idiot sich von seiner Ehefrau erwischen lassen, und die hatte ihn aus dem Haus geworfen, die Scheidung eingereicht und Forderungen in Millionenhöhe gestellt. Zum Teufel, nein, dachte Billy Joe, es ist nicht meine Schuld, daß die Eisenbahn gezwungen war, die Mittel für die Wartungsmannschaften zu reduzieren, damit der Trottel seine Scheidung bezahlen konnte. Wenn wir mehr Jungs gehabt hätten, um die Gleise zu überprüfen, dann wäre der Unfall auch nicht passiert.

Aber das ist nicht *mein* Problem. Auf gar keinen Fall. Was geht mich die Überholung dieser Gleise an. *Ich* brauche eine Generalüberholung, damit ich in acht Stunden nicht aus dem Leim gehe, wenn diese Regierungsheinis versuchen, mich ans Kreuz zu nageln.

Schon wieder schaute Billy Joe in seinen Rückspiegel. Er war über Nebenstraßen gefahren, um sich zu vergewissern, daß niemand ihm folgte. Er hatte plötzlich die Richtung geändert, war über rote Ampeln und Einbahnstraßen in falscher Richtung gefahren, er hatte alles das getan, was die Helden in Kriminal- und Spionagefilmen immer taten, wenn sie einen Verfolger loswerden wollten. Nachdem er sicher war, daß ihm niemand folgte, verließ er eilig das Vergnügungsviertel und fuhr hinunter zum Fluß. Er hatte nicht viel Zeit. Jede Nacht um Viertel nach eins machte sein Lieferant auf einem abgelegenen Parkplatz neben einem Lagerhaus am Mississippi für fünf Minuten – und keine Minute länger – seinen Laden auf.

Billy Joe wischte sich den Schweiß aus den Augen und schaute auf seine Armbanduhr. Um Gottes willen, es war beinahe zehn nach. Er drückte mit zitterndem Fuß das Gaspedal durch. Der finstere Parkplatz sah verlassen aus, als er am Lagerhaus vorüberfuhr und anhielt. Nein! Erzähle mir keiner, ich sei zu spät! Es ist Punkt Viertel nach! Es *darf* nicht zu spät sein.

Oder vielleicht ist *er* zu spät dran? Ja, sagte sich Billy Joe mit pochendem Herzen, das ist es. Er hat's ganz einfach noch nicht geschafft.

Wie aus dem Nichts tauchten die Scheinwerfer eines anderen Autos auf dem Parkplatz auf. Billy Joe entspannte sich, aber dann schoß ihm plötzlich die Sorge durch den Kopf, es könnte sich nicht um seinen Lieferanten handeln, sondern um die Regierungsbeamten, die ihm hierher gefolgt waren. Er kämpfte gegen die aufkommende Panik an, sagte sich, daß es schließlich kein Verbrechen sei, eine Fahrt zum Fluß hinunter zu machen. He, ich brauche ihnen doch bloß zu erzählen, ich hätte nicht schlafen können, und da sei mir eben danach gewesen, den Lichtern der Krähne auf dem Fluß zuzuschauen, um mich zu entspannen. Na klar. Alles kein Problem.

Er kannte den blauen Ford nicht, der neben ihm hielt. Kein gutes Zeichen, aber auch nicht unbedingt ein schlechtes. Sein Lieferant wechselte aus Vorsichtsgründen schon hin und wieder mal das Fahrzeug. Aber den großen, schlanken Mann im T-Shirt, der jetzt aus dem Wagen kletterte, hatte Billy Joe ebenfalls noch nie gesehen, und das war mit Sicherheit kein gutes Zeichen.

Der Mann klopfte an Billy Joes Fenster.

Billy Joe ließ es herunter. »Ja?« Er bemühte sich um einen barschen Tonfall, aber seine zittrige Stimme war dazu nicht in der Lage.

»Sind Sie aus geschäftlichen Gründen hier?« wollte der Mann wissen.

»Ich habe keine Ahnung, wovon Sie reden.«

»Von Koks. Woll'n Sie 'ne Ladung oder nicht?«

Jetzt sitzt du in der Falle, dachte Billy Joe. Der Kerl war tatsächlich ein Ermittlungsbeamter. Er hatte das Ding schon jetzt und hier vermasselt. »Wie kommen Sie darauf, ich könnte ...«

»Hör mal, mein Junge, verschwende bitte nicht meine Zeit. Dein regulärer Lieferant mußte die Stadt verlassen. Aus gesundheitlichen Gründen, verstehst du? Der Konkurrenzkampf ist ihm an die Nieren gegangen. *Ich* habe jetzt seine Tour übernommen, und ich habe noch 'ne Menge anderer Plätze zu bedienen. Du hast vier Minuten Zeit, dann bin ich wieder weg. Also, entscheide dich.«

Plötzlich fiel Billy Joe ein, daß der Ford aus einer anderen Richtung gekommen war, als er selbst. Dieser Bursche – wer auch immer er sein mochte – konnte ihn also unmöglich verfolgt haben.

Und Billy Joe fiel noch etwas anderes ein, daß er nämlich immer heftigere Schweißausbrüche hatte und daß er so sehr zitterte, daß ihm die Zähne klapperten.

»Okay, ich habe mich entschieden.« Er konnte seine zitternden Hände kaum noch ruhig halten. Umständlich kletterte er aus dem Wagen und richtete sich auf unsicheren Beinen auf. »Kommen wir zum Geschäftlichen. Derselbe Preis wie beim Kollegen?«

Der Fremde schloß den Kofferraum des Fords auf. »Nein. Das FBI macht in letzter Zeit verdammt viel Ärger. Zu viele Ladungen wurden abgefangen. Das verursacht zusätzliche Kosten.«

Billy Joe war viel zu verzweifelt, um zu widersprechen.

»Aber für dieses eine Mal will ich großzügig sein. Ich gewähre zu jedem Päckchen einen Zuschlag. Eine Art Geste des guten Willens, um mich bei meinen Kunden einzuführen.«

»He, das nenne ich anständig.«

Billy Joe rieb sich die Hände, trat zu dem Mann an den Kofferraum und warf einen neugierigen Blick hinein. Was er dort sah, war eine prallgefüllte Plastiktüte, und als der Fremde sie öffnete, kam das weiße Pulver zum Vorschein. »Was zum Teufel . . .? Was ist das für ein . . .?«

Ein scharfer, ätzender Geruch erreichte seine Nasenlöcher. Der Kofferraum stank wie . . .? Chemische Reinigung. Das war es. Eine chemische Reinigung? Warum sollte . . .?

»Alles für dich, Billy Joe.«

»He, woher kennst du meinen Namen?«

Der Fremde ignorierte die Frage. »Ja, das haben wir alles für dich mitgebracht.«

»*Wir?*«

Die Türen des Autos schlugen auf. Drei Männer, die sich vorher geduckt haben mußten, sprangen heraus, packten Billy Joe – einer auf jeder Seite und einer von hinten – und drückten seinen Kopf hinunter in den Kofferraum, auf das Puder in der Plastiktüte zu.

Billy Joe wehrte sich mit aller Kraft, versuchte verzweifelt, sich den Griffen zu entwinden, aber all die Jahre, in denen er den Vorschlaghammer geschwungen hatte, vermochten ihm jetzt nicht die Kraft zu verleihen, sich drei entschlossenen Männern zu widersetzen.

»Alles für dich, Billy Joe.«

Er wehrte sich noch verzweifelter, aber kräftige Hände drückten ihn weiter nach unten. Als sein Kopf sich dem weißen Pulver näherte, wurde der starke, beißende Geruch immer unerträglicher. Er mußte würgen. Und jetzt erkannte er auch, was das für ein Pulver war. Ammoniak. Bleichmittel in Pulverform.

»Nein! O mein Gott! Aufhören! Ich . . .«

Seine Worte wurden erstickt, als sie ihm das Gesicht in das Pulver drückten. Es verschmierte ihm die Wangen, klebte ihm auf den Lippen.

Und dann tauchten sie sein Gesicht ganz in das Pulver hinein. Es rieselte ihm in die Ohren, verstopfte seine Nasenlöcher. Er hielt den Atem an, aber während drei Männer ihn nach unten drückten, wand ihm der vierte den Rand des Plastiksacks um den Hals. Schließlich atmete Billy Joe ganz automatisch ein. Er spürte, wie das stechende Pulver sich durch Nasenlöcher und Kehle bis hinunter in die Lungen brannte. Und wie das brannte! Mein Gott, wie das brannte!

Die letzten Worte, die er in seiner Panik hörte, bevor er das Bewußtsein verlor, waren: »Wir wissen, daß es nicht das Pulver ist, an das du gewöhnt bist. Schmeckt es dir, Billy Joe? Du hast dreihundert an Ammoniak krepieren lassen. Jetzt wird's Zeit, daß du auch mal 'ne Nase von dem Zeug nimmst.«

16

Am Ostufer des Mississippi,
zehn Meilen nördlich von Memphis

Im Schlafzimmer seines Landhauses mühte Harrison Page sich unter Schnaufen und Stöhnen ab, um dann schließlich doch einsehen zu müssen, daß alle seine Anstrengungen fruchtlos blieben. Erschöpft gab er auf und rollte von der Frau herunter. Die Affäre mit ihr hatte seine

Frau veranlaßt, sich von ihm scheiden zu lassen. Er lag auf dem Rücken und starrte ausdruckslos an die dunkle Zimmerdecke.

»Schatz, das ist schon okay«, sagte die Frau, die auf den Namen Jennifer hörte. »Du mußt dir nicht gleich Sorgen um deine Manneskraft machen. Du bist müde, das ist alles. Du stehst unter Streß.«

»Ja, unter Streß«, antwortete Page.

»Wir werden es nachher noch mal probieren, Schatz.«

Page hatte sich erst kürzlich eingestehen müssen, wie sehr ihm ihre schrille Stimme doch auf die Nerven ging. »Nein, ich glaube nicht. Ich habe Kopfschmerzen.«

»Dann nimm doch eine von meinen Schmerztabletten.«

»Nein.« Page stand auf, zog seinen Pyjama an, ging zu einem der Fenster und zog den Vorhang ein Stückchen auf. Trübsinnig schaute er hinaus, verloren an das Mondlicht, das auf dem Wasser des Flusses glitzerte.

»Dann solltest du es wenigstens mit einem Drink probieren, Schatz.«

Wenn du nicht gleich aufhörst, mich so zu nennen, dachte Page. »Nein«, sagte er gereizt. »Ich habe noch ein Gespräch mit meinen Anwälten, bevor ich morgen bei diesem Hearing aussage. Da muß ich hellwach sein.«

»Ich versuche doch nur mein Bestes, dich zu unterstützen, Schatz.«

Er fuhr herum, aber es gelang ihm, seine Wut unter Kontrolle zu halten. Das Mondlicht, das durch den Spalt im Vorhang fiel, beschien ihren nackten Körper, das dunkle Büschel zwischen ihren Schenkeln, ihre üppigen Hüften, die schmale Taille, die reifen Brüste. *Über*reif, dachte Page bitter. Wie zwei pralle Melonen, die schon zu faulen anfangen. Und ihre Haut. In letzter Zeit schreckte er beinahe davor zurück, sie zu streicheln, denn unter ihrer glatten, einst so erregenden Weichheit war eine andere Weichheit entstanden, wie Pudding, wie... Fett, dachte Page. So, wie sie den ganzen Tag herumliegt, sich eine Seifenoper nach der anderen reinzieht und dazu Schokolade frißt, wird sie bald fett sein wie eine...

Auch wenn er diesen bösen Gedanken unterdrückte, ein anderer Gedanke ließ sich nicht vertreiben. Wie konnte ich nur so ein Idiot sein? Ich bin fünfundfünfzig. Sie ist dreiundzwanzig. Wenn ich meinen Schwanz in der Hose gelassen hätte, wo er hingehörte . . . Gleich nachdem wir das erstemal gebumst hatten, als sie schon anfing, mich Schatz zu nennen, da hätte ich doch merken müssen, was ich für einen Fehler machte. Wir haben so gut wie nichts gemein. Sie ist unfähig zu einem einigermaßen intelligenten Gespräch. Warum hab' ich damals nicht rechtzeitig Schluß gemacht, ihr eine Abfindung gezahlt und sie in ein anderes Büro versetzt? Dann hätte ich mein Leben nicht ruiniert.

Aber Tatsache war nun einmal, wie Page sich betrübt eingestehen mußte, daß sein Schwanz die Kontrolle über sein Gehirn hatte. Er *hatte* sein Leben ruiniert, und jetzt wußte er nicht mehr, wie er es wieder in Ordnung bringen könnte. »Ich geh nach unten. Ich muß meine Zeugenaussage noch einmal vorbereiten, bevor ich morgen in dieses Hearing gehe.«

»Wie du willst, Schatz. Wer gehen will, den soll man nicht halten. Aber vergiß nicht, ich warte auf dich.«

Ja, dachte Page und versuchte, seinen Widerwillen zu unterdrücken. Das ist ja gerade das Schreckliche. Du wartest auf mich.

Er schlüpfte in seine Pantoffeln und ging aus dem Schlafzimmer, schlurfte den Flur entlang, ergriff das geschwungene Geländer der Marmortreppe und stieg auf unsicheren Beinen nach unten, heilfroh, ihrer Gegenwart entkommen zu sein. Ihm wäre beinahe schlecht geworden von ihrem aufdringlichen Parfüm – ein Geruch wie Blumen bei einem Begräbnis.

Außer Jennifer und ihm befand sich niemand in der Villa. Er hatte den Butler, die Köchin und das Zimmermädchen fortgeschickt, damit sie nicht etwa Gespräche mithören könnten, die ihn später möglicherweise belasten würden. Auf welche Hausangestellten konnte man sich schon verlassen, wenn sie erst einmal von den Ermittlungsbeamten in die Mangel genommen wurden. Der Widerhall seiner Schritte, als er die düstere Vorhalle durchquerte, machte ihm die Leere um ihn herum und in ihm bewußt. Er betrat sein Arbeitszimmer und schaltete das Licht an. Vor seinem Schreibtisch blieb er zögernd stehen. Seine Brust hob und senkte sich schwer, als er auf den Stapel Papiere schaute, der dort vor ihm lag: Die möglichen Fragen, die ihm bei dem Hearing gestellt werden könnten, und die Antworten darauf, die seine Anwälte vorformuliert hatten. Er würde sie auswendig können müssen.

Müde ging er um den Schreibtisch herum, ließ sich in seinen Sessel fallen und machte sich daran, die deprimierenden Schriftstücke durchzuschauen. Wenn doch wenigstens seine Exfrau Patricia hier wäre. Mit ihr könnte er reden, das Problem herausfinden und versuchen, es zu lösen. Auf diese Weise hatte sie ihm immer geholfen. Sie hatte einfühlsam zugehört, hatte ihm dabei die angespannten Schultern massiert und immer kluge und vernünftige Ratschläge zur Hand gehabt. Aber wenn Patricia hier wäre, dann gäbe es das ganze Problem ohnehin nicht. Dann wären sie nicht geschieden, und die Scheidung hätte ihn nicht beinahe in den Bankrott getrieben. Er wäre nicht so sehr von der Geschäftsführung seiner Eisenbahn abgelenkt gewesen, und die Aufwendungen für die Instandhaltung der Strecken hätte er schon gar nicht kürzen müssen, um noch mehr Profit aus dem Unternehmen zu pressen, damit er die Millionen aufbringen konnte, um den Unterhalt seiner Exfrau zu finanzieren. Dreihundert Tote. Tausende von Hektar Wald und Ackerland verwüstet. Die Wasserversorgung eines ganzen Landes vergiftet. Und das alles nur, weil ich mit dem Schwanz gedacht hatte und nicht mit dem Kopf.

Er hörte ein Geräusch, riß den Kopf nach links und zuckte zusammen, als er sah, daß eine der Glastüren, die in den Hof führten, sich langsam öffneten. Angst kam in ihm auf. Drei Männer und eine Frau betraten sein Arbeitszimmer. Sie waren alle um die Dreißig, sportlich schlank, gutaussehend und in dunkle Trainingsanzüge gekleidet.

Page sprang auf. In den vielen Jahren als Manager hatte er gelernt, niemals Schwäche zu zeigen und auf Bedrohungen aggressiv zu reagieren. »Was zum Teufel machen Sie da? Raus hier!«

Sie schlossen die Tür.

»Raus, hab' ich gesagt!«

Sie lächelten. Die Frau und einer der Männer hielten die Hände hinterm Rücken versteckt.

Page kämpfte gegen die Angst an, die in ihm aufstieg. Die Leute sahen einfach zu adrett aus, um gewöhnliche Einbrecher zu sein. Er wußte zwar nicht, wie gewöhnliche Einbrecher auszusehen hatten, aber ... vielleicht waren sie ...

»Wenn ihr Pressefritzen seid, dann habt ihr euch die falsche Methode ausgesucht, zu einem Interview zu kommen. Und abgesehen davon gebe ich keine Interviews mehr!«

»Wir sind keine Pressefritzen.«

»Wir haben auch keine Fragen an Sie«, sagte einer der Männer.

»Ich rufe die Polizei!«

»Das wird Ihnen nichts nützen«, sagte ein anderer Mann.

Sie näherten sich ihm. Die Frau und einer der Männer hielten immer noch die Hände auf ihren Rücken.

Page griff zum Telefon und tippte 911 in die Tastatur. Dann erst merkte er, daß die Leitung tot war.

»Sehen Sie«, sagte der dritte Mann. »Es nützt Ihnen nichts.«

»Ich habe diese Türen verschlossen und das Alarmsystem eingeschaltet! Wie sind Sie ...?«

»Wir können ganz gut mit Werkzeug umgehen«, erklärte ihm der erste Mann.

»Mit *solchen* Werkzeugen, zum Beispiel«, fügte die Frau hinzu.

Jetzt holten sie ihre Hände hinter ihren Rücken hervor.

Page öffnete den Mund, aber das Entsetzen erstickte seinen Schrei.

Während zwei der Männer Pages Arme packten und ihn flach auf die Schreibtischplatte drückten, hielt der dritte Mann einen Schwellennagel hoch, und die Frau holte mit einem Vorschlaghammer aus, um Page den Nagel ins Herz zu treiben.

17

»... auf einen Stapel von blutdurchtränkten Dokumenten genagelt, die, so verlautet aus gut informierten Kreisen, jene Aussagen enthielten, die Harrison Page heute vor dem Ausschuß machen wollte.« Der brillentragende Fernsehkorrespondent machte eine feierliche Pause.

Tess saß angewidert auf einem Hocker vor der Küchentheke in ihrer Dachwohnung und schaute auf den Fernseher mit der 36er Bildröhre, der neben der Mikrowelle stand. Die roten Ziffern des Digitalweckers standen auf 8.03 Uhr. Sie hatte versucht, sich zu einem Frühstück zu zwingen – Obstsalat, Vollkorntoast und Tee –, aber nach dem gestrigen Martyrium im Leichenschauhaus und der Erkenntnis, daß Joseph tot war, hatte sie nicht mehr viel Appetit.

Der Mann im Fernsehen setzte seinen Bericht fort: »In einem weiteren, grotesken Nachspiel zu der Giftkatastrophe in Tennessee wurde heute morgen auf einem Parkplatz am Mississippi die Leiche von Billy Joe Bennett gefunden, dem Vorarbeiter, dem der Gleisabschnitt unterstand, auf dem das Unglück passierte. Gegen Bennett wurde wegen des Verdachts der Fahrlässigkeit in Folge von Kokainabhängigkeit ermittelt.«

Das Bild wechselte von dem Reporter auf einen schlechtbelichteten Videofilm, der finster dreinblickende Polizisten vor einem Lagerhaus zeigte, die auf etwas herunterschauten. Dann folgte die Nahaufnahme einer Abfalltüte auf dem Asphalt des Parkplatzes. Die Tüte war mit einem weißen Pulver gefüllt. Und schließlich ein Kameraschwenk auf eine mit einem Bettlaken bedeckte Leiche auf einer Bahre, die gerade in einen Krankenwagen geschoben wurde. Aus dem Off erklärte der Reporter die unheimlichen Umstände, unter denen Bennett ermordet worden war.

Ein ganz frischer Schmerz erinnerte Tess an die brutale Weise, auf die *Joseph* ermordet worden war.

Der Reporter erschien wieder auf dem Bildschirm. »Die Polizei vermutet, daß Page und Bennett aus Rache von Angehörigen von Opfern der Giftgaskatastrophe getötet wurden.«

Ein Werbefilm für Windeln unterbrach die Nachrichten. Tess rieb sich die Stirn, starrte herunter auf ihr Frühstück und hatte noch weniger Appetit.

Das Klingeln des Telefons schreckte sie auf, während sie ihre Teetasse ausspülte. Wer mochte sie so früh anrufen? Besorgt verließ sie die Küche und ging hinüber in den Bereich der Dachwohnung, den sie wie ein Wohnzimmer eingerichtet hatte. Sie nahm den Hörer ab, als es zum drittenmal klingelte.

Die rauhe Stimme war so unverkennbar, daß der Anrufer sich nicht erst hätte vorstellen müssen. »Hier ist Lieutenant Craig.«

Ihre Finger klammerten sich fest um den Hörer.

»Tut mir leid, daß ich Sie so früh störe«, sagte Craig, »aber ich bin heute nicht im Büro, und ich weiß noch nicht, ob ich dazu kommen würde, Sie in der Arbeit anzurufen – falls Ihnen überhaupt danach zumute ist, heute zur Arbeit zu gehen.«

»Ja. Ich gehe«, antwortete Tess niedergeschlagen. »Ich denke, es hat keinen Sinn, hier rumzusitzen und vor sich hin zu brüten. Vielleicht wird die Arbeit mich auf andere Gedanken bringen.«

»Manchmal hilft es auch, unter anderen Menschen zu sein.«

»Ich bin nicht sicher, ob überhaupt etwas helfen wird.« Sie ließ sich müde in einen Sessel fallen. »Was kann ich für Sie tun, Lieutenant?«

»Ich würde gerne wissen, wann Sie zu Mittag essen.«

»Essen? Warum sollte ich ... Ich bezweifle, daß ich heute mittag etwas essen werde. Haben Sie deshalb angerufen? Um mich zum Essen einzuladen?«

»Nein, nicht deshalb. Da ist etwas, da gibt es etwas, das Sie sich anschauen sollten«, fuhr Craig fort, »und wenn Sie zu einer bestimmten Zeit frei haben, dann könnten wir uns ja verabreden.«

Auf einmal fror Tess. »Hat es etwas mit Josephs Tod zu tun?«

»Möglich.«

»Sie verschweigen mir schon wieder was.«

»Vielleicht ist es nichts, Tess. Wirklich. Ich möchte erst darüber reden, wenn ich wirklich sicher bin. Ich will Sie nicht ohne Grund beunruhigen.«

»Und Sie meinen, Sie hätten mich noch nicht beunruhigt? Okay, um eins. Können Sie mich um eins vor meinem Bürohaus abholen?«

»In Ordnung. Wer weiß, vielleicht erübrigt sich unsere Verabredung ja. Das meine ich ganz ernst. Denken Sie noch nicht zu viel darüber nach.«

»Sicher. Einfach nicht drüber nachdenken. Großartige Idee.«

18

Aber Tess hatte zu viele Dinge, über die sie nachdenken mußte. Immer wieder fielen ihr Josephs verkohlter Körper ein und die schwarzen Umrisse, die er in die Backsteine im Carl-Schurz-Park gebrannt hatte. Im Fahrstuhl zu ihrem Büro erstarrte sie bei dem Gedanken, daß sie Joseph dort nie wieder begegnen würde.

In den Büroräumen des *Earth Mother Magazine* angekommen, ging sie unverzüglich den Flur zu Walter Trasks Zimmer entlang und erzählte ihm alles, was passiert war.

Trasks Stirnrunzeln fiel ein wenig sorgenvoller aus als

üblich. Er stand auf, kam um den Schreibtisch herum und legte seine Hände auf ihre Schultern. »Tut mir so leid, Tess. Ehrlich. Mehr, als ich sagen kann.«

»Aber wer sollte ihm das angetan haben? Und *warum*?«

»Ich wünschte, ich hätte Antworten für Sie.« Trask nahm sie in die Arme. Sein Gesicht wirkte grau, als er sie wieder losließ und einen Schritt zurücktrat. »Aber wir leben nun mal in New York. Manchmal gibt es keine Antworten. Es erinnert mich an die Joggerin, die im Central Park von dieser Räuberbande vergewaltigt und beinahe umgebracht wurde. Die Jungs, die das getan haben, sind nicht etwa in den Slums aufgewachsen. Nein, das waren Sprößlinge aus Mittelschichtfamilien. Armut kann für ihr Verhalten nicht verantwortlich gemacht werden. Es macht keinen Sinn, wie so viele andere Dinge.«

»Aber was hätte Joseph um drei Uhr morgens im strömenden Regen im Carl-Schurz-Park zu suchen gehabt?«

»Tess, hören Sie mir zu. Sie wissen absolut nichts über diesen Mann. Sie fanden ihn attraktiv, aber er . . . Das mag vielleicht hart klingen, trotzdem muß es ausgesprochen werden: Als Sie erwähnten, daß sein Arbeitgeber nicht einmal seine Telefonnummer hatte und er einen privaten Postdienst in Anspruch nahm, da habe ich mir Sorgen gemacht. Dieser Mann hatte Geheimnisse. Und wahrscheinlich haben diese Geheimnisse ihn eingeholt.«

Mit eisiger Klarheit rief Tess sich ins Gedächtnis, was Joseph am Freitagnachmittag in dem Feinkostimbiß zu ihr gesagt hatte. *»Ich habe gewisse . . . nun, sagen wir Verpflichtungen. Ich kann Ihnen nicht erklären, was das für Verpflichtungen sind und warum ich sie habe. Sie müssen mir einfach glauben, mir vertrauen und es akzeptieren.«*

»Vielleicht. Vielleicht hatte er wirklich Geheimnisse«, sagte Tess. »Aber das bedeutet doch nicht, daß es schlimme Geheimnisse waren, und es bedeutet auch nicht, daß ich mich jetzt von ihm abwenden und so tun muß, als hätte ich ihn nie gekannt.«

»Glauben Sie mir, ich fühle mit Ihnen.« Trask legte ihr seinen Arm um die Schultern. »Wirklich. Ich versuche doch bloß, objektiv zu sein. Ihre Gefühle ein wenig zu schützen.«

»Ich kann im Augenblick nichts weniger sein als objektiv«, erwiderte Tess.

»Hören Sie, vielleicht hätten Sie heute nicht zur Arbeit kommen sollen. Machen Sie eine Pause. Gönnen Sie sich ein bißchen Ruhe. Gehen Sie in Ihren Fitnessclub, oder was auch immer Ihnen Zerstreuung verschafft. Und dann sehen wir mal, wie Sie sich morgen fühlen.«

»Nein«, sagte Tess. »Alleine würde ich mich noch schlechter fühlen. Ich *brauche* jetzt meine Arbeit. Ich muß mich beschäftigen.«

»Sind Sie sicher?«

»Je mehr Arbeit, desto besser.«

»In dem Fall . . .«

»Was?«

»Ich hätte da eine Sache, die ich Ihnen gerne übergeben würde.«

Tess wartete.

»Das würde allerdings bedeuten, daß wir Ihren Artikel über den Mißbrauch von Herbiziden und Pestiziden auf den Farmen des Mittelwestens aufschieben müßten.«

»Aber das ist ein wichtiges Thema«, protestierte Tess ganz automatisch. »Diese Gifte sickern bereits ins Trinkwasser.«

»Trotzdem, es gibt da eine Story, die wir möglicherweise vorziehen sollten. Die Fernsehnachrichten heute morgen. Haben Sie sie gesehen? Diese Morde in Tennessee? Macht's da nicht ›klick‹ bei Ihnen?«

»Ich nehme an, Sie denken an die Morde bei Pacific-Rim letzte Woche.«

Es waren drei gewesen, nachdem der Riesentanker das Öl verloren hatte, das noch immer das Great-Barrier-Riff bedrohte; zwei in Australien und einer in Hongkong. Victor Malone, der Kapitän des Supertankers, der auf Grund gelaufen war, Kevin Stark, der Leiter der Abteilung, die mit den Säuberungsaktionen befaßt war, und Chandler Thompson, der Direktor der Pacific-Rim-Ölgesellschaft, jeder dieser Männer war getötet worden, nachdem Behauptungen die Runde gemacht hatten, der eine hätte im Dienst getrunken, der andere hätte nicht rechtzeitig Maßnahmen zur Eindämmung der Katastrophe eingeleitet und der dritte hätte sich geweigert, die Fahrlässigkeit seiner Gesellschaft einzugestehen. Malone war auf der Wegfahrt vom Gericht in Brisbane in die Luft gejagt worden. Stark war ertränkt worden, seine Leiche steckte kopfüber in einem Ölfaß. Thompson war vergiftet worden, als er während einer Pressekonferenz einen Schluck Wasser trank.

»Erinnern Sie sich, daß wir uns letzten Mittwoch über diese Morde unterhalten haben?« fragte Trask.

Tess ließ sich in einen Sessel sinken. Trübsinnig erinnerte sie sich gerade an etwas ganz anderes. An diesem Abend, kurz nach diesem Gespräch, war sie Joseph zum erstenmal begegnet. Sie vergrub die Fingernägel in ihren Oberschenkeln und zwang sich dazu, sich auf das zu konzentrieren, was Trask sagte.

»Ich schlug damals vor, wir sollten eine Story über die Morde bringen.«

»Und ich antwortete Ihnen, das *Earth Mother Magazine* sei kein Revolverblatt«, erwiderte Tess. »Wir sollten nicht noch Öl ins Feuer gießen. Fanatiker können unserer Sache nur schaden.«

»Nun, wie es scheint, haben wir jetzt in Tennessee ein paar Fanatiker.«

»Nein, die Parallele ist nicht ganz exakt. Die Polizei vermutet, daß Bennett und Page von Angehörigen von Opfern ...«

»Das sagen sie im Fernsehen«, meinte Trask mit finsterer Miene. »Aber ich habe gerade mit meinen Informanten bei der *Times* gesprochen. Dort bereitet man einen Artikel vor, in dem ein Polizist aus Memphis zitiert wird, der die Vermutung geäußert hat, hier könnten ein paar durchgedrehte Ökologen ihre Finger im Spiel haben.«

»*Was?*«

»Sogar die großen Umweltschutzorganisationen wie

der Sierra Club und Greenpeace scheinen zu ahnen, was auf sie zukommen könnte, und haben die Morde als völlig unverantwortliche Handlungen gebrandmarkt.«

»Aber es ist doch absurd, annehmen zu wollen...« Tess schoß aus ihrem Sessel hoch. »Sicher, ein paar Greenpeace-Leute wurden verurteilt, weil sie in Peru einen Walfänger gekapert haben. Und oft genug haben sie ihre Boote zwischen die Walfangschiffe und ihre Beute gefahren. Aber es ist doch wohl ein Riesenunterschied, ob jemand sich vorübergehend privaten Besitzes bemächtigt oder sein Leben riskiert, um eine gefährdete Spezies vor dem Aussterben zu retten, oder ob er...«

»Jemanden hinrichtet, weil er zur Zerstörung dieses Planeten beigetragen hat?« Trask zog die Augenbrauen in die Höhe. »Sicher. Verstehen Sie mich nicht falsch: Greenpeace ist eine ehrenwerte Organisation. Ich kann mir nicht vorstellen, daß sie jemals auf diese Art von Gewalt zurückgreifen würde. Aber der neue Direktor von PacificRim hat eine Warnung erhalten, in der man ihn auffordert, dafür zu sorgen, daß so etwas wie die Tankerkatastrophe sich nicht wiederholt. Also wissen wir, daß zumindest für diese Morde Fanatiker verantwortlich sind. Ich bin ganz Ihrer Meinung: Fanatiker schaden unserer Sache. Jedesmal, wenn ein Kernkraftwerk besetzt wird oder Tiere aus einem Versuchslabor gestohlen werden oder eine Frau in einem Pelzmantel mit Blut überschüttet wird, reagiert die Öffentlichkeit so, als wären alle Umweltschützer eine Bande von gemeingefährlichen Verrückten. Und wir anderen, die wir daran glauben, daß Aufklärung, gesunder Menschenverstand und das gute Beispiel die richtigen Methoden sind, wir werden als Gesinnungsgenossen und Komplizen dieser Radikalen angesehen. Deshalb sollten wir dem Thema nicht ausweichen. Wir sollten uns ihm stellen und aller Welt klarmachen, daß die große Mehrzahl der Umweltschützer keine gefährlichen Fanatiker sind, daß wir derartige Formen des Protests ebenso mißbilligen wie der Rest der Öffentlichkeit.«

Tess schaute ihren Chef nachdenklich an und nickte mit dem Kopf. Bei all der Last auf ihrer Seele hatte sie sich bemühen müssen, ihm aufmerksam zuzuhören. »Wissen Sie, Walter, je länger ich darüber nachdenke . . .«

»Keine schlechte Idee? Natürlich nicht. Heißt das, daß Sie die Story machen werden?«

Tess nickte wieder, immer noch nachdenklich.

»Gut.«

»Ich sehe da mehrere Möglichkeiten.« Ihre Stimme hörte sich angestrengt an. Unter Mühe fuhr sie fort: »Auch wenn ich die Extremisten verurteile, so kann ich immer noch auf die Bedrohungen für die Umwelt hinweisen, die sie so handeln lassen. Richtige Motive, falsche Methoden.«

»Sie haben's erfaßt, Kindchen. Und wenn Sie erst mal tief genug in die Story eingetaucht sind – wer weiß –, vielleicht schaffen Sie es dann, sich ein bißchen von dem abzulenken, was mit Ihrem Freund passiert ist.«

»Das bezweifle ich, Walter. Das bezweifle ich sehr. Aber ich werde mich bemühen.« Ein Schleier hatte sich über ihre Augen gelegt. »Ganz sicher kann ich etwas Ablenkung gebrauchen.«

Während des restlichen Vormittags hatten ihre Bemühungen beinahe Erfolg. Sie arbeitete sich in das Thema hinein und vergaß die Gedanken an Joseph, während sie in ihren Karteien wühlte. Sie führte Telefongespräche mit dem Archiv der Stadtbibliothek, mit den *Daily News* und der *Times*. Sie machte sich Notizen, stellte in aller Eile Listen zusammen. Trasks Erwähnung der Tierschutzaktivisten rief ihr ins Gedächtnis, daß letztes Jahr eine Gruppe von Protestierenden Versuchskaninchen aus den Käfigen eines medizinischen Labors befreit hatte und damit fünf Jahre Forschung zunichte machte, mit dem man möglicherweise eine Therapie gegen muskuläre Dystrophie gefunden hätte. In einem anderen Fall waren die gestohlenen Tiere mit Milzbrand infiziert, weil man einen neuen Impfstoff testen wollte. Man konnte sie erst wieder einfangen, nachdem sie eine kleinere Epidemie ausgelöst hatten.

Auf der Suche nach weiteren Beispielen fiel Tess ein,

was letzte Woche in Brasilien passiert war. Pedro Gomez, ein Kautschukzapfer, der versucht hatte, seine Dorfgenossen zu organisiertem Widerstand gegen die Machenschaften der großen Gesellschaften im Urwald am Amazonas aufzurufen, war während einer Rede von automatischen Schußwaffen förmlich zerfetzt worden. Während des Begräbnisses hatte seine Frau ein ›Geschenk‹ erhalten, den Kopf eines der finanzkräftigen Männer, die verdächtigt wurden, Gomez' Ermordung in Auftrag gegeben zu haben. Man nahm an, daß einer von Gomez' Anhängern den skrupellosen Unternehmer getötet hatte, um die Rechnung zu begleichen. Und trotzdem stand auch diese Enthauptung, wie die scheinbaren Rachemorde an Billy Joe Bennett und Harrison Page, im Zusammenhang mit einer großen Umweltkatastrophe, und deshalb beschloß Tess, diesen Zwischenfall in die Serie der Beispiele von radikalen Handlungen einzureihen, die durch eine ökologische Krise motiviert worden waren, von radikalen Handlungen, die man verurteilen mußte, während man gleichzeitig nicht vergessen durfte, die Krise selbst richtig darzustellen.

Gegen Mittag hatte Tess den Rohentwurf für ihren Artikel fertig. Sie war erstaunt darüber, wieviel sie in so kurzer Zeit geschafft hatte, nur weil sie sich ablenken wollte. In Wahrheit jedoch gab es da einen Platz in ihrem Herzen, in dem die Gedanken an Joseph sie immer noch quälten. Immer öfter schaute sie jetzt auf ihre Armbanduhr, deren Zeiger unbarmherzig vorrückten. Mit erstaunlicher Geschwindigkeit und, paradoxerweise, doch wieder sehr langsam näherten sie sich der ersten Stunde nach Mittag, ihrer Verabredung mit Lieutenant Craig. Was wollte er ihr zeigen? Warum war er wieder so ausweichend gewesen?

19

Der Lieutenant fuhr diesmal ein rostfarbenes Zivilfahrzeug. Nachdem er am Randstein angehalten hatte und Tess eingestiegen war und den Sicherheitsgurt angelegt hatte, fiel ihr auf, daß kleine Schweißperlen über seinen Augenbrauen standen. Die blaue Anzugjacke hatte er neben sich zwischen die Sitze geknautscht. Auch sein zerknittertes Oberhemd war auf der Vorderseite und unter den Armen dunkel von Feuchtigkeit.

»Tut mir leid.« Er hustete. Die Fenster standen offen, aber die einzigen Luftbewegungen an diesem schwülwarmen, dunstigen Juninachmittag rührten von den vorbeifahrenden Autos her. »Die Klimaanlage funktioniert nicht.«

»Ich werde mich dran gewöhnen.«

»Gut. Wenigstens einer von uns.«

»Was sagten Sie? Asthma?«

»Was?«

»Ihr Husten.«

»Oh.« Craig reihte sich in den Verkehr ein. »Richtig, mein Husten. Ja, das sagt jedenfalls der Onkel Doktor. Asthma. Allergische Reaktion. Diese Stadt bringt mich um.«

»Dann sollten Sie vielleicht umziehen.«

»Sicher. Vielleicht an ein gesünderes Fleckchen? Vielleicht nach Iowa? Wie lautet noch die Frage in diesem Film? *Field of Dreams.* Ja, so heißt der Film. ›Ist das der Himmel?‹ Und Kevin Costner antwortet: ›Nein, das ist Iowa.‹ Kornfelder? Nein, danke. Ich bin hier aufgewachsen. New York ist mein Himmel.« Tiefe Furchen hatten sich in seine Stirn gegraben, als er mit leiserer Stimme hinzufügte: »War es zumindest einmal.«

Er bog vom Broadway in östlicher Richtung ab.

»Wir fahren wieder in dieselbe Richtung wie beim letzten Mal.« Tess erstarrte. »Jetzt sagen Sie bloß nicht, wir fahren wieder ins . . .«

»Leichenschauhaus?« Craig schüttelte den Kopf und

hustete. »Da hätte ich Sie rechtzeitig vorgewarnt. Nein, aber wir fahren wieder die First Avenue hinauf.«

»Zum Carl-Schurz-Park? Aber ich will nicht . . .«

»Nein, dorthin auch nicht. Lassen Sie uns das auf *meine* Art machen, okay? Dann kann ich es Ihnen erklären und Sie vorbereiten. Und machen Sie nicht so ein böses Gesicht. Ich schwöre Ihnen, Sie werden nichts Schlimmes zu sehen bekommen.«

»Ganz sicher?«

»Ich will nicht behaupten, daß es Sie nicht beunruhigen könnte. Aber Ihnen wird nicht schlecht davon werden. Andrerseits . . . Okay, ich werd's Ihnen sagen. Sie haben mir erzählt, Ihr Freund sei etwas Besonderes gewesen? Das war eine kräftige Untertreibung. Wenn man dem FBI glauben kann, hat er gar nicht existiert.«

»Hat nicht . . .? Worauf wollen Sie . . .?«

»Wir haben den Namen Ihres Freundes ans FBI geschickt, um ihnen die Suche nach den Gegenstücken der Fingerabdrücke zu erleichtern, die wir an seiner unverbrannten linken Hand gefunden haben. Sie haben ihren Computer durchforstet nach einer Akte Joseph Martin. Keine Überraschung. Es ist ein häufiger Name. Es gibt viele Joseph Martins. Aber was überraschend ist: Nicht ein einziger der Fingerabdrücke in den Karteien hat zu den Abdrücken gepaßt, die wir an das FBI geschickt haben.«

»Aber das FBI hat doch bestimmt nicht von *allen* Leuten in seiner Kartei die Fingerabdrücke.«

»Richtig.« Craig steuerte weiter auf die First Avenue zu. »Also war der nächste Schritt, bei der Sozialversicherung die Nummer und den Namen, die Ihr Freund dem Angestellten angegeben hat, mit den Namen und Adressen auf ihren Listen zu vergleichen.«

»Und?«

Craig wich einem Lieferwagen des United Parcel Service aus, dessen Fahrer es besonders eilig zu haben schien, seine Päckchen auszuliefern. »*Und?* Es gibt dort einen Joseph Martin unter dieser Versicherungsnummer. Das

Problem ist bloß, er lebt in Illinois. Oder besser: Er *lebte* in Illinois. Denn nach mehreren Telefongesprächen stellte sich schließlich heraus, daß der Joseph Martin, der unter dieser Versicherungsnummer geführt wird, bereits 1959 gestorben ist.«

»Da muß irgendein Irrtum vorliegen.«

Craig schüttelte den Kopf. »Ich hab' alle Angaben noch einmal nachprüfen lassen. Das Resultat blieb dasselbe. Joseph Martin – *Ihr* Joseph Martin – müßte eigentlich längst aufgehört haben, die Leute an der Nase herumzuführen. Er hätte das einzig Anständige tun, sich hinlegen, die Arme verschränken, zu atmen aufhören und so tot sein sollen, wie jener Joseph Martin, der auf einem Friedhof in Illinois liegt.«

Während Craig die First Avenue inzwischen erreicht hatte und nun Richtung Norden weiterfuhr, verspürte Tess einen Druck hinter den Ohren. »Sie wollen mir also erzählen, Joseph hätte die Identität eines *toten* Mannes angenommen?«

»Eines toten *Kindes*, um genau zu sein. Eines Säuglings. Wie alt soll Ihr Joseph noch mal gewesen sein?«

»Anfang Dreißig.«

»Machen wir ihn zweiunddreißig«, sagte Craig. »Denn so alt wäre der andere Joseph Martin heute, wenn er nicht zusammen mit seinen Eltern bei einem Autounfall ums Leben gekommen wäre.«

»Und ich möchte wetten, es blieben keine nahen Verwandten zurück.«

»Oh?« Craig taxierte sie. »Sie wissen, wie so etwas gemacht wird?«

Tess zuckte mit den Achseln. »Jemand, der sich eine neue Identität zulegen will, sucht sich eine weit abgelegene Gemeinde aus und schaut in der Lokalzeitung die Todesanzeigen des Jahres durch, in dem er selbst geboren wurde. Er braucht einen Säugling, der in diesem Jahr gestorben ist, und der entweder Waise war oder zusammen mit seinen unmittelbaren Angehörigen ums Leben kam. Auf diese Weise sieht er erstens nicht älter aus, als er zu sein behauptet, und braucht zweitens nicht zu fürchten, daß jemand seiner Behauptung widerspricht, er sei die angegebene Person. Als nächstes muß er herausfinden, wo das Kind geboren wurde. Diese Information geht häufig aus der Todesanzeige hervor. Derjenige, der eine neue Identität annehmen will, schreibt nun an das Standesamt der betreffenden Gemeinde, teilt ihr mit, ihm sei seine Geburtsurkunde abhanden gekommen, und fordert eine neue an. Viele Leute verlieren ihre Geburtsurkunden. Es ist nichts Ungewöhnliches, wenn jemand um eine Abschrift bittet, und kaum ein Standesbeamter wird sich die Mühe machen nachzuschauen, ob der Name auf der Geburtsurkunde mit dem eines Toten übereinstimmt. Sobald sie die Urkunde hat, schickt unsere Person eine Fotokopie davon an die Sozialversicherung, erklärt, daß er mehrere Jahre im Ausland gelebt hat und keine Versicherungsnummer benötigte, daß er jetzt aber wieder eine haben muß. Die Sozialversicherung wird sich einem solchen Ansinnen in der Regel nicht widersetzen. Mit einer Geburtsurkunde und einer Sozialversicherungsnummer kann unsere Person nun einen Reisepaß, einen Führerschein, eine Kreditkarte und alle anderen Dokumente beantragen, die ihn zu einem ordentlichen Menschen machen, dem man einen Job gibt, der seine Steuern zahlt und so weiter.«

»Sehr gut«, sagte Craig und fuhr weiter Richtung Norden. »Ich bin beeindruckt.«

»Zeitungsreporter schnappen alle möglichen Informationen auf.« Tess hatte beim besten Willen nicht die Absicht hinzuzufügen, daß sie auch deshalb so gut über die Annahme falscher Identität informiert war, weil sie manchmal Telefongespräche mitgehört hatte, die ihr Vater mit Geschäftsfreunden führte.

In Gedanken versunken fuhr Craig die Neunundvierzigste Straße entlang. »Mit etwas Unterstützung der Bundesregierung ist es mir gelungen herauszufinden, daß Joseph im Mai letzten Jahres anfing, Gebrauch von seiner neuen Identität zu machen, als er nämlich zum erstenmal Einkommensteuer und Sozialversicherung zahlte. Seitdem hatte er zwei Jobs, den gegenwärtigen nicht mitgezählt. Der erste war in Los Angeles, der zweite in Chicago. Offensichtlich wollte er nicht zu lange an einem Ort bleiben, und er hielt es auch für nötig, möglichst viele Meilen zwischen den einen und den anderen Arbeitsplatz zu legen. In beiden Fällen arbeitete er für eine Video-Dokumentarfilm-Firma.«

»Okay.« Tess atmete viel zu schnell, sie mußte sich darauf konzentrieren, nicht in Hyperventilation zu verfallen. »Also hatte Joseph etwas zu verbergen. Alles an ihm war Lüge. Und das erklärt auch, warum er mich nicht zu nahe an sich heranlassen wollte. Die Frage ist nur: Was zum Teufel war es, das er zu verbergen hatte?«

»Vielleicht werden Sie *mir* die Antwort auf diese Frage geben können, wenn Sie das gesehen haben, wohin wir jetzt unterwegs sind. Ich kann mir jedenfalls keinen Reim darauf machen«, sagte Craig.

»Einen Reim machen worauf? Wohin fahren wir denn?«

»Nein. Noch nicht.«

»Warum?«

»Das Problem ist . . . Hören Sie, ich muß Ihnen erst ein paar andere Dinge erklären.«

Tess warf verärgert die Hände in die Luft.

»Haben Sie Geduld. Als ich mit dem Buchhalter in Josephs Firma sprach«, fuhr Craig fort, »bat ich ihn, mir Josephs Gehaltsschecks zu zeigen. Sie waren zu groß, um sie in einem Supermarkt oder einem Schnapsladen einzulösen. Er muß sie zu einer Bank gebracht haben. Und diese Bank muß die eingelösten Schecks an die Bank seines Arbeitgebers zurückgeschickt haben, die sie ihrerseits an den Buchhalter weiterleitete. So, wie's aussieht, hat Joseph alle seine Schecks bei derselben Bank eingelöst. Gleich da.« Craig zeigte nach hinten. »Wir sind gerade an der Bank in der Vierundfünfzigsten Straße vorbeigefahren.«

»Also sind Sie zu dieser Bank gegangen und haben denen einen richterlichen Bescheid unter die Nase gehalten, der Ihnen Einsicht in Josephs Konto verschaffte«, sagte Tess.

Wieder musterte Craig sie mit unverhohlenem Erstaunen. »Sie würden einen ausgezeichneten Polizisten abgeben.«

»Eine Polizis*tin*.«

Craig ignorierte ihre Korrektur. »Ja, genau das hab' ich getan. Ich bin zu dieser Bank gegangen, und die Adresse, die sie von Joseph hatten, war dieser private Postdienst am Broadway. Das war auch die Adresse, die er sich von der Bank auf seine Schecks drucken ließ. Keine Überraschung. Aber etwas anderes war überraschend. Die Mikrofilme über Josephs Kontobewegungen zeigten, daß er keinerlei Zahlungen für Miete oder Strom leistete. Aber irgendwo mußte er doch wohnen, also, wie stellte er seinen Hauswirt und Con Edison zufrieden? Wie sich herausstellte, schickte er jeden Monat einen Scheck über dreizehnhundert Dollar an einen Mann namens Michael Hoffman. Und raten Sie mal, wer dieser Hoffman ist.«

»Ein Buchhalter«, antwortete Tess.

Craig schaute sie noch eine Spur verwunderter an. »Sie sind besser als gut. Richtig. Ein Buchhalter. Ganz offensichtlich versuchte Joseph, den Nebel um sein Privatleben noch zu verdichten. Also habe ich mich mit diesem Hoffman unterhalten. Er hat mir mitgeteilt, daß er Joseph niemals begegnet ist. Sie haben ihre sämtlichen geschäftlichen Transaktionen durch die Post oder telefonisch abgewickelt.«

»Aber dieser Hoffman hat Josephs regelmäßige Zahlungen erledigt«, vermutete Tess.

»Diesmal gibt's kein Kompliment. Sie haben recht.«

»Okay. Und mit Hoffmans Unterlagen und ein bißchen Unterstützung von Con Edison sollten Sie eigentlich in der Lage sein, herauszufinden, wo Joseph wohnte.«

»Theoretisch.«

Tess zog die Stirn in Falten. »Noch eine Nebelwand?«

»Ganz genau. Joseph hatte mit seinem Hauswirt ausgemacht, daß dieser seine laufenden Stromkosten übernahm und dafür von Joseph entschädigt wurde. Also konnte Con Edison uns auch nicht weiterhelfen.«

»Aber der Hauswirt.«

Craig antwortete nicht.

»Immer wenn Sie auf diese Weise die Lippen schürzen ... Was ist los?« wollte Tess wissen.

»Der Hauswirt ist ein Immobilienkonzern, der Tausende von Wohnungen besitzt. Die gesamten Unterlagen sind in einem Computer gespeichert. Sie haben Joseph Martins Namen herausgesucht und mir seine Adresse gegeben – eine Adresse in Greenwich Village –, aber als ich dort hinfuhr, mußte ich feststellen, daß die Firma mir die falsche Anschrift gegeben hatte, daß Joseph dort nicht wohnte. Die Wohnung gehörte der Firma nicht einmal.«

»Sie meinen also, da hat jemand einen Fehler gemacht und eine falsche Information in den Computer gegeben?«

»Das wäre die *eine* Möglichkeit. Die Immobilienfirma prüft die Sache gerade nach.« Craig machte ein mürrisches Gesicht, als er den Stau auf der Ersten Avenue sah.

»Die *eine*? Und welches wäre die andere?« Die finstere Miene des Lieutenants machte Tess nervös.

»Mal angenommen ... Mir gehen die Nebelschleier nicht aus dem Kopf. Ich bin von Natur aus mißtrauisch, und deshalb frage ich mich, ob Joseph vielleicht einen Weg gefunden haben könnte, sich Zugang zum Computer der Firma zu verschaffen und ihre Unterlagen ein bißchen zu manipulieren. Vielleicht war es ihm tatsächlich so wichtig, daß niemand herausfinden konnte, wo er wohnte. Vielleicht hat er auch eine Sekretärin bestochen, die Unterlagen für ihn zu fälschen. Wie auch immer er es angestellt haben mag, jetzt ist es *mir* wichtig, den Grund dafür herauszufinden.«

»Aber wenn Sie nicht wissen, wo Joseph wohnte, wohin sind wir dann eigentlich unterwegs?« Tess verklammerte ihre Hände fest ineinander.

»Hab' ich gesagt, daß ich es nicht weiß? Ich habe ein paar Vermutungen angestellt. Und die eine geht davon aus, daß Josephs Bank auf der East Side ist, wo er sich auch mit Ihnen im Carl-Schurz-Park verabredet hat . . .«

»Und wo er gestorben ist.« Tess mußte die Augen fest zudrücken, um die Tränen zurückzuhalten. »Auf der Upper East Side.«

»Also lag es nahe, daß auch seine Wohnung in dieser Gegend ist. Sein Postdienst liegt allerdings am entgegengesetzten Ende der Stadt. Aber wenn man seine zwanghafte Geheimnistuerei in Betracht zieht, dann erscheint es beinahe logisch, daß er das Schema durchbrochen hat. Ich habe mich auf allen Polizeirevieren in dieser Gegend erkundigt, ob seit Freitagnacht irgend etwas Ungewöhnliches passiert ist, etwas, das uns vielleicht weiterhelfen könne. Am Wochenende gab es jede Menge Zwischenfälle. Aber nachdem ich die Berichte studiert und zahlreiche Möglichkeiten aussortiert hatte, las ich etwas über einen Kampf in einem Wohnhaus auf der Zweiundachtzigsten Straße Ost. Ganz offensichtlich ein versuchter Raub. Einer der Mieter, ein Mann, war überfallen worden. Er flüchtete aus dem Haus, verfolgt von mehreren anderen Männern. Sie machten so viel Lärm, daß ein paar der Mieter aufwachten und aus ihren Wohnungstüren schauten. Dabei sahen sie kämpfende Schatten auf der Treppe. Und jemand, der spät von einer Party nach Hause kam, beobachtete eine Bande dabei, wie sie einen hinkenden Mann die Straße entlangjagte.«

»Ostwärts? Auf den Fluß zu?«

»Ja.« Craig seufzte. »Und das alles ist Samstagnacht passiert – oder, genauer gesagt, um halb drei am Sonntagmorgen.«

»O mein Gott«, stöhnte Tess.

»Ich habe mit einigen der Mieter gesprochen, die aufgewacht waren. Sie sagten, der Kampf hätte im siebten Stock begonnen. In dem Haus befinden sich nur vier Wohnungen auf jeder Etage. Heute morgen war ich früh genug dort, um mit den Leuten aus dreien dieser Wohnungen zu sprechen, aber in der vierten machte niemand auf. Die anderen Mieter sagten mir, sie hätten den Inhaber dieser Wohnung seit ein paar Tagen nicht mehr gesehen. Das sei jedoch nichts Ungewöhnliches. Man würde ihn ohnehin nur selten zu Gesicht bekommen. Er sei ein Einzelgänger. Freundlich, aber distanziert.«

Tess runzelte die Stirn, ihre Anspannung wuchs.

»Der Name auf dem Briefkasten im Erdgeschoß lautete Roger Copeland. Das sagt natürlich überhaupt nichts. Jeder kann einen falschen Namen auf seinen Briefkasten schreiben. Die Nachbarn beschreiben den Mann als gutaussehend, groß, in ausgezeichneter physischer Kondition, Anfang Dreißig, mit dunklem Haar und gebräuntem Gesicht.

»Mein Gott.« Tess war zusammengezuckt. »Das hört sich allerdings sehr nach Joseph an.«

»Vor allem aber haben die Nachbarn auf seine Augen hingewiesen – graue Augen, die ganz ungewöhnlich leuchteten.«

Tess hielt den Atem an.

»Und auf seine merkwürdige Art zu sprechen«, fügte Craig hinzu. »Bei den wenigen Gelegenheiten, als es zu Gesprächen gekommen war, hatte er sich nicht mit ›auf Wiedersehen‹ verabschiedet, sondern mit ›Gott schütze Sie‹.«

Ein kalter Schauer lief Tess über den Rücken.

»Sie haben mir erzählt, daß Joseph diesen Ausdruck oft gebrauchte. Also hab' ich mir vom Hausbesitzer einen Schlüssel geben lassen und mich in der Wohnung umgeschaut . . .«

»Und?« Tess mußte sich bemühen, ein Zittern zu unterdrücken.

»Ich möchte Ihnen lieber nicht beschreiben, was ich dort gefunden habe«, sagte Craig. »Es ist besser, wenn Sie es sich unvoreingenommen ansehen. Aber ich verstehe wirklich nicht, was ich . . . Deshalb bringe ich Sie ja dorthin. Vielleicht können *Sie* sich einen Reim darauf machen.«

Craig lenkte den Wagen in eine schmale Parklücke am Randstein. Tess war von dem Gespräch mit Craig so gefesselt gewesen, daß sie gar nicht bemerkt hatte, wie sie in die Zweiundachtzigste Straße gebogen waren.

»Nur noch bis zum Ende des Blocks«, sagte Craig.

»Und das alles haben Sie seit gestern nachmittag herausgefunden?«

»Darum hab' ich so früh angerufen, um Ihnen zu sagen, daß ich nicht im Büro anzutreffen bin. Ich war viel unterwegs.«

»Aber wäre das nicht eigentlich ein Fall für die Mordkommission?«

Craig zuckte mit den Achseln. »Ich habe beschlossen, es zu meinem Fall zu machen.«

»Aber Sie müßten doch Hunderte von anderen Fällen haben.«

»He, ich habe Ihnen doch gestern gesagt, daß ich es für Sie tue.« Craig hustete, bevor er aus dem Wagen kletterte.

Verblüfft von seinem Geständnis . . .

– wollte er ihr damit sagen, daß er anfing, sie zu mögen? –

. . . ging Tess ihm nach, aber ihre Verblüffung verwandelte sich sehr schnell in bange Vorahnung, als sie an den Mülltonnen am Straßenrand vorübergingen und sich dem Geheimnis näherten, das Craig ihr zeigen wollte.

20

Das Mietshaus, eines von vielen schmalen Gebäuden, die man in diese Straße gepfercht hatte, unterschied sich von seinen rußgeschwärzten Nachbarn nur deshalb, weil seine Backsteinfassade in einem schmuddeligen Weiß gestrichen war. Vor jedem Fenster führte von einer rostigen Plattform eine Feuerleiter nach unten.

Craig öffnete die äußere Glastür, eskortierte Tess durch einen von Briefkästen gesäumten Gang (ROGER COPE-

LAND, 7-C), zog einen Schlüssel aus der Tasche und schloß die innere Tür auf.

Drinnen stank es nach Kohl. Sie gingen einen langen Korridor entlang und erreichten eine Betontreppe auf der linken Seite, die im Zickzackkurs nach oben führte. Vom oberen Absatz schaute ihnen eine Fahrstuhltür entgegen.

»Der Architekt hat Kosten gespart«, sagte Craig. »Der Fahrstuhl hält nur in jedem zweiten Stockwerk.«

»Lassen Sie uns zu Fuß gehen«, erwiderte Tess.

»Machen Sie Witze? In den *siebten* Stock?«

»Ich bin heute morgen um meinen Dauerlauf gekommen.«

»Soll das heißen, daß Sie jeden Morgen einen Dauerlauf machen?« fragte Craig.

»Seit zwölf Jahren.«

»Du heiliger . . .«

Tess warf einen Blick auf Craigs massigen Brustkorb. »Ein bißchen Training würde Ihren Lungen guttun. Meinen Sie, Sie schaffen die Anstrengung?«

»Wenn *Sie* es schaffen, schaffe *ich* es auch.« Der Lieutenant unterdrückte ein Husten.

»Haben Sie eigentlich jemals geraucht?«

»Zwei Packungen am Tag. Und zwar schon länger, als Sie Dauerlauf machen.« Jetzt mußte er doch husten. »Ich habe erst im Januar aufgehört.«

»Warum?«

»Auf ärztlichen Befehl.«

»Ein guter Arzt.«

»Nun, zumindest ein hartnäckiger.«

»Das meine ich ja. Ein guter Arzt«, wiederholte Tess. »Solange Sie sich keine wieder anzünden . . . Nun, es wird noch ein paar Monate dauern, bis Sie das Nikotin aus Ihrem Körper haben, und noch ein paar Jahre zusätzlich, bis die Lungen endgültig gereinigt sind, aber Ihre Altersgruppe spricht für Sie. Enddreißiger. Sie könnten noch eine gute Chance haben, dem Lungenkrebs zu entgehen.«

Der Lieutenant starrte sie an. »Da läuft's einem ja kalt den Rücken runter, wenn Sie einem Mut zusprechen.«

»Nun, ich glaube, ich kann es einfach nicht mit ansehen, wenn die Leute sich selbst auf dieselbe Weise zugrunde richten, wie sie diesen Planeten zerstören wollen.«

»Ich vergesse immer, daß ich es mit einer Umweltschützerin zu tun habe.«

»Mit einer Optimistin. Ich hoffe immer noch, daß wir mit dem Schlamassel fertig werden, wenn wir alle an einem Strick ziehen.«

»Nun«, hustete Craig und ergriff das Treppengeländer, »ich bin bereit, mein Scherflein beizutragen. Gehn wir. Sieben Stockwerke. Kein Problem. Aber wenn ich müde werde, darf ich mich doch an Ihre Schulter lehnen, oder?«

21

Craig war aus der Puste, Schweißperlen standen ihm auf der Stirn, als sie den siebten Stock erreicht hatten. Aber er hatte nicht gejammert, und er war nicht ein einziges Mal stehengeblieben, um nach Luft zu schnappen. Tess wußte seine Entschlossenheit zu würdigen.

»So. Das war mein Training für diesen Monat«, sagte Craig.

»Sie sollten nicht gleich wieder schlappmachen. Versuchen Sie's morgen gleich noch einmal.«

»Vielleicht. Man kann ja nie wissen. Vielleicht werden Sie sich noch über mich wundern.«

Das schelmische Lächeln des Lieutenants ließ Tess vermuten, daß er versuchte, ihr die Befangenheit zu nehmen.

Sie wandten sich nach links und sahen sich der Tür zur Wohnung 7-C gegenüber. Es stand kein Name in dem Sichtfenster unter der Nummer. Ein Metallschild an der Tür wies darauf hin, daß die Wohnung mit dem ACE-ALARMSYSTEM gesichert war.

»Ziehen Sie das hier lieber über«, sagte Craig und gab ihr ein Paar Gummihandschuhe und Überzieher für ihre Schuhe. »Die Mordkommission war heute morgen hier.

Sie haben Fotos gemacht und oberflächlich Fingerabdrücke gesichert. Aber sie kommen noch mal wieder, und auch wenn ich die Erlaubnis habe, Ihnen die Wohnung zu zeigen, wollen wir hier nicht mehr durcheinanderbringen als unbedingt nötig.«

Craig hatte auch für sich Gummihandschuhe und Überzieher mitgebracht. Nachdem er zweimal geklopft hatte, ohne daß jemand öffnete, zog er zwei Schlüssel aus der Tasche und entriegelte zwei Schlösser. Als er den Türknopf drehen wollte, legte Tess eine Hand auf seinen Arm.

»Stimmt was nicht?« fragte Craig.

»Sind Sie sicher, daß sich mir nicht der Magen umdreht?«

»Sie werden etwas befremdet sein, aber ich garantiere Ihnen – es wird nicht so wie im Leichenschauhaus. Sie müssen keine Angst haben.«

»Okay.« Tess sammelte ihre Kräfte. »Ich bin bereit. Gehn wir hinein.«

Der Lieutenant stieß die Tür auf.

Tess sah einen weißen Flur. Ein rotes Licht brannte an dem Alarmkasten auf der linken Seite. Es war eine ziemlich primitive Anlage – keine Zifferntastatur, nur ein simpler Schalter. Wahrscheinlich hatte der Hausbesitzer sparen wollen und deshalb die billigste Anlage einbauen lassen.

Craig drückte den Schalter nach unten. Das Rotlicht erlosch.

Sie betraten den Flur. Hinter dem Alarmkasten entdeckte Tess auf der rechten Seite ein kleines Badezimmer. Ein Waschbecken, eine Kommode, eine Badewanne, keine Duschkabine. Die Badewanne war so alt, daß sie noch einen gerundeten Rand hatte und auf Eisenfüßen stand. Aber trotz ihres Alters schimmerten die Oberflächen der Wanne, des Waschbeckens und der Kommode schneeweiß.

Tess war so konzentriert, daß sie zusammenzuckte, als der Lieutenant draußen die Wohnungstür zuschlug.

»Fällt Ihnen was auf?« wollte er von ihr wissen.

Tess betrachtete das ordentlich zusammengelegte, saubere Handtuch und den Waschlappen auf dem glänzenden Metallhalter gleich neben dem Waschbecken. Auf dem Becken selbst stand eine ziemlich neue Zahnbürste in einem funkelnden Glas. Blitzblank leuchtete der Spiegel von der Tür des Arzneischranks herunter.

»Joseph hatte seinen Haushalt besser in Ordnung als ich, das ist mal sicher.«

»Schauen Sie genauer hin.« Craig zwängte sich an ihr vorbei in das Badezimmer und öffnete den Arzneischrank.

Tess warf einen Blick hinein. Ein Rasierapparat. Eine Schachtel mit Klingen. Eine Tube Old-Spice-Rasiercreme. Eine Tube Crest-Zahnpasta. Beide Tuben waren von unten her aufgerollt und lagen ordentlich nebeneinander. Eine Flasche Old Spice-After-shave. Ein Fläschchen Redken-Shampoo. Ein Päckchen Zahnseide.

»Und?« fragte Tess.

»Das Nötigste. Absolut nur das Nötigste. Für die meisten Leute wäre es sogar weniger als das Nötigste. In all den Jahren, in denen ich Detective war und Zimmer von vermißten Personen durchsucht habe, ist mir nicht ein einziger Arzneischrank unter die Augen gekommen, in dem nicht wenigstens ein rezeptpflichtiges Medikament gelegen hätte. Ein Antibiotikum, zum Beispiel, oder ein Antihistaminikum.«

Tess öffnete den Mund, um etwas zu erwidern.

Craig schnitt ihr mit erhobener Hand das Wort ab. »Okay, aus der Art und Weise, wie Sie ihn beschrieben haben, geht hervor, daß Joseph ein gesund lebender Mann war, daß er jeden Tag trainierte, sich richtig ernährte und auf sich aufpaßte. Aber hier findet sich nicht einmal ein Röhrchen Aspirin, Tess, und jeder – egal, wie gesund er auch immer sein mag –, jeder hat Aspirin daheim. Und ich meine wirklich *jeder*. Ich hab' überall in der Wohnung nachgeschaut. In der Küche hab' ich Vitamintabletten gefunden. Aber Aspirin?« Der Lieutenant schüttelte den Kopf. »Der Junge war ein Puritaner.«

»Was finden Sie daran so merkwürdig? Er nahm nun mal nicht gerne Chemikalien zu sich, wie harmlos sie auch sein mochten. Na und?«

»Ich bin noch nicht fertig.« Craig forderte sie per Handzeichen auf, ihm zu folgen.

Sie verließen das Badezimmer und gingen den Flur entlang, bis sie auf der linken Seite zu einer Küche kamen.

Auch dort hatten Herd, Eisschrank und Geschirrspülmaschine schon einige Jahre auf dem Buckel, aber wie Waschbecken, Kommode und Wanne im Badezimmer waren sie auf Hochglanz poliert. Der abgenützte, aber helle Küchentresen war leer. Kein Toaster. Keine Mikrowelle. Keine Kaffeekanne.

Craig öffnete die Schränke. Sie waren leer, abgesehen von einem Teller, einer Schüssel und einer Tasse in dem einen sowie ein paar blitzsauberen Stahltöpfen und einem Sieb in dem anderen.

Craig zog jede einzelne Schublade auf. Sie waren ebenfalls leer, bis auf ein Messer, eine Gabel, einen Löffel und zwei längere Kochlöffel zum Umrühren der Speisen, die man in den Stahltöpfen zubereitete. »Um es vorsichtig auszudrücken: Dieser Joseph schien unter dem Zwang zu leiden, alles auf das absolut Unabdingbare reduzieren zu müssen. Die Vitaminpillen liegen übrigens in dem Gewürzregal hinter Ihnen. Weder Salbei noch Oregano, von Pfeffer und Salz gar nicht zu reden. Nur Vitamine. Und kein Tropfen Alkohol, nicht einmal Sherry zum Kochen.«

»Joseph machte sich eben nichts aus Alkohol. Na und? Ich trinke auch nicht viel.«

»Warten Sie ab, ich bin ja erst am Anfang meiner Vorführung.«

Tess schüttelte verwirrt den Kopf, als Craig die Kühlschranktür aufzog.

»Orangensaft, etwas Sahne, Mineralwasser, Obst, ein Haufen Salat, Tomaten, Peperoni, Sprößlinge ... Grünzeug. Kein Fleisch, kein ...«

»Joseph hat mir erzählt, daß er Vegetarier ist.«

»Finden Sie nicht, daß er das alles ein wenig übertrieben hat?«

»Nicht unbedingt. Ich bin auch Vegetarierin«, erwiderte Tess. »Sie sollten meinen Kühlschrank mal sehen. Der einzige Unterschied ist, daß ich manchmal Hühnchen oder Fisch esse. Aber nur weißes Fleisch.«

Craig fuchtelte ungeduldig in der Luft herum. »Nicht eine einzige Konservendose im Schrank.«

»Natürlich nicht. Viel zu salzig. Zu viele Konservierungsmittel. Und ein synthetischer Geschmack.«

»Seien Sie bitte nicht böse, aber ich hoffe, daß ich niemals auf Ihre Kochkünste angewiesen sein werde.«

»Urteilen Sie nicht zu vorschnell, Lieutenant. Ich bin eine gute Köchin.«

»Davon bin ich überzeugt, aber wenn ich nicht hin und wieder ein saftiges Steak bekomme . . .«

»Dann hätten Sie weniger Cholesterin im Blut«, schnitt ihm Tess das Wort ab. »Und vielleicht auch etwas weniger Pfunde auf den Hüften.«

Craig kniff die Augen zusammen, kicherte los und mußte husten. »Ich fürchte, ich könnte auf ein paar davon verzichten . . . Lassen wir das. Wie gesagt, das war erst der Anfang. Ich werde Ihnen jetzt das Wohnzimmer zeigen.«

Tess folgte ihm weiter den Flur entlang.

Und blieb zögernd stehen.

Abgesehen von dicken, aufgezogenen Vorhängen an den Fenstern war der Raum vollkommen leer. Kein Teppich. Keine Lampen. Keine Sessel. Kein Sofa. Keine Tische. Keine Regale. Kein Fernseher. Keine Stereoanlage. Keine Poster an den Wänden. Keine Reproduktionen von Gemälden. Nackter Fußboden, nackte Wände. Nicht einmal ein . . .

»Telefon.« Craig schien ihre Gedanken erraten zu haben. »Nicht in der Küche, nicht hier. Und auch nicht im Schlafzimmer. Kein Wunder, daß Joseph seinem Arbeitgeber keine Telefonnummer angegeben hat. Er hatte keins. Und er wollte wohl auch keins haben. Und ich vermute mal, daß er gar keine Verwendung für eins gehabt hätte. Denn das letzte, worauf er scharf war, war ein Anruf von jemandem. Ihr Freund hatte sein Leben auf die absoluten Notwendigkeiten reduziert. Und nun erzählen Sie mir nicht, das sei typisch für einen Vegetarier. Denn da weiß ich besser Bescheid. Und so etwas ist mir noch nie untergekommen.«

Zitternd öffnete Tess einen Wandschrank und starrte auf einen Jogginganzug, der neben einem einfachen, aber praktischen Mantel auf einem Bügel hing. Keine Schachteln auf den oberen Regalen. Unten, auf dem ansonsten nackten Boden, entdeckte sie ein einzelnes Paar Nike-Joggingschuhe.

Sie fing noch heftiger an zu zittern und mußte an der Kante der Schranktür Halt suchen, bevor sie sich zu ihm umdrehte. »Okay, ich bin überzeugt. Das ist nicht... Niemand lebt wie ein... Irgendwas stimmt hier nicht.«

»Aber den besten Teil habe ich Ihnen noch gar nicht gezeigt! Oder sollte ich lieber sagen den schlimmsten?« Mit steifem Gesicht nickte er in Richtung einer Tür. »Das Schlafzimmer. Was Sie da drinnen zu sehen bekommen werden... Nein, Sie müssen keine Angst haben. Ihnen wird nicht schlecht werden. Das hab' ich Ihnen doch jetzt oft genug versprochen. Aber ich *muß* es wissen. *Was* hat das zu bedeuten?«

Seine Schritte hallten, als Craig den leeren Raum durchquerte und die Schlafzimmertür öffnete.

Wie hypnotisiert folgte ihm Tess.

22

Das Schlafzimmer war beinahe genauso leer wie das Wohnzimmer. Schlichte Vorhänge, aber kein Teppich. Da lag etwas in der Ecke, aber die Vorhänge waren zugezogen, deshalb war Tess in dem trüben Licht nicht in der Lage, die undeutlichen Umrisse zu identifizieren.

Sie tastete neben der Tür die Wand ab und fand einen Lichtschalter. Aber als sie draufdrückte, passierte gar nichts.

»Es gibt hier keine Lampe«, erklärte ihr Craig, »und die Glühbirne unter der Decke ist kaputt.«

»Aber Joseph kann doch nicht immer durch diese Finsternis gestolpert sein.«

Statt einer Antwort zog Craig die Vorhänge auf.

Dunstiges Sonnenlicht flutete herein. Tess blinzelte in die Helligkeit, bis ihre Augen sich daran gewöhnt hatten. Und dann kniff sie aus einem anderen Grund die Augen zusammen, denn sie konnte kaum glauben, was sie in diesem Zimmer sah.

Bei dem verschwommenen Ding in der Ecke handelte es sich um eine Matratze auf dem Fußboden. Nein. Nicht einmal eine Matratze. Eine Unterlage, zwei Meter lang, ein Meter breit, gefertigt aus gewobenem Hanf.

»Der gute Joseph hat sich nicht gerade auf Rosen gebettet«, sagte Craig. »Kein Kopfkissen. Kein Laken. Nur diese eine Decke. Ich habe nachgeschaut. Im Wandschrank liegt auch kein Bettzeug.«

Das Blut pochte Tess in den Schläfen. Mit wachsender Verwirrung stellte sie fest, daß die Decke, von der Craig gesprochen hatte, am Fußende der Behelfsmatratze lag, mit derselben Sorgfalt zusammengelegt, mit der auch Handtuch und Waschlappen über die Stange im Badezimmer gehängt waren.

»Und jetzt haben Sie auch die Lösung für das Problem des Herumstolperns in der Finsternis«, sagte Craig.

Der Schmerz in ihrem Kopf wurde stärker. Tess schaute in die Richtung, in die der Lieutenant zeigte, und schüttelte den Kopf. Neben der Matratze standen etwa ein Dutzend Kerzen auf Untertassen.

»Es kann ihm doch nicht nur darum gegangen sein, Stromkosten zu sparen«, meinte Craig.

Rechts von der Unterlage blinzelte Tess auf ein schlichtes Bücherregal aus drei Kiefernholzbrettern. Sie spürte den Druck auf ihrer Brust, als sie sich ihm näherte und die ersten Titel las. *Der Trost der Philosophie, Platos gesammelte Dialoge. Die Heilige Bibel: Scofield Ausgabe, Eleonore von Aquitanien, Die Kunst der ritterlichen Liebe, Die letzten Tage des Planeten Erde.*

»Von der Bestsellerliste der *New York Times* hat der wohl noch nie was gehört«, bemerkte Craig. »Philosophie, Theologie, Geschichte. Trockenes Zeug. Ich hätte nicht unbedingt ein Wochenende mit ihm verbringen wollen. Das wäre wohl kaum besonders lustig geworden.«

»Er war nicht langweilig«, protestierte Tess, während sie weiter das Regal inspizierte. »Mehrere Bücher über Umweltprobleme.«

»Ja. Das ist wohl ein weiteres Interesse, das euch beide verband.«

So sehr sie sich auch zusammennahm, Tess' Zeigefinger zitterte, als sie ihn über den Rücken eines Buchs mit dem Titel *Das Jahrtausend* gleiten ließ. Daneben entdeckte sie einen Titel, der nicht auf englisch war. Das Buch war in stark abgenutztes Leder gebunden und sah sehr alt aus.

»Darf ich es herausnehmen?«

»Wenn Sie es wieder an denselben Platz zurückstellen«, sagte Craig.

Vorsichtig nahm sie das Buch aus dem Regal und untersuchte seinen trockenen, aufgesprungenen Einband. *El Círculo del Cuello de la Paloma.*

»Sieht aus wie Spanisch«, meinte Craig.

»Stimmt.«

»Ich hab' schon genug Probleme mit meinem Englisch. Können Sie das lesen?«

»Nein.« Tess seufzte enttäuscht. »Ich hatte ein paar Kurse auf der High-School, aber ich habe alles wieder vergessen.«

»Unter dem Titel steht ›Abu Muhammad 'Ali ibn Hazm al-Andalusi‹«, las Craig vor und stolperte dabei über jedes einzelne Wort. »Ich nehme an, das ist der Name des Autors. Paßt ja kaum auf den Deckel. ›Muhammad‹? Hört sich nach 'nem Moslem an.«

Tess nickte, schrieb sich den Titel und den Namen des Autors auf einen Notizblock und schlug das Buch auf. Der gesamte Text auf dem mürben Papier war spanisch. Ungeduldig ließ sie den Blick wieder über das Regal schweifen, bis er an der Scofield-Bibel hängenblieb. Daran hatte sie vorher schon etwas gestört. Etwas schien damit nicht zu stimmen. Vorsichtig stellte sie das spanische Buch zurück und nahm die Bibel vom Regal. Ihr Einband war nach innen gewölbt. Mit gerunzelter Stirn schaute sie hinein und mußte erschrocken feststellen, daß die meisten Seiten entfernt worden waren. Eine gerade Kante wies darauf hin, wo jemand das Messer oder die Schere angesetzt hatte, um die Seiten herauszuschneiden.

»Warum sollte . . .?«

»Das ist eines von vielen Dingen, die ich herausfinden will«, antwortete Craig.

Tess las die Namen auf den oberen Abschnitten der stark unterstrichenen, verbliebenen Seiten. »Er hat alles herausgeschnitten bis auf das Vorwort und . . .« Sie blätterte ein paar Seiten weiter. »Das Evangelium des Johannes, die Episteln des Johannes und die Offenbarung des Johannes. Ich verstehe das nicht.«

»Da sind Sie nicht die einzige. Und das hier . . .« Craig zeigte auf das Bücherregal. »Was immer das verdammte Ding da oben auf dem Regal sein mag, es ist das Merkwürdigste von allem.«

Tess hob den Blick. Ihr war das Objekt bereits aufgefallen, als sie auf das Bücherregal zugegangen war, aber es hatte so wenig Sinn für sie gemacht, daß sie seine Untersuchung erst einmal aufgeschoben hatte in der Hoffnung, die anderen Dinge in diesem Zimmer würden ihr eine Erklärung für dieses groteske Abbild liefern.

Das Objekt war eine Skulptur oder, um genau zu sein, ein Relief, etwa dreißig Zentimeter hoch und breit, in Marmor gearbeitet. Es stellte einen langhaarigen, musku-

lösen, schönen Mann dar, der mit gespreizten Beinen auf dem Rücken eines Stieres hockte, dessen Kopf er nach hinten riß, während er dem Tier einen Dolch in den Hals stach.

Blut sprudelte aus der Wunde hinunter zur Erde, auf der etwas wuchs, das wie Weizen aussah. Gleichzeitig stürzte sich ein Hund auf das Blut, während eine Schlange auf den Weizen zuschlängelte und ein Skorpion seinen Stachel in die Hoden des Stieres schlug.

Auf der rechten und linken Seite beobachteten Fackelträger die scheußliche Szene. Die Fackel des einen Trägers zeigte nach oben, während der andere sie verkehrt herum hielt. Über dem linken Fackelträger saß ein Vogel ...

... eine Eule? Schwer zu sagen ...

... und schaute mit starren Augen auf das Messer und die Fontäne von Blut herunter.

»Was mag das bedeuten?« fragte Craig. »Seitdem ich es heute morgen zum erstenmal gesehen habe, verfolgt mich dieses Ding.«

Tess brachte die Worte nur mit Mühe hervor. Sie hatte einen bitteren Geschmack im Mund. Ihre Schulterblätter fühlten sich an wie aus Eis. »Es ist ... widerlich. Abstoßend. Ekelhaft.«

»Ja. Wirklich eine nette Art, sein Haus zu dekorieren.«

An der Wand hinter dem Relief waren Kerzenhalter befestigt, Imitationen der Fackeln, welche die groteske Szene auf dem Relief einrahmten, der eine zeigte nach oben, der andere nach unten. Unter der nach unten zeigenden Kerze stand eine Untertasse, um das heruntertropfende Wachs aufzufangen.

»Joseph hatte nicht viel Respekt vor den Brandschutzvorschriften«, sagte Craig. »Wenn sein Hauswirt ihn mit all den Kerzen erwischt hätte, wäre er mit seinen paar Habseligkeiten sehr schnell auf der Straße gelandet. Ein Wunder, daß er das Haus nicht in Schutt und Asche gesetzt hat.«

»Aber das ist *verrückt*.«

»Es hat mich das Gruseln gelehrt, darauf können Sie Gift nehmen.«

»Sagen Sie, es besteht wohl keine Aussicht, daß ich die Bibel und das spanische Buch mitnehmen kann, oder?«

»Die Mordkommission kriegt mich am Arsch, wenn ich es zulasse.«

»Aber ich darf doch wenigstens Fotos machen?«

»Haben Sie denn eine Kamera dabei?«

»Immer. Journalistenangewohnheit.«

»Okay«, sagte Craig. »Aber Sie müssen mir versprechen, daß Sie die Fotos nicht veröffentlichen, bevor Sie nicht von mir oder der Mordkommission die Erlaubnis dazu erhalten.«

»Einverstanden.«

»Dann dürfen Sie fotografieren.«

Tess zog eine kleine 35-mm-Olympus aus ihrem Jutebeutel und machte mehrere Nahaufnahmen von dem Relief aus verschiedenen Richtungen. Dann schlug sie die Bibel auf und fotografierte die am stärksten unterstrichenen Seiten. Nachdem sie die Bibel wieder ins Regal gestellt hatte, machte sie noch ein paar Aufnahmen von dem gesamten Bücherregal und von der von Kerzen eingerahmten Matratze.

Dann steckte sie die Kamera wieder in die Tasche. »Alles erledigt.«

»Und jetzt müssen Sie mir noch etwas versprechen«, sagte Craig. »Wenn sie aufgrund dieser Fotos etwas Neues erfahren, dann will ich darüber informiert werden, falls es etwas ist, das wir noch nicht ermittelt haben.«

»Ehrenwort.«

Craig wirkte nervös.

»Wenn ich mir Ihr Gesicht so anschaue ... Sie halten schon wieder mit etwas hinterm Berg«, sagte Tess.

»Die Sache ist die ...«

»Ja?«

»Sind Sie in der Lage, noch einen Schock zu ertragen?«

»Sie meinen, das war immer noch nicht alles?«

»Im Wandschrank.« Craig öffnete ihn. »Sehen Sie, wie wenig Kleidung er besaß? Eine Jeans. Ein Ersatzhemd. Ein zweiter Baumwollpullover, aber wirklich nur einer. Dann noch ein paar Socken und Unterwäsche auf der Ablage. Und *das* hier.« Craig langte nach rechts in die Ecke des Wandschranks.

»Was auch immer das sein mag, ich will es nicht sehen.«

»Tut mir leid, Tess, aber es ist wichtig. Ich muß es Ihnen zeigen.«

Der Lieutenant holte einen Gegenstand aus dem Wandschrank. Es war ein etwa dreißig Zentimeter langes Stück Holz, das offensichtlich einmal Teil eines Besenstils gewesen war. An einem Ende waren ein halbes Dutzend Schnüre von etwa einem Meter Länge befestigt.

Tess erschauerte. »Eine *Peitsche*?«

»Und an den Schnüren klebt getrocknetes Blut. Er ...

ich glaube, der Ausdruck dafür lautet... er hat sich selbst gegeißelt.«

23

Tsavo National Park, Kenia, Afrika

Der Jäger übte sich in Geduld. Mit lang geübter Disziplin kauerte er in der Deckung eines Dornengestrüpps neben einer Gruppe von Baobobbäumen, den Kolben seines großkalibrigen, weitreichenden Gewehrs fest umklammert. Er hatte einen ungehinderten Blick auf das Wasserloch. Gegen Mittag wurde es hier in der Nähe des Äquators so unerbittlich heiß, daß die Objekte seiner Jagdlust schon bald auf der Bildfläche erscheinen mußten, weil sie Wasser brauchten. Auch wenn sein breitkrempiger Hut und die Büsche um ihn herum ihn ein wenig vor der brennenden Sonne schützten, schwitzte der Jäger ausgiebig. Sein Khakihemd war schon ganz dunkel vor Feuchtigkeit. Aber er wagte es nicht, seine Feldflasche an den Mund zu setzen und zu trinken, denn schon die geringste Bewegung hätte seinen Standort verraten können. Schließlich war seine Beute äußerst vorsichtig und hatte immer ein waches Auge auf Eindringlinge.

Und trotzdem waren die Geduld und die Entschlossenheit des Jägers schon viele Male zuvor belohnt worden. Er mußte einfach nur seine ganze Professionalität in die Waagschale werfen. Später, wenn die Jagd erfolgreich verlaufen wäre, könnte er sich den Luxus des Trinkens leisten.

Seine Nerven kitzelten. Dort! Zu seiner Linken! Er spürte das sich nähernde Trampeln der gewaltigen, schwerfälligen Füße mehr, als daß er es hörte. Dann sah er die Staubwolke, die von ihnen aufgewirbelt wurde, und schließlich brachen die massigen Körper der Tiere aus einer Dickung blühender Akazien hervor, mißtrauisch und nervös über die offene Steppe hinweg zu dem Wasserloch äugend.

Elefanten. Der Jäger zählte zehn Tiere. Die riesigen Ohren hatten sie aufgestellt, um jedes ungewöhnliche, bedrohliche Geräusch wahrnehmen zu können. Enttäuscht mußte der Jäger feststellen, daß vier von ihnen Jungtiere ohne Stoßzähne waren und daß auch die ausgewachsenen Exemplare Stoßzähne von kaum mehr als einem Meter Länge hatten, auch wenn das aus dieser Entfernung nicht genau zu beurteilen war. Mit noch größerer Enttäuschung dachte er an die Zeiten vor zwanzig Jahren zurück, als die geschwungenen Stoßzähne noch eine Länge von zwei, zweieinhalb, ja sogar drei Metern gehabt hatten. Im Durchschnitt war das Gesamtgewicht eines Stoßzahns von achtzehn Pfund auf neun Pfund gesunken. Als Folge dieses Rückgangs mußte man nun mehr Tiere erlegen, um die Quoten der Elfenbeinhändler erfüllen zu können. Der Jäger schüttelte leise den Kopf, als er daran dachte, daß vor zwanzig Jahren noch vierzigtausend Elefanten durch diese endlose Steppe gestreift waren, aber letztes Jahr – so schätzte er – waren davon nur noch fünftausend übriggeblieben, und bei dieser Zahl waren die etwa zweitausend Kadaver noch nicht berücksichtigt, die er bei seinen immer entschlossener durchgeführten Expeditionen gefunden hatte. Bald würde es keinen Elfenbeinhandel mehr geben. Denn es würde keine Elefanten mehr geben. Zwölf Tonnen Stoßzähne, die Ernte von dreizehnhundert Elefanten, hatten einen Wert von drei Millionen Dollar. Aber kleinere Stoßzähne bedeuteten nun mal *weniger* Gewicht und *mehr* Abschüsse, um die Quoten zu erfüllen.

Die Finger ruhten fest auf dem Gewehr, während der Jäger beobachtete, wie die mißtrauischen Tiere langsam ihre Nervosität vergaßen und sich dem Wasserloch näherten. Wunderbare Tiere. Er sammelte seine Aufmerksamkeit, legte den Zeigefinger an den Abzug seines Gewehrs und ließ langsam, drohend den Blick über das Stück Steppe um das Wasserloch herum schweifen.

Wieder das Kribbeln der Nerven. Sein Jagdinstinkt erwachte.

Zu seiner Rechten sah er Bewegung. Gestalten tauchten aus dem Schutz des hüfthohen Grases auf. Und diese Gestalten hielten ebenfalls Gewehre in den Händen.

Männer! In militärischer Tarnkleidung, genau wie er selbst! Andere Jäger!

Aber er und sie waren keine Konkurrenten. Ganz und gar nicht. Im Gegenteil. Sie existierten unter den Bedingungen einer vielschichtigen, tödlichen Symbiose. *Ihre* Sache war ohne *seine* Sache gar nicht zu denken, und mit wütender Entschlossenheit schwang der Vollstrecker die Mündung seines Gewehrs in die Richtung dieser menschlichen Raubtiere.

Selbst auf diese Entfernung wußte er, daß sie keine Jagdgewehre benutzten, sondern automatische Waffen – M-16 und AK-47. Er war schon viele Male zuvor über die Überreste ihres mörderischen Tuns gestolpert. Ganze Herden hatten sie niedergemacht, mit Kugeln durchsiebt, die Kadaver verrotteten in der Sonne, die Stoßzähne hatten sie den Tieren auf groteske Weise aus den Köpfen geschlagen, und ihr Fleisch – von dem hungernde Eingeborene sich hätten ernähren können – überließen sie räuberischen Schakalen und ganzen Armeen von Maden.

Der Teufel sollte diese anderen Jäger holen.

Zur Hölle mit ihnen!

Und genau dorthin beabsichtigte unser Jäger sie jetzt zu schicken.

Vorsichtig, um nicht von ihnen entdeckt zu werden, stand er auf und hob das Gewehr an die Schulter. Er zielte ganz genau durch das stark vergrößernde Zielfernrohr, suchte mit dem Zeigefinger ganz ruhig den Druckpunkt und drückte dann mit unglaublicher Befriedigung den Abzug durch.

Ohne den Blick aus dem Zielfernrohr zu nehmen, sah er – mehrfach vergrößert – wie der Kopf des Räubers zerplatzte.

Es geht doch nichts über Kugeln mit explosiver Ladung.

Beinahe gleichzeitig sah unser Jäger einen zweiten Wilderer, der gerade aus dem Steppengras aufgetaucht war, erschrocken die Hände vor den Mund legte und in wilder Flucht rückwärts stolperte.

Kein Problem.

Nur eine winzige Änderung des Schußwinkels, und der Jäger drückte zum zweitenmal ab.

Und zerfetzte dem zweiten Wilderer die Brust.

Na, wie fühlt sich das an? dachte der Jäger. Wenn ihr sterbt... identifiziert ihr euch mit dem schrecklichen Schmerz, denn ihr so vielen von Gottes unersetzlichen Kreaturen zugefügt habt? Den Elefanten? Stellt ihr ihn euch vor? Bedauert ihr ihn?

Nein. Weil ihr zu keinem Gefühl außer Gier fähig seid.

Aber jetzt seid ihr nicht einmal mehr dazu fähig.

Jetzt fühlt ihr gar nichts mehr.

Weil ihr Dreckskerle jetzt nichts anderes mehr seid als ein Fluch weniger auf diesem Planeten.

Eingeborene Träger tauchten aus dem hüfthohen Gras auf und flüchteten auf einen entfernten Hügel zu. Ihre Umrisse waren eine Versuchung für ihn, aber der Jäger entspannte den Finger auf dem Abzug und ließ das Gewehr sinken. Er hatte seine Botschaft überbracht. Und er verstand ihre Motive, auch wenn er sie mißbilligte.

Die eingeborenen Träger brauchten einen Job. Ja.

Sie brauchten Geld. Sie mußten essen.

Aber mochten sie auch noch so verzweifelt sein, sie sollten nicht dazu beitragen, ihr eigenes Erbe zu zerstören! Die Elefanten waren Afrika! Die Elefanten waren...!

Die Wut des Jägers flaute ab. Sein brennender Magen verursachte ihm Übelkeit. Während die eingeborenen Träger den entfernten Hügel hinaufkraxelten, erhob er sich mit professioneller Behutsamkeit, warf einen Blick über die Steppe um ihn herum und bedauerte es, daß die Elefanten durch die Gewehrschüsse vertrieben worden waren und nicht ihrem verzweifelten Bedürfnis nachkommen konnten, aus dem seichten, schlammigen Wasserloch zu trinken. Aber er fühlte auch einen ungeheuren Stolz darauf, daß er seine Pflicht erfüllt hatte.

Er brauchte fünf Minuten, um den ersten der von ihm hingerichteten Wilderer zu erreichen. Sein toter Feind sah mitleiderregend aus. Im Schädel des stämmigen Mannes klafften riesige Löcher, die staubige Erde um ihn herum war blutgetränkt. Aber – daran mußte der Jäger sich jetzt erinnern – tote Elefanten sehen noch viel mitleiderregender aus. Diese gewaltigen Tiere sind ein stolzer Triumph der Schöpfung.

Es *mußte* ein Exempel statuiert werden.

Der Jäger zog eine Zange aus der Tasche, klemmte die Kiefer der Leiche auseinander und machte sich an die ekelhafte, aber notwendige Arbeit, sein Exempel noch etwas drastischer zu gestalten.

»Elfenbein«, murmelte er, wobei ihm die Stimme beinahe im Halse steckenblieb. »Ist es das, was ihr wollt? *Elfenbein?* Nun, euch kann geholfen werden. Ich meine, im Gegensatz zu den Elefanten habt ihr doch alles Elfenbein, das man sich nur wünschen kann.«

Unter qualvoller Anstrengung machte der Jäger sich daran, der Leiche mit der Zange jeden einzelnen Zahn aus den Kiefern zu hebeln.

Dann schob er sie neben dem eingefallenen Mund fein säuberlich zu einem kleinen Haufen zusammen.

Und machte sich auf den Weg zu seinem zweiten Opfer.

Notwendig, ganz ohne Zweifel . . .

Exempel . . .

Vergeltung . . .

Mußte geübt werden!

Dem Gemetzel mußte ein Ende gemacht werden!

24

»Ich bitte um Entschuldigung«, sagte Craig.

»Wofür?«

»Wirklich, ich hätte Ihnen die Aufregung gerne erspart.«

»Es ist nicht Ihre Schuld«, sagte Tess. »Ich . . . ich *mußte* die Wohnung sehen. Und das *Earth Mother Magazine* wird nicht gleich sein Erscheinen einstellen müssen, weil ich nicht bei der Arbeit bin. Ich würde denen heute ohnehin nicht viel nützen. Ich muß über etwas nachdenken.«

Mit sorgenvoller Miene hielt Craig in zweiter Reihe auf der lärmigen Straße vor dem Haus in Soho, in dem sich Tess' Dachwohnung befand. »Aber vergessen Sie überm Nachdenken Ihr Versprechen nicht. Die Mordkommission wird die Sache gründlich untersuchen, aber sollte Ihnen noch etwas einfallen, das als Erklärung für die Dinge dienen könnte, die wir in Josephs Wohnung gefunden haben, dann lassen Sie es mich wissen.« Der Lieutenant gab ihr seine Karte. »Da unten steht meine Privatnummer. Und wenn es was Wichtiges ist, dann rufen Sie ruhig in der Dienststelle an.«

»Keine Angst, wenn's sein muß, klingel ich Sie sogar mitten in der Nacht raus.«

Craig grinste. »Mir soll's recht sein. Ich habe einen leichten Schlaf.« Er hustete. »Wenn ich überhaupt mal schlafe.«

»Dabei fällt mir ein . . .« Tess fummelte etwas aus ihrer Tasche. »Ich hätte es beinahe vergessen. Während ich darauf wartete, daß Sie mich abholen, hab' ich ein paar Geschenke für Sie besorgt.«

»Ach?«

»Eine Ausgabe unseres Magazins. Vielleicht hilft *die* Ihnen, ein bißchen Schlaf zu finden.«

»Das bezweifle ich. Ich bin sicher, daß sie mich wach halten wird. Ich verspreche Ihnen, sie zu lesen. Von vorne bis hinten.«

»Ich werde Sie beim nächsten Mal abfragen. Und das hier hab' ich Ihnen auch noch mitgebracht.«

Sie gab ihm eine Schachtel Hustenbonbons.

Craig lachte amüsiert. »Danke. Ich bekomme selten etwas geschenkt – einmal abgesehen von dem ganzen Ärger.« Er räusperte sich. »Passen Sie auf sich auf, okay?«

»Und Sie auch.« Und dann mußte sie sich über sich selber wundern, weil sie Josephs Worte nachsprach. »Gott schütze Sie.«

Craig nickte.

Tess stieg aus dem Wagen und schaute dem Lieutenant nach. Sie tat so, als wolle sie die Stufen zum Eingang ihres Mietshauses hinaufgehen, aber nachdem Craigs Wagen um die nächste Ecke gebogen war, kehrte sie um und ging in die entgegengesetzte Richtung davon. Zu einem Laden am Ende der Straße.

25

Auf dem Schaufenster des Ladens stand QUICK PHOTO. Während Tess die Tür öffnete und wieder schloß, rasselte eine Klingel.

Ein Angestellter mittleren Alters, der hinterm Tresen gerade Filmschachteln stapelte, schaute von seiner Arbeit hoch. Obwohl offensichtlich spanischer Herkunft, war dem Mann kein Akzent anzuhören, als er Tess fragte: »Kann ich etwas für Sie tun?«

Tess zögerte. Die gelblich-braune Haut des Verkäufers ... Da war etwas an ihm ... Sie erinnerte Tess an Josephs Haut. Sie hatte angenommen, Josephs dunkle Haut käme von der Sonne.

Aber vielleicht ...

Sie fragte sich, ob nicht auch Joseph spanischer Herkunft gewesen sein könnte. Das wäre auch eine Erklärung für das spanische Buch auf seinem Regal.

»Ja. In Ihrem Schaufenster versprechen Sie, innerhalb einer Stunde einen Film zu entwickeln.«

»Sicher. Aber dafür müssen Sie einen Zuschlag zahlen.«

»Kein Problem.« Tess nahm den Film aus ihrer Kamera und gab ihn dem Verkäufer. »Es ist sehr wichtig. Ich muß die Bilder so schnell wie möglich haben.«

»Einen Moment.« Der Angestellte nahm den Film mit und kehrte eine halbe Minute später zurück. »Mein Bruder macht sich gleich an die Arbeit.« Er setzte seinen Kugelschreiber auf ein Auftragsformular. »Sie heißen?«

Tess gab ihm alle Informationen, die er benötigte. Der Mann reichte Tess einen Abholschein. »Gibt es sonst noch etwas, das ich für Sie tun kann?«

»Ja. Ich brauche neue Filme. Drei Stück à 36 Bilder. 200 AsA.« Durch Versuch und Irrtum hatte Tess herausbekommen, daß für ihre einfache, leichte, preiswerte Kamera 200 AsA ein guter Kompromiß waren, um sowohl innen als auch außen brauchbare Bilder zu produzieren. »Ich ... Sie sehen aus ... Sprechen Sie Spanisch?«

Der Verkäufer lächelte. *»Si, señorita. Muy bien.«*

»Könnten Sie mir vielleicht sagen, was das hier heißen soll?« Tess zog ihren Notizblock aus der Tasche und zeigte dem Mann den Titel, den sie aufgeschrieben hatte.

»El Círculo del Cuello de la Paloma?« Der Verkäufer zuckte mit den Achseln. »Der Kreis ... oder vielleicht der Ring ... um den Hals der Taube.«

Tess runzelte enttäuscht die Stirn. Sie hatte gehofft, der Titel würde ihr einen Hinweis auf den Inhalt des Buches geben. »Haben Sie jemals von einem Buch mit solch einem Titel gehört?«

»Tut mir leid, *sēnorita*. Nein.«

»Und was hat das zu bedeuten?« Sie deutete auf den Namen des Autors. Abu Muhammad 'Ali ibn Hazm al-Andalusi. »Warum ist der Name des Autors so lang?«

Der Angestellte hob die Schultern. »Im Spanischen sind lange Namen nichts Ungewöhnliches. In ihnen sind oft die Namen der *Eltern* enthalten.«

»Aber Muhammad ist doch kein spanischer Name. Er hört sich eher arabisch an.«

»Das stimmt«, sagte er Angestellte.

»Und was bedeutet sein Ende? ›al-Andalusi‹?«

»Das bedeutet, daß er aus Andalusien kommt.«

»Wenn ich mich recht erinnere, gehört das zu Spanien. Stimmt's?«

»Ja. Es ist die südlichste Provinz.«

»Das verstehe ich nicht. Warum sollte ein Araber aus der südlichsten Provinz Spaniens kommen?«

Der Angestellte spreizte die Hände und schüttelte dabei den Kopf. »Die Geschichte meines Vaterlands ist ziemlich kompliziert.« Er warf einen Blick auf die Uhr an der Wand. »Ihre Bilder dürften gegen fünf fertig sein.«

»Dann bin ich wieder hier. Vielen Dank.«

»De nada.«

26

Tess lief zurück zu ihrer Wohnung, kümmerte sich nicht um den Fahrstuhl und hastete die Treppen hinauf zu ihrer Dachwohnung. Nachdem sie die Tür hinter sich verschlossen hatte, beeilte sie sich, zu ihrem Telefon zu kommen, tippte ein paar Zahlen in die Tastatur, ging hinüber zu einem Wandschrank und zog einen Koffer daraus hervor.

Das Empfangsfräulein beim *Earth Mother Magazine* meldete sich.

»Betty? Hier Tess. Ist Walter zu sprechen? Gut, dann stellen Sie mich durch ... Walter, hier ist Tess. Ich muß Sie um einen Gefallen bitten. Für die nächsten paar Tage kann ich nicht zur Arbeit kommen. Können Sie mich entbehren? ... Ja, ich habe an dem Artikel gearbeitet. Damit hat es nichts zu tun. Nennen wir es eine Familienangelegenheit. Die Sache ist bloß ... ich muß die Stadt verlassen ... Was? Ob es wegen Joseph ist? Okay, Sie haben's erraten. Sind Sie jetzt auch Gedankenleser? ... Walter, ich muß es tun ... Natürlich passe ich auf mich auf. Ich versprech's Ihnen.«

Erleichtert unterbrach Tess die Verbindung, trug den

Koffer zu ihrem Schreibtisch und tippte aus dem Gedächtnis noch eine Nummer in die Tastatur. »Sprech ich mit der Stadtbücherei? Bitte die Katalog-Abteilung.« Während sie wartete, warf sie ein paar Kleidungsstücke in ihren Koffer. »Katalog-Abteilung? Ich bin Journalistin. Ich bin unter Termindruck, und ich wäre Ihnen sehr dankbar, wenn Sie in Ihrem Computer nach einem Buch schauen könnten, das ich unbedingt finden muß. Es heißt *Der Kreis – oder der Ring – um den Hals der Taube.*«

Wieder mußte sie warten. Sie ging ins Badezimmer und packte ein Reisesortiment mit Zahnpasta und ähnlichen Utensilien in ihren Koffer. »Gibt's nicht? Danke.«

Tess fühlte sich leer und ausgepumpt, als sie den Reißverschluß ihres Koffers zuzog. Sie verließ das Badezimmer, langte nach dem Branchenverzeichnis und blätterte darin herum, bis sie gefunden hatte, wonach sie suchte.

Wieder tippte sie eine Reihe von Zahlen in die Tastatur. »Trump Shuttle? Ich brauche einen Platz in der Sechs-Uhr-Maschine nach Washington. Ja, ich weiß, daß bei Ihnen jeder einen Platz bekommt, aber ich will nicht auf eine Zusatzmaschine warten müssen. Meine American-Express-Nummer lautet ...«

Sie ließ sich in ihr Sofa plumpsen und versuchte ihre Gedanken zu ordnen, bevor sie die nächste Nummer wählte.

»Mutter? Ich komme heute abend in die Stadt ... Stimmt, es ist 'ne ganze Weile her. Wir werden alles nachholen ... Mir geht's gut, Mutter. Hör mal, wenn ich mich recht entsinne, hast du doch Kontakt zum Direktor der Kongreß-Bibliothek. Kam er nicht immer zu Vaters Dinnerpartys? ... Gut. Ich möchte, daß du ihn anrufst. Frag ihn, ob er mir dieses Buch besorgen kann.« Sie gab ihrer Mutter den Titel durch. »Um acht, Mutter. Vielleicht etwas später ... Ich will's versuchen. Ich kann's nicht sicher sagen. Warte nicht mit dem Abendessen ... Ja, ich hab' dich auch lieb.«

Sie drückte auf den Knopf, der die Verbindung unterbrach, suchte in ihrem Adreßbüchlein und tippte noch eine Zahlenfolge in die Tastatur. Sie schlug sie hinein.

»Brian Hamilton, bitte ... Das hatte ich erwartet. Wann ist der schon mal zu sprechen. Sagen Sie ihm, Theresa Drake sei am Apparat ... Ja, von *dem* Drake.«

Der Name hatte eine magische Wirkung. Vielleicht löste er auch bloß Furcht aus. Aus welchem Grund auch immer, Brian Hamilton meldete sich beinahe unverzüglich. »Wie geht's Ihnen, Tess?« Seine Stimme klang ganz sanft. »Es ist 'ne ganze Weile her.«

»Noch längst nicht lange genug. Und trotzdem muß ich Sie sprechen, Brian. Persönlich.«

»Ach? Bedeutet das ...?«

»Richtig. Ich komme in die Stadt. Seien Sie heute abend um acht bei meiner Mutter.«

»Tut mir leid, Tess, ich kann nicht. Ich bin für einen Empfang beim sowjetischen Botschafter eingeteilt.«

»Bei allem Respekt vor dem sowjetischen Botschafter ...«

»Respekt. Ganz genau. Schließlich sind wir plötzlich Verbündete. Ich muß ...«

»Sie haben nicht richtig zugehört, Brian. Ich *muß* Sie sprechen.«

»Aber der sowjetische Botschafter ...«

»Der kann mich am Arsch lecken«, platzte Tess heraus. »Sie haben meinem Vater versprochen, Sie wären für mich da, wann immer ich Ihre Hilfe bräuchte. Jetzt verlange ich, daß Sie zu Ihrem Wort stehen.«

»Sie verlangen? Das hört sich ja beinahe wie eine Drohung an.«

»Eine Drohung? Brian! Ich drohe doch nicht. Ich gebe Garantien ab. Ich bin Journalistin. Haben Sie das vergessen? Ich kenne Ihre Geheimnisse, wie ich die Geheimnisse meines Vaters kannte. Ich könnte versucht sein, eine Story darüber zu schreiben. Es sei denn, Sie schließen einen Vertrag mit mir.«

»He, Tess, nun spielen Sie nicht gleich verrückt. Sie wissen, daß wir nicht ...«

»Dann seien Sie heute abend bei meiner Mutter. Um acht.«

Brian zögerte. »Wenn Sie darauf bestehen. Um Ihres Vaters und der alten Zeiten willen. Ich freue mich, Sie . . .«

Tess unterbrach die Verbindung.

27

Pünktlich um fünf – ihre Kleider waren von der Eile ganz naßgeschwitzt – trug Tess ihren Koffer in den kleinen Laden der Firma QUICK PHOTO. Wieder rasselte die Klingel. Und wieder schaute der spanische Angestellte von seiner Arbeit hoch.

Tess setzte den Koffer auf dem Fußboden ab und atmete tief durch. »Meine Bilder? Sind sie fertig?«

»Aber sicher«, antwortete der Mann. »Wie versprochen, nach einer Stunde abholbereit.« Er langte in eine Schublade. »Hier sind sie.«

Tess öffnete ihr Portemonnaie.

»Tut mir leid, wenn Ihr Freund wütend geworden ist.«

»Mein Freund?«

»Der Mann, den Sie geschickt haben, um die Fotos für Sie abzuholen.«

»Aber ich . . .«

»Vor einem Monat haben wir einmal versehentlich Hochzeitsbilder ausgegeben. Ich muß zugeben, es war damals mein Fehler. Ich hatte vergessen, nach dem Abholschein zu fragen. Seitdem gebe ich kein einziges Foto mehr heraus, es sei denn . . .«

»Hier ist der Abholschein«, sagte Tess. Ihre Hand zitterte. »Sie haben das ganz richtig gemacht. Ich habe niemanden . . . Wie sah er denn aus?«

»Dunkel. Anfang Dreißig. Groß. Gute Figur. Gutaussehender Mann.« Der Angestellte schwieg einen Moment lang, dann runzelte er die Stirn. »Der Mann war ganz schön beharrlich. Er war so wütend, daß ich schon befürchtete, er könnte mir die Bilder mit Gewalt abknöpfen wollen, als ich sie ihm nicht geben wollte. Dann langte ich unter den Tresen.« Der Angestellte hob einen Baseballschläger in die Höhe. »Nach dem hier. Falls er handgreiflich geworden wäre. Vielleicht ist ihm meine Bewegung nicht entgangen. Zum Glück war es nicht nötig. Gerade in dem Moment kamen drei Kunden herein. Er machte, daß er fortkam.« Die Falten gruben sich tiefer in die Stirn des Angestellten. »Was mir an ihm am meisten aufgefallen ist, waren seine Augen.«

»Seine Augen?« Tess mußte sich am Tresen festhalten. »Was war mit ihnen?«

»Ihre Farbe war ungewöhnlich.«

»Grau?«

»Ja, *señorita*. Woher können Sie . . .?«

Tess starrte den Mann entgeistert an. Ihr war schlecht, als sie das Geld auf den Tresen warf und nach dem Päckchen mit den Fotos griff. Sie mußte alle Disziplin aufbringen, um keinen Zitteranfall zu bekommen. Hastig stürmte sie zur Tür, um sich nach einem Taxi umzuschauen.

»Sind Sie sicher, daß ich mich richtig verhalten habe, *señorita*?«

»Absolut. Von jetzt an lasse ich alle meine Fotos bei Ihnen machen.«

Die Klingel rasselte wieder los, als Tess ins Freie hinausstürzte. Während sie die dunstige Straße mit ihren Blicken absuchte, wurde ihr plötzlich klar, daß sie nicht nur nach einem Taxi Ausschau hielt.

Der Mann, den der Angestellte in dem Laden beschrieben hatte, mußte ausgesehen haben wie Joseph! Aber Joseph war tot!

Wie konnte . . .?

Während sie in das Taxi kletterte, das sie angehalten hatte, fiel ihr auf, daß sie eine von Josephs Angewohnheiten übernommen hatte. Nervös ließ sie ihre Blicke in alle Richtungen huschen, als müsse sie sich versichern, daß ihr niemand folgte.

Brennender Zorn

1

LaGuardia Airport

Der grimmig blickende Mann auf dem Rücksitz des Taxis beugte sich weit nach vorne, um das Taxi, das zehn Autos weiter vorne fuhr, nicht aus den Augen zu verlieren. Er war achtunddreißig Jahre alt, von mittlerer Größe und durchschnittlichem Gewicht, hatte braunes Haar und unauffällige Gesichtszüge, so unauffällig, daß sich kaum einmal jemand an ihn erinnerte. Er trug einen konservativen, nicht besonders teuren, nichtssagenden Anzug, ein weißes Hemd aus Baumwoll-Polyester-Mischung und eine schlicht gestreifte Krawatte. Seine Aktentasche unterschied sich in nichts von tausend anderen.

»Welche Linie?« wollte der Taxifahrer von ihm wissen.

Der Fahrgast zögerte und hielt weiter Ausschau nach dem Taxi, dem sie folgten.

»He, mein Freund, ich hab' Sie gefragt, mit welcher Linie Sie fliegen.«

»Einen Augenblick, ich muß erst auf dem Ticket nachschauen.«

»Finden Sie nicht, daß Sie das besser vorher getan hätten?«

Das Taxi vor ihnen bog rechts von der verkehrsreichen Zufahrt ab, fuhr um eine Kurve und schoß an einem vollbesetzten Parkplatz vorbei. Ein Schild zeigte an: TRUMP SHUTTLE, DELTA, NORTHWESTERN, PANAM SHUTTLE.

»Fahren Sie nach rechts«, sagte der Fahrgast.

»Sie haben mich jetzt lange genug auf die Folter gespannt. Welche Linie?« wiederholte der Fahrer seine Frage.

»Ich suche immer noch nach meinem Flugticket.«

»He, geben Sie nicht mir die Schuld, wenn Sie Ihren Flug verpassen.«

Der Fahrgast blinzelte nach vorne, erkannte, daß das Taxi, dem er folgte, um den Parkplatz herumfuhr, die Schilder von PanAm, Delta und Northwestern links liegen ließ und sich einem großen, neuen Gebäude näherte, auf dem große Buchstaben anzeigten, daß es sich um den Terminal des TRUMP SHUTTLE handelte.

»Lassen Sie mich hier raus«, sagte der Passagier.

»Na, Gott sei Dank!«

Als der Fahrer vor dem Terminal hinter einer Limousine hielt, hatte der Fahrgast bereits einen Blick auf den Taxameter geworfen. Er zählte die Mautkosten für die Brücke und zwanzig Prozent Trinkgeld hinzu, steckte dem Fahrer ein paar Scheine zu, packte seine Aktentasche und sprang aus dem Wagen.

»He, Kumpel, brauchen Sie keine Quittung?«

Aber der Fahrgast war schon verschwunden. Während er auf eine Reihe von automatischen Türen im Terminal zuging, warf er einen unauffälligen Blick nach links. Die Frau, der er folgte, stieg gerade aus ihrem Taxi, bezahlte den Fahrer und trug ihren kleinen Koffer auf einen anderen Eingang zu.

Sie betraten gleichzeitig den Terminal und bewegten sich parallel zueinander, getrennt durch einen Schlauch ankommender Passagiere. Der braunhaarige, unauffällige Mann blieb neben einer Gruppe ähnlich unscheinbarer Geschäftsleute stehen und tat so, als schaue er auf sein Ticket, während er die Frau beobachtete, die auf eine Schlange vor einem der Schalter zueilte.

In der Schlange ging es zügig vorwärts – Trump garantierte kurze Wartezeiten. Trotzdem machte die Frau einen ungeduldigen Eindruck. Als sie an der Reihe war, legte sie hastig ihre Kreditkarte vor, unterzeichnete einen Voucher, ergriff einen Umschlag, der ganz offensichtlich das Ticket enthielt, und lief vom Schalter hinüber zu der Stelle, auf die die hübsche Angestellte gedeutet hatte.

Ausgezeichnet, dachte das Chamäleon. Es zwängte sich zwischen den Fluggästen hindurch und folgte seiner Beute. Sie hatte bereits die Sicherheitskontrolle passiert, als es dort ankam. Kein Mensch ohne Ticket wäre daran vorbeigekommen. Also, kein Problem. Das Chamäleon trug immer ein gefälschtes Ticket bei sich, und es hatte die Erfahrung gemacht, daß kaum einmal ein Sicherheitsbeamter sich die Mühe machte, einen Blick auf dieses Ticket zu werfen.

Es setzte seine Aktentasche auf dem Fließband ab, das durch die Röntgenmaschine führte. Ein uniformierter Mann forderte es per Kopfnicken auf, den Metalldetektor zu passieren. Bei der Arbeit trug das Chamäleon grundsätzlich keine Metallgegenstände bei sich, nicht einmal Münzen oder eine Gürtelschnalle. Seine Armbanduhr war aus Plastik. Der Metalldetektor gab keinen Ton von sich, als es hindurchging. Auf der anderen Seite der Röntgenmaschine nahm es seine Aktentasche wieder vom Band. Natürlich enthielt die Tasche nichts, das Verdacht hätte erregen können. Nur unschuldige, stinklangweilige Schriftstücke. Ganz sicher keine Waffen. Schließlich war es Experte für Überwachung. Das Chamäleon brauchte keine Waffen, obwohl es hin und wieder in Notlagen geraten war, in denen es sich verteidigen mußte. Seine durchschnittliche Körpergröße täuschte, es besaß beeindruckende Fähigkeiten in den asiatischen Kampfsportarten.

Es ging jetzt schneller und stieg die aufwärtsfahrende Rolltreppe hinauf. Einer von vielen Geschäftsleuten, die es eilig hatten, ihr Flugzeug zu erreichen.

Oben, auf der geräumigen ersten Etage, beschleunigte seine Beute ihren Schritt. Wieder kein Problem. Schließlich wollte das Chamäleon sie ja nicht einholen, sondern sie nur im Auge behalten. Es schaute auf seine Uhr. Fünf Minuten vor sechs. Als es den Blick wieder hob, sah es, wie seine Beute gerade einer Angestellten der Fluglinie ihre Bordkarte vorzeigte und schnell durch eine offene Tür in den Tunnel zu ihrem Flugzeug verschwand.

Das Chamäleon wartete, bis die Tür zum Tunnel geschlossen wurde, dann trat es an eines der Fenster und beobachtete, wie das Flugzeug von der Einstiegsplattform wegrollte. Aber es war immer noch nicht zufrieden. Die Erfahrung hatte es gelehrt, daß es warten mußte, bis das Flugzeug abgehoben hatte.

Fünf Minuten später mußte das Chamäleon Trump Anerkennung zollen. Wie in der Werbung versprochen, schwang sich das Flugzeug auf die Minute pünktlich in die Luft. Das Chamäleon drehte sich um und ging zu einem der Schalter neben der Tür für die Passagiere. Auf einem Brett hinter dem Tresen stand der Bestimmungsort der Maschine.

»Entschuldigen Sie«, wandte es sich an die Angestellte. »Wann wird dieser Flug ankommen?« Nachdem es die Antwort gehört hatte, lächelte es. »Haben Sie vielen Dank.«

Jetzt blieb ihm nur noch eins zu tun. In einer Telefonzelle benutzte es seine Kreditkarte, um ein Ferngespräch zu führen. »Peter? Hier ist Robert.«

Beide Namen waren falsch, denn es bestand ja immerhin die Möglichkeit, daß jemand in einer benachbarten Zelle mithörte. Man sollte niemals ein unnötiges Risiko eingehen.

»Tut mir leid, daß ich dich warten ließ, aber unsere Freundin hätte die Maschine beinahe nicht erreicht. Ich weiß, wie sehr du dir wünschst, sie wiederzusehen. Sie sitzt im Trump Shuttle zum Washington National Airport. Um sieben Minuten nach sieben wird sie dort eintreffen. Kannst du ...? ... Dacht ich's mir doch, Peter. Du bist ein echter Kumpel. Ich bin sicher, daß sie froh ist, dich zu sehen.«

Nachdem es seine Arbeit getan hatte, hängte das Chamäleon den Hörer ein. Es ergriff seine Aktentasche und ging den ganzen Weg durch die Halle zurück. Wenn es allerdings genau darüber nachdachte, dann war seine Arbeit gar nicht beendet. Ganz und gar nicht. Sie war nie beendet. *Nie.*

Nicht, daß es ihm mißfallen hätte. Sein Dienst war viel zu wichtig. Er beanspruchte ... nein, er besaß ... seine Seele und seinen Leib.

Wenn es nach Manhattan zurückgekehrt wäre, würde das Chamäleon als erstes eine Wanze in das Telefon der Frau einbauen. Bis gestern hatte es diese Maßnahme noch nicht für notwendig gehalten. Erst ihr Besuch in der Wohnung in der Zweiundachtzigsten Straße hatte ihm klargemacht, daß die Frau den Tod ihres neuen Freundes immer noch nicht verwunden hatte. Wenn es das Telefon schon früher angezapft hätte, gestern zum Beispiel, als sie im Leichenschauhaus war, dann hätte es auch früher erfahren, daß sie nach Washington fliegen wollte, und ihre Überwachung wäre viel weniger kompliziert gewesen. Diese kleine Nachlässigkeit in seiner Arbeit würde das Chamäleon jetzt korrigieren. Ihr Trip nach Washington mußte nicht unbedingt mit dem Tod des Mannes zu tun haben, der sich Joseph Martin nannte, aber das Chamäleon durfte sich nicht auf ein ›nicht unbedingt‹ verlassen. Es mußte alles wissen, was *sie* wußte.

Als nächstes würde es dann bei den Mitgliedern seines Teams anfragen, ob sie erfolgreich bei der Suche nach dem Mann waren, der versucht hatte, an die Bilder zu kommen, die die Frau in dem Fotoladen in der Nähe ihrer Wohnung entwickeln ließ. Das Chamäleon war eine von drei Personen gewesen, die in den Laden kamen, als der Mann mit dem Angestellten herumstritt. Deshalb hatte das Chamäleon sich den Mann ganz genau anschauen können, bevor er aus dem Laden flüchtete, genau genug, um den Mitgliedern seines Teams eine Beschreibung durchgeben zu können. Ganz besonders waren dem Chamäleon die grauen Augen des Mannes aufgefallen.

Und schließlich würde das Chamäleon, während es darauf wartete, daß ihm von seinen Kontaktleuten in Washington die Rückkehr der Frau nach Manhattan angekündigt würde, seine Zeit darauf verwenden, jemand anderen zu verfolgen. Der Detective, Lieutenant Craig, zeigte ein ungewöhnliches Interesse an dieser Angelegenheit. Schließlich wäre es doch längst Sache der Mordkommission, die Ermittlungen zu führen, und nicht des Vermißtendezernats. Vielleicht galt das wirkliche Interesse des Lieutenants der Frau. Das Chamäleon wußte es nicht. Noch nicht. Aber es würde dahinterkommen. Sehr bald. Alles würde er über diesen Detective herausbekommen. Denn wenn jemand so beharrlich ist wie dieser Lieutenant Craig, dann könnte er äußerst nützliche Dinge erfahren haben.

2

An Bord des Trump Shuttle 727 nach Washington tat Tess ihr Bestes, das Dröhnen der Düsenaggregate zu überhören und sich auf die Dinge zu konzentrieren, die sie bewegten. Nach Starts fühlte sie sich immer ein bißchen unwohl, und jetzt rieb sie sich die Schläfen und machte den Mund ein paarmal auf und zu, um sich von dem schmerzenden Druck in den Nebenhöhlen und hinter den Ohren zu befreien. Trotzdem, die Fotos in ihrer Handtasche duldeten keinen Aufschub mehr. Sie wollte sie sich möglichst beiläufig anschauen. Bloß keine Aufmerksamkeit erregen. Ganz cool bleiben. Sie war immer noch ein wenig verstört durch die Tatsache, daß jemand versucht hatte, die Bilder zu stehlen. Erst nachdem sie einen Blick auf ihren Sitznachbarn geworfen hatte, konnte sie sich dazu entschließen, ihre Handtasche zu öffnen. Der Mann neben ihr las *USA Today*, und die äußerste Spalte auf der Titelseite hatte als Aufmacher, daß ein Drittel aller nordamerikanischen Fischarten von Ausrottung bedroht war. Im nächsten Absatz wurde darauf hingewiesen, daß für jeden neugepflanzten Baum vier andere durch sauren Regen, ausgetrocknete Flüsse oder neue Industrieansiedlungen getötet wurden.

Verärgert durch diesen Artikel, der ihre Niedergeschlagenheit nur noch vergrößerte, öffnete sie ihre Handtasche, nahm das Päckchen mit den Fotos heraus und schaute sie sich aufmerksam an. Ganz spontan zogen die Nahaufnahmen von Josephs Bücherregal ihre Aufmerksamkeit auf sich.

Und dann stellte sie ebenso spontan fest, daß die Aufforderung, den Sicherheitsgurt anzulegen, über ihrem Sitz erloschen war. Sie stand auf und ging den Gang entlang auf eine Reihe von Telefonen zu, die an der Schutzwand zur vorderen Kabine befestigt waren. Mit Hilfe ihrer Kreditkarte stellte sie ein Gespräch nach New York in ihren Lieblingsbuchladen durch, dem *Strand* am unteren Broadway.

»Lester? Wie geht's? ... Mir? Was meinst du wohl? Ist meine Stimme gut zu verstehen? ... Ja, ein bißchen verschwommen. Ich bin auf dem Flug nach Washington ... Nein, reine Familienangelegenheit. Hör mal, könntest du mir einen Gefallen tun? Ich nehme doch an, daß ich bei dir noch Kredit habe. Will ich dir jedenfalls raten. Ich lasse schließlich jeden Monat ein Vermögen in deinem Laden. Also, hör gut zu, okay? Ich hab' hier eine Liste. Bist du bereit?«

»Für dich immer, mein Herzblatt. Jederzeit ...«

»Lester, hörst du mir jetzt bitte zu.«

»Ich wollte nur ein bißchen freundlich sein, Kleines. Und nun laß mal die Titel hören.«

»*Der Trost der Philosophie, Platons sämtliche Dialoge, Das Jahrtausend, Eleonore von Aquitanien, Die Kunst der ritterlichen Liebe* und etwas auf spanisch, das sich *Der Ring um den Hals der Taube* nennt.«

»So ein Titel ist mir noch nie untergekommen, Kleines.«

»Ich hab' noch eine ganze Reihe auf Lager.« Sie las alle Titel vor.

»Keine Verfasser, mein Schatz?«

»Ich kann ja auf meiner Vorlage kaum die Titel lesen, geschweige denn ...«

»Du hörst dich gestreßt an.«

»Gestreßt? Wenn du wüßtest. Bitte, besorg mir diese Bücher so schnell wie möglich.«

»Wird gemacht, mein Schatz. Ich werde unser Lager durchforsten. Wie du weißt, bekommt man bei uns so ziemlich alles.«

»Und wenn du die Bücher bitte an ...« Tess hätte beinahe ihre Wohnung in Soho genannt, aber ganz plötzlich erinnerte sie sich an den Zwischenfall im Fotoladen, deshalb zog sie es vor, das *Earth Mother Magazine* als Adresse anzugeben.

Sie hatte Magenschmerzen, als sie den Hörer einhängte und zu ihrem Sitz zurückkehrte. Die neugierigen Blicke ihres Sitznachbarn, der seine Zeitung sinken ließ, ignorierte sie.

Tess schloß ihre Augen, sie preßte die Lider so fest aufeinander, daß es beinahe schmerzte, und stellte sich – mit Angst und Schrecken – ihre Ankunft auf dem Washington National Airport und das bevorstehende Wiedersehen mit ihrer Mutter vor. Ihr graute davor.

Aber ihr graute nicht nur vor ihrer Mutter. Auch vor dem Todfeind ihres Vaters.

Diesem Arschloch.

Diesem skrupellosen Dreckskerl.

Diesem verdammten Brian Hamilton.

3

Alexandria, Virginia

Obwohl die Sonne gerade erst damit begonnen hatte, sich zur Ruhe zu begeben, war jedes Fenster im Erdgeschoß des Herrenhauses im Kolonialstil hell erleuchtet, und draußen warfen die Flutlichtscheinwerfer ihr gleißendes Licht in den Park. Während der Fahrer das Taxi durch ein hohes geöffnetes Eisentor lenkte, schaute Tess zu den Sträuchern hinüber, die gleich neben dem Zaun wuchsen, um den Blick dann über die geräumige, leicht aufwärts geneigte Rasenfläche schweifen zu lassen, die zahllosen, aufwendig angelegten Blumenbeete, die fantastischen, alles überragenden Eichen (als Kind war sie von einem dieser Bäume gestürzt und hatte sich den Arm gebrochen; mit wehmütiger Zärtlichkeit erinnerte sie sich daran, wie ihr Vater ihr damals zu Hilfe geeilt war) und den Brunnen, in dem sie so gerne herumgewatet war. Was war ich doch für ein Wildfang, dachte sie, und brachte sogar ein kleines Lächeln zustande.

Das Lächeln verflüchtigte sich wieder, während das Taxi die aufwendig geschwungene Zufahrt hinauffuhr und sich der Villa näherte und dem silberfarbenen Rolls Corniche, der am Fuße der weißen Stufen geparkt war, die zwischen den Säulen hindurch zu der riesigen, zweiflügeligen Eingangstür führten.

Der Corniche trug Regierungskennzeichen. Ein Chauffeur (Leibwächter?) stand daneben, die Hände hingen lokker an den Seiten herunter, während er dem Taxi aufmerksam entgegenschaute.

Kein Zweifel, Brian Hamilton war bereits eingetroffen.

Tess bezahlte den Taxifahrer, stieg aus und ermöglichte es dem Chauffeur des Rolls, einen ausführlichen Blick auf sie zu werfen, während sie an ihm vorbeiging. Wahrscheinlich hatte Brian dem Mann vorher beschrieben, wie sie aussah. Er trat mit einem kurzen Kopfnicken einen Schritt zurück und kümmerte sich nicht weiter um sie, während er seine ganze Aufmerksamkeit jetzt auf die Rücklichter des Taxis richtete, das den Halbkreis der Auffahrt hinunterfuhr und auf der stillen, von Bäumen gesäumten Straße verschwand. Ja, der Kerl ist ganz sicher ein Leibwächter, dachte Tess.

Sie trug ihren Koffer die Stufen hinauf und blieb unter dem Säulengang zögernd stehen. Schließlich drückte sie auf die Türklingel.

Zehn Sekunden später öffnete ein livrierter Diener.

Tess war schon so lange nicht mehr in diesem Haus gewesen, daß sie ihn nicht erkannte. »Ich bin gekommen, um meine Mutter zu begrüßen.«

»Ich weiß, Miß Drake. Ich bin Jonathan.« Er schenkte ihr ein feierliches Lächeln. »Willkommen. Sie werden erwartet. Wenn Sie mich bitte Ihren Koffer tragen lassen.« Er schloß die Tür, nachdem sie eingetreten war, und eskortierte sie mit hallenden Schritten durch die geräumige, hohe, mit Marmor ausgelegte Eingangshalle zum Salon auf der rechten Seite. Unterwegs fiel Tess auf, daß der Gemäldesammlung an den Wänden ein neuer Matisse hinzugefügt worden war.

Die eichenhölzerne Schiebetür zum Salon war geschlossen. Nachdem der Butler sie geräuschlos aufzogen hatte, mußte Tess sich bemühen, ruhig zu erscheinen, als sie ihre Mutter sah, die sich von einem französischen Régence-Sofa erhob, das links vom Kamin stand.

»Theresa, mein Liebling, wie wunderbar, dich zu sehen.« Ihre Mutter war nie damit einverstanden gewesen, daß ihr Vater sie Tess genannt hatte. Schlank, hochgewachsen, sah die Mutter in ihren Sechzigern zehn Jahre jünger aus, als sie war, ein Umstand, den sie unter anderem einer ganzen Reihe von Faceliftings verdankte, die ihre aristokratischen Züge allerdings auch etwas ausgezehrt wirken ließen.

Wie jeden Abend trug sie ein Gesellschaftskleid, diesmal eines aus kostbarer, bernsteinfarbener Seide, das bei jedem ihrer Schritte leise raschelte. Dazu hatte sie einiges an Schmuck angelegt: ein Diamanthalsband, dazu passende Ohrringe, eine Rubinbrosche, einen Saphirring an der einen Hand, ihre funkelnden, eindrucksvollen Verlobungs- und Eheringe an der anderen (obwohl ihr Mann seit sechs Jahre tot war, bestand sie darauf, diese Ringe zu tragen), ein Smaragdarmband am einen Handgelenk und eine goldene Piaget-Uhr am anderen.

»Wirklich und wahrhaftig, ganz wunderbar.« Wie so viele Abgängerinnen von Radcliffe aus der alten Zeit, bevor das Frauencollege in einem groben Verwaltungsakt (›Gott steh uns bei, wohin soll das noch führen?‹) der Männeruniversität Harvard angeschlossen wurde, bewegte auch sie sich bei jedem Schritt so, als hätte man ihr ein Brett auf den Rücken geschnallt, und mit ihrer heiseren Stimme, die an Laureen Bacall erinnerte (die allerdings keine Radcliffe-Absolventin war), tendierte sie dazu, bestimmte Worte besonders zu betonen. »Wie *lange* ist es her? Du weißt doch, wie sehr du mir *fehlst*. Warum *entfremdest* du dich so von mir?«

Inzwischen hatte die Mutter Tess erreicht, und mit ihren obligatorischen Beinaheküssen streifte sie zuerst die rechte, dann die linke Wange ihrer Tochter, ohne sie dabei wirklich zu berühren.

»Ja, Mutter, ich freue mich auch, dich zu sehen.« Tess brachte ein Lächeln zustande.

»Jonathan wird deinen Koffer auf dein Zimmer bringen. Komm herein. Setz dich. Du mußt ganz *erschöpft* von der Reise sein.«

»Mutter, der Flug von New York dauert eine Stunde.«

»Ach, wirklich? Nun ja, ich denke, das stimmt. Aber warum *sehe* ich dich dann nicht öfter?«

Tess ging auf den französischen Régence-Sessel zu, der gegenüber dem Sofa stand. »Meine Arbeit hält mich immer auf Trab. Ich finde ja nicht einmal Zeit, meine Wäsche zu waschen, geschweige denn . . .«

»Deine *Wäsche*?« Tess' Mutter legte den Kopf in den Nacken. »Die wäschst du selber. . .? Ach, ich vergesse es immer wieder. Du willst ja *unabhängig* sein.«

»Richtig, Mutter.« Tess stützte sich auf die verschnörkelte Lehne des Sessels, während ihre Augen den Raum absuchten. Es beunruhigte sie beinahe, daß sie keinen Hinweis auf Brian Hamiltons Anwesenheit entdecken konnte. »Unabhängig.«

»Und deine Arbeit? Was macht dein kleines Magazin?«

»Es ist nicht klein, Mutter. Und ich denke, daß es gute Arbeit leistet.«

»Nun, *das* höre ich gerne.« Tess' Mutter zappelte unruhig auf dem Sofa herum. »Es beschäftigt sich mit der Umwelt? Geht es da auch um die *Luftverschmutzung*?«

Tess nickte. »Und das Problem wird immer größer.«

»Nun ja, aber in *meinem* Alter. Ich lebe bestimmt nicht mehr so lange, daß ich . . . Nun, lassen wir das. Die Hauptsache ist, du bist glücklich.«

»Ja, Mutter.« Trotz ihrer verwirrten Gefühle – wegen Josephs Tod, wegen des Mannes, dessen Beschreibung auf ihn zutraf, des Mannes, der die Fotos stehlen wollte, die sie in Josephs Schlafzimmer gemacht hatte – brachte Tess ein ehrliches Lächeln zustande. Sie machte sich ein wenig lustig über die Angewohnheit ihrer Mutter, Worte zu betonen, als sie sagte. »Ich *bin* glücklich.«

»Nun.« Ihre Mutter glättete ihr Kleid. »Wenn das so ist.« Sie rückte ihre Halskette zurecht. »Ich denke, das ist die Hauptsache.« Aber sie wirkte nicht überzeugt.

Tess ließ es selbstbewußt über sich ergehen, daß die Mutter ihre Turnschuhe, Jeans und den kurzärmeligen Pulli mit kritischen Blicken maß. »Ich weiß, Mutter. Du möchtest gerne, daß ich mich anziehe wie . . .«

»Eine *Dame*. Im Moment siehst du aus, als kämst du gerade von einer Sportveranstaltung. *Zumindest* hättest du einen Büstenhalter unterziehen können.«

»Aber so fühle ich mich wohler, Mutter. Vor allem, wenn's draußen so schwül ist.«

»Schwül? Das scheint es allerdings zu sein. Dein Pullover ist so feucht, daß ich deine . . . Nein, ich werde es mir nie verzeihen, daß ich dir erlaubt habe, auf die Georgetown-Universität zu gehen, anstatt dich nach Seven *Sisters* zu schicken.«

Tess wurde langsam zornig. »Das warst nicht du, die mir das erlaubt hat. Es war Vater.«

Tess' Mutter schüttelte den Kopf. »Lassen wir dieses uralte Thema. Wir haben schon *viel* zu oft darüber diskutiert. Tut mir leid, daß ich damit angefangen habe. Wo wir uns schon so selten sehen, sollten wir uns doch bemühen, liebenswürdig miteinander umzugehen.«

»Mehr will ich ja gar nicht, Mutter.«

»Gut, dann wäre das geregelt. Wir bemühen uns, liebenswürdig zu sein.« Tess' Mutter glättete wieder ihr Kleid. »Ich weiß, daß ich kein Abendessen vorbereiten sollte, aber ich habe mir die Freiheit genommen, von Edna etwas Leberpastete anrichten zu lassen. Wenn ich mich recht erinnere, hast du sie immer *gerne* gegessen.«

»Sehr gerne«, log Tess.

»Und etwas *Tee*, natürlich. Ich glaube, wir könnten jetzt alle einen Tee gebrauchen.«

Während ihre Mutter ein kleines silbernes Glöckchen aufnahm und leise damit klingelte, schaute Tess sich noch mal im Salon um. »Wenn du schon von uns allen sprichst; ich habe Brian Hamilton gebeten, mich hier zu treffen.« Tess runzelte die Stirn. »Ich glaube, es ist sein Corniche draußen in der Auffahrt, aber ich bin nicht . . .«

Die Tür zum Salon wurde aufgeschoben. Tess wandte sich um. Ein Hausmädchen trat ein. Sie hatte eine Uniform an, komplett mit Häubchen, und trug ein silbernes Tablett mit Toast und Pastete herein, das sie auf einem antiken Dreißigtausend-Dollar-Tisch abstellte.

Und dann kam noch jemand herein, ein Mann im Smoking, der ein zweites silbernes Tablett trug, auf dem sich Teetassen befanden und eine 200 Jahre alte japanische Teekanne. »Tut mir leid, daß ich so lange telefoniert habe, Melinda. Ich hoffe, Sie sind nicht böse. Und da dachte ich, ich könnte mich nützlich machen und Edna mit dem Tablett helfen.«

»Böse? Natürlich nicht. Ich bin sicher, Edna weiß Ihre Aufmerksamkeit zu schätzen, und keiner *meiner* Gäste kann in diesem Hause irgend etwas falsch machen.«

Der Mann stellte das Tablett neben den Toast und die Pastete auf den Tisch, dann drehte er sich zu Tess um und lächelte. Er war Anfang Sechzig, aber dafür war er noch außerordentlich gut in Form. Er hatte dickes, dunkles, perfekt geschnittenes Haar und ein rechteckiges, auf eine etwas rauhe Weise gutaussehendes, außerordentlich fotogenes Gesicht. In den Zeitungen wiesen die Bildunterschriften zu seinen Fotos regelmäßig auf seine diversen Auszeichnungen im Vietnamkrieg und seine legendäre Karriere als draufgängerischer General bei den Marines hin. Sein Lächeln betonte die Falten um die Augen herum, was sein Gesicht nur noch zerklüfteter erscheinen ließ. Er hatte eine heisere Stimme mit dem sanften Tonfall der Fernsehansager. »Wie geht es Ihnen, Tess?« Er streckte ihr seine sehnige, manikürte Hand entgegen.

Widerwillig schüttelte Tess sie. Ihr Griff war kräftig und fest. »Es ging mir schon besser, Brian. Im Moment hab' ich ein Problem.«

»Soviel hab' ich am Telefon schon mitbekommen.« Brian wandte sich zum Hausmädchen um, dann warf er Tess' Mutter einen Blick mit hochgezogenen Augenbrauen zu. »Aber bevor wir uns darüber unterhalten . . .«

Tess' Mutter verstand den Wink. »Es ist gut, Edna. Wir schenken uns den Tee selber ein.«

»Wie Sie wünschen, Ma'am.« Edna machte einen Knicks, verließ das Zimmer und zog die Tür hinter sich zu.

»So«, sagte Tess' Mutter, »darf ich Sie jetzt bitten, uns die Ehre zu erweisen, Brian.«

»Natürlich.« Er nahm die Teekanne zur Hand.

»Nein, warten Sie«, sagte Tess. »Bevor wir . . . Ich habe wirklich keinen . . .«

Die beiden anderen schauten sie fragend an.

». . . Hunger oder Durst. Ich hab' auf dem Flughafen eine Brezel gegessen.«

»Eine *Brezel*?« Tess' Mutter schien entsetzt.

»Ich würde lieber gleich zur Sache kommen«, fuhr Tess fort. »Und, Brian, da Sie im Smoking gekommen sind, nehme ich an, daß Sie immer noch planen, zum Empfang des sowjetischen Botschafters zu gehen. Weiter nehme ich an, daß Sie es ziemlich eilig haben, dorthin zu kommen, also will ich Sie nicht länger als nötig aufhalten. Glauben Sie mir, ich will Ihnen Ihre Zeit nicht stehlen.« Tess bemühte sich, es nicht sarkastisch klingen zu lassen.

»Tess, Sie könnten mir meine Zeit gar nicht stehlen.« Brian stellte die Teekanne wieder ab, kam um den Tisch herum und schaute ihr in die Augen. »Ich hab' Ihnen doch schon am Telefon gesagt, um der alten Zeiten . . . und Ihres Vaters willen werde ich alles in meiner Macht Stehende tun, um Ihnen zu helfen.«

»Ja. Mein Vater.«

»Wir waren Freunde«, sagte Brian.

»Aber das hat Sie nicht davon abgehalten, ihn nach Beirut zu schicken.«

»Jetzt hört mal«, schaltete ihre Mutter sich ein, »wenn das hier zu einer *unerfreulichen* Unterhaltung ausarten sollte, habe ich nicht die Absicht, hier ruhig zu sitzen und . . .«

»Das ist eine gute Idee, Mutter. Warum gehst du nicht so lange hinaus? Brian und ich haben ein paar Dinge zu besprechen.«

»Nein. Melinda, Sie bleiben, wo Sie sind. Es wird Zeit, daß wir reinen Tisch machen«, sagte Brian. »Für uns alle.« Er setzte sich neben Tess' Mutter und ergriff ihre Hand.

Und ganz plötzlich hatte Tess zum erstenmal den Verdacht, die beiden könnten eine heimliche Affäre haben. Der beste Freund ihres Vaters? Der Mann, der seinen besten Freund in den Tod geschickt hat? Sollte dieses Ungeheuer tatsächlich dazu fähig sein, die Frau seines besten Freundes zu bumsen? Als sie sich die beiden zusammen im Bett vorstellte, wurde es Tess so übel, daß sie sich wünschte, sie hätte auf die Brezel am Flughafen verzichtet.

»Also gut, wir alle drei«, willigte Tess ein. »Mir soll's recht sein. Solange ich nur bekomme, was ich will.«

»Ihr Vater war ein engagierter Diplomat«, sagte Brian. »Er ist in diesen Hexenkessel nach Beirut gegangen, weil er glaubte, er könnte etwas bewirken, könnte etwas dazu beitragen, daß mit der Gewalt zwischen Christen, Moslems und all den anderen Splittergruppen endlich Schluß gemacht wird. In seinem Herzen glaubte er, das Töten tatsächlich beenden zu können.«

»Sie hören sich an, als würden Sie eine Rede halten.«

Brian zuckte mit den Achseln. »Es war sein Berufsrisiko.«

»Ich glaube mich zu erinnern, dieses Statement nach dem Tod meines Vaters wortwörtlich in der *Washington Post* gelesen zu haben.«

»Möglich.« Brian schaute verzweifelt. »Es gibt Gelegenheiten, da werde ich von so vielen Leuten gefragt, daß ich gezwungen bin, mich zu wiederholen.«

»Aber Sie haben der *Post* nicht erzählt, daß mein Vater nach Beirut geschickt wurde, um ein Waffenlieferungsabkommen mit der Seite zu treffen, die ihr als Sieger sehen wolltet – den Christen. Und Sie haben der *Post* auch nicht erzählt, daß Ihre Sicherheitsvorkehrungen so verdammt schlampig waren, daß die Moslems dahintergekommen sind und meinen Vater entführt haben, um ihn das Waffengeschäft nicht zu Ende führen zu lassen.«

»Aber, Tess, das sind doch Spekulationen.«

»Behandeln Sie mich nicht wie eine Närrin. Die Moslems wollten meinen Vater dazu zwingen, ein Geständnis über das amerikanische Engagement zugunsten der Christen abzulegen. Aber mein Vater wollte kein Geständnis ablegen, egal, was sie mit ihm anstellten, egal, wie brutal sie ihn folterten. Zuerst schlugen sie ihn, dann ließen sie ihn hungern, und als er dann immer noch nicht reden wollte, schnitten sie ihm die Kehle durch und warfen ihn in den Rinnstein. Als Warnung an die Amerikaner, sich nicht einzumischen.«

»Tess, das ist Ihre Interpretation. Waffen hatten nichts mit der Mission Ihres Vaters zu tun. Er war schlicht und einfach als Unterhändler mit den besten Absichten dort.«

»*Nichts,* was ihr Schweinehunde ausheckt, ist schlicht und einfach und gut.«

Tess' Mutter zuckte zusammen. »Ich denke nicht daran, in meinem Hause vulgäre Ausdrücke dieser Art zu . . .«

»Nein, lassen Sie sie ausreden, Melinda. Wir werden die Sache hier jetzt ein für allemal klären«, sagte Brian.

»Ich weiß, was Sie meinem Vater für einen Auftrag gegeben haben. Ich weiß auch, daß er gegen diese Mission war, aber daß er sich einer Anordnung aus dem Weißen Haus nicht widersetzen wollte. Und *woher* ich das weiß? Ich habe Telefongespräche mit angehört. Und wenn er Unterlagen aus der Arbeit mit nach Hause brachte, dann habe ich sie nicht nur gelesen, sondern ich habe auch Kopien davon angefertigt, bevor er sie vernichtete.«

»Wenn Sie so etwas getan haben, Tess, dann bedeutet das einen Einbruch in nationale Sicherheitsbelange. Es stehen hohe Strafen . . .«

»So hoch wie die Strafe für meinen Vater? Was würden Sie mit mir machen? Mich ins Gefängnis werfen? Sicher nicht. Ich würde reden. Also, wenn Sie eine zweite Iran-Kontra-Affäre vermeiden wollten, müßten Sie mich töten!«

»Jetzt reicht's.« Tess' Mutter saß aufrecht auf ihrem Sofa. »Ich will *nichts* mehr hören. Dein Vater war ein großer Mann, und ich werde mir nicht weiter anhören, wie du seinen oder Brians Ruf in den Dreck ziehst!«

»Nein, Melinda, warten Sie.« Brian ergriff wieder ihre Hand. Seine Stimme klang beunruhigend leise. »Ich glaube, Tess ist gleich fertig. Sie will auf etwas hinaus, und wenn sie endlich zur Sache kommt, dann werden wir die bösen Geister schnell vertrieben haben, die sie heraufbeschworen hat. Tess, entschuldigen Sie bitte, aber wenn ich auch mal etwas vulgär werden darf: Was zum Henker wollen Sie?«

Tess atmete durch und antwortete so ruhig, wie es ihr möglich war: »Wann immer ihr Name in der Zeitung auftaucht, lese ich nach Möglichkeit darüber hinweg. Aber ich lebe nicht auf dem Mond. Ich weiß, was läuft. Trotz des Regierungswechsels arbeiten Sie offensichtlich noch immer sehr eng mit der Machtzentrale zusammen.«

»Das ist richtig.« Brian richtete sich auf.

»Unter anderem mit dem Nationalen Sicherheitsrat«, fuhr Tess fort.

»Das ist ein Gerücht ohne jeden Gehalt.«

»He, Brian, wir reden jetzt von Geschäften! Eine Gefälligkeit als Gegenleistung für mein Schweigen! Ich werde Ihnen den Befehl, den Sie meinem Vater gegeben haben, niemals verzeihen, aber ich schwöre bei Gott, daß ich nie wieder von diesem Thema anfangen werde, wenn Sie jetzt tun, was ich von Ihnen verlange.«

Der Nationalheld mit dem zerklüfteten Gesicht betrachtete sie aufmerksam. »Das ist ein verlockendes Angebot.«

»Dann greifen Sie zu.«

Der Blick des Diplomaten wurde berechnender. »Also, wo liegt Ihr Problem?«

Ganz plötzlich wich alle Anspannung aus Tess' Muskulatur. »Ich habe ... Das heißt, ich *hatte* ... Ich weiß nicht, wie ich ihn nennen soll ... Einen Freund.«

Langsam, immer wieder zögernd, schilderte sie während der folgenden Viertelstunde ihre Begegnungen mit Joseph, das nicht zustande gekommene Rendezvous im Park, ihr groteskes Erlebnis im New Yorker Leichenschauhaus, ihren beunruhigenden Besuch in Josephs Wohnung. Und zum Schluß ihres anstrengenden Berichts zeigte sie ihm die Fotos von den rätselhaften Gegenständen in Josephs Schlafzimmer.

Brian studierte die Fotos. »Seltsam. Sind Sie sicher, daß Ihr Freund keine Drogen nahm?«

»Drogen. Auf gar keinen Fall. Und Alkohol trank er auch nicht. Er nahm ja nicht einmal Aspirin. Er achtete wie besessen auf seine Gesundheit.«

»Aber er verhielt sich so, als würde er verfolgt. Und ...« Brian schüttelte den Kopf. »Ich versteh' ehrlich nicht ... Was soll ich denn nun eigentlich tun?«

»Ihren Einfluß beim FBI und bei der CIA geltend machen. Ich kann mir vorstellen, daß Joseph spanischer Herkunft war. Ich weiß, daß er eine falsche Identität angenommen hatte. Das FBI hat seine Fingerabdrücke. Lassen Sie Kopien davon machen, und schicken Sie sie an Interpol. Nehmen Sie Verbindungen auf ... Was immer Sie tun können, *tun* Sie es. Stellen Sie sich einfach vor, es ginge um eine Bedrohung des Staates. Vielleicht ist das eine Motivation. Ich will Josephs tatsächliche Identität herausbekommen. Und ich will wissen, wer ihn getötet hat! Und wer versucht hat, diese Fotos zu stehlen! Und wer mich möglicherweise verfolgt! Und ...«

»Warten Sie«, unterbrach Brian. »Sie glauben ... Sie sagen, Sie seien möglicherweise *verfolgt* worden?«

»Ich bin so durcheinander, ich weiß nicht mehr, was ich glauben soll.«

»Okay. Beruhigen Sie sich. Lassen Sie mich ... Also, diese Fotos. Darf ich sie mir ausleihen, um Kopien davon anfertigen zu lassen?«

»Auf gar keinen Fall. Ich gebe sie nicht aus der Hand.«

»Mit anderen Worten, Sie wollen sie mir nicht anvertrauen.«

»Ich werde Abzüge machen lassen und sie Ihnen zuschicken.«

»Auch gut«, sagte Brian. »Und deutlich genug ... Eine Frage habe ich noch.«

»Ich habe nichts zu verbergen. Fragen Sie nur.«

»Sie sind diesem Mann dreimal begegnet, nur dreimal, und trotzdem fühlen Sie sich ihm so verpflichtet, daß Sie herausbekommen wollen, wer ihn getötet hat. Heißt das, daß Sie in ihn verliebt waren?«

Tess schaute ihn abwehrend an. »Es ist komplizierter. Er war anders. Etwas Besonderes. Sagen wir, ich habe mich für ihn interessiert. Na und?«

»Ich wollte nur Klarheit über Ihre Motive haben.«

»Mein Motiv ist Gerechtigkeit, Brian. Und das ist ja angeblich auch *Ihr* Motiv. Solange es nicht um Waffengeschäfte in Beirut geht.«

»Schon gut.« Brian stand jetzt beinahe in militärischer Haltung vor ihr. »Sie werden von mir hören.«

»Je eher, desto ...«

»Geschwindigkeit ist nicht immer eine Tugend«, erwiderte Brian. »Im Gegensatz zur Gründlichkeit. Und darin bin ich Experte.«

»Dann beweisen Sie es«, sagte Tess.

»Ich hoffe, daß Sie mich eines Tages nicht mehr hassen werden.«

»Ich wüßte nicht, warum Ihnen das wichtig sein sollte.

Nein.« Tess schüttelte den Kopf. »Stimmt ja nicht. Ich habe einen Verdacht. Also, Brian, falls ich mich nicht täuschen sollte ... für meinen Vater ... und Ihre Beziehung zu meiner *Mutter* ... setzen Sie Ihren Arsch in Bewegung.«

»Theresia!« empörte sich ihre Mutter.

»Mutter, bitte, halte du dich da raus.«

»O mein ...« Die Mutter schlug die Hände vor den Mund.

Brian streckte seine Hand aus. »Abgemacht, Tess?«

»Wenn Sie liefern? Okay, abgemacht.« Sie ergriff seine Hand. Ihr Druck war nicht mehr so fest.

»So schnell ich kann.«

»Soweit ich Ihre Fähigkeiten beurteilen kann ...« Tess brach mitten im Satz ab.

»*Sie* hätten Diplomatin werden sollen.«

»Ein viel zu schmutziges Geschäft, Brian.«

»Vielleicht haben Sie recht. Entschuldigen Sie, Melinda. Es wartet noch etwas Arbeit auf mich.«

»Vergessen Sie den Empfang für den sowjetischen Botschafter nicht«, sagte Tess nicht ohne Bitterkeit.

»Den habe ich nicht vergessen. Aber ich habe beschlossen, nicht hinzugehen. Wie sagten Sie doch vorhin am Telefon? Er kann mich am Arsch lecken. Mit allem Respekt, natürlich.«

»Natürlich.«

Brian Hamilton schlenderte hinüber zur Eichentür, schob sie auf und verschwand durch die Öffnung.

»Also wirklich«, sagte Tess' Mutter, »mußte er dieses Wort in den Mund nehmen?«

»*Arsch*? Mutter, um Gottes willen, er ist ein Kriegsheld. Wenn du dir etwas aus ihm machst, dann solltest du dich daran gewöhnen, daß er gelegentlich vulgäre Ausdrücke in den Mund nimmt.«

»Du liebe Güte, das will ich nicht hoffen.«

»Mutter, hat Vater jemals das Wort ›Arsch‹ in den Mund genommen?«

»Nun ja, aber ich habe nicht hingehört.«

»Dann hast du ein Problem. Ich habe es mir anders überlegt. Gib mir einen von den Toasts. Und schenk mir bitte eine Tasse Tee ein.«

»Ich werde nach Edna läuten.«

»Nein, Mutter. *Du* sollst mir den Tee einschenken. Und, ganz nebenbei, ich konnte Leberpastete noch nie ausstehen.«

4

In einem abgestellten Wagen in der schattigen Straße gegenüber dem Herrenhaus im Villenviertel von Alexandria, Virginia, saß eine Ersatzausgabe des Chamäleons – gleiche Größe, gleiches Gewicht, ebenso unauffällige Gesichtszüge, nur das Haar war nicht braun, sondern sandfarben – und schlürfte Kaffee aus einem Plastikbecher. Die leeren Thermosflaschen lagen auf dem Beifahrersitz, gleich neben der halbautomatischen 9-mm-Browning und dem überdimensionalen Aktenkoffer aus Metall.

Der Deckel des Aktenkoffers stand offen, und das Kabel eines Audio-Empfängers war in den Zigarettenanzünder des Autos gesteckt, um die Energie der Batterie nutzen zu können. Mit dem Empfänger konnte man keine Signale von Zweiweg-Funkgeräten empfangen, wie sie von Polizei oder Taxifahrern benutzt werden, und die auf einer UHF-Frequenz im Bereich von 400 Megahertz arbeiten. Statt dessen war dieser Empfänger dafür konzipiert, Gespräche auf Funktelefonen aufzufangen, wie sie zum Beispiel in Autos benutzt werden, die auf einer wesentlich höheren Frequenz auf dem 800-Megahertz-Band senden.

Während es ganz legal war, eine Ausrüstung zu besitzen, mit der man den Polizeifunk abhören konnte, machte man sich eines unter Strafe gestellten Vergehens schuldig, wenn man einen Empfänger besaß, der es einem ermöglichte, über Autotelefon geführte Gespräche abzuhören. Das kümmerte unser stellvertretendes Chamäleon nicht etwa. Es hatte in seiner Karriere schon viele Gesetze übertreten. Die Sache hier war ein kleiner Fisch.

Nein, der Mann war darauf vorbereitet, noch jede Menge anderer Gesetze zu übertreten, und es spielte für ihn auch keine Rolle, wie schwerwiegend diese Gesetzesübertretungen sein würden. Schließlich hatte er seine Befehle, er mußte einen Auftrag ausführen, und bis jetzt war bei seiner Mission alles glatt gelaufen. Er hatte keine Probleme gehabt, der hochgewachsenen, blonden, athletisch gebauten, attraktiven Frau vom Washington National Airport bis hierher zu folgen. In diesem Moment traf ein anderes Mitglied seines Teams alle Vorbereitungen, damit die Telefonanlage der Villa angezapft werden konnte. Möglicherweise würde man sogar in der Villa selbst Wanzen anbringen. Aber bis dahin mußte diese eingeschränkte Form der elektronischen Überwachung ausreichen.

Der Mann, der einen gewöhnlichen Anzug mittlerer Preislage trug und der ein ausgesprochenes Talent dafür besaß, sich in einer Menschenmenge praktisch unsichtbar zu machen, hörte auf seinem Empfänger regelmäßig leise Gespräche auf dieser oder jener Frequenz mit. Nachdem er aufmerksam gelauscht hatte, kam er jedesmal zu dem Schluß, daß der Gegenstand der Unterhaltung ohne Belang für ihn war.

Ebenso regelmäßig ließ er den Motor seines Autos ein wenig laufen, damit der Empfänger die Batterie nicht völlig leerte. Obwohl er seine ganze Aufmerksamkeit auf die Villa und im besonderen auf die halbkreisförmige Auffahrt richtete, warf er doch immer wieder schnelle Blicke nach vorne und nach oben in den Rückspiegel.

Was ihm Sorgen machte, waren die Scheinwerfer anderer Autos. Wenn er welche näher kommen sah, stellte er unverzüglich den Motor ab, zog den Stecker aus dem Zigarettenanzünder, legte das Kabel in den Aktenkoffer und klappte den Deckel zu. In dieser exklusiven Wohngegend war es schließlich nicht ganz unwahrscheinlich, daß Streifenwagen die Runde machten, und die Beamten könnten durchaus auf die Idee kommen, anzuhalten und ihn zu fragen, was er um diese späte Stunde hier zu suchen habe.

Das war das Problem bei der Installierung einer automobilen Abhörstelle in einem Oberschichtenvorort. Wenn überhaupt welche, so waren nur wenige Autos auf der Straße geparkt. In dieser Nacht jedoch hatte der Lauscher Glück. Einen halben Block weiter vorne gab jemand eine Party – oder einen Empfang, wie man es in einer solch vornehmen Gegend wahrscheinlich nannte –, und nicht alle Besucherautos hatten auf der Auffahrt Platz gehabt. Ein paar der Cadillacs und Oldsmobiles standen hier draußen auf der Straße vor und hinter ihm, und auch wenn der dunkle Ford Taurus des Lauschers nicht unbedingt zu diesen teuren Automobilen paßte, so zweifelte der Mann doch keinen Augenblick daran, daß es ihm gelingen würde, einen neugierigen Polizisten davon zu überzeugen, daß er ein gemieteter Fahrer sei, der den Taurus benutzen müsse, weil bei dem Cadillac am Nachmittag die Benzinpumpe ausgefallen sei. Das Glück blieb dem Lauscher treu. Bis jetzt hatte sich noch kein Polizeiwagen blicken lassen.

Plötzlich richtete er sich auf, als er einen silbernen Rolls Corniche aus der Zufahrt zur Villa biegen und in die entgegengesetzte Richtung davonfahren sah. Nachdem er blitzschnell sein Nachtfernglas unter dem Sitz hervorgezogen hatte, schaute er dem Corniche nach und konnte befriedigt feststellen, daß nur der Chauffeur und ein Mann auf dem Rücksitz im Fahrzeug saßen. Der Corniche hatte ein Regierungskennzeichen. Interessant.

Der Lauscher notierte das Kennzeichen auf einen Zettel. Später würde er seine Verbindungen spielen lassen, um den Besitzer des Wagens ausfindig zu machen. Aber im Augenblick war es nicht seine Aufgabe, hinter dem Corniche herzufahren, sondern er mußte weiter die Villa im Auge behalten, in der sich nach wie vor die Frau aufhielt.

Auf einmal hörte er Piepstöne und gleich darauf ein

Summen, das von einer Stimme aus seinem Empfänger unterbrochen wurde, die so deutlich war, daß sie nur von einem Autotelefon ganz in der Nähe kommen konnte, wahrscheinlich dem des Corniche.

»Hallo«, sagte ein Mann in förmlichem Tonfall. »Hier ist das Wohnhaus von Mr. Chatham.«

»Hier spricht Brian Hamilton. Ich weiß, es ist spät, und ich störe ihn gar nicht gerne, aber ist Eric zu Hause?«

»Ja, aber ich fürchte nur, daß er gerade dabei ist, sich für den Abend zurückzuziehen.«

»Sagen Sie ihm bitte, wer am Apparat ist. Es ist wichtig.«

Der Lauscher erhöhte seine Konzentration. Eric Chatham? Chatham war doch der Direktor des FBI! Und Brian Hamilton, offensichtlich der Mann auf dem Rücksitz des Corniche, war früher Staatssekretär gewesen und fungierte jetzt als persönlicher Berater des Präsidenten und außerdem – unter anderem – als Mitglied des Nationalen Sicherheitsrats.

Junge, Junge, dachte der Lauscher. Ganz schön große Tiere.

»Selbstverständlich. Einen Moment bitte, Mr. Hamilton.«

Der Lauscher starrte auf das rote Lämpchen auf seinem Audio-Empfänger und lauschte aufmerksam den Stimmen, die aus dem Lautsprecher tönten.

»Brian?« fragte ein sonorer Baß, der sich müde und etwas unwillig anhörte. »Ich bin gerade in meinen Pyjama gestiegen und freue mich schon auf den neuen Stephen King, etwas, das absolut nichts mit . . . Ist ja egal. Was ist los? Mein Sekretär sagte, es sei wichtig.«

»Tut mir schrecklich leid«, entschuldigte sich Hamilton. »Ich bin heute abend auf eine Information gestoßen, und darüber wollte ich mit Ihnen sprechen.«

»Jetzt? Hat das nicht bis morgen Zeit? In meinem Büro? Mein Terminplan ist zwar ziemlich voll, aber ich könnte ein Viertelstündchen vor dem Mittagessen abzwacken.«

»Es könnte länger dauern als ein Viertelstündchen«,

sagte Hamilton. »Unter vier Augen. Ungestört.« Der Empfang wurde undeutlicher, je weiter der Corniche sich aus der Gegend entfernte.

»Unter vier Augen?« Eric Chathams Stimme klang ungläubig.

»Ja. Es geht um einen Fall, auf den Sie Ihre Leute ansetzen sollen. Aber, um die Wahrheit zu sagen, es ist eine persönliche Angelegenheit. Sie hat etwas mit Remington Drake zu tun, mit seiner Witwe und seiner Tochter. Ich muß Sie um eine Gefälligkeit bitten.«

»Remington Drake! Lieber Gott! Ist es eine wichtige Gefälligkeit?«

»Für mich ist sie außerordentlich wichtig«, sagte Brian Hamilton.

»Eine Gefälligkeit also. Nun, wenn Sie es so nennen. Sie haben mir zweifellos genug Gefälligkeiten erwiesen, und Remington Drake war zweifellos mein Freund. Wie schnell können Sie hier sein?«

»In zehn Minuten.«

»Ich erwarte sie.«

»Danke, Eric. Ich weiß Ihre Hilfsbereitschaft zu schätzen.«

»Urteilen Sie nicht vorschnell. Noch habe ich mich nicht entschlossen, Ihnen zu helfen.«

»Aber ich bin zuversichtlich, daß Sie es tun werden. In zehn Minuten also.«

Damit war das Gespräch beendet.

Der Lauscher zog die Stirn in Falten und versuchte, sich einen Reim auf das zu machen, was er eben gehört hatte. Dabei war er so konzentriert auf das Gespräch gewesen, daß er etwas anderes überhört hatte, das leise Tappen gummibesohlter Schuhe nämlich, die sich der Seite des Wagens näherten. Wegen der Hitze hatte der Lauscher das Seitenfenster offengelassen. Schließlich konnte er den Motor nicht ständig laufen lassen, wenn er nicht das Risiko eingehen wollte, die Aufmerksamkeit auf sich zu lenken, und ohne Motor keine Klimaanlage.

Plötzlich aufgeschreckt, wandte der Lauscher seinen

Kopf in die Richtung, aus der die Schritte sich näherten, und starrte in die Mündung einer Pistole vom Kaliber 22, die jemand durch das offene Fenster schob. In seiner Verwirrung fand er nicht die Zeit, nach seinem Browning unter dem Aktenkoffer zu greifen. Die 22er, die mit einem Schalldämpfer ausgestattet war, gab ein schmatzendes Geräusch von sich. Der Lauscher ächzte unter der Wirkung der Kugel, die ihm in den Schädel drang. Aus nächster Nähe abgefeuert, war ihre Durchschlagskraft groß genug, um den Lauscher auf die Seite zu schleudern. Blut spritzte. Ein Zittern lief durch seinen Körper, als er direkt über dem Audio-Empfänger zusammenbrach.

Aber das kleine Geschoß tötete ihn nicht. Geschockt, kraftlos und unter entsetzlichen Schmerzen blieb ihm immer noch genug Bewußtsein, um zu hören und zu spüren, wie der Mörder die Fahrertür des Wagens aufriß.

Der Mörder packte den Körper des Lauschers bei den Schultern und stauchte und stopfte ihn irgendwie auf den Boden vor dem Beifahrersitz. Unverzüglich zog der Mörder die Tür wieder zu, ließ den Wagen an und fuhr mit unauffälliger, gleichmäßiger Geschwindigkeit aus dem ruhigen, wenig beleuchteten Villenviertel hinaus.

Der Lauscher, zusammengestaucht auf dem Boden des Ford, blinzelte mit den Augen, ohne etwas sehen zu können. Er spürte das Leben langsam aus seinem Körper weichen, während sein Blut den Teppichboden tränkte. Sein Schädel fühlte sich an, als hätte jemand einen Nagel durch seine Decke getrieben. Undeutlich kam ihm der Gedanke, daß er auf der Stelle getötet worden wäre, wenn der Mörder eine durchschlagskräftigere Waffe benutzt hätte. Aber eine großkalibrige Pistole hätte, auch mit Schalldämpfer, ein erkennbares Geräusch von sich gegeben. Kein lautes Geräusch, im Vergleich zum Schmatzen der 22er kaum mehr als ein Husten, aber eventuell doch laut genug, um jemanden, der ein Stück weiter oben vielleicht gerade die Party verließ, mißtrauisch zu machen. Leiser als eine schallgedämpfte 22er jedoch – besonders, wenn der Sprengstoff in der Patronenhülse besonders kalkuliert wäre, man also eine ›Unterschall-Menge‹ Schwarzpulver verwandt hätte – konnte eine Handfeuerwaffe nun wirklich nicht mehr sein.

In seiner schrecklichen Lähmung spürte der Lauscher, wie der Wagen um eine Ecke bog. Während sein Blut sich vor seinem Gesicht zu einer Pfütze sammelte, die ihn zu ertränken drohte, erfüllte ihn ein dunkles Erstaunen darüber, daß er immer noch nicht tot war. Durch den grauenhaften Schmerz hindurch versuchte ein hartnäckiger Gedanke ihn davon zu überzeugen, daß er noch eine Chance habe, zu überleben.

He, wen willst du an der Nase herumführen?

Gib mir 'ne Chance.

Mit der Kopfwunde?

Nichts zu machen.

Aber der Kerl weiß doch, daß ich noch lebe. Er kann mich stöhnen hören. Warum gibt er mir nicht den Fangschuß?

Ein Amateur?

Nein.

Gott im Himmel, *nein*, folgerte der schwindende Verstand des Lauschers.

Die Gedanken trudelten durcheinander, der Gestank seines eigenen, sprudelnden Blutes schnürte ihm die Kehle zusammen. Nein, entschied er hinter dem trüben Schleier vor seinen Augen. Kein Amateur! Als der Lauscher sich nach den heraneilenden Schritten umgedreht hatte, war ihm die ungewöhnliche Form der Pistole aufgefallen. Ein Schutzschirm war oben an der Stelle angebracht gewesen, wo der Schlitten normalerweise nach hinten schnellt und die leere Hülse auswirft, bevor er wieder in seine Ausgangsstellung springt, um einer neuen Patrone in der Kammer den Weg freizugeben.

Der Schutzschirm hinderte den Schlitten jedoch daran, vor- und zurückzuspringen und somit dem Knall zu erlauben, aus der Waffe zu entweichen. Der Schutzschirm war eine Verstärkung des Schalldämpfers. Also konnte die 22er nur einmal abgefeuert werden! Deshalb hatte der

Mörder den Abzug nicht ein zweites Mal durchgedrückt, um ganz sicherzugehen, daß ich auch tot bin!

Nein! Kein Amateur! Ein Profi. Ein absoluter Profi. Ein gutausgebildeter, erfahrener Killer!

Der Mörder war gut genug, um nur einen Schuß zu benötigen. Er weiß, daß ich keine Chance mehr habe. Er weiß, daß es nur noch eine Frage der Zeit ist, bis . . .

Der Lauscher, der immer schwächer und dessen Kopf immer leichter wurde, begann unter Höllenqualen in wilder Verzweiflung zu beten. Er mußte seine Seele schützen. Sein einziger Trost war, daß man ihn nicht mehr verhören konnte. Und trotzdem bedauerte er es, daß er den Mörder nicht mehr daran hindern konnte, ihn zu durchsuchen und ihm den Ring abzunehmen, den er in seiner Anzugjacke versteckt hatte.

Plötzlich spürte er, daß der Wagen stehenblieb. Er hörte den Mörder aussteigen. Und dann hielt ein zweiter Wagen neben dem Taurus.

Also wollen sie mich hier einfach liegenlassen – wo immer das sein mag – und mich sterben lassen?

Hoffnung gab seinem schwächer werdenden Puls neuen Antrieb. Vielleicht kann ich noch die Energie aufbringen, aus dem Taurus zu klettern. Vielleicht finde ich jemanden, der mir hilft, der mich in ein Krankenhaus fährt.

Aber seine Hoffnung wurde grausam zertrümmert, denn als nächstes hörte er nicht etwa, wie sein Mörder in den anderen Wagen stieg. Statt dessen spritzte jemand Flüssigkeit in den Taurus. Er spürte, wie seine Kleider davon durchtränkt wurden, und der scharfe Geruch nach Benzin löste einen plötzlichen Brechreiz aus.

Nein!

Das letzte, was er hörte, war das Anreißen des Streichholzes und das Zischen des entflammten Benzins. Flammen füllten den Innenraum des Taurus und fielen über seinen zusammengekrümmten Körper her. Nein! Lieber Gott! Unter unvorstellbaren Qualen betete er noch inbrünstiger. Vater unser, der du bist im Himmel . . .! Erstaunlicherweise war sein Wille so stark, daß er ihn bis zu der Zeile *›erlöse uns von dem Übel‹* kommen ließ, bevor die unvorstellbare Hitze ihn verzehrte.

5

Als Tess in der Vorhalle des Herrenhauses auf die gewaltige, breite Treppe zuging, sagte die Mutter zu ihr: »Ich bin trotz der unerfreulichen Mißstimmung des Abends ganz froh, daß du zu Besuch gekommen bist. Ich hoffe, daß ein ausgiebiger Schlaf deine Laune verbessern wird.«

»Danke, Mutter. Ich bin auch froh, dich wiederzusehen.« Tess ließ die Schultern hängen. »Aber ich glaube kaum, daß ich gut schlafen werde. Es gibt zu viele Dinge, über die ich nachdenken muß.«

»Wenn du etwas Schönes zu lesen hättest. *Mir* hilft das immer beim Einschlafen. Oje . . .« Auf den untersten Stufen blieb Tess' Mutter abrupt stehen.

»Was ist los?«

»Das hab' ich ja völlig *vergessen*. Du hattest mich doch am Telefon gebeten, den Leiter der Kongreßbibliothek anzurufen. Er hat das *Buch* gefunden, das du haben wolltest, und es gleich von einem Boten herbringen lassen.« Sie stieg die Stufen wieder hinab. »Es liegt im Salon. Aber er hat gemeint, du hättest ihm einen falschen *Titel* genannt.«

»Der Kreis – oder *der Ring – um den Hals der Taube?«*

»Das ist offensichtlich die *wörtliche* Übersetzung aus dem Spanischen. Aber im *Englischen* fallen die Präpositionen weg, und . . .« Tess' Mutter eilte in den Salon, und als sie zurückkam, wickelte sie ein ramponiertes Buch aus einem Stück Packpapier. *Der Halsring der Taube*. Richtig, so heißt das Buch.«

Das Buch roch alt. Tess schlug es schnell auf, und ihre Stimmung wurde gleich besser, als sie sah, daß es auf englisch war. »Danke.« Sie umarmte ihre Mutter, die vor einem solch unerwarteten Gefühlsausbruch zurückschreckte. »Ganz ehrlich. Ich bin dir sehr dankbar.«

Ihre Mutter schaute verwirrt. »Soviel Aufregung um ein *Buch* hab' ich noch nie erlebt. Als ich es vorhin durchblätterte, während ich auf deine Ankunft wartete, fand ich es nicht übermäßig interessant.«

»Im Gegenteil, Mutter. Ich bin sicher, daß es faszinierend ist.« Mit klopfendem Herzen wäre sie am liebsten die Treppe hinauf in ihr Zimmer gestürmt, aber sie zwang sich dazu, die Stufen langsam hochzusteigen und sich dem Schritt ihrer Mutter anzupassen. Oben, auf dem langen Flur, der mit französischen Impressionisten vollgehängt war, blieben sie vor Tess' Zimmer stehen.

»Gute Nacht, Mutter.« Tess küßte sie auf die Wange. Wieder schaute ihre Mutter etwas verwirrt. »Ich möchte mich dafür entschuldigen, daß ich eine Szene gemacht habe, aber du kannst dir nicht vorstellen, was ich in den letzten Tagen durchgemacht habe. Ich gebe dir mein Wort, daß ich mein Bestes tun werde, um dich nicht noch mal zu verärgern.«

»Liebes.« Der Mutter versagte für einen Moment die Stimme. »Du mußt dich doch nicht entschuldigen. Lieber Himmel, du bist doch alles, was ich habe. Ich werde *nie* aufhören, dich lieb zu haben. Da kannst du so viele Szenen machen, wie du willst. Du bist hier immer willkommen. Und ich verspreche dir, ich werde *alles* tun, was in meiner Macht steht, um dir bei der Lösung deiner Probleme zu helfen.«

Tess spürte, daß ihr Tränen in die Augen traten.

Und dann tat die Mutter plötzlich etwas Erstaunliches. Sie erwiderte Tess' Kuß. Es war nicht die übliche, flüchtige Berührung von Wange zu Wange, sondern ein richtiger Kuß, bei dem sie ihre Lippen fest auf die Augenbraue ihrer Tochter setzte. »Erinnerst du dich, was ich immer zu dir gesagt habe, wenn ich dich ins Bett gesteckt habe, als du noch ein kleines Mädchen warst? Schlaf gut. Und laß dich nicht von den Nachtkäfern beißen.«

Tess wischte sich eine Träne aus dem Augenwinkel. »Ich erinnere mich. Ich . . .«

»Was, Liebes?«

»Ich hab' es dir viel zu selten gesagt: Ich hab' dich lieb, Mutter.«

»Das weiß ich. Ich habe nie daran gezweifelt. Bleib so lange im Bett, wie du willst. Und wenn du aufgewacht bist, rufst du Edna an und sagst ihr, was du zum Frühstück haben möchtest. Und dann ruf bitte *mich* an. Ich würde gerne mit dir zusammen frühstücken.«

Tess schniefte, als sie sich über die Wange wischte. »Ich freu' mich drauf.«

»Ich wünschte, du würdest nicht weinen.«

»Ja, ich erinnere mich. Gefühle haben dich immer unangenehm berührt.«

»Nicht so sehr die *Gefühle* selbst als vielmehr das Vorzeigen«, erwiderte die Mutter. »Diesen kleinen Unterschied lernt man als Frau eines Diplomaten sehr bald.«

»Nun, Mutter, ich fürchte, ich bin nicht die Frau eines Diplomaten. Ich bin nur seine Tochter.«

»Die Tochter von Remington Drake? Wieso ›nur‹? Als seine und meine Tochter bist du ein Produkt der Stärke. Füge dich deinem Erbe. Sei stark.«

»Ich will's versuchen, Mutter. Ich versprech's dir.«

»Ich sag's dir noch mal: Ich hab' dich lieb. Und, übrigens, es warten keine Ungeheuer unter deinem Bett. Das garantiere ich dir.«

Tess sah der Mutter nach, wie sie den Flur entlangging, eine müde, alternde Frau, deren Schritte ein wenig unsicher wirkten, die aber trotzdem ihre Haltung bewahrte und versuchte, ihrem Gang Würde zu verleihen. Erst als die Mutter in ihrem Schlafzimmer verschwunden war, betrat Tess mit schmerzendem Herzen ihr eigenes.

6

Dieses Zimmer war zeit ihres Lebens ihr Schlafzimmer gewesen. Sie schaltete das Deckenlicht an, zog die Tür hinter sich zu und musterte das Bett mit dem Baldachin. Die Decken hatte ein Hausbediensteter ordentlich zusammengefaltet. Dieser Hausbedienstete, wahrscheinlich der Butler, hatte auch ihren Koffer ausgepackt und ihr kurzes Höschen und das T-Shirt auf den Kissenbezug gelegt.

Mit bittersüßen Gefühlen ließ Tess die Blicke durch das Zimmer schweifen, die komplexen Schichten ihrer Erinnerung ließen sie die Dinge sehen, als hätten sich transparente Fotografien voreinander geschoben, von denen jede ein anderes Stadium ihrer Jugend festhielt: das Bett ihrer Kindheit, das Puppenhaus (das ihr Vater gebaut hatte), die Stofftiere, dann das größere Bett und ihr Baseballhandschuh auf dem Schreibtisch, der Schläger und der Ball daneben, die Poster von Baseball- und Footballstars, die später den Postern von Rockstars gewichen waren, der Plattenstapel neben der Stereoanlage, die Bücher, die sie auf der Uni gelesen hatte (sie hatte sich geweigert, an der Georgetown University ein Zimmer zu beziehen und war statt dessen zu Hause geblieben, wo sie näher bei ihrem Vater sein konnte).

Das alles war jetzt vorbei. Verloren und vorbei.

Mit einem Anflug von Bedauern schob sie die wehmütigen Gefühle beiseite, warf einen Blick auf das Buch in ihrer Hand und versuchte, sich auf das zu konzentrieren, weshalb sie hergekommen war.

Der Halsring der Taube. Auf der Titelseite fand sich der Hinweis, daß dieses Buch von Ibn Hazm im Jahre 1931 von A. R. Nykl ins Englische übersetzt wurde. Während sie zu ihrem Bett schlenderte, blätterte sie die Einführung durch und erfuhr, daß es sich bei Ibn Hazm um einen Araber handelte, der Anfang des elften Jahrhunderts von Nordafrika nach Südspanien emigriert war und dort im Jahre 1022 dieses Buch geschrieben hatte, eine Abhandlung über die platonische Liebe.

Platon.

Plötzlich erinnerte Tess sich an *Platons sämtliche Dialoge*, die sie auf dem Bücherregal in Josephs Schlafzimmer gesehen hatte. Und schmerzhaft fiel ihr etwas anderes ein: Joseph hatte darauf bestanden, daß ihre Beziehung nur platonisch und niemals körperlich sein könne. »Es ist besser so«, hatte er gesagt. »Weil es ewig währt.«

Deprimiert schaltete sie die Nachttischlampe an, langte nach dem Knopf, mit dem sie das Deckenlicht ausknipsen konnte, und ließ sich auf das Bett fallen. Nachdem sie sich ihr Kopfkissen zurechtgeklopft hatte, blätterte sie weiter in dem Buch.

Sie konnte verstehen, daß es ihrer Mutter langweilig vorgekommen war. Das Buch war eine komplizierte Abhandlung, keine Erzählung, und die gestelzte englische Übersetzung bemühte sich, den Tonfall des mittelalterlichen Spanisch wiederzugeben. Der Text war vollgepackt mit Moralpredigten und abstrakten Begriffen.

Glaubte man der Einführung, dann war *Der Halsring der Taube* zu seiner Zeit ein außerordentlich populäres Buch, von dem man zahlreiche handschriftliche Kopien angefertigt hatte. Die Druckerpresse war damals noch nicht erfunden worden. Und so hatte das Buch seinen Weg durch Spanien nach Südfrankreich gemacht, wo es Mitte des zwölften Jahrhunderts zu einem der Bücher geworden war, die die Grundlage für eine neue, idealistische Sicht der Beziehung zwischen Mann und Frau gebildet hatten, die als ritterliche Liebe bekannt wurde.

Der Ausdruck fiel Tess auf. Plötzlich erinnerte sie sich an ein anderes Buch, das sie in Josephs Schlafzimmer gesehen hatte: *Die Kunst der ritterlichen Liebe*. Aber warum hatte dieses Thema Joseph so fasziniert?

Tess las mit größerer Neugier weiter und erfuhr, daß die Idee der ritterlichen Liebe von der Königin von Frankreich, Eleanor von Aquitaine (ein weiterer Buchtitel in Josephs Bibliothek!), entdeckt und gefördert worden war, und später auch von Eleanors Tochter, Marie de France. Beide Frauen hatten Dichter und Sänger um sich versammelt und sie dazu angehalten, Verse und Lieder zu komponieren, in denen eine Sammlung ritualisierter, äußerst höflicher und kultivierter Regeln gefeiert wurde, durch die festgeschrieben war, wie Männer und Frauen miteinander umzugehen hatten.

Tess runzelte etwas verwirrt die Stirn. Sie wußte nicht, wie diese rätselhaften Einzelheiten zusammenpassen sollten, aber ganz zweifellos hatte sich Joseph in seiner Beziehung zu ihr ganz streng an diesen Kodex der Ritterlichkeit gehalten.

Während der eine Zweig dieser mittelalterlichen Tradition die ritterliche Liebe als eine Art Vorspiel, Präludium zur Sexualität betrachtete, verteidigte der andere die Überzeugung, daß Sexualität eine schmutzige, unzulängliche Form der Liebe sei. Folgte man dem Verfasser von *Der Halsring der Taube*, dann gründet sich die wahre Liebe nicht auf körperliche Anziehung, sondern auf die Anziehung zwischen gleichgesinnten Geistern, verwandten Seelen. Diese Seelen hatten einst, in einem Vorleben, das Tess an ein himmlisches Leben erinnerte, in absolutem Gleichklang gelebt. Als sie dann in die physische Welt geboren worden waren, hatten sie eine Trennung erlitten und fühlten sich unvollständig, dazu verurteilt, einander zu suchen, ruhelos und unbefriedigt, bis sie einander wiedergefunden hatten. Und so, wie ihre ursprüngliche Beziehung rein im Sinne von nicht körperlich, nicht sexuell gewesen war, so sollte auch ihre Beziehung in *dieser* Welt frei von der Gewöhnlichkeit des Fleischlichen bleiben. Diese Idee eines himmlischen Vorlebens stammte offensichtlich aus den Dialogen Platos (Tess fiel wieder ein, daß sie dieses Buch in Josephs Schlafzimmer gesehen hatte), und die Vorstellung von einer nichtsexuellen, rein geistigen Anziehung zwischen Mann und Frau kennt man seither als platonische Liebe.

Die Furchen gruben sich tiefer in Tess' Stirn. Eine entfernte Ecke in ihrem Bewußtsein mühte sich um Verständnis. Ganz sicher hatte sie in dem Moment, als er am letzten Mittwoch den Fahrstuhl betrat, eine spontane Übereinstimmung mit Joseph gespürt.

War das tatsächlich erst eine Woche her?

Aber ihre Reaktion auf Joseph war mehr als Übereinstimmung gewesen.

Viel mehr! Eine *Anziehung*. Machtvoll. Etwas, das Romantiker als Liebe auf den ersten Blick bezeichnen würden, das jedoch der Autor vom *Halsring der Taube* Liebe auf den *zweiten* Blick genannt hätte.

Alles Theorie. Spekulationen, die Tess' wilde Entschlossenheit nicht erklären konnten.

Ritterliche Liebe? Platon? Warum um Gottes willen war Joseph von diesen Ideen so besessen gewesen?

Ihre Brust schmerzte. Als sie auf die Uhr schaute, mußte sie erstaunt feststellen, daß es beinahe zwei Uhr früh war.

Obwohl sie ihrer Mutter gegenüber behauptet hatte, so durcheinander zu sein, daß an Schlaf wahrscheinlich nicht zu denken wäre, fühlte sie sich plötzlich erschöpft und beschloß, aus ihren Kleidern zu steigen, Höschen und T-Shirt anzuziehen und zu versuchen, doch noch etwas Schlaf zu finden.

Aber nachdem sie aufgestanden war und ihren Baumwollpullover abgestreift hatte, fiel ihr Blick auf das Telefon auf dem Nachttischchen.

Ihre Brüste froren im kalten Luftzug der Klimaanlage. Ihre Brustwarzen wurden ganz hart.

Immer noch zögerte sie, starrte das Telefon an. Ich sollte meine Wohnung anrufen und hören, ob irgendwelche Nachrichten auf dem Anrufbeantworter sind, sagte sie sich.

Nein. Das hat bis morgen Zeit.

Sicher.

Aber es ist so vieles . . .

Ich sollte mich vergewissern, daß nicht noch etwas passiert ist.

Also tippte sie die Zahlen ein, lauschte dem statischen Knistern der Fernleitung, hörte ein Summen, dann ein anderes Summen, und schließlich ihre eigene Stimme vom

Tonband: »Hier spricht Tess. Ich kann ihr Gespräch nicht entgegennehmen. Bitte hinterlassen Sie nach dem Signalton eine Nachricht.«

Unmittelbar darauf tippte sie noch zwei Zahlen in die Tastatur, 24, ihr Geburtsdatum, ein Sicherheitscode, den sie in den Anrufbeantworter programmiert hatte, und der Unbefugte daran hindern sollte, die für sie bestimmten Nachrichten abzuhören.

Die rauhe Stimme des Mannes erkannte sie sofort. »Tess, hier ist Lieutenant Craig. Es ist« – ein Stimmengewirr im Hintergrund – »Viertel nach fünf. Rufen Sie mich so bald wie möglich in der Dienststelle an.«

Ein Piepston signalisierte das Ende der Nachricht.

Neugierig – so neugierig, daß sie beinahe zitterte – wartete Tess auf weitere Nachrichten.

»Hier ist noch einmal Lieutenant Craig. Halb sieben. Rufen Sie mich sofort zurück.«

Wieder ein Piepston.

Die Stimme des Lieutenants hatte so eindringlich geklungen, daß Tess den Hörer auf die Gabel werfen und seine Nummer wählen wollte, aber sie widerstand diesem Impuls, denn sie mußte zuerst wissen, ob noch weitere Nachrichten auf dem Band waren.

»Lieutenant Craig. Es ist beinahe elf. Wo zum Teufel stecken Sie? *Rufen Sie mich an!*«

Diesmal ertönten drei Piepstöne, ein Hinweis darauf, daß alle Nachrichten abgespielt waren. Tess unterbrach die Verbindung, zog ihr Portemonnaie aus der Handtasche, fand die Karte, die Craig ihr gegeben hatte, und kam zu dem Schluß, daß er, obwohl er sie in seiner ersten Nachricht gebeten hatte, ihn in der Dienststelle anzurufen, um diese nachtschlafende Zeit wohl kaum noch dort anzutreffen wäre.

Blitzschnell tippte sie die Zahlen seiner Privatnummer in die Tastatur.

Wieder das Knistern der Fernleitung, dann ein erstes Summen, ein zweites, zwei weitere.

Nach dem fünften Klingelzeichen kam der Verdacht in

ihr auf, er könnte doch noch im Büro sitzen. Nach dem sechsten war sie sich eigentlich schon sicher und senkte die Hand über die Gabel, um die Verbindung zu unterbrechen und es in seiner Dienststelle zu probieren. Als ihr Finger nur noch ein paar Zentimeter von der Gabel entfernt war, sagte eine verkrustete Stimme: »Hallo« und hustete.

Sie preßte den Hörer fest gegen das Ohr. »Hier spricht Tess. Tut mir leid, wenn ich Sie geweckt habe, aber ihre Nachrichten ...«

»Wo haben Sie gesteckt? Mein Gott, hab' ich mir Sorgen gemacht.«

»Ich bin in Alexandria, Virginia.« Im Hintergrund hörte Tess eine lebhafte Musik, Orchester, Chor und ein Sopran, der sich in unglaubliche Tonhöhen hinaufschwang.

»*Alexandria?* Was machen Sie denn *da*?« Die Sopranstimme sackte in den Keller, dann schwang sie sich wieder auf.

»Meine Mutter lebt hier. Ich bin mit der Sechs-Uhr-Maschine geflogen.«

»Sie haben meine Frage noch nicht beantwortet. Was machen Sie ...«

»Ich versuche eine Erklärung für das zu finden, was wir in Josephs Wohnung gesehen haben. Meine Mutter hat Kontakte zur Kongreßbibliothek und ...« Tess zögerte, denn sie wollte dem Lieutenant nicht erzählen, was für enge Beziehungen ihre Mutter wegen ihres Vaters zu Regierungsstellen unterhielt. »Ist das eine Oper, die ich da im Hintergrund höre?«

»*Madame Butterfly* von Puccini. Eine Sekunde, ich schalte es aus.«

Einen Augenblick später verstummte die Musik.

»Ich wußte gar nicht, daß Sie Opern mögen«, sagte Tess. »Irgendwie wirken Sie nicht wie der Typ, der ...«

»Jetzt hören Sie mir mal zu«, unterbrach sie Craig.

»Verlassen Sie nie wieder einfach so die Stadt! Ohne mich zu informieren! Sie müssen mir mitteilen, wo ich Sie erreichen kann. Als ich ständig versuchte, Sie anzurufen und Sie nicht an den Apparat gingen, hab' ich mir schreckliche Sorgen gemacht, Ihnen könnte was zugestoßen sein.«

»Nun, wenn man so will: Mir wäre auch beinahe was zugestoßen.«

»Was?«

»Diese Aufnahmen, die ich in Josephs Wohnung gemacht habe. Ich hab' den Film in einem dieser Expreßlabors gelassen, während ich meine Sachen gepackt habe. Als ich die Bilder abholen wollte, hat der Angestellte mir gesagt, daß ein Mann in den Laden gekommen sei und versucht habe, sich in den Besitz der Bilder zu bringen, indem er behauptete, ich hätte ihn geschickt.«

»Jesus.«

»Der Mann muß uns von Josephs Wohnung gefolgt sein. Und dann hat er mich in den Fotoladen gehen sehen«, sagte Tess mit eindringlicher Stimme.

»Das klingt verdammt logisch. *Jesus*«, wiederholte der Lieutenant und hustete. »Das ist es ja, was ich meine. Sie dürfen nicht einfach verschwinden. Sie müssen mich wissen lassen, wo Sie sind und was Sie tun. Es könnte sonst gefährlich für Sie werden.«

»Da ist noch etwas. Ich kann mir zwar keinen Reim darauf machen, aber als der Angestellte mir den Mann beschrieben hat, hörte sich jede Einzelheit nach Joseph an. Der Mann hatte sogar graue Augen. Könnte ich mich im Leichenschauhaus vielleicht doch getäuscht haben? Könnte Joseph noch am Leben sein? Könnte . . .«

»Nein, Tess, Sie haben sich nicht getäuscht. Soviel kann ich Ihnen garantieren. Wer immer das gewesen sein mag, es war ganz sicher nicht Joseph Martin.«

»Aber wie können Sie da so sicher sein? *Wie erklären Sie sich die grauen Augen?*«

»Zufall, vielleicht«, antwortete Craig. »Ich weiß es nicht, aber . . .«

»Sie haben selbst gesagt, daß die Narbe am Handgelenk der Leiche für eine endgültige Identifizierung nicht ausreicht. Vielleicht ist diese Narbe auch Zufall. Da das FBI nicht in der Lage war, die Fingerabdrücke der Leiche irgend jemandem in ihren Karteien zuzuordnen, wäre es doch möglich . . .«

»Nein, Tess, wir haben sie zugeordnet. Das ist das eine, was ich Ihnen mitteilen wollte.«

»Das FBI?« fragte Tess hastig zurück. »Die haben Josephs wirkliche Identität ermittelt?«

»Nicht das FBI. Unser eigenes Labor. Sie haben Josephs Wohnung abgesucht und die Fingerabdrücke mit denen an der unverbrannten Hand der Leiche verglichen. Tess, die Abdrücke passen zusammen, und sie passen auch zu den Abdrücken auf Josephs Schreibtisch im Büro von Truth Video. Ihre Identifizierung ist bestätigt worden. Joseph ist im Carl-Schurz-Park ums Leben gekommen.«

Tess wurden plötzlich die Knie weich. Sie sank auf das Bett und zitterte so heftig, daß sie sich in die Bettdecke einwickelte. Seit dem Zwischenfall im Fotoladen hatte sich ihre Angst, verfolgt zu werden, immer wieder durch die unausgesprochene Hoffnung relativiert, ihr Verfolger könnte Joseph sein – und Joseph sei noch am Leben.

Aber jetzt erlitt sie einen frischen, ganz heftigen Angriff des Schmerzes, der Magen wurde ihr bleischwer, die Brust hohl, und der Verstand geriet aus der Balance.

»Tess?«

Sie versuchte zu antworten.

»Tess?« Craig legte eine besondere Betonung auf ihren Namen, er hörte sich besorgt an.

»Ich bin noch dran. Ich bin . . . ja, ich bin in Ordnung.«

»Einen Moment lang dachte ich . . . Hören Sie, es tut mir leid, ich glaube, ich hätte etwas taktvoller sein können.«

»Ich fühlte mich . . . ist schon gut, ich bin gleich wieder okay«, sagte Tess.

»Sind Sie sicher?«

»Jetzt kommt es also darauf an, die Rechnung zu begleichen, herauszufinden, wer Joseph getötet hat und aus welchem Grund.« Tess schüttelte verbittert den Kopf. »Sie sagten, die Fingerabdrücke seien einer der Gründe für Ihren Anruf gewesen. Welches waren die anderen?«

»Es geht um die Fotos.« Craig sprach nicht weiter.

»Und?« Tess runzelte die Stirn. »Was ist mit den Fotos?«

»Es ist ein verdammtes Glück, daß Sie sie aufgenommen haben und daß der Angestellte im Fotoladen sie dem Kerl nicht gegeben hat, der behauptet hat, er sei von Ihnen geschickt worden.«

»Was ist passiert?«

»Jemand ist in Josephs Wohnung eingebrochen. Sie haben das Schlafzimmer eingeäschert.«

Tess richtete sich ruckartig auf, die Decke rutschte ihr von den Schultern. *»Eingeäschert?«*

»Beinahe der ganze oberste Stock ist ausgebrannt, bevor die Feuerwehr das Feuer löschen konnte. Es ist ein Wunder, daß niemand verletzt wurde.«

»Um Gottes willen, wann ist das passiert?«

»Um vier Uhr.«

»Etwa um dieselbe Zeit hat der Kerl versucht, meine Bilder zu stehlen.«

»Die jetzt die einzigen Belege für das sind, was wir in Josephs Wohnung gefunden haben«, sagte Craig.

»Ich dachte, die Mordkommission wäre bereits dort gewesen und hätte Fotos gemacht, bevor ich es tat.«

»Da hatte ich mich getäuscht«, sagte Craig. »Sie hatten nur eine Mannschaft für die Fingerabdrücke geschickt. Erst als sie das Schlafzimmer entdeckten, entschlossen sie sich, Fotos machen zu lassen. Der Fotograf sollte am Nachmittag kommen.«

»Aber er kam nicht.«

»Nicht rechtzeitig. Schließlich war die Wohnung kein Tatort. Es schien alles keine Eile zu haben.«

»Scheiße!«

»Passen Sie bloß gut auf die Fotos auf. Verstecken Sie sie. Lassen Sie von den Negativen noch Abzüge machen.«

»Gleich morgen früh.«

»*Mehrere* Abzüge. Und behalten Sie einen Satz. Kommen Sie morgen nach Manhattan zurück?«

»Das weiß ich noch nicht«, antwortete Tess. »Ich muß hier noch ein paar Dinge erledigen.«

»Dann schicken Sie die anderen Abzüge an mich. Federal Express.« Craig gab ihr seine Dienstadresse: Police Plaza, Nummer 1. »Und dann gibt's da noch ein Problem.«

»Ich bin nicht sicher, daß ich es noch hören will.«

»Nachdem die Feuerwehr die Wohnung gelöscht hatte und davon überzeugt war, daß nichts mehr passieren konnte, durfte ich mich dort umschauen. Das Gebäude hat Betondecken, es bestand also keine Gefahr, daß ich oder irgend etwas anderes einen Stock tiefer stürzen würde.«

»Ich weiß nicht, worauf Sie hinauswollen«, erwiderte Tess nervös.

»Ich mußte eine Stange benützen, um Teile der eingestürzten Wände zu bewegen. Aber ich wußte, wo ich zu suchen hatte, also brauchte ich nicht lange, um die Stelle freizuräumen, die mich interessierte.«

»Welche Stelle? Worauf wollen Sie . . .?«

»Die Stelle, wo das Bücherregal stand«, antwortete Craig. »Wo die Statue auf dem Bücherregal stand. Die Bücher waren verbrannt, wie Sie sich denken können. Und das Regal ebenfalls. Nur noch Asche. Aber die Statue war aus Marmor, und Marmor brennt nicht. Es könnte bei der großen Hitze gesprungen sein, aber . . . ich habe überall gesucht. Die Statue kann nicht durch den Betonfußboden gefallen sein, und als sie vom Bücherregal gekippt ist, kann sie nicht weit gerollt sein. Sie ist weg, Tess. Die Statue ist verschwunden! Wer immer die Wohnung in Brand gesetzt hat, er muß die Statue mitgenommen haben. Ich weiß nicht, was zum Teufel hier vorgeht, aber Sie müssen mir etwas versprechen. Schwören Sie es mir. *Passen Sie auf sich auf!*«

7

Östlich von Maine im Nordatlantik

Das Küstenwachboot *Sea Wolf* der United States Coast Guard setzte vor Portland seine eilige Dienstfahrt durch eine mäßig bewegte See fort. Wolken verhängten Mond und Sterne und machten die Nacht noch dunkler. Dabei wäre das Ziel der *Sea Wolf* auch bei Tageslicht noch viel zuweit entfernt gewesen, um es mit bloßem Auge erkennen zu können. Auf der Brücke des Küstenwachbootes konnte Captain Peter O'Malley sein Objekt als Impuls auf dem Radarschirm erkennen, aber die Begleitumstände ließen ihn finster aussehen.

»Entfernung: vierzehntausend Yards«, meldete ein Mitglied seiner Mannschaft. »Sieht so aus, als hätte die Luftaufklärung richtig beobachtet, Captain. Unsteter Kurs, minimale Geschwindigkeit.«

O'Malley nickte. Sechs Stunden vorher hatte eine Gruppe von F-15-Piloten, die in einem militärischen Korridor vor der Küste New Englands Manöver flogen, den Impuls auf ihren Radarschirmen entdeckt. Das ungewöhnliche Verhalten des Objekts hatte den Befehlshaber der Gruppe veranlaßt, bei seinem Kommandanten im Luftwaffenstützpunkt Loring um die Erlaubnis nachzukommen, Funkkontakt zu dem Wasserfahrzeug aufnehmen zu dürfen. Die Erlaubnis wurde erteilt, aber alle Versuche, mit dem Schiff in Kontakt zu kommen, schlugen fehl.

»Identifizieren Sie sich.«

Keine Antwort.

»Brauchen Sie Hilfe?«

Keine Antwort.

Nach wiederholten Bemühungen hatte der Befehlshaber um die erweiterte Erlaubnis gebeten, den Kurs ändern und auf einen Tiefflug in Sichtweite gehen zu dürfen. Wieder wurde die Erlaubnis erteilt. Schließlich gab die Funkstille des Wasserfahrzeugs in Verbindung mit seiner langsamen Zickzackfahrt und der Nähe zu den Hoheitsgewässern der Vereinigten Staaten berechtigten Anlaß zur Sorge. Aus behutsam gewählter Distanz und mit Hilfe der hochentwickelten Nachtsichtapparaturen kam der Befehlshaber des Geschwaders zu dem Schluß, daß es sich bei dem Fahrzeug um einen schweren Fischtrawler handeln mußte. Die englische Schrift auf dem Heck wies den Trawler als die *Bronze Bell* mit Heimathafen Pusan, Südkorea, aus. Die englische Schrift war nicht ungewöhnlich – viele asiatische Handelsschiffe benutzten englische Identifikationssymbole, wenn sie in westlichen Gewässern operierten.

Sehr ungewöhnlich war dagegen, daß das Schiff, zusätzlich zu seinem ungleichmäßigen, zögernden Kurs auf die amerikanischen Hoheitsgewässer, keinerlei Lichter gesetzt hatte, nicht einmal die Positionslichter, die vom internationalen Seerecht während Nachtfahrten vorgeschrieben waren, um aufeinander zufahrende Schiffe vor Kollisionen zu bewahren.

Der besorgte Kommandant des Luftwaffenstützpunkts bestand auf Bestätigung. Der ebenfalls besorgte Befehlshaber des Geschwaders wiederholte, der Trawler sei total unbeleuchtet.

Die Lage begann heikel zu werden, das Potential für einen internationalen Zwischenfall nahm auf besorgniserregende Weise zu. Bei einer Fehleinschätzung standen Karrieren auf dem Spiel.

Wenn das sich nähernde ausländische Schiff zweifelsfrei militärischer Art gewesen wäre, hätte man die US-Streitkräfte in dieser Region in Alarmzustand versetzen können. Da es sich aber um ein Zivilfahrzeug handelte, war eine weniger rigorose Reaktion erforderlich. Aber die Luftwaffe informierte umgehend die Küstenwache, und da O'Malleys Küstenwachboot von allen verfügbaren Fahrzeugen einer Bundesbehörde dem Objekt am nächsten war, wurde es auf Erkundungsfahrt losgeschickt.

Jetzt, fünf Stunden nachdem er den Befehl erhalten hatte, schaute O'Malley – ein rothaariger Veteran mit zwanzig Dienstjahren auf dem Buckel, der in Portland ein

Haus hatte und Frau und Tochter, die er über alles liebte – immer noch mit finsterer Miene auf den Punkt auf dem Radarschirm.

»Das bedeutet, daß er gerade die 200-Meilen-Grenze überfahren hat«, sagte ein Mitglied seiner Mannschaft. »Er befindet sich in unseren Gewässern.«

»Und treibt weiter ohne Ziel.« O'Malley hörte sich an, als wäre sein bester Freund gestorben.

»So sieht's aus, Captain.«

»Und immer noch keine Reaktion auf unsere Funksprüche?«

»Richtig, Captain.«

O'Malley seufzte. »Gefechtsstationen.«

Der Mann drückte auf den Alarmknopf. »Aye, aye, Captain.«

Der Alarm tönte gedämpft, aber immer noch ausreichend schrill durch das Schiff. Unten würde jetzt der Teufel los sein, wenn der Rest der Mannschaft auf die Gefechtsstationen hastete.

»Meinen Sie, daß es Ärger gibt?«

»Das ist genau das Problem, oder?« erwiderte O'Malley.

»Ich verstehe nicht, Captain.«

»Was *soll* ich denn meinen? Ärger? Sicher. Offensichtlich ist da was faul. Die Frage ist, *wer* bekommt Ärger? Wir oder der Trawler? Aber eins kann ich Ihnen garantieren: Meine selige Mutter, Gott schenke ihr ewigen Frieden, hat ihren Sohn ganz sicher nicht zu einem Trottel erzogen.«

»Das kann ich bestätigen, Captain.«

»Ich danke Ihnen, Lieutenant.« O'Malley gestattete sich trotz seines angespannten Gemütszustandes ein Grinsen. »Und ich verspreche Ihnen, daß ich alles tun werde, das in meiner Macht steht, damit jeder Sohn unter meinem Kommando seine Mutter und seine Familie wiedersieht.«

»Das wissen wir bereits, Captain.«

»Ich danke Ihnen für Ihr Vertrauen, aber in Ihrer Dienstakte wird es Ihnen keine bessere Beurteilung einbringen.«

Der Lieutenant kicherte.

»Ich brauch 'ne Mannschaft zum Entern.«

»Jawohl, Captain.«

»Bewaffnet.«

»Jawohl, Captain.«

»Lassen Sie den Zodiac fertigmachen.«

»Aye, aye, Captain.«

O'Malley beugte sich wieder nachdenklich über den Radarschirm. Eine halbe Stunde später fing das Nachtsichtgerät den riesigen koreanischen Trawler ein, der etwa tausend Yards vor ihnen in der Dünung schlingerte, seine klobigen Umrisse erschienen in einem unheimlichen Grün auf dem Monitor.

Der Lieutenant richtete sich auf und legte den Kopf auf die Seite. »Die Luftwaffe hat nicht übertrieben, Sir. Ich habe noch nie ein dunkleres Schiff gesehen.«

»Ich brauche jeden bewaffneten Mann«, sagte O'Malley.

»Aye, aye, Captain.«

»Immer noch keine Reaktion auf unsere Funksprüche?«

»Ich fürchte nein, Sir.«

»Geht auf Backbord längsseits und begrüßt sie übers Megaphon.«

O'Malley wartete nervös, während ein Nachrichtenoffizier sich Schutz suchend hinter einen der Aufbauten an Deck kauerte und seine Fragen über das Megaphon hinüberplärrte.

»Ahoi, *Bronze Bell*!«

»Ahoi! Bitte antworten!«

»Sie befinden sich in den Hoheitsgewässern der Vereinigten Staaten!«

»Bitte antworten!«

»Ahoi, brauchen Sie Hilfe?«

»Der Teufel soll sie holen«, sagte O'Malley. »Setzt eine Mannschaft in den Zodiac. Bis an die Zähne bewaffnet. Berettas, M-16. Und sorgt um Gottes willen darum, daß sie vom Deck aus genügend Feuerschutz haben, wenn sie zu dem Trawler übersetzen. Maschinengewehre Kaliber fünfzig. Vierzig-Millimeter-Geschütze. Den ganzen Schamott.«

»Aye, aye, Captain.«

Der Zodiac, ein Gummiboot mit Außenbordmotor, schoß auf die *Bronze Bell* zu, die Männer der siebenköpfigen Besatzung hielten ihre M-16 im Anschlag. Als sie den Trawler erreichten und die Enterhaken mit den Strickleitern über dessen Reling warfen, schickte O'Malley ein leises Stoßgebet für die Sicherheit seiner Männer in die Nacht und schlug im Geiste das Zeichen des Kreuzes.

Die Männer schulterten die Schnellfeuergewehre, zogen die Pistolen aus den Halftern, ließen Patronen in die Klammern schnellen, kletterten wieselflink die Bordwand hinauf und verschwanden hinter der Reling des Trawlers.

O'Malley hielt den Atem an. Jetzt bedauerte er es, daß die Dienstvorschriften ihm befahlen, an Bord zu bleiben, während diese Männer – *gute* Männer, *tapfere* Männer – möglicherweise ihr Leben riskierten.

Irgend etwas an der Sache war oberfaul.

»Captain?« Im Sprechfunkgerät neben O'Malley krachte es.

O'Malley setzte es an die Lippen und antwortete: »Der Empfang ist klar und deutlich. Berichten Sie.«

»Sir, das Deck ist verlassen.«

»Verstanden. Haltet euch weiter kampfbereit und stellt Wachposten auf«, sagte O'Malley. »Und dann seht vorsichtig in den Unterdecks nach.«

»Verstanden, Captain.«

O'Malley wartete die längsten fünf Minuten seines Lebens.

»Captain, immer noch kein Lebenszeichen von irgend jemandem.«

»Sucht weiter.«

»Verstanden, Captain.«

O'Malley wartete gespannt weitere fünf Minuten.

Lichtstrahlen von Taschenlampen hüpften über das

Deck des Trawlers. Lichter flammten auf. Ein Krachen im Sprechfunkgerät. »Captain, wir können niemanden finden. Der Trawler scheint vollständig verlassen zu sein.«

O'Malley kannte die Antwort auf seine nächste Frage bereits. Die Männer hätten ihm eine solche Information bereits durchgegeben. Aber er mußte die Frage trotzdem stellen. »Habt ihr irgendwelche Leichen gefunden?«

»Gar nichts, Captain, weder tote noch lebendige Besatzungsmitglieder. Wenn sich hier niemand versteckt hat, dann ist das Schiff verlassen worden. Aber irgendwie ist die Sache unheimlich, Sir.«

»Was meinen Sie damit?«

»Nun, Captain, im Mannschaftsraum läuft der Fernseher. Und in den Kajüten spielen ein paar Radios. Auf den Tellern in der Kombüse liegt noch das Essen. Was auch immer hier passiert sein mag, es muß schnell passiert sein.«

O'Malley runzelte die Stirn. »Wie steht's mit einem Schaden an dem Trawler? Gibt es Brandspuren oder sonst irgendwelche Gründe, weshalb sie das Schiff verlassen haben könnten?«

»Nein, Sir. Überhaupt keine Beschädigungen. Und außerdem sind die Rettungsboote noch an Bord.«

Was zum Teufel mochte dort drüben passiert sein? Wohin in Gottes Namen waren die Leute verschwunden? Und auf welche Weise? Nervös stellte O'Malley sich diese Fragen, aber dem Klang seiner Stimme hörte man die Befürchtungen nicht an.

»Verstanden«, sagte er mit ruhiger Autorität. »Und die Maschinen des Trawlers?«

»Abgestellt, aber wir haben sie wieder angeworfen. Kein Problem, Captain.«

»Treibstoff?«

»Die Tanks sind halbvoll.«

»Wie steht's mit einem Kurzwellen-Funkgerät?«

»Das war abgeschaltet, aber es funktioniert einwandfrei, Captain. Wenn sie gewollt hätten und es einen Grund gegeben hätte, dann hätten sie ein Mayday senden können.«

»Aber niemand hat eines aufgefangen. Suchen Sie weiter.«

»Aye, aye, Captain.«

O'Malley legte das Walkie-talkie zur Seite. Nachdenklich starrte er durch die Dunkelheit zu den Lichtern auf dem riesigen Trawler hinüber. Hin und wieder kamen einem Geschichten über Schiffe zu Ohren, die verlassen auf dem Ozean trieben. Meistens waren die Gründe nur allzu offensichtlich: Ein rostiger Seelenverkäufer, der versenkt werden sollte, damit der Eigner die Versicherungsprämie kassieren konnte, der aber einfach nicht untergegangen war; eine Yacht, die Piraten geplündert hatten, nachdem sie die Besatzung über Bord geworfen hatten, oder ein Fischkutter, den Rauschgifthändler in aller Eile verlassen hatten, weil sie fürchteten, die Drogenpolizei hätte Wind von ihrer Ladung bekommen und wäre drauf und dran, ihr Schiff zu entern.

In früheren Jahrhunderten, das wußte O'Malley, hatten Mannschaften manchmal (wenn auch selten) gemeutert, den Kapitän ermordet und den Haien zum Fraß vorgeworfen, und waren dann in Rettungsbooten an nahe gelegene Küstenstreifen geflüchtet. Und dann hatte er auch Geschichten von Schiffen gehört, auf denen eine Seuche ausgebrochen war, deren Opfer eines nach dem anderen in der See bestattet worden waren, bis der letzte Mann der Besatzung, nachdem er sein Tagebuch fertiggeschrieben hatte, freiwillig über Bord gegangen war, einen schnellen Tod dem langsamen, qualvollen vorziehend.

Und dann hatte O'Malley auch noch die Legenden über Geisterschiffe gehört, über den *Fliegenden Holländer* zum Beispiel, aber in diesem Fall soll ja zumindest noch der Kapitän an Bord gewesen sein, der dazu verurteilt war, bis in alle Ewigkeit über die Meere zu spuken, weil er ein Spiel mit dem Teufel verloren hatte.

Das berühmteste aller verlassenen Schiffe war die *Marie Celeste*, eine Brigg, die Industriealkohol von New York nach Italien transportieren sollte, und die 1872 zwischen den Azoren und Portugal ohne Mannschaft aufgefunden worden war. Aber O'Malley hatte nie ganz verstanden, wodurch dieses Schiff sich seinen legendären, geheimnisumwitterten Ruf erworben hatte. Schließlich waren die Segel beschädigt gewesen, die Kabinen hatten unter Wasser gestanden, und alle Rettungsboote waren von Bord. Ganz offensichtlich hatte ein schwerer Sturm die Mannschaft so in Angst und Schrecken versetzt, daß sie glaubte, die *Marie Celeste* würde sinken. Törichterweise hatten die Männer versucht, sich mit den Rettungsbooten in Sicherheit zu bringen, und waren von der aufgewühlten See verschluckt worden.

Alles ganz leicht zu erklären.

Aber auch wenn O'Malley alle diese Geschichten kannte, er selbst war in seiner langen, abwechslungsreichen Dienstzeit bei der Küstenwache noch nie einem verlassenen Schiff begegnet. Sicherlich hatte er kleine Boote gesehen, die im Sturm an irgendwelchen Riffs zerschellt waren, aber die gehörten in eine andere Kategorie. Ein Schiff in ruhigem, offenem Wasser, das ohne offensichtlichen Grund ohne Mannschaft auf dem Meer treibt? O'Malley schüttelte den Kopf. Er war weder abergläubisch noch weltfremd. Auch wenn sie ihm Schauer über den Rücken jagten, im Grunde glaubte er nicht an Geschichten von verlorenen Glücksspielen mit dem Teufel, von außerirdischen Besuchern, die Erdenmenschen entführten, oder von Zeitverschiebungen im Bermudadreieck oder an ähnlich lächerliche Theorien, mit denen die Groschenhefte in den Supermärkten Leser gewinnen wollten. Hier war irgend etwas oberfaul, ganz sicher, aber die Erklärung dafür würde ganz logisch sein, und bei Gott, er hatte vor, diese Erklärung zu finden.

Er drehte sich zu einem Mitglied seiner Mannschaft um. »Nehmen Sie Kontakt zum Hauptquartier in Portland auf. Sagen Sie denen, was wir hier gefunden haben. Und fordern Sie ein zweites Boot an. Außerdem brauchen wir Unterstützung von der örtlichen Polizei, der Drogenermittlungsbehörde und des FBI. Und wer weiß, was für Behörden noch dazukommen, wenn wir uns erst mal etwas Klarheit verschafft haben. Und außerdem ... aber darum wird sich das Hauptquartier kümmern ... muß der Eigner der *Bronze Bell* benachrichtigt werden.«

»Wird sofort erledigt, Captain.«

O'Malley schaute wieder zu dem Trawler hinüber. Es gab so viele Dinge, an die man jetzt denken mußte. Er konnte die *Bronze Bell* hier nicht einfach mit seinen Männern an Bord herumschwimmen lassen. Sobald das andere Küstenwachboot eingetroffen wäre, müßte entweder dieses oder der *Sea Wolf* die Suche nach über Bord gegangenen Seeleuten aufnehmen. Im Morgengrauen würde die Luftaufklärung sich an der Suche beteiligen. In der Zwischenzeit müßte man die *Bronze Bell* nach Portland begleiten, wo bereits mehrere Experten auf das Schiff warten würden.

Das Funksprechgerät knackte. »Immer noch nichts, Captain. Wir haben jetzt überall nachgeguckt, sogar im Laderaum. Eines kann ich Ihnen sagen, sie hatten 'n verdammtes Glück mit ihrem Fang. Der Laderaum ist beinahe voll.«

Plötzlich kam O'Malley ein Gedanke. »Beinahe voll? Womit haben sie gefischt?«

»Bei einem solchen Fang müssen sie mit Netzen gefischt haben, Sir.«

»Ja, aber mit was für Netzen?« wollte O'Malley wissen.

»Oh, verflucht, Sir, ich verstehe, was Sie meinen. Einen Augenblick.«

O'Malley wartete. Der Augenblick wurde länger und länger.

»Verdammt, Sie hatten recht, Sir. Die Scheißkerle haben Treibnetze benutzt.«

Wütend preßte O'Malley seine Hände so fest gegen eine Konsole, daß die Knöchel ganz weiß wurden. Treibnetze? Klar. Die *Bronze Bell* gehörte einer südkoreanischen Reederei. Die Südkoreaner, die Taiwanesen und die Japaner waren berüchtigt dafür, daß sie ihre Trawler in die internationalen Gewässer des Nordatlantik schickten, und dort warfen sie Treibnetze aus federleichtem Nylongeflecht aus, die sich über Dutzende von Meilen hinter jedem Trawler ausbreiteten. Erst kürzlich war eine Schätzung bekanntgeworden, nach der mehr als dreißigtausend Meilen dieser Netze im Nordatlantik im Betrieb waren, die jedes noch so kleine Lebewesen zusammenrafften und dabei Raubbau am Ozean betrieben. Diese Netze waren als wirksames Mittel entwickelt worden, um damit enorme (unvorstellbare!) Mengen von Thunfisch und Tintenfischen fangen zu können. Ihr Effekt war jedoch, daß sie diese Arten völlig ausrotteten. Und schlimmer noch, in den Netzen fingen sich auch Delphine, Tümmler, Wasserschildkröten und Wale, Geschöpfe, die regelmäßig zum Atmen an die Oberfläche mußten, aber das konnten sie nicht, wenn sie in diesen Netzen gefangen waren. Schließlich mußte sie auf grausame Weise ertrinken, ihre Kadaver warf man als wertlos über Bord, nachdem man die Netze eingezogen hatte. So wurden diese Arten nach und nach ausgerottet.

Diese Dreckskerle! dachte O'Malley. Die skrupellosen Dreckskerle!

Er bemühte sich, seiner Stimme den Zorn nicht anmerken zu lassen, als er in das Walkie-talkie sprach. »Ist das Netz noch im Wasser?«

»Ja, Sir.«

»Dann bewegt die Winden. Zieht das verdammte Ding ein. Wir schleppen die *Bronze Bell* nach Portland. Das Gewicht des Netzes würde sie zu schwer machen.«

»Ich gebe den Befehl weiter, Sir.«

O'Malley schäumte vor Wut, während er finstere Blicke zu dem Trawler hinüberwarf. Scheiße! *Scheiße!* Diese verfluchten Treibnetze! Diese verantwortungslosen ...

Eine Stimme plärrte aus dem Walkie-talkie: »O mein Gott, Captain! Jesus! O mein ...!« Der Mann auf der anderen Seite hörte sich an, als müßte er sich jeden Moment übergeben.

»Was ist los? Stimmt was nicht?«

»Das Treibnetz! Wir holen es gerade ein. Sie glauben nicht, wieviel Fische darin ...! Mein Gott! Und die Delphine! Die Tümmler! Ich habe noch nie so viele auf einem Haufen gesehen! Tot! Alle tot! Verheddert im Netz. Ein Alptraum! Ein verfluchter Alptraum! Die Mannschaft!«

»*Was?* Sagen Sie das noch mal! *Die* . . .?«

»Mannschaft! Zwanzig! Dreißig! Wir sind immer noch am Zählen! Lieber Gott im Himmel! Jesus, Maria und Joseph! Wir haben die Mannschaft gefunden. Die Männer waren an das Netz gebunden! Sie sind genauso ertrunken wie die Delphine und . . .«

Das nächste Geräusch aus dem Walkie-talkie war unmißverständlich: ein gequältes, kehliges Würgen. Der Beamte der Küstenwache übergab sich.

8

Brooklyn

Auf dem Schild, das vor der St.-Thomas-More-Grundschule im Rasen steckte, stand: DURCHGANG VERBOTEN, EIGENTUM DER FIRMA F & S IMMOBILIEN. An das Schild war ein Zettel geheftet, auf dem in einer offiziell wirkenden, sauberen Druckschrift erklärt wurde, daß dieses Gebiet in Bauland für Mehrfamilienhäuser umgewandelt wurde. Ein zweites Schild – es hing an der Eingangstür zur Schule – verkündete: ZUM ABRISS VORGESEHEN. DEMNÄCHST ENTSTEHEN HIER PANORAMA-EIGENTUMSWOHNUNGEN.

Die Schule, ein dreistöckiges Gebäude aus grobem Ziegelstein, war 1910 fertiggestellt worden. Die elektrischen Leitungen, sanitären Anlagen und Heizungssysteme hätten so dringend aufwendiger Reparaturen bedurft, daß die örtliche Diözese mit ihren begrenzten Finanzmitteln sich gezwungen gesehen hatte, die katholischen Schüler der Gegend in die neuere, aber bereits überfüllte, zwei Meilen entfernte St.-Andrews-Schule zu schicken. Eltern, die in ihrer Jugend auf die St.-Thomas-More-Schule gegangen waren und auch ihre Kinder dorthin geschickt hatten, klagten über ihre Schließung, aber der Bischof hatte in seinem Hirtenbrief – der vom Gemeindepfarrer während der sonntäglichen Messe verlesen wurde – darauf hingewiesen, daß die Kirche von einer Finanzkrise bedroht war. Bedauerliche Opfer müßten gemacht werden, nicht nur hier, sondern in beinahe jeder Diözese im ganzen Land. Man bat um Spenden und Gebete.

Um acht Uhr – es lag bereits dicker Smog über der Stadt, die Luft war schwül – bogen drei Autos auf den verlassenen Lehrerparkplatz neben der Schule. Bei den Autos handelte es sich um dunkle, viertürige amerikanische Limousinen, und jede von ihnen trug in gelben Buchstaben den Schriftzug F & S IMMOBILIEN auf den vorderen Türen. Aus jedem der Autos stiegen zwei Männer, man grüßte einander mit kurzem Kopfnicken. Die Männer waren alle so um die Vierzig und trugen unauffällige, leichte Polyesteranzüge. Fünf von ihnen hielten Klemmbretter in den Händen, der sechste trug einen übergroßen Metallkoffer aus Aluminium. Sie nahmen die einst so lebendige Schule in Augenschein, betrachteten die Sperrholzbretter, mit denen die Fenster jetzt vernagelt waren.

»Ein Jammer«, sagte einer der Männer.

»Nun«, erwiderte ein anderer, »nichts währt ewig.«

»Nichts?«

»Zumindest nicht auf Erden.«

»Das ist wahr«, sagte der dritte Mann.

»Und wißt ihr auch, wie die Unterschrift unter dem Ganzen lautet?« fragte der vierte Mann.

Der fünfte Mann nickte. »Klingelbeutel.«

»Hast du den Schlüssel dabei?« fragte der sechste Mann.

Der erste Mann klopfte sich auf die Seitentasche seines Jacketts.

Sie gingen auf den Haupteingang der Schule zu und blieben vor der Tür stehen, bis der erste Mann sie aufgeschlossen hatte, dann traten sie über die knarzende Schwelle, gewöhnten ihre Augen an die Dunkelheit und atmeten Staub und Modergeruch ein.

Der erste Mann zog die Tür zu und verschloß sie wieder, die Finsternis wurde dichter. Der Hall seiner Stimme betonte die trostlose Verlassenheit des Gebäudes. »Ich denke, es ist egal, welchen Raum wir nehmen.«

»Wir sollten in den ersten Stock gehen«, meinte der Mann mit dem Aktenkoffer. »Da ist das Risiko geringer, daß jemand durchs Fenster mithört. Ich habe Spalten in den Sperrholzbrettern gesehen.«

»Einverstanden«, sagte der zweite Mann.

»Trotzdem sollten wir uns erst im Erdgeschoß umsehen.«

»Du hast recht«, stimmte der erste Mann zu. »Natürlich.«

Jetzt waren es ihre Schritte, die hallten, als sie den Korridor entlanggingen. Während vier der Männer jedes Klassenzimmer, die Mädchen- und Jungentoilette, einen Lagerraum und mehrere Wandschränke in Augenschein nahmen, überzeugte sich der fünfte Mann davon, daß die Hintertür verschlossen war, und der sechste inspizierte den Keller. Erst danach stiegen sie über die knarrende Treppe nach oben.

Die ganze Zeit über wurde der erste Mann das Gefühl nicht los, daß sie hier Eindringlinge waren, daß das geistige Erbe von über achtzig Jahren eifrigen Lernens und Kinderlachens von den Mauern aufgesogen worden war, daß es hier – ihm fiel dafür kein besseres Wort ein – Geister gab und daß diese Geister in Ruhe gelassen werden wollten, um hier einen letzten Sommer lang ungestört lernen und spielen zu können. Sentimentalitäten waren das, das wußte er wohl, aber in einem Beruf, der so oft Zynismus von einem verlangte, durfte man wohl für ein paar harmlose Sekunden nachsichtig gegen sich selbst sein.

Der Mann war von mittlerer Statur, hatte braunes Haar, haselnußfarbene Augen, die dazu tendierten, die Farbe seiner Kleidung anzunehmen, und so gewöhnliche Gesichtszüge, daß sich kaum je ein Mensch an ihn erinnerte. Im Laufe langer Jahre hatte er sich zu einem Chamäleon ausgebildet, und gestern nachmittag erst war er Tess unauffällig zum LaGuardia Airport gefolgt.

Als er den ersten Stock erreicht hatte, kniff er die Augen zusammen und schaute erst nach oben, wohin die Treppe weiterführte, dann nach rechts und nach links. Ihm fielen die offenen Türen der Klassenzimmer auf und zwei Trinkbecken, die ihm ungewöhnlich niedrig erschienen, bis er sich daran erinnerte, daß sie nicht für Erwachsene gedacht waren. Er zuckte die Achseln, wandte sich an den Mann mit dem übergroßen Aktenkoffer und fragte ihn: »Welches Zimmer sagt dir zu?«

»Das auf der linken Seite zum Parkplatz hinaus.«

»Wie du willst.«

»Aber nicht bevor . . .« Der Mann mit dem Aktenkoffer zeigte hinauf zur obersten Etage.

»Hältst du das wirklich für nötig? Der Staub auf den Stufen ist lange unberührt.«

»Man hat mir beigebracht, gründlich zu arbeiten. Deine Spezialität ist die Überwachung, meine dagegen . . .«

Der erste Mann nickte. »Und darin bist du Spitze.«

»Danke für das Kompliment.« Die Augen des Mannes funkelten.

»Ich überprüfe den obersten Stock, während die anderen einen Blick in die Räume auf dieser Etage werfen. Könntest du inzwischen, weil wir unter Zeitdruck sind . . .?«

»Okay, ich baue meine Ausrüstung auf.«

Fünf Minuten später, nachdem er das muffig riechende oberste Stockwerk inspiziert und niemanden gefunden hatte, stieg der erste Mann wieder in die mittlere Etage hinunter und begab sich in das linke Klassenzimmer über dem Parkplatz. Er und seine Kollegen hatten sich diesen Treffpunkt sehr sorgfältig ausgesucht. Es war höchst unwahrscheinlich, daß ihr Feind es geschafft haben sollte, ihnen bis hierher auf den Fersen zu bleiben. Der Mann mit dem Aktenkoffer, so vermutete er, hatte sich wohl vor allem Sorgen gemacht, daß trotz der verschlossenen Türen ein Junkie oder sonst einer der Heimatlosen der großen Stadt einen Weg gefunden haben könnte, sich Zutritt zu verschaffen, und das alte Schulhaus jetzt als Unterschlupf benützte. Selbst ein Drogensüchtiger könnte sich einen Reim auf das machen, was sie hier zu besprechen hatten, und könnte so zu einem gefährlichen Informanten werden.

Gleichzeitig erinnerte das Chamäleon sich daran, daß ihr Feind im Laufe der vielen Jahre eine bemerkenswerte Raffiniertheit an den Tag gelegt, außerordentliche Überlebensinstinkte, eine skrupellose Entschlossenheit und die Fähigkeit zum Gegenschlag unter Beweis gestellt hatte. Egal, wie sorgfältig diese verlassene Schule auch ausgewählt sein mochte, Tatsache war, daß sie sich hier bereits zum viertenmal trafen. Ein Muster war entstanden, und immer wenn ein Muster im Spiel ist, dann kann es auch entdeckt werden. Der Mann mit dem Aktenkoffer hatte ganz recht. Man konnte nie vorsichtig genug sein.

Dem Chamäleon fielen zwei Dinge auf, als es das Klassenzimmer betrat. Das erste war, daß der sechste Mann, der Spezialist für elektronische Sicherheitsmaßnahmen, seinen übergroßen Aktenkoffer geöffnet und einen Monitor an eine Batterie angeschlossen hatte und daß er jetzt dabei war, mit einer Metallsonde die Wandtafel, die Zimmerdecke, die Wände, den Fußboden und das Mobiliar abzusuchen. Und dann fiel ihm noch auf, daß die anderen Männer, die sich normalerweise so seriös und würdevoll gaben, jetzt zusammengekauert in Schulbänken hockten, die für Zehnjährige konzipiert waren. Das absurde Bild erinnerte das Chamäleon an Szenen aus *Gullivers Reisen* und *Alice im Wunderland*.

»Hier ist alles sauber«, sagte der sechste Mann, legte seine Ausrüstung zurück in den Koffer, klappte den Deckel zu und verschloß ihn wieder.

»Dann können wir anfangen.« Obwohl das Chamäleon bis dahin sehr zurückhaltend gewesen war, beanspruchte es jetzt den Platz der Autorität, indem es sich ans Lehrerpult setzte.

Beinahe gleichzeitig langte jedes Mitglied der Gruppe in seine Jackentasche, nahm einen Ring heraus und steckte ihn sich auf den Mittelfinger der linken Hand. Jeder der schönen, aparten Ringe sah gleich aus, war aus 24karätigem Gold und trug einen großen funkelnden Rubin, auf den die goldenen Insignien sich überschneidender Kreuze und Schwerter gestanzt waren.

»Der Herr sei mit euch«, sagte das Chamäleon.

»Und mit deinem Geist«, erwiderten die fünf anderen Männer.

»*Deo gratias*«, sagten alle sechs zusammen, und damit war das Ritual beendet.

Das Chamäleon ließ den Blick über seine Jagdkameraden schweifen. »Zuerst einmal muß ich euch ein Geständnis machen.«

Die Männer runzelten die Stirn und richteten sich auf, soweit ihre beschränkten Sitzgelegenheiten dies zuließen.

»Du.« Das Chamäleon nickte dem sechsten Mann zu, dem Spezialisten für elektronische Sicherheitsmaßnahmen, der im Gegensatz zu den anderen Männern etwas Übergewicht hatte. »Vorhin haben wir noch Komplimente bezüglich unserer Fertigkeiten ausgetauscht. Aber ich muß gestehen, daß ich einen Fehler gemacht habe, was *meine* Fertigkeiten betrifft, oder zumindest mein *Team* hat einen Fehler gemacht, und ich pflege die Verantwortung für die Männer zu übernehmen, die ich ausgebildet habe.«

»Was für eine Art Fehler?« Der zweite Mann schob seine Brille auf die Nasenspitze und schaute fragend über ihren Rand hinweg.

»Einer unserer Feinde hat versucht, Fotografien abzufangen, die die Frau in der Wohnung unserer Zielperson aufgenommen hat.«

Der vierte Mann zuckte mit seinen breiten Schultern.

»Vielleicht hatte dieser Versuch nichts mit unserer Mission zu tun. Wir haben uns schon öfters von falschem Alarm ablenken lassen. Wie kannst du so sicher sein, daß diese Person einer unserer Feinde war?«

»Er hatte graue Augen«, erwiderte das Chamäleon.

»Aha.« Der dritte Mann schürzte die Lippen. »Wenn das so ist . . .«

»In der Tat.« In den hageren Wangen des fünften Mannes pulsierte es.

»Ich bin in den Fotoladen gegangen und hab' so getan, als sei ich ein Kunde. Ich stand so nah bei ihm, wie ich jetzt vor euch sitze«, sagte das Chamäleon. »Unmöglich, daß ich mich getäuscht habe, was seine Merkmale betrifft. Er hätte ebensogut der Bruder der Zielperson sein können.«

»Vielleicht war er das sogar«, gab der breitschultrige vierte Mann zu bedenken. »Aber ich verstehe das immer noch nicht. Was war dein Fehler?«

»Meine Aufgabe war es, der Frau zu folgen. Aber es wäre die Aufgabe meines Teams gewesen, sich den *Mann* zu schnappen.« Das Chamäleon schüttelte verärgert den Kopf. »Sie haben versagt.«

»Was?« Der sechste Mann, der Elektronikspezialist, funkelte mit den Augen. »Sie haben ihn den Laden verlassen sehen und ihn . . .!«

»Er war erstklassig. Den Berichten zufolge muß er sofort gespürt haben, daß man ihm auf den Fersen war. Er ist losgelaufen. Mein Team hinterher. Er flüchtete über Hinterhöfe. Er überquerte breite Straßen, sprang zwischen fahrenden Autos hindurch. Aber er wurde immer noch gejagt. Dann betrat er ein Restaurant.«

»Und?«

Das Chamäleon warf die Hände in die Luft. »Er verschwand.«

»Wie?«

»Wenn mein Team das herausbekommen hätte, dann wäre die Jagd zweifellos fortgesetzt worden. Ich wiederhole hiermit, ich übernehme die Verantwortung für den Fehlschlag.«

»Aber das hilft uns nicht weiter«, sagte der sechste Mann. »Da kannst du soviel Schuld auf dich nehmen, wie du willst. Die entscheidende Tatsache ist, daß dein

Team den Feind in Reichweite hatte und im entscheidenden Moment versagte.«

»Ja.« Das Chamäleon senkte den Kopf. »Das ist die entscheidende Tatsache.«

»Er muß einen vorbereiteten Fluchtweg gehabt haben.« Der dritte Mann schürzte wieder die Lippen.

»Kein Zweifel«, fügte der kräftig gebaute vierte Mann hinzu. »Die sind wie Frettchen. Sie huschen im Zickzack herum und finden Löcher, wo kein Mensch eines vermuten würde. Wie sonst hätten sie uns immer wieder entkommen können?«

»Das ist nicht der springende Punkt«, widersprach der übergewichtige sechste Mann. »Ihr Überlebensinstinkt ist allgemein bekannt. Es geht darum, daß *wir* besser sein müssen als sie.«

»Sind wir ja auch.« Der zweite Mann rückte seine Brille zurecht. »Denn die Moral ist auf unserer Seite. Aber manchmal kommt es einem so vor, als wollte die Vorsehung unsere Entschlossenheit auf die Probe stellen.«

»Ich akzeptiere diese Art Ausreden nicht. Wenn ihr damit sagen wollt, daß der Herr denen hilft, die sich selbst helfen können, dann sind unsere Bemühungen offensichtlich noch unzureichend!« Der sechste Mann warf dem Chamäleon einen finsteren Blick zu. »Oder, in diesem Fall, sind deine Bemühungen und die deines Teams unzureichend gewesen. Ich habe meine Pflicht ganz sicher erfüllt. Ich habe innerhalb einer Stunde nach Erhalt deines Befehls das Telefon der Frau *und* das Telefon des Polizisten angezapft. Und ich habe außerdem alle Vorkehrungen getroffen, damit unsere Leute in Washington Gespräche von Autotelefonen abhören können. Jeder wichtige Regierungsbeamte hat heutzutage so ein Gerät, obwohl ich wohl nie verstehen werde, warum sie die Dinger benutzen. Bei dem Sicherheitsrisiko.«

»Was wollt ihr sonst noch von mir hören? Ich kann die Vergangenheit nicht mehr ändern. Aber ich kann mir vornehmen, es in Zukunft besser zu machen.«

»Aber es ist nicht das erste Mal, daß du Fehler machst!«

fügte der sechste Mann hinzu. »Als du unsere Zielperson gefunden hattest, hättest du umgehend dafür sorgen müssen, daß sie entführt und verhört wird!«

»Da muß ich widersprechen.« Das Chamäleon fuchtelte mit den Händen herum. »Da die Zielperson noch nicht gemerkt hatte, daß sie entdeckt war, hielt ich es für klug, sie weiter zu beobachten. Schließlich hätte sie uns zu *anderen* Zielpersonen führen können oder . . .«

»Aber warum hätte er etwas so Dummes machen sollen? Der Mann war vor seiner eigenen Gruppe untergetaucht. Seine Leute waren genauso hinter ihm her wie wir.«

»Genau«, sagte das Chamäleon. »Wir haben gewartet, für den Fall, daß seine Gruppe ihn erwischen würde. Dann hätten wir noch *andere* Schädlinge einfangen, verhören und eliminieren können.«

»Wie dem auch sei, die Taktik war ein Fehlschlag«, beklagte sich der sechste Mann. »Seine Gruppe hat ihn tatsächlich entdeckt, aber anstatt sich fangen zu lassen, hat sie ihn eliminiert.«

»Es hat geregnet in der Nacht. Das Wetter hat unsere Pläne . . .«

»Das Wetter«, höhnte der sechste Mann. »Und wie haben die anderen Schädlinge es angestellt, ihren abtrünnigen Exkameraden zu finden?«

Das Chamäleon warf ihm einen finsteren Blick zu. »Wahrscheinlich, indem sie dieselben Methoden angewandt haben wie wir. Die Zielperson war geübt darin, sich zu verstecken. Der Mann legte sich eine neue Identität zu. Und er blieb in keiner Stadt länger als sechs Monate. Es gelang ihm immer wieder, seinen Aufenthaltsort in Nebel zu hüllen. Theoretisch wäre er überhaupt nicht aufzuspüren gewesen. Aber der Mensch ist von Natur aus unvollkommen. Es gab da ein paar Dinge im Leben dieses Mannes, die wollte oder konnte er nicht ändern. Dazu gehörte vor allem die Begeisterung für Dokumentarfilme. So haben wir ihn in Los Angeles zum erstenmal aufgespürt. Indem wir alle Video-Produktionsfirmen abklapperten.

Er war freilich schon verschwunden, bevor wir seinen Arbeitgeber ausfindig gemacht hatten. Aber auf dieselbe Weise kamen wir ihm auch in Chicago auf die Spur. Wieder ein bißchen zu spät. Bis wir ihn schließlich bei Truth Video in Manhattan aufspürten. Und da wir ihn auf diese Weise finden konnten, hielt ich es für sicher, daß die Schädlinge, vor denen er sich versteckte, auch dazu in der Lage wären.«

»Bleibt immer noch eine Frage offen«, meldete der muskulöse vierte Mann sich zu Wort. »Nachdem sie die Zielperson hingerichtet hatten, zweckmäßigerweise durch Feuer, wie wir es auch gemacht hätten, warum setzten sie dann auch noch die Wohnung in Brand? Und warum warteten sie damit mehrere Tage?«

»Mein Überwachungsteam hat mir mitgeteilt, daß die Jäger der Zielperson in der Nacht, in der sie ihn töteten, nicht mehr in seiner Wohnung waren«, antwortete das Chamäleon. »Schon seit Freitagabend hatte er sich mit größerer Vorsicht bewegt, als hätte er gespürt, daß man ihm auf den Fersen war. Am Samstagvormittag erschien er nicht zu einer Verabredung mit der Frau, Tess Drake. Er blieb den ganzen Tag in seiner Wohnung. Samstagnacht beschloß er offensichtlich, im Schutze des Unwetters zu fliehen. Mein Team war zu dem Schluß gekommen, daß sein Verhalten zu unberechenbar war. Deshalb wollten sie bis in die Nacht warten, um ihn im Schlaf zu überraschen. Aber dieser Plan wurde durchkreuzt, als *andere* Zielpersonen auf der Bildfläche erschienen, mit derselben Absicht wie *unsere* Gruppe. Die Ereignisse überschlugen sich. Die Jäger entdeckten ihre Beute, als sie gerade die Treppen heruntergestürmt kam. Wie wir wissen, hatte dieser Mann eine hervorragende körperliche Konstitution.«

»Haben sie das nicht alle?« lautete die rhetorische Frage des zweiten Mannes.

»Aber er war auch im Kampf Mann gegen Mann ausgebildet«, sagte das Chamäleon. »Er kämpfte mit seinen Jägern, entkam ihnen, lief aus dem Haus, aber während des Kampfes hatte er sich das Bein verletzt und . . .«

»Ja, ja«, unterbrach der Elektronikexperte ungeduldig. »Sie haben ihn eingefangen und bei lebendigem Leib geröstet, bevor dein Team einen neuen Plan hatte. Wenn schon nicht einfangen und verhören, so hätte man die Leute wenigstens alle zusammen eliminieren und damit eine weitere Brutstätte auslöschen können.«

»Du warst nicht dabei, also halte dich mit Urteilen zurück«, sagte das Chamäleon. »Mein Team bestand aus drei Leuten. Für die ursprüngliche Mission hätten sie ausgereicht. Aber die Zielperson und seine Jäger, das waren auf einmal sechs Leute. Da wäre nur mit Pistolen was zu machen gewesen. Und wenn in einer so schwer bewachten Gegend, in unmittelbarer Nachbarschaft der Residenz des Bürgermeisters, Schüsse gefallen wären, dann hätte die Polizei in kürzester Zeit das ganze Viertel abgesperrt. Mein Team durfte nicht das Risiko eingehen, festgenommen und von den Behörden ausgefragt zu werden.«

»Was heißt hier Risiko?« knurrte der sechste Mann. »Deine Männer kannten doch die Vorschrift. Wer gefangen wird, muß sich töten, bevor er verhört werden kann.« Er tippte auf den Rubin an seinem Ring, unter dem die Giftkapsel versteckt war, wie bei den anderen Ringen auch.

»Versetz dich doch mal an die Stelle meiner Leute«, erwiderte das Chamäleon. »Wärst du scharf darauf gewesen, ein Unternehmen vom Zaun zu brechen, von dem du gewußt hättest, daß es schiefläuft? Mit der Gewißheit, daß du dich töten müßtest?«

»Da kannst du deine Seele drauf verwetten, ich hätte es getan.«

»Nein, nicht *meine* Seele. *Deine*«, sagte das Chamäleon. »Ich bezweifle, daß du das Risiko eingegangen wärst, dich fangen zu lassen. Du bist Techniker, kein Kämpfer, und dein Stolz läßt dich viel zu sehr am Leben hängen.«

»Wahrscheinlich haßt du die Schädlinge nicht so sehr wie ich«, erwiderte der sechste Mann.

»Das möchte ich ebenfalls bezweifeln.«

»Du weichst dem Thema aus. Das Feuer in der Wohnung. Was ist damit?«

»Meine Annahme ist, daß die anderen Schädlinge in dem Mietshaus soviel Tumult gemacht hatten, daß sie es nicht wagten, gleich dorthin zurückzukehren, einfach aus Angst, sie könnten bereits von der Polizei empfangen werden. Es kann aber auch sein, daß sie einfach davon ausgingen, daß der Mann, der sich Joseph Martin nannte, seine wahre Identität so radikal getarnt hatte, daß sie gar nicht erwarteten, in seiner Wohnung etwas Belastendes zu finden. Das sind alles Spekulationen, aber es gibt auch gesicherte Erkenntnisse: Wir wissen, daß sie beschlossen haben, die Frau zu überwachen, mit der er sich angefreundet hatte, jedoch nur für den Fall, daß ihr Verhalten nahelegen würde, daß sie sein Geheimnis kennt. Wir dagegen haben die Frau beobachtet, weil sie unsere einzige Verbindung mit der Zielperson war. Sie ging ins Leichenschauhaus und identifizierte seine Leiche. Und am nächsten Tag nahm der Detective des Vermißtendezernats sie mit in die Wohnung der Zielperson. Unmittelbar danach brachte sie einen Film in ein Expreßlabor. Man muß kein Genie sein, um daraus den Schluß zu ziehen, daß sie in der Wohnung der Zielperson etwas so Interessantes gefunden hatte, daß sie Aufnahmen davon machte und so schnell wie möglich die Abzüge haben wollte. Nachdem einer der Henker der Zielperson vergeblich versucht hatte, in den Besitz der Fotos zu kommen, kamen er und die anderen zu der Auffassung, daß die Wohnung doch wichtig genug war, um das Risiko eines Einbruchs zu rechtfertigen. Was immer sie dort gefunden haben mögen, sie mußten es zerstören. Und Feuer reinigt bekanntlich nicht nur, es verdeckt auch die Spuren eines Diebstahls.«

»Aber was könnten sie dort gefunden haben?« fragte der dritte Mann.

»Wollt ihr wissen, was ich glaube?« Das Chamäleon zögerte, »Einen Altar.«

Der vierte Mann verschluckte sich beinahe.

»Wahrscheinlich eine von ihren Statuen. Die müssen sie vor allem anderen wieder an sich bringen. Unabhängig davon, ob jemand sie gesehen und davon Fotos gemacht hat. Die Enthüllung wäre nicht so schlimm wie das Objekt selber. Die Statue ist ihnen so heilig, daß sie nicht zulassen können, daß sie in unsaubere Hände fällt.«

Die Männer verdrehten angewidert die Augen.

»Gottes Fluch soll sie treffen«, stöhnte der zweite Mann.

»Hat er bereits«, sagte der sechste Mann. »Aber jetzt, nachdem wir ihnen schon so nahe waren, haben wir sie wieder verloren.«

»Nicht unbedingt«, meinte das Chamäleon.

»Ach?« Der fünfte Mann hob den Kopf.

»Hast du eine neue Spur?« wollte der vierte Mann wissen.

»Sie scheinen jetzt auf die Frau fixiert zu sein«, erklärte das Chamäleon. »Die jüngsten Ereignisse legen nahe, daß sie zu glauben scheinen, die Frau wisse zuviel, besonders wegen der Fotos, die sie gemacht hat, und dann, natürlich, wegen ihrer überstürzten Reise nach Alexandria in Virginia. Wie wir aus unseren Hintergrundinformationen wissen, war ihr Vater ein einflußreicher Mann in der Regierung, und er hatte ein paar noch einflußreichere Freunde, mit denen seine Witwe noch immer Kontakt pflegt. Es liegt nahe, daß die Frau, Tess Drake, entschlossen ist, in Erfahrung zu bringen, warum ihr Freund sterben mußte. Es liegt ebenso nahe, daß unsere Zielpersonen entschlossen sind, sie daran zu hindern und jeden Hinweis auf ihre Existenz zu vernichten.«

»Moment, du hast gerade von ›jüngsten Ereignissen‹ gesprochen.« Der sechste Mann richtete sich auf. »Welche jüngsten Ereignisse meinst du?«

»Nun«, sagte das Chamäleon. Er zögerte. »Ja, sie sind der Grund, weshalb ich um dieses Treffen gebeten habe.« Seine Stimme bekam einen düsteren Klang. »Letzte Nacht ...«

Er beschrieb, was seinem Gegenstück in Alexandria zugestoßen war.

»*Sie haben ihn verbrannt?*« Der sechste Mann wurde kreidebleich.

»Ja.« Das Chamäleon schmeckte die Gallenflüssigkeit im Mund, als es sich von dem staubigen Lehrerpult erhob. »Unser Lauscher hatte zwei Männer in der Nähe. Sie waren beide zu Fuß unterwegs, der eine hatte sich hinter der Villa versteckt, für den Fall, daß die Frau das Haus zum Hinterausgang verlassen würde, der andere hatte an der Straße zwischen ein paar Büschen Posten bezogen. Dieser Mann sah den Corniche von der Villa wegfahren. Als das Auto an ihm vorbeifuhr, konnte er sich die Nummer notieren, um später seine Kontakte zu nützen und den Namen des Besitzers ausfindig zu machen. Auf diese Weise haben wir erfahren, daß Brian Hamilton in der Villa war. Der zweite Mann hat außerdem mit angesehen, wie der Mörder auf das Auto unseres Beobachters zugelaufen ist und ihn erschossen hat. Danach fuhr der Mörder mit dem Taurus davon. Unser Mann schloß einen Cadillac kurz und fuhr hinter dem Mörder her. Auf dem verlassenen Parkplatz eines Einkaufszentrums fand er den brennenden Taurus. Als er sich davon überzeugt hatte, daß er nicht mehr helfen konnte, verließ er den Schauplatz, bevor die Polizei eintraf.«

»Aber wenn unser Mann schon erschossen war, warum haben sie ihn auch noch ...?« Dem zweiten Mann versagte die Stimme.

»Verbrannt?« Das Chamäleon verzog das Gesicht. »Um ein Exempel zu statuieren. Um uns zu demoralisieren.«

»Wenn das so ist, dann haben sie sich verrechnet«, rief der dritte Mann zornig aus. »Sie werden bezahlen. Ich werde sie dafür zum Teufel schicken.«

»Wir alle werden sie zum Teufel schicken«, fügte der sechste Mann hinzu.

»Und sie werden auch für andere Dinge bezahlen«,

sagte das Chamäleon, das einen sauren Geschmack im Mund hatte.

»Du meinst, da gibt es noch mehr?« Der vierte Mann richtete sich kerzengerade auf, wobei er unbeabsichtigt mit den Knien gegen die niedrige Tischkante stieß.

»Leider. Letzte Nacht, um dieselbe Zeit, als unser Beobachter vor der Villa erschossen wurde . . .«

9

Brian Hamilton legte das Autotelefon auf den dunklen Rücksitz seines silbernen Corniche, zog die Stirn in Falten und beugte sich vor zu seinem Bodyguard-Chauffeur. »Steve, haben Sie mitgehört?«

Der stämmige ehemalige Ledernacken, ein Experte für Aufklärung gegen den Feind, nickte bestimmt. »Das war Eric Chatham. Sie wollen, daß ich zu seinem Haus fahre.«

»Genau. Fahren Sie mich so schnell wie möglich nach West Falls Church.«

»Bin schon unterwegs zum Freeway.«

Nachdem das geregelt war, ließ Brian Hamilton sich in die Polster zurückfallen und dachte nach. Die Geschichte, die Tess ihm erzählt hatte . . . und die Fotos, die sie ihm gezeigt hatte . . . beunruhigten ihn sehr. Wer auch immer der Mann mit dem Namen Joseph Martin in Wirklichkeit gewesen sein mochte, da gab es etwas, das er verheimlicht hatte.

Oder vor dem er weggelaufen war. Da war Hamilton ganz sicher. Ja. Was dieses Etwas auch sein mochte, es war mindestens so schrecklich wie die blutverschmierte Peitsche in Joseph Martins Wandschrank und diese groteske Skulptur, die Tess fotografiert hatte.

Vorhin in der Villa hatte Hamilton das Foto als seltsam beschrieben, aber dieses Adjektiv war eine gelinde Untertreibung für seine heftige Aversion. Das Relief hatte ihn mit Abscheu erfüllt.

Er biß sich auf die Unterlippe, während langsam die Ahnung in ihm aufstieg, Tess könnte da in eine derart verworrene, gefährliche Geschichte verwickelt worden sein, daß ihr Leben in Gefahr war. Hatte sie nicht selber die Befürchtung geäußert, daß sie verfolgt werde?

Hamiltons Kiefermuskeln strafften sich. Was immer hier vorgehen mochte, er war fest entschlossen, seinen ganzen Einfluß in die Waagschale zu werfen, jeden Schuldschein einzuklagen, den er in der Schublade liegen hatte, um herauszufinden, wovon Tess bedroht war, und um dem Spuk ein Ende zu machen.

Schließlich stand er in *ihrer* Schuld. Aus verschiedenen Gründen. Nicht zuletzt deshalb, weil er der Freund ihres Vaters gewesen war und trotzdem den Befehlen seiner Vorgesetzten gefolgt war und Remington Drake nach Beirut geschickt hatte, um ein geheimes, gegen die Moslems gerichtetes Waffengeschäft mit den Christen zu vereinbaren. Infolgedessen trug niemand anders als er die Verantwortung dafür, daß die Moslems ihren Vater entführten, ihn folterten und schließlich brutal ermordeten. Es war absolut nicht verwunderlich, daß Tess ihn haßte. Sie hatte weiß Gott gute Gründe dafür. Aber wenn er diesen Haß auslöschen konnte, indem er ihr half und ihr womöglich das Leben rettete, dann war das für Brian Hamilton Motivation genug, vor allem deshalb, weil ihre Mutter und er sich einig geworden waren. Schließlich konnte er keine Stieftochter gebrauchen, die ihn verachtete.

Während er so in Gedanken versunken da saß, hatte er nebenbei registriert, daß sein Leibwächter inzwischen auf den Freeway gefahren war und Richtung Falls Church, Virginia, raste, das nur zehn Meilen entfernt war. In ein paar Minuten würde Brian Hamilton seine Probleme dem Direktor des FBI schildern können, und dann müßte Eric Chatham alle seiner Behörde zur Verfügung stehenden Mittel einsetzen, um herauszufinden, wer Joseph Martin war und wer ihn getötet hatte. Soviel war Hamilton Tess schuldig, soviel war Chatham ihm schuldig, und jetzt war der Zahltag gekommen.

»Sir, wir könnten ein Problem bekommen«, sagte der Bodyguard-Chauffeur.

»Was für ein Problem?« Hamilton richtete sich in seinem Sitz auf.

»Es könnte sein, daß wir verfolgt werden.«

Hamilton fuhr herum und schaute zum Rückfenster hinaus. Sein Magen zog sich krampfartig zusammen. »Der kleine Lieferwagen hinter uns?«

»Ja, Sir. Zuerst hielt ich es nur für einen Zufall. Aber er fährt uns seit Alexandria nach.«

»Hängen Sie ihn ab.«

»Das versuche ich ja schon die ganze Zeit, Sir.«

Der Corniche beschleunigte.

Der Lieferwagen tat es ihm nach.

»Hartnäckig«, sagte der Fahrer.

»Ich hab' gesagt, Sie sollen ihn abhängen.«

»Wie denn, Sir. Wir sind auf einem Freeway, wenn ich Sie daran erinnern darf. Ich fahre neunzig Meilen, und es ist weit und breit keine Ausfahrt in Sicht.«

»Einen Augenblick! Er wechselt die Spur! Sieht so aus, als wollte er uns überholen«, sagte Hamilton.

»Ja, Sir, könnte sein ... vielleicht ... möglich, daß ich mich getäuscht habe.«

Der Kleinlieferwagen, der inzwischen auf die Überholspur gewechselt war, erhöhte das Tempo und zog neben den Corniche. Als Hamilton hinüberschaute, blieb ihm das Herz stehen. Auf der Beifahrerseite des Lieferwagens kurbelte jemand das Fenster herunter.

»Passen Sie auf!« brüllte Hamiltons Fahrer.

Zu spät.

Aus dem offenen Fenster warf jemand eine Flasche. In ihrem Hals steckte ein Stoffetzen.

Der Fetzen brannte.

»Jesus!«

Der Leibwächter riß den Wagen auf den geschotterten Seitenstreifen und trat auf die Bremse, aber die Flasche – die aus ganz besonders sprödem Glas gefertigt zu sein schien – zerbarst beim Aufprall auf die Windschutzscheibe des Corniche und spuckte brennendes Benzin über den Wagen.

Geblendet von den Flammen –

– auf der Motorhaube! –

– und, o Gott, auf der Windschutzscheibe! –

– versuchte der Fahrer verzweifelt, die Kontrolle über das Fahrzeug zu behalten. Auf dem Rücksitz schaute Hamilton mit angehaltenem Atem nach links, mit Entsetzen mußte er registrieren, daß der Lieferwagen scharf zu ihnen herüberzog. Er hörte, wie er dem Corniche in die Seite rammte, einmal, zweimal, immer wieder, bis er den Corniche vom Seitenstreifen getrieben hatte.

Hamilton sank der Magen in die Kniekehle. Überall um den Corniche herum züngelten Flammen, der Wagen durchbrach die Leitplanke, flog ein Stück durch die Luft und prallte gegen ...

Hamilton stieß einen Schrei aus. Er sollte nicht mehr erfahren, gegen was der Wagen geprallt war. Die plötzliche, heftige Wucht des Aufpralls schleuderte ihn nach vorne, katapultierte ihn über den Vordersitz und schmetterte seinen Kopf gegen das Armaturenbrett.

Die Insassen des Kleinlieferwagens jedoch konnten mit kalkulierter Zufriedenheit beobachten, wie der Corniche gegen einen stählernen Elektromast prallte. Die Kollision ließ den Benzintank platzen. Ein riesiger, explodierender Feuerball zerfetzte das Auto und verteilte Fleischfetzen, Knochenstücke und Metallpartikel über fünfzig Meter in jede Richtung, die Flammen züngelten wohl an die hundert Fuß hoch. Als der Kleinlieferwagen weiterfuhr und in der Dunkelheit verschwand, reflektierte sein Rückfenster noch eine Weile lang den spektakulären Scheiterhaufen am Rande des Freeway.

10

Das Chamäleon zog den zusammengefalteten ersten Teil der *New York Times* unter dem Notizblock auf seinem Klemmbrett hervor, hielt die Titelseite so in die Höhe, daß die Männer die Schlagzeile lesen konnten – ›Ehemaliger Staatssekretär stirbt in Freeway-Inferno‹ – und reichte dem zweiten Mann die Zeitung. »Gib's weiter, wenn du's durchgelesen hast.«

»Hab' ich schon gelesen. Ich kannte die Verbindung nicht, aber in dem Moment, als du Brian Hamiltons Namen erwähntest, wurde mir klar, worauf du hinauswolltest.«

»*Ich* hatte noch keine Gelegenheit, heute morgen die Zeitung zu lesen«, sagte der dritte Mann. »Laß mal sehen.«

Einer nach dem anderen lasen die Männer mit finsteren Gesichtern den Artikel.

»Feuer«, sagte der sechste Mann angewidert. »Ihr Feuer lieben sie über alles.« Mit geschürzten Lippen legte er die Zeitung beiseite und musterte das Chamäleon. »Du hast doch auf alles eine Antwort. Was ist mit dieser Sache? Warum haben sie ihn umgebracht?«

»Ich habe nicht unbedingt Antworten. Was ich äußere, sind abgewogene Vermutungen«, sagte das Chamäleon. »Tess Drake macht eine plötzliche Reise, um ihre Mutter zu besuchen. Glaubt ihr, daß es ein Zufall ist, daß ausgerechnet der frühere Staatssekretär und gegenwärtige Berater des Präsidenten in der Villa in Alexandria wartet, als sie dort eintrifft? Sicher nicht. Ich muß daraus den Schluß ziehen, daß dieser einflußreiche Mann von der Frau dort hinzitiert wurde, daß sie in erster Linie Hamilton, den Freund ihres verstorbenen Vaters, sehen wollte und nicht ihre Mutter, daß Tess Drake die Verbindungen ihres verstorbenen Vaters nützen wollte, um sich einflußreiche Hilfe bei der Suche nach Joseph Martins Mörder und dem Grund für seine Ermordung zu sichern.«

Der dritte Mann zuckte mit den Achseln. »Vermutungen, wie du selbst zugegeben hast. Trotzdem gestehe ich dir zu, daß sie logisch klingen.«

»Und ich muß außerdem daraus schließen, daß der Feind Tess Drake zu der Villa gefolgt ist«, fuhr das Chamäleon fort. »So wie unsere Leute. Als der Feind Hamiltons Corniche in der Auffahrt erkannte und ihm klar wurde, was die Frau in der Villa wollte, beschloß er Hamiltons Tod, um sein Geheimnis zu bewahren. Ich bin der festen Überzeugung, daß sie ihn daran hindern wollten, anderen mitzuteilen, was er erfahren hatte, und seine Verbindungen zu Regierungskreisen zu nutzen und womöglich das Ausmaß der Ermittlungen noch auszuweiten.«

Der fünfte Mann fuhr mit dem Finger an den Kugelschreiber-Gravuren auf der Schreibunterlage seiner Schulbank entlang.

»Möglich.«

»Du klingst nicht besonders überzeugt.«

»Nun, deine Vermutungen machen bis zu einem bestimmten Punkt Sinn, aber ... womit ich ein Problem habe, ist ... wenn der Feind das Risiko einging, Hamilton zu ermorden, so hat er damit sein Problem noch keineswegs gelöst, jedenfalls nicht vollständig. Die Bewahrung des Geheimnisses ist damit noch nicht gesichert. Um das zu gewährleisten, müßten sie absolut gründlich und kompromißlos vorgehen, und die wichtigste Person, die dann zu beseitigen wäre, ist ...«

Das Chamäleon nickte. »Eben.«

»Willst du damit sagen ...?«

»Ja.«

»O mein Gott!« stöhnte der sechste Mann.

»Das war auch *mein* erster Gedanke – o mein Gott. Letzte Nacht ... kurz nach zwei Uhr ...«

11

Tess stand steif in ihrem Schlafzimmer in dem Herrenhaus in Alexandria und umklammerte mit ihren Fingern fest den Telefonhörer, während sie Craigs rauher, eindringlicher Stimme zuhörte.

»Aber Sie müssen mir etwas versprechen. Schwören Sie es mir. *Passen Sie auf sich auf*!«

»Ich verspreche es Ihnen«, sagte Tess. »Ich werde kein Risiko eingehen.«

»Halten Sie Ihr Wort. Und noch etwas müssen Sie mir versprechen. Schwören Sie mir, daß Sie mich morgen anrufen, sobald Sie die Abzüge von den Fotos in den Händen halten. Und dann schicken Sie sie so schnell wie möglich mit Federal Express.«

»Das werde ich tun. Ich verspreche es.«

»Hören Sie, es mag sein, daß ich mich wie ein eifersüchtiger Liebhaber anhöre, aber ich würde mich 'ne Menge wohler fühlen, wenn Sie wieder hier wären.«

»Ganz bestimmt«, bestätigte Tess noch einmal, »mir wird nichts passieren. Nur weil jemand Josephs Wohnung in Brand gesteckt hat, muß ich doch noch lange nicht in Gefahr sein.«

»Ach ja?« Craigs Stimme wurde lauter. »Und was ist mit dem Kerl in dem Fotoladen?«

Tess antwortete nicht. Widerwillig mußte sie sich eingestehen, daß ihr immer unbehaglicher zumute wurde.

»Jetzt geben Sie mir Adresse und Telefonnummer Ihrer Mutter«, verlangte Craig und hustete. »Ich glaube, es ist eine gute Idee ... Jedenfalls will ich Sie erreichen können, falls *noch* etwas passiert, das Sie wissen sollten.«

Tess gab ihm die gewünschten Informationen.

»Gut«, sagte Craig. »Und noch einmal, ich wünschte, Sie würden wieder nach New York kommen.«

»Hören Sie, selbst wenn ich in Manhattan wäre, was könnten Sie dort für mich tun, wenn Sie recht haben und ich wirklich in Gefahr bin? *Sie können doch nicht die ganze Zeit mit mir zusammen bleiben.*«

»Wer weiß. Vielleicht kommt es noch soweit.«

»He, jetzt übertreiben Sie aber.« Tess fuhr der Schreck in die Glieder. »Sie machen mir ja richtig angst.«

»Na, Gott sei Dank. Endlich fangen Sie an zu kapieren.« Der Lieutenant senkte die Stimme. In der Leitung knackte es. »Und außerdem . . .« Jetzt wirkte er etwas nervös. »Wäre es wirklich so schlimm, die ganze Zeit mit mir zusammenzusein?«

»Wie bitte?« Tess runzelte die Stirn. »Ich verstehe nicht, wie Sie das meinen.«

»Ich habe es doch gestern zu Ihnen gesagt, auf dem Weg zu Josephs Wohnung. Die Sache gehört jetzt der Mordkommission und nicht mehr dem Vermißtendezernat. Aber ich möchte trotzdem am Ball bleiben. Wegen Ihnen.«

Die Furchen gruben sich tiefer in Tess' Stirn.

»Keine Reaktion?« fragte Craig.

»Ich versuche gerade, das auf die Reihe zu kriegen. Wollen Sie mir damit sagen, was ich *glaube*, das Sie mir damit sagen wollen?«

»Was mich betrifft, so ist das keine rein dienstliche Angelegenheit mehr. Ich möchte sie näher *kennenlernen*.«

»Aber . . .«

»Was immer es ist, sprechen Sie es aus, Tess.«

»Sie sind zehn Jahre älter als ich.«

»Na und? Haben Sie da Vorurteile? Mögen Sie keine reifen Männer? Zuverlässige Männer? Burschen wie mich, die herumgekommen sind in der Welt und keine Illusionen oder allzu große Erwartungen mehr haben? Und die keinen Ärger machen?«

»Es ist nicht unbedingt das. Ich meine . . .« Tess wand sich. »Es ist nur . . . Nun, ich habe nie darüber nachgedacht . . .«

»Tun Sie mir einen Gefallen, und denken Sie mal darüber nach. Ich will Sie ja nicht drängen. Ich weiß, daß eine Menge passiert ist und daß Sie dabei nicht zuletzt einen Freund verloren haben. Das tut mir leid, und ich wiederhole noch einmal, ich will Ihnen keine Probleme machen.

Ich habe Geduld. He, ich nehme übrigens jeden Tag ein Bad.«

Jetzt mußte Tess doch lachen.

»Gut«, sagte Craig. »Das gefällt mir. Ich höre Sie gerne lachen. Also, denken Sie drüber nach, okay? Oder behalten Sie's wenigstens im Hinterkopf. Einfach so, ohne Druck. Aber vielleicht . . . verdammt, ich bin so . . . vielleicht können wir darüber reden, wenn die ganze Sache vorbei ist.«

»Sicher.« Tess schluckte. »Falls . . . wenn . . . Ich verspreche Ihnen, wenn das alles vorbei ist, reden wir darüber.«

»Mehr will ich ja gar nicht. Sie hören sich nicht gerade begeistert an, aber das ist schon in Ordnung. Ich weiß jedenfalls Ihre Geduld zu schätzen. Aber was ich Ihnen jetzt sage, ist dienstlich: Es ist mir egal, wie beschäftigt Sie sind – rufen Sie mich auf jeden Fall morgen an, wenn Sie die Abzüge der Fotos aufgeben.«

»Ehrenwort«, sagte Tess. »Gute Nacht.«

»Gute Nacht«, antwortete Craig. »Und ganz nebenbei, ich trinke nicht. Ich spiele nur ganz selten. Ich bin gut zu Tieren, Kindern, den Armen, den Kranken, von den Alten gar nicht zu reden. Denken Sie drüber nach.« Der Lieutenant unterbrach die Verbindung.

Tess lauschte in das Schweigen der toten Leitung, stieß, noch ganz verwirrt, den angehaltenen Atem aus und zitterte etwas, als sie den Hörer auf die Gabel legte.

Für einige Augenblicke saß sie regungslos da.

Du lieber Gott!

Damit hatte Sie nun gar nicht gerechnet. Sie hatte wohl eine leise Ahnung davon gehabt, daß der Lieutenant sie ganz gern mochte, aber sie hatte sich nicht darum gekümmert. Zu viele andere Dinge waren wichtiger gewesen.

Aber jetzt, wo das Thema auf dem Tisch war, wußte Tess nicht, wie sie sich verhalten sollte. Craig war ein ganz amüsanter Kerl, und auf eine kantige Weise sah er ja auch ganz gut aus. Und zweifellos hatte er sich mehr als ein Bein ausgerissen, um ihr hilfreich zur Seite zu stehen. In kritischen Situationen war sie verdammt froh über seinen Beistand gewesen.

Aber fühlte sie sich wirklich zu ihm hingezogen? Körperlich? Sexuell? Ganz sicher war es nicht mit der überwältigenden Anziehungskraft zu vergleichen, die Joseph bei der ersten Begegnung auf sie ausgeübt hatte.

Tess erinnerte sich an die Theorie, die der Autor vom *Halsring der Taube* geäußert hatte, daß die Liebe auf den ersten Blick eigentlich eine Liebe auf den *zweiten* Blick sei.

Weil die Seelen der Liebenden sich in einem vorherigen Leben bereits gekannt hatten und sich in ihrer wiedergeborenen irdischen Existenz wiedererkannten.

Verdammt, dachte Tess, was soll ich bloß tun? Ich möchte den Lieutenant weder verletzen noch in Verlegenheit bringen. Aber es ist schließlich eine Tatsache, daß Craig älter ist als ich. Andrerseits ...

... Tess ging im Zimmer auf und ab ...

... fühle ich auch etwas für ihn.

Und wenn es einem mit einem Mann gutgeht, ist das vielleicht viel schöner, als sich nach einer leidenschaftlichen sexuellen Begegnung zu verzehren.

Sie erinnerte sich daran, daß im *Halsring der Taube* von der körperlichen – im Gegensatz zur geistigen – Leidenschaft als einer Charakterschwäche die Rede war, einer Art von Krankheit.

Was soll ich bloß tun?

Tess fühlte sich schuldig. Sie war distanziert und vielleicht sogar unhöflich zu Craig gewesen, als er ihr zum Schluß ihres Gespräches seine Zuneigung gestanden hatte.

Ihre Schuldgefühle ließen ihr keine Ruhe. Ich kann das Thema nicht ständig mit mir herumschleppen, dachte sie. Es gibt zu viele andere Dinge, um die ich mich kümmern muß. Ich muß es ein für allemal klären.

Sie nahm den Hörer von der Gabel.

Um den Lieutenant anzurufen.

Um ihm zu erklären, was sie gerade gedacht hatte.

Um aufrichtig zu ihm zu sein, und ihm ganz freundlich ihre Unentschiedenheit zu erklären.

Aber als sie den Hörer ans Ohr legte, runzelte sie die Stirn. Es ertönte kein Freizeichen.

Ungeduldig schlug sie auf die Gabel und lauschte wieder in den Hörer.

Immer noch kein Freizeichen.

Noch ungeduldiger schlug sie mehrmals auf die Gabel.

Nichts.

Die Leitung blieb tot.

Aber vor einer Minute hatte das Telefon doch noch funktioniert. Warum sollte . . .?

Tess zitterte, ein Frösteln lief durch ihren ganzen Körper. Vorher hatte sie auch schon ein Frösteln gespürt, aber das hatte mit der Klimaanlage der Villa zu tun gehabt.

Und auch jetzt war es das Flüstern der Luft aus dem Lüftungsschlitz, das sie frösteln ließ, aber nicht etwa, weil die Luft kalt gewesen wäre. Ihre Nasenlöcher blähten sich, sie trat näher an den niedrigen Lüftungsschlitz heran, der durch einen Stuhl neben ihrem Schreibtisch verdeckt wurde.

Ihr Puls raste, als sie sich bückte, den Stuhl zur Seite schob und in den Luftstrom schnüffelte.

Der leicht beißende Geruch jagte ihr einen Schauer über den Rücken.

Rauch? Ist das . . .?

Sie spürte ein Stechen in der Kehle.

Es *kann* doch kein Rauch sein!

Aber der Geruch wurde intensiver, und beim nächsten, tiefen Atemzug mußte sie bereits husten.

Panische Angst schnürte ihr die Brust zusammen. Sie schnappte nach Luft, richtete sich entsetzt auf, und jetzt sah sie auch den dünnen, grauen Rauchfaden, der aus dem Lüftungsschlitz wehte.

Feuer!

Für einen Augenblick stand sie wie gelähmt.

Und dann schien plötzlich eine Feder in ihr aufzuschnappen, und sie sprang hinüber zum Bett, um 911 zu wählen. Der Magen schien ihr bis in die Kniekehlen sinken zu wollen, als ihr wieder einfiel, daß die Leitung beim letzten Versuch tot gewesen war. Hastig versuchte sie es noch einmal. Immer noch kein Freizeichen! Jesus Christus! Sie schnappte sich den Baumwollpullover, den sie vorhin ausgezogen hatte, und streifte ihn wieder über. Dann packte sie den *Halsring der Taube* und die Fotos und stopfte alles zusammen in ihre Handtasche.

Mit einem letzten Blick auf den Entlüftungsschlitz der Klimaanlage, aus dem jetzt eine kräftigere Rauchfahne wehte, die den Hustenreiz steigerte, lief sie hinüber zur Schlafzimmertür, riß sie auf und stürmte hinaus auf den Flur.

12

Der Flur war dunkel. Jemand – wahrscheinlich der Butler – hatte die Lichter ausgeschaltet, nachdem Tess und ihre Mutter sich in ihre Zimmer zurückgezogen hatten. Selbst die Treppe nach unten und die Eingangshalle waren in tiefe Dunkelheit gehüllt. Nur der Schein ihrer Nachttischlampe erlaubte ihr, etwas zu sehen. Sie lief auf dem düsteren Flur nach rechts und erreichte die Tür zum Schlafzimmer ihrer Mutter.

Hastig stieß sie die Tür auf und tastete nach dem Lichtschalter. Der Deckenkandelaber flammte auf. Sie blinzelte in das Zimmer. Ihre Mutter, die in einem ähnlichen Himmelbett wie dem in Tess' Zimmer lag, trug Augenklappen, trotz der zugezogenen Vorhänge. Deshalb reagierte sie nicht auf das grelle Licht.

Tess hustete noch stärker. Auch in diesem Zimmer stand ein dünner Schleier aus Rauch, der aus der Klimaanlage hereinwehte. »Mutter!« Sie eilte auf das Bett zu. Ihre Mutter schnarchte. »Mutter!«

Tess schüttelte sie.

»Uh . . .« Ihre Mutter drehte sich auf die Seite.

Tess schüttelte sie heftiger. »Mutter! Wach auf!«

»Uh . . .« Ihre Mutter hörte auf zu schnarchen.

»Ich . . . Was . . .?« Müde tastete sie nach ihren Augenklappen, schob sie sich auf die Stirn und blinzelte aus verschlafenen Augen. »Tess? Warum bist du . . .? Was ist . . .?«

»Du mußt ganz schnell aufstehen! Beeil dich!«

»Was ist das« – ihre Mutter hustete – »für ein Dunst? Es riecht wie . . .«

»Rauch! Das Haus brennt! Beeil dich, Mutter! Du mußt aufstehen!«

Der Schock riß die Mutter aus ihrer Schlaftrunkenheit. *»Feuer?«* Sie tappte auf ihrer Bettdecke herum und richtete sich mühsam auf. »Schnell! Ruf die Feuerwehr an!«

»Ich kann nicht!«

»Was?«

»Ich hab's versucht. Das Telefon funktioniert nicht«, antwortete Tess.

»Es *muß* funktionieren.« Ihre Mutter langte nach dem Apparat neben ihrem Bett.

»Nein! Ich sag's dir doch, Mutter! Das Telefon ist . . .! Verdammt, jetzt mach endlich! Wir müssen hier raus!«

Die Mutter bemühte sich, ihre Schlaftrunkenheit abzuwerfen und aufzustehen. Sie trug ein mit Krausen besetztes, rosafarbenes Nachthemd. Es hatte um die Knie herum einen Wulst gebildet, aber als sie sich schwankend auf die Füße erhob, fiel der Saum bis zu den Fersen hinunter. Verwirrt drehte sie sich einmal um ihre eigene Achse, dann nahm sie ihre Willenskraft zusammen und schlurfte auf einen Wandschrank zu. »Hilf mir beim Anziehen!«

»Dazu ist keine Zeit!« Tess packte ihren Arm. »Wir müssen hier raus!« Im Zimmer stand jetzt dichter Qualm. Beide Frauen mußten husten. »Um Gottes willen, Mutter, komm endlich!«

Tess legte ihrer Mutter eine Hand auf den Rücken und schob sie zur offenen Schlafzimmertür hinaus.

Erst draußen auf dem dunklen Flur wurde Tess die ganze Tragweite bewußt. Wie erstarrt blieb sie stehen. Angst breitete sich in ihr aus.

Nein! dachte sie.

Zuerst fällt das Telefon aus!

Dann bricht in der Villa Feuer aus!

Das ist kein zufälliges Zusammentreffen!

Sie haben das inszeniert!

Sie glauben, ich wüßte zuviel! Sie wollen mich töten!

Craig hatte recht! *Warum habe ich nicht auf ihn gehört?*

Jetzt mußte ihre Mutter die Rolle der Antreiberin übernehmen. »Beeil dich!« Sie stieß Tess vorwärts. »Was ist los? Warum bleibst du stehen?«

O mein Gott, dachte Tess. Was ist, wenn sie im Haus sind?

Die Rauchsensoren lösten die Sirenen aus. In den Schlafzimmern. Im Treppenhaus. In der Vorhalle, der Küche und den anderen Räumlichkeiten im Erdgeschoß. Ihr konzentriertes Kreischen war so nervenaufreibend, daß Tess am liebsten die Hände auf die Ohren gepreßt hätte.

Aber ihre schreckliche Angst rüttelte sie wach. Nein! Sie würden nicht einfach ein Feuer anzünden und verschwinden! Sie müssen sich davon überzeugen, daß ich . . .!

Was ist, wenn sie im Haus sind?

Sie werden uns daran hindern wollen, das Haus zu verlassen! Sie wollen, daß unser Tod wie ein Unfall aussieht!

Aber wenn es sein muß, wenn wir zu fliehen versuchen . . .!

Dann werden *sie* uns töten, wenn es das Feuer nicht vermag!

»Tess, warum bleibst du stehen?« Ihre Mutter preßte den Ärmel des Nachthemds vor den Mund und sog die Atemluft durch den Stoff. »Was ist los? Der Qualm wird immer schlimmer! Wir werden ersticken, wenn wir nicht . . .!«

»Mutter?« Je finsterer ihre Vorahnungen wurden, desto stärker wurde Tess von einem grimmigen, verwirrenden Gedanken beherrscht. »Was ist mit Vaters Pistole passiert? Hast du sie noch?«

»Ich verstehe nicht. Was willst du ...?«

Tess drehte sich rasch zu ihrer Mutter um. »Hör mir zu! Nachdem Vater gestorben war, hast du sie da behalten? *Hast du seine Pistole noch?*«

Ihre Mutter hustete. »Was spielt das für eine Rolle? Wir müssen machen, daß ...«

»Die Pistole, Mutter! *Was hast du mit ihr gemacht?*«

»*Nichts.* Ich hab' sie dort liegenlassen, wo er sie aufbewahrte. Wie alle seine anderen Sachen auch.« Selbst nach sechs Jahren noch verzerrte ein frischer Schmerz ihre ohnehin schon von der Angst entstellten Gesichtszüge. »Ich würde mich nie von etwas trennen, das ihm gehört hat.«

Rauchschwaden wälzten sich von hinten heran. Links unten in der Vorhalle, unterhalb der Treppe, wurde die Dunkelheit von einem Flackern durchbrochen wie von einer stockenden Stroboskoplampe.

Das Feuer!

Tess schreckte zurück. Sie packte ihre Mutter bei den Schultern. »Im anderen Schlafzimmer?«

»Ja. Das Zimmer sieht noch genauso aus wie an dem Morgen, als dein Vater sich von mir verabschiedete und nach Beirut flog.«

Tess küßte ihrer Mutter inbrünstig die Wange. »Gott schütze dich! Schnell! Komm mit mir!«

»Aber wir müssen doch ...! Ich verstehe immer noch nicht!«

»Ich habe keine Zeit für Erklärungen! Du mußt jetzt nur verstehen, daß ich dich liebhabe, Mutter! Und daß ich versuche, dein Leben zu retten!«

»Nun!« Die Mutter atmete schwer. »Das soll mir reichen!«

Mit einem verängstigten Blick auf die flackernden Flammen in der Vorhalle ergriff Tess die Hand ihrer

Mutter und zog sie nach rechts den Flur entlang. »Und jetzt bete und tu genau das, was ich dir sage.«

Sie erreichte die weiter rechts gelegene Tür und stieß sie auf. In der Dunkelheit tastete sie an der Innenseite der Wand nach dem Lichtschalter.

»Bevor du ... Da gibt es etwas, das ich dir sagen sollte«, sagte ihre Mutter.

»Nicht jetzt!«

Aber als Tess den Schalter anknipste und das Deckenlicht aufleuchtete, wußte Tess, worauf ihre Mutter sie vorbereiten wollte. Sie kniff erstaunt die Augen zusammen. Es war das Schlafzimmer, das ihr Vater immer benutzt hatte, wenn er nach langen Sitzungen im Außenministerium spät nach Hause gekommen war, um Tess' Mutter nicht zu stören, wenn er sich auszog und zu Bett ging.

Jetzt aber erinnerte dieses Schlafzimmer an die Kulisse eines Gruselfilms. Der Staub von sechs Jahren bedeckte alles, den Teppich, das Bett, die Nachttische, die Lampen, den Sekretär. Spinnweben hatten sich in den Ecken festgeklammert und baumelten von der Decke herab. Tess zuckte zurück, als wollte man sie zwingen, ein Schlangennest zu betreten. Der Luftzug durch die aufgestoßene Tür hatte die Spinnweben in Bewegung gebracht und einigen Staub aufgewirbelt, und der Dunst, der dabei entstanden war, wurde durch den Qualm noch verstärkt, den die Klimaanlage ausspuckte.

»Mutter!«

»Ich habe versucht, dich zu warnen.«

Entsetzt stürzte Tess vorwärts, jeder ihrer hastigen Schritte wirbelte weiteren Staub auf. Sie wedelte mit den Armen, bahnte sich einen Weg durch die Spinnweben, wobei sie angeekelt feststellen mußte, wie klebrig sie waren.

»Ich habe alles so gelassen, wie es war.« Ihre Mutter kam ihr hustend nach. »An dem Tag, an dem ich vom Tode deines Vaters erfuhr, warf ich einen letzten Blick in dieses Zimmer, schloß die Tür und betrat es nie wieder. Dem Personal gab ich die Anweisung, die Tür geschlossen zu lassen.«

Mit zunehmender Abscheu registrierte Tess, daß neben dem Bett, bedeckt mit einer dicken Staubschicht, sogar noch die Unterhosen ihres Vaters lagen. Natürlich war sie zu aufgeregt, um ihre Mutter zu fragen, was in aller Welt sie dazu bewogen hatte, aus diesem Schlafzimmer eine Krypta zu machen. Der Qualm wurde immer dichter. Es blieb keine Zeit mehr, sich um anderes zu kümmern als ...!

Sie riß die Schublade eines Tisches neben dem Bett auf. Ihre Befürchtung, der Vater könnte die Pistole damals mit nach Beirut genommen haben, bewahrheitete sich nicht. Sie atmete erleichtert auf, als sie die Handfeuerwaffe dort entdeckte, wo er sie immer aufbewahrt hatte.

Ihr Vater hatte in Vietnam für den Geheimdienst der Marine gearbeitet. Dort hatte er auch Brian Hamilton kennengelernt, der dort Aufklärungskorps der Marineinfanteristen befehligte. Nach dem Krieg war ihr Vater ins Außenministerium berufen worden, wo er der weithin unbekannten Geheimdienstabteilung angehörte. Später, nachdem er aus der Marine ausgeschieden war, hatte sich auch Brian Hamilton dem Außenministerium angeschlossen, im diplomatischen Dienst, und er hatte Tess' Vater schließlich dazu überreden können, von der Geheimdienstarbeit zur Diplomatie zu wechseln. Aber Tess' Vater hatte seine nervösen Angewohnheiten aus Vietnam nicht ablegen können. Auch wenn er auf Dienstreisen in potentiell gefährlichen ausländischen Staaten nur selten bewaffnet war, hatte er zu Hause immer eine Schußwaffe griffbereit, um gegen eventuelle nächtliche Einbrecher gerüstet zu sein.

Die Waffe war ein Schweizer Fabrikat, eine SIG-Sauer 9-mm halbautomatische-Pistole. Es war eine kompakte, kurzläufige Handfeuerwaffe, deren Magazin der ungewöhnlich großen Zahl von sechzehn Patronen Platz bot und die, im Gegensatz zu den meisten anderen Pistolen, eine Doppelwirkung hatte, das heißt, man mußte sie nicht erst spannen, um den nächsten Schuß abgeben zu können. Man mußte nur den Abzug wieder durchdrücken.

Tess wußte das alles, weil sie im Alter von zwölf Jahren ihren Vater einmal beim Reinigen der Waffe beobachtet hatte, und dabei hatte sie so viel Neugier an den Tag gelegt, daß ihr Vater es besser fand, ihr alles zu erklären, damit sie Respekt vor der Waffe bekäme und, was noch wichtiger war, hinterher die Finger davon ließe. Schließlich war sie damals ein ziemlicher Wildfang. Sie hatte sich von Schußwaffen keineswegs so abgestoßen gefühlt wie die meisten anderen Mädchen in ihrem Alter, und sie war mit Scheibenschießen genauso leicht zurechtgekommen wie mit Football, Baseball, Leichtathletik und Turnen.

Ihr Vater hatte sie oft eingeladen, mit ihm auf den Schießstand zu kommen, wenn er dort seine Schießübungen absolvierte. Er hatte ihr beigebracht, wie man eine Schußwaffe zerlegt, reinigt und wieder zusammensetzt. Er hatte sie die richtige Art des Zielens gelehrt – beide Hände an der Waffe, beide Augen geöffnet, Kimme und Korn in einer Linie. Aber der wichtigste Trick sei es, so hatte er ihr erklärt, die Augen auf das Ziel scharfzustellen und nicht auf Kimme und Korn. Als Folge würde das Visier verschwommen erscheinen, aber wenn man sich einmal daran gewöhnt hätte, sei das ganz in Ordnung so. Schließlich sei es das Ziel, das man treffen wolle, und das müsse man deutlich vor Augen haben. Immer, wenn das Visier scharf und das Ziel verschwommen erscheine, ziele man nicht richtig.

Und nachdem er ihr ebenso gründlich gezeigt hatte, wie man ein Magazin lädt, es in den Griff der Pistole einführt und den Schlitten nach hinten zieht, um eine Patrone in die Kammer schnellen zu lassen, durfte sie die Waffe zum erstenmal abfeuern.

Du darfst den Abzug nicht durchreißen. Du mußt ihn drücken.

Zuerst hatte sie etwas Angst vor dem Rückstoß gehabt, aber zu ihrer Erleichterung hatte sie feststellen dürfen, daß er längst nicht so schlimm wie befürchtet war. Im Gegenteil, sie hatte sogar Vergnügen am Rückstoß gefunden, an der Entladung von Energie, und der Knall der abgefeuerten Pistole war durch die Ohrenschützer gedämpft worden, auf denen ihr Vater bestanden hatte.

Gegen Ende ihrer Teenagerjahre war sie in der Lage gewesen, alle sechzehn Kugeln im Magazin auf eine Entfernung von zehn Metern in einem Kreis von der Größe eines Basketballs zu plazieren, aber dann, als sie auf die Universität gegangen war, hatte sie ebenso plötzlich das Interesse an der Schießerei wieder verloren, wie die Faszination damals erwacht war. Vielleicht auch deshalb, weil ihr Vater so häufig von zu Hause fort war.

Sie riß die Pistole aus der Schublade und dankte ihrem Vater im Geiste für das, was er ihr beigebracht hatte. Vielleicht hatte er ihr damit das Leben gerettet.

Sie drückte auf einen Knopf an der Seite und ließ das Magazin aus dem Griff rutschen. Mit einem zufriedenen Kopfnicken stellte sie fest, daß es geladen war. Nachdem sie es wieder in den Griff geschoben hatte, zog sie den Schlitten der Pistole nach hinten und ließ eine Patrone in die Kammer schnellen. Der Hammer blieb hinten. Ganz sacht drückte sie auf den Abzug und legte den Hammer mit Hilfe des Daumens vorsichtig auf die Kammer, damit die Waffe nicht versehentlich losgehen konnte. So weit, so gut.

Aber es machte ihr Sorgen, daß die Pistole seit sechs Jahren nicht mehr gereinigt und geölt worden war. Der Schlitten hatte sich etwas stockend angefühlt, als sie ihn nach hinten zog. Sollten ihre schlimmsten Befürchtungen wahr werden und sie sich und ihre Mutter verteidigen müssen, würde die Pistole womöglich klemmen, wenn sie den Abzug durchdrückte.

Tess wagte nicht, daran zu denken. »Komm jetzt, Mutter! Wir müssen gehen!«

»Aber du hast es mir immer noch nicht erklärt! Was willst du mit der Pistole?«

»Lebensversicherung.«

»Wie *meinst* du das?«

Tess antwortete nicht, sondern hastete zusammen mit der Mutter durch die Spinnweben zurück zur offenen Tür und hinaus auf den Flur.

Inzwischen strahlte der Schein des Feuers in der Eingangshalle bis nach oben hinauf. Es sah aus, als wäre der Flur von flackernden Kerzen erleuchtet. Tess schob ihre Mutter nach links zum oberen Treppenabsatz hinüber, von wo aus sie nervös nach unten starrte, die Pistole schußbereit in der Hand. Aber statt irgendwelche Feinde sah sie nur ein knisterndes Lodern, das sich unten in der Eingangshalle zu einem Feuersturm entwickelte. Die untersten Treppenstufen waren bereits ein Raub der Flammen. Tess spürte die glühende Hitze und wich vor ihr zurück. Es gab keine Möglichkeit mehr für sie und ihre Mutter, dieses Inferno zu durchqueren und die Eingangstür des Herrenhauses zu erreichen. Ganz gewiß besaß ihre Mutter nicht mehr die Geschmeidigkeit, um mit ihr Schritt halten zu können, und ebenso gewiß wollte Tess ihr nicht davonlaufen.

Beim Anblick der Flammen fing die Mutter an zu wimmern.

»Zur Hintertreppe!« rief Tess. »Schnell!«

Sie führte ihre Mutter den rauchgefüllten Flur entlang. Hustend und gebückt, weil die Luft näher am Boden noch etwas weniger verqualmt war, erreichten sie die Treppe, die hinunter in die Küche führte.

Auch hier beleuchtete ein Flackern den unteren Absatz, aber hier war es nur ein Widerschein an der Wand. Das Feuer selbst war noch nicht zu sehen.

Wir könnten eine Chance haben, dachte Tess.

Sie ging voran. »Bleib dicht hinter mir!« sagte sie zu ihrer Mutter.

Immer noch heulten die Alarmsirenen.

Plötzlich erschien unten eine Gestalt und lief auf sie zu.

Tess brachte die Pistole in Anschlag.

Ein Mann schrie: »Mrs. Drake?«

»Jonathan!« rief Tess' Mutter.

Nervös ließ Tess die Pistole sinken.

Der Butler erreichte sie. Er war im Pyjama. »Ich habe geschlafen! Ich wäre in dem Qualm beinahe ...! Hätten die Sirenen mich nicht geweckt ...!« Er bekam kaum Luft. »Ich wollte über die Vordertreppe nach oben, um Sie zu warnen, aber die Halle ...«

»Wissen wir«, unterbrach ihn Tess. »Kommt man hinten noch raus?«

»Das Feuer hat die Küche erreicht, aber die Unterkünfte fürs Personal sind noch unberührt.«

»Noch.«

Zu dritt hasteten sie die Treppe hinunter.

»Haben Sie sonst noch jemanden im Haus gesehen?« wollte Tess wissen.

»Sonst noch jemanden?«

»Edna? Was ist mit Edna?« Tess' Mutter hatte mit heiserer Stimme gefragt.

»Ich hab' sie aufgeweckt und sie nach draußen geschickt, bevor ich mich auf die Suche nach Ihnen machte«, sagte Jonathan.

»Haben Sie noch jemand *anderen* gesehen?« wiederholte Tess eindringlich.

Der Butler schien verwirrt. »Warum? Nein, Miß Drake. Ich verstehe nicht, was Sie meinen. Wer sollte sonst noch ...?«

Tess hatte keine Zeit, es ihm zu erklären. Unten blinzelte sie nach links zu einer offenen Tür, dem grellen Schein der Flammen entgegen, die aus der Küche schlugen.

Die Hitze war so stark, daß sie zum Schutz des Gesichts den Arm heben mußte.

Aber jetzt versengte die Hitze ihr den Arm. Wenn die Flammen den Flur erst einmal erreicht hätten ...!

Ohne sich recht bewußt zu werden, was sie tat, machte sie einen Satz nach vorne und stieß die Tür zu. Ihre Hand schmerzte.

Aber Risiko und Schmerz hatten sich gelohnt. Die Tür wirkte erst einmal als Puffer. Sie packte ihre Mutter am Arm und stolperte mit ihr hinter Jonathan her den Flur entlang zu den Personalunterkünften.

Trotz der geschlossenen Küchentür war auch der Flur mit dichtem Qualm gefüllt, den ein heißer Luftzug in Bewegung hielt. Aber wenigstens hatte Tess nicht mehr das Gefühl, bei lebendigem Leib geröstet zu werden. Obwohl sie die Türen zu den Zimmern des Butlers und des Hausmädchens kaum noch erkennen konnte, wurde die Luft immer besser, je näher sie dem Hinterausgang der Villa kamen.

Sie konnte es kaum noch abwarten. Jeden Augenblick würden sie draußen in der klaren, kühlen Nachtluft sein.

Aber ihre zweite Angst ließ Tess zurückschrecken. Wahrscheinlich sitzen sie draußen im Garten hinter den Büschen, die Schußwaffen im Anschlag, bereit, uns zu töten, wenn wir versuchen, das Haus zu verlassen.

»Tess, warum zitterst du so?« fragte ihre Mutter. »Mach dir keine Sorgen. Gleich sind wir frei!«

Frei? dachte Tess. Es bestehen beste Aussichten, daß wir gleich tot sind!

Sie hatten die Hintertür erreicht.

Sie stand offen, der Qualm trieb in Schwaden hinaus, während frische Luft nach innen strömte. Und dann hatte sich der Qualm aufgelöst, und als Jonathan nach draußen stürzte, erkannte Tess hinter ihm –

– zwanzig Fuß weiter vorne – im Schein der Flammen, die bereits aus den Fenstern schlugen! –

– eine Frau, die bäuchlings im Gras ausgestreckt lag. Die Rückenpartie ihre Nachthemds hatte sich voll Blut gesogen.

»Edna«, stieß Jonathan hervor.

Tess versuchte, ihn zurückzuhalten. »Nein!«

Aber Jonathan riß sich los und stürzte auf seine Kollegin zu. *»Edna.«*

Es war das letzte Wort, das er in seinem Leben sagte. Auf halbem Wege zu ihr warf Jonathan die Arme in die Luft, als sei er von einem Peitschenhieb getroffen. Ein *tödlicher* Peitschenhieb.

Dunkle Flüssigkeit schoß aus seinem Hals hervor. Noch mehr Flüssigkeit sprudelte aus dem Rücken. Es sah aus, als wollte Jonathan einen Trick vorführen, denn er versuchte, gleichzeitig nach Hals, Rücken und Stirn zu greifen.

Nicht genug Hände!

Wie ein ungeschickter Akrobat stürzte er zu Boden.

Zappelte mitleiderregend.

Zitterte.

Lag still.

Tess' Mutter stieß einen Schrei aus. Entweder hatte sie nicht begriffen, was passiert war, oder sie hatte es begriffen und war in Panik geraten oder spürte einfach nur das verzweifelte Verlangen, ihren Bediensteten zu Hilfe zu kommen. Aus welchem Grund auch immer, sie versuchte jedenfalls, sich an Tess vorbeizuzwängen und hinaus in den Garten zu laufen.

Tess wollte sie zurückhalten, aber die Hand, die Vaters Pistole umklammert hielt, vermochte nicht auch noch das Nachthemd zu schnappen. Und die andere Hand krallte sich in den Spitzenbesatz, der dem Zug nicht standhielt.

Ihre Mutter riß sich los.

»Nein!«

Tess mußte zusehen, wie der zerbrechliche, von Diät ausgemergelte Körper ihrer Mutter nicht etwa nach hinten katapultiert wurde wie der eines Akrobaten, sondern eine Pirouette drehte und dann mit flatternden Armen in sich zusammensank wie der einer erschöpften Ballerina. Das Blut sprudelte ihr aus Löchern im Unterleib und in der Brust.

Tess heulte auf.

Vor Schmerz. Vor Entsetzen. Vor *Wut*.

Bienen schienen um ihren Kopf zu schwirren, gegen den Türrahmen und die Wände des Flurs zu prallen. Kugeln. Aus schallgedämpften Handfeuerwaffen. Abgefeuert aus dem Gebüsch im Garten!

Die Kugeln weckten Tess aus ihrer Lähmung. Sie stolperte rückwärts, drehte sich um und taumelte zurück, als sie sah, wie die Flammen sich durch das Holz der Küchentür fraßen.

Was soll ich machen?

Ich kann nicht zurück ins Haus!

Ich sitze in der Falle!

Zu viele Gedanken schossen ihr gleichzeitig durch den Kopf. Der Tod ihrer Mutter. Die Revolvermänner draußen im Garten. Das Feuer.

Wieder war sie wie gelähmt.

Hier kann ich nicht bleiben!

Aber nach draußen kann ich auch nicht!

Streng dein Hirn an!

Das Feuer fraß sich weiter durch die Küchentür und begann den rauchgefüllten Flur zu erhellen.

Der Keller. Ich kann in den Keller laufen. Die Kellertür befindet sich auf den Flur. Unten könnte ich mich in einer Ecke verstecken. Ich könnte im Waschzuber Lumpen einweichen und mich damit einwickeln . . .!

Nein! Verrückte Idee! Ich hätte keine Chance. Wenn der Qualm erst in den Keller gedrungen wäre, würden mir die nassen Lumpen auch nichts mehr nützen. Ich müßte ersticken.

Und die Hitze würde unerträglich werden!

Und eventuell würde noch die Decke einstürzen. Und ich würde von brennenden Balken . . .! Die Angst ließ sie so stark zittern, daß ihr Blasenschließmuskel zu versagen drohte.

Ich kann doch nicht einfach hier stehenbleiben!

Sie krümmte sich unter dem beißenden Qualm und würgte.

Plötzlich gab ein neuer Gedanke ihr Hoffnung.

Es könnte funktionieren!

Gott steh mir bei, es ist meine einzige Chance!

Sie hielt den Atem an und lief los, wich der brennenden Küchentür so weit wie möglich aus. Die Hitze faßte nach ihrer Kleidung. Eine schreckliche Sekunde lang war sie davon überzeugt, daß die Baumwollsachen im nächsten Augenblick in Flammen stehen müßten.

Blind vor Qualm erreichte sie die Treppe, stolperte, stieß gegen die Stufen und kroch auf Händen und Füßen nach oben. Gott sei Dank war es weiter oben nicht so heiß, dafür war hier mehr Qualm, und als sie wieder Luft holen mußte, rebellierten ihre Lungen, Krämpfe schnitten sich in den Brustkasten. Wild entschlossen kroch sie noch schneller, und plötzlich endeten die Stufen. Sie faßte ins Nichts, und nach vorne geworfen vom Schub der Knie, beschrieb ihr Kopf einen Bogen durch die Luft, und sie schlug mit dem Kinn auf den Fußboden der ersten Etage.

Weiter vorne, etwa in der Mitte des Flurs, konnte sie trotz des dichten Qualms deutlich sehen, daß die Flammen inzwischen den obersten Absatz der Vordertreppe erreicht hatten und sich in einem Feuersturm bis hinauf an die Decke streckten.

Schnell! Der Rauch trieb ihr Tränen in die Augen und brannte ihr in der Kehle.

Sie brachte sich mühsam in Kauerstellung und rannte los, stöhnte, als sie sich der Hitze der sich ausbreitenden Flammen näherte. Das Knistern und Zischen des Feuers wurde ohrenbetäubend laut.

Sie wimmerte leise, von der Angst gepackt, daß sie es nicht schaffen würde, ihr Ziel zu erreichen, daß die Woge der mörderischen Hitze sie zurücktreiben könnte.

Aber sie hatte jetzt keine Wahl mehr! Sie stieß einen Fluch aus, nahm all ihre Entschlossenheit zusammen und machte einen Satz nach links. Gejagt von einem herausschießenden Flammenspeer, fand sie die offene Tür zu ihrem Schlafzimmer, warf sich über die Schwelle und schlug die Tür hinter sich zu.

Verglichen mit dem Hochofen draußen auf dem Flur war die Luft in ihrem Zimmer wunderbar kühl, auch wenn dicker, ätzender Rauch ihr weiter in den Augen brannte. Die Anstrengung zwang sie zum Luftholen, und jetzt kam der Husten von so weit unten, daß sie Schleim spuckte.

Es war ihr egal! Sie hatte wieder eine Chance!

Schnell jetzt!

Der Schein der Lampe auf ihrem Nachttisch war wirkungslos, sie war dick eingehüllt in dunstigen Qualm.

Aber das spielte jetzt keine Rolle! In diesem vertrauten Schlafzimmer mußte sie nichts sehen, um das tun zu können, was jetzt getan werden mußte. Sie stürzte vorbei an einem Sessel und erreichte die Balkontür. Sie riß sie auf und konnte kaum glauben, wie herrlich die frische Nachtluft schmeckte. Flammen, die aus dem Fenster rechts von ihr schlugen, illuminierten den Park und das Gebüsch unter ihr.

Aber Tess hatte nur Augen für die riesige Eiche, die vor dem kleinen Balkon ihres Zimmers stand.

Diese Eiche war der Grund dafür gewesen, daß sie sich als Elfjährige den Arm gebrochen hatte. An einem Samstagnachmittag, nachdem sie von der Turnstunde nach Hause gekommen war, hatte sie sich aufgrund ihrer Fortschritte am Reck so stark gefühlt, daß sie sich bei einem Blick auf die Eiche vor ihrem Balkon gefragt hatte, wie schwierig es wohl sein mochte, sich auf den nächstgelegenen Ast zu schwingen und dann weiter zu turnen bis zum Stamm, von dem aus sie leicht auf den Boden klettern konnte.

Die Versuchung war einfach zu groß gewesen. Sie war gesprungen, hatte den Ast gepackt, sich mit einer Hand festgehalten, während sie die andere schon nach dem nächsten Ast ausgestreckt hatte ... und dann hatte sie einen Schrei ausgestoßen ... weil sie fühlte, wie ihre Finger abglitten ... und dann noch einen Schrei ausgestoßen, einen noch verzweifelteren, als sie auf den Rasen aufgeschlagen und ihr linker Arm unter ihr weggeknickt war. Der Arm hatte in einer falschen – einer entsetzlich falschen – Richtung herausgestanden. Einen derart heftigen Schmerz hatte sie bis zu diesem Moment noch nicht gekannt.

Ihr Vater war aus dem Haus zu ihr gestürzt, hatte sie auf den Arm genommen, war mit ihr in die Garage gelaufen und hatte sie in das nächste Krankenhaus gebracht, wobei er ein paar Rotlichter überfahren hatte.

Ihr Vater. Er war tot.

Wie sehr er ihr fehlte.

Und jetzt war ihre Mutter ebenfalls tot! Tess konnte den Anblick des Blutes immer noch nicht begreifen, des dunklen Blutes, das aus den Löchern gequollen war, die die Kugeln ihrer Mutter in den Unterleib und in die Brust gerissen hatten.

Sie konnte nicht glauben, daß es wirklich passiert war.

Tot? Ihre Mutter *konnte* nicht tot sein.

Ihr Dreckskerle!

Als die Flammen jetzt auf allen Seiten durch die Ritzen ihrer Schlafzimmertür leckten, stopfte Tess die Pistole in ihren Jutebeutel, zog die Öffnung zu und wickelte sich das Tragband so oft um die Hüfte, daß die Tasche straff saß.

Die Flammen brachen jetzt durch die Türfüllung.

Keine Zeit mehr!

Tess zog sich ein letztes Mal in ihr verqualmtes Schlafzimmer zurück. Wie sie es viele Jahre lang geübt hatte, setzte sie einen Fuß hinter den anderen und ging in Hockstellung wie eine Sprinterin.

Sie schickte ein Stoßgebet zum Himmel.

Und dann schob sie sich vorwärts.

13

Sie sprang ab, spürte, wie ihre Turnschuhe die verschnörkelte Metallbrüstung des Balkons berührten, federte hinaus und segelte durch die Luft. Im Dunkeln fürchtete sie, die Vergangenheit könnte sich wiederholen, sie könnte wieder von dem Ast abrutschen und auf den Rasen fallen.

Aber sie war inzwischen 28 Jahre alt. Ihr geschmeidiger Körper erreichte den Baum viel schneller, als sie erwartet hatte, ihre langen Arme streckten sich, und die Hände griffen entschlossen zu.

Nachdem sie den Ast gepackt hatte, schleuderte der Ruck sie nach unten und dann wieder hinauf, einem anderen Ast entgegen. Sie zog ihren Vorteil aus dieser Bewegung. Als ihr Ast sich gerade wieder auf den Weg nach unten machen wollte, klinkte sie sich mit den Beinen in den entfernteren Ast ein und baumelte jetzt, die Hüfte in Richtung Boden geknickt, zwischen beiden. Als die Äste aufgehört hatten, auf und ab zu wippen, arbeitete sie sich vorwärts, Handgriff für Handgriff, und verlagerte die Beine zu der Stelle, wo die beiden Äste zusammenliefen. Mit einer gekonnten Drehung veränderte sie ihre Stellung, schaute jetzt mit dem Gesicht nach unten und arbeitete sich weiter vorwärts, bis sie den Baumstamm erreicht hatte, an den sie sich kauern konnte, getragen von einem kräftigen Hauptast und von den Blättern verborgen.

Ihr Herz schlug so heftig, daß sie einen Moment lang fürchtete, ihr könnte schlecht werden.

Hatten die Revolvermänner ihren Sprung vom Balkon beobachtet?

Trotz der Flammen, die jetzt schon aus den vorderen Fenstern der Villa schlugen, konnte sie sich davon überzeugen, daß diese Seite noch im Schatten lag.

Die Äste hatten gewippt. Sicher. Sie konnte nicht so tun, als hätten sie nicht gewippt. Aber wenn die Revolvermänner sich auf die Türen konzentriert hatten, dann könnten sie vergessen haben, auf diese Seite des Hauses zu achten, auf der es keine Türen gab.

Vor allem aber könnten sie den am wenigsten wahrscheinlichen Fluchtweg außer acht gelassen haben, einen kleinen Balkon im ersten Stock.

Nun, dachte Tess zitternd, ich werde es bald wissen.

Sie riß ihre Tasche auf und zog die Pistole heraus. Der Gedanke, daß sie die Männer, die ihre Mutter getötet hatten, vielleicht mit eben der Waffe töten würde, deren Gebrauch ihr Vater sie gelehrt hatte, verschaffte ihr Befriedigung. Obwohl sie seit sechs Jahren nicht mehr gereinigt worden war. Obwohl die Feder des Magazins von so vielen Jahren der Anspannung ermüdet sein mochte.

Tess wollte nicht über solche Risiken nachdenken. Sie wollte jetzt an nichts anderes denken als . . .!

Herunterklettern vom Baum.

Versuchen, hinter einer dichten Barriere von immergrünen Sträuchern den Schatten des Nachbargrundstücks zu erreichen.

Sie kletterte den Baum hinunter, kauerte sich neben den Fuß seines dunklen Stamms, schaute in Richtung der schattigen Hinterseite der Villa, konnte dort niemanden entdecken und lief auf das Gebüsch zu ihrer Rechten los.

Eine Biene schien durch die Luft zu sirren. Eine Kugel schlug in die Eiche.

Im Lauf wirbelte Tess herum, ging in die Hocke und brachte die Pistole ihres Vaters in Anschlag.

Ein Mann kam auf sie zugelaufen, deutlich abgehoben gegen die Flammen, die plötzlich auch aus der Rückseite der Villa loderten. Ein Mann mit einer Schußwaffe! Ein Mann, der sich bückte und auf Tess anlegte.

Die Lektionen auf dem Schießstand fielen ihr wieder ein.

Sie drückte den Abzug durch. Die Pistole krachte los. Der Rückstoß riß den Lauf nach oben.

Sie starrte hinüber zu dem Revolvermann, und ihr wollte das Herz stehenbleiben, als ihr klar wurde, daß sie ihn verfehlt hatte.

Sie tauchte weg, als der Revolvermann schoß. Seine Waffe hatte einen Schalldämpfer. Sie hörte nicht einmal ein Fauchen, als sie sich entlud, dafür hörte sie um so deutlicher das Sirren der Kugel über ihrem Kopf.

Flach auf dem Bauch, die Pistole im Griff beider Hände, zielte Tess noch genauer, konzentrierte sich noch grimmiger auf ihr Ziel und drückte ein zweites Mal ab. Es krachte so laut, daß ihr die Ohren klingelten.

Mit einem innerlichen Schrei des Triumphes sah sie, wie der Revolvermann nach hinten stolperte und zusammenbrach. Der Magen zog sich ihr zusammen, wegen der Anspannung, aber auch wegen dem Schock über das, was sie gerade getan hatte.

Es war jetzt keine Zeit für Schuldgefühle . . .! *Sie mußte hier weg!*

Sie rappelte sich hoch, rasend vor Haß, und lief auf das

Gebüsch rechts von ihr zu. Weit entfernt heulten Sirenen. Die Feuerwehr. Vielleicht auch Polizei. Jemand aus den Nachbarvillen mußte sie alarmiert haben. Aber die Sirenen waren noch zu weit weg. Sie würden nicht schnell genug hier sein, um ihr helfen zu können. Sie mußte weiter!

Jemand rief von der Vorderseite der Villa.

Tess wirbelte herum. Ein Mann mit einem Schießeisen lief in ihr Blickfeld.

Ganz automatisch legte Tess auf ihn an. Sie drückte den Abzug durch. Einmal. Noch einmal. Und ein drittes Mal. Die erste Kugel schlug in die Außenwand der Villa. Die zweite traf einen Baum hinter dem Revolvermann.

Aber die dritte ließ den Revolvermann zurückprallen.

Wieder stieß Tess einen innerlichen Triumphschrei aus.

Der ihr im Halse steckenblieb.

Nein!

Der Revolvermann hatte es geschafft, auf den Beinen zu bleiben. Er legte wieder auf sie an. Ihre eigene Waffe ging krachend los, mit dem zweiten Schuß holte Tess den Mann von den Füßen.

Sie lief an einem Blumengärtchen vorbei, hörte die Kugeln zischen, die von der Rückseite der Villa abgefeuert wurden. Sie peitschten in das Gebüsch, auf das sie zulief, und zwangen sie, Deckung zu nehmen.

Wütend rollte sie gegen die Stämme der Sträucher, wirbelte herum, zielte auf den Revolvermann, der sich ihr von der Rückseite des Hauses näherte, gab drei Schüsse ab und verfehlte ihn, aber wenigstens hatte sie den Mann gezwungen, sich hinter einem Gartenhäuschen in Dekkung zu werfen.

Die Villa stand jetzt vollständig in Flammen. Das Heulen der Sirenen kam näher. Als der Revolvermann hinter dem Gartenhäuschen auftauchte und auf sie anlegte, gab Tess wutentbrannt einen weiteren Schuß auf ihn ab.

Er warf sich wieder in Deckung. Tess versuchte sich einzureden, daß sie ihn getroffen haben könnte. Vielleicht hatte sie auch bloß das Holz neben seinem Gesicht zersplittert.

Sie wußte es nicht. Es war auch egal. Ihr blieb keine Zeit!

Sie kroch durch eine Öffnung zwischen den Strünken der Büsche, fühlte, wie die Zweige ihr über Hinterkopf, Rücken und Hüften kratzten, und sprang auf, als sie die Hecke durchquert hatte. Sie lief durch die vom Feuer illuminierten Schatten des geräumigen Gartens der Nachbarvilla.

In dem Haus brannten Lichter. Tess stellte sich vor, wie die verschreckten Bewohner jetzt auf die Straße hinunterliefen, aus Angst, das Feuer könnte sich ausbreiten und auf ihr eigenes Haus überspringen.

Trotz des Tosens der Flammen hörte sie, wie es hinter ihr im Gebüsch knackte. Sie drehte sich um und gab drei Schüsse auf die Stelle ab, wo die Hecke sich bewegt hatte, hörte einen Mann aufstöhnen und rannte weiter in die tiefere Dunkelheit des ausgedehnten Gartens hinein.

Sie hastete unter Bäumen hindurch, trampelte über Blumenbeete, wäre beinahe über den niedrigen Rand eines kleinen Seerosenteiches gestolpert und ins Wasser gefallen, konnte gerade noch die Balance halten und lief, noch schneller jetzt, um den Teich herum.

Merke dir, wie viele Schüsse du abgegeben hast, hatte ihr Vater ihr eingetrichtert. Wie viele waren es bereits?

Sie konnte sich nicht mehr erinnern. Mehr als zehn, da war sie ganz sicher. Vielleicht dreizehn oder ...? Die Pistole müßte beinahe leergeschossen sein.

Die Angst ließ sie frösteln, obwohl der Schweiß ihr von der Stirn lief. Sie mußte mit der Munition sparsamer sein.

Schwer atmend erreichte sie die nächste Hecke. Sie konnte es nicht lassen, sich in der Dunkelheit umzudrehen und einen Blick auf die brennende Villa zu werfen. Die Flammen schlugen aus ihrem Schlafzimmer. Zorn über diesen Vandalismus stieg in ihr auf. Ihre Vergangenheit, ihre Kindheit, alles wurde verwüstet. Zitternd stellte sie fest, daß ihr niemand direkt auf den Fersen war, und ging in die Knie, um unter den Büschen hindurchzukriechen.

Als sie den Garten der nächsten Villa erreicht hatte, schoß es ihr durch den Kopf, daß sie nicht immer in der einen Richtung weiterlaufen durfte. Es war zu leicht kalkulierbar. Ihre Verfolger mußten nur vor den Häusern die Straße entlanglaufen, sie überholen, sich auf die Lauer legen und sie erschießen, wenn sie versuchte, das Areal zu verlassen. In dem Fall wäre ihre einzige Hoffnung, daß die Sirenen ihre Jäger in die Flucht schlagen würden.

Aber darauf durfte sie sich nicht verlassen. Sie mußte selbst für ihre Sicherheit sorgen. *Aber wie?*

Keuchend, zitternd, verwirrt und ängstlich traf sie eine hastige Entscheidung und lief, statt den Garten weiter zu durchqueren, auf dessen Hinterseite zu. Nachdem sie sich in der Dunkelheit einen Weg zwischen einem Tennisplatz und einem Swimmingpool hindurch gesucht hatte, stellte sich ihr eine hohe Steinmauer in den Weg. Verzweifelt schaute sie sich nach einer Leiter oder einem Baum in der Nähe der Mauer um, irgend etwas, das ihr darüber hinweg helfen würde.

Nichts.

Sie lief zurück zum Swimmingpool. Gleich neben dem Geräteschuppen fand sie eine Metallstange. An ihrem einen Ende war ein Netz befestigt, das dazu diente, Blätter und anderen Unrat von der Wasseroberfläche zu fischen.

Schnell! Sie legte die Stange gegen den Sockel des Schuppens, drückte, stauchte und verdrehte sie. Sie war kräftig und doch biegsam. Vielleicht.

In ihren Schläfen hämmerte der rasende Herzschlag. Es blieb ihr keine Wahl.

Tess stopfte die Pistole in die Tasche, die immer noch fest um ihre Hüften geschlungen war. Eilig packte sie das eine Ende der Stange, richtete das andere Ende auf der Rückseite des Gartens, hob die Stange an und lief auf die Mauer zu.

Etwa anderthalb Meter vor der Mauer rammte sie das entfernte Ende in die Grasnarbe und schwang sich hoch.

Als ihr Körper hochschnellte, spürte sie, wie die Stange sich bog. Im Metall knarzte es. Wenn sie jetzt bricht . . .!

Mit einem heftigen Stoß prallte sie gegen die Oberkante der Mauer, krallte sich mit einer Hand am Rand fest, ließ die Stange los, suchte mit der anderen Hand Halt und baumelte einen Moment lang an der Mauer, bevor sie begann, sich nach oben zu hangeln.

Ihre Hände waren aufgekratzt und bluteten, als sie endlich oben war. Tess ignorierte den Schmerz, legte sich flach auf den Bauch, rutschte vorsichtig auf der anderen Seite hinunter und ließ sich in die Dunkelheit fallen. Sie landete auf ihren Füßen in weicher Gartenerde, und mit geübter Geschmeidigkeit beugte sie die Knie, legte die Ellenbogen in die Hüften und rollte auf einem nachgiebigen Bett aus Erde und Blumen ab.

Sie sprang auf, maß mit hastigen Blicken die Dunkelheit vor ihr, die unbestimmten Schatten der Bäume und die klobigen Umrisse einer anderen Villa ab, zog die Pistole aus der Tasche und lief los.

Als sie zehn Jahre alt war, hatte ihre beste Freundin hier gewohnt. Sie hatten oft in diesem Garten gespielt, und eines ihrer Lieblingsspiele war Verstecken gewesen.

Tess erinnerte sich an einen Nachmittag, als sie ein so gutes Versteck gefunden hatte, daß ihre Freundin die Suche schließlich aufgab.

Jetzt rannte Tess auf dieses Versteck zu, in der Hoffnung, daß man den Garten seitdem nicht völlig umgestaltet hatte. Als sie das Geplätscher des Wassers hörte, lief sie schneller.

Ganz hinten in einer Ecke kam sie zu ein paar Findlingen, die man aufeinandergestapelt und mit Mörtel zur schulterhohen Imitation eines Gebirges geformt hatte, aus dessen höchster Erhebung Wasser sprudelte, das zwischen weniger hohen Gipfeln hindurch im Zickzack seinen Weg hinunter in einen Goldfischteich fand. Eine Pumpe in einer Nische hinter den Findlingen hielt den Wasserkreislauf in Gang.

Die Nische hatte eine Eisentür, um die Pumpe vor der Witterung zu schützen. Büsche standen zu beiden

Seiten der Findlinge. Tess kroch durch das scharfkantige Gebüsch und fand die Tür.

Sie zwängte sich in die Nische hinein und zog die Tür hinter sich zu. In der völligen Finsternis – neben ihr summte die elektrische Pumpe – kauerte Tess sich auf den Boden, zog die Knie an die Brust, umschlang sie mit beiden Armen und zog den Kopf zwischen die Schultern. Die unbequeme Position verursachte ihr Muskelschmerzen, aber wenigstens konnte sie auf diese Weise etwas ausruhen und Zeit gewinnen, um zu überlegen, was sie als nächstes tun sollte.

Vor vielen Jahren hatte sie ihre Freundin nur deshalb nicht gefunden, weil sie diese Nische einmal zusammen inspiziert und sie sich vor den vielen Spinnweben geekelt hatte. Ihre Freundin hatte damals nicht daran gedacht, sie hier zu suchen, denn sie selber hätte sich um nichts in der Welt an einem solchen Platz versteckt. Aber Tess war ein Wildfang gewesen, und Spinnweben hatten ihr nichts ausgemacht, solange sie das Spiel gewinnen konnte.

Als sie jetzt die Spinnweben in den Haaren spürte und etwas mit vielen kleinen Füßen ihr über die rechte Hand huschte und ganz schrecklich auf der Haut kitzelte, ignorierte Tess erneut, was ihrer kleinen Freundin damals Schauer über den Rücken gejagt hätte. Hauptsache, sie war erst einmal in Sicherheit. In dieser erwachsenen, tödlichen Version des Versteckspiels würde es keinem Fremden gelingen, sie hier zu finden, denn ein Fremder konnte unmöglich von der Nische hinter den Findlingen und den Büschen wissen.

Tess zitterte. Die Verbrennungen und die Kratzer an ihrer Hand schmerzten. Ihr Rücken tat an den Stellen weh, an denen das dornige Gestrüpp ihn aufgerissen hatte, und in Beinen, Armen und am Kinn pochten die zahllosen Prellungen.

Aber die Schmerzen des Körpers waren nichts, verglichen mit den Schmerzen der Seele. Ihre Mutter war *tot*!

Nein! Tess konnte es immer noch nicht glauben. Sie konnte sich nicht an den Gedanken gewöhnen.

Sie hatte heute nacht mindestens zwei Männer getötet, und auch an diesen Gedanken konnte sie sich nicht gewöhnen, egal, wie sehr sie diese Mörder verflucht hatte und immer noch verfluchte, die ihre Mutter erschossen hatten, egal, wie glühend sie ihnen Rache geschworen hatte.

Ihr war zum Kotzen zumute.

Sie weinte leise, heiße Tränen liefen ihr über die Wangen, während sie zitternd in diesem kalten, feuchten Verlies saß.

Sie mußte nachdenken.

Später, wenn die Gegend einigermaßen sicher wäre, mußte sie von hier verschwinden.

Aber mehr als alles andere mußte sie herausfinden, wer hinter ihr her war und aus welchem Grund sie ihr das Leben zur Hölle machten.

Und dann würde sie Rache nehmen. Der bittere, zornige Gedanke daran kroch zurück in ihr Bewußtsein. Ja, dafür würde jemand bezahlen müssen. Ganz sicher.

Sie fummelte an ihrer Tasche herum. Als die Erschöpfung sie überwältigen wollte, dachte sie an die Fotos, die in dieser Tasche steckten, besonders an das *eine* Foto, das ebenso widerwärtig wie rätselhaft war. Das Foto von dem Relief. Ein muskulöser, langhaariger, schöner Mann saß rittlings auf einem Stier und schnitt ihm die Kehle durch. Während ein Hund nach dem sprudelnden Blut lechzte, kroch eine Schlange auf ein paar Weizenhalme zu, und ein Skorpion machte sich an den Genitalien des Stiers zu schaffen.

Wahnsinn!

14

In dem Klassenzimmer im ersten Stock der verlassenen Schule in Brooklyn war das Chamäleon mit seinem Bericht fertig.

In dem Raum, in dem es wegen der Bretter vor den Fenstern schummrig war, herrschte einen Augenblick lang Schweigen, die Mitarbeiter des Chamäleons saßen mit finsteren Gesichtern in ihren Bänken.

»Also ist die Frau entkommen?« fragte schließlich der vierte Mann, wobei er unbewußt den Rubinring um den Mittelfinger seiner linken Hand drehte und dabei immer wieder die Insignie des Schwertes und des Kreuzes berührte.

Das Chamäleon zögerte. »Ich nehme es an. Der Mann unseres Beobachtungsteams, der hinter der Villa versteckt war, hat die Frau nicht vom Balkon auf den Baum springen sehen, aber er hat beobachtet, wie sie vom Baum auf den Rasen geklettert ist. Und ganz sicher hat er gesehen, wie sie zwei Männer erschoß.«

»Aber woher hatte sie die Schußwaffe?« fragte der fünfte Mann.

Das Chamäleon zuckte mit den Achseln.

»Bist du sicher, daß der Feind die Frau nicht gejagt und eingefangen hat?« wollte der zweite Mann wissen.

»Wie sollte ich da sicher sein? Die Feuerwehr und die Polizei rückten an. Ihre Sirenen warnten den Feind rechtzeitig, gaben ihm ausreichend Zeit, seine Toten einzusammeln und zu verschwinden, bevor die Einsatzfahrzeuge die Villa erreicht hatten.«

»Ich hoffe, unser eigener Mann konnte entkommen«, sagte der dritte Mann.

Das Chamäleon nickte. »Und darüber hinaus glaube ich, daß eine gute Chance besteht, daß die Frau in Sicherheit ist.«

»Aber wir wissen nicht, wo sie steckt.« Der sechste Mann machte ein finsteres Gesicht. »Und der Feind weiß es auch nicht. Wenn ich deine Logik richtig verstehe, dann wolltest du die Frau als Köder benützen, um die Beute anzulocken. Aber jetzt wird dein Plan nicht mehr funktionieren. Wir stehen wieder am Anfang.«

»Nicht unbedingt.« Das Chamäleon kniff die Augen

zusammen. »Im Moment wissen wir nicht, wo die Frau ist. Aber wir werden es erfahren, und zwar sehr bald.«

»Wie?«

»Du hast das Telefon der Frau angezapft.«

»Wie befohlen«, antwortete der Elektronikexperte.

»*Und das Telefon des Polizisten*. Was würdet ihr an ihrer Stelle tun, wenn ihr verzweifelt, verängstigt und ohne Hoffnung wärt?« fragte das Chamäleon.

»Ja.« Der sechste Mann lehnte sich zurück. »Na, klar. Sie wird den Polizisten anrufen.« Und mit einem Lächeln fügte er hinzu: »Also werden wir unsere Überwachungsmaßnahmen jetzt auf ihn konzentrieren.«

»Er wird uns zu der Frau führen«, sagte das Chamäleon. »Aber was noch wichtiger ist: Ich bin davon überzeugt, daß unsere Feinde sich als so klug wie immer erweisen werden. Schließlich haben sie einige Jahre an Erfahrung auf dem Buckel. Zweifelt jemand daran, daß ihre Logik genauso funktioniert wie meine und daß sie zu denselben Schlüssen kommen werden?«

Der fünfte Mann malte mit dem Zeigefinger Figuren in den Staub auf seinem winzigen Schreibpult. »Sie haben ihren Überlebensinstinkt bewiesen. Immer wieder haben sie unsere Hinterhalte vorausgeahnt.«

»Aber diesmal vielleicht nicht«, erwiderte das Chamäleon. »Wo auch immer der Polizist hingehen mag, *er* ist jetzt der Köder, der die Beute anzieht. Die Jagd geht weiter. Im Moment habe ich ein Team auf Lieutenant Craig angesetzt, obwohl es natürlich ihre vordringlichste Aufgabe bleibt, nach dem Feind Ausschau zu halten.«

»Wenn das so ist, dann sollten wir uns besser an der Jagd beteiligen«, meinte der vierte Mann.

»Ganz sicher«, pflichtete der dritte Mann ihm bei.

Die anderen erhoben sich schnell.

Das Chamäleon fuchtelte mit den Armen herum. »Einen Moment. Bevor wir alle aufbrechen, habe ich noch etwas zu erklären.«

Sie warteten.

»Wie wir alle wissen, haben unsere Feinde – die Schädlinge – ihre schrecklichen Aktivitäten verstärkt. Man kann sich kaum vorstellen, in welche entsetzlichen Niederungen des Terrors sie aufgrund ihres höllischen Irrtums noch hinabsteigen werden. Gleichzeitig muß ich zugeben, daß auch wir während der letzten Woche zahlreiche – taktische – Fehler begangen haben. Einige davon waren meine Schuld. Das habe ich freimütig bekannt. Aber das Jüngste Gericht findet *jetzt* statt. Die letzten Ereignisse haben gezeigt, wie instabil die Lage geworden ist. Ich hatte gehofft, wir würden aus eigener Kraft mit der Situation fertig. Jetzt bin ich nicht mehr sicher, daß wir das können. Hochmut gehört nicht zu meinen Eigenschaften. Ich zögere nicht, um Hilfe zu bitten, wenn ich glaube, daß unsere Mission sie benötigt.«

»Hilfe?« Der sechste Mann zog die Augenbrauen in die Höhe.

»Ich habe Kontakt mit unseren Vorgesetzten aufgenommen und ihnen die Situation erklärt. Sie stimmen mit meiner Einschätzung überein, und sie haben meiner Bitte entsprochen. Um halb eins heute mittag wird auf dem Kennedy Airport ein Team von Spezialisten eintreffen.«

»Spezialisten?« Der sechste Mann wurde bleich.

»Jawohl. Ich habe um ein Team von Vollstreckern gebeten.«

Zweiter Teil

FREVEL UND VERGELTUNG

Das Opfer

1

Newark, New Jersey

In seinem windschiefen Büro in einem verrosteten Wellblechgebäude am Rand der City Docks ratschte Buster ›Right Hook‹ Buchanan ein Streichholz an seinem Schreibtisch an und gab damit einem Zigarrenstummel Feuer, den er am Abend vorher ausgedrückt hatte, bevor er sich auf den Heimweg machte. Warum sollte er den verschwenden? Schließlich war es eine kubanische Zigarre, die letzte einer Kiste, die Don Vincenzo – aufmerksam wie immer – ihm vor zwei Wochen zu seinem Geburtstag geschickt hatte.

Der gute, alte Don Vincenzo. Der wußte, wie er seine Angestellten bei Laune hielt. Besonders die, welche knochenhart für ihn arbeiteten, und Buster ›Right Hook‹ Buchanan war ein harter Arbeiter, so, wie er in seiner Jugend ein zäher Schauermann gewesen war und später ein zorniger Boxer. Ein Kämpfer. Ganz ohne Zweifel.

Ganz automatisch ballte Buster die Fäuste, als er sich an seinen früheren Beruf erinnerte, ging nur so zum Spaß in Kampfstellung und ließ einen rechten und einen linken Jab in die Luft zucken, bevor er seinen berühmten, mächtigen rechten Haken folgen ließ.

Bumm! Er schaute hinunter auf den Phantomgegner, den er gerade k.o. geschlagen hatte. Aber der Gedanke an den lange vergangenen Ruhm im Boxring grub Buster sogleich tiefe Falten in die Stirn. Die Anfeuerungsrufe der begeisterten Zuschauer. Die lobenden Streicheleinheiten vom Manager. Die ganz anderen Streicheleinheiten der Frauen, vieler Frauen, *umwerfender* Frauen, die scharf darauf waren, mit einer Berühmtheit ins Bett zu gehen. Buster schüttelte den Kopf. Die Jubelrufe, das

Lob, die Frauen ... Manchmal, in der Nacht, kam es ihm so vor, als würden sie ihn verfolgen.

Buster versuchte sich noch an ein bißchen Beinarbeit, an ein paar Jabs, aber er trug inzwischen Übergewicht mit sich herum, war zwanzig Jahre älter, und daran führte nun mal kein Weg vorbei, der Arzt hatte ihm den warnenden Rat gegeben, etwas kürzerzutreten.

Nicht, daß Buster sich fürchtete. Zum Teufel, gefürchtet hatte er sich noch nie. Bei Kneipenschlägereien legte er immer noch locker drei Gegner auf die Bretter. Jederzeit. Hatte er es nicht erst gestern abend wieder bewiesen, in seiner Stammkneipe, auf dem Rückweg von der Arbeit? Und ob! Trotzdem, schon dieses bißchen Herumgehüpfe eben hatte ihn ganz schön aus der Puste gebracht. Zusammen mit dem verfluchten Qualm aus seinem Stummel. Er fühlte sich wie damals, als er in Colorado Ferien machte und da oben in den Bergen kaum noch Luft bekam.

Vielleicht sollte ich mit der Qualmerei aufhören. Dazu hat der Doktor mir schließlich auch geraten.

Nein, zum Teufel, dazu ist das Leben zu kurz. Was weiß dieser beschissene Doktor schon? War *er* etwa ein Kämpfer? Klar, für ihn ist es leicht, kluge Ratschläge zu geben. Sieht aus wie 'n Milchbubi, der Knabe. Und diese Rolex an seinem Handgelenk. Der ist wahrscheinlich mit 'nem Silberlöffel im Arsch geboren worden. Nein, der weiß überhaupt nichts.

Wären bloß diese verdammten drei letzten Kämpfe nicht gewesen. Wie oft hatte Buster schon bedauert, daß man ihn gezwungen hatte, einen K. o. – nein, drei K.o.s – vorzutäuschen, das Fallobst zu spielen, nur weil Don Vincenzo einen Vetter hatte, der auch Boxer war, und den er dazu auserkoren hatte, einmal der Fighter zu werden, der Buster gewesen war.

Nun, dachte Buster mit bitterer Befriedigung, das Glaskinn dieses Vetters hat seiner Karriere schnell den Garaus gemacht. Aber *meine* Karriere ist damit auch den Bach runtergegangen, und ...

Was soll's. Buster wedelte sich den Rauch aus dem Gesicht, paffte ein paar letzte Züge aus den Resten seiner Zigarre – wenigstens erinnerte sich Don Vincenzo an die Jungs, denen er Gefälligkeiten schuldete – und tröstete sich damit, daß er noch reichlich Arbeit zu erledigen hatte. Sonst würde Don Vincenzo stocksauer werden.

Buster genoß den allerletzten Zug von Castros Tabak und drückte den Stummel in einem überquellenden Aschenbecher aus. Irgendwann muß ich dieses verwichste Büro mal wieder putzen, dachte er.

Aber es gab andere Arbeit zu tun, und während er mit finsterer Miene die Kratzspur betrachtete, die das Streichholz auf seinem lädierten Schreibtisch hinterlassen hatte, gleich neben dem kreisförmigen Fleck, der von einer Bierdose stammte, sagte er sich, daß ein arbeitender Mann auch hin und wieder mal eine Belohnung braucht. Und zwar nicht nur Zigarren, sondern . . .

Jawohl.

Buster langte unter seinen Schreibtisch und zog die letzte Dose Bier aus einem hohl klingenden Zwölferkarton. Er riß den Verschluß auf und nahm ein paar tiefe Schlucke.

Vitamine.

Jawohl.

Er leckte sich über die Lippen, und dann fiel es ihm wieder ein. Arbeit. Jeden Moment mußten Big Joe und sein Bruder mit dem Laster vor seinem Lagerhaus vorfahren. Und dann würden sie zu dritt die roten Plastikcontainer abladen, die, einmal abgesehen von ihrer Farbe und der Bestimmung, kaum anders aussahen als die Gasflasche, mit der Buster einen Campinggrill betrieb.

Nicht, daß Buster besonders scharf aufs Grillen war. Seine nörglerische Alte dafür um so mehr. Die alte Nervensäge.

Nachdem er, Big Joe und Big Joes Bruder die Container dann in mehreren großen Metallbehältern verstaut und die Deckel dieser Behälter zugeklappt hätten, um ihren Inhalt zu verbergen, würden sie die Dinger mit einem Gabelstapler in eine Tauschlinge legen, mit deren Hilfe sie anschließend auf einen Lastkahn gehievt würden. Und heute nacht noch würden sie zu dritt einen kleinen Ausflug den Hudson River hinauf machen, bis zur Spitze von Long Island.

Und dort würden sie das Zeug ins Meer kippen.

Denn ihre Ladung – Buster schlürfte noch einen Schluck aus seiner Dose und schüttelte sich – war medizinischer Abfall.

Gebrauchte Nadeln.

Verschmutzte Bandagen.

Verfaulendes menschliches Gewebe.

Ja, dachte Buster und schüttete noch etwas Bier hinterher, es ist schon ein verflucht dreckiger Job –

– er zwang sich zu einem glucksenden Lachen –

– aber irgend'n armer Schweinehund muß ihn schließlich ja machen. Vor allem deshalb, weil es für Don Vincenzo ist.

Trotz des Biers, das ihm den morgendlichen Kater aus dem Kopf räumte, wurde Buster langsam nüchtern.

Ja, für Don Vincenzo muß der Job erledigt werden. Denn wenn man sich dem Don widersetzt, dann macht ihn das sehr unglücklich, und wenn der Don unglücklich ist, dann läßt er dir die Knie brechen. Und das ist nur der Anfang. Auf die kubanischen Zigarren ist dann geschissen. Wenn der Don unglücklich ist, läßt er dir nicht nur die Knie brechen. Dann schlachtet er dich ab.

Und außerdem, was ist schon dabei, ein paar Nadeln und Bandagen in den Ozean zu kippen? fragte sich Buster und ärgerte sich, daß er nicht mehr Bier besorgt hatte. Es gibt eine Müllkrise. Hab' ich jedenfalls in der Zeitung gelesen. Zuviel Abfall. Nicht genug Platz, um den ganzen Scheiß abzulagern. Zu viele beschissene Wohnungen. Nicht genug Löcher in der Erde. Und die Leute wollen keine – wie nennt man die Dinger noch? – Verbrennungsanlagen, die uns den medizinischen Dreck vom Hals schaffen könnten. Diese bescheuerten Yuppies glauben, sie würden sich 'ne Krankheit holen, wenn sie den Qualm einatmen. Aber Don Vincenzo hat die größte Müllentsorgungsanlage im Osten New Jerseys. Also, wo wird er wohl den ganzen Dreck unterbringen, vor allem die Scheiße aus den Krankenhäusern?

Die Antwort war kinderleicht.

Der Ozean ist groß genug.

Und ob. Mehr als die Hälfte der Erdoberfläche, vielleicht sogar drei Viertel, besteht doch aus dem verfluchten Wasser. Oder etwa nicht? Genug. Ich meine, *mehr* als genug Platz für ein paar Lastkähne voll Nadeln und Bandagen.

Okay, stimmt schon, manchmal arbeiten die Gezeiten gegen uns, dachte Buster. Manchmal schwimmt die ganze Scheiße auch wieder zurück an Land. Manchmal treibt die Flut die Binden und die Nadeln auf die Strände.

Aber nun mal ehrlich, ist das *meine* Schuld? Ich tue nur meinen Job. Ich kippe das Zeug hinein. Wenn der Ozean gegen mich arbeitet, kann ich doch nichts dafür.

Jawohl, dachte er.

Ganz klar.

Da können die Yuppies eben ein paar Tage lang nicht schwimmen gehen, während die Strände gesäubert werden.

Na und?

Soll doch die Reinigungstruppe ihren Job erledigen, wie ich meinen Job erledige.

Ein Summer ertönte. Buster stellte die Bierdose ab und richtete sich auf. Der Summer war das Signal, daß Big Joe und sein Bruder rückwärts vor das Lagerhaus gefahren waren und jetzt darauf warteten, daß er die Tür hochlassen würde.

Wurde auch Zeit. Buster drückte auf einen Knopf. Ein Dröhnen erschütterte das klapprige Lagerhaus, während die Tür nach oben fuhr. Big Joes Lastwagen setzte rückwärts in das Lagerhaus auf die Metallbehälter zu. Der Motor verstummte stotternd, der Laster blieb stehen.

Buster drückte auf den Knopf, der die polternde Tür

wieder herunterließ und stakste steifbeinig aus seinem Büro. »Ihr seid spät dran«, knurrte er, als die Fahrertür aufgestoßen wurde.

Aber es war nicht Big Joe, der aus dem Führerhaus kletterte.

Buster hatte den Mann noch nie gesehen, der geschmeidig neben ihm auf dem Betonboden landete.

»Hi.« Der Mann, Anfang Dreißig und in ausgezeichneter körperlicher Verfassung, grinste.

»Wer zum Teufel bist du?«

»Es fällt mir schwer, es zu sagen, aber Big Joe hatte einen Unfall. Tragisch. Ganz schrecklich.«

»*Unfall?* Was für einen . . .?«

»Entsetzlich. Ein Feuer. Sein Wohnwagen. Er wurde im Schlaf überrascht.«

»Mein Gott.« Buster schnaufte. »Aber sein Bruder . . .! Wo ist er? Weiß er Bescheid?«

»Wenn du so willst.«

»Ich verstehe nicht! Entweder er weiß Bescheid oder nicht!«

»Nun, er wußte Bescheid, soviel ist sicher«, erwiderte der gutaussehende, kräftige Fremdling. »Aber jetzt weiß er es nicht mehr. Weißt du, er ist auch tot. Noch ein Feuer. Grauenhaft. Sein Haus ist letzte Nacht abgebrannt.«

»*Was soll das heißen?*«

»Daß du der nächste bist.«

Mit einem Knall wurde die Beifahrertür des Lasters aufgestoßen, und zwei Männer sprangen herunter.

Buster rieb sich die Augen. Die anderen Männer sahen genauso aus wie der erste.

Schlank.

Geschmeidig.

Gutaussehend.

Braune Haut.

Anfang Dreißig.

Als sie auf ihn zukamen, bemerkte Buster, daß sie sich noch auf eine andere Art ähnelten. Das mußte eine Lichtspiegelung sein. Sie schienen alle graue Augen zu haben.

»Hör mal, Buster, wir haben da ein Problem«, sagte der erste Mann.

»Ach ja?« Buster trat einen Schritt zurück und hob seine berüchtigte rechte Faust. »*Was* für ein Problem?«

»Die Nadeln. Die Binden. Das verseuchte Blut. Du vergiftest den Ozean.«

»He, ich tu nur das, was Don Vincenzo mir aufträgt.«

»Sicher. Nun, du mußt jetzt keine Befehle mehr von ihm entgegennehmen. Don Vincenzo ist tot.«

»*Was?*«

»Ob du's glaubst oder nicht. Wirklich erstaunlich. Ganz im Ernst. Noch ein Feuer.«

Buster stolperte weiter zurück. »Was zum Teufel ...? He, komm nicht näher! Ich warne dich!«

»Ja, ja, ja.« Mit unglaublicher Behendigkeit tauchte der erste Mann vor Busters schwingenden Fäusten ab, wich auch dem berühmten rechten Haken des früheren Kämpfers aus und schlug ihm so hart auf die Nase, daß Buster zu Boden ging, doppelt sah und Blut spuckte.

»Und jetzt hör mir genau zu«, sagte der Mann. »Wir werden dich nicht verbrennen.«

Buster, dem vom Doppeltsehen und den Schmerzen schlecht geworden war, atmete erleichtert auf. Er mußte zugeben, daß jeder dieser drei Männer in besserer Form war als jeder Gegner, dem er seinerzeit gegenübergestanden hatte. Vielleicht hätte er eine Chance, wenn sie sich verhandlungsbereit zeigen würden.

»Ihr laßt mich also laufen?« Buster wünschte sich, er wäre diesem verfluchten Don Vincenzo nie begegnet, hätte sich nie seinem Willen unterworfen.

»Ich fürchte, nein«, sagte der Mann. »Handlungen ziehen Folgen nach sich. Aber Flammen sind nicht in jedem Fall die geeignete Abschreckung. Manchmal muß die Bestrafung sich dem Verbrechen angleichen. Ich werd's dir gleich zeigen.«

Die drei Männer legten chirurgische Gesichtsmasken, Kittel und Gummihandschuhe an.

»Jesus!« sagte Buster.

»Wenn du den vorziehst. Meine Kameraden werden dich jetzt festhalten.«

»Nein!«

»Besser keinen Widerstand leisten. Das würde deinen Tod nur schmerzhafter machen.«

Buster wehrte sich verzweifelt und brüllte, während die beiden anderen Männer ihn am Boden hielten. Der erste Mann steckte ihm ein Taschentuch in den Mund, um ihn zum Schweigen zu bringen. Dann zupfte er seine Gummihandschuhe zurecht und machte sich daran, einige der roten Plastikcontainer aufzuschrauben, die auf dem Laster standen. Er nahm zahlreiche verseuchte subkutane Injektionsnadeln heraus und steckte jede einzelne von ihnen in verschiedene Teile von Busters Körper.

In seine Arme.

Seine Beine.

Seinen Hals.

Seine Lenden.

Seine Augen.

Überallhin.

Lange nachdem die drei Männer fertig waren und das Lagerhaus verlassen hatten, nachdem man seinen Leichnam endlich gefunden hatte, beschrieben die Zeitungen die Leiche als Nadelkissen.

Das war nicht ganz richtig. Buster ›Right Hook‹ Buchanan war wirklich ein Injektionsnadelkissen, und wenn die Hunderte von Spitzen, die sie ihm in jeden Teil seines Körpers getrieben hatten, ihn nicht umgebracht hätten, dann wäre er schließlich an einer der Krankheiten aus diesen infizierten Nadeln gestorben, das heißt, falls ihn nicht vorher der Lungenkrebs, verursacht durch lange Jahre des Zigarrenrauchens, dahingerafft hätte.

2

Lieutenant Craigs Wohnung war ein Einzimmerapartment im niedrigen Souterrain eines umgebauten Stadthauses in der Bleecker Street in Lower Manhattan. Früher einmal hatte er ein Haus in Queens besessen, oder zumindest die Bank hatte es besessen, aber vor vier Jahren hatte seine Exfrau bei den Scheidungsvereinbarungen das Eigentumsrecht an dem Besitz erworben.

Craig wünschte sich von ganzem Herzen dorthin zurück. Nicht wegen dem Haus. Es hatte ihm nie Spaß gemacht, den Rasen zu mähen, Schnee zu schaufeln oder irgendeine der anderen Arbeiten zu verrichten, zu denen der Besitz eines Hauses einen verurteilt. Tatsache war ohnehin, daß sein Beruf ihn so mit Beschlag belegt hatte, daß er selten genug zu Hause gewesen war, um diese Arbeiten zu verrichten – oder sich um seine Frau und seine zwei Kinder zu kümmern.

Und das war es, was ihm wirklich fehlte. Nicht das verdammte Haus, sondern seine Familie. In mancher Nacht tat es so weh, daß er keinen Schlaf fand, und dann lag er in seinem ausklappbaren Bett auf dem Rücken und starrte an die Decke. Und wie sehr wünschte er sich dann, daß er sich mehr Mühe gegeben hätte.

Aber Craig hatte die Erfahrung machen müssen, daß Ehe und Polizeiarbeit selten gut zusammengehen. Ein Cop zu sein, das war so etwas wie eine zweite Ehe, und eine Ehefrau konnte auf die Arbeit genauso eifersüchtig werden wie auf eine Nebenbuhlerin. So viele Kollegen in seinem Department waren ebenfalls geschieden. Der einzige Trost bestand darin, daß seine Exfrau wenigstens großzügig gewesen war, was seine Rechte betraf, die Kinder zu sehen. Er tat sein Bestes, um wenigstens am Wochenende mit seinem Sohn und seiner Tochter etwas Zeit verbringen zu können, mehr Zeit als während seiner Ehe, aber das Problem war, daß die Kinder bereits Teenager waren, und sie fanden die Gesellschaft ihres Vaters nicht mehr so aufregend wie damals als Dreikäsehochs.

Ich habe so ziemlich alles falsch gemacht, dachte Craig, als er in seine Duschkabine trat, die Tür zuklappte und das Wasser aufdrehte. Das heiße Wasser schmerzte auf der Haut. Und was habe ich jetzt für Flausen im Kopf? Wie komme ich dazu, mit einer zehn Jahre jüngeren Frau anbändeln zu wollen? Bin ich völlig verrückt geworden? Der einzige Umstand, der Tess und mich verbindet, ist der Ärger, den sie am Hals hat. Und wenn das erledigt ist –

– du meinst, falls sich das erledigen läßt –

– he, was soll dieser Pessimismus? –

– wird sie nichts mehr mit mir zu tun haben wollen. Sie schien weiß Gott nicht begeistert von der Idee einer Freundschaft zu sein – einer engen Freundschaft –, als ich letzte Nacht mit ihr telefonierte.

Craig verstärkte den prickelnden Druck des heißen Wassers, spülte sich den Schaum aus den Haaren und schüttelte den Kopf. He, was erwartest du? Sie trauert. Da spielt es auch keine Rolle, daß sie ihrem Freund nur dreimal begegnet ist, wer immer dieser Joseph Martin auch gewesen sein mag. Es ist gut möglich, daß ihr jemand auf den Fersen ist. Sie macht sich Sorgen, um nicht zu sagen, sie hat Angst. Du hast dir einen lausigen Zeitpunkt ausgesucht.

Er stellte das Wasser ab, kletterte aus der engen Duschkabine (eine Badewanne gab es nicht) und frottierte sich trocken. Mit der Akribie des geschiedenen Mannes, dem nach der Scheidung erst klargeworden ist, mit welch ungeheurem Aufwand seine Exfrau den gemeinsamen Haushalt geführt hatte, nahm er einen Gummischrubber und wischte das Wasser von den Wänden der Duschkabine, damit keine Kalkflecken zurückblieben. Rasiert hatte er sich bereits. Jetzt mußte er sich nur noch die Haare kämmen, sich etwas After-shave in sein Gesicht klatschen, ein bißchen Deo unter die Achseln schmieren, sich anziehen und Frühstück machen.

In seinem Schlafzimmer – das gleichzeitig Küche und Wohnzimmer war – setzte Craig Kaffeewasser auf. Aus reiner Gewohnheit drehte er das Radio an, um die Nachrichten zu hören, und ganz spontan nahm er den Telefonhörer von der Gabel. Es war vielleicht kein besonders kluger Einfall. Wahrscheinlich wiederholte er einen Fehler. Egal, er spürte ein unbezwingbares Verlangen, mit Tess zu sprechen, sich dafür zu entschuldigen, daß er sie so unter Druck gesetzt hatte. Er schaute auf den Zettel, auf dem er letzte Nacht die Telefonnummer ihrer Mutter notiert hatte, und während er die Tasten drückte, hörte er mit halbem Ohr zu, wie der Radiosprecher die jüngsten Artilleriegefechte beschrieb, die sich Christen und Moslems in Beirut geliefert hatten. Warum können die ihren Scheiß nicht unter einen Hut bringen, dachte er und lauschte dem Knacken in der Fernleitung.

Er hörte einen Summton.

Noch einen Summton.

Und dann sagte eine weibliche Stimme, nicht Tess' Stimme, nicht einmal eine menschliche Stimme, sondern eine von diesen Computerstimmen, die sich wie Roboter anhören:

»Kein Anschluß unter dieser Nummer.«

Kein Anschluß? Craig runzelte die Stirn. Ich muß die falsche Nummer gewählt haben.

Er studierte die Notiz auf dem Zettel, fragte sich, ob er vielleicht die falschen Zahlen notiert haben könnte, und gab die Nummer noch einmal ein.

»Kein Anschluß unter dieser Nummer.«

Verdammt, ich habe tatsächlich eine falsche Nummer notiert.

Das kochende Wasser ließ den Kessel pfeifen. Craig drehte das Gas ab und zog die Stirn in noch tiefere Falten, während er Pulverkaffee in einen Becher löffelte, um dann zu erstarren, als er den Radiosprecher sagen hörte:

». . . wurde eine Villa in einem vornehmen Vorort von Alexandria, Virginia, vollständig zerstört.«

Alexandria?

Eine dunkle Vorahnung ließ Craig zum Radio stürzen und es lauter stellen.

»Drei Personen, die aus dem Haus flüchten wollten, um den Flammen zu entkommen, wurden durch Schüsse getötet«, sagte der Sprecher. »Zwei Hausbedienstete und Melinda Drake . . .«

Craig zog sich die Kehle zusammen.

». . . Witwe von Remington Drake, dem früheren Gesandten des Außenministeriums, der vor sechs Jahren in Beirut von moslemischen Extremisten zu Tode gefoltert worden war. Die Polizei war bis jetzt nicht in der Lage, die Mörder zu identifizieren, noch Aussagen über ihre Motive zu machen, aber die Brandspezialisten der Feuerwehr gehen davon aus, daß das Feuer durch Brandstiftung ausgelöst wurde.«

Brandstiftung? Zwei Hausbedienstete? Tess' Mutter?

Aber was ist mit . . .?

Craig packte den Hörer, schlug die Nummer der Auskunft in die Tastatur, ließ sich eine andere Nummer geben, wählte sie, bekam die Auskunft in Alexandria und erreichte auf diese Weise schließlich das . . .

»Polizeipräsidium Alexandria«, meldete sich eine schroffe Männerstimme.

»Die Mordkommission, bitte.« Craig mußte sich anstrengen, ruhig zu atmen.

Klick. Ein Summen. Stille.

Nun kommt schon! Macht . . .!

»Mordkommission«, meldete sich eine heisere Frau.

»Mein Name ist William Craig.« Noch eine Anstrengung, um das Zittern in seiner Stimme zu unterdrücken. »Ich bin Lieutenant des Vermißtendezernats beim Polizeipräsidium New York City. Die Nummer meines Dienstausweises lautet . . . Der Name meines Vorgesetzten lautet . . . Seine Dienstnummer ist . . . Ich rufe aus meiner Wohnung an, wenn Sie wollen, gebe ich Ihnen die Nummer, damit Sie überprüfen können, wer ich bin.«

»Bevor es zu kompliziert wird, Lieutenant, warum beruhigen Sie sich nicht einfach und sagen mir, was Sie auf dem Herzen haben?«

»Die Brandstiftung in Melinda Drakes Haus. Die Opfer

der Schüsse. Haben Sie noch ein weiteres Opfer gefunden? Die Tochter? *Tess* Drake?«

»Nein. Nur die Dienstboten und die ... Was wissen Sie über eine Tochter, Lieutenant? Warum vermuten Sie, daß sie im Haus gewesen sein könnte? Was haben Sie für ein Interesse an dem Fall?«

»Ich ... es ist zu kompliziert. Ich muß erst nachdenken. Ich werde Sie wieder anrufen.« Craig knallte den Hörer auf die Gabel.

Tess war in Sicherheit!

Nein.

Ein plötzlicher, glühendheißer Gedanke ließ ihn am Eßtisch Halt suchen. Was ist, wenn sie dem Feuer nicht entkommen konnte? Wenn sie im Haus gestorben ist? Wenn die Ermittlungsbeamten ihre Leiche noch nicht gefunden haben?

Mit zitternden Händen riß Craig den Schrank auf und schnappte sich das Branchenverzeichnis. Er mußte sich einen Platz auf der nächsten Maschine zum Washington National Airport sichern. Dort würde er sich einen Wagen mieten und ...

Er zögerte. Dann schlug er das Telefonbuch wieder zu.

Was zum Teufel sollte ich dort in Alexandria tun? Ich wäre nutzlos. Ich könnte nur auf der Straße auf und ab laufen und den Ermittlern dabei zuschauen, wie sie in der Ruine der Villa herumstochern.

Aber ich muß etwas tun.

Nachdenken! Hoffen! Sicher ist nur, daß zwei Hausangestellte und Tess' Mutter erschossen wurden, als sie versuchten, den Flammen zu entkommen.

Aber das heißt nicht, daß Tess *nicht* entkommen ist.

Bitte. O mein Gott, *bitte* laß ihr nichts zugestoßen sein.

Wenn sie entkommen ist ...

Was würde sie dann tun? Ganz sicher hätte sie schreckliche Angst. Sie würde versuchen, sich vor denen zu verstecken, die sie töten wollten.

Und dann?

Vielleicht ...

Ganz vielleicht würde sie mich anrufen.

An wen sonst könnte sie sich wenden? Von wem sonst wüßte sie so sicher, daß sie ihm vertrauen könnte, sich auf ihn verlassen könnte? Ich wäre vielleicht die einzige Hoffnung, die sie noch hat.

3

Tess fühlte sich nackt vor Furcht. Trotz des feuchtwarmen Morgens zitterte sie, als sie zum zweitenmal auf den Klingelknopf der Villa drückte. Immer wieder schaute sie nervös an den Bäumen und Büschen des weitläufigen Vorgartens vorbei auf die von einer Hecke eingerahmte Einfahrt. Bis jetzt hatte sie Glück gehabt. Seitdem sie in langen Sätzen die überdachte Vorhalle erreicht hatte, waren keine Autos auf der schmalen, stillen Straße vorbeigekommen, aber wenn nun doch welche kämen, wenn die Fahrer sie hier sehen würden, und wenn eines der Autos den Kerlen gehörte, die versucht hatten, sie umzubringen ...

Nun macht schon! Beim nächstenmal nahm Tess den Daumen nicht mehr vom Klingelknopf. Noch ein schrecklicher Gedanke bemächtigte sich ihrer. Wenn nun niemand in der Villa wäre? Vielleicht waren die Caudills in ihre Sommerresidenz in Maine gezogen. Verzweifelt überlegte sie, ob sie hier einbrechen sollte. Nein! Die hätten bestimmt eine Alarmanlage!

Ihre damalige Spielkameradin wohnte schon lange nicht mehr hier, zuerst war sie auf die Uni gegangen und später mit ihrem Ehemann nach San Francisco gezogen, aber ihren Eltern gehörte diese Villa noch, und während der Nacht, als Tess in dem feuchten, dunklen, engen Verschlag hinter den Findlingen des Brunnens gesessen hatte, hatte sie die immer stärker werdenden Schmerzen in ihrer verkrampften Muskulatur ignoriert und versucht, ihre von Kummer und Angst erfüllten Gedanken zusammenzunehmen und sich zu überlegen, was sie als nächstes tun könnte. Obwohl die Antwort eigentlich auf der Hand gelegen hatte, war sie so durcheinander gewesen, daß sie bis zum Morgen gebraucht hatte, um sich daran zu erinnern, daß die Besitzer dieser Villa früher einmal eine Art zweites Elternpaar für sie gewesen waren.

Die Haut unter ihrem Daumennagel wurde schon ganz weiß, so kräftig drückte sie auf den Klingelknopf, und in dem Maße, in dem ihre Hoffnung schwand, verstärkte sich die Angst. Bitte!

Erleichtert atmete sie auf, als die Tür plötzlich aufgerissen wurde. Ein energischer Butler musterte mit finsteren Blicken ihre schmutzigen Jeans, den zerrissenen Pullover, das rußverschmierte Gesicht und das strähnige, mit Spinnweben verklebte Haar.

»Mrs. Caudill?« sagte Tess. »Bitte! *Ist sie zu Hause?*«

»Mrs. Caudill spendet regelmäßig für Obdachlosenasyle. In der Innenstadt gibt es mehrere davon.« Der Butler wollte die Tür wieder schließen.

Tess stieß mit beiden Händen gegen die Tür. »Sie verstehen nicht!«

»Mrs. Caudill möchte nicht gestört werden.« Der Butler holte tief Luft, seine Nasenflügel bebten. Tess wurde klar, daß ihre Kleidung nach Qualm und Schweiß riechen mußte. »Ich sehe mich gezwungen, die Polizei zu rufen, wenn Sie nicht sofort verschwinden.«

»Nein! Hören Sie mir doch zu!« schrie Tess und drückte noch heftiger gegen die Tür.

Der Butler hielt dem Druck stand.

»Mein Name ist Tess Drake! Mrs. Caudill kennt mich!« Mit klopfendem Herzen hörte sie, wie sich auf der Straße ein Auto näherte. Mit aller Kraft wollte sie sich durch den schmalen Türspalt zwängen.

Der Butler stellte sich ihr in den Weg.

»Ich bin eine Freundin von Mrs. Caudills Tochter!« stöhnte Tess und stemmte ihre Schulter gegen die Türfüllung, um den Butler zur Seite zu drängen. »Ich bin früher oft in dieses Haus gekommen! Mrs. Caudill *kennt* mich! Sagen Sie ihr, es sei . . .«

»Tess?« fragte eine verwunderte Stimme im Hintergrund. »*Tess?* Bist *du* das?«

»Mrs. Caudill! Bitte lassen Sie mich herein!«

Das Auto auf der Straße kam näher.

»Es ist in Ordnung, Thomas. Öffnen Sie die Tür«, sagte die unsichtbare Frau.

»Sehr wohl, Madame.« Der Butler warf Tess einen finsteren Blick zu. »Wie Sie wünschen.«

Das Auto befand sich unmittelbar vor der Auffahrt zur Villa, als Tess durch die offene Tür huschte. Der Butler schlug sie hinter ihr zu und dämpfte so das Motorengeräusch.

Tess blieb stehen und atmete tief durch. Sie klammerte sich an ihre Umhängetasche – die sich mit der zusätzlichen Last der Fotos, des Buchs und der Pistole schwer anfühlte – und warf einen erleichterten Blick auf Mrs. Caudill, die in der Eingangshalle stand, nahe der Tür zum Speisezimmer der Villa.

Mrs. Caudill war fünfundfünfzig Jahre alt, von kleinem, ein wenig rundlichem Körperbau, und hatte Pausbäckchen, die durch den runden Rahmen ihrer Brille noch betont wurden. Sie trug einen asiatischen Hausmantel in leuchtenden Farben und schaute ziemlich verständnislos, offensichtlich nicht nur wegen des unerwarteten Besuchs, sondern auch wegen dessen abgerissener Erscheinung. »Großer Gott, Tess! Bist du okay?«

»*Jetzt* ja.«

»Das Feuer! Letzte Nacht. Ich hab' die Flammen von meinem Schlafzimmer aus gesehen. Die Sirenen haben mich geweckt. Wo hast du gesteckt? Was ist mit dir passiert?«

Trotz ihrer steifen Beine lief Tess auf sie zu. »Gott sei Dank sind Sie zu Hause. Ich brauche Hilfe, Mrs. Caudill. Tut mir leid, daß ich hier so reinplatze, aber . . .«

»Hilfe? Natürlich, Kleines. Du weißt, daß du hier immer ein offenes Haus findest. Ich erinnere mich noch, wie du mit . . .« Mrs. Caudill streckte schon ihre Arme aus, um Tess an sich zu ziehen, aber dann hielt sie inne, als ihr

Blick auf Tess verrußte Kleidung fiel und der Geruch nach Schweiß und Rauch ihr in die Nase stieg. »Deine Arme! Schau dir die Verbrennungen an! Und deine Hände! *Lauter Blasen!* Du brauchst sofort einen Arzt!«

»Nein!«

»Was?«

»Keinen Arzt! Noch nicht! Ich glaube nicht, daß die Verbrennungen so schlimm sind, Mrs. Caudill. Aber sie tun weh. Wenn Sie vielleicht einen Erste-Hilfe-Kasten haben ...«

»Ja. Genau. Und wir müssen dich saubermachen! Schnell, Thomas!« Mrs. Caudill drehte sich zu ihrem Butler um. »Ich erinnere mich nicht, wo wir ... Der Erste-Hilfe-Kasten? *Wo bewahren wir den auf?* Bringen Sie ihn so schnell Sie können her!«

»Sicher, Madame«, antwortete der Butler mürrisch.

»Das ist die beste Freundin meiner Tochter! Tess Drake! Das Feuer in der Nacht.«

»Jawohl, Madame.«

»Es war das Haus ihrer Mutter!«

»Jetzt verstehe ich, Madame«, erwiderte der Butler noch säuerlicher. »Tess Drake. Es tut mir leid ... Zweifelsohne war der Irrtum auf meiner Seite, aber, Madame, sie hat so schnell gesprochen ... Ich möchte mich entschuldigen. In der Aufregung des Augenblicks muß mir der Nachname entgangen sein.«

»Schon gut, Thomas. Hören Sie um Gottes willen mit Ihrer Katzbuckelei auf und kommen Sie auf Touren, wie meine Tochter zu sagen pflegte.«

»Natürlich, Madame.«

Mrs. Caudill raffte den Saum ihres bunten, asiatischen Hausmantels zusammen und lief mit erstaunlicher Beweglichkeit, wenn man ihr Alter und ihr Gewicht in Rechnung stellte, vor Tess die vordere Treppe der Villa hoch. »Aber du hast immer noch nicht gesagt, wo du gesteckt hast. Was ist mit dir passiert? Warum hat die Polizei dich nicht ...? Oder die Feuerwehr ...? Warum hat man dich nicht in ein Krankenhaus gebracht?«

»Das ist alles ...« Tess rieb sich die verklebten Augenbrauen und bemühte sich darum, überzeugend zu klingen. »Es ist alles so nebelhaft. Der Rauchalarm hat mich geweckt. Die Flammen. Ich erinnere mich, daß ich eingeschlossen war und vom Schlafzimmerbalkon gesprungen bin.«

»Gesprungen?« Mrs. Caudill schaute entgeistert.

»Aber was danach war ...? Ich weiß es nicht mehr. Ich glaube, ich habe mir den Kopf angeschlagen. Wahrscheinlich bin ich zusammengebrochen. Und dann weiß ich nur, daß ich in Ihrem Garten wieder aufgewacht bin.«

»Wie um Gottes willen bist du ...?«

»Ich hab' keine Ahnung, Mrs. Caudill. Ich muß völlig durcheinander gewesen sein.«

»Kein Wunder. Ich an deiner Stelle wäre in Ohnmacht gefallen. Es muß entsetzlich gewesen sein. Du hast einen ... Tess, deine Mutter ... Ich mag's dir gar nicht ... Ist dir eigentlich klar, was mit deiner Mutter passiert ist?«

Tess blieb auf dem Treppenabsatz stehen, als Schmerz und Trauer ihr die Kehle zuschnürten und sich ihr wie ein Felsbrocken auf die Brust legten. Tränen trübten ihr den Blick und liefen ihr heiß über die Wangen. »Ja.« Die Stimme wollte ihr versagen. »Lieber Gott, *dieser* Teil ist *nicht* nebelhaft.«

»Es tut mir so leid, Tess. Ich kann dir gar nicht sagen, wie sehr ich ... Deine Mutter war eine gute, großherzige Frau. Die Kraft, die sie aufbrachte, als sie vom Tode deines Vaters erfuhr. Sie war eine bemerkenswerte Frau. Ich kann gar nicht glauben, daß jemand sie erschossen haben soll. Ich kann's mir wirklich nicht vorstellen. Es muß entsetzlich für dich gewesen sein.«

»Ja, Mrs. Caudill. Ich fühle mich so ... ›Entsetzlich‹ ist noch gar kein Ausdruck. Wirklich, ich danke Ihnen. Ich danke Ihnen für ihr Mitgefühl.« Als Tess sich die Tränen von der Wange wischte, spürte sie den Schmutz. Die Tränen hatten den Ruß an ihren Händen verschmiert.

»Du mußt mir doch nicht danken, Kindchen. Ich freue mich, daß du zu mir gekommen bist. Regina ist schon so viele Jahre aus dem Haus. Es ist viel zu lange her, daß ich jemanden bemuttern durfte.«

Beim Geräusch sich nähernder Schritte wirbelte Tess herum.

Steifbeinig und aufrecht kam der Butler die Treppe hoch, auf den Armen trug er einen Plastikbehälter mit einem roten Kreuz auf dem weißen Deckel.

»Gut. Der Erste-Hilfe-Kasten. Endlich«, sagte Mrs. Caudill. »Komm, Tess. Wir müssen uns ganz schnell um deine Verbrennungen kümmern. Alles andere hat Zeit bis später.« Die rundliche Frau führte sie eilig zu einer Tür in der Mitte des oberen Flurs. »Erinnerst du dich an Reginas Badezimmer?«

»Wie könnte ich das vergessen haben? Ich hab's oft genug benutzt.«

Mrs. Caudill lächelte. »Ja, damals.« Im Gegensatz zu ihrem Lächeln klang ihre Stimme eher melancholisch. »In der guten alten Zeit.« Sie öffnete die Tür.

Tess sah sich einem riesengroßen, weißen Badezimmer mit blitzenden, fleckenlosen Kacheln gegenüber. So, wie sie es im Gedächtnis gehabt hatte. Von beruhigender Vertrautheit. Hinten rechts war die Tür, die zu Reginas Schlafzimmer führte. Und ebenfalls hinten, auf der linken Seite, befand sich gleich neben der Duschkabine eine kleine Sauna.

Aber was Tess als erstes ins Auge fiel, worauf sie sich am meisten gefreut hatte, war die tiefe, breite Badewanne.

Mrs. Caudill nahm dem Butler den Erste-Hilfe-Kasten aus der Hand, setzte ihn auf dem Marmortisch zwischen den beiden Waschbecken ab und zog sich auf den Flur zurück. »Nun weich dich erst mal ein, Tess.«

»Keine Sorge, Mrs. Caudill, das werde ich tun.«

»Und laß dir so viel Zeit, wie du willst. Ich werde inzwischen ein paar Sachen zum Anziehen zusammensuchen, die Regina hiergelassen hat. Wenn ich mich richtig erinnere, hattet ihr ungefähr dieselbe Größe.«

Tess nickte wehmütig. »Ja, wir haben unsere Kleider immer ausgetauscht. Aber, bitte, Mrs. Caudill, nichts Nobles. Jeans, wenn möglich. Und Hemd oder Pullover. Ich möchte salopp bleiben.«

»Immer noch der Wildfang von früher?« Mrs. Caudill zwinkerte ihr zu.

»Wahrscheinlich. In Kleidern fühle ich mich unwohl.«

»Das ist so, seitdem ich dich kenne. Okay, ich tu', was ich kann. Und jetzt rein in die Wanne und *eingeweicht*! Ich denke, ich sollte die Polizei benachrichtigen. Sie werden dich ...«

»Nein, Mrs. Caudill!« Der Schreck über ihren eigenen Aufschrei verwandelte Tess' Magen in eine Grube sich windender Schlangen.

»Wie bitte?« Mrs. Caudill zog erstaunt die Augenbrauen hoch. »Ich verstehe nicht. Was ist los? Die Polizei muß doch benachrichtigt werden. Sie müssen mit dir reden. Du könntest etwas wissen, das ihnen bei der Suche nach den Ungeheuern weiterhilft, die das Haus deiner Mutter angezündet und sie getötet ...«

»Nein! Noch nicht!« Tess versuchte, sich ihre Panik nicht anmerken zu lassen.

»Ich verstehe immer noch nicht.« Die Furchen auf Mrs. Caudills Stirn wurden tiefer. »Du bringst mich ganz durcheinander.«

»Ich bin noch nicht bereit. Ich fühle mich so ... Wenn Sie die Polizei anrufen, werden die in ein paar Minuten hier sein. Aber ich glaube nicht, daß ich jetzt schon die Kraft habe, ihre Fragen zu beantworten. Ich muß erst einen klaren Kopf bekommen. Ich muß ... Meine Mutter ... Ich bezweifle, daß ich schon über das reden kann, was passiert ist. Wahrscheinlich würde ich ...« Tränen liefen Tess über die Wangen. »Ich wäre nicht in der Lage, mich zusammenzureißen.«

Mrs. Caudill erlaubte ihren Augenbrauen, in die Ausgangsstellung zurückzukehren. »Natürlich. Wie dumm von mir. Ich hab' nicht darüber nachgedacht. Du stehst ja noch unter Schock. Aber du mußt dir darüber im klaren sein, daß du später mit der Polizei reden mußt. Es wird eine Tortur, aber es muß sein.«

»Ich weiß, Mrs. Caudill. Später, wenn ich mich gewaschen und etwas ausgeruht habe, werde ich sie selbst anrufen. Ganz bald. Ich versprech's Ihnen.«

»Unbedingt! Aber alles der Reihe nach. Erst einmal steigst du in diese Wanne, während ich ein paar Sachen für dich zusammensuche.« Trotz ihrer beruhigenden Worte sah Mrs. Caudill immer noch etwas besorgt aus, als sie sich auf den Flur zurückzog und die Badezimmertür schloß.

Vielleicht hatte sie auch nur ihr Mitgefühl ausdrücken wollen. Tess wußte es nicht so genau, als sie jetzt allein im Badezimmer stand.

Ganz automatisch verschloß sie die Tür. Ihre Gefühle waren in hellem Aufruhr. Sie zog sich schnell aus und warf die zerrissenen, schmutzigen, nach Rauch stinkenden Kleidungsstücke in eine Ecke. Selbst die Socken und die Unterwäsche stanken verqualmt. Sofort drehte sie den Heißwasserhahn über der Badewanne auf, steckte den Stopfen in den Abfluß und schüttete ein duftendes Badesalz in die Wanne. Als der Dampf aufzusteigen begann, mischte sie kaltes Wasser dazu, prüfte die Temperatur mit dem Zeigefinger und stieg hinein in die wunderbare, tröstende Wärme.

Kurz brannten die Blasen auf ihren Armen und Händen. Aber als der Schmerz nachließ, lehnte sie sich zurück und genoß die Hitze, die langsam und wunderbar über ihre Hüften, die Lenden, den Bauch bis hinauf zu den Brüsten stieg. Erst als das Wasser sich dem Überlauf näherte, beugte sie sich widerstrebend vor und drehte die Hähne ab. Ihre verkrampfte Muskulatur löste sich nach und nach.

Aber sie fühlte sich nicht zufrieden. Während sie auf den Ruß starrte, der sich auf den Seifenblasen im Wasser abgesetzt hatte, fragte sie sich, warum sie sich so beharrlich gewehrt hatte. Warum wollte sie nicht, daß Mrs. Caudill die Polizei ruft?

Lieber Gott, meine Mutter wurde ermordet. Und zwei ihrer Dienstboten. Und ich wäre auch beinahe ermordet worden. Mit Sicherheit werden die Leute, die das Haus in

Brand gesteckt haben, nicht aufgeben. Sie werden mich weiter jagen. Was auch immer ihr Grund sein mag, er ist ihnen so wichtig, daß sie alles tun werden, um mich zu kriegen.

Warum? Hat es etwas mit den Fotografien zu tun, die der Mann mir stehlen wollte? Was habe ich in Josephs Wohnung zu sehen bekommen, das ich nicht hätte sehen dürfen, und von dem auch niemand anders erfahren soll?

Tess erschauerte bei der Erinnerung an das Relief auf Josephs Bücherregal. Grotesk. Abstoßend.

Was sollte dieses Relief bedeuten? Welches kranke Hirn könnte so etwas entworfen haben? Und warum war Joseph davon so angetan? Was sagte das Relief über *seinen* Geisteszustand aus? Ganz sicher war er nicht der gutmütige, freundliche Mann gewesen, als der er ihr erschienen war, nicht, wenn er die Gewohnheit hatte, sich auszupeitschen, bis er blutete, und sich dann ins Bett zu legen, während dieses grauenhafte *Ding* vom Bücherregal auf ihn herunterschaute. Und außerdem, fiel Tess plötzlich ein, war auch seine Wohnung ausgebrannt. Die Skulptur war gestohlen worden, und der einzige Beweis für ihre Existenz war das Foto in ihrer Tasche.

Sie zitterte so heftig, daß die Wasseroberfläche unter den rußbedeckten Seifenblasen sich kräuselte. Als erstes hätte ich nach dem Betreten dieses Hauses die Polizei anrufen sollen. Ich brauche doch Hilfe!

Warum will ich dann nicht, daß Mrs. Caudill sie anruft?

Die Antwort erschreckte sie in ihrer Dringlichkeit. *Weil ich nicht will, daß irgend jemand weiß, wo ich bin.* Wer immer mich jagt, der wird davon ausgehen, daß ich als erstes Kontakt mit der Polizei aufnehme.

Also werden sie den Polizeifunk abhören. Wenn ich die Polizei anrufe, gehen die Angaben zu meinem Versteck über Funk. Die Mörder werden alles versuchen, noch vor der Polizei hier zu sein. Und diesmal . . .

Tess erschauerte.

Sie sind so entschlossen, daß sie sich keinen weiteren Fehlschlag leisten werden. Sie werden uns alle töten.

Den Butler.

Mrs. Caudill.

Mich.

Tess stellte sich Mrs. Caudill vor, schreiend, während ihr das Blut aus den Schußlöchern in ihrem Körper sprudelte.

Nein! Ihre Tode kann ich nicht auch noch auf mein Gewissen laden! Und ich kann mich nicht darauf verlassen, daß die Polizei mich beschützen wird. Ich brauche Zeit zum Nachdenken. Ich *muß* mich weiter verstecken. Bis ich endgültig sicher bin, daß mir nichts mehr passieren kann! Was soll ich tun?

4

Immer unruhiger lief Craig in seinem Apartment auf und ab. Die im Hintergrund immer lauter werdenden Stimmen der Oper *Turandot* von Puccini, die er immer dann auflegte, wenn er nervös war, hörte er kaum noch.

Ruf an, Tess! Bitte! Wenn du am Leben bist, dann ruf um Gottes willen an!

Aber je länger er wartete, desto mutloser wurde er. Da stimmte etwas absolut nicht.

Er schaute auf seine Armbanduhr und bemerkte, daß er bereits seit einer Stunde in seinem Büro sitzen sollte. Plötzlich blieb er stehen, ein Gedanke war ihm durch den Kopf geschossen. Das Büro? Vielleicht geht Tess davon aus, daß ich dort bin. Vielleicht versucht sie, dort mit mir Kontakt aufzunehmen.

Falls sie versucht, Kontakt mit mir aufzunehmen.

Falls sie nicht in den Flammen umgekommen ist, und ihre Leiche nur noch nicht gefunden wurde.

Nein, keine solchen Gedanken jetzt! Sie ist in Sicherheit! Sie *muß* in Sicherheit sein!

Craig nahm das Telefon und wählte seine Dienstnummer. Ungeduldig wartete er das Klingelzeichen ab.

Noch ein Klingelzeichen.

»Vermißtendezernat«, meldete sich eine gereizte Stimme.

»Tony, hier ist Bill. Ich . . .«

»Na endlich. Wo hast du gesteckt? Wir haben große Probleme. Luigi hat sich krank gemeldet. Das Telefon hört gar nicht mehr auf zu klingeln. Wir haben acht neue Fälle, und der Captain meint, wir würden alle nur herumtrödeln.«

»Ich tauche demnächst auf, Tony, ich versprech's dir. Hör mal, gibt's irgendwelche Nachrichten für mich?«

»Jede Menge.«

Craigs Herz schlug schneller. »Ist etwas von Tess Drake dabei?«

»Warte mal 'n Moment. Ich guck nach. Aber . . . Hör mal, wer ist die Frau, die da im Hintergrund kreischt? Oper? Seit wann ist aus dir 'n verdammter Italiener geworden?«

»Die Nachrichten, Tony. Guck nach den Nachrichten.«

»Ja, okay, hier hab' ich sie. Laß mich nur eben . . . Bailey, Hopkins. Nein. Nichts von Tess Drake.«

Craig trat gegen den Eßtisch.

»Wo wir gerade bei Nachrichten sind. Der Captain hat vor 'ner Weile einen Anruf von der Polizei in Alexandria, Virginia, bekommen. Sie behaupten, du hättest dich bei ihnen gemeldet. Irgendwas wegen eines Brandes. Sie meinen, du hättest dich etwas seltsam angehört. Was ist passiert?«

»Ich werd's dir erklären, wenn ich im Büro bin. Tony, die Sache ist wichtig. Sollte Tess Drake für mich anrufen, dann laß dir unbedingt eine Nummer geben, unter der ich sie erreichen kann.«

Craig legte den Hörer auf. Während sich Pavarottis volle Stimme dem Gipfelpunkt einer Arie näherte, starrte Craig auf die Tischplatte. Mit einem Fluch auf den Lippen setzte er sich in Gang, schaltete den Anrufbeantworter ein und die Stereoanlage aus. Dann schnallte er den Halfter samt Revolver an seinen Gürtel, zog sein Jackett an, hastete aus der Wohnung und ließ beide Riegel vorschnappen.

Nachdem Craig die zehn Stufen aus seiner Kellerwohnung heraufgestiegen und auf die lärmige Straße hinausgetreten war, kitzelte ihn der Smog im Hals, und er mußte wieder husten. Neben einer Reihe von Abfalltonnen blieb er am Randstein stehen. Als er weit und breit kein Taxi entdecken konnte, zuckte er die Achseln und fiel in einen plumpen Dauerlauf in Richtung Siebte Avenue. Er keuchte unter der plötzlichen Anstrengung.

Tess hat recht, dachte er. Ich hab' zuwenig auf meine Form geachtet. Ich muß anfangen, was zu tun.

Tess. Der Gedanke an sie jagte ihm einen Schuß Adrenalin durch den Körper. Schwitzend erhöhte er das Tempo, dabei verzweifelt nach einem Taxi Ausschau haltend.

5

Hinter Craig, ganz in der Nähe seiner Wohnung in der Bleecker Street, beugten sich zwei unauffällige Männer vom Randstein aus über den Motor eines scheinbar fahruntüchtigen Autos. Als sie sahen, daß Craig sich im Laufschritt in Richtung Siebte Avenue entfernte, knallten sie die Motorhaube zu, zwängten sich in den japanischen Kleinwagen, wendeten in einer Spitzkehre und drückten aufs Gas, um ihm zu folgen.

Ein Stück weiter die Straße runter nahm in einem Lieferwagen, auf dessen Seiten perfekte Imitationen des Monogramms der Telefongesellschaft prangten, ein dunkelhaariger Mann das Autotelefon zur Hand, während sein nicht minder dunkelhaariger Partner die Skala auf seinem Empfänger einstellte und weiter in seine Kopfhörer lauschte.

Der erste Mann, der nur zu gut wußte, daß man Gespräche über Autotelefon abhören konnte, machte indirekte Angaben.

»Unser Freund hat das Baseballstadion verlassen. Ein

paar Mannschaftskameraden sind in seiner Begleitung ... Das *gegnerische* Team? Scheint noch nicht einsatzbereit zu sein. Jedenfalls haben wir es nicht gesehen. Aber unser Fänger macht sich Sorgen um seine Freundin. Er hatte gehofft, sie würde ihn im Clubhaus anrufen. Hat sie nicht getan. Jetzt glaubt er, daß sie im Büro anrufen wird. Das verschafft uns etwas Zeit, es sei denn, das gegnerische Team taucht auf. Wir werden unserem Fänger einen Gefallen tun und im Clubhaus die Stellung halten für den Fall, daß seine Freundin doch noch anruft und eine Nachricht hinterlassen will. Ich nehme doch an, daß jemand vor seinem Büro wartet? ... Gut. Schließlich möchte ich nicht, daß unser Fänger allein ist, wenn seine Freundin Hilfe braucht.«

6

Auf dem Wasser in der Wanne schwamm eine so widerliche Rußschicht, daß Tess es rauslassen, die Wanne spülen und frisches Wasser nachlaufen lassen mußte. Auch nach dem zweiten Bad fühlte sie sich nicht ganz sauber, also stieg sie noch unter die Dusche, wo sie ihr verfilztes Haar dreimal hintereinander wusch.

Da sie nirgends einen Fön entdecken konnte, kämmte sie ihr Haar einfach aus, was wegen seines kurzen Schnitts nicht problematisch war. Endlich war es wieder blond und nicht rußgeschwärzt.

Aus dem Erste-Hilfe-Kasten nahm sie eine antibiotische Salbe und rieb sich damit die verbrannten Stellen ein. Die Wunden schienen nicht besonders tief zu sein, obwohl sie Flüssigkeit absonderten und wieder zu brennen anfingen. Sie war versucht, sich einen Verband um die Arme zu wickeln, aber irgendwo hatte sie gelesen, daß Brandwunden Luft brauchen, wenn sie nicht gar zu schwer sind, und sie hoffte, daß ihre leichterer Art waren. Im Augenblick waren die Verbrennungen ohnehin ihr geringstes Problem.

Mrs. Caudill hatte an die Badezimmertür geklopft und

ihr mitgeteilt, sie habe ein paar Kleidungsstücke im Schlafzimmer nebenan bereitgelegt. Tess wickelte sich ein Handtuch um Brust und Hüften, dann betrat sie durch die Verbindungstür das Nebenzimmer und fand dort auf dem Bett Socken, Unterwäsche, Jeans und eine kurzärmelige, burgunderfarbene Bluse. Sie zog sich hastig an, den Büstenhalter ließ sie liegen. Es war ein gutes Gefühl, wieder frische Kleider auf frisch gewaschener Haut zu tragen. Die Sachen paßten ihr beinahe perfekt. Nur die Tennisschuhe, die Mrs. Caudill für sie gefunden hatte, waren eine halbe Nummer zu klein. Tess mußte ihre schmutzigen Turnschuhe tragen, die sie eigentlich wegwerfen wollte. Sie schnappte sich die Jutetasche, die ebenfalls verrußt war, nach Rauch stank und ausgetauscht werden müßte, und beschloß, möglichst schnell nach unten zu gehen, bevor Mrs. Caudill es sich noch anders überlegte und doch auf eigene Faust die Polizei rief.

Schon in der Eingangshalle hörte sie Geräusche aus dem Speisezimmer, und als sie eintrat, stellte ein Hausmädchen gerade ein silbernes Tablett mit Toast, Marmelade, Speck, Rühreiern und Orangensaft auf dem langen Eichentisch ab. Dampf stieg aus einer Kaffeekanne auf.

Mrs. Caudill trug statt des Hausmantels jetzt ein Kleid und saß am einen Ende des Tisches. Vor ihr lag die *Washington Post*. Als sie Tess hereinkommen sah, lächelte sie, obwohl ihr Blick dunkel und melancholisch war. »Nun, jetzt siehst du zweifellos besser aus.« Mühsam richtete Mrs. Caudill sich auf. »Ich weiß nicht, was du gerne ißt, aber ich war so frei, Rose-Marie zu bitten, ein Frühstück für dich zu bereiten. Du mußt doch sterben vor Hunger.«

Beim Duft des Frühstücks meldete sich Tess' Magen mit einem Knurren. Es war ihr bis jetzt nicht aufgefallen, wie schwach sie vor Hunger war. Statt eines vernünftigen Abendessens hatte sie gestern nur von der Pastete probiert, die ihre Mutter so gerne mochte.

Ihre Mutter. Mit frischer Kraft wogte der Schmerz durch ihren Körper, kühlte ihn aus und betäubte ihn. Sie widerstand dem Andrang der Tränen, die ihr in die

Augen schießen wollten, denn sie wußte, daß sie angesichts der Anstrengungen, die vor ihr lagen, nicht die Fassung verlieren durfte. Es erschien ihr beinahe unmöglich ... Sie konnte immer noch nicht begreifen, sie wollte sich nicht eingestehen, daß ihre Mutter tot war.

Es durfte nicht sein!

Nur unter Aufbietung all ihrer Willenskraft gelang es Tess, Mrs. Caudills Lächeln zu erwidern. »Vielen Dank. Sie sind so gut zu mir.«

»Verschon mich mit Komplimenten, Tess. Du kannst dich bedanken, indem du kräftig zugreifst und alles aufißt. Das wird heute ein verdammt harter Tag. Du wirst deine ganze Kraft benötigen.«

»Ich fürchte, Sie haben recht.« Tess setzte sich an den Tisch, faltete ihre Serviette auseinander und nahm mit zitternden Fingern eine matt schimmernde Silbergabel zur Hand. Sie staunte darüber, wie leicht es ihr fiel, das Frühstück zu verschlingen, obwohl es weit entfernt von dem war, was sie normalerweise morgens zu sich nahm. Schon seit langer Zeit hatte sie Eier (zuviel Cholesterin) und Schinken (krebserregende Nitrate) von ihrer Diät gestrichen.

Nachdem sie den letzten Schluck Orangensaft getrunken hatte und die Energie der Riesenmenge, die sie gegessen hatte, spürte, kam ihr der spontane Einfall, Mrs. Caudill zu fragen: »Wo ist eigentlich Ihr Mann? Im Justizministerium? Oder in Ihrem Sommerhaus in Maine?«

»Mein Mann?« Mrs. Caudills Gesicht wurde blaß. »Weißt du denn nicht ...?«

Tess setzte ihr Glas ab. »Was sollte ich wissen ...?«

»Mein Mann ist vor drei Jahren gestorben.«

»Oh.« Ganz leise hatte sie das gesagt. Der Schock lähmte sie, sie wußte nicht, was sie darauf sagen sollte.

Aber dann wußte sie es doch. Sie langte nach Mrs. Caudills Hand und drückte sie sanft. »Das tut mir wirklich schrecklich leid. Ich habe ihn gemocht. Sehr. Er hat mir immer das Gefühl gegeben, hier zu Hause zu sein.«

Mrs. Caudill biß sich auf die Lippe. »Ja.« Sie unterdrückte ein Schluchzen. »Er war ein anständiger, liebenswerter Mann.«

»Macht es Ihnen was aus . . .?«

»Was?«

»Über ihn zu sprechen.«

»Ob es mir was ausmacht?« Mrs. Caudill schüttelte den Kopf. »Nein, überhaupt nicht. Vielleicht tut es sogar ganz gut. Nur zu. Ich bin eine robuste alte Dame.«

»Wie ist es passiert?«

»Ein Herzanfall.« Mrs. Caudill seufzte. »Ich habe mein Bestes getan, aber ich konnte ihn nicht davon überzeugen, mit der Arbeit etwas kürzer zu treten. Immer wieder habe ich ihm gesagt, er soll mehr Urlaub machen oder wenigstens am Wochenende nicht ins Büro gehen.« Ihre Lippen zitterten. »Nun, ich glaube, er ist dort gestorben, wo er sein wollte. Nicht zu Hause, sondern im Büro.«

Der Tod, dachte Tess. Der Tod ist überall um mich herum.

»Also, Tess, ich weiß, wie du dich fühlst. Mein Gott, ich wünschte, ich wüßte es nicht so genau. Mein Mann. Deine Mutter. Wir werden sie vermissen. Unsere Leben werden ohne sie ärmer sein.« Mrs. Caudill straffte die Schultern, als wollte sie nicht weiter über das Thema sprechen. Sie deutete mit einem bedrückten Kopfnicken auf die *Washington Post* vor ihr auf dem Tisch. »Der Brand in eurem Haus . . . die Morde . . . offensichtlich ist es für die Morgenausgabe zu spät in der Nacht passiert. Aber vielleicht sollten wir das Radio anstellen. Es könnte neue Informationen geben, neue Entwicklungen, über die du Bescheid wissen solltest.«

Tess zuckte zusammen, als der Alptraum der vergangenen Nacht wieder lebendig wurde, die Flammen, die Ermordung ihrer Mutter. Der Gedanke daran, das alles im Radio noch einmal geschildert zu bekommen, machte ihr einen Schrecken. Trotzdem wollte sie unbedingt erfahren, ob es der Polizei gelungen war, die Männer zu fassen, die ihre Mutter erschossen hatten. »Ja, das ist eine gute Idee.«

»Und danach mußt du die Polizei anrufen, jetzt, wo du ausgeruht bist.«

»Sicher«, log Tess. »Das wollte ich gerade tun.«

Aber inzwischen hatte sie ihre Aufmerksamkeit bereits auf die Zeitung vor Mrs. Caudill gerichtet. Die Schlagzeile stand für sie auf dem Kopf, aber auch so konnte sie entziffern, was dort stand, und ein kalter Schauer lief ihr über den Rücken. Mit angehaltenem Atem beugte sie sich über den Tisch, zog die Zeitung zu sich heran und drehte sie um. Jetzt leuchtete die Schlagzeile zu ihr herauf:

BRIAN HAMILTON FINDET BEI AUTOUNFALL DEN TOD

»O mein Gott.« Gallenflüssigkeit brannte sich in ihre Kehle. *»Brian Hamilton ist tot?«* Hastig überflog sie den Artikel.

»Ein Lieferwagen hat seinen Wagen von der Straße gedrängt.« Mrs. Caudills Stimme hatte einen niedergeschlagenen Klang. »Entweder ein Verrückter oder ein Betrunkener.«

Tess war immer noch bei dem Artikel. *»Und dann ist Brians Wagen gegen einen Elektromast geknallt? Er ist in die Luft geflogen?«*

»Wenn der Aufprall ihn nicht getötet hätte, wäre er in den Flammen ... Wenn man bedenkt, daß er all die Jahre in Vietnam überlebt hat, um dann bei einem sinnlosen Autounfall ums Leben zu kommen.«

»Aber ich habe ihn gestern abend noch gesehen!« Tess sprang von ihrem Stuhl auf. »Ich habe im Haus meiner Mutter mit ihm gesprochen!«

»Sicher, das hatte ich ganz vergessen. Er und deine Mutter waren ja befreundet. Über deinen Vater.«

»Es ist nicht nur das. Ich hatte ihn um einen Gefallen gebeten. Ich ...«

»Einen Gefallen?« fragte Mrs. Caudill.

Ein Durcheinander schrecklicher Gedanken schoß Tess durch den Kopf. Das Feuer in ihrer Villa. Der Unfall auf dem Freeway. Sie konnte nicht glauben, daß das ein Zufall gewesen sein sollte. Wer auch immer ihre Mutter getötet hatte, der war auch für Brian Hamiltons Tod verantwortlich! Irgendwie waren sie dahinter gekommen, daß Tess ihn in die Villa bestellt hatte! Offensichtlich mußten sie die Information fürchten, die Tess ihm gegeben hatte!

Sie bringen jeden um, der weiß, was *ich* weiß! Sie bringen jeden um, mit dem ich in Kontakt komme!

Nein! Mrs. Caudill! Wenn ich nicht von hier verschwinde, wird *sie* die nächste sein!

»Ich muß Ihr Telefon benützen.« Tess bemühte sich verzweifelt, ihre Erregung zu verbergen.

»Um die Polizei anzurufen?«

»Ja«, antwortete Tess. »Die Polizei. Es wird höchste Zeit. Ich muß mit ihnen sprechen.«

»Draußen im Flur ist ein Telefon. Und in der Küche steht auch eins.«

Flur? Küche? Wo wäre sie ungestörter? In der Küche machte sich das Hausmädchen zu schaffen.

»Im Flur«, platzte Tess heraus und lief aus dem Speisezimmer.

Die schrecklichen Gedanken überschlugen sich. Sie hatte Brian Hamilton gehaßt, weil er ihren Vater nach Beirut geschickt hatte, wo er dann ermordet worden war.

Aber gestern abend hatte sie mit dem Mann, den sie haßte, ein Abkommen getroffen, und jetzt war dieser Mann tot. Er war tot, weil er sich auf den Weg gemacht hatte, seine Schuld zu begleichen und alles in seiner Macht Stehende zu tun, um etwas über Joseph Martin in Erfahrung zu bringen.

Tot. Jeder, mit dem ich gesprochen habe ...

Aber ich nicht! *Ich* bin noch am Leben.

Und ich werde Rache nehmen!

Sie fand das Telefon im Flur, fummelte in ihrer Tasche herum und zog die Karte heraus, die Craig ihr gegeben hatte.

Craig! *Er* war jetzt der einzige Mensch auf der Welt, der sie verstehen würde. Schließlich waren sie beinahe von Beginn an zusammen durch diesen Alptraum gegangen.

Aber Craig wußte, was *sie* wußte. Vielleicht war er auch in Gefahr. Sie mußte ihn warnen.

Sie warf einen hastigen Blick auf die Visitenkarte und tippte die Zahlen ein.

»Hier ist Bill Craig. Ich bin zur Zeit nicht zu Hause, aber wenn Sie Namen und Telefonnummer . . .«

Verdammt! Sie hatte die Zeit völlig vergessen. Er mußte längst in seiner Dienststelle sein. Sie schlug auf die Gabel und wählte eine andere Nummer, diesmal diejenige des . . .

»Vermißtendezernat«, meldete sich eine unwirsche Stimme.

»Lieutenant Craig, bitte.« Tess mußte sich zwingen, ruhig zu atmen.

»Er ist außer Haus. Aber wenn ich Ihnen weiterhelfen kann. Ich bin sicher . . .«

Tess knallte den Hörer auf die Gabel.

Nein! Ich brauche Craig! Craig ist der einzige Mann, dem ich vertrauen kann!

»Tess?«

Tess fuhr herum und sah sich Mrs. Caudill gegenüber, die nervös aus dem Speisezimmer getreten war.

»Hast du mit der . . .?«

»Polizei? Sicher! Sie wollen, daß ich sofort aufs Präsidium komme. Ich falle Ihnen so ungern zur Last, Mrs. Caudill, aber wenn Sie mir einen Wagen leihen würden, könnte ich . . .«

»Mein Haus und meine Autos stehen zu deiner Verfügung. Nimm den Wagen meines Mannes. Er ist angemeldet und gewartet. Für den unwahrscheinlichen Fall, daß ich einmal meine Erinnerungen beiseite schieben kann und mich reinsetze.«

»Was für einen Wagen hat er . . .?«

»Einen Porsche 911. Er hat jede Menge . . . wie sagt ihr jungen Leute dazu? . . . unter der Jacke. Nimm den Wagen, Tess. Mein Mann hätte nichts dagegen gehabt. Irgendwie habe ich das Gefühl, daß dein Problem größer ist, als ich es mir vorstellen kann. Und bei großen Problemen braucht man . . .«

»Etwas unter der Jacke?« Tess warf die Hände in die Luft. »Ihre Intuition trügt Sie nicht, Mrs. Caudill. Ich habe Probleme. Wie man sie sich kaum vorstellen kann. Und ich habe nicht viel Zeit. Ich will nicht unhöflich sein, aber geben Sie mir schnell die Schlüssel. Wo sind die Schlüssel?«

7

Äußerlich gefaßt, aber auf eine Konfrontation eingestellt, passierte Vizepräsident Alan Gerrard auf dem Korridor des Weißen Hauses den Metalldetektor und die Wachmänner des Secret Service, deren Gesichter absolut unbewegt blieben, als er das Ovale Office betrat. Seit Gerrard, zum Erstaunen der ganzen Nation, bei den Wahlen vor drei Jahren vom Präsidenten zu seinem Kandidaten für die Vizepräsidentschaft bestimmt worden war, war er erst achtmal dorthin bestellt worden. Es dürfte an dieser geringen Zahl von Besuchen gelegen haben, daß ihm das Büro in Wirklichkeit wieder einmal viel kleiner vorkam als auf dem Bildschirm.

Außenstehenden mochte es seltsam erscheinen, daß der Vizepräsident nur so selten zum Präsidenten gebeten wurde. Aber Gerrard verstand es nur zu gut. Schließlich war er nicht wegen seiner besonderen politischen Fähigkeiten zum Vizepräsidenten ernannt worden, sondern aus drei eher zufälligen, pragmatischen, politischen Gründen.

Erstens war er ein Senator aus dem Süden, aus Florida, und das schaffte einen gewissen Ausgleich zur Nordlastigkeit des Präsidenten, eines ehemaligen Senators aus Illinois.

Zweitens war Gerrard vierzig Jahre alt – fünfzehn Jahre jünger als der Präsident – und die schönen, gleichmäßigen Gesichtszüge eines Filmstars machten ihn (so hatten jedenfalls die demoskopischen Berater des Präsidenten behauptet) für junge, vor allem weibliche Wähler attraktiv.

Der dritte und wahrscheinlich wichtigste Grund jedoch war, daß Gerrard den Ruf hatte, ein willfähriger, keinen Ärger machender Gefolgsmann der republikanischen Parteilinie zu sein, und daß er deshalb wohl kaum zu einem Rivalen des Präsidenten werden würde, der bereits an die *nächste* Wahl dachte und niemanden gebrauchen konnte, der womöglich seiner zupackenden Persönlichkeit noch die Schau stahl.

Aber so sehr die Wahlkampflogik des Präsidenten in der Theorie auch Sinn gemacht haben mochte, ihre praktischen Auswirkungen waren beinahe katastrophal gewesen. Die Öffentlichkeit, die Medien und die politischen Beobachter waren über die Wahl des Präsidenten nicht nur überrascht gewesen, sondern entsetzt.

»Gerrard versteht vom Tennis mehr als von Politik. Er fühlt sich im Country Club wesentlich wohler als im Senat. Er hat so viel Geld, daß er sich gar nicht mehr vorstellen kann, daß es Leute gibt, die keinen Mercedes fahren. Er hat noch nie eine Entscheidung getroffen, ohne jeden einzelnen in seiner Umgebung um Rat zu fragen, einschließlich seines Gärtners. Gott hat ihm ein großartiges Aussehen gegeben, dann ist er ein halbes Stündchen spazierengegangen und hat vergessen, das Gehirn hinzuzufügen.«

Und so weiter.

Die Führer der republikanischen Partei hatten den zukünftigen Präsidenten bekniet, sich seine Wahl noch einmal zu überlegen. Angstvoll hatte Gerrard es zunächst im Blätterwald rauschen hören, der Präsident sei drauf und dran, dem Drängen nachzugeben, aber schließlich hatte er entschieden, daß ein Gesinnungswandel ihn unentschlossen erscheinen lassen könnte und daß das kein guter Start für einen Wahlkampf wäre. Also hatte der Präsident an

Gerrard festgehalten, sich jedoch von seinem Mitkandidaten politisch so weit distanziert, wie es eben möglich war, hatte Gerrard in den am wenigsten wichtigen, nicht besonders dicht bevölkerten Gegenden Reden halten lassen, hatte Gerrard so tief in die Pampa geschickt, daß er aus dem Bewußtsein der Wähler beinahe vollständig getilgt war.

Aus verschiedenen Gründen – unter anderem wegen der schwachen demokratischen Opposition und der starken Bindungen des Präsidenten an die hochangesehene, vorausgehende Administration – hatte Gerrards Seite die Wahl gewonnen, und der neue Präsident hatte sich unmittelbar danach noch weiter von seinem Vize distanziert, hatte ihn als Alibirepräsentanten des Weißen Hauses in den unwichtigsten sozialen Funktionen mißbraucht und ihn schließlich auf harmlose Missionsreisen um den Erdball geschickt. In jüngster Zeit hatten die politischen Kolumnisten von Gerrard nur noch als dem ›unsichtbaren Mann‹ gesprochen.

Zumindest bis vor vier Tagen.

O ja.

Bis vor vier Tagen.

Denn da war Gerrard auf einmal *sehr* sichtbar geworden und hatte seine begrenzte Macht dazu benutzt, so ziemlich jeden politischen Theoretiker im Lande zu schokkieren.

Als Gerrard die Tür hinter sich schloß, fiel ihm sofort auf, daß das Ovale Office leer war, bis auf den Präsidenten, Clifford Garth, der hinter seinem großen, polierten Schreibtisch saß, in einem kugelsicheren Sessel vor einem kugelsicheren Fenster, von dem aus man den Rasen vor dem Weißen Haus überschaute.

Der Präsident war fünfundfünfzig Jahre alt, größer als er im Fernsehen erschien und gut in Form von den zwei Meilen, die er täglich in dem Schwimmbecken im Keller des Weißen Hauses zurücklegte. Er hatte ein schmales Gesicht, und das gab seinem Mund manchmal ein unglücklich verkniffenes Aussehen. Seine eindrucksvoll buschigen, dunklen Augenbrauen standen im wirkungsvollen Kontrast zum vornehmen Grauton seines kurzgeschnittenen Haars. Er hatte normalerweise eine braune Gesichtsfarbe, weil er sich täglich unter die Sonnenlampe legte, aber jetzt leuchteten die Wangen des Präsidenten in einem lebhaften Scharlachrot. Seine Augen – die in der Regel Ruhe und vertrauenerweckende Besonnenheit ausstrahlten – traten aus ihren Höhlen und funkelten vor grimmiger Erregung.

»Ja, Mr. President? Sie wollten mich sehen?« fragte Gerrard.

»Sie sehen? Verdammt richtig, ich wollte Sie sehen.« Der Präsident sprang auf. »Ich habe gewartet, bis ... Ich hätte Sie schon vor vier Tagen zu mir zitiert, aber ich brauchte eine Weile, um mich wieder in die Gewalt zu kriegen! Das hat nichts mit politischem Kalkül zu tun. Ich wollte nur nicht hinter Schloß und Riegel kommen.«

Gerrard schüttelte den Kopf. »Ich verstehe nicht, Sir. Hinter Schloß und Riegel?«

»Wegen Mordes.« Garth reckte einen steifen Arm in die Höhe und deutete in einer wilden Geste zur Decke, wobei er seinen Zeigefinger hin und her hüpfen ließ. »Stellen Sie sich die Schlagzeile vor. Und meine Genugtuung. ›Präsident verliert den Verstand, geht auf seinen Vizepräsidenten los, wirft den Dreckskerl auf den Schreibtisch und würgt ihn so lange, bis ihm die Zunge aus dem Hals hängt ...‹ Sie dämlicher ...! Was zum Teufel haben Sie sich dabei gedacht? Haben Sie aus Spaß mal so tun wollen, als hätten Sie wirklich Macht? Sie dummer ...!«

»Ja, jetzt verstehe ich. Ich nehme an, Sie spielen auf mein Votum im Senat an«, sagte Gerrard. »Bei der Abstimmung über das Gesetz zur Reinerhaltung der Luft.«

»Mein Gott! Ich staune Bauklötze! Ich hatte keine Ahnung, daß Sie soviel auf dem Kasten haben. Sie sind ja über Nacht zu einem Genie geworden. Sie können meine Gedanken lesen, Gerrard. Sie haben recht, genau darauf spiele ich an. Auf den Gesetzentwurf des Senats zur Reinerhaltung der Luft!«

»Mr. President, wenn wir das vielleicht ganz ruhig diskutieren könnten...«

»*Ganz ruhig?* Ich finde, ich bin außerordentlich ruhig, dafür, daß ich... Für den Fall, daß Sie es vergessen haben sollten, Gerrard, darf ich Ihnen auf die Sprünge helfen? *Ich* bin der Präsident! Nicht Sie! Es ist mir nicht gelungen, herauszufinden – noch nicht! – wie die Opposition es geschafft hat, so viele Senatoren dazu zu bringen, gegen uns zu stimmen, aber ich garantiere Ihnen – Sie können Ihre Zukunft und die Zukunft Ihrer Kinder darauf verwetten –, ich werde es herausfinden! Was mir jedoch besondere Kopfschmerzen bereitet...« Der Präsident zitterte vor Zorn. »Was ich *nicht* herausgefunden habe... und was mich nachts nicht schlafen läßt... und was mir Lust macht, Ihnen meinen Brieföffner ins Herz zu stoßen... ist, warum ausgerechnet *Sie* sich gegen mich gestellt haben! Ich hätte Sie ja auch fallenlassen können, vor drei Jahren. Sie sollten mir dankbar sein. Ich habe Ihnen einen ruhigen Job verschafft. Keinerlei Verantwortung! Sie dürfen durch die Welt reisen, an Banketten teilnehmen, müssen nur aufpassen, daß Sie sich nicht zu sehr besaufen, und wenn dieses Barbie-Püppchen von Ihrer Frau nicht dabei ist, dürfen Sie sogar jedes Republikaner-Groupie bumsen, das intelligent genug ist, hinterher die Klappe zu halten. Also, warum waren Sie nicht auch so intelligent, Ihre Klappe zu halten? Um Gottes willen, Gerrard, die Stimme über den Gesetzentwurf zur Reinerhaltung der Luft war gebunden! Da Sie gegen mich vorgegangen sind, erinnere ich Sie noch einmal daran: Der Job des Vizepräsidenten ist es, das Patt zu durchbrechen, und das bedeutet, er muß *für* die Politik der Regierung stimmen. Aber Sie haben gegen mich gestimmt! Sie haben das Patt zugunsten der Opposition durchbrochen!«

»Wenn Sie mir nur einen Augenblick zuhören würden, Mr. President.«

»*Zuhören?*« Garth zitterte, als stünde er kurz vor einem Herzanfall. »*Zuhören?* Ich höre nicht zu! *Sie* hören zu! *Sie* sind der Angestellte! Ich bin der Boß! Und was ich sage, wird gemacht. Aber Sie scheinen überhaupt nicht mehr zu kapieren, wo's langgeht.«

»Das Gesetz zur Reinerhaltung der Luft ist ein gutes Gesetz«, sagte Gerrard ruhig. »Die Atmosphäre ist vergiftet. Die Atemluft vergiftet unsere Lungen. Der letzte Bericht gibt uns noch ganze vierzig Jahre Zeit, und dann ist dieser Planet dem Untergang geweiht.«

»Ach, bis dahin bin ich längst unter der Erde! Was kümmert *mich* das? Sie wollen mir was vom Untergang erzählen? *Sie* werden untergehen! Bei der nächsten Wahl sind Sie aus dem Rennen, Freundchen! Ich brauche einen Vizepräsidenten, der intelligent genug ist, mir keine Steine in den Weg zu legen. Und, bei Gott, für so intelligent hab' ich Sie gehalten. Aber ganz plötzlich ... und das verstehe ich nicht ... entwickeln Sie einen eigenen Verstand.«

»Ich habe nach meinem Gewissen abgestimmt«, erwiderte Gerrard.

»Gewissen? Ich bitte Sie!«

»Meiner Meinung nach sollte der Gesetzentwurf noch viel weitergehen. Dieses Jahr läuft beinahe täglich irgendwo Öl aus, allein im New Yorker Hafen. Von den Küsten gar nicht zu reden. Alaska. Oregon. Kalifornien. New Jersey. Texas. Mein Heimatstaat Florida. Und dann die großen Ölkatastrophen. Und die Abwässer in den Häfen und den großen Flüssen. Und die Herbizide und Pestizide im Trinkwasser. Die undichten Stellen in den Nuklearanlagen. Und wenn wir nur die Luft nehmen. Das ist doch entsetzlich. Die Regierung muß handeln.«

»Gerrard, bedenken Sie bitte die Realitäten. Unsere Administration muß die Industrien schützen, die unseren Wählern Beschäftigung geben, die unsere Wirtschaft stabil halten und die Steuern zahlen – zugegebenermaßen nicht soviel, wie sie eigentlich zahlen müßten, aber wir dürfen nicht vergessen, was diese Industrien für unsere Außenhandelsbilanz tun, in der die Schwindsucht grassiert. Und wie lautet die Überschrift über dem Ganzen, Gerrard?«

»Lassen Sie mich raten. Wenn die Krise schlimm genug geworden ist, dann wird sich schon ein Weg finden.«

Der Präsident schob seinen Kiefer nach oben. »Oh, was für eine Überraschung. Schließlich sieht er doch noch den Punkt.«

»Das Problem ist nur...«, sagte Gerrard. »Was Sie nicht zu kapieren scheinen...«

»He, ich kapiere alles.«

»Wir befinden uns bereits mitten in der Krise. Wenn wir noch länger warten, können wir nicht...«

»Sie vergessen das Know-how der Amerikaner. Sie vergessen den Zweiten Weltkrieg. Amerikanische Tatkraft hat schon mehrmals bewiesen, daß sie mit solchen Problemen fertig werden kann.«

»Sicher, aber...«

»Aber was?«

»Das war damals. Und jetzt ist jetzt. Und wir sind schon lange nicht mehr so tatkräftig wie die Japaner.«

»Du meine Güte, ich hoffe, das haben Sie nicht der Presse diktiert.«

»Und das wiedervereinte Deutschland wird noch viel tatkräftiger werden«, fuhr Gerrard fort. »Und trotzdem glaube ich nicht, daß sie den Planeten besser retten können als wir. Gier, Mr. President. Die Antwort lautet Gier. Immer wieder trägt sie den Sieg davon. Bis das große Heulen und Zähneklappern einsetzt.«

»Sie hören sich an wie einer dieser verfluchten Radikalen aus Berkeley in den sechziger Jahren.«

»Okay«, sagte Gerrard. »Ich gebe zu, daß stringente Kontrolle der Emissionen die amerikanische Industrie empfindlich beeinträchtigen würde. Die Kosten zur Vermeidung von Luftverschmutzung – durch Schwefeldioxyd, Chlorfluorkohlenstoffverbindungen, krebserregende Industrieabgase, Kohlendioxyd aus den Auspüffen der Autos – ich könnte fortfahren, aber ich mag Sie nicht langweilen – ich gebe zu, die Kosten wären enorm.«

»Na endlich. Gerrard, Sie erstaunen mich. Endlich sehen Sie den Punkt. Schwefeldioxyd, das den sauren Regen verursacht, kommt aus den Kohlekraftwerken. Und wenn wir die Verbrennung von Kohle verbieten, machen wir Hunderttausende von Bergarbeitern arbeitslos. Fluorwasserstoffverbindungen, die die Ozonschicht angreifen, sind ein Nebenprodukt der Kühlsysteme in Kühlschränken und Klimaanlagen. Aber wir haben keine alternative Technologie. Also, was sollen wir tun? Diese Industrien stillegen? Glauben Sie im Ernst, daß die Amerikaner zu einem Leben ohne Klimaanlage bereit wären? Die Emissionen der Automobile tragen zur Erwärmung der Erdatmosphäre bei. Richtig. Aber wenn wir jetzt die Automobilhersteller zwingen, diese Emissionen zu reduzieren, dann kostet es sie Milliarden, die Motoren zu verbessern. Also werden sie mehr für ihre Autos verlangen. Also werden die Leute sich keine Autos mehr leisten können, und in Detroit gehen die Lichter aus. Verstehen Sie mich nicht falsch, Gerrard. Ich mache mir auch Sorgen um die lausige Luft. Glauben Sie's mir. Schließlich muß ich das Zeug ja auch atmen. Und meine Frau. Meine Kinder. Meine Enkel. Aber wollen Sie wissen, was mir auch Sorgen macht? *Wirkliche* Sorgen macht? Die stagnierende Wirtschaft ... die negative Handelsbilanz ... die wachsende Staatsverschuldung ... die Krise im Nahen Osten ... *diese* Dinge versetzen mich in Panik! Also, was soll ich mich jetzt um die Zeit in vierzig Jahren kümmern? Ich muß den nächsten Monat, das nächste Jahr in den Griff kriegen! Und Sie schießen quer, Gerrard. Also, lassen Sie mich Ihnen sagen, was passieren wird. Wenn das Abgeordnetenhaus dem Beschluß des Senats zustimmen und der Gesetzentwurf zur Reinerhaltung der Luft auf meinen Schreibtisch flattern sollte, dann mache ich von meinem Vetorecht Gebrauch.«

»Veto?«

»Sie hören zu, das spricht für Sie. Und jetzt tun Sie Ihr Bestes, so aufmerksam zu bleiben. Wenn der Senat das Gesetz in zweiter Lesung behandelt, dann werden Sie dagegen stimmen. Hab' ich mich deutlich ausgedrückt?«

»Sehr deutlich.«

»Dann machen Sie nicht wieder solchen Bockmist!«

Gerrard kochte, auch wenn er sich bemühte, äußerlich ruhig zu bleiben. »Sicher, Mr. President. Ihre Logik ist klar. Und ich kann auch Ihre Motive verstehen. Schließlich gibt diese Regierung der Wirtschaft absoluten Vorrang.«

»Worauf Sie Ihren Arsch verwetten können. Die Wirtschaft ist es, die dieses Land in Gang hält. Vergessen Sie das nicht.«

»Glauben Sie mir, Mr. President, ich habe nicht die Absicht, es zu vergessen.«

8

Drei Minuten später, nachdem der Präsident endgültig damit fertig war, Gerrard, dessen Frau, dessen Filmstarvisage und sogar dessen Tenniskünste zu verfluchen, wurde es dem Vizepräsidenten endlich gestattet, das Ovale Office zu verlassen.

Wieder legten die Beamten des Secret Service diesen stoischen Gleichmut an den Tag, nicht nur, weil ihre Profession es ihnen vorschrieb, sondern wohl auch, weil sie ein Gespür für politische Wetterlagen hatten und ahnten, daß Gerrard jetzt noch weniger wichtig war als vorhin, als er das Büro des Präsidenten betreten hatte.

Das dachte sich Gerrard jedenfalls, als er ein Taschentuch aus der Tasche seiner Anzugjacke zog und sich über die erkennbar feuchten Augenbrauen wischte, bevor er mit kaum weniger erkennbar unsicheren Schritten den Korridor des Weißen Hauses entlangging.

Die Assistenten des Präsidenten wandten sich ab, in dem Versuch, vor ihm zu verbergen, wie peinlich berührt sie waren, aber für ihn zeigte sich auf ihren Gesichtern ebenso klar die Erleichterung darüber, daß nicht *sie* es waren, die für austauschbar angesehen wurden.

Gerrard war es egal. Er hatte keinen Stolz. Was er hatte,

das war eine Mission, und es kam ihm wie eine Ironie vor, daß die letzte Beleidigung des Präsidenten – eine Bemerkung über seine Tenniskünste – in direktem Zusammenhang zu seiner nächsten Verabredung stand, einem Tennismatch in einem außerordentlich exklusiven Washingtoner Club. Er nahm den Fahrstuhl in die Tiefgarage des Weißen Hauses und wurde in seiner Limousine – vor und hinter ihm je ein Wagen mit Secret-Service-Leuten – in einen vornehmen Vorort gefahren. Dort betrat er ein niedriges, ausgedehntes, glas- und stahlblitzendes Gebäude, das vor drei Jahren einen Architekturpreis gewonnen hatte. Schon auf der Vorderseite war das Blopp-blopp-blopp der geschlagenen Tennisbälle zu hören. Gerrards Fahrer und die Secret-Service-Leute blieben draußen, wie er es angeordnet hatte. Sie hielten ein diskretes Auge auf den Parkplatz und den Eingang des Gebäudes, auch wenn sie nicht gerade den Höchstgrad an Wachsamkeit beibehielten. Wer würde diesen Gerrard schon bedeutend genug finden, um ihm etwas antun zu wollen?

Im luxuriösen Umkleideraum des Tennisclubs stieg er aus seinem Anzug und warf sich in ein modisches Tennishemd und Designer-Shorts. Seine Vierhundert-Dollar-Tennisschuhe waren aus Italien, ihr Leder war handverarbeitet, ein Geschenk, das ihm ein Diplomat auf einer seiner zahllosen Goodwill-Reisen gemacht hatte. Der speziell für ihn angefertigte Schläger aus weltraumerprobten Materialien hatte zweitausend Dollar gekostet und war ein Geschenk seiner Frau. Er schnappte sich das Handtuch mit seinem Monogramm, warf noch einen Blick in den Spiegel, um sich des makellosen Sitzes seiner Filmstarfrisur zu vergewissern, dann schlenderte er aus dem hinteren Teil des Clubs hinaus, blinzelte in das dunstige Sonnenlicht und stand vor den acht eingezäunten Tennisplätzen, von denen sieben besetzt waren. Auf dem achten stand in Tenniskleidung ein schlanker, braungebrannter, vornehm aussehender Mann um die Vierzig und wartete auf ihn.

Gerrard trat durch die offene Tür, zog sie hinter sich zu

und tauschte mit dem Mann einen Händedruck. »Wie geht's dir, Ken?«

»Sorgen. Und dir, Alan?«

»Nicht anders. Ich bin gerade vom Präsidenten zur Schnecke gemacht worden, wie die Kolumnisten es wohl nennen würden.« Gerrard rieb sich das rechte Auge.

»Etwas, womit du schwer fertig wirst?«

»Ach, was mein Ego betrifft, keine große Affäre. Aber strategisch . . .? Ich erzähl's dir später. Schließlich sind wir hier, um Tennis zu spielen, und, um ehrlich zu sein, ich brauche jetzt etwas, um mein Mütchen zu kühlen.« Gerrard rieb sich wieder das gerötete rechte Auge.

»Was ist mit deinem . . .?«

»Nichts von Bedeutung. Der Smog ist so staubig, daß er meine Augen reizt. Wenn das Jucken schlimmer wird, laß ich mir vom Arzt Tropfen verschreiben.«

»Bist du sicher, daß es dich nicht beim Spielen stört? Ich habe vor, dich heute zu schlagen, aber ich würde natürlich vorziehen, das bei gleichen Bedingungen zu tun«, sagte Ken.

»Das spielt keine Rolle. Gleiche Bedingungen oder nicht, du wirst in jedem Fall Probleme haben, mich zu schlagen.«

»Okay, ich nehme die Herausforderung an. Du hast Aufschlag.« Lächelnd ging Ken zum anderen Ende des Platzes.

Kens Nachname lautete Madden, und er war stellvertretender Direktor der Abteilung Geheime Operationen bei der Central Intelligence Agency. Er und Gerrard hatten zusammen in Yale studiert, hatten beide der einflußreichen Geheimloge *Skull and Bones* sowie dem Tennisclub in Yale angehört. Ihre Freundschaft war alt und hatte sich bewährt. Kein politischer Beobachter schenkte ihr besondere Beachtung. Seitdem die gegenwärtige Regierung an der Macht war, hatten die beiden ehemaligen Mitglieder der Bruderschaft es sich zur Gewohnheit gemacht, einmal wöchentlich ein Match zu spielen, zumindest wenn Gerrard in der Stadt war und nicht gerade wieder vom Präsidenten auf eine seiner internationalen Goodwill-Missionen geschickt worden war. Von Gerrard wurde schließlich nichts anderes erwartet, als daß er Tennis spielte, und in einem solch exklusiven Ambiente, zu dem weder Presseleute noch Diplomaten der unteren Ränge Zutritt hatten, blieb dieses wöchentliche Match – wie so vieles von Gerrards Leben – weitgehend unsichtbar.

In der Regel gingen diese Matches sehr knapp aus, weil Gerrard und Madden etwa gleich gut spielten. Wenn Madden in der einen Woche siegreich blieb, konnte der Sieger eine Woche später durchaus Gerrard heißen. Aber heute war es so, daß die Irritation im rechten Auge den Vizepräsidenten, trotz seiner selbstbewußten Worte, wohl doch zu sehr beeinträchtigte. Er verlor den ersten Satz, konnte nur unter größten Schwierigkeiten den zweiten für sich entscheiden, hatte dann aber im dritten keine Chance mehr. Zu mehr blieb keine Zeit.

Gerrard beugte sich runter und atmete schwer, erstaunt darüber, wie erschöpft er war. Der Smog, dachte er. Dieser verdammte Smog. »Tut mir leid.« Er erreichte das Netz, schüttelte Madden die Hand und trocknete sich das verschwitzte Gesicht ab. »Ich muß mich für mein ungeschicktes Spiel entschuldigen. Ich werde alles tun, um nächste Woche ein besserer Herausforderer zu sein.« Und wieder mußte er sich das rechte tränende Auge reiben.

»Ja, das Auge ist schlimmer geworden. Es ist schon ganz rot. Du solltest etwas dagegen tun.«

»Vielleicht sollte ich es mit Wasser ausspülen.«

»Warum nicht?« Madden zuckte die Achseln. »Versuch's. Der Club hat immerhin ein osmotisches Reinigungssystem. Sonst würden die Chemikalien im Wasser dem Auge nur noch mehr zusetzen.«

Sie gingen hinüber zur Seite des Spielfeldes, während die anderen Spieler im Hintergrund ihre Partien fortsetzten.

»So, und nun erzähl mal«, sagte Madden. Sie standen mit dem Rücken zum Clubhaus und sprachen mit gedämpften Stimmen, damit man ihre Unterhaltung auch mit Richtmikrofonen nicht abhören konnte. »Was ist mit dem Präsidenten?«

»Er plant ein Veto gegen den Gesetzentwurf zur Luftverschmutzung.«

Madden schüttelte den Kopf. »Du liebe Güte. Dieser halsstarrige Idiot.«

»Ich garantiere dir, daß ich ihm meine besten Argumente geliefert habe«, sagte Gerrard. »Aber er hat keinen Deut nachgegeben. Er ist davon überzeugt, daß die amerikanische Industrie eine Wunderkur aus dem Ärmel zaubern wird, wenn das Problem dann wirklich unter den Nägeln brennt.«

»Was für ein Witz. Ich wußte gar nicht, daß unser Präsident einen Sinn für Humor hat, wenn auch einen unfreiwilligen«, sagte Madden. »Wenn das Problem unter den Nägeln brennt? Ist dem Kerl denn nicht klar, daß es bereits lichterloh brennt?«

»Für ihn ist das so wie mit dem steigenden Haushaltsdefizit. Soll sich doch die nächste Generation darum kümmern. Im Augenblick, sagt er, sei es seine wichtigste Aufgabe, das Land zusammenzuhalten.« Gerrard wischte sich noch mehr Schweiß vom Gesicht.

Madden seufzte. »Nun, wir hatten ja auch keine andere Reaktion von ihm erwartet. Aber wir haben das Richtige getan. Wir mußten ihm eine Chance geben.«

Mutlos wickelte Gerrard sich das Handtuch um den Hals. »Trotzdem. Es wird schlimmer.«

»Ach?«

»Der Präsident fühlt sich hintergangen. Er ist durcheinander. In Panik. Er versteht nicht, wie es der Opposition gelingen konnte, so viele republikanische Senatoren dazu zu bringen, auf die Loyalität der Partei gegenüber zu pfeifen und für das Gesetz zu stimmen. Er ist so erbost über diesen Verrat, daß er entschlossen ist, alle seine Ermittler loszuschicken und herausfinden zu lassen, wer sie dazu veranlaßt haben könnte.«

»Damit haben wir gerechnet. Politischer Reflex«, sagte Madden. »Aber ich kann mir nicht vorstellen, daß viele

Senatoren zugeben werden, daß man sie erpreßt hat. Denn die nächste Frage würde ganz offensichtlich lauten, wer sie erpreßt hat, und ich glaube kaum, daß es einen Senator gibt, der dumm genug ist, seine Karriere dadurch zu gefährden, daß er zugibt, Schmiergelder genommen zu haben, kokainsüchtig zu sein, Ehebruch oder eine der noch ernsteren Verfehlungen begangen zu haben, die von unseren Leuten aufgedeckt wurden. Börsenbetrug, zum Beispiel. Fahrlässige Tötung mit Fahrerflucht im Vollrausch. Sogar ein Fall von Inzest. Nein, diese Senatoren werden ihren Mund halten. Sie sind schließlich nicht von gestern. Um so besser. Gott schütze sie ... und verdamme sie gleichzeitig ... aber sie erleichtern uns die Arbeit. Zu schade, daß wir nicht noch mehr Senatoren finden konnten, die etwas zu verbergen haben. Aber auf der anderen Seite erhält mir das einen Rest von Vertrauen ins System. Nicht jeder hat ein tiefes, dunkles Geheimnis. Aber trotzdem, wenn wir ein paar mehr schwarze Schafe gefunden hätten, wäre die Abstimmung zu unseren Gunsten verlaufen und *du* hättest nicht deine Position aufs Spiel setzen und gegen die Regierung stimmen müssen, um das Patt zu durchbrechen.«

Gerrard zuckte mit den Achseln. »Kein Problem. Mit der Verachtung des Präsidenten kann ich leben. Ein größeres Problem ist da schon, daß wir noch mehr Senatoren unter Druck setzen und eine Zweidrittelmehrheit erreichen müssen, nachdem er sein Veto eingelegt und das Gesetz an den Senat zurückverwiesen hat.«

»Nun ...« Madden schaute mißtrauisch hinter sich, um die Sicherheit ihres Standorts einschätzen zu können. »Wir haben diese Macht. Wir haben den nötigen Einfluß. Auch wenn die Abstimmung eng werden wird. Wenn du allerdings der Politik des Präsidenten weiterhin die Gefolgschaft verweigerst ...«

»Ja, das macht mir auch Sorgen. Er könnte meine Aktivitäten noch weiter einschränken, mich auf Eis legen, bis er sich für den nächsten Wahlkampf einen neuen Vizepräsidenten sucht. Aber es ist absolut notwendig, daß ich auch in Zukunft auf diese Goodwill-Reisen gehe. Ich darf die Fäden unserer Aktivitäten nicht aus der Hand verlieren.«

Madden starrte hinunter auf den Betonboden des Tennisplatzes. »Ja, das ist lebenswichtig für uns.« Er richtete sich auf. »Leider läßt er uns keine Wahl. Aber die Gruppe wußte, daß wir es früher oder später tun müßten, und sie haben alle zugestimmt.«

»Und jetzt«, fügte Gerrard hinzu, »müssen wir es eben schon etwas früher tun.«

»Ohne Frage. Letztes Jahr hat der Präsident der Nation ... ja sogar der ganzen Welt seinen Mut bewiesen, als er zu der Drogenkonferenz nach Kolumbien reiste. Zynische Journalisten hatten damals schon Wetten darauf angenommen, daß und wie die Kokainbarone ihn umlegen lassen würden. Aber der Präsident hat überlebt ... und jetzt ist er größenwahnsinnig geworden. Nächste Woche fliegt er nach Peru, auf die nächste Antidrogenkonferenz. Ich bin ja kein Hellseher, aber ich glaube, daß ich die Zukunft diesmal definitiv vorhersagen kann. Der Präsident wird nicht zurückkehren. Jedenfalls nicht lebendig. Morgen in einer Woche haben wir einen neuen Präsidenten. Einen aufgeklärteren.«

»Ich hoffe, daß ich mich der Verantwortung gewachsen zeige«, sagte Gerrard.

»Nun, wie du ja von deinen zahlreichen Goodwill-Reisen weißt, kannst du mit jeder erdenklichen Hilfe von unseren Ebenbildern rechnen.«

»Ja. Dadurch, daß er mich auf diese Trips geschickt hat, ist der Präsident sich selbst der schlimmste Feind gewesen.«

Madden starrte wieder nach unten auf den Beton.

»Gibt's noch was?« wollte Gerrard wissen.

»Leider.« Madden zog die Stirn in Falten.

»Stimmt was nicht?«

»Wir könnten ein kleines Sicherheitsrisiko haben«, sagte Madden.

Trotz seiner braungebrannten Haut war Gerrard auf

einmal ganz blaß. »Welcher Art? Wie ernst? Warum erzählst du mir erst jetzt davon? Vielleicht müssen wir . . .«

»Ich glaube nicht, daß das nötig ist. Noch nicht. Aber wenn sich's nicht ändern läßt, dann werden wir den Plan für nächste Woche natürlich stornieren müssen. Ich wollte dich nicht unnötig beunruhigen, weil ich glaubte, unsere Leute hätten die Sache inzwischen erledigt. Leider ist das nicht der Fall. Jetzt muß ich dich informieren, denn vielleicht kann deine Autorität uns weiterhelfen.«

»Was für eine *Art* Sicherheitsrisiko ist das?« wollte Gerrard wissen.

»Ich hab' dir doch letzte Woche erzählt, daß unser Fahndungsteam den Abtrünnigen endlich gefunden hat.«

»Ich erinnere mich«, antwortete Gerrard ungeduldig. »Ich erinnere mich auch, daß du mir versichert hast, daß der Mann auf angemessene Weise eliminiert wurde.«

»Wurde er.«

»Und . . .?«

»Der Abtrünnige ist einer Frau begegnet«, sagte Madden. »Die Freundschaft war kurz und allem Anschein nach oberflächlich. Unser Fahndungsteam maß ihr keine besondere Bedeutung bei, bis die Frau nach dem Tod des Abtrünnigen auf einmal ein auffälliges Interesse für ihn an den Tag legte. Sie ging zur Polizei, und irgendwie schaffte sie es sogar, seine verkohlte Leiche zu identifizieren. Mit ihren Angaben gelang es einem Detective der Vermißtenabteilung des New Yorker Police Department, die Wohnung des Abtrünnigen ausfindig zu machen und die Frau dorthin zu führen. Gleich nachdem sie die Wohnung verlassen hatte, brachte sie einen Film in einen von diesen Expreß-Entwicklungsdiensten. Natürlich fragte sich unser Team, was das für Fotos sein mochten. Sie versuchten, ihrer habhaft zu werden, aber der Versuch mißlang. Neugierig geworden, beschlossen sie, sich die Wohnung des Abtrünnigen einmal anzusehen.«

»Willst du damit sagen, das hatten sie bis dahin noch nicht getan?«

»Sie geben ihren Fehler zu. Zu ihrer Verteidigung läßt

sich sagen, daß der Abtrünnige sich so perfekt getarnt hatte, daß es sehr unwahrscheinlich erschien, daß er es riskiert haben könnte, Dinge aus seinem früheren Leben aufzubewahren.«

»Aber er hat es doch getan.«

»In seinem Schlafzimmer.« Madden straffte die Kiefermuskel. »Unsere Leute haben einen Altar gefunden.«

Gerrard stockte der Atem.

»Sie haben ihn zerstört«, beruhigte ihn Madden. »Und was noch wichtiger ist: Sie haben das Relief mitgenommen.«

»Bleibt also noch die Frau mit ihren Fotos.«

»Genau. Letzte Nacht hat ein Team versucht, das Problem zu beseitigen.«

»Versucht?«

»Es war ein Fehlschlag. Sie hatte inzwischen mit Brian Hamilton gesprochen, und ...«

»Hamilton? Was hat der damit zu tun? Er ist doch letzte Nacht bei einem Autounfall ums Leben gekommen!«

»Seine Verbindung zu der Frau. Das Schlimmste hab' ich dir noch gar nicht erzählt. Den Namen der Frau. Theresa Drake.«

»Tess? Nein ...«

»Remington Drakes Tochter. Sie flog gestern nach Alexandria, um den Einfluß ihres toten Vaters zu nutzen und zu versuchen, etwas über den Abtrünnigen herauszufinden. Auf ihre Bitte hin war Brian Hamilton unterwegs zum Direktor des FBI. Aber unserem Team ist es gelungen, ihn aufzuhalten.«

»*Wir* haben Hamilton getötet?« Gerrard riß den Kopf hoch.

»Und unsere Leute haben alles versucht, auch die Frau zu töten. Das Feuer im Haus ihrer Mutter. Vielleicht hast du davon gehört. Tess Drake ist entkommen. Wir wissen nicht, wo sie steckt, aber es besteht kein Zweifel mehr, daß sie eine Bedrohung für uns ist. Wir müssen alle Mittel einsetzen, um sie zu finden und auszuschalten. Und deshalb habe ich dich eingeweiht. Ich weiß, daß du viel um die Ohren hast, aber du kanntest ihren Vater.«

»Ja. Ich kannte ihn sehr gut.«

»Dann besteht immerhin die Möglichkeit, daß sie Kontakt mit dir aufnimmt und dich um Hilfe bittet.«

»Ah«, sagte Gerrard, »jetzt verstehe ich.«

»Vielleicht kommt es gar nicht soweit. Wir haben einen Plan, der uns zu der Frau führen könnte.«

»Was für einen?«

»Er schließt den Detective ein, den sie um Hilfe gebeten hat. Für Einzelheiten ist jetzt keine Zeit.« Madden ließ den Blick über die Tennisplätze schweifen. Das nächste Paar Spieler wartete schon darauf, daß der Platz frei werden würde. »Wir stehen schon zu lange hier herum. Wir müssen gehen, bevor man auf uns aufmerksam wird. Falls nichts Gravierendes dazwischenkommt, erwarte ich dich nächste Woche wieder hier.«

»Gott schütze dich.«

»Gott schütze auch dich. Und laß es mich bitte sofort wissen, wenn ihr die Frau . . .«

Gerrard nickte finster.

Madden erwiderte sein Nicken. Sie verließen den Platz, schlüpften wieder in ihre öffentlichen Persönlichkeiten, tauschten mit wartenden Spielern ein paar scherzhafte Bemerkungen aus und betraten das Rückgebäude des Clubhauses.

»Dein Auge ist schlimmer geworden«, sagte Madden.

»Ja, ich sollte etwas dagegen tun.« Gerrard betrat den Duschraum und war erleichtert, ihn leer vorzufinden. Er stellte sich vor einen Spiegel, untersuchte sein blutunterlaufenes Auge und entfernte ganz vorsichtig die Kontaktlinse, um sich Wasser über den Augapfel laufen zu lassen. Vorher war seine Iris von einem fotogenen Blau gewesen, aber ohne die Kontaktlinse – die er nicht zur Korrektur des Sehvermögens, sondern zur Tarnung benötigte – war die Farbe von Gerrards rechter Iris grau.

9

»Eine Frau hat für mich angerufen, und du hast dir nicht einmal die Nummer geben lassen?« Aus Craigs Augen loderte der Zorn, als er im Büro des Vermißtendezernats an der Police Plaza Nummer 1 seinen Kollegen Tony anschaute. Er war noch ganz außer Atem, weil er ins Haus gerannt war. »Ich hab' dir doch gesagt . . .!«

»He, sie hat aufgelegt, bevor ich sie fragen konnte. Ich hab' nicht einmal ihren Namen. Vielleicht war es gar nicht Tess Drake.«

»*Vielleicht* reicht mir nicht! Ich muß es wissen!«

»Tu mir einen Gefallen und hör auf zu brüllen, okay? Davon krieg ich Kopfschmerzen. Warum erzählst du mir nicht in aller Ruhe, was eigentlich los ist?«

Craigs heisere Stimme unterbrach ihn. »Gute Idee. Das wüßte ich nämlich selber ganz gern.«

Sie gingen durch die offene Tür in ein abgeteiltes Büro, wo Captain Mallory, ein stämmiger Mittvierziger, böse über den Rand seiner Brille guckte, die er sich auf die Nasenspitze geschoben hatte. Er hatte sein Jackett ausgezogen und sich die Hemdsärmel hochgekrempelt. »Meine letzten Informationen lauten, daß sie in diesem Department arbeiten.« Er stiefelte auf Craig zu. »Da würde ich es doch begrüßen, und ich bin sicher, der Polizeipräsident, der Bürgermeister und die Steuerzahler würden es ebenfalls begrüßen, wenn Sie sich pünktlich hier blicken lassen würden.« Mallorys Stimme wurde noch etwas barscher. »Oder wenn Sie sich überhaupt mal hier blicken lassen würden. Seit ein paar Tagen habe ich nicht den blassesten Schimmer, was Sie tun und wo Sie sich rumtreiben! Was hat das mit dem Police Department von Alexandria auf sich? Die von der dortigen Mordkommission haben angerufen und sich erkundigt, ob sich jemand von uns bei ihnen als New Yorker Detective ausgegeben hat. Sie! Letzte Nacht hatten sie dort einige Mordfälle. In 'nem vornehmen Wohnviertel. *Wissen Sie darüber Bescheid?«*

Craig schluckte und sank langsam in einen Sessel. Trotz

seines Hustens murmelte er: »Hätte ich bloß das Rauchen nicht aufgegeben.«

»Das würde keine Rolle spielen. Hier dürften Sie sowieso nicht rauchen. Ich warte, Craig. *Was geht hier vor?*«

Craig zögerte. »Am Dienstag . . .« Er hatte Mühe, seine Gedanken zu ordnen. »Eine Frau kam in mein Büro . . .«

Während der folgenden zehn Minuten erzählte Craig: Vom Leichenschauhaus, vom Carl-Schurz-Park, von Joseph Martins Wohnung. Er schloß mit Tess' plötzlicher Reise nach Alexandria und den Neuigkeiten, die er auch bloß aus dem Radio kannte.

Captain Mallory machte ein saures Gesicht. »Korrigieren Sie mich, falls ich mich täusche. Auf der Tür da draußen steht doch ›Vermißte Personen‹, oder? In dem Moment, als die Leiche identifiziert war, war es nicht mehr unser Bier. Von da an gehörte der Job der Mordkommission. Also, warum zum Teufel haben Sie weiter wegen dieser Sache rumgeschnüffelt?«

»Ich habe sie der Mordkommission übergeben«, antwortete Craig. »Und ich habe sie auf dem laufenden gehalten.«

»Sie haben meine Frage nicht beantwortet! *Warum haben Sie immer noch . . .*«

»Wegen der Frau.« Craig fühlte, wie seine Wangen rot anliefen. Seine Stimme wurde merklich leiser.

»Was ist mit ihr?« wollte Mallory wissen.

»Sie hat's mir angetan.«

»*Was sagen Sie da?*«

»Es ist persönlich.«

»Nicht mehr! Was mich betrifft, ist es höchst offiziell!«

»Ich wollte weiter mit ihr zu tun haben.«

»Wollen Sie damit sagen, daß Sie sich in sie verliebt haben?«

»Ich . . . Ja, ich glaube, so kann man es nennen. Stimmt. Ja, ich habe mich in sie verliebt.«

»Und das alles ist seit Dienstag passiert? Jesus, muß das eine Frau sein.« Mallory warf verärgert die Hände in die Luft. »Craig, als Sie auf der Polizeiakademie waren, erinnern Sie sich nicht mehr an die Regel, die ihnen von den Ausbildern immer wieder eingehämmert worden ist? Keine persönlichen Beziehungen zur Kundschaft! Dabei kommt immer Scheiße raus! Man macht Fehler. Und schon steckt man im größten Schlamassel.«

»He, glauben Sie denn, ich hatte eine Wahl? Es war doch nicht so, daß ich mir gesagt habe, jetzt machst du mal so was richtig Dämliches und verknallst dich in diese Frau! Es ist ganz plötzlich passiert! Ich kann doch nichts für meine Gefühle!«

Mallory lehnte sich gegen seinen Schreibtisch und schüttelte den Kopf. »Junge, Junge, Junge. Okay. Wir haben ein Problem. Schön.« Er stellte sich gerade hin. »Also müssen wir es lösen. Als erstes werden Sie in Alexandria anrufen und denen alles mitteilen, was Sie wissen.«

Craig schaute ihn an. »Nein, ich glaube nicht, daß ich das tun werde.«

»*Wie bitte?*«

»Ich halte es für keine gute Idee, sich mit denen in Verbindung zu setzen. Jedenfalls jetzt noch nicht.«

»Das war ein Befehl!«

»Hören Sie, wenn sie noch am Leben ist... und Tony hat vor einer Weile ein Gespräch entgegengenommen, das mich vermuten läßt... sie ist auf der Flucht. Sie sind hinter ihr her. Wenn wir das jetzt der Mordkommission in Alexandria mitteilen, und die fangen an, nach ihr zu suchen, dann werden die Leute, die sie umbringen wollen, den Polizeifunk abhören, und wenn man sie ausfindig gemacht hat, werden die Kerle alles tun, um den Streifenwagen zuvorzukommen.«

»Hören Sie auf, wie ihr Geliebter zu denken, Craig, und handeln Sie endlich wie ein Cop! Sie braucht unseren Schutz, um Himmels willen!«

»Ich denke ja wie ein Cop. Das wissen Sie genausogut wie ich! Was die Polizei in Alexandria auch unternimmt, sie können ihre Sicherheit nicht mehr garantieren, als *wir* es können. Wenn jemand einen unbedingt töten will – und was letzte Nacht passiert ist, beweist, wie entschlossen diese Leute sind –, dann kann niemand ihn aufhalten.«

»Aber Sie meinen, *Sie* könnten sie aufhalten?« fragte Mallory.

»Ich glaube, daß ich sie still und leise in Sicherheit bringen kann.«

»John Wayne, der Retter der Verlorenen.«

»Geben Sie mir eine Chance«, bat Craig seinen Vorgesetzten. »Was auch immer da für eine Sache läuft, mir ist so was noch nicht untergekommen. Diese Leute sind gefährlich. Sie sind organisiert, und sie sind entschlossen. Und sie spielen gerne mit Feuer. Ich weiß nicht, *warum* sie sie umbringen wollen ... vielleicht fürchten sie etwas, das sie weiß ... aber sie haben bewiesen, daß sie bereit sind, so viele Leute aufzubieten, wie sie haben, um an sie heranzukommen. In dem Moment, in dem sie aus ihrem Versteck kommt, die Polizei in Alexandria um Hilfe bittet und die Nachricht sich verbreitet – was sich gar nicht vermeiden läßt –, ist sie eine tote Frau. Ich glaube, das weiß Tess inzwischen selber. Das erklärt auch, warum sie sich nicht bei der Polizei gemeldet hat.«

»Das ist reine Theorie.«

»Nein. Denn sonst hätte die Mordkommission in Alexandria nicht bei Ihnen angerufen und Sie gefragt, was ich weiß, das sie nicht wissen.«

»Okay.« Mallory überlegte. »Das macht Sinn. Aber Sie müssen trotzdem mit ihnen reden. Hier geht's nicht nur um die Zusammenarbeit zwischen zwei Departments. Sie müssen denen erklären, was Sie von der Sache halten. Sonst würden Sie Informationen über mehrere Schwerverbrechen zurückhalten, und Sie wissen doch, was mit Leuten passiert, die das tun. Wenn man alles in Betracht zieht, sind Sie kein schlechter Kerl, aber das heißt nicht, daß ich Sie lieb genug habe, um Sie im Gefängnis zu besuchen, Craig. Nehmen Sie den Hörer in die Hand.«

»Nein. Warten Sie. Geben Sie mir noch ein paar Minuten.«

»Worauf hoffen Sie? Daß sie bei *Ihnen* anruft?«

»Ja. Und dann habe ich der Polizei von Alexandria vielleicht wirklich was zu erzählen. Sie vertraut mir. Vielleicht können wir einen Weg finden, sie in Sicherheit zu bringen.«

Auf Tonys Schreibtisch klingelte das Telefon. Bevor Craig aufstehen und hinüberlaufen konnte, hatte Tony bereits abgenommen.

»Vermißtendezernat ... Einen Moment.« Tony wollte Craig den Hörer reichen.

»*Sie?*« fragte Craig.

»Nein. Mordkommission Alexandria.«

Craig erstarrte.

Plötzlich klingelte ein anderes Telefon, und diesmal nahm Captain Mallory ab. »Vermißtendezernat ... Ja, und ob. Sofort.«

Craig schaute verwirrt von einem Telefon zum anderen.

»Nehmen Sie«, forderte Mallory ihn auf. »Es ist eine Frau, und so, wie sie Ihren Namen ausgesprochen hat, steckt sie in der Tinte und braucht Hilfe vom lieben Gott.«

Craig stürzte hinüber zum Telefon.

10

»Tess, sind Sie das?«

Beim Klang seiner Stimme wurden Tess die Knie weich. Endlich!

Als sie mit dem schnittigen, schwarzen Porsche 911 nervös aus der geräumigen Garage neben Mrs. Caudills Villa gesetzt hatte, hatte sie sich plötzlich ganz nackt vor Angst gefühlt. Ihre rechte Hand hatte beim Schalten gezittert, als sie aus dem exklusiven, vornehmen Viertel herausgefahren war.

Sie war nur wenigen Autos begegnet, aber das hatte ihr diese wenigen Autos nur noch verdächtiger gemacht. Zu groß war die Gefahr, daß die Mörder einen Wachposten in der Gegend zurückgelassen hatten. Immer wieder hatte sie in den Rückspiegel geschaut. Niemand schien ihr auf den Fersen zu sein. Aber als sie den vornehmen Vorort verließ und mit höherem Tempo in eine vierspurige, vielbefahrene Durchgangsstraße einbog, an deren Rand Waschsalons, Schnellrestaurants und Videoshops die Gegend verschandelten, wurde ihr schnell klar, daß sie in dem dichten Verkehr nicht würde erkennen können, ob ein anderes Auto sie verfolgte.

Und obendrein war ihr eigenes, teures und auffälliges Auto eine absolute Belastung. Als junges Mädchen hatte sie oft Telefongespräche ihres Vaters mitangehört. *Und achtet darauf,* hatte er einmal gesagt, *was auch immer sie für einen Wagen benutzen, er ist auf keinen Fall aufsehenerregend. Er darf nicht hervorstechen.*

Nun, dieser Schlitten stach allemal hervor. Entgegenkommende Fahrer in Allerweltsautos würdigten den Porsche mit neidischen Blicken.

Verdammt, dachte sie, und langte nach ihrer Tasche auf dem Beifahrersitz, in der die Pistole steckte. Als sie die Telefonzelle am Rande des vollbesetzten Parkplatzes eines Einkaufszentrums erblickte, hielt sie an, sprang aus dem Wagen, fummelte eine Kreditkarte aus ihrem Portemonnaie, nahm den Hörer ab und versuchte es noch einmal in Craigs Dienststelle.

»Ja«, sagte sie atemlos. »Ich bin's. Ich habe schon mal versucht, Sie anzurufen.«

»Ich dachte mir, daß Sie das waren. Gott sei Dank, Sie sind am Leben! Ich hatte solche Angst . . .«

»Sie haben das Haus . . . Sie haben meine Mutter getötet.«

»Ich weiß, Tess. Es tut mir leid. Sie müssen jetzt . . . Wenn wir uns sehen, werde ich . . . Ich kann den Schmerz nicht wegzaubern, aber ich will versuchen, ihn mit Ihnen zu teilen. Jetzt ist vor allem wichtig, daß Sie nicht auch noch umgebracht wurden.«

»*Noch* nicht! Aber sie werden mich weiter jagen! Ich habe Angst, daß sie mir bereits auf den Fersen sind. Was soll ich tun? Wer auch immer hinter mir her ist, sie werden das Polizeirevier beobachten. Da kann ich nicht hingehen, und wenn ich anrufe, muß ich fürchten, daß sie den Polizeifunk abhören. Ich brauche Hilfe!«

»Hören Sie, Tess, keine Panik. Ich verspreche, daß ich Sie beschützen werde. Wo sind Sie? Im Hintergrund höre ich Straßenlärm.«

»Ich weiß nicht ... Ich ... In den Außenbezirken von Alexandria. Ich stehe in einer Telefonzelle neben einem Einkaufszentrum.«

»Um Gottes willen, dort können Sie nicht bleiben.« Craig hustete. »Gibt es irgendeinen Ort, an dem Sie sich verstecken können, bis ich in Alexandria bin?«

Zitternd versuchte sie nachzudenken.

»Tess?«

»Ich darf meine früheren Freunde nicht mit hineinziehen. Sie könnten ebenfalls getötet werden. Ich dachte eben an ein Kino, aber im Dunkeln und mit so vielen Menschen um mich herum würde ich mich nicht sicher fühlen. Vielleicht die Bibliothek. Oder ein Museum. Aber die Orte sind so öffentlich, daß ich dort auch Angst hätte.«

»Sekunde, ich muß Sie einen Augenblick warten lassen. Legen Sie nicht auf. Ich bin sofort wieder dran.«

»Nein, warten Sie!«

»Tess, es ist wichtig. Bleiben Sie dran.«

Sie hörte ein Klicken. Dann war es still in der Leitung, abgesehen vom statischen Knistern.

Ihre Hände zitterten.

Beeil dich! Bitte!

Sie warf verstohlene Blicke über den belebten Parkplatz, auf ominöse Unbekannte, die aus ihren Autos stiegen.

Zwei Männer standen neben einem Kombi und schauten in ihre Richtung.

Tess ließ die rechte Hand in ihre Tasche gleiten, umklammerte den Griff der Pistole.

Die beiden Männer gingen um den Kombi herum,

schienen auf sie zukommen zu wollen, aber dann änderten sie plötzlich ihre Richtung und gingen zum Einkaufszentrum hinüber.

Tess atmete erleichtert auf. Die beiden hatten nur den Porsche bewundert.

Craig, beeilen Sie sich!

Und dann war seine Stimme auf einmal wieder in der Leitung. »*Tess?*«

»*Was haben Sie so lange gemacht?*« Ihre Stimme zitterte.

»Tut mir leid, ich dachte nicht, daß es so lange dauern würde. Ich brauchte eine Information. Ich werde im Trump Shuttle sitzen, der um sieben nach zwei auf dem Washington National Airport landen soll. Wie sind Sie zu diesem Einkaufszentrum gekommen? Haben Sie einen Wagen?«

»Ja.«

»Was für einen? Ich muß ihn erkennen können.«

»Einen Porsche 911. Schwarz.«

»Alles, was recht ist. Selbst wenn Ihnen die Hosen schlottern, Sie reisen standesgemäß.«

»Craig, verschonen Sie mich mit Ihrem Humor.«

»Ich versuche doch bloß, Sie bei Laune zu halten. Okay, wenn Sie's dienstlicher wollen, dann hören Sie gut zu. In Crystal City, in der Nähe des Flughafens, gibt es ein Marriott-Hotel. Gleich nach meiner Ankunft werde ich mir ein Taxi schnappen und vorm Hoteleingang nach Ihrem Wagen Ausschau halten. Spätestens um halb drei bin ich dort.«

»Aber bis dahin sind es noch drei Stunden!«

»Darüber hab' ich mir schon Gedanken gemacht. Fahren Sie nach Washington. Nehmen Sie an einer Führung durchs Capitol teil. Bei den vielen Wachmännern dort wird es niemand wagen, auf Sie loszugehen. Sie müssen nur auf dem Weg vom Wagen dorthin und auf dem Rückweg vorsichtig sein.«

»Vorsichtig sein? Seit letzter Nacht bin ich nichts anderes als vorsichtig.«

»Sicher, Tess, aber Sie müssen noch vorsichtiger sein.

Und inzwischen nehme ich Kontakt mit der Polizei in Alexandria auf und erzähle denen, was los ist.«

»Nein! Wenn das über den Polizeifunk geht . . .!«

»Tess, Sie müssen mir vertrauen. Ich werde mit dem Polizeichef reden und dafür sorgen, daß er die Sache geheimhält. Und ich werde ihm weder mitteilen, wo Sie sind, noch unseren Treffpunkt verraten. Alles, was ich will, ist ein Team, das Sie an einen sicheren Platz bringen kann.«

»Einen solchen Platz gibt es nicht!«

»Glauben Sie mir, es gibt ihn. Ein Haus. Ein Hotelzimmer. Ein Bauernhof. Was und wo auch immer es sein mag, ich garantiere Ihnen, daß Sie dort von Leibwächtern erdrückt werden. Bleiben Sie besonnen! Bitte. Noch ein paar Stunden, und der Spuk ist vorüber.«

»Nein! Da täuschen Sie sich!«

»Ich weiß nicht . . .«

»Die haben Geduld. Niemals werden die aufgeben. Der Spuk wird niemals ein Ende haben!«

»Er wird ein Ende haben, wenn wir herausfinden, warum diese Leute Sie töten wollen. Wenn ihr Geheimnis erst einmal gelüftet ist, dann werden sie auch keinen Grund mehr haben, Sie am Reden hindern zu wollen.«

»Falls wir herausfinden können, wovor sie sich so fürchten. Falls! Falls! *Falls!*«

»Ich sage doch, Sie müssen besonnen bleiben.«

»Aber das hört doch bei mir nicht auf!« sagte Tess. »Ich bin doch nicht die einzige, die in Gefahr ist!«

»Ich verstehe nicht. Niemand sonst ist . . .«

»Falsch! Vergessen Sie nicht, Craig, Sie waren mit mir zusammen. Sie haben mich über Joseph reden hören. Sie sind mit mir in Josephs Wohnung gegangen. Sie haben gesehen, was in diesem Schlafzimmer war. Wenn die Mörder uns beiden auf den Fersen waren, dann sind sie jetzt auch hinter *Ihnen* her, um ihr Geheimnis zu schützen!«

Craig sagte ein paar Sekunden lang nichts. »Sollen sie's nur versuchen, die Dreckskerle.« Er mußte schon wieder husten. »Das Marriott in der Nähe des Flughafens. Halb drei. Fahren Sie so lange dran vorbei, bis Sie mich sehen. Ich werde den Wagen erkennen.«

»Sie geben mir . . .«

»Jetzt keine Ausflüchte.«

»Zutrauen. Ich bin nicht weniger klug als mein Vater. Ich werde dort sein.«

11

Sie hängte ein, ließ angstvolle Blicke über die unbekannten Menschen auf dem Parkplatz schweifen, fühlte sich verwundbar und machte, daß sie in ihren Porsche kam.

Fahren Sie nach Washington, hatte Craig gesagt. Nehmen Sie an einer Führung durch das Capitol teil. Aber die Vorstellung, sich an einem so öffentlichen Ort aufzuhalten, machte sie nervös, mochten dort noch so viele Wachmänner herumstehen. Es *mußte* doch eine weniger gefährliche Alternative geben.

Als sie von dem Einkaufszentrum wegfuhr, schaute Tess in den Rückspiegel, um zu sehen, ob sie verfolgt wurde. Mehrere Autos bogen hinter ihr ab. Sie atmete tief durch und strich noch einmal mit der Hand über ihre Tasche, um die beruhigenden Konturen der Waffe zu spüren.

Ganz plötzlich rief die Pistole ihr wieder die Männer ins Bewußtsein, die sie letzte Nacht getötet hatte, und die Erinnerung daran drehte ihr den Magen um. Aber Zorn und Angst waren stärker. Sie hatte immer noch nicht nachgezählt, wie oft sie abgedrückt hatte. Bei dem ganzen Durcheinander an diesem Morgen war sie noch nicht dazugekommen, das Magazin herauszunehmen und die verbliebenen Patronen zu zählen. Das hätte ihr Vater ganz sicher mißbilligt. Woher wollte sie wissen, daß die Waffe nicht bereits leer war?

Ich muß in der Lage sein, mich selbst zu verteidigen!

Ein schneller Blick zur Seite ließ sie eine Reihe von Läden erkennen. Besonders ein Laden zog ihre Aufmerksamkeit auf sich.

Sie lenkte scharf nach rechts, parkte direkt vor dem Geschäft und hastete auf den Eingang zu. Erst nachdem sie die Tür hinter sich zugezogen hatte, bewegte sie sich langsamer, versuchte, einen gelassenen Eindruck zu machen.

»Ja, Ma'am?« fragte sie der muskulöse Verkäufer des Sportgeschäfts. Er stand hinter seinem Tresen und ließ den Blick über ihr Gesicht und ihre Figur gleiten, bis er anerkennend – ja beinahe anzüglich – lächelte. »Was kann ich für Sie tun?«

»Ich brauche zwei Schachteln Munition für eine SIG-Sauer-9-mm-Pistole.«

»Da scheinen Sie ja 'ne ziemliche Knallerei vorzuhaben.« Er sagte es so, daß die Bemerkung sich anzüglich anhörte.

»Der Lehrer in meinem Schießkurs besteht darauf, daß wir uns unsere Munition selber besorgen.«

»Nun, ich kann Ihnen versichern, daß Sie die Ausbildung und Munition umsonst bekommen würden, wenn Sie in *meinem* Kurs wären.« Der Verkäufer zog die Augenbrauen hoch.

»Wenn das so ist, bedaure ich außerordentlich, daß ich *nicht* in Ihrem Kurs bin«, erwiderte Tess.

Die Aufmerksamkeit des Verkäufers war von der Tatsache, daß Tess keinen BH unter der Bluse trug, so sehr in Anspruch genommen, daß ihm ihre sanfte Ironie entging.

Während er sich umdrehte, um die beiden Schachteln Munition zu holen, langte Tess in ihre Tasche, um das Portemonnaie herauszuziehen, wobei sie darauf achtete, daß der Angestellte die Schußwaffe nicht zu sehen bekam.

Während sie das tat, streiften ihre Finger das Päckchen mit den Fotografien. Wie ein Blitz schoß ihr der Gedanke durch den Kopf, daß Craig ihr am Abend zuvor aufgetragen hatte, davon Abzüge machen zu lassen und sie ihm mit Federal Express ins Büro zu schicken. Aber jetzt war doch alles anders. Sie hatte gar nicht die Zeit gehabt, Craigs Anordnungen zu befolgen, und ganz sicher hätte sie jetzt nicht die Ruhe, auf die Entwicklung der Bilder zu warten. Sie mußte weiter!

»Entschuldigen Sie, haben Sie vielleicht einen Briefumschlag für mich?« fragte sie den Verkäufer. »Und könnte ich Ihnen eine Briefmarke abkaufen? Ich wäre Ihnen sehr dankbar.«

»Für solch eine hübsche Lady? Warum nicht?«

»Danke. Ich komme bestimmt mal wieder her.«

»Glauben Sie mir, Sie sind willkommen. Gleich hinter der Tür ist ein Schießstand. Dort könnten wir ein paar, sagen wir mal, sehr private Schießübungen abhalten.«

Trotz des Durcheinanders in ihrem Kopf bemühte sich Tess, auf seine unverschämte Anspielung einzugehen. »Und ich bin sicher, Sie haben Ihr Visier immer aufs Ziel eingestellt.«

»Bis jetzt sind noch keine Klagen gekommen.«

Halt endlich die Luft an, brüllte sie innerlich. Es gelang ihr, äußerlich ruhig zu bleiben. Sie bezahlte die Munition und nahm den Umschlag und die Marke vom Tresen. Die Negative! dachte sie. Ich werde Craig die Negative schikken. Damit die wenigstens in Sicherheit sind.

Der plötzliche Gedanke an die Fotos und die lebhafte Erinnerung an die groteske Skulptur in Josephs Schlafzimmer verursachten Tess ein Brennen im Magen, denn mit aller Macht wurde ihr klar, wohin sie als nächstes würde gehen müssen.

Ganz sicher nicht ins Capitol.

12

Craig knallte den Hörer auf die Gabel.

Captain Mallory warf die Hände in die Luft, erschrokken über die wilde Entschlossenheit in Craigs Gesichtszügen. »Da traut man ja seinen Ohren kaum. Ein Polizeichef läßt sich von einem Lieutenant Befehle erteilen.«

»He, es hat aber doch funktioniert, oder? Das Department in Alexandria arbeitet mit uns zusammen.«

»Wenn Sie es so nennen wollen. Ich habe sein Gebrüll bis hier gehört. Wenn er Sie in die Finger bekommt, wird er Sie . . .«

»Sagen Sie, was haben Sie erwartet? Ich hatte doch keine Wahl. Ich konnte nicht . . . Ich *durfte* nicht riskieren, ihm Einzelheiten über mein Rendezvous mit Tess mitzuteilen. Die Mörder sind viel zu gut organisiert. Wenn auch nur ein einziger Streifenwagen über Funk etwas über das Marriott-Hotel ausplaudert und die Kerle den Polizeifunk mithören, wird Tess erschossen, wenn sie dort eintrifft.«

»Offensichtlich haben Sie den Polizeichef von Alexandria sogar dazu überreden können, einen Unterschlupf vorzubereiten. Ich gebe zu, ich bin beeindruckt. Es gibt nur ein Problem, Craig.«

»Nur *eins*? Ich sehe so viele, daß ich . . .«

»Ja, ein Problem. Ich habe Ihnen nicht die Erlaubnis gegeben zu gehen. Sie sind nicht der Leiter dieser Abteilung, Craig. Sie bewegen sich weit jenseits ihrer Befugnisse.«

»Ich habe Ihnen doch gesagt, ich gehe!«

»Auch wenn ich Sie deshalb vom Dienst suspendiere?«

»Tun Sie, was Sie tun müssen. Und wenn Sie mich ganz rauswerfen!«

»Sie dickköpfiger . . .!«

»Ich habe keine Zeit, mit Ihnen zu streiten. Ich muß mir jetzt ein Taxi schnappen und mich zum LaGuardia rausbringen lassen, bevor das Flugzeug ohne mich abfliegt!«

»Im Mittagsverkehr? Viel Glück beim Versuch, ein Taxi zu kriegen!«

»Dann nehme ich eben einen Streifenwagen!«

»Nein!«

»*Was?*«

»*Sie* werden keinen Streifenwagen nehmen.«

»Kommen Sie mir nicht . . .«

»*Tony* wird Sie zum Flughafen fahren.«

Craig kniff erstaunt die Augen zusammen. »Soll das heißen ...?«

»Setzen Sie sich in Bewegung, Craig. Und passen Sie auf Ihren Hintern auf. Wenn der Polizeichef in Alexandria Ärger macht, dann sagen Sie ihm, er soll mich anrufen.«

»Ich kann's kaum glauben. Ich weiß nicht, wie ...«

»Mir danken? Indem Sie hier lebendig wieder erscheinen. Und dann zur Abwechslung mal etwas arbeiten. Tony, sollte der Verkehr zu dicht sein, schalten Sie die Sirene ein.«

13

Als das Polizeiauto mit quietschenden Reifen aus der Einfahrt von Police Plaza Nr. 1 raste, beobachteten zwei Männer in einer perfekten Imitation eines Lieferwagens der Telefongesellschaft, der ein Stückchen weiter am Straßenrand geparkt stand, ihn aufmerksam. Jeder der beiden hatte einen Ring in der Tasche, einen strahlenden Rubin mit den goldenen Insignien des Schwertes und des Kreuzes.

Auf dem Vordersitz des Lieferwagens verglich der erste Mann – ein unerbittlicher Beschattungsspezialist – die undeutlichen Gesichter in dem vorbeifahrenden Streifenwagen mit einem Foto in seiner Hand. »Ich glaube, er ist es.«

»Du *glaubst*? Du mußt absolut sicher sein.« Der zweite Mann auf der Rückbank lauschte weiter in seine Kopfhörer hinein.

»Ich *bin* sicher.«

»Aber du hast gesagt, du *glaubst*, und das reicht nicht. Ich wünschte, wir wären in der Lage gewesen, die Telefone der Vermißtenabteilung anzuzapfen. Warte. Ich höre gerade etwas.« Der zweite Mann rückte seine Kopfhörer zurecht. »Junge, Junge. Die Zentrale teilt gerade allen Streifenwagen mit, den Wagen ... die Nummer stimmt überein ... zu unterstützen und dafür zu sorgen, daß er rechtzeitig am LaGuardia Airport ist, um den 13-Uhr-Trump-Shuttle zum Washington International Airport zu erreichen.«

»Na, reicht dir das?«

»Ja«, antwortete der Techniker. »Das reicht mir ganz sicher. Du kannst den Anruf machen.«

Der Mann auf dem Vordersitz nahm das Autotelefon zur Hand und drückte ein paar Tasten. »Der Fänger hat das Rennen verlassen. Wir nehmen an, daß er um die Gesundheit seiner Freundin so besorgt ist, daß er sich im Baseballstadion von Washington mit ihr treffen will.« Und dann gab er noch die Einzelheiten über den Flug weiter.

Die Stimme des Chamäleons antwortete ihm: »Aber was ist mit der gegnerischen Mannschaft?«

»Bis jetzt noch nicht zu sehen. Vielleicht wollen sie noch nicht antreten.«

»Unmöglich. Schließlich sind Finalspiele angesagt. Du kannst darauf wetten, daß sie in der Gegend sind. Haltet weiter nach Talentsuchern Ausschau. *Wir* sehen uns im Baseballstadion von Washington um. Aber vergeßt nicht: Das gegnerische Team taucht immer dann auf, wenn man am wenigsten damit rechnet.«

14

Mit klopfendem Herzen kletterte Tess vor dem Sportgeschäft zurück in den Porsche und schaute sich hastig um. Sie hatte Angst, daß plötzlich ein Wagen neben ihr halten und Männer aus ihm herausspringen könnten, um das Feuer auf sie zu eröffnen. Sie riß die Pistole aus ihrer Tasche, war dabei aber so geistesgegenwärtig, sie den Blikken der Leute auf dem Gehsteig zu entziehen. Aufgeregt drückte sie auf den Knopf, der das Magazin herausschnellen ließ, und stellte fest, daß es nur noch zwei Patronen enthielt. Eine steckte noch in der Kammer.

Schnell riß sie den Deckel von einer der Munitionsschachteln, die sie gekauft hatte, und schob vierzehn weitere Patronen in das Magazin. Jetzt war es ganz gefüllt. Theoretisch war es eine sechzehnschüssige Pistole, aber mit der Kugel in der Kammer (›Eine fürs Pfandhaus‹, pflegte ihr Vater das zu nennen) hatte sie jetzt siebzehn Schuß zur Verfügung.

In dem Moment, als Tess das Magazin wieder in den Lauf schob und einschnappen ließ, hatte sie das Gefühl, als wären ihre Handgelenke von einer Fessel befreit. Jetzt wäre sie wenigstens wieder in der Lage, sich selbst zu verteidigen. Hoffte sie jedenfalls.

Ich muß hier raus.

Sie stopfte die Pistole wieder in ihre Tasche, schob die Schachteln mit Munition unter den Fahrersitz, drehte den Zündschlüssel im Schloß, trat aufs Gaspedal und schoß mit dem Porsche in eine Lücke im dichten Verkehr auf der Durchgangsstraße.

Der Umschlag! Noch im Sportgeschäft hatte Tess die Adresse auf den Umschlag geschmiert, die Briefmarke angeleckt, die der Verkäufer ihr gegeben hatte, und sie auf das Kuvert geklebt. Jetzt, während sie fuhr, tastete sie mit einer Hand nach den Fotos in ihrer Tasche, klappte den Deckel des Kuverts auf, nahm die Negative heraus und schob sie in den Briefumschlag.

Vorne rechts. Tess spürte ihren Atem schneller gehen, als sie den Postlieferwagen neben dem Briefkasten vor einem kleinen Supermarkt erblickte. Sie riß das Steuer herum, hielt neben dem Lieferwagen, klebte den Briefumschlag zu, lehnte sich zum Seitenfenster des Porsche hinaus und gab ihn dem Postmann, der gerade eine prallgefüllte Tasche vom Briefkasten zu seinem Wagen schleppte.

»Späte Einlieferung.« Tess brachte sogar ein Lächeln zustande. »Ich hoffe, Sie nehmen ihn noch an.«

»Mir ist das egal. Tolle Kiste haben Sie da.«

»Danke.«

»Wie fährt der sich?«

»Wollen Sie mal sehen?« Tess rammte den Schalthebel in den ersten Gang, trat das Gaspedal durch und raste mit quietschenden Reifen davon.

Aber das war keine Angeberei. Sie wollte so schnell wie möglich weg von dem Postangestellten. Sie hoffte inbrünstig, daß niemand gesehen hatte, wie sie ihm den Umschlag zusteckte. Es hatte bereits zu viele Tote gegeben. Zuviel Kummer. Sie betete, daß sie nicht auch noch das Leben des Postangestellten in Gefahr gebracht hatte.

Zurück auf der Straße wechselte Tess häufig die Spuren und fuhr so schnell, wie sie es riskieren durfte, um nicht von einem Polizisten wegen Überschreitung der Höchstgeschwindigkeit angehalten zu werden.

Ihr Ziel war Washington, wie Craig ihr geraten hatte.

Aber nicht etwa das Capitol. Ganz sicher nicht!

Sie hatte eine bessere Idee. Es war zwar nicht sicherer. Aber ganz zweifellos wichtiger.

Gefährlicher.

Die Skulptur. Diese groteske, abstoßende Skulptur. Weil sie von diesem verdammten Ding wußte, war ihr Leben in Gefahr. Sie mußte herausfinden, was es damit auf sich hatte, und sie kannte nur einen einzigen Menschen, der in der Lage sein könnte, es ihr zu erklären.

15

Auf dem Weg vom Tennisclub zu seinem Büro hatte es der Vizepräsident sich auf seinem Rücksitz bequem gemacht und dachte über die Frau nach, vor der ihn soeben der stellvertretende Direktor der CIA gewarnt hatte.

Tess Drake?

Warum mußte es ausgerechnet Tess Drake sein, die ihn bedrohte?

Während seiner Freundschaft mit ihrem verstorbenen Vater war Alan Gerrard Tess häufig begegnet, als sie noch ein schlaksiger, fröhlicher Teenager war. Ihr schlanker, athletischer Körper mit den festen, frechen Brüsten und der kurzen, blonden Bubifrisur hatte ihn angezogen.

Natürlich nicht sexuell. Ganz und gar nicht. Auch wenn der Präsident ihm unterstellte, Gerrard würde wie viele andere Politiker jede Wohltätigkeitsveranstaltung nützen, um mit politischen Groupies ins Bett zu gehen; in Wahrheit hatte Gerrard sich durch eiserne Disziplin antrainiert, seine sexuellen Bedürfnisse zu unterdrücken.

Gerrard war verheiratet. Ja. Seine Frau war wunderschön und fotogen, ihr Konterfei erschien häufig in den Top-Magazinen. Aber seine Frau unterstützte seine puristischen, rigiden Wertvorstellungen, und während ihrer zwanzigjährigen Ehe, während Tausenden von Nächten im selben Bett – als Lebens- und Seelengefährten – hatte sie sich ganze drei Male auf Sex eingelassen, und auch bei diesen drei rituellen Gelegenheiten hatten sie sich die Erfahrung der Fleischeslust einzig aus dem Grund gegönnt, Kinder zu zeugen.

Nein, der Reiz, den Tess auf Gerrard ausgeübt hatte, war nicht fleischlicher Art gewesen. Im Gegenteil, er hatte sie immer als ein besonders schönes Beispiel einer blühenden, gesunden jungen Frau bewundert, ein perfektes Exemplar der Spezies Mensch, und jetzt bedrückte es ihn zutiefst, daß von allen Menschen gerade sie eine Bedrohung für ihn geworden war und getötet werden mußte. Sein Kummer darüber änderte freilich nichts an der Tatsache, daß er von ganzem Herzen wünschte, sie möge so schnell wie möglich gefunden und zum Schweigen gebracht werden.

Auf dem Rücksitz klingelte das Telefon. Gerrard richtete sich auf und nahm hastig den Hörer ab. Nur wenige Leute hatten diese Nummer, und niemand würde ihn hier anrufen, wenn es nicht wichtig wäre.

Vielleicht hatte es etwas mit Tess zu tun. Vielleicht war sie bereits gefunden und zum Schweigen gebracht worden.

»Einen Augenblick, Sir«, sagte eine weibliche Stimme. »Der Präsident wünscht Sie zu sprechen.«

Gerrard ließ sich die Enttäuschung nicht anmerken.

Ungewöhnlich prompt knurrte Clifford Garths Stimme aus dem Hörer. »Packen Sie Ihre Koffer. Sie dürfen mal wieder verreisen.«

Gerrard tat so, als müsse er laut aufseufzen, bevor er dem Mann antwortete, an dessen Begräbnis er in zehn Tagen als designierter Präsident der Vereinigten Staaten teilnehmen würde. »Was ist es denn diesmal? Ein Wohltätigkeitsbasar in Idaho? Irgendein lächerlicher Vorwand, um mich aus der Stadt zu entfernen?«

»Nein. Es geht nach Europa. Der spanische Präsident ist gerade an einem Herzanfall gestorben. Ich habe bereits kondoliert. Und Sie werden unser offizieller Vertreter beim Staatsbegräbnis sein.«

Begräbnisse, dachte Gerrard. Offensichtlich häufen sie sich gerade. Er bedauerte die Toten, auch wenn ihr Tod absolut unerläßlich war.

»Wenn Sie es wünschen.«

»So ist es gut. Machen Sie weiter so«, knurrte Garth. »Wenn Sie ohne Widerrede tun, was ich von Ihnen verlange, dann könnten sogar wir miteinander auskommen. Obwohl ich es bezweifle.«

Mit einem Kraftausdruck beendete der Präsident das Gespräch.

Nachdenklich setzte Gerrard das Autotelefon ab. Er war nicht gerade überrascht von der Nachricht des plötzlichen Ablebens des spanischen Staatspräsidenten. Es war bereits durch die Presse gegangen, daß der Mann sich in letzter Zeit nicht bei allerbester Gesundheit befunden hatte. Aber um ganz sicher zu gehen, hatte man bei dem Kränkelnden noch ein wenig nachgeholfen, und die einzig wirkliche Überraschung war, daß der Tod des Präsidenten viel eher eingetreten war, als es der Zeitplan vorgesehen hatte.

Spanien.

Ein faszinierendes Land. Wie England hatte es eine parlamentarische Monarchie. Wenn der König starb, würde sein ältester Sohn auf den Thron steigen, und danach das nächstälteste Kind oder seine Frau oder seine Cousine ... Es gab keine Möglichkeit, die Thronfolge zu kontrollieren. Aber mit der spanischen Regierung war das eine andere Sache. Ihr Präsident, der von den Abgeordneten des Parlaments gewählt wurde, konnte eliminiert und durch einen anderen Funktionär ersetzt werden. Und dieser Funktionär, sorgsam ausgewählt und vermittels Erpressung einiger Mitglieder des spanischen Abgeordnetenhauses gewählt, würde sich Gerrards Belangen gegenüber aufgeschlossen zeigen. Schließlich waren sie Verwandte, wenn auch sehr entfernte, aber weder die Zeit noch die Trennung konnte ihre Verbundenheit schwächen. Jeder von ihnen und viele andere, die Gerrards innere Einstellung und Sendung teilten, würden bald ihre gemeinsame Bestimmung erfüllt sehen.

Spanien, dachte Gerrard. Wie angemessen.

16

Eric Chatham, der Direktor des FBI, schritt trübsinnig einen kleinen Hügel auf dem Gelände des Nationalfriedhofs in Arlington hinauf, vorbei an leuchtendweißen Grabsteinen. Der schlanke Mittvierziger, in dessen Gesichtszüge sich die Müdigkeit der Verantwortung langer Dienstjahre gegraben hatte, drehte sich um und warf einen Blick auf die vom Smog verschleierte Baumgruppe zu Füßen des kleinen Hügels. In einiger Entfernung und noch stärker in Smog gehüllt reckte sich der weiße Marmorobelisk des Washington-Denkmals in die Höhe. Chatham versuchte sich daran zu erinnern, wann er dieses Denkmal zum letztenmal klar und unverschleiert gesehen hatte. Mit Sorgenfalten auf dem Gesicht schaute er einem Auto zu, das in einiger Entfernung von seinem eigenen auf einem kleinen Sträßchen parkte. Kenneth Madden, stellvertretender Direktor der CIA und Leiter der Abteilung für Geheimoperationen, kletterte vom Rücksitz, ließ seine Leibwächter unten stehen und kam langsam den Hügel hinauf auf ihn zu.

Die beiden Männer musterten einander. Obwohl FBI und CIA in der Theorie unterschiedliche Aufgabenbereiche und Zuständigkeiten besaßen, in der Praxis waren die Grenzen dieser Zuständigkeiten nicht selten verschwommen, eine Tatsache, die aus den beiden Behörden rivalisierende Organisationen machte. Wenn Madden Chatham in seinem Büro besucht hätte, oder umgekehrt, dann wäre das so außergewöhnlich gewesen, daß die Presse möglicherweise aufmerksam geworden wäre. Natürlich konnten sie sich ebensowenig in einem Restaurant oder an einem ähnlich öffentlichen Platz treffen, wo ihr gemeinsames Auftreten nicht nur Aufmerksamkeit erregt hätte, sondern obendrein die Gefahr bestanden hätte, daß ihr Gespräch mitgehört würde. Ein Telefonanruf war die einfachste aller Lösungen, und in der Tat hatte Madden auch angerufen, aber nur um zu erklären, daß es um eine delikate Angelegenheit ging, die man besser persönlich besprechen sollte. Der Friedhof in Arlington war ein akzeptabler Treffpunkt. Nur wenige Menschen würden sie dort bemerken.

»Danke, daß Sie sich so kurzfristig für mich freimachen konnten«, sagte Madden. »Und das noch zur Essenszeit.«

Chatham zuckte die Achseln. »Das ist kein großes Opfer. Ich habe heute keinen rechten Appetit.«

»Ich weiß schon, was Sie meinen. Mein Magen ist auch ein bißchen sauer.«

»Wegen dem, was Brian Hamilton zugestoßen ist?«

Madden nickte trübsinnig. »Es war 'n ziemlicher Schock.« Er ließ den Blick über die Grabsteine schweifen. »Erst nachdem wir uns hier verabredet hatten, ist mir eingefallen, daß wir schon am Montag zu seinem Begräbnis wieder hier sein werden.«

»Es war mir nicht klar, daß Sie und Hamilton sich so nahe standen«, sagte Chatham.

»Nicht so nahe wie Sie ihm standen, aber ich habe ihn zu meinen Freunden gezählt. Soweit man in dieser Stadt überhaupt jemanden einen Freund nennen darf. Wir haben manchmal bei Angelegenheiten zusammengearbeitet, die den Nationalen Sicherheitsrat betrafen.«

Der stellvertretende CIA-Direktor ließ sich nicht weiter darüber aus, und der FBI-Direktor wußte, daß es ein Bruch der Berufsethik gewesen wäre, wenn er es getan hätte.

»Weshalb wollten Sie sich mit mir treffen?« fragte Chatham.

Madden zögerte. »Gestern nacht ist noch eine weitere Tragödie passiert. Das Feuer und die Toten in Melinda Drakes Haus.«

Innerlich erstarrte Chatham, aber er ließ sich nichts anmerken. »Ja. Die Witwe von Remington Drake. Da stimme ich Ihnen zu. Eine weitere Tragödie.«

»Ich habe versucht, Melindas Tochter in New York anzurufen. Um ihr mein Beileid auszusprechen. Ich konnte sie nicht erreichen. Aber der Herausgeber des Magazins, bei dem sie arbeitet, hat mir mitgeteilt, daß Theresa – Tess – gestern abend zu ihrer Mutter nach Alexandria geflogen ist. Ich fürchte, daß die Leute, die das Haus in Brand gesteckt und ihre Mutter getötet haben, auch versuchten, Tess umzubringen, wenn ich mir auch beim besten Willen nicht vorstellen kann, warum. Aber bisher haben die Brandspezialisten der Feuerwehr ihre Leiche nicht gefunden. Das läßt mich annehmen, daß Tess entkommen konnte. Sollte das so sein, dann versteckt sie sich ganz offensichtlich und hat Angst, aufzutauchen.«

»Vielleicht«, erwiderte der FBI-Direktor. »Ihre Vermutung klingt logisch. Aber was haben Sie für ein Interesse an der Sache? *Kennen* Sie Tess? Kannten Sie ihren Vater?«

Madden schüttelte den Kopf. »Tess? Nein, überhaupt nicht. Aber ihren Vater kannte ich gut. Früher habe ich ihn oft auf potentielle Gefahrensituationen in den verschiedenen Ländern vorbereitet, in denen er im Auftrag des Außenministeriums verhandeln mußte. Und als er starb ... so, wie er starb ... so, wie diese Dreckskerle ihn gefoltert haben ... nun, ich wünschte damals, er wäre einer meiner

Männer gewesen. Ich verabscheue es, was sie mit ihm gemacht haben, aber er hat den Mund gehalten, und dafür möge Gott seiner Seele gnädig sein. Er war ein Held, und seine Tochter verdient – schon um seinetwillen – den vollen Schutz der Regierung.«

Der FBI-Direktor blinzelte argwöhnisch. »Schutz vor ... wem? Könnten Sie etwas präziser werden?«

»Ich habe heute morgen einen Anruf erhalten.« Madden machte eine entschuldigende Handbewegung. »Von Alan Gerrard. Wie auch immer man über den Vizepräsidenten denken mag, ich höre zu – und Sie würden es auch tun –, wenn er mir einen Auftrag erteilt. Er und Remington Drake standen sich so nahe, wie Sie zu Brian Hamilton stehen. *Standen*. Gerrard möchte, daß jede dafür zuständige Regierungsbehörde alles in ihrer Macht Stehende tut, um ihr zu helfen. Damit sind Sie und ich gemeint. Das FBI und die CIA.«

»Ich habe etwas Probleme mit ... Das ist eine inneramerikanische Angelegenheit«, sagte Chatham. »Sie fällt keineswegs in Ihre Zuständigkeit.«

»Darüber müssen wir uns jetzt nicht streiten. Ich gebe Ihnen nur weiter, was der Vizepräsident gesagt hat, und nur deshalb bin ich hier. Denn dies *ist* eine inneramerikanische Angelegenheit. Soweit sich das zu diesem Zeitpunkt beurteilen läßt, aber meine Leute ermitteln weiter. Ich will keine weiteren Rivalitäten zwischen uns schüren. Der Ball ist in Ihrem Feld. Der Vizepräsident würde es begrüßen, wenn Sie sich mit der Polizei in Alexandria in Verbindung setzen. Wenn Tess Drake wieder auftauchen und sich bei denen melden sollte, wäre der Vizepräsident dankbar – er betonte das Wort dankbar –, wenn Sie die örtliche Polizei bereits dahingehend instruiert hätten, daß sie Ihnen die Sache übergeben. Und wenn Sie anschließend bitte den Vizepräsidenten benachrichtigen würden, und uns, für den Fall, daß wir noch aufdecken sollten, daß es mehr als eine inneramerikanische Sache ist.«

Mit finsterer Miene musterte Chatham sein Gegenüber, den stellvertretenden Direktor der CIA. Er war es nicht gewöhnt, denen Informationen zu liefern.

Gleichzeitig verpflichtete ihn jedoch seine Freundschaft mit Brian Hamilton. Er war wild entschlossen herauszufinden, ob der Tod seines Freundes tatsächlich ein Unfall war.

»Er hat mich gestern abend angerufen«, sagte Chatham.

»*Wer?*«

»Brian. Er wollte unbedingt zu mir nach Hause kommen. Ich erwartete ihn gegen elf. Er hatte gesagt, er müsse mich um einen persönlichen Gefallen bitten. Es hatte etwas mit Remington Drake, seiner Witwe und seiner Tochter zu tun.«

Madden, der immer einen leicht gebräunten Teint zu haben schien, wurde auf einmal grau. »Wollen Sie damit sagen, daß zwischen Brians Tod und dem, was in Melinda Drakes Haus passiert ist . . .?«

»Ein Zusammenhang bestehen könnte? Ich weiß es nicht. Aber ich habe ganz sicher die Absicht, es herauszufinden. Richten Sie dem Vizepräsidenten aus, daß ich zur Zusammenarbeit bereit bin. Ich werde mit dem Polizeichef von Alexandria sprechen. Und ich werde alle Vorbereitungen treffen, um den Fall zu übernehmen und die gewünschten Informationen bereitzustellen.«

»Ich bin sicher, der Vizepräsident wird es begrüßen . . .«

»Begrüßen? Der Teufel soll ihn holen. Es ist mir egal, was er begrüßt! Mir geht's ausschließlich um Brian, Remington Drakes Witwe und seine Tochter.«

»Mir auch, Eric. Mir auch. Aber da Brian nun einmal tot ist . . . und Remington Drakes Witwe ebenfalls . . ., müssen wir uns auf die Lebenden konzentrieren. Auf Tess. Für unsere gemeinsamen Freunde müssen wir unser Bestes tun, um sie zu schützen.«

Chatham zog eine Grimasse. »Gott steh mir bei.«

»Was haben Sie für ein Problem?«

»Sie haben mein Wort«, sagte Chatham. »Aber ich muß Ihnen sagen, daß mir nicht wohl bei dem Gedanken ist, so eng mit der CIA zusammenzuarbeiten.«

»Sie können ganz ruhig sein. Es ist eine einmalige Sache. Und der Zweck heiligt diesen Kompromiß.«

»Genau das ist es. Ein Kompromiß. Eine einmalige Angelegenheit.«

»Nur für dieses eine Mal«, sagte Madden und streckte ihm seine Hand entgegen.

Chatham zögerte. Widerwillig schlug er schließlich ein. »Sie werden von mir hören.«

»Und ich weiß, daß Sie wie immer Ihr Bestes geben werden.«

Kühl trennten sie sich voneinander, jeder von ihnen kam auf dem Rückweg zu seinem Wagen an leuchtendweißen Grabsteinen vorbei.

Nachdem Madden seinen Leibwächtern und seinem Chauffeur zugenickt hatte, blieb er stehen, drehte sich um und starrte zurück zum Friedhof. Auch wenn seine Abteilung einen primären Plan hatte, um Tess Drake ausfindig zu machen, so hatte ihn die Erfahrung bei den geheimen Operationen der CIA doch gelehrt, immer einen Ersatzplan in der Tasche zu haben, und jetzt war auch dieser Plan angelaufen.

Beinahe hätte er gelächelt.

Aber der Triumph stand im Widerstreit mit seiner Trauer. Es tat Madden leid, daß sie Brian Hamilton hier am kommenden Montag zur letzten Ruhe betten würden. Ein unvermeidliches Opfer.

Was er jedoch nicht bedauerte, war die Tatsache, daß hier in zehn Tagen schon wieder ein Begräbnis stattfinden würde – das des Präsidenten nämlich.

Und daß Alan Gerrard danach die Regierung übernehmen würde.

17

Zitternd bremste Tess den Porsche vor einem gepflegten viktorianischen Haus in der Nähe von Georgetown, schnappte ihre Tasche mit der beruhigenden Last der Pistole, lief die Stufen zur breiten Veranda hinauf und drückte auf den Klingelknopf.

Niemand öffnete.

Sie klingelte noch einmal.

Immer noch niemand.

Sie war nervös, aber nicht überrascht. Jedenfalls nicht sehr. Der Mann, der hier lebte, ihr früherer Kunstprofessor an der Georgetown University, war bekannt dafür gewesen, daß er die Sommerferien in seinem Garten verbracht hatte, beschäftigt, sich sorgend, im zärtlichen Gespräch mit seiner wunderbaren Kollektion von Lilien.

Aber das war damals gewesen, erinnerte Tess sich mit schmerzhafter Sehnsucht. Schließlich hatte sie ihren geliebten Professor nicht mehr gesehen, seit sie vor sechs Jahren ihren Abschluß gemacht hatte.

Damals schon war Professor Harding alt gewesen. Vielleicht war er längst emeritiert. Oder er war nach Europa gegangen, um dort die Kunst zu studieren, die er so sehr verehrte und für die er auch in seinen Seminaren seine Studenten so sehr begeistern konnte.

Tess erinnerte sich sehr gut daran, daß er seine Studenten behandelt hatte, als gehörten sie zu seiner Familie. Er hatte sie in seinem Haus empfangen. Wenn die Sonne unterging, inmitten der Pracht der Lilien in seinem Garten, hatte er ihnen Sherry serviert – aber nicht zuviel, um ihr Urteilsvermögen nicht zu trüben – und ihnen die Herrlichkeit eines Velázquez, eines Goya oder Picasso beschrieben.

Spanien. Professor Harding hatte immer eine besondere Vorliebe für spanische Kunst gehabt. Und für diese Bewunderung hatte es nur eine Konkurrenz gegeben . . .

Tess verließ die Veranda und ging an der Seite des Hauses vorbei in den Garten. Nach so vielen Jahren hatte sie die Telefonnummer des Professors nicht mehr im Kopf, und außerdem hatte sie zuviel Angst gehabt, hatte sich zu sehr beobachtet und bedroht gefühlt, um zu einer Telefonzelle zu fahren und sich von der Auskunft seine Nummer geben zu lassen. Und weil sie ja irgendwohin mußte, hatte sie beschlossen, direkt zu ihm zu fahren und nachzusehen, ob er zu Hause war. Es gab für sie keine Alternative. Sie mußte es wissen.

Aber als sie den Garten hinterm Haus erreichte, erwiesen die naheliegenden Ängst sich als unbegründet. Sie spürte, wie eine Welle der Wärme durch ihren Körper lief beim Anblick des Professors, der – sehr alt und schrecklich gebrechlich geworden – sich mühsam aufrichtete, nachdem er einen hüfthohen Lilienstock in Augenschein genommen hatte.

Der Garten erblühte in Blumenpracht. Überall, einmal abgesehen von dem Labyrinth schmaler Pfade, die es dem Besucher erlaubten, voller Bewunderung herumzuspazieren, quoll der Garten beinahe über von den Tausenden von trompetenförmigen, prächtigen, vielfarbigen Huldigungen an Gottes Herrlichkeit.

Inmitten dieser Pracht verließ Tess der Mut. Sie klammerte sich an ihre Tasche, die schwer war vom Gewicht der Pistole, und dachte darüber nach, wie weit sie gekommen war, seitdem sie die Universität in Georgetown verlassen hatte. Wie sehr wünschte sie sich jetzt dorthin zurück.

Professor Harding drehte sich um und bemerkte sie. »Ja?« Zitternd bemühte er sich um Gleichgewicht und sicheren Stand. »Sie sind gekommen, um meine . . .?«

»Ihre Blumen zu betrachten? Die sind wunderschön, wie früher.«

»Sie schmeicheln mir.« Mit Hilfe seines Gehstocks kam Professor Harding zu ihr herübergeschlurft. »Leider muß ich sagen, daß es mal eine Zeit gab . . .«

»Leider?«

»Die verseuchte Luft. Der nicht weniger verseuchte Regen. Vor acht Jahren . . .«

»Ich war hier«, sagte Tess. »Ich erinnere mich.«

»Die Lilien waren ...« Professor Harding, mit seinem zerfurchten, besorgniserregend gealterten Gesicht, ließ sich auf einer Bank aus Redwood nieder. Sein weißes Haar war dünn und schütter, die Haut hing schlaff herunter und war übersät mit zum Teil großen Leberflecken. »Was Sie hier sehen ist *nichts*. Ein Hohn. Es gab einmal eine Zeit, als die Natur noch funktionierte ... da waren die Lilien so ...« Zitternd starrte er auf seinen Gehstock. »Nächstes Jahr ...« Das Zittern wurde stärker. »Ich möchte sie diesem Gift nicht länger aussetzen. Nächstes Jahr werde ich sie zur Ruhe betten. Aber ihre Knollen werde ich sicher aufbewahren. Und vielleicht werden daraus eines Tages wieder Blumen. Wenn es jemals wieder gelingen sollte, diesen Planeten von der Verschmutzung zu befreien.«

Tess schaute sich ängstlich um, umklammerte den Griff der Pistole in ihrer Handtasche, bevor sie zögernd näher kam.

»Kenne ich Sie?« fragte Professor Harding. Er rückte seine randlose Brille zurecht und blinzelte ihr aufmerksam entgegen. »Was, ist das Tess? Das kann doch nicht sein. Natürlich! Tess Drake?«

Tess lächelte, der Druck in ihren Tränendrüsen stieg an. »Ich bin so froh, daß Sie mich nicht vergessen haben.«

»Wie hätte ich Sie vergessen können? Ihre Schönheit hat meinen Hörsaal erstrahlen lassen.«

Tess wurde rot. »Jetzt sind Sie aber der Schmeichler.« Sie setzte sich neben ihn auf die Bank und umarmte ihn schüchtern.

»Wenn ich mich richtig erinnere, waren Sie in vielen meiner Seminare. Sie haben jedes Jahr einen Kurs belegt.« Die Stimme des Professors raschelte wie Wind durch das Herbstlaub.

»Ich habe es geliebt, Sie über Kunst reden zu hören.«

»Ja, aber was noch wichtiger war, Sie liebten die Kunst selbst. Man konnte es ihren Augen ansehen.« Der Professor kniff die Augen noch weiter zusammen, als müsse er in weiter Entfernung etwas erkennen. »Aber, um ehrlich zu sein, Sie waren nicht meine beste Studentin . . .«

»Meistens die Note B, fürchte ich.«

»Aber ganz sicher waren Sie von allen mit der größten Begeisterung dabei.« Die dünnen, runzligen Lippen des Professors formten ein Lächeln der Zuneigung. »Und ich freue mich so sehr, daß Sie gekommen sind. Wissen Sie, viele meiner Studenten haben mir versprochen, mich nach dem Examen zu besuchen.« Sein Lächeln verschwand von den Lippen. »Aber ich mußte die Erfahrung machen . . .«

»Ja?«

»Niemand hat Wort gehalten.«

Tess zog sich die Kehle zusammen. »Nun, hier bin ich. Wenn auch etwas spät.«

»So, wie Sie immer zu spät in den Unterricht gekommen sind.« Der alte Mann gluckste vergnügt. »Nur ein paar Minuten. Es hat mich nicht aus dem Konzept gebracht. Aber es schien so, als wollten Sie auf Ihren großen Auftritt nicht verzichten.«

Tess fiel in das Kichern des alten Mannes ein. »Nein, wirklich, es ging mir nicht um den großen Auftritt. Ich konnte nur nicht rechtzeitig aus dem Bett kommen.«

»Nun, meine Liebe, wenn Sie erst einmal mein Alter erreicht haben, dann werden Sie feststellen, daß Sie mit dem Morgengrauen erwachen.« Die zerbrechliche Stimme des Professors klang noch schwächer. »Und oft noch früher. Viel früher.«

Er räusperte sich.

Die Unterhaltung versiegte.

Aber Tess fand das Schweigen angenehm.

Tröstlich.

Sie bewunderte die Lilien.

Wie schön wäre es, für immer hierbleiben zu können, dachte sie. Wie wünschte ich mir, meine Welt würde nicht in Scherben fallen.

»Professor, können wir einen Moment über Kunst sprechen?«

»Mit Vergnügen. Wie Sie wissen, hat mir neben meinen Lilien nichts mehr Spaß gemacht als eine anregende Diskussion . . .«

»Über eine Statue? Ein Relief? Ich würde Ihnen gerne ein Foto davon zeigen.« Ängstlich zog Tess das Päckchen mit den Fotos aus der Tasche, die Pistole dabei sorgfältig verbergend.

»Aber warum . . .? Sie sind so trübsinnig.« Professor Harding zog die schneeweißen, spärlichen Augenbrauen zusammen. »Haben Sie Ihre Begeisterung für den Gegenstand verloren?«

»Nicht für den Gegenstand«, sagte Tess. »Aber was *das* hier betrifft . . .« Sie zeigte ihm das Foto von dem Relief. »*Das* ist ja wohl eine andere Sache.«

Professor Harding machte ein finsteres Gesicht und produzierte dabei noch mehr Runzeln auf seiner Stirn. Er stieß die Brille hoch auf die Nase und hielt die Fotografie dicht davor. »Ja, ich kann verstehen, warum Sie das merkwürdig finden.«

Er hielt das Foto weiter weg, dann wieder dicht vor die Augen, und bei jeder Bewegung schüttelte er den Kopf. »Was für eine scheußliche Darstellung. Und der Stil. So roh und ungehobelt. Nein, das ist sicher nicht mein Geschmack. Und ganz sicher kein Velázquez.«

»Aber was können Sie mir darüber erzählen?« Tess hielt den Atem an.

»Tut mir leid, Tess. Sie müssen Ihre Frage schon spezifischer stellen. Was genau wollen Sie wissen? Was haben Sie für ein Interesse an dem Ding? Wo haben Sie das gefunden?«

Tess überlegte, wieviel sie ihm erzählen durfte. Je weniger der alte Mann wußte, desto besser. Sollten die Mörder herausfinden, daß sie bei ihm war, dann mochten es gerade seine Gebrechlichkeit und dieses Unwissen sein, die ihm das Leben retteten. »Ein Freund von mir hatte es in seinem Schlafzimmer stehen.«

»Das spricht nicht gerade für seinen Geschmack. Im Schlafzimmer? So etwas gehört nicht einmal in einen Werkzeugschuppen.«

»Das finde ich auch. Aber haben Sie vielleicht irgendeine Vorstellung, wer die Skulptur angefertigt haben könnte? Oder *warum*? Oder was sie für eine Bedeutung hat? Kennen Sie irgendwelche Bildhauer, die so etwas geschaffen haben könnten?«

»Du lieber Gott, nein! Jetzt verstehe ich, warum Sie so durcheinander sind. Sie glauben, diese Skulptur könnte einer zeitgenössischen Schule von . . . wie sollte man sie nennen . . . Neoprimitiven oder Avantgarde-Klassizisten entsprungen sein?«

»Professor, verzeihen Sie, aber ich bin immer noch keine besonders gute Schülerin. Was Sie gerade gesagt haben . . . ich komme nicht ganz mit.«

»Ich werde mich bemühen, mich deutlicher auszudrükken. Diese Fotografie. Es ist schwer, nach dieser Darstellung ein Urteil zu fällen, aber die Skulptur scheint sich in einem tadellosen Zustand zu befinden. Scharfe, deutliche Umrisse. Nichts ist abgebröckelt. Keine Risse. Keine Anzeichen von Verwitterung.«

»Ich verstehe immer noch nicht . . .«

»Passen Sie auf. Tun Sie jetzt mal so, als würden Sie sich Notizen machen.«

»Glauben Sie mir, ich bemühe mich.«

»Der Gegenstand ist nicht alt. Er wurde vor nicht allzulanger Zeit angefertigt. Aber das Bild, das Symbol, dürfte . . .«, Professor Harding zögerte, ». . . alt sein. Sehr alt. Das hier ist eine Kopie, Tess, die Kopie einer Skulptur, die ungefähr . . . nun, ich würde sagen . . . zweitausend Jahre alt ist.«

»Zweitausend Jahre?« Tess blieb der Mund offen stehen.

»Eine Schätzung. Ich muß leider zugeben, daß es nicht mein Spezialgebiet ist. Für alles, was vor dem 16. Jahrhundert liegt, bin ich kein Fachmann.«

Tess sackte in sich zusammen. »Dann gibt es keine Chance, daß Sie mir helfen könnten, die Bedeutung des Reliefs zu verstehen?«

»Hab' ich das gesagt? *Bitte.* Ich habe doch nur von meinen eigenen Grenzen gesprochen. Sie benötigen einen Fachmann für das klassische Zeitalter mit solider Ausbildung in Archäologie.«

Tess schaute auf ihre Uhr. Halb eins. Craig wäre jetzt bereits auf dem LaGuardia Airport eingetroffen. Bald würde er nach Washington abfliegen. Um halb drei mußte sie sich mit ihm treffen. Zeit. Sie hatte nicht viel Zeit!

»Ein Fachmann für das klassische Zeitalter mit . . .?« Tess stöhnte. *»Wo zum Teufel treibe ich jetzt einen . . .?«*

»Junge Frau, ich bin enttäuscht. Sollten Sie die wundervolle Frau vergessen haben, mit der ich verheiratet bin? *Sie* ist der Kopf der Familie. Nicht ich. Und bis vor fünf Jahren gehörte sie dem Fachbereich für altertümliche

Kunst an der Georgetown University an. Kommen Sie.« Professor Harding stützte sich auf seinen Gehstock und erhob sich von der Bank. Einen Moment lang schwankte er. »Priscilla hat ein Nickerchen gemacht. Aber es wird Zeit, daß ich sie aufwecke. Es ist nicht gut, wenn sie das Mittagessen verschläft. Ihre Diabetes, wissen Sie. Vielleicht möchten Sie auch einen Happen mit uns essen?«

»Professor, ich möchte nicht unhöflich sein. Ich habe wirklich keinen Hunger, und ich ... mein Gott, ich sage Ihnen das so ungern ... ich bin in sehr großer Eile. Es ist wichtig. Ganz schrecklich wichtig. Ich muß etwas über das Relief in Erfahrung bringen.«

»Nun.« Der Professor sah sie aufmerksam an. »Wie geheimnisvoll sich das anhört. Gut. Ich kann etwas Anregung gut gebrauchen.« Der alte Mann schlurfte auf unsicheren Beinen einen der Pfade entlang, der zarte Duft seiner Lilien wurde vom Smog aufgesogen. »Aber wenn es *so* dringend ist und es Ihnen nicht zu vertraulich erscheint, dann leihen Sie mir doch bitte Ihren Arm, damit ich ein wenig schneller vorwärts komme. Ich muß gestehen, daß ich neugierig geworden bin. Also, lassen Sie uns Priscilla aufwecken und herausfinden, was diese abscheuliche Darstellung zu bedeuten hat.«

18

Kennedy International Airport

Die PanAm 747 aus Paris landete pünktlich um 12 Uhr 25. Unter den vierhundertfünfzig Passagieren waren sechs Männer – die getrennt voneinander in der Business-Class gesessen hatten – vorsichtig darauf bedacht, die Verkehrsmaschine in Abständen zu verlassen, und mit ebensolchem Vorbedacht nahmen sie verschiedene Taxis nach New York. Jeder von ihnen trug einen unauffälligen Anzug und hatte einen Aktenkoffer und eine Handtasche dabei. Keiner der Männer mußte auf Reisegepäck warten.

Alle sechs hatten sie durchschnittliche, unauffällige Gesichtszüge.

Während des Flugs hatten sie durchaus ein liebenswürdiges Auftreten dem Personal gegenüber an den Tag gelegt, aber ihre höflichen Bemerkungen schienen sie Anstrengung gekostet zu haben, als sei jeder von ihnen von einer wichtigen Angelegenheit in Anspruch genommen, um die er sich Sorgen machen mußte. An ihren abwesenden, nachdenklichen, kalten Blicken hatte man den Ernst ihrer Besorgnis ablesen können.

In Manhattan stieg jeder der Männer an einem anderen Ort aus seinem Taxi, ging ein paar Blocks zu Fuß weiter, nahm dann irgendeine U-Bahn, fuhr ein paar Stationen, stieg wieder aus und nahm sich wieder ein Taxi. In Abständen von ein paar Minuten trafen die Männer auf der Avenue westlich des Museums für Nationale Geschichte ein. Nachdem ein jeder von ihnen einige prüfende Blicke auf den fließenden Verkehr, die parkenden Autos und in der Nähe befindliche Fußgänger geworfen hatte, ging er auf ein Sandsteingebäude an der Fünfundachtzigsten Straße West zu und drückte auf die Türklingel.

Eine matronenhafte Frau öffnete die Tür und verstellte den schmalen Durchgang. »Ich glaube nicht, daß wir uns kennen.«

»Der Herr sei mit Ihnen.«

»Und mit Ihrem Geist.«

»*Deo gratias.*«

»In der Tat.« Die Frau wartete. »Trotzdem, ich muß das Zeichen von Ihnen verlangen.«

»Aber sicher. Ich wäre mißtrauisch, hätten Sie es nicht verlangt.«

Der letzte der Ankömmlinge langte in seine Jackentasche und zeigte ihr einen Ring. Der Ring trug einen funkelnden Rubin, und auf den eindrucksvollen Edelstein waren die goldenen Insignien des Schwertes und des Kreuzes geprägt.

»*Deo gratias*«, wiederholte die Frau.

Erst jetzt öffnete die Frau die Tür ganz, trat einen Schritt zurück, machte eine respektvolle Verbeugung und erlaubte dem Mann den Eintritt.

In einem Alkoven links von der Tür ließ ein grimmiger, höchst wachsam wirkender Mann in einer kugelsicheren Weste aus Kevlar die Maschinenpistole vom Typ Uzi sinken, die mit einem Schalldämpfer ausgestattet war.

Die Frau schloß die Tür wieder. »Hatten Sie einen guten Flug?«

»Ich bin nicht abgestürzt.«

»Die anderen sind auch gerade erst gekommen.«

Der Besucher nickte kaum merklich mit dem Kopf, dann folgte er der Frau die engen Stufen hinauf in den zweiten Stock. Er betrat ein Schlafzimmer, wo die fünf anderen Mitglieder seines Teams, die bereits unauffällige Kleider angelegt hatten, damit beschäftigt waren, ihre Pistolen auseinanderzunehmen, zu reinigen und wieder zusammenzusetzen.

Die Waffen, österreichische Glock-17, halbautomatische 9-mm-Pistolen, waren aus einem harten, polymeren Plastik, aus Stahl waren nur der Lauf und der Zündmechanismus. Es waren leichte, zuverlässige Waffen, aber ihr größter Vorteil lag in der Tatsache, daß Metalldetektoren sie häufig nicht registrierten und sie im zerlegten Zustand auch von den Röntgengeräten der Flughäfen nicht erfaßt wurden.

»Ihre Straßenkleider liegen in der Kommode«, sagte die Frau.

»Danke, Schwester.«

»Sie haben einen langen Flug hinter sich. Sie müssen müde sein.«

»Überhaupt nicht.«

»Hungrig?«

»Kaum. Meine Aufgabe versorgt mich mit Energie.«

»Ich bin unten, falls Sie etwas brauchen. Aber Sie werden sich beeilen müssen. Der Terminplan ist erweitert worden. Sie haben Tickets für den Drei-Uhr-Flug zum Washington National Airport. Der Köder ist unterwegs.«

»Ich bin froh, das zu hören, Schwester. Und der Feind? Haben die Schädlinge bereits angebissen?«

»Noch nicht.«

»Aber sie werden.« Er senkte seine Stimme zu einem geheimnisvollen Flüstern. »Daran habe ich nicht den geringsten Zweifel. Danke.« Er geleitete sie aus dem Schlafzimmer. »Danke, Schwester. Haben Sie vielen Dank.« Er schloß die Tür.

Die matronenhafte Frau griff nach dem Treppengeländer und stieg langsam und zögernd die Stufen hinunter, dann blieb sie neben dem Wächter am Eingang stehen. »Die Kerle jagen mir Angst ein.«

»Ja«, sagte der hagere Mann mit der Uzi. »Ich habe früher einmal mit Vollstreckern zusammengearbeitet. Noch am Tag danach waren meine Knochen bis ins Mark gefroren.«

19

Tess rutschte ungeduldig auf einem Stuhl in Professor Hardings Küche herum. Der großzügige, saubere und ordentliche Raum im hinteren Teil des viktorianischen Hauses war blau gestrichen. Ein großes Fenster erschloß dem Betrachter das grandiose Panorama Tausender von prächtigen, vielfarbigen Lilien, aber Tess war viel zu besorgt, um darauf zu achten. Vor einer Weile – es war schon viel zu lange her – hatte Professor Harding sie hier alleine zurückgelassen, während er hinaufgegangen war, um seine Frau zu wecken.

Tess schaute nervös auf ihre Armbanduhr. Es war bereits fünf Minuten nach eins. Sie zappelte unruhig herum. Unfähig, ihre Ungeduld zu beherrschen, stand sie auf und lief hin und her. Immer wieder warf sie Blicke zur Küchentür, dann setzte sie sich ganz plötzlich wieder hin und rutschte auf ihrem Stuhl herum.

Beeilt euch! Craigs Flugzeug mußte bereits in der Luft

sein. Nicht einmal mehr neunzig Minuten bis zu ihrem Rendezvous vor dem Marriott-Hotel.

Ich darf mich hier nicht mehr lange aufhalten!

Aber ich kann doch nicht einfach so gehen.

Ich muß doch Bescheid wissen!

Und dann atmete sie auf, als sie die gedämpften Schritte auf der Treppe im vorderen Teil des Hauses hörte.

Als nächstes hörte sie Gemurmel von Stimmen. Die Schritte kamen den Flur entlanggeschlurft und näherten sich der Küchentür.

Tess sprang auf, als Professor Harding seine Frau hereinführte.

Aber beim Anblick der Frau verwandelte sich ihr Magen in einen Eisklumpen.

Nein!

So viel Zeit! Ich habe so viel ...!

Priscilla Harding sah noch viel gebrechlicher aus als ihr Mann. Sie war klein, spindeldürr und hatte einen gebeugten Rücken. Ihr dünnes, weißes Haar war vom Liegen noch ganz durcheinander, die runzelige, blasse Gesichtshaut hing schlaff herunter. Wie ihr Ehemann brauchte auch sie einen Gehstock. Die beiden klammerten sich aneinander fest.

»Professor«, sagte Tess, und versuchte, ihre Enttäuschung zu verbergen, um die beiden nicht zu verletzen. »Wenn Sie mir doch was gesagt hätten. Ich wäre gerne mit nach oben gekommen und hätte Ihnen geholfen, Ihre Frau herunterzubringen.«

»Gar nicht nötig.« Der alte Mann lächelte. »Priscilla und ich kommen jetzt schon viele Jahre ohne Hilfe zurecht. Und Sie wollen uns doch auf unsere alten Tage nicht noch verwöhnen, oder? Trotzdem danke ich Ihnen für Ihre Hilfsbereitschaft.«

»Warten Sie, lassen Sie mich ...« Tess lief um den Tisch herum, faßte Priscilla Harding sanft am Arm und half ihr vorsichtig auf einen Stuhl.

»Gut«, sagte der Professor und atmete schwer. »Unsere kleine Übung hätten wir hinter uns. Wie fühlst du dich, Priscilla?«

Die Frau antwortete nicht.

Tess war besorgt darüber, wie wenig Leben in ihren Augen war.

Mein Gott, sie ist doch nicht wach genug, um ...

Unmöglich, daß sie mir Antworten auf meine Fragen geben kann!

Professor Harding schien Tess' Gedanken gelesen zu haben. »Machen Sie sich keine Sorgen. Meine Frau ist noch ein bißchen schlaftrunken. Es dauert immer eine Weile, bis Priscilla wieder zu Kräften kommt. Aber sobald sie etwas ...«

Der alte Mann öffnete die schimmernde Tür des Kühlschranks und nahm eine Spritze heraus. Nachdem er seiner Frau eine Stelle am Arm mit Alkohol abgerieben hatte, injizierte er ihr eine Flüssigkeit, von der Tess annahm, daß es Insulin war, denn sie erinnerte sich wieder an die Bemerkung des Professors über ihre Zuckerkrankheit.

»So«, sagte der Professor.

Er ging zurück zum Kühlschrank und nahm einen Teller mit Obst, Käse und etwas Fleisch heraus, der mit Zellophan abgedeckt war.

»Ich hoffe, du hast einen kräftigen Appetit, meine Liebe.« Er stellte den Teller auf den Tisch, entfernte das Zellophan und wandte sich dann auf unsicheren Beinen einem Tresen zu, um ein paar Scheiben Weißbrot abzuschneiden. »Ich würde vorschlagen, daß du mit dem Stückchen Orange anfängst. Du brauchst es, um deinen ...«

»Blutzuckerspiegel zu halten?« Priscilla Harding sprach mit schwerer Zunge, ihre Stimme klang erstaunlich tief. »Es macht mich ganz krank ...«

»Ja. Das bist du. Krank. Aber wenn du etwas gegessen hast, wird es dir gleich viel besser gehen. Außerdem ist die Navelorange ganz vorzüglich. Du solltest sie versuchen.«

Mit einem müden Blick auf ihren Gatten gehorchte Priscilla Harding. Ihre knorrigen, arthritischen Finger hoben ein Stückchen Orange zum Mund. Während sie gleichmäßig kaute, schweifte ihr verwunderter Blick zu Tess hinüber. Ein fragender Ausdruck erschien auf ihrem Gesicht.

Und wieder erwies der Professor sich als Gedankenleser. »Verzeih mir meine Unhöflichkeit, Liebling. Diese attraktive junge Dame ist eine ehemalige Studentin von mir. Natürlich kann ihre Schönheit sich nicht mit deiner messen.«

»Alter Quatschkopf.«

»Aber, Liebling. Dz, dz. Und das vor fremden Ohren.«

Priscilla Harding kniff amüsiert ihre runzligen Äuglein zusammen.

»Ihr Name ist Tess Drake«, fuhr der Professor fort, »und sie bittet dich um einen Gefallen. Sie möchte Gebrauch von deinen wissenschaftlichen Kenntnissen machen.«

Priscilla Harding hob den Blick, ihre Augen wirkten jetzt weit weniger ausdruckslos. »Meine wissenschaftlichen . . .?«

»Ja, es ist ein Rätsel, und wir hoffen, du kannst es lösen«, fuhr der Professor fort. »Ich habe bereits versucht, meiner früheren Schülerin behilflich zu sein, aber ich fürchte, ihre Fragen übersteigen meinen Horizont. Sie betreffen nicht das Gebiet, auf dem ich Fachmann bin.«

Priscillas Augen funkelten immer lebhafter, während sie sich ein zweites Stück Orange in den Mund schob.

»Der Rindfleischaufschnitt ist auch sehr gut. Du solltest ihn probieren«, sagte der Professor.

»Was ist das für eine Gefälligkeit?« wollte Priscilla wissen. Je mehr sie aß, desto wacher wurde ihr Blick. »Was hat sie für Fragen an mich?«

»Sie möchte dich bitten, dir eine Fotografie anzusehen. Die Fotografie zeigt . . . so glaube ich jedenfalls . . . eine moderne Reproduktion eines alten Reliefs. Eines ziemlich scheußlichen, sollte ich hinzufügen. Also, mach dich auf einiges gefaßt. Aber wenn du dich wieder kräftig genug fühlst, solltest du ...«

»Richard, je älter du wirst, desto weniger bist du in der Lage, bei der Sache zu bleiben. Eine Fotografie? Die moderne Reproduktion einer antiken Skulptur? Hört sich interessant an. Gerne werfe ich einen Blick darauf.«

Tess war angespannt von dem Zeitdruck, unter dem sie stand. »Mrs. Harding, ich danke Ihnen.«

»Bitte, es besteht kein Grund zur Förmlichkeit. Ich heiße Priscilla.« Sie kaute auf einem Bissen Brot herum, wischte sich die Hände an einer Serviette ab und streckte Tess ihre Hand entgegen. »Das Foto?«

Tess nahm es vorsichtig aus ihrer Tasche und schob es über den Tisch Priscilla zu.

Mrs. Harding zog eine Brille aus einer Tasche an ihrem Kleid, setzte sie auf und blinzelte hinunter auf die Fotografie.

Dabei kaute sie ungeniert weiter.

Dann hörte sie auf zu kauen.

Beinahe hätte sie sich verschluckt. Grimmig schob sie den Unterkiefer nach vorne.

Einige Augenblicke lang sagte sie gar nichts.

Was ist los? dachte Tess.

Nun mach schon!

Priscilla nickte bitter. »Ja, ich habe so etwas schon einige Male gesehen. Eine ganz ähnliche Abbildung.«

Mit angespannten Muskeln beugte Tess sich vor. »Aber warum machen Sie solch ein besorgtes Gesicht? Das Messer, das Blut, die Schlange und der Hund. Ich weiß, das ist alles so abstoßend, aber ...«

»Und der Skorpion. Sie dürfen den Skorpion nicht vergessen«, sagte Priscilla. »Der die Hoden des sterbenden Stiers angreift. Und auch die Fackelträger nicht, die das Opfer flankieren. Eine Fackel zeigt nach oben, die andere nach unten.« Die alte Frau schüttelte den Kopf. »Und der Rabe.«

»Ich hab' es für eine Eule gehalten.«

»Lieber Gott, nein. Eine Eule? Das wäre unsinnig. Es ist ein Rabe.«

»Aber was haben diese Figuren zu bedeuten?« Tess fürchtete, daß ihre Selbstbeherrschung kurz vor dem Zusammenbruch stand.

Priscilla zitterte. Sie beachtete Tess nicht weiter und wandte die Aufmerksamkeit ihrem Gatten zu. »Richard, erinnerst du dich an unseren Sommer in Spanien? Im Jahre 73?«

»Natürlich«, antwortete der Professor mit Zärtlichkeit in der Stimme. »Zu unserem 25. Hochzeitstag.«

»Kein Grund, rührselig zu werden, Richard. Der Anlaß dieser Reise – so sehr ich sie auch genossen habe – ist uninteressant. Aber was interessant ist und wichtig: Während du in Madrid geblieben und durch den Prado gespukt bist . . .«

»Ja, Velázquez, Goya und . . .«

»Aber nicht Picasso. Ich glaube nicht, daß Picassos *Guernica* damals dort ausgestellt war.«

»Bitte.« Tess lehnte sich weiter vor und sprach mit flehender Stimme. »Die Skulptur.«

»Ich hatte den Prado schon so oft besucht, und außerdem bin ich keine Kunsthistorikerin, sondern befasse mich mit der Antike. Also hab' ich Richard seinen Spaß gelassen und ging meiner eigenen Wege. Schließlich möchte ich wenigstens die Illusion haben, eine emanzipierte Frau zu sein.«

»Aber du bist eine, Liebling. Wie oft hast du das bewiesen.« Der Professor zuckte gutmütig die Achseln und knabberte an einem Stück Käse.

»Also besuchte ich antike spanische Stätten, weil die primitiven Kunstwerke mich schon immer am meisten faszinierten.« Priscillas träumerischer Blick erzählte von schönen Erinnerungen. »Mérida. Pamplona.«

»*Pamplona?* Ist das die Stadt, wo Hemingway . . .?«

»Mit Verlaub, Tess, aber Sie sollten einfach so tun, als wären Sie in einem Seminar meines Mannes. Seien Sie höflich und unterbrechen Sie nicht.«

»Tut mir leid, Mrs. . . .«

»Und Ihre Höflichkeitsfloskeln will ich auch nicht mehr hören. Ich hab' Ihnen gesagt, ich bin keine ›Mrs.‹, jedenfalls nicht, solange Sie mein Gast sind.« Priscilla konzentrierte sich. »Ach, wie habe ich es genossen . . . In den Ruinen am Rande der Dörfer habe ich Kupferstiche gefunden, Gravuren, und in einem kleinen Museum außerhalb von Pamplona fand ich ein Standbild wie dieses hier. Verwittert. Brüchig. Die Kanten waren nicht mehr scharf umrissen. Aber es war dieselbe Darstellung wie auf dieser Fotografie. Und später auf dieser faszinierenden Rundfahrt, während ich darauf wartete, daß Richard seine zwanghafte Vorliebe für Velázquez und Goya ausgelebt haben würde . . . Offensichtlich bin ich genau wie Richard. Ich bin so verkalkt, daß ich nicht mehr bei der Sache bleiben kann.«

»Aber was haben Sie gefunden?« Tess versuchte, ihre Stimme ruhig klingen zu lassen.

»Noch mehr Statuen.« Priscilla zuckte die Achseln. »Noch mehr Gravierungen.«

»Von was?«

»Von demselben Abbild wie diesem hier. Aber nicht sehr häufig. Und immer waren sie versteckt in irgendwelchen Höhlen oder Grotten.«

»*Abbilder von* . . .?«

»Mithras.«

Tess riß den Kopf hoch und sah der Frau fragend in die Augen. »Wer oder was zum Teufel ist . . .«

»Mithras?« Priscilla nahm all ihre Kraft zusammen. »Sind Sie religiös, Tess?«

»Ein bißchen. Ich wurde römisch-katholisch erzogen. Als Kind habe ich an Gott geglaubt. Auf dem College hat sich das verloren. Aber in letzter Zeit . . .? Ja, ich glaube, man könnte sagen, daß ich religiös bin.«

»Römisch-katholisch? Aha.« Priscilla biß sich auf die Lippe. Ihre Stimme klang ein wenig mutlos. »Dann fürchte ich, Ihre Religion hat . . .«

»Was?«

»Konkurrenz.«

»Was reden Sie da?«

»Konkurrenz aus uralter Zeit. Stärker, als Sie sich vorstellen können. Sie geht zurück auf den Ursprung allen Seins, die Anfänge der Zivilisation, die Wurzeln der Geschichte.«

»Was zum Teufel . . .?«

»Ja, der Teufel.« Priscillas Gesicht erschlaffte, auf einmal sah es wieder abgehärmt aus. »*Himmel und Hölle.* Darum geht es bei Mithras.«

»Hören Sie, ich ertrage das alles kaum noch«, sagte Tess. »Sie wissen gar nicht, was ich durchgemacht habe. Meine Mutter ist tot! Überall um mich herum sterben Menschen! In einer Stunde muß ich am National Airport jemanden treffen. Und ich fürchte mich. Nein, das ist noch Untertreibung. Ich ängstige mich zu Tode.«

»Wegen Mithras? Ich fühle mit Ihnen.« Priscilla ergriff Tess' Hand und drückte sie fest. »Wenn diese Fotografie . . . wenn diese Statue mit Ihren Problemen zu tun hat . . . dann haben Sie allen Grund, sich zu Tode zu ängstigen.«

»*Warum?*«

»Mithras«, sagte Priscilla, »ist der älteste Gott, den ich kenne, und sein Gegenspieler ist der böseste und unversöhnlichste.«

»Das ist doch . . .« Tess erschauerte. »*Verrückt.* Wovon reden Sie da . . .?« Sie ballte die Fäuste, ihre Nägel gruben sich in ihre Handflächen.

»Wovon ich rede?« Priscilla erhob sich mühsam. »Hören Sie auf, ständig auf die Uhr zu schauen. Es gibt vieles, was man Ihnen erklären muß . . . vor dem man Sie warnen muß. Und ein paar Gebete könnten auch nichts schaden.«

Eine Schlange, ein Skorpion und ein Hund

1

Westdeutschland, am Rhein, südlich von Köln

Scheinwerfer bohrten sich in den Dunstschleier über einem selten befahrenen Feldweg. Vor vielen Jahren, zwischen den beiden Weltkriegen, war er oft von Anglern benutzt worden, die ihre Fahrräder hinter Büschen versteckt, aus den Tragkörben an den Lenkern das Angelzeug und die gut ausgetretenen Pfade hinunter zu ihren Lieblingsplätzen am Fluß gestapft waren. Früher waren hier Kinder am Ufer herumgetollt. An warmen Sonntagen hatten Mütter auf dem üppigen, weichen Gras Wolldekken ausgebreitet, die Picknickkörbe geöffnet, und schon bald duftete es am Ufer nach Wurst, Käse und frisch gebackenem Brot. Den Wein hatte man im seichten Wasser kalt gestellt.

Aber das war lange her, und zu der Zeit, als Tess mit Angst und Schrecken den Erzählungen von Professor Hardings Frau lauschte, herrschte in Deutschland kein heller Tag, aber selbst wenn es so gewesen wäre, kein Mensch wäre auf die Idee gekommen, an diesem Ufer seine Angel auszuwerfen. Nur noch wenige Leute kamen überhaupt hierher, und wenn, dann sicher nicht zum Picknicken, denn der Gestank des Flusses hätte den Duft nach frischem Brot verschluckt, und das giftige Wasser war schon lange in die Erde gesickert, hatte längst das Gras und die Bäume vernichtet, und der Schlamm, über den die Strömung sich quälte, hatte alle Fische getötet.

An diesem Abend jedoch dachten die Insassen des Autos, das über den Feldweg holperte, nicht an Picknicks und Angeln, auch wenn ihre Gedanken nicht weniger bitter waren und ihre Mienen sich angesichts der blattlosen Bäume und der verkümmerten Büsche in zunehmendem Zorn verfinsterten.

Bis auf *einen* der Insassen, der aus einem ganz anderen Grund ein finsteres Gesicht machte.

Er zitterte am ganzen Körper. »Damit kommen Sie nicht durch! Meine Gäste erwarten mich! Man wird mich vermissen!«

»Spielen Sie auf den Empfang in Ihrem Haus an?« fragte der Fahrer und zuckte mit den Achseln. »Nun, Ihre Gäste werden ohne Sie auskommen müssen, Herr Schmidt.«

»Ja«, pflichtete ein anderer ihm bei, »Ihre Gäste werden auf Sie warten müssen.«

»Und zwar verdammt lange«, fügte ein dritter Mann hinzu.

»*Was wollen Sie eigentlich von mir*?« wollte der silberhaarige, schmalgesichtige Mann im Smoking wissen. »Erpressung? Wenn's Ihnen darum geht, warum sind wir dann hier draußen? Geben Sie mir ein Telefon! Das mit dem Lösegeld arrangiere ich . . .! Meine Assistent wird Ihnen jeden Betrag ausliefern, den Sie verlangen! Und keine Polizei!«

»Ganz sicher, Herr Schmidt. Das kann ich Ihnen garantieren«, sagte der Fahrer. »Vielleicht später, aber jetzt bestimmt nicht. Hier wird sich die Polizei nicht blicken lassen.«

»*Wovon reden Sie eigentlich*?«

»Von Gerechtigkeit, Herr Schmidt«, sagte ein Mann mit einer Pistole.

Die Mündung drückte er dem silberhaarigen Mann gegen den Hals.

»Hier, zum Beispiel«, sagte ein anderer Mann. Er beugte sich auf der Rückbank vor und sagte zum Fahrer: »Als ich ein kleiner Junge war, war das hier mein Lieblingspfad. Der Fluß war so . . .! Wie sehr habe ich diesen Platz geliebt. Und nun schau ihn dir an! Wie häßlich er geworden ist! Hier! Ja, genau hier kannst du anhalten.«

»Warum nicht?« Der Fahrer zuckte wieder mit den Achseln. »Ein Platz ist so gut wie jeder andere.«

»Wofür?« fragte Schmidt. Seine Stimme zitterte.

»Ich hab's Ihnen doch schon gesagt«, antwortete ihm der Mann mit der Pistole. »Es geht um Gerechtigkeit.«

Der Fahrer hielt zwischen ein paar kahlen Büschen am Rand des Feldwegs an. Die toten Äste knackten. Er schaltete die Scheinwerfer aus und stieg aus dem Wagen, während seine Begleiter die anderen Türen öffneten und Schmidt, der sich verzweifelt wehrte, auf das in Dunst gehüllte, verödete Ufer zerrten. Am kahlen Ast eines Baums riß er sich den Ärmel seines Smokings auf.

»Ach, zu schade«, sagte der Mann mit der Schußwaffe. »Was für ein häßlicher Riß.«

»Ja, wirklich ein Jammer«, pflichtete ihm der Fahrer bei.

Sie drängten Schmidt einen kahlen Abhang hinunter. Plötzlich hüllten die übelriechenden Dämpfe vom Fluß sie ein, reizten sie zum Husten. In seiner Angst widersetzte sich Schmidt so heftig, daß die Männer gezwungen waren, ihn nach unten zu zerren. Seine glanzledernen Schuhe kratzten über das Geröll. Der im Zickzack hinabführende, kaum erkennbare Weg wurde so steil, daß einer der Männer eine abgeschirmte Taschenlampe anknipsen mußte, um ihnen zu leuchten.

Unten, auf dem graslosen Uferstreifen, entriß ihr Schein der Dunkelheit den schmutzigen Schaum entlang des Wasserrands, den Dreck auf dem Wasser und den dicken Schlick, über den die Strömung sich quälen mußte. Es stank hier wie in einer Jauchegrube, denn auch Klärschlamm verunreinigte das Wasser.

»Was für eine abscheuliche Brühe! Ich bin hier früher geschwommen!« sagte der Mann mit der Pistole. »Und die Fische . . . die Fische schmeckten köstlich. Ihr Fleisch war so weiß, flockig und trotzdem fest. Meine Mutter hat sie immer in Milch gelegt. Dann wurden sie in Semmelbröseln gewendet und . . .«

»Fisch?« winselte Schmidt. »Wovon reden Sie da? *Fisch*? Was hat das . . .? Um Gottes willen, wenn Sie die Absicht hatten, mir Angst einzujagen, es ist Ihnen gelungen. Ich gebe es zu. Ich habe schreckliche Angst!« Seine Selbstbeherrschung brach zusammen. Der silberhaarige

Gefangene begann hemmungslos zu schluchzen. »Wieviel wollen Sie? Bitte! Ich schwöre Ihnen beim Grab meiner Mutter, ich gebe Ihnen alles, was ich habe!«

»Ja«, sagte der Fahrer. »Das stimmt. Damit werden Sie bezahlen. Mit allem, was Sie haben.«

»Sagen Sie es mir. Sagen Sie mir, wieviel. Es gehört Ihnen! Mein Gott, wieviel wollen Sie?«

»Sie haben immer noch nicht verstanden, womit Sie bezahlen werden«, sagte ein anderer Mann. »*Sie* haben das hier angerichtet.«

»Habe was . . .? Was habe ich angerichtet?«

»Dies hier.« Angewidert zeigte der Mann auf die giftigen Absonderungen des Flusses. *»Sie.* Nicht Sie alleine! Aber Sie tragen einen großen Teil der Verantwortung!«

»Mit wem zusammen?« Schmidts Darm entleerte sich.

»Zusammen mit den anderen gierigen Industriellen, die ihren Profit ohne Rücksicht auf die Natur machen wollten. Mit den Milliardären, die auf die vergleichsweise wenigen Millionen, die es gekostet hätte, den Fluß sauber und die Luft rein zu erhalten, nicht verzichten wollten.«

»Millionen?« Schmidt schüttelte den Kopf, völlig außer sich. »Aber mein Verwaltungsrat, meine Aktionäre, sie hätten mir . . .«

»Millionen! Ja. Aber nur am Anfang!« stellte der Mann mit der Pistole richtig. »Ein einmaliger Aufwand wäre es gewesen. Aber das liegt Jahre zurück. *Jetzt* würden die Kosten natürlich höher liegen. Wesentlich höher. Und der Fluß ist schon so weit vergiftet, daß es Jahrzehnte dauern würde, ihn wieder zum Leben zu erwecken, falls er überhaupt jemals wieder zum Leben erweckt werden könnte.«

Mit finsterer Miene trat der Mann mit der Taschenlampe näher. »Passen Sie auf, Herr Schmidt. Wir haben diesen Platz nicht bloß deshalb ausgewählt, weil wir hier als Kinder gerne gespielt haben. Ganz und gar nicht. Wir haben ihn ausgewählt, weil . . .« Der Mann mit der finsteren Miene streckte seine Hand aus. Selbst durch den Nebel hindurch waren die Lichter der gigantischen Industrieanlagen ein Stückchen flußaufwärts zu erkennen. Es war kein natürlicher Nebel. Qualm und giftige Abgase hatten sich darunter gemischt. Ganz in der Nähe spülte ein Abflußrohr aus einer der Fabriken Chemikalien mit einem beißenden Gestank in den Fluß. Der Schaum türmte sich dort zu hohen Bergen auf.

»Wir haben diesen Platz ausgewählt, weil wir wollten, daß Sie Zeuge Ihrer Verbrechen werden«, sagte der Fahrer.

»*Sünden*«, korrigierte ihn der Mann mit der Pistole.

»*Sünden?*« krächzte Schmidt. »Ihr seid ja Wahnsinnige! Ihr seid alle . . .«

»Und Sünden müssen gesühnt werden«, sagte der Mann mit der Taschenlampe. »Sie hatten ja bereits angedeutet, daß Sie ganz wild darauf sind zu bezahlen.«

»Und Sie werden bezahlen«, fügte der vierte Mann hinzu.

Schmidt preßte die Hände zusammen. »Ich flehe Sie an!« Er sank auf die Knie. »Ich verspreche Ihnen. Ich schwöre es. Meine Ingenieure werden die Abwassersysteme in meinen Fabriken ganz neu entwerfen. Die Kosten spielen keine Rolle. Ich werde dafür sorgen, daß keine Chemikalien in den Fluß gelangen. Ich werde mit den anderen Unternehmern in dieser Region reden. Ich werde sie davon überzeugen, daß sie Maßnahmen gegen die Einleitung von . . .«

»Zu spät«, unterbrach ihn der Mann mit der Pistole.

». . . Abwässern in den Fluß ergreifen müssen.« Schmidt schluchzte. »Ich tue alles, wenn Sie mich nur . . .«

»Zu spät«, wiederholte der Mann mit der Pistole. »Es muß ein Exempel statuiert werden.«

»Viele Exempel«, fügte der Mann mit der Taschenlampe hinzu.

»Gerechtigkeit«, sagte der Fahrer.

»Ich habe Durst«, meldete sich der vierte Mann. »Der Spaziergang hat meinen Mund trocken gemacht.«

»Meinen auch«, sagte der Mann mit der Pistole.

»Und Ihr Mund, Herr Schmidt, ich könnte mir vorstellen, daß er sich besonders trocken anfühlt. Trocken vor

Angst. Ich denke, Sie haben sich jetzt einen Drink verdient.«

Der vierte Mann nahm einen Plastikbehälter aus einem Rucksack auf seinen Schultern. Angewidert, aber entschlossen, ganz offensichtlich die Luft anhaltend, bückte er sich zu den giftigen Dünsten hinunter, die aus dem Wasser aufstiegen, und schöpfte Schaum, Schlamm und schmutziges Wasser in den Behälter.

Schmidt schrie laut. »Nein! Ich trinke doch kein . . .! Zwingen Sie mich nicht . . .! Das Zeug bringt mich . . .!«

Der Mann mit der Taschenlampe nickte. »Es bringt Sie um. In der Tat. So, wie es die Fische umgebracht hat. Und den Fluß. Wie es die Bäume, die Büsche und das Gras umgebracht hat. Und ganz langsam bringt es die Menschen in den Städten um, die auf das Wasser des Flusses angewiesen sind, so sehr manche Städte auch versuchen, das Wasser zu reinigen.«

»Bedauerlicherweise muß ein Exempel statuiert werden«, sagte der Mann mit der Pistole. »Viele Exempel. Falls es Ihnen ein Trost sein sollte: Sie sind nicht allein. Das verspreche ich Ihnen. Schon bald werden viele Ihrer Mitsünder Ihnen folgen. Es müssen viele Lektionen erteilt werden. Nur so wird schließlich die endgültige Lektion verstanden werden. Bevor es zu spät ist. Das heißt, falls es nicht bereits zu spät ist.«

Der Mann setzte Schmidt den Kanister mit giftigem Schlick an den Mund.

Schmidt heulte auf, dann preßte er die Lippen fest aufeinander und drehte das Gesicht zur Seite.

»Na, na«, sagte der Mann mit dem Kanister. »Sie müssen Ihre Medizin nehmen.«

Der andere Mann hielt ihn fest.

»Fügen Sie sich in Ihr Schicksal«, sagte der Mann mit der Taschenlampe. »Probieren Sie einfach mal das Produkt Ihres Erfolgs.«

Schmidt wehrte sich verzweifelt, zappelte und strampelte, versuchte, sich den kräftigen Händen seiner Peiniger zu entwinden.

»Schicksal, mein Herr. Wir alle müssen ihm ins Auge sehen.« Der Mann hob den Kanister gegen Schmidts zusammengepreßten Kiefer.

Wieder drehte Schmidt das Gesicht zur Seite.

»Nun«, meinte der Mann mit der Taschenlampe enttäuscht. »Sie lassen uns keine Wahl.« Mit gnadenloser Gewalt zog er Schmidt nach unten. Der andere Mann half ihm, mit Knien und Händen zwangen sie Schmidt in die Rückenlage und richteten sein verzweifeltes Gesicht so aus, daß es in den trüben, smog- und nebelverhangenen Himmel schauen mußte.

Der Mann mit dem Kanister kniete neben ihm nieder und drückte auf einen Nerv hinter Schmidts Ohr.

In einem Reflex schrie Schmidt laut auf.

Schon hatte ein anderer Mann Schmidt einen Trichter in den Mund geschoben und fest zwischen die Zähne geklemmt. Er sah genau zu, wie die Öffnung des Kanisters sich dem Rand des Trichters näherte, und nickte befriedigt mit dem Kopf, als das Gemisch aus Schaum, Schlick und Schmutzwasser sich in Schmidts Kehle ergoß.

»Vielleicht wirst du in einem deiner zukünftigen Leben etwas mehr Verantwortungsgefühl zeigen«, sagte der Mann. »Das heißt, falls wir erfolgreich sind, falls überhaupt noch jemand die Chance auf ein zukünftiges Leben erhält.«

Später ...

Nachdem die Leiche entdeckt worden und die Autopsie durchgeführt war ...

Der Pathologe dachte über die Todesursache nach. Theoretisch war Schmidt ertrunken.

Aber die Chemikalien, die seinen Bauch füllten und seine Lungen aufgebläht hatten, waren so giftig, daß die lebenswichtigen Organe ihre Funktion bereits eingestellt hatten, bevor der Tod durch Ertrinken eingetreten war.

2

Craig, Sie waren mit mir zusammen. Sie haben mich über Joseph reden hören. Sie haben gesehen, was in diesem Schlafzimmer war. Wenn die Mörder uns beiden auf den Fersen waren, dann sind sie jetzt auch hinter Ihnen her, um ihr Geheimnis zu schützen!

Craig fiel Tess' telefonische Warnung wieder ein, als er sich in seinen Sicherheitsgurt lehnte, um einen besorgten Blick auf den Smog unterhalb des Fensters des Trump Shuttle 727 zu werfen, der gerade zur Landung auf dem Washington National Airport ansetzte.

Auch hinter *mir* her? dachte er.

Bis Tess sie erwähnt hatte, wäre er gar nicht auf diese Idee gekommen. Er erinnerte sich auch an seine Antwort. Und er hatte es so gemeint. Sollten die Dreckskerle es doch versuchen. Er begrüßte diese Auseinandersetzung sogar. Wie er alles begrüßte, was diesem Wahnsinn ein Ende machen würde. Was Tess in Sicherheit bringen ...

Bleib nicht stehen, Tess! dachte er. Sei schlau. Geh kein Risiko ein. *Bald*. Ich werde *bald* bei dir sein!

Noch vor dem Verlassen des Gebäudes Police Plaza Nr. 1 hatte er den Sicherheitsdienst am Trump Shuttle Terminal auf dem La-Guardia Airport verständigt, daß er ein Polizeibeamter sei und ein Beglaubigungsschreiben mitbringen werde, daß er bereit sei, alle Formulare auszufüllen und sich den komplexen Prozeduren zu unterziehen, einschließlich eines Gesprächs mit dem Flugkapitän, um die Erlaubnis zu erhalten, eine Handfeuerwaffe mit an Bord des Flugzeugs nehmen zu dürfen. Auf dem Weg zum Flughafen hatten Tony und er ihr Bestes getan, um herauszufinden, ob sie verfolgt würden, auch wenn das bei dem dichten Mittagsverkehr fast unmöglich war.

Jetzt schob Craig seine Hand vorsichtig, um keinen der Mitreisenden aufmerksam zu machen, unter die Anzugjacke und legte die Finger um den Griff des 38er-Smith-&-Wesson-Revolvers. Nicht daß es jetzt darauf angekommen wäre. Wenn es Ärger gäbe, dann sicherlich nicht hier oben im Flugzeug. Jedenfalls keine Schießerei. Zu gefährlich. Die Kugeln würden die Außenwände durchschlagen und einen Druckabfall in der Kabine verursachen, der zum Absturz der Maschine führen könnte. Trotzdem. Das Gefühl der Waffe gab ihm Selbstvertrauen.

So beiläufig, wie seine angespannten Nerven es ihm erlaubten, ließ Craig den Blick in die Runde schweifen. Kein einziger Passagier schien sich um ihn zu kümmern.

Gut, dachte er. Bleib ganz ruhig. Er versuchte, sich zu beruhigen. Du hast jede nur erdenkliche Vorsichtsmaßnahme ergriffen. Und jetzt nehmen die Dinge ihren Lauf. Du steckst mit drin. Du mußt mitschwimmen, was immer auch passiert!

Aber er hatte den grauäugigen Mann nicht bemerkt, der zehn Reihen hinter ihm saß und ein Nickerchen zu halten schien, in Wirklichkeit aber nur seine Augenfarbe verbergen wollte, und der, unter verschiedenen Namen, ein Tikket für jeden Trump-Shuttle-Flug vom LaGuardia zum Washington National Airport gebucht hatte, seit gestern nacht die Frau verschwunden war.

Der grauäugige Mann hatte nicht etwa vorgehabt, alle diese Tickets zu benutzen. Statt dessen hatte er gewartet, hatte den Eingang zum Terminal unauffällig im Auge behalten, für den Fall, daß der Detective auftauchen würde, der mit der Frau befreundet war. Einer seiner Kollegen hatte am PanAm-Terminal Wache bezogen.

Er hatte schon aufgeben wollen, als er seine Zielperson auf einmal aus einem Polizeiauto klettern sah. Mit erhöhter Pulsfrequenz war der grauäugige Mann in den Terminal geschlendert, hatte die Sicherheitskontrollen passiert, sein Flugticket vorgelegt und war kurz vor dem Detective an Bord der Maschine gegangen. Auf diese Weise war er seiner Zielperson paradoxerweise von vorne gefolgt und hatte so verhindert, daß der Detective Verdacht schöpfte, er könnte einen Schatten haben.

Ja, die Frau war letzte Nacht entkommen. Aber dank dem Bordtelefon, daß er sich von einem Stewart hatte bringen lassen, war der grauäugige Mann in der Lage gewesen, in verschlüsselten Sätzen weitere Mitglieder seines Teams davon in Kenntnis zu setzen, daß der Detective zum Washington National Airport unterwegs war, wahrscheinlich, um sich mit der Beute zu treffen.

Der Frau.

Sie war gefährlich. Sie wußte zuviel.

Und dieser entschlossene Detective, der so auffälliges Interesse an der Frau zeigte, wußte ebenfalls zuviel – jedenfalls mußte man davon ausgehen.

Wenn die beiden sich begegneten, würden sie zum Schweigen gebracht, die Fotografien würden zerstört werden, und die Bruderschaft wäre endlich wieder vor Entdeckung geschützt.

3

»Das Böse«, sagte Priscilla Harding.

Das bloße Wort fesselte Tess' Aufmerksamkeit.

Sie, Priscilla und Professor Harding waren von der Küche in einen Arbeitsraum im Erdgeschoß des viktorianischen Hauses in der Nähe von Georgetown gegangen. Jetzt, nachdem das Insulin bei Priscilla Wirkung zeigte und das kleine Mittagessen ihren Blutzuckerspiegel stabilisiert hatte, schien die alte Frau um zehn Jahre jünger geworden zu sein. Ihre Augen schauten lebhaft. Sie sprach mit kräftiger Stimme, auch wenn der Sprachrhythmus langsam und bedächtig war, als sei sie ganz aus Gewohnheit wieder in den Vorlesungsstil verfallen, den sie sich im Laufe ihrer vielen Jahre als Professorin angeeignet hatte.

Aber Tess hatte keine Zeit für eine Vorlesung. Sie mußte jetzt gleich etwas über die Skulptur wissen. Schneller! Sie durfte Craig nicht verpassen!

Priscilla bemerkte ihre Ungeduld und seufzte. »Schauen Sie nicht ständig auf die Uhr. Setzen Sie sich, Tess, und hören Sie aufmerksam zu. Das ist nichts, was ich kurz zusammenfassen könnte, und wenn Sie tatsächlich so tief im Schlamassel stecken sollten, wie Sie gesagt haben, dann könnte Ihr Leben davon abhängen, daß Sie genau verstehen, was ich Ihnen jetzt erzählen werde.«

Tess zögerte. Eine plötzliche Müdigkeit überkam sie. Sie gehorchte und ließ sich in einen Ledersessel fallen. »Tut mir leid. Ich weiß, daß Sie mir helfen wollen. Ich will versuchen, Sie nicht ... Wenn es so kompliziert ist, sollte ich besser ... Also, ich werde Sie nicht mehr drängeln. Erzählen Sie es auf *Ihre* Weise.«

Trotzdem spürte Tess den Schmerz der Anspannung in ihren Muskeln, als sie Priscilla dabei zuschaute, wie sie ein paar dicke Bücher vom Regal nahm und auf den Tisch legte.

»Das ›Böse‹«, sagte Tess. »Sie erwähnten eben das ›Böse‹.«

Priscilla nickte. »Das Böse ist das zentrale Dilemma der christlichen Theologie.«

»Ich fürchte, ich ... Was hat das alles mit dem zu tun, was ...?«

»Denken Sie mal nach. Wie vereinbaren Sie die Existenz des Bösen mit dem Konzept eines gütigen, christlichen Gottes, dessen Liebe allumfassend ist?«

Tess zog verwirrt die Stirn in Falten. »Wirklich, ich verstehe immer noch nicht.«

Priscilla hob ihre runzlige, arthritische Hand. »Hören Sie einfach aufmerksam zu. Wir wissen, daß das Böse existiert. Tagtäglich werden wir damit konfrontiert. Wir hören im Radio und im Fernsehen davon. Wir lesen darüber in der Zeitung. Moralisch Verwerfliches in Form von Verbrechen, Grausamkeit und Korruption. Körperliches Übel in Form von Krankheiten. Krebs. Muskelschwund. Multiple Sklerose.« Etwas leiser fügte sie hinzu: »Diabetes.«

Sie zögerte einen Moment, dann nahm sie etwas verzagt hinter ihrem Schreibtisch Platz.

Nachdenklich fuhr Priscilla fort: »Natürlich, es gibt immer welche, die ignorieren die Existenz, ja sogar das

Konzept des Bösen. Sie behaupten, Verbrechen sei nur ein Resultat von Armut, mangelnder elterlicher Fürsorge, Mangel an Erziehung usw. Sie sprechen sowohl die Ursachen wie auch die Schuld der Gesellschaft zu, oder sie erklären, wie etwa im Falle von etwas so Abstoßendem wie einem Serienmörder, die Gewalt mit Geisteskrankheit. Diese Leute wollen auch nicht einsehen, daß Krankheiten theologische Implikationen haben können. Für sie ist der Krebs lediglich eine biologische Disfunktion oder das Ergebnis von Substanzen in der Umwelt.«

»Aber da haben sie nicht ganz unrecht«, sagte Tess. »Ich arbeite für ein Magazin, das versucht, die Umwelt zu schützen. Wir sind umgeben von karzinogenen Substanzen.«

»Absolut«, pflichtete Professor Harding ihr bei. »Die Wirkung der Gifte ist offensichtlich. Meine Lilien haben es schwer, überhaupt noch Blüten zu bilden, und sie sind längst nicht mehr so prächtig wie früher.«

»Richard, wenn es dir nichts ausmacht . . .« Priscilla pochte mit ihrer knorrigen Hand auf die Tischplatte. »Ich habe auf einmal schrecklichen Durst. Ich würde es außerordentlich begrüßen, wenn du jetzt in die Küche gehen und uns einen Tee kochen würdest.«

»Ja, sicher.« Professor Harding langte nach seinem Gehstock. »Hast du einen besonderen Wunsch?«

»Ich bin sicher, du wirst die richtige Wahl treffen.«

»Wenn das so ist, würde ich für Lemon Lift plädieren.«

»Ausgezeichnet.«

Während der Professor aus dem Arbeitszimmer schlurfte, kniff Priscilla ihre von Falten umrahmten Äuglein zusammen und schaute Tess an. Die beiden Frauen saßen sich jetzt allein gegenüber.

»Karzinogene Substanzen und sogenannte biologische Disfunktionen sind genau der Punkt, auf den ich jetzt kommen möchte«, erklärte Priscilla. »Körperliches Übel. Theologisches Übel.«

Tess schüttelte den Kopf. »Aber was könnte Krebs mit Theologie zu tun haben?«

»Passen Sie auf. Das Christentum geht davon aus, daß ein großzügiger, liebender Gott das Universum erschaffen hat.«

»Stimmt«, sagte Tess.

»Aber was wäre das für ein Gott, der seiner Schöpfung solche Dinge wie Verbrechen und Krebs zufügt? Die Existenz dieser Übel läßt den christlichen Gott ganz und gar nicht so gütig erscheinen. Im Gegenteil, sie läßt ihn grausam erscheinen. Pervers. Widersprüchlich. Und deshalb hat man den Teufel erfunden.«

Den Teufel? dachte Tess. Was zum ...? Das wird immer ...

»Luzifer«, fuhr Priscilla fort. »Der höchste Engel im Himmel. Der Superstar unter Gottes Stellvertretern. Aber der Fackelträger, wie er manchmal genannt wird, war nicht damit zufrieden, ein Stellvertreter zu sein. Nein, dieser mächtige Engel wollte noch mehr Macht. Er wollte Gottes Macht. Er glaubte, sich mit Gott messen zu können. Aber als er es versuchte, stieß Gott ihn hinab, schrecklich weit hinab, in die Tiefe, in das neu erschaffene Höllenfeuer. Und Gott änderte seinen Namen von Luzifer zu Satan, und in seinem Zorn schwor Satan, Gottes vollkommenes Universum zu zersetzen, der Welt das Böse zu schenken.«

»Aber dieser Teil der christlichen Lehre galt doch schon immer als Mythos«, gab Tess zu bedenken.

»Für Sie. Die meisten Christen jedoch, und vor allem die Fundamentalisten, glauben an dieses Konzept und machen es zur Grundlage ihres Glaubens. Gott und der gefallene Engel. Satan ist eine bequeme Erklärung für all das Böse um uns herum.«

»Sie hören sich an wie die Ordensschwester, die mir Religionsunterricht gegeben hat. Jeden Sonntag nach der Messe.«

»Tu ich das?« Priscilla runzelte ihre bereits von Runzeln gefurchte Stirn. »Nun, jetzt werde ich Ihnen einen anderen Religionsunterricht erteilen als die Ordensschwester damals. Und der könnte Ihren Glauben untergraben. Er könnte Sie sogar, so ungern ich das sage, in Angst und Schrecken versetzen.«

Tess richtete sich auf, ihre Muskeln schmerzten, während sie unter äußerster Anspannung zuhörte.

»Wenn man Satan zur Erklärung des Bösen auf der Welt heranzieht«, sagte Priscilla, »dann hat man immer das Problem, daß man Gott der Perversität bezichtigen könnte. Denn Gott toleriert ja das Böse. Schließlich läßt er es zu, daß Satan uns mit Krankheit und Verbrechen zu unterdrücken versucht.«

Tess schüttelte erneut den Kopf. »Die Ordensschwester, die mich unterrichtet hat, sagte immer, daß Gott beschlossen habe, Satan das Böse zu vergeben, statt ihn zu zerstören, um uns auf die Probe zu stellen. Wenn wir der Versuchung des Bösen widerstehen und das Elend der Krankheit auf uns nehmen, dann können wir einen höheren Platz im Himmel erreichen.«

»Nun mal ehrlich, Tess. Glauben Sie wirklich daran?«

»Nun . . . vielleicht nicht. Aber es ist das, was mir beigebracht wurde.«

»Und jetzt erzähle ich Ihnen, was mir beigebracht wurde.« Priscillas Stimme bekam auf einmal einen bitteren Unterton. »Richard und ich hatten einen Sohn. Jeremy. Unser einziges Kind. Als er zehn Jahre alt war, starb er – unter entsetzlichen Schmerzen – an Knochenkrebs. Noch jetzt, dreißig Jahre danach, wache ich manchmal mitten in der Nacht auf, weil ich von seinem Leiden geträumt habe. Dieser liebe, nette Junge, der niemals jemandem was zuleide getan hat. Er hatte nicht die leiseste Ahnung davon, was Sünde ist.« Ein Schleier fiel über Priscillas Augen. »Und trotzdem hat Gott es zugelassen, daß diese böse Krankheit meinen Sohn quälte. Wenn Satan für das Böse verantwortlich ist, dann ist Gott für Satan verantwortlich, und letztlich auch für das, was mit Jeremy geschah. Ich gebe Gott immer noch die Schuld dafür, was meinem Sohn . . .« Der Schleier vor Priscillas Augen verschwand und wurde durch den Ausdruck harter Entschlossenheit ersetzt. »Und damit komme ich zu der

Frage zurück, die ich Ihnen vorhin gestellt habe. Wie kann ein gütiger, liebender Gott das Böse erlauben? Der christliche Versuch einer Antwort, die Erfindung eines gefallenen Engels, ist ganz und gar nicht befriedigend.«

Priscilla machte ein finsteres Gesicht, als sie fortfuhr: »Aber es gibt einen anderen Mythos, der eine logischere Erklärung für die Existenz des Bösen liefert. Tausende von Jahren vor Christi Geburt glaubten unsere Vorfahren an zwei Götter, einen guten und einen bösen, die miteinander um die Herrschaft über das Universum kämpften. In dieser Version ist Satan kein gefallener Engel, sondern vielmehr eine Gottheit. Der tugendhafte Gott war unabhängig vom bösen Gott und konnte deshalb auch nicht für ihn und das Böse, das er über die Menschen brachte, verantwortlich gemacht werden. Der früheste Beweis für diesen Glauben stammt aus dem vierten Jahrtausend vor Christus, aus dem heutigen Irak, genau gesagt aus dem Tal zwischen den Flüssen Euphrat und Tigris. Dort soll sich der Überlieferung nach der Garten Eden befunden haben.«

»Die Schlange in dem Garten«, sagte Tess.

»Genau. Aber die Schlange war kein gefallener Engel. Sie war das Symbol eines bösen Gottes, der im Kampf mit dem Gott des Guten stand.«

Tess mußte wieder auf die Uhr an der Wand starren. Craig. Er würde bald auf dem Washington National Airport landen. Und dann wollte er sich mit ihr treffen!

»Schauen Sie nicht immer auf die Uhr, Tess. Schauen Sie mich an, und hören Sie mir weiter aufmerksam zu.« Mit professioneller Strenge zog Priscilla ihre Schultern nach hinten. »Die Vorstellung widerstreitender, aber gleich starker Gottheiten breitete sich über das Morgenland aus. Und als sie sich um das Jahr tausend vor Christi Geburt im heutigen Persien verbreitete, da hatte der tugendhafte Gott bereits einen Namen. Mithras.«

Tess richtete sich auf. »*Mithras?* Sie haben diesen Namen vorhin schon einmal erwähnt.«

»Ja. Die Gestalt auf dem Relief«, antwortete Priscilla.

»Verstehen Sie jetzt, warum ich so sehr in die Einzelheiten gehen mußte? Die Gestalt, die den Stier tötet, ist kein Mensch. Sie ist ein Gott. Verschiedene spätere Religionen, der Zoroastrismus und der Manichäismus, haben sich ebenfalls der Idee zweier gleichgestellter, rivalisierender Götter bedient. Aber im Grunde sind diese Gottheiten nichts anderes als Versionen von Mithras und seinem bösen Gegenspieler. Wir reden von alten Zeiten, Tess. Von sehr alten Zeiten. Das meinte ich, als ich vorhin sagte, daß Mithras den Wurzeln unserer Geschichte entspringt. Er ist die älteste Idee eines Gottes, von der wir genauere Kenntnis haben, und es ist reiner Zufall, daß . . .«

Professor Harding unterbrach sie, als er, sich auf seinem Gehstock abstützend, einen Servierwagen mit einer Teekanne, Tassen und einem Teller hereinschob, auf dem ein paar Stücke Gebäck angerichtet waren.

»Danke, Richard.«

»War mir ein Vergnügen, Liebling.«

»Was ist aus reinem Zufall passiert?« wollte Tess wissen, die ungeduldig auf die Fortsetzung wartete.

»Milch, Liebling?« fragte Professor Harding.

»Nur ganz wenig.«

Tess wurde noch ungeduldiger, sie konnte sich kaum zurückhalten, Priscilla zur Eile zu mahnen.

Während Professor Harding den Tee einschenkte, öffnete Priscilla nachdenklich eines der Bücher, die sie auf den Tisch gelegt hatte, blätterte es durch und fand die Seite, die sie brauchte. »Lassen Sie mich Ihnen eine Religion beschreiben. Wenn Sie Ihre Kirche betreten, tauchen Sie die Hand in geweihtes Wasser und machen das Zeichen des Kreuzes. Auf dem Altar sehen Sie ein Abbild der leiblichen Form Ihres Gottes. Während des Gottesdienstes erhalten Sie das heilige Abendmahl in Form von Brot und Wein. Sie glauben an die Taufe, die Kommunion, die Erlösung durch gute Taten und an ein Leben nach dem Tode. Die leibliche Form Ihrer Gottheit hat am 25. Dezember Geburtstag, die Wiedergeburt findet während der Ostertage statt.«

Professor Harding umwickelte die dampfenden Teetassen mit Servietten und reichte Priscilla und Tess je eine. »Der Katholizismus«, sagte er.

»Ja, das wäre die naheliegende Vermutung, Richard. Und trotzdem irrst du dich.« Priscillas Augen blieben auf Tess ruhen. »Es ist der Mithraismus.«

»Was?« Tess stellte ihre Tasse ab und schüttelte erstaunt den Kopf. »Aber wie kann es da so viele Parallelen geben? Sie sagten doch, es habe den Mithraismus lange vor dem Christentum gegeben.«

»Denken Sie nach.« Priscilla schob die Brille auf die Nasenspitze und schaute über ihren Rand. »Ich bin sicher, daß Sie auf die richtige Antwort kommen.«

»Die einzig mögliche Erklärung . . . Aber das scheint unmöglich. Hat das Christentum beim Mithraismus Anleihen gemacht?«

»Es scheint so«, sagte Priscilla. »Während der ersten drei Jahrhunderte nach Christi Geburt, als das Christentum um sein Überleben kämpfte, gehörte der Mithraismus zu den herausragenden Mächten im römischen Imperium. Verschiedene römische Kaiser unterstützten ihn nicht nur, sondern gehörten ihm an. Mithras wird manchmal auch der Sonnengott genannt, und aus diesem Grund hatte auch der Sonntag seine heilige Bedeutung für die Römer behalten. Mithras wird oft mit einer Sonne über seinem Kopf abgebildet, und aus dieser Sonne wurde der Heiligenschein über den Köpfen der wichtigsten Gestalten in der christlichen Kunst. Das Kreuz ist übrigens eines der frühesten Symbole für die Sonne. Deshalb machten die Anhänger des Mithras das Zeichen des Kreuzes, wenn sie ihre Kirche betraten, um dem Sonnengott zu huldigen.«

Priscilla drehte das Buch um und schob es Tess hinüber. »Hier ist eine Fotografie eines antiken Reliefs, auf dem ein mithraisches Abendmahl abgebildet ist. Beachten Sie, daß in die Brotlaibe ein Kreuz gestanzt ist.«

»Noch *vor* dem Christentum?« Tess war verunsichert. »Aber das ist . . . Mein ganzer religiöser Unterricht, alles, was man mir über den Katholizismus beigebracht hat ... Ich habe das Gefühl, den Boden unter den Füßen zu verlieren.«

»Ich hatte Sie gewarnt.« Priscilla hob ihre geschwollene Hand. »Ich habe Ihnen ja gesagt: Das, was ich Ihnen zu erzählen habe, könnte Ihren Glauben untergraben. Und ich habe versucht, Sie auf Schreckliches vorzubereiten. In mehrfacher Hinsicht. Aber dazu kommen wir noch.«

Professor Harding schlürfte aus seiner Tasse, genoß seufzend den angenehmen Geschmack, schluckte zufrieden runter und unterbrach: »Meine Liebe ...?«

»Ja, Richard?«

»Als ich hereinkam, sagtest du gerade, es sei reiner Zufall gewesen. Was war reiner Zufall?«

»Ich meinte ...« Priscillas Augen verengten sich. »Es war Zufall, daß der Mithraismus nicht die dominierende Rolle in unserer Kultur übernahm, die das Christentum heute innehat. Wie bereits erwähnt, während der ersten drei Jahrhunderte nach Christi Geburt verschrieben sich mehrere römische Kaiser dem Gott Mithras. Aber das alles änderte sich mit Konstantin. Im Jahre 312, kurz bevor Konstantin seine Armee gegen seinen ärgsten Feind in die berühmte Schlacht an der Milvianischen Brücke schickte, hatte er etwas, das er später als eine Vision beschrieb.«

»Vision?«

»Vielleicht ist das nur ein weiterer Mythos. Konstantin schaute zum Himmel und glaubte, auf der Sonne ein Kreuz aus Licht gesehen zu haben. Er interpretierte das als eine Botschaft von Gott und befahl seinen Kriegern, sich ebensolche Kreuze auf ihre Schilde zu malen. Sie gingen in die Schlacht und siegten – unter dem Zeichen des Kreuzes. Vor dem Hintergrund, daß es sich beim Kreuz um ein altes Symbol für die Sonne handelt und daß der Mithraismus dieses Symbol als Verbindung zu seinem Sonnengott bevorzugte, erscheint es den Historikern nicht ganz klar, warum Konstantin scheinbar willkürlich zu der Auffassung kam, *sein* Kreuz sei das Kreuz gewesen, an das man Christus genagelt hatte.« Priscilla lehnte sich zurück. »Wie auch immer, Konstantin konvertierte zum Christentum und machte es schließlich zur führenden römischen Religion. Die Christen, die bis dahin im besten Fall toleriert worden waren – wenn man sie nicht ächtete oder gar den Löwen vorwarf –, zogen sehr schnell Vorteile aus ihrem plötzlich gewachsenen Einfluß. Und ihr dringendstes Bedürfnis war es, die Sekte zu vernichten, die mit ihnen rivalisierte. Mithraische Gotteshäuser wurden ausfindig gemacht und zerstört. Mithraische Priester wurden getötet, ihre Leichen kettete man an die Altäre, um auf diese Weise die mithraischen Gotteshäuser zu entweihen, damit sie nie wieder benutzt wurden. Das Gleichgewicht der Geschichte verlagerte sich, und der Mithraismus befand sich plötzlich auf dem Abstieg. Als Ketzer verfolgt, gingen seine verbliebenen Anhänger in den Untergrund. In kleinen Gruppen verrichteten sie heimlich ihre alten Riten. Wie unerbittlich man sie auch verfolgte, die Religion überlebte. Und so wird der Mithraismus in Indien bis auf den heutigen Tag praktiziert.«

Priscilla schöpfte neue Energie aus einem Schluck Tee. »Aber in Europa wurden die letzten Überbleibsel des Mithraismus während des Mittelalters ausgerottet. Im dreizehnten Jahrhundert kam das Konzept zweier gleichgestellter, rivalisierender Götter – von denen der eine gut und der andere böse war – in einer kleinen Stadt im Südwesten Frankreichs mit Namen Albi wieder an die Oberfläche. Die katholische Kirche bediente sich dieses Ortsnamens und erklärte diese unerwartete Wiedergeburt des Mithraismus zur albigensischen Ketzerei. Schließlich durfte es nur einen Gott geben. Die päpstlich autorisierten Kreuzritter, Tausende von ihnen, strömten nach Südwestfrankreich und brachten jeden um, den sie der Ketzerei verdächtigten, und das waren viele. Schließlich zwangen sie die vermeintlich Ungläubigen zurück in eine Bergfestung. Montségur. Diese Festung belagerten die Kreuzritter, bis die Ketzer wegen Hungers und Dursts aufgeben mußten. Die Kreuzritter trieben die Ungläubigen in eine hölzerne Einfriedung, setzten sie in Brand und schauten zu, wie die Ketzer verbrannten. Das war das letzte Mal, und es ist jetzt mehr als siebenhundert Jahre her, daß eine Form des Mithraismus in der westlichen Welt ihr Haupt erhoben hatte.«

»Aber Sie scheinen davon nicht überzeugt zu sein«, sagte Tess.

»Nun.« Priscilla überlegte einen Augenblick. »Es hat sich da ein Gerücht gehalten, daß in der Nacht vor dem Massaker eine entschlossene Gruppe von Ketzern sich aus der Bergfestung abgeseilt und einen mysteriösen Schatz mitgenommen haben soll. Ich habe mich manchmal gefragt, ob nicht vereinzelte Gruppen der Ketzer überlebt haben und bis zum heutigen Tag unerkannt geblieben sein könnten. Und das Foto von diesem Relief bestärkt mich in meiner Vermutung. Es ist ja nicht so, daß man einfach in eine auf antike Gegenstände spezialisierte Kunstgalerie spazieren und eines dieser Reliefs vom Regal kaufen kann. Wenn es überhaupt welche gäbe, wäre der Preis horrend hoch, denn, wie ich Ihnen erzählt habe, die meisten Reliefs wurden zerstört, nachdem Konstantin zum Christentum konvertierte. Und die wenigen, die erhalten blieben, stehen in Museen. Die besten, die ich kenne, befinden sich im Louvre und im British National Museum.«

»Aber Sie haben doch 1973 in Spanien ähnliche Skulpturen gesehen«, sagte Tess.

»Ja, verwitterte Gravuren in Grotten außerhalb von Mérida. Und ein stark zerstörtes Relief in einem kleinen Museum in der Nähe von Pamplona. Und dann noch, zu meiner großen Überraschung, ein paar Skulpturen, die in abgelegenen Höhlen dieser Gegend versteckt waren. Und die haben mich zu der Vermutung veranlaßt, die Ketzerei könnte überlebt haben. Ganz sicher hatten die Dorfbewohner die Höhlen erkundet und wußten von den Skulpturen. Aber aus irgendeinem Grund hatte man sie in ihrem Versteck gelassen, und ich habe mich gehütet, sie anzurühren, einerseits aus Respekt, andrerseits aber auch aus Angst. Schließlich wollte ich die Dorfbewohner nicht dadurch verärgern, daß ich ihnen einen geheiligten Teil ihrer Tradition stehle, und ich hatte auch das Gefühl, beobachtet zu werden, als ich die Höhlen verließ.«

»Das hast du mir nie erzählt«, sagte Professor Harding.

»Nun, ich hab' dir nicht immer alles erzählt, Richard. Ich wollte nicht, daß du dir Sorgen machst. Ich hatte viele Abenteuer auf meinen einsamen Exkursionen, und hättest du immer davon gewußt, wer weiß, vielleicht hättest du versucht, mich von weiteren Reisen abzuhalten. Aber das ist ein anderes Thema. Worauf ich hinauswill, Tess: Ihre Fotografie zeigt keine antike Skulptur. Es ist eine gewissenhafte moderne Reproduktion. Aus Marmor. Da hat sich jemand viel Mühe gegeben und keine Kosten gescheut, um sie anfertigen zu lassen. Die Frage ist nur, *warum* hat er das getan?«

»Und«, fügte Tess hinzu, »was hat das zu bedeuten? Warum war das für unsere Vorfahren eine religiöse Darstellung? Warum schlitzt Mithras dem Stier die Kehle auf?«

4

Washington National Airport

Craig wartete gespannt darauf, daß das Flugzeug die Ausstiegsplattform erreichen würde. In dem Moment, als das Warnlicht erlosch, ließ er den Gurt aufschnappen und sprang von seinem Sitz auf. Er drängte sich hastig an anderen Passagieren auf dem Mittelgang vorbei, konnte es kaum noch erwarten, das Flugzeug verlassen zu dürfen.

Als er die Ausgangstür passiert hatte, lief er durch den belebten Terminal, sich dabei aufmerksam umschauend, ob irgendwelche Leute Interesse für ihn zeigten. Vor dem Terminal stellte er sich nervös in der Reihe mit anderen Reisenden auf, die auf ein Taxi warteten. Endlich war Craig an der Reihe. Als ein leeres

Taxi am Randstein hielt, zwängte er sich auf den Rücksitz und sagte zum Fahrer: »Zum Marriott-Hotel in Crystal City.« Schwitzend schaute Craig immer wieder auf seine Armbanduhr.

Das Taxi erreichte das Hotel um fünf vor halb drei, etwas vor der Zeit, die er mit Tess für das Rendezvous ausgemacht hatte.

Ein uniformierter Portier näherte sich Craig, während er den Fahrer bezahlte und das Taxi davonfuhr. Der Portier schien verwundert, daß Craig kein Gepäck bei sich hatte. »Gedenken Sie sich bei uns anzumelden, Sir?«

»Nein. Ich erwarte jemanden.«

Der Portier runzelte die Stirn und trat einen Schritt zurück. »Sehr wohl, Sir.«

Nervös schaute Craig zu dem vielbefahrenen Highway hinüber, nach einem schwarzen Porsche 911 Ausschau haltend. Der Wagen würde nicht schwer zu erkennen sein. Jeden Moment müßte Tess vom Highway abbiegen und vor ihm anhalten. Craig würde auf den Beifahrersitz springen und sie würden zusammen davonrasen.

Ganz bestimmt. Jeden Moment mußte es soweit sein.

Der Smog reizte ihn zum Husten. Er fing an, auf und ab zu gehen. Dann schaute er wieder auf seine Uhr.

Halb drei.

Fünf nach halb drei.

Zwanzig vor drei.

Sie muß Probleme mit dem Verkehr bekommen haben.

Jede Sekunde wird sie auftauchen.

Während ein paar todernste Männer mit Ringen in den Taschen ihn aus der Imitation eines UPS-Lieferwagens von einem Parkplatz auf der anderen Straßenseite aus beobachteten . . .

Während grauäugige Männer mit bösen Absichten durch das Fenster eines Restaurants zu ihm hinüberstarrten . . .

Craig spannte die Muskeln an.

Viertel vor drei.

Er stöhnte auf.

Tess!

Um Gottes willen, was ist passiert? Wo zum Teufel steckst du?

5

»Sie sagten, Sie hätten die Skulptur im Schlafzimmer eines Freundes gesehen?« fragte Priscilla.

Tess zögerte, wieder war sie sich unsicher, wieviel sie den Hardings mitteilen durfte, aus Angst, ihre Jäger könnten herausfinden, daß sie hier war. »Ja, das Relief stand auf einem Bücherregal.«

»Ihrem gespannten Gesichtsausdruck sehe ich an, daß Ihnen etwas anderes Sorgen macht.«

Tess entschied sich. Die Dringlichkeit der Sache ließ ihr keine Wahl. Sie mußte es wissen. »Das Schlafzimmer . . .«

»Was war damit?«

». . . sah etwas merkwürdig aus.«

Priscilla beugte sich plötzlich vor. »Wie?«

»Da gab es keine Lampen. Die Glühbirne unter der Decke funktionierte nicht. Und der Boden war übersät mit Kerzen. Und gleich neben der Skulptur, auf jeder Seite eine, standen *andere* Kerzen.«

»Kerzen? Natürlich. Und die eine zeigte nach oben, die andere nach unten?« fragte Priscilla.

Tess riß überrascht den Kopf in den Nacken. »Ja. Woher wissen Sie das?«

»Das Foto von dem Relief. Die Fackelträger, die neben Mithras stehen. Die eine Fackel ist aufrecht, die andere steht auf dem Kopf. Tess, ich habe den starken Verdacht, daß Sie in diesem Schlafzimmer einen provisorischen Mithras-Altar gesehen haben. Was haben Sie mir noch verschwiegen?«

Schaudernd, aber wild entschlossen bereitete Tess sich darauf vor, ihr alles zu erzählen. Hastig berichtete sie von Anfang an, wie sie letzte Woche Mittwoch – war das tatsächlich noch nicht länger her? – Joseph zum erstenmal begegnet war. Von dem Gold-Cross-Füllfederhalter, der ihr im Fahrstuhl auf den Boden gefallen war.

Wie Joseph den Füllfederhalter betrachtet und seinen Namen beinahe ehrfürchtig ausgesprochen hatte.

Gold Cross.

Jetzt wußte Tess, was diese beiden Worte für Joseph bedeutet hatten.

Das Symbol für den Sonnengott.

6

Um den Washington National Airport herum zog sich immer mehr Dunst zusammen. In dem falschen UPS-Lieferwagen, der auf einem Parkplatz gegenüber vom Marriott-Hotel stand, sprach ein Mann mit einem Ring in der Tasche in ein Telefon, das mit einem Zerhacker ausgerüstet war, damit niemand das Gespräch abhören konnte. »Nein, er geht immer noch vorm Hotel auf und ab. Alle dreißig Sekunden schaut er auf seine Uhr. Ganz offensichtlich wartet er auf jemanden. Es muß der Treffpunkt sein. Die Frau dürfte jetzt jeden Augenblick hier auftauchen.«

Eine Stimme am anderen Ende der Leitung sagte: »Aber ihr seid sicher, daß er nicht weiß, daß ihr ihm vom Flughafen aus gefolgt seid?«

»So sicher, wie ich es nur sein kann«, sagte der Mann im Lieferwagen. »In dem Moment, als der Mann den Flughafen verließ und in ein Taxi kletterte, hat einer unserer Leute mich über Funktelefon gewarnt. Wir hatten den Wagen an der Flughafenausfahrt geparkt. Als wir das Taxi mit dem Köder kommen sahen, fuhren wir vor ihm aus der Parklücke. Es fuhr direkt zum Hotel, wir haben den Wagen auf der gegenüberliegenden Seite abgestellt.«

»Und der *Feind*?« fragte die Stimme am anderen Ende. »Habt ihr irgendwelche Hinweise auf die Schädlinge?«

»Noch nicht. Aber wir müssen davon ausgehen, daß sie dem Detective ebenso auf den Fersen sind wie wir. Wenn die Frau tatsächlich eine so große Gefahr für sie ist, wie wir annehmen, dann ist das der einzige Weg, um an sie heranzukommen.«

»Haltet weiter die Augen offen! Sucht nach ihnen!«

»Wir tun unser Bestes. Ein anderes Team patrouilliert auf dem Highway. Aber diese Gegend ist extrem bevölkert. Wenn wir nicht nah genug an die Schädlinge herankommen, um ihre Augenfarbe zu erkennen . . . Ich fürchte, wir können erst sicher sein, wenn der Feind den nächsten Zug macht. Warte mal . . . bleib dran!«

»Was?« Die Stimme am anderen Ende klang erregt.

»Es tut sich was! Vor dem Hotel. Ich versteh das nicht! Der Köder hat gerade . . .«

7

Craig ging immer noch auf und ab. Die nervliche Anspannung wurde größer. Plötzlich nahm er rechts von sich eine Bewegung wahr und wirbelte herum, die eine Hand schob sich blitzschnell unter seine Anzugjacke und griff nach dem Revolver. Er entspannte sich nur teilweise, als er bemerkte, daß es sich bei der Bewegung um den schmallippigen Portier des Hotels handelte, der mit noch finsterer Miene als vorhin auf ihn zugetrabt kam.

Wenn der Kerl mich jetzt auffordert, mich einzuschreiben oder nicht länger vor dem Hotel rumzulungern! Schnell zog Craig seine Hand von der Waffe zurück und langte in eine Innentasche seines Jacketts, bereit, den Dienstausweis vorzuzeigen, um den lästigen Portier zu beschwichtigen.

Aber was der Portier zu ihm sagte, kam so unerwartet, daß Craig, wie gelähmt vor Verblüffung, in seiner Bewegung innehielt.

»Ist Ihr Name Craig, Sir?«

Craig lief es kalt über den Rücken. »Ja. *Aber woher wissen Sie das?*«

»Sir, der Angestellte hinterm Empfangstresen bekam gerade einen Anruf. Von einer Frau, die, vorsichtig ausgedrückt, ein wenig aufgeregt zu sein scheint. Sie verlangte, daß jemand nach draußen läuft und nachschaut, ob dort ein Mann wartet. Sie sagte, der Name des Mannes sei Craig, und sie müsse sofort mit ihm sprechen.«

Tess, dachte Craig. Es konnte nur Tess sein. Was war passiert? Was war schiefgelaufen?

»Das Telefon!« sagte Craig. »Wo ist es? Ist sie noch in der Leitung?« Er lief auf den Eingang des Hotels zu.

»Ja, Sir«, rief der Portier, der ihm mit besorgtem Gesicht nachgelaufen kam. »Sie hat darauf bestanden, daß wir nicht auflegen.«

Craig stieß die Eingangstür auf und stürzte in die Halle. Seine Augen mußten sich nach dem smogverhangenen Sonnenlicht erst an das hier herrschende Dämmerlicht gewöhnen. Der Empfangstresen befand sich direkt gegenüber. Während er darauf zulief, fummelte Craig in einer seiner Hosentaschen, zog einen Zehndollarschein heraus und gab ihn dem Portier.

»Danke, Sir, ich weiß Ihre Großzügigkeit zu ...«

»Laufen Sie nicht zu weit weg. Könnte sein, daß ich Ihre Hilfe noch brauche. Das war nicht mein letzter Schein.«

Craig hatte den Tresen erreicht. »Mein Name ist Craig. Da ist ein Anruf für ...«

»Ganz zweifellos.« Einer der Angestellten richtete sich auf, nahm ein Telefon auf und reichte es dem Detective über den Tresen.

»*Tess?*« Craigs Finger krallten sich um den Hörer, als er ihn gegen sein Ohr preßte. »Wo sind Sie? Was ist passiert?«

»Gott sei Dank, Sie haben gewartet!« sagte sie.

Craig seufzte beim Klang ihrer Stimme.

»Ich hatte Angst, Sie könnten schon ...«

»Gegangen sein? Niemals! Ich hab' doch versprochen,

daß ich warte. Beantworten Sie meine Frage. Was ist passiert?«

»Keine Sorge, ich bin in Sicherheit. Zumindest bin ich hier einigermaßen sicher, bis Sie kommen und mich abholen.«

»Wo?«

»Craig, ich glaube, ich weiß jetzt, was passiert ist, und es macht mir nur noch mehr angst. Ich hab' jetzt keine Zeit für Erklärungen, und das ist auch keine Sache, die man am Telefon besprechen kann. Schreiben Sie die Adresse mit.«

Beunruhigt schaute Craig sich auf dem Tresen um, schnappte sich einen Block und einen Kugelschreiber und kritzelte die Information hin, die sie ihm gab.

»Es ist wichtig«, sagte Tess. »Kommen Sie so schnell wie möglich her.«

»Verlassen Sie sich drauf!« Craig riß den Zettel vom Block, schob dem Angestellten das Telefon hin und sagte: »Danke.«

Hastig drehte er sich nach dem Portier um und drückte ihm zwanzig Dollar in die Hand. »Besorgen Sie mir ein Taxi! *Schnell!*«

8

Auf dem Parkplatz auf der anderen Straßenseite richtete der ernste Mann mit dem Ring in der Tasche sich hinter seinem Lenkrad in dem falschen UPS-Lieferwagen auf.

Wieder sprach er in das Autotelefon. »Der Köder! Ich sehe ihn! Der Detective! Er ist wieder vor dem Hotel. Er steigt in ein Taxi!«

Am anderen Ende der Leitung antwortete das Chamäleon mit ähnlicher Erregung. »Folgt ihm! Sagt der anderen Einheit Bescheid! Und bleibt in Kontakt. Ein Team von Vollstreckern ist unterwegs von LaGuardia!«

Der Mann hinter dem Lenkrad fühlte, wie sich sein Magen zusammenzog, als er das Telefon zur Seite legte.

Vollstrecker?

Niemand hatte ihm mitgeteilt, daß diese Mission so ernst eingeschätzt wurde. Er hatte das zermürbende Gefühl, daß die Ereignisse außer Kontrolle gerieten, daß unmenschliche Kräfte sich einander annäherten, daß eine schreckliche, eine entscheidende Schlacht bevorstand.

Er befolgte die Anordnungen und alarmierte mit einem Funkgerät sein zweites Team, dann drehte er den Zündschlüssel herum, hörte den Motor tuckern und warf einen Blick nach hinten auf die Ladefläche des Lieferwagens. Dort saßen mit angespannten Gesichtern fünf Männer. Sie achteten nicht auf ihn, weil sie damit beschäftigt waren, ihre Handfeuerwaffen zu überprüfen.

Der Fahrer, dessen Atem schnell ging, trat auf das Gaspedal und raste vom Parkplatz herunter, hinter dem Taxi her.

9

Ein gutgebauter, braungebrannter, teuer gekleideter Herr, der eine Aktentasche trug, betrat die Tür zur Eingangshalle des Marriott und näherte sich dem Empfangstresen.

»Entschuldigen Sie.« Er benahm sich dem Angestellten gegenüber absolut respektvoll, seine Stimme klang sanft, aber ein wenig besorgt. »Ich weiß nicht, ob Sie mir helfen können. Ich hatte hier eine Verabredung mit einem Herrn, aber ich bin im Verkehr steckengeblieben. Unglücklicherweise kann ich ihn nun nirgends entdecken. Er muß wohl die Geduld verloren haben und gegangen sein. Ich frage mich . . . Ist es möglich, daß er eine Nachricht hinterlassen hat? Sein Name war Craig.«

»Es war in der Tat ein Mann dieses Namens hier, Sir, und er hat tatsächlich auf jemanden gewartet«, sagte der Mann von der Rezeption. »Vor einer Minute erhielt er einen Anruf und verließ anschließend das Haus.«

Der gutgebaute Mann machte ein enttäuschtes Gesicht. »Da wird mein Boß ... um es gelinde auszudrücken ... nicht sehr glücklich sein. Meine Beförderung steht auf dem Spiel. Ich hätte da ein paar wichtige Verträge zum Unterschreiben für Mr. Craig. Ich nehme an, Sie wissen nicht, wohin er gegangen ist?«

»Ich bedauere, nein, Sir. Mr. Craig hat sich eine Adresse auf dem Block dort notiert. Aber er sagte nicht, wohin er wollte.«

»Auf dem Block, sagen Sie?«

»Das ist richtig, Sir.«

Der gutgebaute Mann studierte die Eindrücke, die Craigs kräftige Handschrift auf dem Blatt unter dem abgerissenen hinterlassen hatte. »Haben Sie vielleicht zufällig den Namen der Person aufgeschnappt, mit der er telefonierte?«

»Es war eine Frau. Ihr Name war Tess, Sir.«

»Natürlich. Nun, ich danke Ihnen für Ihre Mühe«, sagte der Mann und gab dem Hotelangestellten zwanzig Dollar.

»Das ist doch wirklich nicht nötig, Sir.«

»Natürlich ist das nötig.« Der gutgebaute Mann riß den nächsten Zettel von dem Block. Er spürte die Eindrücke von Craigs Druckbuchstaben. »Ich darf doch?«

»Aber sicher, Sir.«

»Sehr gut.«

Während der gutgebaute Mann schnellen Schrittes die Eingangshalle verließ, schaute der Hotelangestellte befriedigt auf die Zwanzig-Dollar-Note und dachte verwundert darüber nach, daß ihm in den vielen Jahren am Empfangstresen wohl noch nie jemand mit grauen Augen begegnet war.

Eilig kehrte Tess in das Arbeitszimmer zurück. »Danke, daß ich das Telefon benützen durfte.«

»Keine Ursache«, antwortete Professor Harding. »Die Hauptsache ist, daß Sie den Mann erreicht haben, den Sie dort treffen sollten.«

Tess nickte eifrig. »Er kommt, so schnell er kann. Ich werde mich ein ganzes Stück besser fühlen, wenn er hier ist. Aber bis dahin . . .« Sie wandte sich zu Priscilla um. »Das Relief. Sie waren dabei, mir zu erklären, was es zu bedeuten hat. Erzählen Sie weiter. Warum schlitzt Mithras dem Stier den Hals auf?«

Priscilla stieß ihre Brille höher auf die Nase und stu-

dierte die Fotografie. »Ich kann verstehen, daß Sie verwirrt sind. Wie die meisten Abbildungen von Riten, die den verschiedenen Religionen heilig sind, erscheint auch diese hier unverständlich. Stellen Sie sich mal einen Eingeborenen vor, der sein ganzes Leben auf einer Insel im Pazifik verbracht hat, völlig isoliert, ohne etwas von westlicher Kultur mitzubekommen. Und nun stellen Sie sich vor, man bringt diesen Mann nach Amerika, in eine katholische Kirche. Wie würde er wohl reagieren, wenn er das sehen würde, was dort hinter dem Altar hängt? Die Statue des Christus am Kreuz, dessen Hände und Füße von Nägeln durchbohrt sind, dessen Haupt eine Dornenkrone trägt und dessen Lende aufgeschlitzt ist. Wäre das nicht ein grausames, entsetzliches Geheimnis?«

»Wollen Sie damit sagen, daß Sie, nach allem, was Sie mir erzählt haben, nicht wissen, was dieses Relief bedeutet?«

»Im Gegenteil. Ich weiß genau, was es bedeutet«, antwortete Priscilla. »Was ich damit sagen will, ist, daß man nicht einschätzen kann, warum einer Religion eine Darstellung wichtig ist, wenn man die Traditionen und Symbole dieser Religion nicht kennt. Aber in dem Moment, in dem die Symbole eine Bedeutung erhalten, wird die Darstellung klar und verständlich. Ich kann dieses Relief ebenso leicht interpretieren wie eine Darstellung der Kreuzigung Christi. Beugen Sie sich mal dichter über die Fotografie, und schauen Sie sich die Einzelheiten genau an, auf die ich Sie hinweise. Ich glaube, daß Sie schnell merken werden, wie einfach es ist, sie zu interpretieren.«

»*Einfach?*« Tess schüttelte den Kopf. »Es fällt mir schwer, das zu glauben.«

»Haben Sie ein bißchen Geduld.« Priscilla legte ihren rechten Zeigefinger auf die Fotografie. »Warum fangen wir nicht mit dem Stier an? Achten Sie darauf, daß der Marmor der Skulptur weiß ist. Der *Stier* ist weiß. Nach seinem Tod wird er zum Mond werden. Logischer wäre, daß er sich in die Sonne verwandelt, denn schließlich ist Mithras der Sonnengott. Aber es gibt da eine tiefere Logik.

Der Mond ist eine nächtliche Version der Sonne. Er beleuchtet die Dunkelheit, und in diesem Fall repräsentiert er den Gott des Lichts, der im Widerstreit mit dem anderen Gott steht, dem bösen Gott, dem Gott der Finsternis.«

»Okay«, sagte Tess, »ich begreife diese Logik. Aber was ich nicht begreife ... Warum muß dieser Stier sterben?«

»Haben Sie jemals Joseph Campbell gelesen? *Die Masken Gottes: Primitive Mythologie?*«

»Auf der Uni.«

»Dann sollten Sie wissen, daß beinahe jede Religion das Opfer kennt. Manchmal ist sogar der Gott das Opfer. Zum Beispiel im Christentum. Jesus stirbt, um die Welt zu erlösen. Aber oft ist das Opfer ein Ersatz für den Gott. Die Azteken und Mayas wählten meistens eine Jungfrau, die als Surrogat, als Opfer für den Gott ihr Leben lassen mußte. Die gebräuchlichste Methode war es, ihr das Herz herauszuschneiden.«

Tess zuckte zusammen.

Priscilla fuhr fort: »In unserem Fall stirbt der Stier nicht nur, um zum Mond zu werden, sondern um der Erde Leben zu schenken. Die rituelle Hinrichtung fand wahrscheinlich während der Tagundnachtgleiche statt ... zur Ankunft des Frühlings ... um die Welt zu erneuern. Das ist traditionell eine geheiligte Jahreszeit. Die meisten Christen wissen es gar nicht, aber das ist der Grund dafür, daß Ostern eine so wichtige Rolle in ihrer Religion spielt. Christus verläßt sein Grab in dem Moment, in dem die Erde wieder zum Leben erwacht. Und auch Mithras erwachte im Frühling wieder zum Leben.«

Tess war um Konzentration bemüht, auch wenn sie so niedergeschlagen war, daß ihr die Stirn schmerzte.

»Wiedererwachen«, sagte Priscilla. »Aus dem Tod ersteht neues Leben. Deshalb schlitzt Mithras dem Stier den Hals auf. Blut muß fließen. Viel Blut. Das Blut sprudelt auf die Erde. Es nährt den Boden. Gleich neben dem vorderen Knie des Stiers sprießt das Korn. Viele alte Religionen verlangten Blut – manchmal menschliches, manchmal auch tierisches –, damit die Felder damit besprengt werden konnten, bevor die Frucht gesät wurde.«

»Aber das ist doch abstoßend.«

»Nicht, wenn man daran glaubt. Es ist nicht abstoßender als die Vorstellung der katholischen Kirche vom heiligen Abendmahl, wo man das Brot und den Wein in dem Glauben zu sich nimmt, daß es sich dabei um das Blut und den Leib Christi handelt.«

»Okay«, sagte Tess. »In dem Punkt stimme ich mit Ihnen überein, obwohl ich noch nie auf diese Weise darüber nachgedacht habe. Aber was ist mit dem Hund auf dem Relief? Warum stürzt der sich auf das Blut? Und warum ist die Schlange . . .?«

Mit einem Kribbeln, das sich von den Füßen bis hoch zum Kopf ausbreitete, kam Tess die Erleuchtung. Lieber Gott, Priscilla hatte völlig recht. Auf einmal war ihr alles sonnenklar. »Der Hund und die Schlange!«

»Was ist damit? Können Sie es mir sagen?« Priscillas Augen leuchteten.

»Sie stehen für das Böse! Der Hund will das Blut daran hindern, zur Erde zu strömen und den Boden zu befruchten! Und die Schlange will den Weizen vernichten! Und auch der Skorpion ist böse! Er greift die Hoden des Stiers an, die Quelle von dessen Männlichkeit!«

»Ausgezeichnet! Ich bin stolz auf Sie, Tess. Machen Sie weiter. Was können Sie mir über die Fackelträger erzählen?«

»Die Flamme, die nach oben zeigt, bezeichnet Mithras, während die umgekehrte Flamme für seinen bösen Konkurrenten steht.«

»Sie müssen eine brillante Studentin gewesen sein.«

»Ihr Gatte ist da anderer Meinung«, erwiderte Tess.

Professor Harding stellte seine Teetasse ab. »Ich habe gesagt, Sie waren nicht meine beste Studentin. Aber Sie waren gescheit genug, und ganz sicher waren Sie mit Begeisterung bei der Sache.«

»Im Moment ist es nicht gerade Begeisterung, die ich empfinde. Ich traure um meine Mutter. Ich bin verzweifelt. Ich habe Angst. Der Rabe. Priscilla, erzählen Sie mir von dem Raben.«

»Ja.« Priscilla seufzte. »Der Rabe. Von seinem Platz links oberhalb der aufrechten Fackel, auf der Seite des Gottes, beobachtet er die Szene der Opferung. Das müssen Sie verstehen. Der Mithraismus kannte sieben Stufen der Zugehörigkeit, vom Anfänger bis zum Priester. Und die erste Stufe war nach dem Raben benannt. Und außerdem war der Rabe der geheiligte Vogel in dieser Religion. Er war ein Bote, der vom Himmel gesandt wurde, mit dem Auftrag, Zeuge der rituellen Opferung zu sein, die Erneuerung der Welt, den Tod des Stiers, das auf die Erde sprudelnde Blut, die Rückkehr des Frühlings und die Befruchtung des Bodens zu beobachten.«

»Jetzt verstehe ich alles.« Tess erschauerte. »Es geht um die Sache, der ich mein Leben gewidmet habe. Mithras will den Planeten retten, und sein böser Gegenspieler will ihn zerstören.«

11

Lima, Peru

Charles Gordon, ein kleingewachsener Im- und Exporteur, lümmelte sich hinter seinem Schreibtisch im Sessel. Obwohl man von seinem Büro aus über den Fluß Rímac schauen konnte, ignorierte er die traurige Aussicht und tat sein Bestes, sich auf den Katalog mit den verschiedensten amerikanischen Produkten zu konzentrieren, die er mit eher mäßigem Erfolg an einheimische Händler zu bringen versuchte. Seine alberne Frackschleife und der schlechtsitzende Anzug hatten ihm amüsiertes Grinsen von seiten der Einheimischen eingebracht, als er vor einem Monat das Büro mietete, aber inzwischen waren seine Kleider ein müder Witz, und sie machten ihn in Wirklichkeit unsichtbar.

Er langweilte sich hier, und sein einziger Trost war, daß Lima nur sieben Meilen vom Pazifik entfernt lag. Durch die Nähe zum Ozean blieben die Temperaturen erträglich, und die eintönige Stadt war von den hohen Bergen im Osten wenigstens so weit entfernt, daß man die Luft atmen konnte. Keine Kurzatmigkeit wegen zu großer Höhe. So gesehen, war seine Aufgabe gar nicht so schlecht. Einmal abgesehen davon, daß der Beamte, der sich hier Charles Gordon nannte, die Farce langsam leid war, die er den Einheimischen vorspielen mußte, wenn er sich für den Leiter eines auf Profit ausgerichteten Unternehmens ausgab.

Er hatte ein Geschäft, sicher.

Aber das hatte mit Im- und Export nichts zu tun.

Nein, sein Geschäft war der Tod, und Profit, im eigentlichen Sinne des Wortes, war noch nie sein Motiv gewesen.

Er ließ die Broschüre in seinen Händen gerade sinken, als das trillernde Klingeln seines Telefaxgerätes ihn kerzengerade im Sessel hochschießen ließ. Er stand schnell auf, ging hinüber zu einem Tisch auf der linken Seite und schaute zu, wie sich eine Seite aus dem Gerät entrollte.

Die Nachricht kam von seinen amerikanischen Arbeitgebern aus ihrem Büro in Philadelphia. Man teilte ihm mit, daß sehr bald eine Ladung Laptop-Computer bei ihm eintreffen werde. Die Mitteilung umfaßte Menge, Preis und Datum der Absendung.

Endlich, dachte Charles Gordon.

Es beunruhigte ihn nicht weiter, daß eine solch delikate Mitteilung über seine Telefonleitung kam, zu der man leichten Zugang hätte. Schließlich handelte es sich bei seinen amerikanischen Arbeitgebern allem Anschein nach um ein absolut rechtmäßiges Unternehmen, und die Laptop-Computer würden auch, wie versprochen, bei ihm eintreffen. Selbst wenn jemand vermuten würde, daß der Inhalt der Nachricht verschlüsselt sein könnte, ihre wahre Bedeutung würde niemand entziffern, denn der Code war willkürlich gewählt worden. Kenneth Madden, der Leiter der Abteilung Geheimoperationen bei der CIA, hatte ihn Gordon am Abend vor seiner Abreise nach Peru persönlich erklärt.

Das Datum der Absendung hatte mit dem Datum der Mission nicht das geringste zu tun. Die Anzahl und der Preis der Laptop-Computer waren irrelevant. Die Botschaft bezog sich auf Präsident Garths bevorstehende Reise nach Peru anläßlich einer Konferenz zur Bekämpfung des Drogenhandels. Der Präsident verfolgte mit seinem Besuch das Ziel, die peruanische Regierung dazu zu bringen, den Bauern Entschädigungen zu zahlen, daß sie sich auf eine weniger lukrative Frucht umstellen, als es die leicht zu kultivierende Coca-Pflanze ist, die einheimische Rauschgiftbarone, die zu den Hauptlieferanten der gesamten Welt gehören, unbedingt benötigen, um Kokain herzustellen.

Aber der Präsident würde niemals auf dieser Konferenz eintreffen.

12

Tess zögerte. In dem Arbeitszimmer des viktorianischen Wohnhauses in Georgetown tauchte eine Erinnerung in ihrem Unterbewußtsein auf. Und ganz plötzlich war sie da. »Aber was ist mit dem Schatz?«

Priscilla runzelte die Stirn, verwirrt durch Tess' abrupten Themenwechsel.

»Bevor ich telefonieren ging, erwähnten Sie einen mysteriösen Schatz«, sagte Tess. »In Südwestfrankreich, im dreizehnten Jahrhundert.«

»Ah.« Priscilla nickte. »Ja. Als die katholischen Kreuzritter Zehntausende von Ketzern töteten, um den Mithraismus auszurotten.«

»Sie nannten es Albigensianismus«, sagte Tess. »Das letzte Bollwerk der Ketzer war eine Bergfestung.«

dich. Ich habe das Visier heruntergelassen, und du hast mich verraten.«

»Nein.« Holly griff nach seiner Hand. »Ich schwöre bei Gott – ich bin keine Gefahr mehr für dich.«

4

Die Stille und die saubere Luft von Cuernavaca waren nach dem Lärm und der verpesteten Luft von Mexico City eine Erholung. Der Himmel war klar, die Sonne strahlte, das ganze Tal sah nach Ferien aus. In einem exklusiven Stadtteil folgte Buchanan den Anweisungen, fand die gesuchte Straße und kam zu einer hohen Steinmauer, deren großes Eisentor den Blick auf eine Gartenanlage freigab. Er hielt nicht an.

»Hier wollten wir doch rein – oder?« fragte Holly.

»Ja. Ich bin mir jedoch über einiges noch nicht im klaren. Es ist wohl Zeit, mich von dir zu trennen.«

Holly war erschrocken.

»Vieles kann passieren – ich will nicht, daß du da hineingerätst.«

»Ich hänge doch schon mit drin.«

»Findest du nicht, du übertreibst es etwas – nur damit du zu deiner Story kommst?«

»Ich pfeife auf die Story. Ich will nichts weiter als dir beweisen, daß ich es ehrlich meine. Delgado erwartet eine Reporterin. Das hast du selbst so eingefädelt. Ohne mich wirst du also nicht vorgelassen. Du hast dich als mein Dolmetscher ausgegeben. Nun spiel ihn auch.«

Buchanan trat scharf auf die Bremse und wendete. Dem Posten am Tor zeigte er Hollys Presseausweis und erklärte ihm, daß sie erwartet würden. Nach den üblichen Formalitäten wurde das Tor geöffnet, und Buchanan fuhr über die schattige, geschwungene Auffahrt zu dem zweistöckigen Palazzo.

»Ich bin aufgeregter als vor meinem Besuch auf Drummonds Jacht«, sagte Holly.

»Immer mit der Ruhe. Das machen wir mit links. Ich muß mir bloß ein Bild von Delgados Sicherheitsvorkehrungen machen. Deine Rolle dürfte nicht allzu schwer sein. Zieh einfach dein Interview durch. Dir kann nichts passieren. Was man von Delgado nicht sagen kann, wenn ich herauskriege, wie er zu packen ist.«

Er parkte vor der Villa und wirkte völlig ruhig. Beim Aussteigen fielen ihm weitere Posten auf, auch Fernsehüberwachungsanlagen, durch Alarmanlagen gesicherte Fenster, Bewegungsmelder in den Büschen.

Dem Diener, der sie durch eine kühle Marmorhalle geleitete, nannte Buchanan ihre Namen. Sie kamen an einer breiten Treppe vorbei und erreichten am Ende eines Korridors ein mahagonigetäfeltes Arbeitszimmer, das mit Jagdtrophäen sowie zahlreichen Gewehren und Schrotflinten in Glasvitrinen ausgestattet war.

»Willkommen«, sagte Delgado.

Buchanan erkannte ihn sofort, er erinnerte sich lebhaft an die Bilder von der Vergewaltigung und dem Mord an Maria Tomez.

Der Minister kam ihnen entgegen, sein Englisch war fließend, wenn auch die Syntax etwas geschraubt klang. »Es ist mir jedesmal ein Vergnügen, mit amerikanischen Pressevertretern zu sprechen, vor allem, wenn sie für eine so hervorragende Zeitung wie die ›Washington Post‹ arbeiten. Señorita …? Verzeihung, ich habe den Namen vergessen, den mir meine Sekretärin …«

»Holly McCoy. Und das ist mein Dolmetscher, Ted Riley.«

Delgado gab ihnen die Hand. »Gut.« Er beachtete Buchanan kaum und widmete sich Holly, deren Schönheit ihn anscheinend faszinierte. »Da ich Englisch spreche, brauchen wir Ihren Dolmetscher nicht.«

»Ich bin auch Pressefotograf«, warf Buchanan rasch ein.

Delgado machte eine wegwerfende Geste. »Später haben Sie Gelegenheit zum Fotografieren. Señorita McCoy, darf ich Ihnen vor dem Lunch einen Drink anbieten? Vielleicht Wein?«

»Vielen Dank, aber es ist noch ein bißchen früh …«

»Geheiligtes«, platzte Priscilla heraus. »Absolut.«

»Sie verstehen, was ich meine?«

»Ja!« Priscilla zeigte aufgeregt auf das Foto. »Das Abbild von Mithras, das auf ihrem Altar stand! Als Konstantin zum christlichen Glauben konvertierte, zerstörten die Christen alle mithraischen Gotteshäuser. Die Ketzer auf dem Montségur mußten davon ausgehen, daß ihre Skulptur die einzige sein könnte, die überhaupt noch existierte. Wenn sie die zurückgelassen hätten und die Kreuzritter hätten sie gefunden ...«

Tess führte den Gedanken weiter: »Hätten die Kreuzritter sie in Stücke geschlagen. Die Ketzer *mußten* ihre Skulptur bewahren, um ihre Religion zu bewahren.« Indem sie Priscillas Geste wiederholte, stieß sie ihren Zeigefinger auf das Foto. »Diese Skulptur. Der Marmor weist keine Spuren von Verwitterung auf. Keine Risse. Er ist in ausgezeichnetem Zustand. Eine unverfälschte Replik des alten Vorbilds. Um mich Ihrer Worte zu bedienen: Da hat jemand weder Mühe noch Kosten gescheut, um die Skulptur nachbilden zu lassen. Warum? Es macht keinen Sinn, es sei denn ... Ich glaube, ich weiß die Antwort. Sie macht mir schreckliche Angst. Mein Gott, ich glaube, dieses Relief ist eine Kopie der Skulptur von Montségur, aber ich fürchte, es ist nicht die einzige, und ich glaube auch nicht ...« Tess starrte Priscilla an. »Wir haben den ganzen Nachmittag über die Möglichkeit bereits angedeutet, also warum soll ich sie nicht geradeheraus aussprechen? Mein Freund glaubte an den Mithraismus. Und es gibt andere, die ebenfalls daran glauben. *Diese Leute* sind es, die meine Mutter getötet haben, die Brian Hamilton getötet haben und die auch mich umbringen wollten. Nur damit niemand von ihrer Existenz erfährt.«

»Feuer«, unterbrach Priscilla Tess' Redefluß.

»*Was ist damit?*« Tess versuchte, nicht zu zittern.

»Sie sagten, Ihr Freund sei verbrannt worden.«

»Und seine Wohnung wurde ebenfalls angesteckt, und das Haus meiner Mutter wurde ein Raub der Flammen, und Brian Hamilton verbrannte auf dem Freeway. Warum ist das Feuer so ...?«

»Es reinigt. Es symbolisiert die göttliche Kraft. Aus der Asche entsteht das Leben. Wiedergeburt. Das Feuer war dem Mithraismus heilig. Mithras, der Sonnengott. Wenn die Fackel nach oben zeigt, symbolisiert sie das Gute.«

»Aber wie können all diese Morde für das Gute stehen?«

Auf einmal sah Priscilla wieder um Jahre gealtert aus. »Ich fürchte, es gibt zwei Dinge, die ich Ihnen über den Mithraismus noch nicht erzählt habe.«

Tess wartete, auf das Schlimmste gefaßt.

»Zuerst einmal glaubten die Anhänger Mithras, und ganz besonders die Sekte der Albigenser, an die Wiedergeburt. Für sie war der Tod nicht das Ende des Lebens, sondern vielmehr der Beginn eines neuen Lebens, bis schließlich – nach vielen Leben – die Existenz vervollkommnet war und sie in den Himmel eingehen konnten. In dieser Hinsicht folgten sie den Theorien Platons.«

Tess erinnerte sich daran, daß *Die sämtlichen Dialoge Platons* eines der Bücher waren, die auf Josephs Regal gestanden hatten. »Erzählen Sie weiter.«

»Der Punkt ist«, sagte Priscilla, »daß ein Anhänger Mithras in der Lage war zu töten, ohne Schuld dabei zu empfinden, denn er hatte nicht das Gefühl, daß er das Leben von jemandem beendete, sondern es lediglich transformierte.«

Tess war entsetzt. »Sie sprachen von *zwei* Dingen. Was ist das ...?«

»Zweitens, die Anhänger von Mithras waren ans Töten gewöhnt. Sie waren *ausgebildet* zum Töten. Vergessen Sie die Statue nicht. Das Messer. Das Blut. Römische Soldaten waren zum Mithraismus konvertiert. Der Mithraismus war ein Kriegskult. Qua Definition. In ihren Seelen waren sie davon überzeugt, an einem universalen Krieg des Guten gegen das Böse teilzunehmen.«

»Diese Schweine«, sagte Tess. »Um das zu besiegen, was sie für das Böse halten, würden sie alles tun.«

»Ich fürchte, das ist wahr.«

»Sie würden jeden umbringen, einschließlich meiner Mutter!« erzürnte sich Tess. »Die Dreckskerle . . .! Wenn ich die Gelegenheit erhalte – und ich werde sie erhalten, denn ich bin sicher, daß sie mich weiter verfolgen –, dann werde ich ihnen den Unterschied zwischen Gut und Böse beibringen! Aber auf die harte Tour!«

13

Während das Taxi um eine Ecke bog und an einer Reihe gepflegter, hundert Jahre alter Häuser in der Nähe von Georgetown entlangfuhr, richtete Craig sich auf der Rückbank auf, als er den schwarzen Porsche 911 am Straßenrand geparkt sah. Er beugte sich vor und zeigte eindringlich auf den Wagen. »Dort«, sagte er zum Taxifahrer. »Wo dieser Sportwagen . . .«

»Ja.« Der Fahrer warf einen Blick auf die Hausnummern. »Das ist die Adresse, die Sie mir genannt haben. Stimmt.«

Craig warf einen Blick durchs Rückfenster, um noch einmal zu überprüfen, ob er verfolgt worden war. Es herrschte nicht viel Verkehr. Ein paar Autos fuhren über die Kreuzung weiter hinten. Ein UPS-Lieferwagen bog um die Ecke, aber er fuhr in die entgegengesetzte Richtung davon. Einen halben Block weiter blieb er stehen. Der uniformierte Fahrer stieg aus und trug eine Schachtel auf ein Haus zu.

Craig hatte auf dem Weg hierher mehrere UPS-Lieferwagen gesehen. Sie waren nicht weniger häufig wie die Fahrzeuge der Post oder des Federal Express. Er hatte keine Chance, herauszufinden, ob dieser Wagen ihm gefolgt war oder nicht.

Craig wußte genau, daß es, entgegen einer weitverbreiteten Auffassung, fast unmöglich war, motorisierte Verfolger auszumachen, es sei denn, der Gegner stellte sich besonders ungeschickt an, oder man hatte ein Team in verschiedenen Fahrzeugen zur Verfügung.

Nun, dachte Craig mit wachsendem Unbehagen, als das Taxi hinter dem Porsche an den Randstein fuhr, ich hab' getan, was ich konnte. Ich kann ja nicht noch stundenlang in der Stadt herumfahren. Ich muß eine Entscheidung treffen. Tess wartet auf mich. Sie braucht meine Hilfe.

Nervös bezahlte Craig den Fahrer und stieg aus dem Taxi. Während es davonfuhr, schaute er sich das viktorianische Haus an, sah die farbenfrohen hochstieligen Blumen entlang der Mauern und fragte sich, was, um Gottes willen, Tess wohl hier verloren haben mochte.

14

»Tut mir leid, hab' mich in der Adresse geirrt«, sagte der ernste Mann mit dem Ring in der Tasche zu der Frau, auf deren Türklingel er gerade gedrückt hatte. »Mein Fehler. Das Paket gehört ein paar Türen weiter.«

Die Frau hatte Lockenwickler im Haar und wirkte verärgert darüber, daß man sie gestört hatte. Drinnen im Haus plärrte der Ansager einer Spielshow aus dem Fernseher.

»Tut mir wirklich leid«, wiederholte der Mann. Er trug die braune Uniform der Boten des United Parcel Service. Als er sich umdrehte, um das Paket zurück zu seinem Lieferwagen zu tragen, hörte er, wie die Frau hinter ihm die Tür zuknallte.

Er kletterte hinter das Lenkrad seines Wagens und drehte sich zu den fünf Männern auf der Ladefläche um. Sie hatten ihre Handfeuerwaffen schußbereit und beachteten ihn nicht, ihre ganze Aufmerksamkeit galt dem Blick aus dem Rückfenster, wo man das Taxi sehen konnte, das gerade von seinem Platz hinter dem Porsche wegfuhr, der vor dem Haus in der Mitte des nächsten Blocks geparkt war. Der hochgewachsene, etwas ruppige Detective blieb einen Moment auf dem Gehsteig stehen, bevor er hinter den Bäumen und Büschen verschwand und auf das Haus zuging.

»Es könnte ja wieder ein mißglücktes Rendezvous sein, aber ich glaube, daß der Köder uns zur Beute führen wird«, sagte der ernste Mann und zog die Wagentür zu. »Jetzt müssen wir nur noch auf die Schädlinge warten.«

»Wenn die ihm ebenfalls gefolgt sind. Aber wir haben keinerlei Hinweis auf sie entdecken können«, sagte einer der Männer auf der Ladefläche.

»Sie waren genauso vorsichtig wie wir. Wir hoffen ja auch, daß sie keinen Hinweis auf uns entdeckt haben«, sagte der Mann im Führerhaus. »Aber wir wissen genau, daß der Detective ihre einzige Chance ist, an die Frau heranzukommen.«

Hinten murmelte jemand: »Ich würde mich besser fühlen, wenn unsere zweite Einheit erst hier wäre.«

Der Mann im Führerhaus nickte. »Und noch besser, wenn die Vollstrecker kämen. Ich hab' unseren Mann am Flughafen angerufen. Er wird sie instruieren, wohin wir unterwegs sind.«

Ein weiterer Mann fragte von hinten: »Wie lange werden sie brauchen, bis sie . . .«

»Ihr Flugzeug landet in einer halben Stunde«, antwortete der Mann im Führerhaus. »Und dann muß man noch ungefähr zwanzig Minuten dazurechnen. Wir haben einen Wagen für die Vollstrecker bereitgestellt.«

»Das heißt, wir können nur hoffen, daß die Schädlinge ihren nächsten Zug nicht vorher machen . . . Warte mal, ich sehe einen Wagen.«

Die Revolvermänner schauten zum Heckfenster hinaus.

»Das ist nicht unsere Einheit«, sagte einer von ihnen mit atemloser Stimme.

Der Mann im Führerhaus konzentrierte sich. Durch das

Heckfenster sah er einen blauen Toyota näher kommen, der gerade um die Ecke gebogen war. Ein Mann um die Dreißig saß am Steuer, neben sich eine attraktive Frau.

»Glaubst du, das könnten ...?«

»Wahrscheinlich Leute, die hier in der Nachbarschaft wohnen. Sollten es aber doch Schädlinge sein, dann haben sie einen Fehler gemacht.« Der Mann im Führerhaus zog seine Pistole. »Sechs gegen zwei. Wir sind Ihnen über.«

Der Wagen passierte das Heckfenster des Lieferwagens und war für einen Moment nicht zu sehen. Als der ernste Mann in den Seitenspiegel schaute, um den Wagen weiter zu beobachten, zuckte er zusammen.

Die Frau schleuderte einen Kanister durch sein offenes Fenster.

Der Kanister zischte.

Das Auto fuhr weiter die Straße entlang.

»Nein!« schrie der ernste Mann.

Gleichzeitig lief ein Zittern durch seinen Körper, und er sackte in sich zusammen. Unsichtbares Nervengas breitete sich im Lieferwagen aus. Die Männer auf der Ladefläche versuchten, die hintere Tür aufzubringen.

Zu spät. Als das Gas ihre Haut berührte, wurden sie von Krämpfen geschüttelt, entleerten ihre Därme, erbrachen sich und lagen still.

15

»Aber was ist mit dem Foto von den Büchern?« wollte Tess wissen. »Sagen Ihnen die Titel etwas?«

Priscilla zog ein Vergrößerungsglas aus einer Schublade im Schreibtisch und hielt es über das Foto. *Eleanore von Aquitanien ... Die Kunst der ritterlichen Liebe ...*

»Der spanische Titel bedeutet *Der Halsring der Taube*«, sagte Tess.

»Ich weiß. Das ist ebenfalls eine Abhandlung über die

ritterliche Liebe. Elftes Jahrhundert, wenn ich mich recht entsinne.«

Tess klapperte erstaunt mit den Augendeckeln. »Sie können sich nicht vorstellen, welche Mühe es mich gekostet hat, das herauszufinden, und Sie schütteln das ganz einfach . . .«

»He, vergessen Sie nicht, daß es mein Spezialgebiet ist.« Priscilla formte ihre runzligen Lippen zu einem bescheidenen Lächeln. »Diese Titel stehen alle in Verbindung zueinander. Es verhält sich mit ihnen ähnlich wie mit dem Relief. Wenn man den Hintergrund erst einmal kapiert hat, wird einem alles klar. Eleanor war in dem Jahrhundert vorm Fall der Festung Montségur Königin von Frankreich. Aquitaine, woher Eleanor stammte, befindet sich im Südwesten Frankreichs. Sie gründete einen königlichen Hof in diesem Gebiet, den ihre Tochter Marie de France später fortführte.«

Tess nickte, denn das alles hatte sie schon in der Einführung zum *Halsring der Taube* gelesen, vorige Nacht im Haus ihrer Mutter, bevor das Feuer . . .!

Sie unterdrückte den Anfall von Trauer und versuchte, die alte Frau nicht zu unterbrechen.

»*Südwest*frankreich«, hob Priscilla noch einmal hervor. »Und dort trat auch der Mithraismus wieder auf, in Form der albigensischen Ketzerei, kurz nach Eleanors Tod. Eleanor unterstützte den Gedanken der ritterlichen Liebe, einen strengen Katalog von Regeln, der die Beziehung zwischen Mann und Frau idealisierte. Körperliche Vereinigung war erst gestattet, wenn ein rigider Kodex übermäßig höflichen Benehmens befolgt worden war. Die Albigenser deuteten das Prinzip der ritterlichen Liebe für ihre eigenen Zwecke um. Für sie war das Gute, für das Mithras kämpfte, etwas Geistiges. Das Böse jedoch, das der gegnerische Gott vertrat, war das Körperliche, gehörte der Welt des Fleisches an. So waren die Albigenser, zum Beispiel, Vegetarier, die es nur den reinsten Lebensmitteln erlaubten, den Weg in ihre Körper zu finden.«

»Mein Freund war Vegetarier.« Tess war erschrocken.

»Natürlich. Und ich denke, daß er auch keinen Alkohol trank.«

»Stimmt«, sagte Tess.

»Und daß er trainierte, hart und unerbittlich.«

»Ja!«

»Er mußte seinem Fleisch entsagen und es unter Kontrolle halten«, erklärte Priscilla. »Nichts anderes hätte ich von jemandem erwartet, der an Mithras glaubte. Aber die Albigenser glaubten auch, daß die Sexualität unrein ist, daß fleischliche Gelüste eine Art der Versuchung sind, mit der der böse Gott sie locken wollte. Also enthielten sie sich bis auf einige wenige Gelegenheiten, erlaubten den geschlechtlichen Verkehr nur zum Zweck der Zeugung von Kindern. Eine notwendige, widerwillige Konzession an die Fleischeslust. Denn sonst wäre ihre Gemeinschaft schnell kleiner geworden und ausgestorben. Mit dieser seltenen Ausnahme ersetzten sie sexuelle Beziehungen durch hoch formalisierte, extrem höfliche *soziale* Beziehungen, die sie dem Konzept der ritterlichen Liebe entlehnten.«

»Mein Freund hatte von Anfang an darauf hingewiesen, daß wir niemals ein Liebespaar werden könnten, niemals Sex miteinander haben würden«, sagte Tess. »Er behauptete, es gäbe bestimmte Vorschriften, die er befolgen müsse. Das einzige, das wir jemals haben könnten, sei eine platonische Beziehung.«

»Natürlich.« Priscilla zuckte die Achseln. »Platon. Noch eines der Bücher auf dem Regal. Nach Platon ist die körperliche Welt unwesentlich. Ein höheres Niveau sollte unser Ziel sein. Sehen Sie jetzt, wie alles zusammenpaßt?«

»Aber was ist mit ...?«

Die Türklingel schlug an. Tess war von dem Gespräch so in Anspruch genommen, daß die plötzliche Störung sie zusammenzucken ließ. Blitzschnell wurde es ihr klar.

Das muß ...

Priscilla hob den Kopf. »Ich denke, das muß Ihr anderer Freund sein. Der, den Sie vor einer Weile angerufen haben. Der Mann, der Sie in der Nähe des Flughafens treffen wollte.«

Tess starrte aus dem Arbeitszimmer auf den Hauseingang. »Mein Gott, hoffentlich. Priscilla ... Professor Harding ... Ich muß Ihnen erklären. Mein Freund ist ein ...«

»Sie brauchen nichts zu erklären«, sagte Professor Harding. »Jeder Ihrer Freunde ist hier willkommen.«

»Aber Sie müssen es wissen! Er ist nicht nur ein *Freund*. Er ist ein ...«

Es klingelte ein zweites Mal.

»... Polizist. Ein Detective vom New Yorker Vermißtendezernat.« Tess langte in ihre Leinentasche. »Aber vielleicht irre ich mich auch. Vielleicht ist es jemand anders. Was ist, wenn ...« Sie zog die Pistole aus ihrer Tasche.

Bei ihrem Anblick wurden Priscilla und der Professor weiß wie die Wand.

Tess legte den Zeigefinger auf den Abzug und befahl: »Verstecken Sie sich in dem Wandschrank. Geben Sie keinen Laut von sich! Wenn *sie* es sind und sie mich töten, dann sind sie möglicherweise mit den Fotos auf dem Tisch zufrieden und durchsuchen nicht auch noch das Haus. Vielleicht finden sie ...«

Es klingelte zum drittenmal.

»Ich hätte nicht herkommen dürfen! Ich hoffe so, daß ich Sie nicht ...!« Tess konnte nicht länger warten. »Beten Sie!«

Sie stürzte aus dem Arbeitszimmer hinaus, nahm die Stellung ein, die ihr Vater ihr beigebracht hatte, zielte mit der Waffe durch den Flur auf die Eingangstür und stieß ein stilles Stoßgebet aus, als sie Craigs angespanntes, etwas verwirrtes Gesicht durch das Fenster in der Tür erkannte.

Als er noch einmal auf den Klingelknopf drückte, lief Tess den Flur entlang, riß die Tür auf, zog ihn herein und warf ihm ihre Arme um den Hals. »Ich war noch nie in meinem Leben so froh, jemanden zu sehen.«

Mit ihrer linken Hand schlug sie die Tür hinter ihnen

zu, lehnte sich an ihm vorbei, um den Riegel vorzuschieben, und umarmte ihn danach noch fester.

»Autsch!« sagte Craig. »Hoffentlich ist die Pistole nicht gespannt! Sie drücken mir ihren Griff in den Rücken!«

»Oh.« Tess ließ die Pistole sinken. »Tut mir leid! Ich wollte Sie nicht . . .«

Craig warf einen wachsamen Blick auf die Pistole. »Gott sei Dank, sie ist nicht gespannt. Woher haben Sie das Ding? Haben Sie gelernt, damit umzugehen?«

»Ja. Aber das ist eine sehr lange Geschichte. Craig, wenn Sie wüßten, was ich alles gelernt habe! Ich habe Ihnen viel zu erzählen!«

»Und ich will alles hören, das können Sie mir glauben.« Craig erwiderte ihre Umarmung. »Ich hab' mir solche Sorgen um dich gemacht. Ich . . .«

Tess spürte den beruhigenden Druck seiner Arme. Sie spürte ihre Brüste auf seiner Brust und das plötzliche Kribbeln in ihren Brustwarzen. Auch die Wärme, die durch ihren Körper wogte, kam ziemlich unerwartet. In einem unwiderstehlichen Impuls küßte sie ihn. Inmitten ihrer Angst erschienen ihr die Wonnen seiner Umarmung wie . . .

Es war ihre Bestimmung gewesen, in seinen Armen zu liegen . . .

Seine Lippen auf ihren zu spüren . . .

Ihre Lippen auf seinen . . .

Von dem Moment an, in dem sie sich begegnet waren.

Plötzlich bekam Tess keine Luft mehr. Sie löste sich von ihm, ließ ihre Hände von seinen breiten Schultern auf die feste Brust gleiten und schaute, nach Luft schnappend, zu ihm hoch. Sie ließ den Blick auf seinem grobknochigen, scharfkantigen Gesicht ruhen, das ihr auf einmal schön erschien, und in diesem Moment verfluchte sie die Liebe auf den *ersten* Blick. Der *zweite* Blick ist allemal besser. Er läßt einem die Chance, nachzudenken, sich über seine Vorlieben klar zu werden. Leidenschaft ist eine schöne Sache. Aber Anhänglichkeit und Verständnis sind besser.

Dieser Mann – was auch immer er für Fehler in seiner

Ehe gemacht haben mochte, was auch passiert sein mochte, bevor ich ihm begegnete –, dieser Mann ist anständig und liebenswürdig. Er sorgt sich um mich. Er ist bereit, sein Leben zu riskieren, um mir zu helfen.

Er liebt mich nicht nur.

Er *mag* mich auch gern.

Hinter ihr räusperte sich jemand diskret.

Tess drehte sich um und sah Priscilla und Professor Harding, die etwas verlegen vor der Tür zum Arbeitszimmer standen.

»Tut mir leid, wenn ich Sie unterbreche«, sagte der Professor, »aber . . .«

»Es muß Ihnen nicht leid tun.« Tess lächelte. »Und Angst müssen wir vor ihm auch nicht haben.«

»Das hab' ich an der Art der Begrüßung gemerkt«, sagte Priscilla, und die Runzeln um ihre Augen kräuselten sich vergnügt.

Tess wurde rot. »Dies ist mein Freund, Lieutenant Craig. Mit Vornamen heißt er . . . Weißt du eigentlich«, sagte sie zu Craig, »daß du mir nie deinen Vornamen genannt hast? Aber auf deinem Anrufbeantworter hab' ich gehört . . .«

»Ich heiße Bill.« Craig ging den Flur entlang und streckte den beiden Alten seine Hand entgegen. »Bill Craig. Wenn Sie Freunde von Tess sind . . .«

»Oh, ganz bestimmt«, sagte Tess.

». . . dann freue ich mich, Sie kennenzulernen.« Craig schüttelte beiden die Hand.

»Mr. und Mrs. Harding«, stellte Tess vor. »Sie sind beide Professoren.«

»Bitte, Tess, ich hab' doch gesagt: Keine Formalitäten.« Priscilla nannte Craig ihren Vornamen. »Und das ist Richard, mein Mann. Und wagen Sie es nicht, einen von uns beiden mit Professor anzureden.«

Craig lachte vergnügt. »Ich merke schon, daß wir miteinander auskommen.« Dann wurde seine Miene wieder sachlich. »Aber, Priscilla . . . Richard . . . wir haben da ein paar Dinge zu besprechen. Wichtige Dinge. Und die Zeit arbeitet gegen uns. Also, warum bringt ihr mich nicht ein bißchen auf Trab? Was tust du hier, Tess? Was ist passiert?«

Priscilla machte eine Handbewegung. »Kommt alle in mein Arbeitszimmer.«

»Und vielleicht mögen Sie eine Tasse Tee«, sagte der Professor.

»Richard, um Himmels willen, der Lieutenant ist gekommen, um Tess zu helfen, und nicht, um sich zum Tee einladen zu lassen.«

»Ich könnte ganz gut eine Tasse Tee gebrauchen«, erwiderte Craig. »Mein Mund ist immer noch trocken vom Flug.«

Sie betraten das Arbeitszimmer.

Während der nächsten Viertelstunde nippte Craig höflich an seiner Teetasse und hörte sich geduldig an, was Tess ... und Priscilla ... und gelegentlich auch Richard ... ihm zu erzählen hatten.

Als sie fertig waren, stellte Craig seine Tasse ab. »Wenn ich das meinem Captain berichten würde, der würde glauben – um es höflich auszudrücken –, eure Fantasie wäre ein bißchen mit euch durchgegangen. Aber das macht nichts. Ich glaube euch – weil ich das Relief gesehen habe. Und Joseph Martin ist tot. Und, Tess, deine Mutter ist tot.« Er schüttelte bedauernd den Kopf. »Und Brian Hamilton ist tot. Und du bist in Lebensgefahr. Alles nur wegen ...«

»Wegen etwas, das vor mehr als siebenhundert Jahren passiert ist«, sagte Priscilla.

»Worüber habt ihr noch gesprochen?« wollte Craig wissen.

»Über die Titel der Bücher auf dem Regal in Joseph Martins Schlafzimmer«, antwortete Priscilla. »Bevor Sie klingelten, war ich gerade dabei zu erklären, daß *Der Trost der Philosophie*, eine Abhandlung aus dem sechsten Jahrhundert, die ein eingekerkerter römischer Adliger verfaßt hat, das Glücksrad beschreibt.«

Craig schüttelte verständnislos den Kopf.

»Ein Symbol für das Auf und Ab von Erfolg und Mißerfolg. Das Buch analysiert und verurteilt die physischen Werte – Reichtum, Macht und Ruhm –, durch die die Menschen, die von weltlichem Erfolg abhängig sind, versucht und letztendlich nur enttäuscht werden. Weil physische Werte vergänglich und nichtig sind. Es handelt sich dabei um einen Typus von Buch, den Leute interessant finden würden, die an die geistigen Werte des Mithraismus glauben.«

»Okay.« Craig runzelte die Stirn. »Aber warum bewahrte Joseph Martin ein Exemplar der Bibel auf? Das paßt nicht ins Bild. Nach allem, was Sie mir erzählt haben, glauben Mithraisten nicht ans Christentum.«

»Stimmt«, sagte Priscilla. »Ihre Theologien sind unterschiedlich, aber beide Religionen bedienen sich ähnlicher Rituale, und beide Religionen verwerfen weltliche Motive. Wenn Joseph die Bibel gelesen hat, dann ist das etwa so, als würde ein Christ ein Buch über den Zen-Buddhismus lesen, dessen mythologische Basis wohl eine andere ist, aber auch auf die eigene Religion angewandt werden kann.«

»Und außerdem hat Joseph nicht die ganze Bibel gelesen«, sagte Tess. »Die meisten Seiten hat er herausgerissen, übrig blieben nur die Einführung des Herausgebers und die Teile, die von Johannes stammen. Das verstehe ich nicht. Warum diese Vorliebe für Johannes?«

Priscilla hob die Schultern. »Weil die Abschnitte, die Johannes geschrieben hat, den Lehren des Mithraismus am nächsten kommen. Hier.« Sie hielt ihr Vergrößerungsglas über eine Fotografie, die eine aufgeschlagene Seite zeigte, und eine Passage, die Joseph Martin in einem der Briefe des Johannes unterstrichen hatte. »›Liebt nicht die Welt und was in der Welt ist! Wer die Welt liebt, hat die Liebe zum Vater nicht. Denn alles, was in der Welt ist, die Begierde des Fleisches, die Begierde der Augen und das Prahlen mit dem Besitz, ist nicht vom Vater, sondern von der Welt. Die Welt und ihre Begierde vergeht; wer aber den Willen Gottes tut, bleibt in Ewigkeit.‹ Kommt Ihnen das bekannt vor?«

Tess nickte ernst. »Nimmt man den Vater heraus und ersetzt ihn durch Mithras, dann stimmt es vollkommen mit dem überein, was Sie mir erzählt haben.«

»Aber da ist noch etwas, was *ich* nicht verstehe«, sagte Craig. »Warum ausgerechnet die *Scofield*-Ausgabe der Bibel? Hat das eine Bedeutung?«

»O ja, eine große«, antwortete Priscilla. »Als Ronald Reagan Präsident der Vereinigten Staaten war, basierte ein beträchtlicher Teil der amerikanischen Außenpolitik auf der Scofieldschen Interpretation der Bibel.« Sie studierte ein weiteres Foto. »Hier ist ein unterstrichener Abschnitt aus Scofields Einführung. ›Die Bibel dokumentiert den Beginn der menschlichen Geschichte und sein Ende.‹« Priscilla schaute hoch. »Der Höhepunkt der Bibel, die Offenbarung des Johannes, beschreibt das Ende der Welt. Ronald Reagan glaubte, daß dieses Ende – die Apokalypse – bevorstand, daß eine kosmische Schlacht zwischen dem Guten und dem Bösen, Gott und Satan, stattfinden werde. Erinnert ihr euch an das ganze Zeugs mit der Sowjetunion als dem Reich des Bösen? Reagan war der festen Überzeugung, daß das Gute in dieser kosmischen Schlacht den Sieg davontragen werde. Ich glaube, deshalb suchte er die Konfrontation mit den Sowjets, um den Endkampf zu beginnen, mit dem absoluten Vertrauen darauf, daß die Vereinigten Staaten – seiner Meinung nach die einzig Guten – triumphieren würden.«

»Idiotie«, meinte Craig.

»Und trotzdem hört es sich sehr nach Mithraismus an, vorausgesetzt, man versteht Satan als Gott des Bösen und nicht als gefallenen Engel«, sagte Priscilla. »In dieser Hinsicht ist es überhaupt nicht erstaunlich, daß Joseph Martin eine gekürzte Fassung der Bibel neben seinem Bett stehen hatte.«

»Erzählen Sie weiter«, sagte Craig. »Die anderen Bücher, die ich auf Joseph Martins Regal gesehen habe. *Das Jahrtausend. Die letzten Tage des Planeten Erde.*«

Priscilla legte das Vergrößerungsglas auf den Tisch. »Offensichtlich war Joseph Martin fasziniert vom bevorstehenden Jahr zweitausend. Jede Jahrtausendwende ist traditionell eine Zeit der Krise, eine Zeit der Angst und der Vorahnung, daß die Welt auseinanderbrechen wird.«

»Und diesmal«, sagte Professor Harding, »könnte die Vorhersage sogar eintreffen. Wenn ich mir das Gift anschaue, das meine Lilien welken läßt. *Die letzten Tage des Planeten Erde?* Ich danke Gott dafür, daß ich tot sein werde, bevor das passiert.«

»Richard, wenn du vor mir stirbst, werde ich dir das nie verzeihen«, sagte Priscilla.

Trotz seines Kummers konnte sich Craig ein Lächeln nicht verkneifen. »Ich wünschte mir, meine Ehe wäre auch so gut gewesen wie Ihre.«

»Das Leben geht weiter«, erwiderte Priscilla.

»Ja«, sagte Craig, »es geht weiter.« Er legte seine Hand auf Tess' Schulter.

Ein Funke sprang über und elektrisierte sie.

Craig stand auf. »Ich sollte jetzt lieber den Polizeichef von Alexandria anrufen. Er wird dich mit mir zusammen an einen sicheren Ort bringen, Tess. Und dann sind Richard und Priscilla auch nicht länger in Gefahr.«

»Hoffentlich«, sagte Tess.

»Das nächste Telefon steht in der Küche.« Professor Harding zeigte in die Richtung. »Links. Den Flur entlang.«

Mit zärtlicher Zuneigung schaute Tess zu, wie Craig sich auf den Weg machte.

Aber ganz plötzlich blieb Craig zögernd stehen, drehte sich um und sagte mit fragendem Ausdruck: »Da ist eine Sache, die ich immer noch nicht verstehe. Nichts, was Sie gesagt haben, ist eine Erklärung dafür. Es will mir nicht ... Tess, wenn Joseph Martin an Mithras glaubte und wenn die Leute, die dich töten wollen, an Mithras glauben, warum haben sie dann *ihn* getötet?«

Es wurde ganz still im Arbeitszimmer. Niemand wußte eine Antwort.

Die Falten in Craigs Stirn wurden noch tiefer. »Ich

meine, das macht doch keinen Sinn. Warum haben sie sich gegen ihren eigenen Mann gewendet?« Kopfschüttelnd verließ er das Arbeitszimmer.

Ja, dachte Tess. Warum haben sie Joseph gejagt und verbrannt? Besorgt wegen dieser ungelösten Frage schaute sie Craig nach, wie er den Flur entlangging.

16

Und ganz plötzlich schaute sie noch finsterer als Craig zuvor.

Denn Craig bog nicht nach links ab, in Richtung Telefon, wie ihm gesagt worden war.

Statt dessen blieb er stehen, warf einen Blick scharf nach rechts, tauchte ab auf den Fußboden und zog gleichzeitig seinen Revolver.

Nein! dachte Tess.

Sie zuckte zusammen, als sie zweimal kurz hintereinander ein gedämpftes Fauchen hörte, und dann das ohrenbetäubende Krachen von Craigs Revolver. Einmal! Zweimal!

Priscilla schrie.

Craig erhob sich vom Boden und kroch nach rechts den Flur entlang.

Trotz des Klingelns in ihren Ohren hörte Tess einen Mann aufstöhnen. Sie saß wie gelähmt. Dann biß sie sich auf die Lippe und zwang sich zum Handeln, packte ihre Pistole und stürzte hinaus in den Flur. Der scharfe Geruch nach Kordit brannte ihr in den Nasenlöchern. Sie wirbelte herum, den Türpfosten als Deckung benützend, und als sie nach rechts zielte, sah sie, daß dort bereits zwei Männer ausgestreckt auf dem Boden lagen. Craig trat ihnen gerade die Pistolen aus den Händen, stieg über ihre Körper, knallte die Haustür zu und verriegelte sie, bevor er unterhalb des Türfensters Deckung suchte.

Aber ich hatte die Tür doch verriegelt, nachdem Craig im Haus war! dachte Tess. Wie konnten ...?

Einer der Männer stöhnte noch. Dann röchelte er, ein Zittern lief durch seinen Körper, und er rührte sich nicht mehr. Eine Blutpfütze breitete sich um die beiden Männer herum auf dem Parkett aus. Wie betäubt, den Mund weit aufgerissen, starrte Tess auf die purpurroten Flecken, die die Brust eines jeden der beiden Männer zierten, wo Craig sie erwischt hatte.

Ein Adrenalinstoß fuhr ihr siedendheiß durch die Glieder. Und trotzdem war ihr kalt. Sie starrte auf die beiden Pistolen hinter den Leichen, und mit noch größerem Entsetzen stellte sie fest, daß sie mit Schalldämpfern ausgerüstet waren.

»Runter!« befahl Craig und vergewisserte sich, daß die beiden Männer auch wirklich tot waren.

Tess gehorchte auf der Stelle. »Wie konnten sie . . .?«

»Nachschlüssel!« sagte Craig. »Sie müssen vor dem Arbeitszimmer gehockt und zugehört haben. Sie wußten, wer wir sind! Und dann riskierten sie es eben, weil sie sicher waren, sich ungehört hereinschleichen zu können.« Er blieb in Deckung und überflog mit ein paar verstohlenen Blicken durchs Türfenster die Veranda. »Ich kann niemand anderen . . .«

»Die Hintertür!« sagte Tess. Hastig drehte sie sich um und lief den Flur entlang zur Küche.

»Sei vorsichtig!« rief Craig ihr nach.

Sie hörte es kaum, zu sehr war sie von einer plötzlichen Angst ergriffen.

Den Flur nahm sie nur verschwommen wahr.

Aber in dem Moment, als sie die Küche betrat, sah sie alles mit beängstigender Klarheit.

Draußen, auf der hinteren Veranda, schlug ein Mann seine behandschuhte Faust durch das Fenster der Tür zur Küche.

Tess hörte, wie Glasscherben auf den Boden fielen. Im selben Augenblick stieß der Mann seine Hand durch das ausgezackte Loch in der Scheibe und tastete nach dem Riegel.

Tess hob ihre Pistole und feuerte sie ab.

Das rechte Auge des Mannes zerplatzte.
Tess blieb keine Zeit, auf den grauenhaften Anblick zu reagieren.
Denn hinter dem zusammenbrechenden Mann stand schon der nächste, der eine schallgedämpfte Pistole in Anschlag brachte.
Tess befand sich weit jenseits bewußter Entscheidungen. Ganz automatisch zog sie wieder den Abzug durch. Die Ohren klingelten ihr von dem Knall, als sie dem Mann ein Loch in die Stirn schoß. Unter einer Fontäne von Blut richtete der Mann sich auf, krümmte sich zusammen und verschwand aus ihrem Blickfeld, als sein Körper schwer auf die Bretter der Veranda aufschlug.
»Tess!« brüllte Craig aus dem Vorderhaus. *»Bist du . . .?«*
»In Ordnung! Ja! Ich bin in Ordnung!« Tess duckte sich hinter den Küchentisch und zielte auf die Hintertür. »Gott steh mir bei, ich hab' gerade zwei Männer erschossen!«
»Denk nicht drüber nach! Vergiß nicht, daß sie *dich* erschießen wollten!«
»He, ich hab' viel zuviel Angst, um zu denken! Ich will nur am Leben bleiben!«
»Nimm das Telefon! Wähle neun, eins, eins!«
Tess zog sich hastig zurück, wobei sie die Pistole auf die Hintertür gerichtet hielt. Sie riß das Küchentelefon vom Haken neben dem Eisschrank, schlug eilig auf die Tasten und wartete.
»Craig, das Telefon ist tot!«
Priscilla stieß wieder einen Schrei aus.
»Bleiben Sie unten, Priscilla! Halten Sie sich vom Fenster fern!« brüllte Craig.
»Mein Mann!«
»Was ist mit ihm?«
»Ich glaube, er hat einen Herzanfall!«
»Legen Sie ihn auf den Boden! Öffnen Sie ihm den Kragen!« rief Tess.
Der nächste Mörder näherte sich dem Küchenfenster.
Tess zielte und drückte ab. Die Kugel pflügte dem Kerl

die Nasenlöcher auf. Das ganze Gesicht schien zu zerplatzen.

Tess beugte sich vor und übergab sich.

»Tess!« brüllte Craig.

Sie brachte die Worte nur mit Mühe hervor. »Ich bin okay! Paß du weiter auf die Vordertür auf!«

Priscilla schrie herüber: »Richard atmet nicht mehr!«

»Tess!« befahl Craig. »Lauf zurück in den Flur! Behalte die Vordertür im Augen, während ich . . .«

»Ja! Kümmere du dich um Richard!«

Tess zog sich zurück, lief gebückt in der Mitte des Flurs entlang, den Griff der Pistole fest umklammert, während ihre Blicke zwischen den Türen hin und her flogen. Craig stürzte an ihr vorbei zum Arbeitszimmer. Immer noch war ihr schlecht. Sie wischte sich Erbrochenes von den Lippen, hörte, wie Craig Richards Brust preßte und ihn kräftig durch den Mund beatmete, immer wieder, den Job eines Beatmungsgerätes übernehmend.

»Ich kann seinen Herzschlag fühlen!« sagte er schließlich. »Er atmet!«

»Er braucht Sauerstoff! Einen Arzt!« Tess' Blicke flogen weiter zwischen Vorder- und Hintertür hin und her.

»Priscilla, Sie sehen ganz grau aus! Legen Sie sich hier neben Ihren Mann! *Tess, gibt's irgendwelche Anzeichen . . .?*«

»Nein, vielleicht haben wir sie alle erwischt.«

»Rechne bloß damit nicht! *Priscilla, gibt es noch einen Zugang zum Haus?*«

Priscilla murmelte: »Durch den Keller.«

»Wo geht's runter zum Keller?«

»Von der Küche aus.« Priscillas Stimme wurde schwächer.

»Tess!« befahl Craig.

Aber sie war bereits unterwegs, schoß wie der Blitz in Richtung Küche davon. Hinter sich hörte sie, wie Craig in den Flur stürzte, um die Vordertür nicht aus den Augen zu lassen.

Als sie die Küche erreichte, hörte sie noch etwas anderes, etwas, das ihr das Rückenmark gefrieren ließ. Schritte hinter der Tür rechts von ihr. Sie wirbelte herum, sah, daß der Türknopf sich drehte und schoß auf die Tür. Holz splitterte. Sie schoß noch einmal, hörte einen Mann aufstöhnen, einen Körper die Treppe hinunterpoltern.

Sie wußte nicht, wie viele dort unten im Keller stekken mochten. Wenn es mehrere waren und sie alle auf einmal durch die Tür kämen, würde sie möglicherweise nicht alle erschießen können, bevor einer von ihnen *sie* erwischt hätte.

Die Kellertür befand sich gleich neben dem Herd. Mit einer Kraft, die von Jahren täglichen Trainings herrührte, und einer Energie, die durch die Angst gebündelt wurde, stemmte sie sich gegen die Seite des Herds und schob ihn vor die Tür zum Keller.

»Die Nachbarn, Craig! Sie müssen die Schüsse doch gehört haben! Sie werden die Polizei rufen! Wir müssen nur warten und hoffen, daß die Polizei hier ist, bevor . . .«

Craig antwortete nicht.

»Was ist los?«

»Du wirst es nicht wissen wollen«, sagte Craig.

»Raus damit!«

»Diese riesigen, alten viktorianischen Häuser sind so solide gebaut . . . Die Wände sind so dick . . . In einem anderen Haus dürfte kaum jemand die Schüsse gehört haben. Und außerdem ist gar nicht sicher, daß die Nachbarn zu Hause sind. Und die Hecke auf beiden Seiten verdeckt die Revolvermänner.«

Tess wurde schon wieder schlecht. »Du hast recht. Ich hätt's lieber nicht gewußt.« Sie zielte mit ihrer Pistole immer noch auf die Hintertür.

Im Gegensatz zur letzten Nacht hatte sie diesmal mitgezählt, wie oft sie abgedrückt hatte. Fünfmal. Also blieben ihr noch zwölf Schuß. Wenn die Revolvermänner das Haus stürmten, könnte das reichen, um sie alle zu erledigen.

Aber wie viele mochten es noch sein? Sechs waren bereits tot. Es waren sicher nur noch ein paar. Wenn überhaupt. Trotzdem wünschte sie sich verzweifelt, sie hätte sich etwas Ersatzmunition in die Tasche gesteckt und die zwei Schachteln nicht unter den Vordersitz des Porsche geschoben.

»Craig, du hast zweimal geschossen! Dein Revolver hat sechs Kammern! Hast du noch mehr . . .?«

Aber wieder antwortete Craig nicht.

O mein Gott, dachte Tess. Er hat nur noch vier Schuß Munition, und meine Patronen passen nicht in seinen Revolver.

»Ich habe den beiden Männern vor der Haustür ihre Pistolen abgenommen. Ich kann immer noch keine anderen sehen. Vielleicht hast du tatsächlich recht, und wir haben sie alle erwischt!« sagte Craig.

»Letzte Nacht haben sie das Haus meiner Mutter angezündet, um mich zu verbrennen. Und wenn ich aus dem Haus gelaufen wäre, hätten sie mich erschossen. Warum haben Sie dieses Mal nicht . . .?«

»Am späten Nachmittag wäre der Rauch so deutlich zu sehen, daß Nachbarn oder ein Autofahrer die Feuerwehr anrufen würde. Und außerdem, da du ihnen letzte Nacht entkommen bist, wollen sie den Job dieses Mal gründlich erledigen, Auge in Auge, und jeden Zweifel ausschließen! Und außerdem wollen sie sicher sein, daß sie die Fotos kriegen!«

»Ich habe die Negative an dein Büro geschickt.«

»Gut! Priscilla, wie geht's Richard?«

Tess hörte ihr Murmeln. »Er hat die Augen offen. Er atmet. Aber . . .« Priscilla schluchzte.

»Was ist?«

»Er kann . . . Richard scheint nicht sprechen zu können.«

Tess krümmte sich zusammen. Ein Schlaganfall? Nein! Bitte, kein . . .! Ich hätte nicht herkommen dürfen. Ich hätte die beiden nicht in Gefahr bringen dürfen. »Priscilla, es tut mir so leid! Ich . . .«

»*Sie* haben das doch nicht getan. Das waren die Männer, die Sie töten wollen.«

»Vorne ist immer noch nichts von ihnen zu sehen!« sagte Craig.

»Hier hinten auch nicht!« Tess kauerte sich hinter den Küchentisch.

»Ich werde bald mein Insulin brauchen«, meldete sich Priscilla.

»Ich hole es Ihnen!« Tess blieb in Deckung und behielt die Hintertür im Auge, während sie langsam zum Kühlschrank kroch. »Craig, was ist, wenn ...? Mal angenommen, wir haben sie doch nicht alle erwischt!« Sie öffnete die Kühlschranktür. Mit einem schnellen Blick erkannte sie eine Reihe von gefüllten Spritzen und nahm sich eine. »Angenommen, ein paar von ihnen warten noch draußen!« Sie schloß die Kühlschranktür. »Angenommen, sie haben Angst, ein Nachbar könnte die Schüsse gehört haben. Dann bliebe ihnen nicht viel Zeit. Aber sie wollen doch sicher sein, daß ich ...« Nervös kroch sie rückwärts in den Flur, in der linken Handfläche die Spritze. »Sie könnten verzweifelt genug sein zu versuchen, was sie letzte ...«

17

»... Nacht«, wollte sie sagen, aber sie zuckte zusammen, als ein Gegenstand durch das Küchenfenster schlug und die Glassplitter durch die Luft flogen.

Der Gegenstand war aus Metall. Eine Blechdose.

Sie knallte auf den Küchenboden.

Eine Granate? Eine Gasbombe?

Woher sollte Tess das wissen?

Alles, was sie wußte, war, daß das Ding auf sie zugerollt kam. Keine Chance mehr, davor wegzulaufen! Sie mußte es ...!

Sie ließ die Spritze fallen und hörte kaum, wie sie zerbrach, weil sie sich längst auf den Küchentisch gestürzt hatte und ihn so energisch umkippte, daß er mit der Platte voran auf der Dose landete.

Im selben Moment – das Herz schlug ihr bis zum Hals – explodierte der Kanister und die Flammen zischten seitlich unter der Tischplatte hervor.

Eine Brandbombe.

»Craig!«

Er antwortet nicht.

»Craig!«

Im vorderen Teil des Flurs klirrte eine Glasscheibe.

»Craig!«

»Sie . . .!«

Etwas explodierte. Die Flurwände reflektierten den Schein der Flammen.

»Priscilla, ein Feuerlöscher!« schrie Craig. *»Haben Sie einen . . .?«*

»In der Speisekammer!« Priscillas Stimme zitterte. »Gleich neben dem Kühlschrank!«

»Ich hole ihn!« Tess kroch am Kühlschrank vorbei und riß eine Tür auf.

Gleich neben dem Regal mit Kartons und Dosen war der Feuerlöscher an einer Wandklemme befestigt. Sie stieß die Pistole unter ihren Gürtel, packte sich mit einer Hand den Feuerlöscher, löste mit der anderen die Klemme, zog dann den Stift heraus, der den Hebel des Feuerlöschers sicherte, und wandte sich zu den Flammen um, die unter dem Tisch hervorflackerten und sich bereits durch das Holz der Platte fraßen.

Verzweifelt zielte sie mit dem Stutzen, drückte den Hebel herunter und spuckte die dicke, weiße Gischt auf das lodernde Feuer.

Schaum breitete sich über dem Tisch, über den Flammen aus.

Tess hustete vor Qualm, aber innerlich triumphierte sie, als die Flammen kleiner wurden.

Aber schon krachte eine zweite Dose durch das Fenster. Gleich nach ihrer Landung, noch bevor sie zerbarst, versuchte Tess, die Bombe unter einem dicken Haufen Schaum zu ersticken.

Wrumm! Die Dose explodierte, Metallstückchen platzten aus dem Schaum hervor. Tess zielte weiter mit dem Stutzen, besprühte die Flammen, die zu kämpfen hatten, erstarben.

»Tess!« schrie Craig aus dem Vorderhaus herüber. »Ich brauche den Feuerlöscher!«

Zitternd starrte sie auf das Küchenfenster, konnte niemanden dahinter entdecken und lief wie betäubt hinaus in den Flur. Wegen des sich ausbreitenden Feuers konnte sie die Eingangstür nicht mehr sehen. In heller Aufregung drückte sie wieder auf den Hebel des Feuerlöschers und sprühte Schaum auf die Flammen.

Weil er sah, daß sie ihre Sache gut machte, versuchte Craig gar nicht erst, ihr den Löscher zu entreißen. »Jemand muß hinten aufpassen!« brüllte er. »Wir tauschen die Plätze!« Und schon war er verschwunden.

Tess sprühte weiter.

Die Flammen wurden weniger.

Und dann wurde der *Schaum* weniger.

Plötzlich war Schluß.

Wir müssen hier raus! dachte Tess. Sie warf den leeren Feuerlöscher hin und lief hinüber zum Arbeitszimmer.

Professor Harding lag am Boden und blinzelte ihr mit hilflosem Blick entgegen. Priscilla saß zitternd neben ihm, das Gesicht grau vor Entsetzen.

Tess versuchte, sich ihre eigene Furcht nicht anmerken zu lassen. »Können Sie laufen, Priscilla? Meinen Sie, daß Sie es bis zum Flur schaffen?«

»Bleibt mir denn eine Wahl?«

Ihr nächstes Angriffsziel könnte das Arbeitszimmer sein, dachte Tess. Wenn sie hier eine Brandbombe durchs Fenster werfen . . .!

Sie klaubte die Fotografien zusammen, stopfte sie in ihre Tasche, hängte sich die Tasche über die Schulter und beugte sich über Professor Harding.

Er lag auf einem Läufer. Sie packte den Läufer an einem

Ende und zog ihn zusammen mit dem Professor hinaus auf den Flur, zu Priscilla, die dort gegen die Wand gelehnt stand.

Vorne im Flur breitete sich das Feuer aus, das Prasseln steigerte sich zu einem Orkan.

Krach! Eine Dose flog ins Arbeitszimmer. Flammen züngelten über den Tisch, die Sessel, den Boden.

»Schnell, Priscilla!« Tess packte den Läufer und zog Professor Harding hinüber zur Küche.

Dort mußte inzwischen noch eine Bombe gelandet sein. Links vom Kühlschrank stand der ganze Raum in Flammen.

Craig stöhnte, eingehüllt in dichten Qualm. Seinen Revolver richtete er auf die Hintertür. »Sie werden auf uns warten!« Er rang nach Atem.

»Die Wege im Garten!« stieß Tess hervor. »Wenn wir die erreichen! Die Blumen sind hoch genug, um uns zu verdecken!«

»Aber was ist mit Priscilla und Richard? Wie sollen wir die . . .?«

Tess drehte sich zu Priscilla um. Sie wußte natürlich, daß die alte Frau nicht stark genug war, um ihren Mann ins Freie zu ziehen. Die Flammen breiteten sich aus. Tess wich vor der Hitze zurück. »Craig, du mußt vorangehen!«

»Aber ich kann euch nicht alleine lassen!«

»Wenn wir hierbleiben, sterben wir! Es gibt keinen anderen . . .! Los! Ich bleibe dicht hinter dir! Versuch den Garten zu erreichen und gib mir Deckung!«

Craig zögerte.

Der Feuersturm toste auf sie zu.

»Mach die Tür auf!« rief Tess.

Craig starrte die Tür an, dann nickte er. Mit grimmiger Entschlossenheit riß er die Tür auf und stürmte hinaus.

Für den Bruchteil einer Sekunde spielte ihr Gehirn Tess einen Streich. Der Nachmittag verwandelte sich in tiefe Nacht. Das Haus wurde zum Haus ihrer Mutter.

Alles passiert noch einmal! Sie werden uns töten, wie sie meine . . .!

Nein! Ich muß ...!

Tess griff sich den Läufer und zog Professor Harding durch die Tür, hinaus in das vom Dunst erstickte Sonnenlicht. Priscilla bemühte sich, ihnen zu folgen.

Tess hörte einen Schuß. Sie kümmerte sich nicht darum, zog den Professor über die hintere Veranda, die Stufen hinunter, spürte die heftigen Schläge, stöhnte auf vor Mitgefühl.

Noch ein Schuß. Tess ließ den Läufer los und wirbelte herum, suchte ein Ziel für ihre Pistole.

Craig hatte inzwischen die Wege im Garten erreicht. Er kauerte sich hinter ein Beet scharlachroter Lilien, war kaum noch zu sehen und schoß auf die linke Hausseite.

Aber hinter Craig tauchte plötzlich ein Revolvermann aus einem der Wege auf und zielte auf den Detective.

Tess drückte ab. Der Revolvermann zuckte zusammen.

Tess feuerte ein zweites Mal. Der Revolvermann torkelte rückwärts, warf die Arme in die Luft und brach zwischen den Lilien zusammen; ihre Stiele knickten ohne Widerstand.

»Priscilla, legen Sie sich hin. Pressen Sie sich fest an den Boden!« befahl Tess. Blitzschnell fuhr sie herum, entdeckte ein Ziel auf der *rechten* Seite des Hauses, drückte ab, verfehlte das Ziel. Sie drückte noch einmal ab. Blut spritzte dem Mann aus dem Hals.

Schwitzend und schwer atmend ging Tess in die Hocke, schwenkte die Waffe nach links, wieder nach rechts, konnte aber kein weiteres Ziel entdecken.

Abgesehen vom Prasseln des Feuers wurde es im Garten unheimlich still.

»Schnell, Priscilla! Folgen Sie mir!«

Sie packte wieder den Läufer mit Professor Harding und zerrte ihn hinüber zu Craig, zu dem schmalen Pfad zwischen den hohen Blumen.

Jeden Augenblick rechnete sie damit, daß eine Kugel ihren Kopf zerfetzen würde. Sie atmete heftiger, schwerer, erreichte einen der Wege, zog weiter, zerrte Professor Harding hinter ein Beet mit Blumen, und dann stockte ihr der Atem, als sie sah, daß Priscilla gerade die Hälfte der Rasenfläche hinter sich gebracht hatte.

Ein Mann tauchte auf der rechten Seite des Hauses auf.

Tess zielte.

Der Mann zog sich hinter die Hausecke zurück.

»Craig!« brüllte Tess.

»Ich sehe ihn!«

»Gib mir Deckung!«

Tess stürzte sich auf die Rasenfläche, erreichte Priscilla, hob sie auf, packte sie bei den Schultern und in den Kniekehlen, lief vorgebeugt und so schnell sie konnte zurück und brach hinter den Blumen zusammen, deren Duft einen seltsamen Gegensatz zum Geruch ihrer Angst bildeten.

Gleich kniete sie sich wieder hin, riskierte, daß ihr Gesicht zu sehen war, und zielte auf die linke Seite des Hauses.

Es war ihr klar, daß Lilien nicht vor Revolverkugeln schützen.

Aber man konnte sich dahinter vor dem Visier eines Mörders verbergen.

Schweiß tropfte ihr von den Augenbrauen. Ihre Augen brannten. Schwer hob und senkte sich ihre Brust.

Hastig warf sie einen Blick nach hinten. Womöglich versteckte sich einer der Killer zwischen den Blumen.

Der Mann hinter der Hausecke. Wo zum Teufel mochte er stecken?

»Craig! *Siehst du ihn?*«

»Nein!« Craig hielt eine Waffe im Anschlag. Tess bemerkte, daß es nicht mehr der Revolver war, der leergeschossen sein mußte. Jetzt hielt er eine der Pistolen in der Hand, die er im Haus eingesammelt hatte.

Hinter ihr raschelten die Blumen.

Wieder fuhr Tess herum, die Waffe schußbereit.

Nicht schnell genug.

Ein Arm schob sich zwischen den Lilien hervor, der Rest des Mannes blieb unsichtbar.

Ein heftiger Schmerz!

Sie war wie gelähmt!

Sie wollte schreien, konnte nicht. Hilflos mußte Tess zuschauen, wie die Waffe ihr aus der Hand fiel. Ebenso hilflos spürte sie, wie der Mann sich beinahe geräuschlos aus dem Gebüsch schlängelte und sie mit seinem ganzen Gewicht auf den Boden drückte. Seine Daumen hielt er auf einen Nerv an ihrem Hals gepreßt.

Mit der anderen Hand hob er eine schallgedämpfte Pistole und zielte auf Craig, der in der nächsten Reihe zwischen den Blumen hockte.

Tess versuchte noch einmal zu schreien.

Unmöglich.

»Lieutenant!« Der Mann tauchte ab, als Craig sich umdrehte und auf ihn schoß.

»Lieutenant!« wiederholte der Mann. »Ich werde jetzt mit dem Kopf hochkommen! Und Ihre Freundin nehme ich als Deckung! Wenn Sie dumm genug sind zu glauben, daß Sie mich töten können, wenn Sie auf mich zielen, werde ich ihre Freundin töten.«

»Dann töte ich Sie!« schrie Craig.

»Aber Ihre Freundin ist Ihnen wichtiger. Denken Sie nach, Lieutenant!«

Das einzige Geräusch war das Prasseln der Flammen im Haus.

»Lieutenant«, kommandierte der Mann, sein Griff lähmte Tess noch immer, sein Gewicht lastete auf ihr. »Sie werden gleich den Kopf Ihrer Freundin sehen.«

Wütend spürte Tess, wie der Mann ihr den Hals verrenkte und ihren Kopf nach oben zog, während er seinen eigenen Kopf gleich dahinter hielt.

Craig machte eine zögernde Bewegung mit der Pistole.

»Lieutenant, tun Sie's nicht«, sagte der Mann und zielte ganz ruhig mit der Mündung seiner Waffe. »Sie haben keine Wahl. Sie können mich praktisch nicht treffen. Und außerdem habe ich nicht die Absicht, jemanden von Ihnen zu töten. Ich versichere Ihnen, ich komme als Freund. Aber wenn Sie mich weiterhin angreifen wollen, dann tue ich, was ich tun muß. Hören Sie auf die Stimme der Vernunft. Mein Team hat Ihnen gerade das Leben gerettet.«

»Was reden Sie da?«

»Wir haben die übriggebliebenen Angreifer erschossen. Es ist jetzt nicht die Zeit für Erklärungen. Ich brauche Ihre Hilfe.«

Weit entfernt heulten Sirenen.

»Die Staatsgewalt ist unterwegs«, sagte der Mann und behielt seine Ruhe, obwohl sein Tonfall paradoxerweise sehr entschieden war. »Wir müssen hier weg. Ich hätte Sie töten können. Ich hab's nicht getan. Nehmen Sie das als Beweis meiner guten Absichten. Und hier ist noch ein Beweis.« Der Mann schob sich die Pistole in den Gürtel. Dann nahm er seinen Daumen von dem Nerv an Tess' Kehle.

Sofort spürte Tess, daß sie sich wieder bewegen konnte und wand sich verärgert unter der schweren Last des Mannes hervor.

Er stand auf.

Sie rollte sich auf die Seite. Immer noch mit schmerzender Kehle bemühte sie sich, ihre Muskulatur wieder in die Gewalt zu bekommen und erhob sich schwerfällig auf die Knie.

»Ich muß mich entschuldigen«, sagte der Mann.

Im Hintergrund tobten die Flammen im Haus. Rauchschwaden trieben ins Freie.

»Wer *sind* Sie?« Tess rieb sich den Hals.

Der Mann trug ein dunkles Sportjackett und Freizeithosen. Er war Anfang Vierzig, kräftig gebaut, hatte unauffällige, dunkelbraune Haare und ein durchschnittliches Gesicht, weder schön noch abstoßend, genau die Art Allerweltsgesicht, die ihr in der Menge niemals aufgefallen wäre.

»Ihr Retter. Seien Sie dankbar. Und ich wiederhole noch einmal: Es ist keine Zeit für Erklärungen. Sie hören die Sirenen. Arbeiten Sie mit mir zusammen?«

Tess warf Craig einen ratlosen Blick zu.

»Sicher.« Craig starrte ihn an. »Vorausgesetzt, Sie geben mir Ihre Waffe.«

Der Fremde atmete auf. »Wenn's weiter nichts ist.« Er zog die Pistole aus seinem Gürtel, sicherte sie und reichte sie Craig, der sie in die Tasche seiner Anzugjacke steckte.

Jetzt ließ Craig seine eigene Waffe sinken.

»Gut. Sehr gut«, sagte der Fremde. »Beeilen Sie sich.« Er machte eine Handbewegung, und beinahe wie hergezaubert traten ähnlich unauffällige, kräftig gebaute Männer zwischen den Blumen an der Seite des Hauses hervor, die Schußwaffen im Anschlag.

»Vorm Haus steht ein Lieferwagen.« Der Fremde legte den Kopf auf die Seite, versuchte abzuschätzen, wie nah die Sirenen bereits sein mochten. »Schnell!«

»Priscilla und Professor Harding«, sagte Tess.

»Natürlich werden wir uns um sie kümmern.«

Wieder machte der Fremde eine Handbewegung. Zwei Männer kamen herangelaufen und hoben Priscilla und den Professor auf.

»Sie braucht Insulin«, sagte Tess. »Und ihr Mann hat möglicherweise einen Schlaganfall.«

»Wir werden uns auch darum kümmern. Sie haben mein Wort.« Der Fremde preßte Tess eine Hand in den Rücken. »Schnell jetzt!«

Das Heulen der Sirenen war schon ganz nah, als die Gruppe auf die rechte Hausseite zulief.

Rauch quoll aus den Fenstern des Arbeitszimmers. Tess konnte kaum etwas sehen.

Und dann klarte es plötzlich etwas auf, und sie sah zwei Leichen. Sie zuckte zusammen und schaute in die andere Richtung. Vor ihr befand sich der Vorgarten mit Bäumen und Sträuchern, hinter denen man einen Lieferwagen erkannte.

»Der Porsche!« rief Tess. »Ich hab' ihn von einer Freundin! Sie darf nicht mit hineingezogen werden!«

»Geben Sie mir den Schlüssel!«

Tess langte in ihre Tasche und warf ihn hinüber.

Der Fremde fing den Schlüssel auf, warf ihn einem anderen Mann zu und gab ihm den Befehl: »Folge uns!«

Tess und Craig kletterten in den Lieferwagen. Die anderen Männer beeilten sich, Priscilla und Richard in den Wagen zu bringen, und knallten die seitliche Ladetür zu. Ein Fahrer trat auf das Gaspedal, und der Wagen raste mit kreischenden Reifen davon.

Der Porsche folgte ihnen. Die beiden Fahrzeuge bogen um die nächste Kurve und waren in dem Augenblick aus der Straße verschwunden, in dem Tess die Sirenen hörte, die sich aus einer anderen Richtung dem brennenden Haus näherten.

»So, Sie behaupten also, Sie hätten uns das Leben gerettet«, sagte Craig mit heiserer Stimme. »Wir sind entkommen. Was wollen Sie jetzt von uns?«

Der Fremde drehte sich auf dem Beifahrersitz um. »Ganz einfach.« Er machte ein finsteres Gesicht. »Ihre Hilfe. Sie sollen uns helfen, die Schädlinge zu eliminieren.«

»Was?«

»Es ist weder der Ort noch die Zeit für lange Erklärungen«, sagte der Fremde. »Es müssen Vorkehrungen getroffen werden. Ihre Freunde brauchen ärztliche Betreuung, und mehrere unserer Mitarbeiter wurden . . .«

»Einen Moment«, unterbrach ihn Tess und schaute zum Heckfenster hinaus. »Wir werden verfolgt. Dort, hinter dem Porsche.«

»Der Wagen von UPS und die graue Limousine?« Der Fremde nickte. »Die gehören – vielmehr gehörten – unseren Mitarbeitern. Die Schädlinge haben die beiden Teams hingerichtet, bevor sie das Haus angriffen.«

»Hingerichtet?« fragte Craig.

Der Fremde ignorierte die Unterbrechung. »Wir fanden die Fahrzeuge mit den Leichen zwei Blocks voneinander entfernt, als wir hier eintrafen. Alles deutet darauf hin, daß Nervengas eingesetzt wurde. Jetzt sitzen Mitglieder meines eigenen Teams in den Fahrzeugen. Ein Gebot der Sicherheit und moralische Verpflichtung. Wir dürfen unsere Toten nicht einfach liegenlassen. Die sterblichen Überreste unserer tapferen Mitstreiter haben Anspruch auf ein angemessenes Zeremoniell, eine ehrenhafte Bestattung in geweihter Erde. *Requiem aeternam dona eis, Domine.*«

»Et lux perpetua luceat eis«, fügte der andere Mann feierlich hinzu.

Tess schüttelte verwirrt den Kopf. Zuerst glaubte sie, unsinniges Zeug gehört zu haben, aber als die verblüffende Erkenntnis ihr in den Kopf schoß, platzte sie heraus: »Sie *beten*? Auf *Latein*?«

Der Fremde blickte argwöhnisch. »Verstehen Sie, was es bedeutet?«

»Nein.« Das Sprechen bereitete Tess Mühe. »Ich bin katholisch, aber ...«

Der Fremde seufzte. »Natürlich. Wie sollten Sie es auch übersetzen können. Sie sind zu jung, um zu wissen, wie die heilige Messe sich anhörte, bevor das Zweite Vatikanische Konzil beschloß, sie in den jeweiligen Landessprachen verlesen zu lassen. ›Gib ihnen die ewige Ruhe, Herr, und das ewige Licht leuchte ihnen.‹ Das ist aus der Messe für die Toten.«

Es verwirrte Tess noch mehr, als ihr etwas anderes klar wurde. »Mein Gott, was immer Sie auch sein mögen, Sie sind auch ...!«

»Auch was?« Der Fremde betrachtete sie aufmerksam.

»Priester!«

»Nun«, sagte der Fremde, »da hätten wir noch etwas, über das wir sprechen müssen.«

18

Das Pfarrhaus mit den verrußten Fenstern, das hinter einer mit Brettern vernagelten, gotischen Kirche in einem Vorort von Washington stand, hatte einen Parkplatz, auf dem bereits das Unkraut wucherte. Der UPS-Wagen und die graue Limousine waren schon lange wieder weggefahren. Nur der Lieferwagen und der Porsche waren noch übriggeblieben.

Der Fremde kletterte aus dem Lieferwagen, trat zu Tess und Craig, die neben der seitlichen Ladetür standen, und erklärte: »Dies ist eine von vielen Kirchen, die von der Kurie wegen der schwindenden Geldmittel des Vatikans zum Verkauf angeboten werden müssen. Keine Sorge. Hier sind wir sicher. Haben Sie das Schild vorm Eingang gesehen?«

»F & S Immobilien«, sagte Tess.

»Sie sind sehr aufmerksam. Das ist unsere Gesellschaft. Wir führen den Verkauf in eigener Regie durch. Um den Mittelsmann auszuschalten, sozusagen.«

»Es sei denn, es handelt sich um eine Mittels*frau*«, erwiderte Tess.

»Sicher«, gab der Fremde zu. »Ich wollte nicht sexistisch sein. Im Moment gehören Pfarrhaus und Kirche also noch uns. Die Nachbarn werden Sie für potentielle Käufer halten. Keiner von ihnen wird uns hier behelligen.«

»Es sei denn ...« Tess schaute sich nervös um.

»Sie meinen die Schädlinge! Keiner von ihnen hat den Angriff überlebt. Und die anderen kennen diesen Ort nicht. Ich wiederhole, wir sind hier absolut sicher.«

»Sie sprechen immer von den ›Schädlingen‹«, sagte Craig.

»Eine präzise Bezeichnung.«

»Wo sind der UPS-Wagen und die graue Limousine hingefahren?« wollte Tess wissen.

»Ich dachte, Sie hätten meine Bemerkung von vorhin mitbekommen. Die Seelen unserer dahingegangenen Mitarbeiter verlangen nach einer Totenmesse, und die muß vorbereitet werden.«

»Und die Bestattung in geweihter Erde«, sagte Tess.

»Ja. Zum Heil ihrer Seelen ... Der Porsche. Wo gehört der hin?«

Tess nannte ihm die Adresse. So viel war inzwischen

passiert, sie hatte das Gefühl, es müßten längst Tage vergangen sein und nicht nur ein paar Stunden, seit sie das behagliche Heim von Mrs. Caudill verlassen hatte. »Ich wäre dankbar, wenn der Wagen ihr nicht von der Polizei gebracht werden müßte.«

»Das garantiere ich Ihnen«, versprach der Fremde. »Solange Sie sich daran erinnern, was Sie soeben versprochen haben.«

»Versprochen?«

»Dankbar zu sein.«

Tess schaute beschämt.

Der Fremde wechselte ein paar Worte mit dem Fahrer des Porsche. Mit einem Kopfnicken setzte der Mann den Sportwagen rückwärts vom Parkplatz und fuhr davon.

»Und was ist mit meinen Freunden?« fragte Tess.

»Richard? Priscilla? Ich mache mir ebenso viele Sorgen um die beiden wie Sie, Tess«, sagte der Fremde.

»Sie kennen meinen Namen?«

»Mehr als das. Ich weiß praktisch alles über Sie. Einschließlich Ihrer Beziehung zu Lieutenant Craig. Ich habe mich gründlich vorbereitet. Die Männer in dem Lieferwagen haben eine Ausbildung als Krankenpfleger. Sie überwachen Herztätigkeit und Atmung Ihrer Freunde. Ihr Zustand ist stabil. Aber sie brauchen natürlich weitergehende ärztliche Hilfe. Also bringen mein Fahrer und ein Krankenpfleger sie in eine private Klinik, die uns gehört. Die Polizei wird Ihre Freunde nicht verhören können, bevor der Arzt, der für uns arbeitet, die beiden auf die richtigen Antworten vorbereitet hat. Und bis dahin sind Priscilla und Richard in guter Obhut.«

»Danke«, seufzte Tess.

»Danken Sie nicht mir. Aber zeigen Sie Dankbarkeit«, sagte der Fremde. Er machte dem Fahrer des Lieferwagens ein Zeichen. Der Wagen verließ den Parkplatz und fuhr in Richtung Klinik davon.

»Dankbarkeit?« Craig legte seine Hand auf die Waffe des Fremden, die immer noch in der Tasche seiner Anzugjacke steckte.

Drei der Allerweltsgesichter zogen ihre Pistolen und nahmen ihn in ihre Mitte.

»Schon gut«, sagte Craig. »Sicher. Dankbarkeit! Nichts anderes hab' ich im Kopf!«

»Warum gehen wir dann nicht endlich ins Pfarrhaus?« fragte der Fremde. »Und reden darüber, wie glücklich Sie sich schätzen können, noch am Leben zu sein. Und diskutieren unser gemeinsames Problem. Und reden über die Schädlinge.«

»Die Schädlinge!« Tess warf in einem Anfall von Irrsinn die Arme in die Luft. »Natürlich! Die Schädlinge! Über was sollten wir auch sonst reden?«

»Sie sind gerade dabei, die Beherrschung zu verlieren«, sagte der Fremde. »Ich beschwöre Sie, verlieren Sie sie nicht.«

»Hören Sie, ich bin durch die Hölle gegangen und habe die Beherrschung nicht verloren«, erwiderte Tess. »Ich habe meine Mutter sterben sehen. Man hat mich gejagt und auf mich geschossen. Ich habe zurückgeschossen. Ich habe getötet. Glauben Sie tatsächlich, daß Sie und diese drei Männer mir Angst einjagen können? Ich bin Expertin darin, die Beherrschung nicht zu verlieren, egal wie entsetzlich . . .!«

»Tess, ich wiederhole – Sie brauchen sich nicht zu fürchten. Wir sind hier, um Ihnen zu helfen, nicht um Sie zu bedrohen. Solange Lieutenant Craig seine Finger von der Waffe läßt, bin ich gerne bereit, mich ihm zu ergeben.«

»Ihre Großzügigkeit scheint Ihnen Probleme zu bereiten«, sagte Craig. »Hier. Behalten Sie meine Hand im Auge. Ich bewege sie ganz langsam. Vorsichtig. Nur die Fingerspitzen. Keinerlei Bedrohung, stimmt's? Nehmen Sie die Waffe. Wie die Dinge liegen, mit Ihren Männern im Rücken, nützt sie mir ohnehin nichts.«

Craig gab ihm die Pistole.

»Keinerlei Notwendigkeit für dramatische Gesten«, meinte der Fremde. »Vor allem, wo Sie unter Ihrer Jacke noch eine Waffe im Gürtel stecken haben. Kein

Problem. Sie wissen es zwar noch nicht, aber wir arbeiten längst in einem Team.«

»O ja, sicher«, antwortete Craig.

»Ich verstehe Ihre Skepsis ja. Also gut, lassen Sie uns ins Haus gehen und unsere Meinungen austauschen. Ich erzähle Ihnen von den Schädlingen, und Sie sagen mir, ob Sie bereit sind, uns zu helfen.«

»*Ich* brauche Hilfe«, sagte Tess.

»Falsch. Wenn Sie Ihr Leben retten wollen, müssen Sie mit uns zusammenarbeiten, uns helfen, die Schädlinge auszurotten.«

19

Im Pfarrhaus roch es feucht und modrig. Ein paar aufgesprungene Ledersessel standen in dem dunklen Vorraum herum, aber der Blickfang war ein staubbedeckter Schreibtisch. Die mit Spinnweben verhangenen, religiösen Darstellungen an den Eichenpaneelen der Wände hätten dringend eines Staubwedels bedurft.

Tess fühlte sich erschöpft. Eine Nachwirkung des Adrenalinstoßes von vorhin. »Bevor wir anfangen ...«

»Womit können wir Ihnen dienen?« fragte der Fremde.

»Mit einem Badezimmer.«

»Natürlich. Rechts den Flur entlang. Erste Tür links. Ich nehme an, sie wollen ihr Kinn und die Bluse von dem Erbrochenen reinigen.«

Erschrocken hob Tess eine Hand zum Gesicht.

»Kein Grund, sich zu schämen. Ich habe mich auch schon übergeben müssen, wenn Gewalt im Spiel war.«

»Wie ermutigend«, sagte Tess mit bitterer Miene. Sie ging den Flur entlang, betrat mit weichen Knien das Badezimmer und schloß die Tür hinter sich zu. Erst als sie den Gürtel aufschnallte, bemerkte sie, daß sie ganz unbewußt die Pistole aufgehoben haben mußte, nachdem der Fremde im Garten den lähmenden Griff an ihrem Hals gelockert hatte.

Die Waffe wäre ihr beinahe aus dem lockeren Gürtel gefallen. Gerade noch rechtzeitig packte sie zu und legte die Pistole auf den Waschbeckenrand. Dann zog sie ihre Jeans herunter und ließ sich auf der Klobrille nieder. Ihre Nasenflügel zitterten. Der Urin stank nach Angst. Angewidert erhob sie sich, zog die Hose hoch, schnallte sie zu, wusch sich das Gesicht und versuchte, sich notdürftig die Flecken von der Bluse zu wischen.

Plötzlich langte sie nach der Pistole. Der Fremde mußte sie die ganze Zeit über in ihrem Gürtel gesehen haben. Jederzeit hätte er sie ihr wegnehmen können.

Aber er hatte sie ihr gelassen.

Warum!

Ein Zeichen.

Eine Geste.

Der Zusammenarbeit.

Des Vertrauens.

Okay, dachte sie, zog ihren Reißverschluß zu und steckte sich die Pistole wieder in den Gürtel. Ich habe verstanden.

Fühlen Sie sich sicher.

Aber werden Sie nicht aggressiv.

Sie spülte die Toilette, schloß die Badezimmertür auf und schritt mit gespieltem Selbstvertrauen den Flur in Richtung Vorraum entlang.

20

Im Dämmerlicht, das durch die verrußten Fensterscheiben fiel, schaute Tess auf Craig, der in einem der Sessel mit den aufgesprungenen Lederbezügen Platz genommen hatte. Er nippte an einem Glas Wasser.

So, wie die anderen Männer. Jemand hatte ein paar Flaschen und Gläser auf den Schreibtisch gestellt.

Als der Fremde ihr ein Glas reichte, spürte Tess auf einmal, wie trocken und aufgequollen ihre Zunge sich anfühlte. Sie trank in hastigen Zügen, ohne die kühle, reine Flüssigkeit auch nur zu schmecken. Sie konnte sich nicht erinnern, schon einmal so durstig gewesen zu sein.

Sie langte nach einer Flasche, füllte das Glas wieder voll und trank es in einem Zug leer. Feuchtigkeit klebte ihr an den Lippen.

Als sie noch einmal nachfüllen wollte, legte der Fremde ihr sanft seine Hand auf den Arm. »Nein. Ihnen könnte schlecht werden, wenn Sie zuviel auf einmal trinken.«

Tess schaute ihn fragend an, dann nickte sie.

»Setzen Sie sich«, fügte der Fremde hinzu. »Versuchen Sie, sich zu entspannen.«

»Kommen Sie. Entspannen? Sie machen wohl Witze!« Trotzdem zog sich Tess einen Sessel neben Craig. Das brüchige Leder knackte, als sie sich hineinfallen ließ.

»Also.« Der Fremde zog die Augenbrauen hoch. »Gibt es noch irgend ewas, das sie brauchen? Oder sind wir bereit für unser Gespräch?«

»Ich bin ganz sicher bereit für ein paar Antworten auf meine Fragen.« Craig richtete sich gerade auf. »Wer zum Teufel sind Sie? Was soll der ganze Zirkus hier? Was haben Sie vor?«

Der Fremde überlegte. Sein brütendes Schweigen zog sich in die Länge. Schließlich seufzte er. »Ich kann Ihre Fragen nicht beantworten, bevor Sie *meine* beantwortet haben.«

»Dann sind wir *nicht* bereit für ein Gespräch«, erwiderte Craig. »Ich habe schon vor einer ganzen Weile die Geduld verloren. Ich . . .«

»Bitte«, sagte der Fremde. »Seien Sie nachsichtig mit mir.« Er richtete den Blick auf Tess. »Wieviel haben Sie bereits über die Schädlinge herausbekommen? Verstehen Sie, warum die Sie töten wollen?«

Tess zog die Stirn in Falten. »So, wie Sie das sagen . . .

Ihr Tonfall. Das klingt nicht so, als würden Sie sich sehr darüber wundern. Als wüßten Sie die Antwort bereits und wollten nur erfahren, ob ich sie auch weiß.«

Der Fremde legte den Kopf auf die Seite. »Beeindrukkend. Um mein früheres Kompliment zu wiederholen: Sie sind sehr aufmerksam. Aber es geht nicht darum, was *ich* weiß. Sagen Sie es mir. *Wieviel haben Sie herausbekommen?*«

Tess drehte sich zu Craig um, der einen Moment nachdachte und dann die Achseln zuckte.

»Es ist eine Sackgasse«, sagte Craig. »Nur zu. Erzähl's ihm. Vielleicht kann er dann unsere Fragen beantworten.«

»Oder sie töten uns, wenn sie wissen, was sie wissen wollen.«

»Nein, Tess«, sagte der Fremde. »Was auch immer passiert, wir sind nicht ihre Feinde. Im Gegenteil.« Er langte in eine der Taschen seines Jacketts und streifte sich einen Ring auf den Finger.

Die anderen Männer folgten seinem Beispiel.

Es waren eindrucksvolle Ringe. Jeder bestand aus einem goldenen Band und einem funkelnden Rubin, in den ein Wappen graviert war, ein Kreuz und ein Schwert.

»Nur wenige Nichteingeweihte haben diese Ringe gesehen«, sagte der Fremde. »Wir haben sie ihnen gezeigt als Zeichen des Vertrauens, der Hochachtung, der Verpflichtung.«

»Ein Kreuz und ein Schwert?«

Der Fremde senkte den Blick auf seinen Ring. »Ein angemessenes Symbol. Glaube und Vergeltung. Sagen Sie es mir, Tess, und dann sage ich Ihnen, was ich weiß. *Warum wollen die Schädlinge Sie töten?*«

»Weil ...« Verwirrt, verängstigt öffnete Tess den Mund.

Sie zögerte.

Und dann erzählte sie. Befreite sich von der Last. Enthüllte alles.

Zwischendurch warf sie immer mal wieder einen Blick auf Craig, der den Kopf zwischen die Schultern gezogen hatte und ihr anscheinend zuhörte, ohne zu unterbrechen, und in Wirklichkeit über Fluchtwege nachdachte.

Mithras. Montségur. Der Schatz. Josephs Schlafzimmer. Das Relief. Der Krieg zwischen einem guten und einem bösen Gott.

Erschöpft ließ Tess sich in die Polster zurückfallen, das brüchige Leder gab unter ihrem Gewicht nach. »Sie wollen mich daran hindern, anderen zu erzählen, was ich weiß, anderen die Fotos zu zeigen.«

»Ja.« Der Fremde strich über das Kreuz und das Schwert auf seinem Ring. »Diese Fotografien. Zeigen Sie sie mir.«

Tess suchte in ihrer Tasche und reichte sie ihm.

Das Gesicht des Fremden wurde starr vor Haß, nachdem er einen Blick auf die Fotos geworfen hatte. »Das ist es, was wir erwartet haben. Ein verdammungswürdiger Altar.«

Craig schaute finster. »Also hatte Tess ganz recht. Das war alles völlig sinnlos. Sie haben nichts gehört, was Sie nicht schon wußten.«

»Im Gegenteil. Ich habe eine ganze Menge erfahren.« Der Fremde gab die Fotos an seine Mitstreiter weiter, die sie mit ähnlichem Abscheu studierten. »Ich habe erfahren, daß Sie bereits so viel wissen, daß ich Sie nicht, wie ich gehofft hatte, mit Halbwahrheiten abspeisen kann. Ich werde Sie nicht einspannen können, ohne Ihnen eine ausführlichere Erklärung zu geben, als ich geplant hatte.« Er dachte nach. »Das stellt mich vor ein Problem.«

»Vor welches?«

»Ich brauche Sie, aber ich kann Ihnen nicht vertrauen. Ich kann mich nicht darauf verlassen, daß Sie schweigen werden. So, wie die Schädlinge entschlossen sind, *ihr* Geheimnis zu bewahren, müssen wir unseres schützen. Woher soll ich wissen, daß Sie Stillschweigen über das bewahren werden, was ich Ihnen erzähle?«

»Ja, das ist ein Problem«, bestätigte Craig. »Sieht so aus, als müßten Sie uns einfach vertrauen.«

»Lieutenant, ich bin kein Idiot. In dem Moment, in dem Sie wieder frei sind, werden Sie alles, was Sie gehört haben, Ihren Vorgesetzten berichten. Es wäre vielleicht besser, wenn ich Sie jetzt gleich auf freien Fuß setzen würde. Sicher, Sie haben die Ringe gesehen, aber damit können Sie nicht allzuviel anfangen.«

»Uns gehen lassen? Dann scheinen Sie zu meinen, was Sie gesagt haben. Sie haben nicht vor, uns etwas anzutun?«

»Nachdem wir Ihnen das Leben gerettet haben?« stellte ihm der Fremde eine rhetorische Frage. »Ich habe doch wohl bewiesen, wie sehr mir Ihre Sicherheit am Herzen liegt. Dort ist die Tür. Sie ist nicht verschlossen. Sie können jederzeit gehen.«

»Aber«, wandte Tess ein, »wenn Sie uns jetzt gehen lassen, dann sind wir wieder da, wo wir angefangen haben.«

»So ist es«, sagte der Fremde. »Die Schädlinge werden Sie weiter jagen, und ich fürchte, daß Sie ohne unsere Hilfe keine Chance haben. Ein Jammer.«

Craigs Stimme klang heiser. »Was für 'ne Art Gehirnwäsche machen Sie hier mit uns?«

»Ich muß es sicher wissen. Lieben Sie diese Frau?«

Craig antwortete, ohne zu zögern. »Ja.«

Es erfüllte Tess mit Stolz.

»Und sind Sie auch bereit einzusehen«, fuhr der Fremde fort, »daß das Leben dieser Frau trotz Ihrer Bemühungen in Gefahr ist, wenn wir ihr nicht beistehen? Daß Sie beide, im besten Fall, gezwungen sein werden, sich zu verstecken, immer in der Angst vor einem erneuten Angriff der Schädlinge?«

Craig antwortete nicht.

»Antworten Sie!« forderte der Fremde ihn auf. »Sind Sie bereit, diese Frau zu einer unsicheren Zukunft zu verurteilen? Dazu, daß sie beim kleinsten Geräusch zusammenzuckt, immer in Todesangst?«

»Verdammt, es muß Ihnen doch klar sein, daß ich sie schützen will!«

»Dann geben Sie mir Ihr Wort! Bei der Seele der Frau,

die Sie lieben, schwören Sie mir, daß Sie niemandem gegenüber auch nur ein Wort von dem wiederholen, was ich Ihnen jetzt erzählen werde!«

»Auf die Tour also.« Craig starrte ihn wütend an.

»Ja, Lieutenant, auf die Tour. Nur auf die Tour. Ich muß wohl nicht hinzufügen, daß diese Frau Ihnen nie wieder vertrauen wird, sollten Sie Ihr Wort brechen und den Behörden Meldung machen.«

Craig starrte immer noch wütend.

»Und muß ich das andere tatsächlich erwähnen?« fragte der Fremde. »Daß die Schädlinge nicht die einzigen sein werden, die Sie jagen, wenn Sie Ihren Schwur brechen? Dann werden *wir* euch jagen. Ich würde diese Frau mit eigenen Händen töten, wenn Sie uns betrügen.«

»Sie dreckiges Arschloch!«

»Ja, ja, mit vulgären Ausdrücken kann man Luft ablassen. Aber lösen kann man damit gar nichts. Sie haben meine Frage nicht beantwortet. Sind Sie bereit zu schwören? Für die Frau, die Sie lieben? Sind Sie bereit, das feierliche Gelöbnis des Schweigens abzulegen?«

Craigs Kaumuskulatur arbeitete.

Tess konnte sich nicht mehr zurückhalten. »Craig, tu, was er sagt!« Sie wandte sich an den Fremden. »Mein Wort haben Sie. Ich werde kein Wort von dem wiederholen, was Sie uns erzählen.«

»Aber was ist mit Ihnen, Lieutenant?«

Craig ballte die Hände zu Fäusten. Seine Schultern schienen auf einmal breiter zu werden. Er schluckte. »In Ordnung.« Er atmete tief durch. »Sie haben mein Wort. Nichts bedeutet mir im Moment mehr als Tess' Leben. Ich will nicht, daß noch irgend jemand Jagd auf sie macht. Ich verspreche Ihnen, Sie nicht zu betrügen. Aber ich muß Ihnen auch sagen, daß ich am liebsten jeden zur Hölle schikken würde, der mich mit Drohungen unter Druck zu setzen versucht.«

»Nun, das ist genau der Punkt. Ein Schwur nützt überhaupt nichts, wenn sein Bruch nicht mit einer Drohung verbunden ist. Eigentlich sind es sogar zwei Punkte.«

»Ach? Und welches ist der zweite?«

»Sie haben ihn bereits erwähnt. Wir sind hier um ... über die Hölle zu sprechen.«

21

Tess zuckte zusammen. Ein scharfer Schmerz bohrte sich in ihre Stirn. »Ich verstehe nicht.«

»Die *Hölle*«, wiederholte der Fremde. »Der Ort, an den die Schädlinge gehören. Und wir haben uns der Aufgabe verschrieben, sie dorthin zu schicken.«

»Ich verstehe immer noch nicht...« Plötzlich dämmerte es Tess, was der Fremde ihr sagen wollte. Sie machte sich auf den nächsten Anschlag auf ihr Wohlergehen gefaßt. »Warum sprechen Sie immer von den Schädlingen?«

»Weil kein anderes Wort so angemessen ist. Sie vermehren sich wie die Ratten. Sie verseuchen alles wie Läuse. Sie sind Abschaum, ekelerregender, zerstörerischer, verachtenswerter Abschaum, moralisch verkommen, schlimmer als infizierte Flöhe verbreiten sie die Seuche ihrer bösen, abstoßenden Ketzerei.«

Diese Litanei des Hasses rüttelte an Tess' Seele. Sie warf sich zurück in die Polster des Sessels, als sei sie geschlagen worden. »Es wird höchste Zeit. Sie haben versprochen, es uns zu erklären. Jetzt müssen *Sie* Ihr Wort halten. Wer sind Sie? Im Lieferwagen habe ich Sie gefragt, ob Sie Priester sind, aber ...«

»Ja, Priester. Aber wir sind mehr als nur Priester. Unsere Aufgabe macht uns zu etwas Einzigartigem. Wir sind Vollstrecker.«

»Was?«

Der Fremde nickte. Seine Augen leuchteten.

Tess hatte Mühe, die Frage herauszubringen. *»Für ...?«*

»Die Inquisition.«

Tess fiel das Schlucken schwer. Alles drehte sich ihr im

Kopf. »*Was reden Sie da?* Das ist doch verrückt! Seit dem Mittelalter gibt es keine Inquisition mehr!«

»Nein«, antwortete der Fremde. »Das ist nicht korrekt. Die Inquisition *begann* im Mittelalter. Aber sie hielt sich über mehrere Jahrhunderte. Tatsächlich wurde sie erst 1834 offiziell aufgelöst.«

Tess zuckte zusammen. Sie konnte es nicht fassen, daß eine derart grausame Institution – die gnadenlose, weitverbreitete Verfolgung eines jeden, der nicht einer bestimmten Doktrin folgen wollte – sich bis ins letzte Jahrhundert halten konnte. Ihre Opfer waren gefoltert worden, man hatte sie gezwungen, ihre Ketzerei einzugestehen, und wenn sie sich weigerten, verbrannte man sie auf dem Scheiterhaufen.

Feuer! dachte sie.

Immer wieder lief alles auf das Feuer hinaus!

Der Scheiterhaufen der Inquisition! Die Fackel des Mithras!

Aber es steckte mehr dahinter. Tess war noch nicht soweit, als der Fremde mit dem nichtssagenden Gesicht, dessen Augen jetzt noch heller leuchteten, in seiner Erzählung fortfuhr.

»Ihnen wird aufgefallen sein, daß ich das Wort ›offiziell‹ benutzte«, sagte er. »In Wahrheit aber hatte die Inquisition nicht aufgehört zu existieren. Inoffiziell, unter äußerster Geheimhaltung, blieb sie weiter aktiv. Denn ihre notwendige Arbeit war noch lange nicht beendet. Die Schädlinge waren noch nicht ausgemerzt.«

»Wollen Sie damit sagen«, Craigs Stimme hörte sich entsetzt an, »daß ein harter Kern von Inquisitoren weiterhin den Befehlen der Kirche gefolgt ist und Jagd auf jeden gemacht hat, der von der Linie des orthodoxen Katholizismus abgewichen ist?«

»Nein, Lieutenant, das will ich damit nicht sagen.«

»Sondern . . .?«

»Die Kirche stand fest zu dem Befehl, die Inquisition aufzulösen. Es wurden auch keine geheimen Anweisungen mehr gegeben. Und trotzdem gab es eine geheime

Verschwörung, nämlich auf seiten der Inquisitoren, die das Gefühl hatten, ihre schwierige Mission könnte nicht mit gutem Gewissen abgebrochen werden. Bevor sie starben, bildeten sie andere dazu aus, die Mission weiterzuführen, und die wiederum zogen sich *ihre* Nachfolger heran. Eine ununterbrochene Kette bis hin zu uns, die wir auch andere ausbilden, die wir aber auch, was noch wichtiger ist, gegen den Feind kämpfen.«

Tess sackte in sich zusammen. »Das ist zuviel!« Sie kämpfte um ihre Zurechnungsfähigkeit. »Das ist, verdammt noch mal, zuviel. Nur weil Ihre Opfer am Sonntag nicht in die Messe gehen?«

»Spielen Sie die Sache nicht herunter! Es ist mir egal, wer am Sonntag in die Messe geht. Jeder, der Gott, dem *einen* Gott, huldigt, mag das auf seine Weise tun. Das geht mich nichts an. Aber diejenigen, die an einen *bösen* Gott glauben, der sich im Krieg mit dem guten Gott befindet, die sind genauso böse wie der Gott, den sie zu hassen vorgeben. Mithraismus.« Der Fremde spuckte das Wort beinahe heraus. »Albigenser. Dualisten. Die Überlebenden von Montségur. *Die* sind meine Feinde! Ihnen ist es gelungen zu entkommen. Und ihre Statue haben sie mitgenommen. Sie haben sich versteckt. Sie schwärmten im Untergrund. Sie breiteten sich aus. Und jetzt sind sie außer Kontrolle geraten, oder besser, sie sind dabei, alles unter Kontrolle zu bekommen. Sie haben Ihren Freund getötet. Sie haben Ihre Mutter getötet! Sie wollen *Sie* töten! Ich werde nicht ruhen, bevor ich sie nicht erledigt habe!«

»Okay, einen Augenblick. Beruhigen Sie sich«, sagte Craig. »Und jetzt noch einmal: Was meinen Sie damit, sie sind dabei, alles unter ihre Kontrolle zu bekommen?«

»Nachdem sie aus Montségur entkommen war, floh die kleine Gruppe von Ketzern aus Südwestfrankreich, um so viel Abstand wie möglich zwischen sich und ihre Jäger zu bringen. Sie zogen in südlicher Richtung weiter, nach Spanien, wo sie in einem abgelegenen Tal Zuflucht suchten, einem Gebiet, das wir heute Picos de Europa nennen. Dort entschlossen sie sich, ihren Kult wiederaufzunehmen. Sie lernten die spanische Sprache und die Gebräuche des Landes, versuchten erfolgreich, sich unter die Bevölkerung zu mischen und praktizierten im geheimen ihre verabscheuungswürdigen Zeremonien. Mehr als zwei Jahrhunderte lang ging es ihnen gut. Nach und nach schickten sie Abordnungen in andere Teile Spaniens. So erhielten sie sich die Chance, ihre abstoßenden Überzeugungen zu retten, falls ihr Hauptquartier entdeckt worden wäre.«

»Pamplona und Mérida«, sagte Tess.

Der Blick des Fremden wurde stechend. »Warum erwähnen Sie diese Städte?«

»Priscilla. Die Frau, die Ihre Männer in die Klinik gefahren haben. *Sie* hat es mir erzählt«, sagte Tess. »So ziemlich alles, was ich über den Mithraismus weiß, habe ich von ihr. Sie war Professorin, und sie ist eine Expertin für . . .«

»Beantworten Sie meine Frage: Was wissen Sie über diese Städte?«

»Auf einer Forschungsreise hat Priscilla in Höhlen in der Nähe dieser Städte Statuen entdeckt.«

»Tatsächlich, ich hätte niemals erwartet . . . Sie haben mir etwas mitgeteilt, was *ich* bis jetzt noch nicht wußte. Wir haben immer versucht, das zentrale Nest zu finden. Und jetzt haben Sie mir Hinweise auf eventuelle andere Nester gegeben.«

»Beantworten *Sie* jetzt mal meine Frage«, schaltete sich Craig ein. »Was soll das heißen, diese Leute sind dabei, alles unter ihre Kontrolle zu bringen?«

»Nach zweihundert Jahren fühlten die Ketzer sich sicher. Aber dann, 1478, begann die spanische Inquisition. Es hatte schon früher in verschiedenen Ländern Europas Säuberungsaktionen gegeben, aber keine von ihnen war auch nur annähernd so gründlich gewesen wie die spanische Inquisition. Die Vollstrecker jagten die Ketzer überallhin. Kein Dorf war klein genug, um der Aufmerksamkeit der Hexenjäger zu entgehen. Aber die Schädlinge – erfinderisch und widerstandsfähig – konnten erneut fliehen. Nach Nordafrika, präzise gesagt nach Marokko. Unter äußerster Vorsicht kamen sie zu einem entscheidenden Geheimtreffen zusammen, auf dem sie beschlossen, zum Gegenangriff überzugehen, um ihre Religion zu schützen, sich jedes noch so abartigen Mittels zu bedienen, um ihr Überleben zu sichern. Die letzte Entscheidung war es, Abgeordnete zu delegieren, die das Nest verließen, ihre wahre Identität kaschierten und sich in der Gesellschaft einnisteten, nach Macht strebten und versuchten, politischen Einfluß zu gewinnen, um der Verfolgung ein Ende zu machen. Um immer mehr Menschen zu verseuchen! Wie Sie sich vorstellen können, blieben ihre ersten Anstrengungen sehr bescheiden. Aber seit dem 14. Jahrhundert haben die Ketzer sich ausgebreitet, vermehrt und sich schließlich in jede wichtige Institution in Europa und Amerika eingeschlichen. Sie sind in die höchsten Regierungsämter aufgestiegen. Es ist ihrem Einfluß zu verdanken, daß man die Inquisition schließlich aufgelöst hat. Und jetzt ist die Krise weltweit. Sie sind dabei, die globale Herrschaft an sich zu reißen und der Welt ihre gefährlichen Irrlehren aufzuzwingen.«

»Das scheint mir ein wenig übertrieben«, meinte Craig.

»Wohl kaum. Es ist gar nicht mehr möglich, Übertreibungen für das zu finden, was sie bereits bewirkt haben. Die Schädlinge sind davon überzeugt, daß der böse Gott diesen Planeten zerstören will. Und besonders eilig haben sie es, weil das Jahr 2000 bedrohlich nahe gekommen ist. Die Jahrtausendwende, mit allem, was sie bedeutet. Krise. Apokalypse. Sie geben sich nicht damit zufrieden, die Regierungen zu manipulieren, sie haben inzwischen ihre eigene Inquisition organisiert. Jedem, von dem sie das Gefühl haben, er könnte von dem bösen Gott beherrscht sein, schicken sie einen Mörder auf den Hals. Ihnen muß das Schema doch bereits aufgefallen sein. Die Morde. Auf der ganzen Welt. In Australien. Hongkong. Brasilien. Deutschland. Kenia. Im Nordatlantik. Amerika. Industrielle. Stadtplaner. Manager. Schleppnetzfischer. Elfenbeinjäger. Der Kapitän des Öltankers, der das Great-Barrier-Riff verschmutzt und beinahe zerstört hat. Die Schädlinge richten jeden hin, von dem sie glauben, daß er für die Gier, die Gleichgültigkeit und das Gift verantwortlich ist, die diesen Planeten bedrohen.«

»Mein Gott«, sagte Tess, »sie sprechen von dem Artikel, an dem ich gerade gearbeitet habe! Radikale Umweltschützer gehen zum Angriff . . .«

»Nein. Keine Umweltschützer Und wenn Sie das Wort Gott in den Mund nehmen – von welchem Gott sprechen Sie? Ich hoffe nicht von einem Gott, der sich im Krieg mit dem Gott des Bösen befindet.«

»Das ist mir egal. Tatsache ist, daß dieser Planet sich in höchster Gefahr befindet. Er muß gerettet werden!«

»Ein löbliches Vorhaben«, sagte der Fremde. »Aber wenn Sie an den einzigen, wahren Gott glauben, wie ich es tue, dann müssen Sie diesem Gott auch vertrauen. *Er* weiß besser als *wir*, was geschehen muß. Wenn dieser Planet stirbt, dann ist es sein Wille. Dann ist das ein Mosaiksteinchen in seinem großen Entwurf. Eine Strafe für unsere Sünden. Wenn wir unsere Lebensweise nicht ändern, werden wir zerstört. Aber die Schädlinge, die Ketzer, glauben, daß sie einem anderen Gott gehorchen. Einem Gott, den es nicht gibt. Ihre Ketzerei ist eine Bedrohung für die Pläne des wahren Gottes. Und dafür werden sie in der Hölle schmoren.«

»Fällt es Ihnen gar nicht auf?«

»Was?«

»Daß Sie genauso fanatisch sind wie die anderen?«

Die gelassene Reaktion des Fremden erstaunte sie. »Die Situation erfordert Fanatismus. Schließlich braucht ein entschlossener Feind einen mindestens ebenso entschlossenen Widerpart.«

»Das meinte ich nicht. Ein Gott. Zwei Götter. Sie glauben, *Sie* seien im Recht. Aber die anderen glauben dasselbe von sich. Die Welt bricht auseinander, und ihr bekämpft euch wegen theologischer Fragen? Wenn überhaupt, dann sympathisiere ich mit der anderen Seite. Sie tut immerhin etwas, um diesen Planeten zu retten.«

»Aber sie versucht auch, Sie umzubringen«, sagte der Fremde. »Und sie hat bereits viele andere umgebracht.

Tolerieren Sie Mord aus politischen Gründen? Billigen Sie die Morde an Industriellen, Bankleuten und ...«

»Ihr Ziel ist es, die Ketzer hinzurichten. Nichts würde Ihnen mehr Freude bereiten. Töten. Das ist Ihr Job. Wie können Sie die anderen für etwas beschuldigen, das Sie selbst tun?«

»Da gibt es einen Unterschied«, sagte der Fremde. »Ich nehme an einem Krieg teil. Aber ich töte nur feindliche Kämpfer, keine Zivilisten. Sie dagegen töten ohne Unterschied. Sie vernichten die Unschuldigen ebenso wie die Schuldigen. Nehmen Sie Ihre Mutter. Ihr einziger Fehler war es, daß sie zufällig in der Nähe war, als man *Sie* umzubringen versuchte. Ich dachte, Sie würden schon um Ihrer Mutter willen Rache nehmen wollen.«

»Ja, ich will, daß mir jemand dafür bezahlt, aber ... O mein Gott, hilf mir. Ich bin so durcheinander.«

»Da sind Sie nicht allein«, sagte der Fremde. »Das Töten widerspricht meinem Auftrag als Priester. Und trotzdem ...« Er senkte den Blick. »Ich habe gelobt, meinen Glauben zu schützen.«

Es wurde still im Vorraum.

Craig nutzte die Pause. »Ich habe noch eine ganze Menge Fragen.«

»Ja. Sicher.« Der Fremde hob langsam den Kopf.

»Sie sagten, die Ketzer seien aus Spanien geflohen, als die Inquisition ihnen zu nahe kam.«

»Richtig.«

»Sie gingen nach Marokko.«

»Ja.«

»Das erklärt Joseph Martins Vorliebe für das Buch *Der Halsring der Taube,* das ja eine Abhandlung über die ritterliche Liebe ist, geschrieben von einem Araber, der nach Spanien emigriert war.«

Der Fremde nickte.

»Und das erklärt auch, warum Joseph Martin ein bißchen wie ein Spanier aussah. Dunkler Teint. Schwarzes Haar. Südeuropäische Gesichtszüge. Bedeutet das, daß die Ketzer sich nicht nur unter der einheimischen Bevölkerung versteckten, sondern sich auch mit ihr vermischten?«

»Ja«, antwortete der Fremde. »Am Anfang war die Gruppe so klein, daß sie ihr Blut auffrischen mußte. Ihre Ehepartner bekehrten sie dann zum Gott Mithras und ließen sie den Eid der Verschwiegenheit ablegen.« Der Fremde machte eine Handbewegung. »Aber eine Besonderheit ihres Aussehens haben Sie nicht erwähnt. Bei einigen Abkömmlingen der Schädlinge war ein ungewöhnlicher Erbfaktor wirksam, der ihnen graue Augen verliehen hat. Das ist eines der wenigen Kennzeichen, mit denen wir sie identifizieren können.«

»Graue Augen.« Es gab ihr einen Stich ins Herz, als Tess sich auf einmal lebhaft an Josephs Augen erinnerte. Ihre Intensität. Ihre Ausstrahlung.

»Aber dann rückte ihnen die Inquisition so dicht auf den Pelz, daß die Ketzer Spanien verlassen mußten«, stellte Craig fest. »Was meinen Sie, warum befindet sich ihr zentraler Schlupfwinkel immer noch in ...«

»Spanien? Obwohl die Ketzer eigentlich aus Frankreich stammen, haben sie Spanien als ihr Heimatland angesehen. Wir glauben, daß sie zurückgekehrt sind. Wir haben überall gesucht. Aber bis jetzt haben wir das Nest noch nicht gefunden.«

»Noch eine Frage. Und die beunruhigt mich besonders«, sagte Craig.

Der Fremde forderte ihn mit einer Handbewegung auf, die Frage zu stellen.

»Wenn Joseph Martin an Mithras glaubte, warum haben sich seine Glaubensgenossen dann gegen ihn gewendet? Warum haben sie ihn gejagt und im Carl-Schurz-Park verbrannt? Es macht doch keinen Sinn, daß sie auf einen ihrer eigenen Leute losgegangen sind.«

»Ah, ja. Joseph Martin. Eine interessante Frage. Er wäre ein ausgezeichneter Informant gewesen«, sagte der Fremde.

Tess war verwirrt. »Informant? Was wollen Sie damit ...?«

»Bei ihrer Suche sind meine Mitarbeiter auf etwas völlig Unerwartetes gestoßen«, erklärte der Fremde. »Einer der Ketzer war aus der Reihe getanzt. Der Deserteur war empört darüber, daß seine Gruppe sich so vieler Morde schuldig machte. Er floh, entschlossen, seine Religion im geheimen für sich auszuüben. Er war sehr vorsichtig, nahm mehrere falsche Identitäten an und zog von Stadt zu Stadt, weil er genau wußte, daß seine früheren Brüder ihn jetzt als Sicherheitsrisiko ansahen. Schließlich wußte er zuviel, und wenn er den Mund aufgemacht hätte, hätte er *uns* direkt zu seinen Brüdern führen können. So lag es auf der Hand, daß die Ketzer den Mann, der sich Joseph Martin nannte, töten mußten. Seine Brüder machten ebenso Jagd auf ihn wie wir. Los Angeles. Chicago. New York. Wir folgten seiner Spur. Und wir fanden ihn. Aber meine Mitarbeiter warteten zu lange. Sie hofften, daß bald auch die Schädlinge, die ihn verfolgten, eintreffen würden. Meine Mitarbeiter wollten mehrere Fliegen mit einer Klappe schlagen. Leider schlug ihr Plan fehl, und Joseph Martin wurde getötet.«

»Nicht nur getötet. Er wurde *verbrannt*!« sagte Tess.

»Natürlich. Warum überrascht Sie das? Denken Sie an die Fackel des Mithras. Des Gottes der Sonne. Des Feuers. Deshalb haben sich die Schädlinge dem Töten mit der Flamme verschrieben.«

»Seien Sie nicht so selbstgerecht. Sie stehen damit nicht allein. Hat sich nicht auch die Inquisition des Feuers bedient?« wollte Tess wissen.

»Das ist wahr. Trotzdem gibt es da einen Unterschied.«

»Nennen Sie ihn mir!«

»*Ihr* Feuer schickt das Opfer in ein anderes Leben. Es wird wie der Phönix aus der Asche auferstehen. Das glauben sie jedenfalls. Für sie führt der Tod nicht in den Himmel oder in die Hölle, sondern nur in ein anderes Stadium der Existenz, in eine Wiedergeburt, eine nächste Chance auf dem Weg zur Erlösung. Reinkarnation. Und das ist einer der Gründe, weshalb sie wollen, daß die Welt überlebt. Damit sie wiedergeboren werden können. *Unser*

Feuer dagegen bestraft, vernichtet, reinigt, reduziert die Sünde zu Asche. Und darüber hinaus gibt es den Schädlingen einen Vorgeschmack auf die Flammen des Höllenfeuers.«

»Ja. Und damit wären wir wieder beim Thema. Die Hölle.« Tess zog ein verächtliches Gesicht.

»Nicht nur das.«

»Sondern?«

»Wir müssen zu etwas anderem zurückkehren.«

»Zu was?« fragte Tess.

»Weil ich darauf vertraue, daß Sie Ihr Versprechen des Stillschweigens halten, habe ich mein Versprechen gehalten und Ihnen erzählt, was ich weiß. Und nun wiederhole ich meine Frage vom Anfang: Werden Sie mit uns zusammenarbeiten? Wollen Sie Ihr Leben retten? Sind Sie bereit, uns dabei zu helfen, die Schädlinge auszumerzen?«

»Mein Leben retten? Die Schädlinge ausmerzen? Ich sehe nicht, was das eine mit dem anderen zu tun hat.«

»Das ist ganz einfach.«

»Nein, so einfach ist das für mich nicht.«

»Um Sie daran zu hindern, Informationen auszuplaudern, werden die Schädlinge weiter Jagd auf Sie machen. Ihnen bleibt nur eine Möglichkeit, sie daran zu hindern. Sie müssen uns helfen, unsere Mission zu erfüllen.«

»Und wie sollte ich das anstellen?«

Der Blick des Fremden wurde bedeutungsvoll. »Indem Sie sich als Köder zur Verfügung stellen.«

22

Wieder zuckte Tess zusammen. Der Schmerz hinter der Stirn wurde stärker. »Aber das heißt doch, daß sich nichts geändert hat. Ich bin immer noch in Gefahr!«

»Ich garantiere Ihnen, daß wir Sie schützen werden«, erwiderte der Fremde.

»Das ist doch Quatsch!« meldete Craig sich zu Wort.

»Sie wissen, daß Sie das unmöglich garantieren können. In dem Augenblick, in dem Tess sich blicken läßt und die Mörder merken, wer sie ist, werden sie einen neuen Angriff auf ihr Leben starten. Sie haben bewiesen, daß sie zu allem entschlossen sind. Die einzige Garantie, die ich mir vorstellen kann, ist ein sicheres Haus mit einem Kordon von Polizisten drum herum.«

»Und wie lange soll sie dort bleiben?« Der Fremde schüttelte den Kopf. »Sie können Tess doch nicht ewig unter Bewachung stellen. Das wäre viel zu teuer. Irgendwann würden die Polizisten woanders gebraucht. Und wie lange würde es ihnen gelingen, wirklich wachsam zu bleiben? Nach ein paar Tagen, wenn nichts passiert ist, tendiert der Mensch dazu, in seiner Wachsamkeit nachzulassen. Die Langeweile gewinnt die Oberhand. Und das ist der Moment, in dem . . .«

»Einen Augenblick. Ich weiß selbst, wie ich mich in Sicherheit bringen kann!« unterbrach ihn Tess.

»Ach?« Der Fremde klang skeptisch.

»Es gibt eine ganz einfache Lösung!«

»Wirklich?« Jetzt hörte der Fremde sich fassungslos an. »Wenn es die gibt, dann ist sie mir nicht eingefallen.«

»Ich muß doch nichts anderes tun, als es jedem zu erzählen, dem ich begegne. Der Polizei. Den Reportern. Den Fernsehteams. Jedem. Alles, was passiert ist. Von Joseph. Von meiner Mutter. Von den Ketzern, und warum sie mich umbringen wollen. Wenn es ihr Motiv ist, mir das Maul zu stopfen, dann gibt es kein Motiv mehr, nachdem ich alles ausgeplaudert habe. Dann habe ich ja schon alles gesagt, was ich nicht hätte sagen sollen. Keine Sorge, Sie halte ich da raus. Wie versprochen. Aber Ihre Feinde . . .«

»Und Ihre«, fügte der Fremde hinzu.

»Richtig«, stimmte Tess ihm zu. »Und meine. Die Schweine, die meine Mutter getötet haben und die Jagd auf mich machen. Sie werden bloßgestellt sein. *Sie* werden die Gejagten sein. *Sie* werden sich verstecken müssen!«

»Tess«, der Fremde ließ mutlos den Kopf sinken, »Sie haben immer noch nicht verstanden.«

»Aber die Logik ist doch überzeugend!«

»Nein«, entgegnete der Fremde. »Erstens: Die Schädlinge würden sich rächen wollen. Sie würden alles tun, um Sie zu töten, um Sie für den Ärger zu bestrafen, den Sie ihnen bereitet haben. Zweitens: Ist Ihnen nicht klar, wie erregt Sie sich jetzt schon anhören? Die Polizei, die Reporter, die Fernsehteams würden Sie schlichtweg für verrückt halten. Und drittens: Die Informationen, die Sie zu enthüllen hätten, würden niemanden weiterbringen. Mal angenommen, der unwahrscheinliche Fall träte ein, und die Behörden würden ihre Zweifel unterdrücken und Ihnen Glauben schenken. Was dann? Wenn *wir*, mit jahrhundertelanger Erfahrung bei der Jagd auf Schädlinge, noch immer nicht jeden einzelnen von ihnen aufgespürt und erledigt haben, was meinen Sie wohl, welche Chance die Polizei hätte? Sie sehen den Punkt nicht. Ja, ich habe wirklich große Angst, daß Sie nicht verstehen, worum es eigentlich geht.«

»Und das wäre?« fragte Tess aufgebracht.

»Um Sie.«

»Was ist denn so Besonderes an . . .?«

»*Sie,* Tess. Denken Sie mal drüber nach, wer Sie sind! Mit Ihrem familiären Hintergrund! Denken Sie an Ihren toten Vater!«

»Was hat der damit zu . . .«

»Einfluß, Tess. Ich spreche von Einfluß. Mal angenommen, Sie würden den Polizisten, Reportern und . . . egal, wem auch immer, wenn die Ihnen nicht glauben würden, was würden Sie dann tun? Aufgeben? Einfach sagen: ›Ich habe mein Bestes getan‹ und sich ängstlich irgendwo verkriechen?«

»Bestimmt nicht!«

»Ich frage Sie noch einmal. Was würden Sie tun?«

»Weitermachen. Weiter versuchen, den Tod meiner Mutter zu rächen. Und Josephs Tod.«

»Genau«, sagte der Fremde. »Sie würden Ihren Einfluß geltend machen. Sie würden von den Freunden Ihres toten Vaters verlangen, daß sie ihre Schulden zurückzahlen.

Sie würden darauf bestehen, daß diese Freunde – die in höchsten Regierungsämtern sitzen – Ihnen helfen. Und diese Leute würden es tun, Tess. Ich glaube, sie würden es tun. Um ihr Schuldbewußtsein zu entlasten. Schließlich waren sie es, die Ihren Vater wegen eines illegalen Waffengeschäfts nach Beirut in den Tod geschickt haben, wegen eines Waffengeschäfts, das die Gewichte im libanesischen Bürgerkrieg verschoben und den Christen die Macht über die Moslems verschafft hätte. Aber darf ich Sie noch mal daran erinnern, daß die Schädlinge inzwischen in die höchsten Etagen der Regierung aufgestiegen sind? Wir wissen nicht, wer sie sind. Wir waren noch nicht in der Lage, sie zu identifizieren. Aber Sie müssen es glauben. Rechnen Sie damit. Ihr Überleben hängt davon ab. Wenn Sie es weiter versuchen, könnten Sie plötzlich Ihrem ärgsten Feind gegenüberstehen, ohne es zu wissen. Sie können die Schädlinge nicht erkennen. Aber die Schädlinge kennen Sie. Und die Kerle werden alles daransetzen, Sie zu töten, bevor Sie ihr Netzwerk und damit möglicherweise sie selbst demaskieren können.«

Tess erschauerte. »Das ist mir nicht klar gewesen. Ich habe mit keinem Gedanken daran gedacht . . .«

»Ich sag's nicht gerne«, murmelte Craig, »aber ich fürchte, er hat recht.«

»Natürlich habe ich recht«, sagte der Fremde. »So, und nun haben Sie die Wahl. Sie können gehen und ihr Gelöbnis des Stillschweigens halten, abgesehen von den Dingen, die Sie bereits über die Schädlinge wissen. Oder Sie können mit uns zusammenarbeiten. Meinen Anweisungen folgen. Uns helfen, die Schädlinge in den höchsten Stellungen aufzuspüren. Und uns dann erlauben, unsere Pflicht zu tun, und . . .«

»Töten. Ich hab' die Nase voll vom Töten.«

»Ich garantiere Ihnen, daß Sie nicht viel Freude an der Alternative hätten. Die Optionen liegen vor Ihnen auf dem Tisch. Überlegen Sie gründlich. Denken Sie an Ihre Zukunft. Und dann treffen Sie Ihre Wahl.«

»Ich habe keine Wahl.«

»Wie meinen Sie das?« fragte der Fremde.

»So, wie Sie die Dinge dargestellt haben, muß ich tun, was Sie wollen.«

»So ist es.«

»Aber sind Sie wirklich sicher, daß Sie mich schützen können?«

»Mein Ehrenwort«, sagte der Fremde.

»Ich hoffe, es ist Ihnen etwas wert.«

»Mehr als die Schädlinge, Tess. Und vergessen Sie nicht, wir haben einen Vorteil.«

»Welchen?«

»Der einzige und wahre Gott ist auf unserer Seite.«

»Ich wünschte, ich könnte Ihre Zuversicht teilen.«

Tess fuhr herum. Ein plötzliches Geräusch zerrte an ihren Nerven. Die Eingangstür des Pfarrhauses öffnete sich.

Aber der Mann, der dort Wache stand, schien nicht weiter beunruhigt.

Noch einer der Vollstrecker trat ein, der Mann, der Mrs. Caudill ihren Porsche zurückgebracht hatte. »Nette alte Frau«, sagte er. »Sie hat ihren Butler noch gebeten, mich nach Washington zurückzufahren. Ich bin fünfzehn Wohnblocks vorher ausgestiegen. Der Mann braucht schließlich nichts von dem Pfarrhaus zu wissen.« Er reichte Tess eine Papiertüte. »Bevor ich den Porsche zurückgab, hab' ich ihn vorsichtshalber durchsucht, falls Sie etwas Verdächtiges liegengelassen haben. Dies hier habe ich unter dem Fahrersitz gefunden.«

Verzagt warf Tess einen Blick in die Tüte, obwohl sie genau wußte, was sie darin finden würde – die beiden Schachteln mit Munition.

»Danke.« Ihre Schultern fielen schlaff herab. »So, wie die Dinge sich jetzt entwickeln . . .« Vor Verzweiflung wollte die Stimme ihr versagen. »Sieht so aus, als könnte ich das noch brauchen.«

Das Strafgericht

1

Draußen fuhren zwei Autos vor. Die Motoren wurden abgestellt. Türen flogen auf, wurden wieder zugeknallt.

Nervös beobachtete Tess den Mann, der am Eingang Wache hielt. Er schaute durch das Fenster hinaus, hielt die Pistole auf der Seite und schien nicht weiter besorgt.

Schritte näherten sich. Einen Augenblick später betraten vier schlanke, gelenkige Männer mit Allerweltsgesichtern den Vorraum. Zwei der Männer erkannte Tess, den Fahrer und den Krankenpfleger, die Priscilla und Professor Harding in die Klinik gefahren hatten.

Die beiden anderen Männer hatte sie noch nie zuvor gesehen. Wahrscheinlich hatte der eine von ihnen den UPS-Lieferwagen gefahren und der andere die graue Limousine, die ihnen gefolgt und kurz vor Erreichen des Pfarrhauses aus dem Konvoi ausgebrochen waren.

»Seid ihr den Lieferwagen und die Limousine losgeworden?« fragte der Fremde.

Die beiden Männer nickten.

»Auf dem Parkplatz neben einem Einkaufszentrum«, sagte der eine von ihnen. »Gefälschte Kennzeichen. Getürkte Zulassung. Keine Fingerabdrücke. Sogar die Schlüssel haben wir steckenlassen. Mit 'nem bißchen Glück werden beide Fahrzeuge sehr bald geklaut.«

»Gut. Und was ist mit Überwachung? Ich nehme doch an . . .«

»Wir haben niemanden ausmachen können. Und am Ersatzwagen hat sich niemand zu schaffen gemacht. Ein sauberer Austausch.«

»Und was ist mit . . .?«

»Dem Begräbnis unserer Kollegen? Die Vorbereitungen laufen. Ich bedaure nur, daß wir nicht teilnehmen können.«

»Das bedaure ich auch. Aber unsere Gebete sind bei ihnen.« Der Fremde senkte den Kopf. Nach einem kurzen, feierlichen Schweigen schlug er das Zeichen des Kreuzes, atmete durch und wandte sich dann an den Fahrer des Lieferwagens und den Krankenpfleger. »Ich nehme an, Tess will die letzten Neuigkeiten hören.«

»Und ob ich die hören will. Die Klinik. Was hat der Arzt zu Priscilla und Professor Harding gesagt?«

Der erste Mann machte eine beruhigende Geste. »Der Frau hat man Insulin gespritzt. Nachdem sie etwas gegessen hatte, wurde sie wieder wacher.«

»Und Professor Harding?«

Der zweite Mann zog die Stirn in Falten. »Die Diagnose lautet auf leichten Schlaganfall. Ihm wurden die nötigen Medikamente verabreicht. Bevor wir gingen, schaffte er es, etwas zu sagen.«

»Was hat er ...?«

»Drei Worte. Zu seiner Frau. Er brachte sie nur mit Mühe hervor.«

»Was waren das für ...?«

»›Ich liebe dich.‹«

Es schnürte Tess die Kehle zu. »Meine Schuld. Es ist alles meine ...«

»Nein«, sagte der Fremde. »Es ist die Schuld der Schädlinge.«

»Sie wissen ja gar nicht, wie gerne ich das glauben würde. Aber wenn ich nicht zu den beiden gefahren wäre, um mir Informationen zu holen, dann hätte Professor Harding keinen ...« Tess blickte finster. »Das ist es wohl, worauf es hinausläuft. Die Wahlmöglichkeiten werden immer weniger. Bis nur noch eine übrigbleibt. Mit Ihnen zusammenarbeiten.«

»Das ist die Macht der Umstände«, sagte der Fremde. »Und jetzt, fürchte ich, wird es Zeit.« Er zeigte auf ein Telefon auf dem staubbedeckten Schreibtisch. »Fangen Sie an. Rufen Sie die Freunde Ihres Vaters an. Bitten Sie sie um Beistand. Erzählen Sie ihnen, wie hilflos Sie sind. Lassen Sie sie fühlen, daß Sie ihnen die Schuld am Tod Ihres

Vaters geben. Unter denen, die auf den Hilferuf reagieren, wird mindestens ein ...«

Der Mann, der Priscilla ins Krankenhaus gefahren hatte, unterbrach den Fremden. »Es könnte wichtig sein. Auf der Rückfahrt haben wir im Lieferwagen die Nachrichten gehört. Das Feuer und die Leichen in dem Washingtoner Haus werden in Verbindung gebracht mit dem Feuer von letzter Nacht in Alexandria. Identische Taktik, ähnliche Morde. Die Polizei geht davon ...«

Der Fremde schnaubte zornig. »Was interessiert mich die Polizei! Das Telefon. Tess. Nehmen Sie den Hörer ab. Rufen Sie ...«

»Noch nicht«, schaltete Craig sich ein. »Ich habe dem Polizeichef von Alexandria versprochen, mit ihm in Verbindung zu bleiben.«

»Ihr Versprechen wird ein wenig warten müssen.«

»Falsch. Wenn ich ihn nicht bald anrufe und ihn beruhige, ist es mit meiner Karriere aus. Man könnte mich sogar ins Gefängnis werfen wegen unterlassener Unterstützung bei der Aufklärung eines Schwerverbrechens. Natürlich nur unter der Voraussetzung, daß es mir gelingt, am Leben zu bleiben. Und warum sollte ich da allzu optimistisch sein? Aber ich liebe meine Arbeit. Ich würde ihr auch weiterhin gerne nachgehen. Und dann wäre da noch etwas: Ich kann es auf den Tod nicht ausstehen, den Namen von jemandem nicht zu kennen, mit dem ich mich unterhalte.«

»Mein Name? Eine reine Formalität. Der ist nicht wichtig.«

»Für mich ist er wichtig.«

»Dann nennen Sie mich doch einfach ...« Der Fremde zögerte. »Ja. Nennen Sie mich Pater Baldwin.«

»Sind Sie sicher, daß ›Pater Smith‹ oder ›Pater Jones‹ Ihnen nicht lieber ist?«

»Ich glaube, ›Pater Baldwin‹ ist ganz in Ordnung.«

»Aber er erscheint mir nicht ganz angemessen. Irre ich mich, oder höre ich bei Ihnen einen leichten europäischen Akzent? Vielleicht französisch?«

»Lieutenant, jetzt haben Sie eine Frage zuviel gestellt. Also gut. Nehmen Sie das Telefon. Beruhigen Sie den Polizeichef von Alexandria, wenn Sie das Gefühl haben, es hilft Tess bei ihrer Mission. Sagen Sie ihm einfach, Sie hätten bis jetzt noch keinen Kontakt zu ihr herstellen können. Keine Sorge, die Gespräche können nicht zurückverfolgt werden. Eine Blackbox leitet sie über London und Johannisburg um.«

»Sauber. Ich bin beeindruckt.«

»Wir tun, was wir können. Aber immerhin üben wir auch schon seit ein paar Jahrhunderten.«

»Das merkt man.« Craig zog einen Zettel aus der Seitentasche seiner ramponierten Anzugjacke. Er warf einen Blick auf die Nummer, die darauf notiert war, nahm den Hörer ab und wählte.

Gleichzeitig drückte Pater Baldwin auf einen Knopf, der ein Mikrofon aktivierte, damit jeder im Raum das Gespräch mithören konnte. Tess hörte das statische Rauschen, das Klicken der Relais in der Fernleitung, bis schließlich ein Summen ankündigte, daß das Gespräch in Alexandria angekommen war.

Noch ein Summen.

Die Stimme eines Mannes meldete sich. »Büro von Chief Farley.«

»Hier spricht Lieutenant Craig, Vermißtendezernat New York City. Ich glaube, der Chef erwartet meinen Anruf.«

»Und ob er das tut. Bleiben Sie dran.«

Klick. Statisches Rauschen.

Craig mußte warten. Er beobachtete den Mann, der sich Pater Baldwin nannte. Dann legte er seinen Arm um Tess' Schulter. »Ich weiß, es ist verdammt hart, Kleines. Versuch, ruhig zu bleiben.«

»Hör mal, wenn jemand anders mich so genannt hätte . . .«, sagte Tess.

»Mein Vater hat meine Mutter immer so genannt.«

»Wenn das so ist, hört es sich wunderbar an.«

Klick.

»Hier spricht Chief Farley. Wo zum Teufel haben Sie gesteckt? Ich habe Ihren Anruf ...«

»Vor ein paar Stunden erwartet. Ich weiß. Das Problem ist, daß ich sie noch nicht ...«

»Theresa Drake? Die ist nicht mehr mein Problem. Meine Männer versuchen immer noch, sich einen Reim auf das zu machen, was letzte Nacht im Haus ihrer Mutter passiert ist. Die Polizei von Washington hatte heute nachmittag einen ähnlichen Anschlag in ihrem Bereich. Jetzt wollen sie wissen, ob es eine Verbindung zwischen den beiden gibt. Aber was *ich* gerne wissen würde, ist, wie zum Teufel das FBI an die Sache gekommen ist?«

»Was?«

»Niemand hat die Jungs eingeladen, und ich wüßte auch keinen vernünftigen Grund dafür, warum der Mord an Melinda Drake plötzlich deren Angelegenheit sein sollte.«

Bei der Erwähnung des Namens ihrer Mutter war Tess zusammengezuckt.

»Das *FBI*?« wiederholte Craig.

»Eric Chatham – der Direktor höchstpersönlich – hat mich kurz nach Mittag angerufen. Er will mit Theresa Drake sprechen. Eine Angelegenheit der nationalen Sicherheit. Absoluter Vorrang. Vertraulich. Blablabla. He, ich bin nicht gerade schlecht in meinem Job, und wenn ein Außenseiter versucht, mir zu zeigen, wie ich ... Was soll's? Ich hab' ihm mein Abkommen mit Ihnen erklärt. Jetzt ist die Sache nicht mehr in meinen Händen. Ich habe Anweisungen von höchster Regierungsstelle, Ihnen mitzuteilen, daß Sie Theresa Drake nicht mehr zu mir bringen, sondern gleich Chatham anrufen sollen. Dreimal hat der Kerl heute nachmittag schon angerufen, weil er wissen wollte, ob ich von Ihnen gehört habe. Sie sollen ihn sofort anrufen. Craig, was in Gottes Namen geht da vor?«

»Chief, ich schwöre Ihnen, das wüßte ich auch gerne.«

»Dann sollten Sie es, verdammt noch mal, herausfinden. Und zwar *gleich*, wie Chatham meint. Das letzte, was ich gebrauchen kann, ist Ärger mit dem FBI.«

»Ich hab's vernommen.«

»Nun, wo Sie schon mal dabei sind, hören Sie sich auch noch das an, Craig: Eines Tages werden wir beide uns über den Weg laufen, und dann sollten Sie eine Erklärung parat haben. Ich gebe Ihnen mein Wort, daß es nicht ratsam ist, mich sauer zu machen. Ich bin nämlich ein besonders nachtragendes Arschloch, und ich werde dafür sorgen, daß Ihr Captain auch sauer auf Sie ist.«

»Wie gesagt, ich hab's vernommen.«

»Welch eine Überraschung. Dann gibt es also doch noch jemanden, der Befehle von mir entgegennimmt, anstatt mir welche zu erteilen. Rufen Sie Chatham an. Ich gebe Ihnen seine Privatnummer.«

Craig notierte sie sich.

»Schaffen Sie mir diesen Bürokraten vom Hals«, sagte Farley, »damit ich in Ruhe meine Arbeit machen kann. Vielleicht finde ich dann heraus, wer Melinda Drake umgebracht hat.«

»Ich versprech's Ihnen, ich kümmere mich drum.« Besorgt legte Craig den Hörer auf die Gabel.

»Also«, meinte Pater Baldwin, »es ist schon angelaufen.«

Tess runzelte erstaunt die Stirn. »Sie meinen, Eric Chatham gehört zu der Gruppe, die mich töten will?«

»Möglich. Ich hab' Ihnen doch gesagt, sie sind in die höchsten Positionen aufgestiegen. Aber es könnte auch ein Zufall sein. Kannte Chatham Ihren Vater?« wollte Pater Baldwin wissen.

»Sehr gut.«

»Dann könnte es sein, daß er aus Loyalität zu Ihnen handelt. Vielleicht will er Sie wirklich schützen.«

Tess warf die Hände in die Luft. Sie war völlig durcheinander. »Ihre logischen Schlußfolgerungen haben einen Haken.«

»Ach?« Pater Baldwin wartete.

»Nur der Feind wußte, daß ich mich gestern abend im Haus meiner Mutter aufhielt.«

»Stimmt nicht. Brian Hamilton wußte noch davon. Und meine Mitarbeiter natürlich.«

»Aber Brian Hamilton ist tot!« sagte Tess. »Ich bleibe bei meinem Einwand. Der Polizeichef von Alexandria hat von Craig erfahren, daß ich gejagt werde. Aber wie hat Chatham es herausgefunden?«

In Pater Baldwins Augen blitzte es auf. »Sie meinen also, er muß seine Informationen von den Männern haben, die den Anschlag auf das Haus Ihrer Mutter verübten und denen Sie entwischt sind?«

»Kommt mir absolut logisch vor«, meinte Craig.

»Vielleicht.« Pater Baldwin schüttelte den Kopf. »Aber es macht mich skeptisch, daß die Verbindung so offensichtlich ist. Seit 1244 und ihrer Flucht aus der Festung Montségur haben die Ketzer vor allem deshalb überlebt, weil sie sich so ausgezeichnet zu tarnen verstanden. Und im Laufe der Jahrhunderte haben sie diese Fähigkeit noch verbessert. Wenn Chatham tatsächlich ein Feind wäre, würde er dann dieses Risiko eingehen? Würde er seine ganze Ausbildung über den Haufen werfen und den Verdacht auf sich lenken, indem er so direkt agiert?«

»Wenn er und seine Gruppe verzweifelt genug sind. Indem er Chief Farley angerufen und darauf bestanden hat, daß das FBI den Fall übernimmt, hat er bereits ein Teilziel erreicht. Sie wollen mich wegen der Fotos umbringen, und wegen dem, was ich über sie weiß. Und so habe ich wenigstens den Behörden gegenüber noch nicht auspakken können.«

Pater Baldwin ließ sich mit der Antwort einen Moment lang Zeit. »Sie könnten recht haben. Aber es gibt nur einen Weg, das zu erfahren.«

Tess seufzte. »Ja. Ich muß ihn anrufen.« Widerstrebend langte sie nach dem Zettel, auf den Craig Chathams Telefonnummer gekritzelt hatte.

»Warten Sie«, sagte Pater Baldwin.

»Vor 'ner Minute haben Sie mich noch gedrängt . . .«

»Die Situation hat sich verändert. Jetzt, wo wir eine mögliche Zielperson ausgemacht haben, muß ich Sie darauf vorbereiten, wie Sie auf das reagieren müssen, was Chatham zu Ihnen sagt. Und inzwischen müssen wir ein paar andere Vorbereitungen treffen. Sie sind eher weltlicher Art, aber unumgänglich.«

»Was meinen Sie?«

»Es ist nach sieben.«

»Na, und?«

»Sie müssen essen.«

»Vergessen Sie's. Essen ist das letzte, woran ich jetzt interessiert bin. Ich würde wahrscheinlich keinen Bissen hinunterkriegen.«

»Aber Sie nützen uns nichts, wenn Sie nicht bei Kräften sind. Meine Informanten haben mir gesagt, daß Sie kein Fleisch essen. Wäre Fisch in Ordnung?«

Pater Baldwins intime Kenntnisse ihrer Gewohnheiten schüchterten sie ein und empörten sie gleichzeitig. Aber der nachdrückliche Tonfall des Priesters verfehlte seine Wirkung nicht.

»Wenn Sie so entschlossen sind«, sagte sie, »dann soll's mir recht sein. Obwohl ich nicht weiß, ob meine Zustimmung überhaupt von Interesse ist. Sicher. Fisch ist in Ordnung.«

»Und was ist mit Ihnen, Lieutenant?«

»Vor 'ner Woche hätte ich noch Steak mit Pommes bestellt«, sagte Craig. »Aber jetzt, nachdem ich Tess kennengelernt habe . . . Was sie bestellt, ist auch für mich in Ordnung.«

»Ich brauche außerdem Ihre Konfektionsgröße«, sagte Pater Baldwin. »Was Sie tragen ist zerrissen und riecht nach Qualm. Da Sie sich schon bald wieder in der Öffentlichkeit bewegen werden, müssen Sie frische Kleidung tragen, um nicht allzusehr aufzufallen.«

»Das ist heute schon das zweitemal«, murmelte Tess und stellte fest, daß sie zitterte.

2

Eric Chatham stand am Fuß der Treppe, die zum Lincoln Memorial hinaufführte, dessen massive Statue mit den weißen Marmorsäulen unheimlich aus der Dunkelheit leuchtete. Dieser Abschnitt der Ringstraße, die um das Denkmal herumführte, war für den Verkehr gesperrt, aber zu seiner Rechten näherten sich auf dem Daniel French Drive die Scheinwerfer von Fahrzeugen, um auf einem Parkplatz zu halten. Besucher stiegen aus, schlenderten herüber und betraten die Gedenkstätte. Chatham schaute sich die Fahrzeuge und Besucher genau an. Er wartete auf den Mann, der zu ihm kommen und sagen würde, er käme von Tess Drake.

Die Nacht war warm. Und trotzdem fühlte Chatham sich, als sei sein Magen zum Bersten mit scharfkantigen Eiswürfeln gefüllt. Er brütete dumpf vor sich hin, unfähig, seine schlechte Laune zu unterdrücken. Nicht nur deshalb, weil er ganz gegen seinen Instinkt seine Einwilligung zu diesem unorthodoxen, potentiell gefährlichen Treffen gegeben hatte. Nein, es kam noch dazu, daß es bereits das zweite unorthodoxe Treffen an diesem Tag war. Das erste hatte ihn auf dem Nationalfriedhof von Arlington mit dem stellvertretenden Direktor der CIA, Kenneth Madden, zusammengeführt. Die beiden Treffen standen miteinander in Verbindung, und Chatham war mehr denn je überzeugt davon, daß eine Katastrophe bevorstand. Dann fiel ihm der Tod von Melinda Drake ein, und er korrigierte seinen Gedanken. Die Katastrophe stand nicht bevor. Sie befanden sich bereits mitten drin. Seine langjährige Erfahrung als Direktor des FBI sagte ihm, daß schon längst im Gange war, was auch immer hier schieflaufen mochte, und daß die Sache möglicherweise bereits außer Kontrolle geraten war.

Tess hatte Angst, soviel stand fest. Als sie ihn vor zwei Stunden anrief, hatten das Zittern in ihrer Stimme und ihr verzweifelter Tonfall ihn tief beunruhigt. Noch bevor er ihr erklären konnte, warum er sie sprechen wollte, hatte sie ihn mit der Behauptung unterbrochen, sie wisse inzwischen, wer ihre Mutter getötet habe, und sie habe weitere, wichtige Informationen über den Mord, die sie jedoch am Telefon nicht ausplaudern könne. Sie müsse mit ihm persönlich über die Beweise sprechen, damit er sie verstehe.

»Dann kommen Sie in mein Büro ... Nein«, hatte Chatham gesagt, »in meinem Haus sind wir ungestörter.«

»Aber ich kann weder dem einen noch dem anderen Ort vertrauen!«

»Entschuldigen Sie, Tess, aber finden Sie nicht, daß Sie die Vorsicht etwas übertreiben?«

»*Nach allem, was mir passiert ist?* Eric, Sie haben ja keine Ahnung. Wenn Sie in *meiner* Lage wären ...!«

»Okay, beruhigen Sie sich! Wenn Sie wirklich glauben, in einer solchen Gefahr zu sein, werde ich mein Haus durch ein paar meiner Spezialagenten bewachen lassen.«

»Nein! Das Treffen muß zu meinen Bedingungen stattfinden. Wenn Sie wirklich ein Freund meines Vaters waren, dann tun Sie Ihr Bestes, um mir zu helfen, am Leben zu bleiben!«

Chatham hatte kurz gezögert. »Ja. Für Ihren Vater. Alles, was Sie wollen.«

»Ein paar Freunde von mir werden Sie abholen und Sie an einen Ort bringen, wo ich mich sicher fühle.«

»Einverstanden.«

»Und kommen Sie allein«, hatte Tess gesagt.

»Es gefällt mir nicht, aber gut.« Auf einmal hatte dieses Pochen in Chathams Stirn eingesetzt.

»Wir müssen es so machen, damit meine Freunde sicher sein können, daß Ihnen niemand folgt. Die Leute, die mich töten wollen, könnten Sie überwachen.«

»Sie übertreiben schon wieder.«

»Nein, Eric. Wenn ich nicht vorsichtig bin, werden die Kerle Sie benützen, um mich zu finden. Es ist ihnen egal, wer Sie sind. Die Ketzer haben bewiesen, wie entschlossen sie sind, mich aufzuhalten.«

»Ketzer?« Das Wort war Chatham wie ein spitzer Eiszapfen ins Rückgrat gefahren. »Was reden Sie da?«

»Wollen Sie damit sagen . . . Sie behaupten also, nichts davon zu wissen?«

»Wenn ich es wüßte, würde ich dann . . .?«

»Seien Sie dort. Ich flehe Sie an! Bitte!« Tess hatte ihm noch Ort und Zeit des Rendezvous genannt. »Ich warte in meinem Versteck darauf, daß meine Freunde Sie zu mir bringen.«

Jetzt, in der Dunkelheit, schaute Chatham nervös auf das beleuchtete Zifferblatt seiner Armbanduhr. Zehn nach elf. Inmitten der Touristen am Fuße der dramatisch illuminierten Säulen des Lincoln Memorial fror es ihn in seinem kurzärmeligen Baumwollhemd trotz der Wärme der Nacht. Eigentlich hätte das Rendezvous bereits vor zehn Minuten stattfinden sollen, und auch wenn der Mann, der ihn zu Tess bringen sollte, wahrscheinlich noch die Gegend auskundschaftete, um ganz sicher zu sein, daß Chatham alleine gekommen war und nicht von Tess' Feinden verfolgt wurde, so fühlte sich der FBI-Direktor doch ein bißchen exponiert unter den zahlreichen Touristen, von denen jeder einzelne eine Bedrohung sein konnte.

Bleib ruhig, sagte er sich. Sonst bist du bald genauso paranoid wie Tess.

Bald? Ich bin's ja schon. Ich wünschte, ich wäre nicht . . .

Ein Mann blieb neben ihm stehen und machte ein Foto von der Gedenkstätte. Er war von durchschnittlicher Statur, hatte ein unauffälliges Gesicht und trug schlichte Kleidung. »Daraus wird wohl nichts.« Der Mann schüttelte den Kopf. »Ich habe einen zu unempfindlichen Film mitgenommen.«

»Wer weiß? Vielleicht haben Sie doch Glück«, erwiderte Chatham, innerlich angespannt.

»Tess Drake«, sagte der Mann und machte noch ein Foto von der Lincoln-Statue hinter den emporragenden, hell angestrahlten Säulen. »Sind Sie allein gekommen?«

»Wie versprochen.«

»Ich wollte ihr Wort nicht bezweifeln, aber ich habe mich selber davon überzeugt.«

Chatham zuckte die Achseln. »Ich hatte nichts anderes erwartet.«

»Sind Sie bereit für einen kleinen Ausflug?«

»Ich bin zu allem bereit, wenn ich nur endlich erfahre, worum's geht. Gehen wir.« Chatham wandte sich ungeduldig nach links, dem unbeleuchteten, von Bäumen umstellten Parkplatz am Ende des Daniel French Drive zu.

»Nein. Hier geht's lang.« Der Mann mit dem Allerweltsgesicht und der Kamera deutete mit dem Kopf in die andere Richtung. »Nach rechts.«

Chatham warf ihm einen finsteren Blick zu. »*Rechts?* Aber ...« Als er den nervösen Blick in die angegebene Richtung wandte, sah er die hüfthohe Eisenbarriere, die Autos daran hindern sollte, um die Gedenkstätte herumzufahren.

Hinter der Barriere huschten die Lichtkegel zahlreicher Scheinwerfer vorbei. Chatham hörte den Lärm der Autos, die mit hohem Tempo über die Arlington Memorial Bridge rasten, um vom Lincoln Memorial hinüber zur Dreiundzwanzigsten Straße zu kommen.

»Ja, ich weiß«, sagte der Mann mit der Kamera. »Dort drüben gibt es keinen Parkplatz. Keine Sorge. Wir haben uns um alles gekümmert.« Er langte in die lederne Kameratasche, die er sich an den Gürtel geschnallt hatte, und zog ein Funktelefon heraus.

Schnell tippte er ein paar Zahlen ein, lauschte kurz und sprach dann nicht minder schnell. »Alles klar. Wir sind fertig. Zwei Minuten? Gut. So lange wird es etwa dauern.«

Der Mann steckte das Telefon zurück in die Tasche. »Hätten Sie etwas gegen einen kleinen Spaziergang einzuwenden, Mr. Chatham?« Ohne auf eine Antwort zu warten, packte der Mann Chathams Arm und schob ihn nach rechts auf die eiserne Barriere zu.

Sie gingen daran entlang, kamen an ein paar Bäumen vorbei, deren üppig belaubte Äste die Sterne am Himmel verdeckten und deren dicke Stämme einen unbenutzten, von Unkraut überwachsenen Abschnitt der Straße einrahmten.

»Wenn Sie's wissen wollen«, sagte der Mann, »ich bin nicht allein. Meine Leute beobachten uns für den Fall, daß jemand so verrückt sein sollte, sich uns an die Fersen zu heften.«

Trotz seiner Nervosität sagte Chatham: »Das Ausbildungscamp des FBI in Quantico könnte von Ihnen noch lernen.«

Der Mann mit der Kamera – die natürlich keine Kamera war, wie Chatham vermutete, sondern eine Art Waffe, vielleicht eine verkappte Schußwaffe – machte eine knappe Geste mit der linken Hand. »Wir wären nie bereit, Ihnen Unterricht zu geben, aber gegen ein Kompliment haben wir selbstverständlich nichts einzuwenden.«

»Aber ich habe etwas dagegen einzuwenden, daß ich immer noch keine Ahnung habe, wohin zum Henker Sie mich ...«

»Bald, Mr. Chatham. Bald.«

Sie näherten sich den Lichtern und dem Lärm des Verkehrs auf der vielbefahrenen Durchgangsstraße. Hinter den Bäumen, auf dem gekiesten Bankett, blieb der Mann stehen und stellte sich Chatham in den Weg. Im Licht der Scheinwerfer konnte Chatham erkennen, daß der auf den ersten Blick ganz gewöhnlich aussehende Mann kräftig und geschmeidig gebaut war. Der abgasgeschwängerte Fahrtwind der vorbeirasenden Autos streichelte Chatham das Gesicht, als er zu dem Schluß kam, daß dieser Mann wahrscheinlich besser in Form war als der beste seiner Leibwächter.

»Und nun ...?« wollte Chatham wissen.

»Nun warten wir. Aber nicht lange. Hatte ich zwei Minuten gesagt? Da hab' ich mich getäuscht. Wir sind dem Zeitplan voraus.« Der Mann deutete auf die Straße.

Ein Lieferwagen kam mit hoher Geschwindigkeit von der Arlington Memorial Bridge, scherte aus der endlosen Reihe der Scheinwerfer aus und blieb auf dem Schotterbankett stehen. Schnell glitt die seitliche Ladetür auf.

»Nach Ihnen«, sagte der Mann mit dem Allerweltsgesicht.

Mit einem beklommenen Gefühl kletterte Chatham hinein.

Andere Allerweltsgesichter nickten ihm zur Begrüßung zu, der Versuch, dabei beruhigend zu wirken, scheiterte an den Schußwaffen in ihren Händen.

Nachdem Chatham sich zwischen zwei von ihnen gesetzt hatte – es war der einzige noch freie Platz –, folgte ihm sein Begleiter in den Wagen, kauerte sich auf den Boden und schlug die Tür zu. Der Motor des Lieferwagens dröhnte. Das Fahrzeug schlitterte vom Bankett, erreichte griffigen Asphalt und reihte sich mit kreischenden Reifen in den fließenden Verkehr.

Vorne auf dem Beifahrersitz sprach ein Mann in ein Funktelefon. »Er wurde nicht verfolgt? Gut. Du weißt, wo du uns triffst.« Er legte das Telefon zur Seite und drehte sich um. »Seien Sie gegrüßt, Mr. Chatham. Und vielen Dank für die Bereitschaft zur Zusammenarbeit.«

»Aber war das alles wirklich nötig?«

Der Fremde starrte ihn nur an, als verstehe sich die Antwort auf diese Frage von selbst.

»Wer sind Sie?« wollte Chatham wissen.

»Das hat Tess Ihnen doch erklärt. Wir sind Freunde.«

»Das glaube ich erst, wenn ich sie sehe. Wann werden wir bei ihr sein?«

Der Mann auf dem Beifahrersitz wirkte belustigt. »Eher als Sie glauben.«

Chatham runzelte verständnislos die Stirn.

Und dann verstand er, als er die bekannte Stimme hörte.

»Ich bin direkt hinter Ihnen, Eric.«

Chatham fuhr herum, seine Verwunderung nahm zu.

Tess, die sich hinten auf der Ladefläche zusammengekauert hatte, erhob sich jetzt und nahm auf einer umgedrehten Holzkiste Platz. Neben ihr erschien ein stämmiger, grobgesichtiger Mann in dunkelblauem Sporthemd mit aufgekrempelten Ärmeln.

Tess lächelte, auch wenn Chatham das Lächeln gezwungen vorkam. Es machte ihn nervös.

»Es ist lange her, Eric. Schön, Sie zu sehen.«

Chatham machte ein finsteres Gesicht und ging nicht auf ihre Freundlichkeit ein. »Aber ich dachte ... Am Telefon haben Sie mir gesagt, diese Männer würden mich zu Ihrem Versteck bringen.«

»Tut mir leid, Ihnen eine falsche Information gegeben zu haben. Aber Ihr Telefon hätte angezapft sein können und Sie am Memorial unter Beobachtung. Wir haben Ihre Übernahme so arrangiert, daß wir nicht glauben, daß unser Lieferwagen verfolgt werden kann. Und sollte er doch verfolgt werden, dann wird der Feind glauben, er sei unterwegs zu mir. Sie werden nicht vermuten, daß ich drinsitze. Und ihn deshalb auch nicht angreifen.«

»Angreifen? Und Sie dachten, mein Telefon könnte angezapft sein?« Chatham schüttelte fassungslos den Kopf. »Mein Telefon wird jeden Morgen überprüft. Wer könnte das schon anzapfen? Und weshalb? Und wer würde das Risiko eingehen, diesen Lieferwagen anzugreifen, während ich mich darin befinde?«

»Die Ketzer.«

Schon wieder dieses abwegige Wort.

»Sie haben nicht gezögert, Brian Hamilton zu töten«, sagte Tess.

Chatham war zu geschockt, um zu antworten.

»Und er war auch ein wichtiger Mann. Warum sollten sie also zögern, den Direktor des FBI zu töten? Um an mich heranzukommen«, fügte Tess hinzu. »Um ihr Ziel zu erreichen und mich daran zu hindern, ihr Geheimnis zu lüften, würden sie alles tun.«

»Was reden Sie da? Geheimnis? Ketzer?«

Tess reichte ihm ein paar Fotos und eine kleine Taschenlampe.

Noch fassungsloser nahm Chatham die Lampe, um einen Blick auf die Fotos zu werfen, wobei er sich ständig der Tatsache bewußt war, daß die Allerweltsgesichter ihn genau dabei beobachteten.

Beim Anblick eines der Fotos verzog Chatham das

Gesicht. »Ein Mann sitzt auf einem Stier und schlitzt ihm den Hals auf?«

»Es ist ein Relief.«

»Woher haben Sie ...?«

»Sie haben etwas Ähnliches noch nie gesehen?« fragte Tess.

»Nein! Natürlich nicht! Mein Gott, an etwas so Groteskes würde ich mich sicher erinnern.«

Die Männer mit den Allerweltsgesichtern starrten ihn immer noch an.

»Tess, ich habe guten Willen gezeigt. Ich bin allein gekommen. Ich habe alles so gemacht, wie Sie es verlangten. Aber jetzt erklären Sie mir um Himmels willen, was das alles zu bedeuten hat.«

Der Mann auf dem Beifahrersitz schaltete sich ein. »Woher wußten Sie, daß Tess und Lieutenant Craig Kontakt mit der Polizei in Alexandria aufnehmen sollten?«

»Das wußte ich nicht«, antwortete Chatham.

»Das ergibt aber keinen Sinn«, sagte eine Stimme hinter Chatham.

Chatham drehte sich um und schaute dem Mann, der neben Tess saß, in das zerklüftete Gesicht.

»Sie haben Chief Farley angerufen«, fuhr der Mann fort. »Warum?«

Chatham hatte die Orientierung verloren. Zuerst der Mann mit dem unauffälligen Gesicht auf dem Vordersitz, jetzt dieses zerklüftete Gesicht da hinten. »Sind Sie Lieutenant Craig?«

»Beantworten Sie meine Frage.« Die Stimme des kräftig gebauten Mannes klang heiser. »Wenn Sie nicht wußten, daß Tess und ich mit Chief Farley Kontakt aufnehmen würden, warum haben Sie ihn dann angerufen?«

»Weil ich es versprochen hatte.«

Tess beugte sich auf einmal ganz zu ihm herüber, ihre kräftigen Finger umklammerten seinen Arm. »Versprochen? Wem?«

»Kenneth Madden.«

»Madden?« Die Stimme des Mannes auf dem Beifahrersitz klang schroff. »Von der CIA?«

Chatham wandte sich wieder nach vorne, in seinem Kopf drehte sich alles. »Ja. Der Leiter der Abteilung Geheimoperationen.«

»Was hat *der* damit zu tun? Warum sollte Madden Sie gebeten haben, die Polizei in Alexandria anzurufen?«

»Weil die CIA nicht für inneramerikanische Angelegenheiten zuständig ist. Es war unkomplizierter und hat weniger Fragen aufgeworfen, daß das FBI den Kontakt mit der örtlichen Polizei herstellte.«

»Warum?« wollte der etwas ungehobelte Mann neben Tess wissen.

»Es hat etwas mit Selbstwertgefühl zu tun. Die Polizei hat es nicht gerne, wenn wir uns in eine Angelegenheit mischen, die nicht automatisch in unsere Zuständigkeit fällt. Aber noch weniger gerne hätte die Polizei in Alexandria es gehabt, wenn die CIA sich da reingedrängt hätte. Das hätte mit Sicherheit größten Unmut ausgelöst, von den vielen bösen Telefongesprächen gar nicht zu reden. Mir scheint«, rasch huschte Chathams Blick von dem grobschrötigen Lieutenant zu Tess, die neben ihm saß, »daß Sie noch gar nicht begriffen haben, wie sehr sich die ehemaligen Freunde Ihres Vaters um Sie sorgen. Sie sind entsetzt über den Tod Ihrer Mutter. Und jetzt fürchten sie, daß Sie sich in Gefahr befinden könnten. Also haben sie sich des Systems bedient. Sie haben mich gebeten, Kontakt mit der Polizei von Alexandria aufzunehmen, mit der Exekutivbehörde, die Sie logischerweise um Schutz gebeten hätten. Aber die Freunde Ihres Vaters wollten Ihnen größeren Schutz zukommen lassen.«

»Und als ›Freunde‹ bezeichnen Sie auch die CIA und Kenneth Madden?« Die feste Stimme des Mannes auf dem Beifahrersitz ließ Chatham wieder herumfahren.

»Richtig«, antwortete er. »Aber was Sie nicht wissen können: Der Befehl, sie zu schützen, kommt von einer

Stelle weit jenseits der Machtbereiche des FBI und der CIA. Einer wesentlich höheren Stelle.«

»Von wo?«

»Direkt aus dem Weißen Haus.«

Jetzt redete wieder Tess, und Chatham drehte sich rasch zu ihr um.

»Sie wollen mir also weismachen«, Tess schloß ihre Finger noch fester um seinen Arm, »daß der Präsident persönlich weiß, daß ich in Gefahr bin und daß er mich schützen will?«

»Nein. Der Vizepräsident.«

»Alan Gerrard?« Der stämmige Mann neben Tess wirkte konsterniert.

»Ja, ich weiß schon, was die Kolumnisten über ihn schreiben«, sagte Chatham. »Aber er kümmert sich wenigstens. Er hat Madden beauftragt, sich mit mir in Verbindung zu setzen, und Madden hat mich gebeten, Chief Farley anzurufen. Es macht mich nicht glücklich, mit der CIA zusammenarbeiten zu müssen. Ihr Mandat liegt im Ausland, unseres hier zu Hause, und ich halte es für wichtig, diese Zuständigkeiten sauber zu trennen. Aber wenn ich einen Befehl vom Vizepräsidenten erhalte, dann tue ich mein Bestes, ihn auszuführen, solange mich das nicht in Konflikt mit bestehenden Gesetzen bringt. Mein eigentlicher Auftrag ist es, Tess zu sagen, daß sie Madden anrufen soll.«

»Und Madden behauptet, sie schützen zu wollen?« fragte der Mann auf dem Vordersitz.

»Nein. Madden ist nur eine Zwischenstation. Es ist der Vizepräsident, der sie schützen will. Und ich nehme an, das bedeutet, daß er sich dazu des Geheimdienstes bedienen will.«

Tess schüttelte den Kopf. »Warum sollte er ein solches Interesse an mir haben?«

»Habe ich Ihnen doch gesagt. Wegen Ihres Vaters. Wie so viele Männer in der Regierung fühlte auch er sich Ihrem Vater verbunden, und Gerrard will, daß die Regierung ihre Schulden zurückzahlt – für seine Tapferkeit, seine Weigerung, selbst unter der Folter zu reden –, indem sie für Ihre Sicherheit sorgt.«

Während der Lieferwagen über die Grenze nach Virginia zurückfuhr, dachten seine Insassen schweigend über das nach, was Chatham gerade erklärt hatte. Auf der Gegenfahrbahn flitzten die Lichter der Scheinwerfer vorbei.

Chatham brach als erster das Schweigen. »Wer sind diese Ketzer, von denen Sie ständig reden?«

Tess warf dem Mann auf dem Vordersitz einen Blick zu und zog dabei die Augenbrauen fragend in die Höhe, als suche sie um seine Einwilligung nach.

Der Mann nickte. »Sie kennen die Einschränkungen.«

Tess seufzte. »Eric, ich hoffe, Sie sind für Überraschungen offen.«

»Nach so vielen Jahren als Leiter des FBI wirft mich so schnell nichts mehr um. Nur zu, stellen Sie mich auf die Probe.«

»Im Jahre 1244 . . .«

Es dauerte etwa eine halbe Stunde. Chatham hörte zu, ohne zu unterbrechen. Zum Schluß benutzte er noch einmal die Taschenlampe, um das Foto von dem Relief zu studieren. »Und das ist alles? Die ganze Geschichte?«

»Nicht die ganze«, sagte der Mann auf dem Vordersitz. »Aber es ist alles, was Sie wissen müssen.«

»Ich nehme an, der Rest betrifft *Sie* und Ihr Engagement in der Sache.«

»Nehmen Sie am besten gar nichts an. Was Sie bereits wissen, reicht allemal aus, um Sie in Gefahr zu bringen. Wenn Sie mehr wüßten, würde es das Risiko für Sie nur unnötig erhöhen. Was beabsichtigen Sie jetzt zu tun?«

»Um ehrlich zu sein, wenn ich diese Fotos nicht gesehen hätte . . . und wenn es nicht Tess persönlich gewesen wäre, die mir das alles erzählt hat . . .«

»Es ist alles wahr, Eric. Jedes Wort.« Tess schaute ihm eindringlich in die Augen.

»Aber etwas daran ist abscheulich . . . Ich werde der Sache wohl auf den Grund gehen müssen.«

»Das heißt, Sie wollen eine Untersuchung einleiten.«

»Ganz sicher.«

»Ich hoffe, Sie gehen dabei diskret vor«, sagte der Mann auf dem Vordersitz. »Machen Sie es selber. Vertrauen Sie niemandem. Die Schädlinge verstecken sich dort, wo man sie am wenigsten vermutet. Denken Sie an Brian Hamilton. Wenn Sie nicht aufpassen, sind Sie das nächste Opfer.«

»Sie können mir vertrauen. Ich war nicht immer ein Bürokrat«, sagte Chatham stolz. »Dreizehn Jahre lang, bevor ich ein Bürohengst wurde, war ich ein verdammt guter Agent. Ich habe nicht vergessen, wie man eine verdeckte Ermittlung durchführt.«

»Dann tun Sie es«, sagte der Mann auf dem Vordersitz. »Beweisen Sie, wie gut Sie sind.«

»Wie kann ich Kontakt zu Ihnen aufnehmen? Wie teile ich Ihnen mit, was ich erfahren habe?«

»Kein Problem. *Wir* werden Verbindung zu *Ihnen* aufnehmen.«

»Und das ganz sicher auf professionelle Weise. Aber ich weiß immer noch nicht, wieso ich Ihnen vertrauen sollte«, sagte Chatham.

»Wegen Remington Drake, Melinda Drake, Brian Hamilton und Tess.«

»Sicher. Wegen Tess. Wegen der Lebenden.«

»Wir werden Maddens Telefonnummer brauchen.«

»Hier. Auf dieser Karte steht seine Privatnummer.« Chatham runzelte die Stirn. »Aber es fällt mir noch immer schwer zu begreifen, was das alles bedeutet. Wenn Sie die Wahrheit sagen, wenn das alles kein böser Traum ist, dann bedeutet es doch, daß Madden und Gerrard, der Leiter der Geheimoperationen der CIA und der Stellvertreter des Präsidenten der Vereinigten Staaten, Teil dieses Komplotts sein könnten.«

»Ich habe Ihnen doch gesagt, die Schädlinge verstecken sich dort, wo man sie am wenigsten vermutet.« Der Mann auf dem Vordersitz warf einen Blick durch die Windschutzscheibe. »Wie ich sehe, ist unser Timing perfekt. Unser Geschäft ist beendet, und wir haben Ihr Haus erreicht. Ihr Auto ist übrigens vom Parkplatz beim Lincoln Memorial abgeholt worden. Sie werden es vor Ihrer Garage finden.«

»Und ich möchte beinahe wetten, daß der Mann, der es abgeholt hat, mir ähnlich sieht.«

»Genau. Er ist in aller Ruhe um ihr Haus herumgegangen und durch den Garten verschwunden.«

»Ich wünschte, Sie würden für mich arbeiten«, meinte Chatham.

»Seien Sie zufrieden, daß ich *mit* Ihnen arbeite.«

Nachdem der Lieferwagen angehalten hatte, öffnete der Mann, der Chatham von der Gedenkstätte abgeholt hatte, die seitliche Ladetür, stieg aus und forderte den Direktor des FBI mit einer Handbewegung auf, den Wagen zu verlassen.

»Nun, ich kann nicht gerade sagen, daß der Ausflug mir Spaß gemacht hat«, sagte Chatham, »aber so beunruhigend er war, so informativ war er auch.«

»Wir hatten eigentlich gehofft, Sie nicht nur zu beunruhigen, sondern . . .« Der Mann auf dem Beifahrersitz zögerte.

»Mir Angst einzujagen?«

»Ja.«

»Wenn das so ist«, gestand Chatham ein, »haben Sie Ihre Absicht zweifellos erreicht.«

3

Als der Lieferwagen vom dunklen Randstein wegfuhr, als Tess, Craig und die Mitglieder von Pater Baldwins Mannschaft Chatham nachschauten, wie er an seinem Wagen auf der Auffahrt vorbeiging und sein großes, prachtvolles Haus betrat, fragte Pater Baldwin: »Ist er einer von ihnen?«

»Schwer zu sagen«, meinte Craig. »Ich hab' ihn mir sehr genau angesehen. Er hat keine grauen Augen.«

»Das bedeutet gar nichts«, erwiderte Pater Baldwin. »Nicht alle Schädlinge weisen dieses Merkmal auf. Und außerdem tragen sie manchmal gefärbte Kontaktlinsen, um die Farbe ihrer Iris zu verdecken.«

»Ich habe mir Chatham auch sehr genau angesehen«, meldete Tess sich zu Wort. »Er hat so reagiert, wie man es erwarten konnte. Er kam mir glaubwürdig vor.«

»Natürlich«, sagte Pater Baldwin. »Ein echter Profi erscheint immer glaubwürdig. Davon gehe ich aus. Ich weiß nicht, ob ich ihm vertrauen soll. Deshalb haben wir auch während seiner Abwesenheit das Telefon angezapft und Wanzen in seinem Haus und seinem Büro installiert. Er brüstet sich damit, daß seine Sicherheitsmaßnahmen jeden Morgen überprüft werden, aber diese Vorkehrungen werden gegen unsere Techniken kaum ausreichen. Von diesem Augenblick an wird jedes seiner Worte mitgehört. Wir lassen ihm die raffinierteste Überwachung angedeihen, die man sich vorstellen kann. Und wenn er ein falsches Telefongespräch führt, eine falsche Person trifft, wenn er nur ein falsches Wort sagt, dann wissen wir, daß er zu den Schädlingen gehört.«

»Aber ich glaube nicht, daß er zu ihnen gehört«, sagte Tess.

»Das wird sich herausstellen«, erwiderte Pater Baldwin. »Und was sich ebenfalls herausstellen wird, ist der Status von Kenneth Madden und Alan Gerrard. Wir steigen in immer höhere Gefilde auf. Vielleicht sind diese beiden, die zweithöchsten Beamten der CIA beziehungsweise des Weißen Hauses, ebenso gutwillig, wie Sie es gerne von Chatham glauben wollen. Aber die Schädlinge strömen einen Geruch aus, und meine Nase fühlt sich bereits belästigt. Der Geruch ist sehr stark. Und jetzt rufen Sie endlich an.«

»Madden?«

»Ja. Gehen Sie nach dem Plan vor, den wir Ihnen mitgeteilt haben. Lassen Sie uns die bürokratische Leiter nach oben steigen. Irgendwann müssen wir dabei auf die Schädlinge stoßen.«

»Ich will nur am Leben bleiben«, sagte Tess. »Ich bin nicht sicher, daß ich unbedingt das Risiko eingehen will ...«

»Vergessen Sie nicht, daß die Schädlinge Sie töten werden, wenn Sie uns nicht dabei helfen, die Bande auszumerzen.«

»Aber wenn ich jetzt anrufe und zu Madden durchdringe, vielleicht sogar zum Vizepräsidenten, dann bin ich doch immer noch in Gefahr.«

»Aber Craig und ich sind bei Ihnen«, erwiderte Pater Baldwin. »Und vergessen Sie nicht die Zielpeilungsgeräte und Mikrofone in den Absätzen der Schuhe, die wir Ihnen gegeben haben. Meine Mitarbeiter werden immer wissen, wo Sie stecken und ob Sie sich in Gefahr befinden.«

»Ein schöner Trost, Ihre Männer in der Nähe zu wissen, wenn man getötet wird.«

»Tess, ohne uns wäre Ihr Tod längst beschlossene Sache. Mit uns haben Sie immer noch die Chance, den Rest Ihres Lebens mit Lieutenant Craig zusammen verbringen zu können.«

»Das ist für mich Motiv genug«, sagte Craig. »Komm, Tess, wir dürfen jetzt nicht aufgeben. Laß uns gegen die Dreckskerle kämpfen, solange sie uns jagen, und wenn wir scheitern, dann haben wir wenigstens getan, was wir konnten. Wir haben keine andere Wahl.«

»Aber ich habe solche Angst.«

»Ich weiß. Ich hab' auch Angst, das kannst du mir glauben.«

Craig nahm sie in seine Arme.

»Rufen Sie an«, sagte Pater Baldwin. »Zuerst Madden und dann ...«

4

Luftwaffenstützpunkt Andrews

Ein Uhr nachts. Beinahe blind vom grellen Licht der Scheinwerfer, bremsten Craig und Tess ihr in aller Eile gemietetes Auto vor dem schwerbewachten Tor im hohen, von Stacheldraht gekrönten Eisengitterzaun des Militärflughafens.

Ein breitschultriger Wachposten reagierte sofort, ohne auf seine Checkliste schauen zu müssen, als Tess und Craig ihre Namen nannten. »Man wartet bereits auf Sie. Ausweis«, verlangte er, um dann mit steifer Höflichkeit hinzuzufügen: »Bitte.«

Tess und Craig zeigten ihm ihre Führerscheine.

Der Wachposten studierte die Ausweise, verglich die Gesichter der beiden mit den Fotos und erklärte ihnen den Weg zum VIP-Gebäude des Stützpunktes.

Während Tess unter der sich hebenden Eisenbarriere hindurchfuhr, hörten sie und Craig das Dröhnen eines Düsenjägers, der gerade hinter einer Reihe von Dienstgebäuden startete, von deren Dächern weitere Scheinwerfer herabstrahlten.

»Pater Baldwin hat gelogen«, sagte Tess. »Er hatte uns versprochen, bei uns zu bleiben.«

»Was blieb ihm anderes übrig?« Craig machte eine resignierende Handbewegung. »Baldwin konnte nicht mitkommen, nicht, nachdem Madden dich aufgefordert hatte, dich hier in Andrews mit dem Vizepräsidenten zu treffen. Mit mir arbeitest du nun schon so lange zusammen, daß ich kein Mißtrauen mehr errege. Aber wenn wir jetzt einen Fremden mitbringen würden, eine dritte Partei, mit der niemand rechnet, dann sieht es gleich wie eine abgekartete Sache aus. Wir könnten Pater Baldwins Anwesenheit nicht erklären. Er würde einer Überprüfung nicht standhalten. Und sollte Gerrard dein Feind sein, dann würde er gleich merken, daß wir ihn in Verdacht haben. Und wir hätten uns selber in die Falle gesetzt.«

»Willst du damit sagen, daß wir jetzt *nicht* in der Falle

sitzen?« Tess fuhr nervös auf das eindrucksvoll beleuchtete VIP-Gebäude zu. »Pater Baldwins Männer können beim besten Willen nicht in dieses Gelände eindringen, wenn wir Hilfe brauchen.«

»Bei so vielen Wachposten um uns herum wird schon nichts passieren. Jedenfalls nicht hier. Nicht jetzt.«

»Du *vertraust* den Wachposten?«

»Sie arbeiten für die Air Force, nicht für Gerrard persönlich. Das können doch nicht alles Feinde sein.«

»Aber was wird später?« Tess erschauerte. »Was tun wir hier? Warum hat Madden uns zu diesem Flugplatz bestellt? Was ist, wenn Gerrard uns in eines der Düsenflugzeuge setzt?«

Craig dachte über diese Möglichkeit nach. »Wir wissen nicht sicher, daß Gerrard dich töten will. Oder Madden. Wir tun nichts anderes, als uns an die Reihenfolge zu halten, die man uns gegeben hat. Von Chatham zu Madden zu . . .«

»Gerrard. Hört sich an wie 'n verfluchtes Baseballteam.«

»Versuch einfach, ruhig zu bleiben.«

»He, ich bin's nicht so gewöhnt wie du, mein Leben zu riskieren.«

»Gewöhnt? Als ich damals in einem Streifenwagen in der Bronx angefangen habe, konnte ich mich nicht daran gewöhnen. Und nicht einmal im Vermißtendezernat habe ich mich daran gewöhnt. Jeden Tag bin ich in dem Wissen aufgewacht, daß hinter irgendeiner Tür, an die ich klopfe, ein Verrückter mit einer Kanone stehen kann.«

»Nun, jetzt haben wir reichlich Kanonen um uns herum.«

Tess bremste den gemieteten Plymouth, als ihr vor dem VIP-Gebäude ein paar Wachen mit erhobenen Händen entgegentraten.

»Ihre Namen, bitte«, sagte einer der Männer.

Tess und Craig wiederholten das Ritual.

»Ausweise.«

Sie gehorchten.

»Steigen Sie bitte aus.«

Die Wachposten hatten tragbare Metalldetektoren, um sie abzutasten. Als einer der Detektoren aufheulte, schoß der Mann ein paar aggressive Blicke auf Craig ab.

»Ich bin Beamter des New Yorker Police Department«, sagte Craig. »Ich trage meinen Dienstrevolver.«

»Jetzt tragen Sie ihn nicht mehr.« Der Wachposten zog die Waffe aus dem Halfter an Craigs Gürtel.

Tess, die keinen Waffenschein besaß, hatte ihre Pistole widerstrebend bei Pater Baldwin zurückgelassen. Sie fühlte sich wehrlos und verwundbar.

Weil die Durchsuchung sie abgelenkt hatte, war ihr der Mann in dem teuren, maßgeschneiderten Anzug gar nicht aufgefallen, der plötzlich, wie aus dem Nichts kommend, zu ihnen getreten war. Er war ungefähr Mitte Dreißig, hochgewachsen, hatte kurz geschnittenes, braunes Haar und ein freundliches Gesicht mit fröhlichen Augen und einem gewinnenden Lächeln. »Miß Drake, Lieutenant Craig, ich heiße Sie willkommen.« Er gab ihnen die Hand. »Ich bin Hugh Kelly, der Assistent des Vizepräsidenten. Sie sind gerade rechtzeitig eingetroffen. Der Vizepräsident erwartet Sie.«

Kellys vertrauenerweckendes Auftreten beruhigte Tess etwas. Nach dem Chaos, durch das man sie gejagt hatte, kam er ihr auf einmal so normal vor, so herzlich, daß sie sich bereits zu fragen begann, ob es recht von ihr war, Gerrard als eine Bedrohung anzusehen. Gleichzeitig wunderte sie sich über Kellys Bemerkung, sie seien ›gerade rechtzeitig‹ eingetroffen.

»Bitte, kommen Sie mit mir«, sagte er.

Tess hatte erwartet, daß er sie in das VIP-Gebäude bringen würde. Statt dessen führte er sie auf das asphaltierte Flugfeld, und nach ein paar Schritten blinzelte Tess nach vorne in die Tageshelle unter den Flutlichtscheinwerfern und entdeckte dort etwas, das sie abrupt stehenbleiben ließ.

»Mein Gott«, hauchte sie.

»Eindrucksvoll, nicht wahr?« sagte Kelly. »Seit 1986 ist

das Ding bestellt. Die ewigen Verzögerungen waren ein Ärgernis, die Kostensteigerung ein politischer Skandal, von zweihundertfünfundsechzig Millionen auf sechshundertfünfzig Millionen, aber da steht sie endlich, und ich muß sagen, trotz allen Ärgers hat das Warten sich gelohnt.«

Worauf Tess geradezu überwältigt starrte, war ein sechs Stockwerke hohes Flugzeug, so lang, daß ein Footballfeld klein dagegen ausgesehen hätte – die riesigste 747, die sie jemals gesehen hatte. Ihre Silhouette (einschließlich des Höckers auf der Nase) vermittelte den Eindruck von Kraft und Eleganz. Auf das hintere Ruder war eine große, amerikanische Flagge gemalt, und auf der Seite prangte in großen Buchstaben der Schriftzug UNITED STATES OF AMERICA. Die Maschine war vorwiegend in Weiß gehalten, dem man rote und blaue Glanzlichter aufgesetzt hatte.

»Ich hab' noch nie ...« Tess war so von Ehrfurcht ergriffen, daß ihr einen Moment lang die Stimme versagte. »Selbst als mein Vater noch lebte, hab' ich niemals ... Im Fernsehen, ja, und in Zeitungen oder Illustrierten. Aber niemals richtig. Und von so nah ... es ist kaum zu glauben. Es raubt mir den Atem.« Ehrfürchtig sprach sie die Worte aus: »Air Force One.«

»Air Force Two, um genau zu sein«, korrigierte sie Kelly. »Aber man kann die beiden nicht auseinanderhalten. Die Fotos, die Sie gesehen haben, stammten natürlich von der älteren Maschine. Der 707. Sie mußte zurückgezogen werden, weil das Modell ausgelaufen war und Ersatzteile nur schwer zu finden waren. Es war ein fantastisches Flugzeug, und ich hab's bedauert, daß sie außer Dienst gestellt wurde. Aber trotzdem hielt der Vogel keinen Vergleich mit diesem neuen und seinem Gegenstück aus. Boeing hat sich selbst übertroffen. Dies ist sicher eines der schönsten Passagierflugzeuge auf der ganzen Welt, wenn nicht gar *das* schönste. Sie werden mich verstehen, wenn Sie erst an Bord sind.«

»An Bord?« fragte Craig verwundert.

»Hat man es Ihnen nicht erzählt?« Kellys Antwort klang nicht weniger verwundert.

»Unsere einzige Anweisung lautete, so schnell wie möglich zum Andrews-Luftwaffenstützpunkt zu kommen.«

»Ich hab' mich schon gewundert, daß Sie kein Gepäck mitgebracht haben. Keine Sorge. Es wird Ihnen an nichts fehlen. Wir haben jede Menge Reisesets – Zahnbürsten, Shampoo, Rasierapparate.« Kelly warf einen höflichen Blick auf Tess. »Auch persönlichere Dinge. Und eine Badewanne mit Dusche. Was immer Sie brauchen.«

»Aber . . .« Tess zögerte. Sie dachte an den Minisender, der in ihren Schuh eingebaut war, und wußte, daß Pater Baldwin jetzt zuhörte und ebenso ungeduldig der Antwort auf ihre Frage harrte wie sie selbst. »Wohin fliegen wir denn?«

»Nach Spanien.«

Bei dem Wort wurde es Tess schwindlig.

Spanien. Dorthin waren laut Pater Baldwin die Ketzer aus Frankreich geflohen, dort hatten sie eine neue Heimat gefunden, nachdem die Festung Montségur im Jahre 1244 angegriffen worden war.

Spanien! Bedeutete es, daß Gerrard tatsächlich ihr Feind war?

Oder war das Ziel des Flugs reiner Zufall?

Tess fühlte sich wie erstarrt. Aber dann nahm sie sich zusammen, auch wenn sie sich instinktiv am liebsten umgedreht und weggelaufen wäre.

Aber wohin?

Und *wie*? Die Wachposten würden sie aufhalten. Sie würde es nie und nimmer bis hinter den Zaun schaffen.

Sie wurde nervös.

»Stimmt etwas nicht?« fragte Kelly.

»Nein.« Tess versuchte, ungezwungen zu erscheinen. »Ich bin nur etwas überrascht, weiter nichts. Es passiert alles so schnell. Vor zwei Stunden hatte ich noch keine Ahnung, daß ich hierherkommen würde, und jetzt sagen Sie mir, daß ich nach Spanien fliege.«

»Ich verstehe, daß Sie überrascht sind«, sagte Kelly. »Bis kurz nach Mitternacht wußte ich auch noch nicht, daß wir Besuch kriegen würden.« Er schaute auf seine goldene Rolex. »Wir müssen uns beeilen. In zehn Minuten werden wir uns in der Luft befinden.«

Tess drehte sich zu Craig um. Ihr Gesicht war ruhig, aber sie wußte genau, daß die Panik ihr aus den Augen sprach.

Craig drückte ihre Hand. Sein Blick wollte ihr sagen: Wir sitzen fest. Irgendwie müssen wir da durch.

Kelly machte eine Handbewegung und führte sie auf den hellerleuchteten Jet zu.

Sie erreichten die riesige Gangway auf Rädern.

Tess stieg hinauf, sie zählte sechsundzwanzig Stufen und trat durch ein offenes Luk hinter einer der beiden riesigen, in Pfeilstellung angeordneten Tragflächen.

Drinnen wurde ihr klar, daß es kein Zurück mehr gab. Ihr Puls raste.

Unten auf dem Asphalt zogen Arbeiter der Luftwaffe die Gangway zurück. Ein uniformierter Flugbegleiter zog das Luk zu und sicherte es.

Sie war gefangen in Air Force Two.

5

Als sie sich umschaute, fiel Tess als erstes auf, daß die Breite der Kabine durch ihre reduzierte Länge noch betont wurde. Vorne und hinten war der Raum durch Schotts begrenzt, in denen sich Türen befanden. Die Sitze – sie zählte etwa siebzig – ähnelten den Sitzgelegenheiten der ersten Klasse, nur sahen sie noch größer und noch bequemer aus, und die Gänge schienen Tess breiter als üblich zu sein. Vorne und hinten, neben den Türen in den Schotts, waren mehrere Telefone montiert.

Hier müssen sich die Leute von der Presse und das Team des Präsidenten – in diesem Fall des Vizepräsidenten – aufhalten, dachte Tess. Sie wunderte sich, daß die Kabine leer war, abgesehen von dem uniformierten Stewart.

»Wir werden sehr bald abheben«, sagte der Steward, »aber ich denke, Ihnen bleibt noch Zeit für ein Gläschen Champagner.«

»Mineralwasser wäre mir lieber«, meinte Tess.

»Mir auch«, fügte Craig hinzu.

»Was servieren Sie?« fragte Kelly den Steward.

»Dom Pérignon.«

»Ich möchte ein Glas.«

»Sehr wohl, Sir.«

»Inzwischen sollte ich den Vizepräsidenten davon in Kenntnis setzen, daß seine Gäste eingetroffen sind«, sagte Kelly. Er ging zum vorderen Teil der Kabine, klopfte an die Tür und wartete.

Nach einer diskreten Pause klopfte er ein zweites Mal.

Die Tür öffnete sich.

»Sir, Sie sind hier«, sagte Kelly.

»Ausgezeichnet«, antwortete eine sonore Stimme. Sofort flog die Tür ganz auf.

Alan Gerrard trat hindurch.

Tess hatte Gerrard des öfteren bei Empfängen im Haus ihrer Eltern gesehen und manchmal auch bei weniger förmlichen Anlässen, aber als Vizepräsident war er ihr noch nicht gegenübergetreten.

Er näherte sich ihr lächelnd. Der Mann sah immer noch gleich aus – perfekt gebräunter Teint, leuchtendweiße Zähne, fotogenes Gesicht und prachtvolles Haar. Der einzige Unterschied: Nach diesen sechs Jahren sah er verantwortungsbewußter aus, weiser, reifer, und das trotz seines Rufs, sich mehr für Tennis als für Politik zu interessieren.

Egal. Unabhängig von dem Verdacht, den sie gegen ihn hegte, konnte sie sich dieser Aura von Prominenz, die ihn umgab, nicht entziehen. Der Vizepräsident. Dieses Wort war mit einem Zauber verbunden, und beinahe wäre sie seinem Einfluß erlegen.

Aber sie erlag ihm nicht.

Sie durfte nicht vergessen, daß dieser Mann mit größter Wahrscheinlichkeit ihr Todfeind war.

Gerrard trug lockere, aber teure Kleidung – handgenähte Slipper, sorgfältigst gebügelte Leinenhosen, ein maßgefertigtes Sea-Island-Baumwollhemd, alles in Grün und Braun gehalten. Beim Näherkommen streckte er die Arme aus. »Tess.« Er umarmte sie, küßte sie auf die Wange und legte sowohl Zuneigung als auch Mitgefühl in diesen Kuß.

»Ihre Mutter.« Er schüttelte den Kopf. »Sie ist ein großer Verlust für jeden von uns, für jeden Politiker, mich eingeschlossen, der jemals ihre großzügige Gastfreundschaft genießen durfte. Aber vor allem ist es natürlich ein Verlust für Sie. Sie wird zu einer Legende von Kraft und Großzügigkeit werden, in einer abgestumpften Gemeinschaft, die auf solche Beispiele von außerordentlicher Größe nicht verzichten kann, wenn sie auf den rechten Weg zurückfinden will.«

Tess trat einen Schritt zurück und rieb sich die brennenden Augen. Sie kam zu dem Schluß, daß es am wenigsten Verdacht erregen würde, wenn sie ihn einfach so behandelte, wie sie es vor dem Tod ihres Vaters getan hatte. »Danke, Alan, aber finden Sie Ihren Wortschwall nicht etwas übertrieben? Sie befinden sich doch nicht im Wahlkampf. Ihr Mitgefühl tut mir gut. Wirklich. Aber ein einfaches, offenes ›Es tut mir leid, Tess‹ hätte es auch getan.«

Gerrard betrachtete sie aufmerksam, offensichtlich nicht an derartige Respektlosigkeiten gewöhnt. Und dann blitzte es in seinen Augen auf – in seinen blauen Augen, wie Tess bemerkte, auch wenn ein paar rote Streifen im rechten auf eine leichte Reizung hinwiesen. »Gut. Es tut gut zu sehen, daß sich Ihr Charakter nicht geändert hat«, sagte er. »Immer noch so frei heraus wie früher.«

»Ich fürchte, ich kann nichts dagegen machen. Ich hab's von meinen Eltern geerbt.«

»Und Gott sei ihrer Seelen gnädig. Wir vermissen sie sehr. Lieutenant Craig, wie ich erfahren habe, waren Sie Tess eine enorme Hilfe. Seien Sie uns willkommen.«

»Ich danke Ihnen.«

Der uniformierte Steward brachte Tess und Craig ein Glas Mineralwasser und einen Dom Pérignon für Kelly.

Gerrard wirkte etwas unruhig, während sie tranken. »Nun.« Er rieb sich die Hände. »Bevor ich Ihnen alles erkläre, bevor wir angeschnallt in unseren Sesseln sitzen, könnte ich Ihnen den Rest des Flugzeugs zeigen. Ich bin sehr stolz darauf.«

Tess hatte ganz andere Sorgen, aber sie stimmte zu. »Gehen Sie voran, Alan.«

Sie hoffte, daß ihre Stimme nicht zitterte.

»Es ist mir eine Ehre und ein Vergnügen.«

Mit geradezu huldvollen Bewegungen ging Gerrard auf das vordere Schott zu und zeigte ihnen seinen Bereich. Trotz ihrer Angst war Tess beeindruckt von der luxuriösen Einrichtung: Automatische Vorhänge vor den Fenstern, ein Waschraum mit Duschkabine, Kommode, Wandschränken, ein Doppelbett, eine Fernsehanlage, auf der man acht Kanäle gleichzeitig empfangen konnte, einschließlich der Bilder von den Kontrollkameras an Bord der Maschine ... und zwei ungewöhnliche Haken unter der Decke im Schlafzimmer.

Tess warf einen fragenden Blick auf diese Haken.

»Die Dinger. Ja, die lassen mich manche Nacht nicht schlafen«, sagte Gerrard. »Ihre tiefere Bedeutung, meine ich. Ich denke nicht gerne darüber nach. Es sind Haken für intravenöse Schläuche. Für den Fall, daß ich – um es dezent auszudrücken – verletzt werden sollte. Dieses Flugzeug verfügt über ein Minilazarett.« Er machte eine feierliche Pause. »Und Platz für einen Sarg gibt es auch.« Seine Miene hellte sich auf. »Wir wollen jetzt nicht morbid werden. Es gibt ja noch angenehmere Dinge zu besichtigen.«

Er führte sie zurück durch die Hauptkabine auf die Tür zum hinteren Schott zu, und als sie sie passiert hatten, war Tess noch mehr beeindruckt.

Sie hatte sich schon gefragt, warum die Sitze in der Hauptkabine nicht besetzt waren. Jetzt verstand sie es. In einem Raum, der aussah wie das Konferenzzimmer einer großen Gesellschaft, saßen etwa ein Dutzend Männer in gepolsterten Sesseln mit hohen Rückenlehnen um einen großen, rechteckigen Tisch herum.

Agenten des Secret Service, wie Gerrard ihnen erklärte. Sie waren gerade damit beschäftigt, noch einmal die Taktik durchzugehen, mit der sie nach der Ankunft in Spanien den Vizepräsidenten zu schützen gedachten. Telefone und Computer gestatteten es ihnen, ihre Pläne mit dem spanischen Geheimdienst abzustimmen.

Spanien. Wieder zitterte Tess bei diesem Wort. Sie mußte alle Kraft aufbieten, um sich ihre Angst nicht anmerken zu lassen.

In einem weiteren Raum sah sie noch ein Dutzend Männer, Assistenten des Vizepräsidenten, mit noch mehr Telefonen und Computern samt Druckern, die damit beschäftigt waren, Ansprachen aufzupolieren, Reisepläne zu überprüfen und Presseverlautbarungen vorzubereiten. Neben dem einen Schott stand eine Wand mit Monitoren.

Gerrard ließ seine Leute weiterarbeiten und führte Tess, Craig und Kelly zurück in die Hauptkabine. »Es gäbe noch mehr. *Viel* mehr«, sagte er. »Einen Presseraum, auch wenn auf dieser Reise keine Reporter zugelassen sind. Zwei Kombüsen mit Drei-Sterne-Köchen, die uns Forelle in Mandelsoße servieren könnten, oder worauf wir sonst Appetit hätten. Genug Vorräte für eine Woche. Ein Raketenabwehrsystem. Ein Strahlenschild zum Schutz der elektronischen Einrichtungen nach einer eventuellen Atomexplosion. Vierundachtzig Telefone. Siebenundfünfzig Antennen. Ein Sechs-Kanal-Stereosystem. Zweihundertachtunddreißig Meilen Kabel. Dreiundzwanzig Mann Besatzung. Ihre Unterkünfte befinden sich über unseren Köpfen. Hier. Ich weiß, daß Tess nicht raucht, und meine Ermittlungsbeamten haben herausgefunden, daß Sie, Lieutenant Craig, sich klugerweise entschlossen haben, das Rauchen aufzugeben, obwohl man die Ablagerungen in Ihren Lungen noch mit bloßem Ohr hören kann. Aber warum nehmen Sie es nicht als Souvenir?«

Tess nahm das Päckchen Streichhölzer entgegen und starrte auf das Etikett. AN BORD VON AIR FORCE TWO. Und außerdem erhielt sie noch Servietten, einen Notizblock und Spielkarten mit demselben Aufdruck.

»Ich weiß nicht, was ich sagen soll.« Craig schüttelte den Kopf, ganz offensichtlich in ehrlicher Dankbarkeit. »Ich fühle mich geehrt. Ich hatte noch nie etwas für das Sammeln von Souvenirs übrig, aber diese hier werde ich wie einen Schatz aufbewahren.« Er steckte sich die Präsente in die Tasche.

Im nächsten Moment aber nahm das plötzlich lauter werdende Kreischen der vier Düsenmotoren seine Aufmerksamkeit in Anspruch.

»Ich denke, es ist gleich soweit«, sagte Gerrard.

Ein Diener nahm ihnen die Gläser ab.

»Ich bitte um Ihre Aufmerksamkeit«, erklang eine Stimme aus den Lautsprechern. »Wir sind fertig zum Start. Ich bitte alle Passagiere, ihre Sitze einzunehmen.«

Zehn Sekunden später kamen die Geheimdienstleute wie auch Gerrards Assistenten durch die Tür, suchten sich jeder einen Platz und schnallten sich an.

Tess und Craig taten es ihnen nach.

»Normalerweise bleibe ich während des Starts in meiner Kabine, aber da ich Sie beide als Gäste an Bord habe ... Wenn Sie gestatten ...« Gerrard nahm neben ihnen Platz. Während ein Flugbegleiter die Notausgänge und den Gebrauch der Schwimmwesten erklärte, lehnte der Vizepräsident sich zu Tess hinüber.

»Natürlich sind Sie neugierig«, sagte er. »Sie wollen sicher endlich erfahren, warum Sie hier in dieser Maschine sitzen und nach Spanien unterwegs sind.«

Tess widerstand tapfer dem Gefühl im Magen, als Air Force Two auf dem Asphalt sanft zur Startbahn hinüberrollte. Sie wußte, daß der elektronische Schild um die Maschine Pater Baldwin daran hinderte, die Unterhaltung über den Minisender in ihrem Absatz mitzuhören. Aber sie mußte es trotzdem endlich wissen.

»Stimmt, Alan. Was tun wir hier eigentlich?«

Der Jet hatte die Startbahn erreicht, seine vier Triebwerke sammelten Schubkraft, dröhnten jetzt, statt zu kreischen, und trieben das Flugzeug mit einer solchen Wucht nach vorne, daß Tess in die Polster ihres Sessels gedrückt wurde.

Sofort hob die Nase sich in den dunklen Nachthimmel. Jetzt, während die 747 an Höhe gewann, richtete sich der Druck nach unten. Gleichzeitig hörte sie von unterhalb des Rumpfes der Maschine ein Surren und Poltern, als das Fahrwerk eingezogen wurde. Craig hatte den Fensterplatz, aber als Tess sich über ihn lehnte, konnte sie einen Blick nach draußen werfen. Erstaunlich schnell waren aus den Lichtern des Luftwaffenstützpunktes unter ihnen winzige Pünktchen geworden. Links und rechts flimmerten die Lichtermeere größerer Städte. Und dann hüllte die Nacht das Flugzeug ein.

»*Ich* bin hier und fliege nach Spanien, weil heute morgen der spanische Präsident gestorben ist«, sagte Gerrard. »Ein Herzanfall. Ein tragischer Verlust nicht nur für Spanien, sondern für die gesamte Europäische Gemeinschaft. Ich bin der offizielle Abgesandte der Vereinigten Staaten beim Begräbnis. Aber Sie und Lieutenant Craig sind hier, weil ich mir keinen sichereren Ort für Sie vorstellen könnte als dieses Flugzeug. Wenn Air Force Two sogar einen Atomkrieg überleben kann, dann müssen Sie beide sich wohl kaum Sorgen machen, daß Sie hier in meiner Gegenwart angegriffen werden könnten. Ich habe alle meine Geheimdienstleute angewiesen, dafür zu sorgen, daß Ihnen kein Haar gekrümmt wird. Bis wir diesen Schlamassel geordnet haben, ist Ihre Sicherheit garantiert.«

Die Logik war überzeugend. Wenn Tess dem Vizepräsidenten gegenüber nicht solch ambivalente Gefühle gehegt hätte, wenn sie nicht hätte befürchten müssen, daß er ihr Todfeind war, dann wären seine Worte Balsam auf die Wunden ihrer Angst gewesen. Theoretisch konnte sie sich unter den augenblicklichen Umständen absolut sicher fühlen, so sicher, wie überhaupt nur möglich.

»Da das Haus Ihrer Mutter letzte Nacht angegriffen wurde«, sagte Gerrard, »habe ich meine Ermittlungsbeamten Überstunden machen lassen. Und so habe ich vom Tod Ihres Freundes vergangenen Samstag in Manhattan erfahren. Verbrannt.« Er schüttelte angewidert den Kopf. »Ich habe auch erfahren, daß Sie und Lieutenant Craig versucht haben, die Ursache für seinen Tod herauszufinden.«

Nach kurzem Überlegen nickte Tess bestätigend mit dem Kopf.

Gerrard fuhr fort. »Sie sind gestern abend nach Washington geflogen, um Ihre Mutter zu besuchen. Das läßt mich vermuten, daß Sie die Verbindungen Ihres Vaters nutzen wollten, um Ihre Ermittlungen voranzutreiben, und das bringt mich zu der Annahme, daß der Angriff auf das Haus Ihrer Mutter und der Tod Ihres Freundes miteinander in Verbindung stehen und daß sie der gemeinsame Nenner sind. Und darüber hinaus glaube ich, daß Brian Hamiltons Tod etwas damit zu tun hat. Meine Leute haben von seiner Sekretärin erfahren, daß Sie Brian gestern in seinem Büro angerufen haben und daß er einen Empfang des sowjetischen Botschafters ausfallen ließ, um Ihrer Mutter – will heißen: Ihnen – einen Besuch abzustatten. Nachdem Sie mit Brian gesprochen hatten, wurde er bei einem Unfall auf dem Freeway getötet. Er war unterwegs zu einem Besuch beim Direktor des FBI. Ich weiß, daß Brian von seinem Auto aus anrief und um ein Treffen bat, denn der Direktor des FBI hat es Kenneth Madden heute nachmittag auf dem Friedhof in Arlington erzählt, und Madden hat diese Information später an *mich* weitergegeben. Und dann passierte schließlich heute nachmittag in Washington ein Angriff, der dem Angriff auf das Haus Ihrer Mutter beinahe in allen Einzelheiten glich. Die Besitzer des Hauses werden vermißt, aber der eine von ihnen, Professor Harding, war Ihr Lehrer für Kunstgeschichte an der Georgetown University. Wieder sind Sie der gemeinsame Nenner. Diese Zusammentreffen machen mir Sorgen. Waren Sie dort, Tess? Nein, weichen Sie meinem Blick nicht aus. Die Sache ist zu wichtig. Seien Sie ehrlich. Waren Sie heute nachmittag in Professor Hardings Haus?«

Langsam und widerstrebend nickte Tess wieder mit dem Kopf, während sie innerlich beim Gedanken an diesen Alptraum zusammenzuckte.

»Das Schema ist deutlich. Tess, um ganz offen mit Ihnen zu reden: Wer könnte so verzweifelt sein, daß er Sie töten will und alle Leute, die in letzter Zeit mit Ihnen geredet haben, gleich mit? Und warum? Es macht mich selbst ja schon ganz nervös, mit Ihnen zusammen zu sein.« Gerrards letzte Bemerkung war angesichts der Secret-Service-Leute offensichtlich etwas übertrieben. Und trotzdem. Der Vizepräsident schaute sie weiterhin sehr besorgt an.

»Ihre Ermittlungsbeamten leisten gründliche Arbeit, Alan.«

»Deshalb arbeiten Sie ja auch für mich. Sie sind die besten.«

»Dann haben sie vielleicht auch schon herausgefunden, warum ich in Gefahr bin.«

»Nein. Sonst müßte ich *Sie* ja nicht fragen. Sind es die Ketzer? Wollen die Sie umbringen?«

Tess spürte, wie ihre Wangen bleich wurden. »Die Ketzer...?«

Das hatte sie nicht erwartet.

Sie konnte nicht glauben...

Sie bemühte sich, regelmäßig zu atmen, aber sie brachte kein Wort hervor.

»Ihr Freund, der in Manhattan verbrannt wurde? Meine Ermittler haben eine gründliche Untersuchung seines Hintergrunds durchgeführt. *Er* war ein Ketzer«, sagte Gerrard. »Wir wissen seit einiger Zeit von diesen Leuten. Zuerst waren es bloß Gerüchte. Internationaler Klatsch. Aber dann bildete sich ein System heraus. Ungewöhnliche diplomatische Entscheidungen. Rätselhafte Veränderungen in der Politik ausländischer Staaten, vor allem in Europa. Morde. Überraschende Todesfälle ausländischer Diplomaten, zu denen vielleicht sogar der Tod des spanischen Präsidenten zu rechnen ist. Irgend etwas geht da vor. Wir wissen noch nicht, was es ist. Erpressung. Wahlen werden manipuliert. Politiker werden unter Druck gesetzt. Große Industrieunternehmen sind verunsichert, weil ihre leitenden Angestellten ermordet wurden. Die Sowjets haben nichts damit zu tun. Ihr System ist gerade am Zusammenbrechen. Es muß etwas anderes sein. Jetzt, wo der kalte Krieg vorbei zu sein scheint, zieht eine neue Gefahr am Horizont herauf. Und das alles nur wegen einer Gruppe von Fanatikern, die sich und ihre religiösen Theorien irgendwie aus dem Mittelalter herübergerettet hat, indem sie sich geschickt tarnte und sich nach und nach in die Spitzenpositionen der internationalen Politik und Wirtschaft einschlich. Es ist nicht leicht, die Ketzer zu identifizieren, schließlich haben sie eine jahrhundertelange Erfahrung im Verstecken, aber wir stoßen überall auf ihre Spur, und wir wissen, daß sie entschlossen sind, die Demokratie und den Kapitalismus zu zerstören. Sie könnten eine noch größere Gefahr sein, als es die Sowjets jemals waren, von denen ich immer noch glaube, daß sie ihre wahren aggressiven Absichten nur hinter einem Nebelschleier verbergen.«

»Das Reich des Bösen«, sagte Tess. »Die Reagan-Administration litt zwanghaft unter dieser Vorstellung. Erzählen Sie mir jetzt nicht, daß diese Regierung ebenfalls glaubt, die Sowjets würden ...«

»Zum Teufel mit den Sowjets. Vielleicht täusche ich mich auch über ihre Absichten. Kann gut sein, daß die Ketzer dort bereits am Ruder und für den Niedergang der kommunistischen Partei mitverantwortlich sind. Was ich Ihnen damit sagen will, ist ...«

Mit einem gewaltigen Ruck und einer leichten Veränderung im Klang der Triebwerke beendete Air Force Two den Steigflug und behielt die gewonnene Höhe bei.

Das Licht über den Sitzen erlosch.

Aus den Lautsprechern erklang eine Stimme: »Alle Passagiere können sich jetzt frei im Flugzeug bewegen. Im Falle von Turbulenzen werden Sie rechtzeitig aufgefordert, an Ihre Plätze zurückzukehren und die Sicherheitsgurte anzulegen.«

Beinahe im selben Moment verschwanden die Secret-Service-Leute, gefolgt von den Assistenten des Vizepräsidenten, durch die hintere Tür, um ihre Arbeiten wieder aufzunehmen.

Gerrrard lehnte sich auf die Seite. »Tess, ich möchte Sie fragen: Glauben Sie, daß es die Ketzer sind, die Sie töten wollen? Wegen Ihrer Freundschaft mit einem von ihnen? Weil sie fürchten, daß Sie zuviel über sie erfahren haben könnten?«

Tess hatte alle Mühe, ihren Schock zu verbergen. Sie hatte nicht gewußt, was sie zu erwarten hatte, als Gerrard sie und Craig an Bord von Air Force Two brachte. Aber ganz sicher hatte sie nicht erwartet, daß Gerrard selbst das Thema Ketzer aufwerfen würde. Was der Vizepräsident ihr gerade über diese Leute mitgeteilt hatte, über das Ausmaß ihrer Verschwörung, war mehr, als sie bereits wußte. Vielleicht hatte sie sich doch in ihm getäuscht. Machte es denn wirklich Sinn, daß er ihr so viel enthüllte, wenn er einer von ihnen war?

Oder bediente er sich dieser Offenheit, um ihr Vertrauen zu gewinnen und ihren Verdacht zu zerstreuen?

In dieser Klemme entschied Tess sich dafür, sich nicht einfach unwissend zu stellen. Sie mußte dem Weg ein Stück weit folgen, den er ihr vorgab. »Soweit ich das beurteilen kann, lautet die Antwort auf Ihre Frage ›ja‹, Alan. Aber die Wahrheit ist, daß ich, obwohl ich mehrmals über sie gestolpert bin, so gut wie nichts von ihnen weiß.« Sie langte in ihre Umhängetasche und zeigte ihm das Foto von dem Relief. »Das ist der einzige Hinweis, den ich habe. Diese Skulptur habe ich im Schlafzimmer meines Freundes gefunden, aber später wurde sie daraus gestohlen. Ich habe Professor Harding aufgesucht, weil ich hoffte, er könnte mir etwas darüber erzählen.«

»Und? Konnte er?«

»Seine Frau konnte. Der Mann auf dem Stier ist ein Gott mit Namen Mithras. Die Schlange, der Hund und der Skorpion stehen für seinen bösen Gegenspieler. Sie wollen das Blut daran hindern, die Erde zu erreichen, das Wachstum des Weizens unterbrechen und dem Stier seine Furchtbarkeit rauben. Diese Information und die Tatsache, daß die Ketzer im Mittelalter einer Säuberung entgehen konnten, sind alles, was ich weiß.«

Gerrard kniff die Augen zusammen. »Dann ist es Ihre Person, von der diese Leute sich bedroht fühlen, und nicht das, was Sie wissen. Sie fürchten, sie könnten Ihren Einfluß auf die Freunde Ihres Vaters nützen, zu denen auch ich zähle, um sie zu enttarnen. Die schreckliche Ironie besteht darin, daß ihre Morde sinnlos waren, daß ihre grausamen Anstrengungen vergeblich sind, denn wir wissen bereits viel mehr über diese Leute als Sie, Tess. Ihre Mutter und Brian Hamilton hätten nicht sterben müssen. Was für eine entsetzliche Verschwendung. Es tut mir so leid, Tess.«

Der Schmerz schnürte Tess wieder die Kehle zu.

Gleichzeitig brachte sie jedoch soviel Geistesgegenwart auf, sich darüber zu wundern, daß Eric Chatham völlig unwissend getan hatte, wo doch offensichtlich die engsten Regierungskreise bereits über die Ketzer informiert waren.

Ganz sicher hätte man dem Direktor des FBI eine führende Rolle bei den Ermittlungen gegen diese Leute übertragen. Waren Pater Baldwin und seine Gruppe ihm so verdächtig erschienen, daß er beschlossen hatte, so zu tun, als wisse er nichts über die Ketzer?

Während sie die verschiedenen Möglichkeiten erwog, wurde ihr beinahe schwindlig vor Unwissen. Was als Aufrichtigkeit erschienen war, mochte sich jetzt als Irreführung erweisen, und scheinbare Lügen könnten sich als ehrliche Aussagen herausstellen.

Ihr Bewußtsein versank in einem Nebel. Ihr Realitätssinn war ernstlich bedroht.

Gerrard scheuchte sie aus ihren Gedanken auf, indem er in die Hände klatschte. »Ich verspreche Ihnen, daß ich meine ganze Macht einsetzen werde, damit die Mörder Ihrer Mutter zur Rechenschaft gezogen werden können.«

»Ich danke Ihnen, Alan. Wenn nur dieser schreckliche Alptraum erst vorbei wäre.«

»Das ist mein nächstes Versprechen. Ich werde alles tun, damit er ganz schnell vorbei ist.«

Abgesehen von der leichten Vibration, die durch die Triebwerke verursacht wurde, war es ganz still in der Kabine.

Gerrard wandte seine Aufmerksamkeit jetzt Craig zu. »Lieutenant, meine Ermittlungsbeamten haben mir berichtet, daß Sie eine Schwäche für Opern haben.«

»Stimmt.« Craig zog die Stirn in Falten.

»Kein Grund zur Beunruhigung. Ich sagte Ihnen ja, meine Leute arbeiten äußerst gründlich.«

»Aber was haben Opern mit ...?«

»Wenn Sie vielleicht mal in der Sitztasche vor Ihnen nachschauen würden ...«

Craig langte in die Tasche und fand ein Paar Kopfhörer.

»Setzen Sie sie auf«, sagte Gerrard. »Und stecken Sie das Kabel in den Anschluß auf der Konsole neben ihrem Sitz. Wenn Sie jetzt noch auf Kanal 5 einstellen, dann hören Sie das, was ich für die größte Oper in der Musikgeschichte halte – Verdis Othello.«

»Verdi ist sehr schön, aber ich habe Puccini immer lieber gemocht.«

»Das hat man mir nicht berichtet. Tut mir leid, aber auf diesem Flug haben wir nur Opern von Verdi, Mozart und Wagner.«

»Verdi wäre völlig in Ordnung.« Craig hustete. »Es ist nur, wenn ich jetzt zuhöre ...«

»Tess und ich werden uns andere Sitze suchen. Wir

haben uns seit so vielen Jahren nicht mehr gesehen. Da gibt es Erinnerungen auszutauschen, über private Dinge zu reden.«

Craig richtete sich nervös auf.

»Das Vorrecht der Staatsgewalt«, sagte Gerrard. »Genießen Sie Ihre Oper, Lieutenant. Tess?« Er stand auf.

»Es ist bereits sehr spät.« Sie erhob sich ebenfalls. »Und es ist noch ein langer Weg nach Madrid. Sie werden erschöpft dort ankommen, wenn Sie nicht ein bißchen schlafen, Alan. Und ich bin jetzt bereits erschöpft. Seien Sie nicht böse. Ich möchte mich nur ein bißchen gegen Craigs Schulter lehnen und eindösen.«

»Ich warte auf dich«, versprach Craig.

»Es wird nicht lange dauern«, sagte Gerrard. »Ich möchte ihr nur eine kleine Geschichte erzählen.«

»Hoffentlich ist sie genauso faszinierend wie meine Oper«, meinte Craig.

»Faszinierender«, versicherte Gerrard.

»Nun, mehr kann sie nicht verlangen.« Craig setzte die Kopfhörer auf.

Tess wußte um die innere Anspannung, die Craig sich nur nicht anmerken lassen wollte, deshalb erlaubte sie es Gerrard, sie zu einem der vielen leeren Sitze im hinteren Teil der Kabine zu führen.

»Und nun?«

»Eigentlich habe ich *zwei* Geschichten für Sie«, sagte Gerrard. »Die eine handelt von Essig. Und die andere von Fröschen.«

»Essig? Frösche? Sie bringen mich ganz durcheinander, Alan.«

»Sie werden mich verstehen, wenn ich fertig bin.«

6

»Zuerst einmal«, sagte Gerrard, als sie die Sicherheitsgurte schlossen, »hat man mir berichtet, daß Sie seit unserem letzten Zusammentreffen das Studium abgeschlossen haben und zu einer Umweltschützerin geworden sind und daß Sie diese Einstellung sogar zu Ihrem Beruf gemacht haben. Sie schreiben für das *Earth Mother Magazine.*«

»Das stimmt«, bestätigte Tess.

»Ich muß gestehen, daß ich selbst das Magazin noch nicht gelesen habe, aber meine Ermittlungsbeamten haben sich durch ein paar der letzten Ausgaben gearbeitet. Sie haben mir berichtet, daß Ihre Artikel sehr informativ seien und Ihr Stil ausgesprochen gekonnt. Sie erwähnten vor allem einen Ihrer Artikel über das rapide Verschwinden der Feuchtgebiete und der seltenen Tierarten, die sie bewohnen. Besonders beeindruckt hat es meine Leute, daß es Ihnen gelungen ist, ein solches Thema so interessant darzustellen und auch sie davon zu überzeugen, daß es wichtig ist, die Feuchtgebiete zu erhalten. Die Fotos zu Ihrem Artikel, die Sie selbst aufgenommen haben, seien außergewöhnlich gut gewesen und hätten ihnen deutlich gemacht, wie schön die seltenen Insekten, Vögel und Fische sind, die diese Feuchtgebiete bevölkern, und was für ein Verlust es für den Planeten und seine Ökologie wäre, diese Arten zu verlieren.«

»Ich danke Ihren Männern für die Komplimente«, sagte Tess. »Wenn Sie jetzt nur konsequent wären und Spenden an die Organisationen überweisen, die sich den Schutz der Feuchtgebiete auf ihre Fahnen geschrieben haben.«

»Das haben sie tatsächlich bereits getan.«

Tess hörte es mit Genugtuung. »Dann danken Sie ihnen zweimal.«

»Ich werde ihren Dank weitergeben. Und jetzt lassen Sie mich zur Sache kommen. Auch wenn ich das *Earth Mother Magazine* noch nicht gelesen habe, bin ich ebenfalls ein Umweltschützer. Vielleicht haben Sie über die Kontroverse gelesen, die ich ausgelöst habe, als ich gegen den Präsidenten stimmte, um der Gesetzesvorlage des Senats zur Reinerhaltung der Luft zum Erfolg zu verhelfen.«

»Ich hab's gelesen«, antwortete Tess, »und ich muß sagen, daß ich beeindruckt war. Sie haben das Richtige getan.«

»Der Präsident ist anderer Meinung. Sie hätten sicher nicht mit mir tauschen mögen, als er mich im Ovalen Office wegen meines unloyalen Verhaltens zusammengestaucht hat. Was er noch nicht weiß, ist, daß ich in Umweltsachen auch weiterhin unloyal sein werde, auch auf die Gefahr hin, daß er sich für die nächste Wahl einen neuen Kandidaten für das Amt des Vizepräsidenten sucht. Irgendwann im Leben kommt eine Zeit, da muß man zu seinen Ansichten stehen, egal, wie teuer es wird.«

Tess spürte ihren Verdacht dahinschwinden. Trotz ihrer Angst war Gerrard gerade dabei, ihren Respekt zu gewinnen. »Es wäre ein Fehler von ihm, Sie fallenzulassen.«

»Schreiben Sie ihm einen Brief. Sagen Sie's ihm.« Gerrard lachte. Aber im nächsten Moment war er bereits wieder ernst. »Weil Sie eine Expertin auf diesem Gebiet sind, könnte es sein, daß Sie meine Geschichte schon kennen. Ich werde sie Ihnen trotzdem erzählen.«

Er wurde unterbrochen. Eine Stimme fragte: »Wünschen Sie einen Drink, Sir?«

Gerrard schaute hoch. Ein Steward stand neben ihm. »Das Übliche. Orangensaft.«

»Hört sich gut an«, sagte Tess.

Als der Steward sich entfernt hatte, fuhr Gerrard fort: »Ich habe von einem Mann gehört, der in Iowa lebt. Einem Bauern. Sein Name ist Ben Gould. Er ist Mitglied der Nationalen Audubon-Gesellschaft. Außerdem ist er Amateurklimatologe. Neben seiner Scheune steht ein Schuppen mit einem Regenmesser, einem Barometer, einem Windmesser und verschiedenen anderen Geräten zur Wetteranalyse. Vor zwei Sommern, nach einer ausgedehnten Trockenperiode, die sein Getreide und seine Sojabohnen beinahe umgebracht hätte, wurde seine Farm mit ein paar Tagen kräftigen Regens gesegnet. Zumindest hielt Gould es zunächst für einen Segen. Er zog die Gummistiefel an und schlurfte durch den Schlamm zu seinem Wetterschuppen. Der Regenmesser war beinahe voll. Er schüttete den Inhalt in einen keimfreien Behälter, trug den Behälter in seinen Schuppen und füllte etwas Flüssigkeit in ein Gerät ab, mit dem er den chemischen Gehalt des Wassers messen konnte. Das Instrument hatte einen eingebauten Computer. Rote Zahlen leuchteten im Display auf. Zwei Komma fünf.«

Der Steward servierte Tess und Gerrard je ein Glas Orangensaft und eine Serviette.

Sie nickten ihm dankend zu.

»Zwei Komma fünf«, wiederholte Gerrard. »Diese Zahlen bezeichneten den pH-Wert des Regens, den Säureanteil. Die Regel lautet: Je niedriger die Zahl, desto höher der Säureanteil. Reines Regenwasser wird durch die Zahl fünf Komma drei bezeichnet. Aber *zwei Komma fünf*? Gould war schockiert. Er sagte sich, daß er einen Fehler gemacht haben müsse, und überprüfte sein Ergebnis, indem er Wasser aus einem anderen Regenmesser entnahm. Auf der Konsole des Geräts erschien derselbe Wert. Zwei Komma fünf. Das ist in etwa der Säuregehalt von Essig. Jetzt wurde Gould klar, warum seine Ernte immer noch so verkümmert aussah. Essig? Den schüttet man über seinen Salat. Aber doch nicht auf die Ernte. Da hätte es wöchentlich regnen können, Goulds Getreide hätte immer noch verkümmert ausgesehen. In seiner Panik untersuchte er den Windmesser. Die globale Erwärmung und ihre launenhaften Nebenwirkungen hatten den Jetstream in eine ungewöhnliche südliche Richtung abgelenkt. Nach New Mexico. Und dann über Iowa. Die Kupferschmelzhütten in New Mexico sind dafür bekannt, daß sie ungeheure Mengen von Schwefeldämpfen in die Atmosphäre spucken. Und diese Schwefeldämpfe produzieren sauren Regen, wie Sie sicher wissen. Und ein saurer Regen in bisher ungekannter Konzentration war es auch, der Goulds Land vergiftete.«

Gerrard legte eine Pause ein und trank einen Schluck Orangensaft. »Das war also mein Geschichte über Essig. Ich wünschte, ich könnte noch mit einer Pointe aufwarten, einer Art Happy-End, aber Tatsache ist, daß Goulds Ernte auch heute noch verseucht wird und daß es kein Happy-End geben wird, bevor wir nicht endlich Gesetze haben, die diese Kupferschmelzer und andere Schwerindustrien dazu zwingen, ihre Ausstöße zu klären. Und zwar nicht nur Gesetze in Amerika, sondern auf der ganzen Welt. In Deutschland und der Tschechoslowakei gibt es, zum Beispiel, Tausende von Quadratkilometern Wald, die durch den sauren Regen bereits vollständig zerstört sind.«

Tess nickte. »Ich habe von diesen Gebieten in Deutschland und der Tschechoslowakei gehört, aber Ihre Geschichte aus Iowa ist mir neu.«

»Dann schreiben Sie doch einen Artikel darüber. Vielleicht nützt es was, vielleicht rüttelt es die Menschen auf, an ihre Kongreßabgeordneten zu schreiben und bessere Kontrollen zu verlangen.«

»Das werde ich tun«, sagte Tess. »Vergiftete Wälder kümmern die Leute erst, wenn sie die Verheerungen mit eigenen Augen sehen. Aber eine persönliche Geschichte wie die des Bauern Gould könnte die Krise etwas plastischer erscheinen lassen.«

»Und wenn Sie schon mal dabei sind, dann können Sie auch gleich über die andere Geschichte schreiben, die ich Ihnen jetzt erzählen werde, die Geschichte von den Fröschen.« Gerrard trank sein Glas leer und stellte es ab. »Die Hauptfigur ist ein Biologe und heißt Ralph McQueen. Seine Spezialität sind Amphibien, und jedes Jahr macht er eine Forschungsreise in die Sierra Nevada. Vor einem Jahrzehnt untersuchte er dort achtunddreißig Teiche, in denen es vor gelbschenkeligen Fröschen nur so wimmelte. Und letzten Sommer konnte er kaum glauben, was er dort fand oder vielmehr kaum noch fand. Die Frösche waren aus allen Teichen bis auf einen einzigen verschwunden. Er war schockiert und versuchte sofort herauszufinden, warum sie verschwunden waren. Seine Theorie war es, daß ein tödlicher Virus nahezu die gesamte einheimische Population ausgerottet haben mußte. Aber als er letzten Herbst auf einen herpetologischen Kongreß nach Brüssel reiste, wurde der Schock noch größer. Es stellte sich nämlich heraus, daß die Sierra Nevada nicht das einzige Gebiet ist, wo die Frösche verschwinden. Von Kollegen erfuhr er, daß das gleiche überall in den USA und auf der ganzen Welt passiert – in Costa Rica, Japan, Europa, Australien, Indonesien, Malaysia, Südamerika, überall. Die Frösche sterben, und niemand weiß genau, warum. Saurer Regen, Pestizide, Wasserverschmutzung, Luftverschmutzung, globale Erwärmung, zuviel ultraviolette Strahlung durch das Loch in der Ozonschicht. Vielleicht auch alles zusammen. Es ist schwer zu sagen. Aber das Interessante an Fröschen ist, daß sie keine Schuppen haben, um sich zu schützen. Sie atmen durch ihre Haut, und die ist sehr empfindlich, gerade deshalb sind sie extrem gefährdet durch Veränderungen in ihrer Umwelt. Bei Bergleuten, die in Kohlengruben arbeiteten, war es früher üblich, einen Kanarienvogel im Käfig mit in den Stollen zu nehmen, in dem sie arbeiteten. Wenn sich nun geruchlose, giftige Gase bildeten, dann war der winzige Kanarienvogel natürlich der erste, der daran starb, und die Kumpels konnten sich rechtzeitig in Sicherheit bringen.«

Gerrard runzelte die Stirn. »Möglicherweise sind die Frösche die Kanarienvögel unseres Planeten. Ihr massives Aussterben könnte eine Warnung sein, daß gerade etwas sehr Schlimmes passiert. Und obendrein hätte ihr Aussterben auch noch katastrophale Folgen für das ökologische Gleichgewicht. Die Frösche fressen ungeheure Mengen an Insekten. Ohne sie würden Fliegen und Mücken – um nur sie zu nennen – sich ungehindert ausbreiten können. Und gleichzeitig sind andere Lebewesen, wie zum Beispiel bestimmte Vögel, auf die

Frösche als Nahrung angewiesen. Ohne Frösche werden auch diese Tiere dem Untergang geweiht sein.«

»Frösche.« Gerrard schüttelte den Kopf. »So etwas Triviales. Ein so selbstverständlicher Bestandteil der Natur, daß sie einem nicht weiter aufgefallen sind. Ich glaube, nichts würde die meisten Menschen weniger kümmern als das Sterben der Frösche, aber was diese Menschen nicht wissen, ist, daß die Frösche ein Eckpfeiler des ökologischen Gleichgewichts sind und daß ohne sie . . .« Gerrard senkte die Stimme zu einem resignierten Tonfall. »Schreiben Sie es, Tess. Das Totengedicht auf die Frösche, die letzte Strophe zu dem Lied, das sie selber nicht mehr singen können. Eine Warnung an jeden, der immer noch nicht kapiert hat, in welcher Gefahr unsere Welt sich befindet.«

»Das werde ich tun. Ich verspreche es Ihnen.«

Gerrard drückte ihr noch einmal die Hand. »Ich habe Ihnen diese Geschichten nicht nur erzählt, weil uns dieselben Sorgen bedrücken oder weil die Geschichten einen Bezug zu Ihrer Arbeit haben. Ich hatte ein anderes Motiv, eines, das auch mit den Ketzern im Zusammenhang steht.«

Verwirrt durch die Erwähnung des Wortes hörte Tess besonders aufmerksam zu.

»Bis jetzt habe ich noch nicht darauf hingewiesen«, sagte Gerrard, »daß, soweit wir das beurteilen können, die Bereitschaft der Ketzer, Industrieunternehmen zu terrorisieren und sich in Regierungen einzuschleichen, Politiker zu ermorden und sie durch ihre Leute zu ersetzen, andere Politiker zu erpressen und sie dazu zu zwingen, ihre Stimmen im Sinne einer umweltfreundlichen Politik abzugeben, daß dies alles mit der Angst der Ketzer um die Sicherheit dieser Welt im Zusammenhang steht. Das Foto, das Sie mir gezeigt haben, symbolisiert ihr Motiv.« Gerrard bewegte seine Hand, als folgte er den Umrissen einer unsichtbaren Abbildung. »Ein guter Gott, der versucht, die Welt zu befruchten. Und ein böser Gott, der ihn daran hindern will. Die Ketzer glauben, daß der böse Gott längst die Oberhand gewonnen hat und alle Anstrengungen macht, unseren Planeten zu zerstören.« Wieder zog Gerrard die Stirn in Falten. »Ich bin sicher, daß Sie den Standpunkt der Ketzer verstehen. Wir sind umgeben von Beweisen für die Zerstörung des Planeten. Ihre Absichten unterscheiden sich nicht von Ihren und meinen, auch wenn ihre Methoden natürlich verwerflich sind. Aber ich muß gestehen, daß ein Teil von mir mit ihnen sympathisiert. Wenn die Angst groß genug wird und wenn legale Mittel nicht mehr ausreichen, dann greift man manchmal zu verzweifelten Maßnahmen. Ich will das nicht gutheißen, aber ich identifiziere mich mit ihrer Verzweiflung, es ist dieselbe Verzweiflung, die mich dazu gebracht hat, bei der Abstimmung über das Gesetz zur Reinerhaltung der Luft gegen den Präsidenten zu stimmen. Worauf ich hinaus will, ist, daß Gut und Böse nicht immer so eindeutig zu unterscheiden sind, wie es den Anschein hat. Wenn es den Ketzern gelingen sollte, den Planeten zu retten, dann rechtfertigt das auf lange Sicht vielleicht sogar ihre Methoden. Ich weiß es nicht. Ich bin Politiker und kein Experte für Ethik. Aber eines kann ich Ihnen sagen: Es gibt Zeiten, da zögere ich, wenn ich darüber nachdenke, wieviel Energie wir darauf verwenden sollen, sie zu jagen. Wenn meine Kinder leben und mir Enkel schenken und wenn diese Enkel saubere Luft atmen, reines Wasser trinken, giftfreie Nahrung zu sich nehmen können und gedeihen, dann haben die Ketzer vielleicht doch recht gehabt. Ich weiß es einfach nicht.«

Er schaute Tess aufmerksam an, wartete auf ihre Reaktion.

Tess nahm sich Zeit mit der Antwort. Sie mußte erst einmal ihre Gedanken ordnen. »Ich verstehe, was Sie meinen, Alan. Auch von mir identifiziert sich ein Teil mit den Ketzern oder zumindest mit ihren Motiven. Verantwortungslose Unternehmen müssen zur Rechenschaft gezogen werden. Gleichgültige Politiker sollten aus der Regierung entfernt werden. Es gibt eine globale Krise, und man muß sich ihr stellen, sich mit ihr befassen und sie lösen.

Aber *Mord*, Alan? Erpressung? Zerstörte Menschenleben? Trauernde Familien? Ich war noch nie für die Todesstrafe, und trotzdem habe ich den Drang verspürt, diesen Kapitän des Pacific-Rim-Öltankers zu erwürgen, der es seinem Alkoholismus erlaubt hat, sein Urteil so zu trüben, daß er das Schiff auf Grund setzte und mit seiner Ladung das Great-Barrier-Riff verseuchte. Aber ich bin diesem Kapitän niemals begegnet. Ich *kenne* ihn nicht. Ich weiß weder etwas von seinen Schwächen noch von seinen Stärken, also mache ich es mir leicht, wenn ich ihn aus der Ferne hasse. Aber soviel weiß ich: Mein Freund wurde in New York verbrannt. Und er war bestimmt nicht einverstanden mit Mord und Erpressung. Brian Hamilton hat nie etwas getan, um die Umwelt zu gefährden. Und meine Mutter – Gott sei ihrer Seele gnädig – war nichts weiter als eine normale, verzweifelte, verwöhnte, bemitleidenswerte Angehörige der oberen Zehntausend, die niemals jemandem Leid zugefügt hat. Trotz ihrer Fehler liebte ich sie. Von ganzem Herzen. Als die Ketzer sie einfach töteten, um an mich heranzukommen, als sie das taten, haben sie mir ganz persönlich etwas angetan. Ich sehe noch vor Augen, wie das Blut aus dem Körper meiner Mutter strömte. Todesstrafe? Nein, daran glaube ich nicht. Aber Rache, Alan? Nach dem, was ich durchgemacht habe, nach dem Schrecken der letzten Tage, würde ich nichts lieber tun, als sie zu jagen und dafür zu sorgen, daß sie bezahlen. Haben Sie mir das nicht eben noch versprochen? Dafür zu sorgen, daß diese Leute dafür bezahlen?«

Gerrard nickte.

»Worauf es hinausläuft, Alan, ist, daß es mir egal ist, ob diese Leute meine Sorge um die Welt teilen. Das sind Dreckskerle. Sie sind böse, sie sind noch böser als jener böse Gott, den sie angeblich bekämpfen. Das sind verrückte Scheißkerle, und ich werde alles tun, um sie zur Hölle zu schicken, wohin sie gehören. Vielleicht ist dieser Planet es nicht wert, gerettet zu werden, wenn das Gute sich des Mordes bedienen muß und Menschen wie meine Mutter deswegen sterben müssen.«

Gerrard schaute sie lange an, dann seufzte er. »Sicher. Ich hatte mir gedacht, daß Sie das so sehen. Und ich stimme Ihnen natürlich zu. Ich wollte nur einmal darauf hingewiesen haben, wie komplex das moralische Problem ist.« Er schaute auf seine Armbanduhr. »Es ist schon spät.« Er stand auf. »Ich freue mich, daß wir dieses Gespräch hatten, aber morgen warten Verpflichtungen auf mich. Wenn Sie mich jetzt entschuldigen . . .«

»Ja, wir sind beide müde«, sagte Tess. »Aber bevor Sie mich verlassen . . . Ihr persönlicher Assistent erwähnte etwas von Zahnbürsten, Reisesets, einer Duschkabine und einem Platz zum . . . Ich fürchte, ich muß mal für kleine Mädchen.«

Gerrard wurde rot. »Der Steward wird sich um alles kümmern, was Sie benötigen.«

»Danke, Alan. Ich hab' mich gefreut, Sie mal wieder zu sehen.«

»Sie sind mir der willkommenste Gast, den ich je an Bord von Air Force Two begrüßen durfte.«

Tess wartete, bis Gerrard sich durch die vordere Tür in seine Privatkabine zurückgezogen hatte. Dann sprach sie den Steward an, der sie zu einem Badezimmer im hinteren Teil der Maschine führte. Zehn Minuten später betrat sie wieder die Hauptkabine, schloß den Sicherheitsgurt und kuschelte sich an Craig.

Er war noch wach. Als er den Kopfhörer abnahm, hörte Tess gedämpfte Opernmusik. »Wie war's?« wollte Craig wissen.

»Verwirrend. Kompliziert. Beunruhigend. Aber ich bin zu müde, um es . . . Ich erzähl's dir später.« Den Kopf an seine Schulter gelehnt, schloß Tess die Augen und schlief sofort ein. Sie wachte noch mehrere Male auf und erschauerte vor ihren dunklen Vorahnungen.

7

Der Flug nach Spanien dauerte fünf Stunden, aber wenn man die fünf Stunden Zeitverschiebung hinzuzählte, war es bereits kurz vor elf Uhr vormittags, als das Flugzeug Madrid erreicht hatte.

Tess schaute hinunter auf den Flughafen und erschrak darüber, wie dunstig die Luft hier war. Einen Augenblick lang verstand sie nicht, warum der Smog hier schlimmer sein sollte als in New York, aber dann erinnerte sie sich daran, daß die meisten europäischen Autos noch nicht mit Katalysatoren ausgerüstet waren und daß Spanien, wie der größte Teil des alten Kontinents, noch nicht dazu übergegangen war, unverbleites Benzin zu verkaufen. Das schmutzige verbleite Benzin war es, das die Luft verunreinigte. Und dann fiel ihr plötzlich noch etwas anderes ein, daß nämlich Gerrard letzte Nacht darauf beharrt hatte, daß internationale Standards zum Schutz der Umwelt eingeführt werden müßten.

Als die gewaltige 747 erstaunlich sanft auf der Landebahn aufsetzte, erblickte Tess auf der rechten Seite den Terminal des Flughafens, aber Air Force Two näherte sich ihm nicht, sondern rollte statt dessen auf einem abgelegenen Ende des Flugfeldes aus. Das Kreischen der Triebwerke erstarb.

Gleich war die Maschine von mehreren Autos eingekreist. Bewaffnete Männer sprangen heraus und nahmen mit dem Rücken zum Jet Aufstellung, die Sturmgewehre schußbereit im Anschlag. Gleichzeitig rollte eine schwarze Limousine mit Diplomatenwimpel auf dem Kotflügel zur Gangway, die eine Flughafencrew vor eine der vier Einstiegsluken schob.

Die Insassen der Hauptkabine erwachten zum Leben. Secret-Service-Leute öffneten die Sicherheitsgurte und liefen in das vordere Abteil, während die Assistenten des Vizepräsidenten sich beeilten, wieder in ihr Büro im hinteren Teil zu kommen.

Tess und Craig gingen hinüber auf die linke Seite des

Flugzeugs. Neugierig schauten sie aus einem Fenster zu, wie ein uniformierter Chauffeur eine Tür im Fond der Limousine öffnete. Zwei grauhaarige, vornehm aussehende Herren stiegen aus, schüttelten Gerrards Assistenten Hugh Kelly die Hand und wechselten ein paar Worte mit ihm. Dann nahmen sie Haltung an und stiegen die Stufen der Gangway hinauf, die zur Kabine des Vizepräsidenten führten.

»Und jetzt?« fragte sich Craig. Vorhin, nach dem Frühstück, bestehend aus frischem Obst und geräuchertem Lachs auf Vollkorntoast, den Tess ihm empfohlen hatte, war er ins Badezimmer gegangen und hatte sich die Zähne geputzt, rasiert und das Gesicht gewaschen. Und trotzdem, der lange Flug in Verbindung mit der Zeitverschiebung hatte ihn müde gemacht, obwohl er ein paar Stunden geschlafen hatte. Er schaute an seinem zerknitterten Anzug hinunter. »Nicht übermäßig stattlich. Ich hoffe, wir erhalten Gelegenheit, uns etwas Vorzeigbareres zu besorgen, damit wir in dieser erlauchten Begleitung nicht zu sehr ins Auge stechen.«

Tess schaute auf ihre zerknautschte Bluse und nickte zustimmend. Aber am meisten wünschte sie sich frische Unterwäsche. »Ich habe so eine Ahnung, daß man alles bekommt, was man will, wenn man mit dem Vizepräsidenten reist.«

Sie zuckte zusammen. Ein unerwartetes Geräusch ließ sie zum vorderen Schott herumfahren. Die Tür zur Kabine des Präsidenten öffnete sich.

Alan Gerrard erschien. Er trug einen tadellosen grauen Anzug, eine gestreifte Krawatte und ein weißes Hemd. Seine schwarzen Schuhe waren auf Hochglanz poliert.

»Also«, sagte Gerrard. »Ich hoffe, Sie haben gut geschlafen.« Er rieb sich voller Unternehmungslust die Hände. »Sind wir bereit?«

»Wofür?« wollte Tess wissen.

»In ein anderes Flugzeug umzusteigen.«

Tess konnte ihr Erstaunen nicht verhehlen. »Findet das Begräbnis denn nicht hier in Madrid statt? Der spanische

Präsident...« Sie runzelte verwundert die Stirn. »Ich hatte vermutet, er würde in allen Ehren in seiner Hauptstadt zu Grabe getragen.«

»Da haben Sie richtig vermutet. Das Begräbnis ist auch in Madrid. Aber erst in zwei Tagen«, sagte Gerrard. »Ich muß vorher noch verschiedene wichtige Diplomaten treffen, aber ich habe die spanische Regierung gebeten, der Presse nicht mitzuteilen, daß ich bereits heute eintreffe. Ich muß etwas erledigen, bevor der offizielle Teil beginnt. Einer der Diplomaten, die ich unbedingt treffen muß, ein Freund von früheren Besuchen in diesem Land, hält sich zur Zeit nicht in der Stadt auf. Es bestehen gute Aussichten, daß das spanische Parlament ihn schon bald zum nächsten Präsidenten dieses Landes wählen wird. Also gehen wir an Bord einer kleineren, weniger auffälligen Maschine und besuchen ihn auf seinem Landsitz. Schauen Sie nicht so unglücklich. Er wohnt in einem fantastischen Haus und ist ein verschwenderischer Gastgeber. Es wird Ihnen gefallen. Wirklich. Und meine Secret-Service-Leute werden zusammen mit seinen Leibwächtern schon auf Sie aufpassen können.«

Hört sich ganz vernünftig an, versuchte Tess sich zu beruhigen. Aber ihr Herz krampfte sich zusammen, als wäre es in Eis gepackt. So beklommen ihr auch zumute war, sie bezwang ihre Hemmungen und folgte Gerrard in seine Kabine. Craig legte ihr einen Arm um die Schultern, während sie darauf warteten, daß der Vizepräsident und die beiden Diplomaten die Stufen hinunter auf das Rollfeld steigen würden. Als die drei Männer neben der Limousine stehenblieben und Hände schüttelten, wurden sie sogleich von Sicherheitsbeamten umringt.

Gerrard drehte sich um und forderte Tess und Craig per Handzeichen auf, herunterzukommen. »Das Flugzeug steht gleich da drüben.«

Unten angekommen, schaute Tess nach rechts. Sie wußte nicht viel über Flugzeuge, ganz sicher nicht genug, um Typen oder Hersteller auseinanderhalten zu können. Sie wußte nur, daß dieses Flugzeug noch kleiner war, als sie erwartet hatte, es war eine stromlinienförmige, zweistrahlige Privatmaschine.

»Aber ist es für Sie nicht gefährlich, in etwas so . . .«

»Ungeschütztem zu reisen?« vollendete Gerrard ihren Satz. »Sie meinen, weil es keinen Strahlenschild hat und kein ausgeklügeltes Kommunikationssystem?« Er schüttelte den Kopf, seine blauen Augen funkelten amüsiert. Das rechte Auge sah heute weniger gereizt aus. »Ich bin sicher, Sie wissen, was die politischen Kolumnisten von mir sagen. Ihrer Meinung nach bin ich irrelevant. Wer sollte mich schon töten wollen.«

»Aber vielleicht gibt es Terroristen, die sich nicht um die Meinung der Kolumnisten kümmern. Immerhin sind Sie der Vizepräsident der Vereinigten Staaten.«

»Keine Sorge«, beruhigte sie Gerrard. »Ich mache diesen Trip nicht zum erstenmal. Und was die Sicherheit anbetrifft: Es wissen nur sehr wenige vertrauenswürdige Funktionäre, daß ich einen Tag früher als geplant gekommen bin. Ich garantiere Ihnen, daß wir sicher sind.«

Unfähig, Gerrards Hand auf ihrem Arm zu widerstehen, vor allem in der Gegenwart der vielen, finster dreinblickenden Sicherheitsleute, ließ Tess sich zu der kleinen Gangway führen, die hinauf zum offenen Einstiegsluk des Flugzeugs führte.

Ein Anfall von Klaustrophobie überkam sie, als sie den schmalen Gang mit nur einer Reihe von Sitzen auf jeder Seite erblickte. Von Panik ergriffen stellte sie fest, daß außer ihr, Craig, dem Piloten, dem Copiloten, Gerrard und Kelly nur noch fünf Secret-Service-Agenten in der Maschine Platz hatten. Ihre dunklen Vorahnungen nahmen in dem Maße zu, in dem die Sicherheit um sie herum abnahm.

Innerlich zuckte sie zusammen bei dem blechernen Geräusch, das die Tür von sich gab, als der Copilot sie schloß.

Wieder fühlte sie sich in der Falle, wie nach dem Betreten von Air Force Two. Aber jetzt noch mehr. Sie benötigte ihre ganze Disziplin, um die Hände beim Schließen des Sicherheitsgurtes ruhig zu halten.

Sie saß Gerrard gegenüber und warf einen nervösen Blick nach rechts zu Craig, der hinter Gerrard saß.

Er zwinkerte ihr aufmunternd zu, und auf einmal war alles anders.

Während sie sein Lächeln erwiderte, wurde ihr klar, wie sehr sie ihn mochte. Was auch immer passieren würde, wie groß die Gefahr auch war, in der sie sich befanden, sie und Craig waren zusammen, und ihre Gefühle füreinander waren so stark, daß sie jedem Gegner widerstehen konnten und überleben würden. Sie mußten überleben.

Lieber Gott, bitte steh uns bei, betete sie. Pater, bitte, helfen Sie uns. Ob er es geschafft hat, uns nach Madrid nachzureisen? Wird er die Signale aus dem Sender in meinem Schuh empfangen und uns zu dem Ort folgen können, an den man uns bringen wird?

Der Pilot erhielt die Starterlaubnis. Zwei Minuten später schwang sich der Jet in den dunstigen Himmel.

Tess fühlte sich noch hilfloser.

Sie versuchte, entspannt zu wirken, und schaute aus dem Fenster. Als der Jet seine Flughöhe erreicht hatte, erblickte sie eine weite, unfruchtbare Ebene unter sich, hin und wieder unterbrochen von Abhängen, die sich hinaufzogen auf flache Hochplateaus, deren Boden den Farbton von Kupfer hatte.

»Wohin fliegen wir?« Sie hoffte, daß ihre Frage beiläufig genug geklungen hatte.

»Zur Nordküste Spaniens«, antwortete Gerrard. »An den Golf von Biskaya. Wir werden in Bilbao landen.«

»Bilbao?« Sie versuchte, Konversation zu machen, und hoffte dabei inständig, daß Pater Baldwin ihnen zuhören konnte. »Gab es da nicht ein Lied . . .?«

»Über den ›alten Bilbao-Mond‹? Ja. Aber das Lied ist schon ganz schön alt. Wundert mich, daß Sie es kennen. Ich bin nicht einmal sicher, daß dieses Bilbao damit gemeint war.«

»Ist es weit dorthin?«

»Nur eine Stunde.« Gerrard zuckte die Achseln. »Gerade Zeit genug für ein Nickerchen.«

Craig beugte sich vor. »Warum ist der Präsident nicht selbst zum Begräbnis gereist?«

»Normalerweise hätte er es getan.« Gerrard wandte sich zu ihm um. »Es werden viele europäische Regierungschefs hier sein. Gute Gelegenheit für inoffizielle Gespräche. Aber der Terminplan des Präsidenten ist zu kompliziert. Er muß eine Reise machen, die schon lange geplant ist und die er unmöglich verschieben kann – nach Peru, auf eine große Anti-Drogen-Konferenz, ähnlich der in Kolumbien letztes Jahr. Wenn Sie nervös sind, dann sollten Sie sich mal in seine Lage versetzen. Wie fühlt er sich wohl inmitten von Rauschgiftbaronen, die entschlossen sind, ihn zu ermorden. Deshalb kann er die Reise nicht verschieben. Der Präsident will nicht, daß die Rauschgiftbarone glauben, er hätte Angst vor ihnen. Sein Mut ist bewundernswert. Egal, wie schlecht wir beiden miteinander auskommen, ich bete zu Gott, daß ihm nichts zustößt.«

Sie machten es sich in ihren Sesseln bequem, während der Jet auf sein Ziel zuraste. Trotz ihrer Beklommenheit schloß Tess die Augen und versuchte, ein wenig zu schlafen. Sollten ihre bösen Vorahnungen sich als berechtigt erweisen, dann würde sie ihre ganze Kraft noch brauchen.

8

Sie erwachte vom Rumpeln der aufsetzenden Räder. Tess rieb sich verschlafen die Augen und schaute nach draußen. Verglichen mit Madrid war der Flughafen von Bilbao wesentlich kleiner und die Luft viel weniger dunstig. Vielleicht wurden die Autoabgase von der Brise aufgelöst, die vom nahen Ozean herüberwehte. Wieder fuhren sie nicht an den Terminal, sondern hielten auf einer entlegenen Ecke des Flugfeldes.

Draußen redete Gerrard wieder genauso begeistert auf sie ein wie in Madrid. »Sind Sie bereit für einen weiteren Flug?«

»*Noch einen?* Aber ich dachte, unser Ziel wäre Bilbao.« Tess hoffte weiterhin, daß Pater Baldwin ihnen zuhörte.

»Nur, um hier in ein anderes Flugzeug umzusteigen. Wir fliegen jetzt nach Osten, zu einem Ort hinter Pamplona.«

Tess unterdrückte ihren Schrecken. Ihr fiel ein, daß Pamplona ganz in der Nähe der Höhlen lag, in denen Priscilla Harding die Abbilder des Mithras gefunden hatte.

Tess brach in Schweiß aus. Am liebsten wäre sie weggelaufen, aber auch hier war sie noch von Secret-Service-Leuten umringt.

»Das Anwesen meines Freundes hat keine Landebahn«, erklärte Gerrard. »Deshalb nehmen wir jetzt den hier.« Er deutete auf das, was er meinte.

Der Anblick des Hubschraubers löste in Tess ein Schwindelgefühl aus. Kraftlos, mit weichen Knien, beunruhigt vom Verlust der Kontrolle über sich, ließ sie sich an Bord führen, und ihre Angst wurde noch größer, als sie dort entdeckte, daß jetzt nur Platz für einen Piloten, Gerrard, Hugh Kelly, Craig und sie selbst war. Der Schutz schwand dahin, ihre Isolation wurde größer und größer. So sehr ihr das Gefühl für Craig vorhin noch Mut gemacht hatte, jetzt fühlte sie sich dem Untergang geweiht.

Die Rotorblätter des Hubschraubers heulten, drehten sich, drehten sich immer schneller, bis ihr Geräusch zu einem ohrenbetäubenden Dröhnen angeschwollen war. Mit einem kräftigen Ruck hob die Maschine sich senkrecht in die Luft, und Tess, die Craig einen verzweifelten Blick zuwarf, mußte feststellen, daß auch er einen sehr angespannten Eindruck machte.

Er zwinkerte ihr diesmal nicht zu, und sie lächelte nicht. Statt dessen schluckte sie etwas Heißes, Bitteres hinunter.

Sie zwang sich dazu, ihre Umgebung aufmerksam zu beobachten, denn sie wußte sehr wohl, daß jede Einzelheit wichtig werden könnte und daß sie unbedingt ihre Selbstdisziplin wiedergewinnen mußte.

Ihr Verstand befahl ihr, sich die Landschaft einzuprägen. Wenn du später im Schlamassel steckst, dann ist es besser, wenn du weißt, wo du bist.

Im Gegensatz zum kargen, flachen Mittelspanien war das Land an der Nordküste grün und hügelig. Die Täler unter ihr waren voller Felder und Wiesen, auf denen gebückte Menschen die Sensen und Sicheln schwangen, um das hohe Gras zu schneiden. Die Männer trugen lange Hosen, langärmelige Hemden und weitkrempige Strohhüte. Die Frauen trugen Kleider und hatten sich Tücher um ihre Köpfe gebunden. Das Fehlen motorisierter Erntemaschinen in Verbindung mit den Schieferdächern und Natursteinmauern der Häuser ließ in Tess das Gefühl entstehen, in einer Zeitmaschine zu sitzen und gerade Zeugin einer Szene aus dem letzten Jahrhundert zu sein.

Aber diese Eindrücke waren flüchtig, kurz, letztlich untaugliche Versuche, sich von ihrer Angst abzulenken.

»Dort drüben, rechts hinter den Hügeln, das ist Pamplona«, sagte Gerrard. »Von hier aus sieht man nur ein paar Dächer. Nordöstlich von uns ist die französische Grenze. Wir befinden uns in einer Provinz mit dem Namen Navarra, und die hohen Berge vor uns sind die spanischen Pyrenäen.«

Ängstlich dachte Tess daran, wie nahe der Hubschrauber den französischen Pyrenäen sein mochte, den ausgebrannten Ruinen der Ketzerfestung Montségur, dem Schauplatz des Gemetzels, das die europäischen Kreuzritter veranstaltet hatten, und an dem vor mehr als siebenhundert Jahren der ganze Wahnsinn seinen Anfang genommen hatte, nachdem es einer Gruppe von Ketzern gelang, mit ihrer wertvollen Statue zu entkommen.

Es war ein eindrucksvolles Gebirge: hohe, zerklüftete Kalksteinfelsen, in deren tiefen Schluchten schmale, wilde Bäche tobten und deren Abhänge dicht mit Kiefern und Buchen bestanden waren.

Der Hubschrauber donnerte näher heran. Die Gipfel

schienen zu wachsen, ihre Grate wirkten noch zerklüfteter, die steilen Schluchten noch wilder. Wie hoch mochten diese Berge sein, fragte sich Tess. Mindestens 2500 Meter, schätzte sie – nicht so hoch wie die Gipfel der Schweiz oder Colorados, wohin ihr Vater sie manchmal zum Skilaufen mitgenommen hatte. Aber diese hier hatten steilere Abhänge, die sie größer erscheinen ließen, und die Schluchten sahen gefährlicher aus. Rauh, hatte sie vorher gedacht. Wild. Die Worte drängten sich ihr um so mehr auf, als sie gerade in einen rapide sich vergrößernden Schlund starrte. Sie senkte den Blick, weil ihr schwindlig wurde.

Unten, inmitten der dichten Wälder, wand sich ein schmaler Feldweg zwischen ein paar gigantischen Felsbrocken hindurch in die Schlucht hinein. Abrupt schaute sie hoch und erstarrte, als auch der Hubschrauber in die Schlucht flog. Das Bumpern der Rotorblätter wurde verstärkt durch ihr ohrenbetäubendes Echo, das von den kahlen Felswänden auf beiden Seiten zurückprallte. Die Durchfahrt erschien ihr so eng, daß sie fürchtete, die Rotorblätter könnten an einer der Klippen zerschellen.

Und plötzlich waren sie am Ende der Schlucht. Sie atmete erleichtert auf, und dann atmete sie noch einmal tief durch, als der Helikopter den Landeanflug begann. Ein kleines Tal tat sich auf. Grasland, umstanden von dichtem Wald, und in der Mitte, umgeben von einem Labyrinth aus eingezäunten Weiden, standen ein paar niedrige Gebäude um ein großes Haupthaus herum, auf das sich der Hubschrauber schnell herabsenkte.

Das große Haus hatte steinerne Mauern und ein Schieferdach, so ähnlich wie die Bauernhäuser, die Tess in der Nähe von Pamplona gesehen hatte. Aber das war auch die einzige Ähnlichkeit. Denn diese Bauernhäuser waren klein und bescheiden gewesen. Aber das Haus, auf das Tess jetzt hinunterstarrte – ihr Unwohlsein wurde durch den Sinkflug und die Schräglage des Hubschraubers noch verstärkt –, war so groß und so eindrucksvoll ...

»Es ist ein Schloß«, erklärte Gerrard. »Keins von der

Sorte, wie man sie aus England oder Frankreich kennt oder aus anderen europäischen Ländern. Dies ist ein *spanisches* Schloß. Im Süden des Landes sind sie im maurischen Stil errichtet worden, aber hier im Norden hat man sie in dieser Art gebaut. Es hat weder die Türmchen noch die Wälle, den Burggraben oder die Zugbrücke, die man erwarten würde. Es handelt sich mehr um ein Mittelding zwischen Villa und Festung. Der Stein und der Schiefer sind ein Schutz gegen Angriffe mit Feuer. Das einzige Holz findet man draußen . . .«

»An den Fenstern.« Tess mußte sehr laut reden, um trotz des Lärms des landenden Hubschraubers gehört zu werden. »Fensterläden. Selbst von hier aus sehen sie sehr dick aus.«

Gerrard nickte. »Und drinnen hat jedes Zimmer einen Satz Doppeltüren, die genauso dick sind. Eine weitere Barriere, um Flammen daran zu hindern, das Innere zu erreichen. Aber theoretisch war es ohnehin unmöglich, die Läden in Brand zu stecken. Wenn wir näher kommen, werden Sie dünne Schlitze in den fünf Fuß dicken Steinmauern erkennen können. Ein Bogenschütze von draußen könnte das offene Gelände um das Schloß herum nicht überqueren, um seine Brandpfeile abzuschießen, ohne daß er von einem der Bogenschützen innerhalb der Mauern getroffen würde, und die verteidigenden Bogenschützen, die sich hinter diesen schmalen Schlitzen versteckten, waren unmöglich zu treffen.«

Als der Hubschrauber sich seinem Landeplatz näherte, bemerkte Tess die Tiere auf den Weiden. Auf einigen standen Pferde, während auf den anderen . . . »Ist Ihr Freund Viehzüchter?« fragte sie Gerrard.

Der Vizepräsident schaute sie verwundert an. Aber dann glättete seine Stirn sich wieder. »Ah, ich verstehe. Sie meinen, das sei Rindvieh. Nein. Das sind Kampfstiere. Mein Freund züchtet sie zum Spaß. Ein paar von ihnen werden nächsten Monat beim berühmten Stierkampffestival des San Fermin in Pamplona zum Einsatz kommen. Ich bin sicher, daß Sie schon davon gelesen haben. Das

Feuerwerk jeden Morgen, die wilden Stiere, die man durch die Straßen der Stadt jagt, die jungen Burschen, die ihren Mut beweisen wollen und vor der verängstigten Herde herlaufen. Immer wieder kommen einige von ihnen zu Fall, werden zertrampelt und manchmal auch aufgespießt. Acht Tage und Nächte des Feierns. Acht Nachmittage des ritualisierten Todes.«

Tess hatte tatsächlich schon davon gelesen, und jetzt, als sie nahe genug dran waren, konnte sie auch die einzelnen Merkmale der Tiere unterscheiden, ihre muskulösen Flanken, die breiten, gewölbten Nacken, die langen, geschwungenen Hörner, die aus knochigen Köpfen hervorstaken.

Stiere.

Sie waren so sehr ein Teil der spanischen Kultur, daß sich in Tess' Kopf zunächst nicht die richtige Gedankenverbindung herstellte. Aber dann fiel ihr ein einzelner Stier auf, den man von den anderen getrennt hatte. Majestätisch stand er allein auf seiner Weide und graste, und jegliche Unklarheit, ob man Gerrard trauen konnte oder nicht, war auf einen Schlag beseitigt, alle Hoffnungen, Gerrard könnte doch nicht ihr Feind sein, mußte Tess in diesem Moment fahrenlassen. Sie stellte sich das Foto in ihrer Handtasche vor, die Abbildung von Mithras, der einem Stier die Kehle aufschlitzt. Einem weißen Stier. Wie dieser Stier, der dort allein auf der Weide graste. Denn das war ebenfalls ein weißer Stier.

Der Rest ihrer Ambivalenz Gerrard gegenüber hatte sich in Luft aufgelöst. Entsetzen nahm von ihr Besitz, machte alles noch schlimmer, denn so sehr ihr Herz auch schlug und ihr Atem schneller wurde, sie durfte sich ihr plötzliches, panisches Verstehen nicht anmerken lassen. Jetzt war alles klar. Absolut klar. Außer Craig war jeder in diesem Hubschrauber eine Bedrohung für sie, einschließlich der beiden Secret-Service-Leute, denn sie mußte davon ausgehen, daß Gerrard einen Grund gehabt hatte, ausgerechnet diese beiden aus all den anderen Agenten auszuwählen. Sie verfluchte sich dafür, daß sie sich letzte Nacht von Gerrards Charisma und ihrer gemeinsamen Sorge um die Umwelt hatte betören lassen. Sie hätte sich nicht dazu hinreißen lassen dürfen, zu glauben, er würde ihr schon kein Leid zufügen. Und niemals hätte sie so entschieden gegen die Ketzer Partei ergreifen dürfen, als er versucht hatte, sie davon zu überzeugen, daß die Zwecke der Ketzer vielleicht ihre verzweifelten Mittel heiligten, daß die moralische Frage hochkompliziert wäre. Gerrard hatte versucht, ihr ein Geschäft vorzuschlagen, sie zu testen und sie vielleicht sogar zu bekehren, aber ihre gefühlsmäßige Ablehnung war so stark gewesen, daß sie seine Absichten nicht durchschaut hatte. Nachdem sein Appell an ihren Verstand gescheitert war, blieb ihm jetzt nur noch eine Möglichkeit – sie zu töten.

Ihre Angst wurde größer, als der Hubschrauber aufsetzte und der Wind von den Rotorblättern das Gras auf den Boden drückte. Aus dem Dröhnen der Motoren wurde ein Wimmern, und schließlich schwiegen sie ganz. Gerrard führte Tess nach draußen. Hugh Kelly und die beiden Geheimagenten blieben bei Craig.

Was glauben die denn, was wir tun, fragte sich Tess. Weglaufen?

Wohin denn? Wir kämen ja nicht einmal bis zu den Bäumen. Die letzte Möglichkeit zum Weglaufen, oder wenigstens zum Umkehren, hatten wir auf dem Luftwaffenstützpunkt Andrews.

Aber der Plan, endgültig herauszufinden, ob Gerrard einer der Ketzer sei, hatte so überzeugend geklungen, daß sie Pater Baldwins Anweisungen gefolgt waren, und jetzt war es zu spät, um noch vor Gerrard wegzulaufen. Sie und Craig saßen hier in der Falle, und ihre einzige Chance bestand darin, ein Geschäft mit ihnen zu machen.

Im Geiste schüttelte Tess den Kopf. Nein, es gab noch eine andere Chance. Vielleicht waren Pater Baldwin und seine Männer den Signalen aus ihrem Sender gefolgt und würden sie hier finden. Wieder einmal war sie aufs Beten angewiesen.

Paß auf, forderte sie sich auf. Konzentriere dich. Sei auf alles gefaßt.

Die Luft roch süßlich. Sie genoß den Duft des Grases und der Bergblumen. Außerdem war die Luft erstaunlich klar und der Himmel von einem eindrucksvoll reinen Blau. Sie konnte sich gar nicht mehr erinnern, wann sie zum letzten Mal etwas anderes als Smog geatmet hatte. Aber diese Eindrücke waren nur flüchtig. Was ihr vor allem anderen auffiel, war die Tatsache, daß dieses Tal auf allen Seiten von hohen Bergen eingeschlossen war und daß die schmale Schlucht, durch die sich der Hubschrauber gezwängt hatte, der einzige Zugang war.

Wir sitzen in der Falle, dachte sie voller Schrecken. Und trotzdem weigerte sie sich, die Hoffnung aufzugeben. Verdammt, es muß doch etwas geben, was Craig und ich tun können, um uns in Sicherheit zu bringen.

Plötzlich sprach Gerrard. »Mein Freund wartet schon. Er kann's gar nicht erwarten, Sie endlich kennenzulernen.«

Tess wirbelte herum. Ein halbes Dutzend Arbeiter hatte sich an einen Zaun gelehnt und einer Gruppe von Stieren zugesehen. Jetzt trat einer von ihnen zur Seite und kam schnell zum Hubschrauber herüber. Er trug staubige Stiefel und verschwitzte Arbeitskleidung, um den Hals hatte er sich ein rotes Tuch gebunden. Aber trotz der gewöhnlichen Aufmachung war seine Haltung zweifellos aristokratisch. Er war ein großer Mann, stark gebaut, aber in keiner Weise fett. Arme, Schultern und Brust machten einen kräftigen, durchtrainierten Eindruck. Er hatte ein rechteckiges Gesicht mit dunkler, lederner Haut, es war eher energisch als schön, die breite Stirn erinnerte Tess an die Stiere. Sie schätzte ihn auf Ende Vierzig und warf einen Blick auf sein volles, dunkles, glänzendes Haar. Seine Augen – Tess fiel auf, daß sie braun waren – leuchteten auf, als er die Ankömmlinge erreichte. Ein Lächeln erstrahlte in seinem Gesicht.

»Señor Gerrard! Buenas tardes! Mucho gusto! Como está usted?«

»Muy bien. Gracias«, antwortete Gerrard. *»Y usted?«*

»Excelente!«

Die beiden Männer umarmten sich und schlugen sich gegenseitig auf die Schulter.

Als sie sich voneinander trennten, wechselte der fremde Mann abrupt ins Englische. Seine Stimme klang tief und voll, die Stimme eines Politikers. »Sie sind viel zu lange fortgeblieben. Sie wissen doch, daß Sie hier immer willkommen sind.«

»Ich werde versuchen, öfters zu Ihnen zu kommen«, erwiderte Gerrard.

»Es würde mich freuen.« Der Fremde ignorierte die Geheimdienstleute und wandte sich an Hugh Kelly. Mit einem herzlichen Lächeln schüttelte er ihm die Hand. »Es ist eine Freude, Sie wiederzusehen, Señor Kelly.«

»Die Freude ist ganz auf meiner Seite.«

»*Bueno. Bueno.* Und das sind Ihre Freunde, Alan?«

»Verzeihen Sie meine Unhöflichkeit«, entschuldigte sich Gerrard. »Tess, Lieutenant Craig, das ist José Fulano. Er trägt einen Titel, und die förmliche Version seines Namens ist extrem lang, aber wenn wir nicht gerade am Konferenztisch sitzen, lassen wir die Förmlichkeiten gerne beiseite. Ich habe José während des Flugs nach Madrid angerufen und ihn darauf vorbereitet, daß Sie mich hierher begleiten.«

Fulano schüttelte ihnen herzlich die Hände. »Um mich eines amerikanischen Ausspruchs zu bedienen: Alans Freunde sind auch meine Freunde. Seien Sie mir willkommen. Mein Haus steht Ihnen zur Verfügung. *Mi casa, su casa.* Wenn immer Sie etwas benötigen, zögern Sie bitte nicht, es mich wissen zu lassen.«

Sicher, dachte Tess. Was brauche ich denn? Sagen Sie mir, wie zum Henker ich hier rauskomme! Aber sie unterdrückte ihre Angst und schenkte ihm ihr freundlichstes Lächeln. »Wir wissen Ihre Gastfreundschaft zu schätzen, Señor Fulano.«

»Bitte! Ich heiße José.«

»Ein wunderschönes Haus haben Sie hier«, sagte

Craig. »Ich habe noch nie eine so herrliche Anlage gesehen.«

Fulano drehte sich um und leistete ihnen bei der Bewunderung seines Anwesens Gesellschaft. »Ich verbringe viel zuviel Zeit in Madrid. Wenn ich vernünftig wäre, würde ich diesen Ort gar nicht mehr verlassen.« Er seufzte. »Aber, wie Alan nur zu gut weiß, der Druck unserer Verantwortung läßt uns nicht viel Zeit, die wirklich wichtigen Dinge, die Schönheiten des Lebens zu genießen.« Beim letzten Satz hatte Fulano Tess angeschaut. »Als Alan mich aus dem Flugzeug anrief, hat er mir erklärt, daß Sie beide Umweltschützer sind. Sie werden erfreut sein zu erfahren, daß es hier keinerlei Luftverschmutzung gibt.«

»Das habe ich sofort bemerkt, als wir aus dem Hubschrauber kletterten. Mir kommt es vor, als würde ich puren Sauerstoff atmen.«

Fulano lächelte. »Sie müssen von der langen Reise erschöpft sein. Ich denke, Sie wollen sich ein bißchen ausruhen, ein Bad nehmen. Ich werde Ihnen Ihre Zimmer zeigen. Ich bin sicher, daß sie auch gerne die Kleider wechseln möchten.«

»Ich danke Ihnen«, sagte Tess.

»De nada.« Fulano führte sie stolz an einem Nebengebäude vorbei zu seinem Schloß.

Eine von Gras gesäumte Kopfsteinpflasterstraße führte dorthin. Aus der Nähe wirkte das Haus nicht so groß wie aus der Luft, vielleicht fünf Stockwerke hoch, aber mit seiner Breite und Tiefe war es immer noch beeindruckend genug. Seine Mauern bestanden aus riesigen Natursteinbrocken. Die meisten Fensterläden waren geöffnet und gaben den Blick auf großzügige, geräumige Fenster frei. In den oberen Stockwerken hatte jedes Fenster einen Balkon mit blühenden Blumen und Gittern, deren gußeiserne Stäbe in den vielfältigsten Formen geschmiedet waren. Zwei gewaltige Steinquader formten die Stufen zu zwei riesigen, bogenförmigen Eingangstüren, die aus massivem, dunklem Holz gefertigt waren.

Fulano stieß den einen schweren Flügel auf und forderte Tess und Craig auf, vor ihm das Haus zu betreten. Tess kam der Aufforderung nach, noch ängstlicher, nachdem sie die bewaffneten Wachposten an jeder Ecke des Hauses gesehen hatte. Auch wenn sie vorgaben, die Straße und die Weiden zu beobachten; ihre tatsächliche Aufmerksamkeit galt ihr und Craig, wie an gelegentlichen, verstohlenen Seitenblicken deutlich abzulesen war.

In dem Augenblick, als Tess die Schwelle überquerte, war ihr erster Eindruck, daß sich der Schweiß auf ihrer Stirn abkühlte. Es war draußen wohl doch wärmer gewesen, als sie zu spüren geglaubt hatte. Die Steine der Mauern und des Fußbodens machten das Innere des Hauses um mindestens zehn Grad kühler.

Ihr zweiter Eindruck war der der Dunkelheit. Nach dem hellen Sonnenlicht brauchte sie einige Augenblicke, bis sie sich daran gewöhnt hatte. Ein langer, robuster, antiker Holztisch füllte die Mitte der Eingangshalle aus. Große Teppiche, auf denen Wälder und Berge abgebildet waren, hingen an zwei Wänden. Ein weiterer Wandteppich zeigte einen Stierkampf, der Matador stieß gerade mit dem Degen zu. Ganz hinten links in der Ecke stand eine antike Rüstung.

Die Decke beeindruckte Tess besonders: dunkle, polierte, parallel verlaufende Holzbalken von einem Fuß Durchmesser waren fest in den steinernen Wänden verankert, unterstützt noch von Säulen und gelegentlichen Querbalken. Niemals zuvor war sie in einem Haus gewesen, das einen so soliden Eindruck gemacht hatte.

»Hier entlang«, sagte Fulano freundlich. Er führte sie quer durch den Raum, drei weitere Steinstufen hinauf, die in einen dunklen Flur mündeten, bis eine Treppe sie nach oben brachte, die aus den gleichen soliden Holzbalken gebaut war, von denen auch die Decke getragen wurde. Das Echo ihrer Schritte wurde von dem massiven Holz und dem Stein überall um sie herum geschluckt.

Der erste Stock war nicht minder eindrucksvoll, ein hoher, weitläufiger, offener Saal, dessen Decke und Fußboden aus massiven Balken bestand und in dessen Mitte noch so ein langer, robuster Holztisch stand. Noch mehr Wandteppiche. Hölzerne thronartige Stühle entlang der Wände. Zwischen jedem Stuhl eine Tür.

»Dies ist Ihr Zimmer«, sagte Fulano zu Tess. »Und dies ist Ihres«, fügte er zu Craig gewandt hinzu.

Die Türen befanden sich weit auseinander.

»Sehr schön«, meinte Craig. »Ich möchte zwar nicht taktlos sein, aber Tess und ich sind . . .«

»Ja?« fragte Fulano etwas erstaunt.

»Zusammen.«

»Wollen Sie damit sagen, Sie sind . . .«

»Wir sind uns einig.«

»Ja, natürlich. Verzeihen Sie meine Ungeschicklichkeit. Dies Zimmer«, sagte er zu Tess und Craig, »ist Ihres. Sie hatten eine lange Reise. Zweifellos möchten Sie sich ausruhen. Aber wenn Sie sich bitte um acht Uhr im Speiseraum einfinden würden. Die Treppe runter und dann links den Flur entlang. Wir haben eine Überraschung für Sie vorbereitet.«

»Wir können es kaum erwarten«, sagte Craig. »Wir werden uns ein bißchen frisch machen und dann um acht zu Ihnen herunterkommen.«

»*Bueno.*«

9

Tess und Craig betraten das helle, geräumige Zimmer mit seinen antiken spanischen Schränken, den offenen Fensterläden und einem riesigen Doppelbett, dessen hohes Kopfbrett zum dunklen Holz der Dachbalken und der Bodenbretter paßte.

Craig verschloß die Tür.

Tess packte seinen Arm. »Gott sei Dank hast du . . .«

Vorsichtig legte Craig ihr einen Finger über die Lippen. »Ich möchte wetten, daß wir aus diesem Zimmer einen fantastischen Ausblick haben. Diese Blumen. Hast du sie auf dem Balkon gesehen? Warum schauen wir sie uns nicht genauer an?«

Sie hatte gar keine Wahl. Craig drückte ihr seine Hand in den Rücken und schob sie in Richtung Balkon.

Hinter der offenen Tür lehnten sie sich auf die schmiedeeiserne Brüstung und hatten einen Ausblick über die Kopfsteinpflasterstraße und die Nebengebäude, hinter denen sich die Weiden erstreckten – auf einigen standen Stiere, auf den anderen Pferde – und dann die Wälder vor den hoch sich auftürmenden Bergen. Eine duftende Brise öffnete Tess die Nasenlöcher, aber das Vergnügen daran war jetzt nicht wichtig.

»Ich bin sicher, daß sie Wanzen im Zimmer installiert haben«, murmelte Craig. »Aber bis auf den Balkon werden die Mikrofone nicht reichen. Sind dir die Wachposten aufgefallen?«

»Ja.«

»Und der weiße Stier?«

»Besonders der.«

»Wir sitzen in der Scheiße«, sagte Craig. »Pater Baldwins Plan ist eine Katastrophe.«

»Vielleicht doch nicht. Er könnte . . .«

»Du träumst«, unterbrach sie Craig. »Wir sind auf uns selbst gestellt. Ich weiß nicht, warum Fulano und Gerrard uns bis jetzt noch nicht umgebracht haben, aber ab jetzt müssen wir Pater Baldwin vergessen und uns auf uns selbst verlassen.«

»Gerrard und Fulano müssen doch einen Grund haben, uns am Leben zu lassen.«

»Bis jetzt.«

Tess mußte ihm recht geben, und dabei schauderte es sie. »Bis jetzt. Sie haben noch etwas in der Hinterhand. Vielleicht die Überraschung, von der Fulano gesprochen hat.«

»Was auch immer das sein mag, es wird uns keine Freude bereiten.«

»Also, was sollen wir tun?« fragte Tess. »Weglaufen?«

»Bei den vielen Wachposten? Der Teufel soll diesen Pater Baldwin holen. Er wollte uns gar nicht helfen. Er hat uns nur benutzt. Wir wären sicherer gewesen, wenn wir nie auf ihn gehört hätten.«

»Das war gestern. Wir müssen mit dem *Jetzt* fertig werden.«

»Okay«, sagte Craig. »Im Augenblick müssen wir mit dem Strom schwimmen. Vielleicht finden wir einen Fluchtweg, wenn es dunkel ist. Durch den Wald. Hinauf in die Berge. In der Nacht, wenn alle schlafen, könnten wir von diesem Balkon klettern. Und wenn uns jemand aufhalten will, werde ich versuchen, ihn abzulenken. In dem Fall mußt du ohne mich weitergehen.«

»Auf keinen Fall«, protestierte Tess. »Entweder wir beide zusammen oder keiner.«

»Tess . . .« Craig nahm ihr Gesicht zwischen die Hände und küßte sie zärtlich. »Sie werden uns jagen. Es hat doch keinen Sinn, wenn wir beide ins Gras beißen. Wenn wir vor der Wahl stehen, ist es mir immer noch lieber, *du* entkommst und nicht ich.«

Sie erwiderte seinen Kuß. »Du hast nicht übertrieben, als du Fulano mitgeteilt hast, daß wir uns einig sind. Auch wenn wir noch nicht richtig darüber gesprochen haben. Ich möchte den Rest meines Lebens mit dir verbringen.«

Sie zog ihn sanft am Ärmel.

Craig widersetzte sich. »Was machst du . . .?«

»Ich gehe wieder rein. Und von jetzt an reden wir wie Verliebte miteinander, sonst könnten die Lauscher mißtrauisch werden. In Washington hast du mich ›Kleines‹ genannt. Und du hast mir erzählt, dein Vater hätte deine Mutter so genannt. Nun, Kleiner, laß uns zu Ende bringen, was wir angefangen haben. Wenn wir schon sterben müssen, dann laß uns wenigstens . . .« Plötzlich schloß sie ihn schluchzend in die Arme. »Uns bleibt nicht mehr viel Zeit. Gerrard und Fulano erwarten uns um acht. Laß uns die Zeit nutzen. Ich sehne mich nach einem Bad. Und ich möchte es mit dir zusammen nehmen.«

Sie begann damit, sein Hemd aufzuknöpfen. Als sie

ihm die Brustwarzen küßte, tropften heiße Tränen auf seine Brust.

»Bist du sicher?« fragte er.

»Ich will nicht sterben, ohne mit dir geschlafen zu haben. Streichle mir die Brüste. Oh, mein Gott, Craig, ich habe solche Angst.«

»Ich weiß. Ich fürchte mich auch.«

»Ich will nicht sterben. Ich . . . Ja! So ist es gut. Ich habe solche Angst, Craig! Weiter unten. Berühre mich weiter unten.«

Tess hatte von einem gemeinsamen Bad gesprochen. Sie machten sich beide auf den Weg ins Badezimmer, blieben aber immer wieder stehen, um sich zu küssen, sich gegenseitig die Hemden auszuziehen, und am Bett kamen sie nicht mehr vorbei. Schwankend, schwindlig vor Leidenschaft, ließ Tess sich zusammen mit Craig auf die Matratze fallen und preßte ihren Körper gegen seinen. Ihre Küsse wurden verlangender, ihre Finger beharrlicher. Stöhnend, sich windend, fuhren sie damit fort, sich auszuziehen. Tess zog ihm seinen Reißverschluß auf, Craig öffnete die Schnalle ihres Gürtels.

Sie langte durch den geöffneten Reißverschluß, fand Craigs steifes Glied. Als sie es herauszog, beugte Craig sich zitternd vor und umfaßte mit den Handflächen ihre Brüste, deren Nippel sofort groß und hart wurden. Sie strampelte sich die Jeans von den Beinen. Craig küßte ihre Brüste, ihren Bauch, und dann bewegte er sich weiter nach unten, zog ihr das Höschen aus, küßte die Innenseiten ihrer Schenkel. Sie riß ihm den Rest seiner Kleidung vom Leib, wand sich unter seinen Küssen. Craig lag jetzt auf ihr, beide preßten sie ihre Körper gegeneinander, erforschten jeden Winkel der Haut des anderen. Ihre Zungen trafen sich, fordernd, drängend. Sie schmeckte ihn, ein warmes Gefühl durchströmte ihre feuchte, erregte Vagina. Sie stieß ihre Zunge tiefer in seinen Mund, als wollte sie in ihn eindringen, eins mit ihm werden, und als Craig schließlich in *sie* eindrang, scherte sich Tess nicht mehr um die versteckten Mikrofone und um die fremden Lauscher. Sie heulte auf in wilder Ekstase. Und es ging immer weiter, ein Orgasmus nach dem anderen, und als Craigs Penis sich schließlich noch einmal unglaublich zu vergrößern schien, als sein Samen sich in sie ergoß, heulte sie ein letztes Mal, diesmal im Gleichklang mit ihm. Dann lagen sie auf ihren Rücken, ihre Körper gebadet in Schweiß.

Sie brauchte lange, um wieder zu Atem zu kommen. Nach und nach erst beruhigte sich ihr rasender Herzschlag. Einige Minuten lang sprach keiner von beiden ein Wort.

Dann küßten sie sich wieder, diesmal sanft und zärtlich. Vorsichtig streichelte Craig ihre Brüste. Sie waren wohl selber erstaunt, daß sie eine Viertelstunde später schon wieder miteinander schliefen. Schließlich waren sie so erschöpft, daß der Wunsch von vorhin wieder erwachte. In einer unerwartet großen Wanne teilten sie ein warmes, tröstliches Bad.

10

Ihre Zeit war abgelaufen.

»Bist du bereit?« wollte Craig wissen.

»Nein. Aber wenn dir noch eine Alternative einfällt, würde ich sie gerne hören.«

»Tut mir leid. Mir fällt keine ein.«

»Dann laß es uns mit Anstand tun.«

»Ich liebe dich.«

»Und ich liebe ... Küß mich. Ja, so ist es viel besser.«

Als Tess und Craig die Tür aufschlossen und öffneten, wurden sie von den beiden Secret-Service-Männern erwartet, die dort saßen und die Tür beobachteten. Wortlos folgten die Agenten ihnen die Treppe hinunter, nach links, den dunklen Flur entlang und hinein in den geräumigen Speisesaal. Dort hatten Gerrard und Fulano bereits an einem weiteren antiken Tisch Platz genommen. Als sie sich lächelnd erhoben, fiel Tess auf, daß Fulano inzwischen die Arbeitskleidung abgelegt hatte und in Hosen und ein Sportsakko gekleidet war.

Sie und Craig hatten ebenfalls frische Kleidung bekommen. Zehn Minuten bevor sie das Zimmer verlassen hatten, war ein Diener gekommen und hatte sie ihnen gebracht. Craigs Aufmachung glich der von Fulano.

Was sie trug, entsprach jedoch nicht ihrem Geschmack. Zugegeben, die Kleider waren attraktiv: ein blauer Schal, eine dazu passende Seidenbluse, ein roter Baumwollrock und weiche Ledersandalen, die mindestens so bequem waren wie Slipper.

Aber Tess hatte Röcke noch nie gemocht, und diesen mochte sie besonders wenig, weil er ihr bis auf die Fußgelenke fiel und sie beim Gehen behinderte. Und die Sandalen bedeuteten, daß sie sich von ihren Turnschuhen mit dem Minisender hatte trennen müssen. Sie hatte die Turnschuhe in ihren geräumigen Jutebeutel gesteckt, aber sie wurde den Verdacht nicht los, daß Fulano ihr diese Sandalen und den Rock verpaßt hatte, um ihr eine nächtliche Flucht in den Wald und über die Berge zu erschweren. Wieder einmal fühlte sie sich schwach und hilflos.

»Sie sehen fantastisch aus, Tess«, sagte Fulano.

»*Gracias*«, antwortete sie und versuchte einen bescheidenen Eindruck zu machen.

Fulano lachte. »Sie lernen bereits Spanisch?«

»Ich fürchte, es ist das einzige Wort, das ich kenne. Aber ich danke Ihnen wirklich. Die Sachen passen mir ausgezeichnet. Sie sind wunderbar.«

»Es war mir ein Vergnügen.«

Die Läden vor den Fenstern des Speisesaals waren geöffnet worden. Die versinkende Sonne tauchte den Raum in ein blutrotes Licht.

»Ich bin sicher, Sie sind bereits gespannt auf die Überraschung, die ich Ihnen versprochen hatte«, sagte Fulano.

»Hört sich ja an wie eine Geburtstagsbescherung. Ich habe Überraschungen schon immer geliebt.« Während sie sich über den Rock strich, am Tisch Platz nahm und versuchte, ihrer Angst Herr zu werden, bemerkte Tess, daß die beiden Secret-Service-Agenten neben der Tür Aufstellung nahmen, durch die sie und Craig hereingekommen waren. Außerdem fiel ihr auf, daß vor den Fenstern in einem steinernen Innenhof bewaffnete Wachen patrouillierten.

Gerrard und Fulano setzten sich erst, nachdem Craig Platz genommen hatte.

»Eine kurze Erklärung«, sagte Gerrard. »Ich habe den Eindruck, daß Sie beide noch nie in Spanien waren.«

»Leider«, antwortete Craig. »Jetzt, wo ich es kennengelernt habe.«

»Zuerst einmal müssen Sie verstehen«, erklärte Gerrard, »daß die Spanier einen Tagesablauf haben, der sich auf das angenehmste von dem unterscheidet, den wir aus Amerika gewöhnt sind. Sie arbeiten von neun bis eins. Dann machen Sie eine sehr lange Mittagspause und ihre berühmte *Siesta*, von der Sie sicher schon gehört haben.« Er zuckte die Achseln. »Sie ruhen sich aus. Schlafen. Lieben sich. Was auch immer. Dann arbeiten sie wieder von vier bis sieben, und danach halten sie einen Schwatz mit ihren Nachbarn, essen, trinken und diskutieren die Geschehnisse des Tages. Aber sie nehmen um diese Zeit höchstens einen Imbiß zu sich, denn ihr richtiges Abendessen findet für amerikanische Verhältnisse äußerst spät statt. So gegen zehn. Die Kleinigkeiten, die sie vorher einnehmen, nennen sich *tapas*, und sie gehören nun tatsächlich zu den ausgesprochenen Glanzstücken der spanischen Kultur. Mit Überraschung meinten wir, daß wir Sie mit diesen *tapas* bekannt machen wollen.«

Verwirrt, weil sie mit einer Konfrontation gerechnet hatte, beobachtete Tess, wie Fulano mit den Knöcheln auf die Tischplatte klopfte. Im selben Moment erschienen drei Diener mit Tabletts, von denen sie mehrere Platten nahmen und auf den Tisch stellten.

Tess, die seit einer ganzen Weile nichts mehr gegessen hatte, konnte nichts dagegen tun, daß ihr der herrliche Duft der Speisen auf diesen Platten das Wasser im Mund zusammenlaufen ließ. Sie war nicht bloß hungrig. Sie wußte, daß sie etwas essen mußte, wenn sie für den Fall bei Kräften bleiben wollte, daß sich ihr und Craig später eine Gelegenheit zur Flucht bieten würde.

»Zuerst einmal die Calamari«, sagte Gerrard. »Kennen Sie . . .?«

»Fritierter Tintenfisch. Köstlich.«

»Gut«, sagte Fulano. »Und hier sind Oliven, und dies sind Sardellen. Aber nicht so, wie Sie sie aus Amerika kennen. Diese hier sind ganz frisch und nicht zu vergleichen.«

»Und das hier«, erklärte Gerrrard, »sind wunderbare Stücke fritierter Hähnchen. Und dann hätten wir hier noch Krabben und natürlich Brot und Pommes frites mit Mayonnaise und . . .«

»Genug!« Craig kicherte, auch wenn Tess genau wußte, daß er sich zu dieser guten Laune zwingen mußte. »Wenn Sie das einen Imbiß nennen, wie sieht dann erst die Hauptmahlzeit aus?«

»Sie werden erstaunt sein«, versprach Fulano.

»Darauf möchte ich wetten.«

Vor den Fenstern patrouillierten immer noch die Wachposten. Ganz schnell tat Tess so, als konzentriere sie sich ausschließlich auf die Parade der verschiedenen Speisen. »Die vielen Teller. Wie sollen wir die . . .?«

»Einer für jede Speise«, sagte Gerrard. »Es ist wichtig, jeden einzelnen Geschmack auseinanderzuhalten.«

»Dann lassen Sie uns beginnen. Ich sterbe vor Hunger.«

Tess stellte fest, daß rotes Fleisch völlig fehlte. Eine bedeutsame Auslassung, wenn man an die vegetarischen Überzeugungen der Ketzer dachte. Mit vorgetäuschtem Vergnügen aß sie Oliven, Calamari und was ihr auf den verschiedenen Tellern sonst noch ins Auge sprang. Die *tapas* waren in der Tat wunderbar zubereitet und schmeckten köstlich, wobei ein Geschmack den anderen ergänzte.

»Hätten Sie gerne etwas neuen Wein?« fragte Fulano. »Der spanische Wein ist hervorragend. Oder ziehen Sie ein frisches *cerveza* vor?«

»Ich verstehe nicht.« Tess schaute verwundert.

»Das spanische Wort für Bier.«

»Danke.« Craig schlang die Sachen mit Heißhunger hinunter. »Für mich bitte Wasser.«

»Für mich auch«, fügte Tess hinzu. »Alkohol bekommt mir nicht besonders. Ich werde davon immer so müde.«

»Ich reagiere ebenso. Interessant«, sagte Fulano. Er füllte ihr den Keramikbecher aus einem Krug.

Tess trank erst, nachdem Fulano seinen eigenen Becher gefüllt und von demselben Wasser getrunken hatte.

»Mein Gott, bin ich satt«, sagte Craig.

»Dann sollten Sie aufhören.« Fulano schluckte eine Olive hinunter und legte den Kern neben seinen Teller. »Vergessen Sie nicht, daß es später noch den Hauptgang gibt.«

»Und jetzt haben wir noch eine Überraschung.« Gerrard tupfte sich mit einer Serviette den Mund ab.

Jetzt kommt's, dachte Tess. Die Verurteilten hatten ihre Henkersmahlzeit.

»Ach?« Craig ließ seine Gabel sinken. »Noch eine? Dieses Tal. Dieses Schloß. Und dann die *tapas*. Wir sind wahrlich schon genug überrascht worden. Und nun haben Sie noch etwas für uns.«

»Etwas wirklich Besonderes. Etwas äußerst Ungewöhnliches. Es passiert nur einmal im Jahr«, erklärte Fulano. »Aber wir müssen vorher noch einen kleinen Flug mit dem Hubschrauber machen. Ich weiß, daß Sie noch müde von der Reise sind, aber ich verspreche Ihnen, daß Sie nicht enttäuscht sein werden. Sie werden es sogar sehr bemerkenswert finden.«

»In dem Fall sollte Müdigkeit keine Rolle spielen. Gehen wir.« Craig erhob sich von seinem Platz.

Etwas unsicher, was Craigs Strategie betraf, folgte Tess seinem Beispiel.

Die Secret-Service-Agenten erhoben sich ebenfalls.

Mit einem weiteren Klopfen auf die Tischplatte rief Fulano seine Diener zu sich. Während diese die Überreste der *tapas* einsammelten, wies Fulano Tess und Craig mit einer Handbewegung den Weg zum Flur, der nach draußen führte.

Fünf Minuten später, die Sonne berührte bereits die Gipfel der Berge, ihr Licht erstrahlte jetzt in einem noch tieferen Rot, hatten sie den Hubschrauber erreicht. Beim Hineinklettern fiel Tess plötzlich auf, daß sie Gerrards Assistenten Hugh Kelly seit ihrer Ankunft nicht mehr gesehen hatte.

Wo mochte er stecken? Warum hatte er sich ihnen nicht angeschlossen?

Ihr blieb kaum Zeit, die verschiedenen Möglichkeiten durchzugehen. Eine Minute später bereits, als folgte er einem präszisen Zeitplan, erhob der Hubschrauber sich in die Luft und flog auf die nördlichen Berge zu. Die Sonne war jetzt hinter den Gipfeln verschwunden, ihr Widerschein tauchte den Himmel in ein blutiges Rot.

Obwohl das Essen ihr neue Kräfte gegeben hatte, zog Tess' Magen sich zusammen, und sie schloß die Finger fest um den Sicherheitsgurt, jeden Moment damit rechnend, daß die beiden Geheimagenten sie packen, den Gurt lösen und sie hinunter ins Tal werfen würden.

In Wirklichkeit blieb jeder an seinem Platz, während der Hubschrauber immer höher stieg und sich den finsteren Bergwänden näherte.

»Alan hat mir erzählt, daß man Sie in Amerika bedroht hat«, sagte Fulano. »Falls es Sie tröstet, möchte ich Ihnen versichern, daß das, was wir Ihnen jetzt zeigen, Sie von Ihren Sorgen ablenken wird.«

Der Hubschrauber erklomm die nördlichen Gipfel. Die Sonne war beinahe völlig hinter den entfernten Bergkämmen verschwunden. Unter ihnen lag ein finsteres Tal.

»Wir nähern uns der spanisch-französischen Grenze«, teilte Gerrard ihnen mit. »Natürlich dürfen wir sie nicht überfliegen. Nicht ohne vorhergehende diplomatische Absprachen. Nicht einmal ich habe die Macht, französischen Luftraum zu verletzen. Aber die Überraschung, die wir Ihnen zeigen wollen, ist ein südfranzösischer Brauch, der vor Jahrhunderten in diese Gegend von Spanien kam. Er ist sehr bemerkenswert.«

Der Hubschrauber flog über ein paar ausgezackte Bergkämme und überquerte noch eins dieser finsteren Täler.

Aber hier war etwas anders. Als Tess nach unten schaute, bemerkte sie erstaunt, daß *dieses* Tal nicht völlig dunkel war. Hunderte von einzelnen Lichtern flackerten überall auf seiner düsteren Sohle.

»Was sind das für . . .?« Sie schüttelte den Kopf. »Das können doch keine Dörfer sein, nicht mit solch kleinen Lichtern und so weit auseinander. Es kommt mir fast so vor, als . . . Ich bin ganz sicher. Die Lichter brennen auf den Feldern.«

»Das stimmt«, bestätigte Fulano. »Was Sie dort unten sehen, sind Freudenfeuer. Die Bauern und Dorfbewohner der Gegend feiern ein Fest.«

Gerrard lehnte sich gegen seinen Schultergurt und beugte sich zu Tess hinüber. »Wissen Sie, was heute für ein Tag ist? Ich meine nicht den Wochentag, sondern das Datum.«

Tess mußte kurz nachdenken. »Der 22. Juni.«

»Sehr gut. Und irgendwann zwischen gestern und heute war Sonnenwende, der Beginn des Sommers. Was Sie dort unten sehen, sind Feuer zu Ehren der neuen, herrlichen Jahreszeit, des Gedeihens der Ernte, der Erfüllung der Fruchtbarkeitsverheißung des Frühlings.«

»Das Ritual ist sehr alt«, fügte Fulano hinzu. »Es ist wesentlich älter als das Christentum, obwohl natürlich, wie beim Osterfest, dessen wahre Bedeutung ja auch das Wiedererwachen der Natur ist, auch christliche Elemente enthalten sind. Die Dorfbewohner da unten beten den heiligen Johannes an.«

Tess spürte einen innerlichen Ruck. Sie wußte nicht, ob Fulano jetzt Johannes den Täufer oder Johannes, den Jünger Jesu, gemeint hatte, aber sie hätte auf letzteren wetten können, den Johannes nämlich, der das letzte Evangelium der Bibel, zahlreiche Episteln und das Buch der Offenbarung verfaßt hatte.

Im Geiste sah sie die Fotografien in ihrer Tasche vor sich, vor allem die Aufnahme von der Bibel, die sie in Josephs Schlafzimmer gefunden hatten, eine Bibel, aus der Joseph alles entfernt hatte bis auf die Schriften des Johannes und die Theorien, die so sehr zu den Ansichten der Ketzer paßten, vor allem über den Krieg zwischen Gut und Böse und das Ende der Welt.

»Die Bauern und die Leute aus den Dörfern beten um diese Flammen herum«, sagte Gerrard. »Sie halten aus Weizenhalmen und wilden Blumen geflochtene Kreuze in die Höhe.«

Wieder zuckte Tess innerlich zusammen. Flammen. Weizen.

Sie rief sich das groteske Relief ins Gedächtnis: Die Fakkelträger, Mithras, der dem Stier den Hals aufschlitzt, das Blut, das aus der Wunde sprudelt, um die Erde zu befruchten, der Hund, der versucht, den Strom des Blutes zu unterbrechen, die Schlange, die sich auf den Weizen stürzt, den das Blut aus dem Boden hat sprießen lassen. Ein Krieg zwischen Gut und Böse, und es hing vom Ausgang dieser Schlacht ab, ob die Natur leben durfte oder nicht.

Schockiert mußte sie erkennen, daß dieses geheiligte Fest da unten im Tal ein Überbleibsel des Mithraismus war, daß die Ketzerei viel tiefer verwurzelt und viel weiter verbreitet war, als sie jemals angenommen hatte.

Nester. Pater Baldwin hatte davon gesprochen, er habe nach Nestern gesucht, vor allem in Spanien, auch wenn er seine Aufmerksamkeit mehr auf die Picos de Europa im Westen gerichtet hatte, und nicht auf die Pyrenäen im Osten. Was er nicht wußte, war, daß diese Nester nicht nur in den Picos, sondern überall in Südfrankreich und Nordspanien existierten, daß die Landbewohner den Mithraismus in ihre katholischen Traditionen verwoben hatten, auch wenn sie wahrscheinlich nichts über seinen Ursprung wußten und die Bedeutung der Fruchtbarkeitsrituale, die sie gerade vollzogen.

Oder sie kannten den wahren Ursprung und die Bedeutung doch. Das würde diese Rituale noch furchteinflößender und noch schrecklicher erscheinen lassen. Wie die

Dorfbewohner und Bauern um die Freudenfeuer da unten im Tal, hatte sich auch Tess der Natur verschrieben, aber Gerrard und Fulano – die sich Mithras, dem Gott der Natur verschrieben hatten – hatten sie in ihrer Gewalt, und vielleicht sollten sie und Craig die nächsten Opfer für ihren Gott sein.

Der Hubschrauber sank herunter und näherte sich den vereinzelten Feuern im Tal.

»Fliegen wir nicht zurück?« fragte Craig.

»Noch nicht gleich«, antwortete Fulano.

»Warum?« Craig hatte die Stimme gesenkt.

»Wir haben noch eine Überraschung«, klärte ihn Gerrard auf.

»Das hört ja gar nicht auf. Ich werde langsam müde. Ich weiß nicht, ob Tess und ich noch weitere Überraschungen vertragen können«, sagte Craig.

»Glauben Sie mir, *diese* Überraschung ist es wert«, versprach ihm Gerrard.

Der Hubschrauber sank tiefer in das dunkle Tal hinab, und plötzlich fiel Tess auf, daß einige der Freudenfeuer zu einem speziellen Muster angeordnet waren. Sie formen einen Landeplatz! dachte sie.

In der Dunkelheit benutzte der Pilot das Quadrat aus Feuern, um sich einen ebenen Platz zum Landen zu suchen. Im Lichte der flackernden Flammen setzte er auf dem Gras auf und stellte die Motoren ab.

»Und jetzt?« wollte Craig wissen.

»Jetzt zeigen wir Ihnen etwas, das so heilig ist, daß es erst sehr wenige Menschen zu Gesicht bekommen haben«, antwortete Gerrard.

»Sie beunruhigen mich. Ich bin aus New York. Berge, Täler, Freudenfeuer, für mich ist das wie der Mars.«

»Dann lade ich Sie hiermit zu einem Besuch auf dem Mars ein«, sagte Fulano. »Ich garantiere Ihnen, daß Sie beeindruckt sein werden. Ich muß mich korrigieren: Sie werden fassungslos sein. Öffnen Sie Ihren Geist. Bereiten Sie sich auf etwas vor, das später einmal die stärkste Erinnerung Ihres Leben sein wird.«

»Da Sie mein Gastgeber sind, gehe ich davon aus, daß ich Ihnen vertrauen kann. Ich nehme auch an, daß Sie sich als Gastgeber Ihren Gästen gegenüber verpflichtet fühlen.«

»Davon können Sie selbstverständlich ausgehen.«

»Okay, dann lassen Sie uns die Überraschung sehen, die einmal die stärkste Erinnerung unseres Lebens sein wird.«

»Folgen Sie mir.«

Sie kletterten aus dem Hubschrauber.

11

Tess fühlte sich in eine bedrückende Dunkelheit eingehüllt, obwohl in einem Rechteck um den Hubschrauber herum leuchtende Freudenfeuer loderten. Ihr beißender Qualm stand im Widerstreit mit dem Duft der Gräser und Blumen in dem nächtlichen Bergtal.

Zahlreiche Dorfbewohner und Bauern, die sämtlich festliche Kleider trugen, standen neben den Feuern und hielten eindrucksvolle, aus Blumen und Weizenähren geflochtene Kreuze in die Höhe. Beim Anblick der Kreuze im flackernden Licht der Flammen blieb Tess zögernd stehen, überwältigt von der Erinnerung an das, was Priscilla Harding ihr erzählt hatte. Vor der Zeit des Christentums, vor der Tradition, im Kreuz das Symbol der Hinrichtung Christi zu sehen, hatte eine andere Tradition im Kreuz ein Symbol für die Herrlichkeit der Sonne gesehen. Und jetzt, als Tess den Widerschein der Flammen auf dem Geflecht aus Weizen und Blumen sah, wurde es ihr mit eisiger Gewißheit klar: Diese Kreuze, zusammengesetzt aus Produkten der Natur, waren eine Huldigung an die Sonne – an Mithras, den *Gott* der Sonne.

Fulano nahm einem der Dörfler eine Fackel aus der Hand und forderte Tess und Craig per Handzeichen auf, ihm über die Wiese zu folgen. Gerrard nahm sich ebenfalls eine Fackel und folgte ihnen, zusammen mit den beiden Secret-Service-Männern. Unerwartet war nur, daß die Gruppe noch größer wurde, denn andere Männer, die hinter den Freudenfeuern gestanden hatten, schlossen sich ihnen an. Diese Neuankömmlinge trugen keine festliche Kleidung. Sie hielten auch keine aus Weizen und Blumen geflochtenen Kreuze in der Hand. Statt dessen trugen sie grobe Arbeitskleidung und hielten automatische Schußwaffen in den Händen.

Jenseits der Freudenfeuer wurde die Wiese beängstigend schwarz, erhellt nur noch vom Schein der Fackeln, mit denen Fulano und Gerrard ihnen leuchteten. Angsterfüllt dachte Tess an die Fackelträger auf dem Relief, das sie in Josephs Schlafzimmer gesehen hatte. Ihre Füße und Fußgelenke froren, die Sandalen und die unteren Partien des langen Rocks sogen den Tau auf dem kniehohen Gras in sich auf. In ihrer Panik hätte sie am liebsten Craig am Arm gepackt und wäre mit ihm losgelaufen. Vielleicht wäre es ihnen gelungen, in der Nacht unterzutauchen. Aber dann siegte die Verzweiflung über diese Hoffnung, als sie sich klarmachte, daß die Leibwächter sie jagen würden, daß die Leute aus dem Dorf sich der Suche anschließen würden und daß die Wahrscheinlichkeit sehr groß war, daß sie und Craig in der Dunkelheit die Orientierung verlieren und im Kreis herumlaufen würden, in dem Versuch, den Freudenfeuern nicht zu nahe zu kommen, bis man sie schließlich wieder eingefangen hätte.

Die Wiese begann anzusteigen. Der Weg führte vorbei an Buchen, zwischen Findlingen hindurch, die zunehmende Feuchtigkeit ließ Tess frieren. Es ging weiter den Hügel hinauf, und jetzt konnte sie bereits das Harz der Pinien riechen.

Und dann lief der Anstieg plötzlich in eine gerade Fläche aus. Aus Gras war felsiger Untergrund geworden. Sie schaute nach vorne, wo die Fackeln einen schmalen Spalt am Fuß einer Felswand beleuchteten, der hinter einem Gebüsch versteckt war. Als sie näher herantrat, konnte sie erkennen, daß der Spalt der Eingang zu einer Höhle war.

Aber schon nach den ersten Schritten in der Höhle versperrte ihnen eine rostige Eisentür den Weg.

Fulano gab einem der Leibwächter seine Fackel, zog einen Schlüssel aus der Tasche und öffnete das Vorhängeschloß an der Tür. Mit großer Anstrengung stemmte er seine Schulter gegen die Tür und schob sie auf, wobei die Scharniere quietschten. Die Finsternis war jetzt von einer unheimlichen Stille erfüllt, die einzigen Laute waren das Knistern der Fackeln und Fulanos Schritte, als er hinter der Tür verschwand. Fünf Sekunden später wurde die Stille durchbrochen vom Geräusch einer Kurbel, dann stotterte ein Motor und erwachte dröhnend zum Leben. Im selben Moment wurde das Innere der Höhle von einer schummrigen Glühbirne ausgeleuchtet, die unter der Decke befestigt war, und Tess konnte erkennen, daß es sich bei dem Motor um einen mit Kerosin gespeisten Generator handelte.

Jemand stieß ihr in den Rücken. Tess drehte sich um und starrte voller Erstaunen Hugh Kelly an, der sich ihnen beim Anstieg auf den Hügel angeschlossen haben mußte. Wo war er gewesen? Was hatte er gemacht? Auch er trug jetzt Arbeitskleidung.

»Gehen Sie hinein«, forderte er sie auf. »Drinnen werden Sie eine Jacke und feste Schuhe finden. Die Höhle ist glitschig, und außerdem ist sie kühl.«

»Ich hab' meine Turnschuhe mitgebracht«, sagte Tess. Sie nahm sie aus ihrem Beutel und zog sie an. Jetzt fühlte sie sich etwas sicherer.

Trotzdem zitterte sie am ganzen Körper. Die Fackeln wurden zwischen die Felsen gedreht und gelöscht. Als sie und Craig, gefolgt von Gerrard, Kelly und den Leibwächtern, die Höhle betraten, entdeckte sie gegenüber vom Generator wollene Jacken, zog eine davon an und knöpfte sie zu. Trotz der wärmenden Wirkung zitterte sie weiter.

Der schmale Durchgang erreichte kaum Kopfhöhe. Sie ging weiter und blieb zehn Meter hinter einer Biegung stehen, weil sie erneut vor einer Eisentür standen.

Während Fulano sie öffnete, zog Hugh Kelly die erste Tür zu und verriegelte sie.

Das wär's, dachte sie. Die Falle ist zugeschnappt.

»Kein Grund, nervös zu werden.« Trotz des Dröhnens der Maschine hallte Fulanos Stimme laut von den feuchten Kalkwänden wieder. »Wir verschließen die Tür nur aus Sicherheitsgründen. Schließlich haben wir tiefe Nacht, und Sie dürfen nicht vergessen, daß nicht nur Sie gefährdet sind. Alan und ich sind begehrte Ziele für Anschläge. Ich vertraue den Dorfbewohnern, aber in der Dunkelheit könnten sich auch Feinde verborgen haben, die unseren Spuren gefolgt sind und die sich nichts Besseres wünschen könnten, als uns in dieser entlegenen Gegend zu erwischen. Drei Wachposten stehen draußen, um sicherzustellen, daß wir beim Verlassen der Höhle nicht angegriffen werden. Vielleicht ist Ihnen aufgefallen, daß Alans Secret-Service-Agenten gar nicht erfreut über diesen kleinen Ausflug waren.«

»Das ist mir aufgefallen.« Innerlich war Tess weiterhin davon überzeugt, daß die Männer sich mehr um Craig und sie zu kümmern hatten als um Gerrard und Fulano. Trotzdem tat sie so, als folge sie seiner Logik. »Aber was ist, wenn draußen etwas passiert? Wenn Ihre Männer überwältigt werden?«

»Wir versuchen, über Sprechfunkgeräte mit ihnen in Verbindung zu bleiben. Sollten sie nicht mehr antworten«, erklärte Gerrard, »dann benützen wir eben einen anderen Ausgang.«

»Sie haben an alles gedacht«, sagte Craig.

»Wir tun unser Bestes.« Fulano stieß die innere Tür auf. Ihre Angeln quietschten, die Unterkante kratzte über felsiges Gestein. »Und jetzt zu unserer Überraschung.«

»Eines der größten Wunder dieser Welt«, fügte Gerrard hinzu. »Nur wenige Menschen haben es gesehen. Nur solche, die es verdienen, die ein solches Wunder zu würdigen wissen, die sich um unseren Planeten, um seine Seele sorgen. Und Sie, Tess, haben es verdient.

Denn Sie machen sich Sorgen. Mit großer Leidenschaft. Das haben Sie mit Ihren Artikeln bewiesen.«

»Also« – Fulano stieß die Tür jetzt ganz auf – »werden Sie jetzt dieses Wunder sehen. Vielleicht eines der größten, die es gibt. Etwas so Heiliges, daß Sie nicht mehr dieselben sein werden, nachdem Sie es gesehen haben.«

»Ich kann mir gar nicht vorstellen, was ...«

»Nein«, sagte Gerrard. »Stellen Sie sich gar nichts vor. Nehmen Sie nichts vorweg. Schauen Sie es sich einfach an. Treten Sie einen Schritt zurück und genießen Sie es. Sie werden ein anderer Mensch werden.«

»So, wie mein Leben bisher verlaufen ist, könnte eine Veränderung nichts schaden. Zum Besseren, hoffe ich.«

»Zum Besseren«, versprach Fulano. »Ohne Frage. Sie haben mein Wort.«

Tess nahm Craigs Hand und folgte ihnen durch die Tür. Sie spürte die Leibwächter im Nacken. Fulano blieb stehen, um auch den zweiten Eingang zu verriegeln.

Es wird immer auswegloser, dachte Tess.

Rohe, in den Kalkstein gehauene Stufen führten hinunter in eine tiefe, breite, hoch aufragende Höhle. Glühbirnen über der Treppe warfen ein trübes Licht von den feuchten Felswänden und leuchteten ihnen den Weg aus.

Als Tess die Sohle erreicht hatte, war sie überwältigt vom riesigen Ausmaß der Höhle. Ehrfürchtig ließ sie ihre Blicke umherwandern, hinweg über verworrene Felsformationen. Stalaktiten hingen von der Decke, das Wasser, das von ihnen heruntertropfte, formte kleine Pfützen, um die sie herumgehen mußte. Stalagmiten ragten aus diesen Pfützen empor, ihre Umrisse erinnerten vage an die Rüssel von Tieren.

Ihr hastiger Atem stieß weiße Nebelwolken hervor.

»In dieser Höhle herrscht eine konstante Temperatur von 9 Grad«, erklärte Fulano. »Im Sommer und im Winter. Vor Tausenden von Jahren hat ein Felssturz den ursprünglichen Eingang verschüttet und das Innere verschont. Während der ganzen Zeit wurde das Geheimnis der Höhle bewahrt. Aber im neunzehnten Jahrhundert öffnete eine weitere Verschiebung der Felsen einen Spalt im Gestein. Ein einheimischer Bauer, der nach entlaufenen Lämmern suchte, stieg den Hügel hinauf, entdeckte die Spalte und beschloß zu erforschen, was dahinter lag, wohl weniger aus Interesse für die Höhle – schließlich können solche Orte ziemlich gefährlich sein – als vielmehr aus Sorge, sein Lamm könnte durch diesen Spalt geschlüpft sein. Bald kam er an einen weiteren Spalt, der allerdings so schmal war, daß seine Lämmer ihn nie und nimmer hätten passieren können. Das schwache Sonnenlicht, das durch den Eingang fiel, zeigte dem Mann, daß die Höhle hinter diesem schmalen Durchgang noch viel größer war. Er erzählte zuerst seiner Familie davon und dann auch anderen Bauern, nachdem er seine Lämmer später am Tag auf einer Wiese wiedergefunden hatte. Nach und nach verbreitete sich die Kunde und erreichte schließlich auch mein Tal, wo mein Ururgroßvater lebte, der sich für Höhlen interessierte. Er beschloß, eine Expedition zusammenzustellen, kam zu diesem Tal und wies seine Arbeiter an, mit Pickeln und Vorschlaghämmern den Durchgang zu verbreitern. Der Kalkstein war so spröde, daß die Männer den Befehl ausführen konnten. Mit Fackeln drangen sie dann tiefer in die Höhle ein, und nachdem sie entdeckt hatten, was wir Ihnen jetzt zeigen wollen, beschwor er seine Leute zur Verschwiegenheit. So schnell wie möglich ließ er eine Eisentür einsetzen, um den Durchgang in den Felsen absperren zu können, und nur er hatte einen Schlüssel zu dem Vorhängeschloß. Später wurde weiter draußen eine zweite Tür hinzugefügt. Es handelte sich nicht um die Türen, durch die wir eben gegangen sind. Schon vor vielen Jahren rosteten die Originale, lösten sich auf und wurden ersetzt. In jüngster Zeit wurden noch ein paar Verbesserungen gemacht. Man schlug Stufen in die abschüssigen Stücke und brachte Glühbirnen an, die mit einem Generator betrieben werden können.«

»Aber was war es, das Ihr Ururgroßvater dort entdeckt hat?« fragte Craig. »Und warum wollte er es verstecken?«

»Er wollte es weniger verstecken als vielmehr schützen«, erklärte Fulano. »Gleich werden Sie verstehen, warum.« Er führte die Gruppe quer durch die Kammer in einen trüb beleuchteten Gang, der zuerst nach rechts, dann nach links führte und sie weiter nach unten brachte.

Tess glaubte zu ersticken an der Feuchtigkeit und dem unbestimmten Gefühl, daß die Wände dieser Höhle einen Druck ausübten, die Luft um sie herum schwer machten. Sie stieg über Wasserpfützen, manchmal hörte sie das Wasser von der Decke tröpfeln. Gelegentlich traf ein kalter Tropfen ihren Kopf. Wie in einem Labyrinth führte ein Durchgang in den nächsten. Sie ging um eine Biegung herum. Vor ihr öffnete sich eine neue, riesige Halle. Fulano und Gerrard warteten weiter vorne, vor Freude lächelnd, ihre Augen leuchteten so intensiv; der Widerschein der trüben Glühbirne allein konnte dieses Strahlen nicht ausgelöst haben.

Craig blieb neben ihr stehen. Hinter ihnen traten Hugh Kelly und die Leibwächter aus dem Durchgang und gesellten sich zu ihnen.

»Und jetzt?« Craigs Stimme klang besorgt. »Warum bleiben wir stehen?«

»Weil wir den Ort erreicht haben, den wir Ihnen zeigen wollten. Sehen Sie es denn nicht?« fragte Gerrard und lachte. »Sehen Sie es wirklich nicht? Schauen Sie sich um!« Sein Lachen wurde lauter, es hallte durch die Gewölbe, der Ausbruch seiner Heiterkeit wirkte übertrieben. »Schauen Sie!«

Verwirrt folgte Tess seiner Aufforderung, drehte sich langsam um und lenkte ihren Blick in die Richtung von Gerrards ausgestrecktem Arm.

Und dann sah sie es plötzlich, und der Anblick veranlaßte sie, die Hände vor die Brust zu pressen und in Ehrfurcht einen Schritt zurückzutreten.

»O mein Gott.« Und gleich sagte sie es noch einmal, lauter, überwältigt. »Mein Gott!‹

Ihr wurden die Knie weich. Nur mühsam hielt sie

sich auf den Beinen, bis ins Mark erschüttert von dem, was sich ihren Augen bot.

»Wie wunderbar!« platzte sie heraus. »Sie sind . . .! Ich habe noch nie etwas Ähnliches . . .! Es ist kaum zu glauben . . .! Sie sind so wunderschön, daß ich weinen möchte!«

Craig schüttelte erstaunt den Kopf. Er war so überwältigt, daß es ihm die Sprache verschlagen hatte.

Überall um sie herum, an den Wänden und quer über die Decke, schienen Tiere zu laufen, zu grasen, zu schwimmen, zu springen oder einfach nur dazustehen, um sich bewundern zu lassen. Malereien auf dem Fels, so viele, daß Tess sie weder zählen noch das komplexe, fließende Muster auf einmal in sich aufnehmen konnte. Häufig überlagerten sich die Körper der verschiedenen Tiere, trotz aller Statik schienen die Abbilder doch irgendwie in Bewegung, bildeten eine riesige, unendliche, wilde Herde.

»Ja«, sagte Gerard, und die Stimme schien ihm versagen zu wollen, »so wunderbar, so unglaublich schön, daß einem die Tränen kommen. Ich bin unzählige Maie hiergewesen, und die Wirkung ist jedesmal dieselbe. Ihre Herrlichkeit tut beinahe weh. Jetzt begreifen Sie wohl, daß ich nicht übertrieben habe. Sie sind eines der größten Wunder dieser Welt. Für mich repräsentieren sie die Seele des Planeten.«

Hirsche, Elche, Büffel, Pferde, Steinböcke, Bären, Löwen, Mammuts. Und andere, viele andere, die Tess nicht kannte, wahrscheinlich deshalb, weil sie längst ausgestorben waren.

Einige von ihnen waren in den Fels graviert, ihre Umrisse mit Holzkohle nachgezogen. Andere hoben sich in Rot davon ab, die Linien waren entweder durchgezogen oder setzten sich aus großen Punkten zusammen. Die Tiere waren in Lebensgröße dargestellt. Ein zweieinhalb Meter langer Hirsch unter der Decke trug ein Geweih aus breiten, weitverzweigten Sprossen, das beinahe ebensolang war. Das felsige Relief der Decke bildete die schweren Muskelpakete auf Beinen und Rücken des Tieres.

Der Stil der Malereien war auf unheimliche Weise realistisch, als wären die Tiere tatsächlich am Leben und könnten jeden Moment von den Wänden springen. Und doch war der Stil auch surrealistisch, ließ die wunderbaren Kreaturen seltsam verzerrt aussehen, einige verkürzt, andere wiederum in die Länge gezogen, aber in jedem Fall waren es Verzerrungen, die paradoxerweise den realistischen Eindruck noch verstärkten. Grazil schmiegten sich manche der Tiere um Vorsprünge im Felsen herum. Dramatisch kräuselten sich andere in Risse und Sprünge hinein oder aus ihnen heraus. Ein Elch schien zu schwimmen. Eines der Pferde schien zu stürzen. Die Feuchtigkeit des Kalksteins verlieh ihren Fellen Glanz. Es war atemberaubend.

»Wer hat das gemalt?« brachte Craig schließlich heraus. »Und wann? Sie haben gesagt, diese Höhlen seien im neunzehnten Jahrhundert entdeckt worden. Aber wenn die Eingänge vorher von Felsen versperrt waren, wie alt mögen . . .«

»Zwanzigtausend Jahre.«

»Was?«

»Diese Malereien stammen aus einer Zeit, da der Mensch noch ganz neu auf dieser Erde war«, erklärte Fulano. »Und wer das gemalt hat? Unsere unmittelbaren Vorfahren. Ein Wesen, das man den Cromagnon-Menschen nennt. Ganz offensichtlich hatte er einen ausgeprägten Sinn für Schönheit und eine ungeheure Bewunderung für die Natur. In dieser Hinsicht scheint unsere Gattung eher degeneriert zu sein, wenn man sich unseren Respekt vor der Natur anschaut. Manchmal spricht man in diesem Zusammenhang auch von ›Höhlenmenschen‹. Eine absurde Bezeichnung für den Cromagnon, denn er hat niemals in Höhlen gelebt. Wie hätten sie es in dieser Kälte und Feuchtigkeit aushalten sollen?« Fulano schüttelte den Kopf. »Nein, sie lebten natürlich außerhalb der Höhlen. Aber aus Gründen, die von den Anthropologen bis heute noch nicht eruiert werden konnten, gingen sie manchmal in die Höhlen hinein, tief hinein, und hielten die Herrlichkeit der Tiere auf ihren Wänden fest. Es ist meine feste Überzeugung, daß Säle wie diese hier ihre Kathedralen waren, daß sie zu bestimmten Gelegenheiten hierherkamen, vielleicht zur Zeit der Sonnenwende, um dem Wunder der Wiedergeburt und des Wachstums zu huldigen, um Kindern, die an der Schwelle zum Erwachsensein standen, in die Geheimnisse des Stammes einzuführen. Das größte aller Geheimnisse – das Leben. Ein Platz der Anbetung, der geheimen Bewunderung alles dessen, was diesen Planeten ausmacht.«

Gerrard fügte zu Fulanos Erklärung hinzu: »Dies war nicht das einzige derartige Heiligtum, das im neunzehnten Jahrhundert entdeckt wurde.«

Tess nickte. »Ich habe von den Malereien in Frankreich gehört, in Lasceaux und an vielen anderen Orten, und auch von denen in Altamira hier in Spanien.«

»Aber Lasceaux wurde erst in den vierziger Jahren unseres Jahrhunderts entdeckt«, erwiderte Fulano. »Die Historiker gehen davon aus, daß Altamira – dreihundert Kilometer westlich von hier – die ersten waren, die entdeckt wurden. Aber mein Vorfahre hat diese Malereien bereits zehn Jahre früher gefunden. Er wußte instinktiv, daß kein Experte in Vorgeschichte an ihre Authentizität glauben würde. Wie könnten primitive menschliche Wesen etwas so außergewöhnlich Schönes geschaffen haben? Die Gelehrten hätten den Schluß gezogen, daß diese herrlichen Malereien in neuerer Zeit hergestellte, geschickte Fälschungen sein müßten. Und um seine Entdeckung davor zu schützen, lächerlich gemacht zu werden, behielt er sie für sich und versperrte den Zugang zur Höhle mit einer Tür, um die Malereien sich, seiner Familie und seinen engsten Freunden vorzubehalten. Sein Instinkt hatte ihn nicht getrogen, denn als Altamira entdeckt wurde, höhnten und spotteten die Experten. Erst als in Frankreich andere Höhlen mit ähnlichen Malereien entdeckt wurden, gestanden die Anthropologen ihren Irrtum ein und erkannten die Höhlenmalereien von Altamira als authentisch an. Lasceaux und Altamira sind so eindrucksvoll, daß sie oft die Sixtinischen Kapellen der Kunst des Paläolithikums genannt werden. Aber ich habe Lasceaux gesehen und auch Altamira, und ich kann Ihnen versichern, daß sie nicht an das heranreichen, was sie heute hier sehen dürfen. Dieses hier ist die *wahre* Sixtinische Kapelle der paläolithischen Malerei. Und mein Vorfahre war auch noch in einer anderen Hinsicht weise. Er begriff sofort, daß diese Höhle, nachdem sie über Zehntausende von Jahren ungestört geblieben war, so empfindlich war, daß Horden von Besuchern ihre Ökologie allein durch die Wärme ihrer Körper empfindlich durcheinandergebracht hätten. Mit der Erde unter ihren Schuhsolen hätten sie schädliche, giftige Stoffe mitgebracht. Der Atem aus ihren Mündern hätte die Feuchtigkeit an den Wänden erhöht. Diese Malereien, die durch eine segensreiche Laune der Natur so wunderbar erhalten wurden, wären durch Pilzbefall und den Ruß der Fackeln zerstört worden. Nur einigen auserwählten Betrachtern durfte der Zugang gestattet werden. Das zwanzigste Jahrhundert hat längst bewiesen, daß er damals recht hatte. Durch die Höhlen von Lasceaux sind so viele Touristen geschleust worden, daß die Malereien von einem zerstörerischen, grünen Schwamm befallen wurden. Die Höhle mußte wieder verschlossen werden, nur noch Experten ist der Zugang gestattet, und das auch erst, nachdem besondere Vorkehrungen getroffen wurden, wie die Einrichtung eines Desinfektionsbades für die Schuhe der Besucher, um die Keime an ihren Schuhen abzutöten. In Altamira werden nur wenige Besucher pro Tag zugelassen, und auch die nur nach besonderer Absprache. Aber hier, zu dieser entlegenen Höhle in diesem entlegenen Tal, haben noch viel weniger Besucher Zutritt. Die Doppeltüren haben noch einen zusätzlichen Effekt: Sie halten die Außenluft mit ihren Pollen und Samen davon ab, ins Innere der Höhle zu dringen. Ich habe Ihnen versprochen, daß dies die größte Erinnerung in ihrem Leben bleiben wird, und ich kann Ihnen darüber hinaus versichern, daß sie diese Erinnerung nur mit einer kleinen, kostbaren Minderheit werden teilen müssen.«

»Und dabei haben Sie den besten Teil noch gar nicht gesehen«, sagte Gerrard.

»Gibt es etwa noch mehr Malereien?« Craig zog verwundert die Augenbrauen in die Höhe.

»Ja, es gibt noch einen weiteren Saal«, sagte Fulano, und seine dunklen Augen leuchteten dabei. »Das Beste haben wir bis zum Schluß aufbewahrt. Kommen Sie. Verehren Sie es. Huldigen Sie ihm.«

»Glauben Sie mir, das habe ich bereits getan.«

»Ihm gehuldigt. Nicht in vollem Ausmaß. Noch nicht. Es ist gleich um die Ecke«, sagte Fulano. »Machen Sie sich auf einiges gefaßt. Diese beinahe letzte Enthüllung wird Ihre Sinne . . . Nun, warum soll ich Ihnen bereits verraten, was Sie erwartet. Sehen Sie selbst.«

Er ging voraus. Sie folgten ihm, und nachdem Tess um die Ecke gebogen war, blieb ihr die Luft weg, aber nicht vor Bewunderung, sondern vor Angst. Und Craig ging es nicht anders.

Dieser Saal war, wie der vorherige, voller Malereien, naturgetreuer Abbildungen von Tieren. Aber in diesem Saal befanden sich ausschließlich Stiere. Überall. Und anders als bei den Darstellungen im vorherigen Saal, waren die Stiere nicht mit Holzkohle oder rotem Farbstoff ausgemalt. Diese Tiere waren mehrfarbig, und es waren nicht bloß die Umrisse dargestellt, sondern jedes Detail. Absolut realistisch. Ihre Hufe waren schwarz, ihre Lenden braun und die buckligen Rücken rot. Ihre Schwänze ringelten sich, als seien sie fotografiert. Die geschwungenen, spitzen Hörner waren ebenfalls schwarz. Und ihre Augen schauten so lebendig, daß man meinte, in ihnen den Zorn darüber ablesen zu können, daß sie auf immer und ewig an diesen Wänden und Decken gefangen sein würden. Ihre Beine stemmten sich gegen einen unsichtbaren Untergrund, sie spannten die Muskeln und beugten die Körper, jeder für sich ein Beispiel für die Kraft der Natur, die Verherrlichung der wunderbaren, mächtigen Schönheit des Universums, welches jetzt, zwanzigtausend Jahre später, an der Schwelle der Zerstörung stand.

»Die Farben sind aus zerstäubter Holzkohle, Ocker und Eisenoxyd hergestellt, gemischt mit Fett und tierischem Blut. Die Technik ist als polychrome Höhlenmalerei bekannt«, erklärte Gerrard, »und es gibt nur noch zwei andere Orte, Lasceaux und Altamira, wo sie in diesem Ausmaß angewandt wurde. Unglaublich natürlich. Hervorragend ausgeführt. Die größten Kunstwerke, die jemals von menschlicher Hand geschaffen wurden. Denn ihre Botschaft ist die wichtigste – sie zeugen von der gewaltigen Vitalität der Natur. Aber wie der grüne Schwamm auf den Malereien von Lasceaux zeigt, unser Eingreifen in die Natur hat selbst diese ungeheure Vitalität geschwächt. Uns fällt eine heilige Verantwortung zu. Um jeden Preis müssen wir dem Siechtum des Planeten entgegenwirken.«

Tess war überwältigt von dem, was sich vor ihren Augen ausbreitete.

Und ihre Angst wurde immer größer.

Stiere. Wie mit Flammen und mit Kreuzen hatte dieser Alptraum auch mit Stieren zu tun, und während sie ihre Blicke über die Wände wandern ließ, über die herrlichen, mehrfarbigen Stiere, erstarrte sie plötzlich beim Anblick eines Stieres, der größer war als all die anderen. Und dieser Stier war weder in Rot noch in Schwarz oder Braun dargestellt. Er war einfarbig, kreideweiß, wie der Stier auf dem Relief, und den Kopf hatte er unter Schmerzen gesenkt, eine speerähnliche, spitz zulaufende Linie ragte aus seinem Nacken hervor.

Tess folgte mit den Augen der Richtung des gepeinigten Blicks des weißen Stiers und zuckte zusammen, als sie noch eine verschlossene Eisentür entdeckte.

Was hatte Gerrard gerade gesagt? Uns fällt eine heilige Verantwortung zu? Um jeden Preis müssen wir dem Siechtum des kranken Planeten entgegenwirken? Und vorher hatte Fulano von der beinahe letzten Enthüllung gesprochen. Was mochte sich hinter der Tür noch befinden?

»Dies ist das einzige Beispiel einer gewalttätigen Darstellung in der gesamten Höhle«, unterbrach Fulano ihre hastigen, angstvollen Gedanken. »Aber mein Vorfahre hat sich darüber nicht gewundert. Er verstand die Notwendigkeit der Darstellung der Gewalt auf diesem Gemälde, und er verstand auch, daß die weiße Färbung des Stiers einen Hinweis bedeutete, ein Zeichen. Er wußte genau, was er zu tun hatte.«

Tess umklammerte Craigs Hand, während sie Fulano dabei zuschaute, wie er das Schloß öffnete und die Tür langsam aufstieß. Das Quietschen der Scharniere jagte ihr einen Schauer über den Rücken.

»Irgendwie glaube ich nicht daran, daß wir noch mehr Malereien zu sehen bekommen«, sagte Craig.

»Ihre Annahme ist richtig«, bestätigte Fulano. »Was Sie jetzt zu sehen bekommen werden, ist die Wahrheit.«

Tess' Finger schlossen sich fester um Craigs Hand. In ihrem Schrecken wollte sie zögernd stehenbleiben, aber Hugh Kelly und die Leibwächter zwangen sie, weiterzugehen. Ihr Magen krampfte sich vor Angst zusammen, als sie den Schritt über die Schwelle tun mußte.

12

Die Höhle war von Fackeln schwach beleuchtet. Noch dunkler wurde es, als Fulano hinter ihnen die Tür schloß und verriegelte, weil er damit das Licht der Glühbirnen in der Höhle mit den Stieren aussperrte.

»Der Boden ist feucht, aber eben«, versuchte Gerrard sie zu beruhigen. »Sie müßten das Gleichgewicht ohne Problem halten können.«

Ihre Schritte hallten durch das Gewölbe. Als Tess sich der ersten Fackel näherte, sah sie, daß sie aus Stein war und man sie fest im Boden verankert hatte. Oben war ein kleines Becken mit brennendem Öl gefüllt. Die Flammen züngelten ihr entgegen, als habe ihr Näherkommen einen leichten Luftzug ausgelöst.

Sie trat auf eine zweite Fackel zu, und dahinter in der

Dunkelheit hörte sie Gerrards und Fulanos Schritte. Etwas scharrte. Ein Streichholz flackerte auf. Er sah, wie Gerrard es auf eine weitere Fackel heruntersenkte, aus der gleich darauf eine Flamme emporloderte. Fulano machte es ihm nach, indem er eine weitere Fackel anzündete. Und dann machten die beiden Männer ihre Runde in der Höhle, entzündeten eine Fackel nach der anderen, bis beinahe der ganze Raum ausgeleuchtet war. Und doch huschten ihre Schatten unheimlich über die Wände, als sie an den brennenden Fackeln vorübergingen.

Fulano hatte die Höhlenzeichnungen als die Sixtinische Kapelle der paläolithischen Kunst bezeichnet. Aber jetzt starrte Tess zu ihrem Entsetzen in eine wirkliche Kapelle. Sie versuchte, ihren Verstand zusammenzunehmen und sich einzuprägen, was sie dort sah. Von der Bauweise her, mit ihren Säulen und den gewölbten Decken erinnerte sie an eine romanische Kapelle, aber nachdem Fulano ihnen erklärt hatte, daß die Höhle erst im neunzehnten Jahrhundert entdeckt worden war, vermutete Tess, daß die Kapelle trotz ihrer Bauweise nicht alt war, sondern im Laufe der letzten hundert Jahre gebaut worden war.

Man hatte sie aus dem Kalkstein gemeißelt und in drei Segmente aufgeteilt. Rechts führten drei Stufen zu einem überwölbten Eingang, hinter dem ein Gang zu einer Bank führte, die in den Stein gemeißelt war. Links führten ebenfalls drei Stufen zu einem ebensolchen Gang mit Bank. In der Mitte jedoch gewährte ein höherer Bogen Zutritt zu einem langen, offenen Areal, das niedriger als die Bänke lag und von ihnen aus einzusehen war. Die Anlage war darauf ausgerichtet, die Aufmerksamkeit auf einen markanten Gegenstand auf einem großen, rechteckigen Altar am hinteren Ende des mittleren Areals zu lenken, und dieser Gegenstand – Tess' blieb das Herz stehen – war ein Relief von Mithras, der mit einem weißen Stier kämpfte und ihm den Hals aufschlitzte. Sie wollte losschreien. In ihrem Kopf drehte sich alles. Sie hatte Angst, verrückt zu werden.

Dieses Standbild war doppelt so groß wie jenes, das sie

in Josephs Schlafzimmer gesehen hatten. Der Marmor war verwittert, aufgesprungen und abgebröckelt, und tief in ihrer Seele wußte sie, daß es sich diesmal nicht um eine Kopie handelte. Nein, das war das Original. Das war das Standbild, das die kleine, entschlossene Gruppe von Ketzern mitgenommen hatte, als sie mit Hilfe von Seilen in der Nacht vor dem großen Massaker aus der Festung Montségur geflüchtet war.

»Wie ich Ihnen versprochen hatte«, sagte Fulano. »Die Wahrheit.«

»Kommen Sie näher heran«, forderte Gerrard sie auf. Er ließ den Blick von Tess zu Craig wandern, streckte seine Arme aus und führte sie auf das mittlere Segment der Kapelle zu. Bevor er es betrat, blieb er vor einem Becken auf einem Sockel stehen und tauchte seine rechte Hand hinein. Wasser glänzte auf seinen Fingern, als er mit ihnen seine Stirn, seine Brust und dann die linke und rechte Schulter berührte, das Zeichen des Kreuzes schlagend.

Aber Tess wußte, daß es nicht das Kreuz des Christentums war. Dieses Kreuz war dem Sonnengott gewidmet.

»Ein Becken mit heiligem Wasser?« Ihre Angst wich Verblüffung.

»Zweifellos erinnert es Sie an katholische Kirchen«, sagte Gerrard. »Aber dieses Ritual ist älter als der Katholizismus. Wie so viele von euren Ritualen, habt ihr auch dieses ausgeborgt – *gestohlen* –, nachdem Konstantin im vierten Jahrhundert vom Mithraismus zum Christentum konvertiert war. Nachdem man uns verfolgt hatte, behaupteten die Heuchler dann auch noch, sie hätten die Kommunion erfunden, die Darbietung von Brot und Wein, das heilige Abendmahl. Aber im Gegensatz zu Brot und Wein ihrer falschen Religion, welches angeblich das Blut und den Leib Christi repräsentiert, stehen unser Brot und Wein für die Fruchtbarkeit, die Freigebigkeit der Erde. Und so repräsentiert auch dieses Wasser – welches nicht erst gesegnet werden muß, denn es ist einfach schon deshalb heilig, weil es Wasser ist – die Herrlichkeit des Regens und der Flüsse, die den Durst der Natur stillen.«

»Oder ihn zumindest stillten«, fügte Fulano hinzu, »bevor die Gifte der Atmosphäre den Regen in Säure verwandelten. Dieses Wasser kommt direkt aus einem Bach hier im Tal und ist noch nicht verseucht.«

Sie näherten sich dem Altar. Tess erschauerte beim Anblick des Hundes, der Schlange und des Skorpions, die versuchten, das Opfer zu unterbinden, das die Natur wieder zum Leben erwecken könnte. Links von dem sterbenden Stier und dem Blut, das die Erde befruchten sollte, zeigte die Flamme des Fackelträgers nach oben, während die des linken Fackelträgers nach unten gerichtet war. Gut und Böse im Kampf miteinander.

»So, und jetzt wird es Zeit«, sagte Gerrard.

Fulano trat zu ihm.

Der Vizepräsident der Vereinigten Staaten fuhr fort: »Ich bin sicher, daß die Offenbarung selbst keine Überraschung für Sie war, trotz unserer sorgsam ausgedachten Steigerung. Als Sie an Bord von Air Force Two kamen, war mir klar, daß Sie mich für einen der Ketzer hielten – um mich Ihrer Terminologie zu bedienen, auch wenn für uns das Christentum die Ketzerei ist. Es war mir ebenfalls klar, daß Sie annahmen, daß ich wußte, daß Sie mich dafür hielten. Also bedienten wir uns Wortspielereien, ausgeklügelter Dialoge, mit denen wir versuchten, einander an der Nase herumzuführen. Aber keinem von uns gelang es überzeugend. Und trotzdem haben die Dinge, die Sie gesagt haben, mich berührt, Tess. Ihre tiefe Sorge um die Umwelt, Ihr offensichtliches Engagement für unseren Planeten. Als ich in Washington davon Kenntnis bekam, daß Sie eine Bedrohung für uns sind, stimmte ich dem Plan zu, der Sie mir in die Arme spielen sollte, damit ich Ihren Tod arrangieren könnte. Auf Josés Anwesen hätte sich Ihre Hinrichtung problemlos bewerkstelligen lassen. Aber ich war schon lange nicht mehr davon überzeugt, daß man Sie tatsächlich töten sollte. In Ihrer Einstellung sehe ich gewisse Möglichkeiten. Ich glaube, daß Ihr leidenschaftliches Engagement als Journalistin für uns von Nutzen sein könnte. Sie sind von berechtigter Wut über den Tod Ihrer

Mutter erfüllt. Das bin ich auch. Dieser Mord war sinnlos. Ungeschickt. Überflüssig. Aber er ist passiert. Und er kann nicht rückgängig gemacht werden. Also muß ich Ihnen jetzt, um ihr Leben zu retten, die folgende Frage stellen: Wären Sie bereit, Ihren Haß zu unterdrücken und mit uns zusammenzuarbeiten? Denken Sie sorgfältig über die Antwort nach. Es ist die wichtigste Frage, die Ihnen jemals gestellt wurde.«

»Mord, Erpressung, Terrorismus? Ihre Methoden sind falsch«, sagte Tess.

»Aber sie sind unumgänglich, weil andere Methoden nicht zum Ziel führen«, erwiderte Gerrard. »Und trotzdem weiß ich Ihre ehrliche Antwort zu schätzen. Zum erstenmal versuchten Sie mich nicht zu täuschen. Sie hätten versucht sein können, mich anzulügen in Anbetracht der Waffen hinter Ihrem Rücken, aber Sie haben es nicht getan. Bemerkenswert. Vielleicht gibt es doch Hoffnung, und ich würde wirklich nur ungern Ihren Tod befehlen. Sie sind eine vitale, gesunde, sportliche, wohlmeinende, junge Frau – ein perfektes Beispiel für die Lebenskräfte, die wir gerne erhalten würden. Ich würde es ehrlich bedauern, Sie töten zu müssen.«

Craig hustete.

»Haben Sie dem etwas hinzuzufügen, Lieutenant? Vergessen Sie nicht, daß wir Sie hier nur wegen Ihrer romantischen Verbindung zu Miß Drake dulden. Wenn wir *Sie* töten würden, wäre Tess sicher nicht zur Zusammenarbeit bereit.«

»Genau«, sagte Craig. »Und weil wir uns lieben, wollen Tess und ich alles tun, um am Leben zu bleiben. Mal angenommen, ich würde vergessen, daß ich für das New Yorker Police Department arbeite. Und außerdem angenommen, Tess würde es gelingen zu vergessen, daß ihr Dreckskerle ihre Mutter getötet habt?«

Gerrard erstarrte. »Reden Sie weiter.«

»Wenn wir Ihren Bedingungen zustimmen würden, wie könnten Sie wissen, daß wir nicht bloß so tun? Woher sollten Sie wissen, ob Sie uns vertrauen können?«

»Einen Teil Ihrer Frage haben Sie bereits selbst beantwortet«, erwiderte Gerrard. »Sie und Tess, ihr liebt euch zu sehr, um eure Zukunft durch etwas aufs Spiel zu setzen, das ihr nicht mehr kontrollieren könntet. Der Plan, den unsere Vorfahren vor Hunderten von Jahren formuliert hatten, ist erfüllt. Wir sitzen inzwischen in jeder größeren Regierung, in jedem Unternehmen von Weltrang, von den Kommunikations-Netzwerken und den Institutionen der Hochfinanz gar nicht zu reden. Sie und Tess könnten unserer Aufmerksamkeit gar nicht mehr entgehen. Unsere Leute würden Sie ständig beobachten. Sie würden in dem Moment getötet, in dem Sie versuchten, unsere Existenz zu verraten und Ungläubige dazu zu veranlassen, gegen uns vorzugehen.«

Tess konnte ihre Angst nicht unterdrücken. Sie erinnerte sich daran, daß Pater Baldwin am Abend zuvor dieselbe Drohung ausgesprochen hatte. Wenn Sie versuchen sollten, das Geheimnis zu enthüllen, daß die Inquisition nie zu existieren aufgehört hat, dann werden unsere Leute – die Sie ständig beobachten – dafür sorgen, daß Sie für immer schweigen. Sie fühlte sich gefangen zwischen der einen Seite und der anderen. Gut und Böse. Aber welche Seite war die gute und welche die böse? Beide bedienten sich ähnlicher tödlicher Strategien.

»In Ordnung«, sagte Craig. »Das macht Sinn. Aber Sie sagten, ich hätte nur einen Teil der Frage beantwortet. Wie lautet der Rest der Antwort? Wenn Tess und ich zur Zusammenarbeit bereit wären, wie könnten Sie wissen, daß wir Sie nicht betrügen? Und woher sollten wir wissen, daß wir in Sicherheit sind?«

»Ja«, sagte Gerrard. »Wie sollten wir das wissen? An dieser Stelle unterliege ich Josés Urteil. Meine Macht ist begrenzt, auch wenn ich Amerikas Vizepräsident bin. Aber José ist ein direkter Abkömmling der Anführer der Ketzer, die damals dem Massaker am Montségur entkommen konnten. *Er* trifft letztlich die Entscheidungen über Leben und Tod.«

Craig und Tess drehten sich zu Fulano um.

Die Augen des Spaniers verengten sich. »Haben Ihnen die Malereien gefallen? Die Kapellen der Tiere?«

»Ja. Trotz meiner Angst. Sie waren unglaublich eindrucksvoll«, sagte Tess.

»Und Sie verstehen auch ihre Bedeutung?«

»Ja. Sie verkörpern die Seele der Natur.«

Fulano betrachtete sie aufmerksam. »Trotz aller Differenzen könnten wir mehr gemeinsam haben, als Sie glauben. Vielleicht einigen wir uns noch.« Er legte die Stirn in Falten. »Aber um unser Vertrauen zu gewinnen, müßten Sie ein Zeichen Ihres guten Willens setzen.«

»Wie sollen wir das machen? Was meinen Sie damit? Was für ein Zeichen?«

»Sie müßten sich taufen lassen.«

»Was?«

»Sie müßten konvertieren.«

»Zum *Mithraismus*?«

»Es ist die einzige Möglichkeit«, sagte Fulano. »Wenn Sie eine von uns werden, wenn Sie das Geheimnis erfahren, wenn Sie auf das mächtige Ritual ansprechen, dann denken Sie nicht einmal mehr im Traum daran, uns zu betrügen.«

»Eine Taufe?«

Fulano nickte.

Tess dachte blitzschnell nach. Wenn wir hier nur rauskämen. Ein bißchen Wasser auf die Stirn? Ein paar Gebete? Das ist doch gar nichts, verglichen mit dem, was ich durchgemacht habe. Sie tat so, als würde sie noch zögern, abwägen, bis sie schließlich sagte: »In Ordnung.«

»Und glauben Sie nicht, daß Sie uns zum Narren halten können«, gab Gerrard zu bedenken. »Diese Taufe ist nicht wie die christliche Taufe. Ich warne Sie. Sie ist ursprünglicher und viel gründlicher, als Sie sich vorstellen können.«

Was kann das bedeuten? dachte Tess. Wie sehr unterscheidet sie sich von den Taufen der Christen? Totales Eintauchen in eiskaltes Quellwasser? Ihre Angst, an Unterkühlung zu sterben oder gar ertränkt zu werden, saß tief. Die Taufe durch völliges Eintauchen wurde von einigen fundamentalistischen christlichen Sekten praktiziert. Das wußte sie, aber schließlich hatte Gerrard behauptet, diese Taufe unterscheide sich ganz und gar von der christlichen, also auch von der fundamentalistischen Version.

Und dann fiel ihr ein, daß das Eintauchen nicht nur von fundamentalistischen Christen praktiziert wurde. Verschiedene Sekten in Indien praktizierten es ebenfalls, und Priscilla Harding hatte ihr erklärt, daß mithraistische Rituale bis auf den heutigen Tag in Indien praktiziert werden.

Völliges Eintauchen? Mit grimmiger Entschlossenheit entschied Tess, daß die Kälte, das Gefühl der Hilflosigkeit noch immer nicht mit dem zu vergleichen waren, was sie bereits durchgemacht hatte, so schlimm sie auch sein mochten.

»Ich nehme Ihre Warnung zur Kenntnis«, sagte sie, »aber ich habe darüber nachgedacht und bin trotzdem einverstanden. Ich werde mein Bestes tun. Ich lasse mich taufen. Ich schließe mich Ihnen an, wenn ich damit erreiche, daß Sie mich und Craig in Ruhe lassen und wir keine Angst mehr zu haben brauchen.«

»Angst müßten Sie keine mehr haben, aber Sie müßten uns weiterhin helfen.«

»Aber nur auf gewaltfreie Weise.«

»Sicher«, versprach Gerrard. »Durch Ihre Arbeit als Journalistin, die sich der Rettung des Planeten verschrieben hat.«

»Davon könnte mich sowieso nichts abhalten.«

»Lieutenant, stimmen Sie ebenfalls zu?« wollte Gerrard wissen.

»Ich gehöre zu Tess«, antwortete Craig. »Wir stehen gemeinsam zu unseren Entscheidungen.«

»Dann treten Sie bitte durch diesen Bogengang.« Fulano deutete auf den hinteren Teil der Kapelle, auf einen Ausgang rechts neben dem Relief des Mithras auf dem Altar.

Tess versuchte, völlige Entschlossenheit zu demonstrieren, als sie mit bebenden Muskeln auf die rechte Seite des

Altars zuging. Plötzlich blieb sie stehen, als sie ein zunächst unerklärliches Geräusch aus der Dunkelheit hinter dem Durchgang hörte.

Mit dumpfem Widerhall stampfte etwas auf den Boden.

Tess wirbelte herum zu Fulano, ihr Gesicht war verzerrt vor Angst und Verwirrung. »Was war das?«

Gleich darauf folgte dem Stampfen ein fürchterliches Schnauben.

»Was ist das?« Craigs heisere Stimme blieb hinten in der Kehle stecken. »Hört sich an wie . . .«

». . . ein Tier«, hauchte Tess.

»Wir hatten Sie gewarnt«, sagte Fulano. »Diese Taufe ist ungewöhnlicher, als Sie erwarten.«

»Ursprünglicher.«

»Ja. Es hängt von Ihrer Reaktion ab, ob Sie sie überleben. Wir werden gleich wissen, ob Sie konvertiert sind, denn es wird offensichtlich sein, ob Sie die Kraft der Taufe akzeptiert haben.«

Das geheimnisvolle, unsichtbare Tier stampfte ein zweites Mal mit etwas auf, das sich wie ein massiver Huf anhörte, und dann scharrte es über den Boden der Höhle, das mächtige Echo hallte durch den Bogengang bis in die Kapelle hinein.

Und dann schnaubte das Tier wieder, es war ein schroffer, feuchter, wütender Ausbruch.

Tess war wie gelähmt vor Angst.

Aber Hugh Kelly und die Leibwächter brachen ihre Lähmung, drängelten sie und Craig vorwärts, hinein in den Bogengang.

Gerrard und Fulano waren schon vor ihnen hindurchgeschlüpft, rissen Streichhölzer an und entzündeten weitere Fackeln. Als die Flammen aufstiegen und leuchteten, enthüllten sie, was sich in der Höhle hinter der Kapelle befand.

Tess konnte gerade noch einen Schrei unterdrücken.

13

Gefangen in einem engen Pferch, der aus dem grauen Fels gemeißelt war und an einem Ende eine eiserne Gittertür hatte, stand der riesige weiße Stier, den Tess am Nachmittag abgesondert auf einer Weide gesehen hatte, als der Hubschrauber über Fulanos Anwesen hereingeschwebt war.

Auf einmal wußte Tess auch, wo Hugh Kelly gewesen war und was er getan hatte, nachdem der Hubschrauber gelandet war, warum er lange vor ihnen hiergewesen und auf geheimnisvolle Weise beim Anstieg zu ihnen gestoßen war. Er hatte den Auftrag gehabt, das hier vorzubereiten.

Als die Fackeln ihr Licht warfen, das wohl deshalb so unruhig war, weil die Gruppe sich ihren Flammen näherte, wandte der majestätische weiße Stier seinen Kopf in Tess' Richtung, aus dem Blick der blutunterlaufenen Augen sprach der ganze Zorn darüber, daß man ihn hier so lange im Dunkeln eingesperrt hatte. Die Nüstern weiteten sich und spuckten feuchten Schleim, als das Tier seine Wut mit einem erneuten Schnauben Luft machte.

Es spannte den Nacken und stieß mit einem Horn zu, als glaubte es in stolzer Verzweiflung, seine Häscher trotz der großen Entfernung erreichen und aufspießen zu können.

»Lieber Gott!« stöhnte Tess.

»Ja«, sagte Gerrard. »Lieber Gott. Genau das ist die Bedeutung des Reliefs. Dieser weiße Stier verkörpert den Mond, und weil der Mond Licht in die Dunkelheit bringt, symbolisiert er den Triumph des Guten über das Böse. Offensichtlich ist der Mond ein Pendant zur Sonne, wie auch dieser Stier ein Pendant – ein Ersatz – für Mithras ist, den Gott der Sonne.«

Tess konnte nicht aufhören zu stöhnen.

»Ihre Angst ist verständlich«, sagte Gerrard. »Aber ich hoffe, daß Ihr Stöhnen auch ein Ausdruck der Ehrfurcht ist. Schließlich sind geheiligte Rituale ohne Wirkung, wenn sie nicht auch tiefe Gefühle hervorrufen. Dies ist zweifellos ein Test. Sie beide werden verändert. Das garantiere ich Ihnen. In jedem Fall, auf die eine Weise oder die andere. Das Leben steht gegen den Tod. Die Zustimmung gegen die Ablehnung. Aber Sie werden sich verändern.«

Tess zitterte.

»Treten Sie näher heran«, forderte Fulano sie auf. »Dort hinüber. Vor den Stier.«

Tess und Craig rührten sich nicht von der Stelle.

»Ihr Zögern macht mich nicht gerade zuversichtlicher«, sagte Fulano. »Sie müssen sich beweisen.«

Hugh Kelly und die Leibwächter schoben Tess und Craig näher an den Verschlag heran, zwangen sie dazu, verliehen Fulanos Aufforderung sanften Nachdruck. Tess stand nur noch drei Meter vom Kopf des Stiers entfernt und starrte in seine zornigen Augen.

Diesmal flogen ihr heiße Fetzen des Schaums ins Gesicht, als das Tier seine Wut erneut herausschnaubte.

Voller Abscheu rieb sie sich die Wangen, um die Spritzer zu entfernen, die wie Säure brannten. Aber etwas anderes entsetzte sie noch viel mehr.

Der Schließmuskel der Blase drohte ihr zu versagen. Als sie nach unten schaute, entdeckte sie eine schmale Treppe, die in den Boden der Höhle gemeißelt war, und deren Stufen in eine düstere Grube unter dem Verschlag des Stiers führten.

Gerrard rieb sich das rechte Auge, das wieder zu tränen angefangen hatte. Er zog einen kleinen Plastikbehälter aus der Tasche, senkte den Kopf, zog die Augenlider auseinander und ließ Kontaktlinsen auf eine Handfläche fallen. Nachdem er die Linsen in dem Plastikbehälter verstaut hatte, hob er den Kopf wieder.

Seine vorher blauen Augen waren jetzt eisgrau, sie glitzerten im Widerschein der Fackeln.

Tess erschauerte.

»Noch ein Geheimnis. Ein Erbe von unseren Vorfahren«, erklärte Gerrard.

»Ich weiß«, sagte Tess. »Rezessive Gene.«

»Dann wissen Sie eine ganze Menge. Mehr, als ich dachte. Aber jetzt werden Sie noch mehr lernen. *Viel* mehr. Es wird Zeit. Steigen Sie in die Grube.«

Fulano hatte inzwischen ebenfalls seine Kontaktlinsen herausgenommen. Seine braunen Augen waren in Wirklichkeit genauso grau wie Gerrards, und sie leuchteten ebenso hell.

Es schauderte Tess noch heftiger.

»Ziehen Sie Ihre Kleider aus«, forderte Fulano sie auf.

»Was?« Craig warf ihm einen finsteren Blick zu. »Was reden Sie da?«

»Ich versichere Ihnen, daß diese Aufforderung nichts mit Voyeurismus zu tun hat«, sagte Gerrard. »Wir haben kein Interesse an Sex. Er ist ein unreines Bedürfnis, das den Geist vergiftet. Nur sehr widerwillig geben wir uns ihm hin, wenn wir unsere Kinder zeugen. Uns würde Ihre Nacktheit nicht mehr erregen als der Anblick eines Tiers in der Natur. Aber wir respektieren Ihre Scham. Sie müssen sich nicht vor unseren Augen ausziehen. Legen Sie die Kleider unten in der Dunkelheit der Grube ab. Und dann werfen Sie sie auf die Treppe. Damit sie nicht verschmutzt sind, wenn Sie sie wieder anziehen wollen.«

»Verschmutzt? Warum das?« Craigs' Blick verfinsterte sich noch mehr. »Wovon reden Sie?«

»Verschmutzt von Ihrer Taufe«, erklärte Fulano. »Ihre Widerwilligkeit verstört mich zunehmend. Beweisen Sie sich. Beweisen Sie, daß Sie es wert sind. Tun Sie, was Ihnen gesagt wird. Steigen Sie in die Grube, und ziehen Sie Ihre Kleider aus.«

Hugh Kelly und die Leibwächter schoben Tess und Craig weiter nach vorne.

»Pfeifen Sie Ihre Männer zurück«, sagte Tess. »Wir haben zugestimmt. Wir wollen am Leben bleiben.«

»Aber nur, wenn Sie auf die Kraft der Taufe ansprechen, und ob Sie das tun, werden wir bald wissen«, erwiderte Fulano. »Entweder Sie verstehen die Bedeutung des Rituals und akzeptieren sie, oder Sie . . .«

»Wir werden getötet«, sagte Tess.

Sie nahm ihren ganzen Mut zusammen und stieg die Stufen hinab, heraus aus dem flackernden Schein der Fakkeln.

Eng an Craig gepreßt erreichte sie viel zu schnell den Grund. Die Grube war schwarz, feucht und kalt. Eng. Beklemmend. Sie stießen mit den Armen gegeneinander, als sie widerwillig ihre Kleider auszogen und hinauf auf die Treppe warfen.

Als ihre Augen sich an die Dunkelheit gewöhnt hatten, hob Tess den Kopf und sah den Widerschein der Fackeln durch eine Spalte in der Decke der Grube. Die Decke war ein Rost aus dicken Eisenstäben, die Zwischenräume waren so schmal, daß die Hufe des Stiers nicht hindurchpaßten, und die Stäbe waren sorgfältig im Kalkstein verankert.

»Was wird jetzt passieren?« murmelte Craig. »Was für eine Art Taufe . . .?«

»Du hast doch das Relief gesehen.« Tess bemühte sich, leise zu sprechen. »Verstehst du nicht?«

Und auf einmal verstand Craig.

Sie spürte, wie die entsetzliche Erkenntnis seinen ganzen Körper erzittern ließ.

Eine ihrer Brüste stieß gegen seinen Arm, als sie wie gebannt nach oben starrte. Trotz ihrer Versuche, leise zu sprechen, mußte Gerrard sie gehört haben.

»Das Blut des Lamms«, sagte Gerrard über ihr. »Wenn es nach dem Christentum ginge, müßten Sie mit dem Blut des Lamms gewaschen werden. Das ist auch etwas, das sie von uns gestohlen haben. Ihre Version der Taufe. Und dann haben sie das Blut durch Wasser ersetzt. Aber das Blut des Lamms war ursprünglich das Blut des geheiligten Stiers. Des weißen Stiers. Ungeachtet der Veränderungen des Christentums ist unsere Tradition rein geblieben. Wir haben die Heiligkeit des uralten Rituals bewahrt. Es geht bis auf das alte Persien zurück. Dann tauchte es in Griechenland wieder auf, besonders auf Kreta, wo die Legende uns erzählt, daß ein schneeweißer Stier aus den

Fluten des Meeres aufgetaucht sei und schließlich von Theseus auf dem Festland in Athen dem Sonnengott geopfert wurde – den sie damals Apollon nannten. Später, zu Zeiten der Römer, wurden die Bekehrten durch diese Taufe in den Mithraismus eingeführt. Hier in Spanien ist der Stierkampf ein Überbleibsel dieses Opfers. In Mérida wurde sogar eine Stierkampfarena über einer antiken römischen Kapelle gebaut, die dem Mithras geweiht war, und im Herzen dieser Kapelle gab es eine Grube, ganz ähnlich dieser hier, ein sogenanntes Taurobolium, in dem die römischen Zenturien vor jeder Schlacht neu getauft wurden, um ihnen die Kraft für den Kampf mit dem Feind zu geben. Der Ritus existierte heimlich weiter, nachdem Konstantin im vierten Jahrhundert zum Christentum konvertiert war. Trotz aller Anstrengungen der Inquisition überstand er auch das Mittelalter, und es gibt ihn immer noch. Solange die Natur existiert, wird auch dieser Ritus existieren. Wegen seiner Kraft und seiner unendlichen Herrlichkeit.«

»Dann tun Sie es doch endlich!« schrie Tess. »Bringen wir's hinter uns!«

Fulanos Stimme hallte laut durch die Gewölbe. »Als der direkte Nachkomme des Mannes, der die kleine Gruppe von Überlebenden des Massakers von Montségur anführte, nehme ich den Platz meines Vorfahren ein. Ich trete an Mithras Stelle. Ich opfere das Gegenstück zum Mithras.« Seine Stimme hatte sich in einen Gesang verwandelt.

Über sich hörte Tess den weißen Stier wütend aufstampfen. Sie konnte es nicht sehen, aber sie wußte genau, was jetzt passierte. Unter Einsatz seines Lebens hatte Fulano den Rücken des gefangenen Tieres erklommen.

Gerrards Stimme drang zu ihnen, so ruhig, daß es sie in Schrecken versetzte. »Zur Wintersonnenwende steht dieses Opfer für die Rückkehr des Lebens auf den Planeten. Zur Sommersonnenwende jedoch weiht das Opfer die jungen Mitglieder unserer Sekte in die Geheimnisse unserer Religion ein. Und manchmal, wenn auch sehr selten, die Bekehrten. Sie müssen die Kraft der Taufe erfahren, und wenn sie es wert sind, dann verstehen sie die Notwendigkeit des Taufopfers.«

Der verängstigte Stier schnaubte in einem fort, stampfte mit den Hufen auf und bäumte sich in wütendem Protest auf.

Tess stellte sich Fulano vor, wie er sich auf das Tier schwang, bemüht, den stoßenden Hörnern zu entgehen, wie er seine Finger in die Nüstern krallte, den Kopf nach oben zog, den Hals freilegte, um seine Klinge hineinzustoßen und ihn aufzuschlitzen, dabei Arterien durchtrennend, Blut ...

Ein Schwall von Blut ergoß sich über sie. Heiß, ekelhaft, dick und schwer, dampfend, stinkend, salzig, bitter. Es floß in ungeheuren Mengen durch die Gitterstäbe des Rosts. Es stürzte herunter, böse, heiß, eine alles erstikkende, ertränkende Flut.

Der Stier brüllte, obwohl ihm die Kehle aufgeschnitten worden war. Er brüllte in einem letzten Ausbruch von Stolz und Tapferkeit. Seine Knie gaben nach.

Mit einer Mischung aus Angst und Ehrfurcht hörte Tess, wie seine Beine mit dumpfem Geräusch auf den eisernen Rost schlugen, bevor sein majestätischer Körper zur Seite kippte und noch heftiger auf die Gitterstäbe polterte.

Noch mehr Blut ergoß sich über sie, durchtränkte ihr Haar, lief ihr in die Ohren, übers Gesicht, am nackten Körper herunter, während der schreckliche, dampfende Teich um ihre nackten Füße herum auf Knöchelhöhe anstieg.

Sie verlor die Kontrolle über sich, sank zu Boden. Craig wollte sie halten, aber auch er war aller Kraft beraubt und sank unter dieser grausigen Sintflut zusammen.

»Oh, mein Gott«, seufzte er.

»Verstehen Sie *jetzt*?« wollte Fulano wissen, seine Schritte klapperten über den Rost, als er von dem toten Stier stieg.

Dem Wahnsinn nahe, der Körper beinahe versunken im Blut, wenn auch nicht mehr zitternd, weil der dampfende

Lebenssaft des Stiers ihn wärmte, blinzelte Tess durch einen klebrigen, blutroten Schleier hindurch nach oben und versuchte, ihre verzweifelten Gedanken zu sammeln.

Sie konnte nicht sprechen.

»Erzählen Sie's mir«, rief Fulano.

»Das Opfer« – ihr Kehlkopf wollte immer noch nicht richtig funktionieren – »soll uns lehren, daß das Leben ein wertvolles Gut ist.« Ihre Stimme wurde heiser, die Worte zogen sich zu einem Schnarren in die Länge. »Das Blut des Stiers hat solch eine schockierende Wirkung, daß wir uns bis an unser Lebensende daran erinnern werden, wie endgültig der Tod ist, und daß nichts in der Natur getötet werden sollte, solange es nicht absolut nötig ist. Deshalb essen Sie auch kein rotes Fleisch. Deshalb sind die meisten von Ihnen Vegetarier, weil die Saat im Frühling wieder aufgeht, weil aber ein Tier, jedes Tier, ein einmaliges Wesen ist, und wenn es getötet wird, kann kein Frühling es zurückbringen. Und wenn wir nur genug von ihnen umbringen, dann werden ganze Arten im Frühling nicht zurückkehren. Und dann ist der Planet am Ende. Seine Reserven sind bald erschöpft, wenn wir nicht darauf achtgeben.«

In der Höhle wurde es unheimlich still.

Blut tropfte von Tess' Körper.

»Sie haben verstanden«, sagte Fulano. »Willkommen. Sie sind jetzt eine von uns.«

Tess wischte sich über den blutverschmierten Mund, schmeckte die salzige, scharlachrote Flüssigkeit, an der sie beinahe erstickte. Beim Einatmen sog sie durch die Nasenlöcher Blut mit ein. Sie schnappte nach Luft. Wütend erinnerte sie sich an das Gemälde von dem weißem Stier mit dem Speer im Hals. Nach der Herrlichkeit des Lebens kommt der Tod, und weil die Herrlichkeit niemals ersetzt werden kann, muß man den Tod respektieren. Das war die Botschaft.

Der Tod, dachte sie. Ihr Schweinehunde habt keine Ehrfurcht vorm Tod, sonst hättet ihr meine Mutter nicht umgebracht!

Ihr Heuchler!

Ihr gottverdammten . . .!

Ein weit entfernter, dumpfer Knall unterbrach ihre zornigen, rachsüchtigen Gedanken.

Der Knall, obwohl er so weit entfernt zu sein schien, hatte genug Kraft, den Boden unter ihren Füßen erzittern zu lassen, auch wenn Tess zunächst glaubte, es seien nur ihre Knie gewesen, die gezittert hätten.

»Was ist passiert?« hörte sie Gerrard oberhalb ihrer Grube fragen. »Was war . . .?«

Bumm! Eine zweite Detonation, näher dran diesmal, jagte eine Welle der Erschütterung durch die Höhle. Irgendwo fiel krachend ein Felsbrocken aus der Decke.

»Hört sich an wie . . .« Fulano hielt den Atem an. »Ein Einsturz!«

»Nein! Explosionen!« Gerrards Stimme verriet Furcht.

»Findet es heraus!« wies Fulano seine Leibwächter an. »Hier ist der Schlüssel! Schließt die Tür auf! Berichtet mir, was da draußen vor sich geht!«

Zahlreiche Schritte entfernten sich durch die Kapelle.

Plötzlich packte Craig Tess' Arm und eilte mit ihr auf die Treppe zu. Sie rutschte auf dem glitschigen Grund aus und stürzte. Ihre körperliche Fitness erlaubte es ihr, die Arme einzuziehen und sich so abzurollen, daß die Wirkung abgefedert wurde. Aber auch so schlug sie sich die Schulter an und stöhnte auf. Gleich hatte sie sich wieder hochgerappelt und lief weiter nach oben, wo Craig auf sie wartete.

Das Blut fühlte sich jetzt kalt auf ihren Körpern an. Sie zitterten in ihrer Nacktheit und zogen sich hastig an, aber noch mehr froren sie, als die Kleider sich voll Blut sogen. Ohne einen Blick für die mitleiderregende Leiche des Stiers in dem Pferch liefen sie auf den Eingang zur Kapelle zu.

Fulano, Gerrard und Hugh Kelly standen unter dem Bogengang zusammen. Durch eine Lücke sahen Tess und Craig, wie die Leibwächter durch die Kapelle hasteten, um die Tür aufzuschließen.

Aber nachdem einer der Männer mit aller Kraft die Tür

aufgezogen hatte, drehte er sich erschrocken um. »Die Lichter sind aus!«

»Zwei äußere Türen, zwei Explosionen.« Fulano ballte die Fäuste. »Die erste Explosion muß den Generator zerstört haben.«

»Wer immer das gewesen ist . . .«, setzte Gerrard an.

»Du weißt verdammt genau, wer das gewesen ist! Die Inquisitoren!« sagte Fulano.

»Aber wenn der Eingang nicht mehr versperrt ist, wenn sie uns suchen, dann werden sie uns ohne Licht nicht so leicht finden in den Tunneln.«

»Darauf dürften sie eingerichtet sein. Sie haben bestimmt Taschenlampen!« vermutete Fulano. »Und dann müssen sie nur den Kabeln der Glühbirnen folgen.« Er richtete sich auf und rief zu den Leibwächtern hinüber. »Lauft in den Tunnel! Schließt die Tür, damit der Fackelschein ihnen nicht verrät, wo wir uns verstecken! Und dann schießt auf die Taschenlampen, wenn ihr sie seht! Sie werden leichte Ziele sein!«

Die Leibwächter machten sich auf den Weg, warfen sich durch die Tür und zogen sie zu.

»Inquisitoren!« Fulano sprach das Wort aus wie einen Fluch. »Wie haben sie uns gefunden? Woher konnten sie wissen, wo wir . . .?«

Gerrard drehte sich zu Tess und Craig um. »Ihr! Irgendwie habt *ihr* sie hergebracht!«

»Wie denn?« fragte Craig. »Sie wissen doch, daß wir dazu keine Gelegenheit hatten. Seit wir den Luftwaffenstützpunkt Andrews verlassen haben, wurden wir von Ihnen wie Gefangene gehalten. Wenn wir eins der Telefone an Bord des Flugzeugs benutzt hätten, wären Sie davon informiert worden. Dann sind wir an Bord eines anderen Flugzeugs geklettert und haben schließlich diesen Hubschrauber benützt. Wir hatten nie die Gelegenheit, eine Nachricht weiterzugeben. Wir haben alles getan, was Sie von uns verlangt haben, bis zu dieser Taufe. Wir haben unsere Bereitschaft zur Zusammenarbeit wahrlich unter Beweis gestellt.«

»Nein, irgendwie . . .« Fulano kam steifbeinig auf sie zu, seine grauen Augen wölbten sich aus ihren Höhlen. »Man hat euch nach Waffen durchsucht. Man hat euch mit Metalldetektoren abgetastet. Wie konntet ihr . . .«

»Schau dir ihre Füße an! Sie trägt Turnschuhe, mit denen sie an Bord von Air Force Two kam!« rief Gerrard aus. »Sie hat sie mitgebracht. In ihrer Umhängetasche, und als wir die Höhle betraten, hat sie die Dinger angezogen. *So* konnten sie uns verfolgen! *So* haben sie uns gefunden! In den Turnschuhen befindet sich ein Sender!«

»Ziehen Sie die Schuhe aus!« befahl Fulano.

Tess trat einen Schritt zurück.

»Ich habe also recht gehabt!« rief Fulano aus.

Tess trat noch einen Schritt zurück.

»Kelly«, zitierte Gerrard seinen Assistenten herbei.

»Jawohl, Sir?«

»Erschießen Sie die beiden. Wir haben ihnen unser Vertrauen geschenkt. Sie haben es nicht verdient. Erschießen Sie sie nicht bloß. Sprengen Sie sie in die Luft.«

»Jawohl, Sir.« Hugh Kelly zog einen Riegel an der Seite seiner automatischen Pistole nach hinten, dann brachte er die Waffe in Anschlag und zielte.

Craig stürzte sich hastig auf Tess und stieß sie in einen kleinen Teich hinter einem Stalagmit. Wie erstarrt von der Kälte des Wassers duckten sie sich, Deckung suchend, hinter den Felsen.

Aber die Schüssse, die sie jetzt hörten, stammten nicht aus Kellys Waffe.

Nein, diese Schüsse kamen aus anderen automatischen Waffen, in einem entfernten, gedämpften Stakkato ratterten sie hinter der Tür zur Kapelle los.

Männer brüllten im Todeskampf.

Plötzlich öffnete sich die Tür, Leibwächter kamen hereingestürzt, feuerten nach hinten, bevor sie ihr vereintes Gewicht gegen die Tür warfen, um sie wieder zu schließen und hastig zu verriegeln.

»Sie hatten keine Taschenlampen«, schrie einer der Männer.

Fulano lief zu der Tür hinüber. »Wie haben sie uns dann so schnell gefunden? Im Dunkeln konnten sie das Kabel mit den Glühbirnen nicht sehen.«

»Sie tragen Nachtsichtbrillen! Egal, wo wir uns verstekken, *sie* konnten uns sehen, aber wir *sie* nicht.«

»Geht in Deckung!« befahl Fulano.

Die Leibwächter zogen sich zurück, nahmen Deckung hinter Sockeln und Pfeilern. Einige von ihnen hinterließen Blutspuren. Tess hörte ihre keuchenden Atemzüge.

Auf der anderen Seite schlug etwas gegen die Eisentür.

»Sie versuchen, zu uns durchzubrechen!« sagte Gerrard.

Wieder schlug etwas heftig gegen die Tür, aber der Riegel hielt stand.

»Sie werden es mit Sprengstoff probieren«, rief Fulano. »In Deckung!«

Hugh Kelly hatte sich umgedreht, um dem Tumult zuzusehen.

Das machte Craig sich zunutze. Er stürzte aus dem kleinen Teich hinter dem Stalagmit. Kelly hörte ihn und wirbelte herum, aber er war nicht schnell genug. Craig war bei ihm, bevor er die Waffe in Anschlag bringen und feuern konnte. Er warf sich gegen Kelly, packte von hinten sein Kinn und riß es in die Höhe. Gleichzeitig ließ er sich auf einem Knie nieder, stemmte das andere Knie fest gegen den Boden und wuchtete Kellys Rückgrat dagegen.

Tess hörte zwei Geräusche, die ihr den Magen umdrehten. Das eine stammte von Kellys Genick, das andere von seiner Wirbelsäule. Als Kellys lebloser Körper auf den Boden der Höhle sank, bemächtigte Craig sich seiner Waffe und richtete sie auf Gerrard und Fulano.

Zu spät. Der Lärm des kurzen Kampfes hatte sie bereits gewarnt, und sie verschwanden durch den Eingang zur Kapelle, bevor Craig die Chance hatte, einen Schuß abzugeben.

Er fluchte und wollte sich auf ihre Verfolgung machen, aber beinahe gleichzeitig stolperte er rückwärts, die Erschütterung einer Explosion warf ihn zu Boden. Der Knall war ohrenbetäubend, die Eisentür flog aus ihren Angeln und schlug krachend auf dem Felsboden auf. Noch mehr Brocken fielen aus der Decke.

In Tess' Ohren klingelte es. Und trotzdem konnte sie noch hören, wie die Leibwächter auf den Eingang zum Tunnel feuerten. Aus der Dunkelheit hinter dem Eingang und aus dem Saal mit den Malereien der Stiere wurde das Feuer erwidert.

Dann hörte Tess noch eine Detonation. Und noch eine. In dem kalten Teich hinter dem Stalagmit heulte sie auf und preßte sich die Hände auf die Ohren. Handgranaten! Die Inquisitoren warfen Handgranaten! Die Kapelle füllte sich mit Qualm und Flammen. Obwohl sie die Hände auf die Ohren gepreßt hatte, drangen die Todesschreie der sterbenden Männer tief in ihr Bewußtsein.

Das Gewehrfeuer ging weiter, nahm sogar noch zu. Weitere Explosionen erschütterten die Höhle, immer mehr Felsbrocken brachen aus der Decke. Durch den Eingang zur Kapelle sah Tess, wie ein Sockel unter seiner Fakkel zusammenbrach und das brennende Öl sich über den Boden ausbreitete. Kugeln streiften Pfeiler, prallten ab, schleuderten Felsstückchen durch die Luft.

Während das Gewehrfeuer lauter wurde, huschten schwarzgekleidete Gestalten aus der Höhle mit den Stiermalereien. Durch den Qualm konnte Tess erkennen, daß die Männer Brillen trugen und daß sie sich die Gesichter mit einer dunklen Tarnpaste eingeschmiert hatten. Sie hielten automatische Schnellfeuerwaffen in den Händen und schossen in alle Richtungen, und wenn sie das Feuer unterbrachen, dann nur so lange, wie es dauerte, eine Handgranate zu werfen. Die Explosionen zertrümmerten Stalagmiten. Leibwächter brachen zusammen, Blut strömte ihnen aus Körper und Rücken. Andere wurden von zu Boden stürzenden Felsbrocken erschlagen.

In aller Eile flüchteten die Überlebenden – unter ihnen Gerrard und Fulano – in die Höhle hinter der Kapelle. Ein paar erwiderten sogar noch das Feuer, aber die meisten flohen in heller Panik.

Tess stellte einem Mann, der gerade an einem Stalagmiten vorbeilief, ein Bein. Sein Kinn schlug hart auf dem Felsboden auf.

Zu ungeduldig, um dem Adrenalinschub weiter zu widerstehen, sprang sie aus ihrer Deckung und griff sich seine Waffe. Ihr Vater hatte ihr nicht beigebracht, wie man mit diesem Typ von Schußwaffe umging, aber sie erinnerte sich daran, daß Hugh Kelly einen Bolzen an der Seite nach hinten geschoben hatte, bevor er zum Schuß anlegte. Offensichtlich handelte es sich bei dem Bolzen um einen Spannmechanismus, und da sie davon ausging, daß der Leibwächter seine Waffe bereits gespannt hatte, reagierte sie defensiv, zielte auf den Mann, als er sich wieder erheben wollte, und legte ihn mit einem Schuß endgültig flach.

Die Blutfontäne in Verbindung mit dem unerwartet heftigen Rückstoß der Pistole ließ sie beinahe die Nerven verlieren. Die Kraft des Rückstoßes hatte den Lauf senkrecht in die Höhe gerissen. Hastig rief sie sich ins Gedächtnis, daß sie den Lauf in der Horizontale halten mußte.

Wild entschlossen fuhr sie herum, suchte nach weiteren Zielen. Craig? *Wo steckte Craig?* Im Durcheinander der Schießerei, des Qualms und der Flammen wagte sie nicht, den Abzug durchzudrücken, aus Angst, sie könnte ihn treffen. Und dann entdeckte sie ihn, flach auf dem Bauch liegend, schießend. Leibwächter wichen zurück, prallten gegen andere, stießen sie aus dem Gleichgewicht, verschmierten sie mit Blut.

Tess feuerte über Craig hinweg, traf andere Mitglieder der Leibgarde. Inzwischen griffen die Flammen in der Kapelle stärker um sich, wurde der Qualm dichter. Die Gewehrschüsse kamen näher. Craig und Tess feuerten weiter.

Rechts von sich nahm Tess plötzlich Bewegung wahr. Fulano erhob sich neben dem Verschlag, in dem er den heiligen Stier geschlachtet hatte.

Er langte unter das Revers seines Sportjacketts, brachte eine Pistole zum Vorschein und zielte auf Craig.

Tess kam ihm zuvor, sie durchsiebte Fulanos Brust mit

Kugeln. Der direkte Nachkomme des Anführers der Ketzer zuckte zusammen, stolperte ein paar Schritte, kippte über die Wand des Pferchs und blieb reglos auf dem Kadaver des großen weißen Stiers liegen.

Aber wieder war es Tess nicht gelungen, den Rückstoß ihrer Waffe unter Kontrolle zu halten. Der Lauf reckte sich in die Höhe. Ihr Zeigefinger hielt den Abzug weiter nach unten gedrückt. Wie aufgedreht wirbelte sie herum, und plötzlich befand sich Gerrard in ihrem Schußfeld.

Der Vizepräsident heulte auf, warf die Arme hoch, als wollte er seine Brust schützen, aber die Kugeln trafen ihn weiter oben, schlugen Löcher in sein schönes Gesicht, rissen ihm die grauen Augen aus den Höhlen. Eine ekelhafte Masse drang aus seiner Stirn, sein Kopf schien zu explodieren.

Und dann warfen richtige Explosionen Tess nach hinten auf den harten Boden, ein paar Handgranaten detonierten im hinteren Teil der Kapelle. Sie versuchte aufzustehen, aber sie wußte, daß es weitere Detonationen geben würde, nicht nur in der Kapelle. Näher dran. Sie würden ...! Sie sah, wie eine Handgranate in hohem Bogen durch den Eingang zur Höhle flog.

Plötzlich blieb ihr die Luft weg, als eine Gestalt gegen sie prallte, Craig, der sie packte und sich mit ihr zu Boden warf. Gleich darauf fand sie sich auf der Treppe wieder, die in die Grube hinabführte, und stolperte hinunter, Craig beinahe über ihr. Sie stieß sich die Knie auf, den Rücken, den Schädel und schlug unten auf dem dunklen Grund auf, benommen planschte sie in dem zähen, klebrigen Blut herum, das hin und her schwappte und sie von oben bis unten bespritzte.

Unmittelbar darauf, nachdem sie wieder so weit bei Bewußtsein war, daß sie sich ihre blutverschmierten Hände auf die Ohren pressen konnte und spürte, wie Craig neben ihr die Arme hob und dasselbe tat, detonierte die Handgranate mit einem ohrenbetäubenden Getöse, ihre Splitter prallten von den Wänden der Höhle zurück, einige Stückchen schlugen auf den oberen Stufen der

Treppe ein, der Knall hallte von den Wänden der Höhle wider, und noch mehr Felsbrocken stürzten von der Decke herab.

Versunken in Blut hob Tess ihren triefenden Kopf und lauschte dem Bellen der automatischen Waffen in der Höhle. Über ihr herrschte nur noch Dunkelheit, die Detonation der Handgranate hatte alle Fackeln gelöscht.

»Ich glaube, wir haben sie erledigt«, sagte eine heisere Stimme.

»Vergewissere dich«, erwiderte eine andere Stimme.

Tess erkannte ihre tiefe Resonanz.

Pater Baldwin. Wir sind gerettet, dachte sie. Sie hob den Kopf etwas und wollte ihm schon etwas zurufen, als Craig ihr eine Hand auf den Mund preßte und ihren Kopf wieder nach unten drückte. Ihr Instinkt befahl ihr zu schreien, aber ihre Liebe zu Craig ließ sie gehorchen. Sie verstand. Er wollte ihr etwas mitteilen.

Und was noch wichtiger war: Er wollte sie beschützen. Sie beruhigte sich, entspannte die Muskeln, wehrte sich nicht mehr und nickte mit dem Kopf. So rätselhaft seine Gründe auch sein mochten, er wollte nur ihr Bestes.

Schwere Schritte hallten durch die Höhle.

»Kein Anzeichen für Überlebende«, sagte eine feste Stimme. »Alles, was nicht erschossen oder von Handgranaten zerfetzt wurde, haben die Felsbrocken erschlagen.«

»Such weiter!« befahl Pater Baldwin.

Die Stimmen der Inquisitoren klangen so gedämpft, daß Tess, die Craig mit beiden Armen umklammert hielt, klar wurde, daß riesige Felsbrocken auf den toten Stier und Fulano gefallen waren und daß sie auch den Zugang zur Grube verschüttet hatten.

»Vollständige Arbeit«, sagte die feste Stimme.

Ein Stein polterte herab.

»Aber die Decke wird jeden Moment einbrechen.«

»Bringt die Ladungen an«, befahl Pater Baldwin. »Überall.«

»Ich hab' schon damit angefangen.«

»Vor allem das Standbild liegt mir am Herzen. Ich

werde es mit einer Bombe zur Hölle jagen. Gott sei Dank haben wir ihr zentrales Nest endlich gefunden. Es gibt sicher noch andere, aber dieses hier war das wichtigste.«

»Was ist mit der Frau und dem Polizisten? Ich habe sie noch nicht gefunden.«

»Wahrscheinlich irgendwo unter dem Schutt begraben. Vielleicht atmen sie sogar noch, aber in fünf Minuten spielt das keine Rolle mehr«, sagte Pater Baldwin. »Sollten sie noch am Leben sein, dann sterben sie spätestens dann, wenn die Explosionen die Decke zum Einsturz bringen. Wir sind ihnen etwas schuldig. Aber wir dürfen sie nicht mit unserem Geheimnis weiterleben lassen. Die Belohnung für ihre Hilfe erwartet sie erst im Himmel. Die Ladungen?«

»Ich bin gerade fertig geworden.«

»Und ich habe meine Bombe am Fuß des Reliefs befestigt. Die Leichen der Schädlinge werden zusammen mit ihrem Götzenbild in die Hölle gesprengt.«

»Also los!« Der Mann mit der festen Stimme lief aus der Höhle zurück in die Kapelle.

Andere Schritte huschten über den Felsboden.

»Die anderen Ladungen?« wollte Pater Baldwin wissen, seine Stimme kam aus größerer Entfernung.

»Fertig. Wir brauchen fünf Minuten, um aus der Höhle zu kommen. Auf die Zeit hab' ich die Zünder eingestellt.«

»Schnell!« befahl Pater Baldwin, und seine Stimme klang noch entfernter. »Legt auf dem Rückzug noch ein paar Ladungen. Ich will, daß von diesen Höhlen nichts mehr übrigbleibt.«

»Kein Problem. Vom Fluß des Hügels können wir uns das Feuerwerk betrachten.«

Ein letztes, weit entferntes Scharren von Fußsohlen.

Craig nahm seine Hand von Tess' Mund. Ihre Kleider waren vollgesogen mit Blut. Sie krochen die Treppe hinauf und erreichten eine Steinplatte, die quer über dem Ausgang lag. Craig tastete herum, fand eine Lücke und zwängte sich hindurch, gefolgt von Tess, die sich am Felsen den Rücken aufkratzte. Obwohl es in der Höhle dunkel war, warfen die Flammen des brennenden Öls in der Kapelle nebenan gerade so viel Licht herüber, daß sie sich einen Weg durch den Schutt suchen konnten. Sie fröstelten unter den nassen Kleidern.

»Wir müssen machen, daß wir hier rauskommen«, sagte Craig.

»Wie?« Tess faßte sich an die blutgetränkte Brust. »Selbst wenn wir den Ausgang erreichen, bevor die Bomben hochgehen, werden Baldwin und seine Leute uns erschießen.«

»Wir könnten versuchen, die Kabel aus den Bomben zu reißen.«

»Nein. Wir haben keine Chance, sie alle zu finden.«

»Aber wir können nicht einfach hier rumstehen und auf den Tod warten«, erwiderte Craig. »Es muß doch einen ...«

»Mir ist gerade etwas eingefallen.« Tess packte seinen Arm. »Erinnerst du dich daran, wie wir in die Höhle kamen und Fulano die Türen verriegelte? Er ließ drei Wachen draußen stehen.«

Craig nickte. »Und wenn sie überwältigt worden wären, wenn sie sich mit dem Walkie-talkie nicht mehr gemeldet hätten ...« Craig sprach schneller. »Fulano sprach von einem anderen Ausgang. Es muß noch einen anderen Weg nach draußen geben!«

»Und er muß ganz nah sein!« sagte Tess, und ihr Herz schlug schneller.

Craig sackte gegen einen Felsen zurück.

»Was ist los?«

»Im Dunkeln werden wir diesen Ausgang niemals finden.« Doch dann richtete er sich wieder auf. »Moment. Ich glaube, ich kann uns Licht besorgen. Bleib hier.«

Verzweifelt und durcheinander schaute Tess ihm zu, wie er über das Geröll kletterte. »Wonach suchst du?«

»Nach einer Leiche. Meine Klamotten sind vollgesogen mit Blut. Mein Jackett brennt bestimmt nicht.«

»Ich verstehe nicht.«

»Du wirst schon verstehen. Hier. Ich habe eine gefunden ...« Nachdem er einem Toten die Jacke vom Leib gerissen hatte, lief Craig hinüber zu den Flammen in der Kapelle. Dort tauchte er einen der Ärmel in das brennende Öl und zündete ihn an. Eilig kam er zurück, die Flammen züngelten am Ärmel der Jacke hoch. »Die Granaten haben die Fackeln in diesem Raum umgerissen und das Feuer gelöscht. Aber hier muß überall Öl am Boden sein. Ich kann's riechen.« Er zog den brennenden Ärmel über den Boden, probierte mehrere Flecken zwischen den heruntergestürzten Felsbrocken aus, und auf einmal loderten die Flammen empor, entzündeten die Ölpfützen zwischen dem Geröll.

Die Flammen breiteten sich aus. Tess und Craig wichen zurück. In der Höhle wurde es hell.

»Dort drüben. Auf der linken Seite.« Craig deutete in die Richtung. »Ein Tunnel.«

Die Decke ächzte und noch ein paar Brocken stürzten auf den Boden. Tess kletterte hastig über den Schotter, um den Tunnel zu erreichen.

»Langsamer«, rief Craig ihr zu. »Wenn du dir den Knöchel brichst ...«

»Ich mach mir mehr Sorgen wegen der Bomben.« Ein Segment der Decke kam donnernd herunter. »Oder erschlagen zu werden.«

Sie erreichten den Tunnel.

»Durch den haben Kelly und seine Leute wahrscheinlich den Stier hereingebracht«, sagte Craig. »Der Eingang zur Höhle war zu schmal für den Koloß. Und da ein Stier nicht so leicht zu handhaben ist, dürften die Erbauer des Tunnels den Durchgang so gerade und kurz wie möglich gehalten haben.«

Craig hatte recht. Das Feuer leuchtete in den Tunnel hinein und zeigte ihnen, daß der Ausgang nur zwanzig Meter entfernt war. Aber Tess stöhnte auf, als sie sah, daß er durch eine Eisentür versperrt war. Und sie stöhnte noch mehr, nachdem es Craig nicht gelungen war, die Tür zu öffnen.

»Das verdammte Ding ist zugeschlossen.« Wütend und

erschöpft lehnte Craig sich gegen die Wand, Blut tropfte ihm von der Kleidung. »Wir haben unsere Zeit vergeudet. Und jetzt bleibt nicht mehr viel.«

»Vielleicht gibt es noch einen Ausgang.« Tess' Stimme zitterte.

»Damit würde ich nicht rechnen. Bis wir ihn gefunden haben, sind die Bomben längst hochgegangen.«

»Wir müssen es versuchen.«

Craig schaute sie entschlossen an. »Ja.«

Sie hasteten den Tunnel entlang, zurück in die Höhle. Noch ein Segment der Decke brach herunter. Die Wucht, mit der das geschah, ließ die Flammen des brennenden Öls flackern.

»Da drüben. Ganz hinten«, schrie Tess. »Noch ein Tunnel.«

»Jeden Augenblick müssen diese verdammten Bomben...«

»Die Flammen, Craig! Schau dir die Flammen an!«

»Was ist damit?«

»Sie flackern immer noch! Sie zeigen hinüber zu diesem Tunnel. Als wir vorhin in die Kapelle kamen, fiel mir auf, daß die Fackeln so merkwürdig flackerten, aber ich glaubte, das läge an unseren Bewegungen. Es gibt einen Luftzug zu diesem Tunnel, Craig. Er muß nach draußen führen.«

Craig nickte. »Aber wenn das Loch nun zu schmal für uns ist...«

»Es ist unsere einzige Chance!« Die Decke ächzte wieder bedenklich. »Los! Bevor...«

Sie kletterten hinüber zu dem Tunnel am hinteren Ende. In dem Augenblick, in dem sie ihn betraten, fiel noch ein riesiger Felsbrocken aus der Decke und verfehlte sie nur knapp.

Sie stolperten weiter. Es wurde dunkler um sie herum.

»Wenn von diesem Tunnel andere abzweigen, haben wir keine Chance.« Craig atmete schwer.

Das Licht von den Flammen in der Höhle wurde so

schwach, daß Tess sich an der Wand entlangtasten mußte. »Spürst du einen Luftzug? Wird er stärker?«

»Ja. Aber was ist das für ein Geräusch?«

Weiter vorne hörte man ein konstantes Rauschen, das lauter wurde, je tiefer sie in den Tunnel eindrangen.

Der Tunnel wand sich um Kurven herum abwärts, und jetzt war es vollständig dunkel um sie herum. Sie tasteten sich an seinen Wänden entlang. Das Rauschen wurde lauter, so laut, daß Tess Craigs Worte kaum noch verstehen konnte.

»*Was?*« brüllte sie.

»Ich glaube, das ist ein . . .«

Jetzt war die Finsternis vollständig. Sie konnte ihn nicht sehen, tastete nach seiner Hand, machte noch einen Schritt, um dann ein ganzes Stück nach vorne zu taumeln, gestoßen von der Druckwelle mehrerer aufeinanderfolgender Explosionen. Die Decke knackte, war kurz vor dem Einstürzen. Vorwärtsgetrieben tat sie einen Schritt in das Nichts. Als neben ihr statt Fels nur noch Luft war, stürzte sie. Die Decke gab nach, krachte hinter ihrem Rükken zu Boden. Sie schrie. Ihr Magen hob sich, während sie weiter nach unten rutschte. Dann bekam sie Craigs Hand zu fassen und taumelte mit ihm zusammen dem finsteren, lauter werdenden, unaufhörlichen Brausen entgegen.

Es stammte von einem unterirdischen Gebirgsbach. Seine eisige Strömung lähmte sie, erstickte ihren Schrei. Sie ging unter, geriet in Panik, machtlos, unfähig zu atmen oder etwas zu sehen. Undeutlich wurde ihr bewußt, daß die Erschütterungen hinter ihr von Felsplatten stammten, die in den Bach geschleudert wurden, aber die Strömung hatte sie bereits mit sich fortgerissen, bevor die Brocken sie erschlagen konnten. Sie trieb mit dem Kopf unter Wasser, versuchte, an die Oberfläche zu kommen, und hoffte gleichzeitig, daß der Luftzug, den sie und Craig gespürt hatten, bedeutete, daß es überhaupt freien Raum über dem reißenden Bach gab. Wie sehr sie sich auch bemühte, sie kam nicht an die Oberfläche.

Die Strömung wurde schneller. Sie knallte gegen eine

glatte, ausgewaschene Biegung in dem Kanal, drehte sich, knallte gegen die nächste Kurve. Craigs Hand rutschte ihr aus den Fingern. Sie versuchte erneut, an die Oberfäche zu kommen, und spürte plötzlich, wie es steil nach unten ging. O mein Gott, flehte sie, unfähig, den Atem länger anzuhalten. Gleich würde sie ganz automatisch Luft holen.

Der Bach stürzte weiter in die Tiefe. Plötzlich wurde sie durch eine Öffnung gerissen und aus dem Wasser heraus in die Luft geschleudert. Unter dem Druck des freien Falls hob und senkte sich ihre Brust. Sie schnappte unkontrolliert nach Luft. Ihre Lungen dehnten sich, Luft strömte durch ihre Kehle herein. Gleich darauf prallte sie auf einem See auf und wurde durch die tosende Gewalt des Wasserfall: nach unten gerissen. Nachdem sie mit ein paar Zügen wieder an die Oberfläche getaucht war, zitterten ihre Arme vor Schwäche. Sie holte verzweifelt Luft, erst nach und nach wurde ihr klar, daß Sterne über ihr schimmerten, daß die süße, unendliche Nacht sie einhüllte und daß sie bis nah an den Rand des Sees getrieben war.

Einen Augenblick später nur wirbelte sie aufgeregt herum und hielt nach Craig Ausschau. Sein Körper trieb auf sie zu. Sie schwamm zu ihm und packte ihn. Er hob den Kopf, hustend, Wasser spuckend, während sie ihn zum Rand des Teiches zog. Und dann lagen sie auf seinem grasbedeckten Ufer.

Aber Craig hustete und würgte immer noch. Er spuckte Unmengen von Wasser heraus. Hastig legte sie ihn auf den Bauch und drehte den Kopf zur Seite. Sie schaute nach, ob auch keine Gegenstände die Atemwege blockierten, bevor sie ihm die Hände flach auf den Rücken legte und ihm das Wasser aus den Lungen preßte. Er hustete immer wieder, bis die Krämpfe langsam schwächer wurden.

Dann konnte er wieder frei atmen.

Jetzt erst durfte sie sich erschöpft auf den Rücken fallen lassen. Die Luft schmeckte frisch und klar. Der Mond und die Sterne waren ein herrlicher Anblick. Trotz des Wasserfalls konnte sie ganz in der Nähe hören, wie der Bach über Felsen und Steine zu Tal plätscherte.

Craig bewegte den Kopf, um sie anschauen zu können. Er hustete noch einmal und ergriff ihre Hand. »Danke.« Er brachte sogar ein Lächeln zustande.

»He, wir haben das schon zusammen geschafft, da rauszukommen.« Sie erwiderte sein Lächeln, und das Herz schwoll ihr an vor Erleichterung darüber, daß er am Leben war.

Und dann mußte auch sie sich die Reste von Wasser aus der Lunge husten. Sie zitterte so sehr, daß ihr die Zähne klapperten.

Seite an Seite lagen sie, hielten sich bei den Händen und versuchten, wieder zu Kräften zu kommen.

Fünf Minuten später raffte Craig sich auf. »Das Wasser ist so eisig ...« Er zitterte unkontrolliert.

»Unterkühlung?« Tess runzelte die Stirn.

Er konnte nicht aufhören zu zittern. »In diesen nassen Klamotten sterben wir beide an Unterkühlung, selbst in einer warmen Juninacht. Wir müssen ins Warme und Trockene. So schnell wie möglich.«

Tess, die sich der Gefahr bewußt wurde, warf einen Blick ins Tal hinunter. Nein, dachte sie, sie konnten das alles doch nicht überlebt haben, nur um sich hier zu Tode zu frieren. Und gleich darauf dankte sie Gott im Geiste. »Es ist alles in Ordnung. Kein Problem.«

»Was? Das nächste Dorf dürfte Meilen entfernt sein. Wir könnten in Fieberwahn fallen, einschlafen, und dann sind wir tot, bevor wir dort angekommen sind, vorausgesetzt, wir würden überhaupt hinfinden.«

»Und ich sage trotzdem: Kein Problem.« Tess war so entsetzlich kalt, daß sie vom Kopf bis zu den Füßen zitterte.

»Du meinst also, wir müßten nur zwei Stöcke gegeneinander reiben, und schon haben wir ein Feuerchen?«

»Nein. Das hat bereits jemand für uns besorgt. Viele Leute haben das für uns besorgt.«

Verwundert folgte Craig ihrem Blick und dann stöhnte

er erleichtert auf. Unter ihnen, auf den Felsen im Tal, leuchteten Dutzende von Freudenfeuern in der Dunkelheit.

»Das Fest des heiligen Johannes. Das hatte ich ganz vergessen«, sagte Craig.

»Wie winzige Stückchen der Sonne. Zum erstenmal werden die Flammen uns helfen.« Tess rappelte sich hoch und streckte ihm ihre Hand entgegen. »Leuchtende Flammen. Wärmende Flammen. Komm, Kleiner.«

Sie benötigte ihre ganze Kraft, um ihn auf die Beine zu ziehen. Arm in Arm, dicht aneinandergeschmiegt, die Wärme des anderen suchend, stolperten sie über den grasigen Abhang den Feuern entgegen.

»Wenigstens hat uns der Bach das Blut aus den Klamotten gewaschen«, sagte Tess. »Ich glaube, irgendwie war das auch eine Art Taufe. Nur daß die zweite Taufe die erste völlig ausgelöscht hat. Die zweite war wirklich reinigend.«

»Leider sind unsere Probleme damit nicht gelöst«, gab Craig zu bedenken.

»Ich weiß. Pater Baldwin. Woher wußtest du, daß er uns nicht entkommen lassen wollte?«

»Es war nur eine Ahnung, aber in meinem Beruf kriegt man auf die harte Tour beigebracht, auf seine Ahnungen zu hören. Ich dachte, es wäre besser abzuwarten und zu sehen, wie sehr er sich bemüht, uns in dem Schutt zu finden. Offensichtlich hält er uns wegen der Dinge, die er uns verraten hat, für eine Bedrohung.«

»Im Moment ist mir nichts gleichgültiger als diese verdammte Inquisition. Ich will nur dich festhalten. Es ist ein wundervolles Gefühl, am Leben zu sein.«

»Das Gute kämpft gegen das Böse.« Craig erschauerte. »In diesem Fall war es gar nicht so leicht, den Unterschied zwischen beidem zu erkennen. Beide waren sie böse. Ich bin ganz sicher, daß die Inquisitoren wieder Jagd auf uns machen werden, sowie sie erfahren haben, daß wir noch am Leben sind.«

Tess zögerte. »Vielleicht nicht.«

»Hast du einen Plan?«

»So eine Art. Ich denke noch darüber nach. Aber sollten sie sich entscheiden, Jagd auf uns zu machen, dann bin ich bereit, gegen sie zu kämpfen. Ich finde, daß sie eine unverzeihliche Sünde begangen haben.«

»Weil sie sich gegen uns gewandt haben?«

»Nein. Weil sie die Malereien in die Luft gejagt haben. Ich werde sie nie vergessen – die Hirsche, die Büffel, die Pferde, die Gemsen, die Stiere. So erhaben, so wunderschön, so unwiederbringlich.«

Am Fuß des Hügels entdeckten sie die Silhouetten von ein paar Dorfbewohnern, die sich um ihr Feuer versammelt hatten und die geflochtenen Kreuze aus Blumen und Weizenhalmen in die Höhe hielten. Die Leute schauten Tess und Craig mißtrauisch entgegen. Aber sie erhob ihren rechten Arm, der noch ganz naß vom Bad im Gebirgsbach war, und berührte damit ihre Stirn, ihre Brust und die rechte und die linke Schulter. Die Bauern nickten mit den Köpfen und forderten sie auf, am Feuer Platz zu nehmen.

Das Feuer wärmte sie sehr schnell und trocknete ihre Kleider. Tess und Craig blieben die ganze Nacht über dort sitzen, in Liebe aneinandergeschmiegt, manchmal dösten sie ein bißchen ein, aber dann starrten sie wieder ins Feuer, wie hypnotisiert vom Zauber und der Kraft der Flammen.

14

Alexandria, Virginia

Craigs Anwesenheit tröstete Tess ein wenig, als sie auf einem Friedhof am Rande der Stadt vor dem Grab ihrer Mutter stand. Tränen verschleierten ihren Blick. Das Begräbnis hatte am Tag zuvor stattgefunden, sechs Tage nachdem sie und Craig aus den Höhlen entkommen waren und zwei Tage nach ihrer Rückkehr aus Spanien.

Viel war passiert. Nach der Nacht am Feuer hatten ihre spanischen Gastgeber sie durch das Tal zum nächsten Dorf gebracht. Dort war es Tess wegen der mangelnden Sprachkenntnisse nur unter größten Schwierigkeiten gelungen, einen telefonischen Kontakt zur amerikanischen Botschaft in Madrid herzustellen. Auf ihren Bericht hin waren noch am Nachmittag ein halbes Dutzend Hubschrauber eingeflogen, aus denen amerikanische und spanische Staatsbeamte und ihre bewaffneten Begleiter gesprungen waren. Und von da an waren sie und Craig nur noch verhört worden. Sie mußten den Ermittlern den zerstörten, früheren Eingang zu der Höhle zeigen. Und dann führten sie die Männer zu dem Wasserfall, der sie gerettet hatte.

Schon bald waren weitere Hubschrauber gelandet, hatten noch mehr Ermittler und noch mehr bewaffnete Wachmänner gebracht. Die Verhöre hatten bis tief in die Nacht gedauert. Und nach ein paar Stunden Schlaf und einem mageren Frühstück mußten Tess und Craig, völlig übernächtigt, weitere Fragen beantworten, immer wieder wollte man die Geschichte hören, auf die sie sich geeinigt hatten, bevor Tess in Madrid anrief.

Die Geschichte war das Herzstück von Tess' Plan zu ihrer Rettung, sowohl vor den Inquisitoren als auch vor den Ketzern. Vor allem den Presseleuten wollte sie diese Geschichte erzählen, damit sie sie veröffentlichten, aber als die Presseleute schließlich eintrafen, wurden sie und Craig per Hubschrauber in Gewahrsam genommen und zunächst nach Bilbao und dann nach Madrid geflogen, wo die Verhöre im Hauptquartier des spanischen Geheimdienstes fortgesetzt wurden, zu dem sich schon bald besorgte Beamte der amerikanischen CIA gesellten.

Die Reporter erfuhren aus ungenannten Quellen von der Geschichte und konnten sie schließlich veröffentlichen und über die Sender bringen. Sie verbreitete sich schnell um die ganze Welt. Unter dem Druck zahlreicher Regierungen mußten die spanischen und amerikanischen Regierungssprecher schließlich eingestehen, daß Wahrheit war, was sie zunächst als Gerüchte bezeichnet hatten. Der Vizepräsident der Vereinigten Staaten und der angehende Ministerpräsident Spaniens waren tatsächlich von Terroristen ermordet worden, während sie amerikanischen Gästen verschiedene kulturelle und geologische Besonderheiten in der Provinz Navarra im Norden Spaniens gezeigt hatten.

Die Terroristen waren unerkannt entkommen.

Wovon in diesem Bericht natürlich nichts erwähnt wurde, war die wachsende Frustration, mit der die verbissenen Ermittler Tess und Craig verhörten.

»Warum zum Teufel sind Sie nach Spanien gereist? Wie sind Sie ins Land gekommen? Sie hatten keine Pässe dabei.«

»Meine Mutter ist vor kurzem ermordet worden.« Immer wieder mußte Tess wiederholen, was sie bereits so oft geantwortet hatte. »Alan Gerrard ist – war – ein langjähriger, enger Freund unserer Familie. Er hatte mich und meinen Verlobten eingeladen, ihn in der Air Force Two nach Spanien zu begleiten, in der Hoffnung, die Reise würde mich auf andere Gedanken bringen. Seine Einladung kam ganz plötzlich. Wir hatten gar keine Zeit, unsere Pässe einzupacken, und ich war noch viel zu niedergeschmettert von dem plötzlichen Verlust, um klar denken zu können, um die Einladung nicht nur eines Freundes, sondern des Vizepräsidenten der Vereinigten Staaten abzulehnen. Hätten *Sie* ihm einen Korb gegeben?«

»Aber was hatten Sie in Nordspanien zu suchen. Wie sind Sie dorthin gekommen?«

»Bevor Alan sein Pflichtprogramm absolvierte, wollte er noch José Fulano auf seinem Anwesen bei Pamplona besuchen. Die beiden waren alte Freunde. Aber ich vermute, daß sie auch geschäftliche Dinge zu besprechen hatten. Jedenfalls nahm man uns mit. Alan war ganz begeistert von der Idee, mich von meinem Kummer abzulenken. Er behauptete, er würde es sich niemals verzeihen, wenn er uns diese dramatische, wundervolle Landschaft dort oben vorenthalten würde.«

»Eine Höhle? Um *Mitternacht?*«

»Wegen des Festes des heiligen Johannes. Beide, Alan und José, bestanden darauf, uns die Freudenfeuer in den Tälern zu zeigen. Und dann befahlen sie dem Hubschrauberpiloten zu landen, damit wir auch noch die Höhle besichtigen konnten. Es sei etwas ganz Besonderes, sagten sie, weil es dort Malereien aus der Eiszeit gäbe, die erst sehr wenige Menschen zu Gesicht bekommen hätten.«

»Malereien aus der Eiszeit?«

»Ja. Sie waren wunderschön.«

»Und dann schlugen die Terroristen zu?«

»Der Angriff kam völlig überraschend. Ich hab' keine Ahnung, woher die Mörder wußten, daß wir in der Höhle sind, aber ganz plötzlich ertönten Gewehrfeuer und Detonationen. Ich sah, daß Alan und José mehrere Male getroffen wurden. Mein Verlobter und ich liefen in einen Tunnel. Die Explosionen brachten die Decke der Höhle zum Einstürzen, aber wir hatten rechtzeitig den Gebirgsbach gefunden und konnten entkommen.«

»Sie haben's ja verdammt günstig getroffen.«

»Wir hatten Glück. Wäre es Ihnen lieber, wenn wir auch getötet worden wären? Dann hätten Sie nie erfahren, was passiert ist.«

»Die Mörder? Wer waren sie?«

»Ich habe keine Ahnung. Sie trugen Masken. Ich konnte sie bei dem schwachen Licht in der Höhle kaum erkennen.«

Und so weiter und so fort. Obwohl die Ermittler ständig auf Widersprüche lauerten, blieben Tess und Craig bei ihrer Geschichte. Vieles an ihr entsprach der Wahrheit, und diese Teile konnten von den Assistenten des Vizepräsidenten und den Geheimagenten, die in Madrid zurückgeblieben waren, bestätigt werden. Was nicht bestätigt werden konnte und was die Ermittler ihnen glauben mußten, war die Behauptung, daß sie nicht in der Lage seien, Angaben zu machen, die bei der Identifizierung der Mörder helfen könnten.

Inzwischen blieben alle Versuche erfolglos, die Leichen

zu bergen. Das Innere des Berges war vollständig eingestürzt. Und es gab keine Chance, den Berg abzutragen. Die Toten würden in alle Ewigkeit dort begraben sein, mit dem massiven Berggipfel als Grabstein.

Nicht identifizierte Mörder. Kein Hinweis auf irgend etwas, abgesehen von den Malereien aus der Eiszeit. Diese beiden Stücke waren der Schlüssel zu dem Plan, mit dem Tess sich und Craig schützen wollte, und eben diese Desinformationen las sie in der Zeitung, als sie und Craig mit der Air Force Two in die Staaten zurückgeflogen wurden. Man hatte ihr gesagt, daß die Verhöre in Washington fortgesetzt würden, aber sie hatte keine Zweifel, daß die Ermittler sie bald in Ruhe lassen würden, daß man sie und Craig als unschuldige Zuschauer entlassen würde (wahrscheinlich mit einem Rest von Verdacht gegen sie).

Bei der Zeitung, die sie auf dem Rückflug las, handelte es sich um *USA Today*, und im Wirtschaftsteil fand sie einen Artikel, der ihre Aufmerksamkeit erregte. Öffentliche Empörung über das Hinschlachten von Elefanten hatte zu einem weltweiten Einfuhrverbot von Elfenbein geführt, mit der Folge, daß der Preis für Elfenbein von zweihundert Dollar für das Kilo auf unter fünf Dollar gefallen war. Die Wilderer erachteten daraufhin Elefanten nicht mehr als wertvoll genug, um sie zu massakrieren. Die Spezies hatte wieder eine Überlebenschance. Gleichzeitig jedoch, notierte der Artikel, verschwanden andere Arten mit der alarmierenden Geschwindigkeit von 150 000 Stück pro Jahr.

Und trotzdem gab die Rettung der Elefanten Tess Hoffnung, ebenso wie der leuchtende Himmel, der ungewöhnlich frei von Smog war, ihr Hoffnung gab, als sie sich jetzt am Grab ihrer Mutter die Tränen aus dem Gesicht wischte.

Ihre Stimme zeugte jedoch noch von tiefer Trauer, als sie sich zu Craig umdrehte und sagte: »Da gibt es etwas, das ich dir noch nicht erzählt habe. In der Nacht, als wir zusammen in dem Tal an dem Feuer saßen.«

Craig legte seinen Arm um sie.

Sie schmiegte ihren Kopf gegen seine Brust und brachte die Kraft auf, fortzufahren. »Da begann ich zu verstehen, warum die Anhänger Mithras die Flamme anbeten. Das Feuer lodert aus Dingen hoch, die tot sind. Alte Zweige. Trockene Blätter. Wie der Phönix.«

Craig nickte. »Aus Tod erwacht Leben.«

Sie hob den Kopf. »Nur sind die Flammen leider ebensowenig unsterblich, wie es die Zweige und Blätter waren. Schließlich muß auch das Feuer sterben, verwandelt sich in . . .« Mit einem Seufzer wandte sie sich wieder zum Grab ihrer Mutter um. »Asche zu Asche, Staub zu Staub.«

Craig erwiderte einen Augenblick lang nichs. »Wenn man aber die Asche auf die Erde des Gartens schüttet, dann wird diese Erde fruchtbar. Der Kreislauf von Tod, der sich in Leben verwandelt, setzt sich fort.«

Ihre Stimme klang ein wenig erstickt. »Das Wunder der Natur. Nur meine Mutter, die ist für ewig fort.«

»Aber du bist noch hier. Und du bist Leben, das sie geboren hat.«

»Ich versuche zu tun, was sie vielleicht stolz auf mich gemacht hätte«, sagte Tess. »So viele Jahre bin ich ihr aus dem Weg gegangen. Und jetzt wünschte ich mir so sehr, daß sie und ich Zeit miteinander verbringen könnten.«

»Glaubst du, daß es ihr etwas ausgemacht hätte, daß sie hier und nicht neben deinem Vater auf dem Nationalfriedhof Arlington begraben wurde?«

»Nein.« Tess hatte Mühe zu sprechen. »Meine Mutter war die Frau eines Diplomaten. Sie kannte die bitteren Regeln. Zuerst kam die Karriere meines Vaters. Sie mußte immer im Hintergrund stehen. Aber sie hat sich nie dagegen aufgelehnt. Weil sie ihn liebte.«

Craig küßte ihre tränenverquollenen Augen. »Und ich liebe dich. Und ich verspreche dir, daß du immer die erste sein wirst, der wichtigste Teil meines Lebens.«

Arm in Arm verließen sie das Grab.

»Ich war so sehr auf Rache aus«, sagte Tess. »Aber als ich Gerrard und Fulano tötete, tat ich es nicht, weil ich eine Rechnung begleichen wollte. Es hat mir keinen Spaß gemacht. Und es hat mich auch nicht befriedigt. Ich fand es schrecklich. Ich habe es nur getan, um uns zu retten. Deshalb fühle ich mich jetzt irgendwie rein, zumindest so rein, wie man sich unter diesen Umständen fühlen kann. All die Männer, die ich erschossen habe. All das Blut. Diese Gemeinheiten. Ich habe immer noch Alpträume.«

»Ich werde dasein, um sie mit dir zu teilen.«

Auf dem Weg zu ihrem Mietwagen kamen sie an anderen Gräbern vorbei.

»Wenigstens weiß niemand, wer Gerrard und Fulano wirklich getötet hat«, sagte Tess. »Die Inquisitoren glauben, sie seien es gewesen. Und die Ketzer werden es ebenfalls glauben. Niemand wird uns zur Rechenschaft ziehen wollen.«

»Aber glaubst du immer noch, daß sie uns in Ruhe lassen werden?«

»Es ist ein kalkuliertes Risiko, aber, ja, ich glaube daran. Während der Verhöre haben wir Pater Baldwin und die Inquisition mit keinem Wort erwähnt. Und auch über die Ketzer haben wir nicht gesprochen. Wir haben nicht einmal erzählt, daß es dort unten in der Höhle eine Kapelle gab. Beide Seiten haben mit Sicherheit Informanten, die genau wissen, was wir den Ermittlungsbehörden erzählt haben. Ich hoffe, daß sie unser Schweigen als Zeichen unseres guten Willens werten.«

»Und dabei willst du es belassen?« fragte Craig. »Du willst keinen Versuch machen, ihnen das Handwerk zu legen?«

»Dazu wären wir niemals in der Lage. Ich weiß noch nicht einmal, was schlimmer ist – die Ketzer, die den Planeten mit Terrorakten retten wollen, oder die Inquisitoren, die mit Methoden der Selbstjustiz aufhalten wollen, was sie für eine Religion des Bösen halten. Sollen die Dreckskerle es unter sich auskämpfen. Mit ein bißchen Glück werden sie sich gegenseitig ausrotten, und die Menschen werden endlich klug genug, um den Planeten auf die richtige Weise zu retten: Mit Hilfe der Liebe.«

Sie gingen an der letzten Reihe von Gräbern vorbei und

erreichten ihren Wagen. Als sie vom Friedhof wegfuhren, drehte Craig das Radio an, und eine Meldung in den Nachrichten ließ ihn unvermittelt auf die Bremse treten und am Randstein halten.

Vor zwei Tagen, als Tess' Mutter zu Grabe getragen worden war, hatte es einen Staatsakt für Alan Gerrard gegeben. Schon vorher war, wie die Verfassung es vorschrieb, vom Präsidenten der neue Kandidat vorgeschlagen worden, der jetzt noch der Zustimmung des Kongresses bedurfte. Trotz des Aufruhrs, in dem die gesamte Nation sich befand, hatte Präsident Garth entschieden, die Reise nach Peru nicht zu verschieben und an der großen Drogenkonferenz teilzunehmen. Schließlich, so hatte er in der landesweit übertragenen Fernsehansprache mit tiefer Stimme gesagt, dürften die Drogenbosse nicht glauben, er habe nach der Ermordung seines Vizepräsidenten nun selber Angst, einem Attentat zum Opfer zu fallen. Also war er nach Peru geflogen, und jetzt berichtete der Nachrichtensprecher mit kaum unterdrücktem Entsetzen in der Stimme, daß Air Force One beim Anflug auf Lima von tragbaren Boden-Luft-Raketen zerrissen worden war.

Tess hörte zu, wie gelähmt, kaum in der Lage zu begreifen, was da eben über den Äther ging. Eine schreckliche Frage drängte sich ihr ins Bewußtsein. Sehr bald schon würde es einen neuen Präsidenten und einen neuen Vizepräsidenten geben. Aber würde einer dieser beiden Männer graue Augen haben?

Der Mann mit den hundert Namen

Zudem, was ist denn eine Lüge?
Eine maskierte Wahrheit.
George Lord Byron, *Don Juan* (1819)

Prolog

Mexiko 1562

Vierzig Jahre nach der Ankunft der spanischen Eroberer in der Neuen Welt war die systematische Ausrottung der einheimischen Bevölkerung bereits in vollem Gang. Der Völkermord wurde noch durch die epidemische Verbreitung in der Neuen Welt bisher unbekannter Krankheiten wie Pokken, Masern, Mumps und Grippe unterstützt. Diejenigen, die nicht den Seuchen zum Opfer fielen, wurden mit der Peitsche in die Knie gezwungen und versklavt, unzählige Dörfer dem Erdboden gleichgemacht und die Bewohner in Arbeitslagern zusammengetrieben. Mit allen Mitteln, besonders mit der Folter, zwangen die Spanier die Eingeborenen zur Unterwerfung unter die Kultur der europäischen Machthaber.

Auf der Halbinsel Yucatán im äußersten Südosten Mexikos empörte sich Diego de Landa, ein Missionar des Franziskanerordens, heftig über Schlangenverehrung und Menschenopfer in der Maya-Religion. Entschlossen, diesen heidnischen Grausamkeiten ein Ende zu setzen, ordnete er die Zerstörung von Tempeln, Statuen, Fresken und allen Gegenständen mit religiöser Bedeutung an. Damit raubte er den Indianern nicht nur ihre Kultsymbole, er machte zugleich späteren Historikern die Entdeckung von Hinweisen unmöglich, die sie zur Entschlüsselung der erhalten gebliebenen schriftlichen Informationen über die verlorenen, uralten Bräuche benötigten.

Den größten Triumph seines Vernichtungswerks feierte de Landa im Dorf Maní, wo er auf eine ganze Bibliothek von Maya-Handschriften stieß. Diese unersetzlichen Texte, wie dünne Fächer gefaltet, ›enthielten‹ – so de Landas Report an seine Vorgesetzten – ›nichts als Aberglauben und teuflische Lügen. Wir haben alle verbrannt.‹

Wir haben alle verbrannt.

Ein heutiger Bewunderer des Altertums stöhnt vor Verzweiflung angesichts der selbstgerechten, engstirnigen Überzeugung, die aus diesen Worten spricht. Wie die Bücherverbrenner aller Zeiten war der blasierte de Landa vom unerschütterlichen Glauben an die eigene Unfehlbarkeit erfüllt. Aber er hatte sich getäuscht. In mehrfacher Hinsicht. Die Maya-Codices enthielten außer den Lügen, wie de Landa die phantasievollen Mythen bezeichnete, historische und philosophische Wahrheiten. Und nicht alle Codices wurden zerstört. Die mit der Verbrennung beauftragten Spanier bargen drei der Faltbücher und nahmen sie als Souvenirs heimlich nach Europa mit, wo man später ihren unschätzbaren Wert erkannte.

Sie werden als Codex Dresdensis, Codex Tro-Cortesianus und Codex Peresianus bezeichnet und gehören heute Bibliotheken in Dresden, Madrid und Paris. Ein vierter Codex, als Codex Grolerii bekannt und in Mexico City aufbewahrt, ist nach Expertenmeinung eine Fälschung und wird zur Zeit wissenschaftlich untersucht. Hartnäckigen Gerüchten zufolge gibt es einen fünften, angeblich authentischen Codex, der mehr Wahres als die anderen enthält, vor allem *eine* Wahrheit, eine *entscheidende* Wahrheit.

Ein Beobachter unserer Tage mag fragen, wie Bruder de Landa reagieren würde, wenn man ihn aus der Hölle zurückholen und zwingen könnte, Zeuge eines Gemetzels zu sein, das – wenn nicht in seinem Ausmaß, so doch in seiner Unbarmherzigkeit mit de Landas Massaker im 16. Jahrhundert vergleichbar – vermieden worden wäre, wenn seine Inquisition nie stattgefunden hätte oder wenn de Landa der Profi gewesen wäre, der zu sein er vorgab, und seine abscheuliche Aufgabe tatsächlich hundertprozentig erfüllt hätte. Maní, der Name des Dorfes, wo de Landa die Handschriften fand und zerstörte, ist das Maya-Wort für ›es ist vollendet‹.

Doch nichts war vollendet.

Erstes Kapitel

1

»Nun, ich kann mir vorstellen, daß Sie gern etwas über Menschenopfer hören möchten«, begann der Professor und ließ boshaft die Augen blitzen, um anzudeuten, daß das Studium der Geschichte auch einen Sinn für Sarkasmus erfordert. Jedesmal, wenn er dieses Seminar abhielt – und das tat er seit dreißig Jahren immer wieder –, eröffnete er es mit derselben Bemerkung, und jedesmal kam die erhoffte Reaktion: Die Studenten kicherten, warfen sich zustimmende Blicke zu und lehnten sich bequem zurück.

»Zum Beispiel, wie man Jungfrauen das Herz herausschneidet«, fuhr der Professor fort, »wie man sie von Felsen hinab in Brunnen stürzt oder ähnliche Dinge.« Er machte eine wegwerfende Handbewegung, als sei er mit den Prozeduren des Menschenopfers so sehr vertraut, daß ihn die Einzelheiten schon langweilten. Stephen Mill, achtundfünfzig Jahre alt, klein, schlank und mit spärlichem grauen Haar, war bei Kollegen und Studenten gleichermaßen beliebt und geachtet. Für ihn begannen nun die letzten siebzig Minuten seines Lebens, und wenn es dabei überhaupt einen Trost gäbe, dann diesen: Sterbend war er wenigstens mit dem beschäftigt, was ihm am meisten Spaß machte.

»Eigentlich hatten die Maya wenig Interesse daran, Jungfrauen zu opfern«, fügte Professor Mill hinzu. »Die meisten in heiligen Brunnen – diese werden übrigens als *cenotes* bezeichnet – gefundenen Skelette stammen von männlichen Wesen, und zwar hauptsächlich von Knaben.«

Die Studenten verzogen angewidert die Gesichter.

»Natürlich haben die Maya die Herzen aus dem lebenden Körper herausgeschnitten«, sagte Professor Mill. »Doch das ist der langweiligste Teil des Rituals. Sie nahmen also einen Feind gefangen, entkleideten ihn, malten ihn blau an, schleppten ihn hinauf auf eine Pyramide, wo sie ihm das

Rückgrat brachen, ohne ihn zu töten. Zumindest nicht gleich, denn fürs erste kam es darauf an, ihn zu lähmen. Dann rissen sie ihm das noch pochende Herz heraus, und jetzt erst starb er. Im gleichen Augenblick hielt der Opferpriester das Herz hoch und zeigte es der Menge. Das heraussprudelnde Blut wurde über die Göttermasken geschmiert, die in die Mauern des Tempels gehauen waren. Es gibt Hinweise darauf, daß der Priester das Herz anschließend verspeist hat. Soviel steht aber fest: Der verstümmelte Leichnam des Opfers wurde die Stufen der Pyramide hinuntergeworfen.«

Professor Mill wechselte gekonnt die Tonart, aus dem Entertainer wurde wieder der Dozent. »Wie Sie wissen, ist dies ein interdisziplinäres Seminar. Einige von Ihnen sind Kunsthistoriker, andere Ethnologen und Archäologen. Wir sind hier, um Maya-Hieroglyphen zu untersuchen, zu entziffern und das gewonnene Wissen zur Rekonstruktion der Maya-Kultur einzusetzen. Bitte schlagen Sie Seite neunundsiebzig in Charles Gallenkamps *Maya: The Riddle and Rediscovery of a Lost Civilization* auf.«

Mißmutig betrachteten die Studenten ein verwirrendes Diagramm, das einem Totempfahl glich und zwei absteigende Reihen von Grimassen darstellte, von Linien, Punkten und Schnörkeln eingerahmt.

»Ja, ich weiß, Sie fürchten, diesen Wirrwarr von Symbolen nie enträtseln zu können. Aber ich versichere Ihnen, Sie werden bald in der Lage sein, mit diesen Hieroglyphen Laute zu verbinden und sie zu lesen, als seien es Sätze.« Er machte eine dramatische Pause und richtete sich auf. »Sie werden lernen, die alte Maya-Sprache zu sprechen, und dann werden Sie mir recht geben: Geschichten über Menschenopfer sind langweilig. Hier« – er deutete auf die Schriftzeichen in Gallenkamps Buch – »hier hingegen wird es wirklich aufregend.«

Er griff nach einem Stück Kreide und schrieb hastig Zeichen auf die Wandtafel.

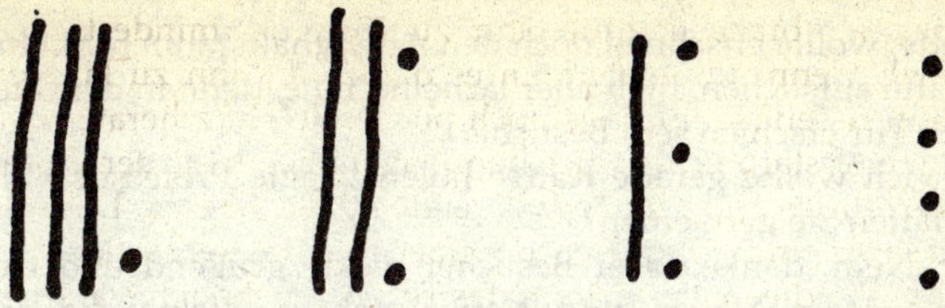

»Sie werden feststellen, daß viele Hieroglyphenspalten so aussehen. Es handelt sich dabei um eine Datumsangabe. Jeder Punkt hat den Wert 1. Ein Strich oder Balken bedeutet 5. Folglich bedeutet die erste Gruppe 4, die zweite 8, die dritte 12 und die vierte 16. Aber wenn Sie alle Zahlen zusammenfügen, ergibt die Jahreszahl überhaupt keinen Sinn für Sie. Denn die Maya benutzten einen anderen Kalender als wir. Einen bedeutend komplizierteren. Der erste Schritt zum Verständnis der Maya-Zivilisation ist also das Verständnis ihres Zeitbegriffs.«

Professor Mill dozierte auf diese Weise weiter und hatte offenbar großen Spaß an dem Thema. Noch hatte er etwa zwanzig Minuten zu leben. Er beendete das Seminar mit einem Scherz, den er stets an dieser Stelle einflocht, beantwortete einige Fragen wartender Studenten und packte danach Bücher, Notizen und den Stundenplan in seine Aktentasche.

Sein Büro lag nur fünf Minuten zu Fuß vom Lehrgebäude entfernt. Professor Mill atmete beim Gehen tief und zufrieden durch. Alles in allem fühlte er sich hervorragend, und sein Wohlbehagen wurde noch durch die Vorfreude auf die Verabredung nach dem Seminar erhöht.

Sein Büro befand sich in einem unansehnlichen Backsteinbau, doch die trostlose Umgebung beeinträchtigte Professor Mills Stimmung nicht. Vielmehr war er so energiegeladen, daß er sich nicht den Studenten am Fahrstuhl anschloß, sondern die beiden Treppen zu dem spärlich erleuchteten Korridor hinaufeilte. Nachdem er die Tür zu seinem Arbeitszimmer aufgeschlossen (noch zehn Minuten zu leben!) und die Aktentasche auf den Schreibtisch gestellt hatte, wollte er schnell noch den Aufenthaltsraum für Lehrkräfte aufsuchen, hielt aber lächelnd inne, denn in der offenen Tür erschien sein Besucher.

»Ich wollte gerade Kaffee holen«, sagte Professor Mill. »Hätten Sie gern einen?«

»Nein, danke.« Der Besucher nickte grüßend und trat ein. »Mein Magen und Kaffee stehen miteinander auf Kriegsfuß. Ich leide ständig unter Sodbrennen. Vermutlich bekomme ich ein Magengeschwür.«

Er war ein distinguiert aussehender Herr Mitte Dreißig. Das gepflegte Haar, der maßgeschneiderte Zweireiher und die leichten Schuhe aus Kalbsleder entsprachen seiner Tätigkeit als hochdotierter leitender Angestellter eines Industriekonzerns.

»Magengeschwüre und Streß hängen eng zusammen. Sie sollten beizeiten etwas kürzertreten.« Professor Mill schüttelte ihm die Hand, und der Besucher setzte sich. »Nun, was haben Sie mir gebracht?«

»Wieder Hieroglyphen zum Übersetzen.«

»Ist es viel?«

Der andere zuckte mit den Achseln. »Fünf Seiten.« Als auf dem Korridor einige Studenten vorbeigingen, runzelte er die Stirn. »Mir wäre es lieber, wir könnten das diskret behandeln.«

»Selbstverständlich.« Professor Mill erhob sich, schloß die Tür und kehrte an den Schreibtisch zurück. »Maya-Seiten oder normale Seiten?«

Der andere schien verwirrt und begriff dann. »Richtig, ich vergesse immer wieder, daß Maya-Seiten größer sind. Nein, unsere Seiten. Fotos im Format zwanzig mal fünfundzwanzig. Ich gehe davon aus, daß das beim letztenmal vereinbarte Honorar akzeptabel ist.«

»Fünfzigtausend Dollar? Sehr akzeptabel. Solange man mir genügend Zeit läßt.«

»Kein Problem. Sie haben vier Wochen Zeit, wie beim letzten Mal. Derselbe Zahlungsmodus – die erste Hälfte jetzt, die zweite Hälfte bei Ablieferung. Ansonsten dieselben Bedingungen. Sie dürfen die Seiten nicht kopieren. Sie müssen über Ihre Arbeit Stillschweigen bewahren und dürfen die Übersetzung nicht mit einem Dritten besprechen.«

»Seien Sie unbesorgt. Das werde ich nicht tun, und ich habe es bisher nicht getan«, antwortete Professor Mill, »obwohl die Übersetzung nichts enthält, was andere außer Ihnen, mir und Ihrem Chef interessieren könnte. Darf ich die Seiten mal sehen?«

»Selbstverständlich.« Der Besucher griff in seine Aktentasche aus Krokodilleder und holte einen großen braunen Briefumschlag heraus.

Professor Mill, der nur noch knapp eine Minute zu leben hatte, entnahm dem Umschlag fünf Fotos mit vielen Hieroglyphenreihen. Er schob Bücher auf dem Schreibtisch beiseite und breitete die Fotos so aus, daß die Schrift vertikal stand.

»Gehören sie zum selben Text?«

»Keine Ahnung. Ich habe nur den Auftrag, die Fotos abzugeben.«

»Wahrscheinlich derselbe Text.« Professor Mill beugte sich mit einer Lupe dicht über die Fotos. Schweißperlen standen ihm auf der Stirn. Er schüttelte den Kopf. »Ich hätte die Treppe nicht so hinaufrennen sollen.«

»Wie bitte?«

»Nichts. Nur Selbstgespräche. Ist Ihnen auch warm?«

»Ein bißchen.«

Professor Mill zog sich die Jacke aus und wandte sich abermals den Fotos zu. Noch fünfzehn Sekunden zu leben. »Gut, lassen Sie sie hier und …«

»Ja?«

»Ich …«

»Was?« fragte der andere.

»Mir wird so komisch. Meine Hände …«

»Was ist mit Ihren Händen?«

»Gefühllos. Mein … Gesicht. Heiß.«

Plötzlich rang Professor Mill nach Luft, griff sich an die Brust und sackte zusammen. Schlaff, mit offenem Mund und hängendem Kopf fiel er auf dem quietschenden Drehstuhl nach hinten. Sein Körper erbebte und regte sich gleich darauf nicht mehr.

Der kleine Raum schien zu schrumpfen, als der Besucher aufstand. »Professor Mill?« Er fühlte den Puls, zuerst am Handgelenk, dann am Hals. »Professor Mill?« Er holte Gummihandschuhe aus seiner Aktentasche und streifte sie über, dann nahm er die Fotos mit der rechten Hand und ließ sie in den großen braunen Umschlag gleiten, den er mit der Linken aufhielt. Nun zog er sich vorsichtig zunächst den rechten, dann den linken Handschuh aus, darauf bedacht, keine Stelle zu berühren, die mit den Fotos in Kontakt gekommen war. Er ließ die Handschuhe in einen zweiten Umschlag fallen, schloß ihn und steckte beide Umschläge in die Aktentasche.

Er öffnete die Tür. Keiner der Studenten oder Dozenten auf dem Korridor achtete auf ihn. Nach seiner Überzeugung war die beste Täuschung immer noch die Wahrheit. Deshalb eilte er ins Sekretariat, trat aufgeregt ein und rief der Sekretärin zu: »Schnell. Rufen Sie einen Arzt. Professor Mill ... Ich war gerade bei ihm ... Ich glaube, er hat einen Herzanfall.«

2

Guatemala City

Trotz der Reise von sechsunddreißig Stunden und seines Alters von vierundsechzig Jahren war Nikolai Petrowitsch Bartenjew energiegeladen und aufgeregt. Er und seine Frau waren auf Einladung der neuen guatemaltekischen Regierung von Leningrad, pardon, von St. Petersburg über Frankfurt und Dallas nach Guatemala gekommen. Ohne das Ende des kalten Krieges wäre die Reise nicht möglich gewesen. Nach vierzigjähriger Unterbrechung hatte Guatemala erst vor kurzem die diplomatischen Beziehungen zu Rußland wieder aufgenommen, und das russische Ausreisevisum war mit erstaunlicher Schnelligkeit ausgestellt worden. Fast sein ganzes Leben lang beherrschte Bartenjew ein einziger Traum: nach Guatemala zu reisen. Nicht weil er unbedingt Rußland den Rücken kehren wollte, sondern weil Guatemala ihn in seinen Bann geschlagen hatte. Aber immer wieder war sein Reiseantrag abgelehnt worden.

Die Boeing 727 stieß durch die Wolken an Bergen vorbei nach unten und näherte sich einer Stadt, die weit auseinandergezogen in einem Tal lag. Die Lichter von Guatemala City glitzerten. Verzaubert blickte Bartenjew aus dem Fenster, sein Herz klopfte vor Aufregung wie bei einem Kind. Seit seinem achtzehnten Lebensjahr, seit er zum ersten Mal Fotos der Maya-Pyramiden von Tikal in Guatemala gesehen hatte, fühlte er sich auf unerklärliche Weise mit dem fast ausgestorbenen Volk verbunden, das sie gebaut hatte. Ihm war, als sei er dabei, als sei er einer von ihnen gewesen, als hätte er mit seiner Kraft und seinem Schweiß dazu beigetragen, die herrlichen Pyramiden und Tempel zu errichten. Und ihn faszinierten die Maya-Hieroglyphen. Heute, viele Jahre später, war er einer der fünf bedeutendsten Kenner der altamerikanischen Kultur, ohne je einen Fuß in eine Maya-Ruine gesetzt zu haben, ohne auf eine Pyramide geklettert zu sein und ohne einem aus den Handschriften vertrauten Maya-Antlitz mit Hakennase, hohen Wangenknochen und niedriger Stirn von Angesicht zu Angesicht gegenübergestanden zu haben. Die Sonne begann hinter die Berge im Westen zu sinken. Die Dunkelheit wurde undurchdringlich und nur von den aufblitzenden Lichtern des Flughafenterminals durchbohrt. Voll nervöser Erwartung löste Bartenjew den Sicherheitsgurt, griff nach seiner Aktentasche und folgte seiner Frau und den anderen Passagieren zum Ausgang. Als er die Gangway zum Rollfeld hinunterstieg, sog er die trockene, kühle Gebirgsluft ein und ließ die Bedeutung des Augenblicks auf sich einwirken.

Kaum hatte er den Terminal betreten, löste sich ein fahriger, dünnlippiger Mann in dunklem Anzug von einer Gruppe uniformierter Beamter und kam auf ihn zu. »Professor Bartenjew?«

»Ja.«

»Ich bin Hector Gonzales vom hiesigen Nationalen Archäologischen Museum.«

»Ja, ich habe Ihre Briefe erhalten.« Sie sprachen spanisch. »Das ist meine Frau Elena.«

»Ich freue mich, Sie kennenzulernen, Señora. Wenn Sie mir bitte folgen wollen ...«

Im nächsten Augenblick stand Bartenjew vor finsteren Soldaten mit Schnellfeuergewehren und wich unwillkürlich zurück. »Stimmt etwas nicht? Gibt es Probleme?«

»Nein, nein«, sagte Gonzales übereifrig. »Nur Komplikationen bei der Unterbringung. Nichts Ernsthaftes. Hier entlang. Durch diese Tür und diesen Gang entlang. Beeilen Sie sich, oder wir kommen zu spät.«

»Zu spät?« Bartenjew schüttelte den Kopf, als er und seine Frau durch den Korridor eilten. »Zu spät wozu? Und unser Gepäck?«

»Das wird erledigt. Das Gepäck wird in Ihr Hotel gebracht. Sie brauchen die Einwanderungs- und Zollkontrolle nicht zu passieren.«

Sie kamen zu einem Parkplatz, wo eine schwarze Limousine und zwei mit bewaffneten Soldaten besetzte Jeeps warteten, einer vor dem Wagen, einer dahinter.

»Ich bestehe darauf zu erfahren, was hier vorgeht. In Ihren Briefen erweckten Sie den Eindruck, daß ich hier willkommen sein würde. Ich fühle mich aber eher als Gefangener.«

»Sie müssen verstehen, Professor Bartenjew, die Lage in Guatemala ist verworren. Bei uns ist es politisch gesehen immer unruhig. Diese Soldaten hier dienen Ihrem Schutz.«

»Warum brauche ich Schutz?«

»Bitte, steigen Sie ein, wir können uns während der Fahrt darüber unterhalten.«

Kaum hatte einer der Begleiter die Wagentür hinter den Bartenjews, Gonzales und zwei Beamten geschlossen, raste die Limousine davon, flankiert von den beiden Jeeps.

»Wie ich bereits sagte, die leidige Politik. Jahrelang wurde Guatemala von Rechtsextremisten regiert.« Gonzales schielte unbehaglich zu den Beamten hinüber, als ob sie seine Wortwahl mißbilligen könnten. »Vor kurzem gelangten gemäßigte Kräfte an die Macht. Die neue Regierung ist dafür eingetreten, daß Ihr Land mit unserem wieder diplomatische Beziehungen unterhalten sollte. Das erklärt auch, warum Sie eingeladen wurden. Sie waren der geeignete erste Gast, denn Sie sind kein Politiker, und Ihr Fachgebiet hat etwas mit der guatemaltekischen Geschichte zu tun.«

»Wenn ich Sie so höre ...« Der Professor zögerte. »Ich habe den Eindruck, Sie arbeiten gar nicht für das Nationale Archäologische Museum, sondern für die Regierung. Wie hieß die Dynastie, die über Tikal herrschte?«

Gonzales antwortete nicht.

»In welchem Jahrhundert befand sich Tikal auf dem Höhepunkt seiner Macht?«

Gonzales schwieg weiter.

Bartenjew lachte höhnisch.

»Sie befinden sich in Gefahr«, preßte Gonzales hervor.

»Wieso? Ich verstehe wirklich nicht ...«

»Die Rechtsextremisten sind entschieden gegen Ihren Besuch. Trotz des Zerfalls des Kommunismus im Ostblock betrachten sie Ihren Aufenthalt als Beginn einer marxistischen Einflußnahme. Die ehemalige Regierung hat Todesschwadronen benutzt, um ihre Herrschaft zu sichern. Diese Einheiten gibt es noch. Es hat Morddrohungen gegen Sie gegeben.«

Bartenjew sah ihn entsetzt an, Verzweiflung packte ihn. »Ich soll wohl wieder abreisen?« fragte er düster. »Das kommt nicht in Frage. Meine Frau bringe ich in Sicherheit, aber ich habe nicht die weite Reise unternommen, um das Land wieder zu verlassen, bevor sich mein Traum erfüllt hat. Ich bin zu alt. Wahrscheinlich habe ich so eine Chance nie mehr.«

Gonzales schüttelte den Kopf. »Sofort wieder abreisen, das wäre politisch genauso schädlich wie der Versuch, Sie umzubringen. Aber wir müssen sehr vorsichtig sein. Wir bitten Sie, sich in der Stadt nicht öffentlich zu zeigen. An Ihrem Hotel stellen wir Wachen auf. Wir bringen Sie so rasch wie möglich nach Tikal. Und dann ersuchen wir Sie, nach Verstreichen einer glaubhaften Zeitspanne – nach ein, zwei Tagen höchstens –, eine Krankheit vorzutäuschen und nach Hause zurückzukehren.«

»Ein Tag nur?« Bartenjew fiel das Atmen schwer. »Oder zwei? So wenig, nachdem ich so viele Jahre auf diese Gelegenheit gewartet habe ...«

»Professor Bartenjew, hier geht es um politische Realitäten.«

Politik, dachte Bartenjew und hätte am liebsten geflucht. Er war es jedoch ebenso wie Gonzales gewohnt, mit solch widerlichen Realitäten fertig zu werden, und analysierte hastig die Situation. Er war außerhalb Rußlands und konnte gehen, wohin er wollte – das war die Hauptsache. Es gab noch zahlreiche andere bedeutende Maya-Ruinen. Zum Beispiel Palenque in Mexiko. Emotional und wissenschaftlich reizte es ihn nicht so wie Tikal, doch es lag in erreichbarer Nähe, und dort wären sie sicher. Wenn die guatemaltekische Regierung es ablehnte, für weitere Kosten aufzukommen, spielte das keine Rolle, denn Bartenjew besaß eine heimliche Geldquelle, von der er nicht einmal seiner Frau erzählt hatte.

Auch Geheimhaltung war mit dem blonden Amerikaner vereinbart worden, der in Bartenjews Büro in der Petersburger Universität aufgetaucht war und ihm mehrere Fotos von Maya-Hieroglyphen gezeigt hatte. In perfektem Russisch hatte er sich erkundigt, wieviel Bartenjew für die Übersetzung der Hieroglyphen und für die diskrete Behandlung des Auftrags verlangte. »Wenn die Handschrift interessant ist, verlange ich gar nichts«, hatte Bartenjew geantwortet, doch der Amerikaner bestand auf Bezahlung. Das Honorar war unerwartet großzügig gewesen: fünfzigtausend Dollar. »Um Ihre Diskretion im voraus zu honorieren, habe ich einen Teil in Rubel gewechselt«, erklärte der Fremde und überreichte dem Professor den Gegenwert von zehntausend Dollar in Rubel. Der Rest, so fuhr er fort, werde auf ein Schweizer Konto überwiesen. Vielleicht hätte Bartenjew eines Tages die Möglichkeit, in den Westen zu reisen, und in diesem Fall könne er leichter über das Geld verfügen. Noch zweimal war der Amerikaner gekommen, jedesmal mit anderen Fotos von Maya-Hieroglyphen und dem gleichen Honorar.

Bislang war das Geld für Bartenjew weniger wichtig gewesen als die faszinierende, wenn auch verwirrende Botschaft der Bilderschrift, die einem kodierten Rätsel glich. Nun aber erhielt das Geld große Bedeutung, und Bartenjew war fest entschlossen, es voll und ganz zu nutzen.

»Ich verstehe«, sagte er zu Gonzales, »politische Realitäten. Ich reise ab, wann immer Sie wollen.«

Gonzales schien sich zu beruhigen, wenn auch nur für einen Augenblick. Jetzt hielt die Limousine vor einem Hotel, dessen modernes Stahl-Glas-Design unangenehm aufdringlich und unspanisch wirkte. Die Soldaten eskortierten das Ehepaar im Eilschritt durch die Eingangshalle zu einem Lift, der sie zum elften Stock brachte.

Als Gonzales die Tür zur Suite öffnete, Licht machte und die Bartenjews eintreten ließ, klingelte bereits das Telefon. Es gab sogar zwei Apparate – einer stand auf einem Tisch neben dem Sofa, ein zweiter auf einer Bar.

Gonzales verriegelte die Tür hinter ihnen. Das Telefon klingelte weiter. »Nein, lassen Sie mich abheben«, sagte er, als Bartenjew sich dem Apparat am Sofa näherte, und ging zu dem anderen Telefon. »Hallo.« Er knipste eine Lampe an. »Warum möchten Sie mit ihm sprechen?« Er fixierte Bartenjew. »Einen Augenblick.« Er hielt die Hand über die Sprechmuschel. »Ein Mann, angeblich Journalist. Vielleicht wäre es klug, ein Interview zu geben. Public Relations. Ich höre auf diesem Apparat mit.«

Bartenjew wandte sich dem Telefon am Sofa zu. Seine Silhouette spiegelte sich im Fenster. »Hallo.«

»Scher dich zum Teufel, du verdammter Russe.«

Das Fenster zersplitterte. Bartenjews Frau schrie auf. Eine Kugel durchschlug seinen Kopf, Blut spritzte auf das zerberstende Glas. Er war auf der Stelle tot.

3

Houston, Texas

Die Raumfähre ›Atlantis‹ befand sich seit zwei Tagen im All – ein Bilderbuchstart, alle Systeme arbeiteten normal, und Albert Delaney langweilte sich. Wenn nur etwas los wäre, damit die einförmige Routine ein Ende hatte. Er wünschte sich nicht gerade etwas Aufregendes, denn das konnte gleichbedeutend mit Katastrophe sein. Es durfte für die NASA auf keinen Fall noch mehr Zwischenfälle und schlechte Publicity geben. Ein zweites ›Challenger‹-Desaster mußte um jeden Preis vermieden werden. Wenn so was noch einmal passierte, dann konnte die NASA wahrscheinlich den Laden dichtmachen, und das bedeutete, daß er ohne Job dastand. Da war ihm Langeweile allemal lieber, als arbeitslos zu sein. Nein, Aufregung wollte er nicht, doch ab und an wäre ihm eine erfreuliche Überraschung willkommen gewesen.

Schuld an seinem Frust war zum Teil, daß sein Büro am Rande der NASA-Zentrale lag. Abseits vom Kontrollzentrum vermißte er die Motivation zu sinnvollem Einsatz der grauen Zellen, der die dort Beschäftigten wohl beflügelte. Außerdem mußte sogar er zugeben, daß seine Spezialgebiete Kartographie, Geographie und Meteorologie, verglichen mit der Erforschung des Alls, geisttötend waren. Wenn er wenigstens Gelegenheit gehabt hätte, Aufnahmen von neuentdeckten Saturnringen oder Jupitermonden zu studieren. Nein, er mußte Fotos von irdischen Gebieten prüfen, von Gebieten, die er in- und auswendig kannte. Obwohl diese Bilder schließlich an andere Regierungsstellen weitergereicht wurden, war er für die erste Bewertung zuständig – für den Fall, daß es was Ungewöhnliches zu sehen gab, etwas, womit die NASA für sich Reklame machen konnte.

Die Raumfähre hatte diesmal den Auftrag, über dem Karibischen Meer einen Wettersatelliten auszusetzen, eine Reihe von Wetterbeobachtungen und Experimenten durchzuführen und Fotos zurückzufunken. Das Bild, das Delaney gerade vorlag, zeigte einen Teil der mexikanischen Halbinsel Yucatán. Seit mehreren Jahren wurden die Palmen dort von Palmbrand befallen, und Delaney sollte nun feststellen, wie weit sich die Krankheit ausgebreitet hatte, was leicht daran zu erkennen war, daß die kahlen Bäume auf den Fotos ein auffälliges Muster bildeten. Der Brand hatte jedenfalls weit um sich gegriffen, wie ein Vergleich mit Aufnahmen des Vorjahres bewies.

Plötzlich störte ihn etwas. Er hatte das Gefühl, daß etwas nicht stimmte. Er legte die Aufnahme beiseite und griff noch einmal zu der vorher bearbeiteten. Da, dieses kleine Gebiet in der Ecke unten links. Die Schatten zwischen den Palmen ... Was hatten die dort zu suchen? Sie waren wie perfekte Dreiecke und Quadrate geformt, aber so etwas gab es doch nicht in der Natur. Nein, sie konnten nur von Sonnenlicht verursacht werden, das auf bestimmte Objekte, auf große, hohe Objekte traf. Im allgemeinen waren Schlagschatten nichts Geheimnisvolles. Hügel, zum Beispiel, waren immer als Schatten zu erkennen. Aber hier handelte es sich um das nördliche Tiefland von Yucatán. Delaney stellte rasch einige Berechnungen an. Solche Objekte oder Hügel mitten im bekanntlich völlig flachen Teil des Regenwaldes von Yucatán? Was zum Teufel war da los?

4

»In unserem letzten Bericht geht es um etwas sehr Altes, das mit modernen Mitteln wiederentdeckt wurde. Von der Raumfähre ›Atlantis‹ empfangene und kontrastverstärkte Fotos lassen vermuten, daß sich in einem unzugänglichen Teil der mexikanischen Halbinsel Yucatán ein ausgedehntes Gebiet mit bisher unbekannten Maya-Ruinen befindet. Der Regenwald ist dort dicht und undurchdringlich, so daß es wahrscheinlich Monate dauern wird, bevor eine erste Bewertung der Ruinen vorliegt. Ein Sprecher der mexikanischen Regierung gab zu verstehen, die vermutete Größe der Ruinen könnte sogar den Pyramiden, Palästen und Tempeln des legendären Chichén Itzá Konkurrenz machen. Dan Rather sprach CBS-Nachrichten. Guten Abend.«

5

St. Thomas, Jungferninseln

Dem Besucher entging nicht, daß die Sammlung um einige Gegenstände – kleine Tonfiguren, Keramik und Masken – erweitert worden war. Alles authentische, teure und auf illegalem Weg beschaffte Beispiele uralten Maya-Kunsthandwerks. »Die Frau ist verschwunden.«

»Was?« Der alte Mann, bisher abgelenkt durch die Befestigung eines Tropfs an seinem Arm, riß den Kopf hoch. »Verschwunden? Sie haben mir versichert, daß es unmöglich wäre.«

»Das dachte ich«, sagte der blonde Mann ernst. »Sie wurde so gut bezahlt und so großzügig behandelt, daß eine Flucht völlig unvorstellbar war.«

Der Alte blickte finster drein, der dünne Körper war starr vor Wut. Er saß auf einem Ledersessel in der Luxuskabine seiner sechzig Meter langen Jacht und richtete sich ächzend auf. Seine hagere Gestalt mit den durch die Brille stark vergrößerten Augen, dem verkniffenen Gesicht und dem buschigen weißen Haar beherrschte die Kabine, obwohl er nicht groß war. »Die menschliche Natur. Verdammt, damit haben Sie schon immer Schwierigkeiten gehabt. Taktisch sind Sie hervorragend, aber Ihr Einfühlungsvermögen ist so unterentwickelt, daß Sie nicht begreifen ...«

»Sie fühlte sich einsam«, sagte der Mann mit dem kalten Blick. »Das habe ich ihr angesehen. Meine Leute haben sie überwacht, damit sie keine Dummheiten macht. Ihr Dienstmädchen, der Butler, der Chauffeur, der Portier im Apartmenthaus in Manhattan – sie alle haben für mich gearbeitet. Jeder Ausgang des Gebäudes wurde rund um die Uhr überwacht. Wenn sie bei seltenen Gelegenheiten ausgehen durfte, wurde sie beschattet.«

»Trotzdem gelang es ihr, sich davonzumachen«, schnarrte der Alte und seine Nasenflügel weiteten sich vor Hohn. »Sie sind schuld!« Er deutete mit dem knochigen rechten Zeigefinger auf den anderen. »Von ihr hängt alles ab. Wie um Gottes willen ist das passiert?«

»Ich weiß es nicht. Es geschah gestern nacht. Zwischen zwei, als das Mädchen sie zum letztenmal sah, und morgens, als man nach ihr sehen wollte. Als ich davon erfuhr, wollte ich es Ihnen lieber persönlich mitteilen und nicht per Telefon. Ich habe die erste verfügbare Maschine genommen.«

Der alte Mann kniff die Augen zusammen. »Hat sie Zugang zu ihrem Konto?«

»Nein. Da ihr jeder erdenkliche Komfort zur Verfügung stand, brauchte sie kein Geld. Folglich wußte sie nicht, daß die ihr vorgelegten Rechnungen über Honorarzahlungen zu einem Konto gehörten, für das beim Abheben auch meine Unterschrift nötig ist. Sie kommt nicht an das Geld ran.«

»Schmuck?«

»Sie hat alles mitgenommen. Allein die Diamantenkette ist theoretisch vierhunderttausend Dollar wert. Allerdings sind die Klunkern nicht echt. Im Raum New York City gibt es nur bestimmte Unternehmen, die so etwas ankaufen könnten. Und da sie nicht weiß, daß es eine Imitation ist, wird sie dort aufkreuzen. Meine Leute liegen auf der Lauer.«

Der Alte runzelte die Stirn. »Nehmen wir an, sie verschafft sich Geld – und wahrscheinlich gelingt ihr das. Wohin geht sie? Welche Möglichkeiten hat sie?«

»Sie wäre verrückt, wenn sie zu ihrer bisherigen Lebensweise zurückkehren würde. Sie muß damit rechnen, daß wir ihre Verwandten, ihre Freunde und Geschäftspartner überwachen, Telefone anzapfen und so weiter. Wenn sie clever ist, taucht sie unter.«

»Wenn sie vor der Einsamkeit geflohen ist, dann taucht sie ganz bestimmt nicht unter. Sie braucht Freunde. Sie braucht die Sicherheit und Erfüllung eines selbstbestimmten Lebens. Sie wird nicht ein Gefängnis gegen das andere tauschen.«

»Was dann ...?«

»Hilfe wird sie suchen. Es gibt nur zwei Gründe, einem anderen zu helfen. Geld und Liebe. Ich nehme an, daß eine Frau in ihrer Lage sich eher auf Liebe verläßt oder zumindest auf Freundschaft. Wer aus ihrem bisherigen Leben kann ihr helfen?«

»Wie ich schon sagte – Familie, Freunde und ehemalige Bezugspersonen werden beobachtet.«

»Das genügt nicht. Sie wäre nicht ohne Plan geflohen. Irgendwo gibt es jemanden, mit dessen Hilfe sie rechnen kann. Jemand, der uns nicht auf Anhieb einfällt. Einer, dem sie vertraut.«

»Ich kümmere mich sofort darum.«

»Sie haben mich enttäuscht. Ihr Erfolg in Chicago und Guatemala hat mich so beeindruckt, daß ich an eine Belohnung dachte. Aber ich fürchte, daraus wird jetzt nichts.«

Die Gegensprechanlage neben dem Sessel des Alten summte. Er drückte auf einen Knopf. »Ich habe gesagt, keine Störung.«

»Scheich Hazim, Herr Professor«, ertönte eine weibliche Stimme.

»Ach ja. Stellen Sie durch.« Er griff zum Telefon, doch bevor er den Hörer abnahm, warnte er seinen Besucher: »Enttäuschen Sie mich nicht noch einmal.« Er regulierte den Tropf, aus dem mit Lämmerhormonen angereichertes Blut in seine Vene floß. »Fassen Sie das Miststück, bevor sie alles kaputtmacht. Wenn Delgado erfährt, daß sie entkommen ist, dann ist sie dran – und wir wahrscheinlich auch.«

»Mit Delgado werde ich fertig.«

»Das bezweifle ich nicht. Aber ohne Delgado sind die Ruinen unerreichbar für mich. Das würde mich sehr enttäuschen und für Sie sehr unangenehm werden.«

»Ja, Sir.«

»Raus.«

Zweites Kapitel

1

Cancún, Mexiko

Die terrassenförmig angelegten Hotels waren Maya-Tempelpyramiden nachgestaltet und säumten den vierspurigen Highway, der die vor fünfundzwanzig Jahren noch unbewohnte Sandbank durchschnitt. Während die Dämmerung in Nacht überging, beobachtete Buchanan beunruhigt die Touristen in seiner Nähe, das bedrohliche Donnern und die grellen Autoscheinwerfer zu seiner Rechten, die verdächtigen Schatten unter den Palmen zu seiner Linken, tat aber so, als würde er gelassen weitergehen.

Etwas stimmte nicht. Instinkt und Intuition warnten ihn. Er verspürte Magendruck und versuchte sich einzureden, daß es lediglich eine Art Lampenfieber sei. Doch die Erfahrung vieler gefährlicher Einsätze hatte ihn gelehrt, die aus dem Bauch kommenden Warnsignale nicht zu überhören.

Was aber war ungewöhnlich? Er dachte angestrengt nach. Seine Vorbereitungen waren gründlich gewesen. Der Köder für den Gegenspieler würde einwandfrei funktionieren. Warum in Gottes Namen war er so nervös? Zu viele Einsätze? Zu viele Identitäten? Zu viele riskante Unternehmen? Nein, dachte Buchanan, ich weiß, was ich tue. Acht Jahre habe ich das überlebt und kenne den Unterschied zwischen schwachen Nerven und ...

Trotz des beklemmenden Gefühls in der Brust änderte Buchanan seine Gangart nicht. Er bewegte sich im Schatten dichter, bunt blühender Sträucher, die die Zufahrt säumten, und näherte sich allmählich der strahlenden Pyramide des Club Internacional.

2

Buchanan war für halb zehn Uhr verabredet, doch er wollte zehn Minuten eher da sein, um den Treffpunkt noch einmal zu überprüfen und sich davon zu überzeugen, daß sich vor Ort nichts verändert hatte, was das Vorhaben gefährden konnte. An den drei vergangenen Abenden hatte er das Hotel zur selben Zeit besucht und jedesmal kontrolliert, ob alles in Ordnung war.

Ein Plan, der auf dem Papier ideal aussah, mußte zur ›wirklichen Realität‹ passen, und diese konnte sich von einem Tag zum andern wandeln. Es gab zu viele veränderliche Größen. Falls ihm etwas störend auffiel, würde er wieder in der Nacht untertauchen, als sei nichts geschehen. Wenn dann der Gesprächspartner um halb zehn erschien und Buchanan nicht entdeckte, bedeutete dies – so war es vorher ausgemacht –, daß die Umstände nicht günstig waren und das Treffen am nächsten Tag um acht Uhr morgens in einem anderen Hotel stattfand. Selbstverständlich hatte Buchanan einen Reserveplan vorbereitet, falls das zweite Treffen ebenfalls verschoben wurde. Es galt, der anderen Seite zu beweisen, daß alles getan worden war, um jedes Sicherheitsrisiko zu vermeiden.

Buchanan schlenderte an den beiden Portiers vorbei. Am Ende des Foyers zögerte er ganz kurz, als ein japanischer Gast links neben der Geschenkboutique durch eine Tür trat. Wie er wußte, führte sie zum Strand. Einer von vielen Fluchtwegen. Alles in Ordnung.

Er folgte rechts einem kurzen Korridor und kam zu einer in ein Restaurant führenden Treppe. Das Restaurant war, wie an den vergangenen Abenden, ziemlich gut besucht. Er und sein Gesprächspartner würden also nicht auffallen. Andererseits war es nicht so voll, daß sie von möglichen Zuhörern umgeben wären.

Auch in Ordnung. Vielleicht täusche ich mich, dachte Buchanan. Vielleicht läuft alles gut. Doch eine warnende Stimme riet ihm, weiterhin auf der Hut zu sein.

Zunächst war er beruhigt, als sich ein mexikanischer

Kellner näherte und ihn zu dem gewünschten Tisch in einer entfernten Ecke geleitete. Buchanan setzte sich mit dem Rücken zur Wand, so daß er die Treppe im Auge behielt. Die Klimaanlage kühlte seine schweißbedeckte Stirn. Er blickte auf die Uhr – neun Uhr fünfundzwanzig. In fünf Minuten würde der andere erscheinen. Buchanan tat, als lese er die Speisekarte, und versuchte, ruhig zu wirken.

Plötzlich entdeckte er oben an der Treppe zwei Männer. Sein Puls raste. Er hatte bloß einen Mann erwartet.

Beide waren Lateinamerikaner. Sie trugen beigefarbene, modisch zerknitterte Leinenanzüge, die gelben Seidenhemden standen weit offen. Sie waren hager, in den Dreißigern, mit markanten, strengen Zügen und dunklem, angeklatschtem Haar, das zu einem Pferdeschwanz gebunden war. Die Augen unter den schweren Lidern waren dunkel wie das Haar, glitzernde, unbarmherzige Raubtieraugen. Es waren *gemelos,* Zwillinge, und wie sie so das Restaurant betraten, strafften sie beide gleichzeitig die Schultern, warfen sich in die Brust, ein Selbstvertrauen ausströmend, als gehörte die Welt ihnen.

Buchanan versuchte, locker zu wirken, ohne in seiner Wachsamkeit nachzulassen. Die beiden Männer steuerten ohne Zögern auf ihn zu. Ihr Fußvolk hatte ihnen bestimmt eine genaue Beschreibung von ihm geliefert. Außerdem war er wohl heimlich fotografiert worden. Buchanan haßte Fotos. Er erhob sich und gab den beiden die Hand. Um zu zeigen, daß er unbewaffnet war, hatte er absichtlich kein Jackett angezogen. Das eng sitzende marineblaue Hemd trug er in der Hose, ein Zeichen dafür, daß er weder eine Pistole noch ein Tonbandgerät oder einen Sender verbarg. Er wußte, daß die beiden Männer eine solche Geste der Offenheit schätzen würden. Andererseits ließen sich solche Burschen nichts vormachen: Moderne Sendegeräte waren so winzig, daß man sie leicht in Form eines Knopfs am Hemd tragen konnte. Eine Handwaffe brauchte Buchanan auf so kurze Entfernung nicht. Der Kugelschreiber in der Hemdtasche wirkte, wenn es sein mußte, ebenso tödlich.

Sie begrüßten ihn auf englisch.

Buchanan antwortete auf spanisch. »Vielen Dank, daß Sie gekommen sind.«

»*De nada* – keine Ursache«, sagte der erste und forderte Buchanan mit einer Handbewegung auf, wieder Platz zu nehmen.

Die beiden sahen sich aufmerksam um, schienen mit der Umgebung zufrieden und setzten sich ebenfalls. Sicherheitshalber legten sich beide eine Serviette auf den Schoß und schoben mit einer geschmeidigen, geübten Handbewegung eine Pistole darunter. Dann musterten sie ihr Gegenüber.

»Sie haben Mut«, sagte der eine Zwilling.

»*Gracias.*«

»Und das Glück der Dummen«, sagte der zweite. »Wir hätten Sie jederzeit für immer ausschalten können.«

»*Claro que si* – versteht sich. Aber ich hoffte, daß Sie vernünftig sind. Denn ich bin sicher, daß ich Ihnen ein gutes Angebot zu machen habe.« Buchanan sprach mit leiser Stimme. »Sie wissen, wie gut meine Geschäfte laufen. Ich gehe davon aus, daß ich es mit erfahrenen Geschäftsleuten zu tun habe. Mit Profis. Daß Sie mich wegen meines Unternehmens nicht – wie Sie es ausdrücken – für immer zum Schweigen gebracht haben, ist ja ein Beweis dafür. Ihnen ist ...« Buchanan räusperte sich diskret und deutete zur Warnung mit dem Kopf nach links.

Der Kellner näherte sich und überreichte ihnen die Speisekarte. »Möchten Sie etwas trinken, Señores?«

»Für mich Tequila. *Y para mis compadres* – und für meine Freunde?« fragte Buchanan.

»Das gleiche«, antwortete der erste. »Mit Limone und Salz.«

»Doppelte für jeden«, sagte der zweite.

Nachdem der Kellner gegangen war, lehnte sich der erste Zwilling drohend über den Tisch und flüsterte Buchanan heiser zu: »Schluß mit dem Blödsinn, Señor Potter. Was wollen Sie von uns? Das ist Ihre einzige Chance.« Er klopfte auf die Pistole unter der Serviette. »Nennen Sie uns einen Grund, warum wir Sie nicht töten sollten.«

3

Die Einsatzbesprechung hatte vor drei Monaten an einem sicheren Ort in Fairfax, Virginia, stattgefunden, in einer Wohnung im ersten Stock eines verzweigten Gebäudekomplexes. Buchanan hatte sie unter dem Decknamen Brian MacDonald gemietet. Er besaß einen Führerschein, einen Reisepaß, eine Geburtsurkunde und mehrere auf diesen Namen ausgestellte Kreditkarten, außerdem eine detaillierte erfundene Lebensgeschichte. Brians angeblicher Beruf war Programmierer. Für Computer besaß Buchanan Interesse und Talent, so daß dieser Teil seiner Identität realistisch war. Jeder, der ihn fragte, bekam zu hören, daß er zu Hause arbeite, eine Behauptung, die der leistungsfähige IBM-Computer in seiner Wohnung bestätigte.

Er bemühte sich, die erforderliche Geduld und Disziplin aufzubringen, während er gespannt auf seinen eigentlichen Job wartete. Als endlich ein leitender Angestellter der angeblichen Computerfirma New Age Technology in Boston bei ihm anrief und mitteilte, er habe geschäftlich in Fairfax zu tun und würde gern bei ihm vorbeikommen, dachte Buchanan: Bald habe ich eine Aufgabe. Bald ist Schluß mit dem Frust.

Der Leitoffizier klopfte an einem Freitag nachmittag pünktlich an die Tür, und Buchanan-MacDonald ließ ihn ein, nachdem er durch den Spion gespäht hatte. Der kleine, hagere Mann im zerknitterten Anzug stellte seine Aktentasche auf den Couchtisch im Wohnzimmer und wartete, bis Buchanan-MacDonald die Tür verriegelt hatte. Routinemäßig musterte er den Raum. »Was ist Ihnen lieber? Spaziergang oder hier?«

»Die Wohnung ist clean.«

»Gut.« Der hohlwangige Typ öffnete die Aktentasche. »Ich brauche Ihren Führerschein, den Reisepaß, die Geburtsurkunde, Kreditkarten – alle Dokumente, die auf den Namen Brian MacDonald ausgestellt sind. Hier ist meine Vollmacht, und dies sind Ihre neuen Dokumente. Ihr neuer Name lautet Edward Potter. Sie waren tätig als ... Na, es steht alles in den Unterlagen. Jedes Detail Ihrer neuen Identität. Ich weiß, Sie haben ein blendendes Gedächtnis, also denke ich, Sie können sich die Informationen bis morgen früh einprägen. Ich komme vorbei und hole die Unterlagen wieder ab.«

»Warum hat es ganze zwei Monate gedauert, bis Sie wieder Kontakt zu mir aufgenommen haben?« fragte Buchanan.

»Nach Ihrem letzten Einsatz mußten Sie eine Zeitlang aus dem Verkehr gezogen werden. Außerdem dachten wir, wir könnten Sie noch einmal als Brian MacDonald gebrauchen. Wir haben jetzt aber eine viel interessantere Aufgabe für Sie. Wird Ihnen gefallen.«

»Lassen Sie hören.«

Der Leitoffizier fixierte ihn. »Manchmal vergesse ich, wie hochmotiviert unsere Geheimagenten sind, direkt geil auf einen neuen Auftrag. Gerade deshalb sind sie ja Agenten geworden. Weil –«

»Weil? Das habe ich mich selber schon oft gefragt. Wie lautet die Antwort?«

»Das liegt doch auf der Hand. Es macht Ihnen Spaß, die Identität zu wechseln.«

»Ja, genau. Also verraten Sie mir: Was motiviert mein neues Ich?«

4

Im Restaurant des Club Internacional in Cancún ließ sich Buchanan nicht aus der Ruhe bringen, als der eine Zwilling ihn bedrohte. »*Einen* Grund, mich nicht zu töten?« wiederholte er scheinbar nachdenklich. »Ich meine, da gibt es viele Millionen Gründe.«

»Millionen haben wir genug«, scherzte der zweite Zwilling. »Wie kommen Sie darauf, daß wir wegen ein paar Millionen ein Risiko eingehen und Ihnen vertrauen?«

»Die menschliche Natur. Egal, wieviel Geld einer hat, es

ist nie genug. Übrigens biete ich Ihnen nicht ein paar Millionen, sondern viele.«

»Wir haben etwas gegen Konkurrenz.«

Buchanan blieb gelassen. »Ich will nicht mit Ihnen konkurrieren, im Gegenteil. Ich weiß, daß Sie einen Partner brauchen. Ich habe mich gründlich informiert, bevor ich mich hier etablierte.«

»Nicht nur hier, sondern auch in Mérida, in Acapulco und in Puerto Vallarta«, warf der erste Zwilling wütend ein.

»Und in mehreren anderen Urlaubsorten, wovon Sie offenbar noch nichts wissen.«

»Sie geben also zu, daß Sie sehr fleißig gewesen sind, und zwar auf *unsere* Kosten.«

»Wie sonst hätte ich Sie auf mich aufmerksam machen sollen? Stellen Sie sich mein Risiko vor. Ich, ein *norteamericano,* steige auf Ihrem Territorium, in den Urlaubsorten Ihres Landes, noch dazu in Cancún, ins Geschäft ein. Trotz meiner guten Informationen hatte ich keine Ahnung, an wen ich mich wenden sollte. Fernandez, bei Ihnen hatte ich einen Verdacht.« Buchanan wandte sich an den ersten. »Doch wußte ich nicht, daß Sie einen Zwillingsbruder haben – und, um ehrlich zu sein, ich habe keine Ahnung, welcher von Ihnen Fernandez ist. Mir leuchtete allerdings nie ein, wie Fernandez sich gleichzeitig an zwei Orten – zum Beispiel in Mérida und in Acapulco – aufhalten konnte.«

Fernandez I verzog die Lippen zu einer Art Grinsen. »Verwirrung stiften war Absicht.« Plötzlich wurde er ernst. »Wie haben Sie herausgekriegt, daß einer von uns beiden mit Vornamen Fernandez heißt?« Er sprach schneller und drohender. »Was meinen Sie mit guten Informationen? Warum haben Sie um diese Unterredung gebeten und unseren Männern diese Namenliste gegeben?« Er knallte sie auf den Tisch. »Darunter sind die Namen von einigen unserer zuverlässigsten Partner.«

Buchanan zuckte mit den Schultern. »Nun, das zeigt mal wieder, wie man sich in zuverlässigen Partnern täuschen kann.«

»Hurensohn, was soll das heißen?« fragte Fernandez II.

Sie beißen tatsächlich an, dachte Buchanan. Geschafft! Sie sind aufmerksam geworden! Sie wären nicht zu zweit hier aufgekreuzt, wenn sie unbesorgt wären. Die Liste hat sie noch mehr erschreckt, als ich hoffte. »Das soll heißen: Vertrauen Sie mir und nicht diesen Gaunern. Ich habe einmal für die ...«

Der Kellner brachte auf einem Tablett Limonenscheiben, ein Salzgefäß mit Löffel und sechs Schnapsgläser mit bernsteinfarbenem Tequila.

»*Gracias.* In zehn Minuten möchten wir das Essen bestellen«, sagte Buchanan und wandte sich wieder an die beiden Brüder. »Ich glaube, wir werden zu einer guten Zusammenarbeit kommen.« Er sah zu, wie sie etwas Salz von der Hand leckten, den Tequila hinterhergossen und die Limonenscheiben kauten. Gleich darauf streuten sie sich abermals Salz auf die Hand und warteten, bis Buchanan ihrem Beispiel folgte. Dies ist, so dachte er, einer der wenigen Berufe, bei denen Alkoholkonsum obligatorisch ist. Seine Gegenspieler würden keinem trauen, der nicht mit ihnen trank. Durch vorsichtige Übung hatte Buchanan die Grenzen seiner Alkoholverträglichkeit getestet und gelernt, überzeugend Trunkenheit vorzutäuschen und sich damit den Anschein der Glaubwürdigkeit zu geben. Die dunklen Augen der Zwillinge funkelten vor Erwartung, daß er bald die Kontrolle verlieren und sich verraten würde.

»Sie erwähnten«, sagte Fernandez I, »daß Sie die Zuverlässigkeit unserer Partner bezweifeln, weil Sie einmal für die ...«

5

»Drug Enforcement Administration«, hatte Buchanans Leitoffizier vor drei Monaten vorgeschlagen. »Sie müssen Ihre Zielpersonen davon überzeugen, daß Sie früher mal Drogenfahnder bei der DEA waren.«

»Weiter«, drängte Buchanan.

»Sie wollten wissen, was Sie in Ihrer neuen Rolle als Potter motiviert. Nun, hauptsächlich kotzt es ihn an, daß der Kampf gegen die Dealer zu einer Farce wird. Nach seiner Meinung hat die Regierung nicht genügend Mittel bereitgestellt, um zu beweisen, daß sie es ernst meint. Es stinkt ihm, daß die CIA sich einmischt, sobald die DEA den wirklich großen Bossen auf der Spur ist. Der Mann, den Sie verkörpern sollen, geht davon aus, daß diese Händler von der CIA bezahlt werden. Dafür liefern sie Informationen über die Pulverfässer der dritten Welt, aus denen sie ihre Ware beziehen. Klar, daß die CIA der DEA auf die Füße tritt, sooft einer ihrer Informanten in der Scheiße sitzt.«

»Na, das läßt sich problemlos machen. Daß die CIA die Drogenbosse in der dritten Welt besticht, ist eine bekannte Tatsache.«

»Hundertprozentig. Aber ihre Informationen sind einen Dreck wert. Die denken, sie können die Gelder der Agency einstreichen, praktisch nichts dafür bieten und ihr obendrein in die Suppe spucken. Offenbar haben sie aus unserer Invasion in Panama nichts gelernt.«

»Natürlich nicht«, sagte Buchanan. »Nachdem wir Noriega kassiert hatten, waren andere Dealer zur Stelle. Alles war beim alten, außer daß Kinder wegen des Wirtschaftsembargos verhungerten.«

»Toll. Sie hören sich an wie der neue Mann. Sehr überzeugend, obwohl ich weiß, daß Sie sich verstellen. Sie haben eine verdammt gute Chance, die Zielpersonen einzuwikkeln.«

»Aber ich verstelle mich gar nicht.«

»Okay, schon gut. Wir müssen noch eine Menge Kleinkram besprechen. Ihre Hauptaufgabe ist es, den Informanten aus der Drogenszene, die für die Agency arbeiten, einen ordentlichen Schrecken einzujagen.«

»Nein. Das ist Buchanans Motivation, die will ich nicht hören. Ich will mir nicht das Gehirn infizieren lassen. Erzählen Sie mir einfach was über Edward Potter.«

»Hören Sie, Buchanan –«

»Nennen Sie mich nicht Buchanan. Ich heiße Edward Potter.«

»Potter. Manchmal gefällt mir das nicht. Manchmal glaube ich, daß Sie sich zu sehr mit Ihrer Rolle identifizieren.«

»Sie müssen ja nicht den Kopf hinhalten, wenn ich vergesse, wer zum Teufel ich eigentlich bin. Also mischen Sie sich nicht in *meine Leben* ein. Von jetzt an bin ich für Sie Edward Potter.« Der andere seufzte. »Wie Sie wollen, Edward.«

6

»Sie haben früher mal als Fahnder für die DEA gearbeitet?« Fernandez I sprach leise, aber mit fast komisch wirkendem Nachdruck. Entrüstet lehnten sich die beiden Brüder zurück.

»Beruhigen Sie sich«, sagte Buchanan. »Ich stehe jetzt auf Ihrer Seite.«

»Und Sie erwarten tatsächlich von uns, daß wir Ihnen das abkaufen?« wollte Fernandez I wissen. »Wir sollen Ihnen abnehmen, daß Sie die Fronten gewechselt haben?«

»Schließlich habe ich bewiesen, daß ich keine Hintergedanken habe.« Er deutete auf den gefalteten Bogen, den der andere mit der Hand bedeckte. »Wenn Sie die Bankangestellten auf den Bahamas, Ihre Geldwäscher, unter Druck setzen, werden Sie hören, daß alle angeblich zuverlässigen Partner auf meiner Liste geheime Konten besitzen, auf denen sie für schlechte Zeiten weitaus höhere Summen zurückgelegt haben, als die von Ihnen bezogenen Schmiergelder und Beteiligungen ausmachen.«

Fernandez II kniff die Augen zusammen. »Nehmen wir mal an, Ihre Informationen treffen zu …«

»Oh, die sind absolut korrekt. Schließlich garantiere ich dafür mit dem besten Pfand, das man sich vorstellen kann – mit meinem Leben. Wenn ich Ihnen über diese Konten Lügen auftische – und es wird Ihnen nicht schwerfallen, das zu checken –, dann lassen Sie mich umlegen.«

»Inzwischen aber könnten Sie untertauchen.«

Buchanan machte eine wegwerfende Geste. »Schlage vor, Sie überprüfen erst die Männer auf der Liste und entscheiden, ob meine Informationen stimmen. Vorher machen Sie keine Geschäfte mit mir.«

»Angenommen, diese geheimen Bankkonten auf den Bahamas gibt es tatsächlich. Woher kommen diese Gelder? Es kann sich nur um Bestechungsgelder von der Drogenfahndung handeln. Die einzige andere Erklärung wäre, daß sie einen Teil der Ware oder einen Teil des eingenommenen Geldes stehlen.«

Buchanan schüttelte den Kopf. »Bestechungsgelder allein erklären die riesigen Summen nicht. Sie wissen selber, Drogenfahnder sind noch nie dafür bekannt gewesen, mit Bestechungsgeldern besonders großzügig umzugehen. Dafür reichen die Mittel nicht. Nein, Ihre Männer sahnen auf raffiniertere Weise ab – nämlich obendrein noch bei Ihnen.«

»Was?« Fernandez II schien fassungslos. »*No es posible* – unmöglich!«

»Es ist nicht nur möglich – es ist so! Sie machen gemeinsame Sache mit korrupten DEA-Beamten. Wie viele Sendungen haben Sie letztes Jahr verloren? Ungefähr zehn Prozent?«

»Mehr oder weniger. Es läßt sich nicht vermeiden, einige Ladungen werden entdeckt. Kuriere verlieren die Nerven und machen Fehler. Oder DEA-Beamte sind zufällig zur rechten Zeit am rechten Ort.«

»Was wäre, wenn einige Kuriere gar nicht so nervös sind, wie sie tun?« fragte Buchanan. »Und wenn die DEA-Beamten vorher informiert würden und zur Stelle wären?«

Die drei Männer schwiegen, als der Kellner die zweite Runde brachte. Sobald er gegangen war, vergewisserten sie sich, daß niemand mithören konnte, hoben die Gläser und widmeten sich dem Ritus von Salz, Tequila und Limone.

»Natürlich wissen die Behörden und die amerikanische Öffentlichkeit nicht, daß einige Sendungen mehr als gemeldet beschlagnahmt und an amerikanische Drogenhändler weiterverkauft werden. Die Gewinne – Millionen – teilen sich die korrupten DEA-Beamten und Ihre zuverlässigen Partner. Wie Sie selber sagten: Verluste sind einkalkuliert. Solange Sie Ihren üblichen Profit minus zehn Prozent Schwund erhalten, denken Sie nicht an Betrug, stimmt's?«

»Woher wissen Sie das?« fragte Fernandez II.

»Wie gesagt, ich war früher mal bei der DEA. Ich war unbestechlich und habe meine Arbeit gemacht. Ich sah, was da lief – ich bin ja nicht blind. Da man die eigenen Kollegen nicht verpfeift, mußte ich schweigen. Und dann ...« Buchanan goß das zweite Glas Tequila hinunter.

»Ja? Und dann?«

»Das geht Sie nichts an.«

»Hoppla, unter den gegebenen Umständen geht das uns sehr wohl etwas an.«

»Ich hatte persönliche Probleme«, sagte Buchanan.

»Haben wir das nicht alle? Wir sind Männer von Welt. Wir haben Verständnis für persönliche Probleme. Schütten Sie Ihr Herz aus. Was für Probleme könnten ...«

»Ich will lieber nicht darüber sprechen.« Buchanan tat, als sei er bereits betrunken und ließ absichtlich den Ellbogen von der Tischkante gleiten. »Ich habe Ihnen gesagt, was zu sagen ist. Lassen Sie die Bankkonten Ihrer Partner überprüfen. Wenn sich herausstellt, daß ich die Wahrheit gesagt habe, werden Sie zur Zusammenarbeit bereit sein.«

Buchanan blieb beinahe das Herz stehen. An der Treppe erkannte er einen Amerikaner, der einen Kellner um einen Tisch bat. Er war Anfang Vierzig, groß, mit auffallend breiten Schultern und massiger Brust. Verdammt, dachte Buchanan und überlegte fieberhaft.

»Crawford!« dröhnte eine Stimme durch den Raum.

Buchanan tat, als achte er nicht darauf.

»Crawford! Herrgott noch mal, lange nicht gesehen! Das war doch ...« Der Satz endete in einem Raucherhusten.

Buchanan ließ sich nicht ablenken und beobachtete seine Gesprächspartner.

»Crawford!« Die Stimme wurde lauter. »Sind Sie taub? Hören Sie nicht? Wo sind Sie bloß nach der Sache im Irak abgeblieben?«

Die aufdringliche Stimme war so nahe, daß Buchanan sie unmöglich weiter überhören konnte. Er wandte den Blick von den beiden sichtlich irritierten Drogenbossen ab und starrte dem von Sonne und Alkohol geröteten vierschrötigen Amerikaner ins Gesicht. »Ja, bitte?«

»Crawford. Erkennen Sie Ihren alten Kumpel nicht? Big Bob Bailey. Ach, kommen Sie, Sie können mich doch nicht vergessen haben. Wir waren in Kuwait City und Bagdad zusammen eingesperrt.«

Buchanan schüttelte verwirrt den Kopf. »Freue mich, Sie kennenzulernen, Bob. Offenbar verwechseln Sie mich.«

Die Zwillinge ließen Buchanan nicht aus den Augen.

»Sie heißen nicht Crawford – Jim Crawford?«

»Ehrlich, ich bin nicht Jim Crawford. Ich heiße Ed Potter und bin Ihnen noch nie begegnet. Wer immer Jim Crawford ist, er scheint mir zu ähneln.«

»Na, da soll mich doch ...« Der Amerikaner schüttelte verwundert den Kopf und zog sich leicht schwankend zurück.

»Nicht so schlimm. Kann jedem mal passieren«, rief Buchanan ihm nach.

7

Doch es war sehr schlimm. Die Gefahr, daß eine frühere Kontaktperson plötzlich in einen neuen Einsatz hineinplatzte, gehörte zu Buchanans Alpträumen. Auf die Vorsicht eines Profis konnte er sich verlassen, gegen die Spontaneität eines ahnungslosen Zivilisten half nichts – außer vielleicht dreistes Lügen. Der bullige Amerikaner hatte Buchanan tatsächlich in Kuwait City und Bagdad kennengelernt. Buchanan hieß damals Jim Crawford und war angeblich auf den Ölfeldern tätig. Buchanan war einen Monat lang mit Bailey und anderen Arbeitern der Ölgesellschaften zunächst in einem zerstörten Hotel in Kuwait City zusammengewesen, später auf einem Lastwagen, der die gefangenen

Amerikaner von Kuwait nach Irak transportierte, und schließlich in einem Gefängnis in Bagdad. Als sie nach der Freilassung auf dem Frankfurter Flughafen ankamen, verschwand Jim Crawford in der Menge, von Sicherheitsbeamten in Zivil geschützt, die ihn zu intensiver Befragung an einen sicheren Ort brachten. Dazwischen lagen andere Einsätze, und Buchanan war längst nicht mehr Crawford.

Verdammt, dachte Buchanan, der ist so sauer, daß er vielleicht noch mal ankommt, und dann ist meine Tarnung vermutlich völlig im Eimer. »Der hat alle auf uns aufmerksam gemacht«, sagte Buchanan.

»*Sí*, je eher wir hier abhauen, desto besser«, sagte Fernandez II.

»Ganz meiner Meinung. Gehen wir.« Buchanan erhob sich und steuerte auf die Treppe zum Foyer zu.

»Nein, hier entlang«, sagte Fernandez I und deutete auf den Hinterausgang, durch den man in den stockdunklen Hotelgarten gelangte.

»Guter Vorschlag«, sagte Buchanan. »Schneller und weniger auffällig.« Dem Kellner gab er zu verstehen, daß das Geld auf dem Tisch lag.

Als Buchanan aus dem Restaurant in die feuchten, duftenden Gartenanlagen trat, hatten die Zwillinge ihn in die Mitte genommen. Ihm entging nicht, daß sie noch immer ihre Servietten in der Hand hielten – und die Servietten sahen nicht leer aus. Obendrein fiel ihm auf, daß sich aus dem Dunkel der hohen Büsche ein Schatten löste.

Der Leibwächter war Lateinamerikaner, ungewöhnlich groß, Bodybuilding-Figur. Genau wie die Zwillinge war er mit einer Pistole bewaffnet. Er nahm eine Sonde vom Gürtel und tastete Buchanan schnell, aber routiniert ab. Der Detektor piepte dreimal.

»Gürtelschnalle, Schlüssel, Kugelschreiber«, sagte er.

»Nimm den Gürtel ab«, befahl Fernandez I. »Gib die Schlüssel und den Kugelschreiber her.«

Buchanan gehorchte. Fernandez II stieß Buchanan in Richtung Garten. Der Gorilla folgte, die Beretta unauffällig im Anschlag.

8

Im ausgedehnten, dicht mit Ziersträuchern bepflanzten Garten gab es plätschernde Teiche und verschlungene Wege. Überall auf den Rasenflächen waren kleine bunte Lampen angebracht; verglichen mit den hellerleuchteten Fenstern des Hotels war der Garten dennoch in Dunkel gehüllt. Wenn jemand hinausblickt, sieht er bloß die undeutlichen Schatten von vier Spaziergängern, dachte Buchanan. Gewiß würde einem Beobachter nicht auffallen, daß drei der Gestalten mit Pistolen bewaffnet waren. Das konnte man vergessen. Selbst wenn jemand die Waffen bemerkte und sich veranlaßt sah, die Polizei anzurufen, wäre das, was geschehen sollte, bei Ankunft der Streife schon längst vorbei.

Auf dem Weg durch den Garten zum Strand durchdachte Buchanan seine Möglichkeiten. Er konnte sich die Dunkelheit zunutze machen, seine Bewacher überwältigen und fliehen. Zumindest könnte er versuchen zu fliehen. Die Schwierigkeit bestand darin, daß sie den Fluchtversuch wohl voraussahen. Sie wären also auf eine plötzliche Aktion eingestellt und würden in diesem Fall sofort schießen. Der Schalldämpfer auf der Beretta des Gorillas würde dafür sorgen, daß der Schuß im Hotel nicht zu hören war. Bis Buchanans Leiche entdeckt würde, wären die drei weit weg.

Viel wichtiger schien Buchanan die Frage, ob die Rauschgifthändler ihn vielleicht nur bedrohten, um ihn zu prüfen. Schließlich war nicht zu erwarten, daß ihm die Zwillinge seine Geschichte abnahmen, nur weil er sie sicher und überzeugend vorgebracht hatte. Sie würden also nach allerlei Beweisen für seine Zuverlässigkeit suchen.

Die Gangster dirigierten ihn über einen Pfad zu einer aus Holzpfählen mit Strohdach errichteten Bar am Rande des Strandes, deren Lichter gedämpft schimmerten. Bambustische und Stühle, um die ovale Theke gruppiert, gewährten den Gästen einen Blick auf die weißen Schaumkronen der Wellen.

»Erwarte nicht, daß die Leute da dir helfen«, flüsterte Fernandez I Buchanan zu, als sie sich der Bar näherten. »Wenn du Ärger machst, knallen wir dich vor ihren Augen ab. Sie stören uns nicht.«

»He, wollen wir uns nicht mal abregen? Wovor habt ihr Schiß? Was soll das Gerede über Erschießen?« fragte Buchanan. »Würdet ihr mir freundlicherweise mal verraten, was in euch gefahren ist? Ich habe mich ohne Hintergedanken mit euch getroffen. Ich war unbewaffnet. Ich bedrohe euch nicht. Und plötzlich ...«

»Halt's Maul, bis wir an der Bar vorbei sind«, befahl Fernandez I auf spanisch.

»Oder deine nächsten Worte sind deine letzten«, sagte der Bruder. »*Entiende* – verstanden?«

»Eure Logik ist umwerfend«, höhnte Buchanan.

Als Buchanan und seine Bewacher vorbeikamen, blickten einige Touristen von ihren Margaritas auf. Dann erzählte einer der Gäste einen Witz zu Ende, und alle brachen in lautes Gelächter aus. Der Gorilla und die Zwillinge waren abgelenkt, und Buchanan hätte das wahrscheinlich ausnutzen und sich in die Büsche schlagen können. Obwohl er sicher war, daß er es geschafft hätte, handelte er nicht. Denn auf seine Sicherheit kam es nicht an. Wenn es bloß danach gegangen wäre, hätte er den Einsatz gleich ablehnen können. Nein, es ging um den Auftrag.

Als Buchanan und die drei Männer den dunklen Strand erreichten, überlegte er, wie er es seinen Vorgesetzten erklärt hätte. Die Aktion sei schiefgegangen, weil er die Gegenspieler getötet hatte? Deine Karriere wäre zu Ende, dachte er. Es ist nicht das erstemal, daß dich einer mit der Pistole bedroht. Du weißt verdammt gut, daß es bei diesem Auftrag früher oder später dazu kommen mußte. Diese Kerle sind Pfeifen. Und sie trauen dir nicht, bis sie merken, daß du mit Streß umgehen kannst. Also bleib cool und spiel deine Rolle weiter.

Zum Club Internacional gehörte ein Gehweg, der parallel zum Strand verlief. Die Sterne leuchteten hell, doch der Mond war noch nicht aufgegangen. Vom Meer wehte eine kühle Brise herein. Buchanan blieb am Rande des Gehwegs stehen.

»Okay«, sagte er. »Wir sind am Strand. Hübsch, wirklich hübsch. Nun steckt mal die Kanonen ein und verratet mir, was das in Gottes Namen zu bedeuten hat. Ich habe nichts getan, was ...«

9

»In *Gottes* Namen?« fauchte Fernandez I. »Führst du etwa auch den?« Er stieß Buchanan vom Weg auf den Sand. »Namen – zu viele Namen. *Darum* geht es. Ed Potter. Jim Crawford.«

Buchanan versank mit den Füßen im Sand und wandte sich den Männern zu, die ihn leicht überragten. »He, nur weil ein Besoffener glaubt, er kenne mich? Seid ihr nie verwechselt worden?«

»Nur mit meinem Bruder«, sagte Fernandez II.

»Hör doch auf! Der Betrunkene hat zugegeben, daß er sich geirrt hat!«

»Aber er war nicht überzeugt«, sagte Fernandez I scharf.

»Hier können wir nicht bleiben«, zischte der andere. »Das Hotel ist zu nah, vor allem die Bar.«

Der Gorilla sah sich nach allen Seiten um und empfahl dann: »*Por allí* – dorthin!«

Buchanan folgte seiner Geste und erkannte die deutlichen Umrisse einiger Sonnenschutzdächer. Jedes der kleinen Gebilde hatte ein abfallendes, rundes, aus Palmwedeln gebildetes Dach und ruhte auf etwa zwei Meter hohen Holzpfählen.

An einem der Schutzdächer angekommen, gab einer der Männer Buchanan wieder einen Stoß, so daß er der Länge nach über einen Plastiktisch fiel.

Er raffte sich auf und schwang sich herum. »Nun reicht es aber! Mach das nicht noch mal! Wenn ihr Fragen habt, dann fragt. Ich erkläre alles, was euch fischig vorkommt.

Das Mißverständnis läßt sich beseitigen. Aber nehmt die Pfoten weg, verdammt!«

»Die Pfoten wegnehmen?« Fernandez I trat ganz nah an Buchanan heran, packte ihn am Hemd, drehte die Faust und zog ihn hoch, so daß er zu schweben schien. »Ich hätte Lust, dir die Hand in den Rachen zu stopfen und das Gedärm rauszureißen.« Dann ließ er ihn plötzlich wieder los.

Buchanan fiel nach hinten, so daß er wieder ausgestreckt über dem Tisch lag, nur diesmal auf dem Rücken anstatt auf dem Bauch. Er mußte sich sehr beherrschen, um nicht zurückzuschlagen. Sein einziger Gedanke war: Nur keine Panik! Er fixierte Fernandez I, der ihn abermals packte und auf einen Stuhl warf. Buchanan prallte mit dem Rücken gegen die Plastiklehne.

»Du versicherst, daß du es erklären kannst. Dann mal los. Das wird ein Spaß, wie du das angebliche Mißverständnis beseitigen willst.« Im gleichen Augenblick preßte er Buchanan die Mündung seiner 9-mm-Browning an die Stirn.

Der Kerl hat die Pistole nicht entsichert, dachte Buchanan, und einen Schalldämpfer hat die Browning auch nicht. Schwitzend und zu allem entschlossen, bemerkte Buchanan, daß Fernandez II nähertrat.

Er stellte sich neben seinen Bruder und sah Buchanan an. Selbst in der Dunkelheit erinnerten die blitzenden Augen an einen Falken. »Mach die Ohren auf. Wir reden jetzt über Namen. Nicht über den, den der betrunkene Amerikaner im Restaurant genannt hat. Nicht über Jim Crawford oder zumindest nicht nur. Auch nicht über Ed Potter, sondern über andere, viele andere Namen. Eigentlich so viele, daß ich mir nicht alle merken kann.« Er zog einen zusammengefalteten Bogen aus der Jackentasche. »Du hast uns eine Liste mit den Namen von Partnern gegeben, die uns angeblich betrügen. Nun, hier ist eine andere Liste mit anderen Namen.« Er knipste eine Minitaschenlampe an und las: »John Block. Richard Davis. Paul Higgins. Andrew Macintosh. Henry Davenport. Walter Newton. Michael Galer. William Hanover. Stuart Malik.«

Fernandez II legte das Blatt wieder zusammen, steckte es ein und hielt Buchanan ruckartig die Stablampe ganz dicht vors Gesicht, so daß ihr Strahl das rechte Auge traf.

Buchanan riß den Kopf zur Seite. Da preßte ihm der Leibwächter, der hinter ihn getreten war, plötzlich die Hände an den Schädel, daß ihm die Ohren dröhnten. Der unerwartete, bohrende Druck wirkte wie ein Schraubstock. Buchanan wollte sich zur Seite drehen, doch es gelang ihm nicht. Ebensowenig konnte er dem grellen Lichtstrahl ausweichen, der ihn blendete. Er griff nach hinten, um dem Gorilla die kleinen Finger zu brechen und damit die Umklammerung zu lösen.

Er führte das Vorhaben nicht aus, denn Fernandez I entsicherte die Browning und hielt sie ihm an die linke Schläfe.

»*Bueno. Muy bueno* – gut, sehr gut«, sagte der Gangster. »Mach keinen Ärger – in deinem Interesse.«

Die Stablampe war noch immer auf Buchanans Auge gerichtet. Er blinzelte mehrmals und kniff die Augenlider zu, das Licht drang dennoch durch die dünne Haut. Eine Hand packte ihn grob im Gesicht und schob mit Gewalt das Augenlid hoch. Wieder traf der grelle Strahl das Auge, das heiß wurde und anzuschwellen begann. Buchanan mußte seine ganze Selbstbeherrschung aufbieten, um sich nicht aus dem Griff zu befreien. Denn er war sicher, daß Fernandez I ihm beim nächsten Versuch einer Gegenwehr das Gehirn herauspusten würde.

»*Bueno*«, wiederholte Fernandez I. »Wenn dir dein Leben lieb ist, dann verrate uns, was die vielen Namen gemeinsam haben, die mein Bruder dir eben vorgelesen hat. Überlege gut, bevor du antwortest.« Er drückte die Pistole noch fester gegen Buchanans Schläfe. »Die Namen. Wer verbirgt sich dahinter?«

Buchanan schluckte. »Es waren meine Namen«, antwortete er mit heiserer Stimme.

10

Die Zwillinge und der Leibwächter waren zunächst wie erstarrt. Plötzlich kam Bewegung in sie. Der erste zog die Pistole zurück, der zweite ließ Buchanans Augenlid los und knipste die Stablampe aus, und der Gorilla gab Buchanans Kopf frei.

Fernandez I musterte Buchanans Gesicht. »Die Wahrheit habe ich nicht erwartet.« Er ließ sich auf einen Stuhl fallen und legte die Browning auf den Tisch, die Hand auf der Waffe und die Mündung auf Buchanan gerichtet. »Ich habe dich schon mal gefragt, und ich frage wieder: Wer bist du?«

»Ed Potter.« Buchanan schloß das rechte Auge und massierte das noch immer geblendete Lid.

»Und nicht John Block oder Richard Davis? Oder Paul Higgins?« fragte Fernandez I.

»Oder Jim Crawford?« bohrte der Bruder.

»Von Jim Crawford habe ich nie gehört. Ich weiß zum Teufel nicht, was der Besoffene im Restaurant meinte. Aber was John Block und die anderen Namen betrifft, das sind … Wie habt ihr meine Decknamen rausgekriegt?«

»Du hast keine Fragen zu stellen.« Fernandez I klopfte mit dem Lauf seiner Pistole auf den Tisch. »Warum hast du dir die Namen zugelegt?«

»Ich bin doch nicht blöde«, antwortete Buchanan. »Glaubt ihr, ich komme nach Mexiko, fange an, Drogen nach dem Norden und Waffen nach dem Süden zu schmuggeln – und alles unter meinem richtigen Namen? Hier in Mexiko, wo ein *yanquí* auffällt, hatte ich allen Grund, unter falschem Namen zu reisen.«

Fernandez I ließ wie zur Warnung die Lampe aufblitzen. »*Ein* Tarnname ist erklärlich.«

»Aber so viele?« Der Bruder klopfte weiter mit der Pistole auf den Tisch.

»Hört mal, ich habe doch gesagt, ich habe nicht nur in Cancún Geschäfte«, antwortete Buchanan. »Ich habe mich in Mérida, Acapulco, Puerto Vallarta und anderen Urlaubsorten etabliert, die ich nicht erwähnt habe.«

»Kommt noch«, sagte Fernandez II, »kommt noch.« Seine Stimme bebte vor Erregung. »Antworte!« schnauzte er.

»Überall, wo ich im Geschäft bin, brauche ich Händler, und wo ich mich aufhalte, brauche ich eine Geschichte zur Tarnung, die meine Anwesenheit erklärt. In mexikanischen Ferienorten trifft man am häufigsten auf amerikanische Geschäftsleute, die Ferienwohnungen verhökern. Wenn es um Immobilien geht, haben amerikanische Touristen nun mal kein Vertrauen zu mexikanischen Maklern. Auf einen Amerikaner verlassen sie sich. Überall, wo ich zu tun habe, habe ich unter falschem Namen die Behörden davon überzeugt, daß ich ein gesetzestreuer Bürger bin. In jeder Stadt benutze ich einen anderen Namen und habe die entsprechenden gefälschten Dokumente, versteht sich.«

Fernandez I beugte sich nach vorn, die Hand an der Pistole. »Weiter.«

»Jeder der Männer, in deren Haut ich schlüpfe, bevorzugt einen eigenen Stil in der Kleidung, er hat eine Vorliebe für gewisse Speisen und besitzt individuelle Angewohnheiten. Der eine hat zum Beispiel eine schlechte Haltung. Der andere pflegt stockgerade wie ein ehemaliger Soldat dazustehen. Der dritte stottert leicht. Jeder hat etwas Auffallendes an sich. Wenn also die Polizei nach einem Mann mit einem bestimmten Namen und bestimmten Eigenarten forscht, dann wird es schwierig sein, ihn ausfindig zu machen, denn die Eigenarten sind so falsch wie der Name. In den Augen der Mexikaner ähneln sich die meisten Amerikaner. Wir sind dick, wir sind ungeschickt, laut, vulgär, haben viel Geld, gehen aber nicht gerade großzügig damit um. Wenn also meine Leute mich und meine speziellen Eigenheiten beschreiben müssen, brauche ich mir bloß ein paar andere anzugewöhnen und werde damit unsichtbar.«

Buchanan beobachtete die Zwillinge, um herauszufinden, ob sie ihm seine Erklärungen abnahmen.

Fernandez I verzog das Gesicht. »Wenn du so viele falsche Namen benutzt, woher sollen wir dann wissen, ob Ed Potter deine echte Identität ist?«

»Warum sollte ich euch Lügen auftischen? Ich mußte

euch meinen richtigen Namen nennen, sonst könntet ihr nämlich die Sache nicht nachprüfen und euch davon überzeugen, daß ich keine Gefahr darstelle.«

Buchanan wartete in der Hoffnung, daß er ihre Bedenken damit zerstreut hatte.

»Vielleicht können wir zusammenarbeiten«, sagte Fernandez 1.

»Vielleicht? *Madre de Dios*, was muß ich noch tun, damit ihr mir glaubt ?«

»Erst überprüfen wir deine Geschichte.«

»Unbedingt«, stimmte Buchanan zu.

»Dann untersuchen wir, ob wir von einigen Partnern tatsächlich betrogen wurden.«

»Versteht sich.« Buchanan triumphierte innerlich. Ich hab's geschafft, dachte er.

»Und du bleibst bei uns, bis uns deine Angaben bestätigt worden sind«, befahl Fernandez II.

»Bei euch bleiben?«

»Paßt dir das nicht?« fragte Fernandez I.

»Darum geht es nicht«, antwortete Buchanan. »Allerdings kein guter Anfang für eine Partnerschaft, mich zum Gefangenen zu machen.«

»Habe ich Gefangener gesagt?« fragte Fernandez II lächelnd. »Du bist unser Gast. Es wird dir an nichts fehlen.«

Buchanan zwang sich, das Lächeln zu erwidern. »Hört sich gut an. Ich könnte mal den Lebensstil schmecken, den ich mir angewöhnen will.«

»Da ist aber noch was«, fuhr Fernandez II fort.

»So? Was denn?«

Fernandez II knipste die kleine Taschenlampe wieder an und ließ ihren Strahl über Buchanans rechtes Auge huschen. »Der betrunkene Amerikaner im Restaurant ... Du mußt uns Beweise bringen, daß du zur fraglichen Zeit nicht in Kuwait und im Irak gewesen bist.«

»Verdammt noch mal, könnt ihr den Saufsack nicht mal vergessen? Ich verstehe nicht, warum ...«

11

»Crawford!« kam eine röhrende Männerstimme von der Bar her.

Nein, dachte Buchanan, verflucht, nein! Jetzt, wo ich die Panne von vorhin beinahe ausgebügelt habe.

»Crawford!« brüllte Big Bob Bailey wieder. »Was fummeln Sie da drüben mit der Taschenlampe herum?« Er torkelte schwer atmend näher. »Ich will wissen, warum Sie mich belügen. Sie und ich, wir wissen doch beide, Sie sind Jim Crawford. Und wir waren in Kuwait und im Irak zusammen in Gefangenschaft. Warum wollen Sie das nicht zugeben? Ist doch keine Schande.«

»Mir schmeckt das nicht«, sagte Fernandez I.

»Da ist was faul«, pflichtete der Bruder bei.

»Ganz faul.« Fernandez I wandte den Blick von Baileys massiger Silhouette ab und heftete ihn auf Buchanan. »Mit dir gibt es nur Ärger. Ihr Amerikaner habt ein Sprichwort: ›Besser Vorsicht als Nachsicht‹.«

»Hör auf, bloß ein Besoffener!« sagte Buchanan.

»Knall ihn ab«, befahl Fernandez I dem Leibwächter.

»Knall sie beide ab«, fügte Fernandez II hinzu.

Aber Buchanan war schon in Aktion. Er sprang auf, hechtete nach links, wo Fernandez I mit der Browning stand. Der Leibwächter schoß von hinten, seine Beretta machte nur gedämpft *peng!* Die Kugel verfehlte Buchanans Hinterkopf, traf ihn aber an anderer Stelle. Sie schnitt ihm wie Feuer in die Schulter, als er sich aufrichtete und nach vorn stürzte. Bevor der Gorilla noch einmal feuern konnte, war Buchanan mit Fernandez I in den Clinch gegangen, hatte ihn über einen Stuhl geworfen und gleichzeitig nach der Waffe gegriffen. Der Gangster wollte sie nicht loslassen.

»Schieß!« rief Fernandez II dem Leibwächter zu.

»Kann nicht! Könnte Ihren Bruder treffen!«

Buchanan warf sich im Sand herum, mit aller Kraft bemüht, den Gegner beim Ringen um die Waffe fest an sich zu pressen. Sand geriet in die Wunde.

»Näher ran!« schrie Fernandez II. »Ich leuchte.«

Das Blut aus Buchanans Wunde beschmierte auch seinen Gegner, und die Schulter schmerzte so stark, daß es ihm schwerfiel, Fernandez I festzuhalten und als lebenden Schild zu benutzen. Und plötzlich schoß der Gangster. Der Schuß dröhnte ungeheuer laut, denn anders als die Waffe des Leibwächters hatte die Browning keinen Schalldämpfer. Der Gorilla und der Bruder fluchten und entfernten sich überstürzt aus der Schußlinie. Buchanan, mehr auf seinen Tastsinn als auf seine Augen angewiesen, wälzte sich noch immer mit Fernandez I auf der Erde und versuchte, ihm die Pistole zu entreißen. Doch seine Arme begannen ihm steif zu werden.

Fernandez I feuerte noch einmal. Soweit Buchanan es beurteilen konnte, ging das Geschoß gerade nach oben in die Luft und durchschlug die Palmwedel des Daches. Er spürte, daß der Gorilla und Fernandez II sich auf ihn werfen wollten, aber nun gelang es ihm mit einem Mal, den rechten Daumen seines Gegners zu packen, zu drehen und nach hinten zu reißen.

Der Daumen brach am ersten Gelenk mit einem leisen knorpeligen Geräusch, das eher einem Knirschen als einem Knacken ähnlich war. Der Verletzte schrie auf und ließ automatisch die Pistole los. Sofort entriß ihm Buchanan die Waffe und warf sich zur Seite. Der Leibwächter schoß. Buchanan kullerte weiter, die Kugel schlug neben ihm ein, und nun feuerte er viermal in rascher Folge. Der Gorilla fiel getroffen hintenüber.

Blitzartig drehte sich Buchanan um, feuerte zweimal nach links und erwischte Fernandez II zwischen Magen und Brust. Das Blut schoß aus dem offenen Seidenhemd hervor, der Getroffene krümmte sich und brach zusammen.

Der Gorilla war noch nicht erledigt. Buchanan vermutete, daß er eine kugelsichere Weste trug. Er schickte sich gerade an, noch einmal zu feuern, da schoß Buchanan ihm in die Stirn. Rechts neben ihm suchte Fernandez I fluchend nach seiner Waffe. Buchanan schoß ihm in die linke Schläfe, der Gangster zuckte und starb.

Buchanan atmete tief durch und zitterte, von Adrenalin

überflutet. Durch jahrelange Gewohnheit hatte er im stillen jeden seiner abgegebenen Schüsse mitgezählt. Vier auf den Leibwächter, zwei auf Fernandez II, dann drei weitere auf den Wächter und schließlich einen auf Fernandez I, der zuvor selber zweimal geschossen hatte. Das waren insgesamt zwölf. Buchanan hatte die Munition sorglos verschossen, denn er wußte, daß die Browning dreizehn Schuß im Magazin und einen in der Kammer hatte. Unter normalen Umständen hätte er nicht so viele Kugeln benötigt, in der Dunkelheit jedoch war genaues Zielen unmöglich. Falls die Schießerei die anderen Gorillas des Gangsterpärchens herbeirief, würden die verbleibenden zwei Kugeln nicht ausreichen. Rasch duckte er sich hinter den Tisch. Eine aufgeschreckte, lärmende Menge hatte sich auf dem Gehweg versammelt, einige Männer deuteten dorthin, wo Buchanan sich verbarg. In aller Eile vergewisserte er sich, daß der Leibwächter und Fernandez I tot waren. Er durchsuchte die Kleider des Gangsters und nahm sein Eigentum – Gürtel, Schlüssel und Kugelschreiber – an sich. Nichts auf dem Schauplatz des Kampfes durfte auf ihn deuten. Aus der Jacke des ebenfalls regungslosen Fernandez II fischte er die Liste heraus, die seine Pseudonyme enthielt. Die andere Liste mit den Namen der betrügerischen Helfershelfer ließ er zurück. Die Behörden würden diese Namen überprüfen und sie mit dem Tod der drei Männer in Zusammenhang bringen.

Zumindest hoffte Buchanan das. Er wollte seinen Auftrag in Cancún wenigstens teilweise erfüllen und dem Drogenhändlerring so viel wie möglich schaden. Wenn bloß der Einsatz nicht schiefgegangen wäre, wenn bloß dieser Hornochse von Bailey …

Buchanan erstarrte.

»Crawford?« Big Bob Baileys Stimme klang merkwürdig gedämpft.

Da erinnerte sich Buchanan, daß Bailey kurz vor der Schießerei auf seinen Tisch zugesteuert war. Als die Kugeln pfiffen, mußte er sich auf den Strand geworfen haben. Seine Stimme klang so dumpf, weil er auf dem Bauch lag, das Gesicht im Sand.

»Herrgott, Mann, sind Sie okay?« murmelte Bailey. »Wer ballert denn hier so rum?«

Jetzt entdeckte Buchanan die dunkle Gestalt, die sich platt auf den Boden preßte. Er warf einen Blick auf die Menge an der Bar; sie war größer geworden und lauter, doch noch immer wagte es niemand, sich dem Ort zu nähern, wo die Schüsse gefallen waren. Andere Leibwächter der Fernandez-Brüder oder Polizisten, die ihn verfolgen könnten, entdeckte er nicht. Ich muß hier weg, dachte er.

Die Schmerzen in seiner Schulter wurden stärker. Die Wunde schwoll an und pochte heftiger. Gerade als er sich Fernandez I noch einmal zuwandte, um dem Toten seine Waffe in die Hand zu legen, vernahm er Baileys Stimme, die jetzt kräftiger klang.

»Crawford? Sind Sie verletzt?«

Halt's Maul, dachte Buchanan.

Die Menge in der Nähe der Bar wurde unruhig. Der Lichtschein des Hotels reichte aus, um zwei Polizisten in Uniform zu erkennen, die auf den Strand zu rannten. Buchanan machte kehrt, lief geduckt an der Brandungslinie entlang und gab sich Mühe, daß die blutende rechte Schulter möglichst von den aufspritzenden Wellen getroffen wurde. Das Blut sollte abgespült werden, damit die Polizei den Spuren nicht folgen konnte.

»*Alto!* Halt!«

Buchanan lief schneller, weiterhin geduckt.

»*Alto!*«

Buchanan rannte weiter, so schnell er konnte.

»He, was fällt euch ein? Ich habe nichts damit zu tun«, wehrte sich Big Bob Bailey mit der Entrüstung des Betrunkenen.

Die Polizisten hatten einfach den ersten besten festgenommen, der ihnen über den Weg lief.

Trotz der Schmerzen und seiner verzweifelten Lage mußte Buchanan grinsen. Großartig, Bailey, dachte er, schließlich bist du doch noch zu etwas zu gebrauchen.

Drittes Kapitel

I

Baltimore, Maryland

Die wie eine Stadtstreicherin gekleidete Frau schob erschöpft einen quietschenden Wagen durch eine dunkle, feuchte Gasse im Stadtzentrum. Seit fast zwei Tagen hatte sie nicht geschlafen und davor schon längere Zeit in ständiger Angst gelebt. Genau genommen, seitdem sie Alistair Drummond begegnet und auf seinen Vorschlag eingegangen war.

Dabei hatte sich der Auftrag so einfach angehört. Immerhin, das Honorar war beträchtlich, die Wohnung komfortabel, und sie brauchte selten aufzutreten. Meist saß sie bloß in der in Manhattan gelegenen Eigentumswohnung mit herrlicher Aussicht auf den Central Park herum und ließ sich von Bediensteten verwöhnen. Ab und zu nahm sie gnädig einen Telefonanruf entgegen, faßte sich dabei aber kurz und täuschte Halsschmerzen vor. Angeblich hatte ihr Arzt Polypen diagnostiziert und von der Notwendigkeit einer Operation gesprochen. Sie ging selten aus und nur bei Nacht, stets per Limousine, mit Schmuck behängt, in Pelz und einem teuren Abendkleid und stets von gutaussehenden Beschützern begleitet. Diese Ausflüge galten im allgemeinen der Metropolitan Opera oder einer Benefizveranstaltung, wo sie gerade lange genug ausharrte, daß ihre Anwesenheit zur Kenntnis genommen und in der Gesellschaftsspalte erwähnt wurde. Sie lehnte jeglichen Kontakt mit früheren Freunden oder ihrem Ehemann ab. Sie stand – so deutete sie in einem der wenigen Zeitschrifteninterviews an – am Anfang einer Periode der Selbstprüfung und suchte die Abgeschiedenheit, um sich auf den zweiten Akt in ihrem Leben vorzubereiten. .. Es war eine ihrer besten Rolleninterpretationen. Niemand hielt ihr Benehmen für ungewöhnlich, denn geniale Menschen neigen nun einmal zum Exzentrischen.

Aber sie verspürte Angst, und diese hatte sich allmählich gesteigert. Zunächst hatte sie ihr Unbehagen dem Lampenfieber zugeschrieben, der Anpassung an eine neue Rolle und der Aufgabe, ein ihr unbekanntes Publikum zu überzeugen und natürlich Alistair Drummond zufriedenzustellen. Der nervte sie ganz besonders. Sein Blick war so bohrend, daß sie den Verdacht hegte, die Brille sollte nicht etwa sein Sehvermögen verbessern, sondern das kalte Glitzern der Augen noch verstärken. Niemand kannte mit Sicherheit sein Alter; man war sich nur einig, daß er die Achtzig überschritten hatte, obgleich er eher wie ein runderneuerter Sechzigjähriger aussah. Zahlreiche Faceliftings, verbunden mit einer makrobiotischen Diät, hohen Vitamindosen und wöchentlichen Hormoninfusionen schienen die Anzeichen fortschreitenden Alters zum Stillstand gebracht zu haben.

Er ließ sich gern mit Professor anreden, obwohl er nie gelehrt und den Doktortitel nur ehrenhalber erhalten hatte, als Dank für ein neues Kunstmuseum, das er für eine in finanzielle Schwierigkeiten geratene Elite-Universität hatte bauen lassen und das seinen Namen trug. Eine der vertraglichen Bedingungen war, daß sie jederzeit für den Professor zu sprechen war und sich mit ihm in der Öffentlichkeit zeigte, wann immer er es verlangte. Ebenso eitel wie reich, mekkerte er amüsiert, sooft er seinen Namen neben ihrem in den Gesellschaftsspalten las, vor allem dann, wenn der Zeitungsschreiber ihn als Professor betitelte.

So furchteinflößend sie Alistair Drummond fand, noch beängstigender war sein persönlicher Assistent, ein blonder, gutgekleideter Mann, den sie nur als Raymond kannte. Sein Gesicht zeigte stets den gleichen Ausdruck, ein fröhliches Grinsen, gleichgültig, ob er Drummond bei der Hormoninfusion behilflich war oder sie in einem tief ausgeschnittenen Abendkleid musterte. In ihrer Gegenwart achtete Drummond strikt darauf, nie über geschäftliche Einzelheiten zu sprechen; für sie stand jedoch fest, daß jemand, der soviel Reichtum und Macht angehäuft hatte, logischerweise rücksichtslos sein mußte. In ihrer Vorstellung waren deshalb die Sonderaufträge, die Raymond bekam, stets anrüchig und illegal.

Was ihre Unruhe in panischen Schrecken verwandelt hatte, war die plötzliche Gewißheit, daß sie nicht nur ein zurückgezogenes Leben vortäuschen mußte, sondern daß sie eine Gefangene war. Zugegeben, es war dilettantisch von ihr gewesen, aus ihrer Rolle ausbrechen zu wollen. Kaum war ihr der Einfall gekommen, allein im Central Park spazierenzugehen und anschließend vielleicht das Metropolitan Museum of Art zu besuchen, verwarf sie ihn schon wieder. Für einen Augenblick hatte sie sich frei gefühlt, danach jedoch resigniert. Ich habe einen Vertrag unterschrieben. Ich habe ein Honorar, ein hohes Honorar für die Verkörperung einer Rolle angenommen. Ich kann nicht gegen die Abmachung verstoßen. Und wenn ich es täte, was wären wohl die Folgen?

Die quälende Frage ließ ihre eingeengte Welt noch unerträglicher erscheinen. Abgesehen von einigen genehmigten Stadtbesuchen und dem einen oder anderen Telefonat verbrachte sie fast den ganzen Tag mit Gymnastik, Lesen, Videos, Musik und mit den Mahlzeiten. Das alles hatte sich anfangs wie ein Urlaub angehört, bis sie gezwungen war, so zu leben. Die Tage waren lang und länger geworden. Zwar war ihr in Gegenwart von Alistair Drummond und seinem Assistenten unbehaglich zumute, doch ihre Besuche waren ihr beinahe willkommen. Eine Abwechslung, wenn auch eine beängstigende.

Sie war eine erfahrene Beobachterin. Schon als sie das Apartment zum ersten Mal verlassen durfte und zu Drummonds Limousine begleitet wurde, fiel ihr auf, daß das Gebäude überwacht wurde: von einem Blumenhändler auf der anderen Straßenseite, einem Würstchenverkäufer an der Straßenecke, zweifellos auch vom Portier des Hauses und einer Pennertype am Hintereingang. Sie war allerdings davon ausgegangen, daß diese Posten die Aufgabe hatten, die ehemaligen Freunde ihres Rollenvorbilds daran zu hindern, unerwartet einzutreffen und sie zu überraschen. Aber bald war ihr klargeworden, daß die Bewachung des Gebäudes einem doppelten Zweck diente: ihr das Verlassen, anderen den Zugang zu verwehren.

Wann wird es mir gelingen, aus der Sache wieder herauszukommen? hatte sie sich gefragt. Wann wird das Spiel zu Ende sein? Wird es überhaupt ein gutes Ende finden?

Als sie eines Abends ihre Diamantenkette anlegte, die ihr Drummond nach ihrer Annahme des Auftrags überreicht hatte, fuhr sie aus Versehen mit dem größten Stein über ein Wasserglas. Er hinterließ keinen Kratzer, und das bedeutete, daß es kein Diamant war. Und das wiederum hieß, daß die Kette wertlos war.

Mißtrauisch geworden, prüfte sie den Kontoauszug, der ihr regelmäßig geschickt wurde. Das Ergebnis: Jeder Auszug bestätigte, daß das monatliche Honorar wie versprochen überwiesen worden war. Da sie mit allem Lebensnotwendigen versorgt sei, brauche sie das Geld momentan nicht, hatte Drummond erklärt, und so könne sie nach Ablauf des Vertrags die ganze riesige Summe auf einmal abheben.

Sie wagte nicht, ihr Telefon zu benutzen, also wartete sie auf eine der seltenen Gelegenheiten, wenn sie das Haus tagsüber verlassen durfte und die Bank geöffnet war. Während einer Programmpause bei einem Essen mit Politikern hatte sie Alistair Drummond zugeflüstert, daß sie zur Damentoilette müsse. Ohne das Gesicht zu verziehen, hatte Drummond zustimmend genickt und einen Leibwächter angewiesen, sie zu begleiten.

»Nein, ich will keinen Begleiter«, hatte sie geflüstert und sich mit der Brust an ihn gelehnt, »ich brauche lediglich fünfzig Cent. Soviel kostet nämlich die Klobenutzung.«

»Sagen Sie nicht ›Klo‹.« Drummond hatte bei diesem Fauxpas mißbilligend den Mund verzogen.

»Wenn Sie wollen, nenne ich es Rosenvase. Trotzdem brauche ich fünfzig Cent. Und etwas Trinkgeld für die Frau, die mir ein Handtuch reicht. Ich brauchte Sie nicht darum zu bitten, wenn Sie mir ab und zu ein bißchen Geld in die Hand gegeben hätten.«

»Für alle Ihre Bedürfnisse ist gesorgt.«

»Richtig. Außer wenn ich mal aufs Klo muß – Entschuldigung, auf die Rosenvase.« Sie preßte ihre Brust nachdrücklicher gegen den knochigen Arm.

Drummond wandte sich an Raymond, der neben ihm saß. »Begleiten Sie sie. Geben Sie ihr, was sie braucht.«

Sie ging in Raymonds Begleitung durch die Reihen, ohne die neugierigen Blicke von Prominentenanbetern zu beachten. Raymond hatte ihr diskret seine Geldbörse überreicht, und kaum hatte sie den luxuriösen Ladies-Room betreten, war sie auf den Münzfernsprecher zugesteuert, hatte die Nummer ihrer Bank gewählt und sich mit der Kontoführung verbinden lassen. Einige Damen der Gesellschaft, auf samtbezogenen Stühlen vor den Spiegeln mit ihrem Makeup beschäftigt, wandten sich um, als sie den berühmten Star erkannten. Sie nickte, und ihr herrischer Blick bedeutete: »Ich darf wohl sehr bitten! Keine Störung.«

»Kontoführung«, näselte eine männliche Stimme.

»Würden Sie bitte diese Nummer überprüfen.« Sie nannte die Kontonummer und das Codewort.

»Einen Augenblick ... Ja, das Konto erscheint auf meinem Bildschirm.«

»Wie lautet der Kontostand?«

Die näselnde Stimme gab Auskunft. Die Summe entsprach dem neuesten Auszug.

»Ich könnte über diesen Betrag also verfügen?«

»Bei Abhebungen ist eine zweite Unterschrift erforderlich.«

»Wessen Unterschrift?«

»Die von Mister Drummond oder seinem Sekretär.«

Da war ihr klar, daß ihr Auftraggeber sie aus ihrer Rolle nicht lebend zu entlassen gedachte ...

Ihre Vorbereitungen zum Ausstieg zogen sich über mehrere Wochen hin. Sie wartete auf den geeigneten Augenblick. Niemand schöpfte Verdacht, dessen war sie sicher. Sie gab sich den Anschein, wunschlos glücklich zu sein – die beste schauspielerische Leistung ihres Lebens. Am letzten Abend begab sie sich um Mitternacht in ihr Schlafzimmer und hielt die Augen geschlossen, als das Dienstmädchen um zwei Uhr nach ihr sah; dann wartete sie noch zwei

Stunden. Schnell hatte sie Turnschuhe und ihren grauen Jogginganzug mit Kapuze angezogen. Die Kette, die Armbänder und Ohrringe stopfte sie in ihr Portemonnaie, denn Drummond sollte annehmen, daß sie noch an die Echtheit des Schmuckes glaubte und ihn verkaufen wollte. Seine Leute würden mit der Befragung von unzähligen Händlern viel Zeit verlieren. Sie besaß etwas Geld: ein paar Dollar, die sie Münze für Münze ihrer Bewacherin gestohlen hatte, während diese nebenan beschäftigt war, und die fünfundzwanzig Dollar, die sie an ihrem ersten Arbeitstag gerade in der Tasche trug. Das würde natürlich nicht lange reichen, sie benötigte mehr.

Zuallererst mußte sie die Wohnung verlassen. Da sie eine Gefangene war, ging sie davon aus, daß die Tür mit einer Alarmanlage versehen war, die losschrillen würde, sobald sie nachts zu fliehen versuchte. Dies war einer der Gründe, weshalb sie mehrere Wochen gewartet hatte. So lange dauerte es, bis sie hinter Möbeln und Gemälden nach dem verborgenen Schalter gesucht und ihn endlich gefunden hatte. Er war hinter der Hausbar angebracht. Sie hatte ihn abgestellt, leise die Tür geöffnet und dann auf dem Korridor nach links gespäht. Der Posten, der zur Bewachung des Lifts für gewöhnlich auf einem Stuhl an der Ecke saß, war nicht zu sehen. Höchstwahrscheinlich schlief er um vier Uhr morgens in irgendeiner Ecke und verließ sich darauf, vom Fahrstuhlgeräusch geweckt zu werden.

Sie hatte jedoch keineswegs vor, den Lift zu benutzen. Sie ließ ihre Tür angelehnt, wandte sich nach rechts und schlich über den Teppichboden lautlos zum Notausgang. Dieser war, im Unterschied zu der ins Foyer führenden Treppe, nicht bewacht. Mit äußerster Vorsicht öffnete sie die Tür, schloß sie leise hinter sich und wischte sich aufatmend den Schweiß von den Händen.

Sie eilte durch das kalte, dunkle Treppenhaus hinunter, ihre Gummisohlen machten kaum ein Geräusch. Neununddreißig Stockwerke später erreichte sie, energiegeladen und nicht etwa ermüdet, die Tür zum Foyer, blieb aber nicht stehen, sondern wandte sich dem ›Durchgang zur Garage‹ zu.

Drei Minuten später atmete sie die kühle Spätherbstluft Manhattans ein.

Am liebsten hätte sie einen Mantel mitgenommen, aber in ihrem Kleiderschrank hingen nur teure Stücke, dazu gedacht, über der Abendgarderobe getragen zu werden. Etwas Unauffälliges wie eine Windjacke gab es dort nicht. Egal. Sie war frei.

Ohne Perücke, besonderes Make-up und maskenbildnerische Hilfsmittel glich sie nicht mehr der Frau, die sie darstellen sollte. Auf der Straße würde man sie zwar nicht erkennen, doch Alistair Drummond besaß eine Fotografie mit ihrem eigentlichen Aussehen, so daß sie kein Taxi zu nehmen wagte. Der Fahrer würde sich daran erinnern, wann und wo die dunkelhäutige Lateinamerikanerin eingestiegen war. Er würde sich auch merken, wo er sie abgesetzt hatte. Es war nach ihrer Meinung besser, Drummond keinerlei Anhaltspunkte zu liefern und sich statt dessen einfach in Luft aufzulösen.

So rannte sie los, allem Anschein nach eine Joggerin, die in der Morgendämmerung durch die fast menschenleeren Straßen lief. Am Central Park angekommen, benahm sie sich wie das ideale Opfer für Streuner und Drogensüchtige.

Sie hatte Glück. Es dauerte nicht lange und aus dem Halbdunkel der Büsche trat mit gezücktem Klappmesser ein junger Bursche auf sie zu. Mit dem speziellen Hieb, den man ihr für genau solche Situationen beigebracht hatte, schlug sie ihm die Waffe aus der Hand, bevor sie dem Verdutzten in den Unterleib trat und ihm, den Kopf an den Haaren hochreißend, seine Barschaft, ganze vierzehn Dollar, abnahm, die er sich ohne weiteren Widerstand aus der Hosentasche ziehen ließ.

Danach stärkte sie sich an einem Tag und Nacht geöffneten Hamburgerstand, opferte einen Teil ihrer bescheidenen Mittel für einen Becher heißen Kaffee und einen Pappteller voll Pommes frites. Nicht ihr gewohntes Frühstück, doch im Hinblick auf den vermutlich aufregend werdenden Tag brauchte sie wenigstens ein paar Kalorien und Kohlehydrate.

Als einzige Frau in einem Nonstopkino gegen sieben Uhr morgens wußte sie, daß sie in den fast leeren Sitzreihen Sittenstrolche anziehen würde. Genau das war ihre Absicht. Am Ende des Films verließ sie den Saal mit weiteren fünfzig Dollar, die sie drei Männern abgenommen hatte. Sie hatte sie mit einem Schlag in den Unterleib außer Gefecht gesetzt, als sie sich im Abstand von jeweils einer halben Stunde neben sie setzten und sie zu belästigen begannen.

Um diese Zeit waren bereits ein paar Billigläden geöffnet, wo sie eine einfache Wollmütze, ein Paar Wollhandschuhe und eine schwarze Thermojacke kaufte, die zu ihrer grauen Sportkleidung paßte. Sie verbarg das Haar unter der Mütze, und da der etwas weite Jogginganzug ihren üppigen Busen und die Hüften verbarg, wirkte sie übergewichtig und geschlechtslos. Die Verkleidung war nahezu perfekt. Sie unterschied sich nicht von den meisten Stadtstreichern, nur sahen die Kleidungsstücke zu neu aus; dem half sie ab, indem sie Mütze, Handschuhe und Jacke einmal kurz durch den Rinnstein zog.

Dann war es Zeit, sich unter den Straßenhändlern einen Platz zu suchen, die am Broadway ihre Ware feilzubieten begannen. Nach zwei Stunden und mehrmaligem Standortwechsel hatte sie es geschafft, den gesamten Schmuck für zweihundertfünfzehn Dollar an Touristen zu verkaufen.

Das reichte zwar nicht für ein Flugticket, wohl aber für eine Fahrkarte. Da ein Busticket noch billiger war und ihre Kleidung im Bus weniger auffiel, begab sie sich zu der von Junkies belagerten Endhaltestelle der Greyhound-Linien. Gegen Nachmittag war sie bereits auf dem Weg nach Baltimore.

Zu Baltimore hatte sie keinerlei Beziehungen. Ihre Wahl war zufällig auf die Stadt gefallen. Drummond konnte nicht darauf kommen, gerade dort nach ihr zu suchen. Trotzdem mußte sie wachsam bleiben.

Während der Fahrt beobachtete sie die anderen Passagiere und überlegte, ob sie eine Gefahr bedeuten konnten. Sie hatte genügend Zeit, ihre Möglichkeiten zu durchdenken. Zu ihrer alten Lebensweise wagte sie nicht zurückzukehren, denn bei ihrer Familie und ihren Freunden würden Drummonds Leute natürlich mit der Suche beginnen. Sie mußte eine neue Rolle kreieren, die nichts mit ihren bisherigen Rollen zu tun hatte. Sie mußte sich neue Freunde und neue Verwandte suchen. Was den Broterwerb betraf, so würde sie annehmen, was am einträglichsten war, vorausgesetzt, es hatte keine Beziehung zu ihrer früheren Arbeit. Sie mußte mit der Vergangenheit rigoros brechen. Die Umstellung auf eine neue Identität würde nicht schwierig sein – darin war sie Expertin.

Abends um neun Uhr traf der Bus in Baltimore ein. Ein kalter Sprühregen ließ das Stadtzentrum trostlos erscheinen. Sie nahm wieder eine billige Mahlzeit zu sich – Koffein, Kalorien und Kohlehydrate. Da sie den Rest ihres Geldes nicht für ein Hotelzimmer ausgeben wollte, strich sie eine Zeitlang durch enge Seitenstraßen, in der Hoffnung, von einem Mann angesprochen zu werden. Einem, der handgreiflich wurde, brach sie das Schlüsselbein; er hatte leider nur fünfzig Cent in der Tasche.

Sie war müde, durchnäßt, deprimiert, und sie fror; sie mußte sich ausruhen, sie brauchte einen Platz, wo sie sich einigermaßen sicher fühlte, wo sie nachdenken und schlafen konnte. Als sie einen Einkaufswagen stehen sah, entschloß sie sich zu einer neuen Rolle. Sie beschmierte sich das Gesicht mit Schmutz und belud den quietschenden Karren mit altem Zeug. Mit hängenden Schultern und irrem, leerem Blick in den Augen schob sie durch den feinen Regen – eine Stadtstreicherin auf dem Weg zu einem Obdachlosenheim.

Was soll ich tun? fragte sie sich. Das Selbstvertrauen, das sie während der Flucht angespornt hatte, war auf einmal verflogen. Die Härte ihres neuen Daseins lastete schwerer auf ihr, als sie erwartet hatte. Verflucht, es wäre schön, wieder die Alte zu sein.

Um das zu erreichen, müßtest du Drummond loswerden, und dazu ist er zu mächtig. Warum hat er mich angeheuert? Weshalb sollte ich diese Rolle übernehmen? Was für einen Plan hatte er? Wenn ich das herauskriege, ist er vielleicht zu schlagen. Eines ist sicher. Ohne Geld und ein Dach überm Kopf brauchst du Hilfe. Aber an wen kann ich mich wenden? Freunde – das ist zu gefährlich. Außerdem haben sie nicht die geringste Ahnung, was sie tun sollen und worauf sie sich einlassen.

Der Sprühregen wurde zum Regenguß. Die durchnäßten Kleider klebten ihr am Körper. Im Dunkel fühlte sie sich ganz wie die armselige Stadtstreicherin, die sie zu sein vorgab.

Mach dir nichts vor. Du kannst dich nur einem Menschen anvertrauen, der so anonym, so chamäleongleich, so unsichtbar und nirgendwo bekannt ist, als habe er nie existiert. Und er müßte ein Überlebenskünstler sein.

Plötzlich hatte sie einen Einfall, und als sie vor dem Obdachlosenasyl stand, kam ihr ein Mann in schwarzem Anzug und weißem Kollar entgegen.

»Treten Sie ein, Schwester. Kein Wetter, draußen zu bleiben.«

Im Einklang mit ihrer Rolle zögerte sie.

»Kommen Sie, Schwester. Drinnen ist es warm. Es gibt Essen. Einen Platz zum Schlafen.«

Ihr Widerstand erlahmte.

»Ich verspreche Ihnen, hier sind Sie sicher. Ich bringe Ihr Wägelchen unter und gebe acht auf Ihre Habe.«

Das überzeugte. Sie ließ sich wie ein Kind aus dunkler Nacht in das hellerleuchtete Heim führen, wo es nach Kaffee, in altem Fett gebackenen Pfannkuchen und Kartoffeln roch. Sie kam sich wie auf einem Bankett vor. Sie hatte einen Zufluchtsort gefunden, und als sie zu einer dichtbesetzten Holzbank schlurfte, wiederholte sie im Geist den Namen des Mannes, den sie um Hilfe bitten wollte. Der Name beherrschte ihren Geist wie eine Zauberformel. Ob er ihn noch benutzte, war fraglich. Er war ständig unterwegs. Offiziell gab es ihn gar nicht. Doch wie in aller Welt konnte sie mit einem Menschen Verbindung aufnehmen, der so gestaltlos und flüchtig wie der Wind war?

2

Cancún, eigentlich eine Sandbank, hat die Form einer Sieben. Etwa zwanzig Kilometer lang und einen halben Kilometer breit, ist es mit dem Festland an beiden Enden durch eine Brücke verbunden. Das Club Internacional Hotel liegt am oberen Querstrich der Sieben. Als Buchanan über den Strand flüchtete, achtete er nicht auf die glitzernde Fassade zu seiner Linken, sondern überlegte, was zu tun war, sobald er die Brücke am nördlichen Ende der Sandbank erreicht hatte.

Die beiden Ordnungshüter am Tatort hatten ihre Kollegen auf dem Festland vermutlich bereits per Funksprechgerät verständigt, und diese würden die Brücken sperren. Ein dreifacher Mord rechtfertigte jede Maßnahme. Zur Beruhigung der Touristen mußte rasch eine Verhaftung vorgenommen werden.

Unter anderen Umständen hätte Buchanan keine Bedenken gehabt, auf dem Gehweg entlang des Highways die Brücke zu überqueren und dort die Fragen der Polizisten höflich zu beantworten. Doch mit der verletzten Schulter und den blutbefleckten Kleidern würde er auffallen und auf der Stelle verhaftet werden. Er mußte das Gebiet auf anderem Weg verlassen, und so entschloß er sich zu schwimmen.

Auf einmal verspürte er eine leichte Benommenheit. Erschrocken merkte er, daß ihm die Beine wegknickten. Sein Herz raste, und es fiel ihm schwer, durchzuatmen. Das Adrenalin ist schuld, versuchte er sich einzureden, und die beiden doppelten Tequila natürlich auch. Obwohl Adrenalin und er alte Bekannte waren, hatte es ihn noch nie benommen gemacht. Ja, eine kleine Übelkeit, aber nie derart benommen. Der Blutverlust war wohl höher als erwartet. Wenn er die Blutung nicht zum Stillstand bringen konnte, würde er womöglich zusammenklappen.

Buchanan war als Sanitäter ausgebildet und wußte, daß man eine Blutung am besten mit einem Druckverband stoppte. Da er keine Erste-Hilfe-Ausrüstung bei sich hatte, blieb nur die früher empfohlene, heute aber verpönte Methode – die Knebelpresse. Sie hatte den Nachteil, daß sie die Blutzufuhr zum ganzen Glied unterbrach, in diesem Fall zu Buchanans rechtem Arm.

Ihm blieb keine andere Wahl. Mit heulenden Sirenen und blinkenden Lichtern hielten Unfallfahrzeuge auf der Brücke. Am Rande der Wasserrinne zwischen Sandbank und Festland blieb er stehen und sah sich mißtrauisch um – kein Verfolger zu sehen oder zu hören. Schnell zog er den zusammengerollten Gürtel aus der Hosentasche, den er dem toten Fernandez II wieder abgenommen hatte. Es war ein geflochtener Ledergürtel ohne Ösen. Buchanan legte ihn um die geschwollene rechte Schulter oberhalb der Wunde und befestigte ihn, indem er mit der linken Hand am losen Ende zog, dabei den rechten Arm nach oben beugte und den Dorn mit den zittrigen Fingern der Rechten durch das Leder steckte. Er schwankte, ihm wurde schwarz vor Augen. Doch nur für einen Augenblick. Er durfte jetzt nicht schlappmachen. Unter Aufbietung aller Kräfte bewegte er die Beine. Auch wenn er es nicht sehen konnte, spürte er, daß die Blutung nachließ.

Er fürchtete, die blauen, klatschnassen Leinenschuhe zu verlieren, also zog er sie aus, knotete die Schnürsenkel zusammen und band sie sich fest um das rechte Handgelenk. Nachdem er die Liste mit seinen Decknamen in kleine Fetzen zerrissen hatte, watete er in das dunkle, lauwarme Wasser. Als die Wellen ihm gegen die Brust schlugen, stieß er sich vom sandigen Grund ab und schwamm los. Eine starke Strömung zerrte an ihm. Die Papierschnipsel ließ er erst nach und nach los.

Er schwamm nur mit dem linken Arm, doch die Stöße seiner muskulösen Beine gaben ihm genügend Schwung. Die am Handgelenk befestigten Schuhe bremsten natürlich etwas. Er mußte die Beinarbeit noch verstärken.

Das Wasser durchtränkte den Gürtel an Buchanans rechter Schulter, das Leder dehnte sich, so daß der Druck oberhalb der Wunde nachließ. Sein rechter Arm wurde gut durchblutet und reagierte auf die zerrende Strömung. Das

Salzwasser brannte in der Wunde. Vielleicht wirkt es desinfizierend, dachte er, bis er die auf der Oberfläche schwimmende, von den zahlreichen Motorbooten stammende Öl- und Benzinschicht roch und begriff, daß eher das Gegenteil der Fall sein würde. Die lockere Knebelpresse bedeutete, daß das Blut wieder reichlicher floß, und Blut könnte …

Er schwamm schneller, denn zwischen den zahlreichen Riffen vor der Küste wurden oft Barrakudas gesichtet, und manchmal wurde sogar von Haien berichtet, die in die Fahrrinne und in die Lagune zwischen Insel und Festland kamen. Da berührte etwas seinen Fuß. Vielleicht ein Stück Holz oder ein Büschel treibender Seetang. Es konnte aber auch …

Die Mündung der Fahrrinne war etwa dreißig Meter breit. Ein Viertel der Strecke hatte er hinter sich. So weit vom dunklen Ufer entfernt kam er sich klein und verlassen vor, andererseits fühlte er sich von der Nacht verborgen. Plötzlich drang das Brummen eines Motors an sein Ohr, er blickte besorgt nach links. Das Brummen wurde zum Dröhnen, schon sah er die Lichter des sich schnell nähernden Motorboots. Es kam aus der Lagune, raste unter der Brücke hindurch in Richtung Meer auf ihn zu. Ein Polizeiboot? Buchanan versuchte mit aller Kraft auszuweichen. Der anhaltende Blutverlust schwächte ihn. Entsetzt blickte er auf das näherkommende Boot und erkannte im Schein seiner Lichter, daß es kein Polizeischiff war, sondern eine Jacht mit feiernden Männern und Frauen.

Buchanan spürte die Vibrationen des Motors schon so nahe, daß er fürchtete, in wenigen Sekunden entdeckt oder angefahren zu werden. Er holte tief Atem, tauchte und mußte sogar den verletzten Arm zu Hilfe nehmen, um schneller voranzukommen und dem Rumpf und den Schrauben auszuweichen.

Das Rumpeln der starken Maschinen war unerträglich für seine Ohren. Als er tiefer und tiefer sank, behinderten die Turnschuhe am Handgelenk die ohnehin ungeschickten Bewegungen des verletzten Arms. Das laute Dröhnen war unmittelbar über ihm. Kaum ließ es nach, schoß

Buchanan wild nach oben, die Benommenheit war wieder da, die Luft ging ihm aus. Abermals streifte er etwas Unbekanntes.

Er schlug mit dem Schädel gegen etwas Großes, Hartes. Der Aufprall traf ihn so unvorbereitet und war so schmerzhaft, daß Buchanan unwillkürlich einatmete, dabei Wasser schluckte und husten mußte. Mit aller Macht strebte er nach oben. Noch einmal stieß er irgendwo an, kam an die Oberfläche, füllte sich gierig die Lunge mit Luft und kämpfte gegen den Brechreiz. Er litt Todesqualen und versuchte verzweifelt, sich zu orientieren. Mit den Blicken verfolgte er das Heck des Kajütbootes, dem ein langer, niedriger Schatten folgte. Das war es, woran er gestoßen war: das Beiboot am Schlepptau der Jacht.

Wieder streifte etwas seine Beine. Die Angst trieb ihn an. Ohne auf die Schmerzen in Schulter und Schädel zu achten, drehte sich Buchanan auf den Bauch und schwamm mit beiden Armen und Beinen weiter. Das andere Ufer, die erleuchteten Hotels entlang der Küstenlinie, kamen rasch näher. Dann berührten seine Zehen Sand, er hatte das flache Wasser erreicht. Er richtete sich auf und stürzte zum Strand, seine Knie pflügten durch die Wellen. Hinter ihm spritzte es auf. Am Ufer angekommen, drehte er sich um und sah noch den phosphoreszierenden Streifen, den das ihn verfolgende Ungeheuer im dunklen Wasser bei seiner Umkehr zurückließ. Vielleicht lebte es aber auch nur in seiner Fantasie …

Schwer atmend wäre er am liebsten einfach auf den Strand hingesunken und hätte sich ausgeruht. Doch das ohrenbetäubende, an- und abschwellende Heulen der Polizeisirenen sagte ihm, daß er trotz der Dunkelheit nicht hierbleiben durfte. Er riß sich zusammen, wandte sich fest entschlossen von der Brücke ab und folgte schwankend dem Uferbogen.

3

Hier war der Strand menschenleer, die Touristen gingen früh schlafen oder feierten in den zahlreichen Nachtclubs von Cancún. Buchanan wählte ein Hotel ohne Bar im Freien und steuerte darauf zu. Er hielt sich im Schatten, bis er unter einer Palme einen Sessel fand und sich erschöpft darauf fallen ließ. Was ihm wie ein Geschenk des Himmels erschien, war das Handtuch, das ein Gast hier vergessen hatte.

Er entfernte den Gürtel von der rechten Schulter, preßte das gefaltete Handtuch auf die Wunde und schlang den Gürtel wieder mehrmals darüber; er zog fest zu, um die Wirkung eines Druckverbands zu erzielen. Obwohl das Handtuch stellenweise feucht wurde und sich dunkel färbte, schien es den Blutverlust einzudämmen. Ob das reichte, wußte er nicht. Er hatte jetzt keinen anderen Wunsch, als sich auszuruhen.

Er entknotete die Schnürsenkel und nahm die Turnschuhe vom rechten Handgelenk. Sie anzuziehen und zuzubinden, gehörte zu den schwierigsten Aufgaben, die er je zu lösen hatte. Sein Schädel pochte noch vom Zusammenstoß mit dem Beiboot. Vorsichtig tastete er mit der linken Hand über das Haar, berührte eine klaffende Wunde und eine großflächige Schwellung. Da das Haar naß war, konnte er nicht feststellen, ob die Wunde noch blutete.

Was die rechte Schulter betraf, so hatte das Salzwasser die Schmerzen beträchtlich verstärkt. Außerdem zitterten ihm die Finger der rechten Hand und schienen zugleich gefühllos zu sein. Er machte sich wirklich Sorgen, daß er ernsthaft verletzt war.

Reg dich ab. Du tust, als seist du noch nie in eine Schießerei verwickelt gewesen. Beweg dich lieber, statt hier herumzusitzen.

Mühsam näherte er sich der Hinterfront des Hotels. Geduckt betrat er eine betonierte Fläche, ging an Palmen vorbei und stand im gedämpften Licht eines ovalen Schwimmbeckens. Menschenleer, nur tropische Sträucher und Terrassenmöbel. Er hielt sich im Schutz der Büsche, bis er unter der ersten trüben Laterne feststellte, daß seine nassen Schuhe Spuren auf dem Boden hinterließen. Auch Hemd und Hose tropften noch. Gut nur, daß die Wellen das Blut von den Kleidern gespült hatten. Hemd und Hose würden nicht auffallen, wenn sie trocken waren, nur das blutige Handtuch würde die Aufmerksamkeit der Leute erregen. Er brauchte ein Jackett, doch das war nur durch einen Einbruch in ein Hotelzimmer zu beschaffen und kam deshalb nicht in Betracht.

Er wandte sich zu einem Durchgang. Eine Betontreppe führte rechts zu den Räumen der oberen Stockwerke. Seine ganze Aufmerksamkeit galt der Treppe, die nach unten führte, wo sich wahrscheinlich Lager- und Wartungsräume befanden.

Buchanan warf rasch einen Blick auf seine Digitaluhr. Sie hatte das Bad gut überstanden, und auf Knopfdruck zeigte das Display die Zeit: 23.09. So spät arbeiteten die Monteure wohl nicht mehr. Er lauschte auf Stimmen und Schritte. Es war alles ruhig, und er stieg hinunter.

Seine Gummisohlen machten fast kein Geräusch. Er kam in einen spärlich beleuchteten Gang, wo es nach Moder roch. Am Fuß der Treppe sicherte er nach beiden Seiten und schlich dann bis zu einer Eisentür, wo er horchte und, als er nichts vernahm, den Türknopf drehte. Sie war verschlossen.

An der nächsten Tür lauschte er abermals und atmete auf, als der Knopf sich drehen ließ. Behutsam öffnete er, suchte an der Wand nach dem Schalter und machte Licht. Die von der Decke baumelnde Birne brannte im gleichen fahlen Gelb wie die Lampen im Gang. An den Wänden standen Metallregale mit Geräten und Ersatzteilen. Ein kleiner Schreibtisch aus rostigem Metall stand in eine Ecke gequetscht und darauf ein Telefon.

Er schloß die Tür, verriegelte sie und hob den Hörer ab. Das Herz schlug ihm schneller, als er das Amtszeichen hörte. Fieberhaft wählte er eine Nummer.

Eine Männerstimme – Buchanans Einsatzleiter. Er hatte eine Wohnung in dem zum Festland gehörenden Teil von Cancún gemietet, um in dieser Phase des Unternehmens in

Buchanans Nähe zu sein. Im allgemeinen verständigten sie sich durch kodierte Mitteilungen, die sie in toten Briefkästen hinterließen. Wegen zu befürchtender elektronischer Lauschangriffe telefonierten sie selten miteinander und dann auch nur von bestimmten Telefonzellen. Solange Buchanan als verdeckter Ermittler arbeitete, hatten sie sich nie getroffen. Wenn Buchanan in Gefahr zu sein glaubte, stand ihm zu seinem Schutz für gewöhnlich ein Reserveteam zur Verfügung. Das krankhafte Mißtrauen der beiden Drogenbosse hatte sie jedoch veranlaßt, auf das Team zu verzichten. Schließlich hatte kein Grund zu der Annahme bestanden, daß das Treffen total schiefgehen könnte. Bis Big Bob Bailey aufkreuzte. Wenn Buchanan jetzt seinen Einsatzleiter verständigte, brauchte er sich um seine Tarnung keine Gedanken mehr zu machen.

Konnte es noch schlimmer kommen? Und ob! Die mexikanische Polizei konnte ihn festnehmen, und dann wären seine Vorgesetzten ebenfalls in drei Morde verwickelt.

»Ja«, sagte Buchanans Einsatzleiter.

»Sind Sie es, Paul?«

»Tut mir leid. Hier wohnt niemand, der so heißt.«

»Ist dort nicht ...« Buchanan nannte – langsam, zum Mitschreiben – Ziffer für Ziffer eine Telefonnummer.

»Bedaure.«

»Entschuldigen Sie.«

Buchanan legte auf und rieb sich die schmerzende Stirn. Die von ihm durchgesagte Nummer war eine kodierte Mitteilung, die – vollständig übersetzt – etwa bedeutete: »Einsatz abbrechen, völliger Fehlschlag, verletzter Agent auf der Flucht, sofort aus dem Einsatzgebiet herausholen.« Wie vereinbart, würde sich der Einsatzleiter anderthalb Stunden nach Buchanans Anruf im Zentrum von Cancún vor einer Cantina mit ihm treffen. Wie jeder Plan, so war auch dieser durch Vorkehrungen für unvorhergesehene Ereignisse abgesichert und hatte mehrere Ersatzvarianten.

In neunzig Minuten, dachte Buchanan. Ich muß zu dieser Kneipe. Ein Krampf in der rechten Hand lenkte ihn ab. Er sah hin, die Finger zuckten, als gehörten sie gar nicht zu ihm. Es fiel ihm schwer, sich zu konzentrieren. Der Schmerz im Schädel wurde heftiger, und auch die Schußverletzung tat verdammt weh. Etwas Warmes, Feuchtes sickerte durch das Handtuch.

Plötzlich hallten Schritte durch den betonierten Gang und wurden lauter. Vor der Tür hörten sie auf. Buchanan begann zu schwitzen, als der Türknopf sich drehte. Wer immer da draußen stand, arbeitete wahrscheinlich im Hotel und besaß einen Schlüssel. Als die Tür nicht gleich aufging, drückte der andere kräftiger und stemmte schließlich die Schulter dagegen. Es half nichts.

»Wer ist da drin?« fragte eine barsche Männerstimme auf spanisch. Dann wurde an die Tür gedonnert. »Aufmachen!«

Wenn er einen Schlüssel bei sich hat, benutzt er ihn jetzt, dachte Buchanan. Warum will da einer mitten in der Nacht in diesen Raum? Jetzt waren langsame Schritte auf dem Gang zu hören. Es schien, als suche der Mann etwas.

Buchanan schob sich leise neben die Tür, wo er das Licht löschen und den Mann packen konnte, sobald er eintrat. Ein Blick auf seine Füße und er wußte, der Mann suchte tatsächlich etwas. Buchanans durchnäßte Kleider hatten eine Spur im Gang hinterlassen.

Nervös wartete Buchanan auf das metallische Geräusch des Schlüsselumdrehens, doch es gab nur noch ein paar hämmernde Schläge, noch einmal die ärgerliche Frage: »Wer ist da drin?« Dann war es still.

Die Schritte entfernten sich, polterten durch den Gang und verloren sich auf der Treppe.

Bevor er zurückkommt und Hilfe mitbringt, muß ich hier raus, dachte Buchanan. Er riegelte auf, öffnete die Tür, kontrollierte den Gang und wollte gerade gehen, als er auf einem Regal so etwas wie einen Stoffballen entdeckte. Er erwies sich als eine zerknitterte, schmutzige Arbeitsjacke und eine ramponierte Baseballmütze. Er riß die Sachen an sich. Zuerst wischte er mit der Jacke seine Fingerabdrücke von allen Gegenständen, die er berührt hatte, dann rannte er durch den Gang und die Treppe hinauf. Er hinterließ nasse Spuren.

Das störte ihn nicht mehr. Er mußte nur raus aus diesem Hotel. Möglicherweise rief der Arbeiter gerade die Polizei an und meldete eine verdächtige Person.

Buchanan lief auf den Strand zu und hielt sich zwischen dem Wasser und den Hotels. Eine angenehme Brise kühlte ihm den Schweiß auf der Stirn und blies so heftig, daß sogar die nasse Kleidung allmählich trocken wurde.

Die zerknitterte Arbeitsjacke und die Baseballmütze hatte er unter den rechten Arm geklemmt. Behutsam setzte er die Mütze auf; sie war zwar so abgetragen, daß sie auffallen konnte, doch ohne ihren Schutz würde das Blut am Kopf die Blicke der Leute auf ihn lenken. Schwer atmend zog er die Jacke über die rechte Schulter und verbarg damit das um die Wunde gebundene Handtuch. Nun konnte er sich in die Öffentlichkeit wagen. Als er noch einmal auf seine Digitaluhr sah, stellte er erschrocken fest, daß seit seinem Anruf bereits eine Stunde vergangen war. Unmöglich, dachte er, ich habe den Lagerraum doch erst vor kurzem verlassen. Junge, du hast wohl Blackouts.

Buchanan überlegte. Er mußte die Schnellstraße erreichen und sich ein Taxi schnappen, sonst würde er den Treffpunkt nicht zur vereinbarten Zeit erreichen.

4

»Mein Gott«, sagte Buchanans Einsatzleiter, »die Wunde muß genäht werden. Nehmen Sie die Mütze ab. Lassen Sie mal sehen … Mann, und die Schramme am Kopf auch.«

Nachdem Buchanan mit dem Taxi ins Stadtzentrum gefahren war, hatte er höchstens eine Minute vor dem gutbesuchten Lokal gewartet, als der Einsatzleiter mit einem gemieteten Ford erschien und ihn einsteigen ließ.

Er war ein Mann in den Fünfzigern, mit beginnender Glatze und Bauchansatz. Als Tourist getarnt, trug er Sandalen, ein zitronengelbes Poloshirt und limonenfarbene Shorts. Sie hatten noch nie zusammengearbeitet. Buchanan kannte ihn nur als Wade, was vermutlich weder sein richtiger noch sein Deckname war.

Wade stöhnte auf, nachdem Buchanan ihm alles erklärt hatte. »Scheiße. Völlig daneben. Meine Güte ... Denken wir mal nach.« Er trommelte mit den Fingern auf das Lenkrad. »Wir müssen aufpassen ... Die Bullen bewachen den Flughafen in der Stadt und wahrscheinlich auch den drüben in Cozumel. Bleibt uns als Ausweg nur ...«

»Mérida«, sagte Buchanan.

Wade beschleunigte. »Das heißt, am besten bringen wir Sie außer Landes. Vielleicht sollten Sie sich irgendwo verkriechen. Abtauchen. Na, die Polizisten haben nichts weiter als eine Personenbeschreibung, die auf unzählige Amerikaner zutrifft. Kein Foto, vermutlich auch keine Fingerabdrükke. Dafür haben Sie hoffentlich gesorgt.«

Buchanan nickte. Ihm war übel. Mit dem unverletzten linken Arm wischte er sich immer wieder den Schweiß von der Stirn. »Meine größte Sorge ist, daß viele im Restaurant gehört haben, wie Bailey mich Crawford nannte und ich darauf bestand, Ed Potter zu sein. Folglich hat die Polizei einen Namen, auf den die mexikanische Paßkontrolle auf den Flughäfen achten wird.«

»Macht nichts«, sagte Wade. »Ich habe Ihnen einen neuen Reisepaß und eine Touristenkarte mitgebracht. Auf einen neuen Namen natürlich.«

»Klar! Aber die Polizei hat Bailey gekrallt. Er wird ihnen bei einem Phantombild helfen müssen, und sobald das an jeden Flughafen und jeden zuständigen Beamten gefaxt worden ist, halten sie jeden fest, der auch nur halbwegs ähnlich aussieht. Ich muß das Land verlassen, bevor das Bild verteilt ist. Außerdem ...« Buchanan sah auf die zukkenden Finger an der rechten Hand. Der verletzte Arm brannte wie Feuer. Das Handtuch war völlig blutdurchtränkt. »Ich glaube, ich brauche einen Arzt.«

Wade blickte in den Rückspiegel. »Keine Autoscheinwerfer hinter uns.« Er spähte nach vorn auf den durch Wälder führenden Highway. Sie befanden sich inzwischen etwa dreißig Kilometer westlich von Cancún. »Die verlassene

Tankstelle da eignet sich ganz gut.« Er fuhr an den Straßenrand, stieg aus und nahm etwas vom Rücksitz.

Nachdem er Buchanans Tür geöffnet und sich unter dem Strahl einer Taschenlampe die Verletzungen angesehen hatte, murmelte er: »Verflucht, Sie brauchen wirklich einen Arzt. Das muß genäht werden.«

»Man kann sich doch nicht darauf verlassen, daß ein einheimischer Arzt die Schußverletzung nicht bei der Polizei meldet«, wandte Buchanan ein.

»Kein Problem«, antwortete Wade. »Ich habe Kontakt zu einem amerikanischen Arzt hier in der Gegend. Er hat bereits für uns gearbeitet. Er ist zuverlässig.«

»Das wäre Zeitverschwendung.« Buchanans Kehle war trocken, und er sprach krächzend. »Bald liegt der Polizei das Phantombild vor. Ich muß nach Mérida. Bis Florida sind es mit dem Jet bloß ein paar Stunden. Ich brauche einen Arzt – *in den Staaten.* Je schneller ich hier abhaue, desto eher kann ich ...«

»Bis dahin verbluten Sie. Sie müssen unbedingt genäht werden. Wenn das reicht. Was mit der Schramme am Kopf ist, weiß ich nicht. Die Wunde an der Schulter sieht jedenfalls böse aus.«

»Kann ich mir denken. Was haben Sie da unten hingestellt?«

»Einen Verbandskasten. Aber bei Ihren Verletzungen nützt so ein Kasten nicht viel.«

»Machen Sie mal auf. Mal sehen, was Sie drin haben. Schön. Passen Sie auf und tun Sie, was ich Ihnen sage. Wir müssen die Blutung stillen. Und die Wunden säubern.«

»Wir? Hören Sie, davon verstehe ich nichts.«

»Ich kenne mich aus. Nehmen Sie den Gummischlauch und binden Sie ihn oberhalb der Einschußstelle um die Schulter. In fünf Minuten richtet so eine Knebelpresse keinen Schaden an.« Buchanan riß ein Päckchen auf und schüttelte einige Mulltupfer heraus.

Wade hatte inzwischen den Schlauch an der Schulter befestigt. Die Blutung hörte sofort auf.

»Da, der Plastikbehälter mit Äthanol. Gießen Sie etwas

auf die Tupfer und wischen Sie das Blut von der Wunde.« Buchanan hatte den Eindruck, daß seine Stimme von weit her kam. Er kämpfte gegen die nachlassende Konzentration. Er nahm eine styroporverpackte Injektionsspritze und las, was darauf stand. Es war ein Antibiotikum. »Reiben Sie mit einem sauberen Tupfer etwas Äthanol auf den rechten Oberarm.«

Wade gehorchte und fuhr dann mit der Säuberung der Schußverletzung fort.

Buchanan injizierte sich den Wirkstoff mit beängstigend zitternder Hand.

»So«, sagte Wade, »die Wundränder sind sauber.«

»Nun gießen Sie Wasserstoffperoxid darüber.«

»Gießen? Das brennt doch bestimmt wie Feuer.«

»Besser als an einer Blutvergiftung sterben. Die Wunde muß desinfiziert werden. Los!«

Wade schraubte die Flasche auf, preßte die Lippen zusammen und träufelte die durchsichtige Flüssigkeit auf den langen Riß.

Buchanan sah plötzlich alles doppelt, er schwankte.

»Buchanan?« Wade hielt beunruhigt inne.

»Noch einmal.«

»Wirklich?«

»Noch mal. Ich muß sicher sein, daß die Wunde sauber ist.«

»Wie Sie wollen.« Auf der Wunde bildeten sich jetzt Blasen, die Ränder wurden weiß, geronnenes Blut wurde herausgeschwemmt. Buchanans Gesicht war schweißgebadet.

»Und nun einen Schuß davon auf die Kopfwunde«, murmelte er.

Wade gehorchte ohne Widerrede. Du machst dich, dachte Buchanan trotz der Schmerzen. Bin gespannt, wie du reagierst, wenn du hörst, was du als nächstes zu tun hast.

Buchanan stöhnte. »Okay. Das hätten wir. Die Tube da im Verbandskasten. Das ist eine extrastarke antibiotische Salbe. Drücken Sie etwas davon auf die Kopfwunde und eine größere Portion auf die andere.«

Wades Bewegungen wurden sicherer.

Buchanan spürte den Druck der Knebelpresse an der Schulter; bis auf die höllischen Schmerzen schien der geschwollene Arm gefühllos zu sein. »Fast fertig«, sagte er. »Nur noch eins.«

»Was noch?«

»Sie hatten recht. Ich muß genäht werden.«

»Was meinen Sie damit?«

»Sie müssen die Wunde nähen.«

»Ich und nähen ...? Mein Gott.«

»Hören Sie zu. Ohne Naht verblute ich, sobald wir die Knebelpresse abnehmen. In der Plastikpackung finden Sie eine sterile chirurgische Nadel und Faden. Waschen Sie sich die Hände mit Äthanol, öffnen Sie die Packung und nähen Sie die Wunde zu.«

»Ich kann nicht mal einen Knopf annähen.«

»Sollen Sie auch gar nicht, Wade«, sagte Buchanan. »Es ist ganz einfach. Mir ist scheißegal, wie es aussieht. Und ich erkläre Ihnen, wie man den Knoten macht. Aber es muß sein! Wenn mein linker Arm länger wäre, würde ich es selber tun.«

»Die Schmerzen«, wandte Wade ein. »Sie brauchen ein Betäubungsmittel.«

»Selbst wenn wir eins hätten, könnte ich es nicht riskieren. Ich muß fit sein. Auf der Fahre nach Mérida müssen Sie mir alles über meine neue Identität eintrichtern.«

»Buchanan, Sie sehen jetzt schon aus, als würden Sie jeden Moment ohnmächtig.«

»Sie Anfänger! Tun Sie das nicht noch einmal!«

»Was? Was meinen Sie?«

»Sie haben mich Buchanan genannt. Buchanan, den habe ich vergessen. Ich kenne ihn nicht. Bei diesem Einsatz heiße ich Ed Potter. Nein, falsch. Ich bin nicht mehr Ed Potter. Ich bin ... Sagen Sie mir, wer ich bin. Welche Identität habe ich jetzt? Welchen Background? Womit verdiene ich mein Geld? Bin ich verheiratet? Verdammt, so reden Sie doch schon.«

Mit Flüchen, Beschimpfungen und Befehlen zwang Buchanan Wade, die Wunde mit der gebogenen Nadel zu-

zunähen. Bei jedem Einstich preßte er die Zähne fester aufeinander, bis ihm der Kiefer weh tat und er um sein Gebiß fürchtete. Einzig und allein die Notwendigkeit einer neuen Identität bewahrte ihn davor, die Besinnung zu verlieren. Er erfuhr, daß er Victor Grant aus Fort Lauderdale, Florida, war. Er baute Kajütboote und Jachten um und war auf den Einbau von Elektronik spezialisiert. In Cancún hatte er sich aufgehalten, um mit einem Kunden zu sprechen. Wenn nötig, konnte er dessen Namen und Anschrift nennen, denn er war Mitarbeiter von Buchanans Behörde.

»Okay«, sagte Wade. »Es sieht ziemlich beschissen aus, aber es wird schon halten.«

»Streichen Sie antibiotische Salbe auf eine Mullkompresse und legen Sie diese fest auf die Naht. Befestigen Sie die Kompresse mit einer Binde und kleben Sie Heftpflaster darüber.« Buchanan ächzte vor Schmerzen, seine Muskeln waren verkrampft. »Gut. Nun lösen Sie die Knebelpresse.«

Das Blut begann wieder zu strömen. Die Gefühllosigkeit ließ nach, die Schmerzen wurden dadurch noch schlimmer. Er nahm sich vor, sie, so gut es ging, zu ignorieren. Sollte jedoch die Naht nicht halten und die Wunde wieder aufplatzen, brauchte er sich über seine neue Identität keine Gedanken mehr zu machen. Oder über die Ankunft am Flughafen von Mérida, wenn das Phantombild dort bereits vorlag. Diese Probleme wären bedeutungslos, weil er nämlich zu diesem Zeitpunkt vollends verblutet wäre.

Er starrte auf den Verband – es kam kein Blut durch. »Okay, fahren wir weiter.«

»Es wird auch Zeit. Von hinten nähern sich Lichter.« Wade schloß den Verbandskasten, knallte Buchanans Tür zu, setzte sich in fliegender Eile ans Steuer und fuhr auf die Straße, bevor die Wagen angekommen waren.

Buchanan lehnte den Kopf zurück und atmete rasselnd. Er hatte einen ganz trockenen Mund. »Haben Sie etwas zu trinken?«

»Tut mir leid. Ich habe nichts mitgebracht.«

»Tolle Leistung.«

»Vielleicht ist ein Laden offen, wo wir was kaufen können.«

»Bestimmt.«

Buchanan starrte durch die Windschutzscheibe und folgte den Strahlenkegeln der Scheinwerfer ins Dunkel. Ständig wiederholte er im stillen: Ich heiße Victor Grant, aus Fort Lauderdale, Bootsbauer, Elektronik, geschieden, keine Kinder. Dichter Tropenwald säumte zu beiden Seiten die schmale Straße. Manchmal bemerkte er Gruppen von Hütten, mit Palmwedeln bedeckt, und wußte, daß sie von Maya-Indianern bewohnt wurden, von Menschen mit breiten Gesichtern, hohen Wangenknochen und der Augenwinkelfalte ihrer Vorfahren, jenen Schöpfern bedeutender Bauten in Chichén Itzá und in anderen alten Städten, die nun auf der Halbinsel Yucatán verkamen. Vor allem fiel ihm auf, daß, sooft sie sich einem Dorf näherten, ein Straßenschild mit der Aufschrift TOPE – Langsam fahren – stand. Dann ruckte der Wagen jedesmal über eine Stoppschwelle und schleuderte Buchanan so heftig hin und her, daß die Schmerzen in Kopf und Schulter unerträglich wurden. Victor Grant. Fort Lauderdale. Vergnügungsboote. Elektronik ... Victor Grant, Victor Grant, Victor ...

Buchanan verlor die Besinnung.

5

Obwohl Hochnebel das Licht von Mond und Sternen verhüllte, war es für Balam-Acab nicht schwer, sich nachts durch den Regenwald zu bewegen. Seine Geschicklichkeit war vor allem darauf zurückzuführen, daß er hier geboren wurde. Er fand den Weg zwischen den engstehenden Bäumen und Lianen auch deshalb so gut, weil er durch die dünnen, leichten Sandalen die Trittsteine spürte, die vor tausend Jahren einen fortlaufenden Pfad gebildet hatten, den die Menschen damals *sacbe* – ›weiße Straße‹ – nannten. Es war einst eine ebene Straße von fast fünf Metern Breite und annähernd hundert Kilometern Länge gewesen. Seit der Ausrottung so vieler Vorfahren von Balam-Acab hatte sich niemand mehr um die Erhaltung und Reparatur der Straße gekümmert. Der Regen der Jahrhunderte hatte die Steine unterspült, so daß sie verrutschten, und zu ähnlichen Folgen führten wie die hierzulande häufigen Erdbeben und die wuchernde Vegetation. Nur ein Mann wie Balam-Acab, der mit dem alten Wissen vertraut und auf den Geist des Waldes eingestimmt war, konnte dem in tiefes Dunkel gehüllten Weg so sicher folgen.

Indem er sich schrittweise vorantastete, unsichtbaren Bäumen auswich, in gebückter Haltung durch bloß erahnte Rankenvorhänge kroch und auf die kleinste Unebenheit des Bodens achtete, blieb Balam-Acab im Gleichgewicht. Und das mußte er unbedingt, denn wenn er hinfiel, konnte er die Arme nicht benutzen, um nach einem Halt zu suchen. An die Brust gedrückt, trug er ein kostbares Gefäß, das zum Schutz in eine weiche Decke gehüllt war. Unter den gegebenen Umständen hatte er es nicht gewagt, die Schale mit in den Rucksack zu packen, der gar zu oft einen Ast oder einen Baum streifte. Der Inhalt des Rucksacks war unzerbrechlich, nicht aber die Schale.

Die Feuchtigkeit im Unterholz ließ ihm den Schweiß nur so über das Gesicht strömen, Baumwollhemd und Hose klebten am Körper. Der Dreißigjährige war nur etwa ein Meter sechzig groß, für die Männer seines Stammes charakteristisch. Obwohl kräftig, war er dünn, was auf das anstrengende Leben im Dschungel und die unzureichende Nahrung zurückzuführen war, die auf den Feldern des Dorfes wuchs.

Da die Region so unzugänglich war und die spanischen Eroberer sich geweigert hatten, sich mit den Maya zu vermischen, wurden Balam-Acabs Züge von denselben genetischen Merkmalen geprägt wie die seiner Vorfahren auf dem Höhepunkt der Maya-Kultur vor Hunderten von Jahren: runder Schädel, breites Gesicht, hohe Wangenknochen, glattes, glänzend schwarzes Haar. Die wulstige Unterlippe war auffällig nach unten geschwungen, und die

Lider der dunklen mandelförmigen Augen hatten eine Lidfalte.

Balam-Acab wußte, wie er den geplanten Ritus zu vollziehen hatte, denn als Häuptling und Dorfschamane war ihm die Kenntnis von seinen Vorgängern überliefert worden. Sie hatten ihm die heiligen Geheimnisse offenbart, genau wie sie seinen Vorgängern offenbart worden waren. Und das reichte zurück auf das Jahr 13.0.0.0.0.4 *Ahau 8 Cumku*, den Beginn aller Zeit.

Der Pfad bog nach links, und er war fast am Ziel angekommen. Obwohl seine Bewegungen nahezu lautlos gewesen waren, mußte er sich jetzt noch vorsichtiger bewegen, mit der Eleganz des pirschenden Jaguars schleichen, denn bald erreichte er den Rand des Dschungels und dort, an der kürzlich geschlagenen Lichtung, standen Wachposten.

Schon roch er ihre Ausdünstungen, den Tabakrauch und das Gewehröl. Mit geweiteten Nasenlöchern hielt er inne, um die Entfernung und die Richtung einzuschätzen. Gleich darauf ging er weiter, er mußte nun den alten verborgenen Pfad verlassen und sich weiter links halten. Seit die neuen Eroberer im Land waren, die Bäume fällten, den Fels mit Dynamit in die Luft jagten und den Boden für den Bau einer Start- und Landebahn planierten, wußte Balam-Acab, daß das von den Vorfahren prophezeite Unglück bald eintreten würde. Wie die früheren so waren auch die jetzigen Eroberer vorausgesagt worden, denn – das wußte Balam-Acab – die Zeit bewegte sich in Kreisen. Sie drehte sich, und jede Periode stand unter der Obhut eines Gottes.

Balam-Acab fürchtete die Posten, gleichzeitig glaubte er jedoch an den Erfolg seines Vorhabens. Wenn die Götter nicht besänftigt werden wollten und unversöhnlich wütend waren, dann hätten sie ihn schon längst bestraft. Nie hätten sie ihm gestattet, so weit vorzudringen. Nur ein Liebling der Götter konnte in der Dunkelheit nicht von Schlangen gebissen werden, die in diesem Gebiet weit verbreitet waren. Bei Tageslicht konnte er die Schlangen sehen und ihnen ausweichen oder sie durch Geräusche fortscheuchen, aber bei Nacht? Das war unmöglich. Ohne den Schutz der Götter wäre er nicht auf flache Steine, sondern auf den Tod getreten.

Auf einmal schien sich das Dunkel etwas zu erhellen. Balam-Acab hatte den Rand des Dschungels erreicht. Sich hinkauernd sog er den würzigen Duft des Waldes ein, der den sauren Schweißgeruch der Wachen überlagerte. Plötzlich zerteilte sich der Nebel, als sei unbemerkt eine Brise über die Lichtung gestrichen. Mond und Sterne leuchteten wieder, und bestürzt sah Balam-Acab, wie weit die Arbeit der Eindringlinge seit seinem letzten Besuch vor nur zwei Tagen gediehen war. Ein riesiges Waldstück war abgeholzt worden, so daß mit Büschen bestandene Erhebungen zum Vorschein kamen. Ohne Bäume, die die Sicht auf den Horizont versperrten, erkannte man auch die düsteren Konturen beträchtlich höherer Hügel auf dem Terrain. Balam-Acab nannte sie Berge, und sie waren ein Teil des Weltgeists. Zugegeben, sie waren nicht natürlichen Ursprungs, denn dieses Gebiet von Yucatán wurde als Tiefland bezeichnet; Erhebungen und Hügel gab es nicht, ganz zu schweigen von Bergen. Sie alle waren vor über tausend Jahren von den Vorfahren Balam-Acabs erbaut worden. Obwohl das Unterholz die Treppen, Portale, Skulpturen und Reliefs überwuchert hatte, wußte Balam-Acab, daß sich darunter Paläste, Pyramiden und Tempel verbargen. Die alten Maya hatten ihre Kenntnis von den Geheimnissen der Sonne genutzt, um die besten Standorte für die zu Ehren der Götter errichteten Gebäude zu ermitteln. Bei ihrer Arbeit konzentrierten sie die Energie der Unterwelt und der Himmelsgötter auf diesen geheiligten Bereich.

Wachsam gegenüber den bewaffneten Eindringlingen erreichte Balam-Acab die höchste Erhebung. Die Arbeiter hatten die Vegetation zu ebener Erde vernichtet, doch die Bodenerhebungen hatten sie noch verschont. Er prüfte die Sträucher und Schößlinge, denen es irgendwie gelungen war, Wurzeln zu schlagen zwischen den riesigen Steinquadern, aus denen das Gebäude einst errichtet worden war. Ohne die Bäume würde sich der vermeintliche Berg als eine gewaltige, terrassenförmig angelegte Pyramide entpuppen, auf deren Spitze ein Tempel stand. Er war dem Gott Kukulcán geweiht, dessen Name »Federschlange« bedeutet.

Da ragte am Fuß der Pyramide das verwitterte steinerne Ebenbild eines gigantischen Schlangenkopfs, mit offenem Maul und entblößten Fängen aus den Sträuchern hervor. Es gab mehrere solcher Statuen. Sie flankierten die Treppen, die auf jeder Seite der Pyramide über die Terrassen nach oben führten. Froh darüber, unbehelligt so weit gekommen zu sein, und in der festen Überzeugung, daß die Götter sein Vorhaben billigten, hielt Balam-Acab die Opferschale an die Brust und begann mit dem Anstieg zur Spitze.

Jede Stufe war kniehoch und der Steigungswinkel der Treppe beträchtlich. Bei Tageslicht konnte der Aufstieg schon schwindelerregend sein, denn mächtige Baumwurzeln und der Regen der Jahrhunderte hatten die Stufen gesprengt und die Quader verschoben. Die eigene Sicherheit war für ihn nicht wichtig, sonst wäre er das Risiko nicht eingegangen, von Schlangen gebissen oder von Wachtposten erschossen zu werden. Was ihn keinesfalls gleichgültig ließ, das waren die wertvollen Gegenstände in seinem Rucksack und vor allem die heilige Schale. Er durfte nicht fallen und sie zerbrechen. Denn das wäre unentschuldbar und würde mit Sicherheit den Zorn der Götter erregen.

Endlich, mit schmerzenden Knien und wild klopfendem Herzen, erreichte er die obere Plattform des Tempels. Dreihundertfünfundsechzig Stufen über der Erde – diese Zahl symbolisierte die Tage im Sonnenjahr. Balam-Acabs Vorfahren hatten sie errechnet, lange bevor die Konquistadoren zu Beginn des sechzehnten Jahrhunderts in Yucatán einfielen. In den Bau der Pyramide waren noch andere heilige Zahlen der Maya eingegangen. Die zwanzig Terrassen zum Beispiel bedeuteten die Einheiten von jeweils zwanzig Tagen, in die das zweihundertsechzig Tage umfassende zeremonielle Jahr eingeteilt war.

Behutsam stellte Balam-Acab die Tonschale ab und befreite sie von ihrer Umhüllung. Sie wirkte unscheinbar. Bei einem Durchmesser von etwa vierzig Zentimetern war sie daumendick und gewiß uralt, aber anstelle leuchtender Farben war sie bloß mit einer stumpfen, dunklen Schicht überzogen. Ein Weißer hätte sie wahrscheinlich häßlich genannt.

Nicht länger durch den kostbaren Kultgegenstand behindert, nahm Balam-Acab nun den Rucksack von der Schulter, holte ein Messer mit Obsidianklinge, eine lange mit Dornen besetzte Schnur und Streifen aus Feigenbaumrinde heraus. Rasch zog er das durchgeschwitzte Hemd vom Leib und entblößte auf diese Weise die Brust vor dem Gott der Nacht.

Balam-Acab stellte sich am Tempeleingang auf, das Gesicht gen Osten, wo die Sonne, das Symbol der Wiedergeburt, ihren täglichen Lauf begann. Von hier oben hatte er eine gute Aussicht über das Land. In kaum fünfhundert Metern Entfernung zu seiner Rechten machte er den Flugplatz aus, die vielen großen Zelte der Eindringlinge und die aus gefällten Bäumen errichteten Blockhäuser. Bald würden Flugzeuge weitere Eroberer und Maschinen einfliegen, und der Wald würde noch mehr geschändet. Bulldozer bauten bereits eine neue Straße durch den Dschungel. Es mußte etwas getan werden, um dem Einhalt zu gebieten.

Die Zeit bewegt sich kreisförmig, und genauso regelmäßig hatten sich die Maya immer wieder gegen ihre Unterdrücker erhoben. Ihrer Kultur beraubt und versklavt, hatten sie im siebzehnten Jahrhundert, dann im neunzehnten Jahrhundert und zuletzt zu Beginn unseres Jahrhunderts rebelliert. Jedesmal waren sie besiegt worden. Die Übriggebliebenen mußten sich in die entlegensten Teile des Dschungels zurückziehen, um der Verfolgung und den schrecklichen Krankheiten zu entgehen, die die Ankömmlinge eingeschleppt hatten.

Und nun waren die Fremden wieder erschienen. Balam-Acab wußte, daß sie sein Dorf zerstören würden, wenn sie nicht daran gehindert wurden. Er stand hier, um den Göttern ein Opfer zu bringen, sie um ihren weisen Rat und ihre Hilfe zu bitten.

Er hob das Messer. Das schwarze vulkanische Glas der Klinge besaß eine stilettähnliche Spitze, die er unter seine ausgestreckte Zunge führte. Er schloß die Augen, stieß mit der Rechten nach oben und stach zu. Das gelang ihm nur, weil er die Zunge mit den Zähnen festhielt, so daß das ungeschützte, glatte Fleisch nicht ausweichen konnte. Blut schoß aus dem Mund und spritzte ihm auf die Hand. Er zitterte.

Trotzdem stieß er weiter. Erst als die Spitze die Zunge ganz durchbohrt hatte und die Zähne berührte, zog er sie heraus. Tränen strömten ihm aus den Augen, er verbiß sich einen Schmerzensschrei. Noch die Zunge festhaltend, legte er behutsam das Messer beiseite und nahm die Dornenschnur zur Hand. Wie seine Vorväter fädelte er sie in die Wunde und begann sie nach oben zu ziehen. Der erste Dorn erreichte schnell die Wunde, und obwohl er hängenblieb, zerrte Balam-Acab weiter und zwängte einen zweiten Dorn durch die Zunge. Und dann noch einen. Das Blut lief in Strömen über die Schnur und durchtränkte die Rindenstreifen, die an ihrem Ende in der Schale lagen.

Der Sinn dieser rituellen Handlung bestand darin, durch Schmerz und Blut einen visionären Zustand zu erreichen, mit dem Jenseits in Verbindung zu treten und den Rat und die Befehle der Götter zu erfahren.

Geschwächt sank Balam-Acab in die Knie, wie um die blutgetränkten Rindenstreifen in der Schale anzubeten. Sobald die Dornenschnur ganz durch die Zunge gezogen war, würde er sie in die Schale legen und eine Weihrauchkugel aus Kopalharz dazuwerfen. Dann würde er Streichhölzer nehmen – die einzige Verfälschung des Ritus, die er sich gestattete – und das Opfer anzünden, so daß die Flammen sein Blut kochten und schließlich verbrannten.

In seinem Kopf wirbelte alles durcheinander. Er schwankte und gab sich Mühe, eine ekstatische Balance zwischen Bewußtsein und Ohnmacht zu bewahren. Seine Vorväter übrigens hätten diesen Ritus nicht ohne Beistand vollzogen. Er dagegen würde sich aufraffen müssen, um allein durch den Dschungel ins Dorf zurückzukehren.

Er glaubte, die Götter zu sich sprechen zu hören. Er fühlte ihre Nähe ...

Ein Beben durchzuckte ihn, doch es wurde nicht von Ekstase oder Schmerz verursacht. Die Druckwelle einer Sprengung hatte es ausgelöst, mit der die Arbeiter trotz der nächtlichen Stunde ihr Zerstörungswerk fortsetzten. Das Grollen klang wie das Stöhnen eines ungeduldigen Gottes.

Balam-Acab zündete ein Streichholz an und ließ es auf die Rindenstreifen in der heiligen Schale fallen.

Auch diese heilige Stätte wurde von den Eroberern entweiht.

Sie mußten vernichtet werden.

Viertes Kapitel

I

Schweißgebadet und mit trockenen Lippen erwachte Buchanan. Er hatte Fieber und würgte einige Aspirin hinunter. Inzwischen war es Morgen. Er und Wade befanden sich in Mérida, dreihundertzweiundzwanzig Kilometer westlich von Cancún. Anders als Cancún erinnerte Mérida mit den um die Jahrhundertwende erbauten Herrenhäusern an die Alte Welt. Verständlich, daß die Stadt früher einmal das Paris Lateinamerikas genannt wurde. Mérida besaß noch viel von seinem europäischen Charme, doch Buchanan fieberte zu sehr, um sich für die schattigen Boulevards und ihre Cafés zu interessieren. »Wie spät ist es?« wollte er wissen.

»Acht Uhr.« Wade parkte in der Nähe eines noch geschlossenen Markts. »Haben Sie was dagegen, wenn ich Sie mal allein lasse?«

»Wohin gehen Sie?«

Buchanan hörte die Antwort nicht mehr. Er schlief schon wieder.

Er erwachte erst, als Wade die Wagentür aufschloß und einstieg. »Tut mir leid, daß ich so lange gebraucht habe.«

»Wie spät ist es jetzt?«

»Gleich neun Uhr. Die meisten Geschäfte sind noch immer geschlossen. Mir ist es gelungen, eine Flasche Wasser für Sie aufzutreiben.« Wade öffnete den Verschluß und hielt Buchanan die Flasche an die ausgetrockneten Lippen.

»Geben Sie mir mehr Aspirin.«

»Noch Fieber?«

Buchanan verzog das Gesicht und nickte. »Und die verdammten Kopfschmerzen hören nicht auf.«

»Halten Sie die Hand auf. Ich gebe Ihnen Tabletten.«

Buchanans linke Hand war schlaff, und die rechte begann plötzlich wieder zu zittern. »Stecken Sie sie mir lieber gleich in den Mund.«

Wade machte ein ernstes Gesicht. »Sie müssen bei Kräften bleiben. Sie können nicht nur von Wasser und Pillen leben«, warnte er. »Ich habe Pfannkuchen, Milch und Kaffee gekauft.«

»Die Pfannkuchen vertrage ich wahrscheinlich nicht.«

»Sie machen mir Sorgen. Wir hätten in Cancún den Arzt aufsuchen sollen, den ich kenne.«

»Das haben wir schon abgehakt«, murmelte Buchanan. »Ich muß das Land verlassen, bevor das Phantombild verteilt ist.«

»Wie wäre es mit Orangensaft? Versuchen Sie wenigstens den.«

»Ja, das ist gut.« Er trank drei Schlucke.

»Ich bin auf eine Frau gestoßen, die vor Öffnung des Marktes Kartons auspackte. Sie hat mir diesen Strohhut verkauft. Er verdeckt die Kopfwunde. Und dann habe ich einen weiten Umhang gekauft. Sie können ihn über Ihren verbundenen Arm legen, wenn Sie die Kontrolle passieren.«

»In Ordnung«, sagte Buchanan schwach.

»Vorher habe ich mit einigen Fluglinien telefoniert. Sie haben Schwein. Die Aeroméxico hat noch einen Platz nach Miami frei.«

Buchanans Stimmung wurde besser. Bald, dachte er, bald bin ich nicht mehr hier. Ich kann im Flugzeug schlafen. Wade ruft an, meine Leute erwarten mich und bringen mich in eine Klinik.

»Da gibt es bloß noch ein Problem«, sagte Wade.

»Ein Problem?«

»Die Maschine startet erst um zwölf Uhr fünfzig.«

»O Gott, das ist doch erst in vier Stunden.«

»Eine andere Maschine fliegt zwar eher, aber nach Houston. Da war ein Platz frei, wenn die Zwischenlandung nicht ...«

»Was kümmert mich eine Zwischenlandung! Warum haben Sie nicht diese gebucht?«

»Weil sie in Cozumel, also in der Nähe von Cancún, zwischenlandet. Wie ich hörte, müssen die Passagiere die Maschine verlassen.«

»Okay, zwölf Uhr fünfzig nach Miami.«

»Das Ticket kann ich Ihnen nicht kaufen. Zum Eintragen des Namens muß man seinen Paß vorlegen. Nur wenige Menschen überlassen einem anderen den Paß, und schon gar nicht bei der Ausreise. Wenn die Polizei die Beamten angewiesen hat, auf jeden zu achten, der sich verdächtig benimmt, dann würde das genügen, Sie zu verhören.«

»Sogar uns beide. Sie haben recht. Ich kaufe das Ticket lieber selber. « Er sah aus dem Fenster, der Verkehr wurde dichter, Menschen drängten an ihrem Ford vorbei. »Am besten fahren wir jetzt etwas herum. Die Parkerei macht mich nervös.«

»Einverstanden.«

Wade fädelte sich in den Verkehr ein, Buchanan griff mit zitternder Hand nach hinten und zog einen wasserdichten Plastikbeutel aus der Gesäßtasche. »Hier – Ed Potters Reisepaß.«

Wade nahm den Beutel entgegen. »Ich kann Ihnen keine offizielle Empfangsbestätigung ausstellen. Habe keine Formulare bei mir.«

»Scheiß auf die Quittung. Reichen Sie Victor Grants Papiere rüber.«

Wade übergab ihm eine braune Brieftasche aus Leder.

Noch während Buchanan danach griff, spürte er, wie ihm Ed Potter entglitt und Victor Grant von seinem Bewußtsein Besitz ergriff. Schwach und alles andere als wach folgte er seiner Gewohnheit, seine neue Rolle mit Eigenschaften auszustatten. Erst öffnete er die Hülle und prüfte den Inhalt.

»Keine Sorge. Alles da«, beruhigte ihn Wade. »Einschließlich Touristenkarte.«

Buchanan nickte müde und runzelte dann die Stirn. »Ich habe in Cancún eine Menge lockere Fäden zurückgelassen. Hier sind meine Schlüssel. Sobald Sie wieder in Cancún sind, schließen Sie das Büro, das ich gemietet hatte. Sie kennen den Vermieter. Rufen Sie ihn an. Sagen Sie ihm, ich hätte das Geschäft aufgegeben. Den Rest der Miete kann er behalten. Die Schlüssel schicken Sie ihm, nachdem Sie meine Sachen rausgeholt haben.

Das gleiche gilt für meine Wohnung. Verwischen Sie überall meine Spuren. Sie wissen, wo ich mich in Acapulco, Puerto Vallarta und in den anderen Ferienorten aufgehalten habe. « Buchanans Kopf dröhnte. »Was wäre da noch? Fällt Ihnen etwas ein?«

»Ja. Die Kontaktleute, die Sie dort angeworben haben. Sie werden wissen wollen, was aus Ihnen geworden ist, also Fragen stellen ...«

Natürlich, dachte Buchanan. Warum ist mir das nicht eingefallen? Die Benommenheit ist schlimmer, als ich dachte. Ich muß mich mehr konzentrieren. »Kennen Sie alle toten Briefkästen, die ich benutzt habe?«

»Selbstverständlich. Schlage vor, ich hinterlasse für jeden Kontaktmann eine Nachricht mit einer Entschuldigung in Ihrem Namen – Ärger mit der Polizei und so. Dazu noch einmal Schmiergeld, großzügig, damit sie das Maul halten.«

Buchanan grübelte. »Ist das wirklich alles? Irgendwas fehlt noch ...«

»Wenn ja, dann weiß ich nicht, was.«

»Gepäck! Wenn ich das Ticket kaufe, habe ich keinen Koffer, und das fällt auf.«

Wade verließ den Paseo de Mayo und hielt in einer Nebenstraße. Die Geschäfte waren inzwischen geöffnet.

»Ich bin nicht kräftig genug, um etwas Schweres zu tragen. Achten Sie darauf, daß es ein Rollenkoffer ist.« Buchanan nannte Wade seine Größen. »Ich brauche Unterwäsche, Strümpfe, T-Shirts ...«

»Ja, das Übliche.« Wade stieg aus. »Kein Problem. Ich habe so was schon mal gemacht.«

Buchanan sah dem leicht übergewichtigen Mann im zitronengelben Poloshirt nach, der in der Menge verschwand. Dann verriegelte er die Tür und legte den Kopf zurück. Seine rechte Hand zitterte, sein ganzer Körper erschauerte. Das Fieber hat mich voll im Griff. Ich verliere die Kontrolle. Wade ist für dich lebenswichtig. Verärgere ihn nicht.

Mit den Füßen stieß Buchanan an die Tüte mit Pfannkuchen. Der Gedanke an Essen ließ Übelkeit in ihm aufsteigen. Nur noch ein paar Stunden, beruhigte er sich. Gib nicht auf. Du brauchst nur durch die Flughafenkontrolle zu kommen. Er zwang sich, noch etwas Orangensaft zu trinken. Die Säure drehte ihm den Magen um. Victor Grant, dachte er und begann, an einem Pfannkuchen zu knabbern. Victor Grant. Fort Lauderdale. Bootsbauer. Installiere Elektronik. Victor ...

Er fuhr zusammen, als Wade die Fahrertür aufschloß und einen Koffer auf den Rücksitz legte.

»Sie sehen furchtbar aus«, sagte er. »Ich habe Ihnen auch Toilettenartikel mitgebracht – Seife, Zahnpasta, kleinen Rasierapparat mit Batterie ...«

2

Sie fuhren zu einem Park, wo es einen öffentlichen Waschraum gab. Wade riegelte die Tür zu und stützte Buchanan, der zitternd über dem Waschbecken hing und sich rasierte, so gut er konnte. Er versuchte, sich das blutverkrustete Haar zu kämmen, aber viel Erfolg hatte er dabei nicht. Deshalb entschloß er sich, den blöden Strohhut aufzusetzen. Mit dem Wasser aus der Flasche putzte er sich die Zähne und fühlte sich danach etwas wohler. Er zog ein frisches Hemd und eine neue Hose an, und als sie wieder draußen standen, stopfte Buchanan die blutverschmierten und schmutzigen Sachen in den Müllcontainer. Da die Seiko-Uhr in seiner Vorstellung eng mit dem vergessenen Ed Potter verbunden war, tauschte er sie gegen Wades Timex. Alles half, ein Gefühl für die neue Identität zu entwickeln.

Es war elf Uhr.

»Wir müssen los«, sagte Wade.

Der kleine, trostlose Flughafen wollte nicht recht zu der großen und malerischen Stadt passen. Wade fand einen Parkplatz direkt vor dem flachen Terminal. »Ich trage Ihren Koffer nur bis zum Eingang ...«

»Verstehe.«

Buchanan sah sich unauffällig um. Keiner schien auf sie zu achten. Er gab sich Mühe, ganz normal zu gehen und keinerlei Schwäche zu verraten. Vor der Pendeltür schüttelte er Wade die Hand. »Vielen Dank. Ich weiß, ich war ein paarmal eklig. Tut mir leid.«

»Schon gut. Das war ja kein Beliebtheitswettbewerb.« Wade ließ Buchanans Hand nicht los. »Ihre Finger zucken noch ziemlich stark.«

»Nicht so schlimm.«

»Okay. Bis bald, Victor.« Er betonte den neuen Vornamen. »Guten Flug.«

»Das hoffe ich.«

Buchanan vergewisserte sich, ob der Umhang fest auf seiner rechten Schulter saß und den Verband verdeckte. Er packte die Zugschlaufe des Koffers und betrat das Flughafengebäude.

3

Einige Dinge mißfielen ihm sofort. Der Terminal war heiß, winzig und überfüllt. Jedermann, ein paar weiße Amerikaner ausgenommen, schien sich im Zeitlupentempo zu bewegen. Als einer der immer seltener werdenden schlanken Gringos fiel Buchanan auf; die Mexikaner musterten ihn, als er sich durch die beklemmende Menge langsam vorwärtsarbeitete. Das Anstehen in der Schlange am Ticketschalter der Aeroméxico nervte ihn. Es dauerte eine halbe Stunde, bevor er vor der attraktiven Dame am Schalter stand. Schreck durchfuhr ihn, als sie keine Reservierung für Victor Grant fand, aber schließlich erschien sein Name doch noch auf dem Bildschirm. Mit äußerster Sorgfalt fotokopierte sie seine Kreditkarte, bat ihn um eine Unterschrift und zog die Quittung ab.

»*Gracias.*« Beeil dich, dachte Buchanan. Seine Beine wurden immer wackliger.

Noch sorgfältiger betätigte sie die Computertasten und

wartete, bis der Drucker, der ebenfalls im Zeitlupentempo arbeitete, das Ticket ausspuckte.

Endlich hielt Buchanan es in der Hand, bedankte sich noch einmal und ging. Mit dem Koffer im Schlepp wühlte er sich durch die Menge und steuerte auf den Scanner der Sicherheitskontrolle zu. Mit aller Kraft hob er den Koffer auf das Fließband. Als er den Grenzpolizisten mit der Sonde passierte, geriet er aus dem Gleichgewicht, so daß er beinahe gegen einen Pfosten gestoßen wäre. Das Gerät reagierte nicht. Erleichtert, daß die Sicherheitsbeamten sich nicht für ihn interessierten, wuchtete er den Koffer am anderen Ende vom Band und schleppte sich wieder geduldig durch die Menge.

Bald geschafft, dachte er. Noch zwei Checks, und ich bin durch. Er stellte sich bei der Zollkontrolle an. In Mexiko war man in vielen Dingen lax, aber nicht, wenn es darum ging, die illegale Ausfuhr antiker Kunstgegenstände zu unterbinden.

Der hagere Zollbeamte zeigte auf Buchanans Koffer. »*Abralo* – öffnen.« Er wirkte bekümmert.

Buchanan kam der Aufforderung mit schmerzenden Muskeln nach.

Der Beamte wühlte in Buchanans Sachen, runzelte die Stirn, als er nichts Verdächtiges entdeckte, und entließ ihn mit einer Handbewegung.

Buchanan ging weiter. Nur noch ein Check, dachte er. Ausreisebehörde. Ich brauche nichts weiter zu tun, als meine Touristenkarte abzugeben und die Ausreisegebühr von fünfzehn Dollar zu entrichten – vorausgesetzt, daß dem Beamten mein Phantombild nicht vorliegt.

Hastig schob sich Buchanan durch das Gedränge und merkte plötzlich, daß die Konturen der Menschen um ihn herum zu verschwimmen begannen und seine Knie weich wurden. Er griff nach vorn, um sich irgendwo festzuhalten, doch da war kein Halt, und er fiel hin. Mit der rechten Schulter schlug er schwer auf den harten Boden auf. Durch den Schmerz bekam alles Verschwommene wieder scharfe Umrisse. Ein paar Leute blieben stehen, wollten ihm helfen, aber er kam von allein wieder auf die Beine. Während er seinen Umhang zurechtrückte, stellte er zu seiner Beruhigung fest, daß die Polizeibeamten, ganz damit beschäftigt, Touristenkarten einzusammeln und Ausreisegebühren zu kassieren, den Sturz offenbar nicht bemerkt hatten.

Buchanan näherte sich der Kontrolle und atmete erleichtert auf, als er am Schalter kein Phantombild aushängen sah. Er rieb die schweißnasse linke Hand an der Hose trokken, griff in die Hemdtasche und überreichte dem Beamten die gelbe Touristenkarte und die Ausreisegebühr. Der Mann nahm beides und würdigte ihn kaum eines Blickes. Auf einmal wurde er aufmerksam und hob stirnrunzelnd die Hand. »*Pasaporte, por favor* – den Paß bitte.«

Warum? dachte Buchanan erschrocken. Er hat mein Gesicht doch wohl nicht mit einem Phantombild verglichen? Aber wieso hält er mich sonst auf?

Buchanan reichte ihm mit der Linken den Reisepaß. Der Beamte schlug ihn auf, verglich die Fotografie mit Buchanans Gesicht, las das Signalement und sah ihn mißbilligend an.

»*Señor Grant, venga conmigo* – begleiten Sie mich.«

Buchanan setzte eine respektvoll-fragende Miene auf. »*Porqué?* Stimmt etwas nicht?«

Der andere deutete auf Buchanans rechte Schulter. Buchanan blickte hin und ließ sich trotz seiner Überraschung nichts anmerken.

Der Umhang war blutbefleckt. Was er als Schweiß empfunden hatte, war Blut, das ihm sogar aus dem Ärmel tropfte. Mein Gott, dachte er, als ich vorhin gestürzt bin, ist die Naht gerissen.

Der Beamte deutete auf eine Tür. »*Venga conmigo. Usted necesita un medico* – Sie brauchen einen Arzt.«

»*Es nada. No es importante* – nichts Ernstes«, sagte Buchanan. »Ich bin eben gestürzt. Eine kleine Verletzung. Das bringe ich in der Toilette in Ordnung und erreiche dann noch mein Flugzeug.«

Der Beamte griff mit der rechten Hand zum Pistolenhalfter und wiederholte in strengem Ton: »Kommen Sie mit.«

Buchanan folgte ihm zu einer Tür und tat, als sei es völlig normal, wenn einem das Blut von der Schulter lief. An Flucht war nicht zu denken, denn er war sicher, gefaßt zu werden, bevor er sich durch die Menge drängen und einen Ausgang erreichen konnte. Er mußte sich durch Dreistigkeit retten, bezweifelte jedoch, den Mann, wenn dieser erst die Wunde gesehen hatte, mit seiner erfundenen Erklärung überzeugen zu können. Er würde Fragen über Fragen beantworten müssen. Vermutlich war inzwischen auch das Phantombild eingetroffen. Eins stand fest: Die Maschine um zwölf Uhr fünfzig nach Miami würde ohne ihn starten. Schade, beinahe hätte es geklappt, dachte er.

4

In den USA ist ein Verdächtiger unschuldig, bis seine Schuld erwiesen ist. In Mexiko, das seine Rechtsprechung auf den Code Napoléon gründet, ist es umgekehrt: Ein Verdächtiger ist schuldig, bis seine Unschuld erwiesen ist. Gefangene werden nicht darüber informiert, daß sie das Recht zur Aussageverweigerung haben oder daß ihnen ein Anwalt zur Verfügung gestellt wird, falls sie sich keinen leisten können. Das Recht, innerhalb von zwei Tagen verhört zu werden, sowie ein Recht auf ein umgehendes Gerichtsverfahren gibt es nicht. Solche Anschauungen werden in Mexiko belächelt. Ein Gefangener hat keine Rechte.

Buchanan teilte einen muffigen, von Flöhen befallenen Käfig, sechs Meter lang und fünf Meter breit, mit zwanzig zerlumpten Gefangenen, meist wohl Dieben und Vagabunden. Um niemanden anzurempeln und darüber in Streit zu geraten, achtete Buchanan darauf, daß er sich nicht von der Stelle rührte. Die anderen schliefen eng beieinander im schmutzigen Stroh auf der Erde, er hockte an der Wand und döste, den Kopf auf den Knien. Solange wie möglich zögerte er die Benutzung eines Lochs in der Ecke hinaus, das als Toilette diente. Trotz seiner Benommenheit gab er sich Mühe, gegen einen möglichen Angriff auf der Hut zu sein. Als einziger *yanquí* war er ein bequemes Opfer. Uhr und Brieftasche waren ihm zwar abgenommen worden, doch seine Kleider und vor allem die Schuhe, besser als die der anderen Gefangenen, waren eine Versuchung.

Die meiste Zeit verbrachte Buchanan nicht in der Zelle, und die Übergriffe gingen nicht von den Mitgefangenen, sondern von den Wärtern aus. Auf dem Weg von der Zelle zum Verhör wurde er gestoßen und Treppen hinuntergeworfen. Während der Befragungen wurde er mit Stöcken traktiert und mit Gummischläuchen geschlagen, immer an Stellen, die von der Kleidung bedeckt waren, niemals ins Gesicht oder an den Kopf. Dennoch erlitt er Kopfverletzungen, als sie nämlich den Stuhl umstießen, an den er gefesselt war. Wenn ein Arzt die Schulter nicht noch einmal genäht und verbunden hätte, wäre er im Gefängnis von Mérida wahrscheinlich an Blutverlust und einer Infektion gestorben. Natürlich wurde der Arzt nicht aus Mitleid geholt, sondern einfach aus praktischen Erwägungen: Ein toter Mann kann keine Fragen beantworten. Buchanan war mit dieser Einstellung vertraut und wußte, daß die Inquisitoren, hatten sie die gewünschten Auskünfte einmal erhalten, sich nicht zu weiteren medizinischen Aufmerksamkeiten verpflichtet sahen.

Seine Weigerung, eine Aussage zu machen, wurde von drei Umständen begünstigt: Erstens bedienten sich seine Peiniger ungeschickter, brutaler Methoden, denen leichter zu widerstehen war als der gekonnten Anwendung von Elektroschocks kombiniert mit Wahrheitsdrogen. Zweitens neigte er in seinem geschwächten Zustand dazu, während der Folter ohnmächtig zu werden, was einer natürlichen Betäubung gleichkam. Und drittens hatte er eine vorgeschriebene Rolle zu spielen und einem Szenario zu folgen, das ihm sein Verhalten vorschrieb.

Die Grundregel lautete, daß er als Gefangener nie die Wahrheit gestehen durfte: Teilwahrheiten konnte er preisgeben, um darauf eine glaubhaftere Lüge aufzubauen. Die ganze Wahrheit war nicht erlaubt. Buchanans Geständnis, daß er in Notwehr drei Mexikaner getötet hatte, die nachweislich Drogenhändler waren, und als verdeckter Ermittler für eine geheime Abteilung der United States Army tätig war, hätte ihm zwar das Leben gerettet, doch hätte er davon nicht viel gehabt. Als Lehre für die USA, sich nicht in mexikanische Angelegenheiten einzumischen, hätte er eine sehr lange Gefängnisstrafe in Mexiko absitzen müssen. Wenn man die harten Bedingungen in mexikanischen Gefängnissen, vor allem für *yanquís,* berücksichtigte, dann würde das einem Todesurteil gleichkommen. Andererseits, wenn Mexiko ihn als Geste des guten Willens (und für Gegenleistungen) an die USA auslieferte, dann würden ihm seine Vorgesetzten das Leben zur Hölle machen, weil er seinen Vertrag gebrochen hatte.

5

»Sie sind also Victor Grant«, sagte der fette, schnauzbärtige Vernehmer mit dem öligen schwarzen Haar zu Buchanan. Sie befanden sich in einem kleinen, kahlen Raum, der außer einer Bank und einem Stuhl nichts enthielt. Aus dem Mund des rundgesichtigen, schwitzenden Beamten klang der Name Victor Grant wie ein Wort für Durchfall.

»Richtig.« Buchanans Kehle war so trocken, daß ihm die Stimme versagte, und sein Körper so dehydriert, daß er schon lange nicht mehr schwitzte. Das Seil, das ihn an den Stuhl fesselte, schnitt in die verletzte Schulter.

»Sprich spanisch, verdammt!«

»Aber ich kann nicht spanisch sprechen.« Buchanan holte Luft. »Wenigstens nicht besonders gut.« Er versuchte zu schlucken. In seiner neuen Rolle – das hatte er sich überlegt – sprach er kein Spanisch. Auf diese Weise konnte er stets so tun, als habe er die Fragen nicht verstanden.

»*Cabrón* – Hurensohn! Mit dem Beamten auf dem Flughafen hast du spanisch gesprochen.«

»Ja, das stimmt.« Buchanan ließ den Kopf hängen. »Aber nur ein paar Worte. Ein Spanisch für den Notfall.«

»Notfall?« fragte ein Wachtposten mit tiefer Stimme, der hinter ihm stand. Er packte ihn am Schopf und riß ihm den Kopf nach hinten. »Wenn wir dir die Haare nicht ausreißen sollen, sprichst du jetzt spanisch – sonst wird es ein Notfall.«

»*Un poco* – ein bißchen. Mehr kann ich nicht.«

»Warum hast du die drei Männer in Cancún getötet?«

»Wovon sprechen Sie? Ich habe niemanden getötet.«

Der Dicke in der durchgeschwitzten Uniform stieß sich von der Sitzbank hoch, watschelte näher und hielt Buchanan ein Phantombild unter die Nase.

»Kommt dir das bekannt vor?« knurrte er. »Mir schon. Es erinnert mich an dich. Wir haben einen Zeugen, sogar einen Landsmann von dir. Er hat gesehen, daß du die Männer getötet hast.«

»Tut mir leid, ich weiß nicht, wovon Sie reden.« Buchanan sah ihn feindselig an. »Das Bild ähnelt mir vielleicht, ein paar hunderttausend anderen Amerikanern aber auch.« Er gönnte seiner heiseren Stimme eine Pause. »Ich gebe zu, vor ein paar Tagen in Cancún gewesen zu sein. Aber von diesen Morden weiß ich nichts.«

»Du lügst!« Der Inquisitor holte mit einem Stück Gummischlauch aus und schlug Buchanan heftig auf den Bauch.

Buchanan stöhnte auf, konnte sich aber wegen des Seils, mit dem er an den Stuhl gefesselt war, nicht zusammenkrümmen. Hätte er nicht gesehen, wie der Mann den Schlauch schwang, er hätte dem Schmerz nicht durch Muskelanspannung begegnen können. Er tat, als sei der Hieb schmerzhafter gewesen, kniff die Augen zusammen und warf den Kopf zurück.

»Beleidige mich nicht!« schrie der Fettwanst. »Gib es zu! Du lügst!«

»Nein«, murmelte Buchanan. »Ihr Zeuge lügt. Wenn es einen Zeugen gibt. Wie wäre das möglich ? Ich habe niemanden getötet. Ich habe keine Ahnung von …«

Der Beamte hielt Buchanans Reisepaß hoch und wiederholte im gleichen verächtlichen Ton wie vorher: »Victor Grant.«

»Ja.«

»Sogar das Paßbild ähnelt dem Phantombild.«

»Das Phantombild taugt nichts«, widersprach Buchanan.

»Welchen Beruf hast du?« Der Schlauch tippte gegen den Verband an Buchanans Schulter.

Zusammenzuckend erzählte Buchanan seine Geschichte.

Das Klopfen verstärkte sich. »Und was hattest du in Mexiko zu tun?«

Buchanan nannte den Namen des Kunden, mit dem er angeblich gesprochen hatte. Die Wunde schwoll an, und bei jeder Berührung des Schlauchs wurden die Schmerzen schlimmer.

»Du behauptest also, du bist geschäftlich hier und nicht zum Vergnügen?«

»Ein Aufenthalt in Mexiko ist natürlich stets ein Vergnügen, stimmt's?« Buchanan sah auf den Schlauch, der nun härter zuschlug. Bald würde er wieder ohnmächtig werden.

»Warum hast du kein Geschäftsvisum?«

»Weil ich erst kurz vor der Reise erfuhr, daß der Kunde meinen Besuch erwartet. Die Ausstellung eines Geschäftsvisums braucht Zeit. Also habe ich eine Touristenkarte genommen. Das ist viel einfacher.«

Der Beamte stieß Buchanan mit dem Schlauchende unter das Kinn. »Du bist illegal nach Mexiko eingereist.«

»Erst beschuldigen Sie mich, drei Männer getötet zu haben.« Das Atmen fiel ihm immer schwerer. »Nun werfen Sie mir vor, daß ich kein Geschäftsvisum habe. Was kommt als nächstes? Werden Sie mir vorwerfen, daß ich auf Ihren Fußboden gepinkelt habe? Denn das muß ich tun, wenn ich nicht gleich auf die Toilette darf.«

Der Mann hinter ihm zerrte ihn wieder an den Haaren, so daß ihm Tränen in die Augen traten. »Du denkst wohl, das ist alles nicht ernst gemeint?«

»O nein. Glauben Sie mir. Ich weiß, das Sie es sehr ernst meinen.«

»Aber man merkt dir keine Furcht an.«

»Nicht? Ich fürchte mich aber sehr.«

Der Dicke strahlte zufrieden.

»Weil ich unschuldig bin, habe ich andererseits Wut im Bauch. Mir reicht's jetzt.« Jedes Wort kostete ihn große Anstrengung. »Ich möchte einen Anwalt sprechen.«

Der Vernehmer starrte ihn ungläubig an und brach schließlich in dröhnendes Gelächter aus, wobei sein Wanst wackelte. »Einen Anwalt?«

Auch der Wachtposten platzte los.

»*Un jurisconsulto?*« fragte der Beamte höhnisch. »Wozu?« Er schlug Buchanan mit dem Schlauch über die Schienbeine. »Ich habe dir schon gesagt, du brauchst keinen Anwalt, du brauchst einen Priester. Denn dir helfen jetzt nur noch Gebete.«

»Ich bin Bürger der Vereinigten Staaten von Amerika. Ich habe das Recht ...« Buchanan konnte sich nicht länger beherrschen. Seine Blase war bis zur Schmerzgrenze voll. Er mußte sich entleeren. Das warme Naß ergoß sich über den Stuhlsitz und tropfte auf den Boden.

»*Cochino* – Schwein!« Buchanan bekam einen Hieb auf die verletzte Schulter. Er wurde am Hemd gepackt und nach vorn gezerrt. Dabei kippte der Stuhl um und riß Buchanan mit.

Er schlug mit dem Gesicht auf den Betonboden. Er hörte noch, daß sein Peiniger auf spanisch nach einem Scheuerlappen rief. Der Gringo solle die Sauerei selber aufwischen. Doch Buchanan bezweifelte, daß er dazu in der Lage sein würde. Er bemerkte, daß sein Urin rot war. Sie haben mir innere Verletzungen zugefügt, ich habe Blut im Urin, dachte er.

»Weißt du, was ich glaube, Gringo? Ich glaube, du bist in Drogengeschäfte verwickelt. Du und die Männer, die du gekillt hast, ihr habt euch um Einnahmen gestritten. Ich ...« Die Stimme des Beamten wurde leiser und verhallte wie ein Echo. Buchanan war bewußtlos.

6

Buchanan saß wieder aufrecht, noch immer an den Stuhl gefesselt. Es dauerte geraume Zeit, bis er deutlich sehen konnte und sein Geist wieder aufnahmefähig war. Er konnte sich nicht vorstellen, wie lange er ohnmächtig gewesen war. Die Urinlache war verschwunden. Nicht einmal ein feuchter Fleck ist geblieben. Viel Zeit muß vergangen sein, schloß er. Doch meine Hose ist noch naß. Verdammt, sie haben mich einfach in einen anderen Raum geschleift. Sie wollen mein Gehirn manipulieren.

»Wir haben einen Freund herbestellt.«

»Endlich«, sagte Buchanan. »Mein Kunde kann meine Aussage bestätigen. Wir können die Sache aufklären.«

»Kunde? Habe ich Kunde gesagt?« Der Dicke öffnete die Tür, und flankiert von zwei Wachen trat ein großer Kerl mit breiten Schultern ein: Big Bob Bailey – in denselben Klamotten, mit denen er in das Restaurant des Club Internacional in Cancún gekommen war. Der Mann wirkte erschöpft, das unrasierte Gesicht war gerötet, aber nicht von Sonne oder Alkohol, sondern vor Aufregung.

Die Wachtposten stießen Bailey in den Raum und hielten ihn mit festem Griff an den Ellbogen. Er tappte unsicher voran.

Na, die haben dich ordentlich in die Mangel genommen, seit sie dich am Strand festgenommen haben, dachte Buchanan. Sie haben jede kleine Information aus dir herausgepreßt, und da sie dir übel mitgespielt haben, bestärkt dich das, bei deiner Geschichte zu bleiben.

Der Vernehmer drückte Buchanans Gesicht mit dem Schlauchende nach oben. »Ist das der Mann, den Sie in Cancún gesehen haben?«

Bailey zögerte.

»Antworten Sie.«

»Ich ...« Bailey fuhr sich mit zittriger Gebärde über den Bürstenschnitt. »Könnte sein.« Seine Stimme war heiser, er roch nach Zigarettenqualm.

»Könnte sein?« Der Beamte zeigte ihm das Phantombild.

»Als sie der Polizei dabei geholfen haben, muß Ihre Beschreibung ganz eindeutig gewesen sein.«

»Na ja, aber ...«

»Aber?«

Bailey räusperte sich. »Ich hatte getrunken. Mein Verstand war wohl nicht ganz klar.«

»Sind Sie jetzt nüchtern?«

»Ja, leider ganz nüchtern.«

»Dann müßte Ihr Verstand wieder klar sein. Ist das der Mann, der drei Männer am Strand hinter dem Hotel erschossen hat?«

»Moment mal. Ich habe nicht gesehen, wie jemand erschossen wurde. Ich habe bei der Polizei in Cancún lediglich ausgesagt, daß ich einen Bekannten mit drei Mexikanern gesehen habe. Es war dunkel. Schüsse fielen. Ich bin in Deckung gegangen. Ich weiß nicht, wer wen erschossen hat, aber mein Bekannter hat es überlebt und ist weggerannt.«

»Logisch, daß der Überlebende für den Tod der anderen verantwortlich ist.«

»Ich bin nicht sicher.« Bailey fuhr sich mit der Pranke ungeschickt über den Nacken. »Ein amerikanisches Gericht würde sich dieser Logik nicht anschließen.«

»Wir sind hier in Mexiko. Ist das der Mann, der weggerannt ist?«

Bailey kniff die Augen zusammen. »Er hat jetzt andere Sachen an. Sein Haar ist blutverschmiert, sein Gesicht schmutzig. Er hat aufgeplatzte Lippen. Er ist unrasiert und sieht alles in allem mies aus. Er ähnelt meinem Bekannten höchstens.«

»Ähnelt nur? Können Sie das nicht genauer sagen, Señor Bailey? Denn je eher wir das klären, desto früher können Sie in Ihr Hotel zurückkehren.«

»Okay. Ich glaube, ja, er ist mein Bekannter.«

»Das stimmt nicht. Ich habe den Mann in meinem ganzen Leben nie gesehen.«

»Er behauptet, er hat dich in Kuwait und im Irak getroffen. Während des Golfkriegs.«

»Was für ein Unsinn!« Die Schmerzen in Buchanans Unterleib wurden stärker. Er biß sich auf die Lippen und fuhr gequält fort: »Und dann soll er mir in Cancún rein zufällig über den Weg gelaufen sein? Hören Sie, ich war nie in Kuwait oder im Irak, und ich kann es beweisen. Sie brauchen bloß die Stempel in meinem Paß zu prüfen. Der Kerl kennt sicher nicht mal meinen Namen.«

»Jim Crawford«, sagte Bailey wütend. »Aber Sie haben mich belogen. Sie haben gesagt, Sie heißen Ed Potter.«

»Jim Crawford? Ed Potter? Was soll das? Weiß dieser Kerl nicht einmal, daß ich Victor Grant heiße? Zeigen Sie ihm meinen Paß. Ich bin nicht der, für den er mich hält, und über die drei ermordeten Männer weiß ich auch nichts.«

»Meine Kollegen in Cancún ermitteln gegen einen Ed Potter. Angenommen, du hast Señor Bailey nicht angelogen, dann hast du dort Spuren hinterlassen. Irgendwo hast du gewohnt, hast deine Sachen untergebracht. Du mußt irgendwo geschlafen haben. Das kriegen wir heraus. Es gibt Leute, die dich dort getroffen haben. Diese Leute stellen wir dir gegenüber, und sie werden dich als Ed Potter identifizieren und Señor Baileys Aussage bestätigen.« Der Beamte bedrohte Buchanan wieder mit dem Schlauch. »Und dann wirst du uns erklären, warum du die drei Männer erschossen hast, einen Paß mit anderem Namen besitzt, und warum du so viele Namen benutzt.«

»Sollen sie ermitteln«, sagte Buchanan. »Sie können meinetwegen gegen Ed Potter ermitteln, wer immer er sein mag. Ich mache mir darüber keine Sorgen. Denn dieser Mann bin ich nicht. Das Schlimme ist nur, daß Sie Ihre Zeit vergeuden, während Sie mich hier zusammenschlagen. Aber Sie werden Ihr Ziel nicht erreichen, denn ich schwöre Ihnen, ich gestehe nichts, was ich nicht getan habe.« Er warf dem massigen, nervösen Texaner einen wütenden Blick zu. »Wie hat der Bulle Sie genannt? Bailey?«

Bailey verlor die Geduld. »Crawford, Sie wissen verdammt gut, daß Ihr Name ...«

»Hören Sie auf, mich Crawford zu nennen. Oder Potter. Sie haben einen großen Fehler begangen, und wenn Ihr Gedächtnis nicht besser wird ...«

Buchanan konnte abermals den Druck in der Blase nicht länger aushalten und wollte es auch nicht. Ihm fiel eine neue taktische Variante ein. Er ließ den Urin laufen und brauchte nicht hinzusehen, um zu wissen, daß er rot war.

Denn Bailey erbleichte, bedeckte den Mund mit der Hand und stotterte:

»Mein Gott ... Sehen Sie ... Er ... Er ist ...«

»Ja, Bailey, sehen Sie sich das genau an. Sie haben mich so in die Mangel genommen, daß innen etwas verletzt wurde. Und Sie tragen die Verantwortung, wenn sie mich umbringen, bevor sie merken, daß Sie sich geirrt haben.«

Bailey wurde noch bleicher.

»Dich umbringen? Das ist lächerlich«, unterbrach ihn der Beamte. »Offenbar hast du nicht nur an der Schulter und am Kopf Verletzungen. Das habe ich nicht gewußt. Sobald Señor Bailey dieses Dokument unterschrieben und dich identifiziert hat, kann er gehen, und ich lasse einen Arzt holen.«

Er schob Bailey einen Kugelschreiber und eine maschinengeschriebene Erklärung hin.

»Na los, unterschreiben Sie«, sagte Buchanan. »Und dann beten Sie, daß die Polizei den Irrtum merkt, bevor ich noch mehr geschlagen werde und soviel Blut verliere, daß ... Wenn sie mich umbringen, sind Sie der nächste.«

»Wieso?« fragte Bailey. »Was soll das heißen?«

»Seien Sie nicht blöde, Bailey. Überlegen Sie mal. Man wird Ihnen die Schuld geben. Es geht dann um den Tod eines amerikanischen Bürgers in einem mexikanischen Gefängnis. Meine Leiche wird nicht aufzufinden sein. Über meine Verhaftung gibt es keine Aufzeichnungen. Und der einzige, der die Wahrheit aufdecken könnte, sind Sie.«

Bailey sah den Beamten ratlos und entsetzt an.

Dieser packte ihn am Arm. »Der Gefangene fantasiert natürlich. Wir müssen ihn ausruhen lassen. Sie unterschreiben das Dokument im Vorzimmer, und ich kümmere mich inzwischen um einen Arzt.«

Zögernd ließ sich Bailey zur Tür schieben.

»Klar«, sagte Buchanan, »einen Arzt. Dabei meint er nur weitere Schläge mit dem Schlauch, weil ich Ihnen erklärt habe, wie schlimm Sie dran sind. Denken Sie nach, Bailey. Sie haben zugegeben, betrunken gewesen zu sein. Warum geben Sie nicht zu, daß ich höchstwahrscheinlich nicht der Mann bin, den Sie in Cancún gesehen haben?«

»Genug jetzt.« Der Beamte bohrte Buchanan den Schlauch in die Schulter. »Jeder Narr sieht, daß du schuldig bist. Wie erklärt sich sonst deine Schußwunde?«

»Es ist keine Schußwunde.« Buchanan sprach mit zusammengebissenen Zähnen.

»Aber der Arzt hat gesagt ...«

»Woher will der das wissen? Er hat die Wunde nicht untersucht. Er hat sie bloß wieder zugenäht.« Buchanan verzog das Gesicht. »Ich wiederhole nochmals: Ich habe mir die beiden Verletzungen bei einer Bootsfahrt zugezogen. Ich bin beim Auslaufen aus dem Hafen besoffen von der Jacht meines Kunden gefallen. Mit dem Kopf bin ich an den Rumpf geschlagen ... Eine der Schrauben hat die Schulter gestreift ... Glücklicherweise habe ich überlebt.«

»Alles erlogen.«

»Na schön, beweisen Sie es. Beweisen Sie, daß ich lüge. Um Himmels willen, tun Sie, worum ich gebeten habe. Holen Sie meinen Kunden her, fragen Sie ihn, ob er mich kennt. Fragen Sie ihn, ob er meine Verletzungen erklären kann.«

»Ja, der Vorschlag ist gar nicht schlecht«, sagte Bailey. »Ich glaube ja bloß, daß er dem Mann, den ich kenne, ähnlich sieht.« Nachdenklich rieb sich Bailey mit der großen schwieligen Hand über die Bartstoppeln. »Nun bin ich nicht mehr so sicher. Ich brauche Zeit zum Nachdenken. Die Sache ist ziemlich ernst.«

»Jeder macht mal einen Fehler«, sagte Buchanan. »Ihr Wort gegen meins. Darauf läuft es hinaus. Bis mein Kunde seine Aussage macht.«

Bailey fixierte die Urinpfütze auf dem Boden. »Ich unterschreib' nichts. Der Kunde, von dem er spricht, wäre doch der viel bessere Zeuge. Holen Sie den her!«

»Charles Maxwell. Seine Jacht hat in der Nähe des Columbus-Kais in Cancún festgemacht.« Buchanan frohlockte im stillen. Dann überließ er sich seinem Schwindelgefühl.

Er hatte getan, was er konnte. Nachdem er zusammengesackt war, drang noch eine Weile der erregte Wortwechsel zwischen dem Beamten und Big Bob Bailey an sein Ohr.

7

Er wurde in die Zelle zurückgebracht. Als er hineinwankte und sich bemühte, die anderen Gefangenen nicht anzustoßen, fielen ihm unbekannte Gesichter auf. Müde stellte er Vermutungen darüber an. Neue Betrunkene waren anstelle der ausgenüchterten aufgenommen worden; nur Diebe und andere Halunken wurden länger festgehalten und irgendwann vor Gericht gestellt. Er ahnte, daß es aufgrund seines geschwächten Zustands nicht lange dauern würde, bis die Räuber über ihn herfielen. Er fand einen Platz an der Wand und ließ sich nieder, bemüht, wach zu bleiben; er erwiderte ihre feindseligen Blicke, verbarg die Schmerzen und überlegte, wie er sich am besten verteidigen sollte. Doch bevor er sich für eine der möglichen Taktiken entschieden hatte, wurde die Zelle aufgeschlossen und zwei Wachtposten forderten ihn auf mitzukommen.

Sie brachten ihn nicht in das Vernehmungszimmer, sondern in einen Teil des Gefängnisses, den er nicht kannte. Die Wachen stießen eine Tür auf, und Buchanan riß erstaunt die Augen auf. Er hatte seinen Peiniger erwartet, aber er stand vor einem Waschbecken und einer Dusche. Ihm wurde befohlen, sich auszuziehen, zu duschen und sich zu rasieren. Auf einem Stuhl lagen ein weißes Baumwollhemd, eine Hose und ein Paar Gummisandalen bereit. Gern gehorchte er. Das kalte Wasser frischte seine nachlassenden Kräfte auf. Die Posten hielten Wache. Nachdem Buchanan sich angezogen hatte, erschien ein anderer, dritter Wächter und stellte ein Tablett auf das Waschbecken. Zu Buchanans Erstaunen stand ein Teller mit aufgewärmten Bohnen und Tortillas darauf, die erste warme Nahrung, die ihm seit seiner Einlieferung angeboten wurde. Schwäche und Schmerzen hatten sein Hungergefühl unterdrückt, und so griff er unwillkürlich zu etwas anderem: einer Flasche Trinkwasser. Gierig öffnete er den Verschluß und trank in großen Schlucken. Nicht zuviel, ermahnte er sich. Es könnte dich krankmachen.

Er sah die Speisen an, deren Duft ihn teils anzog, teils abstieß. Sie könnten vergiftet sein, dachte er, die Dusche und die sauberen Kleider sind vielleicht ein Trick, damit ich mein Mißtrauen ablege und die Nahrung annehme. Doch ich muß das Risiko eingehen. Es dauerte lange, bevor er den ersten Löffel Bohnen hinunterschluckte. Da sein Magen sich nicht auflehnte, trank er noch etwas Wasser und biß von einer Tortilla ab.

Er konnte die Mahlzeit nicht beenden. Ein weiterer Wachtposten erschien und führte ihn mit steinerner Miene an der überfüllten Gemeinschaftszelle vorbei zu den Vernehmungsräumen. Warum? fragte sich Buchanan. Warum durfte ich mich waschen und etwas essen, wenn sie doch nur vorhaben, mich wieder mit dem Schlauch zu traktieren?

Der Raum, zu dem Buchanan gebracht wurde, war für ihn neu, der Mann hinter dem Schreibtisch nicht. Es war der fette Vernehmer mit dem dicken Schnauzbart. Ihm gegenüber saß ein Amerikaner, Mitte Vierzig, mittelgroß, mit vorstehendem Kinn, zusammengekniffenen Lippen, schmaler Nase und dichten, dunklen Augenbrauen, die sich gegen die schütteren, von der Sonne ausgebleichten Haare abhoben. Er war braungebrannt und trug einen teuren, dunkelblauen Anzug. Vornehm. Imponierend. Ein Mann, den man gern als Verbündeten hätte.

Buchanan hatte keine Ahnung, wer der Besucher war. Er wagte nicht zu glauben, daß der dicke Beamte auf seine Forderung eingegangen war und Charles Maxwell, seinen angeblichen Kunden, benachrichtigt hatte. Zwar hatte Wade dieses Alibi im letzten Augenblick arrangiert, doch Buchanan zweifelte nicht, daß dieser Maxwell seine Aussage voll und ganz bestätigen würde. Was aber, wenn der Vernehmer sich einen Amerikaner besorgt hatte, der nur als Maxwell auftrat? War es möglich, daß er Buchanan dazu bringen wollte, den Amerikaner als vermeintlichen Bekannten zu begrüßen und damit Buchanan als Lügner zu entlarven?

Erwartungsvoll erhob sich der Amerikaner.

Buchanan mußte reagieren, er konnte nicht einfach vor sich hinstarren. Er seufzte, ging auf den Amerikaner zu und legte ihm die Hand auf die Schulter.

»Schön, daß Sie gekommen sind!«

Es war eine wohlüberlegte Begrüßung, die sich sowohl auf Maxwell als auch auf einen ihm unbekannten Amerikaner beziehen konnte. Schlaff ließ er sich auf einen Stuhl neben dem ramponierten Schreibtisch fallen. Die Spannung verstärkte seine Schmerzen.

»Selbstverständlich bin ich sofort gekommen«, sagte der Amerikaner.

Das deutete zwar auf eine enge Beziehung zwischen dem Amerikaner und Buchanan hin, war aber für Buchanan nicht eindeutig genug, seinen Besucher als Charles Maxwell zu behandeln. Mach schon, gib mir ein Zeichen. Gib mir zu verstehen, wer du bist.

»Was ich hörte, hat mich beunruhigt«, fuhr der Amerikaner fort. »Ich muß zugeben, Sie sind in besserer Verfassung, als ich befürchtete, Mr. Grant.«

Mr. Grant? dachte Buchanan.

»O ja, hier fühlt man sich wie in einem richtigen Country Club«, sagte Buchanan.

»Es war bestimmt schrecklich für Sie.« Der Amerikaner sprach mit tiefer Stimme. »Doch das ist nun vorbei.« Er reichte Buchanan die Hand. »Ich bin Garson Woodfield. Von der amerikanischen Botschaft. Ihr Freund Robert Bailey hat uns angerufen.«

Der fette Beamte war sauer.

»Bailey ist nicht mein Freund«, sagte Buchanan betont. »Hier habe ich ihn zum erstenmal getroffen. Er hat die fixe Idee, daß er mich in Cancún gesehen hat und mich bereits zuvor in Kuwait kennenlernte. Es ist im Grunde seine Schuld, daß ich in der Tinte sitze.«

Woodfield zuckte die Achseln. »Nun, anscheinend will er alles wiedergutmachen. Auch Charles Maxwell hat er angerufen.«

»Einer meiner Kunden. Meine Hoffnung war, daß er herkommt.«

»Wie Sie wissen, hat Mr. Maxwell großen Einfluß. Er ging jedoch davon aus, daß es unter den gegebenen Umständen das beste wäre, den Botschafter anzurufen und zu ersuchen, dieses Problem durch offizielle Intervention zu lösen.« Woodfield betrachtete eingehend Buchanans Gesicht. »Sie haben aufgeplatzte Lippen. Und einen blauen Fleck am Kinn.« Nachdenklich wandte er sich an den Beamten. »Dieser Mann ist geschlagen worden.«

Der Fettwanst reagierte beleidigt. »Geschlagen? Unsinn. Als er herkam, war er aufgrund seiner Verletzungen so wackelig auf den Beinen, daß er eine Treppe hinuntergefallen ist.«

Woodfield erwartete von Buchanan ein Dementi. Doch der bestätigte:

»Mir wurde schwindelig, und ich ließ das Treppengeländer los.«

Woodfield war überrascht, der Beamte verdutzt.

»Wurden Sie bedroht, damit Sie nichts über die Behandlung hier sagen?« fragte Woodfield.

»Sie sind nicht gerade sanft mit mir umgegangen«, antwortete Buchanan, »aber bedroht haben sie mich nicht.«

»Robert Bailey behauptet, Sie seien an einen Stuhl gefesselt worden«, fuhr Woodfield fort.

Buchanan nickte.

»Und mit einem Schlauch geschlagen worden.«

Buchanan nickte wieder.

»Und Sie haben Blut im Urin.«

»Stimmt.«

»Sie wissen, daß ich im Fall nachgewiesener Mißhandlung diplomatische Maßnahmen ergreifen könnte, um Ihre Freilassung zu erwirken.«

»Der Herr hier glaubt, ich hätte drei Männer getötet. Was er mit mir angestellt hat, um ein Geständnis zu erpressen, ist von seinem Standpunkt aus verständlich. Aber er hat mir nicht erlaubt, meine Unschuld zu beweisen – darüber bin ich empört. Er wollte meinen Kunden, meinen Entlastungszeugen, nicht kommen lassen.«

»Darum haben wir uns gekümmert«, sagte Woodfield. »Ich habe hier eine Erklärung« – er zog sie aus der Aktentasche – »aus der hervorgeht, daß Mr. Victor Grant sich zum Zeitpunkt der Morde auf Mr. Maxwells Jacht aufhielt. Sie haben eindeutig den falschen Mann verhaftet, Señor!«

»Für mich ist das nicht eindeutig.« Das Doppelkinn des Dicken wabbelte entrüstet. »Ich habe einen Zeugen, der diesen Mann am Tatort gesehen hat.«

»Messen Sie etwa Mr. Baileys Wort mehr Gewicht bei als der Erklärung eines so angesehenen Mannes wie Mr. Maxwell?«

»Wir sind in Mexiko. Hier sind alle gleich.« Der Beamte ließ wütend die Augen blitzen.

»Ja. Genau wie bei uns.« Woodfield sprach jetzt zu Buchanan. »Mr. Maxwell bat mich, Ihnen diesen Brief zu überreichen.« Er holte ihn aus der Aktentasche und gab ihn Buchanan. »Inzwischen möchte ich einmal Ihren Waschraum benutzen.«

»Oh, die Toilette. *Sí.*« Der Beamte quälte den massigen Leib aus dem Stuhl, öffnete die Tür und wies einen Posten an, Mr. Woodfield zum *sanitario* zu begleiten.

Buchanan las den Brief.

Vic,
tut mir leid, daß ich nicht selber kommen konnte. Ich komme, wenn es nötig ist, aber erst sollten wir andere Möglichkeiten ausschöpfen. Schauen Sie mal in die Kameratasche, die Woodfield bei sich hat. Falls der Inhalt nach Ihrer Meinung etwas nützt, dann versuchen Sie es. Hoffe, Sie bald wieder in den Staaten zu sehen.

Chuck

Neben Woodfields Stuhl stand die graue Kameratasche aus Nylon.

Der Vernehmer war neugierig auf den Brief. »Sie haben die Schläge verschwiegen. Warum?« Er trat näher.

»Ganz einfach. Ich möchte, daß wir Freunde sind.«

»Warum?«

»Weil ich ohne Ihre Hilfe hier nicht rauskomme. Woodfield kann Ihnen bei Ihren Vorgesetzten und bei Politikern großen Ärger machen. Dennoch würde ich vielleicht erst nach der Entscheidung eines Richters entlassen, und bis dahin bin ich Ihnen ausgeliefert.« Buchanan machte eine Pause und gab sich Mühe, erschöpft auszusehen. »Manchmal passieren schlimme Unfälle im Gefängnis. Manchmal stirbt ein Gefangener, bevor ein Richter dazu kommt, ihn anzuhören.«

Buchanan deutete auf die Kameratasche. »Darf ich?«

Der Dicke nickte.

Buchanan stellte sich die Tasche auf die Knie. »Ich bin unschuldig. Bailey ist ein Wirrkopf. Er weiß nicht mehr, wen er gesehen hat. Mein Paß beweist, daß ich ein anderer bin. Mein Kunde bezeugt, daß ich nicht am Tatort war. Sie aber haben viel Zeit und Mühe in Ihre Ermittlungen investiert. Mir, an Ihrer Stelle, wäre es auch nicht recht, meine Energie vergeudet zu haben. Die Regierung zahlt Ihnen für all Ihre Mühe nicht genug.« Buchanan öffnete die Tasche und legte den Inhalt auf den Schreibtisch. Es waren ordentliche Stapel benutzter amerikanischer Zehndollarscheine. Buchanan durchblätterte eines der Bündel.

»Das sind insgesamt zehntausend Dollar.« Buchanan legte die Scheine in die Tasche zurück. »Mißverstehen Sie mich nicht. Ich bin kein reicher Mann. Ich arbeite hart, genau wie Sie, und soviel Geld hab ich nicht flüssig. Es gehört einem meiner Kunden. Er leiht es mir, damit ich meine Rechtsanwaltkosten bezahlen kann. Aber ich sehe nicht ein, warum ein Anwalt es kriegen soll, wenn ich doch unschuldig bin und er nicht viel zu tun braucht, um mich freizubekommen.«

Buchanan warf einen Blick zur Tür.

»Woodfield kommt gleich zurück. Warum tun Sie uns beiden nicht den Gefallen, nehmen das Geld und lassen mich frei?«

Der Dicke trommelte mit den Fingern auf den Schreibtisch.

»Ich schwöre Ihnen: Ich habe niemanden getötet«, half ihm Buchanan beim Überlegen.

Mit Bedacht öffnete der zurückkehrende Woodfield die Tür ganz langsam und ließ dem Vernehmer Zeit, die Banknotenbündel in seiner Schublade verschwinden zu lassen. Erst dann trat er ein.

»Es würde in der Tat aller Gerechtigkeit hohnsprechen, wenn wir den Fall weiterverfolgen würden«, sagte der dikke Beamte. »Señor Grant, Sie erhalten Ihren Paß und Ihr Eigentum zurück. Sie sind frei.«

8

»Man sieht, daß Sie einen Arzt brauchen«, sagte Woodfield.

Sie verließen das Gefängnis und überquerten eine staubige Straße. Unter einer Palme war eine schwarze Limousine geparkt.

»Ich kenne in Mérida einen ausgezeichneten Arzt«, fuhr Woodfield fort. »Ich bringe Sie gleich hin.«

»Nein.«

»Aber hören Sie ...«

»Nein«, wiederholte Buchanan. Nach dem langen Aufenthalt im Gefängnis blendete ihn die grelle Sonne, was die Kopfschmerzen verschlimmerte. »Ich will unbedingt raus aus Mexiko.«

»Je länger Sie den Arztbesuch hinausschieben ...«

An der Limousine angekommen, wandte sich Buchanan um. Er wußte nicht, wie gut der Diplomat Bescheid wußte. Wahrscheinlich gar nicht.

»Ich gehe zum Arzt, sobald ich mich sicher fühle. Ich kann noch immer nicht glauben, daß ich frei bin. Ich glaube es erst richtig, wenn ich im Flugzeug nach Miami sitze. Dieser Trottel könnte es sich anders überlegen und mich wieder einsperren.«

Woodfield legte Buchanans Koffer in den Kofferraum. »Diese Gefahr besteht doch wohl nicht.«

»Trotzdem. Am besten bringen Sie mich zum Flughafen.«

»Sind Sie sicher, daß Sie den Flug durchhalten?«

»Das muß ich.« Buchanan befürchtete, daß die Polizei in Cancún seine frühere Identität überprüfte. Er mußte Mexiko schleunigst verlassen.

»Ich rufe den Flughafen an und versuche, für die nächste Maschine einen Platz zu buchen.«

»Danke.« Mechanisch überblickte Buchanan die Straße, die Fußgänger, den Verkehr. Er erstarrte, als er in einiger Entfernung im Gedränge auf dem Bürgersteig eine Frau bemerkte, die gerade fotografierte. Offenbar eine Amerikanerin: Ende Zwanzig, rothaarig, gute Figur. Sie trug eine beigefarbene Hose und eine gelbe Bluse. Buchanan fiel sie jedoch nicht wegen ihrer Nationalität oder ihrer Haarfarbe oder ihres Aussehens auf.

»Einen Augenblick«, sagte er zu Woodfield und ging schnell auf die Frau zu. Kaum sah sie ihn näherkommen, nahm sie die Kamera vom Gesicht, machte kehrt und verschwand um die Ecke. Die unerträgliche Hitze schwächte Buchanan. Schwankend blieb er stehen.

»Was ist los?« fragte Woodfield.

Buchanan schüttelte den Kopf.

»Ich dachte eben, Sie wollten abhauen.«

Buchanan blickte noch einmal zur Ecke und öffnete die Wagentür. »Ja, mit Ihnen. Schnell. Zu einem Telefon. Buchen Sie für mich Miami.«

Auf der ganzen Strecke zum Flughafen grübelte Buchanan über die rothaarige Dame nach. Warum hatte sie ihn fotografiert? War sie einfach eine Touristin und er zufällig im Schußfeld vor einem malerischen Gebäude? Vielleicht. Wenn ja, warum war sie davongelaufen, als er auf sie zusteuerte? Zufall? Wenn Sie keine Touristin war, was war sie dann? Ihm blieb nur ein Trost. Als sie die Kamera herunternahm, hatte er sich ihr Gesicht eingeprägt.

Und daran würde er sich immer erinnern.

9

Acapulco, Mexiko

Unter den zahlreichen Jachten in der berühmten Bucht des Ferienorts war es eine besonders große, die Esteban Delgados Aufmerksamkeit auf sich lenkte. Ihr leuchtendes Weiß hob sich eindrucksvoll vom schimmernden Blaugrün des Pazifiks ab. Sie war schätzungsweise sechzig Meter lang und hatte drei Decks; auf dem obersten war ein Helikopter festgezurrt. Das Schiff kam Delgado unheimlich bekannt vor. Er hätte schwören können, daß diese Jacht mit der seiner schlaflosen Nächte identisch war, mit dem Schiff seines Feindes, das in seinen Alpträumen eine so große Rolle spielte. Es war unwichtig, daß sie unterschiedliche Namen trugen. Delgado hatte in seinem Verfolgungswahn schon das Stadium erreicht, wo er den Verdacht hegte, der Name sei verändert worden, um ihm Angst einzujagen. Sein Assistent hingegen hatte nicht oft genug beteuern können, daß die ›Poseidon‹ seit dem Nachmittag mit Delgados Feind an Bord von den Jungferninseln weg mit Kurs auf Miami segelte.

Trotzdem konnte er, am Panoramafenster seiner Villa stehend, sich nicht beruhigen. Er achtete nicht auf die Musik, das Lachen und den Partytrubel unten am Pool. Er achtete nicht auf die vielen schönen Frauen. Sein Blick war einzig auf die Jacht gerichtet, die jener anderen glich; nur sie beschäftigte ihn – und das Geheimnis von der Macht seines Feindes über ihn.

Was ihn schließlich ablenkte, war eine dunkle, im Sonnenlicht glänzende Limousine. Sie erschien auf der ansteigenden Straße und passierte nun das Tor und die Wachtposten. Ihm war trotz der leistungsfähigen Klimaanlage heiß. In letzter Zeit waren ihm leise, besorgte Bemerkungen über sein Aussehen zu Ohren gekommen, über den Gewichtsverlust während der vergangenen Monate, den lockeren Sitz seiner maßgeschneiderten Anzüge. Seine Mitarbeiter hegten den Verdacht, daß der Gewichtsverlust auf eine Krankheit – Gerüchte sprachen von Aids – zurückzuführen sei, aber das traf nicht zu.

Schuld waren die Qualen der Ungewißheit.

Ein Klopfen an der Tür störte ihn auf und riß ihn in die Gegenwart zurück. »Was gibt es?«

»Ihr Gast ist eingetroffen, Señor Delgado«, antwortete die heisere Stimme des Leibwächters vor der Tür.

Delgado wischte sich die klebrigen Hände an einem Tuch der Hausbar ab und wappnete sich mit der offiziösen Miene des zweitmächtigsten Mannes der mexikanischen Regierung. »Führen Sie ihn herein.«

Die Tür öffnete sich, und der finstere Leibwächter ließ einen etwas kurz geratenen Herrn mit beginnender Glatze eintreten. Er war nicht ganz fünfzig Jahre alt und trug einen bescheidenen, ungebügelten Straßenanzug. Er hatte eine abgenutzte Aktentasche bei sich, rückte seine Brille zurecht und wirkte, nachdem die Tür wieder geschlossen war, noch unsicherer.

»Professor Guerrero, ich bin sehr erfreut, daß Sie kommen konnten.« Delgado durchquerte den Raum und schüttelte ihm die Hand. »Willkommen. Wie war der Flug von der Hauptstadt?«

»Gott sei Dank ohne Zwischenfälle.« Der Professor wischte sich die nasse Stirn mit einem Taschentuch. »Ich fühle mich in der Luft nie wohl.«

»Darf ich Ihnen etwas zu trinken anbieten?«

»Vielen Dank, Señor, lieber nicht. Ich bin es nicht gewohnt, so früh am Nachmittag zu trinken.«

»Unsinn. Was möchten Sie gern? Tequila? Rum? Ich habe ausgezeichneten Rum.«

Professor Guerrero ließ sich von der Macht des Mannes, der ihn herbestellt hatte, überreden. Delgados offizieller Titel lautete Innenminister, doch dieser einflußreiche Posten im Kabinett des Präsidenten sagte nichts über den noch größeren Einfluß aus, den er als engster Freund und Berater des Staatsoberhaupts besaß. Delgado war sein Wahlmanager gewesen, und es galt allgemein als sicher, daß der Präsident Delgado zu seinem Nachfolger bestimmt hatte.

Delgado wußte, daß ihm all das und die hohen, mit dem Amt des Präsidenten verbundenen Bestechungs- und

Schmiergelder entgehen würden, wenn er nicht tat, was ihm befohlen wurde. Denn in dem Fall würde der Erpresser Delgados Geheimnis preisgeben und ihn ans Messer liefern. Das mußte um jeden Preis verhindert werden.

»Gut«, sagte Professor Guerrero, »wenn Sie darauf bestehen. Rum mit Cola.«

»Ich glaube, da schließe ich mich Ihnen an.« Als er die Drinks mixte und sich dabei wie ein Mann des Volkes aufführte, der keinen Diener braucht, deutete er mit dem Kopf auf die lärmende Party am Pool. »Später können wir uns der Gesellschaft anschließen. Sie haben doch bestimmt nichts dagegen, den Straßenanzug gegen eine Badehose zu vertauschen – und ein paar schöne Frauen kennenzulernen?«

Professor Guerrero blickte unbehaglich auf seinen Ehering. »Eigentlich habe ich nicht viel für Partys übrig.«

»Sie müssen ausspannen.« Delgado stellte die beschlagenen Gläser auf ein Glastischchen und bot Guerrero einen Plüschsessel an. »Sie arbeiten zuviel.«

Der Professor setzte sich steif. »Leider reichen unsere Mittel nicht aus, um mehr Leute zu beschäftigen und meine Aufgaben zu reduzieren.« Er brauchte nicht zu erklären, daß er Direktor des mexikanischen Nationalinstituts für Archäologie und Geschichte war.

»Vielleicht können wir zusätzliche Mittel lockermachen. Sie haben ja Ihren Drink noch nicht berührt.«

Zögernd nahm Guerrero einen Schluck.

»*Salud.*« Delgado trank ebenfalls und machte dabei ein ernstes Gesicht. »Ihr Brief hat mich beunruhigt. Warum haben Sie nicht einfach zum Telefon gegriffen und mich angerufen? Es ist effizienter und persönlicher.«

»Ich habe mehrmals versucht, mit Ihnen darüber zu sprechen«, beteuerte Guerrero. »Sie waren nicht zu erreichen. Ich habe Mitteilungen hinterlassen. Sie haben nicht darauf geantwortet.«

Delgados Mißbilligung dieser Kritik war nicht zu übersehen. »Es gab einige wichtige Vorgänge, die meine ganze Aufmerksamkeit beanspruchten. Sobald es meine Zeit erlaubte, wollte ich Ihre Anrufe beantworten. Sie müssen Geduld haben.«

»Ich habe versucht, Geduld zu üben.« Der Professor wischte sich aufgeregt über die Stirn. »Was an diesem neuen Ausgrabungsort in Yucatán vor sich geht, ist unverzeihlich. Das muß aufhören.«

»Professor Drummond hat mir versichert ...«

»Er ist kein Professor. Sein Doktortitel ist ehrenhalber, und er hat nie an einer Universität gelehrt«, unterbrach Guerrero den Minister. »Abgesehen davon begreife ich nicht, warum Sie es gestattet haben, daß ein archäologischer Fund von solcher Bedeutung ausschließlich von Amerikanern erforscht wird. Es handelt sich um unser Erbe, nicht das ihre! Und ich verstehe diese Heimlichtuerei nicht. Zwei meiner Mitarbeiter wollten sich dort umsehen, durften aber den Ort nicht betreten.«

Delgado beugte sich schroff vor. »Professor Drummond hat keine Ausgaben gescheut, die besten Archäologen einzustellen, die es gibt.«

»Die besten Experten auf dem Gebiet der Maya-Kultur sind Bürger unseres Landes und arbeiten in meinem Institut.«

»Sie haben selber erwähnt, daß Sie gern größere Mittel hätten«, antwortete Delgado mit schneidender Stimme. »Betrachten Sie es doch so: Durch die großzügige finanzielle Hilfe von seiten Professor Drummonds reichen Ihre Gelder etwas länger. Das Gebiet ist gesperrt, damit Diebe aus den neuentdeckten Ruinen nicht unersetzliche Kunstgegenstände entwenden können. Es läßt sich alles leicht erklären. Es gibt keine Heimlichtuerei.«

Guerrero wurde noch erregter. »Mein Institut ...«

Delgado hob die Hand. »*Ihr* Institut?«

Rasch korrigierte sich Guerrero. »Das Nationalinstitut für Archäologie und Geschichte sollte allein darüber entscheiden dürfen, wie die Ausgrabungen vorgenommen werden und wer die Erlaubnis dazu erhält. Ich verstehe einfach nicht, warum Vorschriften und Verfahrensweisen verletzt wurden.«

»Professor, Ihre Naivität ärgert mich. Alistair Drummond war ein großzügiger Förderer der mexikanischen Kunst. Er hat Millionen von Dollar für den Bau von Museen und für Stipendien von hoffnungsvollen Künstlern gespendet. Muß ich Sie daran erinnern, daß Drummond Industries gerade die Ausstellung der bisher umfangreichsten Sammlung mexikanischer Kunst gesponsert hat, die in der ganzen Welt gezeigt wurde? Muß ich Sie daran erinnern, daß die internationale Anerkennung für diese Ausstellung unseren Public Relations einen erfreulichen Auftrieb gegeben hat? Touristen kommen jetzt in noch größerer Zahl, nicht nur, um unsere Urlaubsorte zu besuchen, sondern um unser Erbe zu bewundern. Touristen«, dozierte Delgado, »sorgen für öffentliche Einnahmen, Arbeit und die gesamte Entwicklung einer ansonsten ungenutzten Region von Yucatán.«

»Ungenutzte Region?« wiederholte Professor Guerrero aufgebracht. »Bedeutet Ihnen unser Erbe nicht mehr als Touristen und Geld?«

Delgado seufzte. »Ich bitte Sie. Der Nachmittag ist doch viel zu angenehm für einen spitzfindigen Streit. Ich muß einige Telefonate erledigen. Warum gehen Sie nicht hinunter zum Pool und genießen die Aussicht auf die Bucht? Machen Sie sich mit ein paar jungen Damen bekannt. Später, beim Dinner, können wir unsere Unterhaltung fortsetzen, bis dahin haben wir uns beruhigt.«

»Ich sehe nicht ein, warum die schöne Aussicht mich veranlassen sollte, meine Meinung zu ändern ...«

Delgado unterbrach ihn. »Wir setzen diese Unterhaltung später fort.« Er begleitete ihn zur Tür und befahl einem der Wachtposten: »Zeigen Sie Professor Guerrero den Besitz. Führen Sie ihn durch den Garten. Zum Pool. Sorgen Sie dafür, daß man alle seine Wünsche erfüllt. Professor, ich bin in einer Stunde wieder bei Ihnen.«

Bevor Guerrero Gelegenheit zu einer Antwort hatte, schob Delgado ihn sanft aus dem Zimmer und schloß die Tür.

Delgados Lächeln verschwand, als er nach dem Telefon

auf der Bar griff. Er hatte sein Bestes getan, das Problem auf sanfte, diplomatische Weise zu lösen. Ohne Erfolg. Nun waren andere Methoden nötig. Wenn Professor Guerrero sich sträubte, dann wäre er die längste Zeit Direktor des Nationalinstituts für Archäologie und Geschichte gewesen. Für den neuen Direktor, den Delgado bereits im Visier hatte und der ihm wegen verschiedener Gefälligkeiten verpflichtet war, wäre es gewiß keine Zumutung, Drummonds Archäologen die weiteren Ausgrabungen an den Maya-Ruinen zu gestatten.

Delgado hob den Hörer ab, ohne zu wählen, denn auf der Konsole begann eine Lampe aufzuleuchten. Das bedeutete, daß ein Gespräch über seine Geheimleitung angekommen war. Nur sehr wenige Menschen wußten, daß Delgado unter dieser Nummer zu erreichen war. Er drückte den entsprechenden Knopf. »Pfeil«, sagte er. Das war sein Kennwort. »Was gibt es?«

Von atmosphärischen Störungen überlagert, kam aus der Ferne die Stimme eines engen Mitarbeiters. »Köcher.« So lautete dessen Kennwort. »Es geht um die Frau.«

Delgado schnürte sich die Brust zusammen. »Ist Ihr Anschluß sicher?«

»Ja, sonst hätte ich nicht angerufen.«

»Was ist mit der Frau?« fragte Delgado gespannt.

»Ich glaube nicht, daß Drummond sie noch in der Gewalt hat. Die Wachen sind abgezogen worden. Zuerst dachten wir, Drummond habe andere Überwachungsmethoden eingeführt. Aber das war ein Irrtum. Der Pförtner hat keinen Assistenten mehr, die Bediensteten der Frau haben heute früh das Haus mit Sack und Pack verlassen. Die Beobachter vor dem Gebäude sind verschwunden.«

»Vielleicht ist sie umquartiert worden.«

»Nein. Mein Team hätte sie weggehen sehen. Bei früheren Stadtbesuchen wurde sie von Bodyguards begleitet. Heute sind sie allein gegangen. Gestern früh herrschte hier ungewöhnliche Betriebsamkeit, Drummonds Männer eilten aufgeregt hin und her, vor allem sein Assistent. Ich glaube nicht, daß sie noch da ist.«

»Drücken Sie sich klarer aus!«

»Ich glaube, sie hat den Vertrag mit Drummond gebrochen. Sie hat Lunte gerochen, und es ist ihr gelungen zu fliehen, wahrscheinlich vorletzte Nacht. Das erklärt die Hektik am Morgen darauf.«

»Gütiger Himmel. Wenn sie weg ist, wenn sie redet, dann bin ich … Sucht nach ihr.«

»Die Suche wurde natürlich sofort eingeleitet, aber es ist schon kostbare Zeit verstrichen. Wir untersuchen ihren Background, um rauszukriegen, wo sie sich verstecken und wen sie um Hilfe bitten könnte. Wenn Drummonds Leute sie finden, dann wird er sie bestimmt zu sich bringen lassen.«

»Logisch. Ohne sie hat er weniger Macht über mich. Er tut alles, um sie zurückzukriegen.«

Und was ist, wenn sie zu den Behörden geht? Was ist, wenn sie singt, um sich zu retten? Nein, dachte Delgado. Den Behörden vertraut sie nicht, höchstens im äußersten Notfall. Sie muß damit rechnen, daß Drummond die Behörden schmiert.

Der Mitarbeiter hatte inzwischen weitergesprochen.

»Was sagten Sie?« fragte Delgado.

»Ich habe gefragt, was wir tun sollen, wenn wir sie fassen oder Drummonds Leute uns zu ihr führen.«

»Das entscheide ich, wenn es soweit ist. Ende.«

Delgado legte den Hörer auf und hatte bereits entschieden, was zu tun war. Damit seine Magengeschwüre sich beruhigten. Um sich von seinen Alpträumen zu befreien und wieder schlafen zu können.

Wenn seine Leute die Frau aufspürten, sollte sie aus dem Weg geräumt werden.

Und anschließend Drummond.

Fünftes Kapitel

I

Miami, Florida

Blechern schallte eine Männerstimme aus der Lautsprecheranlage des Flughafens. »Mr. Victor Grant. Mr. Victor Grant. Bitte begeben Sie sich zu einem gebührenfreien Telefon.«

Buchanan war gerade auf dem Miami International Airport eingetroffen. Als er den Einreise- und Zollbereich verließ, dachte er darüber nach, ob Woodfield Charles Maxwell benachrichtigt hatte und wie das Treffen geplant war. Im lauten Trubel des Terminals verstand er die Durchsage kaum und wartete auf die Wiederholung, bevor er sich einem weißen Telefon näherte. Es hing an der Wand neben einer Reihe von Münzfernsprechern und hatte keine Wählscheibe. Er nahm den Hörer ab und hörte ein Summen, das sich wiederholte, während es am anderen Ende klingelte. Eine Frau antwortete, er nannte seinen Namen und erfuhr, daß er am Informationsschalter erwartet werde.

Buchanan dankte, legte den Hörer wieder auf und ging die Taktik des Treffens noch einmal durch. Ein Team von Beobachtern überwacht die gebührenfreien Telefone, schloß er, und paßt nun auf, ob mir jemand folgt.

Um den Überwachern genügend Zeit zu geben und weil seine Schmerzen eine schnellere Gangart verhinderten, bewegte sich Buchanan gemächlich in Richtung Informationsschalter und zog seinen Koffer hinter sich her. Ein freundlicher Mann in den Dreißigern, lässig gekleidet und athletisch, löste sich aus der wogenden Menge. Lächelnd streckte er die Hand aus und sagte: »Hallo, Vic! Schön, Sie zu sehen. Wie geht es Ihnen? Wie war der Flug?«

Buchanan gab ihm die Hand. »Gut.«

»Okay. Zum Wagen hier entlang. Kommen Sie, ich ziehe Ihren Koffer.«

Der Mann nahm Buchanan am Ellbogen und führte ihn zum Ausgang. Buchanan folgte, obwohl ihm unbehaglich zumute war; schließlich hatte er keinerlei Erkennungskode erhalten. Er wurde erst lockerer, als der andere sagte: »Übrigens sollen wir gleich Charles Maxwell und Wade anrufen, damit sie wissen, daß Sie okay sind.« Mehrere Leute waren über seine angebliche Geschäftsbeziehung zu Charles Maxwell informiert, doch nur seine Leitoffiziere wußten, daß Buchanans Einsatzleiter in Cancún den Namen Wade benutzte.

Auf der überfüllten Parkrampe gegenüber vom Terminal schloß der Mann einen grauen Lieferwagen auf; in weißer Schrift stand darauf BON VOYAGE, INC. Hatten sie bisher über Belangloses gesprochen, so schwieg Buchanan jetzt. Er wartete darauf, daß der Mann ihn über das Szenario aufklärte, dem er folgen sollte.

Nachdem sie den Parkplatz verlassen hatten, drückte der Mann auf einen Knopf. Das Gerät, zu dem er gehörte, sah wie ein Kofferradio aus und war unter dem Armaturenbrett befestigt. »Okay. Der Verzerrer ist eingeschaltet. Wir können jetzt ungestört sprechen. Ich gebe Ihnen erst mal eine Kurzfassung und komme später zu den Details. Mein Name ist Jack Doyle. Ich war bei einer amphibischen Spezialtruppe – SEAL, Sie wissen schon. Danach habe ich in Fort Lauderdale ein Geschäft gegründet: Ausrüstung von Motor- und Segeljachten. Von Zeit zu Zeit tue ich meinen ehemaligen Vorgesetzten einen Gefallen. Sie haben mich zum Beispiel gebeten, bei Ihrer Tarnung mitzumachen. Sie sind angeblich bei mir angestellt. Ihre Leitoffiziere haben die notwendigen Dokumente für Ihren Background bereitgestellt, Sozialversicherung, Steuern und Ähnliches. Als Victor Grant waren auch Sie bei den SEALs. Verständlich, daß ich Sie nicht als einfachen Angestellten behandle. Sie haben eine Wohnung über meinem Büro. Sie sind ein Single und viel in meinem Auftrag unterwegs ...«

»Seit wann arbeite ich für Sie?«

»Seit drei Monaten.«

»Wie hoch ist mein Lohn?«

»Dreißigtausend Dollar im Jahr.«

»Dann verlange ich gleich mal eine Lohnerhöhung.«

Doyle lachte. »Gut. Sie haben Sinn für Humor. Wir werden uns verstehen.«

»Bestimmt. Und noch besser verstehen wir uns, wenn Sie da vorn an der Tankstelle anhalten.«

»Wieso?«

»Weil ich sonst Ihren Wagen mit blutigem Urin versaue.«

»Mein Gott.«

Doyle verließ sofort die Autobahn und steuerte auf die Tankstelle zu. Als Buchanan wieder aus der Herrentoilette kam, hatte Doyle gerade telefoniert. »Ich habe einen Verbindungsmann am Flughafen angerufen. Er ist sicher, daß niemand Ihnen gefolgt ist.«

Buchanan war außer Atem, als hätte er einen Langstrekkenlauf hinter sich. »Am besten bringen Sie mich ...« Mehr brachte er nicht heraus. Aber Doyle wußte Bescheid.

2

Der Arzt stand an Buchanans Bett, las die Fieberkurve, hörte Herz und Lunge ab und prüfte den Tropf. Er nahm die Bifokalbrille ab und kratzte sich am Bart. »Sie haben eine erstaunliche Konstitution, Mr. Grant. Normalerweise kriegen wir Leute, die in einen schweren Verkehrsunfall verwickelt waren.« Er kratzte sich am Kopf. »Bei Ihnen sieht es eher so aus, als wären Sie in etwas anderes verwickelt gewesen, nämlich in eine ...«

Er beendete den Satz nicht, doch Buchanan war sicher, daß der Arzt ›Schießerei‹ sagen wollte.

»Ihre Wunde ist infiziert«, fuhr er fort. »Ich habe sie neu vernäht und verbunden und Sie auf Antibiotika gesetzt. Ich nehme an, daß die Sache jetzt ohne Komplikationen heilt. Das Fieber sinkt bereits.«

»Da Sie trotzdem ein so ernstes Gesicht machen, vermute

ich, die schlechte Nachricht betrifft die inneren Blutungen«, sagte Buchanan.

Der Arzt lächelte. »Sie waren bestimmt erschrocken über das Blut im Urin. Ich kann Sie beruhigen: Die Blutung wird von einem geplatzten Blutgefäß in der Blase verursacht. Eine Operation ist nicht notwendig. Wenn Sie sich ausruhen und nicht überanstrengen, hört die Blutung sehr bald auf.«

»Was ist es dann?« Buchanan war unbehaglich zumute. »Was gibt Ihnen Anlaß zu Besorgnis?«

»Ihre Kopfverletzung, Mr. Grant, und das in Abständen auftretende Zittern der Finger an Ihrer rechten Hand.«

Buchanan überlief es eiskalt. »Ich dachte, das hängt mit dem Nervenschock bei der Schulterverletzung zusammen. Wenn die Wunde heilt, dachte ich ...«

»Es hat etwas mit den Nerven zu tun. Aber anders, als Sie glauben, Mr. Grant: Sie haben eine Schädelfraktur und eine Gehirnerschütterung. Ehrlich, als ich Ihre Verletzung auf dem Computer-Axialtomographen sah, war ich erstaunt, daß Sie noch auf den Beinen sind. Ganz zu schweigen davon, daß Sie noch denken können. Sie müssen bemerkenswerte Widerstandskraft besitzen.«

Buchanans Stimme wurde leise. »Sie meinen also, ich habe ein Gehirntrauma?«

»Zweifellos.«

»Was geschieht nun? Operation?«

»Nicht ohne eine zweite Diagnose«, sagte der Arzt. »Ich müßte einen Spezialisten konsultieren.«

»Ich frage Sie nach *Ihrer* Meinung.«

»Haben Sie mehr als üblich geschlafen?«

»Schlaf?« Buchanan hätte am liebsten gelacht, aber er ließ es bleiben, denn es hätte sich bestimmt hysterisch angehört. »Ich war viel zu beschäftigt, um zu schlafen.«

»Haben Sie sich übergeben?«

»Nein.«

»Haben Sie irgendwelche abnormen körperlichen Begleiterscheinungen beobachtet, abgesehen von Schwindelgefühl, verschwommener Sicht und dem Zittern in der rechten Hand?«

»Nein.«

»Ihre Antworten machen mich optimistisch. Trotzdem möchte ich einen Neurologen hinzuziehen. Vielleicht müssen wir nicht operieren. Zunächst beobachten wir Sie sorgfältig und machen noch eine Tomographie, um festzustellen, ob die Druckstelle auf dem Gehirn kleiner geworden ist.«

»Nehmen wir den günstigsten Fall an: Die Stelle wird kleiner, und eine Operation ist nicht nötig ...«

»Beschädigte Gehirnzellen regenerieren sich nicht. Ich an Ihrer Stelle würde mich sehr vorsehen, damit mich nie wieder etwas am Kopf trifft.«

3

Der Flachbau, dessen einfache Konstruktion von üppigen Sträuchern verdeckt wurde, stand in Plantation, einem Vorort von Fort Lauderdale. Das Grundstück wurde sichtlich liebevoll gepflegt. Ob Doyle sich wohl als Hobbygärtner betätigte? Ihre Unterhaltung auf der Fahrt vom Krankenhaus zu Doyles Heim ergab, daß die Rezession sein Geschäft in Mitleidenschaft gezogen hatte. So war er wohl kaum in der Lage, sich einen Gärtner zu leisten. Nachdem er geparkt und Buchanan durch den mit Fliegendraht bespannten Seiteneingang ins Haus geführt hatte, stellte sich rasch heraus, wer für die Gartenpflege verantwortlich war.

Doyle war verheiratet. Buchanan sah sich einer lebhaften, zierlichen Frau gegenüber, die, etwas jünger als Doyle, um die dreißig Jahre alt war. Ihre Augen strahlten, sie hatte Sommersprossen und ein sympathisches Lächeln. Die Haarfarbe war nicht zu erkennen, denn sie trug ein schwarz-rot kariertes Kopftuch. Sie hatte eine weiße Baumwollschürze umgebunden, und ihre Hände waren mehlbestäubt, da sie am Arbeitstisch in der Küche gerade Teig knetete.

»Oje, ich dachte nicht, daß ihr so früh hier seid«, sagte sie mit angenehmem Südstaatenakzent und faßte sich verlegen an die Wange, um einen Mehlfleck zu entfernen.

»Es ist alles okay, Cindy. Wirklich«, sagte Doyle. »Der Verkehr war nicht so schlimm, wie ich dachte. Deshalb sind wir früher da. Tut mir leid.«

Er deutete auf Buchanan. »Das ist also der Freund, von dem ich dir erzählt habe. Vic Grant. Wir kennen uns seit unserer Militärzeit. Es trifft sich gut, daß er gerade nichts Besseres vorhat und für mich arbeiten kann. Jetzt war er gerade bei einem Kunden in Mexiko.«

»Nett, Sie kennenzulernen.« Cindy streckte ihm die Hand entgegen, wollte sie aber gleich wieder zurückziehen, weil sie mit Mehl bestäubt war.

»Lassen Sie nur«, sagte Buchanan und schüttelte ihr die Hand.

Sie musterte den Gast und deutete auf den dicken Kopfverband. »Ich habe so ein schwarz-rot kariertes Tuch, das sieht bestimmt lustiger aus als das.«

Buchanan grinste. »Ich soll das eine Weile tragen. Es nützt nicht viel, aber es erinnert mich daran, daß ich mich vorsehen muß. Noch einen Schädelbruch hält mein Kopf wahrscheinlich nicht aus.«

Buchanan erwartete nun die Frage, wie er zu der Verletzung gekommen sei. Er war schon darauf eingestellt, die Geschichte über den Sturz vom Boot zu wiederholen, aber Cindy überraschte ihn. Sie wechselte unvermittelt das Thema und zeigte auf den Teigkloß. »Ich mache einen Obstkuchen. Hoffentlich mögen Sie Florida Lime Pie.«

»Ich esse selten selbstgebackenen Kuchen. Aber er schmeckt bestimmt toll.«

»Ich zeige Ihnen das Gästezimmer«, sagte Doyle.

»Wenn Sie was brauchen, melden Sie sich«, rief Cindy Buchanan nach.

»Ach, ich habe bestimmt alles, was ich brauche«, sagte Buchanan. »Ich bin Ihnen sehr dankbar, daß Sie mich aufnehmen. Ich habe keine Familie oder so, und der Arzt hat gemeint, es wäre ganz gut, wenn ...«

»Lassen Sie! Für die nächste Zeit sind wir Ihre Familie.«

Als Doyle ihn durch den sonnigen Flur führte, blickte Buchanan sich um; Cindy hatte sich wieder ihrer Küchenarbeit zugewandt. Dabei fiel ihm etwas auf. Ein gedrungener 38er Revolver hing in einem Holster, das unter dem Wandtelefon in der Nähe der Fliegentür angebracht war. Buchanan wußte, daß Doyle eine solche Waffe nie für sich gewählt hätte. Der kompakte Revolver gehörte offenbar Cindy, und Buchanan zweifelte nicht, daß sie damit umzugehen verstand.

Er folgte Doyle durch den Flur und erinnerte sich an dessen Bemerkung, er tue manchmal seinen ehemaligen Vorgesetzten einen Gefallen. Es war so gut wie sicher, daß der Revolver nicht die einzige Waffe im Haus war und daß Doyle sie angeschafft hatte, damit Cindy sich gegen mögliche Folgen jener Gefälligkeiten verteidigen konnte.

»Hier herein.« Doyle zeigte ihm ein hübsches, gemütliches Schlafzimmer mit Spitzengardinen, einem alten Schaukelstuhl und einem Orientteppich auf dem Dielenboden. »Zum Bad geht es durch diese Tür. Nur für Sie, allerdings ohne Badewanne, mit Dusche.«

»Sehr schön, ich dusche lieber.«

Doyle stellte Buchanans Koffer auf eine polierte Bank am Fußende des Bettes. »Das ist im Augenblick wohl alles. Packen Sie aus. Ruhen Sie ein bißchen. Dort auf dem Regal stehen genügend Bücher. Oder sehen Sie fern.« Er deutete auf ein kleines Gerät auf einer Eckkommode. »Fühlen Sie sich wie zu Hause. Ich komme wieder und sage Ihnen Bescheid, wenn das Essen fertig ist.«

»Danke.«

Doyle blieb noch stehen. Er schien plötzlich besorgt.

»Ich kenne Ihre wirkliche Geschichte nicht und brauche sie auch nicht zu kennen. Ich habe mich an die Regeln gehalten und Ihnen keinerlei Fragen gestellt. Alles, was ich wissen muß, wurde mir wahrscheinlich mitgeteilt. Nur eine Sache: Nach dem, was geschehen ist und wie Sie hierhergekommen sind ... Besteht Gefahr für Cindy?«

Buchanan gefiel dieser Mann auf einmal sehr. »Nein. Meines Wissens besteht für Cindy keine Gefahr.«

Doyles Gesicht entspannte sich. »Gut. Sie weiß nichts von meinen Gefälligkeiten. Als ich bei den SEALs war, wußte sie nie, wohin man mich schickte und wie lange ich wegbleiben würde. Nie hat sie gefragt. Hat alles in gutem Glauben akzeptiert. Wollte nicht mal wissen, warum sie schießen lernen sollte oder warum ich überall im Haus Waffen liegen habe.«

»Wie zum Beispiel den Revolver vor der Küche?«

»Ja, ich weiß, Sie haben ihn gesehen. Und hier ist auch einer.« Doyle hob die Tagesdecke hoch und zeigte Buchanan einen 9-mm-Colt, der in einer Halterung am Bettgestell befestigt war. »Nur für alle Fälle. Es ist mir egal, was mit mir geschieht, aber Cindy ... Sie ist eine tolle Frau. Viel zu gut für mich. Und sie verdient es nicht, daß ich ihr Ärger ins Haus bringe.«

»Sie ist sicher, Jack.«

»Gut«, wiederholte Doyle.

4

Das leise Läuten eines Telefons weckte ihn. Buchanan war sofort hellwach und nahm das als ein positives Zeichen. Seine Überlebensinstinkte waren noch intakt. Er sah vom Bett zu dem kleinen Tisch und konnte kein Telefon sehen. Dann blickte er auf die geschlossene Tür, hinter der wieder das Klingeln ertönte, durch die Entfernung gedämpft, wahrscheinlich unten aus der Küche. Er hörte undeutlich eine weibliche Stimme, Cindys. Dann Jacks Stimme. Die Unterhaltung war kurz, es wurde wieder still im Haus.

Buchanan sah auf die Uhr und war überrascht, daß es bereits halb eins war. Was ihm wie ein kurzer Schlaf vorgekommen war, hatte fast zwei Stunden gedauert. Der Arzt hatte ihn davor gewarnt, mehr als sonst zu schlafen. Er runzelte die Stirn. Das Essen war wohl jetzt fertig, und er wunderte sich, daß Cindy oder Jack ihn nicht geweckt hatten. Er streckte die Arme aus, um festzustellen, wie steif die Schulter nach der neuen Naht noch war, zog dann die Schuhe an und erhob sich.

Er hörte ein leises Klopfen an der Tür.

»Vic?« flüsterte Cindy.

»Herein. Ich bin schon aufgestanden.« Buchanan öffnete die Tür.

»Essen ist fertig.« Wieder das Lächeln.

Buchanan fiel auf, daß sie die mehlbestäubte Schürze abgenommen hatte, das Kopftuch aber nicht. Vielleicht muß sie zum Friseur und hatte keine Zeit, dachte er, als er ihr zur Küche folgte.

»Der Kuchen ist zum Abendbrot. Zu Mittag gibt es bei uns nur was Leichtes«, sagte Cindy. »Jack nimmt es mit dem Cholesterin sehr ernst. Ich hoffe, Sie mögen einfaches Essen.«

Auf jedem Platz stand ein dampfender Teller Gemüsesuppe, daneben ein Thunfisch-Sandwich und eine Platte mit rohen Gemüsescheibchen: Stangensellerie, Möhren, Blumenkohl und Tomaten.

Doyle saß bereits am Tisch, scheinbar ganz fasziniert von seiner Gabel.

»Haben Sie gut geschlafen?« fragte Cindy.

»Ja, danke.« Buchanan setzte sich erst, als sie schon Platz genommen hatte, und wartete, bis sie den Löffel in die Suppe getaucht hatte. »Das schmeckt.«

Er wunderte sich, daß Doyle weder sprach noch aß. Es schien ihn etwas zu bedrücken. Buchanan entschloß sich, ihm ein Stichwort zu liefern. »Wette, ich wäre nicht aufgewacht, wenn das Telefon nicht geklingelt hätte.«

»Ach, das habe ich befürchtet«, sagte Cindy.

»Ja«, sagte Doyle endlich. »Ich habe das Telefon im Büro so schalten lassen, daß Gespräche, die während unserer Abwesenheit dort ankommen, hierher weitergeleitet werden. Na, und da hat jemand im Büro angerufen und wollte Sie sprechen. Ich habe ihm gesagt, daß Sie eine Zeitlang nicht zu erreichen sind. Er sagte, er ruft noch einmal an.«

Buchanan war bemüht, sich seine Besorgnis nicht anmerken zu lassen. »Wahrscheinlich jemand, für den ich gearbeitet habe. Vielleicht will er was zu einem Gerät fragen, das ich installiert habe. Hat er seinen Namen genannt?«

Doyle schüttelte den Kopf.

»Dann war es wohl nicht so wichtig«, sagte Buchanan. Das sollte ungezwungen klingen.

»Das habe ich mir auch gedacht. Übrigens muß ich nach dem Essen mal ins Büro. Muß ein paar Dinge kontrollieren. Wenn Sie sich okay fühlen, können Sie mich ja begleiten.«

»Jack, er soll sich doch ausruhen, nicht arbeiten«, sagte Cindy.

Buchanan kaute und schluckte. »Kein Problem. Der Schlaf hat mir mächtig gutgetan. Ich fahre mit.«

»Fein.« Doyle begann endlich zu essen, hielt jedoch wieder inne und wandte sich an Cindy. »Schaffst du es, wenn wir nicht hier sind?«

»Warum nicht?« Ihr Lächeln wirkte gezwungen.

»Die Suppe schmeckt wunderbar«, sagte Doyle.

»Freut mich, daß sie dir schmeckt.« Das Lächeln wirkte noch gezwungener.

5

»Etwas stimmt nicht«, sagte Buchanan.

Doyle schwieg, er starrte nach vorn und gab vor, sich nur auf den Verkehr zu konzentrieren.

Buchanan ließ nicht locker. »Ihre Frau ist so betont freundlich, daß ich das Gefühl habe, sie zwingt sich dazu. Sie stellt keine Fragen, aber sie hat eine Antenne für Gefahren. Zum Beispiel der Telefonanruf. Sie glaubt auch nicht einen Moment, daß wir beide alte Freunde sind. O ja, sie tut so, aber die Wahrheit ist, daß ich ihr Angst einjage, und beim Essen ist es ihr nicht mehr gelungen, das zu überspielen. Wenn sie nervös wird, muß ich wohl gehen.«

Doyle starrte unbeirrt weiter nach vorn. Brücken überspannten Kanäle, darauf Jachten, die unter Palmen und vor teuren Häusern vertäut lagen. Das Sonnenlicht war unbarmherzig. Doyle schien es weniger zu stören als das Gesprächsthema.

Buchanan drang nicht weiter in ihn, sondern wartete, bis er von selber zu sprechen anfing.

»Sie sind nicht das Problem«, sagte Doyle schließlich. »Ich wünschte, das Leben könnte so einfach sein. Cindy freut sich über Ihren Besuch. Wirklich. Sie möchte, daß Sie so lange wie nötig bleiben. Wenn es um meine Arbeit geht, hat sie unglaublich viel Geduld. Ich kann mich noch erinnern ... Ich war in Coronado, California, stationiert. Cindy und ich wohnten nicht auf dem Stützpunkt. Eines Morgens verabschiedete ich mich von ihr, fuhr zum Dienst – und plötzlich wurde mein Kommando in Alarmbereitschaft versetzt. Höchste Geheimhaltungsstufe. Keine Mitteilungen an Leute außerhalb des Stützpunkts. Klar, ich konnte ihr nicht sagen, daß ich ausgeflogen wurde. Ich stellte mir vor, wie sie sich sorgte, wenn ich am Abend nicht nach Hause kam.« Doyles Stimme wurde hart. Er sah Buchanan an. »Sechs Monate war ich weg.« Buchanan merkte, daß er nicht erwähnte, wo er hingeschickt worden war, und er hätte ihn nie danach gefragt. Er ließ ihn weiterreden.

»Wie ich später erfuhr, hatte ein Reporter rausgekriegt, daß ich bei den SEALs war. Er kreuzte in unserer Wohnung auf und wollte von Cindy hören, wohin man mich geschickt hatte. Eine weniger entschlossene Frau wäre überrascht gewesen, von einem Journalisten mit Fragen überhäuft zu werden und von ihm zu erfahren, daß ihr Mann bei einer geheimen Einsatztruppe war. Es wäre eine verständliche Reaktion gewesen, wenn sie ihre Überraschung gezeigt und ihn gefragt hätte, ob ich in großer Gefahr schwebte. Nein, nicht Cindy. Sie ließ ihn eiskalt auflaufen und behauptete, nicht zu wissen, wovon er rede. Andere Zeitungsschreiber meldeten sich, auch die fertigte sie kurzerhand ab. Ihre Antwort war immer die gleiche: ›Ich weiß nicht, wovon Sie reden.‹ Erstaunlich. Sie hat nicht einmal in meinem Büro angerufen, um zu erfahren, wo ich abgeblieben sei. Sie tat, als sei alles in Ordnung, von Montag bis Freitag ging sie zur Arbeit, und als ich schließlich zurückkam, gab sie mir einen langen, innigen Kuß und sagte, ich hätte ihr gefehlt. Nichts weiter.«

Buchanan nickte, fragte sich aber weiterhin, was denn sonst, wenn nicht er, für den nervösen Zustand verantwortlich war.

»Cindy hat Krebs«, sagte Doyle.

Buchanan war fassungslos.

»Leukämie.« Doyles Stimme klang verzerrt. »Sie trägt das Kopftuch, um den kahlen Kopf zu verbergen. Die Folgen der Chemotherapie.«

Buchanan war wie gelähmt. Nun wußte er, warum Cindys Wangen zu glühen schienen, warum ihre Haut durchsichtig war. Die Medikamente und die psychische Belastung verliehen ihrer Haut diesen geradezu übernatürlichen ätherischen Schimmer.

»Sie ist erst gestern, nach einer dreitägigen Routinebehandlung, aus dem Krankenhaus entlassen worden.«

»Mein Gott, Sie haben doch wahrlich genug Sorgen. Warum haben Sie diesen Auftrag nicht abgelehnt? Meine Leitoffiziere hätten bestimmt jemand anderen gefunden, der mich unterschlüpfen läßt.«

»Anscheinend nicht. Denn sonst hätten sie mich nicht gefragt.«

»Haben Sie ihnen gesagt, daß ...?«

»Ja«, kam es bitter von Doyle. »Das hat sie nicht abgehalten. Egal, wieviel Cindy ahnt, sie darf nie erfahren, daß dies ein Auftrag ist. Trotzdem weiß sie es, ich bin ganz sicher. Und ebenso sicher, daß sie das mit Würde durchstehen will. Sie kommt dabei auf andere Gedanken ...«

»Was sagen ihre Ärzte? Schlägt die Behandlung an?«

»Sie meinen, ob sie es schafft? Ich weiß es nicht. Die Ärzte ermutigen uns, legen sich jedoch nicht fest. Eine Woche geht's ihr gut, die nächste schlecht. Aber wenn ich eine eindeutige Antwort geben sollte ... Ja, ich glaube, sie wird sterben. Deshalb habe ich Sie gefragt, ob unser Auftrag sie in Gefahr bringt. Ich fürchte, ihr bleibt nur wenig Zeit. Es wäre unerträglich für mich, wenn sie vorzeitig an etwas anderem sterben würde. Ich würde verrückt werden.«

6

»Wer hat Ihrer Meinung nach bei Ihnen angerufen und nach Victor Grant gefragt?«

Doyle, der lange nachdenklich geschwiegen hatte, wandte sich wieder Buchanan zu. »Ich kann nur sagen, wer es nicht war. Nicht Ihre Leitoffiziere. Sie sagten mir, sie würden nur um acht Uhr morgens, drei Uhr nachmittags oder zehn Uhr abends anrufen.«

»Wenn es also nicht die Zentrale war … Außer der mexikanischen Polizei weiß niemand, daß ich Victor Grant heiße und in Fort Lauderdale als Bootsbauer arbeite.«

Doyle schüttelte den Kopf. »Der Anrufer hatte keinen spanischen Akzent.«

Buchanan konnte den Verdacht nicht loswerden, daß er hier nicht sicher war und daß sich die Situation verschlechtern würde.

»Da Sie angeblich für mich arbeiten und über meinem Büro wohnen, sehen Sie sich dort am besten mal um«, schlug Doyle vor.

Er bog von der Hauptstraße ab und hielt schließlich vor einem öden einstöckigen Hohlziegelbau. Er stand zusammen mit mehreren anderen von gleicher Art am Ufer eines Kanals, an dessen Kai Boote zur Reparatur festgemacht hatten.

»Meine Werkstatt ist hinten. Manchmal bringen meine Kunden die Boote her, doch zumeist besuche ich sie.«

»Was ist mit Ihrer Sekretärin?« fragte Buchanan mißtrauisch. »Sie weiß, daß ich nicht für Sie gearbeitet habe.«

»Ich habe keine. Bis vor drei Monaten hat Cindy den Bürokram erledigt. Doch dann ging es nicht mehr … So konnte ich ihr sagen, daß Sie bei mir angefangen haben, nachdem sie aufgehört hat.«

Buchanan tastete behutsam an seinem Kopfverband herum und begriff, wie sehr er damit auffiel. Er fühlte sich unbehaglich. Doyle schloß die Tür mit der Aufschrift BON VOYAGE, INC. auf. Drinnen stellte er die Zeitschaltuhr für die Alarmanlage ab, und Buchanan besichtigte das Büro. Es war ein langer, schmaler Raum, an den Wänden hingen Fotos von Jachten und Kajütbooten, nautische Instrumente lagerten auf Regalen; auf Tischen standen verschiedene Miniaturschiffchen.

»Ein Brief für Sie«, sagte Doyle, der gerade die Post durchblätterte.

Buchanan nahm ihn entgegen, ohne Überraschung darüber zu äußern, daß ihn jemand unter seinem Decknamen angeschrieben hatte. Dieses Büro bot einem, der ihm nachschnüffelte, ein ideales Versteck für eine Wanze. Solange Doyle ihm nicht versicherte, daß man sich hier ungestört unterhalten konnte, wollte er nichts sagen, was Victor Grant nicht auch sagen könnte. Und bei Doyle setzte er voraus, daß er nichts erwähnen würde, was nicht zu ihrer Tarnung paßte.

Der Brief kam aus Providence, Rhode Island. Buchanan riß den Umschlag auf und las die beiden Seiten, die genauso gekritzelt waren wie die Adresse.

»Wer schreibt Ihnen?«

»Meine Mutter.« Buchanan schüttelte bewundernd den Kopf. Die tüchtigen Leitoffiziere scheuten keine Mühe, seine neue Identität mit entsprechendem Material zu erhärten. »Wie geht es ihr?« »Gut. Nur die Arthritis gibt keine Ruhe.« Das Telefon klingelte.

7

Buchanan verzog das Gesicht.

»Ruhig«, sagte Doyle. »Vergessen Sie nicht, ich bin Geschäftsmann. Um ehrlich zu sein, ich könnte ein paar Aufträge gebrauchen.«

Er nahm den Hörer ab – »Bon Voyage, Incorporated« – und verzog ebenfalls das Gesicht. Er legte die Hand auf die Sprechmuschel. »Ich habe mich geirrt. Es ist wieder dieser Kerl, der Sie sprechen will. Was soll ich ihm sagen?«

»Am besten lassen Sie mich mit ihm sprechen. Bin gespannt, wer es ist. Hier Victor Grant.«

Die tiefe, unfreundliche Stimme war nicht zu verwechseln. »Sie heißen nicht Victor Grant.«

Obwohl Buchanans Herz heftig klopfte, beherrschte er sich und heuchelte Verwirrung. »Was? Wer spricht dort? Mein Boß sagte, daß jemand mit ... Moment mal. Ist dort ...? Sind Sie der Kerl, der in Mexiko ...?«

»Ja, Bailey. Big Bob Bailey. Verdammt, Crawford, fallen Sie mir nicht schon wieder auf die Nerven. Sie wären noch im Gefängnis, wenn ich nicht die amerikanische Botschaft angerufen hätte. Zeigen Sie wenigstens etwas Dankbarkeit.«

»Dankbarkeit? Ich wäre nicht im Gefängnis gelandet, wenn Sie mich nicht verwechselt hätten. Wie oft soll ich es wiederholen? Ich heiße nicht Crawford, sondern Victor Grant.«

»Na klar, vormals Ed Potter. Ich weiß nicht, was Sie für eine Masche abziehen. Nach meiner Meinung haben Sie mehr Namen, als im Telefonbuch stehen. Und wenn Sie die weiterhin benutzen wollen, müssen Sie was dafür bezahlen.«

»Zahlen? Was meinen Sie?«

»Nach dem, was in Kuwait abgelaufen ist, bin ich nicht scharf darauf, weiter auf den Ölfeldern im Mittleren Osten zu arbeiten«, sagte Bailey. »In den Staaten stellen die großen Ölgesellschaften die Bohrungen ein. Ich bin zu alt, um mich auf riskante Erdölgeschäfte einzulassen. Also muß ich mich auf meine alten Kumpel verlassen. Auf Leute wie Sie, Crawford. Also frage ich Sie: Haben Sie hunderttausend Dollar für mich übrig?«

»Hunderttausend ...? Sind Sie besoffen?«

»Und ob!«

»Sie sind verrückt. Zum letztenmal, hören Sie gut zu: Ich heiße nicht Crawford. Ich heiße nicht Potter. Ich heiße Victor Grant und weiß nicht, wovon Sie sprechen. Lassen Sie mich endlich in Ruhe!«

Buchanan knallte den Hörer auf.

Doyle riß die Augen auf. »Was Schlimmes?«

Buchanan preßte die Kiefer aufeinander. »Ich bin nicht sicher. Mal abwarten.« Er nahm die Hand nicht vom Telefon.

Es dauerte höchstens zehn Sekunden, da klingelte es wieder.

Buchanan nahm erst nach dem dritten Mal ab. »Bon Voyage, Incorporated.«

»Crawford, Sie irren sich. So leicht laß' ich nicht locker. Die mexikanische Polizei und die amerikanische Botschaft können Sie zum Narren halten, aber – auf mein Wort – mich nicht. Ich weiß, daß Ihr richtiger Name nicht Grant ist. Auch nicht Potter. Und da kommen mir plötzlich Zweifel, ob Sie wirklich Crawford sind. Wer sind Sie eigentlich, Kumpel? Mich an Nachforschungen zu hindern, müßte Ihnen doch lausige hunderttausend Dollar wert sein.«

»Meine Geduld ist zu Ende. Hören Sie auf, mich zu belästigen.«

»He, Sie wissen wohl nicht, was belästigen heißt.«

»Ich meine es ernst. Lassen Sie mich in Ruhe, oder ich benachrichtige die Polizei.«

»Ja, die Polizei – eine gute Idee. Vielleicht kriegt sie raus, was hier vorgeht und wer Sie sind. Die könnte mir helfen herauszubekommen, ob Sie ein unbescholtener, ehrlicher Bürger sind. Würde ihnen gern von den drei Drogenhändlern erzählen, die Sie in Mexiko umgelegt haben, und fragen, warum Sie wohl so viele verschiedene Namen benutzen.«

»Was soll ich noch tun, um Sie zu überzeugen ...?«

»Zu überzeugen brauchen Sie mich überhaupt nicht. Zahlen Sie mir hunderttausend Dollar – das ist alles. Danach können Sie sich meinetwegen Napoleon nennen.«

»Sie haben mir offenbar nicht zugehört.«

»Alles, was ich hören will, ist: ›Hier ist das Geld.‹ Crawford – oder wer zum Teufel Sie sonst sind –, wenn Sie es nicht anders wollen, rufe ich gleich jetzt die Bullen an. Das schwöre ich Ihnen!«

»Wo sind Sie?«

»Sie erwarten doch nicht, daß ich das verrate. Wenn Sie die Kohle parat haben, erfahren Sie den Ort der Übergabe.«

»Wir müssen uns sprechen. Ich kann beweisen, daß Sie sich irren.«

»Und wie wollen Sie das anstellen, Kumpel? Mit Ehrenwort und solchem Kram?« Bailey lachte.

Und dieses Mal knallte er den Hörer auf.

9

Buchanan verspürte einen pochenden Schmerz im Kopf. »Ja, es ist schlimm«, sagte er zu Doyle.

Er durfte nicht vergessen, daß im Büro eine Wanze versteckt sein könnte. Bisher hatte er nichts Belastendes gesagt. Egal, wie er es Doyle erklärte, es mußte nur zur Geschichte von Victor Grant passen. »Es ist der Trottel, der mir in Mexiko so geschadet hat. Er glaubt, ich habe da unten drei Drogenhändler abgeknallt. Nun will er mich erpressen. Wenn ich nicht zahle, will er die Polizei informieren.«

Auch Doyle spielte seine Rolle gut. »Soll er es doch versuchen. Glaube nicht, daß die hiesigen Bullen sich darum scheren, was in Mexiko passiert. Der Kerl würde ein Eigentor schießen, denn Sie können ihn wegen Erpressung belangen.«

»So einfach ist das nicht.«

»Warum?«

Buchanan verspürte ein schmerzhaftes Ziehen in der Wunde, als ihm plötzlich ein Gedanke kam. Das Telefon hatte geklingelt, kurz nachdem er und Doyle das Büro betreten hatten. Ob das bloßer Zufall war? Verdammt!

Buchanan rannte zum Vordereingang, riß die Tür auf und blickte in beide Richtungen die Straße hinunter. Eine Frau schleppte Lebensmittel zu einem Boot. Ein Auto fuhr vorbei. Ein Jogger trainierte. Zwei Bootsbauer luden eine

Kiste von einem Lastwagen. Ein Kind auf einem Fahrrad guckte neugierig auf Buchanans Kopfverband.

Buchanan achtete nicht darauf und konzentrierte sich auf das Ende der Straße, den Zugang zum Strand. Dort stand ein großgewachsener Mann mit breiten Schultern und Bürstenschnitt – Bailey. Er stand vor einer Telefonzelle und beobachtete Doyles Haus.

Bailey hob grüßend den kräftigen rechten Arm. Als Buchanan auf ihn zurannte, stieg er grinsend in ein verschmutztes Auto und fuhr davon.

10

»Cindy?« Doyle eilte ins Haus.

Niemand war in der Küche.

»Cindy?«

Keine Antwort.

»Die Tür war abgeschlossen, aber ihr Auto steht da. Wohin sollte sie zu Fuß gehen? Warum …? Cindy?« Doyle suchte weiter.

Buchanan wartete in der Küche und spähte durch ein Seitenfenster auf Einfahrt und Straße.

»Cindy?« kam es aus einem Zimmer am Ende des Flurs.

Auf einmal wurde Doyles Stimme leiser. »Gott sei Dank! Entschuldige, Liebling, ich habe dich geweckt. Ich wußte nicht, daß du schläfst. Die Tür war abgeschlossen, und ich hatte Angst, daß etwas …«

Doyles Stimme wurde noch leiser, Buchanan konnte nichts mehr verstehen.

Doyle kam in die Küche zurück und rieb sich, an den Kühlschrank gelehnt, die mageren Wangen.

»Geht es ihr gut?« fragte Buchanan.

Doyle schüttelte den Kopf. »Nachdem wir fort waren, hat sie ihren Lunch wieder rausgebracht. Sie fühlte sich ganz schlapp und hat sich hingelegt. Sie hat den ganzen Nachmittag geschlafen.«

»Haben Fremde angerufen oder sie hier belästigt?«

»Nein.«

»Warum war dann die Tür abgeschlossen?«

Doyle verwirrte die Frage. »Vermutlich hat sie es getan, um sich sicherer zu fühlen.«

»Schön, aber als wir ankamen, waren Sie überrascht, daß die Tür abgeschlossen war. Sie dachten, sie sei weggegangen. Das heißt doch, für gewöhnlich schließt sie die Tür nicht ab, wenn sie zu Hause ist.« Buchanan trat auf Doyle zu. »Nicht wahr, sie schließt die Tür ab, weil *ich* hier bin? Sie spürt, daß ich Gefahr bedeute. Und sie hat recht. Ich gehöre hier nicht her. Sie können nicht gleichzeitig für mich und für sie sorgen ...«

Das Läuten des Telefons schien besonders laut.

Doyle zuckte zusammen.

Buchanan bedeutete ihm, den Hörer abzunehmen. »Das ist Ihr Haus. Wenn ich mich melde, fällt das auf. Wir müssen so tun, als sei alles normal. Schnell, bevor Cindy ...«

Doyle griff zum Hörer. »Hallo? ... Wer spricht dort? Was wollen Sie von ihm? ... Hören Sie, Sie Mistkerl! Meine Frau hätte am Telefon sein können. Wenn Sie sie belästigen, dann ...«

Die Situation ist nicht mehr zu retten, dachte Buchanan. Wenn jetzt einer eine Tonbandaufnahme unserer Gespräche hätte, müßte er sich fragen, ob ich tatsächlich der Mann bin, der ich zu sein vorgebe. Er winkte energisch ab und riß Doyle den Hörer aus der Hand. »Ich habe Ihnen gesagt, Sie sollen nicht mehr anrufen.«

»Crawford, Ihr Kumpel wirkt ziemlich gestreßt«, sagte Bailey. »Wahrscheinlich, weil seine Frau krank ist, stimmt's? Bedauerlich. So ein gutaussehendes Mädchen.«

O ja, du hast deine Hausaufgaben gemacht, dachte Buchanan. Du hast mich beschattet. Du bist gleich nach mir nach Miami geflogen.

Du bist nach Fort Lauderdale gefahren und hast rausgekriegt, wo ich angeblich arbeite. Du hast ermittelt, wo mein angeblicher Boß wohnt. Du hast gewartet, bis ich aus dem

Krankenhaus entlassen wurde. Ging ich nicht arbeiten, dann wäre erwiesen, daß ich ein anderer bin. Und dann konntest du deine Schau abziehen.

»Hunderttausend Dollar. Morgen, Crawford. Wenn Sie denken, ich mache Spaß, werden Sie sich wundern. Ich hetze Ihnen todsicher die Bullen auf den Hals.«

Nachdenklich legte Buchanan den Hörer auf.

»Jack, Liebling?«

Die beiden wirbelten herum.

Cindy stand schwankend in der Küchentür und hielt sich am Pfosten fest. Ihre Haut war blaß. Das schwarz-rote Kopftuch war verrutscht und ließ einen Teil des kahlen Kopfes sehen. »Wer war das? Wen habt ihr so angebrüllt?«

Aus Doyles Kehle kam ein erstickter Laut. Er ging auf Cindy zu und umarmte sie.

11

Der Intracoastal Waterway reicht von Trenton, New Jersey, im Osten der USA bis Brownsville, Texas. Diese Binnenwasserstraße, die aus miteinander verbundenen Flüssen, Kanälen, Lagunen, Buchten und Meerengen besteht, verläuft parallel zum Atlantischen Ozean. Im Norden wird sie meist von Handelsschiffen benutzt, doch im Süden, besonders in Florida, beherrschen Jachten den Wasserweg, zu dessen attraktivsten Teilen die Gegend um Fort Lauderdale gehört.

Um acht Uhr morgens parkte Buchanan Doyles Lieferwagen neben Bon Voyage, Inc. und schloß das Gebäude auf. Am Abend zuvor war er zu einem Einkaufszentrum gefahren, wo er von einem Münzfernsprecher mit seinen Leitoffizieren Kontakt aufnahm. Jetzt trug er einige Kisten mit elektronischem Zubehör zu Doyles Motorboot, das am Kai hinter dem Büro vertäut lag. Buchanans verletzte Schulter pochte, und ihm dröhnte der Kopf vor Anstrengung. Endlich war alles sicher verstaut, und nachdem er das Gebäude abgeschlossen hatte, machte er los und steuerte das Boot aus dem Kanal auf die weite Fläche des Intracoastal Waterway.

Restaurants, Hotels und Apartmenthäuser flankierten die Wasserstraße zu beiden Seiten und natürlich Kais und Boote. Er folgte Doyles Hinweisen und hielt sich südlich. Er tat, als genieße er die Brise und den erfrischenden Salzgeruch des Wassers. Nicht ein einziges Mal blickte er sich nach möglichen Verfolgern um. Es war unbedingt notwendig, daß er den Harmlosen und Naiven spielte und sich von Baileys Drohungen nicht beeindruckt zeigte. Bailey hatte noch zweimal angerufen, um Mitternacht und um zwei Uhr morgens; jedesmal war Cindy aufgewacht. Wütend hatte Doyle das Telefon abgestellt. Je öfter Buchanan darüber nachdachte, desto mehr wurde ihm klar, daß Bailey nicht sein einziges Problem war.

Immer weiter gen Süden fahrend, passierte Buchanan weitere Brücken, bewunderte scheinbar andere Gebäude und Boote, bis er schließlich, nach Osten abdrehend, auf eine exklusive Kaianlage zuhielt, die als Pier 66 bezeichnet wurde. Es dauerte eine Weile, bevor er die richtige Stelle fand und schließlich Bord an Bord mit einer dreißig Meter langen, aus dunklem Holz gefertigten Jacht lag, auf der sich zwei Männer und eine Frau aus ihren Liegestühlen erhoben und vom Heck auf ihn hinuntersahen. Einer der Männer war groß und schlank, mit harten Zügen und kurzem angegrauten Haar. Er war in den Fünfzigern, trug eine weite Sporthose und ein monogrammbesticktes grünes Seidenhemd. Der andere war jünger, in den Vierzigern, nicht so groß und weniger teuer gekleidet, aber muskulöser. Die Frau, blond und in den Dreißigern, sah prächtig aus. Sie hatte einen kurzen blauen Bademantel an, der offenstand und einen umwerfenden Bikini enthüllte, dessen leuchtende Farbe zu ihrem Lippenstift paßte.

Der große Mann, offenbar der Boß, fragte: »Kommen Sie von …?«

»Bon Voyage, Incorporated«, antwortete Buchanan. Er

nahm die Sonnenbrille und die Mütze mit dem Emblem der Miami Dolphins ab, so daß sie ihn besser erkennen konnten. »Ich bringe die bestellte Ausrüstung.«

»Bringen Sie das Zeug an Bord«, sagte der Große. Er gab dem jungen, muskulösen Mann – er war anscheinend sein Leibwächter – ein Zeichen, Buchanan zu helfen.

Buchanan warf Leinen von Bug und Heck hinauf, damit man sein Motorboot festmachte, wobei ein dicker Gummifender dafür sorgte, daß die Wand der Jacht nicht zerkratzt wurde. Dann reichte er dem Leibwächter die Kisten hinauf, darauf bedacht, nicht das Gleichgewicht zu verlieren, da das Boot leicht schaukelte. Der Leibwächter warf ihm eine Strickleiter zu. Buchanan stieg an Deck und versuchte, die Frau nicht anzusehen.

»Wohin soll ich die Sachen bringen?«

»Hier hinein.« Der Leibwächter deutete auf eine Kabine am Heck, diesmal ohne Buchanan zu helfen.

In der Kabine, mit mahagonigetäfelten Wänden, antiken Einrichtungsgegenständen und einem Stutzflügel ausgestattet, stapelte Buchanan die Kisten. Der muskulöse Mann schloß die Tür, die Vorhänge waren bereits zugezogen. Buchanan wartete. Er wußte nicht, wie sie es sich vorgestellt hatten.

»Willkommen, Captain Buchanan«, sagte der Boß.

Es ging also formell zu.

»Colonel.« Buchanan grüßte.

»Das ist Major Putnam.« Der Große deutete auf den angeblichen Leibwächter. »Und das Captain Weller.« Er stellte die Frau vor, die den Bademantel geschlossen hatte, sobald sie nicht mehr die Blicke möglicher Beobachter auf sich zog.

»Major. Captain.« Buchanan grüßte beide.

»Zum Teufel, was ist los?« fragte der Colonel nachdrücklich. »Die letzten Tage waren ein Alptraum für die Behörde, eine politische Zeitbombe. In Langley drehen sie durch, weil in Cancún etwas schiefgelaufen ist. Die Enthüllung Ihrer Identität bei den mexikanischen Behörden und unserer Botschaft hätte alles gefährden können.«

»Sir, ich dachte, Sie sind über die Ereignisse in Mexiko

informiert worden. Als ich im Krankenhaus lag, wurde ich über den Einsatz befragt.«

»Von der Agency. Ich ziehe es vor, nicht von Zivilisten, sondern von meinen eigenen Leuten informiert zu werden.«

Es dauerte anderthalb Stunden. Gelegentlich wurde Buchanan unterbrochen und um ausführlichere Darstellungen gebeten. Je aktueller sein Bericht wurde, desto ernster reagierten seine Befrager.

»Einhunderttausend Dollar?« wiederholte der Colonel.

»Damit wäre er nach meiner Auffassung aber nicht zufrieden«, sagte Buchanan. »Sobald ich das Geld hingeblättert und damit klein beigegeben habe, wird er immer mehr fordern.«

»Dieser Bailey schnüffelt nur so herum«, sagte Major Putnam. »Er hat nichts in der Hand.«

Der Colonel sah Buchanan prüfend an. »Glauben Sie das auch, Captain?«

»Bailey ist primitiv, aber er ist kein Idiot, Sir. Er hat mich unter drei verschiedenen Decknamen kennengelernt. Er weiß genau, irgendwas stimmt bei mir nicht, bloß kann er es nicht beweisen. Also testet er mich, um zu sehen, ob ich in Panik gerate und mich verrate, indem ich zahle.«

»Na, offensichtlich geraten Sie nicht in Panik«, sagte Major Putnam. »Er vertut bloß seine Zeit.«

Captain Weller, die hinreißende Frau, kam schließlich auch zu Wort. »Bailey kann sehr wohl die ganze Operation ins Schleudern bringen, wenn er seine Drohung wahr macht und die Polizei informiert.«

»Korrekt. Die Polizei hat hier im Land genügend Probleme und muß sich nicht um Mordfälle in Mexiko kümmern. Aber eine mehrfache Identität könnte heiß genug sein, um sie aufmerksam zu machen. Wenn sie zu der Meinung gelangt, daß ich ein Drogenhändler bin, wenn sie die DEA und den FBI hinzuzieht ...«

»Ihre Tarnpapiere sind perfekt«, sagte der Colonel. »Verdammt, Ihr Reisepaß kam direkt vom State Department. Die anderen Dokumente auch. Und jede Datei wird gelöscht, sobald Sie die entsprechende Identität ablegen. Die DEA und der FBI erfahren nichts. Aufgrund der Unterlagen gibt es keine Möglichkeit, Jim Crawford und Ed Potter mit Victor Grant zu verbinden.«

Die Frau ließ nicht locker. »Dennoch würden sich die Behörden für den Captain interessieren. Er müßte im Endeffekt aus dem Verkehr gezogen werden.«

Der Colonel tippte die Fingerspitzen gegeneinander. »Es erhebt sich also die Frage, was wir mit dem unbequemen Mr. Bailey tun. Zahlen wäre ein Eingeständnis der Schuld. Wenn der Captain andererseits nicht auf ihn eingeht und Bailey die Behörden informiert, läßt der FBI Buchanan wahrscheinlich überwachen.«

»Es steht eine Menge auf dem Spiel«, fügte sie hinzu. »Wir müssen die Möglichkeit berücksichtigen ...«

Der Colonel stellte sich ratlos. »Sagen Sie, was Sie meinen.«

»Man sollte Bailey liquidieren«, antwortete die Lady.

In der Kajüte wurde es still.

Der muskulöse Mann meldete sich zu Wort. »Ich würde mich nur ungern dafür aussprechen. Schließlich schafft die Liquidierung womöglich mehr Probleme, als sie löst. Wir wissen nicht, ob Bailey einen Komplizen hat. In diesem Fall wäre die Bedrohung durch Baileys Tod nicht aus der Welt geschafft. Eigentlich wird sie dann noch größer, denn der Komplize könnte Baileys Tod zusätzlich benutzen, um bei der Polizei auf Interesse zu stoßen.«

»Reine Vermutungen«, meinte der Colonel ungeduldig. »Wir haben nicht genügend Informationen. Major Putnam, unsere Leute sollen Baileys Background gründlich checken. Ich muß wissen, mit wem wir es zu tun haben. Außerdem sind die Hotels und Pensionen am Ort zu beobachten. Finden Sie heraus, wo er wohnt. Lassen Sie ihn observieren. Vielleicht hat er keinen Mittäter. In diesem Fall, wenn er weiter Ärger macht ...«

Sie warteten.

»... könnte Liquidierung in Frage kommen«, schloß der Colonel. Wieder wurde es still in der Kajüte.

»Sir, gestatten Sie, eine Überprüfung von Baileys Background braucht eine Menge Zeit«, sagte Buchanan. »Dasselbe trifft für die Organisation der Überwachung zu. Aber wir stehen unter Zeitdruck. Bailey erwartet meine Entscheidung noch heute. Nach meiner Meinung drängt er so, damit ich keine Gegenmaßnahmen ergreifen kann. Ganz gleich, wie wir mit ihm verfahren, es muß bis heute abend geschehen.«

Ihnen war unbehaglich zumute.

»Da ist noch ein Problem«, fuhr Buchanan fort.

Der Colonel runzelte die Stirn. »Nämlich?«

»Jack Doyle.«

»Haben Sie Bedenken gegen ihn?«

»Ich bin sicher, er war ein verdammt guter Soldat.«

»Das war er«, antwortete der Colonel. »Alle unsere Aufträge hat er blendend erledigt.«

»Na ja, er ist nicht mehr derselbe Mann«, sagte Buchanan. »Seine Frau leidet an Krebs. Auf die Behandlung spricht sie nicht an. Wahrscheinlich wird sie bald sterben. Doyle ist außerordentlich um sie besorgt. Verständlicherweise. Er steht unter großem Streß. Er glaubt, Bailey bedeute eine Bedrohung für sie. Er ... Sagen wir so: Ich glaube sogar, Doyle wird die Nerven verlieren und Bailey angreifen, wenn er weiterhin Druck ausübt und durch seine Anrufe die arme Cindy beunruhigt. Ich muß raus aus Fort Lauderdale, weg von Jack Doyle und seiner Frau. Denn wenn Doyle gegen Bailey vorgeht, ist es unüberlegt und nicht professionell. Es wäre eine Affekthandlung, und wir könnten dabei nichts vertuschen. Gott weiß, was der Untersuchungsrichter alles über Doyles Vergangenheit und unsere Aufträge herausfinden würde.«

»Scheiße«, sagte Major Putnam.

»Das habe ich auch gedacht«, stimmte Buchanan ihm zu. »Ich bin ganz schön in Schwierigkeiten. Ich glaube, Victor Grant muß hier weg.«

»Käme das nicht einem Eingeständnis Ihrer Schuld gleich?« fragte Captain Weller. »Würde Bailey Ihnen nicht um so entschlossener auf den Fersen bleiben?«

»Erst einmal müßte er mich finden. Und sobald ich verschwunden bin und eine neue Identität angenommen habe, schafft er das nie.«

»Bleibt noch Jack Doyle«, sagte der Major. »Bailey würde wiederkommen und Doyle unter Druck setzen.«

»Doyle müßte sagen, daß er nichts über mich weiß. Außer, daß ich, ein alter Bekannter aus der Armee, vor drei Monaten aufgekreuzt bin und ihn um einen Job gebeten habe. Doyle beschwert sich bei der Polizei über Baileys Belästigung. Und dann fahren Doyle und seine Frau weg – auf Kosten früherer Freunde –, an einen Ort, wo es ausgezeichnete Möglichkeiten für die Krebsbehandlung gibt.«

»Möglich«, sagte der Colonel und trommelte mit dem Finger gegen die Stuhllehne. »Das ist bestimmt ein Weg, den wir im Auge behalten werden.« Er blickte auf die Uhr. »Wir besprechen das noch ausführlich. Jetzt gehen Sie am besten wieder. Wenn die Jacht beobachtet wird, ist es auffällig, daß wir alle so lange in der Kajüte sitzen. Wir müssen die Tarnung beibehalten – das ist wichtig.«

»Was ist mit Bailey?« wollte Buchanan wissen.

»Wir teilen Ihnen unsere Entscheidung später mit.«

»Sir, die Zeit ist knapp.«

»Das wissen wir, Captain.« Der Colonel schien indigniert. »Wie gesagt, wir melden uns wieder.«

»Was soll ich inzwischen tun?«

»Das liegt doch auf der Hand – oder? Das, was nach Ihrer Meinung Victor Grant tun würde.«

Eine vage und aalglatte Antwort. Buchanan machte sich plötzlich Sorgen.

12

Buchanan kletterte an der Strickleiter hinunter in das Motorboot, ohne den verletzten rechten Arm zu belasten. Er setzte die Mütze und die Sonnenbrille wieder auf; die beiden Männer und die Frau blickten ihm nach. Sie schlug den blauen Bademantel auf und ließ den engsitzenden roten Bikini sehen, spielte die Rolle einer Femme fatale.

»Schicken Sie uns einfach die Rechnung«, sagte der Oberst.

»Ja, Sir. Danke.« Buchanan fing die beiden Leinen auf, die ihm der Major zuwarf. Er startete den Motor und ließ die Jacht hinter sich.

Herrgott, dachte er. Die sind ratlos. Ich brauche eine Entscheidung, und sie haben nichts entschieden. Ich darf nicht ohne Befehl handeln. Wenn ich bis heute abend nichts von ihnen höre, wie soll ich dann Bailey hinhalten?

In Gedanken vertieft, näherte sich Buchanan dem Ende eines Kanals, auf der einen Seite ein Kai, auf der anderen eine von Palmen umstandene Villa, und befand sich wieder auf der weiten Fläche des Intracoastal Waterway. Plötzlich drängte sich das Problem Bailey geradezu auf, denn an Backbord, neben einer Fahrwasserboje saß Bailey in einem Motorboot, das Buchanans eigenem glich. Der Motor lief nicht, das Boot lag ruhig, nur vom Kielwasser vorbeifahrender Schiffe bewegt.

Bailey strich sich mit der Hand über die Bürste und schnippte lächelnd seine Zigarette ins Wasser.

Buchanan nahm etwas Gas weg und bemerkte die mit Teleobjektiv ausgestattete Kamera, die Bailey um den bulligen Hals trug. Buchanan hielt sich an seine Instruktionen: Er entschloß sich, als Victor Grant diesen Erpresser zu behandeln, wie er es verdiente.

Er nahm Kurs auf Bailey, stoppte den Motor, ließ sich auf Bailey zutreiben und hielt sich dann an dem anderen Fahrzeug fest.

»Wie geht's, Crawford?«

»Ich kann es Ihnen wohl nicht oft genug sagen – ich heiße nicht Crawford.«

Bailey zog an der Reißlasche einer Büchse Blue Ribbon. »Ja, ich denke mittlerweile auch, daß Sie recht haben. Wahrscheinlich heißen Sie ganz anders. Aber mit absoluter Sicherheit nicht Victor Grant.«

»Hören Sie endlich auf! Ich habe Sie im Gefängnis in Mexiko zum erstenmal gesehen.«

»Da sind Sie auf dem Holzweg.« Bailey nahm die Füße von der Konsole des Boots und setzte sich gerade hinter das Steuer. »Ich habe was zu verkaufen, und Sie müssen es kaufen. Als Sie sich mit den Typen auf der Jacht trafen, dachte ich mir, Sie wollen die hunderttausend von dort holen. Aber Sie sind mit leeren Händen weggefahren. Die Zeit vergeht. Beeilen Sie sich und treiben Sie das Geld irgendwo auf. Denn nach Mitternacht ... Übrigens, das Weib auf der Jacht ist toll, was? Durch das Teleobjektiv habe ich sie ganz nahe heranholen können ... Ich habe ein paar wirklich gute Aufnahmen von ihr, von den beiden Kerlen und von Ihnen auf Deck. Fotografieren ist mein Hobby. Ich habe da gerade ein paar Aufnahmen ...«

»Ich bin nicht interessiert.«

»Oho, ich garantiere Ihnen, daß die Bilder wirklich interessant für Sie sind. Ich muß aber zugeben, ich habe sie nicht selbst geschossen. Habe sie von einem Videoband kopieren lassen.«

»Wovon reden Sie eigentlich?«

»Verdammt noch mal, dann gucken Sie sich die Bilder doch an, Crawford!«

Zögernd griff Buchanan nach dem braunen Briefumschlag, den Bailey ihm hinhielt. Beklommen überlegte er nur, welche Bedrohung die erwähnten Fotos darstellen könnten. Denn die Offiziere waren in der Öffentlichkeit nicht bekannt. Wenn Bailey die Aufnahmen an die Polizei weitergab und wenn der Colonel im Verlauf der Nachforschungen identifiziert wurde, dann hätte das allerdings katastrophale Folgen.

Doch als er die Hochglanzfotos, schwarzweiß und im Format 20 × 25, betrachtete, wurde ihm mit einemmal klar, daß er sich über etwas ganz anderes viel mehr Gedanken machen mußte. Denn was er sah, war eine Szene in Frankfurt am Main, im Dezember 1990: Amerikanische Geiseln, kurz zuvor von den Irakern freigelassen, bei der Ankunft auf dem Frankfurter Flughafen. Und hier, aus der Ferne und als Nahaufnahme, war Big Bob Bailey zu erkennen, der gerade aus dem Flugzeug stieg, in Begleitung …

»Sieht Ihnen verdammt ähnlich, Crawford«, sagte Bailey. »Ich besitze Kopien des Originalvideos, also kann niemand behaupten, die Bilder seien frisiert. Wenn ich auf Sie sauer werde, weil Sie nicht mit den Kohlen rausrücken, dann – das schwöre ich Ihnen – schicke ich sie an die Bullen, dazu das Phantombild von Ed Potter aus Mexiko und dazu meine Bilder von Victor Grant.«

Von Victor Grant? überlegte Buchanan erschrocken. Er blätterte weiter und starrte plötzlich auf drei Aufnahmen, die ihn vor dem mexikanischen Gefängnis im Gespräch mit Garson Woodfield zeigten.

»Wieder gut getroffen«, sagte Bailey. »Falls Sie's nicht begreifen: Der Bursche von der Botschaft mußte mit drauf sein, der absolut einwandfreie Zeuge, der Sie als Victor Grant identifiziert hat. Ich habe Sie in drei verschiedenen Ausfertigungen, Crawford. Sie sitzen in der Falle.«

Um Zeit zum Nachdenken zu gewinnen, beschäftigte sich Buchanan lange mit dem Inhalt des Umschlags. Wie hatte er die Bilder in Mexiko geschossen? Sofort erinnerte er sich. Während er mit Woodfield sprach, war ihm unter den Passanten eine Amerikanerin aufgefallen, die eine Kamera auf ihn gerichtet hielt.

Buchanan hob den Blick. Nun gab es keinen Zweifel mehr: Bailey hatte einen Komplizen. Vermutlich mehr als einen. Ihn auszuschalten konnte schwierig werden. Ich muß den Colonel warnen.

»Behalten Sie die Fotos. Ich habe noch mehr davon an einem sicheren Ort, zusammen mit den Negativen. Außerdem habe ich Kopien von dem deutschen TV-Nachrichtenvideotape.« Bailey lehnte sich hinüber. »Geben Sie es zu, Crawford, Sie sind beschissen dran. Mimen Sie nicht den Unschuldigen. Wenn man geschnappt wird, muß man dafür zahlen. Reichen Sie einfach die hunderttausend rüber.«

Während der ganzen Unterhaltung hatte Bailey das Gesicht leicht nach links gewandt, als hätte er einen steifen Hals.

Steifen Hals? Blitzschnell drehte sich Buchanan zu dem Kai gegenüber um. Und dort stand zwischen zwei vertäuten Segelbooten die rotblonde Frau aus Mérida und fotografierte ihn und Bailey.

»Nun haben Sie meine Freundin entdeckt. Sie können Ihr Problem also nicht lösen, indem Sie mich loswerden. Sie hat oft draufgedrückt, und wenn mir was passiert, kriegt die Polizei alle Aufnahmen. Sie hat mir geholfen, die Bilder da zu machen, und hat Sie auch zusammen mit den Leuten von der Jacht auf dem Film. Könnte interessant sein herauszukriegen, wer die sind.«

Die rothaarige Frau ließ die Kamera sinken und sah über das Wasser zu ihnen hinüber. Eindeutig dieselbe Person, dachte Buchanan.

»Crawford, bisher hatten Sie eine Menge zu sagen. Was ist los mit Ihnen?« fragte Bailey. »Hat es Ihnen die Sprache verschlagen? Aber vielleicht fällt Ihnen nicht mehr Blödsinn ein. Passen Sie auf. *Ich will mein Geld.*«

Buchanan zögerte, bevor er fragte: »Wann und wo?«

»Ich rufe heute abend um halb neun bei Ihrem Kumpel Doyle an und gebe Ihnen Anweisungen.«

13

Draußen war es dunkel. In seinem Zimmer schaltete Buchanan nicht das Licht an, sondern verließ sich beim Packen auf die schwache Beleuchtung aus dem Flur. Nachdem er fertig war und sich vergewissert hatte, nichts vergessen zu haben, spielte er einen Augenblick mit dem Gedanken, die am Bett befestigte Pistole mitzunehmen, entschied sich jedoch dagegen. Wenn es Ärger gab, könnte die Polizei Doyle als den Besitzer ermitteln, und er wollte nicht, daß Doyle noch mehr in die Angelegenheit verwickelt wurde.

Er verließ das Gästezimmer und wandte sich zu einer Tür weiter rechts. Er klopfte – keine Antwort. Da die Tür angelehnt war, drückte er dagegen und klopfte abermals.

»Cindy?«

»Was ist?« kam eine müde Stimme aus dem Dunkel.

Buchanan trat ein, durchquerte das Zimmer und blieb vor dem Bett stehen. Undeutlich erkannte er Cindys Gestalt unter den Decken. »Ich habe Sie beim Abendbrot vermißt.«

»War so müde«, flüsterte sie. »Hat der Schmortopf ...«

»Hat ausgezeichnet geschmeckt. Sie hätten sich nicht so anzustrengen brauchen. Jack und ich hätten uns was holen können.«

»Das gibt es in *meinem* Haus nicht.« Trotz ihrer Erschöpfung gelang es ihr, das Wort zu betonen.

»Nun, ich wollte Ihnen bloß sagen, wie sehr ich Ihre Mühe zu schätzen weiß, und Ihnen für alles danken.«

Langsam drehte sie sich zu ihm. »Verlassen Sie uns etwa?«

»Ich muß.«

Sie wollte sich aufsetzen, schaffte es aber nicht. »Ich hoffe, nicht meinetwegen.«

»Nein, nein!«

»Ich hatte im stillen gehofft, daß Sie hierbleiben und Jack Gesellschaft leisten.« Ihr stockender Atem verriet Buchanan, daß sie sich bemühte, nicht zu weinen. »Ich liege die meiste Zeit im Krankenhaus oder im Bett. Ich komme damit klar, aber mir tut Jack so leid.«

»Er liebt Sie sehr.«

»Ich weiß.«

»Er hat mir erzählt, wie stolz er auf Sie war, weil Sie mit allen Problemen fertig geworden sind, als er bei der Armee war, und wie Sie die Zeitungsleute kurzerhand abgefertigt haben.«

»Ja, ich war hart im Nehmen. Schöne Zeiten damals. Bloß war Jack so oft weg, und nun sind wir zusammen, und ich ...«

»Darauf kommt es an – Sie sind zusammen. Und mich brauchen Sie hier nicht, das ist einer zuviel. Auf Wiedersehen, Cindy.«

»Nehmen Sie meinen Wagen.« Sie berührte seine Hand.

»Seit ich das letztemal im Krankenhaus war, fahre ich sowieso nicht mehr. Nehmen Sie ihn. Bitte.«

»Sie kriegen ihn bestimmt wieder.«

»Eilt wirklich nicht.«

Buchanan beugte sich zu ihr, küßte sie sanft auf die Wange und hatte auf den Lippen den Geschmack salziger Tränen. »Machen Sie's gut.«

14

Doyle hockte in der Küche und legte eine Patience. Er blickte nicht auf, als Buchanan eintrat. »Ich hab alles mitbekommen.«

»Und?«

»Danke. Freunde bedeuten ihr viel. Im Augenblick hat sie kaum welche. Die meisten sind weggeblieben, als sie erfuhren, wie krank sie ist. Sind zu einfallslos, ein paar Worte zu finden – anders als Sie eben.«

»Was habe ich denn gesagt?«

Doyle blickte auf. »Cindy hat recht. Es ist eine gute Idee, ihr Auto zu nehmen und nicht den Lieferwagen. Fällt nicht so auf. Wenn Sie es nicht mehr brauchen, sagen Sie Bescheid, wo ich es holen kann. Und diese Idee ist auch gut.« Doyle langte unter den Tisch, wo sich offenbar ebenfalls eine Halterung befand, denn als er die Hand wieder hervorzog, hielt er eine Beretta 9 mm.

Buchanan sah rasch zum Fenster. Die Jalousien waren heruntergelassen, von außen konnte niemand die Waffe bemerken. Doch noch immer fürchtete er versteckte Mikrofone. Anstelle einer Antwort schüttelte er den Kopf.

Warum nicht? Doyle bewegte bloß lautlos die Lippen.

Buchanan griff nach einem Notizblock, der auf dem Arbeitstisch lag, und schrieb: »Was ist, wenn sie mir abgenommen wird?«

Doyle nahm den Kugelschreiber und schrieb: »Gehörte einem toten Soldaten in Panama. Kann nicht mit mir in Verbindung gebracht werden.«

Buchanan sah ihn forschend an und nickte. Er prüfte, ob der Ladestreifen voll war, und schob die Waffe hinten in den Gürtel. Um sie zu verdecken, zog er eine dunkelbraune Nylonwindjacke an, die er sich von Doyle geliehen hatte.

Doyle kontrollierte, wie es aussah. »Paßt hervorragend.«

Die Uhr über dem Herd zeigte acht Uhr fünfundzwanzig. In fünf Minuten mußte Baileys Anruf kommen. Doyle wandte sich wieder seiner Patience zu und schien zu akzeptieren, daß Buchanan nicht nach Small talk zumute war.

Halb neun. Buchanan fixierte das Telefon. Fünf Minuten vergingen, zehn Minuten. Sein Schädel pochte. Endlich, dreiviertel neun, klingelte es.

Buchanan riß den Hörer an sich, bevor Cindy wach wurde.

»In Ihrer Nähe, auf der Pine Island Road, ist ein Minimarkt. Bloß wenige Blocks vom Sunrise Boulevard entfernt«, sagte Bailey.

»Kenne ich. Bin schon vorbeigefahren.«

»Gehen Sie zu der Pizzabude. Rechts vom Eingang. Um neun.«

Bevor Buchanan die Hinweise wiederholen konnte, legte Bailey auf.

»Muß was erledigen«, sagte Buchanan zu Doyle.

»Die Autoschlüssel liegen in der Schublade dort.«

»Danke.« Buchanan reichte ihm die Hand.

Mehr Gefühl wagte er nicht zu zeigen. Er nahm die Schlüssel, schnappte sich seinen Koffer und eine kleine rote Picknick-Kühlbox und nickte Doyle zu, der ihm die Tür öffnete.

Kaum zwei Minuten später war er auf dem Weg zum Treffpunkt.

15

Die rote Kühlbox enthielt einen weißen Plastikeinsatz mit einem Apfel und zwei Salami-Sandwiches. Im Einsatz darunter lagen Eiswürfel und noch weiter unten einhunderttausend Dollar in Hundertdollarscheinen. Der Behälter stand auf dem Beifahrersitz, Buchanan vergewisserte sich im Rückspiegel, ob er verfolgt wurde.

Die Box mit dem Geld hatte er am Nachmittag erhalten, als er auf dem Rückweg zu Doyles Haus an einer Ampel hielt. Nach dem Gespräch mit Bailey hatte Buchanan sofort den Colonel verständigt, der ihn aufforderte, bis drei Uhr im Büro von Bon Voyage, Inc., zu warten. Dann sollte er losfahren, ohne das Fenster am Beifahrersitz zu schließen. An der nächsten Ampel hatte kurz ein Motorradfahrer neben ihm gestoppt und die Box durch das Fenster geschoben.

Nun parkte Buchanan mit erhöhtem Pulsschlag vor dem überfüllten Minimarkt in der Pine Island Road. Er trug seine wertvolle Last zum Pizzaladen und wartete rechts neben dem Eingang. Kunden kamen und gingen, ein Botenjunge brauste davon.

»Heißen Sie Grant?« fragte eine Stimme.

In der offenen Tür des Pizzaladens stand ein schlaksiger, pickeliger junger Mann in einer weißen, mit Sauce beschmierten Schürze.

»Stimmt.«

»Da hat eben einer angerufen. Hat gesagt, er ist ein Bekannter von Ihnen. Und Sie geben mir fünf Dollar, wenn ich Ihnen was ausrichte.«

»Ist in Ordnung.« Buchanan gab ihm die fünf Dollar. »Und die Nachricht?«

»Sie sollen ihn in zwanzig Minuten in der Eingangshalle vom Tower Hotel treffen.«

Buchanan überlegte. »Tower Hotel? Wo ist das?«

»Broward Boulevard, Nähe Victoria Park Road.«

Buchanan nickte und ging rasch zum Auto. Bailey besitzt einen guten Instinkt, dachte er, während er auf dem Stadtplan nachsah und dann zum nächsten Treffpunkt fuhr. Das

Team, das ihm unauffällig folgte, hatte den Auftrag, Bailey nach der Aushändigung des Geldes zu beschatten und herauszufinden, wo er das Videotape, die Fotos und die Negative aufbewahrte, vor allem die mit Buchanan und den drei Offizieren.

Auf dem Broward Boulevard überprüfte Buchanan noch einmal im Rückspiegel, ob ihm jemand folgte. Er hielt nach Bailey Ausschau, nicht nach dem Team des Colonel, denn das hätte er sowieso nicht bemerkt. Bailey würde es noch weniger gelingen. Gleichgültig, welche Ausweichmanöver er versuchen mochte, das Team würde ihm auf der Spur bleiben. Denn Augenkontakt war nicht nötig. Sie brauchten bloß auf ihren audiovisuellen Monitor zu schauen und den Peilsignalen zu folgen, die der batteriegespeiste Standortsender aussandte. Er war im Plastikboden der Kühlbox versteckt.

Zwei Minuten vor der angegebenen Zeit erreichte Buchanan den Glaspalast des Tower Hotels. Er rief dem Parkplatzwächter zu, daß er sofort wieder wegfahren werde, und stürzte in die feudale Lobby. Eine Gruppe von Herren und Damen in festlicher Abendgarderobe starrten den Mann in Jeans und Nylonjacke mit der Kühlbox in der Hand amüsiert an.

Buchanan, stets darauf bedacht, nicht aufzufallen, wurde unsicher. Er suchte Bailey unter den Gästen, ohne sich große Hoffnung auf Erfolg zu machen, und war gespannt, wie Bailey ihn diesmal benachrichtigen wollte. Die Uhr an der Rezeption zeigte neun Uhr zwanzig, genau die Zeit, zu der Buchanan …

»Mr. Grant?« redete ihn ein livrierter Diener an.

Buchanan war der kleine Puertoricanertyp mittleren Alters schon aufgefallen, als er von einem Gast zum anderen ging und alle höflich ansprach. »Ja, richtig.«

»Ein Bekannter von Ihnen hat diesen Umschlag für Sie abgegeben.«

Er suchte sich eine stille Ecke und riß den Umschlag auf.

Warten Sie dreiviertel zehn am Eingang von Shirttail Charlies Restaurant.

16

Buchanan kam pünktlich am Riverside Hotel auf dem Las Olas Boulevard an. Bailey erschien abermals nicht zur vereinbarten Zeit. Zwanzig Minuten nach elf war Bailey noch immer nicht aufgetaucht, die Lobby wie ausgestorben.

»Mr. Grant?«

Buchanan saß auf einem Rattanstuhl in der Nähe einer großen Glasschiebetür, damit er auch von draußen gesehen werden konnte. Die Augenbrauen hochgezogen, rief ihn die Frau an der bescheidenen Rezeption zu sich.

»Ja.«

»Ein Anruf für Sie.«

Buchanan, die Kühlbox in der Hand, übernahm das Gespräch.

»Benutzen Sie die Hintertür, überqueren Sie die Straße und gehen Sie durch das Tor, vorbei an dem Swimmingpool.« Baileys Instruktionen endeten im Surren des Wähltons.

Buchanan reichte dankend das Telefon zurück und begab sich zum Hinterausgang. Er sah das Tor auf der anderen Straßenseite und einen Pfad durch einen kleinen, dunklen Park; der Pool lag verlassen da, alle Lichter gelöscht.

Als er unter den Palmen stand, erwartete er, Baileys Stimme aus dem Dunkel zu hören und die Aufforderung, das Geld auf den kaum erkennbaren Tisch am Pool zu legen. Statt dessen vernahm er tuckerndes Motorengeräusch und dann die Stimme eines Mannes: »Mr. Grant? Es fehlt noch ein Mr. Grant.«

Der Ruf kam von einem Ausflugsboot, dessen Lampionlichter er jetzt zwischen den Bäumen entlang des Kanals bemerkte.

»Komme schon«, antwortete er, den verspäteten Gast spielend, und näherte sich dem Schiff. Es war etwa sechs Meter lang und sein Deck mit einer gelb-grün gestreiften Markise überspannt. Buchanan konnte die Gäste, die sich darunter bewegten und unterhielten, nicht erkennen. Er schätzte, daß es mindestens fünfzehn waren.

»Ja, ich bin Grant. Danke, daß Sie gewartet haben«, sagte er zu dem Mann mit der goldbetreßten, weißen Kapitänsmütze, der ihm zum Einsteigen die Hand entgegenstreckte.

»Ich wußte nicht, ob Sie noch kommen. Eine Minute später, und ich hätte abgelegt. Ihr Bekannter erwartet Sie da vorn an der Bar, nehme ich an.«

»Was kostet denn der Spaß?« fragte Buchanan.

»Ihr Freund hat bereits für Sie bezahlt.«

»Wie großzügig.«

»Hier hinten, Vic«, rief eine bekannte Stimme vom Heck her.

Während der Führer die Leinen losmachte, hatten sich Buchanans Augen so weit an das schwache Licht gewöhnt, daß er Bailey auf einer Bank hingeflegelt sah.

Bailey winkte einladend mit seiner Pranke.

»Wie geht's, Kumpel?«

Buchanan nahm neben ihm Platz und stellte die Kühlbox dazwischen.

»Ihren Lunch hätten Sie nicht mitzubringen brauchen«, witzelte Bailey.

Buchanan sah ihn bloß wütend an, während das Boot rückwärts hinausfuhr und auf dem Kanal schneller wurde. Clever, dachte er. Der Kerl hat mich von meinem Team getrennt. Die Leute hätten nicht von Bailey unbemerkt an Bord kommen können.

Buchanan sah zu, wie sein Nachbar ein Mobiltelefon zusammenlegte und in einer Tasche am Gürtel verstaute.

»Praktische Dinger«, sagte Bailey. »Man kann von jedem Ort aus anrufen.«

»Zum Beispiel vom Auto aus in einer Pizzastube. Oder von einem Ausflugsboot in einer Hotellobby.«

Bailey deutete auf die Box. »Hoffentlich ist das nicht Ihr Lunch, und hoffentlich haben Sie alles.«

Die anderen Passagiere unterhielten sich so laut, daß ihr Gespräch unterging.

»Alles, was Sie bestellt haben«, sagte Buchanan leise.

Bailey hob die bulligen Schultern. »Ich bin nicht unersättlich. Ich brauche bloß einen Zuschuß für meine Ausgaben, eine kleine Belohnung für meine Mühe.«

»Ich habe mich ganz schön anstrengen müssen, das da drin aufzutreiben. Noch mal tue ich das nicht.«

»Erwarte ich auch nicht.«

»Wie mich das beruhigt.«

Das Boot erreichte ein Weinrestaurant, auf einem Schild am Kai prangte der Name: *Paul's on the River*. Das elegante, langgestreckte und niedrige Gebäude bestand fast ganz aus Glas, nur von weißen Mauersegmenten unterbrochen. Der Bootsführer schob die Laufplanke aus, vier Passagiere gingen mit unsicheren Schritten an Land.

Unerwartet stand Bailey auf und riß die Kühlbox an sich. »Hier trennen sich unsere Wege, Crawford – ich meine natürlich Grant. Warum bleiben Sie nicht an Bord und genießen die Fahrt?«

»Ja, warum nicht?«

Bailey schien sehr mit sich zufrieden. Vergnügt sagte er: »Auf Wiedersehen!«

»Gewiß nicht.«

»Auch gut«, brummte Bailey und trug die Beute vom Boot auf den Kai. Er schlenderte über den bunt illuminierten Rasen und verschwand in der Menge.

17

Zwei Stunden später brachte das Boot Buchanan wieder zum Riverside Hotel. Er kehrte nur zurück, um seinen Koffer aus Cindys Wagen zu holen, den er in einer stillen Straße in der Nähe des Hotels abgestellt hatte. Er versteckte die Schlüssel unter der Fußmatte am Fahrersitz und bestellte vom Hotel aus telefonisch ein Taxi. Als Ziel nannte er eine rund um die Uhr geöffnete Mietwagenfirma am Flughafen von Fort Lauderdale. Buchanan fuhr mit dem Leihwagen zu einer Telefonzelle und teilte Doyle mit, wo er Cindys Auto finden konnte. Als nächstes kaufte er in einem Laden ein

Zwölferpack Bier und goß es in einer dunklen, menschenleeren Straße über die Vordersitze und den Wagenboden. Als er damit fertig war, warf er die leeren Büchsen einfach hinein und fuhr los. Wegen des widerlichen Biergestanks öffnete er alle Fenster.

Er fuhr in Richtung Meer. In der Nähe des Intracoastal Waterway gab er plötzlich Vollgas, bremste gleich darauf scharf, um auf dem Straßenpflaster deutliche Bremsspuren zu hinterlassen, bevor er den Wagen in der folgenden Kurve gegen das Schutzgitter donnern ließ. Er stieg aus und schob den Wagen ein paar Meter weiter geradeaus über den Abhang. Noch bevor er auf der Wasseroberfläche aufklatschte, war Buchanan in der Dunkelheit verschwunden. Den Koffer und die Ausweistasche, die in Doyles Nylonjakke steckte, hatte er nicht an sich genommen, nur ein paar hundert Dollar und seinen Reisepaß. Sobald die Polizei den scheinbaren Unfall entdeckt und das Fahrzeug aus dem Wasser gehievt hatte, würde sie die Bierdosen finden. Daraus würde sie folgern, daß der Fahrer – Victor Grant, wie dem Ausweis in der Brieftasche und dem Vertrag mit dem Autoverleiher im Ablagefach zu entnehmen war – unter Alkoholeinfluß durch das Gitter gefahren und ertrunken war. Wenn man die Leiche nicht fand, würde man Taucher und Schleppnetze einsetzen, aber bald aufgeben und zu dem Schluß kommen, daß sie in wenigen Tagen ohnehin irgendwo an die Oberfläche steigen würde. Sollte das nicht eintreten, würden die Beamten annehmen, die sterblichen Reste seien entweder unter einem Kai eingeklemmt oder von der Strömung auf die offene See getrieben worden. Was noch wichtiger war: Buchanan hoffte, auch Bailey würde das annehmen.

Jedenfalls hatte der Colonel Buchanan befohlen, Victor Grant verschwinden zu lassen. Buchanan hatte Doyle und seiner Frau nicht erzählt, was er plante, denn sie sollten wirklich überrascht sein, wenn die Polizei sie verhörte. Grants Verschwinden würde den Zusammenhang zwischen Buchanan und Bailey zerstören und Buchanan von den Ereignissen in Mexiko trennen. Falls die mexikanischen

Behörden sich entschlossen, den Fall Victor Grant noch einmal aufzurollen, und die Amerikaner um Unterstützung baten, gäbe es niemanden mehr, gegen den man ermitteln konnte.

Alle Probleme gelöst, dachte Buchanan, als er vom Unfallort weglief und erst in einer dunklen Nebenstraße langsamer wurde. Bis zum Morgen würde er irgendwo unterschlüpfen, sich einen Rasierer kaufen und in einer öffentlichen Toilette waschen. Dann wollte er die vierzig Kilometer nach Miami mit dem Bus zurücklegen. Die Eisenbahn würde ihn von dort als anonymen Passagier nach Norden bringen, nach Washington. Es war höchste Zeit für einen neuen Anfang.

Nur etwas bereitete ihm Kopfzerbrechen. War es so sicher, daß der Colonel alle Fotos und Negative in die Hand bekam? Wenn Bailey nun in die erstbeste Herrentoilette ging, die Scheine aus der Box nahm und diese einfach dort stehenließ? Wenn das geschah, wäre das Beobachterteam nicht in der Lage, Bailey zu seinem Versteck zu folgen, wo sich wahrscheinlich die Aufnahmen befanden. Und schließlich war da noch diese Frau, die ihn vor dem mexikanischen Gefängnis, auf der Jacht und auf dem Waterway geknipst hatte. Sollte Bailey sie bezahlt haben und sich nie wieder mit ihr treffen, dann war sie für das Team unauffindbar.

Buchanan eilte durch eine einsame, teure Wohngegend, darauf vorbereitet, hinter einem der zahlreichen Blütensträucher Deckung zu suchen, sobald sich Scheinwerfer näherten. Im Grunde ist es völlig egal, sagte er sich, ob Bailey die Kühlbox irgendwo stehengelassen hat und das Team weder Fotos noch Negative findet. Die Aufnahmen haben ohnehin keinen Wert mehr. Weder für Bailey noch für den Mann, den er erpreßt hat. Denn beide sind tot.

18

Explosion – drei Tote

Fort Lauderdale – Gestern abend, kurz vor Mitternacht, zerstörte eine Explosion ein Auto auf dem Parkplatz von ›Paul's on the River‹. Der Insasse, durch einen Rest seines Führerscheins als Robert Bailey, 48, aus Oklahoma identifiziert, verbrannte in dem Wagen. Des weiteren starben zwei Gäste, die das Restaurant gerade verließen. Verkohlte Schnipsel einer beträchtlichen Geldsumme wurden am Tatort gefunden. Die Behörden gehen davon aus, daß die Explosion mit dem seit kurzem eskalierenden Krieg zwischen Drogenhändlern in Zusammenhang steht.

19

Mord – Selbstmord

Fort Lauderdale – Von einem Nachbarn telefonisch herbeigerufen, untersuchte die Polizei heute morgen eine Schießerei in der Glade Street, Plantation. Sie fand Jack Doyle (34) und seine Frau Cindy (30) tot in ihrem Haus, beide durch Kugeln getötet. Es wird angenommen, daß Mr. Doyle, über die Krebserkrankung seiner Frau verzweifelt, die Schlafende mit einem 38er Revolver erschoß und anschließend Selbstmord beging.

20

Halbinsel Yucatán

Jenna Lane zog noch eine Gerade auf die vor ihr liegende Karte, obwohl es schwerfiel, sich bei dem Getöse der Bulldozer, Laster, Jeeps, Kettensägen, Generatoren und dem

Gebrüll der Bauarbeiter zu konzentrieren. Am Rand von Büchern gehalten, war die Karte auf einem Block ausgebreitet, der in einem 6 × 3 Meter großen Zelt, ihrem Büro, stand. Schweiß rann ihr über das Gesicht und sammelte sich tröpfchenweise am Kinn.

Im offenen Eingang des Zelts erschien ein Schatten. Aufblickend erkannte sie McIntyre, den Projektleiter. Er nahm den Schutzhelm ab, tupfte sich mit einem karierten Taschentuch über die verschwitzte Stirn und schrie, um den Lärm zu übertönen: »Er kommt!«

Jenna sah ärgerlich auf ihre Uhr, deren Metallarmband sandverkrustet war. »Schon? Es ist zehn Uhr. Er sollte doch erst um …« Sie legte den Bleistift hin und ging zum Zelteingang. McIntyre deutete nach Osten, wo im gnadenlosen Sonnenlicht des kobaltblauen Himmels über dem Dschungel ein kleiner Fleck näherkam. Schließlich erkannte sie den Hubschrauber und hörte ihn dann sogar auf dem Landeplatz in der Nähe des Camps aufsetzen.

Staub wirbelte auf, jene dünne Bodenkrume, die bloßgelegt wurde, als dieser Teil des Waldes abgeholzt, in die Luft gesprengt oder von Bulldozern entwurzelt worden war. Fahrer und Bauarbeiter hielten einen Augenblick lang in der Arbeit inne und sahen zum Landeplatz. Es handelte sich diesmal nicht um einen der gewaltigen, häßlichen Transporthelikopter, wie sie zur Beförderung von Fahrzeugen und Baugeräten benutzt wurden, sondern um den kleinen, schnittigen Passagierhelikopter, der einem der reichsten Geschäftsleute der Welt gehörte. Selbst aus dieser Entfernung war an der Bordwand der Maschine das rote Symbol von DRUMMOND INDUSTRIES zu erkennen. Wie Jenna bemerkte, beachteten die Wachtposten die Ankunft nicht weiter. Sie patrouillierten, ihre Maschinenpistolen im Anschlag, stur auf und ab, Profis, die die Augen nur auf den Dschungel ringsherum richteten.

»Wir lassen ihn lieber nicht warten«, sagte McIntyre.

»Bloß nicht! Verdammt, sieh dir das an. Er ist schon ausgestiegen. Er erreicht noch vor uns das Hauptbüro. Ich habe gehört, daß er jeden Morgen sechzig Bahnen schwimmt.«

»Ja, der alte Schweinehund hat wahrscheinlich mehr Energie als wir beide«, murrte McIntyre, und Jenna rollte die Karte zusammen und klemmte sie unter den Arm.

Sie eilten im Laufschritt zum stabilsten Gebäude des Camps. Der Flachbau war aus Baumstämmen errichtet und diente als Lager für lebenswichtige Vorräte – Nahrungsmittel, Treibstoff, Munition, Dynamit – Dinge, die es vor dem Klima oder stöbernden Tieren und besonders vor Menschen zu schützen galt. Hier war auch das Verwaltungszentrum, wo McIntyre die Aufzeichnungen über das Projekt stapelte, Funkkontakt mit dem Arbeitgeber aufrechterhielt und täglich Besprechungen mit den Vorarbeitern durchführte.

Jenna behielt recht. Als sie sich dem Gebäude näherten, hatte Alistair Drummond es bereits erreicht. Gerüchte nährten seine zwielichtige Berühmtheit. Wieviel Reichtum hatte er angehäuft? Welchen Einfluß besaß er auf den Ministerpräsidenten der Volksrepublik China? Welche Rolle hatte er im arabischen Ölembargo des Jahres 1973 gespielt? Wie weit war er in die Iran-Contra-Affäre verwickelt? War er im mittleren Alter tatsächlich mit Ingrid Bergman, Marlene Dietrich und Marilyn Monroe ins Bett gestiegen? Welcher Art waren seine Beziehungen zu Maria Tomez, der berühmten Operndiva, die man in jüngster Zeit häufig in seiner Begleitung sah? Alistair Drummond war sechsmal geschieden, er verbrachte mehr Tage des Jahres in seinem Jet als auf den Anwesen, die er in elf Ländern besaß. Die über ihn kursierenden Geschichten und Rätsel stellten ihn als einen Mann voller Widersprüche dar, die man auf die unterschiedlichste Weise interpretieren konnte. Zum Beispiel sein Engagement für die Aidsforschung: Bewegten ihn tatsächlich humanitäre Motive oder ging es ihm nur darum, riesige Profite einzustreichen? Oder beides? Jedenfalls war er eine imposante, geheimnisvolle Figur, und deshalb blieb er allen, die je mit ihm zu tun hatten, im Gedächtnis haften.

Ich vergesse ihn schon gar nicht, dachte Jenna, und diesen Job ganz bestimmt auch nicht. Beim Vorstellungsgespräch hatte er mit unverhohlen geilem Blick ihre üppige, feste Brust, ihre schlanken, ebenfalls festen Hüften abgeschätzt und ihr mit krächzender Stimme, die ihr einen Schauder über den Rücken jagte, einen Job angeboten, obwohl es eher wie ein eindeutiger Antrag klang. Ohne Zweifel war Drummond der gefühlloseste, gemeinste Hund, der ihr je begegnet war, andererseits aber auch der großzügigste. Ihr Gehalt entsprach der Summe der Gehälter für ihre letzten zehn Stellen. Verdientermaßen. Denn diese Arbeit war eine Schande, und wenn sie schon ihre Berufsehre verkaufte, dann auf keinen Fall für einen Apfel und ein Ei.

Als Jenna und McIntyre auf dem gestampften Fußboden des Büros standen, wurde Jennas Blick sofort von Drummond angezogen, der bereits eine Gruppe von Aufsehern mit Fragen bombardierte und ihnen Befehle an den Kopf warf. Daß er in seinem dunkelblauen Nadelstreifenanzug nicht in diese Umgebung paßte, fiel nur den Männern in ihrer durchgeschwitzten Arbeitskluft auf, nicht ihm. Im Gegensatz zu ihm schien sich der blonde, ebenfalls gutgekleidete Herr neben ihm schon eher deplaziert vorzukommen. Es war Drummonds Sekretär Raymond, und sein eiskalter Blick war für Jenna eine Warnung, die angenehmen Züge seiner attraktiven Erscheinung nicht überzubewerten. Sie hegte sogar den Verdacht, daß dieser Raymond sich nur dann in seinem Element fühlte, wenn er Menschen Schmerz zufügen konnte.

»Nein«, sagte Drummond mit brüchiger, aber energischer Stimme zu einem Aufseher. »Nein! Sie haben einen Vertrag unterschrieben, der Ihnen bestimmte Beschränkungen auferlegt. Unter keinen Umständen ist es Ihnen oder Ihren Leuten gestattet, das Camp zu verlassen, bevor die Arbeit abgeschlossen ist. Ich zahle anständigen Lohn für eine Siebentagewoche, und ich erwarte für mein Geld eine maximale Gegenleistung. Weiber ins Camp holen? Kommt nicht in Frage. Das Funksprechgerät für private Zwecke nutzen? Auf keinen Fall. Bringen Sie so etwas nie wieder zur Sprache.«

Drummond wandte sich rüde von den Männern ab und sah Jenna und McIntyre an der Tür stehen. »Gut, mit Ihnen beiden muß ich sprechen.« Er gab Raymond ein Zeichen, die Aufseher nach draußen zu führen, und winkte Jenna und McIntyre mit einer Handbewegung heran. »Haben Sie es gefunden?«

Die beiden blickten zur Seite.

»Die Frage sollte ich mir wohl lieber sparen«, sagte Drummond. »Wenn es so wäre, dann hätten sich diese Idioten eben nicht beherrschen können, sondern hätten es hinausposaunt. Das heißt, sie haben noch keine Ahnung. Trifft das zu?«

McIntyre räusperte sich. »Ja, es trifft zu.«

»Das gefällt mir nicht, das gefällt mir überhaupt nicht«, sagte Drummond. »Ich habe Ihnen alle notwendigen Informationen gegeben. Praktisch haben Sie eine detaillierte Gebrauchsanweisung. Trotzdem sind Sie noch nicht fündig geworden.«

McIntyre murmelte etwas vor sich hin.

»Was?« Drummond war wütend. »Verdammt, Mann, sprechen Sie lauter.«

»Ich bitte um Verzeihung.«

»Keine Entschuldigungen. Ich mag Gewinsel nicht. Vielleicht haben Sie deshalb Ihr Ziel nicht erreicht, weil Sie nicht das Zeug dazu haben, die Sache zu leiten.«

»Die Gebrauchsanweisung war nicht so detailliert, wie Sie behaupten«, unterbrach ihn Jenna.

»So?« Der Alte wandte sich zu ihr. »Sie sprechen wenigstens deutlich. Aber ich erinnere mich nicht, Sie um Ihre Meinung gebeten zu haben.«

»Wenn ich erst darum gebeten werden muß, bin ich keine gute Mitarbeiterin, glauben Sie nicht auch?«

»Eine ausgezeichnete Antwort.« Drummond musterte sie. »Weiter.«

»Eine verwaschene und wahrscheinlich fehlerhafte Übersetzung – so etwas bezeichne ich nicht als detaillierte Gebrauchsanweisung.«

Drummond ging hoch. »Die Übersetzung ist fehlerfrei. Mit der Entschlüsselung des Textes wurden Experten von Weltrang beauftragt.«

»Selbst diese Experten verstehen nicht alle Maya-Schriftzeichen.«

»Und Sie sind als Landvermesserin oder Kartographin Expertin genug, das zu beurteilen? Arbeiten Sie härter. Suchen Sie nicht nach Entschuldigungen. Die Übersetzung kann nicht besser sein. Und sie ist präzise. Was wir suchen, befindet sich hier. Warum orten Sie es nicht?«

»Die Topographie in Yucatán ist ziemlich einheitlich, die im Text beschriebene Stelle kann überall sein. Dazu kommt, daß dieses Gebiet geologisch labil ist. In den tausend Jahren seit der Niederschrift können einige der Merkmale, nach denen wir suchen, durch Erdbeben verschwunden sein.«

Mürrisch wandte sich Drummond wieder McIntyre zu. »Verzögerungen kann ich mir nicht leisten. Der Dschungel ringsherum muß weg. Ihre Männer haben bei weitem nicht das geschafft, was sie schaffen sollten. Sie haben Ihren Arbeitsplan nicht eingehalten.«

»Der Plan hat Sabotageakte nicht berücksichtigt«, antwortete McIntyre.

»Sabotageakte?«

»Jemand hat sich an den Bulldozern und den Lkws zu schaffen gemacht: Dreck in den Benzintanks, Kühlwasserschläuche zerschnitten. Aufgeschlitzte Reifen.«

Drummond rastete aus. »Warum hat man mich darüber nicht informiert?«

»Wir dachten, wir werden damit fertig, ohne Sie zu behelligen. Wir haben die Fahrzeuge wieder repariert und Posten aufgestellt.«

»Und?«

»Wegen der Posten am Fuhrpark hatten wir weniger Leute für die Sicherung des Campbereichs. Eine Nacht später wurde uns eine Menge Werkzeuge gestohlen. Die Wasservorräte wurden verunreinigt, die Treibstoffbehälter angebohrt. Die Helikopter-Crew hat Extraschichten eingelegt, um Ersatzteile anstelle neuer Geräte einzufliegen.«

»Das ist keine Lösung!« schnauzte Drummond. »Finden Sie die Saboteure. Welche von Ihren Leuten kommen in Betracht?«

»Es ist niemand von uns. Es sind Eingeborene«, erklärte Jenna.

Drummond war erstaunt. »Wollen Sie behaupten, ein paar unwissende Indianer seien fähig, Sie zu überlisten und das Projekt lahmzulegen?«

»Sie sind zahlreicher, als Sie glauben. Und was die Ignoranz betrifft – wir befinden uns vor *ihrer* Haustür, nicht vor unserer. Sie kennen das Land viel besser als wir.«

»Faule Ausreden.«

»Sie beobachten aus dem Dschungel heraus jede unserer Bewegungen«, fuhr Jenna fort. »Und ich vermute, daß dieser Ort religiöse Bedeutung für sie hat. Sie sind erzürnt über das, was wir hier tun.«

»Aberglauben und Blödsinn. Es ist grotesk, daß davon das Projekt beeinträchtigt wird. Aber Sie bringen mich auf einen Gedanken. Sie haben recht: Wir befinden uns vor *ihrer* Haustür.« Er wandte sich an den Mann, der an der Tür lehnte. »Raymond, würden Sie gern mal wieder auf die Jagd gehen?«

»Sehr gern, Mr. Drummond.«

»Der Hauptmann der Wache wird Sie entsprechend ausrüsten lassen.« Drummond fragte Jenna: »Wo leben diese Eingeborenen? Haben Sie das Dorf auf Ihrer Karte eingezeichnet?«

»Wir sind mitten im Regenwald. Es gibt keine Wege. Wir haben keinen einzigen Eingeborenen zu Gesicht bekommen, ganz zu schweigen von einem Dorf.«

»Trotzdem sind Sie sicher, daß sie die Täter sind? Raymond, spüren Sie sie auf. Legen Sie ihnen das Handwerk.«

»Ja, Sir.« Raymond öffnete die Tür.

»Noch eines, Raymond ... Da wir sozusagen vor ihrer Haustür stehen und sie sich gründlich auskennen, brauche ich einen Eingeborenen, der noch sprechen kann. Bringen Sie ihn ins Camp zum Verhör. Vielleicht weiß er, wo wir suchen müssen.«

Als Raymond ging, erschien ein Mann in der blauen Pilotenuniform der Drummond Industries.

»Sir, ein Anruf für Sie über das Funksprechgerät im Helikopter.« Er war etwas außer Atem.

»Stellen Sie es hierher durch. McIntyre, auf welcher Frequenz senden Sie?«

McIntyre informierte den Piloten, der davoneilte.

Drummond deutete auf die Karte, die Jenna unter dem Arm trug. »Lassen Sie mal sehen, was Sie da gemacht haben.«

Jenna breitete die Karte auf dem Tisch aus.

»Nein, nein, nein«, sagte Drummond.

»Stimmt etwas nicht? Ich habe alles zweimal gecheckt ...«

»Das ist es ja gerade. Sie waren zu gründlich. Dabei habe ich es Ihnen deutlich zu verstehen gegeben: Ich benötige eine Karte, die auf die mexikanischen Behörden überzeugend wirkt.« Drummond führte sie vor die Tür und deutete mit großer Geste auf das geschäftige Treiben auf dem Gelände, wo Arbeiter Bäume wegräumten und Ausrüstungsgegenstände stapelten.

Gegen das grelle Sonnenlicht hielt Jenna die Hand schützend über die Augen und folgte Drummonds Blicken. Ein Baum nach dem anderen wurde gefällt und zum Verbrennen abgeschleppt, immer mehr Sträucher fielen den Planierraupen zum Opfer, und die scheinbaren Hügel waren deutlich als Ruinen von Pyramiden, Tempeln und Palästen, als das Erbe des einst mächtigen Maya-Reiches zu erkennen.

Jennas Herz hämmerte.

»Was Sie da sehen, existiert nicht«, sagte Drummond. »Ihre Karte darf nicht ...«

Er wurde von einer knatternden, durch atmosphärische Störungen verzerrten Stimme unterbrochen.

»Ihr Gespräch auf der Funksprechanlage«, sagte McIntyre.

»Warten Sie hier. Es dauert nicht lange.«

Drummond verschwand im Gebäude, Jenna und McIntyre blieben draußen. Jenna schüttelte den Kopf, frustriert, verwirrt und verärgert. »So ein Schweinehund.«

»Nicht so laut«, warnte McIntyre, »er könnte dich hören.«

McIntyre hat recht, dachte Jenna. Sie stand unmittelbar

an der Tür, so daß ihre Stimme trotz des Lärms von Fahrzeugen und Arbeitern womöglich drinnen zu hören war. Aber das galt doch auch umgekehrt …

Die Tür war nicht genau in den rohen Rahmen eingepaßt. Nachdem Drummond sie geschlossen hatte, war sie wieder aufgesprungen. Jenna vernahm gelegentliche heisere Ausbrüche.

»Machen Sie die Frau ausfindig. Wenn Delgado erfährt, daß sie nicht mehr mitmacht, war alles umsonst. Suchen Sie sie. Jedes Mittel ist recht. Mir egal, was Sie tun … Liquidieren, wenn …«

Mehr mochte Jenna nicht hören. Sie entfernte sich sofort von der Tür und stellte sich wieder neben McIntyre. Ihr war übel, doch sie mimte die gute, geduldig wartende Mitarbeiterin.

Drummond riß die Tür auf und kam mit großen Schritten heraus.

»All das«, sagte er und wiederholte seine Geste von vorhin. »Sie haben das viel zu naturgetreu auf Ihre Karte gebracht, viel zu fleißig. Die mexikanischen Behörden dürfen auf keinen Fall merken, wie groß und bedeutend dieser Fund ist. Ihre Karte muß das alles verharmlosen, es muß aussehen wie ein Grabungsort, der besondere Aufmerksamkeit nicht lohnt.« Drummond zeigte auf die majestätischen Tempel, auf die mit Hieroglyphen verzierten Paläste und die gewaltige terrassenförmige Pyramide, deren breite, hohe Treppen, die an jeder Seite nach oben führten, von riesigen Schlangenköpfen bewacht wurden. »Denn heute in zehn Tagen muß das alles dem Erdboden gleich sein. Hören Sie, McIntyre?« Er funkelte den Projektleiter an. »Sie kennen den Auftrag. Sie kennen den Arbeitsplan. Nehmen Sie Bulldozer. Vorschlaghämmer. Dynamit. Wenn nötig, benutzen Sie die Fingernägel. Heute in zehn Tagen muß die Förderanlage stehen und das andere alles nicht mehr da sein. Machen Sie es dem Erdboden gleich. Verstreuen Sie den Schutt. Transportieren Sie ihn ab. Schütten Sie Löcher damit zu. Lassen Sie ihn von Helikoptern fortschaffen. Mir egal, wie Sie es machen. Das alles will ich nicht mehr sehen!«

Sechstes Kapitel

I

Alexandria, Virginia

Der sichere Ort befand sich im zweiten Stock, abermals in einer Wohnung eines verzweigten Gebäudekomplexes, wo Buchanan unauffällig logieren konnte. Nach der Ankunft in Washington hatte er sich aus einer Telefonzelle bei seinem Leitoffizier gemeldet. Eine schroffe Männerstimme befahl ihm, um drei Uhr nachmittags auf den Stufen vor der Kongreßbibliothek zu sitzen. Genau zur angegebenen Zeit blieb ein Mann mittleren Alters in blauem Blazer und grauer Hose neben ihm stehen, um sich den Schuh zuzubinden. Als er weiterging, verbarg Buchanan den kleinen Briefumschlag, den der andere ihm zugeschoben hatte. Er wartete noch fünf Minuten, bevor er die Bibliothek betrat, wo er eine Herrentoilette aufsuchte und sich in eine Kabine einschloß. Dort öffnete er den Umschlag, nahm seinen Codeschlüssel heraus und las eine Mitteilung, die ihm einen neuen Namen gab, einige biographische Informationen dazu, eine Anschrift in Alexandria und eine Apartmentnummer. Papier und Umschlag waren recht ungewöhnlich, denn als Buchanan sie in das Becken warf, lösten sie sich sofort auf. In der Abteilung ›Literatur über Washington‹ sah er in einem Adressenverzeichnis nach, welche Hauptstraßen sich in der Nähe des Apartments befanden. Gegen sechs Uhr abends stieg er wenige Blocks von seinem Ziel entfernt aus einem Taxi und legte den Rest der Strecke zu Fuß zurück. Aus Gewohnheit benutzte er Umwege, um etwaige Verfolger abzuschütteln.

Auf dem Zettel hatte sein neuer Name gestanden: Don Colton. Er war angeblich Schriftsteller für ein bestimmtes Reisemagazin, das – so vermutete Buchanan – seiner Behörde angegliedert war. Reiseschriftsteller ist eine hervorragende Tarnung, dachte Buchanan, denn ein solcher Mann ist, wie der Begriff schon sagt, häufig unterwegs, und die Nachbarn halten es deshalb nicht für sonderbar, wenn sie ihn selten oder nie zu Gesicht bekommen. Seinen Leitoffizieren hatte natürlich nicht genügend Zeit zur Verfügung gestanden, diese Tarnung für ihn genau nach Maß zu schneidern, weshalb er automatisch annahm, daß es sich bloß um eine vorläufige Identität handelte, eine Allzweckrolle, die für alle paßte und die für Notfälle diente. Als Don Colton befand er sich vermutlich in der Warteschleife und würde früher oder später unter irgendeinem anderen Namen Gott weiß wohin geschickt werden.

Er benutzte nicht den Fahrstuhl, sondern die Feuertreppe zum zweiten Stock. Da die meisten Menschen den Lift bevorzugen, war die Möglichkeit geringer, auf der Treppe jemandem zu begegnen. Er gelangte in einen Korridor, der von Neondeckenlampen beleuchtet wurde. Wie erwartet, war niemand in Sicht – die anderen Mieter waren bereits von der Arbeit nach Hause zurückgekehrt. Als er über den grünen strapazierfähigen Teppichboden ging, hörte er aus den Wohnungen links und rechts Musik, Stimmen und Badgeplätscher. Endlich stand er vor dem Apartment Nummer 327, öffnete die Tür und trat ein.

Er schaltete das Licht an, warf einen prüfenden Blick auf die Wohnküche und schloß die Tür ab; dann checkte er die Schränke, Bad und Schlafzimmer. Ans Fenster trat er erst, nachdem er das Licht wieder gelöscht und die Vorhänge zugezogen hatte. Dann ließ er sich auf das Sofa fallen. Er war sicher. Jedenfalls im Augenblick.

2

Das Apartment besaß die Atmosphäre eines Hotelzimmers: alles sauber, aber funktionell und unpersönlich. Ein Teil des Wohnraums war in ein Minibüro mit Schreibtisch und kompletter PC-Anlage verwandelt worden. Auf dem Couchtisch lagen einige Nummern der Zeitschrift, für die er angeblich tätig war, und als Buchanan sie durchblätterte, stieß er auf Artikel, die ein Don Colton verfaßt hatte. Das war ein weiteres Zeichen dafür, daß Don Colton eine Allzweckidentität war. Don Colton – zumindest der jetzige Träger dieses Namens – würde sich hier wohl nicht lange aufhalten.

Trotzdem mußte Buchanan seine Rolle als Colton glaubhaft gestalten. Deshalb las er zunächst die angeblich aus seiner Feder stammenden Beiträge. Als er den zweiten zur Hälfte überflogen hatte – er handelte von Tahiti –, merkte er mit einemmal, daß schon zwei Stunden verstrichen waren. Hatte er wirklich so lange gebraucht, um ein paar Seiten zu lesen? War er eingeschlafen? Die ›mexikanischen Kopfschmerzen‹ machten ihm wieder zu schaffen. Müde erhob er sich, ging in die Küche und schenkte sich einen Bourbon ein. Die Flasche stand neben Gin und Rum auf dem Kühlschrank. Er fügte Eis und Wasser hinzu und überlegte, was er zuerst tun sollte – duschen oder eine Dose Chili öffnen. Am nächsten Tag würde er sich um saubere Kleidung kümmern müssen, denn die, die im Schlafzimmer hing, war ihm zu klein.

Als das Telefon klingelte, stellte er das Glas ab und starrte den Apparat an, der auf einem Tisch neben dem Sofa stand. Es läutete zum zweitenmal. Er nahm einen kleinen Schluck Bourbon, um ruhiger zu werden. Es klingelte zum drittenmal. Mit zusammengekniffenen Augen betrat er das Wohnzimmer und nahm den Hörer ab.

»Hallo.« Er versuchte, seiner Stimme einen neutralen Klang zu geben.

»Don!« rief eine männliche Stimme überschwenglich. »Hier ist Alan! Ich war nicht sicher, ob Sie schon zurück sind. Mann, wie geht es Ihnen?«

»Gut«, antwortete Buchanan. »Recht gut.«

»War die Reise okay?«

»Der Rest, ja.«

»Ja, auf Ihren Postkarten stand was von Schwierigkeiten in anderen Städten. Aber Sie haben alles gepackt, stimmt's?«

»Ja, richtig.«

»Das ist ja großartig. Hören Sie, Kumpel, ich weiß, es ist schon spät, aber wir haben uns seit einer Ewigkeit nicht mehr gesehen. Was meinen Sie? Haben Sie schon gegessen? Haben Sie Lust, sich mit mir zu treffen?«

»Nein, ich habe noch nicht gegessen.«

»Na, dann komme ich einfach mal rüber!«

»Einverstanden, warum nicht?«

»Toll, Don. Kann es gar nicht erwarten. Ich bin in einer Viertelstunde da. Überlegen Sie mal, wo Sie essen möchten.«

»Irgendwo, wo es gemütlich ist und nicht so voll. Vielleicht mit Klaviermusik.«

»Genau meine Vorstellung, Don, genau.«

»Bis gleich.« Buchanan legte den Hörer auf und massierte sich die schmerzenden Schläfen. ›Postkarten‹ und ›Klaviermusik‹ waren Parole und Gegenparole, die, der Nachricht in der Bibliothek zufolge, bei der Kontaktaufnahme benutzt werden sollten. Seine Auftraggeber ließen also nicht lange auf sich warten.

Beruhigt trank er seinen Bourbon.

3

Eine Viertelstunde später, auf die Minute pünktlich, klingelte es an der Tür. Buchanan äugte durch den Spion und sah einen korpulenten Herrn, mit kurzem Haarschnitt und in den Vierzigern, der ein braunkariertes Sportsakko trug. Die Stimme am Telefon war Buchanan unbekannt, daher war er nicht überrascht, diesen Mann noch nie gesehen zu haben. Im stillen hatte er gehofft, daß einer der Leitoffiziere auftauchen würde, mit denen er früher schon gearbeitet hatte. Es wurde zu oft gewechselt.

Vorsichtig öffnete er. Schließlich war es nicht selbstverständlich, daß der Besucher sein Kontaktmann war. Aber der andere zerstreute sofort seine Befürchtungen, indem er mit demselben fröhlichen Ton sprach wie am Telefon.

»Don, Sie sehen ja toll aus. Auf Ihren Karten stand nichts davon, daß Sie schlanker geworden sind.«

»Ich habe das Essen nicht vertragen. Kommen Sie herein, Alan. Ich habe nachgedacht, vielleicht sollten wir doch nicht essen gehen. Mir ist nicht nach Klaviermusik.«

»Wie Sie wollen.« Der Mann, der sich als Alan ausgegeben hatte, was zweifellos ein Deckname war, trug einen kleinen Aktenkoffer aus Metall bei sich und sagte nichts mehr, bis Buchanan die Tür verschlossen hatte. Plötzlich änderte er sein Verhalten, wie ein Schauspieler, der aus seiner Rolle schlüpft, sobald er die Bühne verläßt. Er benahm sich geschäftsmäßig. »Das Apartment wurde heute nachmittag gründlich durchsucht. Keine Wanzen. Wie geht es Ihnen?«

Buchanan zuckte mit den Achseln. Eigentlich fühlte er sich wie ausgepumpt, aber seine Ausbildung verbot ihm, sich Schwächen anmerken zu lassen.

»Heilt die Wunde gut?«

»Die Infektion ist zurückgegangen.«

»Okay«, sagte der andere einfach. »Was ist mit dem Kopf? Ich habe gehört, Sie sind ...«

»Dummer Unfall.«

»In dem Bericht, den ich erhielt, stand etwas von Gehirnerschütterung.«

Buchanan nickte.

»Und eine Schädelfraktur.«

Buchanan nickte abermals. »Aber nur eine Impressionsfraktur. Ein Knochensegment wurde innen gegen das Gehirn gedrückt, daher die Gehirnerschütterung. Es ist also kein Riß im Gebälk. So schlimm ist es nicht. In Fort Lauderdale war ich einen Tag zur Beobachtung im Krankenhaus. Dann hat mich der Arzt entlassen.«

Alan setzte sich auf das Sofa, ohne Buchanan aus dem Auge zu lassen. »So stand es im Bericht. Dort hieß es auch, daß noch ein Checkup nötig ist, um festzustellen, ob die Quetschung am Hirn zurückgegangen ist.«

»Könnte ich herumlaufen, wenn es sich nicht gebessert hätte?«

»Ich weiß nicht.«

»Wenn ich gemerkt hätte, daß die Verletzung meine Einsatzfähigkeit beeinträchtigt, dann hätte ich es gemeldet.«

»Lobenswert. Und wenn Sie glaubten, Sie brauchen mal etwas Urlaub, dann würden Sie es sagen – oder?«

»Na klar.«

Der andere schwieg und sah Buchanan nachdenklich an, bevor er am Kombinationsschloß seines Aktenkoffers drehte und ihn dann aufschnappen ließ. »Wir haben einigen Papierkram zu erledigen.«

Endlich rückt er mit meiner neuen Identität raus, dachte Buchanan, aber er hatte gleichzeitig ein ungutes Gefühl. Irgend etwas an der Haltung des Mannes mißfiel ihm. In seiner achtjährigen Tätigkeit als Undercoveragent hatte Buchanan mit Leitoffizieren verschiedenster Art gearbeitet. Sympathisch zu sein war keine Bedingung für diesen Job, und manchmal blieb auch einfach keine Zeit, etwas höflich zu sagen. Es hatte auch wenig Sinn, sich mit jemandem anzufreunden, dem man höchstwahrscheinlich nie wieder begegnete. Zuweilen fühlte Buchanan sich zu jemandem hingezogen, wie zum Beispiel zu Jack und Cindy Doyle. Er wappnete sich zwar gegen solche Gefühle, doch ergab es sich gelegentlich, und jedesmal fühlte er beim Abschied eine innere Leere. So konnte er sehr gut verstehen, warum der korpulente Typ die Angelegenheit so geschäftlich wie möglich abwickeln wollte. Nein, das war nicht der Grund für Buchanans Unbehagen. Es lag an etwas anderem, und er konnte es nur auf seine schlechten Erfahrungen mit Bailey schieben, auf seinen Instinkt, der ihm befahl, besonders vorsichtig zu sein.

»Hier ist die unterschriebene Empfangsbestätigung«, sagte Alan. »Nun können Sie mir die Papiere von Victor Grant geben.«

Buchanan traute diesem Alan nicht. »Sind weg«, antwortete er achselzuckend.

»Wie bitte?«

»Als ich in Fort Lauderdale den Wagen ins Wasser schob, mußte ich die Papiere drin lassen, damit die Behörden einen Anhaltspunkt für die Identifikation des Fahrers hatten, nachdem seine Leiche nicht aufzufinden war ... Ich meine, damit sie zu dem Schluß kamen, daß es sich um einen Victor Grant handelt.«

»Sie haben *alles* zurückgelassen?«

»Führerschein. Kreditkarte. Sozialversicherungskarte – alles. Alles in einer Brieftasche in der Jacke, damit es nicht davontrieb. Der Polizei wäre es komisch vorgekommen, wenn sie nur einen Führerschein gefunden hätte.«

»Den Paß hätten Sie behalten müssen. Wenn ein Experte den prüft, kann es eine Menge Fragen geben, die die Leute im State Department nicht beantworten können. Und dann ist es möglich, daß man uns fragt.«

»Ich konnte ihn nicht mitnehmen«, log Buchanan. Tatsächlich befand sich das Dokument im Schlafzimmer in einer kleinen Reisetasche, die er zusammen mit Körperpflegemitteln und ein paar Kleidungsstücken zum Wechseln vor der Abreise aus Florida gekauft hatte. Die Tasche enthielt auch die Pistole, die Jack Doyle ihm gegeben hatte. Davon wollte er Alan ebenfalls nichts erzählen.

»Wenn die Behörden den Fall Victor Grant gründlich untersuchen würden«, fuhr Buchanan fort, »sollte ihnen nichts seltsam vorkommen. Stellen Sie sich vor: Sie haben meine Brieftasche, sie haben meinen Koffer – er liegt im Kofferraum des Wagens. Sie haben sämtlichen Besitz von Victor Grant. Es fehlen nur seine Leiche und sein Paß! So funktioniert das nicht. Ein guter Detektiv könnte auf den Gedanken kommen, daß Victor Grant seinen Tod vorgetäuscht hat und, den Paß in der Tasche, auf und davon ist. Mit dem einzigen Dokument, das er braucht, wenn er das Land verlassen will! Da er aber zusammen mit der Brieftasche in der Jacke steckt, haben die Behörden einen Verdachtspunkt weniger, über den sie sich den Kopf zerbrechen können.«

»Clever, Buchanan«, sagte der andere. »Die Sache hat nur einen Haken.«

»Welchen?«

»Die Polizei hat ihn nicht gefunden.«

»Was? Dann muß er weggeschwommen sein.«

»Ohne die Brieftasche?«

»He, die war schwerer. Woher soll ich wissen, wie das passiert ist? Mein Befehl lautete, Victor Grant verschwinden zu lassen. Ich habe ihn nach bestem Wissen und Gewissen befolgt.«

Alan blickte ihn prüfend an. »Sie müssen hier unterschreiben und bestätigen, daß Sie mir den Paß nicht aushändigen konnten.«

»Wie Sie wünschen.« Buchanan unterzeichnete und gab das Formular zurück.

»Zum nächsten Punkt der Tagesordnung.« Geschickt, wenn auch mit dem Ausdruck des Unwillens, kippte der korpulente Mann den Inhalt einer Tüte auf den Couchtisch, einen Wust von Zeitschriften, Katalogen, Werbeschreiben von Video- und Schallplattenclubs und anderen Massendrucksachen. »Ihre Post«, erklärte er.

Buchanan nickte. Um unter einem Decknamen glaubwürdig zu erscheinen, benötigte er mehr als nur gefälschte Papiere. Post, zum Beispiel. Es war nicht normal, wenn man keine Post erhielt. Rechnungen mußten bezahlt werden. Briefe mußten eintreffen und Zeitschriften.

Wenn Buchanan einen neuen Auftrag bekam und die Wohnung wechselte, gab er eine Identität auf, um eine andere anzunehmen. Da er keine Vorkehrungen traf, die Postzustellung an seine vorherige Identität zu sperren, trafen unweigerlich noch Sendungen ein. Um jeglichen Verdacht zu vermeiden, hinterließ er bei den Vermietern jedesmal eine Nachsendeanschrift, eine unverfängliche Adresse, im allgemeinen eine Privatfirma, die Buchanans Behörde unterstellt war.

»Ist etwas dabei, um das wir uns kümmern müssen?« fragte Alan. »Ein paar Kleinigkeiten, die wir noch erledigen sollten? Darüber müssen wir uns klar sein, bevor wir das Zeug hier verbrennen.«

Buchanan sah die Post durch. »Nein. Die Zeitschriften und Kataloge können wir wegwerfen.«

Als er eine Postkarte herausgriff, rann ihm ein Schauer über den Rücken. »Sie ist an Peter Lang adressiert. Den Namen habe ich vor sechs Jahren das letztemal benutzt. Warum, zum Teufel, war sie so lange unterwegs?«

»Wieso lange? Sehen Sie sich den Stempel an. Wurde erst letzte Woche in Baltimore eingeworfen.«

»Letzte Woche?« Buchanan fror. »Wer sollte mit Peter Lang Kontakt aufnehmen – nach sechs Jahren? Wer erinnerte sich an ihn? Wem ist noch daran gelegen?«

»Genau das haben wir uns auch gefragt.« Alans prüfender Blick wurde drohend. »Und warum eine Postkarte und kein Brief? Und wie verstehen Sie den Text?«

Verwirrt las Buchanan. Eine handgeschriebene Mitteilung in schwarzer Tinte, die Züge klein und mit dünnem Strich, die Buchstaben schwungvoll, aber pedantisch.

Die Handschrift einer Frau. Kein Name.

Sechs Sätze, einige unvollständig und scheinbar unverständlich.

Aber nicht für Buchanan. Er brauchte keine Unterschrift, um den Absender zu erraten. Er bewunderte ihre indirekte Methode, denn sie war sich sicher, daß einige Leute, vor allem Buchanans Vorgesetzte, die Zeilen vor ihm lasen.

4

Hier die verdammte Postkarte. Hätte nie gedacht, daß ich sie mal schreibe. Ich hoffe, Dein Versprechen war ernst gemeint. Am selben Ort zur selben Zeit wie letztesmal. Verlasse mich auf Dich. BITTE.

Buchanan las die Karte mehrmals und sah schließlich seinen gespannt wartenden Besucher an.

»Na, wer ist das?« fragte Alan.

»Es ist eine Frau, die ich kannte, als ich noch Peter Lang war. Ich habe sie für Täuschungsmanöver benötigt.«

»Ist das alles?«

Buchanan zuckte mit den Achseln.

»Wer war sie, Buchanan?«

»Es ist so lange her, ich weiß nicht mal mehr ihren Namen.«

»Machen Sie mir nichts vor. Ihr berühmtes Gedächtnis sollte Sie bei dieser Frau plötzlich im Stich lassen?«

»Ich erinnere mich nur an Wesentliches. Dazu gehörte sie nicht.«

»Warum hat sie nicht unterschrieben?«

»Sie war ein Schelm – daran kann ich mich erinnern. Vielleicht hat sie geglaubt, eine Postkarte ohne Unterschrift ist pfiffig und geheimnisvoll.«

»Und trotzdem wissen Sie, wer der Absender ist?«

»Solche Scherze hat sie öfter gemacht. Unverständliche Mitteilungen ohne Unterschrift. Ich fand sie im Bad, in meinem Schlafanzug, unter der Tür durchgeschoben. Wie gesagt, sie war ein Schelm. Andererseits wirklich hinreißend, und nie wieder habe ich eine so schöne und elegante Handschrift gesehen.«

»Aber was bedeutet die Karte?«

»Verdammt, das möchte ich auch wissen. Vielleicht war sie high, als sie sie geschrieben hat. Oder sie hat sich bemüht, witzig zu sein, und merkte nicht, wie unverständlich sie war.«

»Einfach so – nach sechs Jahren entschließt sie sich plötzlich, Ihnen zu schreiben.«

»So spontan war sie immer.«

»Und was soll ›Am selben Ort zur selben Zeit wie letztesmal‹ heißen?«

»Keine Ahnung, worauf sie da anspielt.«

Der andere blieb unbeweglich sitzen. Er fixierte Buchanan, wie um ihn zu verunsichern und ihm ein Zeichen der Schwäche zu entlocken.

Nach fast einer Minute seufzte Alan und streckte die Hand nach der Karte aus. Er schob sie in die Tüte zu den Zeitschriften, Katalogen und Prospekten, die vernichtet werden sollten, stopfte alles in seinen Aktenkoffer und schloß ihn ab. »Wir sprechen uns bald wieder, Buchanan.« Er erhob sich.

»Moment mal.«

»Stimmt was nicht? Oder haben Sie vergessen, mir etwas zu sagen?«

»Wo sind meine neuen Dokumente?«

»Neue Dokumente?«

»Führerschein, Paß und Kreditkarte, die Dokumente für Don Colton.«

Der andere verzog das Gesicht. »Sie haben was falsch verstanden. Sie erhalten keine neue Identität.«

»Was soll das heißen?«

»Sie brauchen keine. Miete, Telefongebühren und die anderen Rechnungen werden von einer unserer Deckfirmen per Post bezahlt. Hier sind genügend Lebensmittel, also brauchen Sie kein Scheckbuch zum Einkaufen und eine Kreditkarte für Restaurants oder Ähnliches auch nicht. Und da wir Sie gern in greifbarer Nähe haben, sind Personaldokumente zum Anmieten eines Wagens auch nicht nötig.«

»Und was ist mit Kleidern? Ich brauche eine Kreditkarte für Neuanschaffungen – in Fort Lauderdale habe ich einiges zurückgelassen. Die Sachen im Schrank sind zu klein.«

»Auf dem Regal im Schlafzimmer liegt ein grauer baumwollener Jogginganzug. Der paßt Ihnen bestimmt und reicht fürs erste. Wenn ich Sie ins Krankenhaus zum Chekkup fahre, bringe ich Ihnen ein paar Sachen mit.«

»Ist das alles? Sie lassen mich hier einfach hängen, und ich kann nicht mal meine Identität nachweisen?«

»Buchanan, wir wollen gar nicht, daß Sie Ihre neue Identität nachweisen. Wir wollen nicht, daß Don Colton die Wohnung verläßt. Don Colton ist unsichtbar. Er lebt seit Jahren in diesem Block, und niemand kennt ihn. Er reist viel herum, verstehen Sie. Solange Sie hier drinnen bleiben, wird niemand Sie stören, und wir möchten auch nicht, daß *Sie* jemanden stören. Verstanden?«

Buchanan kniff die Augen zusammen. »Ja, verstanden.«

»Sie dürfen sich nicht mal eine Pizza kommen lassen.«

»Ich habe gesagt, verstanden. Und überhaupt – wie kann ich mir eine Pizza bestellen, wenn ich fast blank bin?«

»Gut.« Alan nahm den Aktenkoffer und ging zur Tür.

»Wann höre ich wieder von Ihnen?«

»Wenn wir den Schaden von Cancún, Mérida und Fort Lauderdale unter Kontrolle haben. Vorhin sagten Sie, daß Sie um Urlaub bitten würden, wenn Sie ihn nötig haben. Nach unserer Einschätzung brauchen Sie dringend Ruhe und Entspannung. Sie sind lange im Einsatz gewesen, Buchanan. Jetzt haben Sie Zeit für etwas Ruhe.«

»Und was ist, wenn ich keine Ruhe will?«

Alan hielt den Türknopf fest. »Es ist merkwürdig, Buchanan. Ich weiß, wie fanatisch Sie mit Ihren verschiedenen Identitäten umgehen. Haben sich eine detaillierte Geschichte für jedes Ihrer Pseudonyme ausgedacht. Haben so gegessen, sich so gekleidet und genauso bewegt, wie nach Ihrer Meinung dieser Mensch es tun würde. Sie haben jedem eine eigene Persönlichkeit gegeben.«

»Korrekt. Nur auf diese Weise kann ich überleben.«

»Klar. Und man hat mir erzählt, daß Sie jedem Einsatzleiter fast an die Gurgel springen, der Sie mit Ihrem eigentlichen Namen anredet. Das habe ich eben getan – und nicht nur einmal. Sie hätten mich auffordern müssen, Sie Don Colton zu nennen.«

»Das ist doch ganz normal. Solange ich Don Coltons Dokumente und Background nicht habe, kann ich mich nicht in ihn verwandeln.«

»Na, dann hätten Sie darauf bestehen sollen, als Victor Grant angeredet zu werden.«

»Wie konnte ich das?«

»Ich verstehe nicht.«

»Victor Grant ist tot.«

»Für Sie – aber nicht für die Polizei. Das ist ein wesentlicher Unterschied.« Alan öffnete die Tür. »Bleiben Sie brav zu Hause. Machen Sie es sich gemütlich. Ich melde mich wieder.«

5

Buchanan lehnte sich mit dem Rücken an die geschlossene Tür. So viel war fehlgeschlagen, daß er nicht wußte, wo er beginnen sollte.

Versuche es mal damit: Du hast ihn wegen des Passes belogen und ihm die Pistole verschwiegen. Ich wollte sie behalten. Ich traue ihm nicht.

Na, in dem Punkt hattest du vermutlich recht. Egal, wie man das Gespräch bezeichnen will: Ein neuer Auftrag war das nicht. Und er hat dir neue Dokumente verweigert. Es war eher ein Verhör …

Die Postkarte!

In der Küche mixte sich Buchanan noch einen Bourbon mit Wasser und nahm einen großen Schluck.

Die Postkarte.

Warum hast du ihm auch in diesem Punkt nicht die Wahrheit gesagt?

Weil er zu neugierig war.

Andererseits: Da kommt eine Postkarte an. Sie ist für einen Mann bestimmt, der nicht mehr existiert, das heißt, den du seit sechs Jahren nicht mehr darstellst. Darüber muß man doch stolpern. Verständlicherweise wollen sie wissen, was da vorgeht. Warum hast du ihm nicht gesagt, wer diese Frau ist?

Weil ich nicht sicher bin. Scheiße. Die Wahrheit ist, daß du Angst hast. Du bist verwirrt und hast Angst. Die ganze Zeit hast du nicht an sie gedacht. Hast dich gezwungen, nicht an sie zu denken. Und nun auf einmal spukt sie dir wieder durch den Kopf, und du weißt nicht, wie du damit umgehen sollst. Eines ist ganz sicher – du hast etwas dagegen, daß sie sich mit ihr beschäftigen.

6

Hier die verdammte Postkarte. Hätte nie gedacht, daß ich sie mal schreibe.

Als sie ihm an jenem Abend sagte, sie wolle ihn nie wieder sehen, war sie wütend. Er solle sich keine Mühe geben, mit ihr in Verbindung zu treten. Und wenn sie je etwas von ihm wolle, dann würde sie ihm halt eine verdammte Karte schikken.

Ich hoffe, Dein Versprechen war ernst gemeint.

Er hatte darauf geantwortet: Egal, wie weit in Zeit und Raum sie voneinander getrennt wären, sie brauchte ihn bloß zu bitten, und er wäre zur Stelle.

Am selben Ort zur selben Zeit wie letztesmal.

31. Oktober, Halloween-Tag. Daran erinnerte er sich genau, weil soviel Trubel war, Kostüme, Musik. Es war kurz vor Mitternacht gewesen, im Café du Monde in New Orleans.

Verlasse mich auf Dich. BITTE.

Großbuchstaben! Das sah fast aus wie ein Hilfeschrei. Das paßte nicht zu ihr und konnte nur bedeuten: Sie schwebte in Gefahr.

Er starrte auf seinen Drink und stellte sich vor, in welcher Aufregung sie die Karte geschrieben haben mußte. Vielleicht hatte sie nur wenige Augenblicke Zeit gehabt, mußte ihre Nachricht auf das Wesentliche reduzieren und hoffen, daß er sie verstand.

Sie will nicht, daß jemand außer mir weiß, wo und wann sie mich trifft. Sie hat unheimliche Angst.

7

Der Mann, der sich Alan nannte, hatte Buchanans Wohnung verlassen und entfernte sich durch den grellerleuchteten Korridor. Er war erleichtert, daß niemand zufällig aus einer anderen Tür trat und ihm begegnete. Wie Buchanan benutzte er die Feuertreppe, stieg aber nach oben in den nächsten Stock. Als er Stimmen hörte, wartete er, bis das Geräusch des Lifts sie unterbrach, und eilte dann durch den Korridor bis vor die Tür eines Apartments, das unmittelbar über dem von Buchanan lag. Er klopfte zweimal, wartete und wiederholte das Zeichen. Das Schloß schnappte, er wurde rasch eingelassen.

Die Wohnung war nur schwach erleuchtet. Er konnte nicht erkennen, wer anwesend oder wie sie eingerichtet war. Kaum fiel die Tür hinter ihm wieder zu, klickte ein Schalter, und im Wohnzimmer wurde es hell. Schwere Vorhänge verhinderten, daß das Licht von draußen zu sehen war.

Fünf Leute waren im Raum: der Colonel in blauem Straßenanzug, Major Putnam in gelbbrauner Hose und braunem Blazer, Captain Weller und zwei Posten in Zivil, von denen einer ihn eingelassen und hinter ihm wieder abgeschlossen hatte.

Die drei Offiziere beachteten Alan kaum. Nach einem kurzen Blick hingen sie wieder wie gebannt an einer Reihe von Überwachungsmonitoren, auf denen Buchanans Wohnung zu sehen war. Auf einem langen Tisch standen mehrere Videorecorder, die alles aufnahmen, was eine Etage tiefer geschah. Auf einem anderen Tisch arbeiteten einige Tonbandgeräte. Von einem Sofa und zwei an der Wand stehenden Stühlen abgesehen, bestand die Einrichtung nur aus elektronischen Geräten. Kein Wunder, daß auf Befehl des Colonels beim Öffnen der Korridortür das Licht gedimmt wurde – niemand durfte sehen, was sich in diesem Apartment befand.

Alan stellte den Aktenkoffer auf den Arbeitstisch zwischen Küche und Wohnzimmer, neben eine Schachtel mit Pfannkuchen und eine dampfende Kaffeemaschine.

»Was hat er getan, seit ich gegangen bin?« fragte er. Die Frage galt jedem, der sich die Mühe machen wollte zu antworten. Als Zivilist fühlte er sich nicht verpflichtet, militärische Rangbezeichnungen zu benutzen. Ja, ihm stank es, daß die Herren der Special Operations Division sich für etwas Besseres hielten als die Agency.

Nach einer Pause antwortete Captain Weller, ohne Alan dabei anzusehen oder sich von den Bildschirmen loszureißen. »Lehnte sich an die Tür. Rieb sich den Kopf. Scheint Kopfschmerzen zu haben. Ist in die Küche gegangen. Hat sich noch einen Drink eingegossen.«

»Noch einen?« fragte Alan mißbilligend.

Der tadelnde Tonfall zwang Major Putnam, den stellvertretenden Kommandeur, sich an ihn zu wenden. »Das ist nichts Ungewöhnliches. Alkohol ist eine seiner Waffen. Er benutzt ihn, um seine Gegenspieler in Sicherheit zu wiegen. Wenn er seine Alkoholtoleranz nicht aufrechterhält, ist er ebenso leicht verwundbar wie ohne Schußwaffe.«

»Das habe ich noch nie gehört«, sagte Alan skeptisch. »Wenn er ganz mir unterstünde, wäre ich beunruhigt. Aber bei dieser Aktion lief ja von Anfang an nichts im üblichen Rahmen, stimmt's?«

Der Colonel drehte sich um. »Seien Sie nicht so herablassend.«

»Ich bin nicht herablassend. Ich habe nur auf die Notwendigkeit der Selbstbeherrschung hingewiesen.«

»Hinweis verstanden«, antwortete der Colonel. »Wenn er sich nach diesem Drink noch einen mixt, dann mache ich mir Sorgen.«

»Okay. Aber wir haben noch mehr, worüber wir uns Sorgen machen müssen. Was halten Sie von meinem Gespräch mit ihm?«

Eine Bewegung auf einem der Monitore ließ alle aufmerksam werden.

Buchanan kam mit seinem Drink aus der Küche.

Auf einem anderen Monitor erschien er im Wohnzimmer und ließ sich auf das Sofa fallen. Er legte die Füße auf den

Couchtisch, lehnte sich zurück und strich sich mit dem vom Eis beschlagenen Glas über die Schläfen.

»Ja, das sieht man – Kopfschmerzen«, sagte Alan.

»Oder vielleicht nur müde vom Streß und von der Reise«, sagte die Frau, Captain Weller.

»Eine neue Computertomographie wird zeigen, was sich in seinem Kopf abspielt«, stichelte Alan.

Die Frau wandte sich um. »In seinem Gehirn, aber nicht in seinen Gedanken.«

»Das meinte ich. Ich habe Sie gefragt, was Sie von meinem Gespräch mit ihm halten.«

»Seine Erklärung zum Paß machte Sinn«, sagte der Major. »Ich an seiner Stelle hätte ihn wahrscheinlich mitgenommen, aber ich bin eben nicht an seiner Stelle. Ich besitze nicht sein Talent, Rollen zu spielen. Ein durchgeweichter Paß, der Victor Grants Identität bestätigt, ohne die Herkunft des Passes preiszugeben, hätte seinen Tod glaubhafter gemacht.«

»Zugegeben. Das Dumme ist nur, daß der Paß nicht gefunden worden ist«, stellte Alan klar.

»Unglücklicher Zufall.«

»Unsere Meinungen gehen in diesem Punkt auseinander. Darüber sprechen wir später noch mal«, sagte Alan. »Was ist mit der Postkarte?«

»Auch diese Erklärung machte Sinn«, antwortete der Major.

»Unser Gespräch bewegt sich im Kreis«, sagte Alan. »Mir reißt bald die Geduld. Wenn Sie ihn reinwaschen wollen, warum haben Sie mich dann herbestellt? Ich habe Frau und Kinder, die nicht mehr wissen, wie ich eigentlich aussehe.«

»Reinwaschen?« mischte sich der Colonel ein. Seine Stimme klang wie Stahl auf Stein. »Mir reißt bald die Geduld mit Ihnen! Der Mann, den Sie die Ehre hatten zu befragen, ist mit Sicherheit der beste Undercoveragent, der mir je unterstellt war. Er hat länger überlebt und mehr gefährliche Einsätze durchgeführt als jeder andere Ermittler in meiner Praxis. Ein außergewöhnlicher Mann, und nur mit dem größten Bedauern erwäge ich seine Liquidierung.«

Aha, dachte Alan, jetzt kommt er endlich zur Sache. Er deutete auf die beiden Posten. »Sind Sie sicher, daß Sie über ein so heikles Thema in Anwesenheit dieser ...«

»Die sind zuverlässig«, unterbrach ihn der Colonel ärgerlich.

»Genau wie Buchanan.«

»Niemand bezweifelt Buchanans Zuverlässigkeit. Es war nicht seine Schuld, daß er aufgeflogen ist. Niemand konnte ahnen, daß ein alter Bekannter in das Restaurant in Cancún kam, als er den beiden Drogenhändlern gerade den Ball zuspielte. Der schlimmste Alptraum eines Undercoveragenten – kollidierende Identitäten. Und niemand konnte voraussehen, daß Bailey so verdammt hartnäckig ist und Beweise beibringt, die Buchanan in drei verschiedenen Rollen zeigen ...«

»Und Sie dazu«, ergänzte Alan spöttisch.

»Deshalb habe ich Ihnen die Befragung überlassen. Ich trete nie wieder direkt mit ihm in Kontakt. Aber nun ist das Kind in den Brunnen gefallen, und *Ihre* Leute haben auch Fehler gemacht. Wenn in Fort Lauderdale mehr Zeit gewesen wäre, hätte ich eins meiner Beobachterteams eingesetzt. So mußte ich darauf vertrauen, daß Sie ... Ihre Leute haben mir versichert, sie hätten Baileys Hotelzimmer auf den Kopf gestellt und alle Fotos an sich genommen.«

»So hat man auch mich informiert«, sagte Alan.

»Die Information stimmt aber nicht. Keine Fotos von Buchanan und mir wurden sichergestellt. Bevor Bailey verhört werden konnte, explodierte die Bombe in der Kühlbox.«

»Gemäß dem Befehl.« Alan blieb fest. »Der Standortsender in der Boxwand sollte das Team zu Bailey führen, nachdem Buchanan das Geld überreicht hatte. Dann sollte der Plastiksprengstoff durch Fernsteuerung gezündet werden. Problem Bailey gelöst.«

»Sie stellen das vereinfacht dar, um das Versagen Ihrer Leute zu entschuldigen. Der genaue Befehl lautete zu warten, bis Bailey sich mit seiner Komplizin traf. Die Plastikbombe wurde gewählt, weil sie eine bequeme Methode war, mit beiden abzurechnen.«

»Falls sie sich trafen«, sagte Alan betont. »Aber wenn Bailey sie nun bereits abgefunden hatte und sie nicht mehr zusammenkamen? Oder wenn Bailey das Geld nahm und die Box stehenließ?«

»Sie geben also zu, daß Ihre Leute übereilt gehandelt haben.«

»Unsinn! Die Bombe ist von selber losgegangen.«

»Von selber?«

»Der Bombenexperte dachte, er habe den ferngesteuerten Zünder auf eine Radiofrequenz eingestellt, die in jener Gegend nicht genutzt wird. Aber die vielen Jachten in Fort Lauderdale ... Alle sind mit Sende- und Empfangsgeräten ausgerüstet. Anscheinend gibt es dort unten keine ungewöhnlichen Radiofrequenzen.«

»Verdammt«, sagte der Colonel. »Die Bombe hätte ja hochgehen können, bevor Buchanan die Box an Bailey übergab.«

»Ich begreife nicht, warum Ihnen das Sorgen bereitet. Gerade haben Sie über die Möglichkeit gesprochen, Buchanan liquidieren zu lassen.«

Um ein Haar hätte der Colonel mit der Faust auf den Tisch voller empfindlicher elektronischer Geräte geschlagen. »Glauben Sie etwa, ich würde ohne weiteres den Tod eines Offiziers befehlen, der mir viele Jahre lang ehrlich gedient hat?«

»Ob er ehrlich ist, ist noch nicht erwiesen.« Alan deutete auf einen der Monitore – Buchanan saß zusammengesunken auf dem Sofa, die Augen geschlossen. »Ich bin nicht davon überzeugt, daß er mir die Wahrheit gesagt hat.«

»Über den Paß?«

»Den meine ich nicht. Die Postkarte. Die macht mich mißtrauisch. Ich glaube, er hat etwas verschwiegen und mich belogen.«

»Warum?«

»Ich bin nicht sicher. Wie Sie selber sagten, hat er ungewöhnlich lange als Undercoveragent unter verschiedenen Identitäten gearbeitet. In Mexiko hat er sehr viel körperliche Schmerzen ertragen. Sein Kopf tut ihm offenbar noch immer weh. Vielleicht macht er schlapp. Es gibt Fotos von Ihnen und ihm, die nicht zu finden sind. Außerdem eine Frau, die Bailey mit Buchanan und Sie mit Buchanan gesehen hat. Da bleiben eine Menge Fragen offen.«

»Buchanan würde nie singen«, beharrte der Colonel. »Er würde nie unsere Sicherheit gefährden. Ich habe eine Entscheidung getroffen. Er wird vom aktiven Dienst zurückgestellt. Wir ziehen ihn langsam aus dem Verkehr, damit er keinen Kulturschock kriegt. Ich hoffe, er ist bereit, Ausbilder zu werden. Seine Tage als Agent sind vorüber.«

»Wenn ich ihn morgen zur CT bringe …«

»Worauf wollen Sie hinaus?«

»Ich schlage vor, ihm eine Wahrheitsdroge zu verabreichen und ihn dann nach der Postkarte zu fragen«, sagte Alan.

»Nein.«

»Aber …«

»Nein«, wiederholte der Colonel. »Er ist *mein* Agent, und ich weiß, wie er auf ein Verhör unter Drogen reagieren würde. Er würde sich herausgefordert fühlen, beleidigt, verraten. Erst dann hätten wir ein Problem.«

»Dann bestehe ich darauf, ihn wenigstens zu überwachen. Etwas an ihm stört mich. Und die Postkarte beunruhigt mich am meisten.«

»Ihn überwachen?« Der Colonel deutete auf den Monitor, der Buchanan zeigte, wie er, das Glas an die Schläfe gepreßt, noch immer auf dem Sofa saß. »Wir lassen ihn keine Sekunde mehr allein. Aber damit ist das Problem nicht gelöst.«

8

Buchanan hatte am Abend zuvor nicht bemerkt, daß der korpulente Mann ihn während der Befragung mit seinem richtigen Namen anredete. Kaum wurde er darauf hingewiesen, machte ihn sein Name plötzlich befangen. Er war ein so guter Imitator, daß er in den vergangenen acht Jahren sich selten als Buchanan gefühlt hatte. Das wäre mit den verschiedenen Personen, die er darstellte, unvereinbar gewesen. Er gab nicht bloß vor, jemand anders zu sein. Er *war* der andere, und er mußte es sein. Der kleinste Fehler bei der Imitation konnte seinen Tod bedeuten. Den Namen Buchanan hatte er so gründlich aus seinem Bewußtsein verbannt, daß er sich nicht umgedreht hätte, wenn ihn jemand hinter ihm unerwartet gerufen hätte.

Als Alan ihn zum CT-Test fuhr, krümmte sich Buchanan jedesmal innerlich, wenn sein Begleiter ihn mit seinem wahren Namen anredete. Und es geschah offensichtlich mit Absicht. Er fühlte sich bloßgestellt, bedroht. Nenn mich nicht so, verdammt noch mal. Wenn gewisse Leute herauskriegen, wer ich wirklich bin, ist es aus mit mir, dachte er.

In der Privatklinik, die vermutlich seiner Behörde angeschlossen war, wurde er abermals nervös, denn der für ihn zuständige Arzt nannte ihn ständig Buchanan.

Verdammt, sie haben sich nicht mal die Mühe gemacht, mich hier unter irgendeinem Allerweltsnamen anzumelden.

Dazu wären keine Dokumente nötig gewesen. Mr. John Smith oder Robert Richardson hätte für die ärztliche Untersuchung genügt. Aber auf dem Befund, den der Arzt in der Hand hält, steht mein richtiger Name. Ich verstehe, daß sie das Pseudonym Don Colton schützen wollen. Das hätte ich gar nicht zu benutzen brauchen, ich hätte mich irgendwie anders nennen können. So aber ist mein Name mit der CT verknüpft, und jeder, der die Unterlagen vergleicht, kann mich mit Victor Grants CT in Verbindung bringen.

»Eine gute Nachricht. Die Quetschung ist beträchtlich

zurückgegangen, Mr. Buchanan«, sagte der Arzt. »Es gibt keine Anzeichen für einen neurologischen Schaden. Das Zittern in der rechten Hand hat aufgehört. Ich führe dieses frühere Symptom auf Ihre verletzte Schulter zurück.«

»Und die Kopfschmerzen?«

»Nach einer Gehirnerschütterung können die Kopfschmerzen geraume Zeit andauern. Darüber würde ich mir keine Gedanken machen.«

»Logisch. Ist ja auch nicht Ihr Kopf.«

Der Arzt überhörte den Versuch zu scherzen. »Wenn Sie wollen, kann ich Ihnen etwas dagegen verschreiben.«

»Ein Medikament mit der Aufschrift ›Bei Einnahme dieses Präparats nicht Auto fahren und körperliche Anstrengungen vermeiden‹?«

»Ja, genau.«

»Nein, danke. Da bleibe ich lieber bei Aspirin.«

»Wie Sie wollen. Kommen Sie in einer Woche wieder, falls Sie dann noch Schwierigkeiten haben.«

Schwierigkeiten? dachte Buchanan. Meine Schwierigkeiten kannst du nicht lösen.

9

»Würden Sie mir verraten, was hier gespielt wird?« fragte Buchanan auf der Rückfahrt von der Klinik. Es war ein grauer Tag im späten Oktober, Sprühregen besprenkelte die Windschutzscheibe.

Alan blickte kurz zu ihm hinüber und konzentrierte sich sofort wieder auf den Verkehr. Er schaltete die Scheibenwischer ein. »Ich weiß nicht, was Sie meinen.«

»Warum wurde meine Tarnung aufgehoben?«

Der Nieselregen ging in einen Wolkenbruch über. Alan setzte die Scheibenwischer des Heckfensters in Bewegung. »Aufgehoben? Wie kommen Sie denn darauf?«

Buchanan musterte ihn kühl.

Alan schaltete die Scheinwerfer ein.

»Bald gibt es nichts mehr, woran Sie herumfummeln können, um meinen Fragen auszuweichen. Was wollen Sie noch machen? Das Radio anstellen und die Sender durchprobieren oder an den Straßenrand fahren und das Öl wechseln?«

»Was reden Sie da, Buchanan?«

»Über meinen Namen. Zum erstenmal seit acht Jahren benutzen ihn die Leute einfach so. Ich werde absichtlich bloßgestellt. Warum?«

»Ich habe es Ihnen gestern abend erklärt. Es ist Zeit, daß Sie mal ausspannen.«

»Deshalb braucht man doch die Grundregeln nicht zu verletzen.«

»Hören Sie, der Arzt ist kein Sicherheitsrisiko – er ist als unbedenklich eingestuft.«

»Die Regeln wurden unnötig verletzt. Auf keinen Fall mußte er für die Beurteilung meiner Gesundheit wissen, wer ich bin. Und er hat meine Schulterverletzung erwähnt, ohne sich die Schulter anzusehen. Von mir hat er es nicht erfahren. Was habt ihr ihm sonst noch erzählt? Wie ich zu der Wunde gekommen bin?«

»Natürlich nicht.«

»Diese Situation empfinde ich nicht als Entspannung. Ich bin nicht nur beurlaubt – ich werde abgehängt. Habe ich recht?«

Der andere fuhr auf die Überholspur.

»Ich habe Sie was gefragt. Werde ich abgehängt?«

»Nichts ist ewig, Buchanan.«

»Hören Sie auf, mich so zu nennen.«

»Wie sonst sollte ich Sie nennen? Wer glauben Sie, wer Sie sind?«

Buchanan wußte keine Antwort.

»Ein Agent mit Ihrem Talent und Ihrer Erfahrung würde einen tollen Ausbilder abgeben.«

Buchanan schwieg.

»Haben Sie erwartet, Ihr Leben lang als Geheimagent zu arbeiten?«

»Darüber habe ich nie nachgedacht.«

»Machen Sie mir nichts vor.«

»Aber es ist so. Ich habe tatsächlich nie darüber nachgedacht. Nie habe ich während eines Einsatzes darüber nachgegrübelt, wer ich bin. Wenn man als Agent Pläne für das Rentenalter schmiedet, fangen die Schwierigkeiten an. Da vergißt man, wer man angeblich ist. Man benimmt sich nicht rollengemäß, und das kann leicht dazu führen, daß man den Ruhestand gar nicht erst erreicht.«

»Na, dann denken Sie jetzt mal darüber nach.«

»Warum tut man mir das an? Ich habe nichts vermasselt. Mich trifft keine Schuld. Ich habe es wieder in Ordnung gebracht. Die Operation wurde nicht gefährdet.«

»Oh, aber es hätte Schlimmes passieren können.«

»Und auch das wäre nicht mein Fehler gewesen«, erwiderte Buchanan.

»Streiten wir uns nicht über Fehler. Sprechen wir über Tatsachen und mögliche Folgen. Vielleicht ist Ihre Glückssträhne zu Ende. Das Fazit lautet: Sie sind zweiunddreißig. In unserem Geschäft sind Sie damit als Senior abgestempelt. Acht Jahre? Mann, ein Wunder, daß Sie noch am Leben sind! Zeit, den Hut zu nehmen.«

»Die Tatsache, daß ich noch am Leben bin, beweist mein Format. Ich verdiene es nicht ...«

Der Regen trommelte auf das Wagendach. Die Scheibenwischer flatterten lauter.

»Haben Sie schon mal Ihre Akte gesehen?«

Trotz der Schmerzen schüttelte Buchanan den Kopf.

»Wollen Sie sie sehen?«

»Nein.«

»Ihr psychologisches Porträt ist sehr aufschlußreich.«

»Bin nicht interessiert.«

»Sie haben eine ›dissoziative Persönlichkeit‹ – so bezeichnet man das.«

»Hören Sie nicht? Ich bin nicht interessiert.«

Alan wechselte wieder die Spur und behielt trotz des Regens die Geschwindigkeit bei. »Ich bin kein Psychologe, trotzdem hat die Akte mich überzeugt. Sie mögen sich selber nicht. Sie tun alles, um nicht in Ihr Inneres blicken zu müssen. Sie wären lieber ein anderer, ohne genau zu wissen, wer.«

Buchanan sah düster auf die vom Regen verschleierten Autos.

»Im Alltagsleben wäre das eine Belastung. Aber Ihre Ausbilder merkten, was für ein Glück sie hatten, als der Computer aus einer Übersicht Ihr Porträt aussuchte. Bereits in der High School zeigten Sie Talent – einen unwiderstehlichen Drang wäre zutreffender – zum Schauspielern. Und die Chefs der Special Operations Division in Fort Benning und Fort Bragg haben Ihnen tolle Noten für Ihre Kampfbereitschaft gegeben.«

»Hören Sie auf damit.«

»Sie sind der ideale Geheimagent. Kein Wunder, daß Sie acht Jahre lang die unterschiedlichsten Personen verkörpern konnten und daß Ihre Vorgesetzten glaubten, Sie könnten das durchhalten, ohne zusammenzubrechen. Das heißt, Sie sind ja in Ihrer Jugend bereits zusammengebrochen. Die Tätigkeit als Geheimagent war Ihre Heilmethode. Sie haben sich selber so sehr gehaßt, daß Sie für die Chance, Ihrem Ich zu entfliehen, alles erdulden, alles auf sich nehmen wollten.«

Ganz ruhig packte Buchanan Alan am rechten Ellbogen. Mit dem Mittelfinger fand er den gesuchten Nerv und drückte zu.

Der Mann schrie auf. Vor Schmerz zusammenzuckend, verlor er die Gewalt über den Wagen, die Hinterreifen schleuderten auf dem nassen, glatten Belag. Hinter ihnen und auf der Überholspur wichen andere Fahrer erschrocken aus und hupten laut.

»Einigen wir uns«, warnte ihn Buchanan. »Entweder Sie halten das Maul oder Sie merken, was passiert, wenn man bei neunzig Stundenkilometer die Gewalt über ein Fahrzeug verliert.«

Das Gesicht des anderen war aschfahl, der Mund weit geöffnet, und Schweißperlen standen ihm auf der Stirn, als er das Fahrzeug wieder unter Kontrolle zu bringen versuchte.

Er nickte.

»Gut«, sagte Buchanan. »Ich habe gewußt, daß wir uns verstehen.« Er löste den Griff und saß starr da, den Blick nach vorn geheftet.

Alan murmelte etwas.

»Wie?« fragte Buchanan, obwohl er wußte, was der andere gesagt hatte.

Und das alles wegen deines Bruders.

10

»Was tut er im Augenblick?« fragte Alan, als er die Wohnung betrat. »Nichts«, antwortete der muskulöse Major. Er schlürfte Kaffee aus einem Styroporbecher und beobachtete die Monitoren. Er trug wieder Zivilkleidung.

»Na, etwas muß er doch machen.« Alan sah sich um – der Colonel und Captain Weller waren nicht anwesend.

»Nein«, sagte Major Putnam. »Nichts. Als er heimkam, dachte ich, er würde sich einen Drink eingießen, ins Bad gehen, lesen, fernsehen, Gymnastik treiben – irgendwas. Aber er ist bloß zum Sofa gegangen. Und da sitzt er, seit Sie sich verabschiedet haben. Regungslos.«

Alan näherte sich den Monitoren. Er rieb sich den rechten Ellbogen. Der Nerv, den Buchanan abgeklemmt hatte, schmerzte noch immer. Er beobachtete Buchanan. »Mein Gott.«

Buchanan saß kerzengerade, reglos, mit versteinerter Miene, den Blick auf einen vor ihm stehenden Stuhl gerichtet.

»Mein Gott«, wiederholte Alan. »Katatonisches Syndrom. Weiß der Colonel davon?«

»Ich habe ihn angerufen. Ich soll ihn weiter beobachten. Worüber haben Sie sich mit ihm unterhalten? Als er wiederkam, sah er ...«

»Darüber *unterhalten* haben wir uns nicht, aber ich habe beiläufig seinen Bruder erwähnt.«

»Herrgott noch mal! Sie wissen doch, das Thema ist tabu.«

»Ich wollte ihn testen.«

»Nun, jetzt haben Sie die Reaktion.«

»Ich habe eigentlich eine ganz andere erwartet.«

11

Buchanan erinnerte sich an die alte Geschichte von dem Esel, der zwischen zwei Ballen Heu steht. Sie sind gleich groß und strömen den gleichen verführerischen Duft aus. Trotzdem verhungert der Esel, denn er sieht keinen Grund, den einen Ballen dem anderen vorzuziehen.

Die Fabel veranschaulicht das Problem der Willensfreiheit. Die Fähigkeit zu wählen, die von den meisten als selbstverständlich betrachtet wird, hängt von bestimmten Bedingungen ab, und sind diese nicht gegeben, so kann ein Mensch ohne jeden Antrieb sein, genau wie Buchanan im Augenblick.

Sein Bruder …

Buchanan hatte hart daran gearbeitet, die Erinnerung an ihn auszulöschen. In den letzten acht Jahren war es ihm gelungen, jenes bedeutsame Ereignis zu verdrängen, das sein Verhalten bestimmt hatte. Nur äußerst selten, wenn er sich spätabends schwach und müde fühlte, hatte wohl das Schreckgespenst im Dunkel seines Unterbewußtseins gelauert und darauf gewartet, ihn anzuspringen. Jedesmal hatte er mit ganzer Entschlossenheit in seinem Innern eine Mauer errichtet, um das Phantom zu vertreiben.

Jetzt, seines Rollenspiels beraubt, ohne Identität und ohne den Reiz einer neuen brenzligen Aufgabe, stiegen die sorgfältig verdrängten Erinnerungen wieder auf und versuchten, von seinem Bewußtsein Besitz zu ergreifen.

Sein Bruder. Tommy.

Zwölf Jahre alt.

War tot. Und er hatte ihn getötet.

Buchanan war zumute, als befände er sich in einem Eisblock. Er konnte sich nicht bewegen. Er saß auf dem Sofa, Beine, Rücken und Arme waren wie abgestorben, der ganze Körper kalt, wie gelähmt. Er starrte noch immer auf den Stuhl, ohne ihn wahrzunehmen, ohne Zeitgefühl.

Fünf Uhr. Sechs Uhr. Sieben Uhr.

Das Zimmer lag im Dunkeln.

Tommy war tot. Und er hatte ihn getötet.

Er hatte den durchbohrten Körper umklammert und loszureißen versucht. Tommys Wangen waren kreidebleich. Der Atem war blubbernd gekommen. Das Stöhnen klang wie Gurgeln. Es war … Blut.

»Tut weh. Sehr weh.«

»Tommy, mein Gott, es tut mir leid. Das wollte ich nicht.«

Wollte nur herumalbern.

Dachte nicht, daß Tommy das Gleichgewicht verliert und in die Grube fällt. Wußte nicht, daß ein spitzer Pfahl darin steckt.

Eine Baugrube. An einem Sommerabend. Zwei Brüder auf der Suche nach Zeitvertreib.

Buchanan war damals fünfzehn Jahre alt.

Noch immer katatonisch verkrampft, saß er kerzengerade auf dem Sofa. Er hatte das Gefühl, als höbe ein Teil seines Bewußtseins die Arme und versuche, die schreckliche Erinnerung zurückzudrängen. Seit den Tagen und Nächten vor Tommys Beerdigung und seit dem furchtbaren Sommer waren ihm die Einzelheiten lange nicht mehr so gegenwärtig gewesen wie jetzt, jene schuldbeladene, scheinbar endlos lange Trauerzeit, die schließlich ein Ende fand, als …

»Nur ich bin schuld.«

»Nein, nein, du hast es ja nicht gewollt«, hatte ihn seine Mutter beruhigt.

»Ich habe ihn getötet.«

»Es war ein Unfall.«

Buchanan hatte ihr nicht geglaubt, und sicherlich wäre er wahnsinnig geworden, wenn er nicht eine Möglichkeit gefunden hätte, sich vor seinen eigenen Gedanken zu schützen. Die Antwort schien denkbar einfach: Werde ein anderer.

Dissoziative Persönlichkeit ... Buchanan versetzte sich an die Stelle der von ihm bewunderten Sportler und Rockstars, von beliebten Film- und Fernsehschauspielern. Er begann Bücher zu lesen und verschlang Romane, um selber zu dem Helden zu werden, der wie in Trance über sich hinauswuchs. Im Herbst jenes Jahres schloß er sich in der High School der Schauspielgruppe an, einzig und allein von dem Wunsch getrieben, die Fähigkeiten zu fördern, die er zur Aufrechterhaltung seiner Schutzrollen brauchte.

Vielleicht zur Bewährung oder Selbstbestrafung oder sogar, um seinen frühen Tod heraufzubeschwören, wurde er nach dem Abschluß Soldat, aber nicht bei einer beliebigen Waffengattung, sondern es mußten die Special Forces sein. Der Name sagte alles – etwas Besonderes sein. Er wollte sich opfern, Buße tun. Und noch etwas: Wenn er genug vom Tod gesehen hatte, dann würde ihm der Tod vielleicht nicht mehr soviel bedeuten. Auch der Tod des Bruders womöglich nicht ...

Jetzt rissen sie ihm seine Maske ab, nahmen ihm den Schutzschild seiner Decknamenexistenz und entblößten die Schuld, die ihn gezwungen hatte, Agent zu werden.

Buchanan? Wer zum Teufel war Buchanan? Jim Crawford war ein Mann, den er verstand. Genau wie Ed Potter und Victor Grant und all die anderen. Von ihnen wußte er, wie sie sich kleideten, welche Art Musik, welche Partei und welcher Frauentyp ihnen gefiel ...

Wer also war Buchanan? Es war auffällig, daß Buchanan und seine Vorgesetzten nur seinen Nachnamen gebrauchten. Unpersönlich. Objektiv. Nach acht Jahren, in denen er Hunderte von Menschen gespielt hatte – nein, gewesen war –, wußte Buchanan jetzt nicht, wie er sich selber darstellen sollte. Welche charakteristischen sprachlichen Wendungen benutzte er? Hatte er spezielle Vorlieben? Welche Art Kleidung, Essen und Musik bevorzugte er? War er religiös? Besaß er Hobbys? Lieblingsstädte? Was war ihm wichtig?

Herrgott, er wollte gar nicht wissen, wer Buchanan war. Die Geschichte von dem Esel zwischen zwei Ballen Heu beschrieb sein eigenes Dilemma. Er war zwischen zwei Personen gefangen: zwischen Victor Grant, der tot war, und Don Colton, der noch nicht fertig war. Ohne eine ihm von der Befehlszentrale verpaßte Identität fühlte er sich wie gelähmt.

Der Instinkt ständiger Wachsamkeit riß ihn aus seinen Gedanken. In dem stillen Raum hörte er das Kratzen eines Schlüssels an der Wohnungstür. Plötzlich war sein Körper nicht mehr kalt und taub. Die Teilnahmslosigkeit war verflogen, vom Adrenalin vertrieben.

Während jemand im Flur langsam die Tür öffnete, so daß von draußen das grelle Neonlicht eindrang, war Buchanan bereits vom Sofa aufgesprungen. Mit wenigen Schritten verschwand er im dunklen Schlafzimmer. Ein Schalter klickte. Buchanan zog sich weiter zurück. Licht überflutete das Wohnzimmer. Dann ein metallisches Scharren, als der Schlüssel aus dem Schloß gezogen wurde. Vorsichtige, kurze Schritte schoben sich über den Teppichboden.

Er straffte sich.

»Buchanan?« Eine bekannte Stimme. Es war Alan, doch die Stimme klang wachsam, unruhig. »Buchanan?«

Argwöhnisch geworden, wollte Buchanan auf diesen Namen nicht reagieren. Trotzdem zeigte er sich und war gleichzeitig bemüht, sich teilweise im Dunkel des Schlafzimmers zu halten.

Alan wirbelte herum, auf seinem Gesicht spiegelten sich Besorgnis und Überraschung.

»Halten Sie nichts von Läuten oder Anklopfen?« fragte Buchanan.

»Sorry.« Alan fuhr sich verlegen mit der rechten Hand über das braunkarierte Sportsakko. »Ich dachte, Sie schlafen und ...«

»So haben Sie gedacht, Sie machen es sich gemütlich, bis ich aufwache.«

»Nein«, antwortete Alan, »nicht unbedingt.«

»Also, was gibt's?«

Der Mann, der sich normalerweise selbstsicher, ja fast brüsk benahm, schien wie verwandelt.

»Ich wollte nur mal nachsehen, ob Sie okay sind.«

»Warum sollte ich nicht okay sein?«

»Sie ... äh, im Wagen waren Sie so aufgebracht ... und ...«

»Ja, und was?«

»Ich hab mir halt Sorgen gemacht.«

Buchanan kam aus dem Schlafraum. Als er nähertrat, blickte Alan verstohlen auf eine bestimmte Stelle an der Wand.

Aha, dachte Buchanan. Die Wohnung wird also elektronisch überwacht – und nicht nur von Wanzen. Auch von versteckten winzigen Kameras.

Bei seiner Ankunft am Tag zuvor war er erleichtert gewesen, endlich einen sicheren Zufluchtsort erreicht zu haben. Er hatte keinen Grund gesehen, das Apartment nach Wanzen zu durchsuchen. Zumindest in diesem Punkt glaubte er anfangs, diesem Alan vertrauen zu können.

Überwachung per Video – das deutet immer auf etwas Brisantes hin, dachte Buchanan. Etwas ist ihnen unheimlich, so daß sie mich genau beobachten. Aber was? Was ist ihnen an mir nicht geheuer? Eines ist klar, ich habe meinen Beobachtern einen höllischen Schrecken eingejagt, weil ich den ganzen Nachmittag und den halben Abend wie erstarrt dasaß. Alan wurde hergeschickt, um nachzusehen, ob ich durchdrehe. Warum streicht er sich so nervös über das Jakkett? Nach der Attacke auf seinen Ellbogen überlegt er wahrscheinlich, ob ich schon so verrückt bin, daß er die Pistole ziehen muß.

Die Kameras übertragen jede meiner Bewegungen, aber Alan möchte nicht, daß ich das merke.

Buchanan fühlte sich befreit. Das Gefühl, auf der Bühne zu stehen, verschaffte ihm die Motivation, sich selber zu spielen.

»Ich habe geklopft«, sagte Alan. »Sie haben es wohl nicht gehört. Da Sie die Wohnung nicht verlassen dürfen, dachte ich, schau ich mal nach Ihnen.« Sein Selbstvertrauen kehrte zurück. »Ihre Kopfverletzung da. Vielleicht, dachte ich, hat er sich wieder gestoßen. Vielleicht ist er in der Dusche ausgerutscht oder so. Deshalb entschloß ich mich nachzusehen. In dieser Wohnung befrage ich häufig Agenten und besitze daher einen Schlüssel.«

»Nun muß ich wohl geschmeichelt sein, weil Sie sich Sorgen machen.«

»He, es ist gar nicht so leicht, mit Ihnen auszukommen.« Alan rieb sich den rechten Ellbogen. »Es gehört zu meinen Pflichten, mich um die Leute zu kümmern, die mir zugeteilt sind.«

»Hören Sie. Die Sache im Auto heute früh ... Es tut mir leid.«

Alan zuckte mit den Achseln.

»Ich bin es einfach nicht gewohnt, nicht unter Druck zu stehen«, erklärte Buchanan.

Alan zuckte wieder mit den Achseln. »Verständlich. Manchmal spürt ein Agent den Druck selbst dann noch, wenn er gar nicht mehr da ist.«

»Da wir gerade dabei sind ...«

»Wobei?«

»Druck.« Buchanan deutete zum Badezimmer, ging hinein, schloß die Tür und leerte seine Blase.

Gewiß war im Bad genau wie in den anderen Räumen eine Minikamera in der Wand versteckt, doch es war ihm gleichgültig, ob sie ihn beim Pinkeln observierten oder nicht. Selbst wenn seine Blase nicht so gedrückt hätte, wäre er ins Bad gegangen.

Weil er allein sein wollte. Weil er Zeit zum Nachdenken brauchte.

12

Hier die verdammte Postkarte. Hätte nie gedacht, daß ich sie mal schreibe. Ich hoffe, Dein Versprechen war ernst gemeint. Am selben Ort zur selben Zeit wie letztesmal. Verlasse mich auf Dich. BITTE.

Buchanan kam aus dem Bad, drinnen spülte es noch. »Gestern abend haben Sie Ruhe und Entspannung erwähnt.«

Alan wurde mißtrauisch. »Und?«

»Na, nennen Sie das Ruhe und Entspannung – hier eingesperrt zu sein?«

»Wie ich bereits sagte, Don Colton muß unsichtbar bleiben. Wenn Sie rein und raus gehen, halten die Nachbarn Sie für Colton, und wenn der nächste Don Colton auftaucht, werden sie stutzig.«

»Was wäre, wenn ich nicht hier wäre? Ich – Buchanan. Auf Urlaub. Seit acht Jahren habe ich keinen gehabt. Wer würde das merken? Wen würde es kümmern?«

»Urlaub?«

»Unter meinem eigenen Namen. Könnte mir guttun, zur Abwechslung mal ich selber zu sein.«

Alan legte den Kopf schief, schien aber interessiert.

»Nächste Woche habe ich noch einen Arzttermin«, sagte Buchanan. »Bis dahin haben Ihre Leute und der Oberst wahrscheinlich entschieden, was mit mir geschehen soll.«

»Wohin würden Sie gehen? Ohne Paß können Sie das Land nicht verlassen.«

»Das Land möchte ich sowieso nicht verlassen. Nicht zu weit, in den Süden – nach New Orleans. In zwei Tagen ist Halloween. Da kann man sich in New Orleans gut amüsieren.«

»Davon habe ich gehört. Angeblich soll man sich in New Orleans sogar zu jeder Zeit gut amüsieren können.«

Buchanan nickte. Seine Bitte schien so gut wie erfüllt.

Er würde jedoch nicht als Buchanan fahren, sondern als der Mensch, der er vor sechs Jahren gewesen war: der Charterpilot Peter Lang – ein im Grunde unkomplizierter, fröhlicher Typ mit einer Vorliebe für Jazz, Gin-Fizz und Chili, aber mit einer ziemlich komplizierten Liebesaffäre am Hals.

Siebentes Kapitel

I

Buchanan fuhr mit der Bahn nach New Orleans, denn für diese Art zu reisen sprachen einige Gründe. Erstens fand er es entspannend. Zweitens war er in seinem Schlafwagenabteil ungestört. Und drittens dauerte es länger als mit dem Flugzeug und füllte die Zeit aus. Eigentlich hatte er bis zum nächsten Abend, bis Halloween, nichts zu tun. Gewiß, er hätte den Tag mit Sightseeing verbringen können, doch er kannte die Stadt bereits, den Hafen, das Französische Viertel, den Garden District, den Pontchartrain-See, Antoines Restaurant, Preservation Hall und vor allem die exotischen Friedhöfe.

Der Hauptgrund dafür, den Zug und nicht das Flugzeug zu benutzen, bestand jedoch darin, daß es auf Bahnhöfen keine Abtastsonden und Scanner gab. So konnte er die 9er Beretta mitnehmen, die Jack Doyle ihm in Fort Lauderdale gegeben hatte. Sie lag zwischen zwei Oberhemden und Unterwäschegarnituren neben Victor Grants Paß und seinem Kulturbeutel in der kleinen Segeltuchtasche. Noch immer verbittert über die Probleme mit den Vorgesetzten und über seinen eigenen Zustand, war er froh, was den Paß betraf, gelogen und die Waffe nicht erwähnt zu haben. Daß er nie zuvor bei der Befragung nach dem Einsatz etwas vertuscht hatte, hätte ihm vielleicht zu denken geben oder ihn zumindest warnen müssen, daß er seelisch mehr gestört war, als er ahnte. Wie er so am Fenster seines abgeschlossenen Abteils saß, das Rattern der Räder im Ohr, und die leuchtenden Herbstfarben der Landschaft von Virginia vorüberziehen sah, strich er sich unentwegt über den schmerzenden Kopf und war froh darüber, die Waffe nicht irgendwo in Don Coltons Apartment versteckt zu haben. Wenn er es getan hätte, wäre er von den Kameras aufgenommen worden. Wie es schien, war seine Geschichte überzeugend gewesen. Andernfalls hätten seine Vorgesetzten ihm weder Geld noch auf seinen wirklichen Namen ausgestellte Dokumente gegeben und ihm die Reise gestattet.

Peter Lang. Er mußte sich alles über ihn ins Gedächtnis zurückrufen. Er mußte Peter Lang werden. Sich als Pilot auszugeben, war für ihn nicht schwierig, denn er war tatsächlich Pilot. Er hatte die Lizenz während seiner Ausbildung erworben. Mit den Berufen, die er für seine Pseudonyme benutzte, war er, fast ausnahmslos, einigermaßen vertraut, und auf einigen Gebieten war er wirklich ein Fachmann.

Als schwierig stellte sich für ihn der erneute Aufbau der Person Peter Langs heraus, seines Verhaltens, seiner Eigenarten und Persönlichkeit. Buchanan hatte sich nie Notizen gemacht, weil es nach seiner Meinung albern und außerdem riskant war, eine Rolle zu dokumentieren. So war er gezwungen, sich auf sein Gedächtnis zu verlassen, was bei der Vielzahl der Pseudonyme, Einsätze und Kontakte sein Erinnerungsvermögen auf eine harte Probe stellte.

2

Peter Lang hatte sich in New Orleans als angeblicher Charterpilot aufgehalten und für eine Firma gearbeitet, die Probebohrungen für Ölgesellschaften durchführte. Offiziell beförderte er Techniker und Gerät an verschiedene Orte in Mittelamerika. Seine eigentliche Aufgabe bestand jedoch darin, Zivilberater der Special Forces zu geheimen Flugplätzen im Dschungel von Nicaragua zu bringen, wo sie Contras im Kampf gegen das kommunistische Regime ausbildeten. Da unverhohlene militärische Einmischung als kriegerischer Akt galt, trugen die Soldaten, die Lang nach Nicaragua flog, genau wie er Zivil und besaßen wie er falsche Pässe.

Da New Orleans und Miami von allen Städten am meisten mit der geheimen Hilfe für die Contras in Verbindung gebracht wurden, interessierten sich Enthüllungsjournalisten sehr für dortige Privatfirmen, die Flüge nach Lateinamerika durchführten. Eine Maschine, die planmäßig legale Güter nach El Salvador, Honduras und Costa Rica transportierte, landete unter Umständen unplanmäßig und illegal in Nicaragua und lud Männer anstelle von Gerät aus. Ein Reporter, der diese unbefugte militärische Einmischung der USA nachweisen konnte, war Kandidat für den Pulitzerpreis. Aus diesem Grund mußte Buchanan damals seine Tarnung besonders umsichtig anlegen. Deshalb bat er seine Arbeitgeber, ihm eine Ehefrau an die Seite zu stellen, eine Frau, die ihrem Mann im Geschäft half, gern flog und Spanisch sprechen konnte, die im Idealfall Lateinamerikanerin war und darum nicht auffiel, wenn sie ihren Mann auf seinen häufigen Flügen nach Lateinamerika begleitete. Buchanans Absicht hatte darin bestanden, neugierigen Berichterstattern vorzuspiegeln, daß er keine Kontakte zu Nicaragua hatte. Schließlich – so sollten sie glauben – würde kein Ehemann so kaltschnäuzig sein, die eigene Frau in ein derart gefährliches Bandenkriegsgebiet mitzunehmen.

Die zur Verfügung gestellte Ehefrau war Lateinamerikanerin, eine lebhafte, attraktive Frau von fünfundzwanzig Jahren, die Juana Mendez hieß. Ihre Eltern stammten aus Mexiko und waren inzwischen amerikanische Staatsbürger. Sie war Sergeant im militärischen Geheimdienst und in San Antonio, Texas, aufgewachsen. Peter Lang alias Buchanan gab San Antonio auch als Heimatort an und hatte vor seinem Einsatz einige Wochen dort verbracht, um sich mit der Stadt bekannt zu machen. So konnte ihn niemand bei unzutreffenden Angaben über San Antonio ertappen. Da Juana ständig an seiner Seite war, würde es schwerfallen, ihn auszufragen; denn wenn er keine Antwort wußte, würde Juana in die Bresche springen.

Mit vollen vier Monaten war dies Buchanans bisher längster Auftrag gewesen. Die ganze Zeit hatten er und Juana in einem kleinen Apartment im ersten Stock eines malerischen Schindelhauses mit reich verzierten, schmiedeeisernen Geländern und einem hübschen, blumengeschmückten Hof gewohnt. Es befand sich in der Dumaine Street im Französischen Viertel. Sowohl er als auch Juana waren sich der Gefahr einer gefühlsmäßigen Bindung bewußt. Sie versuchten, die für die Öffentlichkeit gedachten vertrauten Gesten ganz professionell wirken zu lassen. Sie taten ihr möglichstes, sich von der erzwungenen, intimen Gemeinsamkeit – Mahlzeiten, Wäsche waschen, Benutzung desselben Badezimmers und Schlafzimmers nicht beeinflussen zu lassen. Sie schliefen auch nicht miteinander, aus Gründen der Disziplin. Aber ebensogut hätten sie es tun können, denn der Geschlechtsverkehr ist ja nur ein Teil – und oft ein kleiner Teil – einer funktionierenden Ehe und hat manchmal gar keine Bedeutung. Buchanan und Juana spielten ihre Rolle so gut, daß sie sich am Ende etwas betreten gestanden, sich genau wie Ehepartner vorzukommen. Wenn er nachts neben ihr lag und sie leise atmen hörte, fand er ihren Duft berauschend. Er erinnerte ihn an den Duft von Zimt.

Gemeinsamer Streß verbindet stark. Während eines Feuergefechts mit nicaraguanischen Sandinisten hätte Buchanan seine Maschine nicht erreicht und auf der primitiven Startbahn im Dschungel nie in Startposition gebracht, wenn Juana ihm mit ihrem Sturmgewehr nicht Schützendeckung gegeben hätte. Durch das Fenster des langsam rollenden Flugzeugs hatte er sie aus dem Dschungel zur geöffneten Luke spurten sehen. Sie hatte sich blitzschnell umgedreht, mit ihrem M-16-Gewehr in die Büsche gefeuert und war weitergerannt. Kugeln aus dem Dschungel ließen vor ihr die Erde aufspritzen, wieder drehte sie sich um und feuerte. Mit einem waghalsigen Wendemanöver brachte er das Flugzeug in die richtige Position und schoß dann mit seinem M-16 durch die offene Luke. Kugeln schlugen in die Bordwand. Als sie sich in die Maschine warf, löste er die Bremsen und raste über die holprige Lichtung. Sie kletterte auf ihren Platz und nahm, an der Luke festgeklammert, die Sandinisten im Dschungel unter Beschuß. Als ihr Magazin leer war, griff sie nach Buchanans Waffe und schoß sie ebenfalls leer. Erst dann schnallte sie sich lachend an, um nicht hinauszufallen, während das Flugzeug zweimal hopste und sich dann mit einem Ruck, die Baumspitzen streifend, in die Luft hob.

Wenn das eigene Leben von einem Partner abhängt, fühlt man sich ihm verbunden. Buchanan hatte dieses Gefühl in der Gesellschaft von Männern erlebt. Doch bei diesem viermonatigen Einsatz hatte er es zum erstenmal mit einer Frau erfahren und war am Ende ein besserer Ehemann, als er eigentlich sein wollte. Denn er verliebte sich in sie.

Er hätte sich natürlich nicht verlieben dürfen. Verzweifelt hatte er mit sich gerungen, das Gefühl zu unterdrücken. Es gelang ihm nicht. Die Versuchung, mit Juana zu schlafen, war groß, und doch verletzten sie ihr Berufsethos nicht durch intime Beziehungen. Eine andere Regel übertraten sie, die Regel, nach der sie ihre Rollen nicht mit der Wirklichkeit verwechseln durften. Buchanan akzeptierte diese Vorschrift nicht, denn seine Stärke bestand ja gerade darin, daß er seine jeweilige Rolle mit der Wirklichkeit verwechselte. Solange er in die Haut eines anderen schlüpfte, existierte diese Person wirklich.

Eines Abends kam Juana vom Einkaufen nach Hause, Buchanan saß vor dem Fernsehapparat.

»Alles in Ordnung?« Er ging ihr entgegen, denn ihm war ihr ernstes Gesicht aufgefallen. »Ist etwas passiert?«

Offenbar ohne seine Frage wahrgenommen zu haben, stellte sie die Tasche mit Lebensmitteln ab und begann auszupacken. Er merkte aber, daß sie gar nicht auf die Waren achtete. Vielmehr galt ihre ganze Aufmerksamkeit einem Werbezettel für ein Jazzkonzert, den man ihr auf der Straße überreicht hatte. Sie zog ihn aus der Tasche. Als Buchanan das kleine Kreuz in der oberen rechten Ecke entdeckte, verstand er ihre Beunruhigung. Der, von dem sie den Zettel erhalten hatte, mußte ihr Kontaktmann gewesen sein. Das kleine Kreuz, mit Filzschreiber geschrieben, war das Signal, die Operation zu beenden.

Ein neuer Auftrag wartete auf sie.

Juanas sonst so fröhliche Stimme klang gepreßt. »Natürlich habe ich gewußt, daß wir eines Tages einen neuen Auftrag kriegen.« Sie schluckte. »Nichts dauert ewig, stimmt's?«

»Stimmt«, antwortete er ernst.

»Also ... Glaubst du, daß wir weiter zusammenarbeiten werden?«

»Ich weiß nicht.«

Juana nickte nachdenklich.

»Meistens läuft es anders.«

»Ja.«

Am Abend vor ihrer Abreise aus New Orleans waren sie durch das Vieux Carré gebummelt. Es war Halloween, und im Französischen Viertel war es turbulenter zugegangen als sonst. Alle Passanten trugen Kostüme, sehr viele gingen als Skelett. In den engen Straßen tanzte, sang und trank die Menge. Jazzmelodien, teils melancholisch, teils fröhlich, hallten aus offenen Türen, verschmolzen miteinander, rauschten vorbei an den schmiedeeisernen Geländern der Balkons und brandeten als Echo hinauf in den Himmel, der die Großstadtlichter reflektierte.

Buchanan und Juana hatten ihren Bummel im Café du Monde am Jackson Square beendet. In dem berühmten Freiluftrestaurant gab es zwei Spezialitäten: *café au lait* und *beignets,* mit Puderzucker bestäubte Krapfen. Jeder Stuhl war besetzt. Viele der kostümierten Zecher brauchten Koffein und Kohlehydrate zur Neutralisierung des Alkohols, bevor sie weiterfeierten. Buchanan und Juana stellten sich am Eingang an. Eine angenehme Brise wehte vom Mississippi herüber. Endlich führte ein Kellner sie zu einem Tisch und nahm ihre Bestellung auf. Angesichts der feiernden Menge fühlten sich die beiden fehl am Platz und in gedrückter Stimmung. Sie sprachen über das Thema, das sie bisher vermieden hatten. Buchanan erinnerte sich nicht, wer es angeschnitten hatte, aber im wesentlichen ging es darum, ob nun alles vorbei sei oder ob sie sich auch weiterhin treffen wollten. Als Buchanan unmittelbar mit dieser Frage konfrontiert wurde, war ihm plötzlich klar, wie absurd sie war. Peter Lang würde es schon am nächsten Tag nicht mehr geben. Wie also konnte Peter Lang eine Beziehung zu seiner Frau aufrechterhalten, die am nächsten Tag ebenfalls nicht mehr existierte?

Ihre Unterhaltung ging im Lärm der Menge unter. Buchanan sagte leise, daß ihr gemeinsamer Auftritt zu Ende sei, und Juana blickte ihn an, als rede er unverständliches Zeug.

»Mich interessiert nicht, wer wir waren«, sagte sie. »Ich spreche über uns.«

»Ich auch.«

»Nein. Jene Leute gibt es nicht, wohl aber uns. Morgen beginnt die Wirklichkeit, das Spiel ist aus. Was sollen wir tun?«

»Ich liebe dich«, sagte er.

Leicht zitternd sagte sie: »Auf diese Worte habe ich gewartet. Ich habe darauf gewartet, daß du das sagst ... Gehofft ... Ich weiß nicht, wie es geschehen ist, aber ich empfinde genauso. Ich liebe dich.«

»Ich möchte dir sagen, daß du mir immer nahe sein wirst.«

Juana reagierte nicht.

»Ich möchte dir auch sagen«, fuhr Buchanan fort, »daß ...«

Das Gespräch wurde durch den Kellner unterbrochen, der ein Tablett mit dampfendem Kaffee und heißen *beignets* auf den Tisch stellte.

Nachdem der Mann in der Schürze gegangen war, beugte sich Juana über den Tisch. »Was redest du da?« fragte sie mit leiser, bebender Stimme.

»... daß du mir immer nahe sein wirst. Ich werde mich stets mit dir verbunden fühlen. Wenn du jemals Hilfe brauchst, wenn ich je etwas für dich tun kann ...«

»Moment mal. Das hört sich ja wie ein Abschied an.«

»... werde ich da sein. Jederzeit. Überall. Du brauchst bloß darum zu bitten. Es gibt nichts, was ich nicht für dich tun würde.«

»Du Scheißkerl. Das ist nicht fair. Ich bin gut genug, mein Leben an deiner Seite zu riskieren. Ich bin gut genug, um als Tarnung herzuhalten. Aber nicht gut genug, dein Privatleben mit mir zu teilen.«

»Das habe ich nicht gemeint.«

»Woran liegt es dann? Du liebst mich und gibst mir den Laufpaß?«

»Ich wollte mich nicht verlieben. Ich ...«

»Es gibt nicht viele Gründe für einen Mann, sich von einer Frau zu trennen, die er angeblich liebt. Im Augenblick fällt mir nur einer ein: Sie ist nicht gut genug für ihn.«

»Hör mal zu ...«

»... und der Grund ist, daß ich Lateinamerikanerin bin.«

»Nein. Überhaupt nicht. Das ist Wahnsinn. Bitte. Hör mal zu.«

»Hör du mir mal zu. Ich könnte ein Glücksfall für dich sein. Gib mich nicht auf.«

»Ich muß ...«

»Du mußt? Warum? Wegen der Leute, für die wir arbeiten? Zum Teufel mit ihnen. Sie wollen, daß ich weitermache. Aber das habe ich nicht vor.«

»Mit ihnen hat das nichts zu tun«, sagte Buchanan. »Nur mit mir. Mit dem, was ich tue. Wir könnten nie eine Beziehung miteinander haben, weil ich bald nicht mehr derselbe bin. Ich werde bald ein Fremder für dich sein.«

»Wie bitte?«

»Ein anderer sein.«

Sie starrte ihn an, weil sie auf einmal begriff, was er da sagte. »Du ziehst deine Arbeit ...«

»Meine Arbeit ist alles, was ich habe.«

»Nein, du könntest *mich* haben.«

Buchanan musterte sie, wandte den Blick ab und sah sie wieder an. Er biß sich auf die Lippe und schüttelte bedächtig den Kopf. »Du kennst mich nicht. Du kennst mich nur in meiner Rolle.«

Sie war entsetzt.

»Ich werde immer dein Freund sein«, sagte Buchanan. »Denk daran. Ich schwöre es dir. Wenn du jemals Hilfe brauchst, wenn du mal in der Patsche sitzt, brauchst du dich bloß zu melden, und egal, wie lange es her ist, egal, wie weit weg ich bin, ich werde …«

Juana war aufgesprungen, ihr Stuhl scharrte laut über den harten Fußboden. Andere Gäste waren aufmerksam geworden.

»Wenn ich dich mal benötige, schreibe ich dir eine verdammte Karte.«

Die Tränen zurückhaltend, war sie aus dem Restaurant gerannt.

Sie hatten nicht wieder miteinander gesprochen. Als er in ihre gemeinsame Wohnung zurückkehrte, hatte sie bereits gepackt und war gegangen. Wie ausgehöhlt, hatte er die ganze Nacht nicht geschlafen. Er saß im Dunkeln auf dem Bett, das sie geteilt hatten, und starrte auf die gegenüberliegende Wand.

3

Schon wieder, dachte Buchanan. Er war in seinen katatonischen Zustand verfallen und hatte nun das Gefühl, von weither zurückzukommen. Im Abteil war es dunkel. Jenseits des Fensters wurde die Nacht nur von vereinzelten Lichtern aus Farmhäusern durchbohrt.

Er blickte auf das Leuchtzifferblatt von Peter Langs Pilotenuhr und stellte verwirrt fest, daß es bereits acht Minuten nach zehn war. Er hatte Washington kurz vor zwölf Uhr mittags verlassen, der Zug hatte also Virginia längst durchquert und befand sich bereits mitten in North Carolina, wahrscheinlich sogar schon in Georgia. Wo ist die Zeit geblieben, fragte sich Buchanan erschrocken. Was ist mit mir los?

Mit schmerzendem Kopf erhob er sich, machte Licht und schloß rasch die Vorhänge, um nicht mit seinem Spiegelbild konfrontiert zu sein. Das hagere Gesicht kam ihm unbekannt vor. Er öffnete seine Reisetasche, nahm drei Aspirintabletten aus dem Kulturbeutel und schluckte sie mit Wasser, das er am winzigen Waschbecken der eingebauten Toilette holte.

Er versuchte, sich ganz auf die Gegenwart zu konzentrieren, denn er mußte in seine alte Rolle schlüpfen, mußte wieder Peter Lang werden und als dieser voll handlungsfähig sein. Er durfte nicht weiter in die Luft starren. Denn schließlich dienten die Reise nach New Orleans und die Enträtselung von Juanas Postkarte nur dazu, sich selber eine neue Aufgabe zu stellen und die Orientierung wiederzufinden.

Juana! Er mußte sich in die Gestalt des Peter Lang einfühlen und auf das Wiedersehen mit seiner »Ex-Ehefrau« vorbereiten. Sie war jetzt wohl einunddreißig Jahre alt. Er überlegte, ob sie ihre Figur behalten hatte. Sie war eher klein gewesen und schlank, aber der durch die militärische Ausbildung trainierte Körper hatte das kompensiert. Ein herrlicher, fester und kräftiger Körper. Ob ihr dunkles Haar noch so kurz war? Damals hätte er es gern durch die Finger gleiten lassen, es gepackt und zärtlich daran gezogen. Ob ihre dunklen Augen noch so feurig glänzten und der Mund noch diese sinnlichen Konturen hatte? Sooft sie sich in etwas vertiefte, pflegte sie die Lippen zu schürzen und sie leicht nach vorn zu schieben. Er hätte sie gern ebenso liebkost wie das Haar.

Vielleicht hätte ich sie nicht aufgeben sollen. Vielleicht hätte ich …

Nein, dachte er. Die Vergangenheit ist eine Falle. Rühre nicht daran. Es tut dir sichtlich nicht gut, denn du verfällst wieder in diese Starre. In deinen früheren Existenzen hast du eine Menge unvollendeter Dinge zurückgelassen und viele Menschen, die du gern hattest – oder die zumindest deine anderen Ichs gern hatten. Aber nie zuvor bist du zurückgekehrt. Das wagst du jetzt zum erstenmal. Sei vorsichtig!

Warum hat sie die Karte geschickt? Was hat sie für ein Problem?

Das Schlimme ist: Ich erinnere mich an Juana Mendez deutlicher als an Peter Lang. Aber was ich versprochen habe, muß ich wohl halten.

Nein, raunte eine warnende Stimme. *Du* warst das nicht – es war Peter Lang.

Genau. Und der bin ich zur Zeit wieder.

Was ich damals sagte, war ernst gemeint. Ich habe es versprochen.

4

Froh und erleichtert, vom Hungergefühl abgelenkt zu werden und sich bewegen zu können, schloß Buchanan-Lang die Abteiltür auf und sah nach, ob sich im Korridor jemand näherte. Gerade wollte er gehen, da fiel ihm ein, daß das einfache Türschloß nicht sicher war. Er nahm deshalb die kleine Reisetasche mit Paß und Waffe an sich und ging in Richtung Speisewagen.

Dieser befand sich drei Wagen weiter und war, als er ihn betrat, fast leer; einige Fahrgäste tranken Kaffee, die Kellner räumten das schmutzige Geschirr von den Tischen. Die Deckenlampen spiegelten sich in den Fenstern, sie ließen das Innere besonders hell erscheinen und tauchten alles, was draußen lag, in tiefes Schwarz.

Buchanan ging auf den nächsten Kellner zu.

Der müde aussehende Mann kam seiner Frage zuvor. »Tut mir leid, Sir. Wir haben geschlossen. Frühstück gibt's morgen um sechs.«

»Ich bin eingenickt und habe leider verschlafen. Ich bin am Verhungern. Haben Sie nicht etwas, damit mein Magen nachts nicht so laut knurrt?« Diskret steckte Buchanan ihm einen Zehndollarschein zu.

»Ja, Sir. Ich verstehe. Ich will sehen, was sich tun läßt. Vielleicht ein paar Roastbeef-Sandwiches zum Mitnehmen?«

»Hört sich gut an.«

»Und vielleicht ein Sodawasser?«

»Ein Bier wäre besser.«

»Nun«, ertönte eine Stimme hinter Buchanan, »an Bier

habe ich zwar nicht gedacht, aber für den Fall aller Fälle habe ich vorgeplant und ein paar Sandwiches bestellt.«

Buchanan ließ sich seine Überraschung nicht anmerken und zögerte nur kurz, bevor er sich langsam umsah. Selbst als er die Frau erblickte, verzog er keine Miene.

Sie hatte langes, aufregend feuerrotes Haar. Sie war groß, höchstens dreißig, von athletischem Wuchs. Hohe Stirn, markant geformte Wangenknochen, die Gesichtszüge eines Models.

Buchanan war dieser Frau schon einmal begegnet. Das erstemal in Mexiko – sie hatte ihn vor dem Gefängnis in Mérida fotografiert. Das zweitemal in Fort Lauderdale, in der Nähe von Pier 66. Sie hatte Aufnahmen gemacht, als er auf dem Kanal mit seinem Boot neben Big Bob Bailey lag.

Diesmal trug sie eine braune Popelinhose und eine khakifarbene Safarijacke mit vielen, zum Teil vollgestopften Taschen. Über der linken Schulter hing die Kameratasche, in der rechten Hand hielt sie, was nicht ganz zum Expeditions-Look passen wollte, eine pralle Tüte.

Mit der linken Hand gab sie dem Kellner einen Dollarschein. »Danke sehr«, sagte sie lächelnd. »Hätte nicht gedacht, daß mein Bekannter überhaupt noch kommt. Danke für Ihre Geduld.«

»Ist in Ordnung, Madam.« Der Kellner steckte das Geld ein. »Wenn Sie sonst noch etwas ...«

»Nein, vielen Dank.«

Der Kellner räumte weiter ab, die Frau wandte sich wieder an Buchanan. »Ich hoffe, Ihr Herz hängt nicht an den Roastbeef-Sandwiches. Auf meinen ist Geflügelsalat.«

»Moment mal! Kennen wir uns?«

»Das fragen Sie mich, nach allem, was wir gemeinsam durchgestanden haben?« Ihre smaragdgrünen Augen zwinkerten.

»Verehrteste, ich habe keine Lust auf einen Flirt. Bestimmt gibt es eine Menge anderer Kerls im Zug, die Sie anmachen ...«

»Okay, wenn Sie darauf bestehen, spielen wir das Spiel durch. Kennen wir uns? In gewisser Hinsicht, ja. Man könnte sagen, wir sind Bekannte, obwohl wir uns persönlich nie kennengelernt haben.« Sie schien amüsiert.

»Ich möchte nicht unhöflich sein ...«

»Macht mir nichts aus. Daran bin ich gewöhnt.«

»Sie haben zuviel getrunken.«

»Keinen einzigen Tropfen. Ich wünschte, es wäre nicht so. Ich habe mich zu Tode gelangweilt, während ich hier so lange auf Sie wartete. Andererseits ...« Sie sprach den Kellner an. »Ein Bier – das klingt gut. Glauben Sie, das ist noch möglich?«

»Gewiß, Madam. Noch etwas?«

»Sagen wir, vier Bier, und Sie können die Roastbeef-Sandwiches dazulegen. Ich habe das Gefühl, es wird eine lange Nacht.«

»Vielleicht wäre dann Kaffee ...«

»Nein. Bier genügt.« Der Kellner entfernte sich. »Außer Sie möchten gern Kaffee«, fügte sie, an Buchanan gewandt, hinzu.

»Mir wäre es lieber, Sie würden mir verraten, was zum Teufel Sie eigentlich von mir wollen.«

»Um ein Interview bitten. Ich bin Reporterin.«

»Und das hat was mit mir zu tun?«

»Wollen wir wetten?«

Buchanan schüttelte den Kopf. »Das ist absurd.« Er setzte sich in Bewegung.

»Nein, ehrlich. Ich wette, ich kann Ihren Namen erraten.«

»Eine Wette heißt, daß man etwas gewinnen oder etwas verlieren kann. Ich wüßte nicht, was ich dabei gewinnen könnte.«

»Wenn ich Ihren Namen nicht errate, lasse ich Sie in Ruhe.«

Buchanan dachte nach. »Okay«, sagte er seufzend. »Wenn ich Sie auf diese Weise abschütteln kann. Wie lautet mein Name?«

»Buchanan.«

»Falsch. Peter Lang.« Er ging weiter.

»Beweisen Sie es.«

»Ich brauche nichts zu beweisen. Meine Geduld ist zu Ende.« Er entfernte sich.

Sie folgte ihm. »Hören Sie, ich hatte gehofft, die Sache vertraulich zu besprechen, aber wenn Sie sich sträuben – bitte. Sie heißen weder Peter Lang noch Jim Crawford, Ed Potter, Victor Grant oder Don Colton. Sie haben diese Namen nur benutzt. Und viele andere. Aber Ihr wahrer Name ist Buchanan, Vorname – Brendan, Spitzname Bren.«

Verkrampft blieb Buchanan am Ausgang des Speisewagens stehen.

Ohne sich seine Spannung anmerken zu lassen, vergewisserte er sich, daß die Tische in diesem Teil des Wagens nicht besetzt waren. Er spielte den verärgerten Unschuldigen. »Was muß ich tun, um Sie loszuwerden?«

Durch den Mittelgang steuerte der Kellner auf sie zu. »Hier sind die Sandwiches und das Bier.« Er überreichte ihr eine zweite Tüte.

»Danke. Was bin ich Ihnen schuldig?« Sie zahlte und gab ihm noch einmal Trinkgeld.

Buchanan und sie waren wieder allein.

»Also, was meinen Sie? Wenigstens bekommen Sie von mir etwas für Ihren knurrenden Magen. Da Sie in keinem der Wagen saßen, haben Sie vermutlich ein Einzelabteil. Warum gehen wir nicht …?«

»Wenn ich tatsächlich alle von Ihnen genannten Namen benutze, muß ich in ziemlich dunkle Geschäfte verwickelt sein.«

»Darüber will ich mir kein Urteil bilden.«

»Also was bin ich? Mitglied der Mafia? Geheimagent? Fürchten Sie sich nicht, mit mir allein zu sein?«

»Wer behauptet, daß ich allein bin? Sie glauben doch wohl nicht im Ernst, daß ich diesen Auftrag ohne Unterstützung ausführe.«

»Sagen Sie bloß, die beiden Kerle da am anderen Ende des Wagens gehören zu Ihnen«, sagte Buchanan. »Sie gehen gerade, aber nicht in unsere Richtung. Ich habe nicht den Eindruck, daß Sie einen Begleiter haben.«

»Wer es auch ist – er würde sich nicht sehen lassen.«

»Klar.«

»Ich glaube, wenn Ihnen jemand folgte, würde er sich auch nicht sehen lassen.«

»Warum sollte mir jemand folgen?« Buchanan überlegte, ob das eigentlich so unwahrscheinlich war. »Das ist, glauben Sie mir, die verrückteste Begegnung ... Okay. Ich habe Hunger. Ich merke schon, Sie lassen nicht locker. Essen wir was.«

Er öffnete die Tür zu seinem Abteil, das Rattern der Räder wurde lauter. »Aber ich warne Sie. Sie werden es mit mir nicht leicht haben.«

»Was für ein Zufall: Sie mit mir nämlich auch nicht.«

5

Buchanan riegelte die Tür ab und übersah scheinbar ihre mißtrauische Musterung des Abteils. Er klappte den kleinen Tisch von der Wand und sicherte ihn in seiner Halterung. Darauf leerte er die Tüten und breitete alles auf dem Tisch aus. Er achtete darauf, die Roastbeef-Sandwiches zu nehmen, denn er wußte nicht, ob sie etwas in die Geflügelsalat-Sandwiches gemixt hatte, während sie auf ihn wartete. Er öffnete zwei Bierflaschen.

Die ganze Zeit blieb sie stehen. In dem engen Abteil war sich Buchanan ihrer weiblichen Reize sehr bewußt.

Er reichte ihr eine der beiden Flaschen, biß von einem Sandwich ab und setzte sich. »Sie glauben, Sie kennen meinen Namen. Sie meinen sogar, daß ich mehrere Namen habe. Und wie heißen Sie?«

Sie nahm gegenüber Platz und strich sich eine Strähne ihres roten Haares aus der Stirn. Ihre Lippen hatten die gleiche Farbe. »Holly McCoy.«

»Und Sie sind von Beruf Reporterin?« Buchanan nahm einen Schluck Bier, sie rührte ihre Flasche nicht an. »Für welche Zeitung?«

»›Washington Post‹.«

»Hatte ich lange abonniert. Ich kann mich nicht erinnern, je einen Ihrer Artikel gelesen zu haben.«

»Ich bin neu. Das soll mein erster großer Beitrag werden.«

»Verstehe.«

»Für die ›Post‹, meine ich. Vorher war ich Sonderberichterstatterin bei der ›Los Angeles Times‹.«

»Aha.« Buchanan aß. Das Roastbeef war nicht schlecht, ein bißchen trocken, doch Mayonnaise und Salat glichen das aus. Er trank noch einen Schluck Bier. »Ich dachte, Sie haben Hunger. Sie essen aber gar nicht.« Sie zwang sich, an ihrem Sandwich zu knabbern, und er fuhr fort: »Wie war das mit dem Interview? Und mit den Namen, die ich angeblich habe ... Wie gesagt, ich bin Peter Lang.«

Das war ein Fehler, den Buchanan bedauerte. Als sie ihn im Speisewagen so unvermittelt angesprochen hatte, war ihm als erstes natürlich jener Name eingefallen, auf den er sich im Augenblick konzentrierte. Seine Identitäten waren ihm durcheinandergeraten. Für Peter Lang besaß er keine Papiere. Das mußte er in Ordnung bringen.

»Ich muß Ihnen etwas gestehen. Ich habe gelogen. Sie wollten mich in Ruhe lassen, wenn Sie meinen Namen erraten. Als Sie mich mit meinem richtigen Namen anredeten, gab ich mich für einen anderen aus und hoffte, Sie damit loszuwerden.«

»Haben Sie aber nicht geschafft.«

»Jetzt will ich ehrlich sein.« Er stellte die Flasche hin, zog ein Etui aus der Gesäßtasche und zeigte ihr seinen Führerschein. »Mein Name ist Brendan Buchanan, Spitzname: Bren. Allerdings hat mich schon lange niemand Bren genannt. Wie haben Sie das rausbekommen?«

»Sie sind bei der Armee.«

»Wieder richtig. Nochmals – wie haben Sie das rausbekommen? Es geht Sie zwar nichts an, aber ich bin Hauptmann bei den Special Forces. Mein Stützpunkt ist Fort Bragg. Ich habe Urlaub und fahre nach New Orleans. Bin noch nie dort gewesen. Worum geht's? Sie stehen auf Soldaten, ja? Ist es das?«

Sie neigte den Kopf, eine Bewegung, die ihren anziehenden Nacken zur Geltung brachte. »In gewisser Weise.«

»Warum sagen Sie es nicht frei heraus? Sie haben mir noch immer nicht verraten, woher Sie meinen Namen wissen. Bisher habe ich mitgespielt. Worum geht es?«

»Tun Sie mir einen Gefallen? Ich möchte Ihnen ein paar Codewörter nennen.«

»Codewörter? Was soll das?«

»Verraten Sie mir, ob sie Ihnen bekannt sind: Sonderkommando 160. Seaspray. Intelligence Support Activity. Yellow Fruit.«

Himmel, dachte Buchanan, ohne seinen Schreck zu zeigen. »Davon habe ich nie gehört.«

»Warum wohl glaube ich Ihnen das nicht, hm?«

»Hören Sie, Mrs. McCoy ...«

»Bleiben Sie ruhig. Lassen Sie sich die Sandwiches schmecken, und ich erzähle Ihnen eine Geschichte.«

6

Die Geschichte begann im Jahre 1980. Nach der mißglückten Befreiung der im Iran festgehaltenen amerikanischen Geiseln durch Spezialkommandos stellte sich heraus, daß die USA eine wirkungsvolle Antiterrorgruppe benötigten, die in der Lage war, selbständig und ohne Unterstützung von militärischer oder ziviler Seite zu operieren. Eigens dazu wurde ein Joint Special Operations Command geschaffen, das die Einsätze von Kommandos aller Truppengattungen zu koordinieren hatte. Eine Unterabteilung mit der Bezeichnung Special Operations Division war für die Organisation solcher Einsätze in der U.S. Army zuständig.

Während Holly McCoy redete, trank Buchanan sein Bier aus und öffnete noch eine Flasche. Er knüllte das Butterbrotpapier zusammen, stopfte es in eine Tüte und unterdrückte ein Gähnen. »Das hört sich ja an wie ein historischer Vortrag und nicht wie eine Geschichte. Vergessen Sie nicht, ich bin Fort Bragg zugeteilt. Ich bin über alle Einzelheiten der fehlgeschlagenen Geiselbefreiung unterrichtet.«

»Bestimmt wissen Sie noch mehr als das«, sagte Holly McCoy. »Aber immer eins nach dem anderen.«

Buchanan zuckte mit den Achseln.

»Die Special Operations Division beschäftigte sich zuerst mit der Frage des Transports. Delta Force mußte so schnell und unauffällig wie möglich in die Einsatzgebiete gelangen. So kam es zur Aufstellung von Sonderkommando 160 und von Seaspray.«

Buchanan mußte sich wieder sehr zusammenreißen, um bei der Erwähnung dieser Codewörter ruhig zu bleiben. Sein Magen verkrampfte sich, und er täuschte abermals ein Gähnen vor. »Entschuldigung. Das bedeutet nicht, daß Sie mich langweilen. Erzählen Sie weiter und trinken Sie Ihr Bier aus.«

Holly schob sich das Haar wieder aus der Stirn, warf ihm einen ungehaltenen Blick zu und fuhr fort: »Sonderkommando 160 war eine geheime Armee-Einheit, die Lufttransporte für Delta Force, für die Special Forces und für die Rangers bereitstellte. Seaspray war eine streng geheime Lufteinheit der Armee, die Flugzeuge von zivilen Mittelsmännern kaufen ließ, sie mit den modernsten Geräten ausstattete und bei kleineren Geheimmissionen einsetzte. Die Aufträge kamen von der CIA, aber Seaspray arbeitete auch für die Drug Enforcement Administration, eine andere zivile Agentur. Und da begann nach meiner Meinung der Ärger. Zivilisten und Militärs arbeiteten zusammen und verheimlichten das vor dem Pentagon und dem Kongreß.«

Buchanan schlürfte Bier und schaute auf die Uhr. »Es ist fast Mitternacht. Ich würde vorschlagen, daß Sie jetzt zur Sache kommen – bevor ich eventuell doch einschlafe.«

»Die Gefahr besteht kaum. Denn Ihr Interesse ist viel größer, als Sie zugeben.«

»Interesse an Ihnen! Allerdings sind mir Frauen lieber, die weniger reden.«

»Passen Sie auf. Das nächste Problem für die Special Operations Division war die Beschaffung von Informationen unter militärischen Gesichtspunkten. Deshalb wurde Intelligence Support Activity, die ISA, ins Leben gerufen.«

Mein Gott, dachte Buchanan. Woher zum Teufel hat die Frau diese Informationen?

»Das war die nächste geheime Militäreinheit«, fuhr Holly fort. »Sie hatte die Aufgabe, als Zivilisten getarnte Soldaten im Notfall im Ausland einzusetzen, beispielsweise bei einem Terroranschlag auf einem Flughafen. Sie erkundeten das Terrain für einen möglichen Einsatz und lieferten nicht nur Informationen, sondern leisteten auch taktische Unterstützung. Das war etwas Neues – ein militärisches Einsatzkommando, das zivil getarnt arbeitet und Daten beschafft, die normalerweise von der CIA geliefert werden. Die Intelligence Support Activity arbeitete so vertraulich und verdeckt, daß die meisten Topbeamten im Pentagon nichts davon wußten. Theoretisch gab es die ISA gar nicht.«

Buchanan öffnete die nächste Flasche. Bald wollte er die Augen schließen und so tun, als habe ihn der Alkohol schläfrig gemacht.

»Passen Sie auf«, wiederholte Holly. »Was jetzt kommt, wird Ihnen gefallen. Die Special Operations Division hatte ein Problem: Wie sollte man diese illegalen Einheiten geheimhalten, sogar vor dem Pentagon? Die Antwort lautete: durch eine Sicherheitsabteilung, die wiederum ebenfalls illegal war. Der Codename war Yellow Fruit. Abermals handelte es sich um Militärangehörige, die als Zivilisten auftraten. Sie waren wie Zivilisten gekleidet, sie arbeiteten angeblich in Zivilberufen, in Wirklichkeit aber sicherten sie Seaspray, die ISA und einige andere Militäreinheiten nach außen ab. Yellow Fruit hatte dafür zu sorgen, daß alles schön im verborgenen geschah.«

Holly beobachtete Buchanan und wartete gespannt auf seine Reaktion.

Er stellte die Bierflasche hin und machte ein ganz kluges Gesicht. »Faszinierend.«

»Ist das alles, was Sie zu sagen haben?«

»Nun, die Operation war ja ein voller Erfolg«, antwortete Buchanan, »vorausgesetzt, Sie haben mir kein Märchen aufgetischt. Sie muß geklappt haben, denn sonst hätte ich von Yellow Fruit oder ISA oder Seaspray oder Sonderkommando 160 schon mal gehört.«

»Zum erstenmal glaube ich, daß Sie wahrscheinlich die Wahrheit sagen.«

»Wollen Sie damit andeuten, daß ich Sie belügen würde?«

»Jedenfalls in diesem Fall nicht. Denn Seaspray und Yellow Fruit wurden schließlich doch enttarnt und aufgelöst. Sie existieren nicht mehr. Zumindest nicht unter diesen Bezeichnungen. Mir ist bekannt, daß Seaspray später wieder auflebte, und zwar unter dem Codenamen Quasar Talent.«

»Na, wenn sie nicht mehr existieren, dann …«

»Das betrifft nur einige. Andere operieren ganz normal weiter. Und wieder andere wurden neu aufgebaut und sind noch geheimer und viel effektiver. Zum Beispiel Scotch and Soda.«

7

»Scotch and …?« Buchanan lief es kalt über den Rücken.

»So lautet der Deckname einer militärischen Einsatzgruppe. Sie arbeitet mit der DEA, also der Drug Enforcement Administration, und der CIA zusammen, um mittel- und südamerikanische Drogenkartelle zu infiltrieren und von innen heraus zu zerstören. Da die betreffenden Regierungen die Anwesenheit bewaffneter amerikanischer Soldaten in Zivil auf ihrem Territorium nicht genehmigt haben, verstößt dieses Unternehmen gegen das Gesetz.«

»Entweder Sie haben eine verdammt rege Fantasie, oder Ihre Informanten befinden sich in einer Nervenklinik. Wie auch immer, es hat nichts mit mir zu tun. Ich weiß nichts von all dem Zeug, warum also …?«

»Sie haben für ISA gearbeitet und wurden vor einem halben Jahr zu Scotch and Soda versetzt. Sie sind einer der vielen Soldaten der Special Operations Division, die faktisch als militärischer Zweig der DEA und der CIA im Ausland tätig sind.«

Buchanan richtete sich langsam auf. »Na schön, jetzt habe ich die Nase voll. Genug. Was Sie mir unterstellen, ist grotesk. Wenn Sie diesen Quatsch in Gegenwart der falschen Leute erzählen, könnte Ihnen irgendein Dummkopf – etwa ein Politiker – tatsächlich glauben. Und dann säße ich bis zum Hals in der Scheiße. Bis zum Ende meiner Laufbahn müßte ich blöde Fragen beantworten. Wegen Ihrer Hirngespinste.«

»Hirngespinste, meinen Sie?« Holly fischte aus ihrer Kameratasche eine Kopie seines Phantombilds und Abzüge der Fotos, die Big Bob Bailey ihm bereits in Fort Lauderdale gezeigt hatte. »Die sehen ziemlich real aus.«

Buchanan schnürte sich die Brust zusammen, als er das Phantombild und die Aufnahmen aus Frankfurt und Mérida betrachtete. Einige kannte er nicht, zum Beispiel eins am Pier 66 in Fort Lauderdale, das vom Ufer aus aufgenommen worden war; Holly McCoy hatte den Winkel so gewählt, daß im Hintergrund ein Ortsschild zu sehen war.

Um Gottes willen, dachte er, diese Fotos wurden doch angeblich vernichtet. Was ist nach meiner Abreise aus Fort Lauderdale passiert? Hat das Team alles vermasselt?

»Na und?« fragte er. »Was sollen diese Bilder?«

»Sie sind wirklich nicht zu schlagen. Sitzen mit unbewegter Miene vor mir und ... Sie würden alles ableugnen, egal, wie handfest die Beweise sind.«

»Die Fotos beweisen überhaupt nichts. Wovon reden Sie eigentlich?«

»Hören Sie. Sie sind hier in drei verschiedenen Rollen zu sehen.«

»Man sieht drei Männer, die mir etwas ähneln, und was immer sie tun, es hat meines Erachtens nichts mit Agententätigkeit zu tun.«

»Jim Crawford. Ed Potter. Victor Grant.«

»Ich weiß nicht, was das alles soll. Ich frage Sie noch einmal: Woher wissen Sie meinen Namen? Woher wissen Sie, daß ich Soldat bin? Wer zum Teufel hat Ihnen verraten, daß ich mit diesem Zug fahre?«

Holly schüttelte den Kopf. »Vertraulich.«

»Es gibt eine einfache Methode nachzuweisen, daß Sie sich irren. Sie wissen, daß ich Buchanan heiße und in Fort Bragg stationiert bin. Erkundigen Sie sich. Sie werden nichts weiter hören, als daß ich Hauptmann und Spezialist für Geländeausbildung bin. Das ist alles. Kein Spionagezeug.«

»Ich habe mich erkundigt. In einem haben Sie recht. Ich habe nur erfahren, was Sie eben sagten. Es gibt haufenweise Akten über Sie. Da Sie so viel wegen Ihrer seltsamen Geländeausbildung unterwegs sind, habe ich niemanden getroffen, der Sie tatsächlich kennt.«

»Sie haben die falschen Leute gefragt.«

»Verraten Sie mir, an wen ich mich wenden soll. Nein, lassen Sie's. Es ist mir klar, daß jeder von Ihnen Genannte naturgemäß Mitwisser der Verschwörung wäre.«

»Mir platzt der Kragen.«

»Zumindest tun Sie so. Ich habe das Gefühl, bei Ihnen ist alles nur Schwindel und Verschleierung, eine Schicht über der anderen. Ihr Name, Ihre Personalien. Wer sagt mir, daß Buchanan nicht auch ein Pseudonym ist!«

»Zum Teufel, Holly, beides zugleich geht nicht. Sie behaupten, nach der Wahrheit zu suchen, glauben mir aber kein Wort. Gesetzt den Fall, ich gebe zu, daß ich bei Scotch and Soda mitmache. Sie würden wahrscheinlich erwidern, daß ich lüge und in Wahrheit zu einer ganz anderen Truppe gehöre.«

»Sie sind sehr geschickt. Ehrlich – mein Kompliment.«

»Nehmen wir an, Sie hätten recht«, argumentierte Buchanan weiter. »Ist es nicht dumm von Ihnen, mich als Spion zu bezeichnen? Was wäre, wenn ich mich bedroht fühlte? Ich könnte versuchen, Sie zum Schweigen zu bringen.«

»Das glaube ich kaum. Sie würden nur gegen mich vorgehen, wenn Sie wüßten, daß Sie damit kein neues Risiko eingehen. Aber ich habe mich abgesichert.«

»Sie scheinen Ihrer Sache verdammt sicher. Haben Sie tatsächlich geglaubt, ich würde wegen dieser Fotos die Kontrolle über mich verlieren und ein Geständnis ablegen? Selbst wenn ich es täte, könnte ich es später widerrufen. Ihr Wort gegen meins. Außer ...«

Buchanan riß ihr die Kameratasche von der Schulter. Sie versuchte vergebens, es zu verhindern, denn er hielt ihr mit der Linken die Handgelenke fest und öffnete die Tasche mit der Rechten. Er entdeckte einen kleinen Kassettenrecorder, dessen Spulen sich leise summend drehten.

»Sieh mal einer an. Ich bin sozusagen ein Opfer der ›Versteckten Kamera‹. Nur handelt es sich in unserem Fall um ein verstecktes Mikro. Sie sind ja eine ganz Schlimme!«

Buchanan zog das Gerät heraus und folgte dem Draht zu einem Minimikrofon, das im Verschluß der Tasche verborgen war.

»Sie können es mir als Reporterin nicht übelnehmen, daß ich es wenigstens versucht habe.«

Buchanan schaltete das Gerät ab. »Und was hat es Ihnen gebracht? Ich sagte Ihnen doch, ich habe mit dem ganzen Kram nichts zu tun. Mehr haben Sie nicht aufgenommen – nur mein Dementi.«

Holly hob die Schultern. Ihr Selbstvertrauen war etwas erschüttert.

»Jetzt machen wir Ernst.« Buchanan trat näher. »Ziehen Sie sich aus.«

Sie riß den Kopf hoch. »Was?«

»Ziehen Sie sich aus, oder ich besorge das.«

»Das kann doch nicht wahr sein!«

»Meine Dame, wenn Sie Männer im Zug anmachen, müssen Sie damit rechnen, daß selbige etwas mehr als schöne Worte wollen. Ziehen Sie sich aus!«

»Lassen Sie mich in Ruhe!«

Draußen trommelte jemand an die Abteiltür.

»Imponiert mir«, sagte Buchanan. »Schneller, als ich dachte.«

Auf Hollys Gesicht spiegelten sich Furcht, Erleichterung und Verwirrung.

Buchanan öffnete die Tür einen Spalt. Ein großer Kerl in den Dreißigern – mit eckigem Kinn, breitschultrig, Typ Ex-Footballspieler – wollte gerade die Schulter dagegen rammen. Buchanans plötzliches Erscheinen überraschte ihn.

»Und wen haben wir hier?« fragte Buchanan. »Den Ehemann?«

Der mürrische Mann sah an ihm vorbei, um sich zu überzeugen, daß Holly unversehrt war.

»Oder den Boyfriend? Antworten Sie«, drängte Buchanan, »mir fällt kein anderer Begriff ein.«

»Einen Eingeweihten.«

»Dann können Sie sich ja unserer Party anschließen.« Buchanan forderte den Mann zum Eintreten auf. »Es lohnt nicht, im Korridor zu stehen und die Nachbarn zu wecken. Ich hoffe nur, wir passen alle rein in dieses enge Loch.«

Der Typ trat langsam ein, das kantige Gesicht argwöhnisch verkniffen.

Buchanan spürte den Druck der breiten Schultern gegen seine Seite. Es gelang ihm, die Tür zu schließen. »Ein Glück, daß Sie nicht noch mehr Gäste mitgebracht haben. Dann wäre der Sauerstoff knapp geworden.«

»Lassen Sie die Scherze«, forderte ihn der Kerl auf. »›Ziehen Sie sich aus‹ – was bezweckten Sie mit dieser Aufforderung?«

»Ich wollte *Sie* kennenlernen, Mister«, antwortete Buchanan.

Dem Hünen blieb vor Staunen der Mund offen stehen.

»Der Recorder da ist ein bißchen arg auffällig«, erklärte Buchanan der Journalistin. »Sie wollten, daß ich ihn finde. Ich hätte mich nach dem Abschalten sicher gefühlt. Ich hätte was gesagt, was ich später nicht hätte dementieren können. Ihr Wort gegen mein Wort. Was ich jedoch nicht erfahren sollte: Meine interessanten Aussagen würden durch ein zweites Mikrofon, irgendwo an Ihrem Körper befestigt, an Ihren Partner weitergegeben, der in einem Abteil in der Nähe wartete. Das Mikro war nur zu finden, wenn ich eine Leibesvisitation durchführte, also dachte ich: Versuch's doch und sieh mal, was passiert.« Er wandte sich an den Mann. »Und hier sind Sie.«

»Sie …« Holly sprach den Fluch nicht aus.

»Gibt es noch etwas, was Sie wissen möchten? Es ist nämlich spät, und ich bin müde. Ich brauche etwas Schlaf.«

»Kommen Sie, Holly«, forderte der Bodyguard sie auf.

Buchanan drückte sich an der Wand entlang und öffnete mit einiger Mühe die Tür. »Danke – Sie haben Bier und Sandwiches bezahlt. Sie wissen, wie man einen Mann bei guter Laune hält.«

Hollys Augen wurden ganz schmal. »Ich bleibe.«

»Seien Sie vernünftig«, ermahnte sie der Begleiter.

»Ich weiß, was ich tue.«

»Ich finde das alles sehr aufregend«, unterbrach sie Buchanan. »Aber ehrlich – ich bin müde.«

»Ich auch. Aber ich bleibe.«

»Einverstanden … Wenn Sie das von meiner Ehrlichkeit und Ehrbarkeit überzeugen kann. Sie können sich gern vergewissern, daß ich selbst im Schlaf nichts Besonderes auszuplaudern habe.«

»Holly! Überlegen Sie sich das genau«, warnte sie ihr Gorilla.

»Ich bin absolut sicher, daß mir nichts passiert, Ted.«

»Stimmt, Ted«, sagte Buchanan. »Ihr passiert nichts. Ich verspreche, ihr nicht die Kleider vom Leib zu reißen. Gute Nacht, Ted.« Buchanan ließ ihn hinaus. »Bleiben Sie auf dieser Welle. Ich schnarche – hoffentlich stört Sie das nicht beim Schlafen.«

Ted verschwand in einem Abteil drei Türen weiter. Buchanan winkte ihm erleichtert nach und kehrte dann zu Holly zurück.

Er schloß die Tür hinter sich ab und sah seinen Übernachtungsgast fragend an. »Welche Position ist Ihnen lieber? Oben oder unten?«

»Machen Sie sich keine falschen Vorstellungen. Ted ist ein kräftiger Bursche. Wenn er glaubt, daß ich nicht sicher bin, wird er …«

»Welche Koje, hätte ich gern gewußt.«

»Wie bitte?«

»Ich spreche von Betten.« Buchanan zog mit einem Hebeldruck das obere Bett herunter und begann, das untere für die Nacht herzurichten. »Ich weiß nicht, was Sie bei mir erreichen wollen. Abgesehen davon schlage ich vor, wir werfen eine Münze hoch und klären, wer zuerst ins Bad geht. Und wenn Sie zufällig keine Zahnbürste dabei haben, können Sie meine benutzen.«

8

»Ich habe sie mehrmals gefragt, woher sie meinen richtigen Namen und so viele meiner Pseudonyme kennt und wie sie mir folgen konnte.« Buchanan stand in einer Telefonzelle in der verkehrsreichen Loyola Avenue unweit des Bahnhofs in New Orleans. Es war ein feuchtwarmer Tag unter einem Oktoberhimmel von verschwommenem Blau, doch er achtete nur auf die Worte am Telefon und auf einen möglichen Verfolger.

»Wir klären das«, sagte die tiefe Stimme des Kontaktoffiziers. »Ändern Sie Ihre Pläne nicht und tun Sie, was Sie sich vorgenommen hatten. Wir melden uns wieder. Wenn es neue Probleme gibt, rufen Sie uns sofort an. Vergessen Sie folgendes nicht: Das angebliche Belastungsmaterial – die Fotos – beweist gar nichts.«

»Eigentlich dürfte sie die Aufnahmen gar nicht mehr haben. Was war in Fort Lauderdale los, nachdem ich weg war? Das Problem sollte doch gelöst werden.«

»Wir gingen davon aus, daß die Frau nur eine Hilfskraft war. Niemand hat geahnt, daß sie Journalistin ist. Als sie nicht wieder aufkreuzte, schien sie nicht mehr wichtig. Bleiben Sie gelassen. Genießen Sie Ihren Urlaub. Die Frau kann nichts beweisen.«

»Berichten Sie dem Colonel, daß er auf einem der Bilder ebenfalls zu sehen ist.«

»Ich berichte es ihm. Bleiben Sie heute abend zwischen sechs und acht Uhr in Ihrem Hotelzimmer, falls wir Kontakt mit Ihnen aufnehmen wollen. Nach acht behalten Sie die vor Ihrer Abreise vereinbarten Treffpunkte im Auge.«

Unzufrieden legte Buchanan auf, nahm seine Reisetasche und verließ die Telefonzelle.

Holly McCoy und ihr Begleiter spähten hinter den Bäumen eines nahegelegenen Parks hervor. Verdammt, dachte Buchanan, und ging ihnen entgegen. »Jetzt reicht es mir. Ich lasse mir durch Ihre ständige Schnüffelei nicht den Urlaub vermiesen.«

Holly McCoy war enttäuscht, daß er sie entdeckt hatte. »Wen haben Sie angerufen? Ihre Vorgesetzten, um ihnen zu sagen, daß wir Ihnen auf die Schliche gekommen sind?«

»Einen alten Freund, der hierhergezogen ist. Das geht Sie aber gar nichts an.«

»Beweisen Sie es. Kommen Sie, wir besuchen ihn. Wie heißt er?«

»Verehrteste, die Sache wird dadurch nicht besser, daß Sie ...«

»Holly. Bitte nennen Sie mich Holly. Nachdem wir beinahe die Nacht miteinander verbracht haben, können wir uns auch mit dem Vornamen anreden, finde ich.«

Buchanan wandte sich an den Begleiter. »Was immer man Ihnen zahlt, es ist nicht genug. Sie müssen ihr die ganze Zeit zuhören – geraten Sie da nicht in Versuchung, sich einen Strick um den Hals zu legen und allem ein Ende zu machen?« Er steuerte auf den Eingang eines Postamts zu.

»Brendan!« rief Holly.

Buchanan reagierte nicht.

»Bren!«

Buchanan ging weiter.

»He!« rief sie. »In welchem Hotel wohnen Sie?«

Er wandte sich um. »Warum soll ich es Ihnen leicht machen? Verdammt, finden Sie es doch selber raus.«

Vor dem Postamt stieg gerade ein Fahrgast aus einem Taxi. Buchanan warf sich hinein und nannte sein Ziel. Der Fahrer fädelte sich in den Verkehrsstrom ein, und Buchanan hörte noch Hollys beinahe verzweifelt klingenden Ruf:

»He, wohin fahren Sie, Buchanan?«

Aber er war nicht mehr Buchanan.

9

Um Juana in New Orleans zu helfen, mußte er Peter Lang auferstehen lassen, denn schließlich hatte dieser ihr seine Unterstützung versprochen. Und Peter Lang hatte sich in sie verliebt. Doch Holly McCoy verfolgte nicht Peter Lang, sondern Brendan Buchanan. Also mußte dieser die Journalistin täuschen und von ihrem Vorhaben abbringen. Also würde sich Peter Lang als Buchanan ausgeben müssen, der wiederum Peter Lang spielen würde, um die Orte zu besuchen, die ihm vor sechs Jahren so gefallen hatten.

Peter Lang wäre sicherlich in einem Hotel im Französischen Viertel abgestiegen, das Brendan Buchanan theoretisch genausowenig kannte wie New Orleans und seine abendlichen Attraktionen. Also hatte er ein erstklassiges Hotel gewählt, das allerdings weit weniger malerisch war – das Holiday Inn-Crowne Plaza. Die Reservierung lautete auf den Namen Brendan Buchanan. Er trug sich ins Gästebuch ein und ließ sich zu seinem Zimmer im elften Stock bringen. Nachdem der Boy gegangen war, verriegelte er die Tür, nahm die Pistole und Victor Grants Paß aus der Reisetasche und steckte sie ein. Denn das Zimmer könnte ja durchsucht werden.

Zwei Minuten später begab er sich über die Feuertreppe in das Foyer. Er sah sich nach allen Seiten um – Holly McCoy war nicht in Sicht –, verließ das Hotel und bestieg das Taxi, das er hatte warten lassen.

»Wo soll's denn hingehen, Sir?« fragte der Fahrer, ein älterer Schwarzer mit silberweißem Haar.

»Zum Metairie-Friedhof.«

»Jemand verstorben, Sir?«

»Und ob.«

»Beileid, Sir.«

Im Sitz zurückgelehnt, bewunderte Buchanan scheinbar die Sehenswürdigkeiten, als das Taxi durch die Tchoupitoulas Street fuhr, die Schnellstraße 90 erreichte und sich der Metairie Road näherte.

Wie viele andere alte Friedhöfe in New Orleans, so zeichneten auch den riesigen, im Jahre 1873 gegründeten Metairie Cemetery lange Reihen von Galeriegräbern aus. Jedes war mehr als dreißig Meter lang und vier Etagen hoch, mit Nischen versehen, die, nachdem man die Särge hineingeschoben hatte, zugemauert worden waren. Das am Mississippi gelegene Areal war so flach, daß Bestattungen im vorigen Jahrhundert wegen des feuchten Bodens über der Erde erfolgen mußten. Zwar hatte die moderne Kanalisation seither die Bodenfeuchtigkeit gesenkt, doch nun bestand eine Tradition, so daß die meisten Begräbnisse auch heute noch auf die alte Weise stattfanden.

Peter Lang war häufig hierhergekommen, denn der Metairie Cemetery hatte ihm am besten gefallen. Als Vorwand für die Besuche diente seine Vorliebe für das Schaurige und sein Interesse für Geschichte; der wahre Grund jedoch war, daß sich die zahllosen Ecken und Winkel ausgezeichnet für tote Briefkästen eigneten.

Diesmal trieb Buchanan-Lang ein anderes Motiv hierher: die Erinnerung an Juana. Sie hatte ihn oft bei seinen Besuchen begleitet, und bald entsprach ihre Bewunderung für alte Gräber der seinen. Er erinnerte sich ganz besonders daran, wie entzückt sie beim erstenmal von dem Miniaturmausoleum der Josie Arlington war, vor vielen Jahren eine der bekanntesten Bordellwirtinnen der Stadt. Josie hatte verfügt, daß ihr Grab aus rotem Stein gebaut und mit Granitfackeln verziert werde. Als Buchanan-Lang nun vor dem Bauwerk stand, glaubte er Juanas Lachen zu hören. Der Dunst am Himmel hatte sich aufgelöst. Aus tiefem Blau stach unbarmherzig die Sonne, und in der plötzlichen Helle, die mit dem düsteren, zerfallenden Friedhof kontrastierte, wähnte er, Juana neben sich zu haben, mit zurückgeworfenem Kopf, strahlend lächelnd, die Hand auf seiner Schulter. Er hätte sie gern umarmt.

Und an diesem Abend würde er es tun.

»Ich hätte dich nie aufgeben dürfen«, sagte er, als hätte er Juana vor sich. »Mein Leben wäre ganz anders verlaufen. Ich habe ernst gemeint, was ich vor sechs Jahren sagte: Ich liebe dich. Zumindest liebt dich Peter Lang.«

Und was ist mit Buchanan-Lang? fragte er sich.

10

Sechs Uhr abends.

Den Anweisungen folgend, wartete er in seinem Hotelzimmer. Zunächst spielte er mit dem Gedanken, beim Zimmerservice etwas zu essen zu bestellen, doch er hatte keinen rechten Appetit. Er dachte nur an Juana und stellte sich das Wiedersehen mit ihr vor. Unaufhörlich zog in seiner Fantasie der letzte gemeinsam verbrachte Abend vor sechs Jahren an ihm vorüber, und er bedauerte noch immer die versäumte Gelegenheit, mit ihr zusammenzubleiben.

Er saß auf einem Sessel, und mit einem Mal war der Raum in Dunkel getaucht. Um den Sonnenuntergang zu bewundern, hatte er die Vorhänge nicht zugezogen. Eben noch war der Himmel blutrot gewesen, jetzt war er pechschwarz. Verwirrt sah er auf die Uhr.

Viertel zehn?

Nein, das war nicht möglich. Die Schatten narrten ihn wohl, er konnte die Zahlen auf dem Leuchtzifferblatt nicht erkennen. Er schaltete die Tischlampe an und sah nochmals auf die Uhr. Nein, er hatte sich nicht geirrt. Unbemerkt waren mehr als drei Stunden vergangen. Mein Gott, dachte er, das ist schon das dritte oder vierte Mal in den letzten drei Tagen. Bin ich denn so geistesabwesend, daß ich meine Umgebung völlig vergesse?

Er begab sich ins Badezimmer und ging dann auf und ab,

um wieder ein Gefühl für Bewegung zu bekommen. Als er am Telefon auf der Kommode vorbeikam, sah er bestürzt, daß die kleine rote Warnleuchte aufblinkte.

Aber ich habe doch das Telefon gar nicht läuten hören, dachte er.

Da er befürchtete, sein Kontaktoffizier könnte versucht haben, ihm Instruktionen durchzusagen, wählte er rasch den Operator.

Nach dreimaligem Klingeln meldete sich eine weibliche Stimme. »Zentrale.«

Er gab sich Mühe, ruhig zu sprechen. »Hier Zimmer elf vierzehn. Meine Warnleuchte blinkt auf.«

»Einen Augenblick, Sir, ich sehe mal ... Ja. Mrs. Holly McCoy hat um dreiviertel sechs eine Nachricht hinterlassen. Sie lautet: ›Wir wohnen im selben Hotel. Warum treffen wir uns nicht später?‹ Wenn Sie möchten, Sir, kann ich Sie mit dem Zimmer der Dame verbinden.«

»Nein, vielen Dank. Das ist nicht nötig.«

Buchanan legte mit gemischten Gefühlen auf. Er war erleichtert, denn er hatte keine dringende Nachricht seiner Vorgesetzten versäumt. Ebenso beruhigend war es, daß die Mitteilung von Holly McCoy notiert wurde, *bevor* er in sein Zimmer zurückgekehrt war. Der Journalistin war es also gelungen, sein Hotel ausfindig zu machen. Ihn störte nicht nur ihre Beharrlichkeit, es war noch etwas anderes. Wie war sie auf seine Spur gekommen? War sie so hartnäckig, daß sie in Hunderten von Hotels in und um New Orleans angerufen und sich nach ihm erkundigt hatte?

Als ich das Zimmer buchte, hätte ich einen anderen Namen benutzen sollen, dachte er. Nun mal langsam. Gerade die falschen Namen haben dir das ja eingebrockt. Wenn Holly McCoy gemerkt hätte, daß du ein Zimmer unter einem Pseudonym buchst, dann wäre sie erst recht mißtrauisch geworden. Deine Vorgesetzten hätten sich gewundert, warum in aller Welt du ein Zimmer unter einem nicht genehmigten Pseudonym reservierst. Du bist hier auf Urlaub, nicht bei einem Einsatz.

Doch eigentlich war es sehr wohl ein Einsatz, und die

vereinbarte Zeit für das Treffen war nahegerückt: Er mußte um elf Uhr im Café du Monde sein.

Er vergewisserte sich, daß das graue Sportsakko die Pistole verdeckte, die er hinten in den Gürtel gesteckt hatte, verließ das Zimmer, schloß ab und ging schnell die Feuertreppe hinunter.

11

Auf fast unheimliche Weise ähnelte die Nacht jener Nacht vor sechs Jahren. Wie Buchanan draußen feststellte, lag ein Anflug von Regen in der milden Oktoberluft, und vom Mississippi wehte eine angenehme Brise herüber, genau wie damals.

Sorgfältig hielt er nach Holly McCoy Ausschau. Auf dem Weg durch die Tchoupitoulas Street ging er absichtlich langsam, um nicht aufzufallen, und eine weitere Parallele zu dem Abend vor sechs Jahren drängte sich ihm auf. Es war Halloween. Viele Passanten waren kostümiert, und die beliebteste Verkleidung schien das Skelett zu sein: ein schwarzes, eng anliegendes Gewand mit phosphoreszierenden, aufgemalten Knochen, dazu eine schwarze Larve, auf der in Weiß ein Totenschädel prangte. Da so viele Leute ähnlich aussahen, war er nicht sicher, ob er verfolgt wurde. Holly McCoy brauchte ja nichts weiter zu tun, als eine Maske zu tragen und darunter das auffällige rote Haar zu verbergen.

An diesem Abend fiel Buchanan tatsächlich auf, denn er gehörte zu den wenigen Menschen, die nicht kostümiert waren. Beim Überqueren der Canal Street in Richtung Vieux Carré drang Musik an sein Ohr, erst schwach, dann deutlicher, das anschwellende Dröhnen des Schlagzeugs und die Klage des Blues. Bands auf der Straße standen im Wettstreit mit den Musikern in den Bars. Jazz in vielen Stilen pulsierte durch die engen, bevölkerten Straßen des Französischen Viertels, wo die Halloween-Fans zur Feier der Nacht der Toten tanzten, sangen und tranken.

Buchanan versuchte, in der Menge unterzutauchen. Bis zum Rendezvous am Café du Monde blieb ihm weniger als eine Stunde, und er wollte dies nutzen, um das Treffen mit Juana abzusichern.

Er fand das Gedränge lästig. Es hinderte ihn, so schnell wie möglich voranzukommen und gelegentlich in einem Hof oder einer Gasse zu verschwinden. Jedesmal, wenn er seine Ausweichtaktik anwenden wollte, stand er plötzlich vor einer Gruppe von Menschen, und kein Verfolger hätte Mühe gehabt, ihm auf den Fersen zu bleiben. Einem Straßenhändler kaufte er eine Teufelsmaske ab und merkte sofort, daß sie seine Sicht stark behinderte. Da er mit Leuten zusammenstieß, nahm er sie wieder ab. Jetzt war es fast elf Uhr, er mußte sich zum Café du Monde durchkämpfen.

Am schmiedeeisernen Zaun des Hackson Square entlang ging er bis zur Decatur Street, wartete im Dunkel und behielt den Treffpunkt im Auge.

Hier herrschte zu seinem Erstaunen nicht solch ein Gedränge und Lärm wie in anderen Straßen. Er sah sich mehrmals um – kein Verfolger zu sehen. Und doch fühlte er sich beobachtet. Endlich verließ er seinen Posten, überquerte den Platz und näherte sich dem Café du Monde. Er war, so schien ihm, in die Wirklichkeit zurückgekehrt.

Es war ein großes, massives Gebäude, das durch seine Fassade auffiel; sie bestand aus hohen, breiten Torbogen, die das Café praktisch zum Terrassenlokal machten. Bei heftigem Regen wurde das Innere durch grün-weiß gestreifte Markisen geschützt, doch im allgemeinen – wie an diesem Abend – trennte lediglich ein hüfthohes Eisengeländer die Gäste im Restaurant von den Passanten. Wie vor sechs Jahren war es auch an diesem Abend voller als gewöhnlich, und auf dem Bürgersteig warteten Gäste in langer Reihe geduldig auf Einlaß.

Buchanan suchte vergebens nach Juana und hoffte, daß sie sich angesichts der Menschenmenge entschlossen hatte, draußen auf ihn zu warten. Sie würden den Trubel hinter sich lassen und Arm in Arm einen ruhigeren Ort aufsuchen.

Zum Café du Monde gehörte ein Anbau, kleiner als der

Hauptteil, mit einem grün-weißen Dach, das von weit auseinanderstehenden weißen Pfosten getragen wurde. Suchend glitt sein Blick über die Leute, die dort eng beieinander um kleine runde Tische saßen. Aber keine Juana. Er wechselte den Standort, um das Innere des Restaurants aus einem anderen Winkel zu sehen, ließ jedoch auch die Schlange der Wartenden nicht aus den Augen.

Was ist nun, wenn sie sich zur Vorsicht auch kostümiert hat, überlegte er. Dann ist sie für mich nicht zu erkennen. Vielleicht nahm sie sich auch einfach Zeit, bevor sie sich ihm näherte. Entschlossen, sie zu finden, betrat er das Restaurant. Sie mußte hier sein. Die Postkarte konnte nichts anderes bedeuten: Sie brauchte seine Hilfe.

»He, Kumpel, anstellen«, rief eine Stimme.

»Sir, warten Sie bitte, bis Sie an der Reihe sind«, forderte ihn ein Kellner auf.

»Verstehen Sie, ich bin mit jemandem verabredet und ...«

»Bitte, Sir. Am Ende der Schlange.«

Er trat zurück auf den Bürgersteig. Seine Kopfschmerzen wurden schlimmer, als er, auf den Zehenspitzen stehend, das Gewühl im Inneren überflog. Eine kostümierte Gruppe schob sich an ihm vorbei, er wirbelte herum. Ob vielleicht Juana zu ihnen gehörte?

Das Messer fuhr ihm in die Seite. Scharf, erst kalt, dann heiß. Es war wie ein Faustschlag, und er verlor das Gleichgewicht. Er stöhnte. Beim Anblick seines Blutes schrie jemand auf. Die Menschen drängten hastig zur Seite, ein Mann stieß ihn an. Buchanan versuchte, den Blutfluß aufzuhalten, und rutschte aus. Das Eisengeländer stürzte scheinbar auf ihn zu.

Nein! schrie er unhörbar. Nicht auf den Kopf! Nicht schon wieder! Ich darf mir nicht den Kopf ...!

Achtes Kapitel

I

Cuernavaca, Mexiko

Die schwarze Limousine und die Begleitfahrzeuge rollten im Schneckentempo über die Insurgentes-Sur-Autobahn, denn im Wochenendverkehr vom smogverpesteten Mexico City gen Süden gab es den üblichen Stau. Nach ungefähr sechzig Kilometern erreichte die Kolonne Cuernavaca, den beliebtesten und gleichzeitig teuersten Ferienort der Hauptstädter. Es war nicht schwer zu verstehen, warum die Reichen und Mächtigen an jedem Weekend hierherkamen. Geschützt in einem schönen, bewaldeten Tal gelegen, besaß Cuernavaca Weite, Stille, angenehmes Klima und vor allem saubere Luft. Hier hatten schon die Azteken-Herrscher ihre Paläste erbaut, später auch Cortez.

Die Limousine glitt durch die vornehmen Straßen eines ruhigen Wohngebiets und hielt vor dem wuchtigen Eisentor einer Villa. Majestätische, schattenspendende Bäume überragten die hohe Steinmauer, die das weitläufige Grundstück umschloß. Der uniformierte Chauffeur stieg aus und näherte sich einem hinter dem Zaun stehenden bewaffneten Posten. Sie wechselten ein paar Worte, der Fahrer zeigte ein amtliches Schreiben vor, und die Wache rief aus einem Holzhäuschen neben der Einfahrt im Haus an. Wenig später kam der Soldat zurück, öffnete das Tor und gab der Limousine den Weg frei. Als die anderen Wagen folgen wollten, hielt er sie mit erhobener linker Hand zurück, während ein zweiter Wächter erschien und das Tor verschloß.

Als der Wagen des Besuchers vor den Stufen des Palazzos hielt, öffnete sich eine der breiten Doppeltüren, und ein aristokratisch wirkender Herr mit Schnurrbart trat heraus – Esteban Delgado. Daß er keinen Diener zur Begrüßung seines Gastes geschickt hatte, sollte ein Ausdruck seiner Ehrerbietung sein. Er wirkte noch dünner als vor einer Woche in

Acapulco. Das Adlergesicht war bleich, und er selber hätte fast den Gerüchten über seinen ernsten Gesundheitszustand geglaubt, hätte er nicht gewußt, daß er lediglich unter unerträglicher Spannung litt. Am Fuß der Freitreppe stehend, zwang er sich zu einem Lächeln, als Raymond ausstieg, der junge Amerikaner mit dem angenehmen Äußeren. Man hatte den Eindruck, daß dieser Mann gute Laune ausstrahlte, doch Delgado ließ sich nicht täuschen; denn selbst wenn er lächelte, blieb seine Miene kalt.

Raymond übersah den Hausherrn. Er machte sich kurz ein Bild von der Sicherheit des Grundstücks, war mit wenigen Schritten am Wagen und öffnete die Tür. Ein älterer Mann mit dicken Augengläsern und dichtem weißen Haar stieg aus.

»Professor Drummond, ich hatte keine Ahnung, daß Sie mich besuchen wollen.« Delgados Heiterkeit wirkte gezwungen. »Anderenfalls hätte ich Ihnen zu Ehren einen Empfang gegeben.«

Drummond schüttelte Delgado fest die Hand, fixierte ihn und antwortete nach kurzem Schweigen auf spanisch. »Ich hatte geschäftlich in Mexico City zu tun und wollte etwas mit Ihnen besprechen. Von Ihrem Büro erfuhr ich, daß Sie sich hier aufhalten. Wenn Sie eine Stunde für mich Zeit hätten ...«

»Gewiß doch.« Delgado geleitete Drummond und seinen Assistenten die Treppe hinauf. »Es ist mir eine Ehre, Sie in meinem Heim begrüßen zu dürfen. Die Diener werden uns einige Erfrischungen bringen. Hätten Sie gern Rum und Coca-Cola? Oder vielleicht ...«

»Ich bin Antialkoholiker. Aber trinken Sie ruhig, wenn Sie möchten.«

»Ich könnte selbstverständlich auch Limonade kommen lassen.«

Sie traten in die matt erleuchtete Villa und durchquerten die kühle Marmorhalle, wo ihre Schritte widerhallten. Am Ende eines Korridors führte Delgado Drummond und Raymond in ein mahagonigetäfeltes, mit Ledermöbeln ausgestattetes Arbeitszimmer, das Jagdtrophäen, aber auch zahlreiche Gewehre in Glasvitrinen enthielt, darunter kostbare Stücke. Raymonds Augen verrieten Interesse, was selten vorkam. Schon brachten zwei Diener die Erfrischungen und verschwanden umgehend wieder. Weder Drummond noch Raymond berührten ihre Gläser.

Drummond lehnte sich zurück, gebieterisch und kerzengerade saß er da, die langen Arme auf die Sessellehnen gestützt. »Ich vermute, Ihre Mitarbeiter haben es Ihnen bereits mitgeteilt, aber wir müssen darüber sprechen, wie wir uns verhalten wollen.«

Delgado tat, als verstehe er nicht.

»Die Frau, Señor. Es wird Sie nicht überraschen zu hören, daß sie verschwunden ist.«

Delgado blieb das Herz beinahe stehen, doch er ließ sich nichts anmerken. »Ja, die Frau. Tatsächlich habe ich Informationen erhalten, daß sie verschwunden sei.«

»Und?«

Delgado versuchte, seiner Stimme einen harten Klang zu geben. »Was gedenken Sie zu unternehmen?«

»Ich habe bereits alle Hebel in Bewegung gesetzt, um sie aufzuspüren. Alles wird durchforscht – ihr gesamter Background, jeder nur erdenkliche Ort, jede Person, von der sie Unterschlupf oder Hilfe zu erwarten hätte.«

»Und doch haben Sie zwei Wochen nach der Flucht noch nichts erreicht.«

Drummond nickte zustimmend. »Ihre Gewährsleute arbeiten ausgezeichnet.«

»Das beantwortet meine Frage nicht. Was gedenken Sie zu unternehmen?«

»Ihre Person betreffend? Nichts«, antwortete Drummond. »Unsere Vereinbarung gilt nach wie vor.«

»Dem kann ich nicht zustimmen. Sie haben die Vereinbarung nicht eingehalten. Sie versicherten mir, Sie könnten die Frau unter Kontrolle halten. Sie betonten, daß sie mein Problem lösen würde.«

»Das hat sie getan.«

»Zeitweilig. Da sie jedoch geflohen ist, bleibt das Problem bestehen.«

Drummond kniff die Augen zusammen. »Da bin ich anderer Meinung. Dieses Verschwinden kann Ihnen nicht zur Last gelegt werden.«

»Und wenn sie singt?«

»Das wird sie nicht. Hätte sie das beabsichtigt, wäre es bereits geschehen. Nur so kann sie ihr Leben retten. Sie weiß, daß wir sie andernfalls zur Vergeltung exekutieren würden. Aus Prinzip. Ich glaube, aus Furcht wird sie schweigen. Und um ein Zeichen zu geben, daß wir von ihr nichts zu befürchten haben, sofern wir sie in Ruhe lassen. Ich müßte sagen: Daß sie nichts zu befürchten haben. Denn es ist schließlich Ihr Problem. Ich habe Ihnen nur einen Dienst erwiesen, indem ich Ihnen die Möglichkeit einer Korrektur Ihres Desasters anbot.«

Wut trieb Delgados Puls in die Höhe. »Unsinn. Es geht um eine geschäftliche Vereinbarung.«

»Ich lasse mich nicht auf Wortklaubereien ein. Ich wollte Ihnen nur mitteilen, daß ich mein Vorhaben durchzuführen gedenke – trotz des Verschwindens der Frau.«

Die Spannung hielt Delgado nicht mehr auf seinem Platz. »Das dürfte für Sie schwierig werden. Der Direktor des Nationalinstituts für Archäologie und Geschichte ist wütend, weil Sie die Grabungsstätte in Yucatán kontrollieren. Er drängt die Regierung zu einer umfassenden Untersuchung.«

»Halten Sie ihn davon ab«, warnte Drummond.

»Er ist dazu entschlossen.«

Nun erhob sich Drummond. »Ich brauche bloß noch ein paar Wochen. Ich habe es fast geschafft. Ich lasse mich nicht bremsen.«

»Geben Sie acht, daß Sie nicht scheitern.«

»Ich scheitere nie.« Drummond wurde wütend. »Ich bin ein unversöhnlicher Partner. Wenn Sie mich enttäuschen, dann werde ich veranlassen, daß Sie es bereuen.«

»Wie das? Wenn Sie die Frau nicht aufspüren und sie den Mund hält.«

»Sie diente nur dem Zweck, Sie zu schützen. Um Sie zu kompromittieren, benötige ich nur dies.« Drummond schnalzte mit den Fingern.

Raymond öffnete seine Aktentasche und überreichte Drummond einen großen Briefumschlag, der eine Videokassette enthielt.

Drummond gab das Kuvert an Delgado weiter. »Natürlich eine Kopie. Gehen Sie vorsichtig damit um. Lassen Sie das Band nicht herumliegen. Ihre Frau oder Ihre Tochter könnten neugierig werden. Oder der Präsident. Sie wollen doch nicht, daß er es in die Finger bekommt. Ein politischer Skandal wäre eine Gefahr für seine Regierung und würde selbstverständlich Ihre Chancen zunichte machen, sein Nachfolger zu werden.«

Delgado umklammerte die Videokassette, Schweiß rann ihm über den Rücken.

Auf einmal öffnete sich die Tür. Delgado sah erschrocken seine Frau eintreten. Intelligent, kultiviert und gebildet, beherrschte sie ihre Rolle als Ehefrau eines einflußreichen Politikers perfekt. Sie war die Schwester von Delgados bestem Freund, dem Präsidenten Mexikos. Sie fand sich mit der häufigen Abwesenheit ihres Mannes ab und wußte zweifellos über seine Affären Bescheid. Doch war sie immer zur Stelle, wenn er bei öffentlichen Anlässen ihrer symbolischen Unterstützung bedurfte.

»Entschuldige, wenn ich störe, mein Lieber. Ich wußte nicht, daß du Besuch hast. Wie geht es Ihnen, Mr. Drummond?« fragte sie in tadellosem Englisch.

»Ausgezeichnet«, antwortete Drummond auf spanisch. »Und wie geht es Ihnen? Hoffentlich gut, Señora.«

»Danke, mir geht es gut. Darf ich Sie zum Dinner einladen?«

»Vielen Dank, aber ich kann leider nicht länger bleiben. Wir, Ihr Mann und ich, hatten nur ein paar Dinge zu besprechen. Ich muß nach Europa fliegen.«

»Sie sind uns jederzeit willkommen«, sagte sie. »Esteban, ich gehe in den Garten.« Sie schloß die Tür.

Im Zimmer herrschte betretenes Schweigen.

»Denken Sie darüber nach«, nahm Drummond das Gespräch wieder auf. »Seien Sie kein Narr und machen Sie nicht alles kaputt, wofür Sie so hart gearbeitet haben. Wahren Sie die Chance, noch Größeres zu erreichen. Betrachten Sie das Video, vernichten Sie es und halten Sie sich an die Abmachungen.«

Delgado ließ sich seine rasende Wut nicht anmerken. Du bedrohst mich, dachte er. Du gefährdest mein Verhältnis zu Frau und Tochter. Eines Tages aber wirst du keine Macht mehr über mich haben. Und dann vernichte ich dich.

»Übrigens, der Direktor des Nationalinstituts für Archäologie und Geschichte ...«, sagte Drummond. »Als ich Sie aufforderte, ihn an weiteren Einmischungen zu hindern, meinte ich, Sie sollten ihn entfernen. Ersetzen Sie ihn durch jemand, der kompromißbereit ist, keinen Ärger macht und sich für finanzielle Zuwendungen erkenntlich zeigt.«

2

New Orleans

»Willkommen unter den Lebenden. Wie fühlen Sie sich?«

Buchanan war verlegen. Er verstand nicht sofort, was die weibliche Stimme gefragt hatte, und antwortete zögernd.

»Es schmerzt.«

»Das glaube ich.« Die Frau lachte leise. Es klang nicht spöttisch, sondern drückte Mitgefühl aus.

Es dauerte noch etwas, bevor Buchanan begriff, daß er im Krankenhaus lag. Er wußte nicht, was ihn mehr quälte, der pochende Schädel oder die stechende rechte Seite. Der Kopf war dick umwickelt, und die Seite fühlte sich steif an.

»Ich habe mir Sorgen gemacht.«

Er sah sie scharf an, denn er hatte eine Krankenschwester erwartet, die sich über sein Bett beugte, oder gar – als ein Geschenk des Himmels – Juana. Doch die Stimme hatte keinen lateinamerikanischen Akzent. Der Anblick des roten Haars ließ ihn bestürzt erraten, wer vor ihm stand.

»Bleiben Sie ruhig«, sagte Holly McCoy. »Alles in Ordnung. Sie kommen bald wieder auf die Beine.«

»Nun, Sie sind ja wieder zu sich gekommen.« Ein Arzt

war eingetreten, sein weißer Kittel hob sich beinahe gleißend von der schwarzen Haut ab. Er betrachtete die Fieberkurve, die am Fußende des Bettes hing. »Die Nachtschwestern mußten Sie in regelmäßigen Abständen wecken, um Ihre Nervenreaktionen zu testen. Erinnern Sie sich daran?«

»Nein.«

»Erinnern Sie sich an mich?«

»Nein.«

»Gut. Denn ich habe Sie auch gar nicht behandelt, als Sie gestern abend auf die Unfallstation gebracht wurden. Beantworten Sie meine Fragen ehrlich. Sagen Sie jedesmal, was Ihnen auf Anhieb einfällt. Verstehen Sie?«

Buchanan nickte und zuckte bei dieser Bewegung vor Schmerz zusammen.

»Wissen Sie, warum Sie hier liegen?«

»Niedergestochen.«

»Wieder eine richtige Antwort. Wissen Sie, wo?«

»Seite.«

»Nein, ich meine, an welchem Ort man Sie niedergestochen hat.«

»Vieux Carré. Café du Monde.«

»Genau. Sie wurden auf dem Bürgersteig vor dem Restaurant überfallen. Sobald Sie sich kräftig genug fühlen, erwartet die Polizei Ihre Aussage. Allerdings hat Ihre Bekannte meines Wissens bereits die meisten notwendigen Angaben gemacht.«

Holly nickte.

»Wenn Sie glauben, daß geteilter Schmerz halber Schmerz ist – Sie sind nicht der einzige«, beruhigte ihn der Arzt. »Gestern nacht wurden mehrere Opfer von Straßenräubern eingeliefert, und nicht alle hatten soviel Glück wie Sie. Bei einigen ist der Zustand kritisch.«

»Straßenräuber?«

»Ich habe der Polizei den Täter beschrieben«, sagte Holly. »Obwohl das nicht weiterhilft. War als Pirat verkleidet. Gestern waren fast alle Leute maskiert.« Sie hielt ihm einen Plastikbecher hin und steckte ihm ein gebogenes Trinkröhrchen zwischen die Lippen. Das Mineralwasser war erfrischend.

»Sie befinden sich im medizinischen Zentrum der Universität von Louisiana«, erklärte der Arzt. »Man hat Ihre Wunde mit zwanzig Stichen genäht. Sie haben Glück gehabt. Wichtige Organe wurden nicht verletzt. Eher eine lange Schnittwunde, die Klinge ist nicht tief eingedrungen.«

Die Polizei weiß demnach Bescheid, dachte Buchanan. Verflucht, ich hatte eine Waffe bei mir. Sie wurde bestimmt gefunden. Und der gefälschte Paß von Victor Grant. Man wird wissen wollen ...

»Als sie hinfielen, haben Sie sich am Kopf verletzt. Gehirnerschütterung«, sagte der Arzt. »Der neurologische Befund scheint negativ zu sein. Auch wenn es Sie langweilt, daß jeder Ihnen dieselben Fragen stellt ... Zum Beispiel: Wie viele Finger sind das?«

»Drei.«

»Wie alt sind Sie?«

»Zweiunddreißig.«

»Wie heißen Sie?«

Keine Antwort.

»Wie heißen Sie?« wiederholte der Arzt.

»Peter Lang.« Buchanan stieß heftig den Atem aus.

»Nee. Falsch. Die Papiere in Ihrer Brieftasche, die der Räuber übrigens nicht erwischt hat, nennen einen anderen Namen.«

»Brendan Buchanan.«

»Schon besser. Noch einmal: Wie heißen Sie?«

»Brendan Buchanan.«

»Warum zuerst Peter Lang?«

»Ein Freund von mir. Muß ihm dringend mitteilen, was mit mir los ist.«

»Mrs. McCoy kann ja für Sie anrufen. Sagen Sie Ihrem Freund, er brauche sich keine Sorgen zu machen. Die Gehirnerschütterung scheint nicht so schwer zu sein, wie der CT-Befund vermuten ließ.«

Wenn meine Brieftasche den angeblichen Straßenräuber vielleicht gar nicht interessiert hat? Aber was hat er dann gewollt, überlegte Buchanan. Und dann: In meinem Paß steht gar nicht ›Brendan Buchanan‹, sondern ›Victor Grant‹.

Warum hat der Arzt meine falsche Antwort als richtig bezeichnet? Als nächstes wird man mich wegen der Pistole befragen. Scheiße!

Eine Schwester maß ihm den Blutdruck. »Einhundertfünfzig zu fünfundsiebzig.«

Der Arzt nickte zufrieden. »Könnte schlimmer sein. Versuchen Sie, die Augen so weit wie möglich zu öffnen. Ich muß Ihnen mit dieser Lampe in die Pupillen leuchten. Gut. Folgen Sie meiner Hand. Lassen Sie mich mal Ihre Reflexe an den Kniegelenken testen. Jetzt streiche ich Ihnen mit dem Perkussionshammer über die Fußsohlen. Sehr schön. Ihre Reflexe sind normal, die Lunge ist in Ordnung. Der Herzschlag ist kräftig und regelmäßig. Ich bin optimistisch. Versuchen Sie zu ruhen. Heute nachmittag komme ich wieder.«

»Ich bleibe bei ihm.« Holly gab Buchanan noch einmal zu trinken.

»Während er ruht, soll er möglichst wenig sprechen. Andererseits soll er nicht viel schlafen. Erst, wenn ich sicher bin, daß keine Gefahr mehr besteht.«

»Verstehe. Ich will ihm nur ein Gefühl der Geborgenheit geben«, sagte Holly.

»Liebevolle Zuwendung kann nie schaden.« Schon im Gehen sah sich der Arzt noch einmal um. »Über Wunden können Sie sich eigentlich nicht beklagen, Mr. Buchanan. Wie sind Sie zu der Schulterverletzung gekommen?«

»Ah, sie stammt …«

»Ein Unfall auf dem Wasser«, warf Holly rasch ein. »Eine Schiffsschraube.«

3

Ungeduldig wartete Buchanan, bis der Arzt und die Schwester gegangen waren, dann drehte er den Kopf und sah Holly groß an.

Sie lächelte gewinnend. »Möchten Sie noch Wasser?«

»Was ist hier los?« Buchanan bereitete das Atmen

Mühe, seine Stimme war bloß ein rauhes Flüstern. »Wie bin ich ...?«

»Überanstrengen Sie sich nicht. Gestern abend bin ich Ihnen vom Hotel aus gefolgt.«

»Wie haben Sie erfahren, wo ich wohne?«

»Das ist vertraulich. Alles andere habe ich Ihnen erzählt. Lassen Sie mich reden. Irgendwann – so dachte ich – muß er ja das Hotel verlassen. Hinten gibt es nur den Dienstboteneingang. Ich konnte mir aber nicht vorstellen, daß Sie die Angestellten auf sich aufmerksam machen wollten, also wartete ich vor dem Hotel, auf der anderen Straßenseite. Sie wissen, ich habe Ted dabei, und er behielt die Hinterfront im Auge. Wir verständigten uns per Funksprechgerät. Als Sie auf die Straße traten, war ich eine von vielen Maskierten. Ich bin Ihnen gefolgt.«

Holly ließ ihn trinken. »Übrigens, habe ich die Frage des Arztes nach Ihrer Schulterverletzung richtig beantwortet? Ein Unfall auf dem Wasser? Das hat doch Victor Grant vor der mexikanischen Polizei ausgesagt, nicht wahr?«

»Ich weiß nicht, was Sie meinen.«

»Schon gut.«

Ihm fielen langsam die Augen zu. Woher bloß kriegt sie ihre Informationen, dachte er noch.

4

Der Arzt deutete auf das unberührte Thunfisch-Sandwich. »Ihr mangelnder Appetit macht mir Sorgen.«

»Krankenhausessen habe ich noch nie gemocht.«

»Mr. Lang ...«

»Buchanan.«

»Richtig, Mr. Buchanan. Ich wollte Sie nur testen. Wenn Sie bald entlassen werden wollen, sollten Sie das Sandwich essen und die Schwester um ein zweites bitten.«

Buchanan riß sich zusammen und griff nach dem Brot.

»Kommen Sie, ich helfe Ihnen«, sagte Holly.

»Lassen Sie. Der Doktor will wahrscheinlich sehen, ob ich es selber kann.«

»Sie sind ein Menschenkenner. Sobald Sie Ihr Sandwich gegessen haben, möchte ich, daß Sie aufstehen und sich etwas Bewegung verschaffen. Ins Bad gehen, zum Beispiel. Ich muß mich davon überzeugen, daß die Beine und Ihr ganzer Körper funktionieren.«

»Hat Ihnen schon mal jemand gesagt, daß Sie ein Sklaventreiber sind?«

Der schwarze Nachkomme von Sklaven zog die Augenbrauen hoch. »Wenn Sie schon scherzen können, sind Sie auf dem Weg der Besserung. Nach dem Lunch untersuche ich Sie noch einmal.«

Kaum war er gegangen, legte Buchanan den Rest des Sandwiches auf den Teller.

»Würden Sie das wohl für mich aufessen oder wegwerfen, damit es aussieht, als hätte ich alles vertilgt?«

»Seien Sie tapfer und essen Sie, damit Sie hier rauskommen.« Hollys smaragdgrüne Augen glitzerten spitzbübisch.

»Wie kriegen Sie Ihre Augenfarbe hin? Mit getönten Kontaktlinsen?«

»Französische Augentropfen, sie betonen die eigene Augenfarbe. Viele Filmstars benutzen sie. Den Trick habe ich gelernt, als ich in Los Angeles arbeitete. Das wäre übrigens was für Sie, wenn Sie Ihr Äußeres ändern wollen. Da brauchten Sie nicht mit getönten Kontaktlinsen herumzufummeln.«

»Warum sollte ich mein Aussehen verändern?«

Sie war wütend. »Sie geben sich nicht geschlagen.«

»Genausowenig wie Sie. Gestern abend – was ist geschehen? Sie haben nicht zu Ende berichtet.«

»Ich bin Ihnen durch das Vieux Carré bis zum Café du Monde gefolgt. Es war inzwischen elf Uhr. Sie schienen jemanden zu suchen.«

»Einen alten Bekannten, mit dem ich verabredet war. Im Café du Monde.«

»Ich stand gegenüber, konnte also nicht alles sehen. Sie

kamen aus dem Café schnell wieder heraus. Es entstand ein Gedränge, als eine Schar Maskierter hereinwollte, die sich wie Betrunkene benahmen. Einer von ihnen – er war als Pirat verkleidet – rempelte Sie an. Und plötzlich griffen Sie sich an die Seite und wirbelten herum. Eine Frau schrie auf. Die Leute gingen Ihnen schnell aus dem Weg. Sie stolperten über jemanden und schlugen mit dem Kopf auf das Geländer. Ich rannte zu Ihnen und beobachtete noch, daß der Kerl im Piratenkostüm ein Messer in den Gürtel steckte und in der Menge auf der Straße verschwand. Ich rannte zu Ihnen und versuchte, das Blut zu stillen. Inzwischen rief ein Kellner wegen eines Rettungswagens an.«

»Wird Ihnen beim Anblick von Blut nicht kodderig?«

»Wo denken Sie hin? Wenn Sie mir unter den Händen wegsterben, kann ich meine Story nicht zu Ende schreiben.«

»Und ich dachte die ganze Zeit, Sie fühlen sich von meiner Person angezogen.«

»Von welcher Person? Sie haben sie so oft gewechselt.«

Er schob den Rest des belegten Brotes beiseite. »Ich gebe es auf. Mir fällt nichts weiter ein, womit ich Sie überzeugen könnte, daß ...«

»Sie haben völlig recht. Es gibt nichts, womit Sie mich überzeugen könnten. Und die Ereignisse des gestrigen Abends haben mich in meiner Meinung noch bestätigt. Der Verkleidete wollte Sie nicht ausrauben – das habe ich der Polizei nur vorgeschwindelt, damit sie keinen Verdacht schöpft. Nein, das war kein versuchter Raubüberfall, sondern versuchter Mord.« Sie richtete sich auf. »Warum? Mit wem wollten Sie sich treffen?«

»Holly, bitte! Ich möchte auch etwas fragen. Ich hatte etwas bei mir. Wenn das die Polizei gefunden hat, wird sie sich darüber mit mir unterhalten wollen.«

Holly ließ ihn in ihre Handtasche blicken. »Meinen Sie das hier?«

Es war seine halbautomatische Beretta.

»Ich entdeckte sie, als ich mich um Sie bemühte. Bevor Polizei und Rettungswagen eintrafen, habe ich sie Ihnen unbemerkt abgenommen.«

»Hat nichts zu bedeuten. Trage sie nur zu meinem Schutz.«

»Klar. Zum Beispiel bei einem Wiedersehen mit einem alten Bekannten. Selbst wenn Sie einen Waffenschein haben, hätte die Armee etwas dagegen, daß Sie im Urlaub bewaffnet herumlaufen.«

»Was soll das? Heutzutage sind viele Leute bewaffnet. Der Raubüberfall zeigt, warum.«

»Versuchter Mord, kein Raubüberfall.«

»Das bestätigt meine Meinung. Irgendein Idiot ist besoffen, vielleicht high von Drogen. Er hat ein Piratenkostüm an. Plötzlich glaubt er, wirklich einer zu sein, und sticht zu.«

»Das soll ich Ihnen abkaufen?«

»Hören Sie, ich habe keine Ahnung, warum er mich niedergestochen hat. Meine Theorie ist so gut wie jede andere.«

»Würden die Bullen Ihnen das abnehmen, wenn sie die anderen Sachen bei Ihnen gefunden hätten?«

Andere Sachen? Buchanan lief es kalt über den Rücken.

Nach einem Blick zur Tür griff sie in ihre Handtasche und zog unter der Pistole einen Paß hervor. »Die Sanitäter mußten Ihnen das Jackett ausziehen, um die Verletzung untersuchen zu können. Ich sagte ihnen, ich sei Ihre Freundin, und habe es an mich genommen. Zum Glück – für Sie.« Sie blätterte in dem Paß. »Victor Grant. Na, so was. Kein schlechtes Foto von Ihnen. Damals war Ihr Haar etwas kürzer. Zunächst hätten die Bullen Sie für einen Drogenhändler gehalten. Was ja fast der Wahrheit entspricht, sofern man weiß, daß Sie an geheimen Operationen wie Scotch and Soda beteiligt sind.« Holly steckte das Dokument wieder weg. »Nun? Ihnen fallen doch sonst immer so viele vernünftige Erklärungen für Ihr ungewöhnliches Verhalten ein. Welche Geschichte haben Sie diesmal auf Lager?«

Buchanan zog sich den Salatteller heran.

»Plötzlich hungrig? Wollen Sie Zeit gewinnen, bis Ihnen eine Begründung für die gefälschten Papiere eingefallen ist?«

Er legte die Gabel hin und seufzte. »Lassen Sie die Finger

davon. Tun Sie sich selber einen Gefallen und ziehen Sie sich diskret zurück. Vergessen Sie, was Sie da gesehen haben.«

»Kann ich nicht. Ich wollte schon lange den Pulitzerpreis. Und dafür kriege ich ihn.«

»Nehmen wir einmal an, Sie haben recht.« Buchanan hob die Hand. »Ich gebe nichts zu, ich stelle nur Vermutungen an. Die Leute, mit denen Sie es zu tun bekämen, spielen durchaus nicht nach Ihren Regeln. Sie haben ja keine Ahnung. Anstelle des Pulitzerpreises wartet ein Sarg auf Sie.«

»Soll das eine Drohung sein?«

»Es ist eine wohlgemeinte Warnung.«

»Glauben Sie nicht, daß ich mich abgesichert habe? Kopien meiner Aufzeichnungen liegen bei fünf verschiedenen Menschen, denen ich vertraue.«

»Klar. Zum Beispiel bei Ihrem Anwalt, Ihrem Redakteur, Ihrer besten Freundin.«

»So ist es.«

Buchanan schüttelte den Kopf. »Nun hören Sie mir mal gut zu, Holly. Wenn das, was Sie da herausgefunden zu haben glauben, wirklich so toll wäre, hätte man die Story schon längst veröffentlicht. Sie haben nichts weiter als Verdachtsmomente. Alle sind widerlegbar. Wenn aber jemand sich durch Ihre Notizen bedroht fühlt, ist es ihm ganz gleichgültig, ob Sie Kopien bei anderen Leuten deponiert haben. Es würde einfach beschlossen, Sie aus dem Weg zu räumen.«

»Und was ist mit Ihnen?«

»Sie meinen, ob *ich* Sie aus dem Weg räumen will? Warum sollte ich? Nochmals: Ich habe mit der ganzen Sache nichts zu tun. Ich habe Ihnen bloß einen Rat gegeben.«

»Nein, ich meinte, ob Sie sich nicht bedroht fühlen.«

»Wie kommen Sie darauf?«

»Wäre dieser Einsatz legal, würden Sie nicht unter Ihrem richtigen Namen reisen und einen gefälschten Paß bei sich tragen. Das hätten Ihre Leitoffiziere gar nicht gern. Nach allem, was in Mexiko und Florida vorgefallen ist, glauben sie,

sie hätten einen Revolverhelden in ihren Reihen. Sie werden sich fragen, was zum Teufel Sie mit einer Pistole und mit Papieren anstellen, die Sie offiziell gar nicht besitzen. Sie haben nämlich noch ganz andere Probleme als mich am Hals. Da gibt es bestimmt einen Plan, wie Sie mit Ihren Leitoffizieren in Verbindung bleiben. Wenn Sie den nicht eingehalten haben, werden die schon nervös sein. Am besten, Sie rufen dort mal an.«

»Falls Ihre Vermutung richtig sein sollte – glauben Sie wirklich, ich würde in Ihrer Gegenwart anrufen? Von einem ungesicherten Telefon aus?«

»Unternehmen Sie jedenfalls etwas. Die Herren verlieren sonst womöglich die Geduld mit Ihnen. Vergessen Sie nicht: Je länger Sie sich nicht melden, desto mehr verstärkt sich bei denen der Eindruck, daß Sie Ihrer Aufgabe nicht mehr gewachsen sind.«

Der Arzt kam zurück. »Wie ich sehe, hat sich Ihr Appetit wieder eingestellt.«

»Ja, ich bin gleich mit dem Salat fertig.«

»Dann machen Sie Ihren kleinen Spaziergang ins Bad. Mal sehen, ob ich mich dann dazu durchringe, Sie zu entlassen – unter die Obhut Ihrer fürsorglichen Freundin, versteht sich.«

5

In Turnschuhen, Jeans und einem kurzärmeligen blauen Hemd, die Holly ihm als Ersatz für seine blutbeschmierten Kleidungsstücke besorgt hatte, fühlte sich Buchanan in dem Rollstuhl wie ein Invalide. Die Krankenschwester, die ihn vom Lift durch die überfüllte Eingangshalle des Krankenhauses schob, bestand darauf, daß er sitzen blieb.

»Ich habe Ihnen versichert, daß ich gehen kann.«

»Bis Sie stolpern, hinfallen und dann das Hospital verklagen. Sobald Sie vor dieser Tür stehen, können Sie tun, was Sie wollen. Bis dahin bin ich für Sie verantwortlich.«

Sie half ihm beim Aufstehen. »Haben Sie nicht behauptet, Sie werden abgeholt?«

»Richtig«, log Buchanan.

Wo war Holly? Normalerweise hätte er Erleichterung verspürt, nicht mehr durch ihre Fragen belästigt zu werden, aber im Augenblick machte er sich Gedanken. Die Pistole und der Paß – er mußte sie zurückhaben. »Ich warte hier auf der Bank. Meine Bekannte wird gleich da sein.«

»Alles Gute, Mr. Buchanan.«

»Ich bin Mr. Lang.«

Die Schwester warf ihm einen fragenden Blick zu und zog mit dem Stuhl ab.

Kaum war sie im Haus verschwunden, war er wieder auf den Beinen. Er hatte sich nicht im Rollstuhl transportieren lassen wollen, weil er vor dem Verlassen des Krankenhauses noch telefonieren mußte.

Ohne zu wanken, betrat er wieder die Halle und ging auf eine Reihe von Telefonen zu. Mit zitternder Hand steckte er die Münzen in den Schlitz und sprach kurz darauf bereits mit einem der Leitoffiziere.

»Wo haben Sie gesteckt?« fragte die barsche Stimme.

Buchanan sprach so leise wie möglich und war froh, daß die Telefone neben ihm nicht benutzt wurden. »Ich lag im Krankenhaus.«

»Was war los?«

»Ein Kerl hat versucht, mich auszurauben«, log er. »Ich habe ihn nicht kommen sehen, er hat mich von hinten niedergestochen.«

»Meine Güte. Bei uns herrschte Aufregung, als Sie heute früh nicht an einem der Treffpunkte erschienen sind. Wir haben ein Team parat, falls Sie in Schwierigkeiten sind.«

»Ich hatte Glück. Die Verletzung ist nicht schlimm. Da ständig Schwestern ein und aus gingen, habe ich es nicht gewagt, bei Ihnen anzurufen, zumal die Telefongespräche im Hospital automatisch registriert werden. Jetzt habe ich zum erstenmal Gelegenheit, ungestört anzurufen.«

»Wir haben uns ganz schön Sorgen gemacht.«

»Entwarnung. Ich wurde am Treffpunkt erwartet – das bedeutet, es gibt eine Nachricht für mich. Wie lautet sie?«

»Es geht um die Reporterin aus dem Zug ... Ist Ihr Telefon wirklich sicher?«

»Ja.«

»Hier also die Mitteilung. Brechen Sie Ihren Urlaub nicht ab. Kümmern Sie sich nicht um die Frau. Wir unternehmen etwas, das sie garantiert abschreckt.«

Buchanan packte den Hörer fester.

»Finden Sie sich programmgemäß an den Treffpunkten ein. Wir informieren Sie, wenn es etwas Neues gibt. Over!«

Buchanan legte auf und starrte auf den Apparat, die Kehle trocken. ›Wir unternehmen etwas, das sie garantiert abschreckt.‹ Was, zum Teufel, sollte das bedeuten? ›Abschrekken‹ konnte vieles heißen. Man konnte Holly bei ihrem Vorgesetzten miesmachen, sie zu bestechen versuchen oder ihr einen gehörigen Schreck einjagen ... oder ... Buchanan mochte sich nicht vorstellen, daß Holly das Ziel einer ›finalen Abschreckung‹ sein könnte.

Nein, dachte er. Sie werden eine Journalistin nicht beseitigen, schon gar nicht eine von der ›Washington Post‹. Das würde der Story eher neue Nahrung geben.

Als er sich gerade die bange Frage stellte, wo sie wohl sein mochte, sah er sie. Holly saß nicht weit entfernt auf einem Stuhl, sie trug ein helles Jackenkleid, das ihr rotes Haar und die grünen Augen schön zur Geltung brachte.

Buchanan verbarg seine Überraschung.

Sie kam näher. »Haben Sie sich bei Ihren Vorgesetzten gemeldet?«

»Habe nur einen Bekannten angerufen.«

»Wer's glaubt ...«

»Schluß jetzt! Verschwinden Sie sofort aus meinem Leben und aus dieser Stadt.«

»Ich soll unsere nette Beziehung beenden? Sie versuchen nur, meine Gefühle zu verletzen.«

»Ich beschwöre Sie: Halten Sie sich von mir fern. Sie sind in Gefahr!«

»Was soll das heißen?«

Buchanan durchquerte die Halle und ging auf den Ausgang zu.

»So leicht werden Sie mich nicht los.« Ihre hohen Hacken machten kaum ein Geräusch auf dem Teppichboden. »Ich muß Ihnen etwas zeigen.«

»Bin nicht interessiert.« Er blieb an einem Springbrunnen stehen, schluckte zwei Tabletten, wischte sich das Wasser vom Mund und wandte sich dem Ausgang zu. »Woran ich tatsächlich interessiert bin: Ich will meine Sachen wiederhaben.«

»Kommt nicht in Frage.«

»Holly.« Er drehte sich abrupt um. »Tun wir mal so, als sei ich wirklich der, für den Sie mich halten. Was würde Ihnen nach Ihrer Meinung geschehen, wenn ich meinen Vorgesetzten erzähle, daß sich mein gefälschter Paß in Ihrem Besitz befindet?«

Die smaragdgrünen Augen strahlten noch intensiver. »Sie haben ihnen also nichts von mir erzählt?«

»Wieso sollte ich?«

»Ich war nicht sicher, ob Sie es tun. Sie wollen Ihre Vorgesetzten demnach nicht wissen lassen, daß Sie diesen Paß verloren haben. Wozu brauchen Sie ihn überhaupt? Können Sie nicht Ihren eigenen Paß benutzen?«

»Nein.« Buchanan betrachtete forschend die Menschen in der Nähe des Eingangs. »Ich besitze keinen. Mir ist nie einer ausgestellt worden.«

Sie standen jetzt auf der lauten Straße. »Wo ist Ihr Freund Ted? Ich dachte, daß er Sie ständig begleitet.«

»Er hält sich in der Nähe auf und wacht über meine Sicherheit.«

»Mit seinem Funksprechgerät? Ich rede nicht mehr mit Ihnen, oder Sie beweisen mir, daß nichts aufgezeichnet wird.«

Sie öffnete die Tasche. »Schauen Sie nach: kein Recorder!«

»Und meine Sachen sind auch nicht mehr drin. Wo haben Sie sie?«

»An einem sicheren Ort.«

Ein Paar kletterte aus einem Taxi und ging auf das Krankenhaus zu. Buchanan stieg überstürzt in den Wagen, und Holly drängte sich nach ihm hinein.

»Wohin?« fragte der Taxifahrer.

»Zum Crowne Plaza. Holly, ich spaße nicht. Ich will unbedingt meine Sachen wiederhaben. Geben Sie mir Ihren Zimmerschlüssel. Ich hole meinen Kram. Sie packen Ihren Koffer und melden sich ab.«

»Wer sagt Ihnen, daß ich das Hotel verlassen will?«

»Weil Sie sich nicht länger in meiner Nähe blicken lassen dürfen. Noch deutlicher kann ich es Ihnen nicht sagen.«

»Sie versuchen schon wieder, mich zu erschrecken.«

»Genau, und ich hoffe, meine Dame, es ist mir einigermaßen gelungen.«

6

»Bis hierher«, wies Buchanan den Fahrer an.

»Aber es sind noch zwei Blocks, Sir.«

»Ist in Ordnung. Machen Sie eine Stadtrundfahrt mit der Dame und kommen Sie in einer Viertelstunde zurück.« Buchanan fixierte Holly. »Ihren Zimmerschlüssel.« Er streckte die Hand aus.

Holly gehorchte. »Wird Ihnen allerdings nichts nützen. Ihre Sachen sind nicht in meinem Zimmer.«

»Wo sind sie? In Teds Zimmer?«

Sie schwieg.

»Holly, weder Sie noch Ihr Freund sollten sich mit meinem Eigentum erwischen lassen. Es wäre Ihrer Gesundheit nicht zuträglich.«

Ihr Gesicht erblaßte leicht, endlich schien sie seine Warnung verstanden zu haben. »Was kriege ich dafür?«

»Seelenfrieden.«

»Das reicht mir nicht.«

»Was verlangen Sie?«

»Ich möchte mich weiter mit Ihnen unterhalten.«

»Ich bin in einer Viertelstunde vor dem Hotel und nehme Sie in Empfang.«

Sie seh ihm in die Augen. »Okay. Die Sachen liegen in Teds Zimmer.«

»Wahrscheinlich haben Sie keinen Schlüssel.«

»Aber ja doch.« Sie gab ihm den Schlüssel. »Für den Fall, daß ich Ihre Sachen in Teds Abwesenheit holen wollte.«

»Sie haben sehr klug geplant.« Buchanan stieg aus.

7

Die zwei Blocks kamen ihm wie drei Kilometer vor. Im Gehen befreite sich Buchanan von seinem Kopfverband und warf ihn in einen Abfalleimer. Als er das Crowne Plaza erreichte, fühlte er sich leicht benommen, Schweiß stand ihm auf der Stirn.

Anstatt sofort Teds Zimmer aufzusuchen, entschied er sich dafür, zunächst nach seiner Post zu fragen. Im Foyer, in der Ecke neben dem Eingang, fiel ihm ein Mann Ende Zwanzig in einem blauen Blazer auf. Er saß in einem Sessel, las Zeitung und beobachtete ihn. Der Blick, mit dem er Buchanan maß, war kurz, aber intensiv. Und was den guten Agenten auszeichnet: Er ließ sich nicht anmerken, daß er Buchanan erkannt hatte.

Sie überwachen also das Hotel, dachte Buchanan. Sie halten aber möglicherweise nicht nach mir Ausschau, sondern nach Holly.

Ohne seinen Argwohn zu zeigen, ging er zum Empfang.

»Ja, Sir?«

»Haben Sie eine Nachricht für mich? Meine Zimmernummer ist ...«

Der Angestellte wartete lächelnd.

»Meine Zimmernummer ... Verdammt.« Buchanans Puls raste. »Ich habe sie vergessen.«

»Nicht schlimm, Sir. Sie brauchen mir bloß Ihren Namen

zu nennen. Der Computer ordnet ihn Ihrer Zimmernummer zu.«

»Victor Grant«, sagte Buchanan, ohne zu überlegen.

Der Angestellte tippte ihn ein, summte vor sich hin und sah auf den Bildschirm. Er runzelte die Stirn. »Tut mir leid, Sir. Dieser Name ist nicht erfaßt.«

»Victor Grant. Den müssen Sie doch haben.«

»Nein, Sir.«

Mein Gott, dachte Buchanan plötzlich. »Brendan Buchanan. Ich habe mich geirrt.«

»Wie soll ich das verstehen, Sir?«

»Ich bin Schauspieler, wir drehen hier in der Stadt einen Film. Im Film heiße ich Victor Grant. Ich habe mich so daran gewöhnt, daß ich ... Wenn ich mich derart mit einer Rolle identifiziere, müßte ich eigentlich allein schon dafür einen Oscar bekommen, meinen Sie nicht?«

»Jetzt haben wir es, Sir. Mr. Brendan Buchanan. Zimmer elf vierzehn. Nein, keine Nachricht für Sie.«

»Darf ich um meinen Schlüssel bitten? – Danke.«

Am Lift drückte er auf den Knopf und wartete, daß sich die Türen öffneten. Er spürte, daß der Mann vom Empfang ihm nachblickte. Nicht umdrehen, nicht umdrehen.

Bleib ruhig, Kumpel, auch wenn du deine Decknamen nicht mehr auseinanderhalten kannst und deine Zimmernummer vergißt.

Endlich öffneten sich die Türen. Er fuhr allein nach oben, sank schweißüberströmt gegen die Wand und fürchtete, sich übergeben zu müssen.

Zwei Etagen über seinem Zimmer stieg er aus und begab sich in Teds Zimmer. Er brauchte nicht einmal fünf Minuten, um die Waffe und Victor Grants Paß in dem Versteck unter der Matratze zu finden.

Buchanan betrachtete das Foto und war versucht, das Dokument zu zerreißen und im Waschbecken zu verbrennen. Schließlich war er hier in New Orleans, wenn nicht Brendan Buchanan, dann Peter Lang. Aber er verzichtete doch auf das Feuerchen in einem fremden Hotelzimmer.

Im Kleiderschrank fand er ein braunes Sportsakko, das

Ted gehörte. Obwohl dieser breitere Schultern hatte als er, paßte es ihm besser als erwartet. Er steckte den Paß in die Jacke und die Pistole hinter den Gürtel. Unbemerkt verließ er das Zimmer.

Auf dem Weg zu Hollys Apartment, zwei Türen weiter, dachte Buchanan über den Mann im blauen Blazer nach. Wenn das Hotel überwacht wurde, wäre dann nicht zu erwarten, daß auch jemand in Hollys Zimmer saß und sie packte, sobald sie eintrat? Vielleicht sollte ich mich da raushalten, vielleicht ist es klüger, direkt zum Lift zu gehen. Soll doch Holly selber achtgeben oder sich von ihrem Ted beschützen lassen. Ich habe, was mir gehört, warum sollte ich mir wegen Holly den Kopf zerbrechen! Doch je länger sie zögert, desto größer wird die Gefahr, daß einer auf sie lauert.

Er klopfte an ihre Tür, rief »Zimmerservice!«, klopfte abermals und schloß auf.

Niemand da. Im Handumdrehen stopfte er ihre Sachen in einen Koffer. Bei der Ankunft hatte Holly bestimmt die Nummer ihrer Kreditkarte angegeben. Auf einem Bord neben dem Fernsehgerät lag ein Formular für vorzeitig Abreisende, das er ausfüllte und aufs Bett legte. Erleichtert, daß sie nicht viel Gepäck besaß, schleppte er den Koffer und die Reisetasche die Feuertreppe hinunter und benutzte den Dienstbotenausgang. Die ganze Zeit sah er Hollys spitzenbesetzte Unterwäsche vor sich. Es war lange her, seit er sich zu einer Frau hingezogen gefühlt hatte. Er dachte nicht an Sex, sondern an Zuneigung, an Holly – und an Juana.

8

Die Anstrengung und die Hitze in seinem Körper trieben ihm den Schweiß aus allen Poren. Wegen der Verletzung mußte er den Koffer in der linken Hand tragen und die Reisetasche unter den linken Arm klemmen. Zum Glück war das Taxi schon da. Als der Fahrer bemerkte, daß Buchanan schwer zurechtkam, stieg er aus. »Kommen Sie, ich helfe Ihnen, Sir.«

Als Holly den Mann ihr Gepäck verstauen sah, öffnete sie die Wagentür und wollte aussteigen. »He, was soll das? Hab' ich gesagt, daß Sie meine Sachen packen sollen und daß ich ausziehen will?«

Buchanan drückte die Tür mit der ganzen Kraft seiner linken Hüfte vor Hollys Nase zu und sah dabei, daß sie nicht allein auf dem Rücksitz saß. »Nanu, lange nicht gesehen!« begrüßte er Ted durch das heruntergelassene Fenster.

»Ich habe ihn unterwegs einsteigen lassen«, erklärte Holly brummig. »Warum haben Sie nicht auch gleich für ihn gepackt?«

»Verzeihung, dafür reichte die Zeit nicht.«

»Jetzt spielen Sie also auch noch den Hoteldieb, Buchanan. Was unter der Matratze lag, mag Ihnen gehören. Aber das Sakko ist garantiert meines«, schimpfte Ted.

»Sehr gut beobachtet. Paßt wie angegossen – oder? Hier ist Ihr Schlüssel.«

Holly versuchte, die beiden abzulenken. »Haben Sie alles gefunden?«

»Sofort. Ted ist nicht sehr einfallsreich.«

»Und was fällt Ihnen ein? Sie bestimmen über mein Tun und Lassen, als wäre ich Ihre Sekretärin oder Ihre Komplizin. Verraten Sie mir wenigstens, wie es jetzt weitergeht – oder ich steige doch noch aus.«

»Bitte schön! Vielleicht sollten wir wirklich umkehren, damit ich Sie mit dem Typen bekannt machen kann, der im Foyer auf Sie wartet.«

»Soll das ein Witz sein?« fragte Holly.

»Ich hatte nicht den Eindruck, daß er Sinn für Humor hat.«

»Was Sie da reden, ist doch alles Scheiße«, fuhr Ted dazwischen.

»Für Sie vielleicht«, konterte Buchanan. »Was aus Ihnen wird, ist mir egal. Solange wir – Holly und ich – noch etwas miteinander zu klären haben, ist es mir lieber, sie ist in guter Verfassung.«

»Hören Sie auf, Panik zu machen«, warnte ihn Holly.

»Wohin geht die Fahrt, Sir?« Der Fahrer wartete.

»Die Schlepperei hat mich geschafft.« Buchanan wischte sich die Stirn ab. »Ich bin hergekommen, um mich an den Sehenswürdigkeiten zu erfreuen. Ich glaube, eine Dampferfahrt würde mir guttun. Bringen Sie uns doch zur Anlegestelle in der Toulouse Street. Es ist kurz vor halb drei, vielleicht erreichen wir die ›Natchez‹ noch.«

9

Die Dampforgel dudelte ›Way Down South in Dixie‹, der buntgeschmückte Raddampfer löste sich vom Kai und begann seine Fahrt den Mississippi stromaufwärts. Hunderte von Passagieren drängten sich auf den drei Decks an der Reling und betrachteten den vorüberziehenden Hafen, die Lagerhäuser, eine Raffinerie und ein Herrenhaus aus der Zeit vor dem Bürgerkrieg.

Den Fahrgästen schien die pralle Sonne nichts auszumachen, Buchanans Augen waren jedoch noch so empfindlich, daß er sich im Schatten des Baldachins am Heck aufhielt. Holly setzte sich neben ihn. Da die meisten Leute an der Reling lehnten, bestand kaum Gefahr, daß ihr Gespräch belauscht wurde.

»Ich verstehe nicht. Warum ein Dampferausflug?« Holly schüttelte den Kopf.

Buchanan trank einen Schluck Coca-Cola, die er für Holly und sich gekauft hatte, als sie an Bord gingen. »Ich brauche Zeit und einen Ort zum Nachdenken.« Er nahm noch zwei Schmerztabletten ein, schloß die Augen und legte den Kopf zurück.

»Sie hätten im Krankenhaus bleiben sollen.«

»Zuviel zu tun.«

»Ja, den schlammigen Mississippi betrachten. Es hat Ted überhaupt nicht gepaßt, daß er mit dem Gepäck zurückbleiben mußte.«

»Sie wollten mit mir sprechen – und ich mit Ihnen, aber mit keinem Dritten. Jetzt kann er uns nicht folgen. Und bald sind wir so weit entfernt, daß es keine Verbindung mehr zwischen Ihren beiden Funksprechgeräten gibt. Übrigens, wo haben Sie Ihres versteckt? In der Handtasche oder vielleicht hier?« Buchanan deutete auf ihren Ausschnitt.

»Okay.« Enttäuscht griff sie hinein, löste ein winziges Mikrofon und einen Miniatursender vom Büstenhalter und überreichte ihm beides. »Sie haben gewonnen.«

»Also worüber möchten Sie mit mir sprechen?«

»Zunächst mal die Frage: Wer wollte Sie töten? Bitte, tischen Sie mir nicht den Blödsinn über das Zufallsopfer eines Straßenräubers auf.«

»Wer – ja, das ist die große Frage. Okay, soviel will ich Ihnen erzählen. Ich bin nach New Orleans gekommen, um mich mit einem Bekannten zu treffen – das ist keine Lüge. Nur – es ist eine Frau. Das alles ist nicht geheim, es gibt also keinen Grund, es zu verschweigen. Seit sechs Jahren habe ich nichts von ihr gehört, aber vor wenigen Tagen schrieb sie mir eine Karte und bat um Hilfe. Sie ist ganz bestimmt nicht der Typ, der so etwas tut – außer es ist etwas Ernstes.«

»Diese Bekannte – war sie Ihre Geliebte?«

»Sind Sie Journalistin oder Klatschkolumnistin? Das geht Sie nichts an.«

»Sorry.«

Buchanan biß sich auf die Unterlippe. »Hätte meine Geliebte sein können – sein müssen. Vielleicht hätten wir sogar geheiratet.«

»Aber …?«

»Na, sagen wir so: mir fiel es schwer, mir darüber klar zu werden, wer ich eigentlich war. Jedenfalls sollte ich sie gestern abend im Café du Monde treffen. Sie ist nicht erschienen. Dafür kam der Kerl mit dem Messer.« Er lehnte sich im Liegestuhl zurück und glaubte, wieder den Druck der Waffe gegen den Rücken zu spüren. Da begriff er, daß die Pistole die Klinge abgelenkt und ihn vor einer gefährlicheren Verletzung bewahrt hatte.

Sein Mund war trocken, er trank einen Schluck. »Ist es Zufall, daß der Kerl auftauchte und mich als Opfer auswählte, während ich auf meine Freundin wartete, die merkwürdigerweise nicht erschien? Ich bemühe mich, meine Skepsis nicht zu übertreiben, aber solch einen Zufall kann man nicht einfach akzeptieren. Ich muß davon ausgehen, daß es zwischen meiner Bekannten und dem Messerstecher eine Verbindung gibt.«

»Und daß er versucht hat, Sie daran zu hindern, ihr wiederzubegegnen und ihr zu helfen?«

»Haben Sie eine bessere Erklärung?« fragte Buchanan.

»Nun, ich komme mit Ihrer Logik nicht klar. Da sie nicht gekommen ist, haben Sie nicht erfahren, was sie wollte. Folglich hätte man Sie nicht zu hindern brauchen, sie zu sehen.«

»Vielleicht befürchtete man, daß ich durchdrehen und alles daransetzen würde, sie zu finden und nach dem Grund ihres Hilferufs zu fragen.« Seine Stimme klang schärfer. »Wenn das zutrifft, war die Befürchtung gerechtfertigt. Denn genau das werde ich tun – sie suchen.«

10

Der Dampfer folgte einer Flußkrümmung.

»Im Krankenhaus meinten Sie, Sie hätten etwas, was ich mir ansehen sollte.«

»Ja, aber Sie haben mir ja keine Chance gegeben«, sagte Holly.

»Weil ich zuerst mein Eigentum zurückhaben wollte. Nun habe ich es wieder.« Er mußte das Spiel weiterspielen. »Was Sie mir zeigen möchten, sehe ich mir gern an. Ich tue alles, um Ihren Verdacht zu zerstreuen. Stellen Sie Ihre Fragen. Damit ich es hinter mir habe.«

Holly öffnete die Handtasche, warf ihm einen skeptischen Blick zu und zog drei zusammengefaltete Zeitungsausschnitte aus einem Umschlag.

Buchanan las das Datum auf dem ersten Artikel – »Eine Woche alt!« –, dann erst die Schlagzeile:

Explosion – drei Tote

Fort Lauderdale – Gestern abend, kurz vor Mitternacht, zerstörte eine Explosion ein Auto auf dem Parkplatz von ›Paul's on the River‹ …

Buchanan ließ das Blatt sinken und wandte sich Holly zu. Auf keinen Fall durfte sie ihm etwas anmerken. »Drei Tote. Furchtbar. Aber was hat das mit mir zu tun? Warum zeigen Sie mir …?«

»Wollen Sie leugnen, daß Sie Robert Bailey kannten?«

»Ich weiß absolut nichts davon.« Er gab sich Mühe, ruhig zu erscheinen.

»Meist nannte er sich Big Bob Bailey. Vielleicht frischt das Ihr Gedächtnis auf.«

»Habe nie von ihm gehört.«

»Mein Gott, Buchanan, jetzt langt's aber! Sie und ich, wir wissen beide, daß er Ihnen in Cancún über den Weg lief. Ich war dort.«

Buchanan durchfuhr es wie ein Schlag.

»Ich saß in einer Ecke des Restaurants und habe alles beobachtet«, fuhr Holly fort. »Club Internacional. Dort hat Ihr ganzer Ärger begonnen – als Bailey Ihre Identitäten durcheinanderbrachte.«

Sie berichtete ihm, was sie von Bailey über die Vorgänge in Cancún gehört hatte.

»Sie sind keine Reporterin, sondern eine Märchentante. Wann soll das gewesen sein? Ich war nie in Cancún. Ich war nie …«

»Nicht unter Ihrem Namen Brendan Buchanan, aber als Ed Potter, verdammt noch mal. Ich sagte doch, daß ich im Restaurant saß, und Sie wissen, daß ich Sie vor dem Gefängnis in Mérida fotografiert habe. Das beweist zwar nicht, daß Sie Bailey kannten, aber ich war Zeuge, als die Polizei ihn zu Ihnen ins Gefängnis brachte. Die Bilder, auf denen Sie und Bailey in Fort Lauderdale zu sehen sind, kennen Sie ja bereits.«

»Ja, ich habe die Fotos betrachtet und gebe zu, daß einer der Männer mir entfernt ähnlich sieht. Aber ich war das nicht. Und in Fort Lauderdale bin ich nie gewesen.«

»Nicht als Brendan Buchanan, aber als Victor Grant sind Sie unbestreitbar in Fort Lauderdale gewesen.«

Er schüttelte den Kopf, wie um seine Enttäuschung darüber auszudrücken, daß sie an ihrer Wahnvorstellung festhielt. »Einer der Männer auf den Fotos ist also Bailey? Haben Sie diesen Mann gekannt?« fragte Buchanan weiter. »Sind Sie ihm gefolgt? Warum sind Sie so interessiert ...«

»Ich bin nicht ihm gefolgt, sondern Ihnen. Und warum ich an Bailey interessiert bin? Weil er für mich arbeitete!«

Buchanan verspürte einen Druck im Magen.

»Oh, er hat noch nicht für mich gearbeitet, als er Ihnen in Cancún über den Weg lief. Erst danach. Wie sagt man doch in Ihren Kreisen? Ich habe ihn angeworben. Eintausend Dollar zuzüglich der Spesen. Bailey war völlig abgebrannt. Er hat ohne zu überlegen zugegriffen.«

»Schmeißen Reporterinnen immer so mit Geld herum?«

»Tolle Story – hohe Unkosten.«

»Ihr Chefredakteur wird nicht sehr zufrieden sein mit Ihrem Bericht, fürchte ich.«

Hollys Wut war unbeschreiblich. »Bringt man Leuten wie Ihnen als erstes bei, alles abzustreiten, auch wenn es noch so offenkundig ist? Oder haben Sie den Kontakt zur Realität verloren und reden sich ein, das sei ja alles gar nicht so gewesen? Nur, weil es einem anderen passierte, wobei der andere Sie selber waren?«

»Das mit diesem Bailey tut mir leid«, sagte Buchanan. »Schrecklich. Doch glauben Sie mir – ich hatte nichts damit zu tun.«

Und das war seine ehrliche Meinung. Sie hatten Plastiksprengstoff in der Kühlbox versteckt, die ich ihm übergab, sagte er sich. Ich hatte keine Ahnung davon.

Buchanan las den zweiten Zeitungsausschnitt, den er in der Hand hielt.

Mord – Selbstmord

Fort Lauderdale – Von einem Nachbarn telefonisch herbeigerufen, untersuchte die Polizei heute morgen eine Schießerei in der Glade Street, Plantation. Sie fand Jack Doyle (34) und seine Frau Cindy (30) tot in ihrem Haus, beide durch Kugeln getötet. Es wird angenommen, daß Mr. Doyle, über die Krebserkrankung seiner Frau verzweifelt, die Schlafende mit einem 38er Revolver erschoß und anschließend Selbstmord beging.

Buchanan überflog die Notiz zunächst nur, dann las er sie Wort für Wort. Er merkte nichts von der Bewegung des Dampfers, hörte weder die stampfenden Maschinen noch das Plätschern des Schaufelrads. Er vergaß die Leute an der Reling, die Bäume am Ufer und die feuchtwarme Brise, die ihm über das Gesicht strich. Für ihn gab es nur das Stückchen Zeitungspapier.

»Tut mir leid«, sagte Holly.

Es dauerte eine Weile, bevor er merkte, daß sie gesprochen hatte. Er antwortete nicht. Wie gebannt sah er auf die Notiz.

»Wollen Sie behaupten, Sie kannten ihn nicht? Hüten Sie sich, denn ich habe Sie und Jack Doyle zusammen fotografiert.«

»Nein.« Was er gerade gelesen hatte, machte ihn benommen. Zum erstenmal in seiner langen Laufbahn als Undercoveragent tat er das Unvorstellbare: Er gab seine Tarnung auf. »Nein«, wiederholte er, »ich leugne es nicht. Ich habe Jack Doyle gekannt. Auch seine Frau Cindy, die ich gern mochte, sehr gern.«

»Mir fällt etwas auf.«

»Was?«

»Ihr Gesichtsausdruck. Sie sind ein verdammt guter Schauspieler, aber niemand ist perfekt. Sie haben tatsächlich nichts über den Tod von Bailey und den Doyles gewußt.«

»Stimmt.« Buchanan fiel das Sprechen schwer. »Ich habe es nicht gewußt.« Er griff nach der Cokebüchse und trank. Ihn beschlich kurz der Verdacht, daß er hereingelegt wurde und die Ausschnitte nicht echt waren. Im nachhinein war das, was Bailey und den Doyles geschehen war, vom Standpunkt der Operation und der taktischen Logik her so richtig, daß kein Zweifel mehr möglich war. Ja, er war getäuscht worden, doch nicht von Holly.

»Vielleicht war es Zufall«, sagte Holly, »daß Jack Doyle seine Frau in derselben Nacht getötet hat, in der Bailey in die Luft flog.«

»Nein.«

»Sie glauben, es war Doppelmord?«

»Es gibt keine andere Erklärung.«

»Wieso sind Sie so sicher?«

Buchanan deutete auf die Notiz. »›... die Schlafende mit einem 38er Revolver erschoß ...‹ Nein!«

»Ich kann Ihnen nicht ganz folgen. Warum sollte er nicht einen 38er Revolver benutzen?«

»Weil er bei den SEALs war.«

»Ja, das ist eine Spezialeinheit der Navy. Trotzdem ...«

»Er verstand etwas von Waffen. Für ihn war ein 38er bloß ein Spielzeug. Er hatte zwar einen – für Cindy, zu ihrem Schutz während seiner Abwesenheit. Aber es gab noch viele andere Schießeisen im Haus. Die Waffe seiner Wahl wäre eine 9-mm-Halbautomatik gewesen. Er liebte seine Frau so sehr, daß ich ihn um diese Liebe beneidete. Ihre Erkrankung war ernst, sie sprach nicht auf die Behandlung an. Und doch hatte sie noch nicht den Punkt erreicht, an dem die Schmerzen ihre Würde untergraben hätten. Wenn es soweit war, wenn Jack mit Cindys Einwilligung den Entschluß faßte, sie von ihrem Leiden zu erlösen, dann hätte er verdammt noch mal kein Kaliber benutzt, von dem er nichts hielt.«

»Ihre Welt ist so ganz anders als meine. Ethische Überlegungen, welche Waffe man bei einem Mord und Selbstmord am besten benutzt. Das soll kein Werturteil sein. Es ist nur so: Mein Vater war Anwalt und billigte Waffen nicht.

Von Filmen abgesehen, habe ich zum erstenmal eine gesehen, als ich über einen Bandenkrieg in Los Angeles berichtete.«

»Verstehe.« Buchanan hatte kaum zugehört.

»Also«, fragte Holly, »falls es sich um einen Doppelmord handelt, wer ist dafür verantwortlich? Die gleichen Leute, die Bob Bailey töteten?«

»Was weiß ich!«

»Sie kennen die dritte Meldung noch nicht.«

Er blickte auf den Text und hatte ein ungutes Gefühl.

Unfallopfer noch nicht gefunden

Fort Lauderdale – Taucher suchen weiter nach der Leiche von Victor Grant, dem vermutlich einzigen Insassen eines Mietwagens, der gestern nacht ein Geländer durchbrach und im Intracoastal Waterway südlich der Oakland Park Avenue versank. Zahlreiche leere Bierdosen lassen die Behörden vermuten, daß Grant betrunken war und die Kontrolle über den Wagen verlor. Im Unfallfahrzeug wurden ein Koffer und eine Windjacke mit einer Brieftasche und Victor Grants Ausweis gefunden. Die Polizei nimmt an, daß der Körper des Verunglückten aus einem offenen Fenster trieb und in einem der örtlichen Docks hängenblieb.

Buchanan glaubte, er sei abgestürzt und werde nie unten ankommen. »Ich habe mich nur deshalb nicht mit Händen und Füßen gesträubt, Ihnen den Paß zurückzugeben, weil ich jede Seite abfotografiert habe«, sagte Holly. »Ich besitze Bilder von Ihnen aus Fort Lauderdale und kann nachweisen, daß Sie mit Bailey und Doyle zu tun hatten. Diese Meldung liefert den Beweis, daß sich ein Mann namens Victor Grant in Fort Lauderdale aufhielt und in derselben Nacht verschwand, in der Bailey und Doyle starben. Sind Sie noch immer der Meinung, daß mein Chefredakteur von der Story enttäuscht sein wird?«

Buchanan zuckte zusammen, als sei er tatsächlich unten angekommen und dabei hart aufgeschlagen.

»Ich warte. Was halten Sie jetzt von meinem Bericht?«

»Die eigentliche Frage ist: Was fühle ich?« antwortete er.

»Ich verstehe nicht.«

»Daß Ehrgeiz die Menschen so dumm macht! Die Antwort lautet: Ich habe Angst. Und die sollten Sie auch haben. Ich bin ein Wahrsager, haben Sie das gewußt? Ich habe tatsächlich die Fähigkeit, die Zukunft vorauszusagen. Und nach dem, was ich eben von Ihnen gehört habe, garantiere ich Ihnen: Heute in vier Wochen sind Sie tot, wenn Sie nicht die Finger von Ihrer Story lassen.«

Holly traute ihren Ohren nicht.

»Und wenn ich nicht die Rolle meines Lebens spiele, blüht mir dasselbe.« Seine Stimme klang rauh. »Dafür werden die Leute sorgen, die Jack Doyle und Bob Bailey auf dem Gewissen haben. Drücke ich mich verständlich aus? Wollten Sie das hören?«

»Mir ist es egal, ob Sie es weiterhin abstreiten oder nicht ...«

»Hören Sie doch richtig zu!« Er sprach so laut, daß einige Leute in der Nähe aufmerksam wurden.

Er rückte näher, seine Stimme war ein heiseres Flüstern. »In Ihrer Welt fürchtet man, beim Verstoß gegen das Gesetz erwischt zu werden. In *meiner* Welt gelten andere Gesetze. Wenn man sich bedroht fühlt, erschießt man den anderen oder stürzt ihn auf die Straße oder überfährt ihn – und dann speist man gut und fühlt sich im Recht, weil man sich ja nur verteidigt hat. Morgen um diese Zeit sind Sie ganz bestimmt und unwiderruflich tot, wenn wir meine Leute bis dahin nicht überzeugen können, daß Sie keine Bedrohung darstellen. Da sogar ich Schiß habe, sind Sie bekloppt, wenn es Ihnen nicht ebenso geht.«

»Sie ziehen wieder eine Schau ab. Sie wollen mich bloß durch Tricks dazu bringen, auszusteigen.«

»Ich geb's auf«, stöhnte er.

11

Buchanan betrat die Empfangshalle des Crowne Plaza Hotels. Während er auf den Fahrstuhl wartete, merkte er, daß der Mann im blauen Blazer durch einen anderen im Jogginganzug ersetzt worden war. Auch er tat so, als läse er eine Zeitung und war in allem eine Kopie des ersten: nicht ganz dreißig Jahre alt, gut gebaut, kurzer Haarschnitt, stechender Blick.

Angehöriger des Militärs, dachte Buchanan, genau wie der andere. Sie warten noch auf Holly.

Er fuhr hinauf zum elften Stock und zog den Schlüssel aus der Tasche. Hollys Enthüllungen auf dem Schiff, dazu die Schmerzen in der Seite und am Kopf hatten ihn erschöpft. Er brauchte Ruhe, er mußte nachdenken.

In seinem Zimmer warteten drei Besucher auf ihn. Sie hatten sich nicht versteckt, denn sie wollten ihn nicht erschrecken und schon gar nicht zu einer defensiven Reaktion veranlassen. Es waren Alan, Major Putnam und Captain Weller, die attraktive Blondine; alle in Zivil. Captain Wellers Seidenbluse und ihr blauer Rock waren auffallend eng geschnitten. Anscheinend sollte ihr Outfit in der Öffentlichkeit von den beiden Männern ablenken.

Buchanan warf einen Blick ins Bad, entdeckte dort aber niemanden. Der Schrank stand offen – auch er war leer. Die späte Nachmittagssonne erhellte den Raum. Er zog den Schlüssel ab, verriegelte die Tür und blieb in etwa zwei Meter Entfernung von den dreien stehen.

»Sie scheinen nicht überrascht zu sein«, sagte der Major.

»Ich hatte mal einen Ausbilder, der erklärte uns immer: ›Das einzige, worauf Sie stets gefaßt sein müssen, ist das Unerwartete.‹«

»Ein guter Rat«, stimmte die Frau zu. »Wie ich höre, wurden Sie von einem Straßenräuber attackiert.«

»Auf den war ich allerdings nicht gefaßt.«

»Was macht die Verletzung?«

»Heilt. Wo ist der Colonel?«

»Er ist verhindert«, antwortete Alan. »Sind Sie nicht neugierig, wie wir hereingekommen sind?«

Buchanan schüttelte den Kopf.

»Captain.« Der Major war schlecht gelaunt. »Sie sind um dreiviertel zwei im Foyer beobachtet worden. Da wollten Sie wohl Ihr Zimmer aufsuchen, taten es aber nicht. Seitdem waren sie verschwunden. Wo sind Sie in den vergangenen drei Stunden gewesen?«

»Habe eine Dampferfahrt gemacht.«

»Haben Sie die Journalistin vorher oder nachher ausgecheckt?«

»Das wissen Sie also? Die Journalistin hat mich bei dem Ausflug begleitet.«

»Was?« Captain Weller beugte sich nach vorn, ihre Bluse spannte über der Brust. »Hat man Sie nicht informiert, daß wir nach ihr suchen?«

»Mir wurde mitgeteilt, sie solle ›abgeschreckt‹ werden. Da sie mir ständig auf den Fersen blieb, habe ich mich entschlossen, sie auf meine Weise zu warnen. Ich habe sie so eingeschüchtert, daß sie die Story aufgibt.«

»Sie …? Wie haben Sie das geschafft?«

»Indem ich ihre eigenen Dokumente gegen sie benutzte. Diese hat sie mir gezeigt.« Buchanan zog die Ausschnitte aus einer Sakkotasche und legte sie auf den Couchtisch. Der Major riß sie an sich und las. »Alan, als Sie mir über die Vorgänge in Fort Lauderdale berichteten, haben Sie einige Dinge ausgespart.«

»Ich hielt es nicht für nötig, Ihnen von Bailey und Doyle zu erzahlen.«

»Warum?«

»Je weniger Sie über Bailey wußten, desto besser. So wäre bei einem Verhör Ihre Verwirrung echt gewesen. Was die Doyles betrifft, so wollten wir Sie nicht damit belasten. Schließlich haben Sie kurz zuvor mit ihm zusammengearbeitet.«

»Ich habe die Journalistin davon überzeugt, daß es ein Doppelmord war.«

»Was haben Sie getan? Mein Gott!« rief der Major.

»Ich habe sie aufgefordert, sich einmal folgendes vorzustellen: Wenn Bailey getötet wurde, weil er mich erpreßte, und die Doyles, weil sie zuviel wußten, was wäre dann den Leuten, die unbedingt Scotch and Soda – den Namen hat sie genannt! – geheimhalten wollen, noch alles zuzutrauen! Sie begriff, wie groß die Gefahr für sie war und daß so eine Story nicht den Einsatz ihres Lebens lohnt. Sie sitzt in einem Taxi zum Flughafen, um mit der nächsten Maschine nach Washington zu fliegen. Es wird keine Story geben.«

»Das nehmen Sie ihr ab?«

»Ja. Denn ich habe ihr gedroht, sie selbst ans Messer zu liefern, wenn sie die Geschichte veröffentlicht. Sie glaubte mir.«

Es herrschte Schweigen.

»Ich sage Ihnen, sie hat aufgegeben«, betonte Buchanan.

Der Major und Captain Weller sahen sich an.

Na, macht schon, schluckt den Köder, dachte Buchanan.

»Wir brauchen sämtliche Fotos und Negative.« Alan rutschte unruhig hin und her.

»Kein Problem«, antwortete Buchanan. »Sie hat bereits zugestimmt, sie mir komplett zu übergeben.« Er zog einige Bilder aus der Innentasche seines Sakkos. »Diese hier hatte sie bei sich.«

»Und Sie sind wirklich sicher, daß sie die Abmachung einhält?« wollte der Major wissen.

»Die will nichts als raus aus der Sache, so schnell es geht.«

»Sie müssen sehr glaubhaft gewesen sein.«

»Das ist meine Spezialität.«

»Sie könnte die Fotos zuvor kopieren und Zweitnegative herstellen«, gab der Major zu bedenken.

»Oder einige Aufnahmen zurückhalten«, ergänzte Captain Weller. »Der sicherste Weg ist und bleibt, sie ganz auszuschalten.«

Alan wurde unruhig und erhob sich vom Bett. »Ich weiß nicht.« Besorgt schüttelte er den Kopf. »Wäre damit wirklich etwas geklärt? Selbst wenn sie liquidiert würde, müßten wir noch befürchten, daß Kopien ihrer Unterlagen bei Freunden deponiert sind. Niemand könnte uns garantieren, daß alles gefunden würde. Angst kann als Motivation sehr wirkungsvoll sein. Wenn Buchanan glaubt, daß er die Situation entschärft hat und keine Notwendigkeit für Gewalt mehr besteht, sollten wir vielleicht seiner Empfehlung folgen. Ihr Tod könnte eher Probleme schaffen als klären.«

Buchanan seufzte im stillen vor Erleichterung. Ich habe ihn an der Angel. Er spielt mit. Nun brauche ich bloß noch …

»Ich muß mit dem Colonel sprechen«, wandte der Major ein.

»Versteht sich«, sagte Alan bissig. »Der hat das letzte Wort. Die Agency überläßt die Entscheidung gern der Truppe und wäscht ihre Hände in Unschuld.«

Scheiße, dachte Buchanan, ich habe nur einen Aufschub erreicht. Rasch änderte er seine Taktik.

»Da ist noch etwas, was Sie dem Colonel mitteilen sollten.«

»Und das wäre?«

»Ich nehme meinen Abschied.«

Sie reagierten erstaunt.

»Es ist doch, wie ich hörte, geplant, mich aus dem aktiven Dienst zu entfernen und als Ausbilder einzusetzen. Warum auf halbem Weg stehenbleiben? Nehmen Sie meinen Abschied an. Sobald ich vom Fenster weg bin, stelle ich keine Gefahr mehr für Sie dar.«

»Gefahr? Wieso Gefahr?« fragte der Major.

»Das ist doch klar: *Ich* bin das eigentliche Problem.«

Der Raum schien enger zu werden.

»Ich wiederhole, Buchanan: Was soll das?«

»Sie wären nie in Schwierigkeiten geraten, wenn ich in Cancún und Fort Lauderdale nicht Pech gehabt hätte. Die Operation wäre nicht mehr gefährdet, wenn ich von der Bildfläche verschwinde. Ich bin gestern abend nicht von einem Straßenräuber verletzt worden. Der Kerl hat für Sie gearbeitet.«

»Das ist lächerlich«, rief Captain Weller.

»Er benutzte keine Feuerwaffe, damit es nicht wie Profi-Arbeit aussah. Deshalb bin ich nicht sofort darauf gekommen. Kein geübter Killer würde zum Messer greifen, weil es im Vergleich zur Kugel nicht zuverlässig ist. Auch zu riskant, weil man ja aus nächster Nähe arbeitet. Der angebliche Amateur war also ein getarnter Profi. Bailey, die Doyles und ich – alle tot. Seltsam, ja. Doch jeder Todesfall ließe sich ohne Verdacht auf einen Zusammenhang oder gar auf Konspiration erklären. Und wenn die Journalistin nun durch einen Sexualmord ...?«

Keiner sagte ein Wort.

»Alles nur wegen der Fotos, auf denen Sie, Major Putnam, und Sie, Captain Weller, und – wichtiger noch – der Colonel festgehalten sind. Wenn ich kompromittiert würde, wäre das nicht schlimm, denn Sie wissen, ich würde Sie nie belasten. Anders, wenn Sie beide und gar noch der Colonel auf der Titelseite der ›Washington Post‹ erschienen wären. Darüber brauchen Sie sich jedoch keine Sorgen mehr zu machen. Die Reporterin schreibt ihren Bericht nicht. Und selbst wenn ich sie nicht überredet hätte – die Bilder allein sagen nichts aus, denn meine Beteiligung an Scotch and Soda ist unbekannt. Sie brauchen sich nicht die Mühe zu machen, die Frau zu killen – und mich. Ich tue uns allen einen Gefallen und verschwinde.«

Die anderen waren wie erstarrt. Der Major räusperte sich und sah Captain Weller und Alan verlegen an.

»Na los«, sagte Buchanan, »wir haben ein Problem und müssen darüber sprechen.«

»Captain, wissen Sie, wie sich das anhört?« fragte der Major unsicher.

»Sagen Sie's.«

»Als litten Sie unter Verfolgungswahn.«

»Gut. Niemand hat meine Liquidierung angeordnet. Tun wir so, als sei es ein Raubüberfall gewesen. Wie Sie wollen. Ich bin neugierig, auf welche abenteuerliche Weise Sie es das nächstemal versuchen werden.«

»Wenn man Sie so reden hört ...« Der Major blickte ihn

finster an. »Ich bin froh, daß wir uns entschlossen hatten, Sie zu observieren. Kein Zweifel: Sie waren zu lange als Undercoveragent tätig.«

»Etwas Ruhe würde Ihnen guttun«, fügte Alan hinzu. »Sie sind gerade erst aus dem Krankenhaus entlassen und stehen noch unter Schockeinwirkung.«

»Schließlich sind Sie niedergestochen worden und haben sich zum zweitenmal den Kopf verletzt. Ich an Ihrer Stelle ...«

»Woher wissen Sie das mit dem Kopf?« unterbrach Buchanan Captain Weller. »Ich habe es niemandem erzählt.«

»Eine Vermutung.«

»Oder Ihr Killer hat es Ihnen berichtet.«

»Buchanan, Sie sind offensichtlich in Panik. Ich möchte – nein, ich befehle Ihnen, sich in diesem Zimmer aufzuhalten, sich zu beruhigen und etwas zu schlafen. Morgen früh, neun Uhr, sind wir wieder hier und setzen unser Gespräch fort. Hoffentlich sind Sie dann in besserer Verfassung.«

»Ehrlich, ich werfe Ihnen nicht vor, daß Sie die Aktion nicht gefährden wollen«, schloß Buchanan. »Aber wir wollen nichts unter den Teppich kehren, sondern offen darüber sprechen. Da ich Ihnen eine brauchbare Lösung angeboten habe, ist mein Tod nicht mehr nötig.«

Alan schüttelte besorgt den Kopf und folgte den beiden anderen ernst zur Tür.

12

Unsicher auf den Beinen, riegelte Buchanan ab. Ich verliere die Kontrolle, dachte er.

Im Schlafzimmer zog er mit ruckartiger, schmerzhafter Bewegung die Vorhänge zu. Als er sich auf dem Bett ausstreckte, tat ihm die ganze rechte Seite weh. Er empfand die Dunkelheit als beruhigend. Sein Gehirn arbeitete weiter. Habe ich es geschafft? Sind sie überzeugt? Was werden sie beschließen?

Er begriff nicht, warum er so sehr um Hollys Sicherheit besorgt war, schließlich hatte er sie erst vor wenigen Tagen kennengelernt. Theoretisch waren sie Gegner, und ein großer Teil seiner Mißerfolge war auf ihre Einmischung zurückzuführen. Genau genommen waren Jack und Cindy Doyle durch ihre Schuld gestorben. Aber die Wahrheit war, daß nicht Holly McCoy die Doyles getötet hatte, sondern seine eigenen Leute. Ebenso wie Bailey. Und mich hätte es auch erwischt, wenn Bailey in meiner Gegenwart die Kühlbox geöffnet hätte, um einen Blick auf das Geld zu werfen.

Diese Holly McCoy. Warum fühle ich mich so von ihr angezogen, überlegte er. Es hatte eine Zeit gegeben, da hätte er, um die Sicherheit der Operation nicht abermals zu gefährden, einfach alles gutgeheißen, selbst die Liquidierung der lästigen Reporterin. Und nun …

Merkwürdigerweise ist es inzwischen die Operation, die mir völlig gleichgültig ist.

Mag sein, ich werde ein Mensch.

Ja, aber welcher Mensch?

13

»Noch einmal«, sagte Alan. »Ich will das ganz genau wissen.« Er saß am Steuer eines gemieteten Pontiac, Major Putnam neben ihm und Captain Weller auf dem Rücksitz. »Ist Ihnen etwas über einen Befehl zur Liquidierung von Buchanan bekannt?«

»Absolut nicht«, antwortete Captain Weller.

»Ich habe keinerlei Anweisungen dieser Art erhalten«, sagte Major Putnam.

»Und ich auch nicht«, fügte Alan hinzu.

»Wie war das mit Jack und Cindy Doyle?« fragte der Major. »Ich dachte, es handelt sich um Mord und Selbstmord.«

»Ich auch«, sagte die Frau. »Von einem Befehl zur Liquidierung der Doyles ist mir nichts bekannt.«

»Und wie steht es mit dem Mordanschlag auf Buchanan?« bohrte Alan weiter.

»Die logischste Erklärung ist nach wie vor ein Raubüberfall«, sagte Major Putnam.

»In einer Menschenmenge vor einem Restaurant?« Alan packte das Steuer fester. »Ich höre zum erstenmal von einem Taschendieb, der die Aufmerksamkeit auf sich lenkt, indem er den niedersticht, dem er die Brieftasche ziehen will.«

»Wie wäre es mit einem Freak, dem es Spaß macht, Leute vor aller Augen zu erdolchen?« fragte Captain Weller.

»Das klingt schon besser«, entgegnete Alan. »Die Tat eines Verrückten. Das wäre zumindest eine plausible Erklärung.«

»Es geht darum, daß Buchanan uns für die Täter hält, und das ist genauso verrückt«, wandte der Major ein.

»Glauben Sie, er nimmt das tatsächlich an?« fragte Captain Weller. »Er ist ein hervorragender Schauspieler und auf genau kalkulierte Wirkungen aus.«

»Mich hat er jedenfalls überzeugt«, sagte Alan.

»Warum sollte er uns was vorlügen?« fragte Major Putnam.

»Um die Tatsachen zu verschleiern. Um uns zu verwirren und unsere Aufmerksamkeit von der Journalistin abzulenken.«

»Warum?« wiederholte der Major.

»Der Tod der Journalistin würde in der Tat eher Probleme schaffen als lösen«, gab Alan zu bedenken. »Wenn sie wirklich eingeschüchtert ist und nichts schreibt, ist unser Zweck erreicht.«

»Ich glaube, es ist am besten, wir unternehmen im Augenblick nichts und lassen alles auf uns zukommen«, argumentierte Captain Weller.

»Es ist gut, daß die Entscheidung nicht bei uns liegt, sondern beim Colonel«, sagte der Major.

»Hat nun jemand versucht, Buchanan umzulegen oder nicht?« Alan ließ nicht locker. »Kein Irrer, sondern ein Profi, der auf Befehl handelte. Und wenn der Befehl nicht von uns kam, von wem dann?«

14

Die Regel lautete: Wenn ein Kontaktmann nicht pünktlich am vereinbarten Ort erschien, gab es vierundzwanzig Stunden später einen Ersatztermin. Wenn es auch diesmal nicht klappte ...

Darüber wollte sich Buchanan nicht den Kopf zerbrechen. Er ging durch das Französische Viertel – belebte, enge Straßen, aus allen Ladeneingängen Dixieland, Blues, Tanz auf dem Bürgersteig, Trubel ... Da die Menschen jetzt keine Masken mehr trugen, wäre es nicht schwer gewesen, etwaige Verfolger zu bemerken. Mit einem unangenehmen Gefühl im Bauch ließ er den dunklen Jackson Square hinter sich, überquerte die Decatur Street und begab sich zum gutbesuchten Café du Monde. Um nicht wieder von drängenden Menschen am Eintreten gehindert zu werden, war er bereits um Viertel elf gekommen.

Er ließ sich seine Ungeduld nicht anmerken, als er wartete, bis ihn ein Kellner an mehreren Säulen vorbei durch die schwatzende Menge in eine entlegene Ecke führte. Zufälligerweise genau zu dem Platz, den er gewählt hätte, um den Eingang beobachten zu können.

Dennoch war er nicht zufrieden, er mußte ganz sichergehen. Als er eine Chance entdeckte, stand er auf und setzte sich an einen gerade frei gewordenen Tisch in der Mitte des Restaurants. Ungefähr hier, so erinnerte er sich, hatte er mit Juana vor sechs Jahren gesessen. Wenn sie kam, würde sie ihn ohne Schwierigkeiten finden, denn ihr Blick würde zuerst in diese Richtung fallen.

Als der Kellner ihn nach seinen Wünschen fragte, bestellte er die Spezialität des Hauses: *café au lait* und *beignets,* außerdem ein Glas Wasser für seine Kopfschmerztabletten.

Bald würde Juana kommen. »Ich liebe dich«, hatte er ihr gestanden. »Ich möchte dir sagen, daß du mir immer nahe sein wirst. Ich werde mich stets mit dir verbunden fühlen. Ich schwöre es dir. Wenn du jemals Hilfe brauchst, wenn du mal in der Patsche sitzt, brauchst du bloß darum zu bitten, und egal, wie lange es her ist, egal, wie weit weg ich bin, ich werde …«

»Fehlt Ihnen etwas, Sir?«

»Wie bitte?«

»Sie sitzen seit einer halben Stunde hier und haben weder den Kaffee noch die *beignets* berührt.«

»Eine halbe Stunde?«

»Andere Gäste würden gern Platz nehmen.«

»Ich warte auf jemanden.«

»Dennoch – andere Gäste würden gern …«

»Bringen Sie mir noch mal dasselbe. Hier sind zehn Dollar für Ihre Mühe.«

»Vielen Dank, Sir.«

Mitternacht. Ein Uhr. Die Leute ringsherum warfen ihm spöttische Blicke zu.

Um zwei Uhr wußte er, daß es keinen Sinn hatte, noch länger zu warten.

Was war um Gottes willen geschehen? Sie brauchte seine Hilfe. Warum durfte er ihr nicht beweisen, wie sehr er sie liebte? Und daß er zu allem bereit war.

15

Buchanan packte seinen Koffer und legte ein ausgefülltes Checkout-Formular auf das Bett. Es war drei Uhr nachts, niemandem fiel auf, daß er das Hotel durch einen Hintereingang verließ. Er hielt ein Taxi an.

»Wohin, Sir?« Der Fahrer war mißtrauisch, als könne ein Mann, der um diese Zeit mit einem Koffer unterwegs war, nur Böses vorhaben.

»Zu einer Autovermietung, die die ganze Nacht geöffnet hat.«

Der Fahrer überlegte kurz. »Steigen Sie ein. 'n bißchen spät für 'ne Reise.«

»Kann man wohl sagen.«

Buchanan sank auf den Rücksitz und dachte nach. Fliegen wäre einfacher gewesen, aber er wollte nicht bis zum Morgen auf die erste Maschine warten. Einerseits könnten Major Putnam, Captain Weller und Alan früher eintreffen und ihn im Hotel abfangen. Andererseits hatte er nicht genug Geld für ein Ticket in der Tasche und hätte mit Kreditkarte zahlen müssen. Doch die lautete auf den Namen Brendan Buchanan und würde sie auf seine Spur führen.

Auch bei der Autoverleihfirma mußte er die Karte benutzen, doch dort würde der Zielort seiner Reise nicht notiert werden. Wenn er Glück hatte, würden seine drei Quälgeister sich damit abfinden, daß er, wie angekündigt, den Abschied genommen und sich ins Privatleben zurückgezogen hatte. In einer intakten Gesellschaft würde man das nicht als eine Bedrohung, sondern als eine noble Geste deuten. Um die Gedanken der Offiziere in diese Richtung zu lenken, hatte er seinen Entschluß mit ein paar formellen Floskeln zu Papier gebracht, den Umschlag mit Alans Namen versehen und beim Portier für ihn hinterlegt.

»Wir sind da, Sir.«

Buchanan schreckte auf und erblickte eine hellerleuchtete Autovermietung in der Nähe einer Tankstelle.

»Wenn ich Sie wäre, Sir, würde ich mich beim Fahren nicht übernehmen. Sie sehen kaputt aus.«

»Danke. Es wird schon gehen.«

Muß mich bemühen, beim Mieten des Autos munterer auszusehen, dachte er.

Gleich darauf schob ihm ein noch wesentlich müder aussehender Mann mit Brille einen Mietvertrag über den Tisch. »Ich brauche Ihre Kreditkarte und Ihren Führerschein. Zeichnen Sie die Versicherungsklausel ab und unterschreiben Sie unten.«

Wenn bloß die Kopfschmerzen aufhören wollten. Er durfte jedoch keine Tabletten mehr nehmen. Juana zuliebe. Er mußte jetzt alles dransetzen, sie wiederzufinden, und ihm fiel nur ein einziger Ort ein, wo er mit der Suche beginnen konnte.

16

»Es ist erledigt«, sagte Raymond.

Alistair Drummond, der in seinem Privatjet saß und einen Bericht las, hob den Blick. Der Rumpf der Maschine vibrierte leicht, während sie über den Himmel jagte. »Einzelheiten«, befahl er.

»Eben habe ich eine Radiomeldung erhalten. Der Direktor des Nationalinstituts für Archäologie und Geschichte ist gestern morgen bei einem Autounfall in der Nähe des Nationalpalastes in Mexico City ums Leben gekommen.«

»Tragisch. Haben wir Beweise, daß Delgado dafür verantwortlich ist?«

»Der Mann, den er beauftragt hat, arbeitet für uns. Wenn wir es wünschen, belastet er Delgado, vorausgesetzt, wir garantieren ihm Straffreiheit.«

»Ist schon ein Nachfolger bestimmt worden?«

Raymond nickte.

»Ein Beamter, der mit unserem Vorhaben einverstanden ist?«

Raymond nickte abermals. »Und Geld wird ihn noch zugänglicher machen.«

»Gut«, sagte Drummond mit brüchiger Stimme. »Die Frau ist nicht mehr nötig, selbst wenn wir sie finden. Als Druckmittel gegen Delgado brauchen wir sie nicht mehr, denn wir haben etwas anderes in der Hand. Aller Wahrscheinlichkeit nach wird Delgado der nächste Präsident des Landes, vorausgesetzt, daß wir seine Verbrechen nicht enthüllen. Wir können beweisen, daß er den Tod des Institutsdirektors befohlen hat – lassen Sie ihn das wissen. Und daß seine politische Zukunft nach wie vor von mir abhängt.«

»Ja, Sir.«

»Wenn er Präsident ist, habe ich noch mehr Einfluß.«

»Allen Einfluß, den Sie brauchen.«

»Aber beinahe wäre aller Einfluß verloren gewesen – wegen dieser verdammten Frau. Wenn Ihre Leute sie finden ...«

»Ja, Sir?«

»Sorgen Sie dafür, daß ... Na, Sie wissen schon.«

Neuntes Kapitel

I

San Antonio, Texas

Buchanan traf bei Einbruch der Dunkelheit ein. Er war auf der Bundesstraße 10 gen Westen gefahren, von New Orleans nach Baton Rouge, an vielen kleinen Orten vorbei nach Texas. Die Schmerzen im Kopf und an der Seite hatten ihn gezwungen, unterwegs mehrmals eine Pause einzulegen. In Beaumont hatte er am frühen Vormittag ein Hotelzimmer genommen, um zu duschen, sich zu rasieren und ein paar Stunden zu schlafen. Der Portier wunderte sich, daß er bereits um zwölf wieder abreiste. Auf diese Weise die Aufmerksamkeit auf sich zu lenken, war ungeschickt, ebenso ungeschickt, wie aus Mangel an Bargeld die Kreditkarte zu benutzen. Seine Spur verlief also nicht im Sand, obwohl er längst weitergefahren war, bevor Alan und die anderen ihm bis hierher hätten folgen können. Sein Ziel kannten sie nicht, konnten es jedoch anhand der Unterlagen über seine früheren Einsätze vielleicht erraten. Da er seit der Trennung von Juana viele Aufträge gehabt hatte, dürfte es geraume Zeit dauern, bis sie auf den Zusammenhang zwischen ihr, New Orleans und San Antonio stießen. Und bis dahin war er schon ganz woanders.

Unterwegs aß er Fast food – Hamburger, Pommes frites, üppig belegte, große Sandwiches, Tacos –, die er mit Coca-Cola hinunterspülte. Dreimal hielt er auf Rastplätzen und machte ein Nickerchen. Er parkte den gemieteten Chevrolet in der Nähe der Toiletten, wo ihn das Lärmen von Reisenden und Fahrzeugen hinderte, fest einzuschlafen, denn er wußte, in diesem Fall würde er erst am nächsten Tag wieder aufwachen.

Er durfte sich nicht aufhalten, er mußte schnell nach San Antonio. Warum hatte Juana sich an ihn gewandt? Kannte sie sonst niemanden, den sie um Hilfe bitten konnte? Warum ausgerechnet er? Er fand darauf keine Antwort.

Ihm war nur eines bewußt: Mit ihm war etwas geschehen. Etwas Schreckliches. Er versuchte zu bestimmen, wann es begonnen hatte. Je mehr er über die dramatischen Ereignisse in Cancún, Mérida und New Orleans nachdachte, desto sicherer war er, daß seine Angst nicht erst dort seinen Anfang genommen hatte. Es handelte sich nicht um ein physisches, sondern um ein mentales Trauma, das sein Talent bedrohte, seine Identität nach Belieben zu wechseln.

Nachdem Victor Grant zu Grabe getragen worden war, hatte Buchanan eine neue Identität erwartet, war aber von Alan enttäuscht worden. Seither blieb ihm nichts anderes übrig, als er selber zu sein.

Doch wer zum Teufel war das? Er war so lange nicht Brendan Buchanan gewesen, daß er nicht wußte, wer das eigentlich war. Oberflächlich betrachtet, wußte er nicht einmal so grundlegende Dinge, wie sich Buchanan gern kleidete oder was er gern aß. Vom Standpunkt der Psychologie betrachtet, hatte er keinerlei Kontakt mehr zu sich selber. Er war ein Schauspieler, der so in seinen Rollen aufging, daß er, als sie ihm weggenommen wurden, einem Vakuum glich.

Ohne eine Rolle war er ein Nichts, und ihm wurde bewußt, wie brutal ihn die Erkenntnis traf, für den Rest seines Lebens Brendan Buchanan sein zu müssen. Um Brendan Buchanan zu entrinnen, wollte er lieber wieder Peter Lang werden und nach dem wichtigsten Menschen in dessen Leben suchen. Oder wahrscheinlich in seinem eigenen Leben, denn je länger er grübelte, desto deutlicher wurde ihm bewußt, welch positive Wende sein Dasein wohl genommen hätte, wäre er vor sechs Jahren mit Juana zusammengeblieben.

2

An einer Raststätte für Fernlastfahrer hinter Houston rief er aus einer Telefonzelle an. Der einzige Mensch in Buchanans Welt, den er mochte, war Holly McCoy – und das empfand er als ebenso faszinierend wie beunruhigend. Er kannte sie erst seit wenigen Tagen, und sie stellte eine Bedrohung für ihn dar. Und doch stand er unter dem Zwang, sie ebenso beschützen zu müssen wie Juana aus seinem Leben als Peter Lang. Er hoffte, seine Vorgesetzten davon überzeugt zu haben, daß Holly ihre Story nicht weiterverfolgen wollte, und er mußte sie in ihrem Entschluß bestärken. Da ihr Telefon vermutlich abgehört wurde, wollte er den Namen Mike Hamilton benutzen und eine Nachricht auf ihren Anrufbeantworter sprechen oder bei einem Kollegen im Büro der ›Washington Post‹ hinterlassen. Dort war sie zufällig, als er anrief.

»Wie geht es?«

»Ich überlege, ob ich einen Fehler gemacht habe«, antwortete Holly.

»Es war kein Fehler, glauben Sie mir.«

»Wie ist die Verhandlung gelaufen? Gut?«

»Ich weiß es noch nicht.«

»Ach!«

»Haben Sie ihnen das Versprochene geschickt?«

»Noch nicht.«

»Tun Sie es. Unbedingt!«

»Das Material ist so interessant. Ich finde es schrecklich, daß ...«

»Tun Sie es«, wiederholte Buchanan. »Verärgern Sie sie nicht.«

»Wenn ich die Story aufgebe, komme ich mir wie ein Feigling vor.«

»Mehr als einmal habe ich etwas Dummes getan, weil ich mir nicht wie ein Feigling vorkommen wollte. Rückblickend war mein Stolz die Sache nicht wert. Ich muß weiter. Der beste Rat, den ich Ihnen geben kann ...« Er wollte etwas Beruhigendes sagen, doch ihm fiel nichts ein. »Machen Sie sich weiter keine Gedanken über Tapferkeit und Feigheit. Folgen Sie Ihrem gesunden Menschenverstand.«

Er legte auf, stieg rasch wieder in den Wagen und kehrte auf den vielbefahrenen Highway zurück. Vor ihm stand die Sonne am Horizont. Er blinzelte, denn das grelle Licht war ihm unerträglich.

Folgen Sie Ihrem gesunden Menschenverstand?

Weise Ratschläge kannst du geben, dachte er, nur selber nimmst du keine von dir an.

3

Kurz nach neun Uhr abends ließ er die gras- und baumbestandene wellige Prärie des östlichen Texas hinter sich und erreichte das Lichtermeer von San Antonio. Sechs Jahre zuvor hatte er die üblichen Touristenausflüge unternommen und The Alamo besucht, den restaurierten Palast des einstigen spanischen Gouverneurs, die San José Mission und La Villita, den rekonstruierten Teil einer ursprünglich spanischen Ansiedlung aus dem achtzehnten Jahrhundert.

Weiterhin hatte er viel Zeit in den Vororten verbracht, zu denen auch Castle Hills gehörte, wo Juanas Eltern wohnten. Juana hatte einen falschen Namen benutzt, damit niemand ihre Eltern ermitteln und sie über die Tochter und deren vermeintlichen Ehemann ausfragen konnte. Buchanan kannte sie nicht, wußte aber, wo sie wohnten. Er schlug sofort die Richtung zu ihrem Haus ein und war, obwohl er sich mehrmals verfuhr, erstaunt, wie gut er sich noch erinnerte.

Juanas Eltern besaßen ein einstöckiges Haus, einen Backsteinbau mit Schindeldach, zur Straße hin mit gepflegtem Rasen und schattenspendenden Eichen. Buchanan parkte am Bordstein und sah, daß im Wohnzimmer Licht brannte. Er stieg aus, schloß die Wagentür ab und betrachtete sein Spiegelbild im Schein einer Straßenlaterne in der Scheibe. Sein markantes Gesicht wirkte müde, doch als er sich das

Haar gekämmt und die Kleidung geordnet hatte, sah er halbwegs anständig aus.

Prüfend blickte er die Straße auf und ab und suchte gewohnheitsgemäß das Dunkel danach ab, ob das Grundstück beobachtet wurde. Wenn Juana in Schwierigkeiten steckte, was die Postkarte und mehr noch die versäumte Verabredung nahelegten, wenn sie sich auf der Flucht befand, war anzunehmen, daß ihre Feinde die Eltern observierten. Die militärisch ausgebildete Juana hätte nie Namen und Anschrift ihrer Eltern preisgegeben, doch in den vergangenen sechs Jahren konnte manches geschehen sein.

Die Straße schien sicher – in der Nähe des Hauses war kein Auto geparkt, an der Ecke lungerte keiner herum, der scheinbar auf einen Bus wartete. In den erleuchteten Nachbarhäusern spielte sich normales Familienleben ab. Sollte sich ein verdächtiger Beobachter in den Büschen verbergen, dürfte es ihm in dieser gutbürgerlichen Gegend schwerfallen, nicht die Aufmerksamkeit von Hunden und den Argwohn von Passanten zu erregen.

Buchanan benötigte nur wenige Augenblicke, das alles zu registrieren. Ein Fremder hätte ihn bloß für einen Besucher gehalten, der sich das Haar kämmt, bevor er zum Haus ging. Die Nacht war mild, in der Luft hing der Duft gefallenen Herbstlaubs. Drinnen ertönte vom Soundtrack einer TV-Unterhaltungssendung stammendes Gelächter. Er drückte auf den Klingelknopf. Über die knarrenden Holzdielen näherten sich Schritte, und am verglasten Vordereingang erschien eine Silhouette.

Im Licht einer über ihm aufleuchtenden Lampe sah er eine Lateinamerikanerin in den späten Fünfzigern, mit schulterlangem Haar und einem attraktiven, ovalen Gesicht. Die ausdrucksvollen dunklen Augen, die ihn an Juana erinnerten, verrieten Intelligenz und Einfühlungsvermögen. Weder am Briefkasten noch unter der Klingel gab es ein Namensschild.

Sie schloß auf und öffnete die Tür, ohne die Sicherheitskette zu lösen. Sie sprach durch den schmalen Spalt.

»Ja?«

»Señora Mendez?«

»*Sí.*«

»*Perdone.* Ich weiß, es ist schon spät. Ich heiße Jeff Walker und bin ein Bekannter Ihrer Tochter.« Buchanan hatte auf dem Defense Language Institute in Monterey, California, Spanisch gelernt, um sich auf den Einsatz in Mexiko vorzubereiten. »Ich habe sie seit ein paar Jahren nicht gesehen und weiß nicht, wo sie jetzt lebt. Ich halte mich einige Tage in der Stadt auf und ... Nun, ich hoffte, daß sie hier ist. Können Sie mir helfen?«

Sie betrachtete ihn mit gewissem Mißtrauen, das durch Wohlwollen gemildert war, weil er sich ihrer Muttersprache bediente. Von Juana wußte er, daß ihre Eltern, obwohl zweisprachig, das Spanische vorzogen und es nicht mochten, wenn Amerikaner sie zwangen, sich englisch zu unterhalten.

»*Conoce a mi hija?*«

»*Sí,* ich kenne Ihre Tochter.« Er sprach weiter spanisch. »Wir waren hier in Fort Sam Houston stationiert.« Das war nur Tarnung für ihre eigentliche Aufgabe im militärischen Nachrichtendienst und bei den Special Forces in Fort Bragg gewesen. »Wir sind prima miteinander ausgekommen, manchmal sind wir ausgegangen. Schade, daß die Verbindung abgerissen ist, doch ich war eine Zeitlang in Übersee ... Ich würde Juana sehr gern guten Tag sagen.«

Ihr Mißtrauen war noch nicht überwunden. Sie hätte ihn nicht so lange angehört, wenn er nicht spanisch gesprochen und Fort Sam Houston erwähnt hätte. Er mußte seine Glaubwürdigkeit noch auf andere Art beweisen. »Haben Sie noch Ihren Hund, den Golden Retriever? Wie hieß er bloß – Pepe. Juana hat diesen Hund geliebt! Wenn sie nicht über Baseball sprach, dann von Pepe. Wenn sie dienstfrei hatte, hat sie ihn gern am Fluß ausgeführt.«

Die Mutter wurde zugänglicher. »Pepe ist im letzten Jahr gestorben.«

»Ach, das tut mir aber leid, Señora. Ein Haustier zu verlieren ist fast wie ...«

»Sie sagten, Sie heißen Jeff Walker?«

»Ja, richtig.«

»Ich kann mich nicht erinnern, daß sie von Ihnen gesprochen hat.«

»Na ja, sechs Jahre ist eine lange Zeit. Dafür hat mir Juana eine Menge über Sie erzählt. Daher weiß ich, daß Sie die besten Geflügel-*fajitas* in der ganzen Stadt zubereiten.«

Sie lächelte leise. »Sie waren Juanas Lieblingsgericht.« Das Lächeln verschwand wieder. »Ich könnte mich erinnern, wenn ich Sie schon einmal getroffen hätte. Warum hat Juana Sie nie zu uns eingeladen?«

Buchanans Beunruhigung wuchs. Warum stellt sie all diese Fragen? Was zum Teufel ist hier los?

4

Zwei Blocks weiter parkte ein grauer Lieferwagen mit foliebeschichteten Scheiben vor einem Haus, das auf einem Schild im Vorgarten zum Verkauf angeboten wurde. Das Auto stand bereits seit einigen Tagen dort, und die Nachbarn hatten sich nicht besorgt gezeigt. Sie fühlten sich eher beruhigt, denn der Fahrer, ein Privatdetektiv, hatte bei allen Anliegern vorgesprochen und erklärt, Vandalismus im Wohngebiet habe eine Wachgesellschaft auf Veranlassung ihrer hiesigen Kunden dazu bewogen, einige Häuser observieren zu lassen, vor allem das leerstehende Gebäude, das sich als Ziel für solche Übeltäter geradezu anbot. Hätten die Nachbarn die auf der Geschäftskarte angegebene Telefonnummer gewählt, wäre ihnen von einer Sekretärin mitgeteilt worden, daß die Auskunft ihres Mitarbeiters stimmte. Natürlich hätte die Sekretärin verschwiegen, daß sie in einem fast kahlen Büroraum in der Innenstadt saß und daß es die Firma vor zwei Wochen noch gar nicht gegeben hatte.

Duncan Bradley, der Detektiv, war achtundzwanzig Jahre alt, groß und schlank, trug Turnschuhe und einen baumwollenen Jogginganzug. Er bevorzugte legere Kleidung, denn bei längeren Überwachungen war sie bequem, und sein jetziger Auftrag versprach sehr lange zu laufen.

Er und sein Kollege arbeiteten in Zwölfstundenschichten, weshalb der Lieferwagen mit einer Kochgelegenheit und einer Toilette ausgestattet war. Die Arbeitsbedingungen waren denkbar beengt. Im Augenblick sah Duncan auf den Monitor einer Minifernsehkamera, die auf dem Dach des Wagens installiert und als Lüftungshaube getarnt war. Die Kamera war mit einem so hochleistungsfähigen Objektiv ausgerüstet, daß das Nummernschild des blauen Chevrolet zu erkennen war, der zwei Blocks entfernt stand. Sie besaß darüber hinaus modernste Nachtaufnahmetechnik, weshalb Duncan deutlich das grünschimmernde Bild eines Mannes sehen konnte, der aus dem Wagen stieg.

»Zweiter November«, sprach Duncan auf einen Kassettenrecorder, »einundzwanzig Uhr dreißig. Eben ist ein bisher unbekannter Mann eingetroffen.« Duncan beschrieb Fahrer und Auto bis hin zum Nummernschild aus Louisiana.

Er schaltete den Kassettenrecorder ab, drehte das Empfangsgerät lauter und rückte die Kopfhörer zurecht. Der Empfänger war mit zahlreichen Minitransmittern verkabelt, die Duncan in die Telefone und Lichtschalter überall im Hause Mendez eingebaut hatte. Die Wanzen waren an das Lichtnetz des Hauses angeschlossen.

An dem Tag, an dem Duncan den Auftrag erhalten hatte, wartete er, bis die zu Überwachenden die Wohnung verließen. Sein Komplize verfolgte die beiden bis zu einem Einkaufszentrum. Für den Fall, daß sie eher als erwartet zurückkehrten, konnte er per Mobiltelefon auf Duncans Piepser ein Warnsignal auslösen. Duncan, der durch die Verandatür ins Haus eingedrungen war, hatte innerhalb von vierzig Minuten alle Mikrofone eingebaut.

Skalen auf der Empfängerkonsole ermöglichten ihm die Regulierung der Lautstärke jedes Senders, die Anlage war im übrigen so ausgestattet, daß der Ton jedes einzelnen Geräts getrennt auf Band aufgenommen werden konnte. Bisher hatte es dazu wenig Gelegenheit gegeben. In den beiden vergangenen Wochen hatte er nichts erfahren, was nicht als normale Alltagsgespräche zu bezeichnen war. Wenn die Bewohner sich eines Codes bedienten, um Geheiminformationen auszutauschen, so war Duncan davon bisher nichts aufgefallen. In Telefongesprächen ging es nur um den üblichen Tratsch aus der Nachbarschaft. Señor Mendez betrieb eine Autoreparaturwerkstatt. Am Abend sahen die Eheleute meist fern, und sie hatten seit Beginn der Überwachung nicht miteinander geschlafen.

Duncan verstand Spanisch – das war einer der Gründe, weshalb er den Auftrag bekommen hatte. Schon bei den ersten Worten des Besuchers wurde er hellwach, denn der Besucher, der sich Jeff Walker nannte, fragte ohne Umschweife nach Juana Mendez. Duncan hörte gespannt zu, justierte und achtete darauf, daß die Tonbandgeräte jedes Wort aufnahmen. Gleichzeitig drückte er auf einen Knopf an seinem Mobiltelefon, die gewünschte Nummer war gespeichert. Er preßte das Gerät ans Ohr und hörte ein Summen. Es summte ein zweites Mal, dann meldete sich eine angenehme männliche Stimme, die die Störungen übertönte. »Hier Tucker.«

»Duncan Bradley. Wollte nur melden: Hier tut sich was.«

5

»Ja, warum hat Juana mich nicht mit nach Hause gebracht? Das habe ich mich auch gefragt. Ich glaube, es lag daran, daß sie nicht sicher war, ob Sie und Ihr Mann einverstanden wären.«

Das war sehr gewagt, doch Buchanan mußte etwas tun, um sie von ihren Vorbehalten abzubringen. Etwas stimmte nicht; er wußte nicht, was es war.

»Warum hätten wir nicht einverstanden sein sollen?« Die dunklen Augen sprühten kaum gezügelten Unwillen. »Weil Sie Amerikaner sind? Das ist verrückt. Die Hälfte der Angestellten meines Mannes sind Weiße, auch viele von Juanas Schulfreundinnen. Wir haben keine Vorurteile.«

»Entschuldigen Sie, das meinte ich nicht. Ich hatte nicht

die Absicht, Sie zu beleidigen. Juana hat mir erzählt, daß Sie nichts dagegen hätten, wenn sie sich mit jemandem traf, der kein Lateinamerikaner war.«

»Warum hätten wir also Einwände haben sollen?«

»Weil ich kein Katholik bin.«

»Oh«, kam es ganz leise.

»Dies war – so hörte ich – das einzige, was Sie von Juana erwarteten: Wenn sie sich je ernsthaft für einen Mann interessierte, müßte er Katholik sein. Es war Ihr Wunsch, daß Ihre Enkel im katholischen Glauben erzogen würden.«

»Ja, das ist wahr. Das habe ich oft zu ihr gesagt. Sie kennen Sie tatsächlich gut.«

Aus dem Hintergrund ertönte eine barsche Stimme. »Anita, mit wem unterhältst du dich da? Warum dauert es so lange?«

Juanas Mutter warf einen Blick zur Wohnzimmertür. »Warten Sie«, sagte sie zu Buchanan und schloß die Tür.

Er hörte leisen Wortwechsel.

Señora Mendez kam zurück. »Bitte, treten Sie ein.« Das klang nicht froh, und sie machte eher ein unglückliches Gesicht, als sie die Tür verriegelte und ihn ins Wohnzimmer führte.

Ein kleiner Mann in den Fünfzigern mit pechschwarzem Haar und noch dunkleren Augen als die Frau saß in einem Lehnsessel. Das runde Gesicht war zerfurcht, er trug Arbeitsschuhe und einen blauen Overall mit der Aufschrift MENDEZ MECHANICS. Er rauchte eine Zigarre und hatte eine Flasche mexikanisches Bier in der Hand.

»Wer sind Sie?« Wegen der Lachstürme im Fernsehprogramm war er schwer zu verstehen.

»Wie ich Ihrer Frau bereits sagte, heiße ich ...«

»Ja. Jeff Walker. Aber wer sind Sie wirklich?«

»Verzeihung, ich verstehe nicht.«

Juanas Mutter wurde unruhig.

»Ich bin ein Bekannter Ihrer Tochter«, antwortete Buchanan.

»Das behaupten Sie. Nennen Sie mir ihren Geburtstag.«

»Warum in aller Welt ...«

»Beantworten Sie meine Frage. Wenn Sie tatsächlich ein so guter Bekannter sind, dann wissen Sie, wann Juana Geburtstag hat.«

»Wenn ich mich recht erinnere, im Mai – am zehnten.«

»Stimmt, aber das kann man in den Akten nachlesen. Ist sie gegen etwas allergisch?«

»Señor Mendez, was soll das? Ich habe Juana seit einigen Jahren nicht gesehen. Es fällt mir schwer, mich plötzlich zu erinnern ...«

»Das dachte ich mir.«

»Ich erinnere mich, sie hatte Probleme mit Koriander. Das hat mich gewundert, denn es ist in der lateinamerikanischen Küche ein gängiges Gewürz.«

»Muttermale?«

»Das geht zu weit.«

»Beantworten Sie die Frage.«

»Sie hat eine Narbe am rechten Bein, ganz oben, fast an der Hüfte. Sie stammt von einer Verletzung – sie ist als Kind über einen Stacheldrahtzaun geklettert. Was kommt nun noch? Wollen Sie auch wissen, wieso ich die Narbe kenne? Ich hätte nicht herkommen sollen. Ich hätte Freunde von Juana fragen sollen, ob sie etwas über sie wissen.«

Buchanan wandte sich zur Tür.

»Pedro!« rief Anita scharf.

»Warten Sie«, sagte der Vater. »Bitte, bleiben Sie, wenn Sie tatsächlich ein Freund meiner Tochter sind.«

Buchanan nickte.

»Ich habe Ihnen diese Fragen gestellt, weil ...« Pedro war völlig durcheinander. »In den letzten zwei Wochen haben sich schon drei Freunde nach Juana erkundigt. Allesamt Burschen wie Sie. Keiner der Männer hatte sie in den letzten Jahren getroffen. Anders als Sie, kannte sie keiner näher. Einer behauptete gar, mit ihr in Fort Bragg ausgebildet worden zu sein. Dabei war Juana nie dort stationiert. Ein anderer hatte angeblich mit ihr das College in San Antonio besucht und war verwirrt, als ich ihn nach dem Namen fragte. Er schien auch nicht zu wissen, daß sie das College gewechselt hatte – was jeder ihrer Freunde wußte.«

Buchanan schüttelte den Kopf. Offenbar hatte ein dilettantischer Spürhund die Aktion nur überflogen, anstatt gerade auf die Details zu achten.

»Der dritte war angeblich mit ihr ausgegangen, als sie zusammen in Fort Sam Houston beschäftigt waren. Als wir fragten, warum wir ihn nie kennengelernt hatten, blieb er die Antwort schuldig. Sie konnten da wenigstens Auskunft geben und wußten sogar Persönliches. Also, noch einmal: Jeff Walker, wer sind Sie, und haben Sie eine Ahnung, ob Juana in Gefahr ist?«

Buchanan mußte rasch eine schwere Entscheidung treffen. Pedro Mendez wollte ihn ins Vertrauen ziehen. Oder wollte er ihm bloß eine Falle stellen? Wenn Buchanan den wahren Anlaß seines Besuchs nannte, könnte Pedro ihn für einen weiteren falschen Freund halten, der nach Juana fahndete.

Er beschloß, das Risiko einzugehen. »Ich fürchte, daß sie in Gefahr ist.«

Pedro stieß die Luft aus, als hätte er endlich erfahren, was er wollte, obwohl ihn die Information erschreckte.

»Ich habe es geahnt«, sagte Juanas Mutter. »Was für eine Gefahr ist das? Reden Sie! Wir ängstigen uns zu Tode.«

»Anita, sprich nicht über Tod.« Pedro wiederholte die Frage seiner Frau: »Was für eine Gefahr ist das?«

»In der vergangenen Woche erhielt ich eine Nachricht von Juana. Sie war etwas vage, damit nur ein Eingeweihter verstehen konnte, was sie schrieb. Sie brauchte ganz dringend Hilfe. In New Orleans gibt es ein Restaurant, das wir beide sehr gern hatten. Ohne es zu erwähnen, bat sie, mich dort mit ihr zu treffen. Da sie nicht erschien, muß etwas nicht in Ordnung sein. Deshalb bin ich hierher gekommen, denn Sie sind die einzigen, über die ich vielleicht Verbindung mit ihr aufnehmen kann. Ich dachte, Sie hätten eine Ahnung, was los ist.«

Die beiden schwiegen.

Endlich sprach Anita. »Nein. Wir machen uns bloß Sorgen, weil sie sich ganz anders als sonst benommen hat. Seit einem Dreivierteljahr haben wir nichts von ihr gehört. Im allgemeinen ruft sie einmal in der Woche an, selbst wenn sie unterwegs ist.«

»Womit verdient sie ihr Geld?«

Pedro und Anita waren befangen.

»Es hat etwas mit Sicherheit zu tun«, sagte Pedro.

»Mit der nationalen Sicherheit?«

»Sicherheit von Einzelpersonen. Sie besitzt hier in San Antonio ein eigenes Büro. Mehr hat sie uns nicht erzählt. Sie sprach nie über Einzelheiten und meinte, das wäre ihren Klienten gegenüber nicht fair.«

Gut, dachte Buchanan. Sie ist Profi geblieben.

»Na schön«, sagte er, »sie hat also lange nichts von sich hören lassen. Und plötzlich stehen da einige Männer vor der Tür, geben sich als alte Bekannte aus und wollen wissen, wo sie steckt.«

Buchanans Resümee hatte wohl zu nüchtern geklungen. Juanas Eltern änderten ihr Verhalten. Ihr Blick wurde härter, vorsichtiger, und das Bedürfnis, über ihre Sorgen zu sprechen, wurde erneut von Mißtrauen verdrängt.

Er wechselte scheinbar das Thema. »Entschuldigen Sie. Darf ich Ihr Bad benutzen?«

Mürrisch gab Pedro sein Einverständnis. »Den Flur entlang. Erste Tür links.«

»Danke.«

Das Badezimmer war hell, weiß und sehr sauber. Buchanan riegelte ab, spülte und wusch sich die Hände. Er ließ das Wasser laufen, öffnete lautlos das Arzneischränkchen, nahm eine Nagelfeile heraus und schraubte damit die Deckplatte des Lichtschalters ab. Ohne die Drähte zu berühren, löste er den Schalter aus der Anschlußdose und sah nach, was dahinter verborgen war. An den Drähten hing ein winziges Mikrofon mit Sender. Weil die meisten Menschen glauben, im Bad unbeobachtet zu sein, vermuten sie dort am allerwenigsten eine Wanze. Deshalb suchte Buchanan stets zuerst im Bad.

Okay, dachte Buchanan, die Telefone sind bestimmt auch angezapft. Nun geht's los.

Er drehte den Wasserhahn zu, riegelte die Tür auf und

kehrte ins Wohnzimmer zurück. Juanas Eltern hatten sich leise über ihn unterhalten.

»Señor Mendez, es ist mir sehr peinlich«, stammelte Buchanan. »Beim Händewaschen habe ich eben wohl etwas beschädigt. Das Wasser läuft nicht ab. Es tut mir leid, ich …«

Mißmutig stand Pedro auf und ging mit großen Schritten ins Bad.

Buchanan überholte ihn im Flur und legte einen Finger auf die Lippen. Pedro verstand die Geste nicht und wollte fragen, was das zu bedeuten hatte. Buchanan preßte ihm die Hand auf den Mund, schüttelte heftig den Kopf und bewegte lautlos die Lippen: *Nicht sprechen.* Pedro war erschrocken. *Das Haus ist verwanzt,* fuhr Buchanan lautlos fort.

Pedro begriff noch immer nicht. Er wollte sich aus Buchanans Griff befreien, doch dieser faßte ihn mit der linken Hand am Hinterkopf, ohne die andere Hand zu lösen. Er schob Pedro ins Bad und dirigierte dessen Kopf so, daß er in die Anschlußdose sehen konnte. Als Handwerker mußte er über das Verlegen von Leitungen Bescheid wissen und war bestimmt auch mit anderen Methoden der Verdrahtung genügend vertraut, um zu erkennen, daß es sich bei dem kleinen Gerät um einen Miniatursender handelte. Pedro riß die Augen auf.

Comprende? fragte Buchanan stumm.

Pedro nickte nachdrücklich, und Buchanan gab ihn frei.

Pedro wischte sich über den Mund, sah Buchanan an und rüttelte an einem Hebel. »Da, alles in Ordnung. Sie haben bloß den Hebel nicht richtig hochgezogen.«

In einer Tasche von Pedros Overall steckten mehrere Kugelschreiber und ein Notizblock. Buchanan zog den Block und einen Kugelschreiber heraus und schrieb: *Im Haus können wir nicht sprechen. Wo und wann können wir uns treffen?*

Pedro las und schrieb: *Morgen früh um sieben. Meine Werkstatt ist in der Loma Avenue 1217.*

»Ich traue Ihnen nicht«, fuhr er plötzlich auf.

Das klang so überzeugend, daß Buchanan nicht auf Anhieb begriff.

»Verlassen Sie mein Haus.«

»Aber ...«

»Raus.« Pedro packte ihn am Arm und zog ihn durch den Flur. »Muß ich es noch deutlicher sagen? Raus hier!«

»Pedro!« Anita kam aus dem Wohnzimmer gerannt. »Was tust du? Vielleicht kann er uns helfen.«

»Verschwinden Sie!« Pedro schubste ihn zur Haustür.

Buchanan widersetzte sich scheinbar. »Warum? Was habe ich falsch gemacht? Vor ein paar Minuten haben wir uns noch über Ihre Tochter unterhalten, und auf einmal ...«

»Etwas stimmt bei Ihnen nicht«, sagte Pedro. »Ich glaube, Sie machen gemeinsame Sache mit den anderen Männern. Sie sind kein Freund von Juana. Gehen Sie. Sofort. Bevor ich die Polizei rufe.«

Pedro schob den Riegel zurück und riß die Tür auf.

»Sie irren sich«, ermahnte Buchanan ihn.

»Nein, *Sie.* Und Sie machen einen großen Fehler, wenn Sie sich noch einmal hier blicken lassen.« Pedro gab ihm einen Stoß.

Buchanan stolperte nach draußen. Das Licht über dem Eingang blendete ihn. »Was fällt Ihnen ein, Señor!«

»Pedro!« rief Anita.

»Ich weiß nicht, wo meine Tochter ist. Und wenn ich es wüßte, Ihnen würde ich es nicht sagen!« schrie Pedro.

»Ihr Benehmen, Señor, ist unerhört – unbegreiflich!«

6

»Komm mal schnell her.« Duncan Bradley sprach in das Mobiltelefon und lauschte gleichzeitig der Übertragung aus dem Haus. »Der Kerl hat Mendez auf jeden Fall gegen den Strich gebürstet. Mendez hält ihn für einen Kumpel von uns. Sie brüllen sich gegenseitig an. Mendez wirft ihn raus.«

»Bin gleich dort. Nur noch zwei Blocks.«

»Viel zu weit.« Duncan beobachtete gebannt das grüngetönte Bild auf der Überwachungsanlage. »Jetzt geht der Typ über den Rasen zu seinem Wagen. Bevor du hier bist, ist er weg.«

»Ich habe dir doch gesagt, ich bin in der Nähe. Kannst du meine Scheinwerfer nicht sehen? Wenn er losfährt, falle ich unter den anderen Autos auf der Straße nicht auf«, sagte Tucker. »Er schöpft keinen Verdacht.«

»Er steigt ein«, sagte Duncan.

»Geht klar. Seine Autonummer habe ich bei der Registrierstelle in Louisiana per Computer abgerufen. Der Wagen gehört einem Autoverleih in New Orleans.«

»Das hilft uns nicht weiter.«

»Das ist nicht alles. Ich habe die Firma angerufen. Habe mich als Polizist des Staates Texas ausgegeben und einen Unfall vorgetäuscht. Er heißt Brendan Buchanan – das steht auf der Mietvereinbarung.«

Auf dem einen Monitor kamen Tuckers Scheinwerfer immer näher, auf dem anderen gingen die Scheinwerfer des Chevrolet an, und der Wagen fuhr ab.

Tuckers Jeep Cherokee raste an dem Lieferwagen vorbei.

»Brendan Buchanan?« fragte Duncan. »Wer zum Teufel ist Brendan Buchanan? Und was hat er mit der Frau zu tun?«

»Die Zentrale holt Informationen über ihn ein.« Tuckers Rücklichter wurden zu kleinen roten Punkten, die den verschwindenden Lichtern des Chevrolet folgten. »Inzwischen kriege ich raus, wo er wohnt. Wir besuchen ihn mal.«

7

Zu einem Sendegerät gehört ein Empfangsgerät. Anzunehmen, daß der Empfänger sich in einem Gebäude befindet, dachte Buchanan. Allerdings dürfte es in dieser anständigen Gegend mit Einfamilienhäusern einem Überwachungsteam schwerfallen, ein Haus zu übernehmen. Eher irgendein Fahrzeug. In unmittelbarer Nähe des Hauses waren keine Autos geparkt – das war ihm gleich aufgefallen, und er versicherte sich noch einmal, als er zu seinem Wagen ging. Er warf Pedro Mendez einen wütenden Blick zu, der noch immer vor der Haustür stand.

Verdammt gut gemacht, Pedro, dachte Buchanan. Sie haben Ihren Beruf verfehlt – Sie haben das Zeug zu einem Schauspieler.

Als Buchanan sein Auto aufschloß, sah er nach beiden Seiten, und da fiel ihm dieser Lieferwagen in zwei Blocks Entfernung auf. Da das Fahrzeug im Dunkeln zwischen weit auseinanderstehenden Straßenlaternen stand, bemerkte er es nur, weil es von den Scheinwerfern eines nahenden Autos in helles Licht getaucht wurde.

Ich hätte Lust, euch auch einen Besuch zu machen, dachte Buchanan, während er den Motor anließ und davonfuhr. Einige Leute sind so scharf darauf, Juana zu finden, daß sie das Haus elektronisch überwachen lassen. Trotzdem wissen sie nicht mit Bestimmtheit, ob Juana nicht doch bereits mit ihren Eltern Verbindung aufgenommen hat. Also werden die anonymen Verfolger ungeduldig und schicken einen angeblichen Bekannten Juanas zum Haus. Ohne Erfolg. Ein zweiter wird geschickt. Wieder kein Erfolg. Und dann noch einer …

Ist das logisch? überlegte er. Es muß ihnen doch klar sein, daß drei ›alte Bekannte‹ in einer Woche die Eltern mißtrauisch machen würden. Warum also sollten sie …?

Ich habe es, dachte Buchanan. Sollte Juana tatsächlich mit ihren Eltern Kontakt haben, wollen die Verfolger erreichen, daß sie von der Überwachung ihrer Eltern erfährt. Man bedroht sie, indem man eine Gefahr für die Eltern vorspiegelt, und hofft, die Tochter damit aus ihrem Versteck zu locken.

Da ich aufgekreuzt bin und das Überwachungsteam mit einem Unsicherheitsfaktor rechnen muß, könnten die Kerle die Geduld verlieren und sich nachdrücklich mit den Eltern unterhalten. Ich muß Pedro und Anita warnen.

Und was ist mit mir? rätselte Buchanan und bog um eine

Ecke. Ich bin plötzlich auf der Bildfläche erschienen und habe die gleichen Fragen wie die anderen Leute gestellt, aber mit mir haben sie nicht gerechnet. Ich funke ihnen dazwischen. Deshalb werden sie mir auf den Zahn fühlen wollen.

Als Buchanan zum drittenmal abbog, folgte ihm immer noch derselbe Wagen, der sich schon in der Straße, in der die Mendez wohnten, an ihn gehängt hatte.

8

Falls Church, Virginia

Der Colonel hatte sich für ein Motel am Rande der Stadt entschieden und unter einem Pseudonym ein Zimmer reservieren lassen. Seine drei Mitarbeiter trafen ein, ihre Kleidung feucht vom Novemberregen, der sie nach ihrem Flug von New Orleans auf dem Washington National Airport empfangen hatte.

Sie sahen müde aus, sogar Captain Weller, die für gewöhnlich in jeder Lebenslage Elan ausstrahlte. Das blonde Haar wirkte strähnig, die Bluse war zerknautscht. Sie zog die Jacke aus, ließ sich auf das Sofa fallen und kickte die hochhackigen Schuhe von den Füßen. Major Putnam und Alan hatten rote, eingefallene Wangen, wahrscheinlich eine Folge der Ermüdung durch den Flug, verstärkt durch die dehydrierende Wirkung von Alkohol.

»Können wir Kaffee haben?« fragte Captain Weller.

»Dort drüben«, antwortete der Colonel nicht eben freundlich. »Dort steht die Kanne.« Im Gegensatz zu seinen Besuchern war er fit und munter, seine Zivilkleidung sah gepflegt aus.

Alan, der einzige echte Zivilist im Raum, lockerte die zerknitterte Krawatte, knöpfte den obersten Hemdenknopf auf und goß eine Tasse voll. Alle waren erstaunt, als er Weller den Kaffee brachte. »Was sollen wir hier eigentlich?« fragte er in die Runde. »Hätte das nicht bis morgen Zeit gehabt? Ich bin völlig fertig.«

Der Colonel unterbrach ihn mit stahlharter Stimme. »Ich hoffe, Sie sind auch mit Ihrem Lagebericht fertig. Und kommen Sie mir nicht damit, daß Sie hier nicht sprechen wollen, weil sie den Telefonen nicht trauen.«

»Hören Sie«, sagte Alan, »wenn wir mit tragbaren Verzerrern ausgerüstet wären, hätte ich telefoniert, soviel Sie wollen, aber gebranntes Kind scheut das Feuer, Colonel. Wir müssen auf besonders strenge Sicherheit achten.«

»Dem kann ich nur zustimmen.« Der Regen trommelte gegen das Fenster und ließ den tristen Raum noch trostloser erscheinen. »Aus diesem Grund habe ich Ihnen befohlen, hier zu sein und nicht zu Hause im Bett mit Ihrer Frau.«

Alans Züge verhärteten sich. »Befohlen, Colonel?«

»Will mir nicht einer von Ihnen sagen, was los ist?« Die Stimme des Colonels klang eisig. »Major Putnam, Sie sind bisher ungewöhnlich schweigsam gewesen.«

»Vieles wissen Sie bereits.« Der Major rieb sich den Nakken. »In New Orleans wollten wir Buchanan in seinem Hotelzimmer aufsuchen. Er reagierte nicht auf unser Klopfen. Schließlich baten wir ein Dienstmädchen, das Zimmer zu öffnen. Wir fanden nur ein unterschriebenes Checkout-Formular und beim Portier diese an Alan gerichtete Mitteilung.«

Der Colonel nahm sie entgegen und überflog sie.

»Er schreibt, daß er uns einen Gefallen tut, indem er untertaucht. Was halten Sie davon?«

»Zum Teufel, ich weiß es nicht. Ein einziges Durcheinander. Vielleicht hat er recht.«

»Verdammt, haben Sie vergessen, daß Sie Offizier der U. S. Army sind?«

»Nein, Sir, das habe ich nicht.«

»Warum muß ich Sie daran erinnern, daß Captain Buchanan sich unerlaubt von der Truppe entfernt hat? Ein Deserteur! Unsere Agenten können nicht einfach alles hinschmeißen und sich davonmachen, vor allem dann nicht, wenn sie so viel wissen wie Buchanan. Jetzt haben wir ein absolutes Sicherheitsproblem.«

Alan stellte seine Tasse so unsanft auf den Tisch, daß der

Inhalt überschwappte. »Bei dieser Operation ist von Anfang an was schiefgelaufen: Angehörigen der Armee wurden Aufgaben zugeteilt, die eigentlich von Zivilisten erledigt werden müßten.«

»Meinen Sie mit ›Zivilisten‹ die Agency?« wollte der Colonel wissen.

»Genau.«

»Nun, wenn die CIA ihre Arbeit ordentlich gemacht hätte, dann hätte man uns doch nicht um Unterstützung gebeten, stimmt's? Ihr habt aber gemerkt, daß ihr ein Team von tüchtigen, schlagkräftigen Leuten braucht, die für euch die Kastanien aus dem Feuer holen. Also habt ihr uns ersucht, das Risiko zu übernehmen. Der Kampf gegen die Drogenmafia war deshalb so eine Pleite, weil ihr die Oberbosse als Informanten brauchtet und ihnen dafür Immunität garantiert habt. Es ist ein bißchen kitzlig, Leute fertigzumachen, mit denen man eben noch gut freund war. Also sollen wir sie zur Strecke bringen und es so machen, daß ihr dabei nicht in Verdacht kommt.«

»Es ist ja nicht einer meiner Männer, der plötzlich glaubt, ein freier Mitarbeiter zu sein, und sich davonmacht«, stellte Alan klar.

»Captain Buchanan hätte sich nicht davonmachen können, wenn Ihre Leute das Hotel ordentlich überwacht hätten.«

»Die waren nicht beauftragt, das Hotel zu überwachen«, entgegnete Alan. »Wenn mir die Verantwortung übertragen worden wäre ... Für den ganzen Schlamassel ist einzig die Armee verantwortlich. Soldaten sollten die Finger von ...«

»Genug davon«, unterbrach ihn der Colonel. »Wie verfahren wir mit Buchanan?«

Captain Weller räusperte sich. »Ich habe sein Kreditkartenunternehmen angerufen, mich als seine Frau ausgegeben und behauptet, ihm sei die Karte gestohlen worden. Ich hatte erwartet, daß er sich ein Flugticket gekauft hat. Das war ein Irrtum. Wie ich in Erfahrung brachte, wurde unter seinem Namen in New Orleans ein Wagen gemietet. Dann ein Motelzimmer in Beaumont, Texas. Dort ist er nur wenige Stunden geblieben, wie unsere Leute vor Ort erfahren haben. Mittags ist er wieder abgereist. Offenbar will er sich nirgendwo lange aufhalten.«

»Wohin will er?«

Sie schüttelte den Kopf. »Er scheint in westliche Richtung zu fahren. Das Kreditkartenunternehmen hat versprochen, mich zu benachrichtigen, sobald man ihn geortet hat.«

»Und was haben Sie davon, wenn Sie erfahren, daß sich Buchanan vor ein paar Tagen irgendwo in Texas ein Paar Schuhe gekauft hat? Das führt doch zu gar nichts. Bis wir dort sind, ist er schon tausend Meilen weiter. Schade um die Zeit. Warum lassen Sie den Mann nicht untertauchen, wie er es vorgeschlagen hat?« fragte Alan.

»Gestern abend behaupteten Sie, er sei davon überzeugt, daß wir ihn umlegen wollten«, sagte der Colonel.

»Stimmt.«

»Dieser Verdacht ist absurd. Er muß verrückt sein, wenn er glaubt, wir seien gegen ihn. So! Und was ist mit der Journalistin? Leidet die vielleicht auch unter Verfolgungswahn und weiß nicht, was sie tut? Es heißt, sie habe ihre Nachforschungen aufgegeben. Aber einen Beweis dafür haben wir nicht.«

»Egal, was wir beschließen, wir müssen es nur rasch tun«, sagte der Major. »Für mich arbeiten über zwanzig Undercoveragenten in Lateinamerika, die von mir Unterstützung erwarten. Solange ich mir den Kopf über Buchanan zerbrechen muß, besteht das Risiko, daß etwas anderes schiefgeht. Wenn Buchanan bloß mitgezogen hätte! Er hätte bloß an seiner Geschichte mit Victor Grant festzuhalten brauchen und Ausbilder werden sollen.«

9

Als sie sich der Innenstadt von San Antonio näherten, fiel der Verfolger nicht mehr so auf, denn er war bemüht, möglichst im Schutz anderer Autos zu fahren. In den besser beleuchteten Straßen konnte Buchanan erkennen, daß er einen grauen Jeep Cherokee benutzte.

Buchanan hielt an einer Tankstelle, tankte voll und bezahlte seine Rechnung im Büro. Inzwischen parkte der andere in einiger Entfernung.

Ein Stück weiter hielt Buchanan an einem Mini-Einkaufsmarkt, aß in einem Schnellimbiß eine mit Rindfleisch und Bohnen gefüllte Enchilada und trank eine Cola dazu.

Die ganze Zeit behielt er den Jeep im Auge, der am Rand des Einkaufszentrums im Dunkeln wartete. Der Fahrer saß am Steuer und telefonierte.

Buchanan verließ das Restaurant durch eine Hintertür neben der Toilette und schlich durch eine finstere Seitengasse zu dem Jeep. Das Telefon und die Beobachtung des Vordereingangs nahmen den Mann so in Anspruch, daß er Buchanan, der sich auf der Beifahrerseite von hinten näherte, nicht bemerkte. Kaum hatte der Schnüffler – er war nicht ganz dreißig Jahre alt – den Hörer hingelegt, öffnete Buchanan die Tür, stieg ein und stieß ihm die Pistole in die Rippen.

Er stöhnte vor Schmerz auf.

»Wie heißen Sie?« fragte Buchanan.

»Frank ... Frank Tucker.«

»Wir machen eine kleine Rundfahrt.«

Der andere war vor Schreck wie gelähmt.

»Fahren Sie los, oder ich knalle Sie ab.«

Tucker gehorchte.

»So ist es recht. Schön in den Verkehr einfädeln. Behalten Sie beide Hände am Lenkrad.«

»Was wollen Sie?« Die Stimme des Mannes bebte.

»Na, zuerst mal ...« Buchanan tastete mit der freien Hand Franks Windjacke ab. Er fand ein Halfter, aber keine Waffe. »Wo ist die Kanone?«

Tuckers nervöser Blick glitt auf das Handschuhfach.

Buchanan öffnete es und fand einen Smith & Wesson-Revolver.

»Wo sind Ihre Kumpel?«

»Ich habe keine Kumpel.«

»Mag sein. Das kriege ich bald raus. Wenn Sie lügen,

schieße ich Sie ins rechte Knie. Für den Rest Ihres Lebens sind Sie dann ein Krüppel. Wenden Sie an dem Laden da – wir fahren zurück.«

»Hören Sie, ich weiß nicht, was das soll. Ich gebe Ihnen mein ganzes Geld und ...«

»Verschonen Sie mich mit dem Quatsch. Vorsicht! Ich habe gesagt, beide Hände ans Lenkrad.«

Buchanan entsicherte die Pistole und stieß sie Tucker härter in die Rippen.

»Lassen Sie das, Mann. Wenn ich über einen Hubbel fahre, geht das Ding vielleicht los.«

»Dann fahren Sie eben nicht über einen Hubbel. Was sind Sie – Offizieller oder Privater?«

»Ich weiß nicht, was Sie wollen.«

»Für wen arbeiten Sie?«

»Ich arbeite für niemanden.«

»Okay, Tucker. Sie machen sich also einfach einen Spaß daraus, mich zu beschatten.«

»Ich habe Sie nicht beschattet. Ich kenne Sie gar nicht.«

»Natürlich nicht. Wir sind einfach zwei Fremde, die sich zufällig begegnen und zufällig Schießeisen bei sich haben.« Buchanan musterte ihn. »Bulle sind Sie nicht. Wenn Sie einer wären, hätten Sie ein Team zur Absicherung hinter sich. Sie könnten zur Mafia gehören, aber Windjacke und Jeep Cherokee entsprechen nicht ganz deren Stil. Was sind Sie?«

Keine Antwort.

»Ich finde es langweilig, mit mir selber zu sprechen. Wenn Sie nicht sofort antworten, schieße ich in beide Knie.«

»Schon gut, schon gut.« Tucker standen Schweißperlen auf der Oberlippe. »Ich bin Privatdetektiv.«

»Endlich lernen wir uns kennen. Wo sind Sie ausgebildet worden, Tucker? Na los, lassen Sie die Unterhaltung nicht einschlafen. Ihre Ausbildung. Wo ...?«

»Habe mich so eingearbeitet.«

»Hab ich mir gedacht.«

Das Telefon schnarrte.

»Nein, Hände ans Lenkrad. Der Anrufer kann warten. Warum sprechen wir nicht persönlich mit ihm? Wir fahren zurück nach Castle Hills.«

10

Duncan Bradley lag auf der Matratze in seinem Lieferwagen und beobachtete auf dem Monitor das Haus von Pedro Mendez. Er trug noch die Kopfhörer, obwohl es, seitdem der Mann namens Jeff Walker hinausgeworfen worden war, nichts mehr zu belauschen gab. Schweigend war das Ehepaar schlafen gegangen.

Duncan versuchte, seinen Komplizen telefonisch zu erreichen, und gab nun auf, nachdem es zehnmal geklingelt hatte. Tuckers Schweigen beunruhigte ihn, obwohl es dafür gewiß eine vernünftige, harmlose Erklärung gab. Zum Beispiel könnte ja Tucker diesem Jeff Walker in ein Hotel gefolgt sein. Dennoch griff Duncan noch einmal zum Apparat und drückte auf den Knopf, der ihn automatisch mit Tucker verbinden sollte.

Dazu kam es nicht mehr, denn auf dem zweiten Bildschirm nahm er eine Bewegung hinter dem Lieferwagen wahr. Es war Tuckers Jeep Cherokee, der angehalten hatte. Die Scheinwerfer wurden abgestellt, und Duncan atmete erleichtert auf. Mit Tuckers Autotelefon mußte etwas nicht in Ordnung sein, und nun war er zurückgekommen, um ihm persönlich mitzuteilen, was er über Jeff Walker erfahren hatte.

Sobald Tucker aus dem Jeep ausstieg und sich der hinteren Tür des Lieferwagens näherte, erhob sich Duncan, kroch auf Händen und Knien hin und öffnete.

»Was ist denn mit deinem Telefon los? Ich habe versucht ...« Ihm verschlug es die Sprache. Vor Überraschung machte er den Mund nicht zu, denn neben Tucker stand Jeff Walker. Und er hielt ein Schießeisen in der Faust.

11

Pedro Mendez war wütend, weil das Klingeln gar kein Ende nehmen wollte. Die Sorgen um seine Tochter, der verwirrende Besuch von Jeff Walker und die Befürchtungen wegen der Wanze im Bad hatten ihn so erregt, daß er nicht einschlafen konnte. Was würde Jeff Walker zu berichten haben, wenn sie sich am nächsten Tag in der Werkstatt trafen? Ruhelos hatte er sich hin und her gewälzt, bis er schließlich wider Erwarten eingedöst war. Und nun läutete die verdammte Klingel.

»Anita, bleib liegen«, befahl er, als er unsicher auf die Beine kam und Bademantel und Pantoffeln anzog. Er holte einen Baseballschläger aus dem Schrank und rannte die Treppe hinunter. Durch die verglaste Tür nahm er auf der düsteren Veranda die Silhouette eines Mannes wahr.

Seine Entschlossenheit, niemanden hineinzulassen, geriet ins Wanken, nachdem er das Verandalicht eingeschaltet hatte und den ungeduldigen Jeff Walker erkannte, der Pedro wortlos aufforderte, die Tür zu öffnen.

Pedro gehorchte, achtete jedoch darauf, die Sicherheitskette nicht zu entfernen. »Was wollen Sie ...?«

»Schnell. Ich muß Ihnen etwas zeigen.« Jeff Walker deutete in Richtung Straße.

Dort machte Pedro undeutlich den geparkten Lieferwagen aus. »Was wollen Sie hier um diese Zeit?«

»Bitte. Es geht um Juana. Es ist wichtig. Kommen Sie!«

Pedro verdrängte seine Zweifel und wollte Jeff Walker reinlassen. Der rannte jedoch zu dem Lieferwagen. »Los, kommen Sie!« rief er noch einmal.

Pedro hatte Mühe, ihn einzuholen. »Was wollen Sie mir zeigen? Wessen Wagen ist das?«

Jeff Walker riß die Tür des Laderaums auf und knipste eine Taschenlampe an. Zwei Männer – nackt, die Hände hinter dem Rücken mit den Hemdsärmeln, die Füße mit den Hosenbeinen gefesselt und der Mund mit Unterwäsche verstopft – lagen auf dem Boden des Fahrzeugs, mit ihren Gürteln aneinandergebunden.

»Ich weiß, unter den gegebenen Umständen ist es nicht leicht festzustellen«, sagte Jeff Walker. »Sind das die beiden Kerle, die bei Ihnen waren und sich nach Juana erkundigt haben?«

Pedro nahm die Lampe, trat näher und beleuchtete ein Gesicht nach dem anderen. »Ja. Wie haben Sie ...?«

»Das sind die Lauscher.«

Pedro ließ den Lichtstrahl über den Innenraum gleiten, wo auf Regalen die elektronische Ausrüstung untergebracht war. Das ganze Haus muß ja ... Pedro bekam schwache Knie.

Jeff Walker zog Frank Tucker den Knebel aus dem Mund. »Wer hat noch mit euch gearbeitet?«

Dem Mann fiel das Sprechen schwer, denn durch das saugfähige Gewebe war ihm der Mund ausgetrocknet.

Pedro zuckte zusammen, als Jeff Walker Tucker die Pistole an die Hoden hielt. »Wer war der dritte?«

»Er hat stundenweise für uns gearbeitet. Bloß einen Tag. Er ist zurück ...« Er merkte, daß er zuviel verriet, und schwieg.

»Wohin?« fragte Jeff Walker. Als er keine Antwort erhielt, seufzte er. »Ich glaube, Sie nehmen mich nicht ernst.« Er stopfte ihm das Unterzeug wieder in den Mund und riß ihm mit einer Zange aus einem offenen Werkzeugkasten ein Büschel Schamhaare aus.

Tucker schrie stumm auf, Tränen quollen ihm aus den Augen.

Pedro war entsetzt. Gleichzeitig hatte er solche Angst um Juana, daß er am liebsten den Kopf des Gefangenen gepackt und gegen den Boden geschlagen hätte, um ihn zum Reden zu zwingen.

Jeff Walker wandte sich Duncan Bradley zu, nahm ihm das Unterzeug aus dem Mund und redete scheinbar sehr vernünftig mit ihm. »Ich bin sicher, daß Sie nicht dasselbe über sich ergehen lassen wollen. Wenn ich alle Haare ausgezupft habe, brenne ich die Stoppeln mit Streichhölzern ab. Danach sieht das da unten aus wie die Gurgel eines durchgebratenen Truthahns. Und diese Gurgel werde ich dann ...« Er tat, als schneide er etwas ab.

Tucker warf sich noch voller Schmerzen hin und her.

»Wohin ist Ihr stundenweise beschäftigter Komplize zurückgekehrt?« fragte Jeff Walker. »Sie sprechen nicht mit texanischem Akzent. Wo kommen Sie her?«

Walker näherte sich mit der Zange Bradleys Unterleib.

»Philadelphia«, stieß dieser hervor.

»Sie überwachen das Haus, um Juana Mendez zu finden. Warum?«

Keine Antwort.

»Pedro, holen Sie Streichhölzer.«

Pedro schickte sich zum Gehen an. Buchanan war von seiner wütenden Entschlossenheit überrascht.

»Warten Sie«, preßte Bradley hervor. »Ich weiß es nicht. Das ist die Wahrheit. Wir hatten den Auftrag, nach ihr zu fahnden und herauszukriegen, wo sie steckt.«

»Und wenn sie gefunden war – was dann?« drängte Jeff Walker.

Der Befragte gab keine Antwort.

»Sie enttäuschen mich. Sie brauchen eine Warnung.« Jeff Walker beugte sich über den Komplizen und benutzte wieder die Zange.

Pedro begann Walkers Taktik zu begreifen: Die zugefügten Schmerzen waren weniger physisch als psychisch.

Tucker schlug wild um sich, das tränenüberströmte Gesicht verzerrt. Da sie zusammengekoppelt waren, wurde der eine durchgeschüttelt, wenn der andere sich aufbäumte.

»Noch mal oder reicht das?« fragte Walker. Bradley riß vor Panik die Augen weit auf. »Was sollte mit Juana geschehen, sobald ihr sie gefunden hattet?«

»Fragen Sie das die Leute, die uns angeheuert haben.«

»Wer sind die?«

»Keine Ahnung.«

»Sie wissen nicht, warum Ihre Auftraggeber Juana in ihre Gewalt bringen wollen. Sie wissen auch nicht, wer sie sind. Sie wissen als Detektive eine ganze Menge nicht. Und ich kriege schlechte Laune. Also, zum letztenmal: Wer hat Sie angeheuert?«

»Ein Mittelsmann. Kenne seinen Namen nicht.«

»Wie ist der Mittelsmann zu erreichen?«
»Telefonisch.«
»Welche Nummer?«
»Sie ist gespeichert ...« Bradley deutete mit dem Kinn auf das Mobiltelefon, das auf dem Boden lag. »Bloß die Wahlwiederholungstaste drücken, dann Taste acht und die Sprechtaste.«
»Wissen die von mir?«
»Ja.«
»Wie lautet euer Codewort?«
»Yellow Rose.«
Jeff Walker griff zum Telefon. »Ich hoffe um euretwillen, daß ihr die Wahrheit sagt.« Er drückte die drei genannten Tasten und wartete auf Antwort.
Die Verbindung war sofort hergestellt. Pedro stand nahe genug, um eine sympathische Männerstimme zu hören: »Brotherly Love Escort Service.«
Was nun folgte, erregte Pedros Erstaunen: Jeff Walker ahmte perfekt Bradleys Stimme nach.
»Hier Yellow Rose«, meldete sich Buchanan. »Der Kerl, der heute abend zum Haus von Mendez gekommen ist, gefällt mir nicht. Habt ihr noch mehr Informationen über ihn?«
Die Stimme am anderen Ende klang nicht mehr sympathisch. »Nur, was ich dir gesagt habe. Er heißt nicht Jeff Walker, sondern Brendan Buchanan. Er hat den Wagen in New Orleans gemietet und ... Sorry. Gespräch auf einer anderen Leitung.« Die Verbindung wurde unterbrochen.
Buchanan wartete, beunruhigt, daß diese Leute seinen richtigen Namen so schnell erfahren hatten.
Die Verbindung stand wieder, die Stimme klang angespannt. »Gut, daß du angerufen hast, seht euch vor! Unser Computerfreak hat herausgekriegt, daß Brendan Buchanan Hauptmann bei den Special Forces ist.«
Verdammt, dachte Buchanan.
»Es war also richtig, die Sache ernst zu nehmen«, sagte Buchanan. »Vielen Dank für die Warnung. Wir werden uns in acht nehmen.«

Er drückte den Knopf ENDE. Während seines Gesprächs war die gewählte Nummer auf einem Display am Telefon erschienen. Er hob Block und Bleistift vom Boden auf, notierte die Nummer und steckte den Zettel in die Hemdentasche.

Gerade überlegte er, welche Fragen er noch stellen sollte, da hörte er plötzlich sich nähernde Schritte. Anita Mendez, mit einem Hausmantel bekleidet, kam mit ängstlichem Gesicht über den Rasen zum Lieferwagen.

»Anita«, forderte Pedro sie auf, »geh zurück ins Haus.«

»Das tue ich nicht. Es geht um Juana. Ich will wissen, was los ist.«

Erschrocken blieb sie am Wagen stehen, als sie die nackten gefesselten Männer erblickte. »*Madre de Dios.*«

»Die Männer können uns bei der Suche nach Juana helfen«, sagte Pedro. »Es ist nicht anders möglich. Geh wieder.«

Anita sah ihn wütend an. »Ich bleibe hier.«

»Hat Juana ein Büro hier in der Stadt?« fragte Buchanan.

»Ja«, antwortete Anita. »In ihrem Haus. Sie hält sich aber selten dort auf.«

»Ich habe keine Zeit, bis morgen früh zu warten. Können Sie mich gleich hinbringen?«

»Glauben Sie, sie ist dort?« fragte Pedro.

»Nein, aber vielleicht erfahre ich aus ihren Unterlagen, warum jemand aus Philadelphia sie verfolgt.«

Anita ging zurück. »Ich ziehe etwas an und fahre Sie hin.«

»Wir beide bringen Sie hin«, fügte Pedro hinzu und folgte ihr.

»Hört zu, Nackedeis. Wenn Juana hier ein Haus besitzt, muß es Leute geben, die dort aufpassen.«

Bradley antwortete Buchanan nicht.

»Die sanfte Tour oder die andere?« Buchanan hielt ihm die Zange unter die Nase.

»Ja, ein zweites Team.«

»Wie viele Leute?«

»Zwei.«

»Sie lösen sich ab?«

»Ja.«

Buchanan dachte nach. Dabei fiel ihm ein länglicher Gegenstand auf, der an der Wand hing. Er ließ den Lichtkegel der Taschenlampe darübergleiten, und ein kalter Schauer rieselte ihm über den Rücken.

Es war ein Präzisionsgewehr mit modernstem Infrarotvisierfernglas. Der Zweck der Überwachung war nicht die Festnahme Juanas – sie sollte sterben, sobald sie gesichtet wurde.

13

Das Haus lag in den Hügeln südlich der Stadt, am westlichen Ufer des San Antonio River. Die Fahrt dauerte eine Dreiviertelstunde. Pedro saß am Steuer des Lieferwagens, Buchanan befand sich zur Bewachung der Gefangenen im Laderaum, und Anita folgte in dem Jeep Cherokee. Unterwegs zwang Buchanan Tucker, ihm die Telefonnummer des vor Juanas Haus postierten Scharfschützen zu nennen.

Das Telefon klingelte ganz leise. »Yellow Rose Two«, antwortete eine rauhe Männerstimme.

»Hier Frank«, sagte Buchanan und ahmte Tuckers Stimme nach. »Gibt's was?«

»Verdammt still. Seit zwei Wochen nichts. Ich glaube, wir verschwenden unsere Zeit.«

»Wenigstens kriegen wir es bezahlt. Ich bleibe bei Duncan und beobachte die Eltern. Inzwischen schicke ich dir einen Kumpel raus. Er fährt den Jeep, damit du erkennst, daß er zu uns gehört. Er verschafft sich durch die Haustür Einlaß. Er muß etwas nachprüfen, das wir wahrscheinlich vergessen haben.«

»Ich glaube nicht, daß das eine gute Idee ist. Wenn sie ihr Haus beobachtet und mit sich ringt, ob sie es betreten soll, wird sie dadurch abgeschreckt.«

»Du hast recht. Aber ich habe keine andere Wahl. Es war nicht mein Vorschlag. Es ist ein Befehl.«

»Typisch«, sagte der Mann. »Sie bezahlen uns für einen Job, und wir dürfen ihn nicht ordentlich durchziehen.«

»Laß nur den Kumpel, den ich schicke, seinen Job erledigen.«

»Geht klar. Bis später.« Eher, als du erwartest, Freundchen, dachte Buchanan.

14

Kurz nach ein Uhr morgens wies Pedro Buchanan darauf hin, daß Juanas Haus höchstens noch zwei Kilometer entfernt war.

»Das reicht. Halten Sie an.«

Nachdem Anita hinter ihnen gestoppt hatte, stieg er aus und befahl beiden, zu warten und die Gefangenen gut zu bewachen. Er fuhr mit Tuckers Jeep Cherokee über eine nebelverhüllte Anhöhe und folgte für den Rest der Strecke einer gewundenen, teilweise von Bäumen gesäumten Straße.

Pedro und Anita hatten ihm das Haus beschrieben, und so fand er es gleich. Es war ein hölzerner Flachbau, zum Schutz vor Überschwemmungen auf Pfählen errichtet, und erinnerte ihn eher an eine gemütlich-rustikale Wochenendhütte. Auf der kiesbestreuten Einfahrt drosselte er den Motor.

Er hatte ein komisches Gefühl im Nacken, als er vor der Haustür stand. Da Nebel vom Fluß heraufzog, war es denkbar, daß der Schütze zwar die abschwenkenden Scheinwerfer gesehen, aber das Fahrzeug nicht erkannt hatte. Halte dich an das Szenario, das du ihm vorgegeben hast, dachte Buchanan.

Er öffnete die beiden Schlösser mit dem Dietrich und spürte beim Eintreten den Modergeruch eines Hauses, das schon geraume Zeit unbewohnt war. Selbst in der Dunkelheit fühlte er sich beobachtet, schloß die Tür und tastete an der Wand nach einem Lichtschalter. Eine Lampe leuchtete auf – er befand sich im Wohnzimmer, das mit TV-Gerät, Videorecorder und Stereoanlage ausgestattet war, aber an Möbeln wenig mehr als ein Ledersofa, einen Couchtisch und einen Schaukelstuhl enthielt. Offenbar hatte Juana hier nicht viel Zeit verbracht, denn sonst hätte sie sich bei der Ausstattung größere Mühe gegeben.

Buchanan durchquerte den Raum und schloß aus dem Staub auf Sofa und Couchtisch, daß sie seit Monaten nicht mehr hier gewesen war. Er warf einen Blick in die Küche, drehte das Licht an und nahm die Ordnung und die spärlichen Geräte zur Kenntnis.

Vom Flur führte eine Tür ins Arbeitszimmer. Als er die Deckenlampe anschaltete, fiel ihm auf, daß auch hier alles auf das Notwendigste reduziert war: ein Aktenschrank aus Metall, ein Drehstuhl, ein Holztisch, darauf Computer, Laserprinter, Monitor, Telefon, eine Architektenleuchte, ein gelber Notizblock und ein Krug mit Bleistiften und Kugelschreibern. Ansonsten war der Raum kahl. Kein Teppich, keine Bilder.

Buchanan hoffte, daß der im Nebel lauernde Scharfschütze trotz seiner Verwunderung über die nacheinander aufflammenden Lichter den Instruktionen folgen und nicht nachforschen würde. Er öffnete die oberste Schublade des Aktenschranks, wobei ihm zwei Details auffielen. Erstens handelte es sich um eine Hängeregistratur, und zweitens waren die alphabetisch geordneten Akten von A bis DO zusammengeschoben und durch eine Lücke vom Rest der Ordner von DU bis L getrennt. Also war eine Mappe des Buchstabens D entfernt worden – von Juana oder aber von einem Eindringling, der genau wie Buchanan etwas suchte.

Er zog den zweiten Kasten mit den Ordnern von M bis Z auf und bemerkte, daß eine Mappe des Buchstabens T fehlte. Im untersten Schub fand er eine 9-mm-Browning-Halbautomatik. Die Grundausstattung, dachte er.

Er schloß die Schublade wieder und begann in einigen Unterlagen von A bis L zu lesen, bis sich ein Schema ergab.

Juana hatte hauptsächlich als Bodyguard von Frauen aus der Geschäftswelt, der Politik und der Unterhaltungsbranche gearbeitet sowie für Frauen von Prominenten, vornehmlich als Begleiterin auf Reisen in spanischsprachige Länder. Es war also kein Wunder, daß sie monatelang nicht nach Hause kam. Ihre Abwesenheit war demnach leicht zu erklären, möglicherweise war sie einfach unterwegs.

Warum aber die Postkarte? Warum braucht sie meine Hilfe?

Die Vorstellung, ihr Interesse an ihm könnte persönlich und nicht beruflich motiviert sein, schob er rasch beiseite, denn die Bitte um ein Wiedersehen hätte einer so ungewöhnlichen, geheimnisvollen Art der Kontaktaufnahme nicht bedurft. Und es würden dann nicht Scharfschützen im Hinterhalt liegen, um sie bei der ersten Gelegenheit abzuknallen. Nein, zweifellos schwebte Juana in Gefahr. Gerade wenn sie sich für längere Zeit im Ausland befand, hätte sie es nicht versäumt, ab und zu ihre Eltern anzurufen. Schon gar nicht ein Dreivierteljahr lang. Jedenfalls nicht freiwillig.

Am Ende jeder Akte stieß Buchanan auf Kopien von ausgestellten Rechnungen und eingegangene Schecks. Juanas Tätigkeit war ziemlich erfolgreich gewesen, die Honorare reichten von fünftausend Dollar für Beratungen bis zehntausend Dollar für einen zweiwöchigen Einsatz als Bodyguard oder hunderttausend Dollar für zwei Monate in Argentinien. Im letzten Fall war es, wie einer angehefteten Notiz zu entnehmen war, sogar zu einer Schießerei gekommen. Nach überschlägiger Berechnung verdiente sie ungefähr eine halbe Million Dollar im Jahr. Dabei lebte sie so einfach und seltsamerweise auch ohne jegliche Sicherheitsvorkehrungen. Was hatte sie mit ihrem Geld gemacht, hatte sie es gespart oder investiert und sich vorgenommen, mit etwa fünfunddreißig Jahren aufzuhören? Buchanan konnte nur raten. Er durchsuchte das Büro, fand jedoch kein Sparbuch, keine Kontoauszüge oder einen anderen Hinweis, wo und wie sie ihr Vermögen angelegt hatte. Da er weder im Briefkasten noch auf dem Couchtisch Post gefunden hatte, hob entweder das Postamt die Sendungen auf oder ihre Eltern hatten sie abgeholt.

Mit einemmal begann das Zimmer sich um ihn zu drehen, Buchanans Beine gaben nach, so daß er sich erschöpft auf den Wippsessel gleiten ließ und die pochenden Schläfen rieb. Die Stichverletzung schmerzte ebenso wie die fast verheilte Wunde an der Schulter, und die Naht juckte.

Die Unterlagen, dachte er. Wer so in die Enge getrieben war, daß er Juana töten wollte, hätte ihr Heim in der Hoffnung durchsucht, einen Hinweis auf ihren Aufenthaltsort zu finden. Wenn sie sterben sollte, weil sie zuviel wußte, dann hätte man nach Papieren geforscht, die Rückschlüsse auf die Täter zuließen, und sie vernichtet.

Ein Name beginnt mit D, ein zweiter mit T. Buchanan lehnte sich zurück, der Sessel knarrte. Die einzelnen Seiten sahen wie Computerausdrucke aus, also könnte das ganze Archiv im Computer gespeichert sein. Plötzlich merkte er, daß das Knarren nicht vom Sessel, sondern aus dem Flur kam.

15

Buchanan drehte langsam den Kopf.

Ein Mann stand in der Tür, Mitte Dreißig, etwa ein Meter fünfundsiebzig groß und siebzig Kilo schwer. Das rotblonde Haar war kurz geschnitten. Das Gesicht entsprach dem schlanken Körperbau eines Joggers. Er trug Cowboystiefel, Jeans, ein verblichenes Jeanshemd und eine entsprechende Jacke, die ihm etwas zu groß war und seine Schlankheit betonte.

»Haben Sie gefunden, was Sie wollen?« Der Akzent des Oststaatlers wollte nicht zu seiner Aufmachung als Cowboy passen.

»Noch nicht.« Buchanan nahm die Hände vom Kopf. »Ich muß noch da und dort suchen.«

Nachdem ich eingedrungen war, dachte er, habe ich die Haustür verriegelt. Niemand ist mir gefolgt. Wie ist der …? Der Schweinehund hat nicht draußen aufgepaßt, sondern hat sich irgendwo im Haus versteckt.

»Wo zum Beispiel haben Sie noch nicht gesucht?«

»In der Datei.«

»Na, lassen Sie sich nicht stören.«

»Okay.« Buchanan drückte auf die Taste ON.

Als der Computer zu summen begann, sprach der Mann wieder. »Sie sehen verdammt schlecht aus, Kumpel.«

»Habe ein paar schwere Tage gehabt. Mir fehlt vor allem Schlaf.«

»Hier herumzuhängen ist auch beschissen. Warten, immer nur warten. Dort habe ich mich hingehauen.« Er deutete auf das nächste Zimmer. »Zum Fürchten. Kein Wunder, daß die Frau es verschlossen hielt. Vermutlich sollten die Eltern nicht sehen, was drin ist. Zuerst habe ich gedacht, es sind Körperteile.«

»Körperteile?« Buchanan war verwirrt.

»Das Zeug in dem Zimmer. Wie in einem Horrorfilm. Verdammt schräg. Hat Ihnen das keiner gesagt?«

Wovon redet der Kerl bloß? dachte Buchanan. »Wahrscheinlich meinten sie, es ist nicht wichtig. Sie haben nur die Akten erwähnt.«

»Der Computer ist bereit.«

»Richtig.« Buchanan wollte den Killer nicht aus den Augen lassen, doch blieb ihm keine andere Wahl. Denn wenn er sich nicht um seinen Job kümmerte, würde der andere noch mißtrauischer werden, als er es ohnehin war.

Der Cursor blinkte auf dem Bildschirm auf: Der Benutzer wurde aufgefordert, das gewünschte Programm zu wählen.

»Wie ist Ihr Name?« wollte der Cowboy wissen.

»Brian MacDonald.« Buchanan nannte ein Pseudonym, das er vor längerer Zeit einmal benutzt hatte. Brian MacDonald war angeblich Programmierer gewesen, und um die Identität glaubhaft zu machen, war Buchanan auf diesem Gebiet ausgebildet worden.

»Schaffen Sie es nicht? Ich hatte keine Probleme, als ich

auftragsgemäß etwas löschen mußte. Darüber wissen Sie doch Bescheid, oder?«

»Ja, aber an diesen Unterlagen bin ich nicht interessiert.«

Buchanan drang langsam in das Programm ein, obwohl er sich durch die Gegenwart des Mannes stark abgelenkt fühlte. Der Cowboy schien lauter und stoßweise zu atmen. Beunruhigte ihn etwas?

»Klappt es nicht? Wissen Sie nicht, wie es weitergeht? Soll ich es Ihnen zeigen?«

»Danke.« Wäre Buchanan allein gewesen, hätte er im Dateiverzeichnis einfach nach D und T gesucht, aber das wagte er nun nicht. Wenn der Killer Textteile gelöscht hatte, würde er sich wundern, warum Buchanan sich ausgerechnet für diese Namen interessierte. »Aber ich muß etwas gegen die verdammten Kopfschmerzen tun.« Langsam erhob er sich und massierte sich mit der Linken den Nacken. »Gibt es hier irgendwo Aspirin?«

Der Mann deutete in Richtung Badezimmer. »Schauen Sie doch mal im Arzneischrank nach.«

»Sehr gut.«

Das Badezimmer wirkte verstaubt. Wände, Fliesen, Duschvorhang – alles Grau-Weiß, wieder nur das Notwendigste. Buchanan blieb nichts anderes übrig, er mußte scheinbar nach den Tabletten suchen, obwohl die Kopfschmerzen im Augenblick seine geringste Sorge waren. Er öffnete das Schränkchen.

Da ertönte ein Summen. Überrascht sah er auf das Mobiltelefon, das er links am Gürtel trug. Er hatte es aus dem Lieferwagen mitgenommen, denn das Telefon im Jeep war fest installiert. Wahrscheinlich rief Pedro oder Anita an, um ihn zu warnen. Oder es war ein Anruf von den Auftraggebern der Spitzel aus Philadelphia.

Buchanan konnte es nicht einfach weiterklingeln lassen, das wäre noch verdächtiger gewesen.

Als er das Gerät vom Gürtel lösen wollte, bewegte sich etwas im Flur. Der Killer stand in der Tür und hatte plötzlich auch ein Telefon in der Hand. Er mußte es aus seinem Versteck geholt haben. Er sah nicht gerade fröhlich aus.

»Komisch«, sagte er. »Ich habe nie was von Brian MacDonald gehört. Eben will ich Duncan im Lieferwagen anrufen. Wollte mich erkundigen, ob Sie sauber sind. Und da klingelt es bei Ihnen! Das kann doch nur bedeuten, daß Sie das Telefon von Duncan haben, und ich frage mich, was zum Teufel ...«

Während er noch sprach, griff er unter die weite Jeansjakke, wo vermutlich ein Halfter verborgen war.

»Purer Zufall«, antwortete Buchanan. »Sie rufen Duncan an, und ich werde gleichzeitig von einem anderen angerufen. Ich zeige es Ihnen.« Er hielt ihm mit der linken Hand das Telefon hin. Mit der rechten fuhr er unter seine Jacke und zog die Pistole aus dem Gürtel. Der andere riß kaum eine Sekunde nach ihm die eigene Waffe heraus.

Buchanan feuerte und erwischte den Mann an der Brust, so daß dieser zurücktaumelte, ohne jedoch die Pistole loszulassen. Die zweite Kugel drang in die rechte Schulter. Durch Reflexe ausgelöst, schnellte die Hand mit der Waffe in die Höhe. Der dritte Schuß traf ihn in die Stirn und warf ihn um. Sein Arm streckte sich in Richtung Decke, der verkrampfte Zeigefinger jagte eine Kugel in die Decke. Putz bröckelte ab.

Der Cowboy fiel auf den Hartholzfußboden im Büro. Er keuchte, erschauerte und bewegte sich nicht mehr. Eine Blutlache breitete sich aus.

Buchanan war mit wenigen Schritten bei ihm, stieß die Pistole mit dem Fuß beiseite und forschte nach Lebenszeichen. Die Augen waren aufgerissen, und die Pupillen reagierten nicht, als er sich mit dem Finger näherte. Schnell durchsuchte er die Kleidung des Toten. Er fand nichts als einen Kamm, etwas Kleingeld, ein Taschentuch und eine Brieftasche, die er auf den Tisch legte. Aus dem Wohnzimmer holte er einen Läufer, auf den er die Leiche rollte und den Flur entlang durch Wohnzimmer und Küche zum Hintereingang zog.

Die Nacht verbarg ihn. Er schleifte die Last über eine Veranda, drei Stufen hinunter und durch das gleich dahinter beginnende Gebüsch bis zum Fluß. Vorsichtig zog er den Teppich zum Ufer hinunter, wo er einen Baumstamm fand, über den er den Leichnam warf. Dann schob er den Stamm ins Wasser und sah zu, wie der Körper hineinrutschte, sobald die Strömung ihn gepackt hatte. Den Teppich warf Buchanan in den Fluß, so weit er konnte, und ließ die Pistole des Toten folgen, die er sich unter den Gürtel geschoben hatte. Und schließlich schleuderte er noch das Mobiltelefon des Killers und drei Patronenhülsen aus der eigenen Waffe in die Fluten. Er starrte vor sich hin, atmete zur Beruhigung ein paarmal durch und rannte zum Haus zurück.

16

Das Dröhnen der Schüsse noch im Ohr verriegelte er die Hintertür. Die Anstrengung hatte die Schmerzen an Seite und Schulter wieder verstärkt. Er fand noch einen Läufer und zerrte ihn ins Büro, wo er ihn über die Blutlache breitete. Dann öffnete er das Fenster, um frische Luft hereinzulassen. Bei der Durchsuchung der Brieftasche des Toten stieß er auf annähernd dreihundert Dollar, einen Führerschein und eine Kreditkarte, beide auf den Namen Charles Duffy aus Philadelphia ausgestellt. Das war wahrscheinlich ein falscher Name. Wenn diese Papiere gut genug für einen Berufskiller waren, dann eigneten sie sich auch für Buchanan. Er steckte die Brieftasche ein – nun besaß er eine neue Identität. Selbst wenn jemand in dieser entlegenen Gegend die Schüsse gehört hatte und Nachforschungen anstellte, würde im Hause alles ganz normal aussehen, bis auf das kleine runde Loch in der Decke, das nur dann Verdacht erregen würde, wenn man die Putzteile auf dem Fußboden liegen sah. Buchanan sammelte sie auf und ließ sie verschwinden.

In aller Eile setzte er sich vor den Computer, sah auf das Dateiverzeichnis, ließ den Cursor von A nach D gleiten und drückte die RETURN-Taste. Während die gewünschten Informationen erschienen, riß er die obere Schublade des Aktenschranks auf und hob die Ordner mit dem Buchstaben D heraus. Um festzustellen, ob vorher einige Akten entnommen worden waren, mußte er die Namen mit jenen auf dem Bildschirm vergleichen. Dabei machte er sich keine großen Hoffnungen. Der Tote hatte zugegeben, ein paar Daten im Computer gelöscht zu haben. Mit großer Wahrscheinlichkeit waren Computerdatei und Handakten identisch; es würde ihm folglich nicht gelingen zu ermitteln, welche Unterlagen fehlten.

Buchanan arbeitete weiter. Für alle Namen in der Datei existierten entsprechende Schnellhefter. Erschöpfe lehnte er sich zurück – er hatte nur seine Zeit vergeudet. Es hatte sich nicht gelohnt, hierherzukommen und sein Leben zu riskieren. Er hatte nichts weiter erfahren, als daß jemand entschlossen war, Juana zu töten – und das war ihm nicht neu. Er rieb sich die geschwollenen Augenlider, warf noch einen Blick auf den Bildschirm und wollte ihn abschalten. Doch im letzten Augenblick entschloß er sich weiterzumachen, wie hoffnungslos es auch sein mochte.

Er zog die Hand von der OFF-Taste zurück und wollte gerade etwas eingeben, da rieselte ihm ein Schauer über den Rücken. Seine Augen hatten ihn genarrt, er hatte den Namen DRUMMER mit DRUMMOND verwechselt – und beim erstenmal angenommen, DRUMMER sei doppelt gespeichert. Er war sicher, keine Akte mit der Aufschrift DRUMMOND gefunden zu haben, aber in seinem Zustand konnte er sich selber nicht mehr trauen. Mit zitternden Händen wühlte er nochmals in dem Aktenfach – nichts über einen Drummond. Unglaublich, dachte er. Auch der Killer hat sich offenbar durch die Ähnlichkeit der Namen Drummer und Drummond täuschen lassen.

Buchanan wollte nun die Datei DRUMMOND auf den Bildschirm holen, doch zu seiner Enttäuschung blieb er leer. Vermutlich hatte der Killer den Text eliminiert, danach aber vergessen, den Namen im Dateiverzeichnis zu löschen.

Unter dem Buchstaben T fiel Buchanan eine beträchtliche Zahl spanischer Namen auf, darunter ein TOMEZ, zu dem es ebenfalls keine Akte gab. Ein Zufall? Wohl kaum, denn auch diesmal blieb der Bildschirm leer, als er die Datei aufrief.

Fluchend schaltete er den Computer aus und überlegte, was er in diesem Haus noch tun konnte, um Juanas Geheimnissen auf die Spur zu kommen. Das Zimmer fiel ihm ein, das der Killer abgesperrt gefunden hatte. Warum war ihm dieser Raum unheimlich vorgekommen? Was hatte er gemeint, als er sagte. »Zuerst habe ich gedacht, es sind Körperteile«?

17

Buchanan verließ das Büro und ging durch den kurzen Flur zum nächsten Zimmer auf der linken Seite. Die Tür stand offen, es brannte kein Licht, so daß nicht zu erkennen war, was sich darin befand. Er tastete an der Wand nach einem Lichtschalter. Als die Deckenlampe aufleuchtete, kniff er die Augen zu, wegen der Helligkeit und des bestürzenden Anblicks, der sich bot.

Er begriff, warum der Killer zunächst geglaubt hatte, es handle sich um Körperteile. Überall, eine Ecke ausgenommen, wo eine Matratze lag, standen Tische mit Gegenständen, die Nasen, Ohren, Kinnen, Wangen, Zähnen und Stirnen ähnelten, und überall waren Spiegel mit Lichtleisten angebracht. Auf einem Tischchen türmten sich Perücken in verschiedenen Farben und mit unterschiedlichen Frisuren, auf einem anderen mehrere Make-up-Sets. Und was man für Körperteile halten konnte, waren prothesenähnliche Gebilde, wie sie in der plastischen Chirurgie für die Rekonstruktion verletzter Gesichter benutzt wurden.

Juana hatte ähnlich gearbeitet wie er, nur mit dem Unterschied, daß er neue Identitäten annahm, während sie sich neue Gesichter modellierte. Er selber war mit Verkleidungen nie gut zurechtgekommen, was nicht bedeutete, daß er sich nicht manchmal einen Bart stehen ließ, Kontaktlinsen benutzte, die die Farbe seiner Augen veränderten, oder die Frisur wechselte. Wenn seine Vermutungen zutrafen, hatte Juana bei jedem Auftrag nicht nur ihre Persönlichkeit, sondern ihr Äußeres völlig verwandelt, nicht bloß die Kleidung, sondern auch Gesichtszüge, Gewicht und Größe. Er fand Einlagen, die ihre Brust üppiger erscheinen ließen oder ihr das Aussehen einer Schwangeren verliehen. Da standen geschickt gearbeitete Turnschuhe mit Spezialeinlagen und Make-up, mit dem sie ihre Hautfarbe aufhellen konnte.

Juana hatte ihn übertrumpft – sie war die perfekte Verwandlungskünstlerin. Auf seinem Gang durch das Haus fand er es enttäuschend und befremdend, nirgendwo ein Bild von ihr zu sehen. Er wäre so gern an ihre braunen Augen, an das glänzende schwarze Haar und das ungewöhnlich schöne Gesicht erinnert worden. Er wurde den Verdacht nicht los, daß die Verfolger alle Fotos an sich genommen hatten, um sich die Suche nach ihr zu erleichtern. Sollte das zutreffen, dann wären auch die Bilder keine große Hilfe, weil es von Juana kein verläßliches Konterfei gab. Und ihn beschlich die fürchterliche Gewißheit, daß die Frau, in die er (oder Peter Lang oder wer immer er war) sich verliebt hatte, so wenig greifbar war wie ein Phantom. Genau wie er. Trotzdem mußte er Juana aufspüren.

18

Er machte das Fenster im Büro zu und wischte mit dem Taschentuch die Fingerabdrücke von allem ab, was er berührt hatte. Er löschte sämtliche Lichter und schloß nach einem letzten prüfenden Blick den Vordereingang mit dem Dietrich wieder ab. Wenn der Komplize des Killers zur Ablösung eintraf, würde er nicht gleich begreifen, was sich abgespielt hatte. Der Bericht an seine Bosse würde verworren klingen und das Durcheinander verstärken, das durch das Verschwinden der beiden Scharfschützen vor dem Haus der Eltern entstanden war. Nur soviel war sicher: Juanas Feinde wußten, daß ein Mann namens Brendan Buchanan bei den Eltern gewesen war, und daraus ergab sich, daß er für die Ereignisse dieses Abends verantwortlich gemacht werden würde. Morgen früh, dachte er, werden sie Jagd auf mich machen. Nein, sie werden Brendan Buchanan jagen. Wenn ich Glück habe, wird es eine Weile dauern, bevor sie merken, daß ich Charles Duffy geworden bin.

Er klopfte auf die Brieftasche, die er dem Toten abgenommen und eingesteckt hatte, stieg in den Jeep Cherokee und fuhr rückwärts auf die dunkle Straße. Nach zwei Kilometern stieß er auf den Lieferwagen, der in einer nebligen Senke stand. Die Hand auf dem Rücken, damit er im Notfall schnell die Pistole ziehen konnte, stieg er aus. Im Nebel nahm er eine Bewegung wahr, sah gespannt hin und war erleichtert, als er Anita erkannte. Sie berichtete, daß Pedro im Lieferwagen bei den beiden gefesselten Gangstern saß.

»Das Telefon hat mehrmals geklingelt.«

»Ich weiß«, sagte Buchanan.

»Wir haben nicht abgenommen, weil es nicht unser Zeichen war.«

»Das war richtig.« Buchanan atmete auf, nachdem er sich vergewissert hatte, daß bei den Gefangenen alles in Ordnung war.

»Haben Sie Juana gefunden?« fragte Pedro.

»Nein.«

»Dann war das alles zwecklos. Was machen wir nun?«

»Lassen Sie mich mal mit den beiden Männern allein. Setzen Sie sich zu Ihrer Frau in den Jeep.«

»Warum?« Pedro wurde mißtrauisch. »Wenn Sie die Burschen nach Juana fragen wollen, dann will ich dabeisein.«

»Nein, manchmal ist es besser, wenn man etwas allein tut. Lassen Sie mich mit den Männern allein.«

Zögernd verließ Pedro den Lieferwagen.

Buchanan vergewisserte sich, daß die Mendez' im Jeep Platz nahmen, und schloß erst dann die Fondtür.

Er leuchtete den Männern nacheinander mit der Taschenlampe ins Gesicht. »Ihr hättet mir sagen sollen, daß sich der Posten im Haus aufhielt.«

Ihre Augen waren vor Schreck aufgerissen, die Gesichter wirkten eingefallen.

»Nun ist er tot. Das ist eure Schuld. Ihr seid in einer schwierigen Lage.« Er zog die Pistole und nahm Tucker den Knebel aus dem Mund.

»Hab ich mir gedacht«, sagte Tucker. »Darum haben Sie die beiden weggeschickt – sie sollen nicht Zeuge sein, wie Sie uns umlegen.«

Buchanan holte eine Decke aus einer Ecke des Fahrzeugs.

»Na klar«, sagte Tucker verzweifelt. »Eine Decke gibt einen guten Schalldämpfer ab.«

Buchanan deckte Tucker und seinen Komplizen zu. »Ich will nicht, daß ihr euch eine Lungenentzündung holt.«

Tucker war erstaunt.

»Wenn es umgekehrt wäre, was würdet ihr mit mir tun?«

Tucker schwieg.

»Wir sind uns ähnlich und sind es doch wieder nicht. Sie und ich – wir haben beide schon getötet. Nur mit dem Unterschied, daß ich kein Killer bin.«

»Ich weiß nicht, wovon Sie reden.«

»Begreifen Sie die Nuance nicht? Um es deutlicher zu sagen: Ich werde euch nicht töten.«

Tucker war zwischen Angst und Verwirrung hin- und hergerissen, denn Gnade gab es in seiner Welt nicht.

»Vorausgesetzt, ihr haltet euch an die Regeln.«

»Was für Regeln?«

»Erstens. Bis Sonnenuntergang seid ihr gefesselt. Ihr kriegt Essen und Wasser und dürft euch erleichtern. Aber ihr bleibt im Lieferwagen. Ist das klar?«

Tucker runzelte die Stirn und nickte.

»Zweitens. Wenn ihr freigelassen werdet, krümmt ihr Pedro und Anita Mendez kein Haar. Sie wissen nichts über mich, sie wissen nichts über ihre Tochter. Sie haben von der ganzen Sache keine Ahnung. Wenn ihr sie foltert oder andere Mittel einsetzt, um sie zum Sprechen zu zwingen, flippe ich aus. Wenn ihnen etwas geschieht, sorge ich dafür, daß eure schlimmsten Ahnungen sich erfüllen. Ihr könnt euch verstecken, ihr könnt falsche Namen annehmen – es wird euch alles nichts helfen. Für den Rest eures Lebens werdet ihr euch aus Furcht ständig umblicken. Leute aufzuspüren ist nämlich mein Geschäft. Verstanden?«

Tucker schluckte. »Ja.« Der andere nickte nur mit zitterndem Kopf.

Buchanan stieg aus, ohne die Tür zu schließen, und winkte Pedro und Anita herbei.

Pedro wollte etwas auf spanisch sagen.

Buchanan unterbrach ihn. »Nein. Wir müssen englisch sprechen. Ich will sicher sein, daß diese Typen jedes Wort verstehen.«

Pedro war verwirrt.

»Das wird ein schwerer Tag für Sie – Sie müssen die beiden bewachen. Sorgen Sie dafür, daß der Lieferwagen nicht entdeckt wird. Stellen Sie ihn zum Beispiel hinter einer Ihrer Werkstätten ab.« Er erläuterte, was er den Gefangenen befohlen hatte. »Lassen Sie die beiden bei Sonnenuntergang frei.«

»Aber ...«

»Keine Sorge. Die tun Ihnen nichts. Sie verlassen nämlich sofort die Stadt. Stimmt's?« fragte er Tucker, der beflissen nickte.

»So ist es recht. Nun muß ich nur noch wissen, ob ihr zu einer bestimmten Zeit anrufen müßt, damit euer Brötchengeber weiß, daß alles paletti ist.«

»Nein.«

»Sind Sie sicher? Euer Leben steht auf dem Spiel. Vorsicht also.«

»Wir brauchen nur anzurufen, wenn wir Fragen oder etwas zu melden haben.«

»Damit wäre das erledigt.« Buchanan wandte sich an Pedro und Anita. »Ich brauche etwas zu essen und einen Platz zum Schlafen.«

»Sie könnten sich bei uns ausruhen«, sagte Anita.

»Vielen Dank, aber mir ist es lieber, wenn Sie nicht wissen, wo ich mich aufhalte. Je weniger Sie wissen, desto besser. Solange diesen Verbrechern klar ist, daß sie von Ihnen nichts erfahren, sind Sie sicher. Halten Sie sich bloß an die Abmachung. Lassen Sie die beiden bei Sonnenuntergang frei. Auf dem Weg in die Stadt muß ich meinen Wagen holen. Ich habe mein Gepäck drin.«

»Und was wird danach? Nachdem Sie sich ausgeruht haben?« fragte Pedro.

»Ich verlasse San Antonio.«

»Wohin gehen Sie?«

Buchanan antwortete nicht.

»Ich hoffe, nach Philadelphia, um die Leute zu suchen, die diese Männer angeheuert haben.«

Buchanan gab wieder keine Antwort.

»Was hat sich in Juanas Haus abgespielt?«

»Nichts, was Sie wissen müßten, Pedro. Sie nehmen den Lieferwagen, ich bewache die beiden, und Sie, Anita, folgen uns im Jeep.«

»Und was ist mit Juana?«

»Sie haben mein Wort. Ich werde nicht aufgeben.«

19

Halbinsel Yucatán

McIntyre, der braungebrannte, zähe Projektleiter, lag, vom Fieber geschüttelt, in einem Blockhaus, das die Arbeiter kurz nach ihrer Ankunft auf dem Gelände errichtet hatten. Damals bedeckten noch dichtstehende Bäume und Buschwerk die Ruinen.

McIntyre mußte seine ganze Kraft zusammennehmen, um sich mit dem gesunden Arm den Schweiß von der Stirn zu wischen. Er wünschte aus tiefster Seele, daß er sich nie auf diesen Vertrag mit Alistair Drummond eingelassen hätte. Er hatte dem beträchtlichen Honorar und dem ebenso großzügigen Bonus nicht widerstehen können, den Drummond versprochen hatte, wenn das Projekt erfolgreich zu Ende geführt sei. McIntyre hatte in vielen Ländern der Erde gearbeitet, weil er den Drang verspürte, die Wildnis zu bändigen und Ordnung anstelle von Chaos zu setzen. Dieser verrückte Auftrag jedoch hatte ihn gezwungen, Ordnung zu zerstören und Chaos zu schaffen. Dafür wurde er nun bestraft.

Selbst die Erde schien erzürnt über das abscheuliche Vorgehen von McIntyre und seinen Bautrupps. Vielleicht war es auch der Zorn der Götter, zu deren Ehre die Tempel einst erbaut worden waren. Ein ungewöhnlicher Gedanke für mich, dachte McIntyre, denn er war nie religiös gewesen.

Zerstört die Ruinen, macht sie dem Erdboden gleich, hatte Drummond befohlen. Und mit jeder Sprengung und jedem knirschenden Biß eines Bulldozers, mit jedem hieroglyphenbedeckten Steinquader, der in eine Grube geworfen wurde, hatten die Erde und die Götter der Unterwelt protestiert. Regelmäßig wiederkehrende Beben hatten das Lager durchgerüttelt, und sie wurden von einer weiteren Heimsuchung begleitet: Unzählige Schlangen krochen aus Löchern und Rissen in der Erde, wie eine Seuche breiteten sie sich aus und konnten nur bekämpft werden, indem man sie mit Kerosin übergoß und verbrannte. McIntyre hatte es selbst angeordnet – und die Schlangen hatten sich gerächt.

Als er am Tag zuvor, kurz nach Sonnenaufgang, einen Schraubenschlüssel aus einem Werkzeugkasten holen wollte, verspürte er plötzlich einen zuerst stechenden, dann brennenden Schmerz am rechten Handgelenk. Er sah gerade noch eine kaum dreißig Zentimeter lange Schlange aus dem Kasten gleiten und in einem Stapel von Brettern und Bohlen verschwinden. In Panik lief er zum Sanitätszelt hinüber. Der Arzt des Camps, ein unrasierter Kerl, der ständig eine Zigarette im Mund und eine Whiskeyfahne hatte, spritzte ein Gegengift und desinfizierte die Bißwunde. Dabei wiederholte er immerfort, McIntyre habe großes Glück gehabt, daß die Fangzähne nicht größere Blutgefäße getroffen hätten.

McIntyre zitterte trotzdem vor Angst und Schmerzen.

Selbst wenn er das richtige Gegenmittel bekommen hatte, brauchte er dringend Behandlung in einem Krankenhaus. Das nächste größere Hospital befand sich in Campeche, fast zweihundertfünfzig Kilometer entfernt. Bisher war noch keine Straße durch den Dschungel gelegt worden, auf der Fahrzeuge die Ruinenstadt verlassen konnten. Die einzige Möglichkeit, McIntyre noch rechtzeitig nach Campeche zu bringen, war mit dem Hubschrauber. Doch zwei der Helikopter waren nach Vera Cruz geflogen, um Versorgungsgüter heranzuschaffen, und wurden erst in zwölf Stunden zurückerwartet. Der dritte stand defekt im Lager und mußte erst repariert werden.

McIntyre verschwamm alles vor den Augen, und er nahm Geräusche nur noch gedämpft wahr. Das Brüllen der Bulldozer, die Detonation der Sprengungen und das Getöse der Bohrhämmer schienen von weither zu kommen und nicht aus den Ruinen direkt vor seinem Büro. Der einzige Laut, auf den er verzweifelt hoffte, war das Knattern eines Hubschraubers. Bisher vergebens. Wenn nicht bald der im Lager stehende Chopper repariert wurde oder die anderen zurückkehrten, würde er sterben. Dabei hatte Alistair Drummond unter anderem angemessene ärztliche Betreuung garantiert. Da er dieses Versprechen nicht gehalten hatte, würden wahrscheinlich all die anderen Zusagen – etwa in bezug auf Bonus oder Honorar – auch nicht erfüllt werden.

Dieser Verdacht war den anderen Beschäftigten noch nicht gekommen. Sie setzten nur alles dran, so schnell wie möglich von hier fortzukommen, und rückten dem Dschungel und den Ruinen deshalb mit Berserkerwut zu Leibe. Nichts gebot ihrem Eifer Einhalt, weder die Erdstöße noch die Schlangen und schon gar nicht McIntyres drohender Tod. Hartnäckig waren sie geblieben, trotz aller Versuche der Indianer, sie zu vertreiben. Die Arbeiter hatten die Eingeborenen gejagt und jeden Gefangenen getötet. Die Leichen warfen sie in Brunnen, was einer Nachahmung jener Menschenopfer gleichkam, wie sie einst die Maya praktiziert hatten.

Im Delirium hörte McIntyre, daß sich die Bürotür öffnete. Das Geräusch der draußen vorbeifahrenden Bulldozer drang lauter herein. Dann wurde die Tür wieder geschlossen, Schritte näherten sich seinem Lager auf dem gestampften Fußboden.

Eine zärtliche Hand strich ihm über die Stirn. »Du hast noch Fieber.« Eine weibliche Stimme – Jenna. »Fühlst du dich besser?«

»Nein.« McIntyre zitterte, der Schweiß floß ihm in Strömen aus allen Poren.

»Hier, Wasser.«

»Kann nicht.« Das Atmen fiel ihm schwer. »Ich bringe es wieder raus.«

»Halte noch durch. Die Mechaniker arbeiten wie verrückt, um den Chopper zu reparieren.«

»Es geht nicht schnell genug.«

Jenna kniete sich neben das Feldbett und hielt ihm die linke Hand. McIntyre erinnerte sich, wie erstaunt er gewesen war, als ihm eine Frau als Landvermesserin des Projekts vorgestellt wurde. Er hatte kein Hehl daraus gemacht, daß dies kein geeigneter Ort für ein weibliches Wesen sei. Sie hatte seine chauvinistische Einstellung bald widerlegt und bewiesen, daß sie im Dschungel genau wie ein Mann zurechtkam. Sie war etwas über vierzig, wie McIntyre, hatte honiggelbes Haar, feste Brüste und ein nettes Lächeln. Seit drei Monaten arbeiteten sie zusammen, und McIntyre hatte sich in sie verliebt. Er hatte es ihr nie gestanden, denn er fürchtete, zurückgewiesen zu werden. Wenn er abgeblitzt wäre, hätte das die Zusammenarbeit unerträglich gemacht. Sobald die Arbeit beendet war, wollte er ihr …

Sie streichelte seine Hand und kam näher. »Ich wette, einer der Chopper kommt aus Vera Cruz zurück, bevor der hier repariert ist. Denn Drummond wird erwartet. Wir bringen dich mit seinem Hubschrauber ins Krankenhaus.«

»Drummond?«

»Erinnerst du dich nicht?« Jenna wischte ihm mit einem feuchten Tuch über die Stirn. »Wir haben darüber gesprochen, als ich vor einer halben Stunde das Sprechfunkgerät benutzte. Wir haben gefunden, was Drummond will. Es lag die ganze Zeit direkt vor unserer Nase. Drummonds Übersetzung enthielt die Anleitung. Wir waren zu clever und haben uns die Suche zu schwer gemacht. Wir gingen nämlich davon aus, daß die Anweisung nur bildlich gemeint ist. Dabei ist sie wortwörtlich zu verstehen. Der Gott der Dunkelheit. Der Gott der Unterwelt. Der Gott der Pyramide. Es war so verdammt einfach, Mac! Nachdem deine Leute die Pyramide geschleift hatten, war nicht zu übersehen, warum die Maya sie gerade an dieser Stelle errichteten. Wir haben gefunden, was Drummond sucht.«

Zehntes Kapitel

I

Washington, D. C.

Halb zwei Uhr nachmittags. Sobald Buchanan mit einer Maschine der TWA aus San Antonio angekommen war, steuerte er auf das nächste Münztelefon im National Airport Terminal zu. Auf dem fünfstündigen Flug hatte er etwas geschlafen. Obwohl seine Wunden und der Kopf noch immer schmerzten, fühlte er sich etwas wohler als in den vergangenen Tagen. Er reiste unter dem Namen Charles Duffy und hatte alles unter Kontrolle.

Ein Kollege von Holly bei der ›Washington Post‹ nahm ab, teilte ihm mit, daß sie gerade auf einem anderen Apparat sprach, und fragte nach seinem Namen.

»Mike Hamilton«, antwortete Buchanan, wie es mit Holly vereinbart war. Er setzte voraus, daß der Colonel und Alan sie überwachen ließen und aufpaßten, ob sie ihr Versprechen hielt. Bestimmt würde sich der Verdacht gegen sie erhärten und schreckliche Folgen haben, wenn sie erfuhren, daß Buchanan weiterhin Kontakt zu ihr hatte. Doch selbst für den Fall, daß Holly keine Gefahr drohte, durfte er seinen wirklichen Namen nicht benutzen, denn auch nach ihm wurde bestimmt gefahndet.

Überlegungen wie diese schossen ihm durch den Kopf, als er unruhig darauf wartete, daß Holly an den Apparat kam. Dabei stellte er auch seine Motive in Frage. Was wollte er eigentlich von ihr? Aus einer streng geheimen militärischen Operation konnte man nicht so einfach aussteigen wie aus dem Job in einer Pizzabude. Acht Jahre als Undercoveragent hatte er jeden Befehl befolgt. Er war Soldat und hatte Gehorsam geschworen. Er war auf seine Zuverlässigkeit stolz gewesen. Und plötzlich hatte seine Disziplin einen Knacks bekommen. Er war weggelaufen, nicht einmal in die Zukunft, sondern in die Vergangenheit, und nicht als er selber, sondern in einer seiner Rollen.

Er spielte mit dem Gedanken, den Colonel anzurufen. Er konnte seinen Fehler eingestehen und sich bereiterklären, als Ausbilder tätig zu sein oder zu tun, was immer man ihm befahl. Doch ein stärkeres Gefühl setzte sich durch: Ich muß Juana wiedersehen.

Das hatte er wahrscheinlich laut gedacht, denn plötzlich war Holly am Apparat. »Wie bitte? Ich habe nicht verstanden, was Sie gesagt haben. Mike, sind Sie es?«

Buchanan richtete sich auf. »Ja, ich bin's.«

Bevor er in San Antonio abgeflogen war, hatte er in ihrer Wohnung angerufen, um sich zu vergewissern, daß sie sich in Washington aufhielt und er die Reise nicht umsonst unternahm. Da war sie bereits aufgestanden und wollte gerade zur Arbeit gehen; sie hatte den Hörer abgenommen und sich nicht auf den Anrufbeantworter verlassen. Da ihr Telefon vermutlich abgehört wurde, hatte er sich als Mike Hamilton gemeldet und vage ein Treffen vereinbart. Daran knüpfte er jetzt an.

»Zurück aus Kalifornien? Bleibt es bei unserem Lunch?« fragte sie.

»Wenn Ihr Terminkalender es zuläßt.«

»Na, für Sie immer. Ich warte am McPherson Square auf Sie.«

»Lassen Sie mir eine Dreiviertelstunde Zeit.«

»Keine Eile.«

»Bis bald.« Buchanan hängte den Hörer ein. Das Gespräch war gut gelaufen. Ganz ungezwungen hatte es die Worte *Keine Eile* enthalten, einen Code, den sie in New Orleans abgesprochen hatten und der soviel bedeutete wie ›Keine Gefahr‹. Das entsprechende Codewort Buchanans war *Bis bald.*

Er nahm seine Reisetasche und schloß sich den zahlreichen Fluggästen an, die gerade mit einer anderen Maschine eingetroffen waren. National Airport und Dulles Airport wurden ständig von verschiedenen Regierungsstellen überwacht, in erster Linie deshalb, weil sich in Washington die Überzeugung durchgesetzt hatte, die Terroristen aus dem Mittleren Osten hockten in den Startlöchern, um den lange verschobenen Angriff auf die innere Sicherheit der Vereinigten Staaten auszuführen. Buchanan hegte nicht den Verdacht, der Colonel könnte den Flughafen seinetwegen beobachten lassen. Schließlich widersprach es jeder Logik, daß Buchanan ausgerechnet nach Washington kam. Außerdem hatten die Spürhunde des Colonels ihn mit Hilfe seiner Kreditkarte ja nur bis nach San Antonio verfolgen können. Vor der Abreise aus Texas hatte Buchanan seinen Wagen bei einer Filiale der Mietwagenfirma abgegeben. Und damit verlief die Spur im Sand. Den Verfolgern dürfte es schwerfallen dahinterzukommen, daß er von da an Charles Duffys Namen und Kreditkarte benutzt hatte.

Er ging auf dem Terminal in Washington nur das Risiko ein, daß jemand ihn zufällig erkannte. Das würde allerdings nur geschehen, wenn er auffiel – und so unvorsichtig war er nicht.

2

Vor Hollys Rückkehr nach Washington hatte Buchanan vorgeschlagen, sie solle ihm am Telefon einen ganz normalen Ort für ein Treffen in der Innenstadt nennen. Er mußte zu ihren täglichen Gewohnheiten passen und Unauffälligkeit garantieren, er mußte mehrere Zugänge haben und durfte nicht überfüllt und unüberschaubar sein.

Unter diesen Aspekten war McPherson Square ideal. Er war so zugänglich wie ein Restaurant, aber viel weitläufiger und befand sich nur wenige Blocks von Hollys Büro entfernt, weshalb er sich für ein Rendezvous geradezu anbot.

Es gelang Buchanan, vor der vereinbarten Zeit zu erscheinen. Er stand an einer belebten Bushaltestelle und beobachtete das Zeitungsgebäude in der L-Street. Holly trat heraus und ging die Fifteenth Street entlang. Im Augenblick war er weniger an ihr als an möglichen Verfolgern interessiert. Erst als er sie aus dem Auge verlor, bummelte er mit anderen Passanten bis zur Ecke. Dort wartete er auf grünes Licht und spähte die Fifteenth Street hinunter, von wo Holly sich ihrem Ziel an der K-Street nähern mußte.

Sie war in einen Regenmantel in Gelbbraun gekleidet, neutral, unauffällig. Die dazu passende Mütze verbarg ihr Haar, so daß sie sich nur durch die Kameratasche, die sie anstelle einer Handtasche bei sich hatte, von anderen Fußgängern in ähnlichen Mänteln unterschied. Langsam folgte er ihr und beobachtete dabei das Gebiet um den Platz. Auf der anderen Straßenseite fiel ihm ein Mann in brauner Lederjacke auf, der Holly nicht aus den Augen ließ. Alle paar Meter rückte er etwas am rechten Ohr zurecht, neigte den Kopf nach links und bewegte die Lippen.

Hellwach geworden, bemerkte Buchanan einen zweiten Mann. Er trug einen Straßenanzug, hatte einen Schirm in der Hand und schaute mehrmals auf die Uhr, als sei er verabredet. Auch er faßte sich ans Ohr, und zwar immer dann, wenn der erste sprach. Sie waren also mit hörgeräteähnlichen Empfängern und mit Minimikros ausgerüstet, die am Revers getragen wurden.

Welche Gruppe war nun hinter Holly her: die Leute des Colonels von der Special Operations Division oder Alans Leute von der CIA? Als Holly die K-Street erreichte und auf den Park zusteuerte, konnte Buchanan die beiden Verfolger von hinten sehen. Sie hatten schmale Hüften und extrem breite Schultern, einen Körperbau, der die Angehörigen der Special Operations Division auszeichnete. Denn während ihrer Ausbildung wurde in erster Linie auf Schnelligkeit und kräftige Muskeln im Oberkörperbereich geachtet. Ihm fielen jetzt aber auch noch zwei weitere Männer auf, von gleicher Gestalt und ebenfalls in Zivilkleidung, die offenbar vorausgeeilt waren und den Park sicherten. Der Colonel mußte Holly für sehr gefährlich halten, anders waren so viele Beobachter nicht zu erklären. Sie hatten Hollys Telefon abgehört und wußten genau, wann und wo sie sich mit

Mike Hamilton treffen wollte. Buchanans Vorsicht war also berechtigt gewesen.

Anstatt Holly in die Anlagen zu folgen, blieb Buchanan zurück, bog in die K-Street ein und umrundete den nächsten Block. Von dort waren die kahlen Bäume und Holly auf einer Bank in der Nähe des Standbilds von General McPherson zu sehen. Die vier breitschultrigen Männer hatten sich verteilt und standen fast unbeweglich da, gelegentlich faßten sie zum Ohr oder neigten den Kopf, die Augen auf Holly geheftet, und musterten jeden, der sich näherte.

Wie kann ich ihr eine Mitteilung zukommen lassen? dachte Buchanan.

Auf der I-Street kam er an einem Schwarzen vorbei, der ein kleines Schild mit der Aufschrift ›Ich arbeite für etwas Essen‹ in der Hand hielt. Seine Kleidung war einfach und sauber, er war rasiert, die Lederschuhe waren geputzt, wenn auch schiefgetreten, und er hatte einen Haarschnitt nötig.

»Haben Sie etwas Geld für einen Hamburger übrig?« fragte er. Aus seinen Augen sprach unterdrückte Bitterkeit. Scham und Wut lagen im Widerstreit; man merkte ihm an, wie er beim Betteln um Würde rang.

»Ich glaube, bei mir ist mehr drin«, antwortete Buchanan.

Der Schwarze zog die Augenbrauen zusammen, Verwirrung gemischt mit Vorsicht verdrängte die anderen Gefühle.

»Sie wollen arbeiten?« fragte Buchanan.

»Na ja, ich weiß nicht, woran Sie denken, hoffentlich nichts Strafbares. Eben hat mich einer angequatscht und gemeint, wenn ich arbeiten will, soll ich mir 'nen Job verschaffen. Er hat faules Schwein zu mir gesagt und ist weitergegangen. Woher nehmen und nicht stehlen, frag' ich Sie. Wenn ich 'n Job gefunden hätte, müßte ich hier nicht herumschnorren und mich blöd anquatschen lassen, Mister.«

»Was halten Sie von hundert Dollar für fünf Minuten Arbeit?«

»Einhundert Eier? Für soviel, da tät ich ... Moment mal. Wenn's um Stoff geht oder um Schmierestehen, dann sind Sie bei mir falsch ...«

3

In einem sicheren Apartment fünf Häuserblocks nördlich der ›Washington Post‹ ging der Colonel auf und ab und riß beim ersten Läuten des Telefons den Hörer an sich. »Home Video Service.«

»Da spielt sich nichts ab«, sagte eine Männerstimme. »Wer dieser Mike Hamilton auch sein mag, er wollte sich zwanzig nach zwei mit ihr treffen. Jetzt ist es bereits dreiviertel drei, und man merkt ihr an, daß es ihr allmählich zu dumm wird, hier im Regen herumzusitzen.«

»Behalten Sie sie weiter im Auge, bis sie ins Büro zurückkehrt und unser Mann in ihrer Abteilung wieder übernehmen kann«, sagte der Colonel.

»Mag sein, was sie gerade tut, gehört zu ihrer Schnüffelarbeit. Nur weil der Kerl am Schreibtisch neben ihr noch nie von einem Mike Hamilton gehört hat, schließt das jedoch nicht aus, daß dieser Hamilton auch ein harmloser Bekannter von ihr sein könnte.«

»Könnte, Major Putnam? Ich habe etwas dagegen, wenn meine Offiziere vage Vermutungen anstellen. Sie und Hamilton sprachen miteinander wie gute Bekannte. Und das soll völlig harmlos sein?«

»Nun, die meisten Menschen sprechen nicht in Rätseln, wenn sie sich mit jemandem zum Lunch verabreden.«

»Meinen Sie das sarkastisch, Major Putnam?«

»Nein, Sir, keinesfalls. Ich denke bloß laut und versuche, die Situation zu analysieren. Nach meiner Meinung würde sie sich nicht so offen mit Hamilton treffen, wenn es etwas mit uns zu tun hätte. Wir haben unsere Dateien überprüft – mit einem Hamilton hatten wir es bisher nicht zu tun.«

»Kein Hamilton? Halten Sie es für nebensächlich, daß

Buchanan auf Decknamen spezialisiert ist? Also wenn Hamilton nun nicht sein richtiger Name ist?«

Kurzes Schweigen. »Ja, Sir, ich verstehe.«

»Seit ihrer Rückkehr aus New Orleans hat sie nichts Ungewöhnliches unternommen. Jetzt tut sie zum erstenmal etwas, das wir uns nicht ganz erklären können. Um ihretwillen hoffe ich, daß es uns nicht betrifft. Ich möchte davon ausgehen, daß sie die bewußte Story wirklich aufgegeben hat. Gleichzeitig interessiert mich, wer Mike Hamilton ist.«

»Colonel, Sie können sich auf mich verlassen. Bleiben Sie am Apparat. Gerade erreicht mich eine Mitteilung des Überwachungsteams ... Jemand nähert sich der Frau.«

Der Colonel starrte unbeweglich auf die gegenüberliegende Wand.

»Falscher Alarm, Sir«, kam die Stimme wieder. »Ein Schwarzer mit einem Plakat, der einen Job sucht. Er bettelt alle Leute im Park an.«

Der Oberst schien aus einem Trancezustand zu erwachen. »Beobachten Sie weiter. Informieren Sie mich. Ich muß ganz genau wissen, was die Frau unternimmt.« Heftig unterbrach er die Verbindung.

»Warum lassen Sie es nicht mal laufen?« fragte Alan, der auf einem Stuhl in der Ecke saß. »Was geschehen soll, das geschieht – ob Sie nun das Telefon fixieren oder nicht.«

»Sie scheinen das nicht ernst zu nehmen.«

»Oh, ganz im Gegenteil. Für mich ist es nur ein Beweis dafür, wie sehr diese Operation uns entglitten ist. Anstatt die Zügel fest in die Hand zu nehmen, vergeuden Sie Ihre Kräfte und machen sich Sorgen um Buchanan und diese Journalistin.«

»Vergeuden?«

»Nach meiner Ansicht sind beide Probleme gelöst. Soll doch Buchanan ein Loch graben und sich selber beerdigen. Er ist abgehauen – und das ist gut. Er wird bald vergessen sein. Und die Journalistin – na, ohne Buchanan ist ihre Story ein Witz. So einfach ist das. Wenn sie sich nicht an die Vereinbarung hält, streiten wir alles ab. Wir beschuldigen sie, um ihrer Karriere willen verlogene Schauergeschichten zu verbreiten und den guten Ruf der ›Washington Post‹ zu untergraben. Wir fordern sie auf, den mysteriösen Fremden herbeizuschaffen, der angeblich wer weiß wie viele Identitäten besitzt.«

»Vielleicht schafft sie das.«

»Was heißt das?«

»Sie ist schuld daran, daß Buchanan auf und davon ist. Vielleicht geht es nicht nur um Berufliches. Schließlich wollte er sie beschützen. Möglicherweise gibt es etwas Persönliches zwischen den beiden.«

Alan machte ein skeptisches Gesicht.

»Übrigens hat er auch die Fähigkeit, seine Stimme überzeugend zu verstellen«, fuhr der Colonel fort. »Sind Sie noch nicht darauf gekommen, daß dieser Mike Hamilton Buchanan sein könnte?«

4

Unter normalen Umständen wäre Holly von der verdammten Parkbank aufgestanden, auf der sie seit zwanzig nach zwei im Regen saß. Inzwischen war er schon fünfundzwanzig Minuten zu spät dran. Sie wurde das Gefühl nicht los, daß sie sofort gehen sollte. Zwar würde es auffallen, morgen abermals hierherzukommen, doch weniger als wie eine Schwachsinnige im Regen zu sitzen. Als Holly endlich entschlossen aufstand, fiel ihr zu ihrer Linken ein Mann auf, ein Schwarzer mit einem Schild – ›Ich arbeite für etwas Essen‹. Er sprach gerade eine Frau an, die durch den Park eilte. Sie schüttelte energisch den Kopf und rannte vorbei. Der Bettler setzte seinen Weg fort. Im Regen war die Schrift auf dem Schild schon ziemlich zerlaufen.

Holly empfand Mitgefühl, als sich der Arbeitslose einem anderen Passanten näherte, diesmal einem Herrn, der sich schnell entfernte, als sei der Schwarze Luft. Das Schild begann sich aufzulösen.

Ach, verflucht, dachte Holly, so hat die Sache wenigstens

für den armen Kerl etwas Gutes. Sie griff in die Kameratasche, holte einen Dollar aus der Geldbörse und gab ihn dem Mann. Sie war niedergeschlagen und hätte ihm, um ihre Stimmung zu heben, mehr gegeben, wäre ihr nicht Buchanans Warnung eingefallen, nichts Ungewöhnliches zu tun.

»Vielen Dank, Madam.« Was er dann sagte, erschreckte sie. »Mike Hamilton meint, Sie werden beobachtet.«

Ihr Puls begann zu stottern.

»Sie sollen rübergehen zur Metro, Eingang Fourteenth Street. Zum Metro Center fahren. Den östlichen Ausgang benutzen und in Richtung National Portrait Gallery gehen. Er nimmt Kontakt mit Ihnen auf.«

Er steckte den Dollar ein und schlenderte davon.

Sie wartete ein bißchen. Der Regen tropfte ihr von der Mütze. Dann tat sie das Natürlichste von der Welt: Sie sah sich nach allen Seiten um, schüttelte verärgert den Kopf und verließ den Park.

Sie schlug den Weg zum Büro ein, blieb plötzlich stehen, als sei ihr etwas Besseres eingefallen und begab sich in die entgegengesetzte Richtung zum Metro-Eingang Fourteenth Street. Dabei entsprach ihr vorgetäuschtes Zögern durchaus ihren tatsächlichen Gefühlen, denn Buchanan hatte ihr die mögliche Gefahr sehr drastisch geschildert. Die Leute, für die er arbeitete, hatten getötet; sie handelten nach ganz anderen Gesetzen als den ihr vertrauten. Ein Pulitzerpreis wäre, wenn sie unter der Erde lag, auch kein Trost.

Und was ist mit der Verantwortung des Journalisten? Und mit seiner Pflicht, skandalöse Vorgänge aufzudecken? Holly war diesen Fragen ausgewichen, indem sie ihre Entscheidung verschoben und sich eingeredet hatte, die Story würde noch besser, wenn sie die weitere Entwicklung abwartete. Sie hatte ihr Vorhaben nicht aufgegeben, sie hatte es bloß auf kleiner Flamme weiterköcheln lassen. Warum aber war sie so erschrocken, als Buchanan sich bei ihr meldete? Was wollte er? Wenn sie die couragierte Reporterin war, für die sie sich immer gehalten hatte, müßte sie eigentlich froh darüber sein. Statt dessen war ihr zumute wie bei einem Alptraum.

Zehn Minuten später stieg sie die verstopfte Treppe der Metro Center Station hinauf, kam auf die verkehrsreiche G-Street und näherte sich dem monumentalen klassizistischen Block der National Portrait Gallery. Trotz des schlechten Wetters waren auch hier Arme in zerschlissenen, durchnäßten Kleidern unterwegs, die um Geld, Essen, Arbeit und Obdach bettelten und manchmal Schilder trugen, auf denen sie ihre Wünsche kundtaten.

Einer von ihnen trug das gleiche Schild wie der Schwarze im Park ›Ich arbeite für etwas Essen‹. Sie wollte vorübergehen.

»Halt, Holly. Geben Sie mir fünfundzwanzig Cent«, sagte der Bettler.

Als sie ihren Namen hörte, fuhr sie wie elektrisiert zusammen und erkannte im gleichen Augenblick in dem Mann mit Schlapphut und dem schmutzigen Gesicht Buchanan.

»Meine Güte!« sagte sie.

»Nicht sprechen, Holly. Geben Sie mir nur eine Münze.«

Sie gehorchte, kramte in der Tasche und fand es schön, wie er ihren Namen aussprach.

Buchanan redete leise. »Drummond und Tomez – nur die Nachnamen. Das ist alles, was ich habe. Leute, die Bodyguards brauchen. Kriegen Sie raus, wer das sein könnte. Treffen Sie mich heute abend um acht im Ritz-Carlton. Lassen Sie sich von der Telefonistin mit dem Zimmer von Mike Hamilton verbinden. Klar? Okay. Gehen Sie weiter.«

Die ganze Zeit hielt er die Hand auf und wartete auf Hollys Almosen. »Danke, Madam. Gott segne Sie«, sagte er laut und steckte es ein. An einen näherkommenden Mann gewandt, fragte er: »Haben Sie fünfundzwanzig Cent übrig, Sir?«

Holly strebte weiter auf die National Portrait Gallery zu und hoffte, daß sie ganz natürlich wirkte. Es gelang ihr, sich gelassen zu bewegen, doch in ihrem Inneren herrschten Furcht und Verwirrung.

5

Der große blaue Helikopter warf einen gleitenden Schatten über den dichten Dschungel von Yucatán. Alistair Drummonds Haltung wurde immer starrer, je mehr er von Raymond hörte. »Brendan Buchanan?« fragte er mit seiner brüchigen Stimme.

»Ein Ausbilder bei den Army Special Forces, stationiert in Fort Bragg. Er mietete einen Wagen in New Orleans und fuhr nach San Antonio, um die Eltern der Frau zu besuchen. Unser Posten vor Ort hat angerufen und mitgeteilt, daß er den Namen Jeff Walker benutzt und als Bekannter der Tochter auftritt.«

Drummonds Blick war argwöhnisch. »Warum benutzt jemand ein Pseudonym? Doch nur, weil er etwas zu verbergen hat. Fragt sich, was. Was will er von der Frau?«

»Wir wissen es nicht«, antwortete Raymond. »Die beiden Männer, die auf das Haus angesetzt waren, sind spurlos verschwunden. Ebenso derjenige, der im Haus vor der Stadt auf der Lauer lag. Sein Kumpel hat unter einem Teppich frische Blutspuren und in der Decke einen Einschuß entdeckt. Es wäre unklug, einen Zusammenhang mit Buchanans Erscheinen auszuschließen. Ich habe Anweisung gegeben, ihn zu erledigen, sobald er sich blicken läßt.«

Drummonds greisenhafter Körper zitterte. »Nein. Ziehen Sie den Befehl zurück. Suchen Sie ihn. Vielleicht führt er uns zu ihr. Waren die beiden zusammen in Fort Bragg? Ermitteln Sie, welche Beziehung zwischen den beiden besteht.«

6

Während des Fluges von San Antonio hatte Buchanan mehrere Anrufe in Washington getätigt, um zwei Zimmer für die Nacht zu buchen. Wie erwartet, war es eine frustrierende Beschäftigung, denn die meisten guten Hotels in der

Hauptstadt sind stets besetzt. Wie es der Zufall wollte, hatte er im Ritz-Carlton Glück. Das Ritz gehörte zu den elegantesten Hotels der Hauptstadt. Es besaß eine angenehme Atmosphäre und war im Stil eines englischen Jagdclubs ausgestattet, mit vielen europäischen Einrichtungsgegenständen sowie mit englischen Gemälden aus dem achtzehnten und neunzehnten Jahrhundert, die meisten davon Pferde- und Hundedarstellungen.

Nach dem kurzen Gespräch mit Holly in der Nähe der National Portrait Gallery war ihm aufgefallen, daß ihr noch immer zwei Männer folgten, während man sich für ihn offensichtlich nicht interessierte. Trotzdem bediente er sich umständlicher Manöver – dazu gehörte die Benutzung von Untergrundbahn, Bussen und Taxis –, um sicherzugehen, daß niemand hinter ihm her war. Er brauchte zwei Stunden bis zum Ritz-Carlton. Als erstes duschte er, dann verband er die Wunde an der Seite neu. Nachdem er trockene Sachen angezogen und einen beim Zimmerservice bestellten Hamburger verzehrt hatte, legte er sich aufs Bett, um neue Energie zu speichern und sich zu konzentrieren.

Letzteres fiel ihm schwer, denn die langen Reisen der beiden vergangenen Tage und die Aktionen dieses Tages hatten ihn ermüdet. Wegen der anhaltenden quälenden Kopfschmerzen hatte er sich noch einmal Tabletten besorgt. Da er kein Narr war, wußte er, daß es sich nicht um vorübergehende Beschwerden handelte, sondern um die Folgen der Kopfverletzungen. Er brauchte einen Arzt, doch jetzt war keine Zeit, sich um seine Person Sorgen zu machen. Ein Arzt würde ihn wahrscheinlich für eine Woche zur Beobachtung ins Krankenhaus einweisen. Das bedeutete, daß ihn seine Gegner dort aufspüren und sowohl Holly als auch Juana in erhöhte Gefahr geraten könnten. Das durfte er auf keinen Fall riskieren.

7

Pünktlich um acht Uhr abends klingelte das Telefon. Buchanan richtete sich auf und sprach mit neutralem Tonfall: »Hallo.«

»Mike?« Hollys tiefe, sinnliche Stimme, unverkennbar.

»Ja. Wo sind Sie?«

»An einem Haustelefon im Foyer. Soll ich nach oben kommen? Welche Zimmernummer haben Sie?«

»Im Augenblick zwei zweiundzwanzig. Gehen Sie aber bitte zum Zimmer vier zwölf, und beachten Sie dabei folgendes. Sie fahren mit dem Lift zum zweiten Stock, dann benutzen Sie die Treppe und gehen zum vierten. Wenn jemand im Foyer das Display am Lift abliest, glaubt er, Sie seien im zweiten geblieben.«

»Bin schon unterwegs.«

Buchanan legte auf und rief die Telefonistin an. »Bitte stellen Sie bis morgen früh um acht keine Gespräche durch.«

Er nahm seine Reisetasche und verließ den Raum, ohne das Licht zu löschen. Das Schild mit der Aufschrift ›Bitte nicht stören‹ baumelte bereits an der Tür. An der Feuertreppe stehend, hörte er den Fahrstuhl im zweiten Stock halten.

Kurz nach ihm erreichte Holly Zimmer vier zwölf, das Buchanan für Charles Duffy gebucht hatte. Nachdem er sie eingelassen und die Tür verriegelt hatte, überraschte sie ihn. Sie ließ nämlich ihre Tasche auf einen Stuhl fallen, umarmte ihn und klammerte sich zitternd fest. Er war nicht sicher, ob sie ihm nur vorspielte, wie aufgelöst sie war.

»Solch ein Leben – wie halten Sie das aus?« fragte sie, an seine Schulter gepreßt.

»Das ist doch normal.«

»Normal?« Ihre Stimme wurde leiser.

Sie löste sich von ihm und wirkte verstört. Die Vorhänge waren geschlossen, Regen prasselte gegen das Fenster. Sie schlüpfte aus der nassen Regenkleidung und schüttelte sich das Haar locker.

Buchanan hatte vergessen, wie rot das Haar, wie grün die Augen waren. Für ihn war sie sehr anziehend, er spürte noch die Berührung ihrer Brust und zwang sich, zur Tagesordnung überzugehen.

»Ich brauchte ein Zimmer, in das Ihre Verfolger nicht hineinplatzen. Wenn sie sich bei der Rezeption erkundigen, glauben sie, Ihr Versteck und Ihren Bekannten gefunden zu haben.«

»Sie kalkulieren alles ein.«

»Nur so überlebe ich.«

Sie rieb sich die verschränkten Arme, als sei ihr kalt.

»Haben Sie schon etwas gegessen?« fragte Buchanan.

»Nein.«

»Ich bestelle etwas beim Zimmerservice.«

»Ich habe keinen Appetit.«

»Sie müssen doch etwas essen. Vielleicht wenigstens Kaffee oder Tee?«

»Wie wäre es, wenn Sie mir verraten würden, was die beiden Namen, die Sie mir nannten, mit meiner Geschichte zu tun haben?«

»Gar nichts.«

»Was? Warum haben Sie mich dann überhaupt angerufen? Warum haben Sie mir all das zugemutet, die Verfolger, die geheimen Botschaften?«

»Weil mir keine andere Wahl blieb. Ich brauche Ihre Hilfe.«

Holly warf den Kopf zurück. »Sie brauchen meine Hilfe? Was könnte …«

»Drummond und Tomez. Leute, die Bodyguards nötig haben. Was haben Sie ermittelt?«

»Wozu dient die Information?«

»Besser, Sie wissen nichts darüber.«

»Scheiße! Seit wir uns im Zug nach New Orleans getroffen haben, bin ich von Ihnen zum Narren gehalten worden. Alles muß nach Ihrem Kopf gehen, und Sie verstehen es verdammt gut, Leute zu manipulieren. Nun, dieses Mal funktioniert das nicht! Wenn ich Ihnen helfen soll, muß für mich etwas dabei herausspringen. Worum geht es? Vielleicht eignet sich die Sache für eine neue Story? Eine Hand wäscht die andere.«

Er zögerte scheinbar. »Vielleicht haben Sie recht.«

»Herrgott noch mal, was sind Sie bloß für ein Mensch. Nie hören Sie auf, Theater zu spielen. Ich glaube, Sie wollten es mir schon die ganze Zeit erzählen, nur soll es den Anschein haben, als erwiesen Sie mir einen Dienst. Und nicht umgekehrt.«

Buchanan begann zu grinsen. »Sie sind zu clever für mich. Wie wär's mit Kaffee?«

»Tee. Und wenn Sie mir etwas erzählen, dann kriege ich auch wieder Appetit.«

8

»Es hat etwas mit der Frau zu tun, von der ich in New Orleans sprach«, begann Buchanan, nachdem er telefonisch das Essen bestellt hatte. »Mit der ich mich am Café du Monde treffen sollte.«

Holly nickte. »Mit Ihrer früheren Geliebten.«

»Nein, wie gesagt, wir waren kein Liebespaar.« Er wurde nachdenklich. »Eigentlich haben meine Probleme damit angefangen, daß ich mich ihr nicht anvertraute.«

Holly verzog keine Miene, nur die Augen wurden schmaler und prüften ihn.

»Meine letzten Worte zu ihr waren, sie könne mich nicht lieben, weil sie mich nicht kennt. Denn sie kannte nur den, der ich zu sein vorgab.«

»Ich weiß nicht, ob Sie die Wahrheit sagen oder die Realität schon wieder zurechtbiegen.«

»Nein, es ist wahr, selbst wenn Sie mir nicht glauben. Etwas Ehrlicheres werden Sie von mir nie hören. Ich will ihr helfen, weil ich der Mann sein möchte, der ich damals war. Ich möchte wählen können, wer ich bin, und so bleiben. Ich habe den ständigen Wechsel satt.«

»Sie haben den ständigen Wechsel satt? Warum so

kompliziert? Warum jemand anders sein und nicht Sie selber?«

Buchanan schwieg.

»Sie mögen sich nicht?«

Buchanan schaute starr geradeaus.

»Wie hieß diese Frau?«

Er zögerte. Instinkt und Ausbildung warnten ihn, ihr Auskunft zu geben. Er bereitete sich auf eine Lüge vor – und sagte doch die Wahrheit. »Juana Mendez.«

»Und wie ist der aktuelle Stand der Dinge?«

»Nachdem Sie aus New Orleans abgereist waren ...« Er berichtete von seinem Aufenthalt in San Antonio, den getöteten Mann erwähnte er jedoch mit keinem Wort. »Drummond und Tomez – ihre Akten waren als einzige nicht zu finden. Juana arbeitete als Spezialistin für Sicherheitsfragen. Ich muß annehmen, daß diese beiden zu ihren Kunden gehörten.«

Nachdenklich holte Holly ihre Aktentasche vom Stuhl und öffnete sie. »Meine Informationen stammen aus dem Archiv der ›Washington Post‹.«

»Deshalb mußte ich mich an Sie wenden. Ich kenne niemanden, der mir das Notwendige so schnell beschaffen kann wie Sie.«

»Wissen Sie, Sie sollten mal versuchen, einen Mann mit Taktgefühl zu imitieren. Mir ist klar, daß Sie aber auch das nur dann täten, wenn dabei etwas für Sie herausspringt. Trotzdem, es hätte Sie nichts gekostet, bei mir den Eindruck zu erwecken, daß Sie mich reizvoll finden.«

»Oh, tut mir leid.«

»Wenn Sie bei Juana Mendez auch so charmant waren, ist es kein Wunder, daß es nicht geklappt hat.«

»Na, ich will ja alles wiedergutmachen.«

Holly überlegte kurz. »Mal sehen, ob uns das weiterhilft. Drummond und Tomez. Trotz meiner Vermutungen habe ich erst gründlich nachgeforscht, bevor ich Schlußfolgerungen zog.«

»Mit Drummond ist sicherlich Alistair Drummond gemeint. Ein reicher, international bekannter Industrieller.

Der würde ins Bild passen, zumal er machtbesessen sein soll.«

Holly zog ein Buch und einen Hefter aus der Aktentasche. »Bettlektüre. Seine Biographie und einige Ausdrucke aktueller Meldungen über ihn.«

»Und was ist mit Tomez?«

»Das war schwieriger. Haben Sie in letzter Zeit Puccini gehört?«

Buchanan machte ein verdutztes Gesicht.

»Puccini, Verdi, Donizetti? Kommen Sie jetzt darauf? Wie wäre es mit Titeln? ›La Bohème‹, ›La Traviata‹, ›Lucia di Lammermoor‹.«

»Opern? Keiner meiner Charaktere hat sich was daraus gemacht, sonst könnte ich Ihnen einen Vortrag über das Thema halten. Was hat das alles mit dem Namen Tomez zu tun?«

»*Maria* Tomez. Ist mir sofort eingefallen. Ich wollte mich vergewissern, ob es nicht andere berühmte, reiche oder mächtige Leute namens Tomez gibt, die mir unbekannt sind.« Holly zog noch mehr aus der Tasche. »Es gibt einige, aber sie interessieren in unserem Zusammenhang nicht. Maria Tomez ist heute die umstrittenste, begabteste und unwiderstehlichste Mezzosopranistin der Opernwelt. Sie allein kommt in Frage.«

»Was macht Sie so sicher?«

»Weil Alistair Drummond und Maria Tomez seit einem Dreivierteljahr liiert sind, trotz des Altersunterschieds.« Holly machte eine nachdrückliche Pause. »Und Maria Tomez ist vor zwei Wochen verschwunden.«

»Verschwunden?«

»Das behauptet zumindest ihr Exgatte. Lesen Sie keine Zeitungen?« fragte Holly.

»In den letzten Wochen blieb mir dazu keine Zeit.«

»Nun, heute morgen ist er in New York City zur Polizei gegangen und hat versichert, daß sie seit mindestens zwei Wochen vermißt ist. Um nicht als Spinner abgestempelt zu werden, hat er ungefähr zwanzig Reporter von Presse und Fernsehen mitgebracht. Das war vielleicht eine Show!«

Buchanan schüttelte den Kopf. »Warum sollte man ihn als Spinner behandeln?«

»Weil ihre Scheidung eine ziemlich üble, in aller Öffentlichkeit ausgetragene Angelegenheit war. Seither hat er sie immer wieder diffamiert. Vor kurzem strengte er einen Prozeß gegen sie an mit der Behauptung, sie habe bei der Aufteilung des Besitzes falsche Angaben über ihren Vermögensstand gemacht. Er erhob Anspruch auf zehn Millionen Dollar. Verständlicherweise könnte die Polizei annehmen, sie sei seinetwegen verschwunden. Aber der Exgatte schwört, er sei davon überzeugt, daß ihr etwas zugestoßen sei.«

Holly hielt Buchanan eine Seite aus der ›Washington Post‹ des Vortages und ein Porträt aus der Sonntagsbeilage derselben Zeitung hin, das vor fünf Jahren erschienen war. Er las beides. Der Künstleragent Frederick Maltin hatte Maria Tomez entdeckt, als sie im Alter von zweiundzwanzig Jahren die Titelpartie in einer ›Tosca‹-Aufführung in Mexico City sang. Bei allem Talent und einer temperamentvollen Ausstrahlung hatte sie es als Mexikanerin zunächst schwer gehabt und mußte sich mit Provinzbühnen, meist in Lateinamerika, zufriedengeben. Da sie in ihrem Heimatland ausgebildet worden war, hatte sie gegen Vorurteile von Fachkreisen in den USA und in Italien anzukämpfen, wo sie bei den bedeutendsten Häusern vorsang.

Frederick Maltin war vom ersten Augenblick an von ihr fasziniert. Nach der Vorstellung schickte er ihr Blumen in die Garderobe und legte eine Visitenkarte mit seiner Telefonnummer in Mexico City bei. Als sie ihn am nächsten Morgen anrief, wertete er es als gutes Zeichen, daß sie sich selber meldete und nicht etwa ihr Agent. Daraus konnte man schließen, daß sie entweder keinen Agenten hatte oder sich nicht darauf verließ, daß er Maltin anrufen würde. Sie stand also als Sängerin zur Verfügung. Wie Maltin später vielfach betonte, war Marias damaliges Arbeitspensum unmenschlich, und er hatte ihr versprochen, das zu ändern, wenn sie sich ihm anvertraute. Er wollte sie zu einem Star der Opernwelt machen und dafür sorgen, daß sie Ort und

Zeit ihrer Auftritte selbst bestimmen durfte. Zwei Jahre später hatte er sein Versprechen erfüllt, und inzwischen waren sie auch verheiratet.

»Aber offensichtlich auf die Dauer nicht glücklich.« Buchanan strich sich über den schmerzenden Kopf.

Holly nickte. »Die Ehe scheiterte schließlich, weil Maltin nicht aufhören konnte, sie zu bevormunden. Er überwachte alles, was sie tat, und war so dominierend, daß sie zu erstikken fürchtete. Sie hielt es so lange wie möglich aus. Nach fünfzehn Jahren verließ sie ihn von einem Tag zum anderen. Es war, als sei in ihrem Inneren etwas zerbrochen. Sie trat nicht mehr auf und war nur noch selten in der Öffentlichkeit zu sehen.«

Buchanan überflog noch einmal den Zeitungsausschnitt, um sein Gedächtnis aufzufrischen. »Die Scheidung fand vor einem halben Jahr statt, wenige Monate, nachdem das Verhältnis mit Alistair Drummond begonnen hatte. Warum sollte eine relativ junge Frau – sie ist jetzt wohl siebenunddreißig – sich einen Mann von über achtzig aussuchen?«

»Mag sein, daß Drummond nichts von ihr will. Denkbar, daß er sie nur beschützen wollte und nichts dafür verlangte als das Vergnügen ihrer Gesellschaft«, sagte Holly.

»Sie hat sich also zurückgezogen, und ihr Ex behauptet, sie sei ganz verschwunden. Er könnte sich irren, oder er lügt. Denn immerhin ist er ein PR-Experte. Vielleicht macht er solch ein Aufsehen aus Rache – weil sie sich seinen Ansprüchen hinsichtlich der Vermögensaufteilung widersetzt.«

»Oder es ist ihr tatsächlich etwas passiert.«

»Aber was?« Er wurde ungeduldig. »Und was hat das mit Juana zu tun? Hat Juana für Tomez und Drummond gearbeitet? Verstecken sich die beiden irgendwo?«

Es klopfte. Buchanan fuhr zusammen.

»Zimmerservice«, kam eine männliche Stimme aus dem Korridor.

Buchanan war erleichtert. »Moment.« Er sprach leise auf Holly ein. »Wer weiß – nehmen Sie lieber Ihre beiden Taschen und kriechen Sie in den Schrank. Hier, vergessen Sie Mantel und Mütze nicht.«

»Ich habe Sie schon einmal gefragt. Wie halten Sie solch ein Leben aus?«

Er schloß den Schrank. Durch den Spion in der Zimmertür nahm er verzerrt die Gestalt eines livrierten Hotelangestellten und seinen Servierwagen wahr.

Ohne sich seine Unruhe anmerken zu lassen, öffnete er. »Entschuldigung, es hat etwas gedauert.«

»Kein Problem.« Der Zimmerkellner rollte den Wagen herein, den er im Handumdrehen in einen Tisch verwandelte und darauf die Speisen anrichtete.

Buchanan zeichnete die Rechnung ab und legte als Trinkgeld fünf Dollar drauf.

»Vielen Dank, Mr. Duffy.«

»Schon gut.« Er verriegelte erleichtert die Tür.

Holly stieg mit bleichem Gesicht aus dem Schrank. »In Ihrem Geschäft darf man wohl niemandem trauen. Für Sie gibt es wohl keine harmlosen Menschen.«

»Nein«, sagte er entschieden.

9

Anstatt die bestellte Pasta primavera zu essen, blickte er auf die Uhr und ging zum Telefon. Vor seiner Abreise aus San Antonio hatte er Pedro gebeten, zu dieser Zeit an einer Telefonzelle in der Nähe seiner Werkstatt zu warten. Buchanan wollte fragen, ob nach der Freilassung der Gefangenen alles in Ordnung war.

Pedro sollte englisch sprechen, wenn er bedroht wurde. Zu Buchanans Erleichterung sprach er spanisch.

»Irgendwelche Probleme?«

»Die Männer haben die Abmachung scheinbar befolgt. Als ich sie freiließ, sind sie ohne ein Wort abgehauen. Ich glaube aber nicht, daß sie weit weg sind«, sagte Pedro. »Sie sind in der Nähe und beobachten uns.«

»Das nehme ich auch an. Dachte ich mir doch, daß sie die Stadt nicht verlassen. Bauen Sie die Mikrofone in Ihrem Haus nicht aus. Verhalten Sie sich wie immer. Zwei Tatsachen schützen Sie: Erstens glauben die Kerle, daß Sie nicht wissen, wo Ihre Tochter steckt, und zweitens müssen Sie gesund und munter sein, falls Juana sich mit Ihnen in Verbindung setzt. Wenn man Ihnen etwas antut, reißt die mögliche Verbindung zu Juana ab. Pedro, ich muß Sie etwas fragen: Sagt Ihnen der Name Maria Tomez etwas? Hat Juana sie je erwähnt?«

»Die Sängerin? Ich habe keine Ahnung von der Oper, aber ich habe sie gesehen. Vor einiger Zeit ist sie hier aufgetreten. Ich erinnere mich, weil uns Juana in diesem Zusammenhang ausnahmsweise einmal etwas über ihre Tätigkeit erzählte. Ihre Aufgabe war es, sich um Sicherheitsfragen bei der Aufführung zu kümmern. Deshalb hatten wir Plätze in der ersten Reihe. Maria Tomez sang wie ein Engel, ich war ganz hingerissen. Doch was hat das mit Juana zu tun? Was hat eine Opernsängerin, die mal hier war ...?«

»Das weiß ich noch nicht. Hören Sie gut zu, Pedro. Ich rufe Sie von Zeit zu Zeit in Ihrem Büro an, um zu erfahren, ob man Sie in Ruhe läßt. Ich benutze den Namen Ben Clark. Können Sie sich das merken – Ben Clark? Ich werde mich nach einem Ford erkundigen, den Sie für mich reparieren sollen. Wenn Sie sagen, daß die Reparatur sehr teuer wird, weiß ich, daß Sie in Gefahr sind. Dann bin ich so bald wie möglich bei Ihnen und helfe Ihnen.«

»Ben Clark?«

»Richtig. Machen Sie's gut, Pedro.«

»Ich danke Ihnen, Jeff Walker, wer immer Sie sind.«

So ist's gut, dachte Buchanan und legte den Hörer auf. Wer immer ich bin.

Holly sah ihn merkwürdig an.

»Was ist los? Warum sehen Sie mich so an?«

»Ben Clark? Einen Ford? Hier sind Sie Charles Duffy. An der Rezeption sind Sie Mike Hamilton. Peter Lang haben Sie auch erwähnt. Ganz zu schweigen von den x anderen Namen ... Wie zum Teufel finden Sie sich da selbst noch zurecht?«

»Das frage ich mich manchmal auch.« Um dem Thema auszuweichen, begann er zu essen und merkte nach dem ersten Bissen, wie hungrig er war.

Holly legte die Gabel hin. »Seit der Entlassung aus dem Krankenhaus hatten Sie keine Minute Ruhe. Finden Sie nicht, Sie sollten mal ein bißchen langsamer treten?«

»Geht nicht. Sobald wir gegessen haben, muß ich wegfahren.«

»Wohin?«

»Besser, Sie wissen es nicht.«

»Richtig, Sie trauen ja niemandem. Beinahe hätte ich das vergessen.«

»Nicht deswegen, sondern weil Sie schon gefährdet genug sind.«

»Sie haben es wieder mal geschafft.«

»Was?«

»Sie haben mir wieder einen Schrecken eingejagt. Gerade fühlte ich mich halbwegs wie ein normaler Mensch, da erinnern Sie mich ...«

»Es gibt nichts Normales.«

»Stimmt! Daß ich daran nie denke.«

10

Buchanan begleitete sie die Feuertreppe hinunter bis zum zweiten Stock. »Wenn Sie angehalten werden, drohen Sie mit der Polizei. Sollte es ernst werden, erzählen Sie, daß Sie für einen Artikel über das Verschwinden von Maria Tomez und ihre Beziehung zu Drummond recherchieren. Was Mike Hamilton betrifft, bezeichnen Sie ihn als vertrauliche Quelle, als unzufriedenen Mitarbeiter von Drummond.«

Bevor sie Zimmer vier zwölf verließen, hatte Buchanan Bücher und Artikel in seiner Reisetasche verstaut und ein Checkout-Formular ausgefüllt, das er aufs Bett flattern ließ.

In einer kurzen Notiz teilte er mit, daß Mike Hamilton auch abreise und daß alle Kosten wie vereinbart – über Charles Duffys Kreditkarte abzurechnen seien.

Im zweiten Stock schob er Holly in den Aufzug: »Wo wohnen Sie?«

Sie nannte ihm die Adresse.

»Ich verlasse das Hotel kurz nach Ihnen, folge Ihnen in einem Taxi – vorausgesetzt, ich werde nicht verfolgt. Inzwischen hat Ihr Taxi Sie nach Hause gebracht. Lassen Sie an einem offenen Fenster das Licht an, damit ich weiß, daß alles okay ist.«

»Warum ein Taxi? Ich bin mit meinem Wagen hier.«

»Auch gut. Achtung, gleich öffnet sich die Fahrstuhltür. Jetzt los!«

Sie strich ihm über die Wange. »Seien Sie vorsichtig.«

Noch als sie längst gegangen war, spürte er die Berührung ihrer Hand.

11

»Buchanan!«

Als er sich durch den Nieselregen vom Hotel entfernte und seinen Namen hörte, hatte er sich beinahe automatisch umgedreht. Das war falsch, wie er sofort merkte, und er hielt in der Bewegung inne. Doch das genügte dem Verfolger bereits.

»Ja, Sie! Buchanan!«

Buchanan ging weiter, ohne die Gangart zu wechseln, ohne ein Anzeichen von Hast, obwohl er sich gehetzt fühlte. Hinter ihm auf dem nassen Bürgersteig näherten sich schnelle Schritte, seine Erregung stieg. Es war wohl nur eine Person, aber er wagte nicht, sich umzusehen. Es war halb elf Uhr nachts, es herrschte nur schwacher Verkehr, nur vereinzelt blitzten Autoscheinwerfer durch die feuchte Dunkelheit. Er hatte die Massachusetts Avenue verlassen und war in die Twentyfirst Street in Richtung Süden eingebogen.

Er befand sich, wie er mit laut klopfendem Herzen feststellte, in einer Einbahnstraße, was bedeutete, daß alle Autos von hinten kamen und nach Süden fuhren. Wollte er wissen, ob ein Wagen auf ihn zuhielt, mußte er den Kopf wenden, was das Mißtrauen des Verfolgers nur noch steigern würde – nein, *der* Verfolger, denn der erste hatte Verstärkung bekommen.

»Verdammt, Buchanan!« ertönte eine andere Stimme in gefährlicher Nähe hinter ihm.

Es blieb nichts anderes übrig – Buchanan wirbelte herum und stand einem gutaussehenden Mann Mitte Zwanzig gegenüber, der ruckartig eine defensive Haltung einnahm. Aber nicht schnell genug. Buchanan schlug ihm gegen die Brust, nicht hart, sondern so kalkuliert, um ihn aus dem Gleichgewicht zu bringen, ohne ihm die Rippen zu brechen.

Der andere strauchelte, atmete kräftig ein und fing damit den Stoß teilweise ab. Diese geübte Reaktion und die kompakte Brust verrieten ihm, daß er es nicht mit einem Zivilisten, sondern mit einem Soldaten zu tun hatte. Gleichzeitig holte Buchanan mit dem rechten Bein aus und drehte es so, daß sein Fuß den Mann an der Außenseite des linken Oberschenkels erwischte. Dort liegt der Hauptnerv, der bei einer Verletzung unerträgliche Schmerzen und eine zeitweilige Lähmung zur Folge hat.

Wie erwartet, faßte sich der Mann stöhnend ans Bein und fiel lang hin. Ein zweiter Verfolger rannte fluchend auf Buchanan zu. Der warf ihm seine Reisetasche entgegen und zwang ihn damit, auszuweichen und abwehrend die Hand zu heben. Bevor er die Waffe ziehen konnte, stieß Buchanan ihm die Handkante hart gegen das Nasenbein. Knirschend gab der Knochen nach. Buchanan nutzte die momentane Betäubung des Mannes, ihm den Ellbogen in das Zwerchfell zu rammen und ihm, als er sich vor Schmerzen krümmte, die Pistole wegzunehmen.

Dann machte er kehrt, packte den ersten Mann, der gerade mühsam wieder hochzukommen versuchte, und schlug ihm den Kopf mit aller Kraft gegen einen Laternenpfahl. Der zweite Mann hatte alle viere von sich gestreckt und holte blutrotzend und röchelnd durch die zugeschnürte Kehle Luft.

An der Front hätte Buchanan die beiden getötet, unter den gegebenen Umständen wollte er die Sache nicht schlimmer machen, als sie ohnehin schon war. Wenn er die Leute des Colonels ins Jenseits beförderte, bekämen sie beim nächstenmal den Befehl, ihn nicht bloß gefangenzunehmen, sondern ebenfalls zu exekutieren. Oder gab es diesen Befehl bereits? Schließlich hatte der eine die Waffe ziehen wollen.

An der Ecke Massachusetts Avenue und Twenty-first Street standen ein gutgekleideter älterer Mann und seine Frau und starrten entsetzt in Buchanans Richtung. Sie schrie laut, er nahm sie in die Arme.

Buchanan schnappte sich seine Reisetasche und rannte los, weil jeden Augenblick ein Streifenwagen eintreffen konnte. Der Schrei hatte ohnehin zwei Männer alarmiert, die um die Ecke geflitzt kamen. Buchanan steigerte sein Tempo, denn kaum hatten die beiden ihn gesehen, gingen sie zum Angriff über und zogen die Waffen. Nun bestand kein Zweifel mehr. Das war kein Überwachungsteam, sondern ein weiteres Killerkommando des Colonels.

Was hatten sie Holly angetan? Daran durfte er jetzt nicht denken, zunächst mußte er sein Leben retten und diese verdammte Einbahnstraße verlassen. Er näherte sich der P-Street, entdeckte eine Lücke zwischen zwei herannahenden Wagen und schlüpfte in der Hoffnung hindurch, daß sie ihm Schutz gewähren würden. Denn die Männer hatten ihn bereits im Visier. Ein Auto hupte, Bremsen quietschten. Er rettete sich auf den Bürgersteig und rutschte in einer Pfütze aus, ohne das Gleichgewicht zu verlieren. Er bog um die Ecke, da krachten zwei Schüsse, und ein Fenster in seiner Nähe zersplitterte.

Buchanan rannte wie ein Wahnsinniger und packte die Pistole fester, die er dem Mann mit dem zertrümmerten Nasenbein entrissen hatte. Die Regenschleier schienen dichter zu werden, die Nacht dunkler. Die Straße war still, kein Wetter für Fußgänger. Eine trübe Laterne ließ das Schild einer nach Süden führenden Straße erkennen. Hopkins Street stand darauf. Er hastete weiter, die Reisetasche behinderte ihn, aber er durfte sie nicht zurücklassen, denn er brauchte die Bücher und die Unterlagen.

Hinter ihm Flüche, Keuchen, schnelle Schritte. Er zuckte zusammen, als Kugeln neben ihm einschlugen. An der nächsten Ecke drehte er sich um und kniete nieder, den Ellbogen aufs Bein gestützt. Der Arm zitterte, Schweiß, mit Regentropfen vermischt, rann ihm über die Stirn.

Buchanan zielte nach Gefühl, drückte dreimal rasch hintereinander ab. Die Schüsse hallten in der engen Straße wider, er hörte die ausgeworfenen Hülsen auf das Pflaster fallen und gleichzeitig Gefluche, doch war nicht festzustellen, ob eine seiner Kugeln getroffen hatte. Denn beide Verfolger lagen flach auf dem Boden und ballerten. Ihr Mündungsfeuer blitzte, ein Geschoß schlug in das Eckhaus ein, ein Steinsplitter traf Buchanan dicht am rechten Auge. Noch dreimal drückte er ab, die Männer rollten nach links, um hinter geparkten Wagen Deckung zu suchen.

Sobald er die Männer nicht mehr sah, duckte er sich und spurtete zum Ende der Straße. Eine Sirene heulte und kam immer näher. Ein Fenster wurde geöffnet, jemand schrie etwas hinunter. Aber er achtete nur auf die schnellen, schallenden Schritte, die ihm folgten.

Zwei Männer tauchten vor ihm auf. Buchanan gab zwei Schüsse ab, so daß sie auseinanderstoben und in Hauseingängen verschwanden.

Er lief im Zickzack, um kein Ziel zu bieten. Eine Kugel zupfte ihn am linken Ärmel, eine zweite pfiff am rechten Ohr vorbei. Diesmal hörte er keine Schüsse, sondern ihm wohlbekannte gedämpfte Laute, als würden Kopfkissen ausgeklopft. Die Männer hatten Schalldämpfer auf ihre Waffen gesteckt, weshalb das Krachen seiner eigenen Pistole nur noch lauter wirkte. Die Sirene kam näher und näher, eine zweite stimmte in das Geheul ein.

Buchanan sprintete nach links in Richtung Twentieth Street, als er plötzlich vor sich wie auch von rechts und links Scheinwerfer auf sich gerichtet sah. Er wußte nicht, wohin, wollte kehrtmachen, doch es war zu spät, die Lichter kamen direkt auf ihn zu.

Bremsen quietschten, der Wagen war nicht mehr zum Stehen zu bringen. Buchanan hechtete nach vorn, landete auf der Motorhaube und rutschte vor, um den Aufprall abzufangen. Das Gesicht gegen die Windschutzscheibe gepreßt, erkannte er zu seiner Verblüffung das leuchtendrote Haar von Holly McCoy, die am Steuer saß.

Ihr Gesicht war schreckverzerrt, ein stiller Schrei. Buchanan riß den Kopf hoch, spähte vorsichtig über das Dach des schleudernden Wagens und sah die beiden Killer an der Kreuzung. Er hob die Pistole und drückte viermal ab. Genaues Zielen war nicht möglich, doch es genügte, die Männer in den Schutz der Nebenstraße zu treiben.

»Losfahren, Holly! Nicht stehenbleiben! Los!«

Der Wagen hörte auf zu schleudern und kam wieder in Fahrt. Buchanan rutschte nach oben und stieß mit dem Gesicht hart gegen die Windschutzscheibe. Verzweifelt sah er sich um – sie hatten die Twentieth Street erreicht, eine nach Norden führende Einbahnstraße. Holly mußte links abbiegen und sich in den Verkehr einordnen. Der Seitenschwung schob ihn über das nasse Blech. Die Reisetasche in der einen Hand, die Pistole in der anderen, konnte er sich nirgendwo festhalten. Er glitt weiter und bereitete sich auf den Aufprall auf der Straße vor. Ellbogen an den Körper, abrollen, den Kopf hoch, schrie er sich innerlich zu, klammerte sich mit dem rechten Ellbogen am Außenspiegel fest und zog die Beine an. Der Spiegel gab unter seinem Gewicht nach, doch er löste den Arm nicht, sackte tiefer und immer tiefer, die Füße nur wenige Zentimeter über der Straße. Als der Spiegel abbrach, landete Buchanan unsanft auf der Straße, mitten in einer Pfütze, völlig ausgepumpt.

Schwankend kam er auf die Füße. Noch mehr Scheinwerfer, Sirenen, schnelle Schritte. Holly bremste scharf, setzte ein paar Meter zurück und betätigte die automatische Türentriegelung. Buchanan riß die Hintertür auf, warf sich hinein und knallte die Tür zu. Geduckt schrie er: »Los, Holly! Weiter!«

12

Sie gehorchte, sah angestrengt an den hin- und herschwingenden Scheibenwischern vorbei und vergewisserte sich im Innenspiegel, ob die Sirenen zu Polizeiwagen gehörten, die ihre Verfolgung aufgenommen hatten. Die Scheinwerfer hinter ihr hielten jedoch Abstand, auf dem Bürgersteig waren keine ballernden Männer zu sehen, und die Sirenen klangen schon ferner.

»Was ist geschehen?« fragte sie bestürzt.

Buchanan erklärte es rasch und drückte sich tief auf den Rücksitz, um nicht gesehen zu werden.

»Sind Sie verletzt?« Sie hatte feuchte Hände.

»Ich glaube, die Naht ist etwas aufgerissen.« Seine Stimme klang gepreßt. »Wenn's nicht schlimmer ist, bin ich okay.«

»Bis zum nächstenmal.«

»Ein Glück, daß Sie zufällig hier entlanggefahren sind.«

»Das war nicht rein zufällig. Als Sie gejagt wurden, rannten Sie auf die Straße zwischen zwei vorbeifahrende Wagen.«

»Stimmt, aber woher wußten Sie ...?«

»Der zweite Wagen hupte – das war ich. Nachdem der Parkplatzwächter des Hotels ihn mir gebracht hatte, entschloß ich mich, einmal um den Block zu fahren und nach Verfolgern Ausschau zu halten. Außerdem wollte ich mich überzeugen, ob Sie das Hotel unbeschadet verlassen hatten. Ich kam Ihnen entgegen und wurde Zeuge der Schießerei. Sie sind mir vor den Wagen gerannt, bevor ich Sie auf mich aufmerksam machen konnte.«

»Ich wollte Sie nicht auch noch in diese Sache hineinziehen. Wirklich nicht. Tut mir leid, Holly.«

»Nun ist es einmal geschehen. Ich bin auch nicht unschuldig. Ich hätte es ja ablehnen können, mich mit Ihnen zu treffen. Soll ich ehrlich sein? Ich dachte, Sie wollen mir etwas mitteilen, das mich wieder auf meine Story zurückbringt. Nun muß ich dafür büßen.«

»Sie haben es also begriffen.« Er sprach zögernd. »Die

andere Seite hält uns beide für gefährlich, weil wir zusammen erwischt wurden. Was vorher bloß ein Verdacht war, ist jetzt Gewißheit: Ihr Leben ist in allergrößter Gefahr.«

Holly versuchte, ruhig zu atmen. »Ich hatte noch einen anderen Grund. Der war noch törichter und hatte nichts mit der Story zu tun. Im Innersten verspürte ich den Wunsch, Sie wiederzusehen. Dumm, was?« Sie wartete. »Sagen Sie nichts. Lassen Sie meine Worte einfach im Raum stehen. Damit ich mir wie eine Idiotin vorkomme.«

»Nein, ich ... Ich fühle mich geschmeichelt.«

»Lassen Sie sich lieber was Netteres einfallen oder, so wahr ich hier sitze, ich halte an ...«

»Ich versuche nur, Ihnen zu erklären, daß ich auf diesem Gebiet nicht besonders gewandt bin. Für mich ist es eine neue Erfahrung, daß jemand mich mag. Nie blieb ich lange genug an einem Ort, um eine Beziehung anzuknüpfen.«

»Aber doch wenigstens einmal ...«

»Ja, mit Juana. Stimmt. Einmal.«

»Und ich riskiere mein Leben und helfe Ihnen, eine fremde Frau zu finden. Nicht zu fassen!«

»So einfach ist die Sache nicht. Es geht nicht nur darum, daß ich nie Gelegenheit hatte, eine Beziehung anzuknüpfen, sondern auch darum, daß ich nie lange genug dieselbe Person war. Nicht ich will Juana finden, es ist Peter Lang.«

»Peter Lang? Das sind doch Sie! Haben Sie nicht gesagt, daß er eine Ihrer Identitäten war? Ich glaube, ich schreie gleich!«

»Nicht doch. Später, jetzt nicht. Bringen Sie uns raus aus der Stadt.«

»Wohin?«

»Nach Norden – nach New York. Zu Frederick Maltin, dem Ex von Maria Tomez. Noch etwas. Halten Sie mal an einer Telefonzelle.«

13

Ein Uhr morgens, auf der Strecke zwischen Washington und Baltimore. Holly hielt bei einer Raststätte am Highway 95. Buchanan stieg aus und ging zum Telefon.

Ein Mann nahm ab. »Potomac Catering.«

»Hier spricht Proteus. Ich muß den Colonel sprechen.«

»Er ist im Augenblick nicht hier, Sie können eine Nachricht hinterlassen.«

»Richten Sie ihm aus, ich hätte die Botschaft verstanden. Es wird keine Schwierigkeiten geben. Ich hätte seine vier Männer töten können. Er soll mich in Ruhe lassen, und Holly McCoy auch. Melden Sie ihm, daß ich untertauchen will. Und daß meine Beziehung zu Holly McCoy rein privater Natur ist und nichts mit der Sache zu tun hat. Sorgen Sie dafür, daß ihn jedes Wort erreicht.«

Er legte auf und wußte, daß die Nummer des von ihm benutzten Telefons automatisch auf einem Display im Büro des ›Caterers‹ erschien. Falls der Colonel Buchanans Friedensangebot akzeptierte, würden sie ab sofort Ruhe haben. Wenn nicht …

Er eilte zum Wagen zurück und nahm diesmal neben Holly Platz. »Ich habe getan, was ich konnte. Fahren wir weiter.«

Er hob seine Reisetasche hoch und schnitt vor Schmerzen eine Grimasse. Er zog sich die Hose aus.

»He, was soll denn das?«

»Ich wechsle die Kleider, bin völlig durchnäßt.« Im Licht vorbeiflitzender Wagen untersuchte er die Wundstelle. »Und ich blute. Ich hatte recht – ein paar Stiche sind aufgegangen.« Er fischte eine Tube antibiotische Salbe und Verbandszeug aus der Tasche und begann, sich zu verarzten. »Wissen Sie, was ich gern hätte?«

»Ein normales Leben?«

»Nein, bloß Kaffee und Sandwiches.«

14

In einem Apartment fünf Blocks nördlich der ›Washington Post‹ verzog der Colonel das Gesicht und legte auf.

»Wollen Sie meinen Rat hören?« fragte Alan, der auf dem Nebenanschluß mitgehört hatte.

»Nein.« Streß und Übermüdung zeichneten das schmale Gesicht des Offiziers.

»Na, hören Sie trotzdem.« Ein sprießender Bart betonte Alans feiste Wangen. »Buchanan gibt Ihnen ein Zeichen. Er will Frieden. Gehen Sie darauf ein.«

»Wieso?« fragte der Colonel trocken. »Ich bin es nicht gewöhnt, Ratschläge von Zivilisten anzunehmen. Vor allem dann nicht, wenn sie nicht begreifen, wie schwerwiegend Buchanans Vergehen ist. Ein Soldat darf seine Einheit nicht im Stich lassen. Schon gar nicht Buchanan. Er weiß zuviel, und er ist und bleibt ein Sicherheitsrisiko. Sonst herrscht Chaos.«

»Und Schießereien auf offener Straße sind kein Chaos? Das alles hat gar nichts zu tun mit Prinzipien oder mit Sicherheit. Es geht nur um Ihren Stolz. Ich hatte große Bedenken, als sich das Militär in Operationen eines zivilen Nachrichtendienstes einschaltete. Es schmeckt Ihnen nicht, Ratschläge von Zivilisten anzunehmen? Dann sollten Sie mal in unserer Verfassung lesen. Denn genau das ist Ihre Pflicht: sich beraten zu lassen. Wenn die Agency nicht das Sagen hätte, wären Sie unabhängig, und das würde Ihnen gefallen, was? Eine Privatarmee, mit der Sie machen können, was Sie wollen. Ihre Privatkriege.«

»Verschwinden Sie. Dauernd jammern Sie, daß Sie Frau und Kinder nicht mehr sehen. Gehen Sie nach Hause.«

»Damit Sie allein schalten und walten können? Ich bleibe hier, bis diese Angelegenheit geklärt ist.«

»Dabei wird Ihnen Hören und Sehen vergehen.«

»Buchanan behauptet, daß seine Beziehung zu der Journalistin nichts mit Ihnen zu tun hat.«

»Und das glauben Sie?«

»Er ist kein Dummkopf. Auch er hat nichts zu gewinnen, wenn er gegen Sie arbeitet. Aber wenn Sie ihn jagen, wird er aus Wut gegen Sie arbeiten. Und, ehrlich gesagt, Colonel, Buchanan ist der letzte, den ich als Feind haben möchte.«

Elftes Kapitel

I

Buchanan erwachte mit rasenden Kopfschmerzen und blickte auf die Uhr: acht Uhr morgens. Holly fuhr auf der Madison Avenue in New York City nach Norden.

»Sie hätten mich wecken sollen«, sagte er.

»Damit Sie mich unterhalten? Nein, Sie brauchten Schlaf. Mir hat die Stille nichts ausgemacht. Da hatte ich Gelegenheit nachzudenken.«

»Worüber?«

»Ich machte mir klar, daß es für mich kein Zurück gibt. Vorwärts heißt die Devise.«

»Sie dürfen es nicht übertreiben, sonst machen Sie schlapp. Ich bin nicht der einzige, der Schlaf brauchte.«

»Ich habe unterwegs auf Rastplätzen immer mal die Augen zugemacht, für ein paar Minuten.«

»Jedenfalls sieht man Ihnen nicht an, daß Sie fast die ganze Nacht durchgefahren sind.«

»Kosmetik wirkt Wunder. Und die Waschbecken an Raststätten. Übrigens, wenn wir die Sache durchziehen wollen, müssen Sie sich rasieren.«

Er rieb sich über das Kinn. Aus seinem Necessaire nahm er einen Rasierapparat und begann damit über die stoppeligen Wangen zu schaben.

»Tut das nicht weh?«

»Man gewöhnt sich daran. Bei Einsätzen war das oft die einzige Möglichkeit, einigermaßen anständig auszusehen.«

Sie stellte keine Fragen zu diesen Einsätzen und konzentrierte sich nur auf die Straße.

»Ist noch etwas Kaffee übrig?« fragte er.

»Nein. Da wir aber gerade …«

Sie hielt am Straßenrand, rannte bei laufendem Motor in eine Kaffeestube und kam kurz darauf mit zwei dampfenden Styroporbechern zurück.

»Das Sherry-Netherland Hotel ist nur einen Block weiter, in der Fifth Avenue. Es war in dem Artikel in der ›Post‹ erwähnt. Wie wollen Sie vorgehen?«

»Erst mal suchen wir einen Platz zum Parken. Dann überprüfen wir, ob Frederick Maltin beobachtet wird.«

»Warum sollte er beobachtet werden?«

»Um eine peinliche Sache aus der Welt zu schaffen. Man hat wohl nicht erwartet, daß er solch einen Wirbel veranstaltet, die Presse alarmiert und auf das Verschwinden von Maria Tomez aufmerksam macht. Ich vermute, sie – wer immer ›sie‹ sind – wollen das in Ordnung bringen.«

2

Das Sherry-Netherland befand sich schräg gegenüber vom Plaza Hotel in der Fifth Avenue, nicht weit entfernt von einem Eingang zum Central Park. Trotz des noblen Ambiente in der Gegend fiel es Buchanan und Holly nicht schwer, überzeugend als Touristenpärchen aufzutreten. Sie schlenderten um den Block, blieben vor Schaufenstern stehen, beobachteten den Eingang zum Park und erkundeten gründlich das Umfeld.

»Natürlich können in den umliegenden Häusern Aufpasser sitzen«, warnte er und fotografierte mit Hollys Kamera einen Wolkenkratzer. »Unter den Passanten entdecke ich keinen Verdächtigen.«

Sie setzten sich auf eine Bank neben das mit Goldbronze überzogene Standbild von General William Tecumseh Sherman.

»Zeit für Ihre kleine Rolle. Ich fürchte, die ist ziemlich schwierig.«

»So?«

»Sie müssen nämlich eine Journalistin imitieren.«

Sie stieß ihm den Ellbogen in die Seite.

Er lachte. »Hoffentlich haben Sie Ihren Presseausweis bei sich.«

»Immer. In der Kameratasche.«

»Und ich bin Ihr Assistent. Nennen Sie mich ... Wie hieß der Kerl, der Ihnen in New Orleans hinterherlief?«

»Ted.«

»Richtig. Nennen Sie mich Ted. Wir kommen also beruflich zu Mr. Maltin. Am besten überlassen Sie dem Assistenten die Tasche.«

Sie näherten sich dem überdachten Eingang des Sherry-Netherland. Buchanan nickte dem livrierten Portier zu, ging durch die Drehtür und betrat das Foyer vor Holly, um sich umzusehen. Nichts Bedrohliches, dachte er, und wartete auf Holly.

»Sie wünschen, Sir?« Der Hotelangestellte sprach wie üblich den männlichen Teil des Paares an. Da Buchanan den Assistenten spielte, sah er Holly mit hochgezogenen Augenbrauen an und wartete auf ihre Antwort.

Sie schlüpfte sofort in ihre Rolle. »Ich bin Reporterin.« Sie zeigte den Presseausweis vor.

Der Livrierte warf einen flüchtigen Blick darauf und achtete nur auf den Namen der Zeitung und sonst nichts.

»Ich würde gern mit Mr. Maltin sprechen.« Holly steckte den Ausweis ein.

»Sind Sie angemeldet?«

»Nein, aber wenn er nicht beschäftigt ist, würde ich gern zehn Minuten seiner Zeit in Anspruch nehmen.«

»Einen Augenblick.« Er ging zur Rezeption und telefonierte. Nachdem er wieder aufgelegt hatte, sagte er: »Mr. Maltin möchte nicht gestört werden.«

»Gestern konnten es ihm nicht genug Presseleute sein.«

»Ich kann Ihnen nur sagen, daß er nicht gestört werden möchte.«

»Rufen Sie ihn bitte noch einmal an. Wirklich, es ist wichtig. Ich habe Informationen über seine vermißte Frau.«

Der Mann zögerte.

»Wenn er erfährt, daß Sie ihm das nicht mitgeteilt haben, gibt es Ärger.«

»Einen Augenblick.« Er telefonierte abermals und wirkte

irritiert, als er sich wieder an sie wandte. »Mr. Maltin wird Sie empfangen. Kommen Sie.«

Sie folgten ihm zu den Fahrstühlen. Nachdem sie eingestiegen waren, drückte er auf den Knopf für den neunundzwanzigsten Stock und fuhr mit hinauf.

Oben angekommen, wartete er, bis Holly am Apartment von Frederick Maltin klingelte. Erst als dieser die Tür öffnete, Holly und Buchanan mißtrauisch musterte und widerwillig zum Eintreten aufforderte, zog sich der Angestellte in den Lift zurück. Schnell, als würde er verfolgt, schloß Maltin die Tür und führte sie in einen riesigen, luxuriös ausgestatteten Raum, von wo man eine hinreißende Aussicht auf die Fifth Avenue im Süden und den gegenüberliegenden Central Park hatte.

»Ich weiß nicht, welche Informationen Sie angeblich über meine geschiedene Frau haben. Sie sind auch nicht mehr wichtig, denn ich habe gerade von ihr gehört.«

Buchanan mußte sich sehr zusammennehmen, um keine Fragen zu stellen. Es war – so schrieb es ja das Szenario vor – Hollys Szene, und sie wurde ihrer Rolle gerecht. »Da sind Sie gewiß erleichtert.«

»Natürlich, sehr.« Frederick Maltin war ein Mann zwischen vierzig und fünfzig, mittelgroß, weder schlank noch dick, mit schütterem graumelierten Haar. Er war teuer gekleidet, und es war unmöglich, die kostbaren Manschettenknöpfe und die diamantenbesetzte Cartier-Uhr zu übersehen.

»Sie baten um zehn Minuten, doch kann ich Ihnen soviel Zeit nicht opfern«, fuhr Maltin fort. Die dünne Stimme klang herrisch.

»Gewiß wollen Sie doch der Presse die gute Nachricht mitteilen«, sagte Holly. »Gestern gab es so viel Aufregung um Ihre Behauptung, daß ihr etwas geschehen sei.«

»Ja, in der Tat. Sie und andere Reporter möchten gewiß ihre Fans davon in Kenntnis setzen, daß sie wohlauf ist.«

Holly schien verwirrt. »Wie Sie das so sagen … Es hört sich ja fast so an, als hätten Sie die Medien noch nicht informiert.«

»Die Nachricht hat mich eben erst erreicht. Ich muß das erst verarbeiten. Sie können sich meine Erleichterung vorstellen.« Maltin zog ein burgunderrotes seidenes Taschentuch aus der Brusttasche des maßgeschneiderten blauen Zweireihers und wischte sich über die Stirn.

Von wegen erleichtert, dachte Buchanan.

»Was hat Ihre ehemalige Frau Ihnen mitgeteilt?« fragte Holly. »Wo hat sie sich in den letzten beiden Wochen aufgehalten?«

Maltin verzog keine Miene. »Im Ausland. Sie hat mir den Ort genannt, wünscht jedoch nicht, daß ich Genaueres bekanntgebe. Sie möchte noch eine Zeitlang wegbleiben, um Ruhe zu finden. Sie fürchtet, daß wieder einmal die Reporter über sie herfallen werden.«

»Nun, könnten Sie wenigstens andeuten, wo sie ist?«

»In Frankreich. Mehr will ich nicht sagen.«

»Wissen Sie, warum sie verschwunden ist?«

»Sie wollte eine Reise unternehmen. Ich war durch diese unseligen juristischen Verwicklungen enerviert und nahm irrtümlicherweise an, ihr müsse etwas Schreckliches zugestoßen sein.«

Buchanan sah sich aufmerksam um und hatte plötzlich einen schwachen Tabakgeruch in der Nase. Dabei stand nirgends in diesem gepflegten Raum ein Aschenbecher. Der Zigarettenrauch kam aus einem anderen Bereich des geräumigen Apartments.

»Ich muß Ihnen etwas gestehen«, fuhr Maltin fort. »Meine Reaktion war unangemessen heftig, weil Maria telefonisch für mich nicht zu erreichen war. Als sie vor wenigen Wochen ihre Wohnung verkaufte und sich in Luft aufzulösen schien, war ich wütend, denn sie hatte mich über ihre Absichten in Unkenntnis gelassen. Es schien mir unvorstellbar, daß sie so selbständig handeln konnte. Obwohl wir geschieden waren, machte ich mir die allergrößten Sorgen um sie. Ich bildete mir ein, daß sie Opfer eines Verbrechens geworden war.«

»Ja«, sagte Buchanan. »Haben Sie etwas dagegen, wenn ich Ihr Bad benutze?«

»Und ob! Kommt nicht in Frage.«

»Es ist ein Notfall. Es muß sein.« Er steuerte auf eine Tür am anderen Ende des Zimmers zu.

»Warten Sie. Was fällt Ihnen ein?« rief Maltin wütend. »Bleiben Sie stehen. Sofort!«

»Ich habe Ihnen doch gesagt, ich muß auf die Toilette.« Buchanan öffnete die Tür und betrat ein luxuriös eingerichtetes Eßzimmer.

Maltin rannte ihm nach. »Wenn Sie weitergehen, rufe ich die Polizei!«

Buchanan beachtete ihn nicht. Der Zigarettengeruch wurde stärker. Er öffnete eine Tür zu seiner Linken und stand in einem mit Eichenmöbeln ausgestatteten Arbeitszimmer. Überrascht richtete sich ein Mann auf, der rauchend an einem großen Schreibtisch lehnte. Er war Mitte Dreißig und gehörte mehr oder weniger zu jener Sorte, der man am liebsten auswich.

»Entschuldigung«, sagte Buchanan, »ich dachte, hier geht's zum Bad.«

»Nicht schlimm«, antwortete der Fremde.

Links unter seinem Anzug wölbte sich der Kolben einer Waffe. Um sie zu ziehen, mußte er die rechte Hand benutzen, in der er jedoch die Zigarette hielt. Er beugte sich nach vorn, als wolle er Asche über dem Papierkorb abstreifen, warf jedoch die Zigarette hinein und griff nach links.

Zu spät. Buchanan packte die Kameratasche am Tragriemen, führte einige schnelle Umdrehungen um seine Achse aus und schwang sie kräftig. Mit lautem Knall traf sie den Mann am Kiefer, so daß er zur Seite kippte und die Augen verdrehte. Blut floß ihm aus dem Mund. Stöhnend landete er auf dem Orientteppich.

»Mein Gott!« Frederick Maltin starrte entsetzt auf den am Boden Liegenden. »Sind Sie nicht ganz bei Trost? Wer sind Sie überhaupt?«

»Einer, der mal eben auf die Toilette wollte, aber dieser Gentleman hier hatte partout etwas dagegen – und Sie auch. Warum denn, verdammt noch mal?«

Buchanan zog die Pistole. Maltin verschlug es den Atem,

und auch Holly, die hinter ihm hergelaufen war, zuckte zusammen. Er näherte sich dem Verletzten, richtete die Waffe auf seine rechte Schläfe und nahm ihm den Revolver ab. Er prüfte den Puls, drehte ihm den Kopf zur Seite, damit er nicht an seinem eigenen Blut erstickte, und stand kopfschüttelnd wieder auf. »Ein Blutfleck auf dem Teppich – tut mir leid, Mr. Maltin. Sie sollten sich die Leute besser ansehen, mit denen Sie sich einlassen.« Er bemerkte eine Tasche auf dem Schreibtisch und öffnete sie. »Oder Geschäfte machen. Wieviel Geld ist da drin? Sieht nach vielen Hundertdollarscheinen aus, in Bündeln zu zehntausend Dollar.« Buchanan nahm sie heraus und türmte sie übereinander. »Mal sehen: einhunderttausend, zweihunderttausend? Gar nicht so schnell zu zählen. Nach meiner Schätzung liegen hier eine Million Dollar.«

Maltin stand mit offenem Mund da, er war bleich im Gesicht. Holly fuhr sich durch ihre roten Haare, fassungslos über das, was sich eben vor ihren Augen abgespielt hatte.

»Hinknien, Mr. Maltin!«

Maltin zitterte. »Warum?«

»Fragen Sie nicht.« Buchanan gab Holly den Revolver. »Hier. Wenn Maltin aufzustehen versucht, machen Sie von der Waffe Gebrauch.« Mit einem drohenden Blick auf Maltin verließ er das Arbeitszimmer. »Wohin gehen Sie?« rief Holly ihm mit schriller Stimme nach. »Nachsehen, ob wir allein sind.«

3

Vorsichtig, die Pistole im Anschlag, schlich er von Zimmer zu Zimmer und forschte überall nach. Einen Mann hatte er gestellt. Das hieß aber nicht, daß sich nicht noch andere im Apartment versteckt hielten.

Erleichtert, seinen Verdacht nicht bestätigt zu finden, kehrte er ins Arbeitszimmer zurück, untersuchte abermals den Mann am Boden und fesselte ihm dann mit dem eigenen Gürtel die Hände. Auf Maltins Gesicht stand der Schweiß, den er gar nicht so schnell abwischen konnte; das burgunderrote Taschentuch war schon durchnäßt.

»Setzen Sie sich, Fred. Sie werden doch nicht ohnmächtig werden. Können wir Ihnen etwas bringen? Ein Glas Wasser? Etwas Brandy? Fühlen Sie sich wie zu Hause.«

Maltins Gesicht war grau wie Zement. Er schwitzte immer stärker und nickte mit einem Anflug von Verzweiflung. »Da drüben im Schreibtisch. In der obersten Schublade.«

Buchanan zog sie auf. »Aber, aber, Fred! Sie enttäuschen mich. Sie sind doch nicht etwa ein Kokser? Böser Junge, Fred.« Er brachte ein Fläschchen mit weißem Pulver zum Vorschein und stellte es auf den Schreibtisch. »Bedienen Sie sich.«

Maltin sah ihn haßerfüllt an, zog den Stöpsel heraus und schnupfte das Kokain erst durch das eine, dann durch das andere Nasenloch.

»Sie haben da ein bißchen Schnee an der Lippe, Fred.«

Maltin wischte das Pulver mit dem Finger weg und leckte ihn ab.

»So ist's recht. Nicht verschwenderisch sein. Geht's jetzt besser, Fred? Können wir uns ein bißchen unterhalten?«

»Sie Schweinehund.«

Blitzschnell schlug ihm Buchanan so hart ins Gesicht, daß sein Kopf zur Seite gerissen wurde und weiße Koksflokken aus der Nase flogen.

Vor Schreck hielt sich Holly die Hand vor den Mund.

Buchanan schlug ihn auf die andere Wange, diesmal noch kräftiger. Der Kopf schnellte in die andere Richtung.

Maltin weinte hemmungslos. »Bitte, töten Sie mich nicht.« Er jammerte, die Augen erbärmlich zugekniffen, tränenüberströmt. »Bitte.«

»Sie haben nicht aufgepaßt. Ich will mich nur mit Ihnen unterhalten. Über den Kerl hier und das Geld. Bei legalen Geschäften schleppt niemand so viel Moneten mit sich herum. Wo kommt es her? Hat etwas mit Ihrer Exfrau zu tun, stimmt's? Sie haben nach ihr suchen lassen, und das hat jemandem nicht gefallen. Kurz gesagt, Sie hatten die Wahl: entweder eine Kugel in den Schädel oder eine Million Eier in bar. Nun, Sie sind kein Idiot. Für 'ne Million würden Sie jeden ans Messer liefern. Gleichgültig, ob Maria Tomez in Schwierigkeiten ist. Sie hat sich ja von Ihnen scheiden lassen. Soll das Miststück doch selber auf sich aufpassen. Stimmt's, Fred? Hören Sie genau zu: Sagen Sie mir, ob ich richtig liege, oder ich ohrfeige Sie, bis Ihnen der Kopf nach hinten steht.«

Er hob drohend die Hand, und Maltin zuckte zusammen. »Bitte nicht, nein, bitte.«

»Also dann reden Sie. Gehe ich recht in der Annahme, daß es Schweigegeld ist, wir sind hereingeschneit, als es übergeben wurde? Es lief so, schätze ich: Sie sollten die Medien zurückpfeifen. Da wir uns nicht abweisen ließen, haben Sie die Verhandlung unterbrochen und uns empfangen. Nur hatten Sie sich noch kein Szenario zurechtgelegt. Am Nachmittag, wenn die Reporter von gestern wieder herbestellt werden sollten, wäre Ihre Schau perfekt gewesen. Ist das richtig?« Buchanan holte wieder wie zum Schlag aus.

Maltin schluckte die Tränen hinunter und nickte plärrend.

»Damit das keine einseitige Unterhaltung wird, stelle ich Ihnen jetzt eine Frage. Sind sie bereit?«

Maltin rang nach Luft.

»Von wem stammt die Kohle?«

Maltin antwortete nicht.

»Fred, ich rede mit Ihnen.«

Maltin biß sich auf die Lippe und schwieg weiter.

Buchanan seufzte. »Ich fürchte, ich muß Sie rausschikken, Holly. Das ist nichts für Sie.«

»Drummond«, winselte Maltin.

»Verstehe nicht. Sie sprechen nicht deutlich genug. Lauter.«

»Alistair Drummond.«

»Junge, Junge. Der neue Lover Ihrer Exfrau. Und warum sollte Alistair Drummond Ihnen eine Million Dollar rüberschieben, wenn Sie den Mund halten?«

»Ich weiß nicht.«

»Bringen Sie mich nicht noch mehr in Rage. Warum sollte Drummond Sie bestechen? Überlegen Sie mal. Einfach so?«

»Ich sage Ihnen doch, ich weiß es nicht!«

»Sind Ihnen schon mal die Knochen gebrochen worden, Fred?« Buchanan ergriff den kleinen Finger von Maltins rechter Hand.

»Nein! Das ist die Wahrheit.« Maltin entriß ihm die Hand. »Fassen Sie mich nicht an, Sie Schweinehund! Lassen Sie mich in Ruhe. Es ist die Wahrheit. Ich weiß gar nichts!«

»Dann sagen Sie mir, was Sie vermuten.«

»Seit Maria mich verlassen hat und vor einem Dreivierteljahr diese Kreuzfahrt mit Drummond machte, ist mir alles unbegreiflich.«

»Kreuzfahrt? Welche Kreuzfahrt meinen Sie genau?«

»Vor Acapulco. Drummond besitzt eine Luxusjacht. Er bot ihr an, sich an Bord zu erholen, während die Scheidung vorbereitet wurde. Als Ehemann war ich ihr vielleicht zuwider, aber als Manager war ich weiterhin unentbehrlich für sie. Nach der Kreuzfahrt hat sie es jedoch abgelehnt, sich mit mir zu unterhalten. Sie hat sogar meine Anrufe nicht beantwortet. Bei einigen Gelegenheiten sah ich sie in der Öffentlichkeit, doch Drummonds Bodyguards ließen mich nicht in ihre Nähe. Ich habe gelitten, ich bin krank geworden ...«

»Keine Panik, Fred. Die Million reicht eine ganze Weile für Schnee. Wollen Sie meinen Rat hören? Ich an Ihrer Stelle würde die Moneten für eine Reise ausgeben. Denn ich bin ganz sicher: Alistair Drummond wird dafür sorgen, daß Sie den Mund halten und nicht noch mehr Geld fordern. Er wird Ihnen eine Dosis Koks verpassen, die Sie in höhere Sphären trägt. Sie verstehen, was ich meine. Ich bin überrascht, daß es nicht schon längst geschehen ist. Vielleicht hat er es verschoben, weil Sie gerade große Reden geschwungen haben. Wäre zu verdächtig. Ich rate Ihnen, hauen Sie ab und ändern Sie Ihren Namen. Graben Sie ein tiefes

Loch und setzen Sie sich hinein. Denn man wird Sie überall suchen.«

Maltins Gesicht war von Panik gezeichnet.

»Bis bald, Fred.«

»Aber ...?« Maltin deutete auf den bewußtlosen Mann. »Was ist mit ihm?«

»Nach meiner Meinung gibt es zwei Möglichkeiten. Entweder Sie lassen sich eine überzeugende Geschichte einfallen oder Sie verschwinden, bevor er aufwacht. Sorry, wir müssen weiter, Fred.«

4

Sie verließen das Sherry-Netherland.

»So was habe ich noch nie erlebt«, japste Holly.

»Gehen Sie langsamer«, warnte Buchanan. »Es soll nicht so aussehen, als ob wir davonlaufen.«

»Tun wir das etwa nicht?« flüsterte Holly aufgeregt. »Sie haben einem Mann den Kiefer gebrochen, wenn nicht das Genick. Maltin haben Sie mißhandelt. Er hat bestimmt die Polizei gerufen, sobald wir draußen waren.«

»Nein. Er packt seine Koffer. Sie haben so was noch nicht erlebt, und Maltin auch nicht. Er hat weder die Bullen noch den Hoteldetektiv angerufen, denn als wir gingen, wurden wir nicht angehalten.« Buchanan führte Holly zum Eingang des Central Park an der Seventh Avenue.

»Warum gehen wir ...?«

»Weil weniger Leute dort sind. Wir können uns ungestört unterhalten. Maltin hat höllische Angst.«

»Klar. Ich auch. Ich dachte, Sie haben die Kontrolle über sich verloren. Sie wollten ihm alle Knochen brechen!«

»Nein. Ich wußte, das war nicht nötig. Sie und Maltin haben nur geglaubt, ich tue es. Die Schau hatte Erfolg. Es war so etwas Ähnliches wie ein Verhör.«

Buchanan warf einen Blick auf Bäume und Büsche zu beiden Seiten des Weges.

»Und woher wissen Sie, daß er die Wahrheit gesagt hat?«

»Seine Augen haben es verraten. Maltin wechselt nie die Rolle. Ein Scheißkerl, der klein beigibt, sobald er keine Macht mehr hat. Ein normales Interview wäre Zeitverschwendung gewesen. Ich weiß, was wir als nächstes tun.«

»Was?«

Sie verließen den Park und standen im tosenden Verkehr der Avenue of the Americas.

»Denken Sie doch mal praktisch. Ein Hotel suchen. Etwas essen und schlafen. Ein bißchen recherchieren.«

»Und danach?«

»Suchen wir Alistair Drummonds Jacht.«

5

Sie benutzten die U-Bahn und drei verschiedene Taxis, um eventuelle Verfolger abzuschütteln, und landeten schließlich etwa dort, wo sie hergekommen waren. Es gelang ihnen, ein Zimmer im Dorset zu buchen. Sie holten Hollys Wagen aus dem Parkhaus und übergaben ihn dem Hotelangestellten. Bevor sie sich auf ihr Zimmer im zwanzigsten Stock begaben, trugen sie sich als Mr. und Mrs. Charles Duffy ein. Beim Zimmerservice bestellten sie Kaffee, Tee, Salate, Steaks, Folienkartoffeln, ein Baguette, Gemüse und Eiscreme. Sie duschten nacheinander. Als Buchanan in einem weißen Hotelbademantel aus dem Bad kam, trocknete sich Holly gerade die Haare.

Sie schaltete den Fön ab. »Setzen Sie sich und machen Sie den Oberkörper frei. Ich will mir Ihre Wunden ansehen.«

Ihre Berührung war erregend. Sie befühlte die fast geheilte Schußverletzung an der rechten Schulter und glitt tiefer zur Stichwunde. »Hier sind ein paar Stiche aufgerissen.« Sie nahm antibiotische Salbe und Binden aus seiner Reisetasche. »Scheint aber nicht infiziert zu sein. Halten Sie still.«

»Autsch!«

»Ein harter Bursche wollen Sie sein?« Sie lachte.

»Wer sagt Ihnen, daß ich nicht simuliere, um Ihr Mitgefühl zu wecken?«

»Ich bevorzuge andere Methoden.«

»So?«

Sie strich ihm leicht über die Schultern, drehte ihn um und küßte ihn.

Es war ein langer Kuß. Zärtlich, mit leicht geöffneten Lippen. Ein zaghaftes Spiel mit der Zunge, zart, sinnlich.

Buchanan zögerte zunächst, doch dann umarmte er sie, hielt sie fest und spürte den straffen Rücken unter dem Bademantel.

Ihr Atem duftete. Sie atmete genüßlich aus und löste sich langsam von ihm. »Ja, du brauchst eindeutig mehr Zuneigung.«

Jetzt mußte Buchanan lachen. Er streckte die Hand nach ihr aus, um sie noch einmal zu küssen, wurde aber durch ein Klopfen unterbrochen.

»Zimmerservice«, rief der Kellner.

Buchanan wollte zur Tür gehen, aber Holly hielt ihn auf.

»Stopp! Wer wird denn so unvorsichtig sein«, flüsterte sie und drohte ihm auf dem Weg zum gemeinsamen Bett mit dem Zeigefinger. Sie griff unter sein Kopfkissen und reichte ihm die Pistole. »Braucht man so was nicht, wenn der Zimmerkellner kommt?«

Lachend steckte er die Waffe in die Bademanteltasche. »Du bist eine gelehrige Schülerin«, lobte er Holly und belohnte sie mit einem Kuß.

6

Bei Sonnenuntergang erwachte Buchanan. Er streckte sich und genoß das Gefühl, gut gegessen zu haben, nackt unter weichen Laken zu liegen und Hollys Körper neben sich zu spüren.

Sie war mit dem Bademantel bekleidet, er hatte seinen nicht wieder angezogen, nachdem sie sich geliebt hatten und vor Erschöpfung sofort eingeschlafen waren. Er fand sie hinreißend, ihren Humor, ihre sinnlichen Züge, den großen, schlanken Körper voll athletischer Anmut.

Er stand auf, zog den Bademantel an und setzte sich auf einen Stuhl, neben dem die von Holly mitgebrachten Bücher und Papiere lagen. Um Holly nicht zu wecken, rückte er eine Lampe heran, machte es sich bequem und begann zu lesen.

Zwei Stunden später hob sie den Kopf, rieb sich die Augen und blickte ihn lächelnd an. Sie war sogar im Halbschlaf wunderschön.

»Wie geht's?«

»Mir ist, als hätte ich gerade ein Gespenst gesehen.«

»Ich verstehe nicht. Mich?«

»Nein, hier in diesem Material.« Er hielt ein Buch auf den Knien. »Ich glaube, ich weiß, was da läuft. Mir wird nicht so schnell unheimlich, doch das jagt mir einen kalten Schauer über den Rücken.«

Holly setzte sich auf. »Wovon redest du?«

»Die Fotos in diesem Buch. Die haben so etwas ...«

Holly erhob sich, schloß den Bademantel und kam zu ihm. »Zeig mal her.« Sie zog sich einen Stuhl heran. »Welche Fotos?«

»Das ist eine Biographie über Maria Tomez. Ich habe nur kurz hineingeschaut, aber eines ist klar: Frederick Maltin hat sie nicht nur entdeckt und gemanagt – er hat sie geschaffen. Im wörtlichen Sinn. Ich habe sie nie auf der Bühne erlebt, aber sie soll nicht nur eine gute, sondern eine furiosleidenschaftliche Sängerin sein. Sieht sie nicht umwerfend sexy aus?«

»Zugegeben«, gähnte Holly.

»Aber nun guck dir mal diese frühen Bilder an.« Buchanan blätterte zurück. »Das ist Maria Tomez zu Beginn ihrer Karriere. Bevor sie Frederick Maltin traf und als noch keiner der Starkritiker sie zur Kenntnis nahm.«

Buchanan zeigte auf das Foto einer jungen dunkeläugigen Frau, pummelig, mit einer groben Nase und unsicherem Blick. Ohne jede Ausstrahlung.

»An dem Abend, als Maltin sie als Tosca sah, war sie nur

die zweite Besetzung und mußte einspringen, als der Star der Aufführung erkrankte.«

»Was mag Maltin in ihr gesehen haben?«

»Jemanden, den man beherrschen, den man formen und gestalten kann. Was hatte sie schon zu verlieren? Sie überließ sich ganz ihm und leistete absoluten Gehorsam.«

»Und dann?«

»Schau dir die folgenden Fotos an. Was fällt dir auf?«

»Na, sie wirkt von Mal zu Mal schlanker. Das kommt in ihrer plötzlich todschicken Kleidung vorteilhaft zur Geltung. Wie man sieht, hat sie auch eine neue Frisur, locker und gewellt. Eine gewisse wilde Ungezwungenheit.«

»Das ist mir auch aufgefallen. Stürmisch. Die Frisur hat etwas Leidenschaftliches an sich. Und nun dieses Bild.«

Holly schüttelte den Kopf. »Die Nase. Sie wurde korrigiert, ist jetzt schmaler und gerader.«

»Vergleiche das Foto mal mit dieser Aufnahme, ein Vierteljahr später.«

»Nun verstehe ich gar nichts mehr.«

»Sie lächelt.«

»Richtig.«

»Lächelt sie auch auf den Fotos vorher?« fragte er.

»Nein, nur auf diesem. Mein Gott, die Zähne! Es sind nicht ihre Zähne. Zuerst sind sie krumm und jetzt ... Sie hat sie richten und überkronen lassen.«

»Oder Frederick Maltin hat dafür gesorgt. Er hat ihr innerhalb von zwei Jahren eine steile Karriere versprochen. Keine Veröffentlichung erwähnt jedoch die vielen künstlichen Korrekturen.«

»Und die ganze Zeit hat sie an Gewicht verloren«, sagte Holly ganz aufgeregt. »Ihre Garderobe wurde eleganter und läßt sie größer erscheinen.«

»Sieh nur die späten Fotos, nachdem sie eine Primadonna geworden war. Die Verwandlung geht weiter – hier, an den Augen, und betrachte mal den Schmuck.«

»Der ist zweifellos ein paar hunderttausend Dollar wert. Du hast recht, die Frau ist ganz und gar von Maltin durchgestylt. Dieser Kerl hat sie völlig neu erschaffen.«

»Die Tomez wurde reich – vielmehr sie und Maltin wurden reich. Zu ihrem Abkommen gehörte, daß sie ihn heiratete. Wobei ich nicht glaube, daß Maltin Interesse daran hatte, mit ihr zu schlafen. Ich vermute, er wollte ihre Finanzen kontrollieren, was am besten in seiner Eigenschaft als Ehemann *und* Manager möglich war. Fünfzehn Jahre lang hatte er sie in der Hand. Vielleicht drohte er damit, die wahre Geschichte ihres Erfolgs preiszugeben und Fotos – du weißt schon, VORHER und NACHHER — zu veröffentlichen, falls sie sich seinen Plänen widersetzte. Eines schönen Tages zu Beginn dieses Jahres wurde es ihr endlich zuviel. Sie verließ ihn. Sie hatte den alten, stinkreichen Drummond kennengelernt, und er wurde ihr ständiger Begleiter. Als die Gesellschaftsfotografen immer zudringlicher wurden, schlug er ihr vor, sich den Augen der Öffentlichkeit zu entziehen, und brachte sie auf seine Jacht, die vor der Westküste Mexikos lag. Ein Urlaub in ihrer Heimat. Drei Wochen lang blieb sie an Bord, dann flog sie nach New York zurück, kaufte sich eine Wohnung und gab die Oper auf. Sie ließ die ganze Welt wissen, daß sie ungestört sein wollte.«

»Und ein paar Monate später ist sie verschwunden«, spann Holly das Garn weiter. »Und deine Freundin Juana, die sie gelegentlich als Bodyguard begleitete, ist auch weg. Was ist vor zwei Wochen geschehen?«

»Das war nicht vor zwei Wochen. Ich glaube, es geschah bereits auf der Jacht.«

»Was hat sich dort abgespielt?«

»Die gestrige ›Washington Post‹ bringt deutliche Fotos. Eine Aufnahme von Maltin bei seiner Pressekonferenz. Ein neues Bild von Maria Tomez bei einem ihrer seltenen öffentlichen Auftritte – dunkle Brille, breitrandiger Hut. Man hat den Eindruck, sie hat sich die Kinnpartie operieren lassen. Und nun schau dir das an. Auch die Schulterpartie sieht anders aus.«

»Die Korrektur einer Nase ist eines, aber Kinnpartie und Schulter? Da handelt es sich um große chirurgische Eingriffe.«

»Genau. Deshalb glaube ich nicht, daß dieses letzte Foto Maria Tomez darstellt. Ich bin fast sicher, es ist Juana in der Rolle von Maria Tomez.«

7

»Aber wie ist so etwas möglich?« Hollys Frage klang enttäuscht. Sie fuhren mit hoher Geschwindigkeit auf einer verkehrsreichen Schnellstraße. »Filmstars haben ständig Doubles. Heutzutage sind Theatermasken so echt, daß Schauspieler ihr Aussehen glaubhaft verändern können. Aber unser Fall liegt anders. Wir haben es mit einer berühmten Opernsängerin zu tun. Egal, wie gut die Maske war, diese außergewöhnliche Stimme kann niemand nachahmen.«

»Das brauchte Juana auch gar nicht zu tun«, sagte Buchanan, noch immer wie gelähmt bei dem Gedanken, was seine Entdeckung bedeuten könnte.

Holly überholte einen Lkw und gab mehr Gas.

»Die Zeitungsmeldungen lassen keinen Zweifel zu«, sagte er. »Maria Tomez hat sich nach der Rückkehr von der Kreuzfahrt mit Drummond von der Bühne zurückgezogen. In New York hat sie sich hin und wieder kurz in der Öffentlichkeit gezeigt, in keinem Fall als Sängerin. Die Reporter wiesen jedesmal darauf hin, daß sie indisponiert gewesen sei. Juana konnte einzig die Stimme nicht imitieren, also ist sie dem aus dem Weg gegangen und hat Probleme mit dem Kehlkopf vorgetäuscht. Ansonsten sind beide Lateinamerikanerinnen, mit den gleichen charakteristischen Merkmalen in bezug auf Körperbau und Physiognomie. Schließlich hat Maria Tomez ihr Aussehen allmählich verändert, es mußte also nicht auffallen, wenn Juana nicht ihr absolutes Ebenbild war. Solange Juanas besonderes Make-up garantierte, daß die Ähnlichkeiten weitaus größer waren als die Unterschiede. Wir sprechen von einer Frau, die ihr Privatleben abschirmte und die nach ihrer Scheidung alle früheren

Kontakte abgebrochen hatte. Juana brauchte nur ein paar Anrufe zu beantworten, sich über eine Erkältung zu beschweren, sich kurz in der Öffentlichkeit zu zeigen oder den Bildreportern zur Verfügung zu stehen – und niemand kam darauf, daß sie nicht die Frau war, die sie zu sein vorgab.«

»Nur du. Du hast es gemerkt.«

»Weil ich einen Grund hatte, Verdacht zu schöpfen, und das Maskenarsenal in ihrem Haus kenne. Ich kann es nicht fassen, wie perfekt sie auf ihrem Gebiet war. Das hätte ich nie so gut gekonnt.«

»Warum ist Juana ein Double geworden? Das ist die Frage.«

»Des Rätsels Lösung liegt bei Drummond. Marias Rückzug ins Privatleben und das Bedürfnis nach Abgeschiedenheit kamen nach der Kreuzfahrt. Drummond akzeptierte Juana als Maria Tomez, und einer seiner Ganoven schmierte Frederick Maltin, damit er nicht mehr mit Reportern sprach. Jetzt wird mir alles klar«, sagte Buchanan bitter. »Zwei sind verschwunden.«

»Zwei?«

»Nicht Maria Tomez, sondern Juana hat sich vor einigen Wochen davongemacht. Drummond überschlägt sich fast, sie wiederzufinden. Warum? Wenn ich nicht irre, hat Maria Tomez Drummonds Jacht vor einem Dreivierteljahr nie verlassen. Es war Juana, und Drummond will die Vertauschung geheimhalten.«

Hollys Hände verkrampften sich am Lenkrad. »Was hat sich bloß auf dieser Jacht abgespielt?«

8

Zum La Guardia Airport waren sie mit Hollys Wagen und nicht mit dem Taxi gefahren, denn es wäre aufgefallen, wenn sie ihn für unbestimmte Zeit in der Garage des Dorset Hotels abgestellt hätten. Im Parkgeschoß des Terminals hingegen war dies nichts Ungewöhnliches.

Sie hatten sich sehr beeilen müssen. Es war ihnen gelungen, zwei Tickets für die letzte Maschine nach Miami zu buchen, und so erreichten sie den Flugsteig gerade noch zur rechten Zeit. Während des Flugs schliefen sie vor Aufregung nicht und aßen, obwohl sie keinen Appetit verspürten, die von der Stewardeß servierte Lasagne.

Kurz vor der Fahrt zum Flughafen hatte Buchanan telefonisch Erkundigungen über Drummonds Jacht eingeholt und von der Vereinigung der Schiffsversicherer in Long Beach erfahren, daß sie zur Zeit bei Key West vor Anker lag.

9

Key West, Florida

Mitternacht war schon vorbei, als Buchanan und Holly in Miami eintrafen. Mit Charles Duffys Kreditkarte mieteten sie einen Wagen und machten sich auf den Weg nach Key West, fast zweihundertfünfzig Kilometer über die Florida Keys nach Südwesten. Sie hielten mehrmals an, um sich Kaffee zu kaufen, und lösten sich beim Fahren ab, damit einer immer etwas ruhen konnte.

Kurz vor Morgengrauen erreichten sie ihr Ziel, die südlichste Siedlung des nordamerikanischen Kontinents, die Insel Key West. Nur sechseinhalb Kilometer lang und zweieinhalb Kilometer breit, galt sie als eines der letzten Zentren der Gegenkultur in den USA. Atmosphäre und Architektur der Stadt waren eine exotische Mischung von Einflüssen Westindiens, Kubas und der Bahamas. Doch all das interessierte Buchanan nicht. Nachdem sie in einem billigen Motel ein paar Stunden Schlaf gefunden hatten, aßen sie etwas und widmeten sich ihrer Aufgabe. Sie bummelten eine Stunde lang durch den geschäftigen Hafen und nutzten dabei jede Gelegenheit, Straßenhändlern und Fischern scheinbar nebensächliche Fragen zu stellen. Bald standen sie am Kai an ein Geländer gelehnt, atmeten die feuchte, würzige Meerluft und beobachteten ihr Ziel.

Drummonds Jacht, die sich schneeweiß gegen das Blaugrün des Golfs von Mexiko abhob, lag in etwa hundert Meter Entfernung vor Anker. Ihr schnittiges Profil mutete Buchanan bedrohlich an, wie die gebogene Klinge eines scharfen Jagdmessers. Das weite Sonnendeck am Heck, das von den Fenstern der oberen Decks gut zu überblicken war, erinnerte ihn an Schickeria und Exhibitionisten.

Andererseits kam ihm die Jacht trotz ihres Glanzes wie in ein schwarzes, unheilverkündendes Tuch gehüllt vor.

»Manchmal, wenn du in Gedanken versunken bist, verändert sich der Ausdruck deiner Augen und deines Gesichts«, sagte Holly. »Dann siehst du wie ein Fremder aus.«

»Inwiefern?«

»So ernst, so bekümmert?«

»Damit wir uns richtig verstehen, das hat nichts mit Maria Tomez zu tun«, antwortete Buchanan. »Ich will wissen, was mit ihr geschehen ist, das stimmt, aber vor allem will ich wissen, was aus Juana geworden ist.« Er riß sich vom Anblick der Jacht los und sah Holly an, die seinen Blick verwirrt erwiderte. »Vieles davon verstehe ich selber nicht. Zum Beispiel meine Gefühle für dich. Erst muß ich die Vergangenheit bewältigen, bevor ich mich auf die Zukunft einlasse. Wenn das hier alles vorbei ist, können wir beide über unsere Beziehung sprechen.«

Der Wind blies Holly durchs Haar. Sie dachte über seine Worte nach und nickte. »Ich habe nicht angenommen, daß es etwas Dauerhaftes wird. Es war nicht geplant, ich habe mich hinreißen lassen. Wir sind einer Meinung. Eins nach dem anderen. Was unternehmen wir, wenn wir die Jacht gefunden haben?«

»Du hast mitgekriegt, wie ich mit den Fischern und Straßenhändlern gesprochen habe, lockere Gespräche mit einigen gezielten Fragen. ›Abschöpfen‹ wird diese Technik genannt. Der Unterschied zu einem Interview besteht darin, daß die von *dir* Befragten meist wissen, worum es geht, in *meinem* Fall dürfen sie es nicht merken.«

Holly hörte aufmerksam zu. Er erzählte ihr von seiner Ausbildung, während der er diese Methode in Bars üben mußte. Er verwickelte Fremde in eine Unterhaltung und erreichte es, daß sie so persönliche Dinge wie die Nummer ihrer Sozialversicherungskarte oder ihr Geburtsdatum preisgaben.

»Abschöpfen – die Kunst, Leute auszufragen, ohne daß sie es merken, gilt als eine Standardmethode bei Agenten, die militärische, politische und Industrie-Geheimnisse sammeln. Eine Information führt zur nächsten. Im allgemeinen braucht man Zeit dazu, mehrere Gespräche, aber manchmal geht es auch schnell. Wie diesmal, denn ich muß etwas über Juana erfahren. Wenn sie noch am Leben ist«, Buchanans Kehle wurde eng, »muß ich sie aus ihrer Lage befreien.«

»Wie stellen wir das an?«

»Du mußt dich so geben wie du bist – sexy und begehrenswert.«

»Soll das ein Kompliment sein?«

»Viel mehr als das. Eben hat eine Barkasse von Drummonds Jacht losgemacht und bringt drei Matrosen an Land.«

Sie folgte seinem Blick und kniff im Sonnenlicht, das sich im Wasser spiegelte, die Augen zusammen.

»Wir passen auf, wohin sie gehen«, erklärte er ihr. »Mag sein, sie haben einen Auftrag zu erledigen, kann aber auch sein, sie haben ihren freien Tag. Wenn sie eine Bar aufsuchen, ist die Gelegenheit für uns günstig. Ich hoffe, du spielst auch dabei mit.«

10

»Verdammt, ich wollte von vornherein nicht die weite Fahrt hierher machen«, schrie Buchanan. »Was habe ich davon? Sobald ich mich umdrehe, zwinkerst du jedem Burschen zu, bei dem sich die Hose vorn ausbeult.«

»Sprich doch leiser«, ermahnte ihn Holly.

»Harry hat mich vor dir gewarnt. Er hat gesagt, ich soll dich keine Minute aus den Augen lassen. Er meinte, du vögelst mit jedem, der in der Lage ist, 'nen Ständer zu kriegen. Je jünger, desto besser.«

»Sprich doch leiser«, bat Holly flehentlich.

Sie saßen in der Coral Reef Bar, die Wände in ihrer Ecke waren mit einem Fischnetz und einem ausgestopften Schwertfisch dekoriert.

Buchanan saß hingelümmelt in einem Kapitänsstuhl und goß bereits das dritte Bier in sich hinein. »›Sprich doch leiser‹ – das ist alles, was du sagst. Treffen wir doch ein Abkommen. Ich spreche leiser, und du behältst die Höschen an. Kellner, noch zwei Bier.«

»Ich mag nicht mehr«, sagte Holly.

»Wer sagt denn, daß ich es für dich bestellt habe? Kellner, ich habe es mir anders überlegt. Bringen Sie mir einen Bourbon on the rocks.«

»Du hast schon zwei in der anderen Kneipe getrunken. Zwei Bier hier und ... Dave, es ist erst Mittag, um Himmels willen.«

»Halt die Klappe, okay?« Buchanan schlug auf den Tisch. »Ich trinke, wann ich will. Wenn du nicht mit jedem ins Bett steigen würdest ...«

»Sir, Sie stören die anderen Gäste«, sagte ein großer Kerl, blond, mit Bürstenschnitt und straffen Muskeln unter dem T-Shirt.

»Wieso?«

»Sir, wenn Sie sich nicht beherrschen, muß ich Sie bitten, das Lokal zu verlassen.«

»Bitten Sie, solange Sie wollen, Kumpel, ich bleibe hier.« Buchanan kippte den Rest des Biers hinunter und schrie dem Kellner zu: »Wo bleibt mein Bourbon?«

Die Leute warfen ihm unwillige Blicke zu.

»Dave«, sagte Holly.

Buchanan schlug abermals auf den Tisch. »Ich habe dir gesagt, du sollst den Schnabel halten, verdammt!«

»Nun reicht's«, sagte der kräftige Kerl. »Gehen wir, Kumpel.«

»He!« protestierte Buchanan, als der Rausschmeißer ihn packte. »Was, zum Teufel ...?« Er wurde hochgerissen, stieß, scheinbar haltlos schwankend, gegen den Tisch und warf dabei Gläser um. »Mann, Sie brechen mir den Arm!«

»Würde mir Spaß machen, Kumpel.« Er drehte Buchanan den Arm auf den Rücken und drängte ihn zum Ausgang.

»Worauf wartest du noch? Los – gehen wir«, schrie Buchanan Holly zu und warf ihr wütende Blicke zu.

Holly überhörte die Aufforderung.

»Ich habe gesagt, gehen wir!«

Holly reagierte nicht. Sie zuckte zusammen, als Buchanan draußen vor der Bar zu brüllen begann. Langsam hob sie das Bierglas und trank einen kleinen Schluck. Ihre Hand zitterte. Sie stellte das Glas hin und wischte sich die Augen.

»Alles in Ordnung?«

Vor ihr stand ein gutaussehender, braungebrannter Mann, Mitte Zwanzig, der eine weiße Uniform trug.

»Wirklich, ich möchte Sie nicht belästigen. Davon haben Sie die Nase bestimmt voll. Sie sehen ein bißchen durcheinander aus. Darf ich Ihnen etwas bestellen, das Sie beruhigen wird?«

Holly wischte sich die Augen und versuchte, Würde zu zeigen. Sie blickte ängstlich zur Tür. »Gern.«

»Einen Cognac für die Lady.«

»Ich wäre Ihnen dankbar, wenn Sie aufpassen würden, daß er nicht handgreiflich gegen mich wird.«

11

Im regen Treiben der Touristen und Fischer am Kai lehnte Buchanan unbeachtet am Geländer und verfolgte die Barkasse, die durch das blaugrüne Wasser auf die weiße Jacht zuhielt. In Begleitung der drei Matrosen, die auf ihr Schiff zurückkehrten, befand sich eine rothaarige Frau, die angeregt mit den Männern plauderte.

Als sie an Bord gingen, nickte Buchanan und verlor scheinbar das Interesse. Er bummelte am Hafen entlang und behielt unauffällig die Jacht im Auge, ganz damit beschäftigt, die Stadt zu fotografieren, obwohl er in Wirklichkeit das Teleobjektiv von Hollys Kamera als Fernglas benutzte. Sie hatte zwar darauf bestanden, daß sie sehr gut auf sich selber aufpassen könne, und doch war nicht auszuschließen, daß sie dort drüben in Gefahr geriet. Sie hatten vereinbart, daß er auf dem schnellsten Weg zu ihr käme, wenn sie auf Deck erschien und aufgeregt wirkte.

Gegen fünf Uhr legte die Barkasse ab und brachte die drei Matrosen und Holly wieder an Land. Sie kletterte auf den Kai, küßte einen der Männer zum Abschied auf die Wange, fuhr dem nächsten durchs Haar und umarmte den dritten. Offensichtlich mit sich zufrieden, schlenderte sie in die Stadt.

Buchanan erwartete sie bereits in dem kleinen, schattigen Motelzimmer. »Wie ist es gelaufen?« fragte er besorgt, als sie eintrat.

Sie zog die Sandalen aus und setzte sich erschöpft aufs Bett. »Den Jungs ist es ganz schön schwergefallen, die Pfoten von mir zu lassen. Ich hatte keine Minute Ruhe. Mir ist zumute wie nach einem Marathonlauf.«

»Willst du einen Schluck Wasser? Ich habe etwas Obst gekauft, wie ist es damit?«

»Ja, Obst wäre schön. Eine Orange – großartig. Also, zur Jacht. Die Besatzung besteht aus fünfzehn Mann, die sich beim Landgang abwechseln. Drummond ist in ihren Augen – ich zitiere einen der Matrosen – ein selbstherrliches Arschloch. Er flößt ihnen Angst ein, wenn er sich an Bord befindet. Aber sobald die Katze fort ist, tanzen die Mäuse und bringen zuweilen Frauen an Bord.«

Buchanan legte Bleistift und Notizblock auf den Tisch. »Zeichne mir mal einen Lageplan der einzelnen Räume und Decks auf. Ich muß eine genaue Vorstellung haben, jede Einzelheit, die dir einfällt. Du bist sicher müde, Holly. Tut mir leid, das wird eine Weile dauern.«

12

In Key West gab es eine Menge Geschäfte für Tauchsportartikel, so daß Buchanan sich ohne Mühe einen Tauchanzug ausleihen konnte. Da das Wasser warm war, hätte er eigentlich keine isolierende Hülle benötigt, doch er wollte die heilende Stichwunde schützen und verhindern, daß Schorfteile ins Wasser gelangten und Haie und Barrakudas anlockten.

Die Kopfschmerzen plagten ihn nach wie vor, es war ein Gefühl, als bestünden seine Nerven aus ledernen, bis zum Zerreißen gespannten Strängen. Doch Schmerzen durften ihn nicht beunruhigen, er mußte weiterschwimmen durch die Nacht, zusätzlich getarnt durch die schwarze Ausrüstung. Die Arme locker an den Seiten, bewegte er die in Flossen steckenden Füße nur leicht, geräuschlos und ohne weiße Schaumkronen entstehen zu lassen. Das Gesicht hielt er, obwohl er es vorher geschwärzt hatte, so lange wie möglich unter Wasser. Die Sterne leuchteten, die Mondsichel stieg langsam auf, als er sich der Jacht näherte.

Endlich packte er die Ankerkette und spähte nach oben. Weder Schritte noch Stimmen. Er nahm Maske und Schwimmflossen ab, band sie an die Kette und begann hinaufzuklettern. Langsam, lautlos zog er sich hoch bis zum Klüsengatt, das zum Hineinkriechen zu eng war. Doch boten Klüse und die wuchtige Kette genügend Spalten, in die er sich mit den geflochtenen Gummischuhen krallen konnte, bis er sich, um Gleichgewicht ringend, am Rand des Bugs festklammerte. Er schwang sich hoch, hielt vergebens Ausschau nach Matrosen oder elektronischen Überwachungsinstallationen und glitt über die Reling auf das schwach erleuchtete Deck.

Als er Deckung suchend unter eine Außentreppe huschte, merkte er, daß er nasse Spuren hinterlassen hatte. Über ihm waren einige Fenster erleuchtet, auch in den Treppenaufgängen und Laufgängen brannten Lampen, doch nur schwach, so daß sich genügend dunkle Ecken zum Verstekken fanden. Er schlich auf rutschfesten Sohlen weiter bis zu einem Korridor, wo er eine steile Treppe erklomm.

Er folgte Hollys exaktem Lageplan. Angespannt lauschend, erreichte er das Mitteldeck und folgte wieder einem Korridor. Von den Türen interessierte ihn nur die letzte, denn dort hatten die Matrosen Holly nicht hingeführt.

»Zutritt verboten«, so hatten sie gesagt.

»Warum denn das?«

»Wir haben keine Ahnung. Sie ist immer verschlossen.«

Der Raum lag zwischen Drummonds Kabine und dem großen, luxuriös ausgestatteten Salon, dessen Fenster eine Aussicht auf das Sonnendeck achtern gestatteten. Buchanan nahm zwei kurze Metallhaken aus der Tasche. Gerade hatte er das erste der beiden Schlösser geöffnet, da hörte er auf der Treppe am anderen Ende des Ganges Schritte. Es gelang ihm, den Dietrich lautlos in das zweite Schloß zu schieben.

Die Schritte kamen näher. Jetzt waren sie fast am Ende der Treppe angelangt.

Buchanan drehte den Türknopf, schlüpfte in den düsteren Raum und machte die Tür hinter sich zu. Mit angehaltenem Atem preßte er das Ohr gegen das Schott und lauschte. Draußen war es still, Buchanan fand einen Lichtschalter und knipste an.

Der Anblick stimmte ihn nachdenklich. Der schmale, mit Drummonds Kabine verbundene Raum enthielt mehrere Reihen von Monitoren und Videorecordern. Er drehte die Lautstärke auf Null und ließ die Monitoren laufen. Kurz darauf erschienen auf den Bildschirmen verschiedene Räume, zur Zeit unbenutzte Schlafkabinen und Decks. In einigen Fällen hatte die Bildwiedergabe einen grünen Schimmer, was darauf hindeutete, daß die verborgenen Kameras mit Infrarottechnik ausgestattet waren.

Aha, dachte Buchanan, Alistair Drummond belauscht seine Gäste gern. Der Alte begibt sich in sein Schlafzimmer, verriegelt die Tür und kommt hier herein, um zuzusehen, was die Besatzungsmitglieder oder – wichtiger noch – die Gäste tun: wie sie sich ausziehen, die Toilette benutzen, miteinander schlafen, saufen, fixen und so weiter. Und alles kann aufgezeichnet und wieder abgespielt werden.

Buchanan wurde auf einen verschlossenen Metallschrank aufmerksam, in dem er mindestens hundert beschriftete Videokassetten fand, die – aufgenommen zwischen August 1988 und Februar 1990 chronologisch geordnet waren. Er fand eine Kassette über die bewußte Kreuzfahrt, die im Februar 1990 stattgefunden hatte, und legte sie bei abgeschaltetem Ton ein. Die Bildqualität war hervorragend. Viele Aufnahmen in den verschiedenen Kabinen zeigten die Gäste in den intimsten und kompromittierendsten Situationen. Oraler Sex und Analverkehr waren offenbar besonders beliebt. Buchanan zählte dreizehn Männer, zumeist Machotypen, in mittlerem Alter, und zwölf Frauen, attraktiv und ebenso elegant wie freizügig gekleidet, die wie Huren behandelt wurden. Alle waren Lateinamerikaner und sprachen spanisch. Er regulierte den Ton und hörte über einen Ohrhörer konzentriert zu. Den Unterhaltungen entnahm er, daß die Frauen tatsächlich Prostituierte und die Männer Mitglieder der mexikanischen Regierung waren.

Alistair Drummond hatte diese Videos nicht zu seinem voyeuristischen Vergnügen aufgenommen. *Erpressung*, schoß es Buchanan durch den Kopf, und er erkannte im gleichen Augenblick bestürzt Maria Tomez. Er mußte die Bilder genauer betrachten, bevor er überzeugt war, daß es sich in der Tat um die Sängerin und nicht um Juana in ihrer Tomez-Rolle handelte. Man blickte auf das Sonnendeck achtern, und die Kamera war darüber in der Wand versteckt, was den schrägen Aufnahmewinkel erklärte. Der Soundtrack klang nicht ganz sauber, trotzdem waren in der Ferne Unterhaltungsmusik und das Lachen einer Frau zu hören.

Maria Tomez, in einem tief ausgeschnittenen Abendkleid, lehnte mit dem Rücken zur Kamera an der Heckreling und blickte auf das Kielwasser. Ein Mann sprach sie an, und sie wandte sich um. Im Bild erschien ein schlanker Lateinamerikaner im Dinnerjackett. Die Kamera zoomte auf den Mann.

Buchanan hatte eine Kopie des Films angefertigt und sie in einer Plastiktüte verstaut, die er in der Kabine fand. Ansonsten hatte er alles so gelassen, wie er es vorgefunden hatte. Er schloß die Tür und schlich hinunter zum Hauptdeck. Er löste Maske und Flossen von der Ankerkette und schwamm in Rückenlage zurück zur Küste, die Hand mit der Kassette über dem Wasserspiegel.

»Mein Gott«, sagte Holly. Ihr wurde fast übel. Der Film war zu Ende, und sie starrte voller Abscheu auf den Bildschirm. »Dafür soll Gott ihn mit Höllenqualen bestrafen!«

Sie war auf dem Videogerät im Motelzimmer Zeuge der Vergewaltigung und der Ermordung von Maria Tomez geworden, oder vielleicht mußte es umgekehrt heißen: des Mordes und der Vergewaltigung.

Der Fremde hatte sich der Sängerin genähert und gefragt, ob ihr kalt sei. Unter dem Vorwand, sie wärmen zu wollen, hatte er den Arm um sie gelegt. Maria Tomez befreite sich, doch er ließ sich nicht abweisen. Als sie sich zu wehren begann, redete er betrunken auf sie ein. »Ich mag keine Spielverderberinnen. Ich kriege jede, die ich will.« Er kicherte, umschlang sie fest mit den Armen und küßte sie auf Gesicht und Nacken. Sie wand sich, und als sie ihn wegschob, schüttelte er sie lachend und traktierte sie schließlich mit den Fäusten. Sie spuckte ihn an. »Hure!« zischte er und verpaßte ihr einen Faustschlag, der sie zu Boden warf. Der Hinterkopf schlug schwer gegen den eisernen Kasten mit dem Fallreep. Der Mann beugte sich vor, grapschte in das Kleid, das zerriß und die Brust entblößte. Hastig kniete er sich über sie und zerrte weiter an dem Stoff, bis der Bauch, der Unterleib und die Knie zu sehen waren. Er zog ihr die spitzenbesetzte Unterwäsche vom Leib und hielt dann einen Augenblick, wie von dem Anblick überwältigt, inne. Die Kamera erfaßte Maria Tomez, reglos und nackt, das Kleid zu beiden Seiten ausgebreitet wie gebrochene Flügel. Die Starre des Mannes war nur von kurzer Dauer, denn plötzlich öffnete er den Gürtel, ließ die Hose fallen und fiel über sie her. »Ist dir jetzt wärmer?« fragte er, als es vorbei war. Sie antwortete nicht. Er rüttelte sie. Sie bewegte sich nicht. Er ohrfeigte sie. Als sie sich noch immer nicht regte, packte er sie im Nacken, kniff sie in die Wangen und drehte ihr den Kopf hin und her. Schnaufend stand er auf, schnallte den Gürtel zu und stellte Maria Tomez, sich verstohlen umsehend, auf die Füße, lehnte sie gegen die Reling. Dann packte er sie, als wollte er sie wegtragen – und warf sie mit einem kräftigen Schwung beider Arme über Bord.

Buchanan schaltete die Geräte ab und ließ sich in einen Sessel fallen. Erst jetzt bewegte sich Holly wieder, kopfschüttelnd blickte sie nach unten.

»Ob sie bereits tot war, als …«, fragte sie mit belegter Stimme.

»Ich weiß es nicht.« Er zögerte. »Vielleicht hat einer der Schläge ihr das Genick gebrochen. Ebensogut kann sie unter Schock gestanden haben und lebendig ins Wasser gefallen sein. Der Schweinehund hat nicht einmal nachgesehen. Es war ihm gleichgültig, ob sie lebte oder nicht. Es ging ihm nur um sich selber. Er benutzte sie, dann warf er sie weg. Wie einen Müllsack.«

»Und was geschah dann?« fragte sie bitter.

»Wahrscheinlich glaubte der Mörder, die Leute überzeugen zu können, daß sie über Bord gefallen sei. Er war schließlich betrunken, und das beeinträchtigte sein Denkvermögen. Es könnte sein, daß er in der Kabine seinen Rausch ausschlief und sich dann so erstaunt zeigte wie die anderen Gäste, als man Maria Tomez als vermißt meldete. Ohne Verdacht zu erregen, konnte er die Vermutung äußern, sie habe in betrunkenem Zustand das Gleichgewicht verloren und sei über Bord gefallen.«

»Aber Alistair Drummond kannte die Wahrheit«, sagte Holly.

Er nickte. »In seinem geheimen Überwachungsstudio hatte er alles am Monitor verfolgt. Und was wäre besser geeignet zur Erpressung eines Mitglieds der mexikanischen Regierung als ein Videofilm über Vergewaltigung plus

Mord? Der alte Drummond ist bestimmt vor Freude an die Decke gesprungen, zumindest innerlich. Ich nehme an, er hat dem Mörder mitgeteilt, was er auf dem Band hatte, und als Gegenleistung für gewisse Gefälligkeiten versprach er zu schweigen. Die erste Phase war nicht schwierig. Drummond brauchte nichts weiter zu tun, als den Helikopter zum Festland zu schicken und den Gästen später zu erzählen, Maria Tomez habe die Kreuzfahrt vorzeitig abgebrochen.«

»Die zweite Phase war schwieriger.«

»Ja, richtig. Drummond kam sich wohl als Genie vor, als ihm Juana einfiel, über die er irgendwie informiert war. Er brauchte ihr gar nichts Belastendes zu erzählen. Es genügte der Hinweis, Maria Tomez wünsche absolute Ruhe – und ein verlockendes finanzielles Angebot für den Auftritt als Double.«

»Wenn es nicht so abstoßend wäre, würde ich es als brillant bezeichnen.«

»Was aber verlangt Drummond von dem Kerl, den er erpreßt? Gewiß kein Geld. Du bist Reporterin. Erkennst du den Mann auf dem Videofilm?«

Holly schüttelte den Kopf. »Ich bin keine Mexiko-Spezialistin.«

»Das finden wir schon heraus.«

»Und wie?«

»Wir kehren nach Miami zurück.« Seine Stimme war stahlhart. »Und fliegen dann nach Mexico City.«

14

»Hier Buttercup.« Die Frau mit der rauhen Stimme sprach energisch ins Telefon und benutzte ihren Decknamen.

Die verschlafen klingende Stimme am anderen Ende verriet leise Verärgerung. »Hier Alan. Wie spät ist es? Meine Güte, fünf Uhr morgens. Erst vor einer Stunde bin ich ins Bett gekommen.«

»Ich hatte keine Gelegenheit, eher anzurufen.«

»Die Leute des Colonels haben überall nach Ihnen gesucht.«

»Das habe ich befürchtet. Kann ich ohne Risiko sprechen?«

»Es ist ein Verzerrer eingebaut. Warum rufen Sie mich an? Ich sagte doch, nur im Notfall.«

»Ich bin mit Leprechaun zusammen.«

»Ja, dachte ich mir.«

»Sie müssen verstehen. Er hat die Wahrheit gesagt. Sein Vorhaben hat nichts zu tun mit … Sie wissen schon.«

»Auch das dachte ich mir. Ich glaube, er will wirklich Schluß machen. Seinen Vorgesetzten muß man gut zureden.«

»Aber wie?«

»Die Frage kommt etwas spät. Sie sind an der Situation schließlich nicht unschuldig. Wenn Sie sich von ihm ferngehalten hätten …«

»Aber in Washington ist er auf mich zugekommen.«

»Das ändert nichts an der Tatsache. Sie sind zusammen. Mittäterschaft. Seine Vorgesetzten glauben, daß Sie beide die Vereinbarung nicht eingehalten haben.«

»Die Sache hat nichts mit denen zu tun. Wie kann ich ihnen das bloß begreiflich machen? Soll ich sie anrufen? Welche Nummer muß ich wählen?«

»Nein«, lehnte Alan scharf ab. »Damit wird alles nur noch schlimmer. Ihr Anruf wird sofort per Fangschaltung verfolgt und führt sie direkt auf Ihre Spur.«

»Was soll ich tun?«

»Trennen Sie sich von Leprechaun. Tauchen Sie unter. Bis ich Ihnen mitteile, daß Sie sicher sind.«

»Verdammt, hätte ich nur nie auf Sie gehört! Ich hätte Ihr Angebot ablehnen sollen.«

»Oh, das konnten Sie doch gar nicht. Die Story war einfach zu gut, um sie nicht aufzugreifen.«

»Und nun ist mein Leben in Gefahr.«

»Sie dürfen keine Fehler mehr machen. Es gibt noch einen Weg, alles zu retten.«

»Sie Schweinehund. Sie wollen immer noch die Story.«

»Ich habe daran gedacht, mit einem Journalisten Kontakt aufzunehmen, der *Ihre* Geschichte erzählt. Damit würde so viel Aufmerksamkeit auf Sie gelenkt, daß man es nicht wagen würde, Sie zu liquidieren. Dann würden Sie einsteigen ins Geschäft, und wir beide erreichen, was wir wollen.«

»Was *Sie* wollen. Ich möchte nichts weiter als ein normales Leben führen. Was immer man darunter versteht.«

»Ich wiederhole: Tauchen Sie unter. Schaffen Sie sich eine andere Identität an.«

»Und was wird aus Leprechaun?«

»Man kann nicht immer alles haben.«

»Was soll das heißen?«

»Manchmal gibt es ... Zwischenfälle.«

Als Holly aus der Telefonzelle blickte, die in der Nähe ihres Motelzimmers stand, fiel ihr in der grauen Morgendämmerung eine männliche Gestalt neben einem Farnstrauch auf.

»Ich kann nicht weitersprechen«, sagte sie und legte auf.

Buchanan löste sich aus dem Dunkel.

»Wolltest du nicht die Taucherausrüstung zurückbringen?« fragte Holly.

»Ja. Der Motelangestellte hat ein Trinkgeld bekommen, er erledigt das für mich, sobald das Geschäft geöffnet hat. Wen hast du angerufen?«

Sie wich seinem forschenden Blick aus.

»Wenigstens versuchst du nicht zu lügen und hattest genug Verstand, nicht das Telefon im Zimmer zu benutzen. Spielt aber keine Rolle. Die Region ist so klein, daß unsere Verfolger mit der automatischen Fangschaltung herauskriegen, wo wir uns aufhalten.«

»Nein, ich habe eine Privatnummer gewählt. Deine Leute kennen sie nicht.«

»Das denkst du. Für mich sind alle Telefone ein Risiko. Es muß ein wichtiger Anruf gewesen sein.«

»Ich habe es für uns getan. Ich wollte die Karre wenigstens zum Teil aus dem Dreck ziehen.«

»Welche Karre meinst du? Im Augenblick haben wir ein Überangebot an Karren.«

Sie biß sich auf die Lippe. »Wollen wir nicht lieber im Zimmer darüber sprechen?«

»Damit du Zeit hast, dir überzeugende Antworten auszudenken? Nein, wir reden gleich hier weiter.« Er packte sie am Arm und ging mit ihr den schmalen Weg entlang. Der Himmel hatte sich aufgehellt, die Brise wehte stärker, und die Vögel stoben nach ihrem Morgengezwitscher in alle Himmelsrichtungen auseinander.

»Na schön, ich wollte es dir schon in New York gestehen. Ich bin so erleichtert ... Von Anfang an war ich darüber informiert, daß du in Cancún bist. Deshalb war ich vor dir im Club Internacional und habe dich dann mit den beiden seltsamen Geschäftsleuten beobachtet.«

»Jemand in meiner Einheit hat mich hochgehen lassen.« Buchanan öffnete die quietschende Zimmertür. »Niemand sonst konnte wissen, wo ich war. Deine Informationen über Yellow Fruit, Seaspray, ISA, und Scotch and Soda konnten nur von einem meiner Vorgesetzten stammen.«

Er hatte Hollys Arm nicht losgelassen. Er führte sie ins Zimmer, machte Licht und drückte sie fest aufs Bett. »Wer?« fragte er.

»Was wirst du tun? Es aus mir herausprügeln?«

»Nein.« Er blickte ihr in die Augen. »Ich bin für Schadensbegrenzung.« Er packte sein Necessaire in die Reisetasche, sah nach, ob er etwas vergessen hatte, und ging zur Tür. »Du kannst mit dem Bus nach Miami zurückfahren.«

»Warte.«

Buchanan reagierte nicht.

»Warte. Ich kenne seinen richtigen Namen nicht. Er nannte sich Alan.«

Buchanan blieb stehen. »Mittelgroß. Rundliches Gesicht. Kurzes brünettes Haar. In den Vierzigern.«

»Ja, das ist er.«

»Ich kenne ihn. Er war vor einiger Zeit mein Leitoffizier. Er arbeitet für ...«

Holly faßte sein Zögern als eine Bewährungsprobe auf und entschloß sich, den Satz zu vollenden.

»... die CIA.«

Ihre Offenheit schien ihn zu beruhigen. Er steuerte auf das Bett zu. »Weiter.«

»Er hat rundheraus gesagt, was er will. Er ist gegen die Beteiligung des Militärs an zivilen Abwehroperationen. Wenn die Öffentlichkeit wüßte, wie gespannt das Verhältnis zwischen CIA und dem Militär inzwischen ist, müßte der Kongreß die Taktik der amerikanischen Geheimdienste eingehend überprüfen. Die CIA steht sowieso schon unter Druck. So hat er sich an mich gewandt und mir bestimmte Informationen zugespielt. Er bestand darauf, nie genannt und bloß als ›zuverlässige Quelle aus Regierungskreisen‹ zitiert zu werden. Warum siehst du mich so an?«

»Es macht keinen Sinn. Wenn Alan fürchtete, die Agency durch Aufdeckung ihrer Machenschaften mit dem Militär in Gefahr zu bringen, warum zum Teufel sollte er dann eine Journalistin ins Vertrauen ziehen?«

»Es war geplant, dich als Musterbeispiel für den Einsatz des Militärs im zivilen Sicherheitsdienst zu enttarnen. Der Sachverhalt wäre in deinem Fall ganz eindeutig. Wenn der Nachweis erbracht wäre, daß die CIA sich militärischer Einsatzkommandos bediente oder sie ihr aufgezwungen wurden, so mußte dem von ganz oben Einhalt geboten werden.«

»Verstehe.« Buchanans Stimme klang ironisch. »Du wärst eine Starjournalistin, und Alan hätte seinen Laden wieder unter Kontrolle.«

»So sah der Plan aus – aber es gibt ihn nicht mehr.«

»Wie meinst du das?«

»Deshalb mein Anruf bei Alan. Ich will aus der Vereinbarung aussteigen. Das habe ich ihm gesagt. Ich wollte ihn bitten, mit deinen Vorgesetzten zu sprechen, um ihnen zu versichern, daß du kein Risikofaktor mehr bist. Und ich auch nicht.«

»Hast du wirklich geglaubt, er würde da mitspielen? Wie kann man nur so naiv sein!«

»Alan tut es leid, daß alles so gekommen ist.«

»Mir kommen gleich die Tränen.«

»Ja, es tut ihm leid, daß ich jetzt von dem Colonel und seinen Leuten verfolgt werde. Er hat mir geraten, mich davonzumachen.«

»Ein verdammt guter Rat. Mach dich davon.«

»Nein. Ich lasse dich nicht allein.«

»Wie, zum Teufel, willst du mich zurückhalten?«

»Ich folge dir einfach.«

»Wieso? Glaubst du immer noch, ich eigne mich für eine Titelstory?«

Keine Antwort.

»Hör mal, ich habe keine Zeit für Vermutungen. Ich muß weg, bevor auf deinen Anruf hin ein Kommando hier aufkreuzt.«

»Ich will bei dir sein. Nicht nur, weil ich mich bei dir sicher fühle, obwohl das auch zutrifft ... Ich habe nicht erwartet, daß du so bist. Und daß ich mich zu dir hingezogen fühlen könnte.«

»Wer spielt nun Komödie?«

»Es ist die Wahrheit. Ich habe mich an dich gewöhnt. Verdammt, in Washington habe ich dir das Leben gerettet. Das beweist doch etwas.«

»Klar, und ich, ein abgehalfterter Agent, bin so toll, daß du dich in mich verliebt hast.«

Sie wollte etwas entgegnen.

»Schone deine Kräfte. Dein Wunsch wird erfüllt.«

Überrascht riß sie die Augen auf.

»Ich kann dich nicht zurücklassen. Es war ein Fehler, dir zu sagen, wohin ich fahre.«

»Ja, nach Mexico City.«

»Ich kann meine Pläne nicht ändern – wegen Juana. Ich habe geschworen, ihr zu helfen. Und ich halte mein Versprechen. Das heißt: Ich kann dich nicht herumlaufen lassen, bis sie dich erwischen und du ihnen verrätst, wo ich bin und was ich tue. Pack deine Sachen. Ich will weg von der Insel, bevor die Killer eintreffen.«

Holly atmete erleichtert auf. »Danke.«

»Spar dir das. Ich tue dir keinen Gefallen. Sobald ich sicher bin, daß du keine Gefahr mehr für mich darstellst, trenne ich mich von dir. Ich gebe dir nur einen Rat, Holly. Zwinge mich nicht, dich wie einen Feind zu behandeln.«

15

Halbinsel Yucatán

Eine Rauchwolke lag über der riesigen Lichtung. Mit dröhnenden Bulldozern, Kränen und anderen schweren Maschinen schritt die Arbeit voran, immer wieder unterbrochen von knatterndem Gewehrfeuer. Die gefällten Bäume wurden verbrannt, damit sie den Eingeborenen, die von ihren Angriffen auf die Bautrupps und die Ausrüstung nicht abließen, kein Versteck, keine Deckung boten. Die Steine der geschleiften Ruinen einst herrlicher hoher Pyramiden und Tempel lagen noch zwischen den Stahltürmen, die an ihrer Stelle errichtet worden waren.

Manchmal bebte die Erde, doch die Arbeiter und Wachposten nahmen keine Notiz mehr davon, denn sie hatten sich inzwischen an alles gewöhnt – an Erdbeben, Schlangen, Rauch und Schüsse. Worauf es ankam, war, mit dem Job fertig zu werden, das Geld einzustecken und abzuhauen.

Dahin bringt Alistair Drummond die Menschen, dachte Jenna und setzte, wie ihr befohlen war, die letzten Striche auf die archäologische Übersichtskarte, die veranschaulichen sollte, daß die Funde nicht so bedeutend waren, wie es Aufnahmen aus dem All den Wissenschaftlern suggeriert hatten. Ein paar unbedeutende Bauwerke. Haufenweise umherliegende Gesteinsbrocken, von Erdbeben an die Oberfläche geschleudert. Traurige Überreste einer einst einzigartigen Kultur. Mit einer Ausnahme: dem Spielfeld der Maya. Aus unerklärlichen Gründen hatte Drummond darauf bestanden, daß es erhalten blieb. Dort, auf dem spärlich mit Gras bewachsenen Rechteck, flankiert von einer steinernen Zuschauerterrasse, waren in lederne Rüstungen gekleidete Mannschaften zu einem tödlichen Spiel aufeinandergetroffen. Eine schwere Kugel mußte durch vertikal stehende Reifen an beiden Enden des Feldes geworfen werden. Vielleicht hatte Drummond den Kampfplatz nicht zerstören lassen, weil er seine eigene Grausamkeit symbolisierte, die Verfolgung eines Ziels um jeden Preis.

Er war in Begleitung von Raymond vor zwei Tagen im großen blauen Helikopter von Drummond Industries eingetroffen, um die letzte Etappe des Vorhabens selber zu leiten. »Sie haben gute Arbeit geleistet«, lobte er Jenna. »Sie erhalten zusätzlich einen Bonus.«

Sie hatte einen Dank gemurmelt, im stillen aber aufgeschrien: »Bloß heil hier rauskommen – nichts weiter.« McIntyre, der Projektleiter, war kurz vor der Ankunft des Hubschraubers gestorben.

»Beerdigen Sie ihn dort, wo die Eingeborenen nicht rankönnen. Nein, ich habe es mir anders überlegt. Verbrennen Sie ihn. Genau wie die anderen.« Mehr hatte Drummond nicht dazu gesagt.

»Die anderen«, das waren die Maya, die bei dem Versuch, die Schändung des geheiligten Landes zu verhindern, niedergemetzelt worden waren. Jenna war beinahe verrückt geworden, als sie von dem Massaker hörte. Einige Gebiete Mexikos waren so entlegen und besaßen so wenig Verbindung zur Außenwelt, daß niemand in der übrigen Welt eine Vorstellung davon hatte, was hier geschah. Wenn es eines Tages bekannt wurde, dann gäbe es keinerlei Spuren der Greueltaten mehr. Und wer würde schon reden? Etwa die Arbeiter? Nein, nur ein Narr würde das Schweigen brechen. Denn jeder würde für mitschuldig gehalten werden.

Nun stand sie im Büro mit den rohen Holzwänden und hörte sich wie betäubt Drummonds Kommentar zu ihren Karten an.

»Natürlich werden wir Fotos veröffentlichen, doch wird man vor allem Ihren grafischen Darstellungen Beachtung schenken.«

Da ging die Tür auf, Raymond erschien in Dschungelausrüstung, ein Gewehr in der Hand, das Gesicht rauchgeschwärzt und das Hemd blutbespritzt. »Drei hab ich wieder erwischt, aber es laufen noch viel mehr herum.«

»Machen Sie sich auf ein anderes Wild gefaßt – eines, das uns jagt«, eröffnete ihm Drummond.

»Wer ist es?« Für Raymond war das eine Herausforderung.

»Ein Toter. Charles Duffy. Erinnern Sie sich?«

»Ja, er hatte den Auftrag, das Haus der Frau in San Antonio zu beobachten. Vor drei Tagen ist er verschwunden.«

»Er wird nicht mehr vermißt. Seine Leiche wurde am Ufer des San Antonio River angespült. Erschossen. Dennoch, Mr. Duffy ist ein bemerkenswerter Mann. Obwohl er tot ist, hat er mit seiner Kreditkarte einen Flug von San Antonio nach Washington bezahlt, wo er kurz im Ritz-Carlton wohnte. Für ein paar Stunden des nächsten Tages hielt er sich im Dorset Hotel in Manhattan auf. Danach ist er in Begleitung einer Frau nach Miami geflogen und hat dort einen Wagen gemietet.«

Raymond dachte nach. »Was er in Washington wollte, begreife ich nicht, schon eher sein Absteigen im Dorset in Manhattan. In der Nähe befindet sich das Apartment der Frau.«

»Und das ihres Exgatten. Dieser hatte Besuch, einen Mann und eine Frau. Sie sind in die Geldübergabe hineingeplatzt.«

»Maltin weiß nichts«, sagte Raymond. »Sie haben ihn nur bezahlt, damit er die Aufmerksamkeit nicht mehr auf das Verschwinden dieser Frau lenkt.«

»Nichts?« Drummond war wütend. »Maltin weiß, daß *ich* ihn bezahlt habe. Das haben die beiden Besucher von ihm erfahren. Die Frau ist noch nicht bekannt – sie arbeitet angeblich für die ›Washington Post‹. Die Beschreibung des Mannes trifft genau auf den zu, der die Überwachung des Elternhauses gestört hat.«

»Buchanan?«

»Ja, Buchanan. Nun denken Sie mal scharf nach. Was hatte er wohl in Miami zu tun?« schnauzte Drummond.

»Die Jacht. Sie liegt in Key West vor Anker.«

»Genau. Der Kapitän meldet, daß drei Matrosen gestern eine Frau an Bord mitbrachten. Eine Frau mit rotem Haar.«

»Bestimmt hat sie Buchanan unterstützt. Sie hat erkundet, wie man sich an Bord schleichen kann.«

Drummond nickte. »Ich muß annehmen, daß er etwas über die Videokassette weiß. Und daß er sich nicht schmieren läßt. Suchen Sie ihn und bringen Sie ihn ein für allemal zum Schweigen.«

»Wo ist er zu finden?«

»Das ist doch klar, oder? Welches ist das nächste Glied in der Kette?«

»Delgado.«

»Ja. Gerade hörte ich von meinen Gewährsleuten auf dem Miami International Airport, daß ein Mann namens Charles Duffy zwei Tickets nach Mexico City gekauft hat. Mit dem Helikopter sind Sie bis zum Nachmittag dort.«

Zwölftes Kapitel

I

Mexico City

Die Abgase zahlloser Fabrikschornsteine und noch mit bleihaltigem Benzin fahrender Autos wurden von einer Inversionswetterlage über der Hauptstadt festgehalten und machten die Luft in der größten und am schnellsten wachsenden Metropole der Welt praktisch ungeeignet zum Atmen. Kaum hatte Buchanan mit Holly den Juarez International Airport verlassen, begann er zu husten. Die Klimaanlage ihres Taxis arbeitete nicht, trotzdem schlossen sie die Fenster. Lieber im Taxi schmoren, als den tödlichen Smog einatmen.

Sie waren in Key West gerade noch zur rechten Zeit abgefahren, um eine um acht Uhr morgens startende Maschine in Miami zu erreichen. Während des Fluges hatte Buchanan etwas geschlafen. Aufgrund seiner fortgesetzt unregelmäßigen Lebensweise fühlte er sich immer schlapper, und ständig plagten ihn Kopfschmerzen.

Auch belastete ihn die Verbitterung gegen Holly, denn er hatte ihr, trotz aller Warnungen einer inneren Stimme, vertraut. Es traf zu, daß sie ihm das Leben gerettet hatte und auch in anderer Hinsicht von großer Hilfe gewesen war. Er durfte dennoch nicht vergessen, daß sie Reporterin war. Er war wütend, daß diese Frau, mit der er sich eingelassen hatte, von Alan zu seiner Vernichtung ausgeschickt worden war.

Holly ihrerseits war schweigsam und schien zu fühlen, daß ihr jedes Wort falsch ausgelegt werden würde und Buchanan ihre Gegenwart nur so lange duldete, wie sie unauffällig blieb.

»Zum Nationalpalast«, wies er den Taxifahrer an. Der Nationalpalast, berühmt wegen seiner Bögen, Säulen und Patios, war der Sitz der mexikanischen Regierung.

Buchanan und Holly bahnten sich einen Weg durch die

Menge und betraten das Vestibül des Palastes, wo riesige szenische Wandmalereien von Diego Rivera den Hauptaufgang und die Korridore im Erdgeschoß schmückten. Sie schilderten die lange Geschichte des Landes von der Zeit der Azteken und Maya bis hin zur spanischen Eroberung, das Völkergemisch und die zahlreichen Revolutionen, und am Ende stand die idealisierte Zukunft, in der die mexikanischen Bauern glücklich arbeiten und im Einklang mit der Natur leben. Wenn man die Luftverschmutzung berücksichtigte, war es bis zu dieser harmonischen Zukunft noch ein weiter Weg.

In einem laut widerhallenden Gang sprach Buchanan einen Wärter an und wurde ans Ende der Eingangshalle geschickt. Dort befand sich ein Souvenirkiosk, wo er Bücher und Kunstgegenstände links liegen ließ und sich nur die Fotos von Regierungsbeamten an der Wand betrachtete. Er deutete auf eine Aufnahme, die auch Holly aufgefallen war: ein schlanker Lateinamerikaner mit Hakennase in den frühen Vierzigern.

»Das ist er«, sagte Holly.

Buchanan wandte sich an eine junge Verkäuferin und deutete auf das Bild. »Bitte, wie heißt dieser Herr?«

»Welcher? Der? Das ist Esteban Delgado, der Innenminister.«

»Gracias«, bedankte sich Buchanan. Beim Kauf eines Buches stellte er noch weitere Fragen und hatte fünf Minuten später, als sie das Geschäft verließen, erfahren, daß der Mann, der Maria Tomez vergewaltigt und ermordet hatte, nicht nur Innenminister war. Er war der zweitmächtigste Mann in Mexiko, der nächste Präsident, wie jedermann wußte.

»Ein Strolch wie Delgado würde alles drum geben, den Videofilm geheimzuhalten. Die Frage ist nur: Was braucht Drummond?«

»Und was ist aus Juana Mendez geworden?«

»Ja. Es geht letztlich um Juana.«

Der Name tat weh, genau wie das damit angedeutete ›Und nicht um dich‹.

»Dulde mich nicht nur«, bat Holly. »Nimm mich nicht bloß mit, weil du fürchtest, ich arbeite gegen dich. Ich bin nicht dein Feind. Ich möchte dir helfen.«

2

»Mein Name ist Ted Riley«, stellte Buchanan sich vor. Sie standen in einem mit Teppichen ausgelegten, holzgetäfelten Büro, an dessen Tür die Aufschrift MINISTRO DE ASUNTOS INTERIORES leuchtete. Eine grauhaarige Sekretärin mit Brille nickte und wartete.

»Ich bin der Dolmetscher von Señorita McCoy«, fuhr er fort und deutete auf Holly. »Wie Sie aus ihren Papieren ersehen können, ist sie Reporterin der ›Washington Post‹. Sie ist für kurze Zeit in Mexico City, um wichtige Regierungsbeamte zu interviewen und von ihnen zu hören, wie die Vereinigten Staaten von Amerika die Beziehungen zu Ihrem Land verbessern können. Wenn es möglich wäre, daß Señor el Ministro etwas Zeit für uns erübrigt? Wir wären Ihnen sehr verbunden.«

Die Sekretärin war voller Verständnis und drückte mit einer freundlichen Geste ihr Bedauern aus. »Señor Delgado wird diese Woche nicht mehr im Büro erwartet.«

Enttäuscht seufzte Buchanan. »Vielleicht könnte er uns an seinem jetzigen Aufenthaltsort empfangen. Die Zeitung, für die Señorita McCoy arbeitet, hält seine Ansichten für besonders wichtig. Wie überall bekannt, wird er wahrscheinlich der nächste Präsident sein.«

Die Sekretärin überlegte, sah Holly prüfend an und nickte. »Einen Augenblick, bitte.«

Sie verschwand in einem Raum nebenan, Buchanan und Holly sahen sich an.

Die Sekretärin kam nach drei Minuten wieder. »Señor Delgado hält sich in seinem Haus in Cuernavaca auf, eine Autostunde von hier. Ich beschreibe Ihnen den Weg. Der Minister lädt Sie zum Lunch ein.«

3

»Darf ich dich etwas fragen?«

Holly wartete auf eine Antwort, doch er konzentrierte sich ganz auf die Insurgentes-Sur-Autobahn, die nach Süden führte. »Jetzt kehrst du wohl wieder die Reporterin heraus«, sagte er schließlich kalt.

»Hör doch endlich auf, so ablehnend zu sein! Wie oft soll ich es dir noch sagen: Ich stehe auf deiner Seite, ich will dich nicht ins Verderben stürzen. Ich …«

»Ich habe einen Fehler gemacht. Ich habe mir nämlich von einem gewissen Augenblick an keine Mühe mehr gegeben, dich zu manipulieren.«

»Ich verstehe nicht.«

»Ich habe mich nicht verstellt. Bei dir machte ich eine Zeitlang eine für mich völlig neue Erfahrung – ich habe keine Rollen mehr gespielt. Ohne es zu merken, wurde ich jemand, den ich ganz vergessen hatte: ich selbst. Ich bin dir als Brendan Buchanan gegenübergetreten.« Das klang bitter.

»Mag sein, daß ich mich deshalb zu dir hingezogen fühlte.«

Buchanan reagierte spöttisch. »Ich bin aber die einzige meiner Identitäten, die ich nicht mag.«

»Und jetzt weichst du dir selber aus, indem du wieder Peter Lang wirst, der nach Juana sucht?«

»Nein«, antwortete er. »Seit ich dich kenne, wurde mir Peter Lang immer unwichtiger. Juana ist wichtig, weil … In Key West habe ich dir gesagt, daß ich über meine Zukunft nicht entscheiden kann, bevor ich nicht meine Vergangenheit bewältigt habe.« Endlich sah er sie an. »Ich bin kein Idiot. Ich weiß, daß ich nicht sechs Jahre zurückdrehen und wieder da anfangen kann, wo ich mit ihr aufgehört habe. Mein Leben ist wie ein Stapel Schachteln, die nichts miteinander zu tun haben. Ich muß sie verbinden, ich möchte …«

Er zögerte, und Holly wartete.

»… ein Mensch werden. Und deshalb bin ich so sauer auf

dich. Ich habe das Visier heruntergelassen, und du hast mich verraten.«

»Nein.« Holly griff nach seiner Hand. »Ich schwöre bei Gott – ich bin keine Gefahr mehr für dich.«

4

Die Stille und die saubere Luft von Cuernavaca waren nach dem Lärm und der verpesteten Luft von Mexico City eine Erholung. Der Himmel war klar, die Sonne strahlte, das ganze Tal sah nach Ferien aus. In einem exklusiven Stadtteil folgte Buchanan den Anweisungen, fand die gesuchte Straße und kam zu einer hohen Steinmauer, deren großes Eisentor den Blick auf eine Gartenanlage freigab. Er hielt nicht an.

»Hier wollten wir doch rein – oder?« fragte Holly.

»Ja. Ich bin mir jedoch über einiges noch nicht im klaren. Es ist wohl Zeit, mich von dir zu trennen.«

Holly war erschrocken.

»Vieles kann passieren – ich will nicht, daß du da hineingerätst.«

»Ich hänge doch schon mit drin.«

»Findest du nicht, du übertreibst es etwas – nur damit du zu deiner Story kommst?«

»Ich pfeife auf die Story. Ich will nichts weiter als dir beweisen, daß ich es ehrlich meine. Delgado erwartet eine Reporterin. Das hast du selbst so eingefädelt. Ohne mich wirst du also nicht vorgelassen. Du hast dich als mein Dolmetscher ausgegeben. Nun spiel ihn auch.«

Buchanan trat scharf auf die Bremse und wendete. Dem Posten am Tor zeigte er Hollys Presseausweis und erklärte ihm, daß sie erwartet würden. Nach den üblichen Formalitäten wurde das Tor geöffnet, und Buchanan fuhr über die schattige, geschwungene Auffahrt zu dem zweistöckigen Palazzo.

»Ich bin aufgeregter als vor meinem Besuch auf Drummonds Jacht«, sagte Holly.

»Immer mit der Ruhe. Das machen wir mit links. Ich muß mir bloß ein Bild von Delgados Sicherheitsvorkehrungen machen. Deine Rolle dürfte nicht allzu schwer sein. Zieh einfach dein Interview durch. Dir kann nichts passieren. Was man von Delgado nicht sagen kann, wenn ich herauskriege, wie er zu packen ist.«

Er parkte vor der Villa und wirkte völlig ruhig. Beim Aussteigen fielen ihm weitere Posten auf, auch Fernsehüberwachungsanlagen, durch Alarmanlagen gesicherte Fenster, Bewegungsmelder in den Büschen.

Dem Diener, der sie durch eine kühle Marmorhalle geleitete, nannte Buchanan ihre Namen. Sie kamen an einer breiten Treppe vorbei und erreichten am Ende eines Korridors ein mahagonigetäfeltes Arbeitszimmer, das mit Jagdtrophäen sowie zahlreichen Gewehren und Schrotflinten in Glasvitrinen ausgestattet war.

»Willkommen«, sagte Delgado.

Buchanan erkannte ihn sofort, er erinnerte sich lebhaft an die Bilder von der Vergewaltigung und dem Mord an Maria Tomez.

Der Minister kam ihnen entgegen, sein Englisch war fließend, wenn auch die Syntax etwas geschraubt klang. »Es ist mir jedesmal ein Vergnügen, mit amerikanischen Pressevertretern zu sprechen, vor allem, wenn sie für eine so hervorragende Zeitung wie die ›Washington Post‹ arbeiten. Señorita …? Verzeihung, ich habe den Namen vergessen, den mir meine Sekretärin …«

»Holly McCoy. Und das ist mein Dolmetscher, Ted Riley.«

Delgado gab ihnen die Hand. »Gut.« Er beachtete Buchanan kaum und widmete sich Holly, deren Schönheit ihn anscheinend faszinierte. »Da ich Englisch spreche, brauchen wir Ihren Dolmetscher nicht.«

»Ich bin auch Pressefotograf«, warf Buchanan rasch ein.

Delgado machte eine wegwerfende Geste. »Später haben Sie Gelegenheit zum Fotografieren. Señorita McCoy, darf ich Ihnen vor dem Lunch einen Drink anbieten? Vielleicht Wein?«

»Vielen Dank, aber es ist noch ein bißchen früh …«

»Klar«, sagte Buchanan. »Ein Glas Wein wäre schön.« Es war keine Gelegenheit gewesen, Holly zu erklären, daß man einer Zielperson nie einen Drink abschlägt.

»Ich habe es mir anders überlegt«, sagte Holly.

»Weißen oder roten?«

»Weißwein, bitte.«

»Chardonnay?«

»Wunderbar.«

»Das gleiche für mich«, sagte Buchanan.

Delgado überhörte das und wandte sich an einen Diener, der an der Tür stand. »*Lo haga,* Carlos – mach schon.«

»*Sí,* Señor Delgado.«

Der Diener, der eine weiße Kellnerjacke trug, verschwand im Flur.

»Nehmen Sie bitte Platz.« Delgado führte Holly zu einem der Ledersessel.

Buchanan folgte und bemerkte auf der Terrasse hinter der Glastür einen Mann. Er war Amerikaner, Mitte Dreißig, gutgekleidet, blond, von angenehmem Äußeren. Er kam ins Zimmer.

»Ah, Raymond«, sagte Delgado. »Haben Sie Ihren kleinen Spaziergang beendet? Treten Sie ein. Ich habe Gäste, die ich Ihnen vorstellen möchte. Señorita McCoy von der ›Washington Post‹.«

Raymond deutete eine Verbeugung an und gab ihr die Hand. »Sehr erfreut.«

Etwas störte sie an der Berührung.

Raymond wandte sich an Buchanan. »Wie geht es Ihnen, Mr. ...?«

»Riley. Ted Riley.«

Bei Raymonds kräftigem Händedruck verspürte Buchanan einen stechenden Schmerz. Gleich darauf wurde die rechte Handfläche gefühllos. Entsetzt sah er Holly an, die erschrocken auf die eigene Hand sah.

»Wann wirkt es?« fragte Delgado.

»Wir bezeichnen es als Zweiphasendroge.« Raymond nahm einen Ring ab und legte ihn lächelnd in ein kleines Schmucketui, die blauen Augen unergründlich und kalt.

Holly sank auf die Knie.

Buchanans rechter Arm war völlig abgestorben.

Holly fiel ohnmächtig zu Boden.

Buchanan schnürte sich die Brust zusammen, sein Herz raste. Er sackte zusammen und bemühte sich verzweifelt, wieder aufzustehen. Es gelang ihm nicht, er war von Kopf bis Fuß wie gelähmt. Verzweifelt in seiner Hilflosigkeit, sah er nach oben und blickte in Delgados gemein grinsendes Gesicht.

»Die Droge stammt von der Halbinsel Yucatán«, sagte der Amerikaner eiskalt. »Es handelt sich um eine von den Maya benutzte Abart von Curare. Schon vor Hunderten von Jahren wurde sie von den Eingeborenen benutzt, um ihre Opfer zu lähmen, bevor man ihnen das Herz herausschnitt.«

Jetzt auch unfähig, den Kopf zu drehen, hörte Buchanan Holly röchelnd nach Atem ringen.

»Schön locker bleiben«, riet Raymond. »Ihre Lungen könnten sonst die Belastung nicht aushalten.«

5

Der Helikopter donnerte über den Himmel, doch von den Vibrationen im Rumpf spürte Buchanan nichts – er war noch immer am ganzen Körper gefühllos. Der Kabinenboden hätte ebensogut eine weiche Matratze sein können, denn ob hart oder sanft, heiß oder kalt, scharf oder stumpf, er merkte den Unterschied nicht.

Wie als Ausgleich waren Gehör und Sehvermögen erheblich gesteigert. Jedes Geräusch in der Kabine, besonders Hollys verzweifeltes Keuchen, war überlaut. Der Himmel strahlte in einem so intensiven Türkis, daß er, hätte er nicht die Augen schließen können, befürchtet hätte zu erblinden. Offenbar waren die Augen, genau wie Herz und Lunge, nicht von der Droge beeinflußt. Sein Herz schlug wild, was zweifellos zum Teil auf Angst zurückzuführen war, und ihn quälte Brechreiz. Wenn er erbrach, müßte er würgen und würde vielleicht ersticken. Er mußte seine Angst unter Kontrolle bringen, er durfte sich nicht gehenlassen. Je schneller das Herz arbeitete, desto mehr Luft benötigte die Lunge. Da aber die Brustmuskeln streikten, packte ihn panischer Schrecken vor der unwillkürlichen, erdrückenden Hyperventilation.

Konzentriere dich, dachte er, konzentriere dich.

Mit größter Anstrengung versenkte er sich in ein beruhigendes Mantra und rang um einen einzigen, einen beherrschenden Gedanken, der sein Durchhaltevermögen stärkte. Juana, dachte er. Juana. Muß überleben, um ihr zu helfen. Muß überleben, um sie zu finden. Muß überleben, um sie zu retten.

Das außer Rand und Band geratene Herz klopfte schneller, die Lunge quälte sich weiter. Nein, das Mantra wirkte nicht. Juana – sie war nur eine blasse Erinnerung, Jahre entfernt. Auf der Suche nach ihr hatte er eigentlich mehr sich selber gesucht.

Holly – er hörte sie immerzu nach Luft ringen. Ich muß Holly helfen, muß Holly retten, Holly …

Er war dankbar, daß er endlich wieder einen Zielpunkt hatte. Nicht als Peter Lang, nicht als eine seiner zahlreichen Identitäten, sondern als Buchanan wollte er um sie kämpfen. Dieser Vorsatz motivierte ihn. Nach vorn wollte er blikken, nicht zurück, wie bisher, wie stets, seit sein Bruder durch seine Schuld vor so langer Zeit gestorben war. Brendan Buchanan hatte nun eine Aufgabe, und sie war nicht ichbezogen. Es ging allein und ohne Vorbehalte darum, sich mit allen Kräften dafür einzusetzen, daß Holly überlebte. Nicht, weil er mit ihr zusammensein wollte, sondern weil sie nicht sterben sollte.

Der verstärkte Druck in den Ohren signalisierte ihm, daß der Helikopter zur Landung ansetzte. Da er den Kopf nicht drehen konnte, sah er nicht, wo Delgado und Raymond saßen. Er hörte nur ihr Gespräch.

»Ich verstehe nicht, warum ich unbedingt mitkommen mußte.«

»Ein Befehl, den Mr. Drummond mir per Funk übermittelte, als ich nach Cuernavaca flog. Sie sollen sich von den Fortschritten auf dem Gelände überzeugen.«

»Riskant«, sagte Delgado. »Es könnte bekannt werden, daß ich in das Projekt verwickelt bin.«

»Ich fürchte, das war Mr. Drummonds Absicht. Es wird Zeit, daß Sie Ihre Schuld begleichen.«

»Der skrupellose Schweinehund!«

»Mr. Drummond würde es als Kompliment betrachten, als Schweinehund bezeichnet zu werden. Er hat ein Faible für Tiere.«

Der Helikopter verlor weiter an Höhe, der Druck in Buchanans Ohren wurde schmerzhaft. Das hieß, daß er etwas fühlte! Nie hätte er geahnt, daß er Schmerzen begrüßen würde. Die Füße kribbelten, in den Händen piekte es wie mit Nadeln, die Naht an der Seite begann zu jucken, die fast verheilte Schußverletzung pochte, und die quälenden Kopfschmerzen stellten sich wieder ein. Diese Empfindungen kamen nicht alle auf einmal, sondern ganz allmählich. Und jede neue Empfindung ließ ihn hoffen. Er wußte, daß er sich bewegen konnte, wagte es aber noch nicht. Er mußte warten, bis seine Gliedmaßen wieder voll funktionstüchtig waren und bis der geeignete Augenblick …

»Ungefähr jetzt müßte die Wirkung der ersten Phase nachlassen«, sagte Raymond.

Buchanan wurde hart am linken Handgelenk gepackt, eine Handschelle schnappte zu. Dann wurde ihm der Arm auf den Rücken gedreht und mit einem Ruck an das rechte Handgelenk gefesselt.

»Bequem so?« Wie Raymond das fragte, hätte es auch an einen Geliebten gerichtet sein können.

Buchanan schwieg und tat weiter, als könne er sich nicht bewegen. Ein metallisches Klirren und Scharren drang an sein Ohr – auch Holly wurden Handschellen angelegt.

Das Dröhnen der Motoren ließ nach, und der Helikopter setzte auf dem Landeplatz auf. Buchanan war beim Öffnen der Luke eigentlich auf stechendes Sonnenlicht vorbereitet, doch die Sonne verhüllten dunkle Schwaden, die in die Kabine trieben. Der Geruch war so beißend, daß er unwillkürlich hustete. Rauch – in der Nähe brennt es, dachte er und unterdrückte vergebens den Hustenreiz.

»Die Droge hemmt den Speichelfluß«, sagte Raymond, zerrte Buchanan aus der Kabine und warf ihn auf den Boden. »Daher die trockene Kehle. Die Reizung wird sogar eine ganze Weile andauern.« Nach seinem Ton zu urteilen, bereitete ihm die Vorstellung von Buchanans Unbehagen Spaß.

Auch Holly hustete. Als Raymond sie neben Buchanan warf, stöhnte sie auf.

»Warum verbrennen Sie die vielen Bäume?« Delgado war bestürzt.

»Um eine möglichst weite Vorpostenlinie zu schaffen. Zum Schutz gegen die Eingeborenen.«

»Und wenn die Flammen …«

»Mr. Drummond weiß, was er tut. Es ist alles unter Kontrolle.«

Raymond gab Buchanan einen Tritt.

Buchanan rang nach Luft und täuschte Schmerzen vor, die er so stark gar nicht empfand. Er war froh, daß sein Peiniger nicht die Seite mit der Stichwunde getroffen hatte.

»Aufstehen«, befahl Raymond. »Ich weiß, Sie schaffen das. Wenn nicht, befördere ich Sie mit den Füßen zum Büro.«

Um seiner Aufforderung Nachdruck zu verleihen, trat Raymond noch einmal härter zu.

Buchanan kam mühsam auf die Knie, schwankte und stand endlich auf den Beinen. Auch Holly erhob sich und konnte sich kaum aufrecht halten. Buchanan merkte, wie verschreckt sie war, und versuchte, ihr mit Blicken Mut zu machen. Es funktionierte nicht. Raymond gab beiden einen Stoß in den Rücken, so daß sie in Bewegung kamen, und trieb sie zu einem großen, teilweise von Qualm eingehüllten Blockhaus.

Buchanans Aufmerksamkeit war ganz von der hektischen Betriebsamkeit um ihn herum in Anspruch genommen, von hetzenden Arbeitern, vorbeiratternden Bulldozern und Lastwagen, von Kränen, die Stahlträger und Rohre bewegten. Durch den Maschinenlärm glaubte er einen Schuß zu hören, und ihm fielen zertrümmerte, mit Hieroglyphen beschriftete Quader auf, offenbar Ruinenreste. An mehreren Stellen entdeckte er die kümmerlichen Überbleibsel uralter Heiligtümer, und als der Rauch sich kurz lichtete, erblickte er eine Pyramide. Sie war jedoch nicht alt, und sie war nicht aus Steinblöcken errichtet.

Die gewaltige Konstruktion bestand aus Stahl und wirkte wie ein gigantischer Dreifuß. Obwohl er so etwas noch nie gesehen hatte, wußte er, was es war: ein Bohrturm. Öl – das war es also, wonach Drummond hier suchte, dachte er. Aber warum hat das Gebilde eine so ungewöhnliche Form?

Raymond gab der Tür zum Büro einen Schubs und drängte die Gefangenen hinein. Buchanan stürzte beinahe in den düsteren, muffigen Raum und kam unsicher zum Stehen, als Holly gegen ihn stolperte. Sie standen Auge in Auge Alistair Drummond gegenüber.

6

Keines der Fotos in der Biographie oder in den Zeitungsartikeln vermittelte einen Eindruck davon, wie absolut Drummond einen Raum beherrschte. »Mr. Buchanan«, sagte er.

Die Anrede war verblüffend. Wie hat er meinen Namen herausgekriegt? dachte Buchanan.

Drummond kniff die Augen zusammen. »Miß McCoy, ich hoffe doch, Raymond hat Ihnen den Flug angenehm gemacht. Señor Delgado, ich freue mich, daß Sie meiner Einladung gefolgt sind.«

»Sie wurde mir so übermittelt, daß mir wohl keine andere Wahl blieb.«

»Natürlich können Sie wählen. Entweder Sie wandern ins Gefängnis oder Sie werden der nächste Präsident Mexikos. Was ist Ihnen lieber? Wir sind hier ein gutes Stück weiter als erwartet. Morgen früh müßten wir eigentlich die

Pumpen anwerfen können. Treffen Sie die notwendigen Vorkehrungen, sobald Sie wieder in Mexico City sind. Sagen Sie Ihren Leuten, daß alles steht. Ich dulde keine Verzögerungen. Die Zahlungen wurden geleistet. Ich erwarte wie einst Lord Nelson von jedem, daß er seine Pflicht tut.«

»Haben Sie mich hierhergeholt, um mir zu sagen, was ich bereits weiß?«

»Ich habe Sie hierhergeholt, damit Sie sehen, wofür Sie Ihre Seele verkauft haben. Sonst könnten Sie womöglich vergessen, auf welchen Handel Sie sich eingelassen haben. Und um Sie daran zu erinnern, sollen Sie Zeuge sein, was mit meinen beiden Gästen geschieht.« Er wandte sich an Raymond. »Wieviel ist den Schnüfflern bekannt?«

»Das habe ich in ihrer Kameratasche gefunden.« Raymond legte eine Videokassette auf den Tisch.

»So, so. Dann wissen Sie weit mehr, als Sie wissen sollten.«

»Hören Sie, das alles ist gar nicht unsere Sache«, sagte Buchanan.

»Da haben Sie recht.«

»Ich bin nicht an Öl interessiert, und mir ist es egal, was Sie anstellen, um Delgado zu bestrafen. Ich habe nur ein Ziel: Juana Mendez wiederzufinden.«

Drummond zog die dichten weißen Augenbrauen hoch. »Tja, mit diesem Wunsch stehen Sie nicht allein da.«

Sie starrten sich an, und Buchanan fiel es plötzlich wie Schuppen von den Augen, als er die Zusammenhänge zwischen Maria Tomez, Juana, Drummond und Delgado erkannte. Ohne Delgado hätte Drummond nicht die Genehmigung erhalten, sein Projekt zu realisieren.

Die mexikanische Ölindustrie war in den Dreißiger Jahren verstaatlicht worden. Ausländern war es nicht gestattet, so stark Einfluß zu nehmen, wie es Drummond offenbar anstrebte. Da es sich hier um eine archäologische Fundstätte handelte, gewann das Problem noch an Bedeutung, doch wie es aussah, hatte Drummond die Frage der Archäologie gelöst, indem er die Ruinen einfach zerstörte. Sobald Delgado Präsident von Mexiko war, würde er erst recht nach

Drummonds Pfeife tanzen müssen. Für die Entdeckung und Entwicklung der Ölvorkommen würden in Drummonds Taschen heimlich ähnliche Riesenprofite fließen, wie sie vor der Verstaatlichung ausländische Ölfirmen eingesteckt hatten. Doch das war noch nicht alles, wie Buchanan wußte. Da gab es noch einen Aspekt, den er jetzt nicht analysieren konnte, weil er sich jetzt ganz auf seine Rettung konzentrieren mußte.

»Haben Sie Juana Mendez in Fort Bragg kennengelernt?« fragte Drummond.

Verzweifelt suchte Buchanan nach einer geeigneten Rolle und geeigneten Argumenten für seine Verteidigung. »Ja.«

»Wie ist das möglich? Sie arbeitete für den militärischen Geheimdienst?«

Da hatte Buchanan eine Erleuchtung und entschloß sich, die schwierigste Rolle seines Lebens zu spielen: sich selbst.

»Wissen Sie, Juanas Zugehörigkeit zum militärischen Geheimdienst war nur Tarnung.«

Drummond zeigte sich überrascht. »Sie war also Ihre Geliebte.«

Buchanan nickte. »Ich suche Juana Mendez, weil sie mir eine Postkarte schickte und mich um Hilfe bat. Als ich ihre Nachricht erhielt, erlaubte mir meine Einheit, die Sache zu klären. Ich habe mich regelmäßig gemeldet. Meine Einheit ist informiert, daß ich in Cuernavaca war, Señor Delgado treffen wollte und danach Sie. Glauben Sie mir, diese Männer kennen nur Befehl und Pflichterfüllung. Wenn Sie hierherkommen und uns beide nicht wohlbehalten vorfinden, hat Ihre letzte Stunde geschlagen.«

Drummond seufzte. »Wenn man berücksichtigt, daß Sie das eben ganz spontan erfunden haben, ist es eine ausgezeichnete Verhandlungsbasis. Ich bin ein Sammlertyp, haben Sie das gewußt? Deshalb bin ich hier. Journalisten« – er nickte Holly zu – »haben sich immer nach meinen Motiven gefragt. Was würden Sie sagen, Miß McCoy?«

»Macht«, brachte Holly heraus, obwohl sie große Angst verspürte.

»Zum Teil richtig. Was mich antreibt, das ist der

Wunsch, einmalig zu sein und einmalige Dinge zu besitzen, mich in einmaligen Situationen zu befinden, einmalige Menschen zu beherrschen. Ich begann mich für Yucatán zu interessieren, weil ich Sammler bin. Vor drei Jahren kam ein Mensch zu mir mit einem Objekt von unschätzbarem Wert. Die alten Maya hatten Bücher besonderer Art – lange, dünne Rindenstreifen, die so oft gefaltet wurden, bis sie kleinen Fächern glichen. Nur drei authentische Codices sind bekanntermaßen erhalten, ein vierter ist wahrscheinlich eine Fälschung. Aber es gibt einen fünften. Er ist echt, und er gehört mir. Er ist absolut einmalig, denn im Gegensatz zu den anderen, die im Grunde nur Verzeichnisse darstellen, bietet meiner handfeste Informationen. Natürlich wollte ich wissen, was die Hieroglyphen bedeuten, und so habe ich die Elite der Experten für Maya-Symbole angeheuert. Und so stieß ich auf die Tatsache, daß der Text umfangreiche Ölvorkommen in diesem Gebiet dokumentiert. Die Maya nannten das Öl den Gott der Dunkelheit, den Gott des schwarzen Wassers oder den aus der Erde strömenden Gott. Zuerst hielt ich das für Gleichnisse, dann war ich überzeugt, daß die Beschreibung wörtlich zu nehmen war. Zu Beginn dieses Jahres wurden diese Ruinen dank der Aufnahmen aus einer Raumfähre entdeckt. Weil ich Delgado in der Hand hatte, bekam ich die Kontrolle über diesen Ort, konnte meine Leute herholen, das Gebiet dichtmachen und mit der Suche beginnen.«

»Und dabei die Ruinen zerstören«, ergänzte Buchanan.

»Notwendig und nicht zu vermeiden.« Drummond hob die Schultern. »Außerdem hatte *ich* die Ruinen gesehen. Was interessiert es mich, ob andere sie sehen? Wie sich herausstellte, war die Quelle des schwarzen Wassers genau dort, wo der Text sagte: unter der Pyramide. Dieses Gebiet ist so instabil, daß die gängige Ausrüstung hier versagt. Aus diesem Grund hat niemand sich die Mühe gemacht, in dieser Region nach Erdöl zu bohren. Denn die periodisch auftretenden Erdbeben hätten die Bohrtürme zerstört. Mein Gerät aber ist so konstruiert, daß es dank seiner Elastizität Erdstößen standhält. Was dieses immens ergiebige Ölfeld jedoch wirklich einmalig macht, ist dies: Wenn es einmal ganz erschlossen ist, wird das Öl nicht gefördert.«

Buchanan muß sehr erstaunt ausgesehen haben, denn Drummonds Augen begannen vor Stolz zu funkeln. »Ja, es wird nicht gefördert und nicht verkauft, denn wenn so viel Öl auf den Markt gelangt, sinken die Ölpreise. Sobald Delgado Präsident ist, erhalte ich die Genehmigung, mit den anderen erdölproduzierenden Ländern dahingehend zu verhandeln, daß Mexiko entschädigt wird, wenn es sein Öl nicht auf den Markt bringt. Folglich wird auch weniger Öl verbraucht, und so könnte man mich eigentlich einen Wohltäter der Menschheit nennen.« Drummond griente mit verklärtem Blick.

O Gott, ein Größenwahnsinniger, der sich die Welt untertan machen möchte, dachte Buchanan und wollte das bestätigt haben. »Wenn ich das richtig sehe, möchten Sie als passionierter Sammler den ganzen Planeten in Ihren Besitz bringen.«

»Eins nach dem andern«, antwortete Drummond mit gespielter Bescheidenheit. »Für heute bin ich schon damit zufrieden, Sie und Ihre reizende Begleiterin in meinen Besitz gebracht zu haben.«

7

Die Sonne stand tief am Horizont, was die trübe Stimmung noch betonte, die der beißende Rauch verbreitete. Buchanan und Holly wurden zum einzigen Teil des Ruinenfeldes gedrängt, der auf Drummonds Anweisung hin unversehrt geblieben war.

Vor Buchanan erstreckte sich ein ebener, mit Steinen belegter Platz von etwa dreißig Meter Länge und acht Meter Breite. An allen Seiten war er von einer fünf Meter hohen Mauer umgeben, die sich oben zu einer Zuschauerterrasse erweiterte. Drummond stieg die Treppe hinauf, gefolgt von Delgado und Holly, von finsteren Posten bewacht.

Buchanan, dem, wie Holly, die Handschellen abgenommen worden waren, rieb sich die Handgelenke, um die Blutzirkulation anzuregen. Beim Anblick der mit Hieroglyphen und Zeichnungen bedeckten Mauern beschlichen ihn düstere Ahnungen.

»Die Akustik ist hier erstaunlich. Ich rede mit normaler Stimme, und es hört sich an wie aus einem Lautsprecher.« Drummond sprach von der Terrasse herab zu dem unten stehenden Buchanan. »Die Sportart trug den Namen *pok-a-tok*«, dozierte Drummond weiter. »Die Darstellungen ringsum zeigen die alten Maya beim Spiel. Sie benutzten einen Latexgummiball, ungefähr so groß und schwer wie ein Medizinball. Es ging darum, ihn durch die vertikalen Steinringe an den beiden Schmalseiten des Feldes zu werfen. Es ist anzunehmen, daß zu jedem Team ein Ring gehörte. Die alten Maya begriffen *pok-a-tok* nicht als bloße Entspannung, vielmehr besaß das Spiel für sie große politische und religiöse Bedeutung. Ihre Mythen erzählen davon, daß zwei Götter dieses Spiel einst miteinander spielten. Als Gewinn setzte jeder sein Volk ein. Es kann als erwiesen gelten, daß es gewöhnlichen Sterblichen nicht gestattet war, dem Match beizuwohnen, nur Adligen, Priestern und Mitgliedern des Königshauses. Des weiteren gibt es Beweise, daß *pok-a-tok* ein Präludium zum Menschenopfer war, gewöhnlich mit Kriegsgefangenen anderer Stämme gespielt wurde – und keiner übrigblieb.«

»Es wurde um Leben und Tod gespielt.« Raymonds Stimme kam von hinten, und Buchanan sah sich schnell um.

8

Was er sah, lähmte ihn und stellte seinen Verstand in Frage. Im ersten Augenblick glaubte er, Opfer einer Halluzination und eines durch Ermüdung und die Gehirnerschütterung getrübten Wahrnehmungsvermögens zu sein. Doch als Raymond, von der sinkenden Sonne rot angestrahlt, durch die Rauchschwaden nähertrat, zwang Buchanan sich zu der Einsicht, daß alles, mochte es noch so unwirklich erscheinen, unbestreitbar und auf erschreckende Weise Realität war.

Raymond war teilweise nackt. Taille und Unterleib waren durch dicke Lederplatten geschützt. Die entblößten Muskeln ließen eine Kraft und Kondition ahnen, die er nur durch tägliches Training erreicht haben konnte.

Buchanan, der sich vor seinem Einsatz in Mexiko in prächtiger körperlicher Verfassung befunden hatte, war lange auf Achse gewesen und hatte keine Zeit für sportliche Betätigung gefunden; dies und seine Verletzungen hatten zu einem Formtief geführt.

Die Lederausrüstung sah mehr als grotesk aus, aber was den fantastischen Anstrich noch verstärkte, war der Helm, von dem lange Federn, in vielen Farben schillernd, nach hinten wallten und die Illusion erzeugten, ein Maya-Krieger sei nicht bloß aus dem Rauch, sondern aus dem Nebel der Geschichte aufgetaucht. Er hatte einen großen Ball bei sich, den er auf den steinernen Boden fallen ließ; dem Aufprall folgte ein dumpfes Echo, ein Zeichen dafür, wie fest und schwer er war. Raymond schleuderte Buchanan den Lederschutz vor die Füße.

»Ziehen Sie sich aus und legen Sie dieses an.«

»Zum Teufel, nein«, rief Buchanan.

Raymond nahm den Ball auf und warf nach Buchanan. Da dieser, noch unter dem betäubenden Einfluß der Droge stehend, nicht rasch genug ausweichen konnte, wurde er leicht am linken Arm getroffen, was zu seinem Erstaunen so schmerzhaft war, als wäre es ein Stein gewesen.

»Ziehen Sie sich aus und legen Sie den Schutz an, sonst überstehen Sie nicht einmal die erste Spielminute«, riet ihm Raymond.

Langsam, um Zeit zu gewinnen, folgte er der Aufforderung und suchte fieberhaft nach einer Möglichkeit zur Flucht, doch gegen die Posten und ihre Maschinenpistolen war nichts auszurichten.

»Die habe ich selber entworfen«, prahlte Raymond, während Buchanan die rohen, dicken Lederschützer anlegte, »nach dem Vorbild der Zeichnungen dort.« Er deutete nach links, auf eine Darstellung unterhalb des aus der Mauerkrone ragenden Steinreifens.

Buchanan betrachtete das Bild genauer. Auf den ersten Blick sah der mit Rüstung und Kopfschmuck bekleidete Krieger Raymond auf verwirrende Weise ähnlich. Er konnte sich von der Figur nicht losreißen. Entsetzlich, denn der Krieger hielt einen abgeschlagenen Kopf, von dem das Blut tropfte, an den Haaren hoch.

»Das meinte ich mit Leben und Tod«, sagte Raymond. »Merken Sie sich: Die Strafe für den Verlierer war der Tod. Und der Sieger blieb nicht nur am Leben, er durfte die Hinrichtung sogar selbst vollziehen.«

»Wollen Sie damit sagen, daß ich frei bin, wenn ich gewinne?« fragte Buchanan mit heiserer Stimme.

»Die alten Mayas sahen das möglicherweise anders«, rief Drummond herüber.

»Was heißt das?«

»Einige Spezialisten auf dem Gebiet der Maya-Kultur vertreten die Theorie, daß nicht der Verlierer, sondern vielmehr der Sieger enthauptet wurde.«

»Das ist doch absurd«, widersprach Buchanan. »Wer hätte dann mitgespielt?«

»Dieser Theorie zufolge ist der Sieg eine solche Ehre, daß man auf einer Stufe mit den Göttern steht«, antwortete der Alte. »Der nächste logische Schritt war also, daß der Sieger geopfert wurde, damit er seinen Platz an der Seite der Götter einnehmen konnte.«

»Das hört sich an, als wären nur die Zuschauer auf ihre Kosten gekommen.«

»Richtig«, sagte der Greis. »Wie gesagt, ich habe eine Schwäche für das Einmalige. Mir steht die Ehre bevor, Zeuge eines seltenen Schauspiels zu sein. Zum erstenmal seit fünfhundert Jahren wird wieder *pok-a-tok* gespielt. Für mich.«

»Und was versprechen Sie sich davon? Erwarten Sie von mir, daß ich auspacke, damit man mir nicht den Kopf abschlägt?«

»Oh, ich denke schon, es wird im Spielverlauf nicht an schmerzhaften Aufforderungen mangeln, die Wahrheit zu sagen. Aber mir geht es eigentlich nicht um Sie, sondern eher um Miß McCoy. Denn ich bezweifle nicht, daß dieses Schauspiel sie zur Kooperation veranlassen wird. Um Ihnen weitere Mißhandlung zu ersparen, rückt Sie als Gegenleistung mit der Wahrheit heraus.«

»Es wird Ihnen nichts nützen«, betonte Buchanan. »Sie weiß nichts über meinen Auftrag.«

»Warten wir's ab. Raymond, sind Sie bereit?«

9

Der Ball traf Buchanan mit solcher Wucht im Rücken, daß er zu Boden ging und sich das Kinn an einer Steinplatte aufschlug; ohne die Lederrüstung wären wohl einige Rippen gebrochen gewesen. Nach Luft schnappend und ohne Rücksicht auf die Schmerzen, raffte er sich wieder auf und rannte auf den Ball zu. Raymond war zur selben Zeit dort, Buchanan rammte ihm den Ellbogen an die Schläfe und schleuderte ihn zur Seite. Bevor sein Gegner sich erholen konnte, war Buchanan am Ball und warf. An der Hüfte getroffen, taumelte Raymond zurück, das Geschoß prallte von der Lederrüstung und fiel klatschend auf den Boden.

»Nein, aber nein!« rief Drummond von der Tribüne. »So geht das nicht. Durch den Ring, nicht auf den Mann – darauf kommt es an!«

»Warum haben Sie Raymond das nicht erklärt? Er hat damit angefangen«, schrie Buchanan zurück.

»Halten Sie sich an die Regeln, Raymond«, schnauzte Drummond.

»Was sind das überhaupt für Regeln?« wollte Buchanan wissen.

»Tja, das ist die Frage.«

»Ja, das dachte ich mir.«

»Nein, verstehen Sie doch«, rief Drummond. »Das weiß

nämlich niemand. Die Regeln sind uns nicht überliefert. Wir müssen also improvisieren. Wer zuerst zehn Punkte hat, gewinnt.«

»Und was geschieht danach?«

»Hängt ganz von den Antworten ab, die ich von Ihnen und Miß McCoy bekomme«, krächzte Drummond.

Ohne vorherige Warnung stürzte Buchanan auf den Ball zu, nahm ihn auf und lief zum Ring. Als er zum Wurf ausholte, rempelte Raymond ihn mit der Schulter an, so daß er gegen die Steinmauer geschleudert wurde.

Buchanan stöhnte auf, wirbelte herum und schlug dem anderen den Ball vor die Brust. Ohne ihn loszulassen, drehte er sich um die eigene Achse und kam unter dem Reifen zum Stehen. Er warf und sah mit vor Freude höher schlagendem Herzen, daß er einen Punkt gemacht hatte. Der Ball war durch den Ring geflogen.

Raymond stieß Buchanan mit der Faust in den Rücken, so daß dieser nach vorn kippte.

»Nein, aber nein!« nörgelte Drummond. »Das verstößt gegen die Regeln.«

»Erklären Sie ihm das mal«, brüllte Buchanan. »*Ich* habe durch den Ring geworfen.«

»Aber nicht nach den Regeln! Sie dürfen die Hände nicht benutzen!«

»Nicht die Hände?«

»Wir wissen nicht viel über das Spiel.« Drummond gestikulierte aufgeregt. »Aber eines ist bekannt: Nicht mit den Händen – höchstens zum Aufnehmen des Balls, sonst nur Stöße mit den Unterarmen, Schultern, Hüften, Knien und mit dem Kopf. Wegen Regelverstoß bekommen Sie einen Strafpunkt. Nun müssen Sie elf Treffer landen, Raymond nur zehn. Es sei denn, er verstößt auch gegen die Regeln.«

»Weiterspielen!« ermahnte ihn Raymond, jagte zum Ball, warf ihn mit den Händen in die Luft und katapultierte ihn mit dem Ellbogen zum Reifen.

Mit dumpfem Klatschen landete der Ball in Buchanans Reichweite. Schon hatte er ihn sich geholt, da brachte Raymond ihn durch ein Tackling zu Fall, entriß ihm den schweren Ball und gewann den nächsten Punkt.

»Das macht aber keinen Spaß, Buchanan. Sie müssen sich mehr anstrengen«, meckerte der Alte.

Eher als erwartet, schnappte Buchanan sich den Ball, manövrierte listig zum Reifen und wartete auf den Angriff des anderen. Als Raymond ihn zu rempeln versuchte, wich Buchanan, den Ball an die Brust gedrückt, geschickt aus und stieß ihm das rechte Knie in die Nieren, so daß er ins Stolpern geriet und sich vor Schmerzen zusammenkrümmte. Mit dem Rücken zum Reifen, um den Gegner besser beobachten zu können, warf Buchanan den Ball hoch über den Kopf und stieß zufrieden die Luft aus, als er diesen Punkt holte.

»Blendende Koordination«, lobte Drummond. »Sie haben früher Basketball gespielt, wie ich merke.«

Raymond nutzte die Ablenkung. Er ging zum Angriff über und rammte Buchanan den Kopf in die Magengrube, so daß er hinfiel und zuckend nach Luft rang. Raymond riß inzwischen die Kugel an sich und gewann einen weiteren Punkt.

»Wie heißt Ihre Einheit?« fragte Drummond. »Dieses legendäre Team, das angeblich herkommt und Sie rettet oder mich umbringt, wenn ich Ihnen ein Haar krümme.«

Während Buchanan sich schwankend aufrichtete, beobachtete er Raymond und tat, als wollte er sich den Ball holen. Raymond attackierte ihn, Buchanan wich aus und schlug ihm abermals in die Nierengegend. Raymond stöhnte vor Schmerz und bekam die Gummikugel nur locker zu fassen. Buchanan entriß sie ihm und setzte zum Wurf an. Vergebens, denn Raymond stieß ihn von hinten, Buchanan stürzte auf den harten Ball, Raymonds Gewicht auf ihm. Raymond erhob sich schneller und erzielte den nächsten Punkt, während der noch am Boden liegende Buchanan konstatierte, daß die Naht seiner Stichwunde gerissen war. Blut floß seine Beine hinunter.

Aus dem Dschungel dröhnte ein Schuß, Rauch trieb über das Spielfeld.

Drummond hustete und spuckte aus. »Sie müssen sich mehr anstrengen. Nochmals: Wie heißt Ihre Einheit?«

»Der Teufel soll mich holen, wenn ich Ihnen geheime Informationen weitergebe.«

»Sie kennen den Teufel nicht. Wie heißt Ihre Einheit?«

Buchanan griff nach dem Ball, Raymond rannte los, um ihm zuvorzukommen, doch Buchanan trat seinem Widersacher mit dem rechten Fuß mitten in die ungeschützte Fläche zwischen den Schultern und dem Unterleib. Raymond wurde in die Luft gewirbelt, rollte auf den Rücken und rammte, kaum war er auf den Beinen, Buchanan mit aller Wucht beide Fäuste ins Gesicht. Für kurze Zeit war Buchanan wie blind und taumelte rückwärts, da schlug der andere abermals zu. Benommen und blutüberströmt erwartete Buchanan den dritten Hieb, deckte das Gesicht und pendelte hin und her, ohne etwas erkennen zu können.

»Wie heißt Ihre Einheit?« fragte Drummond wieder.

Raymond landete wieder einen Treffer, Buchanans Lippen platzten auf.

»Den Namen Ihrer Einheit!«

»Yellow Fruit!« schrie Holly.

»Yellow Fruit?« Drummond fand den Namen offenbar albern.

»Sie wollten den Namen der Einheit wissen. So heißt sie.« Hollys Stimme zitterte vor Angst. »Hören Sie auf. Mein Gott, das Blut! Merken Sie nicht, daß er am Ende ist?«

»Schön wär's«, rief Raymond und schlug wieder zu.

Buchanan ging in die Knie.

Weiter so, Holly. Er gab sich Mühe, etwas zu sehen. Verdammt, mach weiter. Lüge weiter.

Yellow Fruit. Sie hatte Drummond nichts von Scotch and Soda verraten, sondern ein Kommando genannt, das es gar nicht mehr gab. Sie hatte seine Lektion begriffen: Wenn es dir an den Kragen geht, verrate etwas Wertloses.

»Und was ist das genau – Yellow Fruit?« fragte Drummond.

»Eine geheime militärische Truppe der U.S. Army, die Teams der Special Operations Division absichert und mit

Informationen versorgt.« Hollys Stimme zitterte noch immer.

»Vorhin hat Buchanan beteuert, daß Sie kaum etwas davon wissen.«

»Verdammt, ich sagte, daß ich damit nichts zu tun habe. Ich will hier weg. Herrgott, Buchanan, so erzähl ihm doch, was er wissen will. Vielleicht läßt er uns dann laufen.«

»Nur zu«, sagte Drummond, »hören Sie auf ihren Rat und sagen Sie alles, was ich wissen will.«

Buchanan lag auf den Knien, den Kopf gebeugt. Plötzlich fuhr er hoch, schlug Raymond in die Magengrube und ließ einen Aufwärtshaken folgen, nach dem Raymond mit verdrehten Augen auf dem Spielfeld zusammenbrach. Der bunte Helm rollte zur Seite. Unsicher nahm Buchanan den bereits blutverschmierten Gummiball auf und schleuderte ihn aus der Hüfte zum Ring. Ihm wurde fast übel, denn er traf nur den Kranz.

Scheiße, dachte er und sah böse zu Holly hinauf. »Du Miststück, du Verräterin!« brüllte er. »Du hast mich an der Nase herumgeführt. Du wolltest nur deine Story!«

»Na und?« schrie sie zurück. »Hast du geglaubt, du bist so unwiderstehlich, daß ich mich in dich verliebe? Ich möchte lebend davonkommen, und du solltest auch deine Chance nutzen.«

Sein nächster Hüftwurf war ein Treffer.

»Mach' ich«, rief er, »um *mein* Leben zu retten. Du bist eine Gefahr für ihn, nicht ich. Du bist eine Klatschreporterin. Ich bin Soldat und kann den Mund halten!« Abermals erzielte er einen Punkt. »Und dieses Scheißspiel gewinne ich!«

Raymond hatte sich erhoben, Blut floß ihm aus dem Mund und tropfte auf die Lederrüstung. »Sie gewinnen mit Sicherheit nicht«, sagte er und jagte nach dem Ball.

Buchanan war mit einem Satz bei ihm und rutschte unter dem Ring beinahe in seinem eigenen Blut aus. Er versuchte, das Gleichgewicht zu halten, und verlor dadurch so viel Zeit, daß Raymond wieder einen Punkt machen konnte.

»Streiten Sie sich später mit Ihrer Braut«, höhnte er.

»Spucken Sie lieber aus, wie Sie mit Ihrer Befehlszentrale Verbindung aufnehmen.«

»Erst muß ich mit Mister Drummond einen kleinen Handel abschließen.« Buchanan krümmte sich vor Schmerzen, er war leicht benommen und mußte um Konzentration ringen. Er und Holly mußten das überleben. Spiel deine Rolle weiter, Holly.

»Welchen Handel?« fragte Drummond.

»Ich gebe Ihnen Auskunft, pfeife meine Einheit zurück und darf gehen. Aber das Luder kriegt ihre gerechte Strafe.«

»Glauben Sie im Ernst, ich würde mich an Abmachungen halten mit einem, der so gut wie tot ist?«

»Ich warne Sie. Sie spielen nicht nur mit meinem Leben, sondern auch mit Ihrem.« Buchanan hielt sich die Brust, ein stechender Schmerz ließ ihn nicht richtig durchatmen, wahrscheinlich war eine Rippe gebrochen.

»Und was ist mit Juana Mendez? Bedeutet auch sie Ihnen nichts mehr?«

Buchanan schwitzte. »Doch. Ihretwillen bin ich hier und halte weiter Ausschau nach ihr.«

»Sie bedeutet Ihnen wohl sehr viel?«

»Schon vor Jahren hätte ich sie heiraten sollen.«

»Buchanan, du bist ein Schwein«, brüllte Holly.

»Los, weiter!« befahl Drummond. »Wie nehmen Sie Verbindung zu Ihrer Einheit auf?«

Buchanan nannte ihm eine Wellenlänge und eine Telefonnummer.

»Er lügt«, schrie Holly.

Gut gemacht, dachte Buchanan. Weiter so, Holly. Spiel das Spiel mit. Bleib bei deiner Rolle, damit wir Zeit gewinnen.

»Er lügt, sagen Sie?« wandte sich Drummond an Holly.

»Diese Telefonnummer hat er nie benutzt.«

»*Sie* lügt! Ich muß mich um Mitternacht bei meinen Leuten melden. Lassen Sie mich Ihr Gerät benutzen ...«

»Alles Scheiße«, sagte Raymond, nahm den Ball und machte kurz hintereinander vier Punkte. »Alles nur Hinhaltemanöver. Ihr beide streitet euch nur zum Schein, um uns aus dem Konzept zu bringen.«

Als Raymond zum nächsten Wurf ansetzte, stürzte sich Buchanan auf ihn. Im gleichen Augenblick fing das Spielfeld an, sich wellenartig zu bewegen, und ihm wurde der Boden unter den Füßen weggerissen. Plötzlich setzte das Rattern der Baumaschinen aus, dafür wurde das Knistern der Flammen lauter, das Gewehrfeuer vervielfachte sich und vom Wald her klangen gellende Schreie herüber. Von der Terrasse drang tumultartiger Lärm und dann das Geräusch eines dumpfen Aufpralls.

»Buchanan!« schrie Holly. »Paß auf – hinter dir!«

Obwohl es riskant war, Raymond den Rücken zuzudrehen, sah Buchanan sich rasch um: Der Wachtposten war vom Rand der erzitternden Tribüne aufs Spielfeld herabgestürzt. Der Fall aus fünf Meter Höhe hatte den Mann betäubt. Die Maschinenpistole war seinen Händen entglitten. Buchanan versuchte, sie in seinen Besitz zu bringen, wurde aber zur Seite geworfen, als der schwere Ball ihn überraschend im Rücken traf. Die Schießerei und die Schreie nahmen kein Ende. Er konzentrierte sich ganz auf Raymond, der sich steifbeinig näherte.

»Sie haben verloren.« Die blauen Augen glitzerten erwartungsvoll, das höhnische Grinsen war grausam verzerrt. Er sah wie ein Wahnsinniger aus. »Damit töte ich Sie.« Er hob den Ball hoch. »Ich zertrümmere Ihnen den Schädel wie eine Eierschale.«

Benommen taumelte Buchanan zurück und fiel. Sein Gehirn schien anzuschwellen, er hatte unerträgliche Kopfschmerzen. Mit einigen geschickten Bewegungen kroch er zu dem bewußtlosen Posten und packte die Maschinenpistole.

Raymond stand schwankend vor ihm, den Ball über den Kopf erhoben.

Buchanan zielte und drückte auf den Abzug. Nichts geschah – die Automatik war blockiert.

Lachend nahm Raymond seine ganze Kraft zusammen, um Buchanan den Ball aufs Gesicht zu schmettern.

Mitten in der Bewegung erstarrte er. Die blauen Augen wirkten glasig, leerer noch als zuvor, die Gesichtszüge wie bei einer Lähmung verzerrt. Der Ball entfiel ihm und plumpste dumpf auf die Steine. Die Arme noch erhoben, ein blutiges Rinnsal am Mund, stürzte er nach vorn und schlug mit der Stirn auf. In seinem Rücken steckten drei Pfeile.

Buchanan hörte ein Geräusch und drehte sich um. Der Posten hatte sich von seinem Sturz erholt und hielt ein Klappmesser in der Hand. Buchanan riß den Bolzen der MP zurück, ließ die eingeklemmte Patrone herausrutschen und feuerte einen kurzen Stoß ab, unter dem der Wachtposten blutüberströmt zusammenbrach.

»Holly!« brüllte Buchanan. Die Terrasse lag verlassen. »Holly, wo bist du?«

»Hier oben. Ich liege hier oben.«

»Kannst du herunterkommen? Wo sind Drummond und Delgado?«

»Getürmt!« Sie hob den Kopf. »Als sie sahen ... Mein Gott.«

Buchanan duckte sich und spähte, die Waffe im Anschlag, ans Ende des Spielfelds. Er sah Schatten, dann menschliche Gestalten aus dem Rauch auftauchen. Ein kalter Schauer lief ihm über den Rücken. Es waren tatsächlich Maya-Krieger, klein und dünn, mit glattem schwarzen Haar und bronzefarbener Haut. Wie Raymond trugen sie Lederrüstungen und federgeschmückte Helme, und Buchanan überkam das bestürzende Gefühl, eintausend Jahre zurückversetzt zu sein.

Etwa ein Dutzend Krieger, mit Speeren, Macheten, Pfeil und Bogen bewaffnet, näherten sich und blieben vor Buchanan stehen. Der finstere Anführer ließ ihn nicht aus den Augen, bis der Weiße die MP langsam, mit der Mündung nach unten, sinken ließ. Aus der Ferne waren nur noch die knackenden Flammen, keine Schüsse mehr zu hören. Die Maya hatten sich endlich erhoben und ließen sich nicht mehr jagen.

Der Häuptling hob mit dem Ausdruck grimmiger Entschlossenheit die Machete. Buchanan glaubte auf die Probe gestellt zu werden und hielt die Waffe gesenkt. Mit einem Hieb schlug der Häuptling Raymond den Kopf ab, hielt ihn voller Verachtung an den Haaren hoch und schleuderte ihn mit einem Schwung zum Steinring. Er schlug gegen den Kranz, fiel schließlich trudelnd durch und landete wie ein überreifer Kürbis auf dem Spielfeld.

Der Anführer nickte, deutete mit der Machete nach vorn und führte seine Krieger an Buchanan vorbei, als sei er ohne Bedeutung. Sie wurden vom Rauch verschluckt.

Buchanan war einen Augenblick wie gelähmt. Seine Beine waren wackelig. Aus der aufgerissenen Stichwunde hatte er viel Blut verloren.

»Holly!«

»Ja, hier.« Das Gesicht furchtverzerrt, schien sie aus dem Nichts gekommen zu sein.

Buchanan legte ihr den Arm um die Schulter und humpelte vorwärts, die MP im Anschlag. Sie gingen durch den undurchdringlichen Rauch und fühlten sich auf einmal in eine fremde Welt versetzt. Das Spielfeld lag hinter ihnen und damit eine Zeit vor Hunderten von Jahren. Dort, wo einst eine steinerne Pyramide mit einem Tempel, eine heilige Stätte, ihren Platz gehabt hatte und die Energie des Alls vereinte, reckte sich der obszöne pyramidenförmige Bohrturm in den Himmel. Es herrschte beängstigende Stille, nur die Flammen krachten. Überall lagen tote Bauarbeiter.

»Mein Gott«, flüsterte Holly.

Ein metallisches Heulen ertönte, das Donnern eines Motors. Der Helikopter, dachte Buchanan. Drummond und Delgado hatten ihn erreicht. Er hob vom Boden ab, doch etwas war nicht in Ordnung. Er schaukelte, gewann nicht an Höhe, denn an die Gleitkufen klammerten sich Trauben von Männern und versuchten verzweifelt mitzukommen. Einer der Insassen hatte die Luke geöffnet und trat mit den Füßen auf ihre Hände, damit sie losließen. Der Hubschrauber bekam Schlagseite und stürzte in die brennenden Bäume.

Kurz darauf gab es eine gewaltige Detonation, die Leichen und Trümmer nach allen Seiten schleuderte. Die stählerne Pyramide wurde von einem großen Wrackteil getroffen. Einer der Träger brach, der Turm sank im Zeitlupentempo krachend um. Nur die Reste der einst geheiligten Bauwerke, die Überbleibsel von Ruinen, die Drummond stehengelassen hatte, schienen für die Ewigkeit gebaut.

»Hilfe!« rief eine schwache Stimme.

Buchanan erkannte sie, bevor er den Rufenden sah – Delgado. Er lag auf dem Rücken, ein Speer ragte ihm aus der Brust.

»Ziehen Sie ihn heraus«, röchelte er.

»Heraus? Sind Sie sicher?«

»Ja.«

»Wie Sie wollen.« Buchanan, der die Folgen kannte, packte den Speer und riß ihn hoch.

Delgados Schrei endete in einem Gurgeln. Blut schoß ihm aus dem Mund.

»Für das, was Sie Maria Tomez angetan haben, verdienen Sie nichts Besseres«, sagte Buchanan.

Holly und Buchanan klammerten sich aneinander. Die Sonne ging unter. Der purpurrot angestrahlte, rauchverhangene Ort schien völlig verlassen.

»Die Maya – wo sind sie geblieben?« fragte Buchanan und blickte sich abwehrbereit um, als er ein Geräusch hörte. Es war ein weiterer Überlebender. Alistair Drummond stolperte aus den windschiefen, rauchenden Resten des Blockhauses, in dem sich das Büro befunden hatte. Als der Alte Buchanan erkannte, versuchte er zu fliehen.

Geschwächt und hinkend folgte Buchanan ihm, beide fielen mehrmals zu Boden. Unbarmherzig jagte er ihn an hieroglyphenbedeckten Quadern und an Riesenknäueln zerknickter Träger vorbei, bis Drummond vor irgendeinem Hindernis erschöpft stehenblieb, sich umwandte und dem Feind stellte, der auf ihn zustolperte.

»Ich dachte, Sie seien mit dem Helikopter abgestürzt und bereits in der Hölle«, sagte Buchanan.

»Sie haben mich nicht mitgenommen. Unglaublich! Meine eigenen, von mir hochhezahlten Leute haben mich nicht einsteigen lassen.«

»Wie konnten Sie je glauben, ungestraft davonzukommen?«

»Aber ich bin ja davongekommen, wie Sie sehen. Die andern sind tot, ich nicht. Im übrigen bin ich in einem Alter, in dem man nicht mehr zur Rechenschaft gezogen wird und, vergessen Sie nicht, ich habe genug Geld, um mich freikaufen zu können – von allem und jedem. Wieviel verlangen Sie?«

»Sie irren sich, Drummond. Sie sind nicht reich, Sie sind ein armer Wicht.«

Buchanan streckte den Arm aus und stupste den Alten mit dem Zeigefinger an. Dieser lächerliche Druck genügte, ihn aus dem Gleichgewicht zu bringen, er schlug mit den dürren Armen wild um sich, schrie auf und fiel.

Eine tiefe, breite Grube hatte ihn an der weiteren Flucht gehindert. Dort hatten die alten Maya ihre Pyramide errichtet, um den Gott der Dunkelheit, den Gott des schwarzen Wassers, den aus der Erde strömenden Gott zu verbergen und gefangen zu halten. Wo eben noch die Stahlpyramide stand, die Drummond anstelle der steinernen errichtet hatte, brodelte jetzt dickflüssiges Öl. Es überzog sein Opfer wie mit schwarz glänzendem Lack und verschluckte es.

»Du warst so geil auf Öl – nun kannst du für alle Ewigkeit darin baden«, murmelte Buchanan, bevor er kraftlos zu Boden sank.

11

Undeutlich erkannte er Holly, die sich über ihn beugte.

Der Maya-Häuptling stand neben ihr, sein bunter Federschmuck strahlte im Sonnenlicht. Weitere Krieger kamen herbei, in den Händen blutbeschmierte Speere und Macheten. Holly schien sich der Gefahr, in der sie schwebte, nicht bewußt zu sein.

Buchanan versuchte, sie durch ein Handzeichen zu warnen. Er konnte sich nicht bewegen. Er wollte den Mund öffnen, doch die Lippen gehorchten nicht, er brachte kein Wort heraus. Ihm war, als drehte sich die Erde mit rasender Geschwindigkeit und ziehe ihn in einen Strudel. Im Delirium spürte er, daß er hochgehoben, auf eine Bahre gelegt wurde und schwebte. Obwohl er die Augenlider geschlossen hielt, sah er Bilder – eine hochaufragende Pyramide, riesige, in Stein gehauene Schlangenköpfe, beschwörende Hieroglyphen, herrliche Paläste und Tempel.

Dann tauchten sie in den Dschungel, sie trugen ihn über die breite Lichtung, weiter und immer weiter auf einem leicht erhöhten Pfad aus grauen Steinen.

Die Nacht hüllte sie ein, dennoch machten sie nicht halt. Holly ging neben der Bahre, der Maya-Häuptling, geleitet vom Mondlicht, zeigte den Weg.

Wie vor tausend Jahren, dachte Buchanan.

Sie kamen zu einem Dorf, passierten ein Tor und eine mannshohe hölzerne Palisade, wo im Schein flackernder Fackeln Hütten auszumachen waren, mit Wänden aus geflochtenen Lianen und Dächern aus Palmwedeln. Schweine und Hühner, von dem Zug aufgescheucht, flüchteten lärmend nach allen Seiten. Die Dorfbewohner standen erwartungsvoll da, klein, mit runden Gesichtern und mandelförmigen Augen, die Frauen in gespenstisches Weiß gehüllt.

Sie brachten Buchanan in eine Hütte und legten ihn in eine Hängematte. Frauen entkleideten ihn, und im Licht eines offenen Feuers betastete der Häuptling und Medizinmann die Verletzungen. Holly schrie auf und versuchte, ihm in den Arm zu fallen, wurde aber von den Indianern beruhigt. Zunächst vernähte er Buchanans Stichwunde, dann legte er eine Kompresse auf die alte Schußverletzung, bestrich die zahlreichen Quetschungen, Blutergüsse und Schrammen mit einer Salbe und untersuchte schließlich Buchanans Blessuren am Kopf. Offenbar hatte er einen Eingriff vor, denn er schabte mit einem Messer die linke Seite des Schädels kahl. Er setzte einen scheibengetriebenen hölzernen Bohrer an, dessen scharfe Spitze Buchanan qualvolle Schmerzen bereitete, so daß er in Ohnmacht fiel, fast verzückt im Gefühl unendlicher Befreiung.

12

»Wie lange bin ich bewußtlos gewesen?« brachte Buchanan mühsam heraus, die Worte wie Steine im Mund. Sein Geist war umnebelt, sein Körper schien nicht zu ihm zu gehören.

»Zwei Wochen.«

Er hob die rechte Hand und berührte den Kopfverband.

»Nicht anfassen«, warnte Holly. Sie tränkte ein sauberes Tuch in Regenwasser, das sie in einer ausgehöhlten Kokosnußschale gesammelt hatte, und wusch ihn. Er lag halbnackt in einer Hängematte vor der Hütte, von den angenehmen Strahlen der späten Nachmittagssonne erwärmt.

Er befeuchtete sich die trockenen, geschwollenen Lippen mit der Zunge. »Erzähle.«

»Du bist beinahe gestorben. Du hast viel Blut verloren, doch der Medizinmann konnte es stillen.«

»Was ist mit meinem Kopf?«

»Du hast getobt, von Krämpfen geschüttelt. Deine Augen waren riesig, ich dachte, sie fallen dir aus dem Kopf. Er hat dich operiert, um den Gehirndruck zu senken. Hat ein Loch in die Schädeldecke gebohrt, und das Blut ist durch die Hütte gespritzt.«

Buchanan verließen wieder die Kräfte, er schloß die Augen.

Holly gab ihm Regenwasser zu trinken.

»Er hat mir ein Loch in den Schädel gebohrt?« murmelte er.

»Primitive Chirurgie. Wie vor tausend Jahren. Man könnte glauben, hier ist die Zeit stehengeblieben. Keine Elektrizität, alles, was sie brauchen, gibt ihnen der Wald. Ihre Kleider sind selbstgemacht. Sie verbrennen zum Wasserkochen Maiskolben. Dann lösen sie die Asche im Wasser auf und benutzen sie als Seife zum Wäschewaschen. Sie nehmen die Wäsche wieder heraus und spülen sie in anderen Töpfen aus. Sie ist unglaublich sauber. Zum Schluß düngen sie mit dem Wasser ihre Felder.«

Buchanan hatte Mühe, sich zu konzentrieren, und ständig fielen ihm die Augen zu.

Zwei Tage später wachte er wieder auf. Von Holly hörte er, daß sein Gewichtsverlust beängstigend war und daß er unbedingt etwas essen müsse.

»Okay«, sagte Buchanan.

Sie tauchte einen Holzlöffel in das Tongefäß, prüfte, ob die Kürbissuppe auch nicht zu heiß war, und fütterte ihn.

»Köstlich.«

»Ich habe sie nicht selbst zubereitet. Eine Frau bringt das Essen und erklärt mir mit Gesten, was ich zu tun habe.«

»Und der Medizinmann?«

»Kommt zweimal am Tag und flößt dir einen Löffel dikken, süß riechenden Saft ein. Der hat wahrscheinlich eine Infektion verhindert. Wenn ich bloß ihre Sprache verstünde.«

»Warum haben sie sich so viel Mühe gegeben? Warum haben sie uns leben lassen?«

»Ich weiß es nicht. Sie behandeln dich wie einen Helden. Ich begreife es nicht.«

»Das hängt mit dem Spiel zusammen. Mit dem Kampf gegen Raymond. Sie haben erkannt, daß wir Drummonds Feinde waren und damit auf ihrer Seite stehen. Ich habe das Spiel verloren, und doch … Es ist möglich, daß die Maya in alter Zeit den Verlierer so bedauerten, daß sie ihn umsorgten.«

»Warum sollten sie ihn bedauern?«

»Weil der Sieger geopfert wurde und zu den Göttern eingehen durfte.«

»Raymond ist aber nicht bei den Göttern.«

»Nein, und Drummond auch nicht. Er ist in der Hölle, wo er hingehört«, sagte Buchanan. »Er erinnert mich an den Colonel.«

»Wieso?«

Buchanan zögerte. »Über die Ereignisse auf dem Ölfeld

kannst du schreiben. Aber laß mich aus dem Spiel. Was ich dir jetzt erzähle, bleibt unter uns.«

»Wenn du so dumm bist und mir immer noch nicht vertraust ...«

Buchanan rang sich zu einem Entschluß durch. »Dort auf dem Spielfeld habe ich dir wirklich vertraut. Du warst überzeugend, aber eines habe ich dir nicht abgenommen: daß du nur der Story wegen bei mir geblieben bist.«

»Und ich habe dir vertraut, obwohl du gesagt hast, es sei dir egal, wenn ich den Tod fände. Ich glaubte fest daran, daß du ihnen etwas vorspielst, und ich bin dir gefolgt, obwohl ich nicht wußte, wohin es führt. Was wolltest du damit erreichen?«

»Raymond hat es zum Teil erkannt. Ich wollte sie so verwirren, daß sie uns leben lassen mußten, bis sie herausgefunden hatten, wer von uns beiden die Wahrheit sagte. Am Ende hätten sie die Telefonnummern ausprobiert, und die automatische Fangschaltung hätte das Einsatzkommando des Colonels wirklich hierhergeführt. Ein bißchen Glück, und wir wären frei gewesen.«

»Nur mit unwahrscheinlich viel Glück.«

»Du sagst es! In einer solchen Situation kann man keine Pläne auf lange Sicht schmieden. Aber du und ich – wir waren ein gutes Team.«

»Nun, ich hatte ja einen guten Lehrer.«

»Wie gesagt: Der Colonel und Drummond sind sich sehr ähnlich. Auch der Colonel verfolgt *ein* Ziel, alles andere ist dem untergeordnet.«

»Das ist militärische Disziplin.«

»Nein, das ist menschenverachtende Selbstsucht. Ich bin sicher, daß er Jack und Cindy Doyle töten ließ. Und Bailey. Das Attentat auf mich in New Orleans hat er auch befohlen. Damit du niemanden befragen konntest und die Story mit mir starb. Er hat gegen seine eigenen Leute gearbeitet. Vielleicht sahnte er bei den Drogengeschäften ab, die Scotch and Soda in Lateinamerika arrangiert. Eines Tages werde ich das herauskriegen. Und dann werde ich mit dem Colonel abrechnen.«

»Was ist mit Juana?«

»Da Drummond und Delgado tot sind, wird keiner mehr nach ihr suchen. Damit könnte die Gefahr für sie gebannt sein. Sie muß es nur erfahren.«

»Dennoch – wie ich dich kenne, wirst du sie nie aufgeben.«

»Du willst wissen, ob sie mir noch etwas bedeutet?«

Holly nickte.

»Ja. Aber nicht dasselbe wie du.«

Sie sah ihn an.

»Sie ist eine Freundin, die Hilfe brauchte. Zu lange in meinem Leben durfte ich Freunden nicht helfen, die ich unter einem meiner anderen Namen gekannt hatte. Ich muß mich davon überzeugen, daß sie in Sicherheit ist und wieder ein normales Leben führen kann – ich meine, ein Leben, das sie für normal hält und ihren Eltern nicht zuviel Kummer macht. Ja, ich möchte sie gern mal wiedersehen, wissen, wo sie gewesen ist, und ihr erzählen, was ich alles angestellt habe, um sie zu finden und ihr beizustehen. Aber« Buchanan legte Holly die Hand auf den Arm – »Ehrenwort, sie ist nicht deine Rivalin.«

Holly konnte ihre Gefühle kaum noch beherrschen. »Was soll nun aus uns werden?«

»Eines ist gewiß. Hier wird uns der Colonel nie aufspüren.«

»Richtig. Man muß die Sache von der positiven Seite betrachten.«

»Gefällt es dir hier?«

»Mit dir, ja. Merkwürdig, obwohl du so kaputt aussiehst, ist da ein Ausdruck in deinen Augen … Trotz deiner Wut auf den Colonel bist du sichtlich mit dir im reinen.«

»Da ist was dran. Ich habe das Gefühl, daß ich nicht mehr ein anderer bin, und ich möchte auch nie wieder ein anderer sein. Vielleicht liegt es daran, daß ich in letzter Zeit eine Menge durchgemacht habe. Vielleicht liegt es aber auch an dir. Manchmal denke ich: Als der Medizinmann die Trepanation vornahm, hat er nicht bloß eine Blutstauung in meinem Schädel beseitigt. Er hat etwas abfließen lassen, das mich lange belastete, seit meiner Jugend. Wenn mich nicht alles täuscht, habe ich die Vergangenheit abgeschüttelt. Jetzt will ich nur noch vorwärtsgehen – mit dir und ohne fremde Identitäten im Kopf. Ich werde nur noch ich sein und niemand sonst.«

»Es wird mir ein Vergnügen sein, dich kennenzulernen.«

»Weißt du, irgendwie bin ich auf mich selbst neugierig – und auf uns beide.« Es gelang Buchanan zum erstenmal, sich ohne Hollys Hilfe aufzurichten. Die Kraft dazu gab ihm sein Wunsch, sie zu küssen.

»Darauf habe ich sehr lange warten müssen«, sagte sie und hielt ihn fest.

QUELLENVERZEICHNIS

SCHWUR DES FEUERS
Titel der Originalausgabe
THE CONVENANT OF THE FLAME
Aus dem Englischen von Walter Ahlers

Der Titel erschien bereits unter der Band-Nr. 01/9569

DER MANN MIT DEN HUNDERT NAMEN
Titel der Originalausgabe
ASSUMED IDENTITY
Aus dem Englischen von Gisela und Hans Petersen

Die Hardcover-Ausgabe erschien im Scherz Verlag

Der Titel erschien bereits unter der Band-Nr. 01/10112.

Robert Ludlum

»Ludlum packt in seine Romane mehr an Spannung als ein halbes Dutzend anderer Autoren zusammen.«

THE NEW YORK TIMES

Die Matlock-Affäre
01/5723

Das Osterman-Wochenende
01/5803

Das Kastler-Manuskript
01/5898

Das Jesus-Papier
01/6044

Der Gandolfo-Anschlag
01/6180

Der Matarese-Bund
01/6265

Der Borowski-Betrug
01/6417

Das Parsifal-Mosaik
01/6577

Die Aquitaine-Verschwörung
01/6941

Die Borowski-Herrschaft
01/7705

Das Genessee-Komplott
01/7876

Das Borowski-Ultimatum
01/8431

Das Omaha-Komplott
01/8792

Der Holcroft-Vertrag
01/9065

Das Scarlatti-Erbe
01/9407

Die Scorpio-Illusion
01/9608

Die Halidon-Verfolgung
01/9740

Der Rheinmann-Tausch
01/10048

Heyne-Taschenbücher

David Morrell

Einer der meist-gelesenen amerikanischen Thriller-Autoren.

»Aufregend, provozierend, spannend.«

Stephen King

01/9569

Schwur des Feuers
01/9569

Der Mann mit den hundert Namen
01/10112

Heyne-Taschenbücher